Knaur

Über den Autor:

Eduard Graf von Keyserling, geboren am 15. Mai 1855 auf Schloß Paddern im Kurland und gestorben am 28. September 1918 in München, zählt zu den großen deutschen Erzählern des Impressionismus. In seinen Romanen und Novellen, die heute immer mehr begeisterte Leser finden, schildert er mit leiser Melancholie das Lebensgefühl der untergehenden Adelswelt zu Beginn unseres Jahrhunderts.

Eduard von Keyserling

Harmonie

Romane und Erzählungen

Mit einem Nachwort
des Herausgebers
Reinhard Bröker

Knaur

Originalausgabe Juli 1998

Umschlaggestaltung Agentur Zero, München
Umschlagabbildung Superstock
Satz MPM, Wasserburg
Druck und Bindung Ebner Ulm
Printed in Germany
ISBN 3-426-61109-0

2 4 5 3 1

Inhalt

GRÜSS GOTT, SONNE!

Die Vroni hatte beschlossen zu sterben. Während sie im Geschäft die Federn und Blumen in die Pappschachtel packte, um heimzugehen, war es ihr klar geworden. Wenn ein armes Mädchen einen Schatz hat, und der verläßt es und geht schon den dritten Sonntag mit der schwarzen Lena ins Wirtshaus, dann bleibt eben nichts übrig als der Tod, nicht wahr? Das Weinen und sich Härmen hatte Vroni satt. Mit der Eifersucht, die ihr wie eine Krankheit am Herzen fraß, weiterleben, war nicht möglich. Ernst band Vroni die Schnur um die Schachtel, nickte der Dame an der Kasse einen »Guten Abend« zu und ging in den Frühlingsabend hinaus. Fest in die helle Sommerjacke geknöpft, blonde, flatternde Löckchen auf der Stirn, wand sie sich flink durch das Gedränge. Auf dem Weg in die Vorstadt hinaus dachte sie über ihren Entschluß nicht nach; wozu auch? Der stand fest, und damit war's gut! Fleißig schaute sie nach rechts und links; ab und zu grüßte sie mit dem kurzen, lustigen Nicken der Münchner Mädchen, und als ein Berauschter an ihr vorübertaumelte, sandte sie ihm das rücksichtslose Lachen des Vorstadtkindes nach.

Jetzt war sie zu Hause und sprang leicht die vier Treppen zu ihrer Wohnung hinauf. Ihrer Zimmerfrau rief sie ein helles: »Grüß Gott, Frau Nestelmeyer!« zu, dann verschloß sie sich in ihrem Stübchen. Nachdem sie ordentlich, wie jeden Abend, Hut und Jacke beiseite gelegt, holte sie ein Fläschchen aus dem Kasten und setzte es auf den Tisch. Das hatte Frau Nestelmeyer ihr gegen Zahnweh gegeben. Viel war nicht darin, aber es trug einen Zettel mit einem Kreuz, einen Totenkopf unter dem Worte: »Gift« – da mußten wenige Tropfen genügen. So! Nun war sie fertig. Sie sann einen Augenblick: Nachtessen! Nein, wenn einer stirbt, braucht er kein Nachtessen. Das war selbstverständlich; allein es überlief Vroni bei diesem Gedanken doch so kalt. Sie fand es nun dumpf im Stübchen und öffnete das Fenster. Die Abendluft tat wohl. Vroni legte sich in das Fenster und schaute hinaus; sie hatte ja noch Zeit. Die Frühlingsdämmerung lag grau über den Dächern, auf der Straße erwachten die Gasflammen, eine Reihe gelber Lichtpünktchen, und oben, am bleichen Himmel, blinkte ein Stern mit weißem, unruhigem Glanz. Ein feuchtes Wehen kam aus der Ferne, die, von Nebel und Zwielicht verhangen, so unendlich und geheimnisvoll erschien. Und Vroni war es, als weitete sich auch ihre Seele, die enge, heiße Mädchenseele, in der die törichten Liebesschmerzen summ-

ten, wie Sommerfliegen, die sich in einer Tulpe gefangen haben. Sie fühlte sich so ganz allein diesem großen Schweigen und dem im Blau verlorenen Sterne gegenüber. Ja! So muß der Tod sein – so einsam und still und unendlich! Tiefes Mitleid mit sich selbst stieg in Vroni auf. Bleich und regungslos würden sie sie morgen finden; sie würden Blumen bringen und weinen, und er würde wohl wissen, wer sie da hineingetrieben. – Von unten aus der Finsternis stieg jetzt ein süßer, schwüler Duft auf. Dort mußte wohl in der Nacht etwas erblüht sein. Dieses Duften brachte Vroni wieder zur Erde und ihrem Kummer zurück. Sie dachte an Lena, an den Verrat ihrer Liebe und schluchzte vor Zorn und Eifersucht. Das müßte ein Ende nehmen; sie war zu unglücklich! Sie griff nach dem Fläschchen und leerte es auf einen Zug. Eine Weile stand sie regungslos da und wartete: »Der Tod kommt nicht so schnell«, sagte sie sich, sie hatte noch Zeit sich niederzulegen.
Vroni lag nun auf ihrem Bette und horchte in sich hinein, ob die unheimliche, rätselhafte Arbeit des Sterbens in ihr beginne. Es war doch wunderbar, so still dazuliegen und zu warten. Was wird geschehen? Sie werden sie aufbahren und zum Friedhof hinaustragen; gut! Das war denkbar. Aber wo war sie, die Vroni, dann? Nicht leben – nicht mehr sein – wie ist das? Das arme Mädchen, allein in der stillen, finstern Stube vor dieses furchtbare Rätsel gestellt, ihm anheimgegeben, ward von entsetztem Bangen erfaßt. Die Jugend in Vroni bäumte sich dagegen auf. Geängstigt wollte Vroni aufspringen, Frau Nestelmeyer rufen, doch dann kam es wie müde Mutlosigkeit über sie; die Glieder waren so schwer, die Augen fielen ihr zu: »Es hilft nichts, da kommt er schon, der Tod; da kommt er!« wiederholte sie matt, und es war ihr, als würde sie fortgetragen von einem grauen, weichen Nebelstrom, fort in farblose Dämmerung. Häuser, Straßen zogen vorüber, aber lichtlos und zerfließend; eine Welt von Nebel und Spinnweb. Vroni kämpfte dagegen an; sie wollte nicht mit; sie öffnete halb die Augen. Ja! Da war noch ihr Stübchen, aber auch dieses schien fremd und wesenlos. Vroni seufzte: »Also das war das Sterben!« Oder war sie schon gestorben? Eine widerstandslose Schlaffheit kam über sie, und die tat wohl. »Heilige Maria, bitt für uns!« betete sie. Über ihr, über der grauen Welt stand der Stern, und – da war auch die Muttergottes im blauen Mantel drüben von der Kirche, zu der Vroni das Wachsherz hinausgetragen hatte. Licht und rosig stand sie unter dem Stern, jetzt aber sank Vroni; schnell ging es abwärts. Der Stern und die Muttergottes wurden ganz klein – hinab – hinab –, und es wurde so finster und kühl; das war der Tod.

Vroni schauerte in sich zusammen, sie fühlte es kalt über Arme und Brust hinstreichen und erwachte. Grelles, rotes Licht umflimmerte sie. Sie schloß die Augen wieder und lag regungslos da. Der Kopf schmerzte, und die Glieder waren wie zerschlagen, als hätte sie einen weiten Weg gemacht. Es schien ihr auch, als wäre sie weit fortgewesen und als könnte sie sich nicht mehr zurechtfinden. Etwas Trauriges war geschehen; was war es? Vroni schlug wieder die Augen auf. Allenthalben noch das rote Licht, auf den Wänden, auf der Bettdecke, auf dem Polster neben ihr, und dort auf dem Tische blinkte etwas wie ein Rubin – ein leeres Fläschchen. – Oh! Jetzt wußte Vroni alles! Sie hatte sterben wollen. War sie nicht tot? Warum lebte sie noch? Es war ihr doch, als ob alles aus gewesen wäre. Sinnend blinzelte sie in die Morgensonne und wußte nicht, wie ihr ward. Doch plötzlich erfaßte sie eine köstliche Unruhe, wie eine warme Welle jungen Blutes ergoß es sich über ihr Herz: »Ich lebe!« jauchzte sie auf, sprang aus dem Bette und stürzte an das Fenster. Da stand die Sonne, eine mächtige purpurne Kugel, und um sie her, hoch am klaren Himmel, hingen verstreute Wölkchen, rosig angeleuchtet, daß sie wie ausgelassene Engelkinder ausschauten, welche im glashellen Blau schwimmen. Der Morgenwind kam und brachte die Düfte all der tauigen Gärten mit, über die er hingestrichen. Unter dem Fenster aber hatte sich über Nacht ein kleiner, im Gemäuer verlorener Fliederstrauch über und über mit blauen Blüten bedeckt. Vroni hob ihre nackten Arme in den Sonnenschein hinauf; sie lachte über das ganze Gesicht und rief: »Grüß Gott, Sonne!«
Von der Straße schaute ein Vorübergehender verwundert zu dem Mädchen hinauf, das ganz in Morgenlicht gebadet, lachend der Sonne die Arme entgegenstreckte; er mußte auch lachen und antwortete:
»Grüß Gott!«

(1896)

GRÜNE CHARTREUSE

Das Nachtmahl war beendet. Der lange Fritz, mit dem blassen, diskreten Gesichte, servierte den Kaffee und die Liqueurflasche; dann schloß er lautlos hinter sich die Türe.

Miezi und Egon, in ihre Sessel zurückgelehnt, schwiegen beide. Egon blies nachdenklich den Rauch seiner Zigarette vor sich hin. Er fand, daß sich plötzlich etwas wie Müdigkeit, fast wie Traurigkeit, über dieses Restaurationskabinett breitete, mit seinen festzugezogenen gelben Vorhängen, hinter denen der Regen an die Scheiben klopfte, mit seiner vornehmen Stille und der schwülen Luft, die nach Zigaretten und New-Mown-Hay roch. Seltsam! Vor wenig Wochen noch hätte der Gedanke, mit Miezi hier so vertraut und allein zu sitzen, ihn eine Seligkeit gedünkt. Gott! Wie krank vor Liebe war er damals gewesen! Und nun, da diese gefeierte, vielbegehrte, grausame Miezi sein war, nun diese Stimmung! Sinnend schaute er das Bild an, das der große Spiegel dort an der Wand ihm zeigte. Da lag er selbst im Sessel. Wie schmal er in dem schwarzen Gesellschaftsanzuge ausschaute! Wie bleich und müde das regelmäßige Gesicht sich gegen die Stuhllehne stützte. Das Leben genießen ist nicht immer eine leichte Arbeit, das, fand Egon, sah man ihm an. Und neben ihm Miezi; die Arme lagen schlaff auf den Seitenlehnen des Sessels. Den Kopf hatte sie ein wenig zurückgebogen; die Lampen des Kronleuchters badeten ihr Gesicht in grellem Lichte, das es wunderbar weiß erscheinen ließ und der Haut einen matten Schmelz, etwas Überzartes verlieh unter dem sanften Flimmern der aschblonden Haare. Miezi schaute aus wie etwas sehr Kostbares und sehr Zerbrechliches; wie eine fremde, weiße Treibhausblume. Ihre Augen blickten starr empor, wie in tiefe und nicht lästige Gedanken versunken: »Was ihr nur heute sein mag?« sagte sich Egon. »›Oh! Ich sehe! Sie wird gefühlvoll, und dann kommt die Lebensgeschichte!« Er kannte sie, diese oft erzählte, wunderliche Geschichte, voll großer Namen und großer Geldsummen, und die jedes Mal ein wenig anders lautete. Da kam ein Schloß vor, auf dem Miezi geboren war; eine Kindheit voll vornehmer Unschuld; endlich ein russischer oder serbischer Fürst, der Miezi entführte, eine Geldkatastrophe in Monte-Carlo ... Dann schob Miezi wohl gerne am linken Arm das Armband ein wenig hinauf und zeigte eine kleine, rote Narbe. Da hatte sie mit der Schere hineingestochen, als er sie verließ und sie sterben wollte. Ach ja! Wenn Miezi das

erzählte, sah sie stets so hübsch sentimental aus ... aber – Egon hatte die Geschichte schon so oft gehört und sie blieb doch so nebelhaft!
Miezi beugte sich jetzt vor, ergriff ihr Liqueurglas und nippte daran mit gespitzten Lippen; dann, Egon über das Glas hin anschauend, sagte sie ernst: »Das schmeckt nach Wald!«
»Ach ja, der Wald!« rief Egon gefühlvoll und trank sein Glas langsam aus: »Wer jetzt dort sein könnte – tief drinnen – allein mit ihm!«
Miezi sah Egon scharf an, dabei lag es wie Spott um ihre Lippen und in ihren Augen: »Geh! Was weiß so einer, wie du, vom Walde!«
»Ich!« erwiderte Egon und lächelte wehmütig. »Der Wald bedeutet für mich die Kindheit – die Jugend – Glück; ja, das einzige, ungetrübte Glück! Wenn ich so von Hause durchbrennen konnte und von der Chaussee ab in den Wald bog, immer geradeaus über die glatten, braunen Tannennadeln, zwischen den Tannen durch, die mir das Gesicht wie mit kleinen, kühlen Nägeln zerkratzten, das war Glück. Das verstehst du natürlich nicht; aber so ist es. Auf der kleinen Lichtung, die gelb vom Sonnenschein dalag, warf ich mich in das Moos, glatt auf den Bauch und trank den Duft der sonnenwarmen Tage und dachte an nichts und fühlte mich unbändig wohl. Wenn dann die Libellen sich auf meine Brust setzten und die Hummel dicht über mein Gesicht hinläutete, dann fühlte ich, daß ich zu ihm, dem Walde, gehörte – zu der Gesellschaft der Tannen und Hasen, und das machte mich stolz.« Egon schwieg eine Weile, in seine Waldvision versunken, bis Miezi ihn mit einem scharfen: »Nun, und dann?« weckte. »Ja, das war Leben!« fuhr Egon fort. »Alles was später kam, war doch nur so zusammengedacht und nachgebildet; ja alles – selbst du, Miezi; denn auch die Liebe versteht der Wald besser. Im Frühling weht im Walde eine so mächtige Liebeslust, da muß ein jeder das Lieben lernen. Hier lockt der Haselhahn, auf dem trockenen Eichenwipfel girrt der Täuberich, von der Wiese klingt das tolle Lied des Birkhahns herüber; und erst des Abends, wenn der Himmel blaß und silbern wird und es weiß aus dem Sumpfe aufsteigt, dann kommt es über die Waldwipfel einsam und schwarz mit feuchtem, wohligem Quarren herangeflogen, die Waldschnepfe, die in der Dämmerung auf Liebesabenteuer ausgeht. Siehst du, da kann keiner allein bleiben; ein jeder muß mittun und sich nach einer umsehen.«
»Nun und?« fragte Miezi wieder spöttisch.
Egon lächelte seiner Erinnerung zu: »Nun ja, natürlich; ich sah mich um und fand die Lisei. Sie stand gerade mit hochgeschürztem Röckchen im Bach und fing Forellen. Die gelben Haare fielen ihr in Strähnen in das schmale, wilde Gesichtchen – und alles war so blank in der Abendsonne –

das Wasser und das Haar und die braunen Arme der Lisei; das Gold floß nur so an dem Mädel nieder. Da sprang ich denn zu ihr in das Wasser, mitten in all' den Glanz hinein. Ja, das ist nun alles vorüber!« schloß Egon melancholisch. »Die Lisei hat wohl ihren langen Waldhüter genommen. Ich habe sie nicht mehr wiedergesehen. Wozu? Es ist doch alles vorüber.«
»O! Recht hat sie gehabt, die Lisei«, sagte Miezi und lachte dabei höhnisch und böse.
»Du spottest darüber«, meinte Egon, »natürlich. Für dich ist der Wald ja nur eine Dekoration; etwas, das keine Seele hat. Du kennst ihn nicht.«
Wieder lachte Miezi erregt: »Ich kann mir's denken, wie der Wald und die Lisei sich über so 'n junges Herrchen gefreut haben werden, das einmal seinem Hofmeister durchgeht, um die Nase ins Grüne hinauszustecken! Was so einer vom Walde weiß! – Da muß einer frühmorgens, wenn der Himmel noch rot ist, mit den Schafen in den Wald. Kalt ist's dann freilich. Das Moos ist noch steif von Reif und knistert wie Seide. Ja und dann den ganzen Tag im Walde, jahraus, jahrein; da kann einer den Wald verstehen. Ich war so klein, als ich anfing die Schafe in den Wald zu treiben, daß ich in der großen, rundgebogenen Wurzel meiner alten Tanne ausgestreckt liegen konnte, wie in einem Bett. Später, da ging das nicht mehr. Der Friedel wollte die Wurzel durchhauen, damit ich darin sitzen könnte; das litt ich aber nicht. An meine Tanne durfte keiner rühren.«
»Ein Friedel war da auch!« warf Egon verwundert ein.
»Ja, der Friedel vom Steinhofbauern«, sagte Miezi, als müßte das ein jeder wissen: »Der Wald war meine Stube. Am Morgen sprachen die Bäume alle durcheinander. Die großen hatten ruhige, tiefe Stimmen, aber das Unterholz wisperte so fahrig drein. Um Mittagszeit schliefen wir, die Bäume und ich. Am Abend aber, wenn der Himmel blank durch die Stämme leuchtete, dann fingen sie wieder an, aber anders als am Morgen, größer, heiliger war dann das Rauschen. Ich vergaß mit dem Zuhören das Heimtreiben; erst wenn der Igel auf der Mäusejagd an mir vorüberging, besann ich mich darauf, daß es spät war. Unseren Gendarm nannte der Friedel den Igel.« Miezi lachte ein frohes, kindliches Lachen. »Jesus!« fuhr sie fort, langsam, wie im Traume, sprechend: »War der Friedel ein närrischer Bub! Eines Abends, es war das letzte Jahr, als wir die Schafe heimtrieben, faßte er mich um, hob mich auf und wollte mich bis an unseren Gartenzaun tragen. Ich hab' mich gewehrt; ich hab' ihn gebissen und gekratzt; der Friedel aber war stark. Er trug mich bis an den Gartenzaun und setzte mich mitten in das Mohnbeet hinein, daß ich ganz naß vom Tau wurde ... Und dann, weil ich den Wald gern bei Nacht sehen wollte, sagte der Friedel, ich solle nur kommen, er wolle mich dort

erwarten. So bin ich denn fort, als die anderen schliefen. Zwischen den Äckern und in der Birkenschonung, da ging es, da war es hell; aber im Walde wurde es ganz finster und die Tannen sahen schwarz und fremd aus und faßten sich feucht und kalt an, so daß ich sie nicht mehr kannte. Und auf den Zweigen saßen die Nachtraben und schnarrten und klatschten mit den Flügeln, als wollten sie mich foppen. Gott, die Angst! Und als die Eule zu rufen begann, so traurig, als geschähe ihr ein großes Leid, da lief ich – ich wußte nicht wohin – ich lief, bis ich über eine Wurzel stolperte und niederfiel. Da lag ich nun und wagte nicht, mich zu regen. Plötzlich hörte ich es über mir rauschen – ganz tief und ernst; das klang wie: ›ruhig, ruhig, ruhig.‹ Die Stimme kannte ich; das war ja meine alte Tanne. Ich drückte mich an ihren Stamm, ich griff nach einem niederhängenden Zweige, wie nach einer lieben Hand und sagte: ›Du bist's, nun ist's gut!‹ Da lachte der Friedel hinter mir im Dunkeln und sagte: ›Und so ist's besser!‹ und hob mich zu sich auf, der schlimme Bub.« Miezi schwieg und schaute vor sich hin, als blickte sie auf etwas, das sehr weit fort läge.

»Ich wollte, ich wäre damals bei dir gewesen«, sagte Egon zärtlich.

»Du!« erwiderte Miezi und sah ihn feindselig an. »Dich konnte ich damals nicht brauchen!«

»Aber das Schloß, Miezi, und der russische Fürst!« wandte Egon erstaunt ein.

»Geh!« sagte Miezi. »Was gehen mich deine dummen Schlösser und Fürsten an!« Dabei legte sie die Hand über die Augen und weinte.

(1897)

DIE SOLDATEN-KERSTA

Es hatte angefangen, ein wenig zu tauen. Der Novemberschnee auf dem Kirchenwege war naß, und der schwere Schlitten bewegte sich springend und rüttelnd vorwärts. Vier Rekruten-Weiber saßen in ihm: Marri, Katte, Ilse und Kersta, die Tochter der Häuslerin Annlise. Sie kamen von der Trauung in der Kirche. Morgen sollten ihre Männer fort unter die Soldaten. Über die Brautkronen hatten sie große blaue Tücher gelegt; so saßen sie wie vier spitze, blaue Zuckerhüte in dem Schlitten und wackelten bei jedem Stoß. Der Rüben-Jehze kutschte sie. Sehr betrunken, peitschte er unbarmherzig auf die kleinen, zottigen Pferde ein. Die Männer kamen hinterdreingefahren je zwei in einem Schlitten. Es war viel getrunken worden, und sie sangen mit lauten, heiseren Stimmen. Die Frauen schwiegen und wackelten geduldig in ihren blauen Tüchern hin und her. Kersta war die Kleinste von ihnen. Mit einem runden, rosa Gesichte, runden hellblauen Augen, einer runden Nase, sah sie wie ein Kind aus. Nur der Mund mit den herabgezogenen Mundwinkeln war der ein wenig harte und sorgenvolle Mund der litauischen Bauersfrau. Unverwandt starrte sie in den grauen Nebel hinaus, der über dem flachen Lande lag. Wunderlich schwarz nahmen sich die Wacholderbüsche und die Saatkrähen in all dem Grau aus, während die entlaubten Ellern wesenlos, wie kleine rötliche Wolken, auf der Heide standen. Vor Kerstas Augen schwankte dieses ganze, farblose Bild sachte, sachte, als säße sie auf einer Osterschaukel und würde langsam hin und her gewiegt. An jedem Kruge hatten sie Halt gemacht, und Kerstas langer, blonder Thome war an den Schlitten der Frauen herangetaumelt mit der Branntweinflasche: »No, is die junge Frau totgefroren, was?« Dabei reichte er ihr die Flasche. Kersta lächelte dann ein wenig mühsam, denn die Lippen waren steif von der Kälte, und trank. Der Branntwein machte die Glieder angenehm warm und schwer, dazu nahm er die Gedanken fort, und das ist auch gut. Immer wesenloser wurde die graue Nebelwelt vor Kerstas Augen; selbst Jehzes breiter Rücken schien immer weiter fortzurücken. Dafür kamen aber die Eindrücke des Tages ihr mit einer bildlichen Deutlichkeit in den Sinn, wie Träume; immer wieder, immer dieselben, wie Menschen, die auf dem Karussell auf dem Jahrmarkte in Schoden an einem vorbeifliegen: – Hochzeit – Hochzeit. – Am Morgen das Überwerfen des feinen, weißen Brauthemdes, fein und kalt, daß es Kersta bis in die Fußspitzen erschauern

ließ; – die Brautkrone, die so fest auf die Stirn gedrückt worden war, daß es schmerzte. Jetzt mußte ein roter Streif auf der Stirne sein. Dann die Kirche. Feierlich kalt war's da drin. Kerstas neue Schuhe klapperten hübsch auf den Steinfliesen des Fußbodens. Sie mußte achtgeben, nicht auszugleiten, wie auf dem Eise. Der Pastor hatte ein rundes, rotes Gesicht, und er schmatzte im Sprechen mit den Lippen, als schmeckte ihm etwas gut. Aber schön hatte er gesprochen; von dem Fortgehn der Männer und vom Treubleiben und von Gottes Wort. Kersta hatte geweint, natürlich! Soldatenfrauen weinen immer bei der Trauung, das weiß man. Weinen tut auch gut, weinen, so, daß das Gesicht warm und naß wird, und dazu ganz tief seufzen, so daß die Haken am Mieder krachen. Sie hatte stärker geweint als die anderen Frauen, das konnte sie wohl sagen, wenn später darüber gestritten wurde. Nachher im Kirchenkruge war getrunken worden und die Männer hatten untereinander Streit angefangen. Alles war gewesen, wie es auf einer Hochzeit sein muß. »Hochzeit-Hochzeit« bimmelten die Schellen an Jehzens kleinen Pferden, und Kersta begann ihren Traum wieder mit dem feinen, kalten Brauthemde.
Die drei anderen Frauen schwiegen auch und schauten mit demselben stetigen Blick, der nichts zu sehen schien, in den Nebel. Nur als ein Hase vom Felde quer über den Weg setzte – da riefen alle vier: »Sieh – ein Hase«, und sie lächelten mühsam mit den steifgefrorenen Lippen.
Im Dorfe hielten sie vor dem Kruge. Dort standen schon die Hochzeitsgäste in ihren Festkleidern und schrien. An die blinden Fensterscheiben der Dorfhütten drückten sich bleiche Frauen- und Kinder-Gesichter. Alle wollten die Bräute sehn. Das gab Kersta wieder ein starkes Festgefühl. Eine junge Frau sein, die von der Trauung kommt, ist eine Ehre und der Hochzeitstag der schönste Tag des Lebens. Vor der Krugstüre wartete Kersta auf Thome, denn sie mußte mit ihm zusammen in das Haus gehn. Sehr ernst stand sie da und sprach mit den alten Frauen über den Weg; selbst der Gemeindeälteste redete sie an, und die Mädchen starrten neugierig auf ihre Brautkrone. Kersta, die Tochter der Häuslerin Annlise, war es nicht gewohnt, von allen achtungsvoll und freundlich angesehen zu werden, sie war klein, arm, hatte nur eine Ziege und zählte bisher nicht mit. Aber, wenn eine Hochzeit hält, dann ist sie schon was. Kerstas rundes Kindergesicht wurde rot und blank wie ein Apfel vor Stolz. Nun fuhren auch die Männer singend und schreiend vor. Thome kam mit unsicheren Schritten auf Kersta zu, faßte sie um den Leib und hob sie in die Höhe: »Klein is sie«, sagte er, »aber schwer wie'n Mehlsack.« Alle lachten. Kersta errötete vor Freude und war Thome sehr dankbar.
In der großen Krugsstube setzte sich die Hochzeitsgesellschaft an die

weißen Brettertische. Alle wurden still und ernst und machten sich über die Milchsuppe mit Nudeln her. Ein lautes, gleichmäßiges Schlürfen war eine Weile der einzige Ton im Gemache. Dann kam das Schweinefleisch, dann das Schaffleisch, dann wieder Schweinefleisch. Der Dampf der Speisen erfüllte die Luft, wie mit einem dichten, heißen Nebel. Kersta aß eifrig, aß so viel, daß sie sich endlich erschöpft zurücklehnte und die untersten Haken ihres Mieders aufspringen ließ. »Das ist nun die Hochzeit. Ja, schön ist sie!« sagte sie sich. Leicht strich sie mit der Hand über Thomes Rockärmel. Der war nun ihr Mann, der gehörte ihr. Gut ist es, wenn man einen Mann hat. »Trink, junge Frau trink!« sagte Thome. Draußen begann es zu dämmern; es wurde Licht in die Stube gebracht, Talgkerzen, die in Bierflaschen steckten. Im dunstigen Zimmer bekamen die kleinen, gelben Flammen buntschillernde Lichthöfe. Die Musik: eine Geige, eine Klarinette und eine Ziehharmonika – spielte eine Polka. »Ja – tanzen!« Kersta seufzte ganz tief vor Behagen. Sie trat einen Augenblick vor die Haustüre hinaus. Der Abend war dunkel, ein feuchter Wind fegte über den Schnee hin, die Wolken, grau, wie ungebleichte Leinwand, hingen ganz niedrig am Himmel: »Morgen gibt es Schnee«, dachte Kersta. An der stillen Dorfstraße entlang kauerten die Hütten; hie und da blinzelte ein schläfriges Licht hinter einer Fensterscheibe, ein Kind weinte, eine Frau sang ein Wiegenlied, immer dieselbe müde, langgezogene Notenfolge. Und dort unten, am Ende der Straße, das kleine, schwarze, stille Ungeheuer, das war die Hütte der Mutter Annlise. Morgen wird alles vorüber sein, als sei nichts gewesen. Kersta wird wieder dort unten mit der Mutter hausen und ... Sie fuhr sich mit dem Ärmel über die Augen. Warum ihr das Weinen kam? Dazu war morgen Zeit genug! Sie ging hinein und tanzte. Das war gut. Wenn man beständig und gewaltsam von einem rücksichtslosen Männerarm gedreht wird, wobei einem die große heiße Männerhand auf dem Rücken brennt, das nimmt die unnützen Gedanken weg. Nur der Körper bleibt, mit dem warmen Rinnen des Blutes und dem Pochen des Herzens. Die Welt ringsum wurde für Kersta immer undeutlicher und traumhafter. Ernst und eifrig drehten sich die schweren Gestalten in dem dichten Tabaksqualm, die Männer schlugen im Takte mit den Absätzen auf, es klang wie fleißiges Dreschen auf der Tenne. »So muß es sein! Das ist das große Vergnügen des Lebens!« fühlte Kersta. Später bekamen die Männer Streit, es wurde gerauft. Kersta griff ein, wie die anderen Frauen, aber dieses Mal mit dem stolzen Gefühle, für ihren eignen Mann zu schreien und den anderen Männern in die Haare zu fahren. Endlich führten die Burschen und Mädchen singend das Paar die Dorfstraße hinab, zu der Hütte der Annlise, wo das Brautbett aufgeschlagen war.

Während Kersta in der kleinen Stube das Licht ansteckte, warf Thome sich schwer auf das Bett. Er war sehr betrunken und schlief sofort ein. Kersta zog ihm die Stiefel aus, rückte das Kopfkissen zurecht, dann legte auch sie sich nieder. Die Glieder waren ihr wie zerschlagen. Wenn sie die Augen schloß, war es ihr, als schwankte das Bett hin und her, wie ein Kahn. Wirklich schlafen jedoch konnte sie nicht. Wenn der Traum anfing, wenn sie wieder in der Kirche stand, oder im Kruge sich drehte, daß die Bänder der Brautkrone wie Peitschenschnüre schwirrten, dann ließ etwas sie auffahren, als schüttele sie jemand. Sie starrte in die Dunkelheit hinein und sann: Etwas Schlechtes wartete auf sie; was war das doch? Ja so! Morgen geht der Mann fort –, und das alte Leben geht weiter – die Hochzeit ist vorüber und nichts – nichts Gutes mehr für lange Zeit? Draußen dämmerte der Morgen. Die Fensterscheiben wurden blau.
Kersta richtete sich auf und betrachtete Thome. Er lag in schwerem Schlaf; das blonde Haar hing ihm wirr und feucht um die Stirn, das Gesicht war sehr rot, aus dem halbgeöffneten Munde kam ein tiefes, regelmäßiges Schnarchen. Langsam strich Kersta mit der Hand über seine Brust, seine Arme: »Schlaf, schlaf!« sagte sie wie zu einem Kinde. Ihr Mann der gehörte ihr, wie ihr Hemd, ihr Garn, ihre Ziege, mehr als die Ziege, denn die gehörte auch der Mutter. Das war gut! Nun hatte sie das, was alle Mädchen wollten, um was sie alle beteten – einen Mann; und groß war er und stark. Aber was hatte sie davon, wenn sie ihn gleich wieder fortgeben mußte? Gott, es war besser, über solch eine Schweinerei gar nicht nachzudenken! Kersta stieg aus dem Bette und nahm den Melkeimer. Sie wollte die Ziege melken.
Draußen wehte es stark, und es fiel ein feuchter Schnee. Die Ebene lag grau-blau in der Morgendämmerung da. Am Horizont, über dem schwarzen Strich des fernen Waldes hing ein weißes, blindes Scheinen. Wie jeden Morgen blieb Kersta stehn, schützte mit der Hand die Augen, zog die Nase kraus und schaute ernst und mißmutig dem aufsteigenden Tage entgegen. Und die Dorfstraße entlang, vor den kleinen, grauen Häusern standen andere Frauen mit ihren Melkeimern, wie Kersta die Augen mit der Hand schützend, und blickten ernst und mißmutig in das graue Dämmern, als hätten sie von dem kommenden Tage etwas zu erwarten.
Kersta fror. Sie lief in den Stall, in den niedrigen Bretterverschlag, in dem die Ziege, das Schwein und die Hühner wohnten. Die Luft war hier warm und schwer. Die Hühner schlugen auf der Stange mit den Flügeln. Das Schwein grunzte gemütlich vor sich hin. Kersta kauerte bei der Ziege nieder und begann zu melken. Angenehm heiß rann die Milch über ihre Finger. Eine wohlige Schlaffheit überkam die kleine Frau. Sie stützte

ihren Kopf auf den Rücken der Ziege und weinte, nicht das starke, offizielle Weinen, wie bei der Trauung und wie sie heute in der Stadt weinen würde, wenn der Mann abfährt; nein, ein Weinen, wie sie es als Kind kannte. Die Tränen kamen leicht, badeten das Gesicht, als wüsche sie sich in lauwarmem Wasser; dabei wurde das Herz weich vor Mitleid mit sich selber. Im Weinen schlief sie ein, traumlos und süß. Die Ziege hielt ganz still, wandte den Kopf und sah die Schlummernde mit den gelben, friedlichen Augen mütterlich an.

Kersta erwachte davon, daß die Mutter neben ihr sagte: »Guter Gott! Is die beim Melken eingeschlafen! Was gehst du heute auch zum Melken!«

»Einer muß's doch tun«, erwiderte Kersta schlaftrunken.

»Tun!« meinte Annlise. »Und dabei schlafen.« Die Stimme der Alten war brummig wie gewöhnlich, dennoch hörte Kersta heute etwas wie schmunzelnde Achtung heraus. Na ja, mit einer Frau spricht man anders als mit einer Marjell: »Geh nur, mach Feuer, der Mann muß früh fort.«

Kersta sprang auf. Ja, richtig! Heute war noch kein gewöhnlicher Arbeitstag; heute durfte sie noch die Sonntagskleider anziehen und zur Stadt fahren; heute würde sie noch von allen bemerkt und bemitleidet werden. Das tröstete ein wenig.

Die Rekruten sollten in einem großen Schlitten von dem Gemeindeältesten zur Stadt gebracht werden. Die Mütter, Väter und Frauen wollten nachfahren, um im Bahnhof Abschied zu nehmen.

Während des Frühstücks sprach Thome nur von dem Prozeß und gab seiner Frau Verhaltungsmaßregeln. Das kleine Dundur-Gesinde, links vom Dorf zum Walde hin, war von dem Peter Ruze in Besitz genommen worden; es kam aber Kersta zu, denn sie war das einzige Geschwisterkind des verstorbenen Wirtes, während Peter nur der Mann der Stieftochter war. Thome hatte in Kersta die Anwartschaft auf das Dundur-Gesinde geheiratet, und es war Kerstas Aufgabe, in seiner Abwesenheit ihren Anspruch durchzusetzen: »Geh zum Advokaten Jakobsohn, der is klug, die Juden sind immer die Klügsten, und billig is er auch. Laß dich nicht betrügen.«

Kerstas Gesicht nahm einen sehr verständigen Ausdruck an. Sie fühlte ihre Verantwortlichkeit wohl: »Ich werd schon machen«, sagte sie »Dumm bin ich nicht.«

»Wenn du dumm wärst, hätte ich dich nicht genommen«, schloß Thome die Unterhaltung.

Johlend bestiegen die Rekruten ihren Schlitten. Weiber und Kinder des Dorfes umstanden sie und weinten. Die vier Soldatenfrauen fuhren wieder zusammen in einem Schlitten. Es schneite jetzt stärker. Die

spitzen, blauen Zuckerhüte, die sich wie gestern hin und her wackelnd gegenübersaßen, wurden weiß.
Im Walde sagte Marri: »Was hat man nu davon? Morgen is man wie gewesen.« – »Was soll man machen!« antworteten die drei anderen und seufzten. Später, als sie am Meere entlang fuhren, bemerkte Ilse: »Wenn's nicht friert, fault der Roggen aus.« Die anderen seufzten wieder und murmelten: »Ach Gottchen! Schlecht is schlecht.«
Mehr wurde auf der Fahrt nicht gesprochen.
In der Stadt hatten sie kaum Zeit, um traurig zu sein. Man sieht sich nach allen Seiten um. Dann das lange Warten vor dem Rathause, bis die Männer herauskamen, das Essen in der Schenke, der Branntwein und die Wasserkringel, endlich der Abschied auf dem Bahnhof und das laute Weinen. Thome klopfte Kersta auf den Rücken: »Nu, nu; man stirbt auch nicht dort. Schick Geld, die Kost ist knapp dort.« – »Ja – ja.« – »Denk an den Prozeß. Geh zum Advokaten.« – »Ja – ja.« – »Sei klug, sonst komm' ich heim und bin betrogen.« – »Ja – ja.« Als der Zug fort war, standen die Frauen noch auf dem Bahnhofssteig und jammerten: »Ach Gottchen! Ach Gottchen!« Kersta war die erste, die damit aufhörte, sie mußte zum Advokaten.
Dort wartete sie in einer hübschen, warmen Stube. Der Advokat war ein kleiner, freundlicher Herr, der sie geduldig anhörte und ihr das Beste versprach. Er war sogar spaßig, er faßte Kersta unter das Kinn und sagte: »So'n hübsches Soldatenfrauchen, muß nun lange fasten – ei – ei.« Das war schon ein gutes Zeichen für den Prozeß.
Es wurde schon Abend, als die lange Reihe der Schlitten sich auf den Heimweg machte. Feuerfarbene Wolkenstreifen, riesig und spitz, liefen über den bleichen Himmel. Die Sonne, himbeerrot und wie von dem Meere plattgedrückt, verschwand langsam. Über das krause, graue Meer rann ein purpurner Schimmer. Die Wellen rauschten leise und seidig. Die Soldatenfrauen waren von dem Gehen und Stehen und Trinken und Weinen erschöpft. Stumpf und geduldig saßen sie da, und schauten mit gedankenleeren Augen in das Abendlicht. Am Walde, als es dunkel wurde und der Mond über die schwarzen Schöpfe der Fichten aufstieg, da wurde den Verlassenen das Herz schwer. Weinen konnten sie heute nicht mehr; so sangen sie denn, das erste, beste Lied, riefen klagend die Töne in den Wald hinein:

»Früher Liebchen, gehe früher,
Gehe nicht am Abend spät!
Lose flattern Deine Tüchlein,
Dornbusch am Wege steht.«

Was war denn bei der ganzen Heiraterei herausgekommen? Das Leben in Annlises Hütte ging dahin, wie früher. Kersta melkte die Ziege, ging in den Wald Reisig sammeln, webte. In den Dezembertagen, in denen es um drei Uhr nachmittags schon finster wird, kroch sie um sechs Uhr in ihr schmales Mädchenbett. Ein anderes hatte man nicht angeschafft; wozu denn! Um zwei Uhr nachts war sie mit dem Schlafe fertig und setzte sich wieder fröstelnd an den Webstuhl. Immer dasselbe; gedankenlos und freudlos, wie das Weberschiffchen, das gleichmäßig hin und her durch die grauen Wollenfäden schießt. Daß sie verheiratet war, merkte Kersta nur daran, daß sie die Zöpfe nicht mehr wie die Mädchen über den Rücken niederhängen ließ, sondern sie aufband. An Festtagen ging sie nicht mehr zum Tanz in den Krug, und in der Sonnabendnacht schlich sich kein Jung mehr zu ihr. Die große Beschäftigung des Mädchenlebens fehlte ihr jetzt: das Denken an die Jungen, das Warten auf die Jungen, das Weinen um die Jungen. Mit wem sollte sie denn überhaupt noch reden? Die Mädchen sprachen von ihren Jungen, die Frauen sprachen von ihren Kindern, Männern, ihrem Haushalt. Kersta hatte nichts von alldem. Sie wurde schweigsam und mürrisch. Schlimme Augenblicke kamen, wenn sie im Bette lag, sich von der einen Seite auf die andere warf und nicht schlafen konnte. Um sie her alles still. Durch die kleinen Fensterscheiben blinzelten grell die Wintersterne. Dann hörte sie jeden Ton in den benachbarten Hütten. Das Kind der Bille schrie. Jehze kam heim. Er war betrunken, er stolperte über die Schwelle. Jetzt prügelte er die Bille; sie schrie und schimpfte. Kersta wurde sehr einsam zumute. Warum hatte sie nicht auch all das? Sie wollte ihren Mann, sie wollte Thome. Die Tränen liefen ihr über die Backen und sie biß in ihr Bettuch.
Aber der Prozeß war da. Der füllte ihr Leben, gab ihr Würde und Wichtigkeit. Einmal wöchentlich wanderte sie den vier Stunden langen Weg bis in die Stadt, um ihren Advokaten zu sprechen. Jeden Baum, jeden Stein kannte sie auf dem weiten Wege. Bei jedem Wetter war sie ihn gegangen; war es nicht so kalt, daß die Finger froren, dann strickte sie im Gehen ihren Strumpf. Alle kannten die kleine Frau mit dem roten Kopftuch, dem Stickstrumpf und dem großen Prozeß. Im Wald riefen die Holzknechte sie an: »He, Soldaten-Kersta, wie geht's ohne Mann?« Kersta blieb stehen und wischte sich mit dem Ärmel über das heiße Gesicht: »Gut. Wie denn anders.« – »Der Thome kann noch sechs Jahre fortbleiben – was?«
»Laß er bleiben – meinetwegen.«
Die Holzknechte lachten laut in den Wald hinein: »Eine, der das Fasten schmeckt! No und der Prozeß, wie steht's?«

»Gut. Wenn einer recht hat, ist ein Prozeß immer gut.«
»So – so.«
Häufig begegnete ihr der Forstgehülfe, ein hübscher Jungherr, mit einem schwarzen Schnurrbart, braunen, ganz blanken Augen. Dazu eine Jacke mit grünem Kragen und eine silberne Uhrkette. Er hielt Kersta jedesmal an und sprach so spaßig.
»Kleines Soldatenweibchen wie geht's?« Kersta errötete ein wenig und bog den Kopf zurück, um den Forstgehülfen anzusehen. »Wie soll's gehn!«
»Und der Thome kommt immer noch ohne Frau aus?«
»Oh! der hat dort genug, Polinnen und Jüdinnen!«
»So! Und Du hast hier auch genug Mannsleute, was?«
»Genug sind schon da!«
»Gott! Wäre ich so'n hübsches Weibchen wie'n Apfel, ich würde nicht warten, bis so einer von den Soldaten zurückkommt.«
»Wer wartet denn?« Kersta lachte laut, wie man lachen muß, wenn ein Jung einen Witz macht.
»So! Nicht? Wir beide würden gut passen; du klein wie'n Sperling, ich lang.«
»Gut, gut«, rief Kersta, weitergehend. »Zu Georg; wir wollen einen Kontrakt machen.« O, sie verstand es auch, mit Jungen zu spaßen. Einmal packte der Forstgehülfe sie, wollte sie küssen und umwerfen, sie aber riß sich los und lief davon. Noch den ganzen Weg über mußte sie darüber lachen. Zu Hause im Bett sah sie immer die Augen des Forstgehülfen vor sich, und als sie hörte, wie draußen die Jungen leise an die Fenster der Mädchen klopften, da machte sie das unruhig und ließ sie nicht schlafen.
Mit dem Frühling wurden die Gänge in die Stadt für Kersta leichter. Sie konnte sich auf dem Rückwege Zeit nehmen, denn die Nächte waren ganz hell. Sie ging dann oft so langsam, Schritt vor Schritt, als könnte sie sich nicht entschließen, aus dem Walde hinauszukommen: »Im Frühling bei Nacht, da ist es eigen; man wird faul, ganz faul«, sagte sie sich. »Und nicht einmal an den Prozeß kann man dabei denken. Wunderlich!« Zwischen den hohen Föhren standen jungbelaubte Birken, als hätte jemand ein dünnes, grünes Tuch dort hingehängt. Oder etwas Weißes leuchtet im Walde, ganz weiß, wie ein Mensch, der sich ein Bettlaken umgeworfen hat, das ist dann ein Faulbaum in voller Blüte; der duftet einem schon auf eine Werst entgegen. Auf der Waldwiese stehen Rehe, schwarz und still im Nebel, wie in einem Teich von Milch. Und überall, von den Hügeln und Weiden, klingt das Singen der Mädchen herüber, die Lieder, die Kersta so gut kannte. Ja, als Mädchen ist man toll in solchen Nächten,

keines kann schlafen. Kersta hatte das auch erlebt. Auch sie hatte Nächte lang draußen gesessen, die Hände um die Knie geschlungen, hatte gesungen, immerzu gesungen, recht laut die Töne in die Nacht hineingerufen und dabei gewartet: wird nicht einer antworten? Wird nicht einer kommen? Wird ein blonder Schnurrbart nicht bald sich fest auf ihre Lippen drücken? Daran mußte Kersta immer wieder denken, während sie langsam, mit schlaffen Gliedern, die Landstraße entlangging und in den Wald hineinhorchte.

In einer Nacht hörte Kersta es im Walde brechen. Ein Rehbock wurde aufgescheucht und bellte laut; wieder raschelte es und der Forstgehülfe stand vor ihr: »Kleines, kleines Soldatenfrauchen!« sagte er. Der Mond stand gerade am Himmel, daher schienen die Augen und die breiten, weißen Zähne des Forstgehülfen so blank: »No – wieder unterwegs?«

Kersta blieb stehen und sah zu ihm hinauf: ja sie war wieder in der Stadt gewesen, wie denn anders.

»Heute ist gut spazieren.«

Ja, gut war's schon.

Der Forstgehülfe lachte, sah Kersta an und schwieg. Sie schwieg auch und wartete. Endlich legte er seinen Arm um ihre Schultern und sagte: »Du und ich, du und ich. Komm.«

»Was nu wieder«, meinte Kersta. Sie versuchte es, in dem rauhen, spaßigen Ton zu sprechen, den man mit Jungen haben muß, allein, es kam unsicher und leise heraus; auch ließ sie sich willig von der Landstraße in den Wald führen. Als unter den Bäumen der Forstgehülfe ihr mit seiner großen, heißen Hand über die Wange und über die Brust strich, da wußte sie es, daß sie tun würde, was er wollte.

Der Morgen dämmerte, der Birkhahn war schon auf die Waldwiese herausgekommen und kollerte, als Kersta eilig ihrem Dorfe zuschritt. »No ja!« dachte sie. »Wenn eine bei Nacht mit einem Jungen im Walde ist, dann geht's mal nicht anders. Was kann man da machen!«

Von nun an fand sich der Forstgehülfe oft auf Kerstas Rückweg von der Stadt ein. Mutter Annlise brummte: »Was du jetzt spät nach Hause kommst!« – »Der Prozeß«, meinte Kersta: »Gott! So'n Prozeß geht nicht so rasch, wie'n Ei kochen.« Das Singen der Mädchen, und das Klopfen der Jungen bei Nacht an den Mädchenfenstern beunruhigte Kersta nicht mehr.

Um die Zeit der Heuernte merkte Kersta, daß sie schwanger sei. Das war schlimm! Was nun? Sie ging in den Ziegenstall, wo keiner sie sah, und heulte eine Stunde, dann ging sie wieder still an die Arbeit. Als sie den

Forstgehülfen traf, war sie sehr böse und schimpfte. Aber was half das? In sich gekehrt ging sie umher, bleich mit fest aufeinandergekniffenen Lippen. Sie tat die schwere Sommerarbeit, war sehr unwirsch mit der Mutter, schlug die Ziege beim Melken und wanderte öfter denn je in die Stadt, den Prozeß zu betreiben. Ging es mit dem Prozeß schief, dann war sie verloren, dann schlug Thome sie und das Kind tot. Und überhaupt das Kind! Was weiß man! So'n Kind wird geboren und stirbt, und Thome kam noch lange nicht. Dennoch mußte sie immer wieder an das Kind denken, an die Wiege, an die Leinwand für die Laken, und wie es sein wird, wenn so was Kleines, Weiches, Warmes sich an sie drückt und sich bewegt und seine Lippen an ihre Brust legt. »Ach, ach – Dummheiten. Gebe Gott, daß nichts wird mit dem Kinde.«

Während der Kartoffelernte ließ sich Kerstas Zustand nicht mehr verbergen. Sie ging gerade, langsam und gebückt ihre Furche entlang und sammelte die Kartoffeln in ihren Rock, da hörte sie hinter sich die Bille sagen: »Na, die Kersta erwartet den Thome mit 'nem Geschenk. Der wird sich freuen.« Die anderen Frauen lachten laut, über den ganzen Kartoffelacker setzte sich das Lachen fort: »Kommen mußte das. Nun ist's da«, dachte Kersta. Ihre Knie zitterten, die Kartoffeln, die sie gesammelt, rollten wieder auf die Erde. Sie richtete sich auf und sah die Frauen mit dem bösen, hilflosen Blick der Tiere an, die nicht mehr entrinnen können. Dann beugte sie sich wieder auf die Furche nieder und sammelte schweigend weiter. Das Spotten nahm jetzt kein Ende. Wenn Kersta über das Feld gehn mußte, um ihre Kartoffeln in den Wagen zu schütten, war es wie ein Spießrutenlaufen: »Sag, wo hast du das Geschenk machen lassen? In der Stadt? Ja, da kriegt man so was billig. Das kommt wohl beim Prozeßmachen heraus. Oder hat's der Thome dir mit der Post geschickt?« Kersta schwieg. Sie werden sich schon ausreden und aushöhnen, und dann wird Ruhe sein.

Schlimm war es auch mit der Mutter, die jammerte und schimpfte den ganzen Tag. Was half das! »Kommen wird, was kommt«, sagte sich Kersta. »Das Leben is nu mal schwer.« Das machte sie ruhig und stumpf. Im Winter, als Kersta in den Wald gegangen war, um Reisig zu holen, da überkamen sie die Geburtswehen. Die Frauen legten sie auf den Schlitten und zogen sie lachend und schreiend in das Dorf zurück. Kersta wurde von einem Mädchen entbunden. Das Kind war also da, und sterben wollte es auch nicht, es war ein kräftiges Ding mit braunen, blanken Augen im sorgenvollen Säuglingsgesicht. Die Leute im Dorf hatten sich an die Tatsache gewöhnt, daß Kersta ein Kind hatte. Es fiel niemandem etwas Witziges mehr darüber ein. Kersta selbst aber hatte außer dem Prozeß jetzt noch etwas anderes, wofür sie leben konnte. Der Prozeß war die Hauptsache, gewiß! Aber so'n Kind hat einen den ganzen Tag nötig, man wiegt es, man gibt ihm die Brust, an warmen Abenden sitzt man mit ihm auf der Türschwelle und singt: »Rai-rai-r-a-a, tai-tai-ta-a.«

»Liebe Kersta!« schrieb Thome. »Ich schreibe Dir, damit Du weißt; mir ist's schlecht gegangen. Krank bin ich gewesen. Jetzt schicken Sie mich nach Hause. Ich komme nächste Woche. Bleib gesund; Dein Mann Thome.«

Kersta hatte den Brief vor dem Herdfeuer mühsam entziffert.

»Was schreibt er?« fragte die Mutter.

»Was soll er viel schreiben«, erwiderte Kersta. Sie setzte sich auf die Ofenbank, denn sie fühlte sich ein wenig schwach. »Is er gesund?« fragte die Mutter weiter. Kersta antwortete nicht, sondern starrte in das Herdfeuer: »Warum antwortest du nicht? Ich will doch wissen.«

»Zurück kommt er«, warf Kersta mit ruhiger, verdrießlicher Stimme hin.

»So – so – zurück kommt er.« Auch die alte Frau schwieg jetzt und starrte ins Feuer.

»Wenn er dem Kinde nur nichts tut«, dachte Kersta. Die Mutter mußte ähnliche Gedanken gehabt haben, denn sie sagte: »Die Wiege wirst du so stellen müssen, daß er es nicht immer unter den Augen hat.« Ja, das konnte man machen. Eine Weile saßen sie noch stumm beieinander, dann seufzten sie und standen auf, um schlafen zu gehen. Im Bett fragte die Mutter noch: »Mit dem Prozeß ist's doch gut?«

»Wie dann soll's anders sein?«

»No denn!«

An einem Sonnabendnachmittag stand Kersta vor dem Kruge und wartete auf den Schlitten, der die entlassenen Soldaten aus der Stadt bringen sollte. Es fror. Am glashellen Himmel ging die Sonne rot unter. Alle Frauen des Dorfes waren vor dem Kruge versammelt. Sie wickelten die Hände in die Schürzen und sahen, die Nasen krausziehend, die Landstraße hinab. Da kamen die Männer! Sie schwenkten die Soldatenmützen und schrien.

»Was ist? Klein bist du geblieben und lebendig bist du auch«, sagte Thome, als er vor Kersta stand. Kersta wurde rot. Daß der Thome so groß war, hatte sie fast vergessen. Sie wurde ordentlich verlegen. »Warum soll ich nicht lebendig sein?« antwortete sie scherzend, aber die Tränen spritzten ihr in die Augen und sie streichelte Thomes Rockärmel. »Komm«, sagte sie, »das Essen ist fertig.« – »Essen – ha – ha.« Thome lachte flott: »Die will mich auffüttern, ich bin ihr zu mager.« So gingen sie heim. Thome voran, Kersta hinterher.

Die Stube in der Häuslerei war geschmückt. Der Tisch weiß bedeckt. Zwei Talgkerzen brannten. Der Fußboden war mit Tannennadeln überstreut. Mutter Annlise stand am Herde und rührte im Kessel.

»Was, alte Mutter, Ihr lauft auch noch herum! Halten die alten Knochen noch beieinander?« rief Thome. »Es geht, solange es geht«, meinte Annlise. »Gut, daß du da bist.«

Thome setzte sich an den Tisch und ließ sich das Schweinefleisch auftragen. Er aß langsam und aufmerksam, kaute jedes Stück lange, dabei sah er Kersta an und sagte mit vollem Munde: »Wirtin – Dundur-Wirtin.« Kersta saß ihm gegenüber, die Hände im Schoß gefaltet. »Eigen, wie hübsch so 'ne Mannsperson sein kann«, dachte sie. Das Gesicht war zwar so braun geworden, daß der blonde Schnurrbart darin fast weiß erschien, aber die Schultern, die Arme, der Nacken! Gut ist's, wenn ein Mann stark ist. – Thome hatte jetzt den ersten Hunger gestillt. Er fuhr mit dem Handrücken über seinen Schnurrbart und lehnte sich im Stuhl zurück: »Also der Prozeß; erzähl«, sagte er. Kerstas Gesicht nahm einen sehr überlegenen Ausdruck an, als sie zu berichten begann; lauter kluge Sachen, die der Advokat gesagt hatte, die sie gesagt und getan hatte. Das Gesinde war so gut wie ihres. Thome hörte gespannt und achtungsvoll zu: »Was nicht alles an Verstand in so einer Kleinen stecken kann!« Das feuerte Kersta noch mehr an. In der finsteren Ecke des Zimmers begann ein leises Wimmern. Kersta, eifrig fortsprechend, erhob sich mechanisch, ging zu der Wiege hinüber, nestelte ihre Jacke auf, nahm das Kind und gab ihm die Brust. Sie erhob ein wenig die Stimme, um aus der Ecke verstanden zu werden. Dann plötzlich, mitten im Satze blieb sie stecken. Mutter Annlise verließ leise das Zimmer: »Ja, nun kommt es«, dachte Kersta. Thome kam schon auf sie zu, langsam, den Kopf vorgestreckt, als wollte er etwas sagen. Schnell legte sie das Kind in die Wiege zurück und stellte sich davor. Sie wurde sehr blaß, schob die Unterlippe vor und die runden Augen öffneten sich ganz weit und wurden glasklar wie bei geängstigten Tieren. Weil die Hände ihr zitterten, faltete sie sie über dem Bauch. So wartete sie: »Jetzt kommt, was kommen muß.«

»Was ist das?« Thome sprach leise, als würgte ihn einer.

»Was soll es sein?«

»Wo – wo kommt das Kind her?«

»Ein Kind – nu ja. Wo soll's denn herkommen?«

Sie hatte das mißmutig und trotzig heraus gebracht. Jetzt aber drückte sie die Knöchel beider Hände in die Augen und begann zu schreien, laut, mit

weitgeöffnetem Munde, wie ein Kind, das über einer Untat ertappt worden ist. – »So – so – eine bist du«, fauchte Thome. Er faßte ihr Handgelenk und zerrte sie in die Mitte des Zimmers. »Den Mann betrügen – was? Hündin – Hündin! Totschlagen werd' ich dich und den Balg.« Er begann Kersta zu schlagen, unbarmherzig. Sie jammerte – wehrte sich: »Eine Faust wie Eisen – ei – ei –«, dachte sie. »Der Mann ist stark. Gott! Er schlägt mich tot.« – Wie das schmerzte – und doch – und doch – etwas war in alldem – das wie Befriedigung, wie Wollust aussah. Sie fühlte doch, daß sie einen Mann hatte. Thome war außer Atem. Er schleuderte seine Frau mit einem Fluch von sich, spie aus und setzte sich wieder an den Tisch. Kersta lag still am Boden. Die Glieder brannten ihr. Sie schielte zu Thome hinüber. War es nun vorüber? Fast hätte sie gewünscht, es wäre nicht vorüber, als daß er so dasaß und sich nicht um sie bekümmerte. Thome, den Kopf in die Hand gestützt, brütete vor sich hin. Da erhob sich Kersta mühsam, setzte sich auf die Ofenbank, rieb sich ihre zerschlagenen Glieder und weinte still vor sich hin: »Der arme Mann!« dachte sie dabei. Die Kerzen waren tief herabgebrannt und hatten lange schwarze Nasen. Kleine, harte Schneekörner klopften von draußen an die Fensterscheiben. Ein Heimchen begann eifrig im Herde zu schrillen. »Was wird er machen? Wird er mich heute abend noch schlagen?« dachte Kersta. Thome trank einen Schnaps, gähnte, begann sich die Stiefel auszuziehen. Kersta stand auf und zog ihm die Stiefel aus. Dann entkleidete er sich und warf sich auf das Bett; das Bett krachte, als wollte es zerbrechen. Kersta mußte lächeln. »Na ja – ein so schwerer Mann!« Sie löschte die Kerzen aus und setzte sich wieder auf die Ofenbank. Die glimmenden Kohlen im Herde warfen ein wenig rotes Licht und Wärme auf die nackten Füße der kleinen Frau, die bange und regungslos auf den Atem des Mannes horchte. »Du!« erscholl es plötzlich. Kersta schreckte auf: »Was sitzt du? Wirst du nicht schlafen?«
»Was soll ich sonst tun«, erwiderte Kersta mit ihrer brummigsten Stimme. Als sie aber zum Bett hinüberging, wurde ihr warm um das Herz: »Jetzt – jetzt war sie auch – wie andere Frauen!«

In der ersten Zeit war das Leben in der Häuslerei schwierig. Die Wut über das ihm angetane Unrecht stieg immer wieder in Thome auf; dann gab es Geschrei und Schläge. Im Kruge erklärte Thome, er wolle die Frau und das Kind totschlagen. Das Kind mußte beständig vor ihm versteckt werden: »Er wird sich schon gewöhnen«, sagte Kersta ruhig. »Na ja, ein Mann ist einmal nicht anders. Was kann man da machen.« Und wirklich! Thome begann immer weniger vom Kinde zu sprechen, dafür war um so mehr von dem Prozeß die Rede. Sie berieten, wieviel Kühe, wieviel Schweine sie im Gesinde halten würden; darüber war genug zu sagen. Er vergaß das Kind, er sah es nicht mehr, spie nicht mehr aus, wenn er an der Wiege vorüberging. Kersta konnte dem Kinde die Brust geben, ohne sich zu verstecken.

Thome beschloß selbst in die Stadt zu fahren, um nach dem Rechten zu sehen. Für ein Weib war die Kersta klug genug, aber, was so wirklich Verstand ist, hat doch nur ein Mann. »Das ist schon richtig«, meinte Kersta ... »Wer soll denn sonst Verstand haben?« So fuhr er ab. Spät abends kehrte er ein wenig angetrunken und sehr aufgeräumt heim. Der Prozeß war gewonnen. »Komm her junge Dundur-Wirtin«, rief er. »Hier ist was für dich.« Er legte Kersta ein rotseidenes Tuch auf den Kopf. »Eine Wirtin muß Staat machen.«

»Ein Tuch, wozu war das nötig«, meinte Kersta und lachte.

»Na – so.« Und halb abgewandt, wie verlegen, warf Thome eine Semmel auf den Tisch. »Und das da – hab ich gekauft – für – für den da ...«

»Für wen?«

»Nu – für den Balg.«

Kersta nahm die Semmel und drückte sie andächtig gegen ihr Mieder. – »So – jetzt kam vielleicht auch für sie ein bißchen gute Zeit!«

(1901)

BEATE UND MAREILE

Erstes Kapitel

Aus dem Badezimmer erscholl ein gleichmäßiges Plätschern. Günther von Tarniff saß in seinem rotgelben Badebassin. Die lauwarme Dusche wurde in der Morgensonne ganz blank – fließendes Kristall. Das war so hübsch und angenehm, daß Günther sich nicht davon trennen konnte. Er saß da schon geraume Zeit und registrierte die behaglichen Empfindungen, die über seinen Körper hinglitten ... wachsam und aufmerksam, wie er jedes angenehme Gefühl in sich zu verfolgen pflegte, als müßte aus dieser Addition sich ein Glück herausrechnen lassen.

»Ziehen Herr Graf die neuen Weißen an?« fragte Peter aus dem Nebenzimmer.

»Ja. Gefallen sie dir nicht?« rief Günther zurück.

»'ne neue Mode. Wird man sehen«, meinte Peter.

Nun mußte Günther heraus. Peter rieb ihn behutsam mit einem weichen Tuch ab. Günther pflegte seinen Körper wie ein Brahmane. Er bewunderte ihn und achtete ihn, als die Tafel, auf der das Leben viele, wichtige Genüsse zu verzeichnen hat.

»Frau Gräfin waren schon auf, bei der Morgenandacht«, berichtete Peter. »Ja, bei den alten Herrschaften im Flügel ist Morgenandacht mit den Leuten vom Alten Testament, wie die Amalie sagt.«

»Teufel. Dann sind wir hier das Neue Testament – was? Bedeutend freche Jungfrau, die Amalie. Und du?«

»Gott, ich!« Peter zog die Augenbrauen über den kleinen litauer Augen empor: »Heute bin ich dabei gewesen. So 'n mal. Sonst, der Beckmann geht nich –«

»– So – der Beckmann ist dein Dienerideal? – Gott! Mit dem dummen Gesicht!«

Als Peter seinem Herrn das Beinkleid reichte, nahm er ein anderes Thema auf: »Schön is hier! Das Haus, der Garten. Alles gehört uns!«

»Ja«, meinte Günther und hielt im Ankleiden inne, um seine Bemerkung Peter eindringlich mitzuteilen: »Wie dieser Anzug. Alles weich – lose. Nicht? Und die Uniform war steif – und eng. Nun also. Wenn man den Dienst aufgibt und nach Kaltin zieht, dann zieht man eben die Uniform aus und dies hier an!«

Peter war voller Bewunderung: »Wie spitzig der Herr Graf das sagen! Ja, so 'n Kopf, wie unser Graf! Aber so stramm war unser Dienst nicht.«

»Ach was, Dienst! Das Leben, verstehst du? Die Zeit vergeht und noch zu wenig, zu wenig ...«

»Weiber«, half Peter ein.

»Ja, auch das. Das ist vorüber. Hier ist Ruhe.«

»Gott sei Dank«, schloß Peter die Unterhaltung.

Günther war fertig und stellte sich vor den Spiegel. Er sah gut aus, er konnte zufrieden sein: die matte Gesichtsfarbe, das schwarze Haar seiner italienischen Mutter, die braunen, blanken Frauenaugen mit den langen Wimpern, die Lippen so rot wie bei Knaben, in denen die Jugend noch wie ein Fieber brennt.

»Heute wieder wunderbar«, meinte Peter.

Sie hat auf mich gewartet, dachte Günther, als er in den Gartensaal trat und die zwei Gedecke auf dem Frühstückstische sah. Eine behagliche Rührung ergriff ihn bei diesem Anblick: »Angenehm ist das – wie – wie – reine Wäsche nach der Reise!«

Er trat auf die Veranda hinaus und blickte über die Kieswege und Blumenbeete hin. Die heiße Luft zitterte und flimmerte. Der Buchsbaum glänzte wie grünes Leder. Hinter dem Garten dehnte sich Wiesenland aus, dann niedrige Hügel, an denen die Äcker wie regelmäßige Seidenstreifen niederhingen. Unten, von der Buchsbaumhecke sah Günther seine Frau auf das Haus zulaufen. Die eine Hand hielt die Schleppe des weißen Kleides, die andere einen bunten Strauß Erbsenblüten. Ein wenig atemlos blieb Beate vor Günther stehen und lächelte. Die Gestalt schwankte leicht, wie zu biegsam.

»Riech mal«, sagte sie und hielt ihm den Strauß hin. »Das riecht wie Sommerferien, nicht?«

»Du kannst ja laufen wie ein Jöhr«, meinte Günther.

»Ja, ja!« Beate lachte: »Hier ist man wieder jung; weil alles umher so schön alt ist, so alt wie – wie Kinderfrauen.«

Sie gingen in den Gartensaal. Günther streckte sich in einem Sessel aus und ließ sich Tee einschenken.

»Gewiß! Gut ist's hier«, begann er, die Worte langsam vor sich hin schnarrend. »Wie's so aussieht, müßte der schon ein ungewandter Monsieur sein, der hier nicht auf seine Rechnung kommt, wie, Beating?«

Beate schlug die Augen zu ihm auf, für das schmale, weiße Gesicht sehr große Augen, durchsichtig und graublau, mit ein wenig feuchtem Golde auf dem Grunde. Eine freundliche, ruhige Ironie lag in ihrem Blick. Das machte Günther befangen. Er begann im Zimmer auf und ab zu gehen

und angeregt zu sprechen: »So wie hier, das lieb' ich; ruhige, königlich preußische Schönheit. Die ewigen Großartigkeiten fallen mir auf die Nerven. Na – ja du – du bist anders. Sorrent – Luzern – das ist dir wie dein Deputat.«
»Ja, Kaltin ist gut«, meinte Beate.
»Hier läßt man sich also nieder«, setzte Günther seine Betrachtung fort. »Das ist das Definitive – Ruhe – Abschluß.«
Beate zog die Augenbrauen empor.
»Womit schließt du denn ab? Jetzt fängt's doch gerade an – unser Leben.«
»Für euch Frauen«, dozierte Günther mit klingender Stimme, »für euch ist die Ehe ein Anfang – *der* Anfang. Für uns Männer ist die Ehe auch ein Ende. Das Frühere ist zu Ende – aus; verstehst du? – Frauen unserer Gesellschaft haben kein Früher. Sie haben Gouvernanten, aber keine Vergangenheit gehabt.«
»Dieses ›Früher‹ klingt ziemlich unsympathisch«, warf Beate ein wenig gereizt ein.
Günther lachte: »Ja, das könnt ihr nun mal nicht ändern. Ihr Ehefrauen seid immer 'ne Art Hafen. Du, Beating, bist ein hübscher, glatter, tiefer Hafen, gut ausgebaggert, man sieht bis auf den Grund.«
Beate schaute in der stillverschlossenen Art vor sich hin, die sie anzunehmen pflegte, wenn sie etwas gleichsam nicht zu sich hereinlassen wollte; es ihr zuwider war. Günther sprach schon von anderem: »Müssen wir nicht zu unseren alten Damen hinüber?«
»Ja, wenn du willst.«
»Sag, ist's dort noch so – so – düster?«
»Düster – dort?«
»Na ja, für dich – natürlich – da sind's die Kinderzimmer und so. Die Zimmer sind's auch nicht. Ich glaube, es ist die Tante Seneïde.«
»Tante?« rief Beate. »Aber Tante Seneïde ist doch wie – wie Mondschein im Ahnensaal.«
»So! Ist das nicht unheimlich, wenn man so ist?«
»Ach nein!« erklärte Beate. »Weißt du, wenn der Mond durch die oberen Fenster des Ahnensaals scheint, dann ist der Fußboden ganz voll von Lichtkringel. Als Kinder setzten Mareile und ich uns da mitten hinein. Tante Seneïde ging im Saale auf und ab und sagte ihre geistlichen Lieder her. Das war so echt Kaltinsch und das gehört Tante.«
»So«, meinte Günther, »als Knabe habe ich mich gefürchtet, wenn die Leute von der kranken Komtesse sprachen. Na, jetzt soll sie mir wie Mondschein im Ahnensaal sein. Komm!«

Zweites Kapitel

Lantin, das Stammgut der Tarniffs, grenzte an Kaltin, den Sitz der Losnitz'. Beate und Günther waren Nachbarskinder und verwandt. Die Tarniffs und die Losnitz' gehörten zu dem alteingesessenen Landadel, zu den »braungebrannten Herren«, von denen Bismarck spricht: »die man morgens früh um fünf auf ihren Feldern einhergehen oder reiten sieht.« Starke Leute, die das Leben und die Arbeit lieben, roh mit den Weibern und andächtig mit ihren Frauen umgehen und einen angeerbten Glauben und angeerbte Grundsätze haben. Der Lantiner Zweig der Tarniffs jedoch hatte durch mehrere Generationen dem Staat gute Diplomaten geliefert. Der Aufenthalt in der Fremde entrückte sie ihrem Landsitz. Die Schüler der Grumbkow, Hardenberg, Bismarck brachten etwas Fremdes in das Gleichgewicht und die ein wenig hochmütige Beschränkung der Landjunker; neue Gedanken und Appetite komplizierten ihr Seelenleben. Dazu schlossen die Herren auf ihren diplomatischen Posten Ehen mit Ausländerinnen. Das exotische Blut nagte an den starken Nerven der märkischen Rasse, erhitzte und schwächte sie mit seiner Erbschaft fremder Geschlechter.

Graf Botho, Günthers Vater, war mit einer italienischen Prinzessin vermählt gewesen; ein herrliches Geschöpf, wie Fra Sebastiano sie gerne malte: königliche, edelsteinharte Augen, eine bleiche Gesichtsfarbe, in die sich etwas wie grünliches Gold mischt. Die schöne Römerin konnte deutsche Luft und deutsche Menschen nicht vertragen. Getrennt von ihrem Gatten lebte sie mit ihrem einzigen Kinde, dem kleinen Günther, in ihrer Heimat. Noch jung erlag sie einem Brustleiden. Lantin hatte von seiner Herrschaft wenig gesehen. Jetzt langte Graf Botho in Lantin an mit seinem Kinde, dem Sarg seiner Frau und Komtesse Benigne, seiner alten Schwester. Der Sarg wurde in der Familiengruft beigesetzt, Benigne mit dem Kinde im Schloß eingerichtet und dann reiste Graf Botho wieder ab. Hier verbrachte Günther seine Kindheit. Damals war es, daß er seine ersten Spiele mit Beate und Mareile, der braunen Inspektorstochter, zwischen den Levkojen und Lilienbeeten des Kaltiner Gartens spielte.

Die Baronin von Losnitz, früh verwitwet, lebte mit ihrer einzigen Tochter in Kaltin. Komtesse Seneïde Sallen, ihre Schwester, wohnte bei ihr. Irgendeine brutale Liebesgeschichte war in das stille Leben des Landfräuleins eingeschlagen und hatte es seelisch und geistig gebrochen. Jetzt lebte sie hier. Friedliche Beschäftigungen, die freundliche Narkose der Religion erhielten das Gleichgewicht dieses kranken Geistes.

Schloß Lantin wurde unterdes wieder leer. Komtesse Benigne starb, und Günther wurde in die Stadt gegeben. Lantin sah seinen Herrn zwar noch

einmal, allein unter wunderlichen Umständen, wieder. Graf Botho langte mit einer fremden, schwarzlockigen Dame an. Frau Kulmann, Kastellanin und Kammerdienergattin, verstand es, ein undurchdringliches Dunkel um die Fremde zu breiten. Die Leute schüttelten die Köpfe. Begegneten sie dem Paar, dann rückten sie an den Mützen, verzogen jedoch höhnisch die Mäuler. Mankow, der Wildhüter und Vertraute des Grafen, erzählte abends im Waldkruge unheimliche Geschichten von der »verfluchten Schwarzen«. Über dem Portal des Schlosses hing in bemaltem Stein das Tarniffsche Wappen: auf dem Tartschenschilde in goldenem Felde drei schwarze Lindenblätter, darüber, auf gekröntem Stechhelm, zwischen dem offenen, goldenen Flug ein wachsender, schwarzer Brackenhals. »Die drei herzförmigen Blätter«, sagten die Lantiner, »sind die drei Weiberherzen, die jeder Tarniff bricht.« – »Ja«, sagte Mankow, »und der Hund da oben, das ist der Teufel, der sie holt. Unser Alter hat sich seinen Teufel selber mitgebracht.« Die Sache nahm kein gutes Ende: »So verfault is unser Alter auch noch nich«, meinte Mankow. »Was zu doll is, is zu doll! Das schwarze Aas hat die Reitpeitsch, die mit dem goldenen Knopf, wißt ihr, zu schmecken gekriegt.« Eine verschlossene Kutsche brachte die Schwarze eines Morgens zur Station. Der alte Herr verschloß sich in seine Gemächer, dann reiste er ab, kam wieder, vergrub sich in seine Bücher: »Alt is 'r«, sagte Mankow. »Er sagt, er hat das Leben satt. Muß der gefressen haben! Was? Jetzt sitzt er bei den Büchern, und das ist das Letzte.« Ein Schlaganfall beraubte den alten Herrn seiner Füße. Stundenlang schob Kulmann ihn im Rollstuhl die Alleen des Parkes auf und ab, und das große, bleiche Greisenantlitz wackelte mißmutig und ergeben bei jeder Bewegung des Rollstuhles. Endlich kam das Ende. Kulmann hatte seinen Herrn eines Nachmittags allein im Park gelassen, um zu Hause einen Grog zu trinken. Das mochte ein wenig lange gedauert haben. Als Kulmann gegen Abend seinen Grafen aufsuchte, fand er ihn in der Herbstdämmerung tot im Rollstuhl sitzen, feucht von Abendnebeln, überstreut von Herbstblättern, und den goldenen Knopf der Reitpeitsche fest zwischen die Zähne geklemmt.
Günther mied das Schloß. Frau Kulmann kämpfte mit Staub und Motten und dachte an lustigere Zeiten, da sie jung war und dem seligen Herrn gefiel.
Günther erwuchs zu einem sehr glänzenden Ulanenoffizier. Er durchspähte das Leben mit leidenschaftlicher Hast nach Genüssen, als fürchtete er beständig, irgendein Genuß, ein seltenes Glück könnte ihm unterschlagen werden. Nach einigen Jahren hieß es, seiner Gesundheit halber müsse er den Dienst verlassen. Andere erzählten, seine Beziehungen zu einer hochstehenden Dame hätten seine Entfernung aus Berlin wünschenswert ge-

macht. Er ging nach Athen, bei der Gesandtschaft diplomatische Kenntnisse zu sammeln. Einige Winter später trafen die Jugendgespielen sich in Berlin. Frau von Losnitz wollte Beate in die Gesellschaft einführen. Günther befand sich gerade in einer Krisis, die bei solchen nervösen, allzu gierigen Lebenstrinkern gegen Ende der zwanziger Jahre einzutreten pflegt. Er war satt. Von jeher hatte er das Weib für die Verschleißerin der wichtigsten Genüsse des Lebens angesehen. Für jede Stimmung das richtige Weib zu finden, erschien ihm als die bedeutsamste Kunst; und urplötzlich war er der Weiber so müde: »Es ist doch in der ganzen Welt immer wieder dieselbe kleine Schauspielerin mit den gemalten Augenbrauen und den geldgierigen Taubenaugen«, meinte er. »Ich kann Dir sagen«, schrieb er an den Maler Hans Berkow, seinen Freund, »ich gehe den Weibern wie einer Drehorgel, die eine zu oft gehörte Melodie spielt, aus dem Wege. Ich kann nur noch mit den stillen, kühlen Marmordamen im Museum verkehren.« In dieser Gemütslage mußte Beate stark auf Günther wirken. Dieses Mädchen, mit einer stilvollen Reinheit, schien ihm ein Glück zu versprechen, das ihm wirklich bisher unterschlagen worden war. »Sie ist ja die adelige Poesie in Person«, sagte er, denn er liebte die geschmückten Redewendungen. Einen schwungvolleren Bewerber hatte die kühle Berliner Gesellschaft noch nicht gesehen: »Je nun!« sagte der Fürst Kornowitz, »wir haben bei unseren Damen schon alle möglichen Manieren versucht, Jockeymanieren, Künstlermanieren, Dekadenzmanieren. Der Tarniff scheint die Troubadourmanier aufbringen zu wollen. Keine bequeme Manier das.« Beate nahm Günthers Werbung in ihrer wohlerzogenen Art hin. In den Schlössern unseres Landadels wachsen noch, unter feiner berechneter Obhut, solche Mädchen von wunderbar naiver Reinheit heran. Das Gute und Schöne erwarten sie von dem Leben, wie das Selbstverständliche, und Günther erschien Beate als dieses Schöne und Gute. Im Winter verlobten sie sich, im April wurden sie getraut und im Juli des nächsten Jahres zog Günther nach Kaltin, entschlossen, dort ein glückliches Familienleben zu führen nach wohlbewährtem, altadeligem Rezepte.

Drittes Kapitel

Die alte Baronin von Losnitz saß in ihrem Voltairesessel und strickte einen blauen Kinderstrumpf. Schöne Haartrompeten, blank und weiß, rahmten das fette, weiße Gesicht ein mit den regelmäßigen Zügen. Seneïde saß am Fenster und nähte. Ihre Züge waren scharf und gezogen, die Lippen fast weiß und die Augen lagen tief in den Höhlen und gaben

dem Gesichte einen kummervoll-erregten Ausdruck. Sie legte ihren Fingerhut mit einem lauten »Klap« auf den Tisch, lehnte den Kopf zurück und schloß die Augen. »Beating«, begann sie, »war heute wieder wie sonst. Gestern, da war etwas Fremdes in ihrem Gesichte – etwas – ich weiß nicht?«
Die Baronin schaute ihre Schwester über die Brille hinweg an: »Hör, Seneïdchen, du machst die Dinge gern geheimnisvoll. Für ein junges Ehepaar ist das nichts. In deiner Milchkammer rührst du auch nicht in den Töpfen herum; du wartest doch ruhig, bis die Sahne sich absteht. Na – also!«
Seneïde beugte sich still auf ihre Arbeit nieder.
Nun kamen Günther und Beate. Günther begann sofort die alten Damen zu bezaubern. Nichts im Leben war ihm ungemütlicher, als wenn er nicht gefiel. Bei der Toilette bemühte er sich, Peter zu gefallen, und auf der Reise dem Schaffner. »O Mama, wie blühend du aussiehst, hübsch und sommerlich. Und Tante – Ihr Harmonium habe ich heute früh schon im Bette gehört. Geradezu heilig hab' ich dabei geschlafen – auf Ehre. Gott, hier muß man ja gut sein.«
Dann sprachen sie von Mareile Ziepe, der Inspektorstochter. »Oh, unsere Mareile«, rief Günther, »die ist groß! Also – nicht nur die berühmte Sängerin; sie ist die gefeiertste Schönheit der Gesellschaft – der Gesellschaft – bitte.«
Die Baronin lachte: »Meine Mareile! Die hatte immer eine feste Hand ... Wenn man Ziepe heißt und dann ...« – »Na ja, Ziepe«, meinte Günther, »das hat sie abgelegt. Sie heißt Cibò! Ist auch besser. Die Fürstin Elise kann ohne Mareile nicht leben, der Fürst Kornowitz schmachtet sie an.«
Durch die Seitentür kam jetzt Frau Ziepe herein. Sie wollte die jungen Herrschaften begrüßen. Erhitzt und verlegen saß sie neben Beate und sprach von ihren Zwillingen. Plötzlich verklärte sich ihr Gesicht. Mareile war genannt worden.
»Auf Ihre Tochter«, wandte sich Günther an die Inspektorsfrau, »sind wir alle stolz.«
»Danke, Herr Graf, danke.« Frau Ziepe errötete. »Und ich hab' mich so vor der Kunst gefürchtet. Man spricht so viel. Aber Mareiling hat Charakter, Gott sei Dank.«
»Was tun wir?« fragte Günther seine Frau, als sie wieder allein in Beatens blauem Kabinett auf den weißlackierten Stühlchen saßen. »Natürlich beieinander sein!« Er nahm Beatens Hand und küßte vorsichtig jede Fingerspitze. »Ja, was tun wir?« wiederholte Beate.
Günther dachte nach. »In den Garten müssen wir, damit wir so das

Sumsum des Sommers hören. Nicht? Im Park unter den Linden muß es jetzt gut sein. Suche ein Buch heraus. So was Altmodisches, ganz Süßes, weißt du. Ich bestelle die Hängematten?«

»Ah! So ist's gut!« rief Günther, als sie beide unter den Linden in den Hängematten lagen. »Nun lies, Schatz.«

Zwischen den starken Stämmen hindurch sah Günther ein Stück des Teiches mit seinen Inseln von Froschlöffel und Wasserlinsen. Libellen, kleine blanke Lichtgestalten wiegten sich in der heißen Luft. Unter den Weiden am Ufer aber saßen die Schwäne, weiße, regungslose Gebilde. Günther blickte auf die schmale, helle Gestalt neben sich in der Hängematte. Lichter und Blätterschatten huschten über sie hin: Gott ja! dachte er, unsere Frauen, die sind eigen! So 'ne kühle, klare Luft ist um sie her. Die anderen sind auch schön – o ja! Mareile zum Beispiel, aber so das – das Festliche fehlt.

Beate hielt inne und blickte zu Günther hinüber. »Du hörst mir nicht zu. Woran denkst du?«

»Ich denke – ich denke an dich – und daß es gut ist, daß du hier in der Hängematte liegst und nicht – eine andere – Mareile oder sonst eine von den anderen.«

»Mareile? Warum?«

»Erinnerst du dich noch des Besuches der Rumpenower Kinder? Du und Mareile hattet damals lange, dünne Backfischbeine. Wir spielten Räuber im Garten. Ich weiß nicht, wie das kam, aber Mareile und ich mußten in den Rübenkeller flüchten. Kühl war's da und roch feucht nach Gemüsen. Wir waren stark gelaufen, unsere Herzen schlugen laut – tap – tap. Mareile hatte ein weißes Kleid an – und nackte Schultern. Nun da – bog ich mich vor und küßte eine dieser spitzen, heißen Backfischschultern. Früher war mir das nie eingefallen.«

»Oh! Wirklich?« warf Beate hin.

»Ja. Sie stieß mich vor die Brust und sagte: ›Dummer Junge‹.«

»Nun – und?«

»Ach nichts! Ich dachte daran. Übrigens glaub' ich doch, daß Mareile damals in mich verliebt war.«

»Möglich!« meinte Beate ein wenig hochmütig. »Sie sprach damals zuweilen vom Verlieben. Ich fand das lächerlich. Verlieben gehörte zur Kammerjungfer Lisette, zu Betty Ahlmeyer.«

»Ja – ja – natürlich!« rief Günther. »Das war Kaltinsch – ganz echt. Na, lies nur.« Günther schaute wieder in das Blätterdach hinauf. Ein Schwarm Mücken drehte sich wie blonder Staub in einem Sonnenstrahl. Das macht schwindelig und schläfrig.

Günther reckte sich: »Wie schön – wie schön!« Er pflegte jede Lebenslage genau auf die Summe von Befriedigung hin zu prüfen, die sie ihm bot; er stellte gern jedem Augenblick eine Zensur aus. Jetzt war er zufrieden. An dem Junggesellenleben war doch nichts Rechtes dran! Stille, helle Zimmer, gute Menschen, diese Frau – dieses beruhigende, weiße Rätsel, an dem herumzuraten eine so friedliche Beschäftigung war – das wollte er jetzt.
Das Ehejahr in Berlin zählte nicht. Was die Liebe der Junggesellenjahre lehrt, läßt sich bei den Beaten schlecht verwenden. Da muß umgelernt werden; das macht ungeschickt. Beate nahm dort etwas Erstauntes, bleich Ergebenes an; als hätte sie eine Enttäuschung erlebt. Daß er diese Enttäuschung sein könnte, war für Günther kränkend und quälend gewesen. Berlin war ohnehin für Beate nicht der rechte Hintergrund. Hier war's gut! Er streckte seine Hand zu der anderen Hängematte hinüber.
»Du hast geschlafen?« fragte Beate.
»Ja«, sagte Günther, »und geträumt. Ein Traum, ganz weiß von dir.«
Beckmanns schwarz und goldene Gestalt stand plötzlich in all dem Grün und meldete das Frühstück.

Zur Feier der Ankunft der jungen Herrschaft fand unten im Park ein Fest für die Gutsleute statt. Nach dem Diner begaben die Herrschaften sich auf den Festplatz. Die Buchen und Kastanien am Teiche steckten voll bunter Lampen; farbige Lichtpünktchen, verloren in all dem Schwarz ringsum. Auf dem Rasenplatze wurde getanzt. Auf einem Tische brannte eine Petroleumlampe ruhig und schläfrig, wie in einer Familienstube. Dort saßen Inspektor Ziepe und der Schulze beim Bier. Die Musikanten fiedelten einen Schleifer; dünne, schnurrende Töne, die, wie verirrt, in die große Nachtstille hinaushüpften; und über dem Ganzen lag der melancholische Ernst, wie er über den Lustbarkeiten des Volkes zu liegen pflegt. Günther hielt eine Rede. Er stand auf einer Bank, machte weite Armbewegungen, wurde ganz warm von den großen Worten, die er zu den schweren Arbeitergestalten hinuntersprach, die andächtig, ein wenig schläfrig, zuhörten; ... das tat ihm wohl. Dann wurde getanzt. Peter besorgte für Günther als Tänzerin die Eve Mankow, ein großes, rothaariges Mädchen mit grellen, rotbraunen Augen in einem runden, rosa Gesichte. Beate tanzte mit Edse Maschnap, der Galoschen und einen Stadthut trug. Edse unterhielt seine Dame. »Ich bin zurück aus der Stadt. Na ja – der Vater hat die zweite Frau. Die sorgte für ihre Kinder – da muß ich sehen, daß nich alles so stille – stille – verschwindet – Frau Gräfin verstehen?«

Beate schaute zu Günther hinüber. Wie eifrig er sich mit dem großen, unangenehmen Mädchen unterhielt. Er erzählte etwas. Eve wandte sich ab, legte den Arm vor den Mund und lachte. Ja – er verstand es, jede zu nehmen!

Der Tanz war zu Ende. Die Herrschaften wollten vom Kahn im Teiche aus das Feuerwerk ansehen. Günther wäre gern geblieben und hätte sich an der Verehrung der Leute erwärmt. Zu imponieren ist eine so angenehme Beschäftigung; er wagte jedoch den Vorschlag nicht; er fürchtete, Beate würde dazu ihre ironisch erstaunten Augen machen. Auf dem Teiche war es köstlich. All die schweren, warmen Menschen mit ihrer schweren, erhitzten Lustigkeit hatten Beate mit großem Unbehagen erfüllt. Hier war es kühl und still und dunkel. Beate lag auf dem Rücken und sah in die Sterne hinauf. Günther ruderte anfangs und sprach angeregt. Dann fragte er plötzlich: »Warum liegst du so weiß da und sagst nichts?«

»Ich höre lieber zu«, erwiderte Beate. »Das klingt sehr freundlich«, dachte Günther, »aber doch so 'n bißchen überlegen, als müßte man Nachsicht mit mir haben.« Er wurde schweigsam. Beate hatte recht. Auch er wollte daliegen und seinem Empfinden lauschen. Das gehörte zu dieser Lebenslage. Helle, wunderbar weiche Töne gingen und kamen über das Wasser, als atmete und lebte die dunkle Fläche. Günther streckte sich neben Beate aus, nahm eine ihrer kühlen Hände. Über die schwarzen Wipfel stieg eine Rakete auf; eilig und golden stieg sie auf, immer höher, dann neigte sie sich, wie müde, und die Leuchtkugeln, ein farbiges Aufblühen, regneten nieder. Die Leute am Ufer riefen: Hurra!

»Ja, die!« meinte Günther, »die verstehen noch zu schreien, wenn sie lustig sind.«

»Möchtest du denn auch schreien?« fragte Beate.

»Gott! Schreien! Nein. Ich sag' nur, die können's noch, wir nicht, wir sind zu – zu – stilisiert – um lustig zu sein.«

Der Mond stieg über den Ahornbäumen auf. Der Teich sprühte. Die Stengel der Froschlöffel, des Wasserknöterich, die weißen Köpfe der Wasserrose schienen größer, wie sie so unbeweglich in dem blauen Lichte standen.

Eine selige Trägheit, eine angenehme Wunschlosigkeit war über Beate gekommen. Als Günther sich auf sie niederbeugte und ihr die Lippen, die Augen küßte, ihren schmalen, ruhenden Körper in seine heißen, fiebernden Hände nahm, sagte sie: »Ach – laß – Liebster.«

Günther wurde sofort ruhig. Er seufzte. Ach ja! Man muß ruhig und poetisch sein. »Dieses kühle Mondscheingesicht«, sagte er ein wenig gereizt. Dann griff er in das Wasser, mitten in eine Gesellschaft Wasserrosen hinein und holte sich die ganze Hand voll schwerer, weißer Blütenköpfe heraus: »So, jetzt will ich dich putzen, warte.« Er steckte die feuchten Blumen in Beates Haar. Beate lachte unter dem Tropfenregen. »So ist's gut«, meinte Günther, »Schönheit – Schönheit – Schönheit, Amen.«

Beate saß in ihrem erdbeerfarbenen Nachtkleide noch auf. Amelie, das naseweise Gesichtchen rot vom Tanz, versuchte ein Gespräch.
»Ach nee, der Maschnap, über den hab' ich gelacht. Und die Eve, die war gut, wie 'n Pfannkuchen hat die sich gebläht.«
»Geben Sie mir die Bücher«, sagte Beate, und wenn die Gräfin sich die heiligen Bücher geben ließ, die Bibel und den Thomas a Kempis, dann mußte Amelie gehen.
Die Stille des alten Kaltin hatte Beate überempfindlich für jeden Eindruck gemacht. Jedes Erlebnis nahm tiefe Bedeutung an, wie Gestalten im Mondschein größer erscheinen.
Sie beugte sich über den Thomas a Kempis und las: »Mache mich stärker in der Liebe, daß ich im Innersten meines Herzens schmecken lerne, wie süß es ist, zu lieben und in Liebe aufzugehen und ganz mich zu bewegen. Singen möchte ich das Lied der Liebe ...«
Draußen schüttelte ein plötzliches Wehen den Baum vor dem Fenster. Beate schaute auf, dann, wie erschöpft von dem übermächtigen Gefühl, lehnte sie den Kopf zurück. Ihr Gesicht war blaß, von der feinen Blässe der alten Rassen, die von jahrhundertelangem Stehen auf geschützten Höhen müde geworden sind. Der Ausdruck des Gesichtes war wie Lächeln und doch wie Leiden. Die braunen Zöpfe, noch feucht von den Wasserrosen, hingen über ihre Schulter nieder. Gewiegt von einer köstlichen Schlaffheit, zuckte Beate mit den Wimpern, als blendete sie eine lichte Vision. Eine Tür ging. Das Parkett knarrte unter Günthers leichtem Tritt. Beate schloß die Augen. Ein blasses Rot stieg ihr in die Wangen, und die Hände auf den Seitenlehnen des Sessels zitterten leicht.

Viertes Kapitel

Das Stationsgebäude lag jenseits des Dorfes auf einem schattenlosen Sandhügel. Die Mittagssonne stach sengend auf den Bahnsteig nieder. Die elektrische Glocke meldete den Schnellzug. Herr Ahlmeyer, der Stationsvorsteher, erschien, die rote Mütze im Nacken. Über ihm, im ersten Stock des Hauses, wurde ein Fenster geöffnet. Betty Ahlmeyer steckte den blonden Kopf heraus und blickte gespannt den Schienenweg hinab. So erwartete sie seit dreiundzwanzig Jahren jeden Zug.

Heute erlebte sie etwas. Als der Zug hielt, entstieg einem Wagen erster Klasse Mareile Ziepe. In einen rahmfarbenen Staubmantel gehüllt, stand sie auf dem Bahnsteig und wiegte eine kleine, rote Tasche hin und her. Ahlmeyer schoß auf sie zu: »Fräulein Mareile – signora – nicht möglich! Wir haben Sie nicht erwartet.«

»So ist kein Wagen da?« fragte Mareile ruhig. Nein, es war kein Wagen da. Aber wollte Mareile nicht Kaffee trinken? Wollte sie nicht Ahlmeyers Fuchs und Jagdwagen? Nein, Mareile wollte zu Fuß gehen. »Künstlerinnen sind unberechenbar!« meinte Ahlmeyer.

Mareile schlug den Fußpfad über die Heide ein. Das warme, staubige Kraut knisterte unter ihren Füßen. Es duftete schwer nach Wacholder, Wermut, Schafgarbe. Töne, wie das Schwirren einer Violinsaite, zogen über das Land. Die lichtgebadete Schläfrigkeit über den altbekannten Orten stimmte Mareile nachdenklich. Die Arbeit an ihrem Schicksal hatte ihr die Heimat so fern gerückt.

Sie war mit Beate zusammen im Schlosse erzogen worden. Schon damals erschien es ihr als das Höchste im Leben, ganz zu denen auf dem Schlosse zu gehören. Mit wunderlicher Reizbarkeit empfand sie alles, was an den Unterschied zwischen ihr und Beate gemahnte. Sie selbst verstand es, zu vergessen, daß sie die Tochter des Inspektors Ziepe war, daß die anderen es nicht vergaßen, brachte Gefühlsstürme in ihr hervor, die von ihrer Umgebung kaum begriffen wurden. In solchen Krisen hatte sie es geliebt, auf die Heide hinauszulaufen, zu laufen, zu laufen, bis ihr die Wangen brannten und sie müde an einem Wacholderbusch niederfiel. Dort, platt auf das Heidekraut hingestreckt, das Gesicht in die harten Stengel gedrückt, die Zöpfe voller Mittagsfalter, hatte sie unbändig geweint, weil sie kein Baroneßchen war.

Später kam Berlin mit dem Konservatorium, das Wohnen bei der Hauptmannswitwe, der Tante Oberau, die Reisen nach London und Wien, der Ruhm, endlich die Berliner Gesellschaft, in der Mareile durch Tarniffs eingeführt wurde. »Ich liebe sie wie meine Jugend«, sagte die Fürstin Elise Kornowitz von Mareile, und das war viel. Das Gefühl, daß dieses königliche Wesen eine gesellschaftliche Schöpfung der Fürstin Elise und ihrer Freundinnen war, begeisterte die Aristokratinnen für Mareile.

Still und staubig lag das Land da. Überall gelber Sand; Wiesen, Felder und Gärten lagen darauf, wie eine verblaßte Stickerei auf einem blindgewordenen Goldgrund. Die Feldgrillen schrillten am Wegrain. Mareile mußte über sie lächeln. Als Knabe hatte Günther sie damit geärgert, daß er sagte,

die Feldgrillen riefen »Ziepe – Ziepe«. Ja! Alles rief hier »Ziepe« und schien nichts von der berühmtem Mareile Cibò, der Freundin der Fürstin Elise, zu wissen. Jetzt bog Mareile in die Lindenallee, die zum Schlosse führte, ein. Hier war es kühl und schattig. Das Ping-ping einer Schmiede tönte herüber. Ein Stallknecht, die Tressenmütze im Nacken, ritt ein großes, blankes Pferd aus; endlich das Schloß mit seiner schwarzgelben Fahne. Das war wieder Mareiles Welt. Über den sonnigen Hof ging sie zur Inspektorswohnung hinüber.
Gelber Sonnenschein lag in der kleinen Wohnstube auf den schwarz und rot gemusterten Möbeln. Auch der bekannte Geruch von Fettstiefeln und Suppe schlug Mareile entgegen. Wie still und unverändert das alles hier auf sie gewartet hatte! Auf dem Sofa schliefen die Zwillinge Jei und Sini, die Backen rot unter dem blonden Flimmern der Haare. Sini erwachte und weinte. »Werdet ihr die Mäuler halten!« rief Frau Ziepe von der Küche herüber. Sie erschien in der Tür – im kurzen Unterrock, die Ärmel aufgestreift, die nackten Füße in Pantoffeln. Sie errötete: »Mareiling – Kind!« Sie breitete die nackten Arme aus, ließ sie jedoch wieder sinken. »Nein, nein – komm nicht. Wie ich ausschau' – was? Ich muß den Fußboden scheuern, die Anna is so dumm. Ich komme gleich.« Sie verschwand wieder.
Vor dem Spiegel, hinter dem die Rute der Zwillinge steckte, nahm Mareile den Hut ab. Hinter ihr trat Vater Ziepe in das Zimmer, eine schwere Gestalt in weißem Leinwandanzuge, ein rotes Gesicht in einem gelben Bartgestrüpp. »Erschreckend«, dachte Mareile, die ihn im Spiegel betrachtete, dann wandte sie sich ihm zu. »Teufel, unsere Dame«, sagte Ziepe und küßte seine Tochter befangen auf den Scheitel. »Wo is Mutter?«
»Du willst wohl deinen Kognak, Vater?« erwiderte Mareile. Ziepe stand breitbeinig da und sah zu, wie seine Tochter zwischen Spind und Tisch hin und her ging unter dem leisen Klirren der Armbänder. »Hätte nicht pressiert«, brummte er, setzte sich und aß. Er wußte nichts zu sagen und schalt die Zwillinge. »Immer schlafen, wie die Spanferkel.«
Endlich kam Frau Ziepe im frischen Kattunkleide, die Augen voller Tränen. Ziepe fuhr sie an: »Was, heute wieder das Scheuerweib gespielt? Ich will das nicht. Ich hab' kein Scheuerweib geheiratet. Wozu is das Mädchen da – Teufel auch!«
Frau Ziepe hörte ihn nicht. »Wie das glänzt!« sagte sie und strich über den Diamant in Mareilens Ohr. Ziepe erhob sich, ging, froh, seiner vornehmen Tochter aus den Augen zu kommen.
Mareile lehnte sich in die Sofaecke zurück. Die Fliegen summten an den

Fensterscheiben; die Suppe nebenan roch immer stärker. Frau Ziepe ging leise hin und her und diente ihrer Tochter, erzählte dabei von der Wirtschaft, den Herrschaften, dem Dienstmädchen. Die fünfzehnjährige Lene kam, kauerte zu Mareilens Füßen nieder und schaute andächtig zu der herrlichen Schwester auf. Das alles war rührend und lieb. Das findet man draußen in der Welt nicht. Und doch, warum ist all das so zum Weinen traurig? dachte Mareile.

Fünftes Kapitel

Günther wollte wirtschaften. Er ging auf das Feld hinaus. Es wurde gemäht. Brusttief regten sich die Leute in den Halmen, wie in knisternder, gelber Seide. Ziepe stand dabei und schimpfte: »Du kleines, schwarzes Aas, heißt das Setzen? Du brauchst nur mit deiner Rotznase anzustoßen, dann purzelt die Bude um.« Günther war sehr würdig und leutselig. »Hier ist ungleich gemäht«, bemerkte er. »Haben die Leute auch zu trinken? Ich will, daß nichts versäumt wird.« Er schritt an den Garben entlang, durch die Atmosphäre der heißen Ähren und heißen Menschen. Von einer Garbennehmerin, die hübsche Augen hatte, ließ er sich die Ackerwinden geben, die das Mädchen auf dem Strohhut hatte. Als er jedoch weiter dem Ellernbruch zuging, war er unzufrieden. Das müßte anders sein. Er müßte anders auf seine Leute wirken. Diese gleichgültigen Augen wollte er nicht. Teufel! Wenn man auf seine eigenen Arbeiter nicht wirkt, wo will man denn Effekt machen!

Im Ellernbruch fand Günther eine lange, bunte Gestalt im Grase liegen. Wie kam all das hierher? Der blau und weiß gestreifte Sommerflanell, das blauseidene Hemd, der rot und blau gestreifte Gürtel?

»Hans Berkow«, sagte Günther.

»Morjen, Tarniff«, meinte Berkow und gähnte. »Wie geht's?«

»Was machst du hier?«

»Siesta. Nimm doch Platz.«

Günther setzte sich auf das Moos. Was der Anblick von Hans Berkow nicht alles an Berliner Luft mitbrachte! »Studien«, berichtete Hans. »Ich wollte euer brutales Licht studieren, dicke Bauernmädchen. Das ewige Malen von Berlinerinnen macht den Pinsel flau.«

»Wo wohnst du? Warum bist du nicht bei uns?«

»Es ist nicht angenehm, der unvermeidliche Berkow zu sein. In Berlin ist er – in Kaltin wieder.« Das Gesicht hatte so regelmäßige Züge, daß es zuerst leer und starr erschien. Rotes Haar in kurzen Locken bedeckte wie

eine Kappe den Kopf. Die enzianblauen Augen mit den roten Wimpern aber waren es, die dem Gesicht seine überraschende Schönheit gaben. »Ich wohne in einem Waldkruge. Schöne Bäume. Auch die Familie Mankow ist malerisch. Die Tochter Eva – eine gute Studie in Rot.«
»Dort kannst du nicht bleiben«, meinte Günther.
»Ja – wenn du was für mich tun willst –« Hans blinzelte mit den roten Wimpern nachdenklich zur Sonne auf. »Du hast da so 'n altes Schloß. Süperb vermoost. Wenn du mir gestatten würdest, dort –«
»Aber natürlich.«
»Danke.«
Eine Weile schwiegen beide. »Die schöne Mareile ist heute bei euch angelangt«, begann Hans wieder. »Du bist gut unterrichtet«, meinte Günther. »Bist du deshalb hier?«
»Ja – auch.« Berkow wälzte sich, wie im Bette, auf die andere Seite herum. »Ja – Mareile ist gut – nicht?« sagte er langsam. »Wenn sie sich ein wenig zurückbiegt –, dann die Linie den Busen hinauf zum Halsansatz –, das vergißt sich nicht so leicht. Und die Arme –, als wäre sie im Peplon geboren.«

»Du bist im Zuge«, bemerkte Günther. Berkow zog die Augenbrauen hinauf. »Was willst du! Wenn der Gedanke an ein Weib uns zu beißen anfängt, wie der bekannte spartanische Fuchs aus der Geschichtsstunde – na – dann muß was geschehen ... Wenn ein Weib eine unbequeme große Rolle in unseren Vorstellungen zu spielen beginnt, ja – dann müssen wir es eben besitzen, um es loszuwerden. Kann ich auf dich rechnen?«
»Gewiß, gewiß, mein Alter«, erwiderte Günther. »Soweit bei Mareile von Rechnen die Rede ist ... Sie ist unberechenbar.«
»Ach Gott! Die Mädchen haben ja doch alle denselben Generalnenner!« meinte Berkow. Günther lachte gezwungen. Der Gedanke an ein schönes Weib in Verbindung mit einem anderen als ihm selbst, war Günther stets zuwider gewesen.

Sechstes Kapitel

Zum Diner pflegte Mareile im Schlosse zu erscheinen. Sie war still und nachdenklich. »Das ist die Kaltiner Luft; in ihr wird man froh und ein wenig schläfrig«, sagte sie. Das Leben hier ergriff die Sängerin, wie ein großes Schweigen uns ergreift, wenn wir aus lautem Lärm kommen. Am Abend saß man im Gartensaal bei der Lampe zusammen. Der Duft tauiger

Blumen strömte durch die geöffnete Tür in das Gemach. Beate lag im Sessel und schloß die Augen. Den Tag über einer unruhigen, launenhaften Sinnlichkeit dienen, das macht müde. Mareile sang. Ihre Stimme klang hoheitsvoll und wunderbar erregend durch die alten, tiefberuhigten Räume. Günther lehnte in der Tür und sah auf die Rosenbüsche hinaus, die schwarz und regungslos im Mondlichte standen. Er war bewegt wie ein Knabe. Die beiden schönen Frauen, die Musik, die Mondnacht. All das machte ihn unruhig. Er hätte gewollt, daß auch Mareile ihn liebte, oder, daß auch er so singen könnte, oder – er wußte es selber nicht.

Die frischgemähten Stoppelfelder glitzerten unter der grellen Herbstsonne, die Ebereschenallee war rot von Beeren, im Schloßgarten flammten die Gladiolen, Stockrosen und Georginen. Es war Zeit, die Hühnerjagd zu eröffnen. Beckmann stand auf der Freitreppe, schützte mit der Hand die Augen und sah die Landstraße hinab, ob von der Station der Besuch käme. Der Gartensaal füllte sich mit den gewohnten Gästen. Die Fürstin Elise Kornowitz mit ihrer gelehrten Gesellschafterin, dem Fräulein von Mikewitz, der Verfasserin eines Buches über »Die Stellung der Frau bei den Römern«, langten an. Die Fürstin war ein kleines, gutes Wesen. Das feine Gesichtchen weiß von Puder. Die ganz hellgrauen Augen sahen ein wenig müde unter der Wolke blonden Haares hervor. Sie trug das Haar, wie Charlotte von Stein es zu tragen pflegte, denn sie glaubte ihr zu gleichen. »Im Äußeren und in manchem anderen«, liebte sie zu sagen. »Bin ich dein Goethe?« fragte ihr Gemahl sie mit seinem ironischen, freudlosen Lächeln. »O nein«, meinte die Fürstin, »mein Goethe ist Mareiling.« Der Fürst Kornowitz kam allein. Er reiste immer allein. »Reisen macht unliebenswürdig«, behauptete er, »und geteilte Unliebenswürdigkeit ist doppelte Unliebenswürdigkeit.« Einige Offiziere füllten den Gartensaal mit leisem Sporenklirren und dem Duft Attkinsonscher Parfüms und feinen Juchtenleders. Die Grafen Egon und Botho Sterneck von den ersten Garde-Ulanen, Seiner Majestät schönste Offiziere; der Major von Tettau. Er rollte seine hervortretenden, fayenceblauen Augen, als sei ihm der gelbe Kürassierkragen zu eng, und versteckte unter dem großen, militärischen Schnurrbart ein kleines, gefühlvolles Mündchen. Leutnant von Remm, von den Königshusaren, klein und blond, errötete wie ein Primaner. Die Gräfin Blankenhagen, die die schönsten Arme der Gegend hatte, war zu Pferde vom Nachbarsgut herübergekommen. Frau von Scharf mit ihrer Agnes kamen ohnehin zu jeder Jagd, denn für Agnes, mit den blauen Marlittaugen, mußte eine Partie gefunden werden.
Als Mareile in den Gartensaal trat, verbeugten sich die Herren sporenklir-

rend, sie hatten dabei alle ein blankes Flackern in den Augen. Major von Tettau murmelte: »Donnerwetter«, und zog seinen Mund süß zusammen, als schlürfte er Marasquino. Mareile grüßte flüchtig und zerstreut. Sie lächelte der Fürstin Elise entgegen und tat, als sehe sie nur diese, aber all die begehrenden Männerblicke erregten ein wohliges Gefühl in ihr, als stände sie unter einer warmen Dusche.

Günther war sehr angeregt. »Gut, daß sie alle da sind. Wir wollen ihnen mal zeigen, was 'ne Ehe ist«, sagte er zu Beate.

Es war Hühnerjagd angesagt.

Hans Berkow ging durch die tauigen Stoppelfelder dem Schlosse zu. Er dachte über Mareile nach.

Die machte ihn krank, da unter all den Männer, die auch nur sie begehrten. Und dazu dieses adelige Leben mit seinen festen, kalten Schranken. Ja, sich einmal, wie die Burschen unten im Kruge, um sein Mädchen raufen zu dürfen, das müßte gut tun!

Vor der Freitreppe des Schlosses waren die Jäger, Waldhüter und Hunde versammelt. Oben standen die Damen, feine Figürchen, die sich bunt von dem alten, sonnenbeschienenen Portal abhoben. »Hübsch«, dachte Berkow. »Stil bis zu den Hunden. Dafür lassen diese Leute sich in Stücke hauen ... und das steigt der Mareile zu Kopf. Verdammt.«

Günther kommandierte sehr laut, angeregt von all den Menschen, Hunden, von all dem Lärm und Licht um ihn her. »Egon, bitte hier hinauf. Sie, meine Herren, hier bitte, Mankow, zeig' den Weg. Renne in die Kartoffeln. Das Frühstück im Eichenwäldchen. Gut Heil! Sanho bei Fuß.«

Günther und Berkow schlenderten quer über ein Stoppelfeld. »Hör', Hans«, sagte Günther, »ist der Egon Sterneck dir bei der Mareile nicht ein wenig vor?«

Hans blieb stehen. »Weißt du, mein Lieber, daß ihr, mit eurer Schloßerziehung, dieses Mädchen unnütz kompliziert habt? Ja, ihr habt die eigentliche Mareile gefälscht. Möglich, daß sie's jetzt für ein Glück hält, in euer adeliges Regiment eingestellt zu werden; aber die wahre Mareile kann das nicht wollen.«

»Die will Hans Berkow?«

»Ja ... und siehst du, ihr Blut – das prachtvolle, wilde Plebejerblut, das spricht für mich gegen Sterneck.«

Jetzt stand Sanho, und ein Volk Hühner schwirrte auf. Die Herren schossen; dann trennten sie sich. Hans pfiff ärgerlich seinem Hunde und streckte sich am Feldrain aus.

Hans Berkow hatte sich studiert, wie ein geistreicher Diener seinen Herrn

studiert. Er kannte seine starken und seine schwachen Seiten und all seine Mittel. Kühl und klug hatte er es stets verstanden, seine großen Appetite zu befriedigen. Hier, vor Mareile, wurde er mutlos; sie schien etwas zu sein, das nicht für ihn bestimmt war, und doch hatte er im Leben noch nichts so stark begehrt wie dieses Weib. Verteufelt auch.
In dem Wäldchen war der Frühstückstisch gedeckt. Die Damen trugen alle helle Sommerkleider. Die Gräfin Blankenhagen in Gelb, die schönen Arme entblößt, Agnes Scharf, das Kind, in Rosa, die Fürstin Elise in Mattviolett. »Wie eine Roggengarbe voll bunter Unkräuter sieht die Gesellschaft aus«, sagte Günther. Mareile saß zwischen Egon Sterneck und dem Fürsten Kornowitz. In einem blau und rosa Musselinkleide, auf dem Strohhut blau und rosa gestreifte Rosen, »Cibò-Rosen«, wie sie im Modeblatt hießen, war ihre Schönheit heut wieder unmittelbar einleuchtend. Die Haut hatte einen warmen rosigen Ton, in den sich etwas wie Gold mischte. Die tokaierbraunen Augen strahlten. Jeder Mann, der Mareile ansah – bis zu den Waldhütern –, mußte lächeln. Sterneck unterhielt sie. Er sprach beständig mit einer eigensinnigen, gewaltsamen Liebenswürdigkeit, als wollte er keinem anderen Zeit lassen, Mareile anzureden. Der Fürst saß schweigend da, die trüben Augen teilnahmslos in die Ferne gerichtet, als warte er geduldig und kummervoll auf etwas.
Es war köstlich unter dem sonnenwarmen Laubdach. Lichtfunken und Blätterschatten zitterten über die Tafel hin. Große Hummeln verirrten sich in die Gläser. Baumblüten fielen in den Wein und in die Haare der Damen. Alle fühlten sich freier, einander näher, als drüben im Schloß.
Günther unterhielt sich mit der Gräfin Blankenhagen, die heute besonders wild mit ihm kokettierte. Er mußte jedoch immer wieder zu Mareile hinübersehen. Wenn die anderen einem schönen Mädchen den Hof machten, verstimmte es ihn, nicht mehr dabei, ausrangiert zu sein.
Nach dem Frühstück sollten die Damen die Herren in das Feld begleiten. Egon Sterneck nahm, als verstände es sich von selbst, Mareile für sich in Beschlag – und Hans Berkow fand, daß Mareile das auch selbstverständlich fand. Ihm war der Jagdtag verdorben. Immer mußte er auf dem Felde den bunten Fleck von Mareiles Kleid neben Sternecks hoher Gestalt sehen. »Also – sie will doch in die gräfliche Zwangsjacke!« knurrte er.

Am Abend war großer Ball. Mareile hatte sich eben in ihrem Stübchen angekleidet, ein erdbeerfarbenes Kreppkleid mit schwarzen Stiefmütterchen und dunkelroten Rosen »Sultan von Zanzibar«. Jetzt rauschte sie die Treppe zur Inspektorswohnung hinunter. Sie wollte ihre Mutter abholen. In der Wohnstube herrschte Dämmerung. Vater Ziepe stand am Ofen und lachte, wie er zu lachen pflegte, wenn er die Mutter ärgern wollte. »Na, unsere Balldamen sind parat. Mutter hat sich schon seit einer Stunde dekolletiert – um mit dem Kandidaten Halm unten am Tisch zu sitzen. Die Ehre. Ha – ha.«

Mareile stand schweigend da, eine helle Gestalt, an der es seidig rauschte, leise – wie Gold – klingelte, süß duftete. Die beklommene Luft dieser Stube, in der es nach des Vaters garen Kartoffeln roch, die zankende Stimme, der säuerliche, trübe Werktag, schlugen ihr wie etwas Unreines, Feindliches entgegen, das sie und ihr Kleid beflecken wollten und denen sie entfliehen mußte. »Komm, Mareiling«, sagte die Mutter, »mit dem is heute wieder nicht zu reden.«

Für die heutige Gesellschaft waren die Festräume des alten Flügels geöffnet worden: das Eßzimmer mit der Schäferszenerie an den Wänden, der grüne Bildersaal, der auf den Wintergarten hinausführte, und der große Ahnensaal. Neben der Baronin saß die Gräfin Hochau und beobachtete mit ihrem strengen, blanken Gesicht Irma Blankenhagen, die mitten im Saal mit Egon Sterneck sprach.

»Aha«, meinte sie, »es scheint endlich dazu zu kommen.«

»Wir wollen es hoffen«, sagte die Baronin.

Mareile trat in den Saal. Egon wandte sich sofort von seiner Dame ab und ging auf Mareile zu.

»Das also ist Ihr Erzug, Liebe«, sagte die Gräfin Hochau und musterte Mareile. »Hm – charmant! Ja – diese Damen richten viel Unheil an ... das kennt man.«

»Meine Mareile ist doch ganz anders«, erwiderte die Baronin.

»So! Freut mich. Solche Aufzöglinge gelingen sonst selten«, meinte die Gräfin.

Zum Diner führte der Hauptmann Tettau Mareile. Egon saß ihr gegenüber – mit Irma Blankenhagen. Er unterhielt sich jedoch nur mit Mareile. Das hübsche Gesicht mit seiner ein wenig starren, nordischen Regelmäßigkeit war heute erregt wie das Gesicht eines glücklichen Knaben. Die übrige Gesellschaft fühlte, daß sich hier etwas ereigne. Die Unterhaltungen wurden zerstreut. Ein jeder wollte diese beiden beobachten, die sich so kameradschaftlich miteinander beschäftigten und taten, als wären sie allein. Agnes Scharfs Augen wurden immer größer, indem sie Mareile anschauten, und ihr rosa Gesicht nahm einen andächtigen Ausdruck an, als hörte sie einer Liebespredigt zu. »Sehr rassig, das Fräulein Cibò«, schnarrte Leutnant von Themm neben ihr. »Rassig? Himmlisch, wollen Sie sagen«, erwiderte Agnes verträumt. Themm errötete. »Ja – hm – natürlich«, murmelte er und merkte dabei, wie die Verliebtheit in die

rassige Dame ihm die Kehle zuschnürte. Unten am Tische saß Frau Ziepe neben dem Kandidaten Halm. Beide schauten Mareile feierlich und schweigend an, als wären sie zu diesem Schauspiel eingeladen und genössen es jetzt still und glücklich.
Nach dem Speisen wurde getanzt. Günther als Tanzleiter war unermüdlich. Er führte die Quadrillenpromenade die breiten Treppen auf und ab und ließ auf einer Galerie ein jedes Paar vor Frau Bias, der alten Gärtnersfrau, und Frau Mandelkoch, der Mamsell, die dort schläfrig beieinandersaßen, eine Verbeugung machen. Dann mußten alle in den Garten hinaus, in die stillen, mondbeschienenen Gänge, an den schlafenden Blumenbeeten hin. Die weiße Feierlichkeit der Mondnacht strich erregend über die nackten Schultern und Arme, stieg allen wunderlich zu Kopf. Man wurde schweigsam auf diesem Gange zwischen den Tuberosen und Gladiolenbeeten, hier und da erscholl ein hysterisches Frauenlachen, Agnes Scharf bekam einen Weinkrampf, die Gräfin Blankenhagen ließ sich in einem Schattenwinkel von Botho Sterneck küssen. Egon Sterneck wich nicht von Mareiles Seite, und das erschien heute wie selbstverständlich; das schöne Paar, das sich rücksichtslos in die Augen sah, war der beredte Ausdruck der Stimmung dieses Abends. »Der Tarniff versteht sich auf die Behandlung der Gesellschaftsnerven«, sagte der Graf Blankenhagen, der trotz seines weißen Kaiser-Wilhelm-Bartes mit Beate die Quadrille tanzte. »Sie Göttliche!« sagte Agnes Scharf und umarmte Mareile so leidenschaftlich, als sei Mareile die Liebe in Person.
Mareile ließ sich von diesem Strom der Bewunderung willig tragen. Sie fühlte ihre eigene Schönheit von sich ausstrahlen, wie etwas Erwärmendes und Beglückendes. Das Fazit des Abends konnte ja morgen herausgerechnet werden; heute war Feierabend.
Als Hans Berkow sich mit Mareile zu einem Konter niedersetzte, sagte er sich: »Jetzt muß es sein. So ist's zu dumm. Sie wird's schon spüren, daß ich anders wirklich bin, als all diese stilisierten, adligen Gespenster.« Ihnen gegenüber tanzte der Fürst Kornowitz mit der Gräfin Blankenhagen. Als sie sich zur ersten Figur erhoben, sagte Hans kurz: »In der nächsten Pause frage ich Sie etwas.«
Als sie wieder saßen, sagte Mareile: »Und Ihre Frage, Herr Berkow?«
»Ja so – die Frage!« Hans begann lässig mit niedergeschlagenen Augen: »Ich schicke also voraus, daß ich Sie liebe. Es fragt sich nur – ob – ob«, er blickte zur Decke auf, suchte nach einem Ausdruck, ließ sich Zeit, »ob Sie das wissen – ob Sie das so gewollt haben?«
»Ja – wissen Sie das denn auch sicher«, fragte Mareile freundlich. Sie war nicht überrascht. Es war, als müßten heute alle ihr von Liebe reden. Hans

zuckte die Achseln: »Mein Gott! So etwas merkt man! Unsere Leidenschaften fallen uns an. Wir können nichts dafür. Vielleicht ist's dieses Mal etwas Gutes, *das* Gute, das mich angefallen hat und so ...«
Er sprach jetzt leise und eindringlich; er schaute Mareile dabei bittend an, wie jemand, der in Not ist. »Ich bin sonst mißtrauisch gegen Gefühle, aber dieses Mal ...«
Mareile fühlte, daß er sie ansah, daß er sie zwang, aufzuschauen, und dann erschütterte der Ausdruck der blauen Augen sie, die so gierig ihre Gestalt tranken. Sie machten Mareile sprach- und hilflos. Es war ihr, als müßte sie mit beiden Händen nach ihren Kleidern fassen, sie halten, um nicht nackt vor diesem Blicke dazustehen.
»Das müssen Sie doch gewollt haben«, sagte Hans leise.
Mareile schwieg noch immer. Vor diesen heißen Augen wurde ihr feierlich zumute. »Wir – wir beide miteinander werden anders frei sein, als die – hier«, setzte Hans hinzu.
»Das ist aber zu arg!« rief die Gräfin Blankenhagen. »Ich bitte zu tanzen. Es ist hier kein Rout.«
Als Mareile sich erhob, sagte sie – und ihre Stimme klang, als empörte sie sich gegen etwas: »Frei! Warum muß man frei sein?« Dann tanzten sie.
Der Tanz war zu Ende. Mareile eilte in den Wintergarten hinaus. Aus dem Palmenhause nebenan strömte eine heiße, duftschwere Luft herein. Mareile setzte sich auf eine versteckte Bank, die Phönixpalmen und Rhododendron umstanden. Sie fühlte sich seltsam ergriffen. Vor den Blicken und den Worten dieses Mannes war etwas in ihr geschmolzen. Verlangen und Widerwille kämpften in ihr und machten sie unglücklich. »Nein – nein – das nicht!« murmelte sie. Sie lehnte den Kopf in die Blüten der Rhododendron zurück und schloß die Augen. Sie sah Egon Sternecks Gesicht vor sich, die stahlblauen, von ihr begeisterten Augen. Hier waren keine schwülen Rätsel; nur sicheres Besitznehmen. Wer beschützt sein, wer fest und hoch stehen wollte, der mochte es bei den Augen gut haben. Dann mußte Mareile die Augen aufschlagen. Es war ihr, als sei jemand da und sähe sie an. Der Fürst Kornowitz stand vor ihr und schaute mit seinen müden, wartenden Augen auf sie herab.
»Hat Sie die Erklärung des Malers so stark ergriffen?« fragte er mit seiner leisen, heiseren Stimme.
»Wissen Sie davon?«
»So etwas sieht man«
Mareile lächelte: »Natürlich! Wenn man uns von Liebe spricht, das ergreift uns immer.«
Der Fürst setzte sich zu Mareile. »Ja – ja«, meinte er, »natürlich, diese –

jungen Herren sprechen Ihnen – von Liebe – natürlich. Und dann ist es vielleicht der eine oder der andere – und es kommt so 'ne brave Verlobung zustande – nicht wahr?«
»Gewiß!« Mareile errötete. »Ich will nichts anderes, als eine brave Verlobung. Ich will eingereiht werden und beschützt werden, und in Reih und Glied stehen. Für die Ausnahmsgöttin, die Sie aus mir machen, bin ich viel zu feige, vor der fürchte ich mich. Ja, so ist es, lieber Freund.«
Der Fürst lachte tonlos in sich hinein. »Ja, Sie sind klug. Sie wollen wie die anderen sein. In Reih und Glied, was? Fürchten sich vor sich, wie? Na, Sie werden schon den Mut zu Ihren Torheiten finden. Denken Sie dann an mich. Ich bin ein alter Kerl, ich habe Sie verpaßt. Nichts zu machen! Aber Sie haben mir ja erlaubt, Ihnen zuweilen zu sagen: ›Ich liebe Sie – ich liebe Sie – ich liebe Sie!‹ Ein kleines Almosen. Und – wer weiß – nach den großen Torheiten – wer weiß. Ich warte.«
»Gott schütze mich!« sagte Mareile tonlos. Dann wurde es still in der Laube. Mareile lehnte sich zurück, griff fest in die roten Blüten der hinter ihr stehenden Büsche, wie um ihre Hände zu kühlen, während der Fürst sie ansah – das Gesicht fahl, die Züge messerscharf, wie bei einer Leiche, die Augen, unter den schweren Lidern, vom Alter verschattet und getrübt.
Nebenan, hinter den Palmen, wurden Schritte vernehmbar. Die fette Stimme des Majors von Tettau sagte: »Du wirst zugeben, mon cher, daß du weder so jung bist, noch so situiert, um dich bei jeder, na – sagen wir beauté, so ins Zeug zu legen.«
»Bitte«, erwiderte Egon Sternecks Stimme leise und gereizt. »Darf ich fragen, was dich das ...«
»Angeht, was?« ergänzte Tettau. »Na, älterer Kamerad, Verwandter.«
»Was willst du?«
»Reg' dich nicht auf!« knarrte Tettau.
»Ich sag' ja nichts. Charmante Dame, Künstlerin. Ich bin der erste, der da huldigt. Aber du affizierst dich heute so, man könnte denken–«
»Nun und?« brummte Sterneck.
»Noch eine Frage, erlaube«, fuhr Tettau fort. »Kann der älteste Sterneck ein Fräulein Cibò oder Ziepe heiraten? Nein – also! Erlaube, ich bin gleich fertig. Du froissierst die Komtesse Irma und die Gräfin, und das geht nicht, das weißt du. Zuerst die Familie und das Regiment, dann die kleinen Passionen. Unsereiner wird nun mal mit der Kandare im Maul geboren.«
»Ach! Laß mich zufrieden!«
»Sofort. Also, mein Sohn, abgeschwenkt, es ist die höchste Zeit. Unsereiner muß Order parieren.«
Mareile war aufgestanden, bleich bis an die Lippen, die festgeballten

Hände voll roter Blumenblätter. An der Saaltür mußte sie stehen bleiben, weil die Leute sich dort drängten.
»Fräulein Mareile«, sagte jemand neben ihr. Es war der Kandidat Halm. Seine Augen glitzerten erregt hinter den Brillengläsern und er errötete. »Fräulein Mareile, wollen Sie nicht mit mir einen Walzer versuchen? Sie wissen doch noch, ich walze – gut.«
»Ach nein«, sagte Mareile böse.
Halm rang vor Verlegenheit die Finger ineinander, daß sie knackten. »O! Entschuldigen Sie. Natürlich – sehr natürlich.«
Mareile wandte sich ab und ging. Sie ertrug all das nicht länger. Oben in ihrem finsteren Stübchen atmete sie auf. Die Stille tat gut. Durch das geöffnete Fenster kam die Nachtluft und kühlte Mareiles nackte Schultern. Der Mond stand zwischen großen, goldgesäumten Wolken und ließ alle Edelsteine an ihr aufblitzen, als sie jetzt mit leisem Rauschen vor ihrem Bette niedersank und weinte. Und deutlich klang ihr wieder Hans Berkows leise, leidenschaftliche Stimme in den Ohren: »Wir beide. Wie frei würden wir sein!«
Am nächsten Morgen schaute Mareile trübselig auf den Hof nieder. Hinter dem Gartengitter, auf dem Tennisplatz, regten sich Herren in hellen Anzügen, Damen mit weichen, bunten Kappen auf den Köpfen. Das »out« und »play« der Spielenden klang lustig herüber. Nein! Zu denen konnte sie jetzt nicht. Sie grollte ihnen. Ein kleiner Wagen hielt vor dem Schloßtor. Von Günther geleitet, trat eine blaue Gestalt auf die Freitreppe hinaus. »Egon – Sterneck. Er fährt zur Station«, dachte Mareile. Sie mußte sich abwenden.
»Er pariert Order«, sagte sie kummervoll vor sich hin. Ein unerträgliches Gefühl der Demütigung machte sie krank.

Am Nachmittag wurde ein Spazierritt nach dem Walnösee unternommen. Auf einem Hügel machte die Gesellschaft halt und lagerte sich unter den großen Tannen. Unten lag der See, ein rundes Wasserbecken, schwarz und regungslos. Es wollte nicht recht heiter werden in der Gesellschaft. Auf allen Gesichtern zeigte sich ein ruhevolles Sinnen.
»Wollen wir wenigstens singen, wenn wir uns nichts zu sagen haben«, sagte Günther, der solche Stimmungen nicht liebte: »Also, Verlassen, verlassen –«

> Verlassen bin i –
> Wie der Stein auf der Straße;
> Kein Mensch mag mi ni.

Das war das Rechte. Alle sangen mit. Diese Klage tat ihnen wohl. Der See begann zu dampfen; straffgezogene Nebelstreifen hingen über dem Wasser. Rehe, von dem Gesange erschreckt, flohen leidenschaftlich bellend in den Wald. Mareile saß am Rande des Abhanges, die Hände im Schoße gefaltet, die Augen voller Abendschein, und um sie her der Fürst, Remm, Tettau, Berkow. Alle dachten nur an sie, fühlten nur sie. Günther seufzte: »Ach ja, das gehört dazu! Ein Mädchen, das uns betrunken macht.« Warum zählte er nicht auch noch mit!

Auf dem Heimwege ritt Hans Berkow neben Mareile her. Im Walde dämmerte es bereits. Über den zerzausten Föhrenwipfeln hing ein Stück Mond im bleichen Himmel.

»Ich spreche natürlich wieder von – von meiner Liebe«, begann Berkow sofort. »Ist Ihnen das unangenehm?«

Mareile lächelte, aber es schien Berkow, als läge in diesem Lächeln etwas wie Kummer. »Ach, Herr Berkow, Sie wissen doch, wir haben einander immer widersprochen. Ich glaube, wir sind fast – so was – wie – wie Feinde.«

Berkow trabte eine Weile schweigend vorwärts, dann lachte er.

»Die Gesellschaftsdame der Fürstin Elise, das Fräulein von Mikewitz, ist doch sehr gelehrt?«

Mareile schaute verwundert auf. »Wie kommen Sie auf die arme Mikewitz?«

»Daß sie die *arme* Mikewitz ist, wußte ich nicht«, sagte Hans, »aber gelehrt ist sie. Sie macht gelehrte Vergleiche. Gestern sagte sie: ›Der Major tanzt wie ein Mylodon.‹ Mylodon soll ein Faultier der Tertiärperiode sein.«

»Warum erzählen Sie das – jetzt – so –?«

»Weil ich auch einen Vergleich wie Fräulein von Mikewitz machen möchte.«

»Nun?«

»Also. Es gibt zwei Stoffe. Wasserstoff und Sauerstoff. Gut. Also diese beiden vertragen sich nicht. Kommen sie zusammen, so bleiben sie in so starker Spannung, daß sie einen sehr explosiven Stoff abgeben. Leitet man nun einen elektrischen Funken durch sie hindurch, dann explodieren sie zwar, vereinigen sich jedoch zu einem kristallhellen, stillen Wassertropfen.«

Mareile sagte nichts. Sie waren an den Park von Lantin gekommen.

»Was sagen Sie von meinem Gleichnis?« fragte Hans.

»Gut ist es«, erwiderte Mareile und reichte ihm ihre Hand hinüber: »Gute Nacht.«

Hans hielt die kühle Hand fest, die wie kraftlos in der seinen lag. Er sah

Mareile in das mondbeglänzte Gesicht, in die Augen mit dem schmelzenden Glanz, den Mädchenaugen annehmen, wenn das Gefühl den Willen übermannt. Er mußte lachen, so stark schüttelte ihn ein plötzliches Triumphgefühl. »Fräulein Mareile«, begann er, aber schon schnaufte Leutnant von Remms Stute hinter ihnen.

Am Vormittage saßen einige Damen unter der maurischen Bogenhalle im Garten und machten Handarbeit. Leutnant von Remm pendelte unablässig zwischen den Damen und der Lindenallee hin und her, wo Mareile und Hans Berkow schon eine Stunde lang auf und ab gingen.
»Jetzt ist's geschehen«, meldete er.
»Was? So sagen Sie doch«, drängte Agnes von Scharf.
»Er hat ihr die Hand geküßt«, meinte Remm und setzte sich bekümmert auf die Gartenbank.
»Sein Sie nicht tragisch, Remm«, sagte die Gräfin Blankenhagen, »Fräulein Cibò kann doch nicht auf alle Leutnants Rücksicht nehmen. Ich finde unseren Maler sehr nett.«
»Das muß so kommen«, dozierte Fräulein von Mikewitz. »Wenn auf sieben Meilen im Umkreise nur ein männliches und ein weibliches Individuum einer bestimmten Gattung, sagen wir einer Schneckenart, existiert, so finden sie sich doch zusammen. Die Natur will es. So auch hier.«
»Das Fräulein wird mit ihren gelehrten Vergleichen jedesmal unpassend«, flüsterte Frau von Scharf der Gräfin zu.

Auf dem Schlosse war es stille geworden. Mareile und Hans Berkow waren die einzigen Gäste. Die Ziepes hatten dem Brautpaar ein Festessen gegeben. Es war schon spät, als Mareile und Hans aus der Inspektorswohnung auf den Hof hinaustraten. Sie atmeten tief auf. Die kleinen Zimmer waren so voll von Speisen und erhitzten Menschen gewesen. Die Mondnacht war sehr hell. Vom Garten duftete es süß herüber. Die Feldgrillen schrillten in den Stoppeln und vom Teiche scholl das verträumte Plaudern der Enten herauf. In der Lindenallee gingen Günther und Beate langsam auf und ab. »Famos!« rief Günther dem Brautpaare zu. »Kommt, wir machen eine Nachtrunde.« Mareile und Beate faßten sich um die Taillen und gingen den Wiesenpfad entlang. »Eine Zigarre, mein Alter, bitte«, sagte Günther. »Also – wie – wie – wie bekommt es dir?«
Hans hob den Kopf, als wollte er den Rauch seiner Zigarre dem Monde in das Gesicht blasen.
»Danke – gut. Außerordentliche Wesen, diese unsere Damen. Was die nicht alles an uns für wirklich halten! Was?«

»Na, wir sind doch auch wirklich genug«, meinte Günther.
»So? Ja – o ja! Aber da ist doch wieder manches wirklich, an das sie nicht glauben; in uns nämlich. Wie der Mond, kehren wir unseren Frauen immer nur eine Seite unseres Wesens zu.«
Günther wurde ungeduldig. »Eine Seite! Ist das nicht genug? Und wenn's noch die helle ist. Auswendig brauchen die Frauen uns doch nicht zu wissen. Das unnütze Grübeln! 'ne Frau hat man über sich ergehen zu lassen wie die Dusche oder das Schicksal, nur dann wirkt sie.«
Sie waren bis an das Eichenwäldchen gelangt. Mitten darin lag eine kleine Lichtung, ganz mondbeglänzt.
»Ein Saal«, rief Günther. »Was könnten wir hier Besonderes tun? Etwas schwören? Nein, den Halmtanz tanzen! Du weißt, Hans, als wir jung waren, liebte der Kandidat Halm die Mareile. Natürlich. Zu ihrem Geburtstage hatte er ein altes Tanzlied komponiert, sehr hübsch ..., und wir tanzten den Halmtanz danach. Also.«
Sie faßten sich an den Händen und drehten sich im Kreise, dazu sangen sie:

»Springen wir den Reihen,
Nun Dame mein!
Freuen uns des Maien,
Der bei uns kehrt ein!
Der Winter, der der Heide
Brachte arge Not,
Ist ja nun vergangen,
Wonnig ist sie umfangen
Von Blumen rot,
Von Blumen rot.«

Rauschend flogen die Krähen auf, die in den Kronen der Eichen geschlafen, und die Nachtraben klatschten mit ihren Flügeln. »Sie klatschen Beifall«, meinte Günther.
Als man sich trennte und Hans nach Lantin zurückwanderte, nahm Günther seine beiden Damen unter den Arm und zog dem Schlosse zu. An jeder Seite eines dieser schönen Wesen, die Welt blau von Mondlicht – besser wünschte er es sich nicht. Unter den Klängen von Kandidat Halms Tanzliede marschierten sie über die hellbeschienene Landstraße:

»Springen wir den Reihen,
Nun Dame mein!
Freuen uns des Maien ...«

Siebentes Kapitel

Helle Spätherbsttage. Gelb lag der Sonnenschein auf den bunten Bäumen. Unten im Obstgarten wurde die Apfelernte vorgenommen.
Günther war abwesend.
Beate hatte sich ihren Sessel in den Obstgarten stellen lassen, wo die Sonne noch schön wärmte. Sie war guter Hoffnung und schwerfällig geworden. So saß sie gern ruhig da und sann dem Wunderbaren nach, das in ihr vorging. Vor sich sah sie ihre Mutter bei den Mägden sitzen, welche die Äpfel in große Kisten packten, und Seneïde, die ihre langen, schwarzen Arme emporstreckte, um die Körbe in Empfang zu nehmen. Der Wind trug Obstdüfte zu Beate herüber. Wenn sie emporschaute, war der Himmel hellblau und voll segelnder Sommerfäden. Alles, was sie erlebt, schien ihr dann so ferne. Es war ihr, als sei sie noch das kleine Kaltiner Mädchen und wartete friedlich auf das Schöne, das im Leben für sie bereit lag. Doch dann faltete sie plötzlich die Hände und in ihren Augen erwogte ein angstvolles Flackern. Das war die Todesfurcht, die sie jetzt zuweilen erfaßte. Seneïde kam und setzte sich zu ihr.
»Wie geht es, Beating? Du machst solche Augen?«
»Ich dachte – wenn – wenn ich das Kind nicht erlebe – wenn ...«
»Was tut das«, sagte Seneïde heiter. »Eine Mutter, dort oben bei Gott, kann vielleicht mehr für ihr Kind sorgen, als wir hier ...«
Natürlich! Tante Seneïde ließ auf den Tod nichts kommen, das wußte man!
Jenseits des Zaunes begannen die Stoppelfelder schon rot zu werden in der Abendsonne. Die weidenden Gänse zogen schnatternd heim, und von den Wiesen wehte es feucht herüber. »Beating, geh hinein!« rief die Baronin.
Am Abend kam das Zusammensitzen im Wohnzimmer, die Gespräche über die Gravensteiner Äpfel, über Pastors und Ahlmeyers, über die Gänse und die Zeitungen, und alles bekam in diesen Gesprächen einen kleinen, friedlichen Nimbus. Die Meierin kam und berichtete vom Vieh: Kora hatte gerindert, Malo zum ersten Male gekalbt. Um zehn Uhr war die Abendandacht. Die Mandelkoch erschien mit ihrem strengen Pensionsvorsteheringesicht; Lisette, die Kammerjungfer, die Mägde. Sie brachten etwas von der feuchten Herbstluft in den schweren, wollenen Kleidern mit und standen schläfrig da, während Seneïde das Gebet vorlas mit ihrer singenden, erregten Stimme, wie ein schwärmerisches Wiegenlied für die arbeitsmüden Leute.
Als Beckmann die Lampen im linken Flügel anzündete und Beate still und bleich im Gartensaal saß und auf Günthers Rückkunft wartete, schien es

ihr, als beginne jetzt wieder eine Arbeit, zu der sie sich ein wenig müde fühlte. Und dann war Günther da. Die helle, laute Stimme tönte durch das Haus. »Das ist hübsch! So 'ne Frau, die einen erwartet, das ist ja 'ne raffinierte Erfindung!« Draußen in Berlin hatte er sich neue Begeisterung für die »Heiligkeit« von Kaltin geholt, meinte er.
Eifrig machte er sich nun an das Familienleben. Er wußte genau, wie er sein wollte. »Hör, Beating«, sagte er beim Frühstück, »meine Leute sollen nicht im alten Flügel bei der Andacht schmarotzen. Ich werde selbst eine Andacht halten. Ja – ich werd' selbst eine schreiben, du sollst sehen.«
Am Vormittage ging er auf die lebhaftesten Arbeitsplätze, dort, wo es nach feuchtem Stroh, nach Teer und Fettstiefeln roch, wo er das Brummen der Maschine überschreien mußte und Augen, Nase und Haar voller Staub bekam. Das gab dann für den Abend eine angenehme Müdigkeit. Er streckte sich im Gartensaal in einem Sessel aus, sehr zufrieden mit sich selbst. »Erzähl', Beating«, sagte er zu seiner Frau, »wenn du erzählst, riecht es gut wie nach weißem Flieder von Pinaut, wie deine Sachen, du erzählst so reinlich.«
Beate mußte früh zur Ruhe gehen. Günther saß noch in seinem Zimmer auf. Er las ein landwirtschaftliches Buch und warf es bald fort. Dann begann er eine Liste landwirtschaftlicher Reformen zu entwerfen. Auch das wollte nicht recht gehen. Endlich begann er die Andacht für seine Leute zu schreiben, allein es fiel ihm nichts Erbauliches ein. An den Fenstern klagte der Wind; im Hause war es still. Wie einsam das war! Es war Günther plötzlich, als fühlte er in dieser Nachtstunde, wie kostbare Augenblicke seines Lebens leer und ereignislos verrannen. Nein! Das war nicht zu ertragen! Er mußte sprechen hören. Er rief Peter, der sollte ihm zuhören, ihn bewundern, ihn unterhalten.

Im Dezember fiel Schnee. Eines Morgens war das Land weiß. Die Gebäude, Zäune, das Ackergerät, alles hatte sich über Nacht mit weißen Puffen und Säumen geschmückt. Die Wohnräume erschienen größer und wie festlich im klaren, kalten Schneelichte. Das Leben im Schlosse war sehr still geworden. Es herrschte die Ruhe eines Krankenzimmers, denn Beate trug schwer an ihrer Schwangerschaft. Günther ging unruhig ab und zu. Seine Frau bleich und entstellt, wie zu einem grausamen Opfer ausersehen, vor sich zu haben, das quälte ihn. Rührung, Aufregung – gut! Das gehört zum Leben, aber dieses Mitleid, das an uns nagt, wie eine Krankheit, wozu das? Warum konnten solche Dinge nicht schön und heiter vor sich gehen.
Eines Abends saß die Familie, recht schweigsam, im Gartensaal beieinan-

der. Günther machte Ringe aus dem Rauch seiner Zigarre und hing seinen unruhigen Gedanken nach. Da erschien Frau Ziepe mit frostroten Bäckchen. Das brachte ein wenig Leben in die schweigsame Stunde. Günther richtete sich angenehm auf. Frau Ziepe hatte einen Brief aus Bordighera von Mareile erhalten, und den wollte sie den Herrschaften mitteilen. Sie machte sich an das Vorlesen: »Ich lebe hier ganz still«, hieß es, »auf diesem gesegneten Felsen und besinne mich auf mich selbst. Gerade, wenn wir ruhig dasitzen und in uns hineinhorchen, dann erleben wir die seltsamsten Dinge. Nicht wahr? Ich glaube, ich habe eine ganz neue Mareile entdeckt mit neuen Ansprüchen auf Glück und neuer Kraft für Glück. Daß Hans Berkow dazu nötig war, darüber wundere ich mich zuweilen; aber das ist nun mal nicht anders. Wie fern sind die armen Mädchenphantasien! Hier wird die Seele frei und heiß. Es ist mir, als dürfte ich ein lästiges Kleid abwerfen, weil ich verstehe, daß ich schöner bin als das Kleid. Das klingt wohl alles sehr fremd in Dein armes, liebes Wohnzimmer hinein und Du lächelst über Deine wilde Tochter.« Frau Ziepe hielt inne, lächelte, dann fuhr sie fort: »Wie dankbar bin ich der verehrten Baronin und den lieben Schloßbewohnern für alles, was sie an mir getan. Du weißt, wie ich diese von weißen, reinen Schleiern verhangene Welt geliebt habe. Aber die Welt ohne Schleier ist doch mächtiger. Hier bekennt alles sich zu seiner eigenen Schönheit. Das steckt an. Vor mir liegt das Meer, eine Fläche von blau und violetter Seide, schwer mit Gold beschlagen; aber Seide, die lebt, eine Seele hat, in ihrem Rauschen zu uns spricht. Das regt mich so stark auf, daß ich das Meer wie toll ansinge, es soll nicht allein schön sein. In solchen Zeiten schicke ich Hans fort, ich ertrage ihn kaum, ich muß mit der neuen Mareile allein sein.«
So ging es noch eine Weile fort, und Frau Ziepe las ausdrucksvoll, als trüge sie ein kostbares Stück Literatur vor. Jetzt war der Brief zu Ende. Frau Ziepe schaute glücklich und erwartungsvoll auf. Allein die Damen arbeiteten emsig fort, die Köpfe auf die Stickereien niedergebeugt, und eine Weile sprach niemand. »Na«, bemerkte die Baronin endlich, »sie ist gesund, das ist die Hauptsache.«
»Ja – ja – ich bin auch so dankbar!« murmelte Frau Ziepe. Sie war befangen und enttäuscht. Es war ihr, als stieße sie hier auf etwas Kaltes, Mareile Feindliches. »Ja, nun will ich wieder gehen«, sagte sie kleinlaut und schlich niedergeschlagen über den beschneiten Hof der Inspektorswohnung zu.
Günther schritt im Gartensaale auf und ab. Mareiles Brief erregte ihn; es wehte ihn daraus so wundersam heiß an. Wie in einer Vision sah er Mareile auf dem Felsen von Bordighera stehen und ein leuchtendes Meer

ansingen, und zwar eine seltsam veränderte Mareile, wild, frei, triumphierend, die sich stolz und froh ihrer Schönheit und ihrer Sinnlichkeit bewußt wird. Daß er, Günther, das nicht besitzen konnte! Der verdammte Hans Berkow!

»Daß sie so schreiben kann«, sagte Beate. Seneïde zuckte die Achseln.

»Und die gute Ziepe liest uns das alles ganz andächtig vor«, meinte die Baronin.

»Und das mit dem Kleide, wie unangenehm das klingt«, bemerkte Seneïde, »daran ist dieser Herr Berkow schuld.« Die Damen sahen sich an und lachten.

»Mir«, fuhr Günther auf, »mir gefällt der Brief. Mareile ist ein schönes, starkes Geschöpf und sie erfreut sich an sich selbst – und an der Welt – und an ihrer Freiheit.«

»Ich bitte Sie, welche Freiheit?« warf Seneïde ein.

»Nein, lieber Sohn«, sagte die Baronin. »So kann man nicht schreiben, das schickt sich nicht.«

Günther schwieg ärgerlich und setzte seine Wanderung durch das Gemach fort. Noch als alle sich zur Ruhe begeben hatten, schritt er sinnend auf und ab. Es war sehr still um ihn, nur die große englische Uhr des Eßsaales sprach zu der kleinen Bouleuhr des Gartensaales herüber. Das Parkett knackte unter Günthers unruhigen Füßen.

Warum hatte er nichts Starkes, Heißes? Die arme Beate schloß ihre geduldigen Opferaugen gerade vor allem, nach dem er sich jetzt sehnte. Die Luft hier war dünn und kühl. Er wollte Schwüle, wollte etwas, das berauscht. War es denn aus mit dem Erleben? Ungeduldig und feindlich dachte er an die Frauen hier, mit ihrem vornehmen Verhüllen aller schönen Nacktheit, an die Frau, deren Leib nach jeder Umarmung rein und keusch zu bleiben schien. Konnte das ihn satt machen! – Heute mußte er etwas tun, das ihn daran erinnerte, daß er noch jung war. In das Schlafzimmer mit der schläfrigen Ampel konnte er heute nicht hinein. Er trat an das Fenster und zog den Vorhang zurück. Der Vollmond stand am Himmel. Der Schnee flimmerte bläulich. Wie festlich und weit das aussah! Und da sollte er, Günther, drinnen bleiben, bei den gelben Lampen, und zuhören, wie die gefräßigen Uhren ihm die ungenutzten Lebensaugenblicke forttickten? In solchen Nächten hatte er als Knabe seine ersten Liebesabenteuer unter Peters und Jagdabenteuer unter Mankows Leitung erlebt. Ja! Das war's! Wilddiebsjagd bei Mondschein – wie damals! »Peter – Peter«, rief Günther erregt, »Hasenjagd im Mondschein, wie früher in Lantin. Wir fahren zu Mankow und seiner roten Eva. Spann' den Braunen an.«

Als Günther mit Peter im Schlitten saß und in die Mondnacht, wie in eine blaue Glaswelt, hinausfuhr, da packte ihn die Jugendlust so stark, daß er Peter an den Pelzkragen faßte und rüttelte: »Daß du dich nicht unterstehst, alt und schläfrig zu sein.«

»Ich schon nich' – Herr Graf«, meinte Peter.

Im Trabe ging es durch das schlafende Dorf. Hunde schlugen an, aber klagend, nicht böse, als hätte das Mondlicht auch sie gefühlvoll gemacht. Der Schlitten bog jetzt in einen alten Kiefernbestand ein, eine weiße, stille Säulenhalle.

»Sehr gut«, schmunzelte Peter.

»Ach – schweig'!« herrschte ihn Günther an.

»Warum denn, Herr Graf?«

»Weil das nicht dazu da ist, damit *du* es bewunderst.«

»Aha – ich versteh', das is nur für Grafen.«

»Ja.«

Sie näherten sich dem Waldkruge, indem sie an einer Wand kleiner Tannen hinfuhren, die wie mit großen Händen in kalten, weißen Handschuhen die Gesichter der Fahrenden streiften.

»Der Mankow wird sich wundern«, bemerkte Günther.

»Nee, der wundert sich lange schon nich' mehr«, erwiderte Peter.

»Wenn er nur zu Hause ist!«

»Na, dann is die Eve zu Hause.«

»Du denkst auch nur an die Weiber.«

»Na ja, die gehören doch dazu.«

In der qualmigen Krugstube saß der alte Mankow an einem Tische bei einer trüben Unschlittkerze. Eine Brille auf der Nase, ein rotes Tuch vor Mund und Nase gebunden, drehte er Giftpillen für die Füchse. »Guten Abend, Alter!« rief Günther. Der Alte erhob sich, stand unbeweglich da, den Kopf vorgestreckt, wie ein sicherndes Wild. Er hatte seinen Herrn erkannt und wollte nichts tun und sagen, was ein Fehler sein könnte. »Na, Peter, mach's dem Alten klar, was wir wollen. Du siehst ja, wie sein Gewissen ihn beißt«, befahl Günther. Peter und Mankow gingen hinaus. Günther wärmte sich an dem großen, qualmenden Feuer. So war's gut! Hier wehte wenigstens die angenehme Luft versteckter Abenteuer, wenn man's nicht wie Hans Berkow haben konnte. In der niedrigen Tür der Nebenkammer stand plötzlich Eve Mankow und sah Günther unverwandt an. In ihrem kurzen, roten Rock, das rotblonde Haar wirr über dem heißen Gesicht, die nackten Arme, Schultern, Beine vom Ofenlicht beschienen, war sie eine bunte, leuchtende Gestalt in dem rußgeschwärzten Türrahmen.

»Warum schläfst du nicht?« fragte Günther.
»Ich mag nicht.«
»Na, dann komm.«
Eve kam, vorsichtig, mißtrauisch, wie die Menschen des Waldes es den Tieren nachtun.
»Willst du mit auf die Jagd? Du kannst ja schießen.«
»Ja, Herr.«
»Hast du auf mich gewartet?«
»Ich dachte, Sie werden mal kommen.«
»Wer sagte dir das denn?«
»Die Karten.«
Günther trat an Eve heran, nahm ihren Kopf in beide Hände, bog ihn zurück und küßte den breiten, roten, sehr heißen Mund. »So!« sagte er, »nun gehen wir zu den Hasen.« Eve war blaß geworden. Sie saß einen Augenblick still da, die grellen, rotbraunen Augen wurden klar und groß; sie seufzte so tief, daß die rauhen Spitzen der Brüste fast das Hemd durchstechen wollten. Dann erhob sie sich und ging in ihre Kammer hinüber.
Die Jäger stellten sich am Waldrande auf, während die wenigen Treiber leise pfeifend über die beschneiten Wintersaaten gingen und die dort zur Nachtäsung versammelten Hasen dem Walde zutrieben. Eve stand neben Günther. Vor ihnen die dämmerige Fläche, auf der es wie weißer Nebel lag. Die Flintenhähne knackten; dann Stille. Nur ein dumpfes Geräusch schlug an Günthers Ohr, wie Schritte in weichem Schnee. Das war der erregte Schlag seines eigenen Herzens. Jetzt huschten hier und dort rege Schatten über den Schnee, wunderliche, graue Gespenster mit langen Ohren, im unsicheren Lichte groß und wesenlos. Günther schoß, neben ihm schoß Eve. Nun blitzte es am ganzen Waldrande auf. »Der hat's gekriegt«, sagte eine vor Erregung heisere Stimme. Es war Eve. Auf ihren Flintenlauf gestützt, lachte sie unter der alten Fuchsfellmütze ihres Vaters Günther an, daß ihre Zähne im Mondlichte blitzten.
»Jetzt komm«, sagte Günther, und die anderen hinter sich lassend, gingen sie dem Waldkruge zu.

Günther liebte es jetzt, in der Dämmerstunde in seinem Zimmer zu sitzen, Rotwein zu trinken und sich von Peter von dem Waldkruge vorsprechen zu lassen.
»Ja, ja, die Eve«, meinte Peter, »die is ein klarer Apfel.«
»Unsinn«, sagte Günther, »hör' zu! Ich will dir was von meinen Vorfahren erzählen.«

»Bitte, Herr Graf, von Vorfahren hör' ich sehr gern.«
»Na also!« begann Günther nachdenklich. »Vor einigen hundert Jahren war's. Ein Graf Günther von Tarniff verließ sein deutsches verschneites Schloß und seine schöne, weiße Gräfin und zog in das gelobte Land. Nach drei Jahren kehrte er heim. Seine blonde Gräfin hatte treu auf ihn gewartet. Im Morgenlande aber hatte er in einem weißen Hause auf einem roten Felsen eine braune, schwarzäugige Gräfin zurückgelassen.«
»Aha! Ich versteh'«, warf Peter ein.
»Gut! Der Graf blieb drei Jahre bei seiner blonden Gräfin, da begann ihn die Sehnsucht nach den braunen Armen der Morgenländerin zu quälen, und er wollte sich auf die Reise machen. Nun gab's schon damals Diener, die mehr sprachen, als sie sollten. So 'n Kerl hatte der Gräfin mitgeteilt, was ihren Gemahl von ihr trieb. Die schöne Frau weinte zwar, aber sie sagte zu ihrem Grafen: ›Ich halte dich nicht. Geh deiner Sehnsucht nach. Gott gab dir ein zwiespältiges Herz; möge dieses Herz dich auch wieder zu mir zurückführen.‹«
»Bravo!« rief Peter.
»Daß an dem Bravo des Peter Ruskowski der Gräfin etwas gelegen gewesen wäre«, fuhr Günther fort, »glaube ich kaum. Also, der Graf pilgerte in das gelobte Land, wohnte in dem weißen Hause auf dem roten Felsen und trank sich toll und voll an der wilden Liebe seiner braunen Gräfin. Als nun die Zeit gekommen war, da ihn wieder nach Tannen, Schnee und der bleichen, blonden Frau verlangte, da tobte und schrie die braune Gräfin. ›Ich weiß, warum du mich verstößt. Du hast ein Weib jenseits des Meeres, und das gilt dir mehr als ich.‹ Der Graf tröstete sie. Er erzählte ihr von seinem zwiespältigen Herzen, und daß auch ihre Zeit wieder kommen würde. Die Frau wurde ruhig und der Graf schlief an ihrer braunen, heißen Brust ein. Da ergriff sie den Dolch, stieß ihn dem Grafen in das Herz und schrie: ›Ich will mir meine Herzenshälfte nehmen!‹«
Peter nickte nachdenklich: »Ja, Vorfahren, die haben immer solche Geschichten.«
»Maul halten!« schloß Günther die Unterhaltung.

Von nun an wartete der Braune mit dem Schlitten öfters bei Nacht hinter der verschneiten Spirrahecke. Dann jagte Günther in die Winternacht hinaus. Das erschien ihm wie ein angenehmer Protest gegen die ruhige Ordnung des Lebens um ihn her. Auf halbem Wege zum Kruge mußte Eve ihn erwarten. Im kurzen Schafspelz, die Fuchsfellmütze über die Ohren gezogen, trat sie aus dem weißen Dickicht hervor. Das Gesicht, das

Haar, die Wimpern voll kalter Tropfen; und sie lachte, daß im Sternschein ihre Zähne blitzten.

Das kleine Hinterzimmer des Waldkruges duftete nach den Tannennadeln, die über den Boden gestreut worden waren. Im Ofen verglomm ein Feuer. Günther setzte sich auf das niedrige Bett und wärmte seine Hände am Feuer. Eve ging ab und zu; tauchte unter in die schwarzen Schatten der Ecken; trat wieder in den Feuerschein, bunt und leuchtend in ihrem roten Rock, ihrem roten Haar, das Fleisch blank und warm.

»Sitz'!« befahl Günther. »Kehr' das Gesicht zum Feuer hin. Laß die Zöpfe über die Schultern hängen. So!«

Eve gehorchte. Sie saß schweigend da, die Hände flach auf die Knie gelegt; die runden Augen, unverwandt auf Günther geheftet, verschleierten sich feucht vor Erregung.

»So.« Günther war zufrieden. Das große halbnackte Mädchen, mit seiner unbekümmerten Sinnlichkeit, atmete eine ruhige, zuversichtliche Kraft, von der etwas auch auf ihn überzugehen schien. Er glaubte den nervösen, unbefriedigten Günther für einige Augenblicke los zu sein.

Durch die halbangelehnte Tür sah er in der Schankstube pelzvermummte Gestalten mit Peitschen in den Händen am Tische sitzen. Sie flüsterten und tranken Schnaps. Auf der Ofenbank schlief der Hausierer Abbe.

»Wie war's, als du mit dem Pankow gingst?« fragte Günther. Eve schwieg.

»Sprich!« befahl Günther.

»Der Hund«, sagte Eve heiser.

»Na ja, er sagt doch – daß er dich gehabt hat – nicht?«

Eve stand auf, ging in die dunkle Ecke des Zimmers. Günther hörte sie dort weinen.

So war's jedesmal. Das Starke in diesem wilden Mädchen zog Günther an, aber kaum fühlte er es in seiner Gewalt, dann trieb es ihn, es zu beugen. Er mußte Eve weinen und gehorchen sehen.

»Hierher!« rief Günther. Eve schwieg. »Hierher – hierher«, wiederholte Günther, als riefe er einen Hund. Eve kam langsam näher, das Gesicht warm und rosig vom Weinen. Die Augen richtete sie brennend, wie hungrig, auf Günther. »Totschießen werd' ich den Pankow. Fuchspillen soll er kriegen«, murmelte sie atemlos; dann sank sie schwer auf Günther nieder. Das Feuer verglomm. Durch das kleine Fenster schienen blanke Wintersterne, der Wald rauschte laut.

»Steh' auf – geh –« herrschte Günther dann plötzlich Eve an. Er stieß sie von sich, er wollte nicht mehr bleiben, er hatte es eilig, wieder in dem stillen Schlafgemach zu sein, in dem es nach weißem Flieder duftete und wo die matte Ampel über einer schlafenden, weißen Frau wachte.

Achtes Kapitel

In der Herrschaftsküche mit den blau und weißen Kachelwänden wurde die Weihnachtspastete gebacken. Herr Miespeck, der Küchenchef, litt am Magen und war sehr nervös. Wenn er es mit Trine, der Küchenmagd, gar nicht aushalten konnte, ging er in einen kleinen Nebenraum und spielte die Flöte. In der allgemeinen Küche war es lauter. Frau Mandelkoch befahl hier. Beständig kamen Leute, die hier nichts zu tun hatten, um zu sehen, zu riechen, sich zu wärmen und die Mägde zu kneifen. Amelie, die Zofe, stand vor dem Feuer und starrte vor sich hin. Die anderen störten sie nicht, man sah sie zuweilen an und flüsterte.

Beckmann erschien in seiner schwarzgoldenen Livree, mit seinen dicken Waden und dem weißen Engländergesicht. Unnahbar durchschritt er den Raum und verschwand in der Herrschaftsküche. Amelie schaute auf, folgte ihm mit Augen, die blank vor Bewunderung wurden. Dann seufzte sie, strich ihre kleine Schürze glatt und ging hinaus. Als Beckmann den finsteren Gang hinuntereilte, der zur Außentür führte, faßte jemand ihn am Rockaufschlag und zog ihn auf die Schwelle. »Auf dich wart' ich«, sagte Amelie. Beckmanns starres Gesicht verzerrte sich. »Na – was denn? Hier doch nich.«

»Jawoll«, meinte Amelie. »Ich muß dich sprechen.«

Beckmann blieb stehen, steckte das Kinn tief in den hohen Hemdkragen und seine Waden in den weißen Strümpfen zitterten vor Kälte. »Na – los«, brummte er. Amelie lehnte sich an ihn, strich mit ihren kleinen roten Händen über seinen Rockärmel. »Ich muß doch wissen, was nu sein wird.«

»Immer die alte Jacke«, schnarrte Beckmann, »das Vergnügen wollt ihr, und später sind wir schuld.«

»Wer sagt denn von Schuld, Beckmann«, flehte Amelie. »Ich frag' nur, was is nu? Die anderen sprechen schon. Ich geh' zur Frau Gräfin.«

Die weiße Lakaiennase hob sich streng zu den Sternen auf.

»Von mir kein Wort«, befahl er.

»Aber Beckmann, ich muß doch sagen, wer der Vater zu dem Kind is.« Amelie weinte nur leise.

»Kein Wort«, wiederholte Beckmann.

Jetzt schüttelte das Weinen den ganzen, runden Mädchenkörper.

»Hör'«, sagte Beckmann mit seiner diskreten, leblosen Dienerstimme, »das Flennen hilft so nichts. Wenn du von mir nichts sagst – hm – verstehst du? Wenn du mir nicht den Dienst verdirbst, nachher geb' ich das Geld, damit du im Dorfe deine Sache abmachst. Das wird hübsch

kosten.« Amelie drängte sich noch an ihn heran, sie lächelte, nahm seine Hand und stützte ihre tränenfeuchte Wange darauf. »Und später – Beckmann – sag' – später?« hauchte sie.
»Von später weiß ich nichts«, meinte Beckmann kühl. »Jetzt muß ich gehen.« Er wandte sich ab, als bemerkte er es nicht, wie das Mädchen sich auf die Fußspitzen stellte, um mit dem Gesicht an seine schmalen, bleichen Lippen zu reichen.
Als Beckmann fort war, wischte Amelie sich mit der Schürze die Augen und starrte trübselig auf den Hof hinaus, der in der bleichen Schneedämmerung sehr still zwischen den hohen, weißen Häusern lag. Ein grellgoldener Schein fiel auf den Schnee. Drüben bei Inspektors wurde der Weihnachtsbaum angesteckt. Amelie wandte sich ab. Das Herz war ihr voll Zorn gegen die Herrschaft, die sie fürchten mußte, und so voll von Liebe zu Beckmann, daß sie wieder weinte.
Am ersten Weihnachtstage saß Beate in ihrem Ankleidezimmer und wartete auf Amelie. Der letzte Abendschein war schon hinter den Parkbäumen verglommen. Beate war in einen leichten Halbschlummer verfallen. Als jemand in das Zimmer trat, fragte sie: »Sind Sie es, Amelie? Dann stecken Sie die Lampe an.« Da es still und finster blieb, sagte Beate: »Machen Sie doch Licht. Ich muß mich ankleiden.«
Jetzt rauschte etwas neben ihr auf den Teppich nieder, ein nasses Gesicht legte sich auf ihre Hände. »Sind Sie's, Amelie?« fragte Beate. »Warum weinen Sie? Haben Sie etwas getan?«
»Schlecht – schlecht hab' ich getan!« schluchzte das Mädchen. »Und die Schande jetzt. Was soll ich tun? Frau Gräfin werden Erbarmen haben – verzeihen – ach! ach!«
Während Amelie sprach, fühlte sie, wie Beate allmählich vor ihr zurückwich, die Hand, das Knie, das Amelie umschlungen hielt, fortzog. »Stehen Sie auf«, sagte Beate leise, aber das geschulte Zofenohr hörte aus diesen Worten doch Strenge und Widerwillen heraus. »Wie konnten Sie das tun – Sie wissen doch ...«
Amelie schluchzte unter ihrer Schürze, die sie über den Kopf geschlagen hatte: »Ja – ja – ich weiß. Sünde is – aber es kommt man so –«
Beate schwieg. Sie empfand Mitleid mit dem weinenden Mädchen. Mein Gott! Die Welt ist so voll Sünde und Elend; aber sie empfand auch Groll gegen Amelie. Was hatte sie ihre unreinliche Liebesgeschichte hier zu ihr, Beate, hereinzutragen! »Stecken Sie das Licht an!« befahl Beate. Als die Lampe brannte und Beate vor dem Spiegel saß, machte Amelie sich daran, ihre Herrin zu frisieren. Sobald Beate jedoch die Hände des Mädchens in ihren Haaren spürte, bog sie den Kopf zur Seite, wie von Ekel erfaßt.

»Lassen Sie«, sagte sie hastig. »Ich mach' das selbst. Gehen Sie hinaus, gehen Sie.«
Amelie schlug wieder die Schürze über den Kopf und verließ laut jammernd das Zimmer.

Um die Zeit des Sonnenuntergangs saß Beate im Ahnensaal und ruhte. Günther war abwesend. Seneïde, die Arme über der Brust verschränkt, ging im Saale auf und ab, dunkel und schmal in dem roten Lichte.
Peter brachte einen Brief. »Aus dem Dorf, von der Amelie«, sagte er.
»Oh – von der!« meinte Seneïde und zog die Augenbrauen empor. Beate sah den Brief mit Widerwillen an, wie wir ein unangenehmes Insekt anschauen, und schloß dann wieder die Augen.
Später im Wohnzimmer wurde die Lampe angesteckt. Die drei Frauen saßen um den runden Tisch. Die schweren, dunkeln Vorhänge wurden vor die Fenster gezogen, die alten dunkeln Türen geschlossen. Wieder einmal schien die Außenwelt mit ihrer Unreinlichkeit und Feindseligkeit ausgesperrt zu sein. Die Meierin kam und sprach von einer kranken Kuh. Beate öffnete widerwillig den Brief und las: »Gnädige Frau Gräfin, Ziepe sagt, ich darf im Dorfe nicht bleiben. Er sagt, er muß mich 'rausschmeißen. Ich hab' nur getan, was andere Mädchen hier auch tun. Wer is denn so heilig? Wohin soll ich denn gehen? Wie 'n räudiges Vieh soll ich hier 'raus, sagt Ziepe, der so aufgeblasen ist, daß er bersten wird. Gott geb' es! Ich muß 'raus und die Eve Mankow darf bleiben und warten, daß der Herr Graf bei Nacht zu ihr 'rausfährt. Und dann prahlt das freche Mensch noch damit. Das ist Sünde. Ich fahre zu meiner Tante nach Stolpe, die wird christlicher sein als die Herrschaft. Adjö. Amelie Miller.«
Beate schaute auf. Die Meierin erzählte noch von der kranken Kuh. Das Zimmer lag im Lampenschein friedlich und wohl verwahrt da ... und doch etwas Fremdes, Entsetzliches war hereingekommen, war da. Beate fröstelte. Hastig mit zwei Fingern faßte sie den Brief und warf ihn in den Kamin. Wie das Papier aufflammte, wie es sich krümmte und wand! Jetzt war nur ein wenig schwarzer Staub übrig, der eilig in den Schlot hinauffuhr. Bleich lehnte sich Beate in den Sessel zurück. So – war's vernichtet – das – dem sie mit ihren Gedanken zu nahen – nicht wagte.
Erst als sie schlaflos im Bette lag, konnte sie dem Entsetzlichen nicht entrinnen. Sie sah beständig Eve Mankow vor sich, das große, hochbusige Mädchen, mit den grellen Augen. Ekel schüttelte sie; Ekel vor ihrem eigenen Körper, der wie Eve nach Günther verlangte, der Günther dasselbe bot, wie Eve. – Beate fuhr auf, als müßte sie etwas abwehren, sich von einer quälenden Gemeinschaft befreien. »Es ist nicht wahr!« flüsterte sie

in das Dunkel hinein. Das beruhigte, das leuchtete ein. So etwas kann ja nicht wahr sein! Wie konnten die Even und Amelies an ihre, Beates, Ehe rühren! Nein, so etwas durfte, konnte nicht in ihr Leben hinein; das war ihr fester Wille. So etwas durfte nicht wahr sein. Und um ihre Seele ganz zu befreien, badete sie dieselbe in der Ekstase eines langen Gebetes.

Nach einer langwierigen, qualvollen Entbindung war dann endlich der Tarniffsche Erbe da. Günther küßte seine blasse Frau triumphierend auf die blasse Stirn. »Danke – Schatz. Er hat dir Mühe gemacht – was? Ja – so sind wir Tarniffs; wir machen Mühe.«

Beate langte nach Günthers Hand. »Ja – aber ihr seid gut – ihr Tarniffs – nicht?« sagte sie.

Günther lachte. »Gut. Natürlich sind wir gut, und ob!«

»Ein schönes, schweres Kind«, bemerkte die Hebamme.

»Ja, was haben Sie denn erwartet?« schloß Günther die Unterhaltung.

Neuntes Kapitel

Es war Mai geworden. Frau Ziepe saß müßig und gedankenvoll in ihrem Wohnzimmer. Vater Ziepe kam zum Zehnuhrfrühstück heim. »Na, Imbiß her!« rief er sehr laut. Frau Ziepe holte Schnaps und Wurst, aber so vornehm und ergeben, daß ihr Mann sie fragte: »Was is wieder los?«

»Mareile hat geschrieben«, antwortete sie und machte ihr unzufriedenes Gouvernantengesicht.

»So, unsere Malerin«, Ziepe lachte breit. »Stimmt's da nich? Oder kommt's Kind?«

Dieses Lachen, der Stallgeruch, alles verletzte Frau Ziepe heute an ihrem Manne und sie wurde um so vornehmer.

»Mein Gott! Ich versteh's selbst nicht recht. Es sind Nuancen. Aber mir ist so bang.«

»Nuancen – Unsinn, Mama!« fuhr Ziepe auf. »Zanken sie sich, oder läuft er zu Frauenzimmern, oder was ist?«

Frau Ziepe weinte jetzt. »Sie schreibt von dem großen Mißverständnis ihrer Ehe und von Recht auf Freiheit – und Enttäuschung – ich weiß nicht – aber gut ist das nicht.«

»Quatsch«, donnerte Ziepe. »Schreib' ihr, ich hab' dich auch enttäuscht, das is man so ... und wenn eine 'nen Mann hat, soll sie ihn halten, Männer sind heutzutage rar. Das sag' ich, Vater Ziepe, und basta.« Er goß einen Gilka herunter und ging zu seiner Mistfuhre hinaus.

Auch im Schloß erregte Mareiles seltsame Ehegeschichte alle. Die Gräfin

Blankenhagen in einem Reitkleide in der Art des Großen Kurfürsten und in Begleitung ihrer Tochter Ida und deren Gemahls Egon Sterneck, kam eigens von Steindorf herüber, um zu sehen, was für Gesichter die Kaltiner zu Mareiles Ehegeschichte machen würden.

Tatsache war, daß Mareile ganz plötzlich ihre Ehe gelöst hatte und zu der Fürstin Elise gezogen war. Hans Berkow war im Unrecht, das stand fest. Was er getan hatte, wußte man nicht, aber für die Gesellschaft war er ein toter Mann. Um Mareile zu heben, mußte Hans Berkow sehr tief hinabgedrückt werden. Die five o'clocks der Fürstin Elise waren sehr besucht. Eine jede wollte Mareile schön und unumwunden über ihre Ehe sprechen hören. All diese Frauen, die ihre Ehen vor der Öffentlichkeit mit weißen Schleiern zu verhängen liebten, sie konnten sich an Mareiles Evangelium von der Pflicht der Empörung gegen den Mann, der die Frau nicht zur Liebe zu zwingen versteht, nicht satt hören. »Man muß diese entzückende Frau selbst sprechen hören«, berichtete Ida Sterneck. »Sie sagt – wie sagt sie doch? Sie sagte: Wenn der Mann die Frau nur so als die Schönheitslinie zu seinem Gebrauche ansieht – dann – dann entwürdigt sich die Frau.«

»Das sind so Redensarten unserer guten Fürstin«, meinte die Baronin.

»Nein aber«, drängte die Gräfin Blankenhagen, »es müssen doch Geschichten passiert sein. Wenn eine Ehe auseinandergeht, müssen doch Geschichten da sein, nicht wahr?«

Da begann Günther zu sprechen, spöttisch und erregt: »Geschichten, meine gnädige Frau Gräfin, werden Sie noch genug darüber zu hören kriegen. Daß Mareile aber keine Geschichten nötig hat, um zu handeln, das ist das Große an dieser Frau. Ja, bitte, wenn Sie in einem Brief einen Satz angefangen haben, und Sie merken, der geht so nicht weiter, der gibt keinen Sinn, dann streichen Sie ihn durch, nicht? Na also! Grad so macht's Mareile. Der Anfang mit Hans Berkow gibt ihr keinen rechten Sinn. Gut, sie macht ihren Strich darüber, so 'nen dicken, schwarzen Strich, wissen Sie, mitten durch den armen Hans durch ... und sie wird einen besseren Satz anfangen.«

»Ach, sprecht nicht so von meinem armen Kinde!« klagte Seneïde und ihre fanatischen Augen wurden feucht.

»Ja, eigene Sache«, schnarrte Egon Sterneck. »Das mit dem Strich, ganz hübsch. Nur wenn das Mode wird, ich meine bei unseren Frauen –«

»Unseren Frauen!« wiederholte Günther verwundert, »wer spricht denn von unseren Frauen? Ich spreche doch von den Mareilen.«

»Hm – ja so!«

Wie einst vor einem Jahre, stieg Mareile an der kleinen Kaltiner Station aus dem Zuge. »Wieder kein Wagen, ich bin untröstlich, Signora, gnädige

Frau«, sagte der Stationsvorsteher Ahlmeyer, »und bei Ihrer Abneigung gegen meinen Fuchs, na ja, spatlahm, freilich ...«
So wanderte Mareile denn wieder über die Heide. Die Sonne ging hinter den Hügeln unter. Ein angenehmer Wind, voll von dem Dufte der Wacholderbüsche, wehte. Mareiles Gesicht war schmaler geworden. In die hellen, blühenden Farben hatte sich etwas wie ein bleiches Leuchten gemischt. Die Augen, die »durstig-machenden Augen«, wie Hans Berkow sagte, schienen größer und reicher an Licht. Das Leben hatte auf dieser Schönheit die Spuren einer erregenden Erkenntnis zurückgelassen. Ja, heute war sie eine andere als damals, heute lächelte sie still vor sich hin, als genieße sie die süße Reife der eigenen Seele.
Der arme Hans! Er hatte sie in seiner Art geliebt, wie solch' eine morsche, abgetakelte Seele lieben kann. Sie konnte ihn nicht brauchen. Aber er hatte sie sehr stark begehrt und hatte sie ihre Sinne verstehen gelehrt, und erst, wenn ein Weib seine eigene Sinnlichkeit versteht, versteht es sich selbst. »Weißt du«, hatte Mareile zu Hans in Bordighera gesagt, in jenen wunderlich traumhaften Tagen des Eheanfangs, in denen Geist und Körper fiebern. »Weißt du, warum wir Mädchen, die auf den Schlössern aufwachsen, so dumm über die Liebe denken? Weil dort bei dem Gerede über die Liebe immer der Körper unterschlagen wird.«
»Das will ich meinen!« hatte Hans geantwortet. »Glaubst du, Diotima hätte so fein über die Liebe gesprochen, wenn sie von Tante Seneïde erzogen wäre?«
Eine glasige, graue Dämmerung sank auf das Land nieder. In der Kirche wurde der Sonntag eingeläutet. Unten auf der Dorfstraße tobten die Kinder vor dem Schlafengehen. Blonde Köpfe und nackte Beine legten helle Flecke in die Dämmerung. Nebel erhoben sich auf den Wiesen, spannen das Land in kühle Schleierstreifen ein. Im Felde begann eine Wachtel zu schnarchen, eintönig und unermüdlich, als spräche sie im Traum von unendlichen Kornfeldern. Das ergriff Mareile. So war's gut; hier wollte sie ruhen, bis das Erlebnis kam, das ihrer würdig wäre.
Über dem Schlosse stand der Mond. Aus den Fenstern drangen Stimmen und Klaviertöne, der hübsche Lärm jenes Lebens, das Mareile einst so schmerzhaft geliebt hatte.
Die Fenster des Inspektorhauses waren dunkel. Leise öffnete Mareile die Stubentür. Das Wohnzimmer war leer. Aus dem Schlafzimmer der Kinder aber klang Frau Ziepens Stimme. Sie sang ein Wiegenlied, müde und eintönig. Behutsam ging Mareile vor. Da saß die Mutter zwischen den Betten der Zwillinge. Etwas Mondlicht fiel in die matten Augen und auf die spitzen Züge des Gesichtes. Ihr zu Füßen kauerte die fünfzehnjähri-

ge Lene im Hemde. Den Kopf auf die Knie der Mutter gestützt, schlief sie.

»Hündchen hat den Mann gebissen,
Hat des Bettlers Rock zerrissen –«

nahm die geduldige, freudlose Stimme wieder auf. Mareile näherte sich leise und sank dann neben ihrer Mutter nieder. »Mareiling«, sagte Frau Ziepe tonlos; sie lehnte ihr heißes, eingefallenes Gesicht an Mareiles kühle Wange und weinte.

Auch Lene erwachte. Sie verstand nicht, was vorging, warum es wie Seide rauschte, warum es süß nach Orchideen duftete, warum Goldsachen im Mondschein flimmerten, bis auch sie die Arme ausbreitete und mit dem Seufzer schlaftrunkener Kinder: »Mareiling« flüsterte.

Die Baronin streichelte sanft Mareiles schönes Gesicht und sagte freundlich: »Ja, Kind, bleib bei uns. Du gehörst zu uns.« Von dem großen Eheevangelium war hier nicht die Rede, und Mareile tat es wohl zu schweigen. Sie wußte, hier war es Sitte, seine Not und seine Wunden rücksichtsvoll zu verdecken, um die Harmonie nicht zu stören. Der Mittsommer war eine stille Zeit. Die Jalousien an der Sonnenseite des Schlosses wurden niedergelassen. Die Zimmer lagen im Dämmerlichte wie im Schlafe, unter dem leisen Brummen der Sommerfliegen und in dem Dufte der in den Vasen welkenden Blumen. Alte Tanten aus fernen Fräuleinstiften zogen in das Schloß ein; Tante Riecke, Tante Lolo, lange Losnitzer Feldherrennasen unter den schwarzen Spitzen des Altjungfernhäubchens. Sie füllten die Räume mit ihren verschollenen Parfüms Verthiver und Esbouquet und die Abende mit ihren verschollenen Geschichten.

Das Inspektorhaus war unerträglich; voller Sonne, Fliegen, Suppengeruch. Mareile wanderte daher schon am Morgen, unter dem roten Sonnenschirm, über den Hof in das Schloß. Dort saß sie gern allein und müßig in der Bibliothek und sann, sann dem nach, was kommen mußte. Sie fühlte sich reich und müde, wie nach einer Ernte. Oh, sie hatte keine Eile! Die Erlebnisse des Lebens konnten noch ein wenig warten; jetzt wollte sie ruhen und ihre Schönheit fühlen, wie ein Rosenstock mit all seinen Knospen unbeweglich dasteht in der Mittagsonne, froh der Gewißheit des Blühens.

Günther, nervös und unruhig durch die Zimmer wandernd, blieb in der Tür des Bibliothekzimmers stehen. »Sie sitzen hier so eigentümlich«, sagte er zu Mareile. »So – so – als ob Sie bei etwas Angenehmem wachhielten, das eben eingeschlafen ist.«

»Das ist hübsch, was Sie da sagen«, meinte Mareile.
Günther schwieg und sah sie an. »Sie haben sich verändert. Die frühere Mareile – wenn ich so denke ...«
»War die nicht gut?«
»Doch, doch! Aber solche Fräulein, die leben vor verschlossenen Türen ... jedenfalls ergreifen Sie mich jetzt mehr.«
»Das ist doch gut?«
»Freilich, freilich! Aber jetzt geh' ich mich unter die kalte Dusche stellen«, schloß Günther. »Reiten Sie nicht mehr?« fragte er im Fortgehen.
»Jetzt nicht«, erwiderte Mareile.
»Singen Sie nicht?«
»Jetzt nicht.«
»Ach so, ich verstehe. Sie wollen noch innere Komiteesitzung abhalten. Gut – gut!«
Am Abend saß Mareile im Gartensaal ein wenig abseits von den anderen an der geöffneten Glastür. Die Julinacht war schwarz und voll von dem süßen Dufte der Sommerblumen. Unter der Lampe las Seneïde der Gesellschaft die Kreuzzeitung vor.
Hübsch, hübsch, dachte Mareile, aber als könnte nichts anderes, Besseres mehr kommen, so beruhigt. Sie erinnerte sich, wie sie schon als Kind zuweilen ein unwiderstehliches Sichempören gegen dieses abgeklärte, hübsche Herrschaftsleben empfunden hatte, das sie doch so liebte. Aber in solchen Stunden mußte sie nein sagen zu allen heiligen Regeln. Statt zur französischen Stunde zu kommen, war sie einmal in den Wald gelaufen, hatte im See gebadet. Unerhörte Dinge. Aber der verzweifelte Wagemut brannte so köstlich im Blute. Später kam dann die Stunde der Reue in Tante Seneïdes Zimmer, wo die Blätterschatten lautlos über den Fußboden flirrten. »Wollen wir beten«, sagte Tante Seneïde. Mareile und Seneïde knieten nieder, mitten unter die Blätterschatten. Seneïde betete mit ihrer klagenden, heißen Stimme. Dieses Gebet erfüllte das Kind mit wunderlicher Erregung, Andacht war es und Märchenschauer; leises Flügelrauschen glaubte es hinter sich zu vernehmen.
So siegte damals stets das Kaltiner Leben über die Empörung der kleinen Mareile. Das war vorüber! Jetzt gehörte sie nicht mehr zu diesen guten Menschen, die ihr Lebenskapitel in der Bank jenseits des Grabes anlegten. Aber da war noch einer, dessen unruhiger Schritt zu sagen schien, daß Mareile einen Gefährten ihrer Lebensungeduld hatte. Günther ging unablässig auf und ab. Zuweilen blieb er an der Gartentür stehen und horchte hinaus, als sollte durch die Nacht etwas zu ihm kommen. »Der wartet auch noch«, dachte Mareile.

Es war zwei Uhr nachmittags, die schläfrigste Zeit des Tages im Schlosse. Die alten Damen im Wohnzimmer nickten über ihren Strickereien ein. Beate saß an der Wiege ihres Kindes und summte leise vor sich hin. Da schlug ein Ton in diese Stille, laut und süß. Mareile sang im Musiksaal. Wie ein seltsam schönes, fremdes Ereignis zogen die Töne durch die verschlafenen Räume.
Tante Lolo schreckte aus dem Schlaf auf. »Mein Gott! Was gibt's?«
»Die Mareile singt«, sagte Tante Riecke und verzog das faltige Gesicht, als hätte sie einen Tropfen zu starken, süßen Weins getrunken.
»Ah, unsere Nachtigall singt wieder«, meinte die Baronin freundlich.
»Du, Peter«, sagte Günther, »öffne die Tür und verschwinde, deine Gestalt stört jetzt.«
»Ich weiß ja«, meinte Peter.
Lange hielt es Günther jedoch nicht aus, stille dazuliegen, er mußte dem neuen Ereignisse näher sein. Er eilte in den Musiksaal, streckte sich in einem Sessel aus, schloß die Augen, hörte zu. Das war gut. Er reckte seine Glieder ordentlich vor physischem Behagen. Aber was sang sie denn? War das nicht Isoldens Liebestod? Es klang jedoch fremd. Das Dämmerige, die süße Tiefe dieser Klage, in der Lieben und Sterben geheimnisvoll und einträchtiglich beieinander wohnen, das fehlte. Diese Musik war eine scharfe, klare, fast böse Leidenschaft. »Seltsam«, dachte Günther, »wie ein nordischer See unter einer südlichen Sonne. Ja, gerade so! Was hat die Frau nur, um das so zu singen?« Er schaute sie an. Die Linien ihres Körpers bebten sachte in der Anstrengung des Gesanges. Aus dem skabiosenblauen Sommerkleide leuchtete der Nacken hervor, wie Widerschein von Gold lag es auf ihm. Ein leichter Flaum bedeckte die Arme mit winzigen Lichtstricheln. In den runden Linien dieser Arme lag so viel Irdisch-Junges, lag etwas, das zum Volk gehörte, an Arbeit denken ließ.
Mareile sang:

»Wie sie schwellen,
Mich umrauschen,
Soll ich atmen?
Soll ich lauschen?
Soll ich schlürfen,
Süß in Düften
Mich verhauchen?
In des Wonnemeeres
Wogenden Schwall?«

Günther schloß wieder die Augen. Die Musik stellte mit visionärer Farbigkeit ferne, südliche Erinnerungen vor ihn hin. Rote Felsen, blonder Meersand, das Meer ein tiefblaues Atlastuch, das rauschend steife, blanke Falten schlägt. An der sonnenwarmen Felswand, auf den Sand niedergekauert, die kleine Photini, die junge Frau des alten Maoro Petros, des Zollaufsehers von Hydra. Dort wartete sie täglich auf Günther, wenn er vom Bade kam. Regungslos hockte sie, das Kinn auf die Knie gestützt, die Augen schmal und schwarz in die Helligkeit hinausstarrend, wie schöne Raubtieraugen, die auf Beute lauern. Wenn er dann vor ihr stand, zuckten die Wimpern. Er beugte sich nieder und nahm das ganze, sonnenwarme Figürchen in seine Arme. Photini lachte ein schrilles Möwenlachen. So trug er sie in einen Winkel, den die überhängenden Felsen zu einer schattigen Kammer machten. Die Wellen hatten große Sandpolster hineingespült, blank und gewässert, wie alte Brokate. Es roch nach Stein und Algen. Hier streckte Photini sich aus, ein mattgelber Elfenbeinleib, der glänzte, als flösse Honig statt Blut in seinen Adern, dann warf sie sich auf Günther, umschlang ihn mit den blanken Armen, den blanken Beinen, eidechsenwohlig zu Hause in der sinnlichen Glut, wie in der Sonnenglut an der Felswand. Günther entsann sich, wie er einmal in dieser wilden Umarmung seine Sinne schwinden fühlte. Eine Ohnmacht überwältigte ihn. Als er zu sich kam, sah er Photinis schmale, blanke Augen über sich, ängstlich und neugierig, dann lachte sie ein wenig spöttisch, und mit der schrillen Musik ihrer Stimme rief sie »Ptochos«, »Armer«, das klang mitleidig und fast verächtlich.
»Schlafen Sie?« fragte Mareile. Sie hatte sich auf dem Stuhle umgewandt und lächelte Günther an. »Sie sehen aus, wie jemand, der angestrengt träumt.«
»Tu ich auch«, sagte Günther. »Bei Musik träumen wir so lebhaft, wie im Fieber. Aber sagen Sie, wie singen Sie das?«
»Schlecht, ich weiß«, meinte Mareile. »Noch kann ich nicht so recht. Es kommt immer Eigenes hinein. Nun, Isolde leiht mir wohl mal ihre Musik für meine eigenen Angelegenheiten.«
»O gewiß!« stimmte Günther zu. »Sie brauchen ein Stimmungsventil. Das versteh' ich. Wenn's sich in mir so rührt, dann geh' ich zu Peter und schreie ihn an. Wunderbar haben Sie gesungen.«
Beide schwiegen einen Augenblick. Mareile schlug sinnend einige Töne an.
»Sind Sie krank?« fragte sie dann. »Sie sehen so – still aus?«
»Ja, Azedi.«
»Ist das eine Krankheit?«

»Ja, eine Klosterkrankheit. Die Nönnchen kriegen das von zu viel Heiligkeit. Ach, das ist heilbar ... Es ist so 'ne Art Katzenjammer.«
»Was tut man dagegen?«
»Starke Verzückungen werden angewandt. Ein neuer Rausch, wie immer bei Katzenjammer. Aber singen Sie noch, das ist auch so 'n neuer Rausch.«
Mareile sang:

»Du bist der,
Nach dem ich verlangte
In frostigen Winters Frist.
Dich grüßet mein Herz
Mit heiligem Grauen.«

Günther nahm seinen Traum wieder auf. Die griechische Sonne, die roten Felsen gegen den unsagbar blauen Himmel ... aber jetzt stand Mareile in alldem. Sie schaute mit den tokaierbraunen Augen den Strand entlang und wartete auf ihn. Auf ihn! Teufel! Das wäre etwas!

»Hell wie der Tag
Taut es mir auf
Wie tönender Schall –«

sang Mareile.
Wie sie im Singen bebte, wie die Töne in ihr schwollen! Plötzlich ging Günther hinaus. Er fürchtete, wunderlich auszusehen, mit dieser neuen, großen Aufregung im Herzen.

»Da Sie wieder singen«, sagte Günther zu Mareile, »so reiten Sie wohl auch wieder.«
Mareile hatte nichts dawider. »Gut!« bestimmte Günther. »Ich reite heute mit Ihrem Vater aufs Vorwerk hinaus. Sie kommen also mit!«
Am Nachmittag saß Mareile im olivgrünen Reitkleide, den niedrigen, blanken Hut auf dem Kopfe, auf der Fuchsstute. Sie liebte das Reiten. Die Freude machte ihr Gesicht rosa und kindlich.
»Achtgeben«, mahnte Vater Ziepe. »Ein Pferd ist kein Klavier.«
Ein Gewitterregen war über das Land gegangen, jetzt schien die Sonne wieder zwischen den großen, metalligen Wolkenballen hindurch. Glatt und grün lagen die gemähten Wiesen da. Die Schwalben schossen ganz niedrig darüber hin.

»Jetzt Galopp!« rief Mareile, »ho – ho – Grane.« Günther blieb neben ihr. Die Pferde nahmen a tempo einen Graben, sausten am Pfarrgarten hin, wo Betty Ahlmeyer, jetzt Pastorin Halm, Johannisbeeren abnahm und die wie in Blut getauchten Hände gegen die Sonne hielt, um den Reitern nachzuschauen. Plötzlich ließ Mareile ihr Pferd in Schritt fallen. »Ich kann nicht mehr«, sagte sie atemlos. Günther legte seine Hand auf Granes Sattel, beugte sich vor, sah Mareile mit einer brennenden Bewunderung in das Gesicht. Er wollte etwas Besonderes sagen: »Das nenn' ich beieinander sein, was –? Alles andere bleibt zurück, kann nicht mit. Nur wir beide.« Er sprach schnell und undeutlich vor Erregung.
Als sie im Vorwerk anlangten, stand die Sonne schon tief. Günther ritt mit Ziepe zu einer Stauwiese. Mareile setzte sich auf einen umgestürzten Schiebkarren am Feldrande. Sie fühlte sich froh. Der Ritt, und dann, aus Günthers Augen hatte sie eben etwas angeglänzt, das sie eine Weile entbehrt hatte und das doch ihre eigenste Lebenslust war.
Die Sonne ging himbeerrot zwischen violetten Wolkenstreifen unter. Dämmerung legte sich über das Land. Ein roter Mond stand dicht über dem Horizonte. Die Arbeiter gingen auf dem Fußpfade zwischen den Feldern heim. Wo ein Bursche hinter einem Mädchen herging, da folgte Mareile ihnen mit den Augen, und wenn sie hinter den Erlen verschwanden, sagte sie sich: »Jetzt bleiben sie stehen. Jetzt langt er nach seinem Mädchen«, und sie kam sich dort auf ihrem Schiebkarren plötzlich einsam und um ihr Recht an der Sommernacht betrogen vor.
Endlich kehrte Günther zurück. »Aufs Pferd, aufs Pferd«, rief er. »Vater Ziepe reitet einen anderen Weg. Heute ist gute, preußische Sentimentalität in der Luft, nicht?«
Der Mond war höher gestiegen. Nebel lagen auf den Wiesen. Es roch nach Moor und feuchtem Laub. Die Frösche quarrten in den Tümpeln und die Rebhühner lockten im Klee. »Jetzt gehen wir wieder miteinander durch – hoio!« rief Günther. Sie trieben die Pferde an. Anfangs ging es an jungen Kiefern hin, die mit ihren Blütenbüscheln, wie mit kleinen Affenhänden, nach Mareiles Reitkleide faßten. Dann kam der Hochwald, hohe, dunkle Stämme, vom Mondlicht silbern gestreift. Alles stürzte schnell, gewaltsam, wehend vorüber – Düfte, niederrieselnder Tau, flüchtige Bilder von Lichtungen, von weidenden Rehen, von großen, lautlosen Eulen. »Geben Sie mir Ihre Hand, dann geht's besser«, rief Günther. Sie hielten sich an den Händen; diese Hände drückten sich, als wollten sie einander danken. Auf einer kleinen Waldwiese stand Eve Mankow und weidete verbotenerweise dort ihre Kuh. Sie schützte mit der Hand die Augen gegen das Mondlicht und starrte ernst den beiden nach, die Hand

in Hand, einen Augenblick hell beschienen, wie Traumgestalten an ihr vorüberrasten.
Auf der Chaussee hielt Vater Ziepe und wartete.

Im Schlafe leben wir weiter. Unsere Gefühle reifen dann, uns unbewußt. Günther erwachte am nächsten Morgen mit einer neuen, fertigen Leidenschaft. Beate schlief noch. Er blieb eine Weile vor ihr stehen und schaute sie aufmerksam an. Sie sah fast kindlich aus, wie sie da lag, die Stirn voller Löckchen, die Lippen halb geöffnet. Günther war gerührt. Dieses auserlesene Wesen hier, war sein, er konnte es am empfindlichsten treffen und verwunden. Wiederum freute er sich an seiner eigenen Rührung vor dieser Frau, der er untreu zu werden fest entschlossen war. Stand dort zwischen Beates Augenbrauen nicht eine kleine aufrechte Falte, ein feiner Strich, wie mit einem Messer in die Haut geritzt? Die mußte eine Sorge um ihn da hineingezeichnet haben; wer sonst, als er, durfte solche Zeichen in dieses königliche Buch schreiben? Nie hatte er die sanfte Klarheit dieser Frau deutlicher empfunden. Kein Begehren mischte sich bei ihrem Anblick in sein Gefühl. Der Friede, der über ihr lag, war ganz tief und rein. Ein Heiligtum, das Günther mit Bedauern zu verlassen sich anschickte.
Er ging in den Hof hinunter. Es trieb ihn, vor Mareiles Fenster eine imponierende Gutsherrentätigkeit zu entfalten. Dann ließ er Grane vorführen, um zu sehen, ob sie gut gestriegelt sei. Grane gehörte ja jetzt zu Mareile. Plötzlich war Mareile da, in ihrem gelben Morgenkleide, unter dem rosafarbenen Sonnenschirm.
»Ist Grane unser Ritt bekommen?« fragte sie. Günther hatte so intensiv an Mareile gedacht, daß ihr Erscheinen ihm selbstverständlich erschien.
»Oh! Grane ist munter«, sagte er. »Wollen Sie nicht meinem Surhab auch guten Morgen wünschen? Er ist noch im Stall. Er gehört doch auch zu uns vieren?«
»Ja, zu uns«, meinte Mareile lächelnd.
Sie gingen in den Stall. »Setzen Sie sich, bis ich Grane an die Kette lege«, sagte Günther. Eine starke Erregung bedrückte seine Stimme; er sprach, als wäre er gelaufen. »Hier ist's hübsch, nicht? Ich habe es mir hier gemütlich gemacht. Für manche Stimmungen ist dieses hier ein Kapitalort. Hier ist Andacht, finden Sie nicht? Warten Sie! Sprechen Sie nicht. Seien wir stille, damit Sie fühlen, was ich meine. Surhab schaut Sie an, er kennt Sie natürlich.«
Sie saßen auf rotlackierten Stühlen. Rundbogenfenster füllten den Raum mit ruhiger, weißer Helligkeit. Es roch nach Heu und Riemenzeug. Die Pferde atmeten einen feinen Dampf aus, der die Luft erwärmte. Ab und zu

klirrte eine Kette, oder ein Huf schlug auf den Boden, und jeder Ton ließ über die blanken Flanken der Tiere ein Zittern hinlaufen.
Günther sah Mareile unverwandt an. »Fühlen Sie's?« Mareile nickte. »Es ist«, fuhr Günther fort, »es ist das Rasseblut, das hier niedergehalten wird. Verstehen Sie das? Ruhig, hübsch, einförmig, still muß es hier sein. Das wilde Blut und die feinen Nerven müssen eingeschläfert werden. Sehen Sie Surhab. Er schaut geduldig aus, so, als leide er; verachtungsvoll ruhig, nicht? Er weiß, er darf sich hier nicht ausgeben, weil, weil ...« Günther suchte nach Worten, er wußte in seiner Aufregung nicht mehr recht, was er sprach. »Nun eben, weil er ein Rassepferd ist«, ergänzte Mareile und lachte ... »weil er nicht auf die Weide gehen darf, wie die anderen, und nicht arbeiten.«
Günther schlug sich mit der Hand auf das Knie. »Das ist's, natürlich! Lebenslust aufspeichern, sich nicht ausgeben dürfen. Na, wenn die weißen, stillen Schlösser nicht wären und die weißen, strengen Damen und so – diese Luft – die auch weiß und still ist – Teufel – man würde sterben vor – vor Lebensverschwendung.«
Mareile schlug vor Günthers blankem, begehrendem Blick die Augen nieder, aber sie fühlte diesen Blick über sich hinstreichen, über ihre Stirn, ihre Augen, ihre Lippen. »Sollte es sein?« dachte sie. Günthers Stimme wurde gedämpft, klagend. »Aber die geduldigen Rassetiere haben auch ihre Stunden, in denen sie frei kommen. Da wird verschwendet, was aufgespart war. So bei Mondschein über die Wiese jagen, was? Nicht schlecht! Da vergessen sie alles. Wenn sie wieder in den Stall kommen, dann ist ihnen die Krippe und das Heubündel fremd. Sie scheuen und steilen wie toll. Ja, das gibt's schon.« Er beugte sich vor, um Mareile gierig in die Augen zu sehen. Das war jener wunderliche, fast feindliche Blick, den sie in Männeraugen kannte. Sie wurde ein wenig bleich. »Wenn es wäre!« dachte sie. Sofort erfüllte sie ein starkes, inneres Frohlocken. Es war ihr, als habe sie etwas erlangt, nach dem sie lange, lange, bis in die Kinderzeit hinein, gehungert hatte, damals, als sie am Ende der Ferien, wenn Günther fortreiste, sich in die finsteren Winkel des Hauses versteckte, um zu heulen, weil sie keine Baronesse war und nicht, wie Beate, Günther heiraten sollte. »Wenn es wäre«, dachte sie immer wieder. Günther sprach weiter. »Ja, Sie, Mareile, Sie können sich auch nicht gleich in den Gartensaal und die Kreuzzeitung finden, wenn wir von Mondschein und der Wiese kommen. Nicht wahr?« – »Ich!« Mareile wollte scherzen, aber ihre Stimme hatte den fliegenden Atem des schnell schlagenden Herzens. »Ich! Ich bin kein Rassepferd. Ich habe doch keine vornehmen, resignierten Augen. Nein, ich habe freie Weide, Gott sei Dank!«

»Sagen Sie, Mareile. Ist wirklich noch was vom Landmädchen in Ihnen, so von freier Weide, wie Sie sagen?«
Mareile errötete. »Oh, gewiß. Ich kann arbeiten, und ich spare, und flaches Land hab' ich nötig, um hinüberzusehen.«
»Und doch ist was Fremdes in Ihnen«, meinte Günther sinnend.
Mareile erhob sich. »Gehen wir. Die Luft hier, diese Rasseluft ist beklommen.«
Sie standen noch einen Augenblick und plauderten ruhig und unbefangen. »Sehen Sie die alte Fuchsstute dort«, bemerkte Günther, »die hat ihr Blut untergekriegt. Sehen Sie *den* Blick. Wie Tante Lolo, wenn sie die Kreuzzeitung liest.«

Mareile ging zur Heide hinab. Sie mußte nachdenken. Es lag sich gut auf dem Heidekraut mitten in dem Blinzeln und Schnurren der Mittagstunde. Mareile verstand sich auf die Männer. Sie wußte, was jetzt in Günther vorging. Und hatte es nicht so kommen müssen? Sie fühlte wieder in sich etwas wie den Triumph des kleinen, neidischen Mädchens von früher, das vor Beate auch mal etwas voraus haben wollte. Sie streckte sich wohlig. Schon das Gefühl, daß, wie das Evangelium sagt, wieder einmal »eine Kraft von ihr ausgegangen« war, machte sie froh. Liebte Günther sie, gut, dann wollte sie diese Liebe genießen. Sie war stark genug, um ihn und sich selbst in Zaum zu halten. Aber Liebe ist schön, sie sollte dauern dürfen. Oh! Sie würde schon dafür sorgen, daß daraus nicht etwas Häßliches würde. Das sollte eine Liebe werden von Mareiles eigenster Erfindung, wie die Cibò-Rosen. So! Damit war sie im reinen. Sie wühlte die Füße tiefer in die Halme, die ihr durch die seidenen Strümpfe stachen. Angenehm war es, klug, stark und schön zu sein! Sie schloß die Augen. Das Blut pochte heiß und unruhig in ihren Adern, als wollte es sie mit einer heimlichen, frohen Botschaft wecken. Mareile griff mit beiden Händen in das Heidekraut, um sich fester an die Erde, an all das Warme, Summende, Wachsende, Zeugende zu drücken. Fern am Rande der Heide lag das Feld, eine goldene Vision. Der Duft reifer Ähren wehte herüber. Dort wurde gearbeitet. Mareile mußte die Mittagzeit verträumt haben.
Die Prassawitz' aus Kastrow und der General Lassow waren zum Diner geblieben. Die Herren standen in der Gartentür, steckten die Köpfe zusammen und hörten einer Geschichte des Generals zu, die nicht für Damen war. Die Damen saßen um den runden Tisch und unterhielten sich ein wenig lässig. Den Kastrowschen Mädchen, mit den weiß und roten Pastellgesichtern, wurde es schwül in ihren enggeschnürten, weißen Besuchskleidern. Mareiles Erscheinen belebte die Gesellschaft, als läge in

dem Orchideenduft, den sie verbreitete, etwas, das erregt und zu Kopf steigt. Der lange Prassawitz strich sich über seinen blonden Kaiser-Friedrich-Bart, ging auf Mareile zu und wich nicht von ihrer Seite, dabei lächelte er so einfältig entzückt, wie man, nach Günthers Behauptung, in Damengesellschaft nicht lächeln darf. Nach dem Diner setzten die Herren sich zum Whist, die jungen Damen spielten Chopinsche Walzer vor.

Mareile trat auf die Gartentreppe hinaus, sie erstickte da drinnen. Die Nacht war schwarz und lau. Ein leichtes Wehen brachte den Hauch nebeliger Wiesen, großer, tauiger Flächen herüber. Mareile schritt langsam auf und ab. Sie hätte weinen können, so stark war ihr Empfinden. Unten vom Parkteich tönte der einsame Ruf eines Wasservogels herauf. Dieser Ton nahm für Mareile Bedeutung an. Er wurde zur Melodie ihrer Seele. In die schwüle, duftschwere Finsternis immer den einen Ton hineinrufen, mit dem ganzen Verlangen, das sich in der Nachtstille hervorwagt. Mareile blieb stehen, streckte ihre Arme in die Dunkelheit hinein. Sie fühlte es, Günthers Seele war bei ihr, es war, als stände er neben ihr, schnell und heiß atmend, als striche sein Verlangen wie eine warme Hand über ihren Körper. Der Mond stieg über den Parkbäumen auf und warf die Schatten tintenschwarz auf die Terrasse. »Warum kam Günther nicht?« dachte Mareile. Sie stieg die Treppe hinunter. Ein Beet voller Hyacintha candida lag da, sehr weiß in all den Schatten. Sie hörte Schritte auf dem Kies. Das war Günther, sie wußte es. Sie ging bis zu den Hyacintha candida; dort wartete sie.

»Warum gehen Sie allein fort?« sagte Günther. »Sind Sie traurig?«

»Muß ich lustig sein?« erwiderte Mareile. »Eine einsame Frau, die ihr Leben neu aufzubauen hat.«

»Unsinn«, sagte Günther, und das klang gedrückt, zerstreut, als dächte er nicht an das, was er sagte. »Das klingt ja nach Literatur. Weiß Gott! Mir ist nicht nach Literatur zumute. Da drinnen halt' ich's nicht aus. Die Mama übernahm meine Partie. Ihr Leben, Mareile? Toll geliebt werden müssen Sie, das ist's.« Er stieß das heftig hervor. Die Spannung in seinen Zügen löste sich in ein Lächeln. Das war es, was er gedankenvoll hergetragen, nun warf er es heraus, Mareile sah es seinen Händen an, wie er es ihr hinwarf. »Sie müssen toll geliebt werden. Da!«

Sie nickte freundlich. Wo diese Frau einer Männerleidenschaft begegnete, da fühlte sie festen Boden unter den Füßen. »Ja, das wäre gut«, sagte sie einfach.

»Ach was! Quälen Sie mich nicht, Mareile«, brachte Günther ungeduldig heraus. »Natürlich quälen Sie mich. Sie müssen's doch wissen, daß ich Sie toll liebe. So was sieht man doch, fühlt man doch.«

Mareile streckte die Arme aus, um beide Hände in die weißen Blumen zu stecken. »Wer sagt es Ihnen, daß ich das nicht gewußt?«
»Mein Gott, Mareile, und dann konnten Sie mich so neben sich hergehen lassen – wie – wie – einen Kranken? Aber das ist jetzt gleich. Sagen Sie – nein – hören Sie lieber – also meine Liebe ... Gott, wie ruhig Sie sind!«
»Wenn ich Sie quäle, muß ich wohl gehen«, versetzte Mareile, die Hände noch immer über die Blumen, wie über ein weißes Feuer haltend.
»Gehen?« wiederholte Günther. »Gehen – jetzt? Das wäre eine schlechte Tat – verstehen Sie das nicht – Mädchen – Frau!«
»Ja – wenn es wird, wie ich will, dann – dann – kann ich bleiben«, meinte Mareile. Ein triumphierendes Gefühl beseelte sie. Sie glaubte auf einer gefährlichen Höhe zu stehen, auf der nur sie zu stehen vermochte. »Ich will eine Liebe, die niemandem etwas stiehlt, verstehen Sie? Eine Liebe, die nur Sie und ich haben. Das dürfen wir. Sie – in Ihrer Gesellschaft sind ja stark – Sie können ja kehrtmachen. Und ich, ich bin auch stark, wie man im Volke stark ist. Das kann dann schön sein.«
»Ich weiß nicht, was das ist«, sagte Günther leise und verwirrt. »Was Sie wollen. So was gibt's wohl nicht. Aber das ist ja egal. Sagen Sie ganz einfach, daß Sie mich liebhaben. Können Sie das?«
Mareile zog ihre Hände von den Blumen zurück und gab sie Günther, kühl und taufeucht. Ihr Gesicht war froh und ruhig, wie das Gesicht eines Menschen, der Heimatluft atmet. »Ja – ja – das kann ich«, sagte sie. »Ich liebe Sie, Günther.«
Günther seufzte tief auf. »Ah – so – ja – dann ist's gut.« Eine friedliche Schlaffheit kam über ihn, wie sie am Ende einer Angst, einer Spannung zu stehen pflegt. »Also dann – gute Nacht – Mareile.« Er freute sich auf den ruhigen Schlaf der Nacht.
Günther, bleich und müde, hielt es im lavendelfarbenen Wohnzimmer bei den guten, beruhigten Menschen nicht lange aus. Dort bedauerte Beate ihn und sah ihn aus hellen Augen freundlich an. Man sprach von der Ernte. Tante Lolo erzählte von längst vergangenen Ernten auf alten Familiengütern. Das Kind wurde gebracht, der kleine Went. Günther ließ ihn auf dem Knie reiten. »Vater und Sohn«, sagte Tante Lolo gefühlvoll; und bei all dem dachte Günther doch immer nur: »Wo ist Mareile? Wo ist Mareile?« Er stand auf, ging eilig fort, als riefe ihn ein dringendes Geschäft.
Mareile jedoch erschien erst am Abend im Schlosse. Wenn die anderen im Gartensaal saßen, ging sie draußen auf der Gartentreppe auf und ab. Sie versuchte es, mit ihrem Willen Günther vom Whisttisch herauszuziehen. Wenn man sich liebt, muß solch ein »Komm, komm« doch zwingen. Die

Nacht war sehr schwarz. Ab und zu leuchtete ein Wetter auf und zeigte eine blaue Glaswelt. »Mareile«, rief Günther in die Dunkelheit hinein.
»Fühlten Sie, daß ich Sie zog?« fragte Mareile.
»Oh –! Gewiß!« Dann lachten sie beide halblaut. »Was haben Sie den Tag über gemacht?« fragte Günther. »Ach! Nicht viel!« Sie sprachen über kleine, alltägliche Dinge, aber die Worte glichen einem sanften Halten der Hände. Oder sie lehnten am Gitter der Veranda und versuchten es, den Duft der Blumen zu unterscheiden. »Die Reseden spür' ich, die sind immer am unverschämtesten.«
»Jetzt kommt solch ein schwerer – schwüler Duft, was ist das?« – »Die Tuberosen.« – »Jetzt riech' ich den Duft des Geißblatts – süß – süß.« – »Ich mag ihn nicht, er riecht nach Liebe von Pfarrerstöchtern.« Bald jedoch wurde Günther verzagt, fast feindselig. »Ich sehe Sie nicht, Mareile. Gehört das zu der neuen, dummen Liebe, die Sie sich ausgedacht haben? Was ist das für eine Liebe!«
»Sie vergessen, lieber Freund, daß Sie hier nicht eine Schuld eintreiben, sondern ein Geschenk nehmen.«
»Ja – ja – aber – weiß der Teufel!« sagte Günther kummervoll. »Ich glaube, Sie sind nicht freigebig. Ich bin wohl nur so 'ne Vorübung des Herzens. Sie sparen für einen, der kommen soll. Ist das nicht so? Denn sehen Sie, wenn man liebt – Teufel noch eins! Da kommt's nicht darauf an, ob daraus was Trauriges oder Heiteres, was Hübsches oder was Häßliches, was Gesegnetes oder Verfluchtes wird.«
»Nein, nein«, meinte Mareile, »verderben Sie mir meine Liebe nicht. Es ist doch gut, sich immer wieder zu sagen, daß wir uns lieben? Wie wir lieben? Immer, immer über die Seele des anderen gebeugt, diese Liebe zu fühlen? So führen wir ein Leben abseits, miteinander, allein für uns.«
Günther lachte grimmig. »Das müssen Sie von Tante Seneïde gelernt haben. Gut, wenn ich Tag und Nacht still liegen dürfe und Sie säßen neben mir und wiederholten immer wie ein Wiegenlied: ›Günther, ich liebe dich! Günther, ich liebe dich!‹ na, dann würde ich vielleicht verstehen, was Sie meinen – so – so – die Liebe als Morphium.«
»Aber das tu ich«, sagte Mareile eindringlich. »Das ›Ich liebe dich‹ spreche ich Tag und Nacht. Hören Sie es denn nicht?«
Drinnen, im Gartensaal, wurde zur Abendandacht gerufen. An der Tür standen schon die Mägde mit erhitzten Backen, die Stirnlöckchen voller Lindenblüten, die Kleider verschoben und voller Geißblattduft und Tau. Tante Seneïde las die Andacht, dann wünschte man sich freundlich »Gute Nacht«. Ein jedes stellte sein Leben, eine wohlgeordnete, reinliche Sache,

für die Nacht beiseite, sicher, es den nächsten Morgen unverändert, reinlich und nett, wieder hervorholen zu können.

In dem engen Bette der Ziepeschen Logierstube verbrachte Mareile jetzt seltsam erregte Nächte, voll wacher Träume. Die nackten Arme unter dem Kopf verschränkt, starrte sie mit weit offenen Augen vor sich hin. Das Fensterkreuz schnitt den Himmel in enge Vierecke voll schwarzer Nacht oder voller Sterne, oder es ging ein Regen nieder, eine erfrischende, tröstende Musik. Und Mareiles Gedanken, ihr Fühlen nahmen eine köstliche Eintönigkeit an. Immer wieder das feste An-*ihn*-Gebunden-Sein, und jeder Nerv ihres Körpers nahm an diesem Gedanken Anteil. »Er und ich. Er und ich.« Sie spürte es, wie er dort drüben im Schloß nach ihr verlangte, wie sie in das Blut des geliebten Mannes ihre Wärme goß. »Er und ich.« Schön waren diese schlaflosen Nächte mit ihrem einen Gedanken. Wenn die Fensterscheiben endlich im Morgenlichte weiß wurden und im Hof unten die Stalltüren knarrten, dann wandte Mareile ihr Gesicht traurig der Wand zu. Sie war mit ihrem einen Gedanken noch lange nicht fertig.

»Die gnädige Frau ist zum See 'runter«, meldete Peter. »Sah sehr gut aus.« Das war jetzt Peters Geschäft. Er mußte stets wissen, was Mareile tat, um es Günther zu melden.
Mareile war heute früher als sonst zum See hinuntergegangen, um zu baden. Der See war voller Sonnenschein. Der nächtige Regen hatte das Wasser ein wenig getrübt, es grau und undurchsichtig, wie Seide, gemacht. Mareile stand im Wasser, ließ sich von ihm heben und wiegen. Ringsum zitterte das Licht. In den blanken Schilfinseln schnatterten die Enten. Wie das Leben all dies trug und wärmte! Man hat nichts dazu zu tun – nehmen – genießen – immer nur dem dunkeln, geliebten Gesetze des Lebens nachgehen. Das machte Mareile heute still und froh. Regungslos im Wasser stehend, fühlte sie, wie der See sich an ihren heißen Körper schmiegte, mit kleinen, grünen Wellen nach ihren Brüsten griff, als verlange auch er nach ihr.
Als Mareile später den Ellernbruch entlang nach Hause ging, fand sie Günther dort stehen und warten. In seinem dunkelblauen Radfahreranzug, einen Strohhut auf dem Kopfe, sah er heute besonders jung aus. »Wie ein hübscher, böser Junge«, dachte Mareile.
»Ich warte hier auf Sie«, rief er ihr zu.
»Das ist hübsch«, sagte Mareile. Günther ging neben ihr her. »Hübsch!« wiederholte er, »ich dachte, Sie vermeiden mich am Tage. Sie haben mich

auf Abendration gesetzt.« Mareile hörte wohl den Groll heraus, der in Günthers Stimme kochte. »Ja, aber heute kommen Sie mir recht«, sagte sie einfach.
»Recht oder nicht«, meinte Günther. »Ich kam, um Ihnen zu – sagen; ja – so geht es nicht. Ich halte es nicht aus, nur so – so – 'n Turnreck für Ihr Herz zu sein – für – für Ihre Kunst zu lieben – was weiß ich. Das ist alles verteufelt dummes Zeug.« Wirklicher Zorn lag jetzt in seinen Samtaugen. Mareile wurde ein wenig bleich; ruhig sagte sie: »Ja, dann ist es wohl aus.«
»Aus!« Günther lachte böse. »Sprechen Sie doch keine Gemeinheiten. Wie kann es aus sein? Man muß doch wissen, was man ist. Irgendwelche Schloßideen sind Ihnen angeflogen. Sie sind nun mal keine weiße, tugendhafte Frau. Sie sind Mareile, Sie zahlen bar. Aber plötzlich wollen Sie so 'n Gemisch von Mareile und Fürstin Elise und Tante Seneïde sein. Das ist unmoralisch. Wollen Sie was von mir? Gut – was wollen – Sie? Ich tu alles.«
Mareile senkte den Kopf und hörte schweigend zu. Wie Peitschenhiebe traf sie die Brutalität von Günthers Worten. Dennoch wünschte sie, er solle weiter sprechen. Die gewaltsamen Worte taten ihr wohl, schnürten ihr die Kehle zusammen, ließen ihr das Blut heiß in die Schläfen steigen.
»Warum sagen Sie nichts?« fragte Günther ein wenig kleinlaut. »Jetzt hab' ich Sie natürlich beleidigt? Sie fürchten sich vor mir.«
Mareile sah auf. Sie war selbst erstaunt über den ruhig überlegten Ton, mit dem sie sagte: »O nein! Ich fürchte mich nicht.«
»Wollen Sie mit mir heute reiten?« Günther beugte den Kopf, um Mareile unter den Hut zu sehen. »Sie wollen nicht? Sehen Sie ...«
»Doch, warum nicht?« erwiderte Mareile und lächelte; sie zwang sich zu diesem Lächeln, denn ihre schöne Sicherheit war fort. Günther aber triumphierte. Er schwenkte seinen Hut, rief: »Haio! Dann ist ja alles gut!«

Um drei Uhr ritten sie aus. Die Sonne stach durch leichte, graue Wolken. Es war windstill und schwül. Unter den Hufen der Pferde erhoben sich Staubwolken. Grane, von Fliegen belästigt, war unruhig, Mareile mußte achtgeben. Günther gab ihr kurze Verhaltungsmaßregeln: »Wenn sie ausfällt, die Peitsche.« – »Gut im Zügel halten.« Mareile war niedergeschlagen. Alles schien ihr bedrückend und feindlich: der heiße Staub, die großen Schnaken, das Schrillen der Feldgrillen. Sie wollte hübsche Gedanken denken, aber diese ließen sich nicht rufen. Eines nur lebte in ihr, niedrig, staubig, wie die Wegwarte am Feldrain, eines nur, ein freudloses, bohrendes, dumpfes Verlangen, von Günther genommen zu werden – nur das ... Sie schaute zu Günther hinüber. Sein Gesicht trug einen müden,

gequälten Ausdruck. »Wir sind alle traurig«, dachte Mareile, »der Wald und Günther und Grane und ich.«
Als sie einen Abhang hinabritten, spürten sie den kühlen Hauch des nahen Sees. Da lag er vor ihnen, schwarz und regungslos, eine stumme Trauer.
»Steigen wir hier ab?« fragte Günther.
»Wie Sie wollen«, erwiderte Mareile. Es lag ein demütiges Gehorchen in ihrem Ton, so daß Günther erstaunt aufblickte. Er half ihr vom Pferde, band die Tiere an einen Baum. Mareile starrte währenddessen gedankenlos auf den See, sah einer schwarzen Taucherente zu, die langsam, wie ein kleines, einsames Fahrzeug über das Wasser schiffte. Plötzlich stieß der Vogel seinen Ruf aus, so schrill und angstvoll, daß Mareile erschrocken fragte: »Was hat er?«
Günther stand neben ihr, sehr bleich, mit unruhig flimmernden Augen. »Mareile«, begann er leise, kummervoll, »wir können nicht mehr.« Sie stand vor ihm, die Arme hingen schlaff an ihr nieder. Sie verstand ihn wohl! Sie wiederholte: »Nein, wir können nicht.« Da nahm Günther sie in seine Arme ...
Die Sonne schien schon schräg durch die Zweige, als Günther und Mareile noch am See beisammen waren. Er lehnte den Rücken gegen eine Tanne und rauchte eine Zigarette; sie lag in dem Moos und starrte zu den Baumwipfeln auf. »Also heruntergeholt!« sagte sie klagend vor sich hin, »jetzt ist sie so 'n gewöhnliches Ding wie – wie – wir's überall finden – in allen Gesindestuben.« Ungeduldig warf Günther die Zigarette fort und nahm Mareiles Hände, die schwer und heiß in den seinen lagen. »Sprichst du von unserer Liebe? Na, das verbitte ich mir. Erstens gleicht eine Liebe nie irgendeiner anderen Liebe. Und dann unsere! So was hat es noch nie gegeben; die ist einzig.«
»Ja, du bist jetzt der Herr«, erwiderte Mareile. »Was du aus ihr machst, das wird sie sein.«
»Froh sein, Schatz«, mahnte Günther. Auf seinem Gesicht glänzte wieder zuversichtliche, eigensinnige Lebensfreude. »Wir müssen an unsere Feste glauben, wenn wir sie feiern wollen. Gott! Wir wollen unsere Liebe schon herausputzen. Mit allem Schönen wollen wir sie füttern, nicht? Wir, zwei solche Prachtmenschen; kluge Köpfe mit Rosen umwunden; na, das soll eine Liebe werden!«
Mareile lächelte, lehnte ihren Kopf an Günthers Schulter und weinte. Er ließ sie weinen. Erst wenn ein Weib um seinetwillen geweint hatte, fühlte er es ganz als sein Eigentum. Rote Abendlichter hingen in den Zweigen. Lange Züge von Wildenten schwirrten pfeifend über den See. Am jensei-

tigen Ufer standen äsende Rehe, feine, rote Figürchen am schwarzen Wasser.

»Wir müssen heim«, sagte Günther, »die anderen warten.«

Mareile fuhr auf. »Die anderen, die sind auch alle noch da – das Diner – und die Tanten – und und . . .«

»Da sind sie«, tröstete Günther, »aber weißt du, nur so ganz verschwommen. Wirklich sind eigentlich – nur du und ich.«

Am Ende des Lantinschen Parkes, dort, wo der Wildpark anfing, lag auf einer kleinen Insel des Teiches ein Pavillon, mit geschweiftem, chinesischem Dache. Die Leute nannten ihn die Türkenbude und erzählten sich seltsame Geschichten, die in alten Zeiten die Türkenbude mit angesehen haben sollte. Jetzt war der Raum verwahrlost. Die chinesische Tapete hing in Fetzen von den Wänden, Fledermäuse schliefen hinter ihr ihren Tagesschlaf, die rosa Vorhänge waren verschossen, die Couchette und die Sessel mit den goldenen Beinchen wackelten. In einer Vitrine schliefen staubige Bücher und Vögel aus kleinen Muscheln geformt. Ein roher Küchentisch stand mitten unter den altersschwachen Sachen. An der Wand hing ein Pastellbild, der Kopf einer blonden Frau. Der untere Teil des Gesichtes war fortgewischt, aber an den harten, grellblauen Augen sah man noch, daß der Mund gelächelt hatte. Diesen Ort hatte Günther für seine Zusammenkünfte mit Mareile gewählt. Die Mittagstunde, wenn es auf den Feldern und Wegen still wird, war ihre Liebesstunde.

Günther lag auf der Couchette, rauchte und wartete. Das Fenster zum Walde hin stand offen. Das Hämmern eines Spechtes, der Wachtruf eines Hähers, das Schnalzen der Fische im Teich klangen herein. Ein Lufthauch trug den Duft des Mooses, der Schwämme und Heidelbeeren ins Zimmer. Günther streckte sich. Oh! Die köstliche Luft seiner Liebesstunde! Neben ihm stand eine Flasche und ein venezianisches Glas. Es war griechischer Wein, jener Santoriner vino santo, der ihn an Photini und die Liebesstunden auf Hydra erinnerte. Frau Kuhlmann, die alte Kastellanin, froh, wieder die Hüterin eines herrschaftlichen Geheimnisses zu sein, hatte eine weiße Salatschüssel voller Zentifolien auf den Tisch gestellt.

Günther dachte immer wieder: Mareile – Mareile – Mareile! Seltsam kühn sind doch die Weiber! Mareile, die Musterfrau der Fürstin Elise, Mareile, die eben noch in Reih und Glied mit Beate, Seneïde marschierte, sie ließ plötzlich alles fallen, so mit einem Ruck, wie sie es liebte, ihre Kleider an sich niedergleiten zu lassen, um in ihrer schönen Nacktheit ihm zu gehören. Teufel auch! – Aber er wurde ungeduldig. Das Warten verlor seine Feierlichkeit. Kleinliche, unangenehme Gedanken kamen: an

Verheimlichen, Verstecken, die ganze unreinliche Buchführung einer solchen Liebe.
Endlich knirschte der Kies unter dem Fenster; die Türklinke ließ ihr alterschwaches Knarren vernehmen, und Mareile war da. Mit ihr durch die Tür kam ein wenig von dem hellen Widerschein des Wassers in das Zimmer und flirrte an den Tapeten hin. Günther blieb regungslos liegen. Die starke Spannung seines Wesens löste sich in glückliche Wunschlosigkeit. Nun war alles gut! Mareile schloß sorgsam die Tür, zog die Vorhänge vor das Fenster. Dann stand sie da, streifte die langen Handschuhe von den Armen und sah Günther an. Ein Lächeln stieg von ihren Lippen in ihre Augen hinauf. Sie trug ein Kleid von gelbrotem, spanischem Musselin, die milde Farbe trockener Rosenblätter. Ein orientalischer Gürtel aus bunten Metallfäden hielt es zusammen. Auf dem Kopfe saß der geschweifte Sommerhut aus blankem, gelbem Stroh wie ein Riesenchrysanthemum. Günther wollte etwas sagen, Mareile jedoch legte ihren Finger auf ihre Lippen und machte »Sst«. Sie löste die Schnalle ihres Gürtels, der mit hellem Klirren zur Erde fiel; dann rauschten die Kleider, indem sie niederglitten – ein seidiges – leises Rauschen. Einen Augenblick stand Mareile still, hob die Arme empor, als täte die Nacktheit ihr wohl, dann ging sie zu Günther hinüber, beugte sich auf ihn nieder, drückte ihren Mund auf seine Lippen, wie ein heißes Siegel, und Günther, bleich vor Erregung, schloß die Augen, lag da, begraben unter diesem warmen, fiebernden Frauenleibe.
Und welch ein Glück war es, nach solch einer Liebesstunde dazuliegen, satt und müde, und zuzusehen, wie Mareile durch die Rosadämmerung des Raumes hin und her ging, den Vorhang ein wenig von dem Fenster zog, um das schwere, goldene Nachmittagslicht hereinzulassen.
»Ihr Frauen«, sagte Günther, »Ihr seid nicht auszudenken.«
»Ihr Frauen!« wiederholte Mareile, »das gibt's nicht. Jede Frau ist für sich da und kommt so nicht wieder. Wie die Wolken, weißt du. Eine Wolke ist auch nur so für den da, der sie gerade sieht. Also, wozu nachdenken!« Sie lächelte dabei, die Arme hoch in den Sonnenschein emporhebend.
»Ja, ja«, meinte Günther behaglich, »über sich hingehen lassen, eine Welle, eine blanke, warme Welle«, wiederholte er und ließ die Worte klingen.
Mareile streckte sich jetzt in dem alten Sessel mit den goldenen Beinen aus. Die Füße legte sie auf den verblichenen roten Schemel. Günther liebte diese schmalen Füßchen mit den geschweiften Sohlen; sie waren lebendig und ausdrucksvoll, wie Füße der Dorfkinder, die, an Freiheit gewohnt, mit den langen Zehen geschickt nach den Kieseln im Bache fassen. Um die Fußgelenke und um die Arme trug Mareile glatte, goldene

Reife. Günther hatte sie ihr gegeben. Auf jedem Reif stand der Vers des hohen Liedes: »Du bist schön, meine Freundin.« Mareile legte ihre Hand in die Zentifolien der weißen Schale und schloß die Augen. Das war der Augenblick, in dem Günther, von seinem Ruhebette aus, Fragen zu Mareile hinüberzuwerfen liebte, wunderlich unumwundene Fragen. Es ergötzte ihn, rücksichtslos in diese Frauenseele hineinzufassen.
»Sag', Schatz, wenn du jetzt an das Schloß denkst, an Seneïde, an die Tanten, an die Lampe im Gartensaal, wie siehst du das?«
»Ich sehe sie – sehr – sehr weit. Wie durch ein umgekehrtes Opernglas, ganz klein, ganz unwirklich.«
»Nun, und Vater Ziepe, die Inspektorsstube?«
»Oh, die sind deutlicher, näher.«
»Wirklich?«
»Ja – seit einiger Zeit sind sie näher als – als das Schloß.«
»Hm –«
Mareile lächelte ihren Gedanken zu: »So muß es doch sein, Liebster, nicht? Wir, du und ich, wir haben unser Leben zusammengetan, *eine* Kasse. Und nun ist es stark und spricht ganz laut. Wir haben nur seine Stimme in den Ohren, verstehst du? Alles andere ist klein, unecht. Es gibt doch so alte Bilder: Ganz vorne steht ein Mensch, oder es stehen zwei beisammen, groß, farbig, ganz deutlich. Die leben; und hinter ihnen stehen Häuser und Bäume, und Menschen gehen über Brücken oder reiten auf Wegen, aber ganz klein, ganz bunt, eine Spielzeugwelt, unwirklich. Siehst du, so.«
Günther lachte. »Gut, gut! Du und ich, sonst nichts.« Er wiegte sich in diesen Worten: »Du und ich.«
»Ja, ja, du und ich«, wiederholte Mareile mit der verträumten Musik ihrer Stimme. Dann schwiegen sie. Große Hummeln sangen am Fenster vorüber. Die Sonnenstrahlen schienen rötlich und schräg in das Zimmer, und die großen, roten Kugeln der Zentifolien in der weißen Salatschüssel füllten welkend den Raum mit ihrem süßen Duft.

»Und Hans Berkow, kommt er noch zuweilen in deine Gedanken?« fragte Günther Mareile, als er eines Tages wieder auf dem Ruhebette lag und Mareile im Sessel vor der Schüssel voller Zentifolien saß. Er sah unter den halb geschlossenen Lidern zu ihr hinüber und wartete, wie diese Frage auf das ruhige Bild ihm gegenüber wirken würde.
»Oh, den – den sehe ich nicht mehr«, erwiderte Mareile träge.
»Aber du sahst ihn doch früher – ganz groß – im Vordergrunde«, meinte Günther.

»Groß!« wiederholte Mareile nachdenklich. »Nein, der war immer schattenhaft, unwirklich.«
»Und doch«, warf Günther ein.
Mareile zuckte die Achseln. »Mein Gott, ja! Er machte euch anderen Opposition, das gefiel mir damals. Und dann, eure Erziehung – dort –, die macht den Körper dumm. Er weiß ja nicht, was er wollen soll ... und so.« Mareile nahm eine Rose aus der Schüssel und spielte mit ihr wie mit einem roten Ball. »Hans Berkow«, fuhr sie sinnend fort, »verstand gut alles, was an mir zu sehen war. Wunderschön fühlte man sich, wenn er einen ansah.«
»Und dann?« drängte Günther.
»Dann – dann? Ja, er hatte diesen Schönheitsappetit; aber sich selber schön machen, sich für mich ein wenig Mühe geben, das konnte er nicht, ebensowenig, wie er seinem Pudding gefallen wollte. Er wollte so 'n Raffinierter sein, aber ich weiß nicht, es klebte an ihm doch etwas von ärmlichen Bierstuben mit Papierservietten und unreinlichen Kellnerinnen.«
»Und dann?« forschte Günther.
Mareile lächelte mitleidig einem fernen Bilde zu. »In Venedig war's. Ein grauer Morgen. Alles grau, der Himmel und das Wasser. Ich stand am Fenster und schaute hinaus. Mir war zumute wie als Kind, wenn Beate und die anderen ausgefahren waren und ich war nicht mitgenommen worden. Da rief Hans aus dem Nebenzimmer: ›Mareile, Mareile.‹ Du weißt, er schnarrt das r so häßlich. Das klang wie: ›Her – her zu mir – meine Sache – meine Speise – mein Imbiß – ich habe Appetit.‹ Da wußte ich es, daß ich ihn nicht mehr ertragen würde.« Sie begann, langsam die Rose, mit der sie spielte, zu zerpflücken. Wie Blut rannen die roten Blätter über ihre Finger in ihren Schoß. »Der arme Hans! Gott, wie wurde er häßlich! Hungrige können so häßlich sein. Aber das ist vorüber.« Sie stand auf. Die Rosenblätter regneten von ihrem Schoß an ihren Gliedern nieder. Sie setzte sich zu Günther, strich mit der Hand über seine Brust, ließ sie auf seinem Herzen ruhen. »Sprich du jetzt«, sagte sie.
»Von dir«, murmelte Günther wie im Traum. »Von dir könnte ich eine Ewigkeit sprechen. Dich fühle ich ganz ... Betty Halm, die ist ein Hauskleid – und Beate ist ein Sonntagskleid – du bist anders – ihr – dein Geschlecht – seid kostbare Träume – kostbar und vergänglich; nur für Festtage da – für heiße Stunden ganz voller Licht – für die Dämmerstunden sind die anderen da, die stillen, weißen Frauen ... aber ihr, ihr müßt vergehen, wenn ihr nicht glücklich seid.« Mareile lächelte. Günthers Worte taten ihr wohl. Sie wollte dieses kostbare, vergängliche und unver-

antwortliche Festtagswesen sein, das keinen Montag erleben konnte. Dann war es gut. Ziepens »lütte Mareile«, die gerne Baronesse wäre, die Inspektorstochter, die der Gräfin den Herrn stiehlt, all das war dann nicht mehr da.
»Ja – ja«, sagte sie mit der tragischen Musik ihrer Stimme. »Aber wenn wir da sind, sind wir alles.« Sie beugte sich auf Günther nieder, der die Augen schloß, bleich, fast ohnmächtig vor übergroßer Erregung.

Mit dem ersten flüggen Volke Rebhühner langten das Ehepaar Sterneck und der Major von Tettau in Kaltin an. Der Major meinte, wenn er sein erstes Rebhuhn im Jahr nicht in Kaltin schösse, dann fielen ihm die Bestien in dem Jahre nicht.
Es war vor dem Diner. Abendlicht lag über dem Garten. Der Duft der Reseden und Tuberosen mischte sich mit dem Dufte der Pflaumen und Frühbirnen. Die Herren und Damen, schon für das Diner angekleidet, gingen noch ein wenig zwischen den Blumenbeeten auf und ab. Seneïde und Beate standen auf der Veranda und schauten in den Garten hinab. Unten gingen Mareile und Günther eine Allee von Georginen entlang. Hübsch waren die hohen Pflanzen mit ihren weinroten Blumen; dazwischen Stockrosen, wie Pyramiden von zerknitterter, verschossener Seide. Mareile trug ein schwarzes Kleid, das ganz voll schwarzer Schmelzen war. Das ist hübsch, dachte Beate; dieses Bild erregte in ihr jedoch ein scharfes, fast quälendes Interesse. Sie strengte die Augen an, um den Ausdruck der Gesichter erkennen zu können.
»Wie schaust du aus, Beating?« rief Seneïde. Bei den geringfügigsten Anlässen hatte Seneïde die Art, so aufzuschrecken, angstvoll, als sähe sie ein Kind im Fenster des vierten Stockes stehen, bereit herabzustürzen.
»Ich?« sagte Beate. »Aber Tante, du erschreckst einen ja. Ich geh' noch zu Went hinüber«, fügte sie hinzu, als sei das das Mittel gegen etwas, das sie angefallen hatte.
Am Abend, als der Mond rund über den Parkbäumen stand, sollte eine Kahnfahrt unternommen werden. »Das zu versäumen, wäre barbarisch«, schnarrte Tettau. »Man hat doch auch seine Poesie im blauen Blut, nicht, meine Damen?«
Wie ein gespenstischer Tag lag die Mondhelle über dem Garten. Die Damen legten einander die Arme um die Taillen, hoben die Gesichter zum Monde auf und sprachen in Ausrufen. Die Herren folgten. »Hören Sie, Tarniff«, meinte Tettau, »suberbes Weib, die Frau Berkow. Donnerwetter! Aber gut, daß wir dem Egon die Zügel anzogen; 'ne adlige Ehefrau, das is sie nu mal nich.«

»Überhaupt keine Ehefrau«, bemerkte Günther.
»So! Na ja, der Berkow, dummer Kerl, unsympathisch. Aber hören Sie, ich könnte nicht so wochenlang ruhig neben dieser Frau leben. Ehe – ganz schön; aber es gibt beauté's, die einen geradezu zu Dummheiten zwingen.«
Günther lachte. »Lieber Major, ich bin kein Engländer, der von jeder hübschen Sache ein Stück abbrechen und in die Tasche stecken muß.«
Tettau seufzte. »Da kann ich nur sagen: Oh! Meine Jugend!«
»Na, Major, zerschmelzen Sie nicht«, höhnte Günther.
Im Kahne saß Mareile an der Spitze. Die einzige, die dem Monde den Rücken zukehrt, dachte Beate gereizt. Nicht sehen, aber gesehen werden, dachte Ida Sterneck. Große Helligkeit lag über dem Wasser, oben das weiße Licht, das Wasser weiß von Licht. »Man kommt sich vor«, meinte Tettau, »wie eine Fliege, die in den Milchtopf gefallen ist.«
»Bravo, Major!« rief Günther. »Milch, natürlich, von einer goldenen Kuh, die silberne Milch gibt.«
»Jetzt muß Frau Berkow singen«, schlug Sterneck vor.
»Natürlich!« meinte der Major. »Für uns Deutsche ist eine Kahnfahrt ohne Gesang Sünde. Aber, gnädige Frau, ich bitte um etwas, das ins Blut geht, wie ganz heißer Kaffee, café double mit fine champagne.«
Mareile sang:

»O komm zu mir, wenn durch die Nacht
Wandelt der Sterne Heer,
Dann fährt mit uns, in Mondespracht,
Die Gondel übers Meer.«

Die eine Hand ließ sie leicht über das Wasser hinstreichen. Die Schmelzen ihres Kleides glänzten, als flösse dunkles Wasser an ihrer Gestalt nieder. Sterneck wiegte sich vor Behagen. Tettau schwoll ordentlich vor Gefühlsseligkeit; sein gelber Kragen wurde ihm zu eng. Nur die beiden Frauen flüsterten und lachten. »Sieh die Augen des Majors«, sagte Ida, »sie sind so süß, daß sie kleben! Ach! Und mein Egon!« Eine Feindseligkeit gegen Mareile stieg in ihnen auf. »Wie sie den Zucker ausgießt; das ist schon dégoûtant«, sagte Ida bitter.
Das Lied war zu Ende. Günther erklärte, man müsse nach Hause. Er wollte Mareile, sein Wunder, das er die anderen hatte anstaunen lassen, wieder an sich nehmen; die begehrenden Augen der anderen Männer machten ihn nervös. Auf dem Heimwege flüsterte Günther Mareile zu: »Ich muß dich heute nacht sehen.« Mareile nickte. Die Feindseligkeit

der beiden anderen Frauen bewog sie, zu dieser Unvorsichtigkeit ja zu sagen.
Im Gemüsegarten stand eine kleine Hütte, die zur Aufbewahrung von Gartengeräten, Blumentöpfen und Sämereien benutzt wurde. Dort trafen sich Günther und Mareile. Durch das kleine Fenster drang etwas Mondlicht in den Raum. Eine Fledermaus, die sich hier herein verirrt hatte, kreiste unablässig unter dem Dache. All das atmete schwere Traurigkeit, daß die Liebenden sich eng aneinander drängten, im Fieber der Sinne Schutz suchten.
Mareile jedoch fing an zu klagen. Jetzt also begann die Feindschaft derer, die in Reih und Glied stehen. Oh! Sie kannte das, wenn die Worte den Ton einer Türe annehmen, die höflich vor uns geschlossen wird. »Ja, häßlich ist es, hier unter ihnen zu leben. Ich betrüge sie, diese vornehmen Damen. Ja, wenn wir unsere Liebe so hinausschreien dürften, das wäre was, aber so.«
Günther ärgerte sich. Warum verdarb sie ihm die Liebesstunde. »Warum mußt du heute so sein?« sagte er traurig und enttäuscht; da weinte Mareile in ihrer stillen Art; die Tränen flossen reichlich, wie Kindertränen, aus den unbewegten Augen. »Verzeih!« sagte sie. »Aber heute ist alles so freudlos.« Dann schmiegte sie sich eng an ihn. »Nimm mich«, flüsterte sie. Das Mondlicht rückte langsam an der Wand hin; dann nach einer Weile, als Mareile hinschaute, war es fort; ein graues Licht drang durch das Fenster. Draußen ertönte ein fernes, gläsernes Klingen – die Lerche.
»Wir müssen heimgehen«, sagte Mareile. In dem verdrossenen Morgenlichte standen die Liebenden einander gegenüber, gramvoll wie zwei Sünder. In diesem Augenblicke lebte in ihnen nichts mehr von der Poesie ihrer Liebe. Schweigend gingen sie an den Gemüsebeeten hin, die grau vom Tau lagen; und sie lehnten sich in der Melancholie dieser Morgendämmerung aneinander, als beugte sie ein Gram. Günther war über die Hintertreppe in sein Zimmer hinaufgeschlichen. Trotz der frühen Stunde hörte er Schritte, ferne Stimmen im Schloß. Jetzt näherten die Schritte sich seiner Tür, Beate erschien auf der Schwelle in ihrem langen Nachtkleide. Sie war ruhig, ein wenig befangen. »Da bist du«, sagte sie, »ich war schon einmal hier.«
»Ich war draußen«, brachte Günther unsicher heraus, »die Nacht war schön. Ich konnte nicht schlafen.«
Beate unterbrach ihn, immer noch befangen, als wollte sie schnell über etwas hinwegkommen. »Ach so! Ja, aber die Mama ist krank. Es ist schlimm, glaube ich. Ich habe nach dem Doktor geschickt.«

Günther warf sich mit Eifer auf die praktische Frage. »Wer ist gefahren? Die Braunen soll man nehmen.«
»Frau Ziepe wollte das besorgen«, berichtete Beate.
»Frau Ziepe?«
»Ja, ich ließ sie wecken.«
Beate sprach leise, als wäre sie noch im Krankenzimmer, und sehr geschäftsmäßig, dann wandte sie sich schnell ab und ging. Günther stand mitten im Zimmer und sann. Es war ja doch möglich, daß er in der Nacht spazieren ging, nicht wahr? Aber Beates kaltes, scheues Gesicht? Und Frau Ziepe? War die nicht Mareile begegnet? ... Ach, diese verfluchte Welt! Jetzt kam das Krankenzimmer und Beates stillerstaunte Augen und Tante Seneïdes Todesbegeisterung, lauter Dinge, für die er nicht geschaffen war!
Ein Schlaganfall hatte die Baronin getroffen, und sie schwebte in ernster Gefahr. Die Gäste reisten ab. Beate und Seneïde gingen leise im Krankenzimmer ab und zu. In der Bibliothek saß der alte Hausarzt Doktor Joller, suchte in den Zeitungen nach neuen Gemeinheiten der Franzosen und wartete, daß er gerufen würde. »Hören Sie, Graf«, rief er den unstet durch die Zimmer irrenden Günther an, »die Natur unserer alten Dame – großartig! Die Nieren, die Lunge, das Blut – tadellos! Das ist Rasse! Ein Schlaganfall ist ein Unglück. Schließlich gehört der Tod auch zum Leben, nichts zu machen! Aber solche Nieren, solche Lungen mit ins Grab zu nehmen, da kann man stolz darauf sein. Die Verdauung und das Herz halten bei unseren Damen nicht weit. Der Magen muß alles aufnehmen, was Herr Miespeck kocht, und das Herz, das muß mit jedem Quark mitfühlen.«
»So, so, Doktor«, sagte Günther zerstreut und nahm wieder sein unruhiges Hin- und Hergehen durch die leeren, sonnigen Zimmer des neuen Flügels auf. Als er Mareile dort traf, sagte er flehend: »Ich muß wieder unsere Stunde dort – bei uns haben. Nur Krankenstubendämmerung ertrage ich nicht.«
»Ja, die müssen wir haben«, erwiderte Mareile ernst. So trafen sie sich in der Türkenbude.
»Zieh die Vorhänge vor das Fenster«, befahl Günther, »von draußen kommt Traurigkeit herein.« Die Liebenden drängten sich fest aneinander, sie wagten kaum, sich aus den Armen zu lassen, denn dann fielen unangenehme Gedanken sie an; Mareile sprach vom Schloß, von der Zukunft. Günther schloß müde die Augen. »Ach, so seid ihr Frauen. Für die Zukunft einhamstern. Was kommen wird? Ich weiß es nicht! Natürlich wird die Zukunft grau und unangenehm sein. Aber jetzt sind wir

beieinander. Bitte, sei nicht bitter und enttäuscht und Mareile Ziepe! Nein, du findest heute nicht den Ton. Sprich heute nicht. Nimm dort das verstaubte kleine Buch und lies. Das sind Bücher, in denen frühere Mareilen gelesen haben, wenn sie hier auf Tarniffs warteten.«
Mareile nahm den kleinen Band zur Hand. Auf dem rosa Einband stand »Lucinde«. »Oh!« sagte Mareile. »Hier hat eine frühere Mareile etwas angestrichen.«
»Lies, lies.«
Mareile las: »Vernichten und Schaffen, eins und alles; und so schwebe der ewige Geist ewig auf dem ewigen Weltstrom der Zeit und des Lebens und nehme jede kühnere Welle wahr, ehe sie zerfließt.« Mareile hielt inne. »Weinst du?« fragte Günther mit geschlossenen Augen. Neben ihm rauschte es. Mareile war am Ruhebette niedergesunken und legte ihren Kopf auf seine Brust. »Kühnere Welle«, wiederholte Günther wie im Traum.

Beate verließ das Krankenzimmer. Die Mutter schlief. Neben ihr, auf dem Sessel, das Gesangbuch aufgeschlagen auf den Knien, schlief auch Seneïde.
Beate ging in den neuen Flügel hinüber, durch die Zimmer, in denen die hübschen, blanken Dinge in dem klaren Septemberlichte das stumme, selbstzufriedene Leben der Sachen lebten, das traurige Menschen noch trauriger macht. Sie stellte sich an das Fenster und schaute in den Garten hinaus. Die grellen Herbstblumen brannten auf den Beeten. Der Buchsbaum war ganz blank in der Sonne. Dort unten, wo der wilde Wein am Holzbogen den Garten von der Wiese abschließt, tauchte ein Figürchen auf, hell und klein in der Ferne auf dem Hintergrunde des bunten Lebens. Mareile war es, in ihrem mattfarbenen Mantel, den gelben Hut auf dem Kopfe. Hübsch, dachte Beate, wie ein Laterna-magica-Bildchen auf roter Wand. Sie will wohl unten durch das kleine Tor hinaus in den Wald. Dann war sie fort; aber ein zweites Bildchen tauchte auf der roten Laubwand auf, klein und hell. Günther war es, im grauen Sommeranzug, den Strohhut auf dem Kopfe. Er will wohl unten durch das kleine Tor hinaus in den Wald, kommentierten Beates Gedanken mechanisch; dann gab es ein Stutzen in den Gedanken, ein hastiges Arbeiten. Mareile geht in den Wald hinaus. Günther folgt ihr. Also, sie treffen sich im Walde. Wie eine bestimmte Nachricht erreichte das ihr Bewußtsein. Schnell, wie nur ein Frauenverdacht sich ein farbiges Bild ausmalt, sah sie alles vor sich. Jetzt sind sie bei den Ellern, jetzt am Teich. Dabei fühlte es Beate: das, was sie jetzt sah und ahnte, war nicht neu, lange schon hatte ein Wissen darum

auf dem Grunde ihrer Seele geruht; alles, was dafür sprach, lag klar und scharf vor ihr, und sie ging es durch, wie eine Aufgabe, die sie schon einmal gewußt hatte. Sie hatte nur nicht sehen wollen, hatte den Kopf abgewandt und war an alldem vorübergeeilt, schnell und scheu, wie an einem Zimmer, in dem etwas Entsetzliches ihrer wartet. Aber jetzt – jetzt! Sie legte beide Hände an ihre Schläfen und zog sie mit einer Bewegung unendlichen Jammers langsam über die Wangen herab; dann holte sie geschäftig ihren Hut und Sonnenschirm und ging in den Garten hinunter, auf die kleine Pforte im Park zu. Fremdartige Gedanken kamen ihr während des Ganges und verlangten nach Worten, wie Beates Lippen sie nie ausgesprochen hatten; nichts war grausam und haßerfüllt genug. Und an dieser fremderregten Beate gingen die altbekannten Heimatbilder vorüber, als gehörten sie zu einem anderen Leben und zu einer anderen Beate: der Gemüsegarten, der Teich mit den kleinen, blanken Enten, vor der Schmiede stand Kaspar und ließ die alte Stute beschlagen. Vom Feldwege aus sah Beate Mareiles Hut und Günthers Gestalt im Walde verschwinden. Nein, ich habe sie nie lieben können. Immer war etwas an ihr, das mir gegen den Geschmack ging. Verlogen war sie und schlecht und grausam. Wie sie den armen Halm quälte und dann Hans Berkow – und jetzt Günther. Alle mußte sie haben. An Günther dachte Beate nicht, nur an Mareile, die sie betrogen, an Mareile, die sie gekränkt, an Mareile, die sie erniedrigt hatte. Was wagte diese Inspektorstochter? Ein Dienstbote mit Dienstbotenheimlichkeiten! Dabei schritt sie eilig vorwärts. Sie mußte jenen nach. Jetzt war sie im Walde. Über ihr rauschten Wipfel. Ein Häher stieß einen Ruf aus, als schrie er durch den Wald: »Sie kommt.« Da war die große Linie des Wildparkes, an deren Ende, mitten im grellblauen Wasser, die Türkenbude stand. Günther und Mareile waren fort. Beate blieb stehen. Eine plötzliche Erschlaffung kam über sie. Etwas raschelte neben ihr am Haselnußstrauch. O Gott! Nur jetzt kein Mensch! fuhr es Beate durch den Sinn, und sie errötete, als würde sie auf einer schlechten Tat ertappt. Unter dem Strauch am Boden hockte Eve Mankow. Das rote Haar flimmerte in der Sonne und hing wirr auf das breite, erhitzte Gesicht nieder. Natürlich, dachte Beate, die muß auch da sein. Die gehört ja auch zu dem Entsetzlichen, das ich erlebe. Eve streckte die Hand aus, eine kurze, braune Hand, wie Beate deutlich bemerkte, an der die harte Haut glänzte. Sie wies auf das Häuschen im Teich. »Da«, sagte Eve kläglich, »da drin sind sie. Da sind sie immer. Ich weiß. Ich warte jeden Morgen hier.« Beates Blicke ruhten einen Augenblick auf dem Häuschen, in dessen Fenster ein verblichener, roter Vorhang wehte, dann kam eine große Angst über sie, Angst vor dem kauernden Mädchen, vor dem Häuschen mit seinem verhangenen Fenster. O Gott! Nur fort! Sie wandte sich und lief den Waldweg hinab. Erst am Waldrande blieb sie stehen, um Atem zu schöpfen. Sie lehnte sich an eine Tanne, glitt an dem großen, rauhen Stamme nieder und weinte, nicht das stille Weinen der Erwachsenen, es war das Weinen böser Kinder, das das Gesicht verzieht und entstellt, und dabei jammerte sie leise: »Was soll ich tun! Was soll ich tun!«

Als Beate in der Nacht am Bette ihrer Mutter wachte, legte die Kranke ihre Hand auf Beates Hand, eine Hand weich wie welkende Malvenblätter; und sie begann zu sprechen, leise und mühsam: »Beating – es kommt viel vor – ich weiß – nie fortgehen – nie. Die armen Männer sind so unruhig – ich weiß. Warten müssen wir – warten –, sie kommen doch zu uns. Du glaubst nicht – wieviel wir – vergessen können. Und dann kommt Friede – ich weiß – ich weiß.« Die Stimme wurde schwächer, versiegte. Beate weinte, aber in ihr empörte sich etwas gegen die Worte der Sterbenden. Warten? Auf wen? Günther? Wußte sie denn, wer dieses Gespenst dort in der Türkenbude hinter dem verblichenen Vorhange war? Die anderen konnten kommen – und ihr ihr Eigentum und ihren Frieden nehmen, und sie mußte vergessen – warten? Ich weiß – ich weiß, hatte die Mutter gesagt. Hatte denn auch dieses Leben solche dunkle, unbegreifliche Stellen gehabt? Beate sah ihren Vater vor sich, den Greis mit dem strengen Elfenbeingesicht über der leichtgebeugten Gestalt. Eine etwas bedrückende Luft von Ehrfurcht umwehte ihn. Die Kinder wurden in seiner Gegenwart still und scheu. Als er gestorben war, sprach die Mutter von ihm, »dem lieben Papa«, mit dem Stimmton, den sie sonst für heilige, sonntägliche Dinge hatte. Und doch! »Pfui!« sagte Beate vernehmlich in die Nacht hinein; dabei schreckte sie auf, sah das bleiche Gesicht in den Kissen an. Die Mutter lag mit offenen Augen da und schaute geduldig vor sich hin, wie Menschen es tun, die auf den Tod warten. Jetzt sagte sie etwas. Beate beugte sich vor. »Mareile – fort; es ist besser –« sagte die Kranke und seufzte.

Beate lehnte sich in ihren Stuhl zurück. Mareile mußte fort, das war es. Morgen wollte sie sie fortschicken, fortjagen, wie einen Dienstboten, wie Amelie, und Günther sollte es wissen. Hier war wieder ein Wollen, ein Entschluß, auf dem Beate ausruhen konnte; sie brauchte nicht mehr ratlos um die Not herumzuirren. Das Blut der alten Rasse, die von Schonung und Zucht geschwächten Instinkte fanden nicht mehr die Kraft zu einem Zorn, der fortreißt und wohltut. Aber hier war ein Entschluß – etwas wie Pflicht und Ordnung schaffen, das beruhigte sie. Also morgen. Aber noch war es lange nicht morgen, noch brauchte sie nicht zu handeln. Sie schloß die Augen. »Warten, warten, ich weiß«, klang es ihr wie ein trauriges Wiegenlied in die Ohren. Ein Gefühl unendlicher Einsamkeit legte sich schwer auf ihre Seele. In der Müdigkeit der Nachtwache wurde das Gefühl zum Bilde: helles Nebelgrau über dem herbstlichen Garten und dem verlassenen Hause. Oben in dem grauen Himmel ein Zug Raben, große, schwarze Vögel, die unablässig ihre Kreise zogen. Und auf dem feuchten Wege, vom Nebel umsponnen, eine einsame Frau mit einem Kinde. Ja, das Kind! Wenn ihre Gedanken sich der kleinen, blonden Gestalt näherten, dann bekam das Leben wieder Gestalt und Sinn. Zuweilen horchte sie gespannt auf die Uhr, auf das geschäftige Ticken, das wie der Ton kleiner Füße klang, die eilig, eilig dem entsetzlichen Morgen zuliefen. Dann wurde das Licht der Nachtlampe blasser. Roter Schein drang durch die Vorhänge. Seneïde kam Beate ablösen. Beate ging in den Garten, schritt dort lange an der Buchsbaumhecke entlang, auf und ab. Als sie Mareile über den Hof kommen sah, kehrte sie in den Gartensaal zurück, bleich von ihren Kämpfen und Gebeten, die Hände voll feuchter, weißer Astern. Mareile wollte sich nach der Kranken erkundigen. In ihrem elfenbeinfarbenen Morgenkleide, rote Skabiosen im Gürtel, mit den gut ausgeschlafenen, klaren Augen, erschien sie Beate wie triumphierend in ihrer Kraft und Schönheit.

»Wie war die Nacht?« fragte Mareile.

»Ruhig«, erwiderte Beate und schaute auf die Astern nieder; als sie dann aufblickte, mußte Mareile etwas Seltsames in Beates Zügen gelesen haben, denn ihre Augen wurden groß und rund vor erschrockenem Erstaunen, und dann hatte sie verstanden. Die beiden Frauen, die ihre Kindheit miteinander verlebt, kannten die Bedeutung eines jeden Zuckens auf dem Gesichte der anderen.

»Du mußt fort, Mareile, gleich fort von hier«, sagte Beate scharf und kalt. Mareile breitete die Arme aus in einer großen, trauervollen Bewegung, wie nur sie sie wagen konnte; dann begann sie leise und schnell zu sprechen: »Ja, ich geh'. Das ist dein Recht. Das mußte kommen. Das ist dein Recht. Aber sieh, das kannst du nicht verstehen, in meiner Art hab' ich auch recht ...«

»Bitte«, unterbrach Beate sie. »Sprich nicht. Ich ertrag' es nicht. Geh! Recht –! Eine wie du, hat kein Recht.«

Mareiles Augen wurden durchsichtig und golden, dann wandte sie sich um und ging, sie lief fast aus dem Zimmer.

Gott, sind solche Augen entsetzlich! dachte Beate. So etwas, wie sie jetzt empfand, mußte derjenige fühlen, der zum ersten Male eine Wunde schlägt, wenn das fremde Blut warm über seine Hände fließt. Beate

besorgte dann ihre Morgengeschäfte, prüfte den Speisezettel des Herrn Miespeck, sah nach Went, legte die Astern auf den Frühstückstisch; brachte die hübsche, harmonische Lebensmaschine in Gang. Endlich hörte sie die Türen gehen, hörte Günthers lustige Stimme. Er hielt Peter einen Vortrag. Ja, allen gehört er, dachte Beate, Eve und Mareile und Peter. Von allen will er bewundert und geliebt sein. Was war er? Ein Phantom, an das er selbst und sie, Beate, und die anderen glaubten und doch nicht zu fassen war. Bis in die Seele hinein fror es Beate bei diesem Gedanken. Günther kam.
»Guten Morgen, Herz«, rief er. »In der Nacht ist nichts passiert, hör' ich. Gott, siehst du bleich aus! Eine schöne, weiße Mumie.« Er beugte sich auf Beate nieder, um sie zu küssen. Jetzt, sagte sich Beate und sie begann zu sprechen in dem harten, kalten Ton, der ihr selbst fremd klang: »Ich, ich wollte dir sagen, Mareile verläßt Kaltin, heut. Ich – ich habe sie fortgeschickt.«
Günther errötete, dann machte er eine Handbewegung, die »Nichts zu machen« bedeuten sollte. Es wurde still im Gemach; Günther schritt auf und ab. Er fühlte sich sehr elend. Er empfand Mitleid um sich, mit Mareile, mit Beate. Jetzt sprechen, viel sprechen, große Worte, die guten, pathetischen Klang hatten, bei denen sich weite Bewegungen machen ließen, eine Szene, das war die Rettung. »Ich frage nicht weiter. Du mußt vielleicht so handeln. Dir scheint es wohl, als sei dir großes Unrecht geschehen. Was?« Beate schwieg. »Gut! Ich bin im Unrecht, ich gestehe es zu. Einer gewöhnlichen Frau hätte ich nichts mehr zu sagen. Von dir kann ich verlangen, daß du mich trotz allem auch verstehst.«
Beate zog die Augenbrauen empor und sagte: »Ich bin eine gewöhnliche Frau. Ich versteh' dich nicht.«
Günther wurde durch den Widerspruch wärmer: »Doch, doch! Du verstehst mich. Du weißt, daß ich dich liebe, wie du bist und weil du so bist, und daß ich zuweilen Sehnsucht haben kann – nach – nach heißem Blut – nach Leidenschaft – nach – nach … nun, mein Gott, nach allem, was du nicht geben kannst und sollst.«
Das Blut stieg Beate in das schmale, kummervolle Gesicht. Ihre Augen wurden feucht und böse. Sie sprach heiser und mühsam: »Und wer … wer sagt dir – daß ich nicht auch heißes Blut habe … daß ich nicht auch …«, sie kam nicht weiter. Mit beiden Händen bedeckte sie ihr Gesicht. Sie schämte sich. Die arme geknechtete, verleugnete Sinnlichkeit wollte sich wehren, aber sie schämte sich davor, sich selbst zu bekennen. Beate weinte: »Sprich nicht. Ich kann es nicht hören. Was soll ich tun!« klagte sie.

»Soll ich gehen?« fragte Günther kleinlaut. Beate nickte. Da verließ er das Gemach, leise, als fürchtete er einen Schläfer zu wecken.

An einem nebelgrauen Oktobermorgen starb die alte Herrin von Kaltin. Beate kniete bleich und tränenlos am Bette der Sterbenden.
Günther stand mit gebeugtem Kopfe am Bettende. Seneïde kniete mitten im Zimmer, die Hände betend erhoben. Große Begeisterung schüttelte ihren Körper. Die Nähe des Todes berauschte sie. Die Türen zu dem Saal nebenan standen weit offen, und dort knieten die Dienstboten des Hauses. Alle waren sie da, die breiten, ruhigen Gestalten mit dem schläfrigen Ausdruck, den große Andacht den Gesichtern der Leute aus dem Volke zu geben pflegt. Ab und zu schlich der eine oder der andere an die Tür, um neugierig auf die alte Frau zu sehen, die atemlos dort ihre letzte Arbeit verrichtete.
Wie schwere, feierliche Traurigkeit lag es in dieser ernsten Stunde über dem alten Schloß, über den leeren Zimmern, über Garten und Hof, die wie verlassen schienen; selbst die Hunde, von der Stille und Leere ringsum traurig und schläfrig gemacht, streckten sich seufzend auf der Freitreppe aus.

Zehntes Kapitel

Beate war im Schlosse mit ihrem Kinde allein. Günther war in Berlin. Er hatte es zu Hause nicht ausgehalten. Schuldgefühl, eine ergebene, bleiche Frau, Traurigkeit in allen Winkeln, das war mehr, als er ertragen konnte. Dazu das quälende Verlangen nach Mareile. Jeder Nerv in ihm hungerte nach ihr. Ein Narr wäre er, wollte er so weiter leben! Er rief Peter und ließ die Koffer packen. »Mach' schnell«, befahl er, »morgen um 7 Uhr 30 geht's nach Berlin!« und seine Stimme klang wieder hell und lebenslustig.
Seneïde mußte in eine Heilanstalt gebracht werden. Die Aufregung der letzten Zeit war zu stark für ihre kranken Nerven gewesen. Sie fühlte die Krankheit nahe, etwas Dunkles, Unheimliches, das sich eng um ihr Bewußtsein zusammenschob. Hilflose Angst lag in ihrem Blick. Unablässig ging sie in dem großen, leeren Ahnensaal auf und ab. Beate hörte beständig den rastlosen Schritt, begleitet von dem leisen Rauschen der Schleppe des langen Trauerkleides, und die klagende Stimme, die Bibelsprüche hersagte: »Laß mich eine kleine Weile, daß ich ausweine meinen Schmerz, ehe ich in das Land gehe, da es stockdickfinster und Nacht des Todes ist.«

Eines Morgens hielt die große, schwarze Kutsche vor der Tür. Frau Bier stand auf der Treppe und wartete auf Seneïde, um sie fortzubringen. Seneïde ließ sich teilnahmslos zum Wagen führen. Nur als ihr Blick auf Beate fiel, murmelte sie klagend: »Beating – bleibt allein im Sturm. Beating bleibt allein in der Wüste. Armes, armes Beating.«

Das Leben im Schlosse ging seinen gewohnten Gang. Beckmann schmückte den Eßtisch wie einen Altar. Miespeck klopfte seine Steaks und spielte die Flöte. Die Hunde lagen auf der Hoftreppe und schauten die Allee hinunter, ob nicht Besuch käme. Wenn Beate sich im Eßsaal fröstelnd zu ihrem Mahle niedersetzte, von Beckmann bedient, dann hätte sie sich vor sich selber fürchten können, so gespenstisch erschien ihr alles. Am Tage, im nüchternen Lichte, unter den gewohnten Beschäftigungen, da konnte das Weiterleben noch als selbstverständliche Sache erscheinen; aber es kamen die Abende, wenn die Stimmen im Hause verstummten, draußen der Hofhund in die Nacht hinausbellte und die Möbel in den Zimmern leise zu knacken begannen, als flüsterten sie miteinander; dann erwachte in Beate wieder das ermattende, unfruchtbare Herumraten an ihrem Schicksal. Warum mußte das sein? Warum wurde *ihr* alles genommen? Ihre Jugend bäumte sich gegen ihr Schicksal auf. Sie wollte jung sein, leben – wie die anderen. Die anderen, die mit dem heißen Blut, die, von denen Günther gesprochen hatte, die durften rücksichtslos lieben und genießen und sündigen. Sie begann in ihrer vor Einsamkeit fiebernden Seele gegen die Gesetze sich aufzulehnen, unter die sie sich ihr ganzes Leben hindurch gebeugt. Alles, nur dieses stumme Verkümmern nicht! Und doch, wenn ihr Körper nach Günther verlangte, nach ihm schrie, dann hätte sie ihn schlagen mögen. Wie die Even, die Mareilen sollte ihr Körper nicht fühlen. Und all das kam wunderlich deutlich mit Stimmen, Bildern, Gesichtern; es sprach und rief und stritt in ihr, bis sie todmüde, als käme sie aus einem Kampfe, ihr Zimmer aufsuchte, um schwer und traumlos zu schlafen.

Der November brachte starken Frost. Das Land war wie von Glas umsponnen. Die Bäume bogen sich unter der Kristallast. Der Gärtner band Seile an die Obstbäume und ließ sie von den Dorfbuben schütteln, dann regnete es klirrend von den Zweigen. Alles atmete auf, als Schnee kam. Die weiche, weiße Decke war doch behaglicher als die blanke Glaswelt.

Eines Tages hielt der Schlitten der Gräfin Blankenhagen vor dem Schloß. Die Gräfin selbst und die Fürstin Elise entstiegen ihm. Die lange, bedeutungsvolle Umarmung der Fürstin verletzte Beate. Sie war heute der Gräfin Blankenhagen für ihre laute, burschikose Lustigkeit dankbar. Man

sprach von der Nachbarschaft. Immer noch wurde in Grumbnitz schlecht gewirtschaftet, immer noch war Frau von Hallen auf Ternin eine geborene Lehmann, immer noch fand Frau von Scharf für Agnes keine Partie. Nach dem Diner setzte die Gräfin sich an das Klavier. Sofort griff die Fürstin Elise nach Beates Hand, ihre Augen wurden feucht, und sie flüsterte leidenschaftlich: »Meine Beate! Glaubst du, ich – wir alle – könnten das ruhig mit ansehen, was hier vorgeht?«
»Ihr?« wiederholte Beate. Alles in ihr schloß sich vor dieser Berührung, alles in ihr rief: Wache stehen! Niemand einlassen!
»Du weißt«, fuhr die Fürstin fort, »nächst dir leide ich bei alledem am tiefsten. Aber Leiden! Mein Gott! Die kann keiner uns abnehmen. Nicht wahr, mein Herz? Aber hier ... nein, sage nichts! Wir wissen, was hier vorgeht.«
»Was wißt ihr?« fragte Beate feindselig. Sie entzog der Fürstin ihre Hand, rückte von ihr fort. Die Fürstin weinte. Aus ihren hellblauen Augen rannen schnell kleine, blanke Tränen. »Was Schmerz ist, das weiß ich«, meinte sie. »Enttäuscht werden ist ja mein Gewerbe. Aber davon ist jetzt nicht die Rede. Dir helfen, das ist jetzt unsere Aufgabe. Hier, in der ganzen Gesellschaft sehen wir deine Sache als unsere Sache an. Wir stehen alle auf deiner Seite, da kannst du ruhig sein. Auch alle unsere Herren. Blankenhagen sagte gestern: ›Der Tarniff muß zur Ordnung gerufen werden.‹ Glaub' mir, etwas gesellschaftlicher Druck richtet viel aus. Das verstehen die Männer. Ich sag' dir, Beating, Mitleid für dich und Entrüstung gegen die anderen sind jetzt sozusagen die Leidenschaften unserer Gesellschaft. Von nichts anderem wird gesprochen.«
Beate kniff die Lippen fest aufeinander und machte ein böses Gesicht. Sie hörte mehr den eignen grollenden Gedanken, als dem zu, was die Fürstin sprach. Was wollten all diese Menschen mit ihrem schamlosen Mitleid? Warum ließen sie sie nicht in Ruhe? Kannten sie denn nicht die Keuschheit der großen Leiden? Wußten sie denn nicht, daß nur die niedrigsten Menschen am Wege sitzen und den Vorübergehenden ihre Wunde zeigen? O Gott, wären sie doch fort, diese mitleidigen Seelen!
»Wenn du willst, mein Herz«, klang wieder der Fürstin bedauernde Stimme an Beates Ohr. »Wenn du willst, so bleib ich bei dir. Oder du kommst zu mir mit deinem Jungen. Aber fort mußt du von hier. Es wird noch alles gut. Wir werden dich schon verteidigen.«
Beate fuhr auf. Sie wurde ganz heiß vor Zorn. »Nein, Elise, wir verstehen uns nicht. Fort soll ich aus meinem Hause? Warum? Mich wollt ihr verteidigen? Gegen wen? Mich braucht niemand zu verteidigen. Mich kann niemand verteidigen.«

»Beating – Herz – so versteh' doch!« warf die Fürstin ein, aber Beate wollte nicht verstehen. »Was ihr wißt und sprecht, weiß ich nicht. Ihr könnt und sollt nichts wissen. Weil ich vielleicht leide, glaubt jeder die Finger in das Wasser stecken zu dürfen, das ich trinken muß. Ich brauche keinen. Ich habe niemand gerufen. Ich – ich will allein sein.« Schnell und leise die Worte hervorzustoßen, tat wohl. Die Fürstin machte ein erstauntes und empfindliches Gesicht; als Beate jedoch schwieg, schmiegte die kleine Frau ihren Kopf verschüchtert an Beates Schulter.
»Ja – ja, Beating«, flüsterte sie, »ich weiß – ich weiß –, so bist du – so mußt du sein.«
Als die Damen fort waren, begab Beate sich in den alten Flügel zurück, und ihre Einsamkeit erschien ihr heute wie eine Zuflucht.

Elftes Kapitel

In Berlin wohnte Günther bei seinem Oheim, dem alten Grafen Eberhardt von Tarniff. Der Greis war ganz vereinsamt, dazu halb gelähmt. In einem Rollstuhl ließ er sich in den Zimmern und Korridoren seines Hauses in der Wilhelmstraße umherfahren, oder er saß am Fenster und schaute hämisch und unzufrieden auf die Straße hinab. Er hatte das Leben genossen. »Was an Pläsier zu haben war, nahm ich mit«, pflegte er zu sagen. Jetzt war die Welt langweilig. Die Jungen waren Duckmäuser und taten nichts, worüber die Alten einmal lachen konnten. »Na, der Günther«, meinte er, »der stellt noch hin und wieder was an, über das es sich zu reden lohnt.«
Jetzt war Günther der Gast seines Oheims, nachdem er für zwei Monate verschwunden gewesen war. Man wollte ihn in Cannes, in Biarritz mit der schönen Frau Cibò-Berkow gesehen haben. Allerhand Gerüchte über ihn und Mareile beschäftigten die Berliner Gesellschaft sehr stark.
Mareile nahm eine Wohnung in der Bülowstraße. Ihre vornehmen Verbindungen hatte sie vergessen, als wären sie nie dagewesen. Sie wollte jetzt nur ihrer Kunst und ihrer Liebe leben. Eine frische, friedliche Luft sollte sie umwehen. Nichts von der schwülen Luxusatmosphäre der Damen, die außerhalb der Gesellschaft stehen. Günther, ja, auf den war ihr Leben jetzt gebaut. Ihn behalten, war ihre Aufgabe, denn sonst hatte alles, was sie getan und gewagt, keinen Sinn. Und sie verstand zu halten, was ihr gehörte, mit dem zähen Eigentumsgefühl der Bauern, ihrer Vorfahren. Noch war sie jedem Nerv, jedem Blutstropfen in Günther ein Lebensbedürfnis. Aber schon der Gedanke, daß das anders kommen

könnte, nagte in schlaflosen Nächten an Mareiles selbstbewußtem Herzen.
Günther lebte in dem grauen, herbstlichen Berlin ein wildes Junggesellenleben, das ihm selbst zuwider war. Allein, was sollte er mit einem Leben anfangen, in welchem er weder rückwärts noch vorwärts zu schauen wagte? Er spielte und trank. Der einzige Zweck dieses Daseins war Mareile. Sie war für ihn das wirkungsvollste Betäubungsmittel. Er liebte sie, wie wir unsere Sünde lieben, und es kränkte ihn, daß sie ruhig, stark, harmonisch sein wollte. Krank am Leben, wie er, sollte sie sein. Sie sollte sich für ihn verderben, wie er sich für sie verdarb.
»Ich weiß nicht«, sagte er eines Nachmittags, als er in Mareiles Wohnzimmer saß und verstimmt auf die Straße hinabschaute, »zuweilen ist's bei dir so – so –«
»Sag's nur«, meinte Mareile und lächelte. Ihr Wollkleid in sterbendem Grün, mit großen, fliederfarbenen Mohnblüten gemustert, stimmte hübsch zu dem verschleierten Novembertage. Günther suchte nach dem rechten Wort. »Wie – wie ein Sonntagnachmittag bei einer Majorswitwe.« Er wollte Mareile ärgern, aber sie strich ihm nur leicht über das Haar und sagte: »Du Armer!« Das machte Günther weich.
»Ach, wollen wir fortgehen – irgendwohin, wo es still und heiß und blau mit Gold besetzt ist.«
Mareile schüttelte den Kopf.
»Warum?« fragte er böse.
»Weil ich arbeiten muß«, meinte sie.
»Arbeiten? Warum?«
»Um Geld zu haben.«
»Geld? Warum nimmst du nicht meines?«
»Weil ich eine selbständige Welle bin, wie das alte Buch in der Türkenbude sagt.«
Günther seufzte: »Die Liebe müßte eine schöne, tödliche Krankheit sein. Man liebt sich – und man weiß – das Ende kommt dann und dann – und die Liebe wird immer hastiger – man hat Eile, sie ganz zu genießen. Nur noch zwei Tage – noch eine Nacht. Aber so ...«
Mareile setzte sich auf Günthers Schoß. Er tat ihr leid, und doch freute sie sich daran, wieviel stärker sie als dieser Mann war, und wie fest sie ihn hielt. Das machte ihn ihr noch lieber. »Warum«, sagte sie und lächelte noch immer, als spräche sie freundlich zu einem Kinde, »warum soll die Liebe nicht das Leben sein? Sie ist da. Wir gehen unseren Geschäften nach – leben unseren Werktag – aber wir wissen, sie ist da – sie wartet auf uns. Erinnerst du dich des Gefühles, das wir am Sonnabend nachmittag hatten.«

»Ja – ja – das war famos!«
»Sieh – so 'n Gefühl gibt die Liebe dem ganzen Leben, immer wartet ein Festtag auf uns.«
»Ja, aber dann, die verfluchten Sonntagabende«, wandte Günther ein. Seine trübe Laune wollte nicht weichen. »Ja, ihr seid klug, ihr Ziepes. Man tut seine Arbeit, hat seinen Bechstein, sein Galléglas, seinen Grafen, seine Liebe, Ordnung muß sein.«
Mareile erwiderte nichts, sie wand nur ihre Arme fester um Günthers Nacken und küßte ihn, küßte ihn so lange, bis seine Augen wieder den glücklichen Glanz eines süßen Rausches annahmen. Das war ihr letztes Argument gegen seine bösen, schwarzen Stunden.
Da kam ein Ereignis, das Günther ein wenig anregte. Eines Abends setzte er sich im Klub in das Kaminzimmer zu den alten »Junggesellen«. Graf Halke, Major von Tettleben, Baron Schibowitz; ältliche Herren, die es liebten, in der Kaminecke Böses von den Weibern zu reden. Günther saß hier in sich gekehrt und hörte den verblichenen Abenteuern der alten Schwerenöter zerstreut zu. Aus dem Spielzimmer schlenderte der Fürst Karnowitz heran, lehnte sich an den Kaminsims und schien in seiner teilnahmlosen, gefrorenen Art dem Gespräche zu folgen. Tettleben besprach einen traurigen Fall, der gerade in der Lebewelt Aufsehen erregte. »Die berühmte ›blonde Mary‹. Sie wissen, die mit dem Botticellikopf – hatte Wechsel, die ein Husarenleutnant ihr ausgestellt, brutal beigetrieben. Der junge Mann hatte sich eine Kugel vor den Kopf geschossen. Na – ja – natürlich, was soll er tun? Immer das bekannte Geschäft von Abraham und Moses, Wechsel – und prolongiert – und wieder Prozente – und dann wird die Falle zugeklappt und aus ist's. Und mit den Engelaugen ist das anders mörderisch als bei Abraham und Moses – was?« Die Herren schüttelten die Köpfe: »Nein, so was!« – »Was sagen Sie dazu, lieber Fürst? Saftiges Frauenzimmer das!« – »Ich?« meinte der Fürst. Er sprach leise und heiser, als kümmerte es ihn nicht, ob die Hörer ihn verständen oder nicht. »Die jungen Herren haben die Damen, die sie verdienen. Moses und Abraham sind ja auch, wie diese Herren sie brauchen. Da scheint mir alles in Ordnung. Nur, wenn so edlere Frauengestalten in die Hände unserer kleinen Lebemänner fallen, dann ist's ärgerlich. Und das kommt vor. Sie werden bemerkt haben, daß Hunde sich mit Vorliebe die schönsten Statuen aussuchen, um stehen zu bleiben und das Bein aufzuheben.«
»Nein, das hab' ich noch nicht bemerkt«, murmelte Graf Halke verwirrt. Keiner wußte was mit diesem Ausfall anzufangen. Als Karnowitz der Gesellschaft den Rücken wandte, um langsam in das Spielzimmer zurück-

zukehren, folgte Günther ihm hastig. »Wissen Sie, Fürst«, begann er, »Ihr ethischer Vortrag da eben hat mir nicht sonderlich gefallen.«
»Das ist wohl möglich«, erwiderte der Fürst. Das bleiche Gesicht mit den Zügen, die scharf wie die eines Leichengesichtes waren, blieb regungslos, die bleifarbenen Augen sahen Günther teilnahmlos an.
»Wie meinen Sie das?« fuhr Günther auf.
»Ganz, wie es beliebt«, sagte Karnowitz und setzte seinen Weg zum Spielzimmer fort. Günther schaute dem gebeugten Rücken mit den zwei blanken Kammerherrenknöpfen am Frack mit einem Gefühle des Hasses nach, das in seiner Energie wohltat und erwärmte. Dann mußte er Sterneck und Tettau aufsuchen, um sie zum Fürsten zu schicken. Das Beraten und Besprechen, die Beschäftigung mit den hübschen, handlichen Gesetzen des Ehrenhandels waren für Günther ein Genuß. All das gab dem Leben wieder Gehalt, verlieh Mareile, Günther selbst, seiner Liebe neuen Wert.
Den Abend vor dem Duell war Günther bei Mareile ausgelassen wie ein Knabe; dann kam eine angenehme, weiche Stimmung über ihn. »Setz' dich dort auf den Sessel«, sagte er und ließ die goldene Schnalle an Mareiles Gürtel springen. »Ganz wie in der Türkenbude. So. Die Füße auf den Schemel. Hier sind rote Rosen, die kannst du wieder zerpflücken. Dann hängen die Blätter wie Blutstropfen an dir. Ja – so. Und ich liege hier.« Er streckte sich auf den Teppich aus, streichelte die nackten Füßchen mit den Goldreifen. »So ist es gut.«
»Ist etwas geschehen?« fragte Mareile. »Du bist heute anders. Nicht, Liebster? Als wäre etwas Schweres von dir abgefallen. Ja – wirklich – heut ist es wie dort in Lantin.«
»Ja – ja!« meinte Günther. »Es gibt Festzeiten – und wieder Alltagzeiten mit der endlosen Reihe der langweiligen Trinitatissonntage. Unsere Liebe hat eben einen Festtag. Das ist doch nicht so wunderbar. Nun, reg' dich nicht. Bleibe so. Gott! Du wirkst auf mich heute so mächtig – ich ertrage es kaum. Von dir strömt es in mein Blut hinein, immer heißer – das schmerzt, so schön ist das. Sag' – schmerzt es dich auch, all diese heiße Kraft auszugießen – sag'–«
»Ja – ja«, flüsterte Mareile. »Nimm, nimm alles!« Sie beugte sich über ihn und küßte ihn mit den Frauenlippen, die in der höchsten, hingebenden Erregung wie heiße Rosenblätter werden, als sei die Haut, die das Blut umschließt, zu einem feinen, kaum merkbaren Schleier geworden.

Frühmorgens weckte Sterneck Günther. Günther streckte sich. »Schon Dienst?« fragte er.

»Ja, Fürstendienst«, meinte Sterneck.
»Ach ja, unser Fürst! Mir wird sein, als müßte ich auf ein Ahnenbild schießen.«
Der Reif lag wie feine Asche auf den leeren Straßen, die Günther und Sterneck durchfuhren. Die Kähne standen auf der Spree im Nebel groß und schwarz auf einem Tintenfluß. Fröstelnd drückte Günther sich in die Wagenecke. Die leeren Straßen waren ihm zuwider; er wünschte schon draußen in der Vorstadt zu sein, wo die Leute auf sind, wo die Milchwagen und Gemüsekarren über das Pflaster rattern. Günther sah Kaltin vor sich, sehr deutlich, mit dem gelben Sonnenlicht auf den Fenstern, die Levkojenbeete des Gartens, Beate in einem weißen Kleide, einen Strauß Astern in der Hand. Sterneck sprach von Dachsbauen und Teckeln. Jetzt fuhren sie langsam durch den Sand. Die Luft wurde freier und schneidender.
Am Waldrande standen die Wagen der anderen Herren. Tettau mit zwei Ärzten, der Fürst mit Graf Halke. Ein wenig mißmutig hüllten sie sich in ihre Mäntel, wie Leute, die nicht ausgeschlafen haben. Man begab sich in den Wald. Als die geeignete Stelle gefunden war, begannen die Herren die Entfernung zu messen. Günther saß wartend auf einem Baumstumpf. Vor ihm, auf einer Föhre, hockte ein Eichhörnchen. Das spitze, kleine Gesicht mit den roten Püscheln an den Ohren blinzelte freundlich und ironisch auf Günther nieder. Das machte ihm Spaß. Endlich meldete Sterneck, alles sei bereit. Günther legte seinen Mantel ab. »Der da«, meinte er, »wird sich wundern, was wir mit unseren Dummheiten bei ihm wollen.«
»Die Eichkatze da?« fragte Sterneck. »Na, die haben auch ihre Affären. Jeder Kreatur ihre Mensur.«
»Das ist ja 'n Vers!«
»Teufel, ja! Das kommt mir so zuweilen.«
Die Herren stellten sich auf ihre Plätze. Ein jeder dachte in diesem Augenblicke nur daran, die Zeremonie möglichst korrekt zu erledigen. Während der Unparteiische Probe zählte, sah Günther den Fürsten an. Das Gesicht war aschfahl wie immer, die Augen sahen teilnahmslos und schläfrig vor sich hin, die Lippen bewegten sich kaum merklich. Sollte er gerade eine Pfefferminzpastille saugen, wegen seines schlechten Magens? dachte Günther und nahm sich vor, später mit den Kameraden darüber zu lachen. Jetzt das Kommando – aufgepaßt. Günther wollte eben abdrücken und zog die Pistole an dem dünnen Bein des Fürsten entlang, als er den schwachen Knall der Pistole seines Gegners hörte; zugleich traf ihn irgendwo ein Schlag. Was nun? dachte er, jetzt nur stehen bleiben –

Jemand, sehr weit schien ihm, fragte: »Wo sitzt es?« Günther antwortete, aber seltsam, seine Stimme hatte keinen Klang. Dann war es, als schneite es, große, sehr blanke Flocken fielen nieder – immer schneller – immer schneller ...

In dem Tarniffschen Hause in der Wilhelmstraße lag Günther krank. Die Kugel war auf der Seite in den Körper gedrungen. Die Ärzte erklärten den Fall für bedenklich. Der Kranke lag in hohem Fieber. Wirre Vorstellungen hetzten ihn; wie Sträflinge, die ihren Wärter besiegt haben, schlüpften sie aus den verborgensten Winkeln des Gehirns hervor, riefen durcheinander, stritten sich. Rätsel gab es, die gelöst sein wollten und doch unlösbar waren. Und all das hatte Eile, das wogte und drängte. Dann plötzlich wurde es still. Günther sah das Zimmer mit der grünverhangenen Lampe, auf dem Sessel nebenan saß ein fremdes, schwarzes Figürchen mit einer weißen Haube. »Ist es Nacht?« fragte er. »Abend«, antwortete eine fremde, sanfte Stimme. Das schwarze Figürchen kam und gab ihm etwas zu trinken. Günthers Blicke irrten im Zimmer umher. »Ja – Wilhelmstraße – Berlin«, sagte die fremde Stimme. »Ja – Berlin«, wiederholte er matt und wie enttäuscht.

Denselben Abend, als der alte Graf Eberhardt sich im Rollstuhl den hellerleuchteten Korridor auf und ab fahren ließ, was er seine Motion nannte, ließ sich Frau Cibò-Berkow melden. Das erfreute ihn. Er empfing Mareile mit seinem liebenswürdigen, lange nicht gebrauchten Lebemannslächeln: »Welche Ehre, meine Gnädige! Ich weiß, der Besuch gilt nicht mir altem Krüppel, aber man profitiert, wo man kann.«

»Ich wollte Nachricht von Ihrem Neffen«, sagte Mareile geschäftsmäßig. Der Graf lächelte galant: »Beruhigen Sie sich, meine Gnädige, wir liefern ihn Ihnen schon wieder neuaufpoliert ab. Vorlaut sind unsere jungen Leute genug, aber daß sie uns alten das Sterben wegschnappten, das hoffe ich doch nicht.«

»Ich will ihn sehen«, versetzte Mareile. Der Graf kicherte: »Na, jetzt wird er sich nicht besonders präsentieren.« Aber Mareile wiederholte ernst: »Bitte, ich will ihn sehen.«

Der Graf wurde ärgerlich. »Ja, ja, das Sentiment ist jetzt Mode. Na, schließlich ist's Ihr Drama, Sie sind sozusagen die Verfasserin – ha – ha. Johann, führe die gnädige Frau hinauf.«

Im Krankenzimmer herrschte Dämmerlicht. Es roch nach Jodoform. Mareile atmete beklommen. Das waren Licht und Luft, in denen sie am schwersten zu leben vermochte. Die Diakonissin sagte vorwurfsvoll: »Er schläft.« Mareile nickte und setzte sich auf einen Stuhl neben dem Bette.

Im Zimmer herrschte wieder die schwere, drohende Stille. Das schmale, weiße Gesicht in den Polstern erschien Mareile so fremd. Sie weinte leise; sie sehnte sich nach dem ihr bekannten Günther, nach seinem hübschen, leichtsinnigen Gesichte ... Diesen Günther mußte sie wieder haben, sie hatte ihn sich mit aller Rücksichtslosigkeit gegen andere und gegen sich selbst erkämpft. Wurde er ihr genommen, was war ihr Leben dann? Etwas Formloses, etwas, das schweigt und droht, wie diese Krankenstube. Er mußte leben. Sie fühlte es körperlich, wie ihr Lebenswille auf den bleichen Schläfer überströmte, warm, stark als brächen in ihr die heißen Bäche des Lebens auf, um ihn zu überschwemmen. Günther regte sich. Mareile beugte sich auf ihn nieder. »Willst du trinken?« fragte sie. Er nickte. Seine Augen sahen mit dem müden, freudlosen Blick der Kranken vor sich hin, ohne Mareile zu erkennen. Sie gab ihm zu trinken. Das Rauschen des Kleides, der Orchideenduft mußten ihm auffallen, er sah Mareile an. »Ja, ich – ich bin's«, flüsterte sie. Sie beugte ihr Gesicht nah auf das seine nieder, strahlte ihn mit ihren Augen an, ungeduldig, ihn aus der Ferne seiner Träume zurückzuholen. »Mareiling«, sagte er und lächelte matt; aber gleich wieder schloß er die Augen, und das Gesicht nahm wieder den ältlichen, mißmutigen Ausdruck an; dabei rückte er ein wenig von Mareile fort.
Die Nachtstunden verrannen. Die Straße war verstummt. Die Uhren schlugen durch das stille Haus. Es mochte vier Uhr sein, als Günther wieder zu trinken verlangte. Mareile bediente ihn. Günther sagte etwas, Mareile verstand ihn nicht. »Was sagst du, Liebster?« mußte sie fragen; da wiederholte er es ungeduldig: »Ist Beate noch nicht da? Warum kommt sie nicht?« Da Mareile nicht antwortete, ließ er lustlos und enttäuscht seinen Kopf zurücksinken und schloß die Augen. Als der Morgen über den Dächern zu grauen begann, stahl Mareile sich lautlos aus dem Krankenzimmer. Was half es ihr? Nahm der Tod ihn nicht von ihr, so tat es das Leben; sie mußte der anderen Platz machen.
Beate saß unterdessen im Wagen des Zuges, der sie nach Berlin brachte. Es war heiß und beklommen darin. Hinter den befrorenen Fensterscheiben stand eine schwarze Nacht, in welche die Lokomotive ihre Wolken goldener Funken hinauswarf. Zwei ältliche Damen im Coupé sprachen von einer Bertha, einem Schwiegersohn, der eine Emilie nicht verstand.
Gleich nach Empfang des Telegramms, das Günthers Verwundung meldete, war Beate abgereist. Günther war krank – sie mußte zu ihm, das war klar und selbstverständlich; hier brauchte Beate nur mit Mitleid und Pflicht zu rechnen, und das verstand sie. Jetzt, in der Stille dieser Nachtfahrt aber, wagten sich seltsame Gedanken hervor. Sie waren schlecht,

und Beate fürchtete sich vor ihnen – allein, sie waren da und gehörten zu ihr. Stirbt Günther, dann – ja dann war ihr Leben wieder verständlich und klar. Wents Leben drohte kein Schatten mehr. Sie floh vor diesem Gedanken; aber er kam immer wieder. Das Stampfen des Zuges sprach davon, deutliche Bilder kamen; der Katafalk im Ahnensaal, Blumen, Kerzen, deren Flammen bleich und durchsichtig im weißen Schneelichte standen, das durch die hohen Fenster einfiel. Sie selbst im Trauerkleide, Went auf ihren Knien, einsam in dem alten Kaltin, das wieder seinen Frieden und seine Heiligkeit zurückgewonnen hatte. Beate fuhr auf. Gott, was war es denn, das in ihr so denken, so fühlen durfte? Aber kaum schloß sie die Augen, so kamen die Bilder wieder.
Frühmorgens langte Beate in Berlin an. Im Hause in der Wilhelmstraße schlief noch alles. Sie ließ sich in das Krankenzimmer führen, und dort, auf demselben Stuhl, den Mareile eben verlassen hatte, wartete sie auf Günthers Erwachen. Als er seine Augen aufschlug, sah er Beate an, anfangs teilnahmlos, dann jedoch kam ein zufriedener Ausdruck in das hagere Gesicht. »Näher«, flüsterte er, seufzte einen tiefen Seufzer der Erleichterung und drückte seinen Kopf tiefer in die Kissen, als könnte er nun ruhig einschlafen. Beate rückte näher heran. Alles Fremde in ihr war fort. Ihre Seele wandelte wieder auf bekannten, reinen Pfaden.
Günthers Krankheit zog sich lange hin. Die Ärzte fürchteten die Folgen der Verwundung. Günther nahm Beates Pflege freundlich und wie etwas selbstverständlich ihm Zukommendes entgegen. Das Leben ging wieder seinen hübschen, geordneten Gang. Stundenlang, wenn sie Günthers Schlaf bewachte, konnte Beate müßig in das Flirren der großen, weißen Flocken hinaussehen. Die weiße Decke, die sich über die große Stadt breitete, gefiel ihr, so wollte sie es, kühl und rein; verwischen und verdecken. Mädchenträume von Liebe und Glück, einst beunruhigend wie Frühlingsnächte, schienen jetzt sehr fern. Sie wollte sichere, reine Wege, wollte die Luft, die zu atmen sie gewohnt war.

Als nach einigen Wochen das Ehepaar Tarniff von der Kaltiner Station nach dem Schlosse fuhr und die erleuchteten Fenster zwischen den verschneiten Bäumen in der Winterdämmerung ihnen entgegenleuchteten, da war es Beate, als hörte sie die Stimme ihrer Mutter, die mühevolle Stimme der Sterbenden, die die Worte eintönig und langsam sich folgen läßt, als spräche sie mit jemandem, der weit fort ist. »Warten – warten – sie kommen zurück.« So war es. Er war gekommen, wund, vom Leben besudelt und gebrochen.
Es war Frühling geworden. Günther saß in seinem Zimmer am Fenster

und schaute hinaus. Er war müde. Die Frühlingsluft griff seinen geschwächten Körper an. Die nassen Wege blitzten in der Sonne. Der Teich glitzerte hartblau. Die Enten trieben sich auf dem Hof umher und freuten sich, daß die ganze Welt ein Tümpel war. Das interessierte Günther alles. Ein angenehmes Herren- und Eigentumsgefühl stieg von diesem Hofe zu ihm auf. Es war, als schnatterten die Enten im Chor: »Dein – dein.«

Peter kam und überreichte einen Brief. »Ein Junge aus Lantin hat ihn gebracht. Er wartet auf Antwort.«

Gleichgültig öffnete Günther den Brief, dann nahm sein Gesicht einen erschrockenen, gequälten Ausdruck an. »Was stehst du und guckst mir auf die Nase?« fuhr er Peter an. Aha! dachte Peter und ging.

Der Brief enthielt wenige Zeilen von Mareiles Hand. »Ich bin in unserem Häuschen, und ich erwarte Dich heute abend. Was auch wird, ich muß Dich sehen.« Günther legte den Brief vor sich auf den Tisch und schaute wieder auf den Hof hinaus. Aus diesen Schriftzügen schlug ihm jene schwüle Liebesluft entgegen, die ihn einst so beglückt hatte und die zu atmen ihm jetzt weh tat. Es war ihm, als wollte jemand ihn aus der Ruhe seines kühlen Zimmers hinauslocken auf eine abenteuerliche, heiße Wanderschaft. Schon der Gedanke daran machte ihn müde. Nein, nur das nicht. Er konnte nicht zu Mareile gehen. Er wollte ihr schreiben. Natürlich mußte es ein Wort sein, das wie das Schlußwort einer Tragödie klang; etwas, wie ein schwerer, schwarzer Vorhang, der auf ihre Liebesgeschichte niederfällt. Gut! Aber was denn? Er fühlte sich so faul! Eben noch hatte er so gemütlich den Enten zugeschaut, und nun kam dieses. Er ging an den Schreibtisch und begann zu schreiben: »Liebe Mareile! Ein großer Mann hat gesagt ...« Er besann sich. Welcher große Mann – und was hat er gesagt? Das war nichts. Er zerriß das Blatt.

»Liebe Mareile!« begann er wieder. »Alles, was wirklich schön ist – welkt – die Blume, die Jugend – die ...« Unsinn, wieso? Wütend zerriß er wieder das Blatt. Gott, wie reich an Bildern und kostbaren Gedanken war er früher gewesen, und jetzt nichts. Wie war das doch – das mit den Festtagen des Lebens – und mit der Dämmerung, für die die stillen, weißen Frauen sind. Daraus ließ sich vielleicht etwas machen. – Nebenan im Wohnzimmer wurde ein Tanz auf dem Klavier gespielt. Das war Beate, die für Went zum Tanz aufspielte. Günther sah dem gern zu. Es war zu hübsch, wenn so das blonde Figürchen, von den Enden der breiten, roten Schürze umflattert, sich langsam im Sonnenschein drehte.

»Ach was!« sagte er sich und schrieb eilig: »Liebe Mareile! Wenn ich nicht komme, so ist es, weil ich glaube, daß es besser für Dich und für mich ist. Die Erinnerung an das Glück, welches Du mir gegeben, wird mir mein Leben hindurch ein teurer Schatz sein. G.« Er überlas das Geschriebene, verzog die Lippen. War das glatt! Na, nichts zu machen.

Mareile war von der vorletzten Station vor Kaltin in einem Mietwagen in Lantin eingetroffen. Frau Kuhlmann freute sich, wieder etwas Geheimnisvolles unter der Hand zu haben. Sie setzte Mareile eine Mahlzeit vor, ging in die Türkenbude, um ein wenig abzustäuben, und füllte die weiße Salatschüssel mit Anemonen und Himmelschlüsseln.
Mareile saß in dem Türkenhäuschen und wartete. Die jungbelaubten Birken dufteten stark zu ihr herein. Im Walde rief der Kuckuck. Ihr Gesicht hatte eine strenge, fast scharfe Reinheit der Linien erhalten, die es älter erscheinen ließ. Sie war ganz ruhig. Sie war gekommen, ihr Eigentum wieder an sich zu nehmen, und hielt sich für stark genug dazu. Günther konnte ohne sie nicht leben; wer sie besessen hatte, mußte krank vor Verlangen nach ihr sein und konnte sich nicht mit den bleichen Beaten zufrieden geben. Er wäre fast für sie gestorben. Er gehörte ihr. Er würde kommen.
Es raschelte im Gemach. Mareile schaute auf. Da stand der rothaarige Junge des Hirten, lachte über das ganze, erhitzte Gesicht und hielt ihr einen Brief hin. Mareile las die flüchtig hingeworfenen Zeilen, dann legte sie das Blatt auf das Fensterbrett. Sie schaute sich nach dem Jungen um, aber er war fort. Er hatte sich gefürchtet, »weil die Dame so weiß im Gesichte geworden war«, berichtete er der Frau Kuhlmann.
Lange saß Mareile unbeweglich da. Die Sonne ging unter. Zwischen den Stämmen des Waldes glomm ein rotes Feuer. Über den Wipfeln ließ sich der pfeifende Flug der Wildenten hören, die vom See zu den Waldtümpeln zogen.
Mit weit offenen Augen starrte Mareile in den Abend hinaus, Augen, die nichts zu sehen schienen, nur die Strahlen der Abendsonne widerspiegelten und mit der Dämmerung dunkler wurden. Große Tränen rannen dabei über das regungslose, weiße Gesicht.
Anfangs war es ein hilfloses, schmerzhaftes Vermissen, das sie quälte, ein unerträgliches Verlangen nach Günther. Es fror sie nach seinem begehrenden Blick. Ein jammervolles Gefühl der Verlassenheit sank schwer auf sie nieder. Von außen ertönte eine Stimme: »Guten Abend, gnädige Frau!« Eve Mankow stand vor dem Fenster, stützte den Arm auf den Fensterrahmen und schaute zu Mareile hinein. Einen starken Duft von jungem Birkenlaub brachte sie mit, denn ihr alter Strohhut war ganz mit Birkenzweigen besteckt. Die grellen, runden Augen musterten Mareile

neugierig. »Guten Abend, Eve«, erwiderte Mareile. Die Gegenwart des großen rothaarigen Mädchens tat ihr wohl.
»Er is nich gekommen?« fragte Eve.
»Nein«, sagte Mareile mechanisch.
Eve nickte. »Ich wußte, er wird nich kommen. So is schon. Die da im Schloß hat ihn nu wieder.« Eve schwieg eine Weile und sann, dann fragte sie: »Was werden Sie tun? Werden Sie ins Wasser gehn?«
»Ins Wasser?« wiederholte Mareile, »warum fragst du das?«
Eve zuckte mit den breiten Schultern. »Na so. Ich wollte auch ins Wasser, als Sie ihn mir wegnahmen.«
Aufmerksam beugte Mareile sich zu dem Mädchen hinaus. »Sag', Eve, wie – wie war das?«
»Na ja«, berichtete Eve, »als er mit Ihnen ging ... ich hockte dort unter dem Haselnußstrauch, wenn Sie mit ihm hier drinnen waren. Ja, na zuerst dacht' ich, ich schieße Sie tot.«
»Aber?« fragte Mareile gespannt.
»Man will – man will«, meinte Eve, »na, und dann is die Courage nich da.«
»Und das mit dem Wasser?«
Eve lachte. »Ja, da wollt' ich auch 'rein. Zum schwarzen Auge ging ich. Sie wissen, das runde, schwarze Wasser unten im Sumpf. In der Mitte is es tief – tief. Nacht war's. Und der Mond war hell. Na ja! Wenn's dunkel is, dann gruselt's einem vor solchen Geschichten. Da ging ich nu – rein. Am Anfang ging's ganz gut. Wasser kam kalt an die Beine. Aber wie's nu tiefer wurde und das Wasser an den Bauch und die Brust 'rauf wollte, nee – nee – da –« Eve schwieg.
»Da?« fragte Mareile.
»Ich konnt's nicht. Sterben, nee, das versteh' ich nich.« Eve schüttelte sich, so daß die Birkenzweige um ihren Hut schwankten.
Die Dämmerung war vollends auf den Wald herabgesunken. Die Nebel stiegen aus den Wassern auf und spannen sich langsam über die Wiesen hin. »Gute Nacht«, sagte Eve leise und verschwand in den schwarzen Büschen. Mareile sann lange noch in die Dunkelheit hinein, bis alles um sie her wunderlich gespenstisch und unwirklich schien – ihr Leben – das Schloß – Günther – sie selbst. Ein Fiebertraum mit grellen Bildern, die ihr weh taten – und dann sah sie wieder die rote Eve im Mondschein in das schwarze Wasser steigen. Mareile begann sich zu fürchten.
Es war schon Nacht, als Mareile das Parkhaus verließ. Große Sterne hingen in den wirren Schöpfen der Föhren. Der Wald rauschte gleichmäßig und sachte, daß es wie der Atem eines starken, schlafenden Lebens klang. Mareile blieb stehen und lehnte sich an eine Tanne, drückte ihre

Wange an den Stamm, der kühl war und nach Harz duftete. Dort am Ende der langen Waldlinie, ganz fern, lag Schloß Lantin mit seinen erleuchteten Fenstern, ein kleines, blankes Spielzeug, in all der ruhigen Dunkelheit. »Sterben, das versteh' ich nicht«, hatte Eve gesagt. Nein, sterben, das verstand auch Mareile nicht, und noch um die dort. O nein! Und sie erhob ihre kleine, festgeballte Faust drohend gegen das blanke Spielzeug dort unten in der Ferne.

(1903)

DER BERUF

Der alte Jahne, der Gemeindeabdecker, war gestorben und wurde bestattet. Die Beerdigung war groß und feierlich. Die ganze Gemeinde in Sonntagskleidern erschien auf dem kleinen Friedhof. Der Gutsherr hatte reichlich Branntwein gespendet. Der Schulmeister hielt am Grabe eine Rede. Er sprach davon, wie treu Jahne sein Amt verwaltet hatte; wie Gottes Segen auf seiner Arbeit geruht; wie er von allen geliebt und geachtet worden war. Die Frauen weinten, die Männer nickten andächtig. Recht hatte der Schulmeister! Jahne war ein guter Mensch gewesen. Durch dreißig Jahre hatte er die gefallenen Tiere abgezogen, die Kloaken gereinigt und den Komposthaufen im Gutshofe gebaut. Was wäre aus der Gemeinde ohne Jahne geworden! Gern gab jeder ihm, wenn er kam, Branntwein und gut zu essen und das Geld für die Arbeit. So war Jahne ein geachteter Mann und hatte ein hübsches Einkommen. Zwar durfte er nicht mit den andern an demselben Tische essen, durfte das Brot nicht anfassen, nicht aus dem Kruge trinken oder in dem Bette eines anderen schlafen. Na ja! Das war mal so. Das brachte das Handwerk mit sich. Eine hübsche, helle Maisonne schien zu des alten Jahnes Bestattung. Der Friedhof war grellgrün von dem jungen Grase. Auf den Gräbern standen Anemonen, weiß wie Milchpfützen. Nach der Feierlichkeit saßen die Frauen noch ein wenig auf den sonnenwarmen Steinen der Friedhofsmauer, sonnten ihren Putz und schwatzten. Bille, die Frau des roten Jehze, führte das große Wort. Seit gestern war sie ja Frau des Neuen Abdeckers. Das erhitzte Gesicht mit den runden Augen, der Stumpfnase, dem lippenlosen Munde, glich einem rosa Totenköpfchen und glänzte vor Stolz: »Ja, Glück habt ihr gehabt«, sagte die Hofes Wäscherin. »Klug muß man sein«, meinte Bille. »Gleich, als der Jahne krank wurde, sagte ich zu Jehze: Du nimmst die Stelle. So'n Mann is ja dumm! Nein und nein, er hat nich' das Herz dazu. Hat denn der Jahne mit dem Herzen gearbeitet?« Alle lachten. »Na –« fuhr Bille fort, »ich bin zum Herrn gegangen und habe gesagt: Jehze bittet um die Stelle. Der Herr war froh, denn er hält große Stücke auf den Jehze.« – »Was sagte der Jehze dazu?« fragte die alte Marri. – »Er schimpfte und schlug mich«, erwiderte Bille, »aber, da half nichts; fest ist fest. Wenn der Herr einem die Ehre antut, kann einer nich' nein sagen.« – »Leichte Arbeit und *die* Einnahmen«, meinte die Wäscherin, »nu ja, mehr als beim Wäschewaschen kommt dabei schon raus.«

Jehze kam langsam auf die Sprechende zu; kurz, breit, den großen Kopf tief zwischen den Schultern, das Gesicht voll roter Haare. Er lehnte sich an die Mauer, drehte eine Anemone zwischen den Fingern und murmelte: »Blumchen, Blumchen.« – »Von eurem Glück sprechen wir«, sagte Marri. Jehze kratzte sich den Kopf: »Ja, Glück –« meinte er, »es gibt verschiedenes Glück.« – »Nein«, schloß Bille streng die Unterhaltung, »Glück is Glück, und Arbeit is Arbeit. Seidene Strümpfe kann nich' jeder zu stopfen kriegen.«

Endlich brach man auf. In der Knechtskaserne, bei Katte, der Tochter des Verstorbenen, war ein Festessen angerichtet. Allen voran ging Bille, sehr aufrecht in ihren bunten Tüchern, lächelnd. Es war heute auch ein wenig ihr Ehrentag. In der kleinen Knechtsstube setzten die Gäste sich an den weißen Brettertisch. Jehze, in seiner stillen, befangenen Art, ging auch an den Tisch, setzte sich auf die Bank und wischte sich die Lippen. »Nee, Jehze – hier nicht«, rief Katte, »dein Tisch is dort«, und sie wies auf die Fensterbank, wo Bille schon thronte. Alle lachten. »Der kennt seine Krippe noch nicht«, hieß es. Jehze wurde sehr rot, erhob sich und schlich zu der Fensterbank hinüber. »So«, sagte Katte, »hier is dein Brot und dein Fleisch und dein Glas; alles für dich separat, wie für'n Grafen.« – »Wie denn anders«, meinte Bille. Das Essen begann, es wurde still im Gemache. Plötzlich erscholl Billes scheltende Stimme: »Was is nu? Warum ißt du nicht?« Jehze war aufgestanden. Er zog den Kopf noch tiefer zwischen die Schultern; dabei haute er das Brot auf die Fensterbank. »Wenn ich nicht kann, so kann ich nicht«, brachte er mühsam hervor, »so nicht – wie – wie – ein Gespenst.« Dann spie er aus und eilte – wie gejagt zur Türe hinaus. Alle hielten im Kauen inne. Dann brach ein schallendes Gelächter los. »Is der dumm!« – »Na ja – die Männer sind so«, meinte Bille, »er wird sich gewöhnen. An was Gutes gewöhnt sich jeder.« Damit band sie Jehzens Brot und Fleisch in ein rotes Tuch ein.

(1903)

HARMONIE

Die Station war zwei Stunden von dem Schloß entfernt. Als Felix von Bassenow sich dort in seinen Wagen setzte, war die Sonne im Untergehn. Felix drückte sich behaglich in die Wagenecke und zog die Reisedecke über die Knie hinauf. Die nordische Frühlingsluft fühlt sich ein wenig scharf an, wenn man von dort unten aus der Sonne kommt: »Sieh – sieh!« dachte er, »hier sind ja auch Farben!« Die Wolken am letzten Abend in Amalfi waren nicht blanker gewesen, als er auf der Hotelterrasse stand und die kleine Engländerin neben ihm immer wieder: O – luck – luck sagte und ihn mit ihren seltsam wassergrünen Augen ansah, als meinte sie nicht den Himmel, sondern sich selbst. Aber beruhigter war es hier, und der Duft! Teufel! Man wagte kaum seine Zigarre anzustecken.

Der Wagen fuhr durch Felder hin. Ebnes, grellgrünes Land, über das seidige, blaue Schatten hinschillerten. Leute kamen von der Arbeit. Sie mochten Gerste gesät haben. Langsam ging einer hinter dem andern her, graue Gestalten, denen das Abendlicht die Gesichter rot malte. Weiber standen am Wege in ihren farbigen Kamisolen, sehr bunt und schwer in all dem Grün. Sie schützten die Augen mit der Hand und schauten dem Wagen mit einem starren Lächeln nach.

Felix freute sich, das wiederzusehen. Aber es war unterhaltend – wenn er die Augen schloß, war all das fort, und ganz andere Bilder drängten heran, Stücke von Bildern, kleine, grelle Visionen, die nicht zur Ruhe kommen konnten, wie wirr durcheinanderfuhren, wie aufgescheucht. Immer viel tiefes Blau, gewaltsames Licht über großen, starren Linien. Ein roter Blütenzweig auf dem gelblichen Atlas einer Felswand. Die Berührung eines Frauenkörpers, einer Haut, in die es sich wie Bernstein mischte. Der leidenschaftliche Mißton eines Kamelgeschreies in der Stille einer ganz blauen Nacht.

Wenn er dann wieder die Lider aufschlug, erschien das grüne Land, über das rote Lichter hinstrichen, in seiner Stille und Kühle fremd und unwahrscheinlich. Er mußte darüber lächeln, wie all diese Bilder in ihm stritten, um für ihn wirklich zu sein.

Die Abendlichter verblaßten. Der Weg führte jetzt durch den Wald. Unter den Bäumen war es finster. Hier und da leuchtete ein weißer Birkenstamm aus dem Schwarz des Nadelholzes, darüber wurde der Himmel farblos und glasig. Die bleiche Dämmerung der Frühlingsnacht sank auf die dunklen Wipfel nieder. Es war sehr ruhevoll. Dennoch schien es, als kämen sie im Walde, in dieser Luft, die erregend voll der bitteren Düfte von Knospen und Blättern hing, nicht recht zur Ruhe: ein Flügelrauschen, der verschlafne Lockton eines Vogels. Heimlich knisterte und flüsterte es im Dunkeln. Sehr hoch im weißen Himmel erklang noch das gespenstische Lachen einer Bekassine, und plötzlich begannen zwei Käuze einander zu rufen, leidenschaftlich und klagend.

Etwas wie heimliche Brunst atmete all das aus. Die beiden blonden Burschen auf dem Kutschbock, die abstehenden Ohren sehr rot unter den Tressenmützen, fingen an miteinander zu flüstern und zu kichern. Weit fort hinter dem Walde begann ein Mann zu singen, eine eintönige Notenfolge, ein langgezogenes, einsames Rufen.

Felix saß regungslos da. Die Lippen halb geöffnet, atmete er tief. Alles Fremde war fort. Er war zu Hause. Bei jeder Biegung der Straße wußte er, was nun kommen würde, und nun wußte er auch, daß er sich danach gesehnt hatte. Er hatte es satt, durch die Welt zu fahren, nur ein Gefäß für fremde Eindrücke, immer sich mit Schönheiten füttern zu lassen, die ihn nichts angingen, immer nur das zu haben, was alle andern auch hatten, nie die Hauptperson zu sein. Er wollte wieder Arbeit, Verantwortlichkeit – Befehlen, wieder Herr – etwas wie der liebe Gott sein, wollte es spüren, wie seine laute Stimme den großen, blonden Bauernjungen in die Glieder fährt.

Auf einer Waldlichtung stand der Waldkrug. Durch die kleinen Fensterscheiben schielte etwas unreines, rötliches Licht in die Mainacht hinaus. Die Krugsleute saßen vor dem Hause auf einer Bank, die Hände flach auf die Knie gelegt. Im Garten blühte der Faulbaum. Sein gewaltsamer Duft benahm fast den Atem.

Der Wagen hielt vor dem Krug. Hier sollten die Pferde sich verschnaufen. Der Kutscher und der Diener bekamen Bier. Das war alte Gerechtigkeit.

Die Wirtin brachte das Bier. Sie stand wartend neben dem Wagen, eine junge Frau, groß wie ein Mann. Sie legte die Hände flach auf ihren mächtigen, gesegneten Leib und schaute aus den blauen Augen Felix schläfrig und unverwandt an, als sei er eine Sache.

Der Wirt trat heran, im roten Gesicht viel blondes Bartgestrüpp. Er begrüßte den Herrn und berichtete. Ja, er hatte die Tochter des früheren Krügers geheiratet. Der Alte war gestorben. Die Mutter lebte noch, aber war zu nichts mehr nutze. Das Land war schlecht. Rehe kamen heraus und taten den Feldern Schaden. Was konnte man machen!

Zerstreut hörte Felix der knarrend forterzählenden Stimme zu und schaute dabei zu der hohen Werfschaukel hinüber, die neben dem Kruge

aufragte. Auf dem schmalen Brett standen ein Mädchen und ein Bursche, Brust an Brust und schaukelten. Immer wieder flogen die beiden schwarzen Figürchen in den dämmerigen Himmel hinauf und fielen immer wieder in den Schatten zurück, rastlos und schweigend.
Als Felix weiter fuhr, wollte er an dieses Bild denken, das beruhigte und machte ein wenig schläfrig, allein jetzt kamen andere Gedanken, Gedanken, die die ganze Zeit über da in ihm gewartet hatten, daß sie an die Reihe kämen.
Solche Frühlingstage waren es gewesen, als er vor zwei Jahren seine junge Ehe begann. Die Ehe hatte er sich immer hübsch gedacht, aber er hatte es nicht gewußt, daß sie so unterhaltend sein konnte. Es war zu merkwürdig, dieses kleine Mädchen mit dem schmalen, geistreichen Gesicht immer bei sich zu haben, zuzusehn, wie selbstherrlich dieses halbe Kind das Leben für sich zurecht bog, alles ruhig fortschob, was ihm nicht recht war, genau wußte, wie es das Leben wollte: »Nein, ich danke, das ist nicht für mich.« Damit tat Annemarie alles ab, was nicht zu ihr stimmte. Der echte, letzte Sproß einer Rasse, die immer davon überzeugt gewesen war, daß für sie die Auslese des Lebens bestimmt sei. Annemariens Vater, die Exzellenz, hätte auch um keinen Preis einen Wein getrunken, der ein wenig nach dem Korken schmeckte, und ihm schmeckte ein Wein sehr leicht nach dem Korken. Auch von ihm, ihrem Mann, konnte Annemarie nur eine Auslese gebrauchen, sie sah das, was ihr an ihm gefiel, das andere wies sie ab mit dem leichten, ein wenig grausamen Zucken der Lippen, das er fürchtete. Gott! er hatte sich oft höllisch zusammennehmen müssen, um so zu sein, wie sie ihn sah.
Zwischen den hohen Föhren war es dunkel und feierlich still. In dieser Dunkelheit sah er Annemarie so deutlich wie eine Vision, das weiße Körperchen mit den abfallenden Schultern, den feinen Gelenken, den kleinen, spitzen Brüsten, diese Haut, die bleich und glatt war wie Blätter von Blumen, die im Schatten blühn.
Aus Bildern hatte er sich nie viel gemacht. Man steht einen Augenblick davor und dann ist es gut. Aber in Rom, in einer Galerie, war da ein Bild gewesen, zu dem er öfters gegangen war. Da saß auch solch ein kleines, schmales Mädchen, eine Danae, stand im Katalog, auf einem blauen Lager, und das hatte auch den kühlen Perlmutterglanz auf den schmächtigen Gliedern, und das nahm die Liebe des Gottes mit einer vornehmen Selbstverständlichkeit hin, wie etwas Hübsches, das ihm zukäme. Vor diesem Bilde hatte er an Annemarie gedacht.
Zwischen den schwarzen Wänden der Föhren schien es wärmer. Der Frühling duftete hier schwüler. Felix' Lippen wurden heiß, in seinem

Blute fieberte wieder das köstliche Gefühl, das ihn ergriff, wenn er Annemarie in die Arme nahm – das Gefühl, etwas sehr Erregendes und Kostbares zu halten.

Aber, da war ja das andere, das Schreckliche gekommen, das Kind und der Tod des Kindes und diese grausame Krankheit. Annemarie kauerte auf ihrem Bette, die Augen angstvoll weit aufgerissen, und horchte hinaus und hörte Dinge, die sie schreckten, vor denen sie geschützt sein wollte und er wußte nicht wie. Oder sie saß stundenlang teilnahmslos da und spielte mit kleinen, weißen, blanken Sachen, Perlmutterdöschen und Messerchen, die Sachen konnten nicht weiß und blank genug sein. Sie wurde in ein Nervensanatorium gebracht, und Felix ging auf Reisen. Es war vielleicht herzlos, daß er reiste, aber er wollte von diesem Mitleid loskommen, das wie eine Krankheit an ihm zehrte. Selbst einen Schmerz ertragen, das ging, aber gegen Mitleid konnte er sich nicht wehren.

Jetzt war Annemarie gesund. Frau von Malten, ihre alte Freundin und Gesellschafterin, hatte geschrieben: »Sie ist ganz wieder unser lieber Engel wie sonst. Ein wenig zart und reizbar, aber wie gern schützen wir sie vor allem, was sie verletzen könnte.«

Die Lichter des Schlosses schimmerten schon durch die Parkbäume. Der frisch gestreute Kies knirschte angenehm unter den Rädern. Über der Haustür des Schlosses hing ein Transparent, auf dem »Willkommen« stand, und im Dunkel bewegten sich Gestalten und sangen einen Choral. Felix freute sich darüber. Ein angenehmes Herrengefühl kitzelte ihm das Herz.

Frau von Malten, in ihrem schwarzen Schleppkleide, das schwarze Spitzentuch um das scharfe, gelbe Gesicht, stand im weißen Türrahmen des Speisesaals und begrüßte Felix mit ihrer diskreten, ein wenig traurigen Stimme: »Willkommen! Gott segne Sie.« Hinter ihr war der Saal ganz hell. Die Goldborten flimmerten im weißen Getäfel.

»Und Annemarie?« fragte er.

»Annemarie schläft schon«, berichtete die diskrete Stimme, »sie darf noch nicht so lange aufbleiben. O! es geht ihr gut. Gott sei Dank!«

»– So – so.«

Während er auf das Essen wartete, ging Felix in der Zimmerflucht immer auf und ab. Überall war viel Licht und weiße Spitzenvorhänge. Es duftete nach Hyazinthen und Tazetten. Auf allen Tischen standen Schalen mit Frühlingsblumen. Und all das stand und wartete auf ihn. In einer Fensternische regte sich etwas. Da lehnte ein Mädchen, das ihn mit runden, grellblanken Augen neugierig ansah. Schweres, schwarzes Haar um ein

erhitztes, bräunliches Gesicht, das gewaltsam errötete. Ein rotes Kleid, in dem sich volle Glieder ungeduldig regten.
»Ah«, sagte Felix, »Sie sind wohl Mila – Mila, Frau von Maltens Pflegetochter?«
Mila verbeugte sich hastig.
»Ja – ja! ich weiß«, fuhr Felix fort, »Sie sind die, welche die angenehme Stimme hat. Meine Frau schrieb mir davon. Sie lesen ihr vor. Ach! sprechen Sie etwas, damit ich die angenehme Stimme höre.« Mila lachte und legte dabei den Handrücken auf den Mund wie ein Dorfkind. »So – so«, meinte Felix und ging wieder auf und ab. Das war auch gut, daß dieses Mädchen in der Fensternische ihm zuschaute. Er rieb sich vergnügt sachte die Hände, ging elastisch, ließ das Parkett unter seinen Schritten knacken. Ihm war ordentlich feierlich zumute.
Während des Essens saß Frau von Malten bei ihm und unterhielt ihn: »Neapel, ach ja! das mußte schön sein, das würde Annemarie gut tun: Sie hat viel Licht nötig. So war das Getäfel hier ihr zu dunkel, es mußte weiß sein. Ich schrieb Ihnen davon. Der alte Heinrich? Ach, der wurde entlassen. Die Augen wurden ihm rot und tränten ihm zuweilen, Annemarie mochte das nicht. O! er ist sehr glücklich. Er wohnt in dem Häuschen hinter dem Park. Meine Mila haben Sie gesehn? Ja, ein gutes Kind. Sie hat eine angenehme Stimme. Sie ist noch zuweilen etwas laut, das fällt Annemarie auf die Nerven. Gott! man möchte die ganze Welt für sie wattieren.« Frau von Malten zog die Augenbrauen ein wenig hinauf und sah Felix mit ihren trüben, grauen Augen ernst an. Ja, Felix kannte das, hinter den Elegien der guten Malten steckte immer eine Lehre. Sie betrachtete Annemarie wie eine Kirche, und sie war der Küster, der jeden an die Heiligkeit des Ortes zu erinnern hatte.
Und dann ging die Türe auf, und lautlos auf weißen Pantöffelchen kam Annemarie. In dem langen blaßblauen Nachtkleide sah sie größer aus, als Felix sie in der Erinnerung hatte. Die dunkelblonden Zöpfe fielen lang über den Rücken nieder. Sie mußte geschlafen haben, denn ihre Augen hatten den frischen Glanz von Augen, die eben erwacht sind.
Felix sprang auf, sehr erregt und ein wenig befangen: »Annemarie«, rief er, dabei hörte er es, daß seine Stimme innig klang, und es war ihm angenehm, die Arme leidenschaftlich auszubreiten. Er nahm die kleine, blaßblaue Gestalt vorsichtig an sich. Annemarie bog ruhig den Kopf zurück und ließ sich auf die Lippen küssen.
»Malten wollte mich ausschließen«, sagte sie und lehnte sich leicht gegen seinen Arm. »Ich sollte schlafen. Aber ich hörte deine Stimme. Eine Hausherrnstimme haben wir so lange nicht gehört.«

Die Malten bog den Kopf zur Seite und lächelte, die schmale Linie ihrer Lippen ein wenig schief verziehend.
»Jetzt mußt du essen, du Armer«, sagte Annemarie.
Felix setzte sich und aß. Annemarie stützte die Ellenbogen auf den Tisch, das Gesicht in die Hände und schaute ihm zu. Felix fühlte den aufmerksamen Blick der blauen Augen langsam über sich hingleiten. Sie sah sein Haar, seine Augenbrauen, seine Lippen an.
»Ach! Du trägst den Bart spitz geschnitten«, bemerkte sie. – »Ja. Gefällt dir das?«
»Ja – das ist hübsch. Immer noch die schönen, langen Wimpern.«
Er blinzelte ein wenig mit den langen Wimpern, um sie zu spüren. Dann begann er von gleichgültigen Dingen zu erzählen, von Zügen und Unannehmlichkeiten mit dem Gepäck, mit betrügerischen Droschkenkutschern. Er hörte sich selbst kaum zu. Der Wein ließ eine angenehme Wärme durch seine Glieder rinnen, die ein wenig schwer von Müdigkeit waren. Er fühlte das Bedürfnis, zärtlich zu sein, griff nach Annemaries Hand, die kühl und geduldig in der seinen lag, er beugte sich vor, um den Duft des dunkelblonden Haares einzuatmen, den feinen, frischen Duft nach Waldblumen, die unter Tannen wachsen.
»Und du«, sagte er, »sprich von dir.«
Annemaries Augenlider wurden schon schwer und der Blick wurde stetig, wie bei Kindern, wenn sie schläfrig werden. »Ich? Ach, mir geht's gut! Aber sprich weiter von diesen bunten Dingen, Eisenbahnen und Gepäck und Menschen. Ich sehe das alles ganz – ganz weit, und es ist angenehm, daß das so weit ist.« Felix lachte: »Ja, das ist angenehm – und – und« – er wollte etwas Poetisches sagen –, »und daß die Lapislazuli-Augen so nah sind.«
»Lapislazuli-Augen?« fragte Annemarie. »Ja – mit goldenen Äderchen darin.« – »So! das ist ja sehr schön«, schloß Annemarie die Unterhaltung. »Gehn wir schlafen. Ich führe dich zu deinem Zimmer.«
Vor seiner Tür umarmte er Annemarie. »Jetzt wollen wir sehr glücklich sein«, sagte er, und das kam wirklich ganz warm und geheimnisvoll heraus.
»O ja! natürlich werden wir glücklich sein«, erwiderte Annemarie. »Gute Nacht – Lieber.«
Felix lag in seinem Bette noch eine Weile wach. Erregter und gerührter hatte er sich das Wiedersehen zwar gedacht. Dennoch war ihm feierlich und wohlig zumute. Hier war man doch ein anderer als da draußen. Wie in eine blanke Perlmuttermuschel, wie Annemarie sie liebte, kroch man hier herein. Gut! man war zuweilen gewöhnlich und trivial auf Reisen

oder im Klub – aber eigentlich gehörte er hierher, das merkte er schon an den hübschen, reinen Gedanken, die ihn wiegten, als er sich im Bette, zwischen den Laken, die leicht nach Lavendel dufteten, ausstreckte.
Im Hause hörte er noch leise Schritte. Die Diener löschten die Lampen aus. Im Korridor raschelte eine Schleppe, und Frau von Malten flüsterte mit jemandem. Endlich wurde es ganz still. Draußen rauschte ein starker Frühlingsregen nieder. Dieses Rauschen sprach in Felix' Träume hinein, füllte sie mit einem weißen, blanken Niederrinnen, das kühl nach Waldblumen duftete, die unter Tannen blühen.
Am nächsten Morgen, eh Felix seine Zimmer verließ, ging er an das Fenster und schaute hinaus. Der Garten war ganz feucht und blank im hellgelben Sonnenschein. In der fetten, schwarzen Erde der Beete standen grellgoldene Krokus und dicke, dunkelblaue Hyazinthen. Ein leichter Wind trug ihm den Geruch der nassen Erde und der feuchten Knospen zu. Frauenstimmen ließen sich vernehmen. Annemarie, am Arm von Frau von Malten, ging den Gartenweg entlang, ohne Hut, unter einem blauen Sonnenschirm. Sie blieben an den Beeten stehn, beugten sich nah über die Blumen nieder, sprachen angelegentlich, lachten zuweilen, als hätte eine Blume einen Witz gemacht. Der alte Gärtner kam heran. Annemarie rief ihn, die klare, wohlausgeruhte Stimme erhebend: »Guten Morgen, lieber Gärtner. Hat es gefroren heute nacht?«
Der Gärtner erzählte undeutlich in seinen Bart hinein etwas von Rosen und Mäusen. Es schien Felix, daß er sehr lange an all das, an Rosen und Mäuse nicht gedacht hatte, und er fand es jetzt gut und hübsch, daß daran gedacht wurde.
Während des Frühstücks sagte Annemarie nachdenklich: »Am Vormittag gehst du wohl in deine Wirtschaft mit dem großen grauen Filzhut und den hohen Stiefeln. Wen du am Fenster vorüberkommst, sprich laut. Du kannst ja jemand schelten. Es wird angenehm sein, dich zu hören – Und dann kommst du zu uns –.« Ernsthaft rangierte sie ihn in ihr Leben ein. »Später kommen auch der Papa und Onkel Thilo – und so –«
»Heute zu Mittag sollte der neue Kandidat kommen«, meldete Frau von Malten leise.
Ach nein, Annemarie wollte das nicht: »Kandidaten haben feuchte Hände und Knöpfmanschetten.«
Felix lachte sehr laut darüber.
»Es ist garstig, daß ich das sage«, meinte Annemarie, »aber lachst du jetzt so?«
»Gott! wie's kommt«, erwiderte Felix ärgerlich.
Annemarie lachte, das Lachen, das sich so sorglos über das Gesicht

breitete, ohne die strenge Reinheit der Linien zu stören: »Natürlich! Du kannst ja hier lachen, wie du willst. Ich frage nur. Aber der Kandidat kommt heute nicht. Heute gibt es Krebssuppe, Waldschnepfen und pain d'ananas und wir trinken Sekt. Später im blauen Zimmer, in der Dämmerung, erzählst du von den fremden Gegenden. Die Nachtigall singt. Wir öffnen das Fenster und hören zu. So soll es heute sein.«

Frau von Malten hielt in ihrer Hantierung inne und hörte aufmerksam zu, nahm all das wie einen Auftrag entgegen, die Schnepfen, den Sekt, die Dämmerung und die Nachtigall.

Felix setzte den grauen Filzhut auf, zog die hohen Stiefel an und ging auf den Hof hinaus. Dort stand er, schlug mit dem Stock in die Wasserpfützen und schaute das Haus an. Sehr weiß stand es da im Mittagslichte mit seiner etwas renommistischen Attika. Die Fensterreihe flimmerte. Er sah, wie von innen Frau von Malten an den Fenstern hinging und die weißen Vorhänge niederließ. Ja, so war es immer, mit Annemarie war man stets in einer Welt für sich – einer Welt für sie, und stets war die Malten da, um die Vorhänge gegen die Außenwelt vorzuziehn. Gut! er war stolz darauf, zu der Welt hinter den Vorhängen zu gehören. Dafür hatte er immer viel übrig gehabt. Die Bassenows zwar waren von jeher mehr für das Ländliche gewesen, aber seine Mutter war eine Raafs-Pelsock gewesen und hatte sich mit seinem Vater oft gestritten, weil nichts ihr vornehm genug war. Daher hatte er sich auch sofort in Annemarie verliebt. Die Elmts waren so vornehm, daß sie kaum leben konnten. Sie starben auch aus. Der Onkel Thilo heiratete nicht, um der letzte Reichsgraf zu Elmt zu sein. Aussterben ist vornehm. Und jetzt, dachte Felix, konnte er ruhig das Bassenowsche in sich spazieren führen, später kam der übliche Tag, den Annemarie eingerichtet hatte – für das Raafs-Pelsocksche.

Pitke, der alte Inspektor, kam, die Nase sehr rot zwischen den weißen Haarsträhnen. Felix war jovial: »Na, mein alter Pitke. Man wird immer weißer. – Ja – jünger werden wir alle nicht.«

Sie gingen an den Ställen entlang. Der Kuhstall war voll von dem warmen Dampfe der großen, ruhenden Tiere. All das Gelb des Strohs nahm in der Sonne metalligen Glanz an. Man hörte die mächtigen Mäuler kauen und schmatzen und die Milch in die Eimer rinnen. Denn es war Melkstunde. Neben den Kühen hockten die Mägde, schwer und heiß wie die Kühe, mit den breiten Händen in die angeschwollenen Euter fassend.

»Das sind Herrschaften«, sagte Pitke und zeigte auf die Kühe – »fressen und sich bedienen lassen – was?«

Der fette Dunst der Tiere, der Milch, der Menschen legte sich warm und erschlaffend auf Felix. »Wie ruhig man hier wird! Man hat fast Lust, auch so unbewegt gleichmütig aus großen, starren Augen zu sehen wie die Kühe und still vor sich hinzukauen.« Als die Mägde mit wiegenden Brüsten, den vollen Milcheimer in der Hand, an ihm vorübergingen, bemerkte er: »Auch eine Rasse.« – »Faul sind die Luders, daher werden sie dick«, erwiderte Pitke.

Aber Felix hatte auch für sie was übrig! Seltsam! Aber hier mitten in all dieser ruhenden Kraft fühlte er sich auch stark. Er spürte die Breite seiner Brust, das Schwellen seiner Muskeln.

Als sie wieder in den Sonnenschein hinaustraten, stampfte Felix schwerer und breitbeiniger durch die Pfützen. Er fühlte das Gewicht seines Körpers. Pitke sprach von den Feldern, wies auf die grüne Fläche hinaus: »Dem da haben wir Kali zu fressen gegeben.« Plötzlich stockte er, dann fluchte er los: »Schockschwernot! Mischka! Teufel von Polacke!« Nicht weit von ihnen fuhr ein untersetzter schwarzer Kerl einen mit Ziegeln beladenen Wagen den nassen Weg entlang. Ein Rad des Wagens war in ein zu tiefes Geleise geraten, die Pferde mühten sich umsonst, den Wagen herauszuziehen. Der Knecht hatte den Peitschenstiel umgedreht und hieb in sinnloser Wut auf die Tiere ein.

Felix fühlte, wie es ihm heiß durch die Adern rann. Dann war er bei dem Burschen, packte ihn, hob ihn empor, schüttelte ihn, ja, es war ordentlich ein Genuß, diesen schweren Körper zu schütteln, zu spüren, wie er sich vergebens sträubte. Dann ließ Felix ihn los. »Geh, hol Leute«, sagte er, »geh!« schrie er ihn an.

Pitke lachte: »Das war sehr hübsch. Der hat den Herrn gespürt.«

Felix lächelte geschmeichelt. Er rieb sich die Hände, er fühlte an seinen Fingern noch das grobe Tuch des Rockes und die stahlharten Muskeln des Burschen.

Beim zweiten Frühstück erzählte Felix die Sache mit Mischka, erzählte angeregt, lebhaft: »So faßte ich ihn, so hielt ich ihn.« Plötzlich brach er ab. Es war ihm, als habe seine Erzählung keinen Erfolg. Annemarie beugte ihren Kopf auf ihren Teller nieder und bemerkte: »Mußt du das selbst machen. Kann nicht Pitke –«, dabei schaute sie sinnend auf seine Hände, als wären sie ihr in diesem Augenblick nicht sympathisch. Felix zuckte verstimmt die Achseln: »– Gott! ich tu das sehr gern zuweilen.«

»So, das war etwas anderes«, gab Annemarie höflich zu, »ja, es muß merkwürdig sein, wenn man so stark ist. Man sitzt ruhig, mit einemmal fällt es einem ein: mein Arm ist sehr stark, und dann muß man etwas heben, einen Tisch oder einen Mann. Thilo sagt, viele Herren sehen so aus, als ob sie immer nur an ihren schönen Bart denken. Aber manche sehen doch auch aus, als dächten sie immer an ihre Muskeln. Nicht wahr?«

Felix wollte auf diese Beobachtung nicht eingehn, er bemerkte vielmehr ironisch: »Thilo – ja der hat ja im Leben nichts anderes zu tun, als etwas zu sagen.«

Annemarie errötete: »Wieso? Er ist doch Abgeordneter.«

»Abgeordneter ist man doch auch nur, um etwas zu sagen.«

Es entstand ein befangenes Stillschweigen, bis Frau von Malten berichtete, die Equipage der Gräfin Proseck sei unten am Park vorübergefahren. Ob die Gräfin selbst darin saß? Und wohin mochte sie gefahren sein? Das blieb fraglich.

Das Frühstück ging zu Ende.

»Du weißt, jetzt mußt du tanzen«, sagte Annemarie zu Felix.

»Tanzen?«

Ja, der Arzt hatte ihr Bewegung verordnet, daher tanzte sie täglich mit Mila, Malten spielte. Aber jetzt hatten sie einen Herrn. »Mila, hol unsere Fächer und setzen wir uns in den Saal.« Der Saal war voller Sonnenschein. Das Licht brach sich in den Kristallen des großen Kronleuchters und übersäte die Wände mit kleinen Stücken Regenbogen. Annemarie und Mila saßen in den gelben Atlassesseln wie in schwergoldenem Licht. Felix tanzte zuerst mit Annemarie. Es war sehr genußreich zu fühlen, wie die Töne ihr in die Glieder fuhren, die ganze Gestalt mit Rhythmus erfüllten, selbst der schnellere Atem, der ihre Brust hob, schien im Walzertakt zu gehn. Dann kam Mila an die Reihe. Sie tanzte ein wenig schwer; kam sie in Schwung, so war der Schwung nicht leicht aufzuhalten.

»Le dos, Mila, tenez-vous droite«, rief Frau von Malten vom Klavier herüber. Aber wer konnte diesen wilden Mädchenkörper regieren!

Später in seinem Zimmer saß Felix müßig am Fenster und hörte dem Schrillen der Spatzen zu. Er hatte die Milchbücher durchsehen wollen, aber nun war es ihm ganz gleichgültig, wieviel Milch die Kühe gaben. Etwas tun, das war keine Kunst, da konnte man bald einen Tag hinbringen. Aber stille sitzen und an hübsche, helle Dinge denken, das ist Kultur.

Das Abendlicht lag wie rötlicher Staub in der Luft, über den Wipfeln der Parkbäume. Die Stare schlugen erregt und unermüdlich. Es war merkwürdig warm für die Jahreszeit. Die Glastüren des Saales standen offen. Die Gesellschaft ging auf der Veranda auf und ab und wartete auf das Mittagessen. Die Damen hatten sich hübsch angezogen. Annemarie trug ihr teerosenfarbnes, leichtes Seidenkleid und rote Monatsrosen im Gürtel. Mila war in Weiß mit einem großen, kindlichen Spitzenkragen. Felix lehnte mit dem Rücken gegen die Brüstung: »Geht – geht –« sagte er, »das sieht unwahrscheinlich gut aus.« Sie gingen langsam vor ihm auf und ab. »Heute ist es nicht schwer, hübsch zu sein«, bemerkte Annemarie –

»nicht wahr, Mila? Heute ist so 'ne Festluft. Ich merke das gleich beim Atmen, ob ein Fest in der Luft liegt.«
In der Ferne sangen von der Arbeit heimkehrende Arbeiter. Annemarie blieb stehen und lauschte.
»Jetzt sind die doch auch froh«, sagte sie, etwas Ungeduld in der Stimme, als widerspräche sie jemandem.
»Was werden sie nicht«, erwiderte Felix zerstreut.
»Nun also! Komm, gehn wir essen.«
Frau von Malten in ihrem schwarzen Atlaskleide legte bedächtig die Suppe vor.
»In der Tat! Frau von Malten versteht aus jeder Mahlzeit ein Fest zu machen«, bemerkte Felix höflich.
»Malten! O ja!« bestätigte Annemarie, »und das ist auch nötig. Essen wird so leicht langweilig oder schlimmer noch. Ich höre es sehr gern, wenn Malten von der Wirtschaft spricht. Da kommt nicht immer so was von Stehlen und so vor. Ich glaube, Mozart sprach von seinen Kompositionen so wie Malten von ihrer Wirtschaft.«
»So!« Felix hob den Löffel mit einem Krebsschwanz zum Munde und liebäugelte mit ihm: »Es gibt wohl Leute, die sich beim Essen nicht so leicht langweilen.«
Annemarie hatte ihren Teller geleert und lehnte sich befriedigt zurück: »Ach ja! die armen Leute, die wenig zu essen haben. Natürlich! ich weiß. Aber sonst. Als Kind – wenn die Eltern nicht zu Hause waren und Mrs. Flemmers herrschte, fand ich das Mittagessen immer alltäglich. Sie bestellte gern Sauerbraten mit Salzgurken. Das schmeckt ja ganz gut, aber es macht traurig. Mich macht Sauerbraten mit Salzgurken heute noch traurig.« Als der Sekt getrunken wurde, bekamen die Damen rote Flecken auf den Wangen und lachten über geringfügige Dinge. Felix fand es heute leicht, witzig zu sein.
Im blauen Zimmer brannte ein kleines Feuer im Kamin. Dort streckte man sich nach dem Essen in den großen Sesseln aus.
»Sonst las Malten jetzt die Kreuzzeitung vor. Es ist sehr interessant, sie weiß bei den Familiennachrichten alle Verwandtschaften.« Annemarie plauderte so ein wenig schläfrig vor sich hin: »Ach, Lieber, laß dich doch auch in den Reichstag wählen. Wenn Malten eine Rede von Onkel Thilo liest und da steht ›Heiterkeit links‹, dann sagt Malten immer ganz böse: ›Ils rirent, ils ne savent pas de quoi.‹«
Frau von Malten meldete: »Die Nachtigall hat angefangen.« Im Nebenzimmer wurde das Fenster geöffnet, die Diener wurden ermahnt, leise zu sein, und man hörte zu.

Annemarie lag regungslos da, die Hände im Schoß gefaltet, Mila schloß die Augen und öffnete die feuchten Lippen, als träumte sie angestrengt. Es war eine sehr leidenschaftliche Nachtigall. Wenn sie die Stimme steigerte, als schwelle ihr das Herz, klang es fast herbe, und dann wurden die Töne wieder süß und eindringlich. Felix streckte sich ordentlich vor Gefühl in seinem Sessel. Er hatte es selbst nicht geglaubt, daß soviel Gefühl in ihm stecke. Mila schlug die Augen auf, sah böse zum Fenster hinüber und sagte: »Ich seh sie.« Alle wollten nun den dunkeln Punkt im Fliederbusch sehn. Der Garten war weiß vom Mondenschein. Da hinaus mußte Annemarie. Es wurde nach Tüchern gerufen. Wenn Annemarie etwas wollte, hatte es Eile, als fürchtete sie, es könnte etwas dazwischen kommen. Sie nahm Felix' Arm und so gingen sie den Gartenweg hinab. Die Nacht war ungewöhnlich warm. Über der Wiese stand eine schwarze Wolkenwand, in der es unablässig wetterleuchtete. »Unser erstes Gewitter«, bemerkte Felix. Ja, Annemarie spürte das im Blut: wie ein kleines Fieber. Als ob da drin auch so was Goldnes kommt und geht wie in den Wolken. Ah! Sie bog ihren Kopf zurück, atmete tief: »Morgen werden alle Bäume blühen, alle weiß sein.«
»Tut dir das gut?« fragte Felix. Er fühlte die Zärtlichkeit in sich stark werden, fast schmerzhaft, wie Mitleid.
»Ja, gut. Heute war ein schöner Tag. Ich fürchtete mich eigentlich vor ihm.« – »Vor mir?«
»Vielleicht auch vor dir. Man weiß nie. Plötzlich kommt etwas – ist da und man will dann gar nicht mehr leben.« Annemarie lachte vor sich hin: »Seltsam ist's, so in die Sterne zu sehn. Schwindelig macht es. Ich seh, wie sie hängen und sich bewegen. Durstig macht es auch, man möchte es trinken. Nicht wahr? So ein Getränk müßte es geben – blau und gold und kühl. Ich werde Malten fragen, die kennt alle Rezepte.«
Felix beugte sich über das Gesicht, das zu den Sternen aufsah, und küßte es. Hinter den Berberitzenhecken, wo das Gesindehaus lag, erscholl das Aufkreischen einer Mädchenstimme, dann Männerlachen. Annemarie schrak zusammen.
»Die Stallburschen und die Milchmädchen«, erklärte Felix. »Die freuen sich auch dieser Nacht. Die regt sie auch auf.«
»Auch?« sagte Annemarie und richtete sich auf: »Ach ja, die haben ja da so ihre Sitten. Wollen wir tiefer in den Park gehn, dort wird es stiller sein.«
Im Park war das Schattennetz auf den beschienenen Wegen dichter. Der Teich schlief still und glatt. Das Mondlicht schwamm auf dem schwarzen Wasser wie goldenes Öl. »Hier müssen Veilchen in der Nähe sein, riechst du's?« fragte Annemarie.

»Ja«, sagte Felix, obgleich er nichts roch.
In dem Laube begann es zu flüstern und ein Windstoß fuhr in die Wipfel. Felix nahm Annemarie auf die Arme und lief dem Hause zu. Das Gewitter. Sie lag ganz still – nur einmal sagte sie: »Das ist gut.«
Als Felix später, durch das stille, dunkele Haus, zu Annemarie hinüber ging, fand er sie in dem weißen Zimmer, unter einer weißen Ampel, auf ihrem Bette sitzen, selbst ganz weiß, nur die Augen schienen fast schwarz in all dem Weiß und schauten ihm ruhig und sinnend entgegen.
»Danae«, dachte er. Dann fiel es ihm ein, ob er in seinem weißen Flanell-Nachtanzug mit den gelben türkischen Pantoffeln ihr nicht lächerlich erschiene.
Es war zehn Uhr nachts. Die anderen hatten sich früher zurückgezogen. Felix ging in sein Zimmer, stieß das Fenster auf und pfiff melancholisch in die Mondnacht hinaus.
»Hübsch, hübsch, aber hol's der Kuckuck«, murmelte er, »wie in 'nem Glasladen geht man hier herum!«
So heute abend wieder. Er war guter Laune gewesen, hatte Mila geneckt, Anekdoten erzählt, sich recht gemütlich gehen lassen, bis er gemerkt hatte, daß die Malten ergeben in den Schoß sah und Annemarie ihr gelangweiltes, spöttisches Gesicht machte. Was an ihm mißfiel, wußte er nicht. Man war früher aufgebrochen und ihm war die ganze Stimmung verdorben.
Alles hatte hier Nerven, alle Menschen, alle Möbel, alle Blumen. Er selbst bekam auch Nerven. War es denn natürlich, daß er hier saß und an seine eigene Frau dachte, wie als Knabe, wenn er verliebt war, nachts aus dem Fenster stieg, sich in den dunkeln Garten schlich, um unter den Pflaumenbäumen zu hocken, die kalten, taufeuchten Pflaumen zu essen und sich krank vor Liebe zu fühlen? Das war unnatürlich und unwahrscheinlich und mußte anders werden.
Ärgerlich schlug er das Fenster zu.

Als Felix abends von der Schnepfenjagd nach Hause kam, fand er seinen Schwiegervater und den Onkel Thilo vor. Die dicke Exzellenz mit dem rosa Gesicht und der gelockten, braunen Perücke begrüßte ihn, als hätten sie sich gestern erst gesehen. Thilo war förmlich, wie immer. Er sah prachtvoll aus mit dem klassischen Profil und dem seidigen, aschblonden Backenbart. Er lehnte sich in den Sessel zurück, schlug die schweren Augenlider nieder und erzählte Annemarie mit leiser Stimme eine Geschichte. – Annemarie hörte sehr aufmerksam zu, die Wangen leicht gerötet. Im Zimmer roch es nach Attkinsonschem Parfüm und englischen

Zigaretten. Beim Mittagessen erzählte die Exzellenz Bismarckanekdoten, die alle schon kannten, Thilo sprach mit Frau von Malten über einen Malten, der Gesandter in Bukarest gewesen war. Am Ende der Mahlzeit verließen die Damen die Tafel, und die Herren tranken alten Portwein. Wenn Thilo da war, folgte man dieser englischen Sitte.
Die Exzellenz begann sehr leise von Weibern zu sprechen: »Man darf das nicht verwechseln. Es gab drei Tänzerinnen: die Pepita, die Petitpas und die Petitia. Ich hab sie alle drei gekannt. Die Petitpas aß Schaltiere besonders viel, sie sagte, diese Tiere machen die Haut durchsichtig. Wenn man zu ihr ging, mußte man ihr Krabben mitbringen.«
Thilo strich vorsichtig seinen Bart: »Tänzerinnen«, meinte er, »sind gut auf der Bühne und hinter den Kulissen, wenn sie sich die Schuhe binden oder üben. Hübsches Fleisch bei der Arbeit. Aber wenn das ißt und spricht – nein.«
Felix erzählte nun seine Erfahrungen mit Tänzerinnen, die schienen jedoch Thilo nicht zu gefallen, er stand auf und ging zu den Damen hinüber.
Als Felix und sein Schwiegervater in das blaue Zimmer nachkamen, saß Thilo bereits zwischen Annemarie und der Malten und erzählte mit seiner leisen, singenden Stimme. Die beiden Frauen hingen an seinen Lippen und schauten auf, als die Herren eintraten, als würden sie in einer Andacht gestört. Die Exzellenz begann eine Patience zu legen. Felix setzte sich ein wenig abseits. Eine unbehagliche Verstimmung quälte ihn. »Nun, und deine Reise?« fragte ihn Thilo. »O! sehr hübsch«, erwiderte Felix. Jetzt wollte er erzählen: »Gerade um diese Zeit voriges Jahr in Capri. Vollmond von der einen Seite, auf der anderen der Vesuv mit einem riesigen Feuerbusch auf dem Kopf, das Meer, Neapel mit den Lichtern – unglaublich.«
»Capri«, sagte Thilo, »ist eine Theaterloge. Was wir von da aus sehn, kommt uns nicht wirklich vor.«
»Sehr gut«, flüsterte Frau von Malten.
»Amalfi ist mir auch lieber«, fuhr Felix fort. Er wollte sich seine Erzählung nicht fortnehmen lassen.
»Nach Amalfi solltest du mit deiner Frau reisen«, unterbrach ihn Thilo. »Als ich auf der Hotelterrasse saß – fehlte Annemarie geradezu, sie gehört da hinein, das ist ihr Hintergrund, das blauseidene Meer – und so –«
»Nur des Hintergrundes wegen?« fragte Felix spöttisch.
»Warum nicht?« meinte Thilo. »Wenn man seiner Frau eine Toilette kauft, die ihr steht, kann man auch eine Reise machen, um ihr den rechten Hintergrund zu schaffen. Ich habe dich dort sehr vermißt –« wandte er sich an Annemarie, die leicht errötete.

»Weiber sind ja genug dort«, murmelte Felix, mit dem deutlichen Bewußtsein, etwas Unpassendes zu sagen. Thilo zog die Augenbrauen empor. »Gott! ja! Wenn ich diese Damen da sah, dachte ich, die wagen denn doch ein wenig zu viel, wenn sie sich dort hinstellen!«
Felix lehnte sich in seinen Sessel zurück und sog an seiner Zigarre. Gut! wenn Thilo doch alles besser wußte und sagte, sollte er sprechen. Die Malten meldete die Nachtigall, und nun hörte man zu. Die Exzellenz klatschte zuweilen in die Hände und sagte: »Brava – brava!«
»Eine merkwürdige Nachtigall«, erklärte Thilo, »die singt, als hätte sie einen Konflikt hinter sich.«
»Ehekonflikt«, kicherte die Exzellenz. Felix lachte so laut auf, daß ihn alle ansahn.
»Ich denke«, sagte er, »daß es gut ist, daß wir nicht nach Ehekonflikten in den Fliederbusch steigen müssen und die Nacht durch singen.« Wirklich herzlich lachte nur Mila darüber.
»Mich rührt sie«, sagte Annemarie. »Sie singt – als ob sie sich fürchtete – vor etwas, das kommen könnte, wenn alles still und dunkel und sie allein ist.«
»Leisten wir ihr deshalb Gesellschaft?« fragte die Exzellenz.
Felix lachte spöttisch: »Ja, wir sind hier so weichherzig, daß wir nächstens neben jedes Vogelnest eine Nachtlampe hängen werden, damit die Vögel sich im Dunkeln nicht fürchten.«
Als die andern sich zurückgezogen hatten, saßen Thilo und Felix noch eine Weile beisammen und rauchten. Sie hatten sich nicht viel zu sagen.
»Du bist wohl froh, wieder zu Hause zu sein«, warf Thilo hin.
»Ja – o ja!« erwiderte Felix. Er hatte Lust, mehr zu sagen, diesem Manne, der alles wußte, den sie alle bewunderten und dem sie recht gaben, von sich zu sprechen. »Obgleich –«, begann er zögernd, »wenn das Leben einmal gewaltsam gestört ist, dann ist es nicht leicht, daß es gleich wieder – einfach – selbstverständlich wird.«
Thilo warf seine Zigarette in den Kamin und stand auf.
»Selbstverständlich?« wiederholte er – »Nein – das wird es wohl nicht sein. Und warum sollte es das auch? Gute Nacht.« – »Unangenehmes altes Orakel«, brummte Felix ihm nach.

Es war Felix, als rückte er von dem Leben seines Hauses weiter fort. Wenn er von draußen hereinkam, fand er, daß die andern sich gut unterhielten. Annemarie spielte vierhändig mit ihrem Vater oder man saß auf der Veranda und setzte ein Gespräch fort, dessen Anfang er nicht gehört hatte, man lachte über Scherze, die gemacht worden waren, als er nicht da war. Am Vormittage saßen Annemarie und Thilo im blauen Zimmer und lasen Dante. Wenn er kam, hielten sie im Lesen inne, er wurde nach der Wirtschaft gefragt, nach dem Wetter. Annemarie war freundlich, wie wir es sind, wenn wir uns glücklich fühlen. »Warum bist du nicht bei uns, Lieber? Ach, die dumme Wirtschaft!« sagte sie zerstreut. Die Mahlzeiten kamen, die Patience, die Nachtigall, Felix war einsilbig. Was half es, etwas zu sagen, wenn Thilo ihn unterbrach, um etwas zu sagen, das die andern viel besser fanden?

Wenn er in seiner Wirtschaft umherging, trieb es ihn immer wieder an das Gartengitter. Er sah Annemarie und Thilo die Wege entlang gehn, vor den Blumen stehen bleiben. Thilo sprach, und Annemarie bog den Kopf zurück, um ihn anzusehen. Sie lachten. Felix versuchte es, ihnen nah zu kommen, zu hören. Er versteckte sich hinter Büsche, selbst ganz erstaunt darüber, daß er das tat. Annemarie stellte sich unter die Obstbäume, die voller Blüten, wie Alabasterkuppeln sich über sie wölbten. Sie lächelte ihr sorgloses Lächeln, wiegte sich leicht, wie berauscht von all dem Weiß. »Jetzt kommt er!« rief Thilo. Es war der Wind, der kam. Er fuhr in die weißen Wipfel. Die Blütenblätter regneten dicht auf Annemarie nieder. Sie bog den Kopf zurück, stieß einen kleinen Schrei aus. Die Blätter fielen über ihr Gesicht, hingen sich in ihr Haar. Thilo stand dabei, den Bart voller Kirschblüten, schlug seine schweren Augenlider auf und sah das Bild vor sich mit wohliger Verträumtheit an. Er hatte sich dieses Spiel erdacht, nannte das Blütenbäder, die er Annemarie verordnet hatte.

Felix wandte sich ab und ging auf das Feld. Er setzte sich an den Wegrain. Vor ihm pflügte ein alter Mann mit einem alten Pferde Wickenland auf. Blank und schwer legten sich die Erdschollen um. Das Pferd und der Mann gingen müde und faul immer wieder das Stück Acker auf und ab. Das Land lag still unter der Mittagssonne da. Mitten im Felde blühte eine Weide, ganz bedeckt von weiß und gelben Puscheln, die süß nach warmem Honig dufteten. Der Baum war voller Bienen, so daß es klang, als singe er schläfrig vor sich hin.

Felix fühlte sich elend. Das lag ihm in den Gliedern, dem Herzen, der Kehle. Er wollte gar nicht darüber nachdenken. Die da drüben würden Gesichter machen, wenn sie wüßten, daß er hier saß und – und – eifersüchtig war. Der Schwiegervater würde lautlos lachen, Thilo würde die Augenbrauen hinaufziehen und aussehen, als wollte er sagen: »So etwas übergehe ich.« Und Annemarie? Ach Gott! ja! Er hatte Lust, einmal in dieses hübsche, glatte Leben einen Ton hineinzurufen, der sie alle aufhorchen machte.

»Wir wollen die Freuden des Landlebens genießen«, sagte die Exzellenz.

»Die Nachtigall und Milch, warm von der Kuh, haben wir gehabt. Jetzt wollen wir den Schnepfenstand und nasse Füße.«

Auf der langen Bankdroschke fuhr die Gesellschaft durch den Wald. Die Sonne schien rot durch die Tannen. Der Wald glich einer stillen, dämmerigen Stube, in der stark geräuchert worden ist.

An einem kleinen Sumpf wurde halt gemacht. Dort stand das vorjährige Gras gelb und struppig zwischen den schwarzen Wasserlachen. Vorsichtig mußte die Gesellschaft zwischen den verkrüppelten Kiefern und den kleinen, schlohweißen Birken von Hümpel zu Hümpel springen.

Felix stellte die Herren ab. Bei der Exzellenz blieb Frau von Malten, Annemarie bei Thilo und Mila bei Felix. Die Hände tief in die Taschen des grauen Paletots gesteckt, eine weiße Sportmütze auf dem Kopf, stand sie, ein wenig breitbeinig, da und schaute in die Höhe, wartete auf die Schnepfen. Sie sah dabei aus wie ein hübscher, etwas gewalttätiger Knabe. Böse schob sie die Unterlippe vor: »Wenn die da nebenan so laut sprechen«, bemerkte sie, »dann ziehen die Schnepfen hoch.«

Nebenan hörten sie Thilo sprechen und Annemarie lachen. Felix zuckte die Achseln, aber lauschte angestrengt hinüber.

Der Himmel wurde rosenfarben. Die Vögel begannen zu lärmen. Das rote Licht regte alle auf. Die Hunde in den Bauernhöfen bellten, nicht das traurige Bellen der Nachtwache, sondern ein lustiges Sprechen der Unterhaltung. Die Hüterjungen und Hütermädchen schrien aus Leibeskräften. Dann – wurde es still.

»Sie kommt«, meldete Mila.

Vom Walde her tönte das ölige Quarren. Die Schnepfe flog sehr schwarz gegen den blassen Himmel, über die Birkenwipfel. Auf Felix' Schuß fiel sie. In der Ferne ließ sich eine zweite vernehmen. Felix wandte sich dem Ton zu. Als er geschossen hatte und laden wollte, sah er Mila die angeschossene Schnepfe in der Hand halten. Die breiten Finger der anderen Hand schob sie unter die Flügel der Schnepfe und drückte die Brust des Vogels zusammen, ruhig und aufmerksam. Das Schnepfengesicht mit den blanken Augenperlen und dem langen Schnabel schaute unverändert, fast gemütlich vor sich hin. Allmählich schlossen sich die Augen, der Kopf neigte sich in einer müden, hoffnungslosen Bewegung.

»Was tun Sie da?« fragte Felix.

»So muß man's doch machen«, erwiderte Mila, warf den toten Vogel fort, steckte die Hände wieder in die Taschen und sah empor, wachsam wie ein Hühnerhund.

Felix schaute das Mädchen an. Teufel! das ist heißes Blut, dachte er – und angenehm leicht zu verstehen. Mila merkte, daß er sie ansah. Sie warf ihm

einen flüchtigen, blanken Blick zu – zeigte in einem kurzen Lachen ihre grellweißen Zähne: »Es kommt wieder eine«, meldete sie.
Es dunkelte schon. Man brach auf. Nebel flossen über den Sumpf. Erdkrebse begannen ihr helles, eintöniges Klingen an den schwarzen Wassern. Im Birkenwipfel hing ein Stück Mond.
»Komm«, sagte Felix. Nahm Annemarie an seinen Arm und führte sie über den Sumpf.
Annemarie war sehr angeregt: »Köstlich ist es; wie hübsch sie hier alle im weißen Nebel schlafen gehen! Und die kleinen Tiere, die an den Wassern singen!« – »Ihr lachtet viel?« fragte Felix.
»Ach ja! Thilo war auch köstlich!« erwiderte Annemarie.
Die Droschke fuhr durch den dunkeln Wald, wie zwischen hohen, schwarzen Wänden hin. Mila saß neben Felix und drückte ihre runde Schulter fest gegen seinen Arm. »Frech ist die Kröte«, dachte er, aber sie war wenigstens eine, die nicht nur darauf wartete, ob Thilo etwas Geistreiches sagen würde. So zog er seinen Arm nicht zurück. Da sagte Thilo schon mit seiner weichen Stimme, die so passend in die Frühlingsnacht hineinklang: »Ein merkwürdiger Tod, so 'n Schnepfentod! Man fliegt zum Stelldichein unter einem rosa Himmel. Und dann fällt ein Schuß und es ist aus.«
»Ach, der Tod ist nicht schlimm«, erwiderte Annemaries helle, beruhigte Stimme in die Dunkelheit hinein, »Vorhänge, die fest zugezogen werden –, das ist sicher. Und vielleicht ...«
Die Exzellenz kicherte. Ihr war die Wendung des Gespräches zu düster. »Lieber wär's dem Schnepfenjüngling, daß der Schuß fällt, wenn er vom Rendezvous zurückkommt.«
»Warum?« meinte Thilo. »Ihm wird vielleicht eine Enttäuschung erspart. Sie sind nicht immer zur Stelle.«
»Sehr hübsch«, bestätigte die Malten. Das Gespräch versiegte. Ein jeder träumte schweigend in die duftschwere Dunkelheit hinaus.

Felix wollte zur Stadt. Es war Pferdemarkt, bei der Gelegenheit sollte man auch ein wenig über die Wahlen sprechen.
»Du hast recht«, sagte sein Schwiegervater, »sich mit den Standesbrüdern zuweilen bei Rotwein für die Getreidezölle zu begeistern, ist gesund.«
Felix freute sich auf diese Ausfahrt. Es hatte geregnet. Jetzt schien die Sonne wieder. Der Marktplatz war feucht und blank. Die Tiere glänzten, als wären sie frisch lackiert. Überall traf Felix Bekannte. »Was Teufel! Bassenow wieder da!« – »Ah, Bassenow, der Ausreißer. Na, jetzt haben wir ihn fest.« Es war hübsch, den Pferden auf die seidigen Flanken zu klopfen, ihnen ins Maul zu sehn und sie am Schweif zu ziehen und die

Juden zu necken. Später im ›Kronprinzen‹ gab es ein Frühstück. Man sprach sehr laut über Politik, schlug auf den Tisch, wurde ganz heiß von schneidiger Opposition. Als die älteren Herren fort waren, saßen die jüngeren noch beim Sekt zusammen. Die Zigarre zwischen den Zähnen, die Arme auf den Tisch gestützt, erzählten sie sich Weibergeschichten, nannten die Dinge beim rechten Namen, lachten ganz laut. Felix gab Reiseerlebnisse zum besten, sehr starke Geschichten, die selbst den blonden Pankow verblüfften, der sich doch sonst für den Erfahrensten in diesen Sachen hielt. Aber, als man sich zum Jeu niedersetzte, mußte Felix nach Hause fahren.
Er kutschte selbst, trieb die Pferde an. Der Sekt war ihm zu Kopf gestiegen. Er hatte viel und schnell getrunken, lachte noch vor sich hin über die Geschichten, die er erzählt hatte, und fühlte sich leicht und heiter. Das Leben erschien ihm eine gute, einfache Sache.
Zu Hause stellte er sich unter die kalte Dusche. Er dachte darüber nach, ob er ganz natürlich gewesen war, als er aus dem Wagen stieg und die anderen auf der Treppe begrüßte. Na – gleichviel.
Während des Mittagessens war er sehr aufgeräumt, erzählte, lachte – sehr unbefangen und natürlich, nur fand er, daß die andern nicht ganz unbefangen waren. Sie gaben ihm so schnell recht, antworteten so ruhig, als wollten sie es unterstreichen, daß nichts Besonderes an ihm sei. Annemarie schob ihren Teller zurück. Ihre Lippen zuckten hochmütig. Sie tauschte flüchtige Blicke mit der Malten. Wenn er schwieg, sprachen die anderen von gleichgültigen Dingen, die sie selbst nicht zu interessieren schienen. Einer der Diener ließ klirrend die Kompottschale fallen. Felix sprang auf, sehr rot im Gesicht. »Was ist das?« schrie er. »Sind Sie betrunken?« dabei klatschte er mit seiner Serviette wie mit einer Peitsche. Die Malten winkte dem Diener fortzugehen.
»So ein Kerl!« sagte Felix und setzte sich wieder.
»Ein wenig ungeschickt noch«, flüsterte die Malten.
Eine Pause entstand, die Frau von Malten endlich mit der Nachricht unterbrach: ihre Schwester hätte geschrieben, in Mecklenburg regne es. Dann begann die Exzellenz ziemlich unvermittelt eine alte Geschichte zu erzählen, von einem polnischen Grafen, der im Spiel all sein Geld verloren hatte und zuletzt sein Ohr setzte und als er darauf gewann, die Karte noch bog.
»Wie schrecklich«, meinte Frau von Malten. Mila lachte so heftig, daß man merkte, es war nicht das Ohr des polnischen Grafen, über das sie lachte, es war aufgespeichertes Lachen, das ausbrach.
»Unglaublich! So die Schüssel hinzuwerfen!« hörte Felix sich sagen. Er

wußte, daß das lächerlich war, aber es kam wie von selbst heraus. Niemand antwortete darauf, Annemarie biß sich auf die Unterlippe, machte ein Gesicht, als schmerze sie etwas, und hob die Tafel auf.
Drüben im Kaminzimmer war es nicht besser. Die Unterhaltung ging wieder ruhig und gleichgültig über Felix hinweg, als sei er ein Kranker und die anderen sprächen Dinge, die ihn nicht aufregen sollten. Annemarie, sehr bleich, schwieg, auf dem Gesicht den kühlen, abweisenden Ausdruck, der soviel heißen sollte, wie – »O, nein – danke – nicht für mich.« Dazu war es heiß und beklommen im Zimmer, der Duft von Thilos englischen Zigaretten fiel Felix auf die Nerven. Er saß still da und dachte darüber nach, wie er es machen sollte, um unbefangen das Zimmer zu verlassen. Endlich erhob er sich: »Ob es noch regnet?« warf er hin.
»Ach ja – wer weiß –«, sagte die Malten.
»Ich will mal nachsehen« – dabei schlenderte er aus dem Zimmer auf die Veranda hinaus.
Es war sternhell. Das Narzissenbeet glänzte weiß aus der Dämmerung. Da sang ja auch die Nachtigall. Jemand stand vor dem Fliederbusch, eine Gestalt, die sich bückte, etwas von der Erde aufhob und gegen den Busch warf. Die Nachtigall verstummte, dann flatterte sie mit eiligen Flügelschlägen in die Dunkelheit hinein. Die Gestalt wandte sich ab und ging den Gartenweg hinab. Das waren die großen Schritte, das lässige Sichwiegen in den Hüften, das Mila annahm, wenn Frau von Malten sie nicht sah. Was wollte sie? Felix ging ihr nach. Am Abhang blieb sie stehen, legte sich glatt auf den Rasen und rollte den Abhang hinab. Dabei stieß sie leise, schrille Schreie aus, wie das Pfeifen einer Fledermaus. Unten angekommen, stand sie auf und lief wieder den Abhang hinan. Felix ging ihr entgegen.
»Werden Sie noch mal runterrollen?« fragte er.
Mila blieb stehen, atemlos, ihre Zähne leuchteten weiß im Sternenschein. »Ja«, sagte sie.
»Ist das angenehm?«
»Ja, das ist gut, und drin ...«
»Erstickt man«, ergänzte Felix.
»Ameisen laufen einem über die Beine vom Sitzen«, meinte Mila.
»Ich möchte auch so runterrollen«, versetzte Felix nachdenklich.
»Sie –« Mila legte den Handrücken auf den Mund und lachte.
»Kommen Sie«, sagte Felix. Gehorsam ging Mila neben ihm her. »Kommen Sie oft hierher so runterrollen?« fragte er.
Mila schwang beim Gehen die Arme hin und her, als könnte sie nicht

genug Bewegung haben: »Oft? Ach nein, ich kann nicht oft heraus. Aber heute schläft die Alte unten bei ihr.«
Die spricht, als wären wir im Einverständnis – ging es Felix durch den Kopf – wie zwei Dienstboten, wenn die Herrschaft sie nicht hört. »Und die Nachtigall, was hat die Ihnen getan?« fragte er weiter.
»Die? Ich mag sie nicht. Man muß ihr immer so lange zuhören.«
Sie bogen in die große Kastanienallee ein. Dort war es vollends dunkel. Felix blieb stehen, faßte schnell und hart nach dem Arm des Mädchens, zog es an sich. Mila atmete hastiger und lauter, aber sie ließ sich ruhig fassen, ja, sie duckte sich fast wie eine Birkhenne.
Sie setzten sich auf den Rasen und Felix nahm Mila wieder an sich – mit einem rauhen, bösen Begehren, als wollte er es das Mädchen entgelten lassen – daß er so – so sein konnte.
Am Abend im Kaminzimmer sagte die Exzellenz: »Nun Thilo – du fährst morgen nicht mit mir?«
Thilo streichelte zart seinen Bart. »Nein – Annemarie hat mich aufgefordert, noch ein wenig hier zu bleiben. Wenn ihr mich also behaltet –«
»Ach ja«, riefen Annemarie und die Malten zu gleicher Zeit.
»Sehr angenehm«, murmelte Felix, aber eine große Bitterkeit stieg in ihm auf. Warum wollte der bleiben? Er wandte den Kopf ab, denn er fühlte, daß er ein eigentümliches Gesicht machte. Keiner jedoch achtete auf ihn, nur Mila sah ihn mit ihren blanken Augen an. Das Mädchen hatte es jetzt aufgenommen, ihn so hungrig anzusehen, daß es ihn verlegen machte. Er rüttelte sich auf. Er wollte etwas Gleichgültiges sagen.
»Den Pankow sah ich heute«, berichtete er. »Er fuhr unten am Park vorüber.«
»So. Was sagte er?« frug die Exzellenz.
Felix lachte. »Er erzählte gleich einige tolle Geschichten. Ein netter Junge. Er wollte uns nächstens besuchen.«
»Der!« sagte Annemarie gelangweilt. »Ich mag ihn nicht. Seine Geschichten sind immer so lang und nicht ganz reinlich, und er lacht selbst so lange über sie.«
»Ja«, stimmte Thilo bei, »solche Menschen sind nicht angenehm, die in ihren Geschichten wie in einem warmen Bade sitzen, aus dem sie nur ungern wieder heraussteigen.«
Felix fuhr auf. »Ich mag ihn sehr. Wer soll denn zu uns kommen? Wir leben wie in einem verzauberten Schloß. Der eine darf nicht kommen, weil er Knöpfmanschetten trägt, der nicht, weil er lange Geschichten erzählt, Hermann darf nicht bedienen, weil er rote Augen hat. Nächstens wird jeder, der über unsere Schwelle kommt, ein Examen in Ästhetik

ablegen müssen. Das ist lächerlich. Wo haben wir denn unser Diplom als Engel? Pankow ist mein Freund und er wird kommen.« Es tat ihm wohl, dieses so laut und brutal herauszusprudeln.
»Gewiß, er soll kommen«, sagte Annemarie mit ein wenig zitternder Stimme. »Ich sage nur, ob er mir gefällt oder nicht.«
Die Malten schneuzte sich laut. Thilo bog den Kopf zurück und schloß die Augen. Annemarie stand auf und ging hinaus, gefolgt von der Malten. Mila schlüpfte zur Türe und sah Felix an, als wollte sie ihm ein Zeichen geben.
Im Zimmer herrschte Schweigen. Die Exzellenz legte eifrig an ihrer Patience. Das Aufklappen der Karten war eine Weile der einzige Ton. Endlich schlug Thilo die Augen auf und sagte: »Ich glaube, deine Frau ging ein wenig erregt fort. Ob du nicht nachschaust?«
Das kam Felix recht. »Erregt«, rief er. »Man kann doch ein Wort sagen. Ich habe doch recht.«
»Vielleicht«, meinte Thilo, »aber das ist doch so gleichgültig.«
»Wieso gleichgültig?« Felix erhob sich und ging erregt auf und ab. »Dieses ist doch mein Haus. Aber man wagt ja nicht mehr den Mund aufzutun. Überall stößt man an. Immer Mißverständnisse.«
»Ja, das ist so die alte Geschichte«, meinte Thilo. »Wir heiraten diese exquisiten Geschöpfe – wie – wie man sich ein kostbares Instrument kauft, das man nicht zu spielen versteht. – Wir alle.«
»Alle?« Felix blieb stehen und sah böse auf Thilo herab. »Du ja nicht!«
»Gott!« erwiderte Thilo gelangweilt. »Mir würde es nicht anders gehen. Die Frauen sind uns in der Kultur voraus.«
»Die armen Frauen! Sie würden weniger mißverstanden sein, wenn sie mit den feinsinnigen Junggesellen verheiratet sein könnten.« Als Felix das gesagt hatte, war er selbst überrascht von der Bitterkeit seiner Worte. Thilo lächelte matt. »Entschuldige«, brummte Felix, »ich wollte nicht unhöflich ...«
»O!« unterbrach ihn Thilo. »Du brauchst dich nicht zu entschuldigen. Es ist witzig, was du da sagst. Ich muß mich entschuldigen. Ich rede dir da in deine Sachen hinein.«
»Jedenfalls habe ich recht«, fuhr Felix sicherer fort. »Man muß sich mit seiner Frau aussprechen können.«
»Das ist wohl das berühmte Teilen von Leid und Freude?« fragte Thilo.
»Gewiß!«
»Merkwürdig!« Thilo sprach leise und tonlos vor sich hin. »Unsere Frauen werden so erzogen, daß ihnen bei Tisch die Schüssel zuerst gereicht wird, und wir erwarten von ihnen, daß sie vom Hühnerbraten

alle Lebern nehmen – und von der Torte alle Früchte von oben. So wollen wir sie. Und dann plötzlich wollen wir mit ihnen teilen, das, was uns selbst nicht schmeckt.«
»Ach was!« sagte Felix, der nicht zugehört hatte. »Ich esse die Hühnerlebern sowieso nicht.« Er dachte daran, ob Annemarie in ihrem Zimmer vielleicht weinte, um seinetwillen weinte? Sollte er zu ihr gehen? Man spricht erregt miteinander, man versöhnt sich. Das bringt näher. »Ich will mal nachsehen«, sagte er und verließ das Zimmer.
»Auch so ein Stück Unkultur«, murmelte Thilo, als Felix fort war. »Dieser Genuß am Rechthaben. Als ob Unrechthaben nicht ebenso genußreich sein kann.«
Die Exzellenz lachte lautlos in sich hinein, daß ihr die Schultern bebten.
An der Türe zu Annemariens Zimmer hörte Felix die Malten und Annemarie sprechen und lachen. Geweint schien dadrin nicht zu werden. Er war enttäuscht. Er fand Annemarie in ihrem Frisiermantel vor dem Spiegel sitzen, die Malten stand hinter ihr und bürstete ihr das lange dunkelblonde Haar. Annemarie sah im Spiegel ihn eintreten. Das Gesicht, das eben noch gelacht, wurde ruhig und müde. »Ah, du bist's«, sagte sie.
Felix war ein wenig befangen. »Ja, ich komme noch.« Er setzte sich. Die Malten verschwand lautlos. »Du warst erregt«, fuhr er fort. »Ich wollte nachschauen. Hab ich dich gekränkt?«
Annemarie lächelte. »Nein, es war nichts. Ich hätte es nicht sagen sollen. Aber nun ist es vorüber. Wir brauchen nicht noch über Herrn von Pankow zu sprechen.«
»Pankow ist hier Nebensache«, fuhr Felix auf. »Die Hauptsache ist, daß ich mir wie – wie beiseite geschoben vorkomme – wie – wie abgesetzt. Ich gehöre einfach nicht mehr dazu. Ich bin nicht so geistreich und so elegant wie Thilo, gut. Aber schließlich heiratet man nicht, um geistreich zu sein.«
»Thilo – warum Thilo?« fragte Annemarie und sah ihr Spiegelbild an, und beide, sie und das Spiegelbild, erröteten.
»Gerade er«, sagte Felix heiser vor Erregung. »Es ist vielleicht lächerlich und unharmonisch, daß ich so fühle – aber es macht mich unglücklich – so zu leben –. Und ich habe ein Recht, hier glücklich zu sein – kein anderer – und – und auf meine Weise.« Felix schwieg und sah Annemarie hilflos an.
»Du Armer«, sprach Annemarie in den Spiegel hinein. Dabei sahen sie und das Spiegelbild sich an, als wollten sie sagen: »Nein – damit wollen wir nichts zu tun haben!« – »Was kann man da tun?« fuhr sie kummervoll fort. Mit beiden Händen ergriff sie ihr Haar, zog es nach vorn, kreuzte

es über der Brust, als wolle sie sich in diesen braungoldenen Brokat einhüllen.
Felix schwieg einen Augenblick, als könnte er sich nicht entschließen, etwas zu sagen, dann brachte er kleinlaut heraus: »Thilo könnte ja fortfahren.«
»Ja – das wird er wohl müssen«, meinte Annemarie leise und müde.
Beide schwiegen nun. Annemarie zog ihr Haar fester um ihre Brust und schaute in den Spiegel, als wartete sie auf etwas.
»Sie wartet darauf, daß ich gehe«, dachte Felix. Er stand auf, er versuchte es, seiner Stimme einen frischen Ton zu geben, als er sagte: »So wird noch alles gut. Es ist besser, man spricht sich aus. Nicht? Du bist wohl müde?« Er beugte sich auf sie nieder, küßte ihre kühle, bleiche Stirn: »Gute Nacht.«
Als er das Zimmer verließ, fand er im Vorzimmer die Malten eine beruhigende Limonade rühren.
Was nun? Er war mit sich, mit Annemarie unzufrieden. Sie – ernst und ablehnend ihr Spiegelbild ansehend, schien ihm fremder und ferner denn je. Und doch war der Wunsch, ganz zu ihr zu gehören, gerade so quälend stark. Schlafen konnte er nicht. Er fürchtete sich vor der Stille seines Schlafzimmers. In den Park hinunter zu Mila wollte er nicht. Nein – nicht jetzt! Er nahm sein Gewehr und ging dem Walde zu.
Das weite Land, das still unter dem Sternschein schlief, das Wehen, das über feuchte Wiesen hingestrichen war, taten wohl. Er bog in den Wald ab, ging durch die Finsternis. Die taufeuchten Bärte der alten Tannen strichen über sein Gesicht. Ein Dachs ging schnaufend an ihm vorüber. Aus dem Dickicht trat der Waldhüter Peter zu ihm.
»Ach – der Herr! Der Herr will vielleicht den Birkhahn schießen, der auf die Wiese herauskommt?«
Ja – Felix entsann sich, daß Peter davon gesprochen hatte. Nun schritt der blonde Riese mit dem runden Knabengesicht neben ihm her und sprach von den Hähnen. Wie toll waren sie dieses Jahr.
»Du hast ja geheiratet?« fragte Felix.
»Ja – die Marri. Sie diente im Schloß und hat dort gelernt, gutes Brot zu backen.«
Felix erinnerte sich ihrer. »Ein großes, hübsches Mädchen.«
»So habe ich keinen Fehler an ihr gefunden«, bestätigte Peter. »Ein bißchen böse ist sie.«
»Nun – und – haust du sie auch zuweilen?«
Peter lachte. »Wie's kommt. Ganz ohne dem geht's wohl nicht.«
Felix interessierte sich dafür: »Und – wie – worauf – schlägst du sie?«

»Wo's kommt, Herr.«
»Und dann?«
»Na, sie heult – und dann ist sie wieder hübsch freundlich. Wie schon die Weiber –«
»Ja wie schon die Weiber«, wiederholte Felix nachdenklich.
Auf der Wiese kroch Felix in die kleine, aus Wacholderzweigen zusammengebogene Hütte.
»Hier muß er kommen«, sagte Peter und ging.
Die Dämmerung lag noch über der Wiese. Im Osten hing ein weißer Lichtstreifen am Horizont. Vom nahen Walde kam ein leises, gleichmäßiges Rauschen herüber. Felix streckte sich aus. Eine leichte Schläfrigkeit machte ihm die Lider schwer. Nachtfalter streichelten mit kühlen Sammetflügeln seine Wangen. Sehr hoch über sich hörte er schon die Morgenschnepfen quarren. Gott! wie fern – fern und wesenlos schien ihm zu Hause sein Zimmer – der Nachttisch mit dem Leuchter – und dann das weiße Zimmer mit der weißen Ampel. Alles fern – wer wußte hier davon! Hier ruhte – rauschte man und atmete ganz tief. Mehr brauchte man nicht.
Die Dämmerung wurde durchsichtiger. Spinnweben bedeckten die Wiese wie mit grauen Tüchern. Eine Elster begann irgendwo zu plaudern. Dann erwachten am Waldrande auf ihren Tannen auch die Birkhähne und fauchten. Jetzt rauschte es und sie flogen heran.
Einer saß dicht vor der Hütte, blies sich auf, drehte sich, kollerte eifrig und unablässig. Und eine Henne kam heran, schaute zu, wartete, daß an sie die Reihe in diesem wunderlichen Tanze käme. Von allen Seiten antworteten andere Hähne. Über die ganze Wiese waren die seltsamen, kleinen Gestalten verstreut, die sich unermüdlich drehten. Felix schoß nicht. Es tat ihm wohl, zuzusehen, dieser eintönigen und doch leidenschaftlichen Musik zuzuhören. Das war so selbstverständlich! Die Wolken wurden rosenfarben. Die ersten Sonnenstrahlen fielen schräg auf die Wiese. Der Tau auf den Halmen begann zu flimmern.
Plötzlich schwieg alles. Es rauschte ringsum. Die Hähne flogen auf. Was gab es? Felix spähte über die Wiese hin. Auf der anderen Seite stand ein buntes Figürchen, ein Bauernmädchen. Es hatte sein helles Kattunkleid sehr hoch über dem kurzen, roten Unterrock aufgeschürzt und ging, die Beine in den weißen Strümpfen hoch über das tauige Gras hebend, quer über die Wiese. Das große, rosa Gesicht glänzte in der Morgensonne.
»Es ist Sonntag«, fiel es Felix ein. »Die geht zur Kirche.«
Aus dem Waldrande trat ein Bursche, auch sonntäglich gekleidet, die Mütze im Nacken, das Gesicht rot vom Waschen. Beide, das Mädchen und

der Bursche, blieben stehen, sahen sich an – gingen langsam gerade aufeinander zu. Nun waren sie beisammen, die breiten, lachenden Gesichter eng beieinander. Der Bursche griff nach dem Mädchen, mit ruhigen, festen Händen, als wollte er eine Frucht pflücken. Das Mädchen schlug nach ihm, und doch gingen sie engumschlungen dem Walde zu, verschwanden unter den Zweigen der Tannen.

»Die gehn heute nicht mehr zur Kirche«, sagte sich Felix.

Er machte sich auf den Heimweg. Die Nacht hatte ihn beruhigt und gestärkt. Gott! Das Leben war einfach, man muß es nur mit ruhiger, fester Hand angreifen, so wie der Bursche dort nach den Brüsten seines Mädchens griff. Mit Thilo wollte er offen sprechen.

An den Masken, die man sich vorband, erstickte man ja. Das mit den Masken gefiel ihm. Das wollte er Thilo sagen. Der liebte solche Bilder.

Die Fenster des Schlosses flimmerten in der Sonne. Der Garten war voller Tulpen und Narzissen. Gerade standen sie in ihren Beeten – ganz rein – ganz parfümiert. So hatten sie die ganze Nacht gestanden und auf den Tag gewartet. Die ließen sich nie gehen. So etwas verlangte Annemarie wohl? Na, aber eine Narzisse war er nun einmal nicht. Darin mußte sie sich finden.

In seinem Zimmer legte er sich zu Bett und schlief fest in den Tag hinein. Es war Mittag vorüber, als Felix aufstand. Vor seinem Fenster auf dem Rasenplatz sah er Annemarie und Thilo Federball spielen. Das hatte Thilo statt des Tanzens nach dem Frühstück eingeführt. »Das Tanzen paßte ihm wohl nicht mehr«, dachte Felix und streckte sich. Er fühlte sich heute angenehm jung und energisch.

Später fand er Thilo auf der Veranda nachdenklich seine Zigarre rauchend. Zerstreut fragte er nach der Jagd. Felix lehnte sich an das Gitter und sah in den Garten hinab.

»Ich wollte dir etwas sagen«, begann er, die Worte energisch unterstreichend. »Es ist nicht leicht. Aber du wirst es mir nicht übelnehmen. Es ist immer besser, man spricht sich offen aus.«

Er schaute auf. Thilo stand ruhig da und sah auf die langgewordene Aschenspitze seiner Zigarre nieder. Endlich sagte er, die Worte nachlässig dehnend: »Davon kann ich nur abraten. Solche Aussprachen und Offenheiten sind einem später immer unangenehm.« Felix errötete; jetzt mußte das mit den Masken kommen. »Im Gegenteil. Wenn man immer eine Maske tragen soll, daran erstickt man ja.«

Thilo lächelte. »Ich glaube, Masken sind nicht zu verwerfen«, meinte er, als handelte es sich um eine ruhige Unterhaltung. »Ich habe es immer richtig gefunden, daß die Griechen ihren Schauspielern Masken vorbanden. So konnte es ihnen nie passieren, daß Ödipus aussah wie der Herr, der gestern in der Kneipe Bier trank und Rettich aß, oder Antigone wie die Dame, die im Restaurant die Ellenbogen auf den Tisch stützte und Zigaretten rauchte.«

»Das ist hier ganz gleichgültig«, fuhr Felix auf. »Ich will mit dir etwas besprechen, was mir am Herzen liegt – offen – wie unter Verwandten. Es fällt mir schwer ...«

»Ich rate von solchen Aussprachen immer ab«, unterbrach ihn Thilo.

Felix schwieg. Das hatte er nicht erwartet. Er drückte mit beiden Händen das Eisengitter so fest, daß ihm die Hände schmerzten. Was sollte er nun sagen?

Thilo entschloß sich, mit dem kleinen Finger die lange Aschenspitze seiner Zigarre abzustreifen, und die gelassene, diskrete Stimme sagte: »Diese Nacht sind mir einige Geschäfte eingefallen, die erledigt werden müssen. So kann ich eure freundliche Einladung, noch bei euch zu bleiben, leider doch nicht annehmen. Ich fahre heute mit deinem Schwiegervater. Es tut mir sehr leid – aber –«

»So. Ach – sehr schade«, murmelte Felix. Er machte dabei ein enttäuschtes Gesicht. Dann war ja alles gut und all seine Entschlüsse umsonst. Alles machte sich von selbst. Thilo sprach von einem Durchhau in den Parkbäumen, der sich gut machen würde. Felix stimmte ihm eifrig zu.

Annemarie und Thilo gingen langsam und schweigend den Gartenweg hinab zur Fliederlaube. Dort setzten sie sich.

»Wohin gehst du dann?« fragte Annemarie.

»Ich suche mir irgendein Schiff«, antwortete Thilo, »um mich eine Weile auf dem Wasser herumzutreiben. Das wird das Richtige sein!« Er blickte Annemarie sinnend an, wie wir ein Bild ansehn, in das wir uns hineinleben. Sie schloß die Augen, hielt unter diesem Blick wie unter einer Liebkosung still.

»Wir Vierziger«, fuhr Thilo fort, »gehn sorgsam mit unseren Gefühlen um. Haben wir mal eins, das wertvoll ist, dann gehen wir damit in die Einsamkeit, suchen die richtige Umgebung.«

»Ich sehe es deutlich«, sagte Annemarie. »Wie du allein auf dem Schiffe sitzest und auf das dämmerige Meer hinaussiehst.«

Thilo nickte. »So wird es sein. Es ist merkwürdig, wie deutlich unsere Visionen werden, wenn wir in der Dämmerung auf das Meer hinaussehn. Wunderliche Stunden. Du weißt:

– l'ora che volge il desio
Ai naviganti e intenerisce il cuore«

Annemarie lächelte, das rührende Frauenlächeln, das die Tränen entschuldigen soll, die fließen wollen.
»Und du«, fragte Thilo und beugte sich vor.
Sie zuckte leicht mit den Schultern – »Desio – davon kann man auch leben?«
Thilo nahm vorsichtig Annemaries Hand, die auf der Rücklehne der Bank lag, und legte sie auf seine Handfläche. »Du«, sagte er, »du mußt immer ganz du sein. Nichts Fremdes herein lassen. Du bist eben ein Einfall des Schöpfers, der keine Striche verträgt.« Er sann einen Augenblick vor sich hin und strich leicht über die Hand, die regungslos auf der seinen lag: »Könntest du –«, sagte er zögernd, »könntest du etwas wie eine Schuld – das Symbol einer Schuld – um – um meinetwillen ertragen? Sieh – so etwas wie eine Schuld austauschen, das bindet fester, als die – Ringe tauschen.« Er hatte leise mit seiner singenden Stimme gesprochen – nun hielt er inne. Als Annemarie schwieg, zog er sie sachte an sich heran, beugte sich über sie und berührte ganz leicht mit seinen Lippen ihre festgeschlossenen Lippen. Hastig richteten sie sich wieder auf: »Nahrung für die Vision«, sagte Thilo und lächelte. Dann sah er nach der Uhr, stand auf: »Ich muß nachschaun. Dein Vater wird leicht ungeduldig. Du bleibst noch?«
Annemarie nickte. Als Thilo fort war, ließ sie die Tränen ruhig über das bleiche, unbewegte Gesicht fließen.
Der Kies knirschte. Felix kam eilig heran.
»Wo bleibst du?« rief er. »Sie wollen fahren. Wie? du – du weinst?«
»Ach ja – ein wenig«, erwiderte Annemarie. »Es tut mir leid, daß sie fortfahren.«
»Natürlich. Schade«, brachte Felix hastig und kleinlaut heraus.
»Was ist da zu machen! Komm jetzt. Sie warten.« –
Das Feld war frei. Ein anderes Leben sollte beginnen. Felix ließ seiner guten Laune freien Lauf. Beim Mittagessen erzählte er viel, neckte die Malten und Mila, strich zärtlich über Annemariens Hand. Er merkte es wohl, daß seine gute Laune nicht sympathisch war, allein, er wollte sich nicht stören lassen. Im Kaminzimmer, als Frau von Malten die Kreuzzeitung vorlas, war es auch nicht so recht gemütlich. Annemarie, einen beruhigtglücklichen Ausdruck auf ihrem Gesicht, schien mit ihren Gedanken sehr weit fort zu sein. Dieses Zimmer, diese Stunde waren noch so voll von Thilos Gegenwart. Mila benützte die Gelegenheit, ihren heißen Blick nicht von Felix abzuwenden – und Felix sog an seiner Zigarre und dachte törichte, gewaltsame Dinge. Wie wär es, wenn er jetzt etwas sagte, etwas täte, das wie ein Gewitter in diese Ruhe schlug, etwas, das niemand

erwartete, das Annemarie auffahren, weinen machte, das die kühlen Glaswände, die hier Mensch von Menschen trennten, zerbrach?
Die Fenster standen offen. Die Nacht atmete süß in das Zimmer. Es rauschte zuweilen in den Linden, vor dem Fenster. Frau von Malten war bei den Familiennachrichten und ließ die alten Namen feierlich klingen.
Unterdes war ein tolles Blühen über die Natur gekommen. Der Flieder umgab das Haus wie mit einem Wall von weiß und blaßvioletten Musselinen. Wie lange Reihen bunter Flämmchen umsäumten die Tulpen die Gartenwege. Zu jeder Tageszeit konnte man Annemarie diese Wege auf und ab gehen sehen, das Gesicht beruhigt und glücklich. Sie sang leise vor sich hin, oder blieb stehn und horchte hinaus. »Sie ist immer mit ihm zusammen, immer«, sagte Felix. Wenn er sich zu ihr gesellte, nickte sie zerstreut, sprach von gleichgültigen Dingen, von »seiner Wirtschaft«, von dem Garten, unterhielt sich freundlich und wohlerzogen, wie wir mit einem Besucher sprechen, von dem wir hoffen, daß er bald gehn werde.
»Der Flieder ist schön dieses Jahr, nicht wahr?«
»Das macht dich glücklich?«
»Ja – ich hör ihn ordentlich. Von jeher hab ich gefunden, daß Farben klingen. Thilo sagt, er hört das auch.«
»Der! Natürlich«, brummte Felix.
»Er sagt«, fuhr Annemarie fort, »der Flieder klingt so, als ob fern in einer Kirche am Pfingstsonntage Kinder auf dem Chor singen.«
»So! Ich höre nichts«, schloß Felix ärgerlich die Unterhaltung und wandte sich zum Gehn. Annemarie nickte wieder freundlich und bog in einen Seitenweg ein, eilig, als stünde dort einer und wartete auf sie.
Oder er kam am Vormittag zu ihr. Er wollte es machen wie die andern. Der Ehemann kommt zwischen den Geschäften, in hohen Stiefeln, für einen Augenblick zu seiner Frau, trinkt einen Schnaps – sagt dieses und jenes.
Im Vorzimmer gab Frau von Malten dem jüngeren Diener Unterricht. Sie kam immer wieder zur Tür herein, und er mußte sie bei dem großen Sessel anmelden. Oder sie setzte sich, und er mußte sie immer wieder zu Tisch bitten.
Annemarie saß in ihrem Zimmer. Sie hatte die Perlschnur, die sie zu tragen pflegte, abgenommen und ließ sie langsam durch die Finger gleiten. »Ah! Du bist es«, sagte sie, wenn Felix eintrat. »Hast du deinen Schnaps gehabt?« Sie hörte ihm zu, sie tat, als sei es selbstverständlich, daß er da saß. Aber Felix fühlte es wohl, er hatte sie gestört, hatte sie in etwas unterbrochen. Und wenn er fortgehen würde, würde sie ihr eigentliches Leben wieder aufnehmen. Mila kam, ihr vorzulesen. Annemarie

schaute auf die Perlen nieder und sagte kurz: »Nein, danke. Wir lesen nicht.«
Felix war überrascht von dem Ausdruck von Widerwillen, mit dem sie das sagte. Mila machte kehrt, daß die Röcke sausten.
»Läßt du dir nicht vorlesen? Hat Mila keine angenehme Stimme mehr?« fragte Felix.
»Nein«, erwiderte Annemarie, ohne aufzuschauen, »ihre Stimme ist mir nicht mehr angenehm.«
»O!« sagte Mila am Abend im Park, »die Alte merkt nichts. Aber sie, sie kann mich nicht mehr leiden. Wenn ich ins Zimmer komme, schickt sie mich fort, und wenn ich ihr die Hand küsse, macht sie, als ob ein Hund ihr die Hand leckt.«
»Sprich nie von ihr – nie«, fuhr Felix sie an, faßte sie an die Schulter und schüttelte sie. Mila weinte. Sie bog ihr Gesicht, das blank vor Tränen war, auf seines nieder und küßte ihn, als wollte sie ihre ganze Wut in diese Küsse legen.
»Diesem Leben ist nicht anzukommen«, dachte Felix, als er wieder am Wickenacker stand, dem weißen Pferde, dem alten Mann und den blanken Erdschollen zusah. – »Nicht anzukommen.«
Aber sie und er wußten es besser. Etwas geschah, von dem der Tag mit seiner hübschen Ordnung nichts verriet. Kein Wort, kein Blick erinnerte daran. Aber Felix mußte dieses Bild immer mit sich herumtragen. Nachts – wenn es stille war, wenn in den dunkeln Zimmern die Möbel unter ihren weißen Bezügen schliefen, die Blumen in den Vasen welkten – das hübsche Uhrwerk der Malten angehalten war – dann kauerte in dem weißen Zimmer, unter der weißen Ampel, das weiße Figürchen auf dem Bette. Die Augen, sehr dunkel in all dem Weiß, schauten ihm angstvoll entgegen. Und der schmale kühle Körper lag regungslos in seinen Armen, das bleiche Gesicht hatte den Ausdruck hochmütig verschlossener Qual. – Nach solchen Nächten war das Herz ihm wund von einem bitteren, grausamen Machtgefühl. Und doch – er mußte das immer wieder erleben.
Eine seltsame Unruhe quälte Felix, nahm ihm den Schlaf. Er trieb sich draußen auf den nächtlichen Straßen umher. Diese weißen Nächte des Sommeranfangs lagen so gespenstisch über dem Lande, hingen voll schwüler Träume. Aus den Bauernhöfen klangen hier und da Harmonikatöne, die schläfrig und doch ruhelos eine hüpfende Melodie in die Dämmerung hinaussangen. Am Feldrain im Grase lag ein Bauernbursche, lang hingestreckt, das Gesicht den Sternen zugewandt, und schlief. Felix ging die Landstraße entlang, sich selbst fremd, wie wir es uns sind, wenn wir uns im Traum sehen, fremd in einer fremden Traumwelt. Hinter ihm lag

das Schloß zwischen seinen Fliederhecken. Im weißen Zimmer kauerte die weiße Gestalt und horchte angstvoll hinaus – ob nicht ein Schritt – sein Schritt – sich nähere. Unten im Park saß Mila und weinte, weil er nicht kam, und er irrte hier auf den stillen Straßen umher. Warum – warum mußte das sein? Er konnte es nicht verstehen!
Er streckte sich am Wegrain aus, er wollte liegen wie jener Bursche dort, das Gesicht den Sternen zugewandt, schlafen, eingewiegt von dem müden Tanzlied der fernen Harmonika.

Ein Stück Mond hing wieder in den Wipfeln der Parkbäume. Felix lag auf dem Rasen unter der Kastanie. Mila saß neben ihm, hielt seine Hand und küßte sie mit regelmäßigen, kurzen Küssen. Zwischen jedem Kuß wiederholte sie: »Mein Herr – mein Herr.« Vor ihnen lag der Teich. Eine lichtgrüne Pflanzendecke breitete sich über das Wasser. Froschlöffel und Schachtelhalme waren aufgeschossen und fingen das Mondlicht wie in einem Gitterwerk. »Mein Herr – mein Herr«, wiederholte Mila mit ihrer weichen Stimme. Felix hörte es wie im Halbtraum, und noch ein Ton drang zu ihm, ein helles Singen – das näher kam. Er fühlte, wie Mila seine Hand fest drückte, er fuhr auf. Die Stimme war ganz nah: »Annemarie«, dachte er. Da ging sie auch schon an ihnen vorüber, langsam. – Einen Fliederzweig hielt sie in der Hand und bewegte ihn sachte, als schlüge sie den Takt zu ihrem Lied. Die Schleppe des weißen Musselinkleides rauschte leise auf dem Kies. Es war, als wendete sie den Kopf einen Augenblick nach der Seite, wo die beiden im Schatten saßen. Felix sah deutlich das schmale Gesicht – ruhig und fremd, die Lippen waren im Singen halb geöffnet. So ging sie vorüber. Der Gesang entfernte sich, wurde schwach, dann kam er wieder deutlicher über das Wasser, wie ein Wiegenlied klang es, ein Lied, das eine Mutter im Schein der Nachtlampe an einer weißen Wiege singt, wenn ihr die Augen halb zufallen. Jetzt war sie auf der andern Seite des Teiches. Die helle Gestalt ging den Brettersteg entlang, der in das Wasser hineingebaut war. Am Ende des Stegs blieb sie stehen, wiegte den Fliederzweig und sang. Felix war aufgesprungen.
»Annemarie!« rief er.
Aber die weiße Gestalt war fort. Ein Ton im Wasser. Wildenten flogen aus dem Schilf auf. Das Mondlicht auf dem Wasser drüben wurde einen Augenblick unruhig, fuhr kraus hin und her.
»Geh – ruf«, stöhnte Felix auf. Er stürzte an den Teich, warf seinen Rock ab, sprang in das Wasser. Er mußte hinüber. Mit seidigem Knistern schob sich die grüne Pflanzendecke vor ihm zurück. Das Wasser war lauwarm. Mitten im Teich lag eine Insel von Froschlöffel. Felix mußte hindurch. Die

kleinen, aufrechten Blüten streuten ihm Blütenstaub in das Gesicht, der leicht nach Honig duftete. Nun war er mitten drin, da hielt etwas seinen Fuß. Er stieß kräftig mit den Armen. Da faßte es ihn an den Arm, und wie er los wollte, drängte es von allen Seiten heran, umschlang ihn mit weichen, kühlen Fingern. Atemlos kämpfte er gegen dieses Netz, das wich und wieder herandrängte, nachgebend und undurchdringlich. Er fuhr mit den Händen hinein, wie in einen Knäuel kalter, seidenglatter Glieder, er zerriß sie, hörte sie leise knirschen. Er vergaß alles in der Wut dieses Kampfes gegen das stumme, tückische Leben um ihn her. Und wenn er einen Augenblick stille hielt, um aufzuatmen, dann sah er um sich den Teich ruhig und mondbeglänzt. Nur die großen Blätter der Wasserrosen wiegten sich sachte. Eine letzte, verzweifelte Anstrengung und er war frei, um ihn klares Wasser. Wohlig atmete er auf, streckte sich, wiegte sich auf dem Wasser –, da sah er den Steg, und er wußte es wieder, warum er hier war: »Sie wartet – sie ist in Not.« Eilig schwamm er zum anderen Ufer. Hier mußte es sein. Das Wasser war tief und klar. Ein blühender Fliederzweig schwamm darauf.

Felix tauchte einmal und dann wieder – es war ihm, als hielt er ein Kleid – einen Arm – eine Hand. Er schwamm zum Ufer, die kleine, kalte Hand fest in der seinen.

Er hob Annemarie an das Land, beugte sich über sie, riß hastig die Kleider von ihrem Körper, kniete vor ihr und sah sie an. Die Brust, die Glieder waren blank von Wasser und durchsichtig weiß. Das Gesicht fremd und streng in seiner tiefen Ruhe; die Lippen halb geöffnet. Der bläuliche Schmelz der Zähne schimmerte zwischen ihnen hervor. Die Oberlippe war ein wenig hinaufgezogen, hochmütig und abwehrend. Es war, als hätte Annemarie sich müde ausgestreckt und sagte: »O nein – ich danke – nicht für mich.«

(1905)

SCHWÜLE TAGE

Schon die Eisenbahnfahrt von der Stadt nach Fernow, unserem Gute, war ganz so schwermütig, wie ich es erwartet hatte. Es regnete ununterbrochen, ein feiner, schief niedergehender Regen, der den Sommer geradezu auszulöschen schien. Mein Vater und ich waren allein im Kupee. Mein Vater sprach nicht mit mir, er übersah mich. Den Kopf leicht gegen die Seitenlehne des Sessels gestützt, schloß er die Augen, als schlafe er. Und wenn er zuweilen die schweren Augenlider mit den langen, gebogenen Wimpern aufschlug und mich ansah, dann zog er die Augenbrauen empor, was ein Zeichen der Verachtung war. Ich saß ihm gegenüber, streckte meine Beine lang aus und spielte mit der Quaste des Fensterbandes. Ich fühlte mich sehr klein und elend. Ich war im Abiturientenexamen durchgefallen, ich weiß nicht durch welche Intrige der Lehrer. Bei meinen bald achtzehn Jahren war das schlimm. Nun hieß es, ich wäre faul gewesen, und statt mit Mama und den Geschwistern am Meere eine gute Ferienzeit zu haben, mußte ich mit meinem Vater allein nach Fernow, um angeblich Versäumtes nachzuholen, während er seine Rechnungen abschloß und die Ernte überwachte. Nicht drüben mit den anderen sein zu dürfen, war hart; eine glatt verlorene Ferienzeit. Schlimmer noch war es, allein mit meinem Vater den Sommer verbringen zu müssen. Wir Kinder empfanden vor ihm stets große Befangenheit. Er war viel auf Reisen. Kam er heim, dann nahm das Haus gleich ein anderes Aussehn an. Etwas erregt Festliches kam in das Leben, als sei Besuch da. Zu Mittag mußten wir uns sorgsamer kleiden, das Essen war besser, die Diener aufgeregter. Es roch in den Zimmern nach ägyptischen Zigaretten und starkem englischem Parfüm. Mama hatte rote Flecken auf den sonst so bleichen Wangen. Bei Tisch war von fernen, fremden Dingen die Rede, Ortsnamen, wie Obermustafa, kamen vor, Menschen, die Pellavicini hießen. Es wurde viel Französisch gesprochen, damit die Diener es nicht verstehen. Ungemütlich war es, wenn mein Vater seine graublauen Augen auf einen von uns richtete. Wir fühlten es, daß wir ihm mißfielen. Gewöhnlich wandte er sich auch ab, zog die Augenbrauen empor und sagte zu Mama: »Mais c'est impossible, comme il mange, ce garçon!« Mama errötete dann für uns. Und jetzt sollte ich einen ganzen Sommer hindurch mit diesem mir so fremden Herrn allein sein, Tag für Tag allein ihm gegenüber bei Tisch sitzen! Etwas Unangenehmeres war schwer zu finden.

Ich betrachtete meinen Vater. Schön war er, das wurde mir jetzt erst deutlich bewußt. Die Züge waren regelmäßig, scharf und klar. Der Mund unter dem Schnurrbart hatte schmale, sehr rote Lippen. Auf der Stirn, zwischen den Augenbrauen, standen drei kleine, aufrechte Falten, wie mit dem Federmesser hineingeritzt. Das blanke Haar lockte sich, nur an den Schläfen war es ein wenig grau. Und dann die Hand, schmal und weiß, wie eine Frauenhand. Am Handgelenk klirrte leise ein goldenes Armband. Schön war das alles, aber Gott! wie ungemütlich! Ich mochte gar nicht hinsehn. Ich schloß die Augen. War denn für diesen Sommer nirgends Aussicht auf eine kleine Freude. Doch! Die Warnower waren da, nur eine halbe Stunde von Fernow. Dort wird ein wenig Ferienluft wehn; dort war alles so hübsch und weich. Die Tante auf ihrer Couchette mit ihrem Samtmorgenrock und ihrer Migräne. Dann die Mädchen. Ellita war älter als ich und zu hochmütig, als daß unsereiner sich in sie verlieben konnte. Aber zuweilen, wenn sie mich ansah mit den mandelförmigen Samtaugen, da konnte mir heiß werden. Ich hatte dann das Gefühl, als müßte sich etwas Großes ereignen. Gerda war in meinem Alter, und in sie war ich verliebt – von jeher. Wenn ich an ihre blanken Zöpfe dachte, an das schmale Gesicht, das so zart war, daß die blauen Augen fast gewaltsam dunkel darin saßen, wenn ich diese Vision von blau, rosa und gold vor mir sah, dann regte es sich in der Herzgrube fast wie ein Schmerz und doch wohlig. Ich mußte tief aufseufzen.
»Hat man etwas schlecht gemacht, so nimmt man sich zusammen und trägt die Konsequenzen«, hörte ich meinen Vater sagen. Erschrocken öffnete ich die Augen. Mein Vater sah mich gelangweilt an, gähnte diskret und meinte:
»Es ist wirklich nicht angenehm, ein Gegenüber zu haben, das immer seufzt und das Lamm, das zur Schlachtbank geführt wird, spielt. Also – etwas Tenue – wenn ich bitten darf.«
Ich war entrüstet. In Gedanken hielt ich lange, unehrerbietige Reden: »Es ist gewiß auch nicht angenehm, ein Gegenüber zu haben, das einen immer von oben herunter anschaut, das, wenn es was sagt, nur von widrigen Dingen spricht. Ich habe übrigens jetzt gar nicht an das dumme Examen gedacht. An Gerda habe ich gedacht, und ich wünsche darin nicht gestört zu werden.«
Jetzt hielt der Zug. Station Fernow! – »Endlich«, sagte mein Vater, als sei ich an der langweiligen Fahrt schuld.
Es hatte aufgehört zu regnen. Die Linden um das kleine Stationsgebäude herum waren blank und tropften. Über den nassen Bahnsteig zog langsam eine Schar Enten. Mägde standen am Zaun und starrten den Zug an. Es

roch nach Lindenblüten, nach feuchtem Laub. Das alles erschien mir traurig genug. Da stand auch schon die Jagddroschke mit den Füchsen. Klaus nickte mir unter der großen Tressenmütze mit seinem verwitterten Christusgesichte zu. Der alte Konrad band die Koffer auf. »Lustig, Grafchen«, sagte er, »schad nichts.« Merkwürdig, wir tun uns selber dann am meisten leid, wenn die andern uns trösten. Ich hätte über mich weinen können, als Konrad das sagte. »Fertig«, rief mein Vater. Wir fuhren ab. Die Sonne war untergegangen, der Himmel klar, bleich und glashell. Über die gemähten Wiesen spannen die Nebel hin. In den Kornfeldern schnarrten die Wachteln. Ein großer rötlicher Mond stieg über dem Walde auf. Das tat gut. Beruhigt und weit lag das Land in der Sommerdämmerung da, und doch schien es mir, als versteckten sich in diese Schatten und diese Stille Träume und Möglichkeiten, die das Blut heiß machten.
»Bandags in Warnow müssen wir besuchen«, sagte mein Vater. »Aber der Verkehr mit den Verwandten darf nicht Dimensionen annehmen, die dich von den Studien abhalten. Das Studium geht vor.«
Natürlich! das mußte gesagt werden, jetzt gerade, da ein angenehmes, geheimnisvolles Gefühl anfing, mich meine Sorgen vergessen zu lassen. Es dunkelte schon, als wir vor dem alten, einstöckigen Landhause mit dem großen Giebel hielten. Die Mamsell stand auf der Treppe, zog ihr schwarzes Tuch über den Kopf und machte ein ängstliches Gesicht. Die freute sich auch nicht über unser Kommen. Die Zimmerflucht war still und dunkel. Trotz der geöffneten Fenster roch es feucht nach unbewohnten Räumen. Heimchen hatten sich eingenistet und schrillten laut in den Wänden. Mich fröstelte ordentlich. Im Eßsaal war Licht. Mein Vater rief laut nach dem Essen. Trina, das kleine Stubenmädchen, von jeher ein freches Ding, lachte mich an und flüsterte: »Unser Grafchen ist unartig gewesen, muß nu bei uns bleiben?« Die Examengeschichte war also schon bis zu den Stubenmädchen gedrungen. Ich spürte Hunger. Aber in dem großen, einsamen Eßsaal meinem Vater gegenüberzusitzen, erschien mir so gespenstig, daß das Essen mir nicht schmeckte. Mein Vater tat, als sei ich nicht da. Er trank viel Portwein, sah gerade vor sich hin, wie in eine Ferne. Zuweilen schien es, als wollte er lächeln, dann blinzelte er mit den langen Wimpern. Es war recht unheimlich! Plötzlich erinnerte er sich meiner. »Morgen«, sagte er, »wird eine praktische Tageseinteilung entworfen. Unbeschadet der Studien, wünsche ich, daß du auch die körperlichen Übungen nicht vernachlässigst. Denn ...«, er sann vor sich hin, »zu – zum Versitzen reicht's denn doch nicht.« – »Was?« fuhr es mir zu meinem Bedauern heraus. Mein Vater schien die Frage natürlich zu finden. Er sog an seiner Zigarre und sagte nachdenklich: »Das Leben.«

Es folgte wieder ein peinliches Schweigen, das mein Vater nur einmal mit der Bemerkung unterbrach: »Brotkügelchen bei Tische zu rollen, ist eine schlechte Angewohnheit.« Gut! mir lag gewiß nichts daran, Brotkügelchen zu rollen! Endlich kam der Inspektor, füllte das Zimmer mit dem Geruch seiner Transtiefel und sprach von Dünger, von russischen Arbeitern, vom Vieh, von lauter friedlichen Dingen, die da draußen im Mondenschein schliefen. Zerstreut hörte ich zu und blinzelte schläfrig in das Licht. »Geh schlafen«, sagte mein Vater. »Gute Nacht. Und morgen wünsche ich ein liebenswürdigeres Gesicht zu sehn.« – Ich auch, dachte ich ingrimmig.
Meine Stube lag am Ende des Hauses. Ich hörte nebenan in der leeren Zimmerflucht das Parkett knacken. Die Heimchen schrillten, als feilten eifrige kleine Wesen an feinen Ketten. Meine Fenster gingen auf den Garten hinaus und standen weit offen. Die Lilien leuchteten weiß aus der Dämmerung. Der Mond war höher gestiegen und warf durch die Zweige der Kastanienbäume gelbe Lichtflecken auf den Rasen. Unten im Parkteich quarrten die Frösche. Und dann drang noch ein Ton zu mir, dort aus dem Dunkel der Alleen, eine tiefe Mädchenstimme, die ein Lied sang, eine eintönige Folge langgezogener Noten. Die Worte verstand ich nicht, aber jede Strophe schloß mit »Rai-rai-rah-r-a-h«. Das klang einsam und traurig in die Sommernacht hinaus. Ich mußte wirklich weinen. Es tat mir wohl, dabei das Gesicht zu verziehn wie als Kind. Dann legte ich mich zu Bett und ließ mich von der fernen Stimme im Park in den Schlaf singen: »Rai-rai-r-a-h.« –
Ich hatte den Tisch an das Fenster gerückt und die Bücher aufgeschlagen; denn es war Studierzeit, wie mein Vater es zu nennen liebte. Draußen sengte die Sonne auf die Blumenbeete nieder. Der Duft der Lilien, der Rosen drang heiß zu mir herein, benahm mir den Kopf wie ein sehr süßes, warmes Getränk. Dabei leuchtete alles so grell. Die Gladiolen flammten wie Feuer, die Scholtias waren unerträglich gelb. Der Kies flimmerte. Alle standen sie unbeweglich in der Glut, müßig und faul unter dem schläfrigen Summen, das durch die Luft zog. Mir wurden die Glieder schlaff. Das Buch vor mir atmete einen unangenehmen Schulgeruch aus. Nicht um eine Welt konnte ich da hineinschauen. Nicht einmal denken konnte ich: selbst die Träume wurden undeutlich und schläfrig. Gerda – Gerda – dachte ich. Ja, dann kam das angenehm gerührte Verliebtheitsgefühl in der Herzgrube. Ach Gott! mir fallen die Augen zu! Nichts geschieht. Etwas muß doch kommen, etwas von dem, was da draußen hinter der warmen Stille steckt, etwas von den Heimlichkeiten. Plötzlich fielen mir Geschichten ein, die wir uns in der Klasse erzählten, wenn wir die Köpfe

unter die Bänke steckten, weil wir herausplatzen mußten mit dem Lachen. Ach nein – pfui! häßlich! Also »Gerda«. – Der Kies knirschte. Langsam ging das Hausmädchen Margusch am Fenster vorüber. Vorsichtig setzte sie die nackten Füße auf den Kies, als fürchtete sie, er sei zu heiß. Sie wiegte sich träge in den Hüften. Die Brüste stachen in das dünne Zeug des weißen Kamisols. Das Gesicht war ruhig und rosa. Die Arme schaukelten schlaff hin und her. Teufel! Wohin mochte die gehn? Ach, die ging gewiß auch zu den Heimlichkeiten, die draußen in der Mittagsglut liegen und schweigen, und an denen nur ich keinen Anteil habe!
Konrad kam. »Ankleiden«, sagte er, »wir fahren nach Warnow.«
»Hat er's gesagt?«
»Wie denn nich'.«
»Wie fahren wir?«
»Jagdwagen und die Braunen.«
Unterwegs war es so staubig, daß mein Vater und ich die Kapuzen unserer Staubmäntel über den Kopf ziehn mußten. Ganz eingehüllt waren wir in die warme, blonde Wolke, die leicht nach Vanille roch und unleidlich in der Nase kitzelte. Ich wunderte mich, daß mein Vater heiter darüber lachte. Er sprach viel, kameradschaftlich, fast sympathisch: »Was? Antigone hast du studiert? Na, die wird dir heute auch ledern vorgekommen sein. Bei diesen Damen kommt es doch auch auf Beleuchtung an, und Mittagssonne, die ist gefährlich. Was?« Was war es mit ihm heute? Freute er sich am Ende auch auf Warnow? Links und rechts flimmerten die Kornfelder. Der Klang der Sensen drang herüber. Arbeiter, die Gesichter von Hitze entstellt, standen am Wegrain und grüßten. »Arme Racker!« sagte mein Vater. Nun bemitleidete er sogar die Arbeiter!
Vom Hügel aus sahen wir Warnow vor uns liegen: die Lindenallee, das weiße Haus zwischen den alten Kastanienbäumen, die weiß und roten Jalousien niedergelassen, alles in kühle grüne Schatten gebettet. Es wehte ordentlich erfrischend in unsere Sonnenglut herüber, als ob Ellita mit ihrem großen schwarzen Federfächer uns Luft zufächelte.
In Warnow war alles, wie es sein mußte. Ein jedes Zimmer hatte noch seinen gewohnten Geruch. Der Flur roch nach Ölfarbe und dem Laub der Orangenbäume, die dort standen, der Saal nach dem von der Sonne gewärmten Atlas der gelben Stühle, das Bilderzimmer nach der Politur des großen Schrankes, und bei der Tante roch es nach Melissen und Kamillentee. Die Tante lag auf ihrer Couchette. Sie trug ihren weinroten Morgenrock, die Perlenschnur um den unheimlich weißen Hals. Das Gesicht war mager, freundlich, weiß von Poudre de riz, das rotgefärbte

Haar sehr hoch aufgebaut. Neben ihr auf dem Tischchen stand die Alt-Sèvre-Tasse mit ein wenig Kamillentee darin.
»Da bist du, mein lieber Gerd«, sagte die Tante mit ihrer klagenden Stimme, »Gott sei Dank! jetzt werde ich ruhig. Du wirst Ordnung schaffen.« Mein Vater behielt die Hand der Tante in der seinen und nickte zerstreut. »Ach«, fuhr die klagende Stimme fort, »ich, ein einsames altes Frauenzimmer, was kann ich tun? Da ist auch mein kleiner Bill«, wandte sie sich an mich, »armer Jung, muß zu uns in die Einsamkeit. Aber quält ihn nicht. Nur nicht quälen!« Dann wurde von der Landwirtschaft gesprochen. Ich durfte Chéri, das Hündchen der Tante, streicheln. »Heute ist Chéris Geburtstag –« erzählte sie, »ich habe einen Kringel backen lassen, und alle großen Hunde haben auch davon bekommen. Er wird acht Jahre alt. Ja, wir werden alt. Bill, willst du nicht hinausgehn zu den anderen? Die Marsowschen sind auch da. Jugend will zu Jugend. Was sollst du hier bei einer alten, kranken Frau. Gerd, willst du nicht auch die Mädchen begrüßen? Später haben wir viel miteinander zu sprechen. Ja – geht – geht.«
Unten auf dem Tennisplatz fanden wir die anderen. Die Mädchen in hellen Sommerkleidern, die Tenniskappen auf dem Kopf, ganz von wiegendem Blätterschatten umschwirrt.
»Oho, Bill!« rief Gerda und schwenkte ihr Rakett. Alles glänzte an ihr wieder zart und farbig. Ellita stand sehr aufrecht da und schaute uns entgegen. Als mein Vater ihre Hand küßte, wurde sie ein wenig blaß und blinzelte mit den Wimpern. Dann lachte sie nervös und griff mir in das Haar: »Da ist ja unser großer fauler Junge«, sagte sie. Das mit dem faulen Jungen war taktlos. Aber wenn Ellita einem in die Haare faßte, so war das doch eigen. Die beiden Marsowschen Mädchen, in rosa Musselinkleidern mit goldenen Gürteln, waren wieder zu rosa. Dazu die blonden Wimpern, wie bei Ferkelchen. Mein Vater machte Witze, über die alle lachten. Er hatte es leicht, Witze zu machen! »Komm«, sagte Gerda mir leise. Sie lief mir voran die Kastanienallee hinunter. In der Fliederlaube setzte sie sich auf die Bank, ein wenig atemlos, sie hustete, dabei wurden ihre Augen feucht und rund und sie lächelte dann so hilflos: »Gut, daß du da bist, Bill«, sagte sie. Wir schwiegen. »Warum sprichst du nicht?« fragte sie dann. »Ach ja! es ist schade, daß du dein Examen nicht gemacht hast. Warum konntest du auch nicht lernen?« Das empörte mich: »Hast du mich gerufen, um davon zu sprechen?« Gerda erschrak.
»Nein, nein. Es ist ja ganz gleich. Aber weißt du, der Vetter Went kommt.«
»So? Na gut«, warf ich hin.

»Freust du dich?«
Ich zuckte die Achseln: »Ich liebe solche hübsche Männer nicht.«
Das ärgerte wieder Gerda: »Das finde ich dumm«, sagte sie und errötete: »er kann doch nichts dafür, daß er hübsch ist. – Er – er soll Ellita heiraten.«
»Oh!«
»Ja, es ist alles hier so unverständlich. Ellita ist böse und traurig. Und ich weiß nicht ... Vielleicht kannst du etwas lustig sein. Nimm dich recht zusammen.« Damit lief sie wieder die Allee hinab. Die Füße in den gelben Stiefelchen spritzten den Kies um sich, sorglos wie Kinderfüße. Die blaue Schärpe flatterte im Winde. Den Nachmittag über mußten wir mit den Marsowschen Tennis spielen. Angenehm wurde es erst, als die Sonne unterging. Ich spazierte mit den Mädchen langsam an den Blumenbeeten entlang und machte sie lachen. Am Gartenrande blieben wir stehn und sahen über die Felder hin. Rotes Gold zitterte in der Luft. Der Duft von reifem Korn, blühendem Klee wehte herüber. Die blauen Augen der Mädchen wurden im roten Lichte veilchenfarben. Die Marsowschen Mädchen ließen in tiefen Atemzügen ihre hohen Busen auf- und abwogen und sagten: »Nein – sieh doch!« Ihre Mieder krachten ordentlich; denn sie trugen noch hohe, altmodische Mieder. Gerda lächelte die Ferne an. Ich wollte etwas Hübsches sagen, aber wo nimmt man das gleich her! Durch die Kornfelder kam Ellita und mein Vater gegangen. Ellita ohne Hut unter ihrem gelben Sonnenschirm. Mein Vater sprang über einen Graben wie ein Knabe. Ellita beschäftigte sich mit der Landwirtschaft und hatte meinem Vater wohl die Felder gezeigt.
Beim Mittagessen trank ich etwas mehr von dem schweren Rheinwein als sonst. Das Blut klopfte mir angenehm in den Schläfen, als ich später draußen auf der Veranda saß. Die Nacht war sternhell. Alle Augenblicke lief eine Sternschnuppe über den Himmel und spann einen goldenen Faden hinter sich her. Fledermäuse, tintenschwarz in der Dämmerung, flatterten über unseren Köpfen. Aus der Ferne kamen weiche, schwingende Töne. Die Mädchen saßen vor mir in einer Reihe und hielten die Arme um die Taillen geschlungen, helle Gestalten in all dem Dunkel. Schön, schön! Ich hatte das Gefühl, Emmy Marsow sei in mich verliebt, und Gerda – Gerda auch; alle. Warum bestand nicht die Einrichtung, daß man in solchen Sommernächten die Mädchen in die Arme nehmen durfte und küssen.
Ellita kam aus dem Hause. Sie blieb einen Augenblick stehn, aufrecht und weiß. »Bill«, sagte sie dann, »komm mit mir ein wenig in den Garten hinunter, es ist so schön.«

»Gut!« erwiderte ich ein wenig verdrossen. Sie legte ihren Arm um meine Schultern und faßte meinen Rockaufschlag, was mich daran erinnerte, wie klein ich für meine achtzehn Jahre war. So gingen wir zwischen den Lilienbeeten den Weg hinunter. Ellitas Arm lag schwer auf meiner Schulter. Ich glaubte zu spüren, wie das Blut sich in ihm regte. Lieber wäre ich eigentlich auf der Veranda geblieben. Ellita war nie recht gemütlich. Jetzt aber begann ich langsam die Hand, die meinen Rockaufschlag hielt, zu küssen. Ellita sprach schnell, ein wenig atemlos von gleichgültigen Dingen: »Gut, daß du diesen Sommer bei uns bist. Auch für Gerda. Sie ist so einsam. Wir reiten zusammen aus, nicht? Denk dir, den Talboth darf ich nicht mehr reiten, er ist so unsicher geworden.«
Über dem Gerstenfelde auf dem Hügel stieg eine rote Mondhälfte auf, es war, als schwimme sie auf den feinen schwarzen Grannen: »Das ist schön«, meinte Ellita; »machst du noch Gedichte? Ach ja, das mußt du.«
Während sie zum Monde hinüberschaute, blickte ich in ihr Gesicht. Es mußte sehr bleich sein; denn die Augen erschienen ganz schwarz und glitzerten in dem spärlichen Lichte.
Schritte hörte ich hinter uns. Ellitas Arm auf meiner Schulter zitterte ein wenig. Der Duft einer Zigarre wehte herüber, dann hörte ich meinen Vater sagen: »Ah, ihr laßt euch vom Monde eine Vorstellung geben.«
»Ja, er ist so rot«, erwiderte Ellita, ohne sich umzuschauen.
Als wir den Weg zurückgingen, schritt mein Vater neben uns her. Ich hätte mich gern zurückgezogen, die Lebenslage verlor für mich an Reiz, allein Ellita hielt meinen Rockaufschlag fester als vorher. Ich sollte also bleiben. Mein Vater zog die Augenbrauen empor und sog schweigend an seiner Zigarre.
»Wie stark die Lilien duften«, bemerkte Ellita.
Da begann er zu sprechen. Seine Stimme hatte heute einen wunderlichen Celloklang, den ich bisher nicht bemerkt hatte, so etwas wie eine schwingende Saite. »Hm – ja. Sehr hübsch – alles sehr hübsch. Weich und süß. Nur – so süße Watte ist mir immer ein wenig verdächtig.«
»Süße Watte, wieso?« fragte Ellita gereizt.
Mein Vater lachte, nicht angenehm, wie mir schien: »Hm! Sommernacht und Lilien und Einsamkeit, das ist ja schön; aber, mir, auf meinen Reisen, geht es so, wenn's ganz weich und süß um mich wird, dann denke ich an das Packen. Ich fürchte mich davor, mich zu versitzen, nicht weiter zu wollen, verstehst du? Man läßt sich gern von dem, was einen etwas glücklich macht, überrumpeln. An allem, was uns binden will, glaube ich, müssen wir ein wenig herumzerren, um zu sehen, ob wir nicht zu fest gebunden sind. Nicht?«

»Nein«, sagte Ellita hart. Ich hörte ihrer Stimme an, daß sie böse war. Warum? Gleich viel. Ich nahm jedenfalls leidenschaftlich für sie gegen meinen Vater Partei: »Nein. Ich behalte, was ich habe. Wenn es auch häßlich ist – oder meinetwegen gestohlen, wenn es mich ein bißchen glücklich macht ... Ein anderes? weiß ich denn ...?« Es war, als könne sie vor Erregung nicht weitersprechen. Sie stützte sich schwerer auf mich; ich spürte, wie dieser Mädchenkörper von einem innerlichen Schluchzen sachte geschüttelt wurde. Ich hätte mitweinen mögen. Mein Herz klopfte mir bis in die Kehle hinauf.

Mein Vater sann vor sich hin, dann sprach die wunderlich schwingende Stimme weiter: »Ich habe einen guten Freund in Konstantinopel, einen Türken. Der sagte mir, wenn er ein Pferd ganz zugeritten hat, wenn er es ganz in seiner Hand hat, dann gibt er es fort und nimmt sich ein frisches. Zugerittene Pferde, an die man sich gewöhnt hat, meint er, sind gefährlich. Man wird unaufmerksam, und dann passiert ein Unglück.«

»Er ist sehr vorsichtig, dein alter Türke«, meinte Ellita.

»– Ja – hm«; mein Vater schlug einen leichtern Ton an: »Er scheint dir nicht sympathisch zu sein, mein Türke? Aber richtig ist es, das Im-Zügel-Halten ist doch ein Genuß. Und das verstehen die Frauen so schön, ihr – unsere Frauen. Gut, was wild ist, läßt man eine Weile laufen und dann – ein Ruck – und es steht still, und es geht wieder, wie *wir* wollen ...«

»Wie kannst du das sagen!« Ellita schüttelte leidenschaftlich meinen Rockaufschlag. »Du glaubst, wenn du immer wieder sagst, ihr – könnt das, ihr seid solche herrliche Wesen, es ist eure Eigentümlichkeit, so zu sein – dann – dann werden wir so, wie du willst, dann tun wir, was du willst. Und wenn wir dann zu gefügig werden –; was – dann? wie sagt der alte Türke –?«

»Ellita«, unterbrach mein Vater sie hastig, dann lachte er gezwungen laut: »Ich denke, wir wollen uns über diese Philosophie nicht ereifern. Ich werde nicht sobald mehr deine Lilien angreifen. Übrigens ist es spät; Bill, geh und laß anspannen.«

Als ich mich von den beiden trennte, hörte ich deutlich, wie Ellita sagte: »Gerd, warum quälst du mich?«

Auf dem Heimwege sprachen wir kein Wort miteinander. Die Nacht hatte ihr einsames Singen in den Feldern und an den Wassern. Das Land lag farblos im Mondlichte da. Mir war, als hätte ich etwas Schmerzliches erlebt. Zu Hause kroch ich zu Bette, sehr schnell, als wollte ich mich vor etwas flüchten. Unten im Park sang wieder die Mädchenstimme ihr »Rai-rai-rah«. Nebenan hörte ich das Parkett knarren. Es war mein Vater, der ruhelos durch die mondbeschienene Zimmerflucht auf und ab schritt.

Nach jenem mir so unverständlichen Gespräch mit Ellita war mein Vater mir zwar nicht sympathischer, aber interessanter geworden. Ich sah ihn mir den nächsten Tag besonders genau an. Er war ein wenig gelber in der Gesichtsfarbe, an den Augen zeigten sich die feinen Linien deutlicher. Sonst war er wie immer. Keine Spur von Celloklang in der Stimme. Beim Frühstück fragte er Konrad: »Wer singt da des Nachts unten im Garten?«
»Ach«, meinte Konrad, »das is nur die Margusch, das Hausmädchen.«
»Was hat die des Nachts zu singen?«
Konrad lächelte verachtungsvoll: »Das is so 'ne melancholische Person. Sie ging mit dem Gartenjungen, nu' is der auf dem Vorwerk, hat woll 'ne andere gefunden. Nu is die Margusch toll.«
Mein Vater winkte mit der Hand ab, was soviel hieß als: »Das ist ja gleichgültig.« Ich müßte darüber nachdenken. Um alle, auch um die Hausmädchen, spannen sich diese sommerlich verliebten Dinge, die uns unruhig machen und des Nachts nicht schlafen lassen.
Am Nachmittage ging ich auf das Feld und legte mich auf ein Stück Wiese, das wie eine grüne Schüssel mitten in das Kornfeld eingesenkt lag. Die glatten Wände aus Halmen dufteten heiß und stark. Um mich summte, flatterte und kroch die kleine Geschäftigkeit der Kreatur. Ich schloß die Augen. Gab es denn nichts Verbotenes, das ich unternehmen konnte? Das geschähe meinem Vater schon recht, wenn ich einen ganz tollen Streich beginge. Zügeln, sagte er, das Wilde zügeln. Ich möchte wissen, was ich zügeln soll, wenn ich so abgesperrt werde? Nun kommt noch dieser Went. Die Mädchen sind immer um ihn herum, ekelhaft! Gerda machte ein besonderes Gesicht, als sie von ihm sprach. Unruhig warf ich mich auf die andere Seite. In der Nacht müßte etwas unternommen werden, wobei man aus dem Fenster steigt, Bier trinkt, zum Raunen der Sommernacht gehört.
Auf der Landstraße klapperten Pferdehufe. Ich spähte durch die Halme. Mein Vater und Ellita ritten dem Walde zu; sie im hellgrauen Reitkleide, den großen weißen Leinwandhut auf dem Kopfe. Sitzen kann die auf dem Pferde! Stunden könnte man sie ansehn. Ich wollte, ich wäre der dumme Went. Ob das immer so mit den Weibern ist, daß, wenn wir sie ansehn, es uns die Kehle zusammenschnürt, als müßten wir weinen? Mein Vater, der wird sich nicht versitzen. Immer ein Mädchen wie Ellita zur Seite und in den Wald geritten, keine Gefahr, daß der sich langweilt. Ich wollte gleich zu Edse, dem kleinen Hilfsdiener, gehn, der mußte sich für die Nacht etwas ausdenken.
Edse saß am Küchenteich, hatte Schuh und Strümpfe ausgezogen und kühlte seine Füße im Wasser.

»Du, Edse, können wir heute nacht nicht etwas tun?«
»Was denn, Grafchen?« Edse bog seinen großen blonden Kopf auf die Seite und blinzelte mit den wasserblauen Augen.
»Irgend was. Ich steig' zum Fenster hinaus. Er merkt's nicht.«
Edse dachte nach: »Wenn kein Wind is, kann man Fische stechen auf dem See.«
Das war es: »Gut, und Bier muß da sein – und – und, werden auch Mädchen da sein?«
Edse spritzte ernst mit den Füßen das Wasser um sich: »Nee –« meinte er, »beim Fischestechen sind keine Mädchen. Der Krugs-Peter und ich.«
»Gut, gut. Ich weiß«, sagte ich befangen.
Es ging bereits auf Mitternacht, als ich aus meinem Fenster in das Freie hinausstieg. Der Himmel war leicht bewölkt, die Nacht sehr dunkel. Wie ein warmes, feuchtes Tuch legte die Luft sich um mich. In den Kronen der Parkbäume raschelte der niederrinnende Tau und flüsterte heimlich. Ein Igel ging auf die Mäusejagd den Wegrain entlang. Eine Kröte saß mitten auf dem Fußpfad und machte mir nicht Platz. Alles nächtliche Kameraden des Abenteurers. Vom See her leuchtete ein flackerndes Licht. Edse und Peter waren schon bei dem Boot und machten Feuer an auf dem Rost. Ich ging quer durch ein feuchtes Kleefeld, dann durch einen Sumpf, in dem jeder Schritt quatschte und schnalzte. Das war gut, das gehörte dazu.
»Aha«, sagte Edse und wischte sich mit dem Ärmel die Tränen fort, die der Rauch ihm in die Augen getrieben hatte. »War woll nich leicht, wegzukommen?«
»Ja, es dauerte«, sagte ich kühl. Edsens Vertraulichkeit mißfiel mir: »Nun können wir losfahren.«
Peter stieß mit einer langen Stange das Boot lautlos über das Wasser. Edse und ich standen mit unseren Dreizacken am Bootsrande und lauerten auf die Fische. Das Feuer auf dem Rost an der Bootsspitze erfüllte die Luft mit Rauch und Harzgeruch. Lange Schwärme von Funken zogen über das schwarze Wasser, zischten und flüsterten beständig. Wir schwiegen alle drei, sehr aufmerksam in das Wasser starrend. Wunderlich war die Glaswelt unten mit den fetten Moosen, den fleischfarbenen Stengeln, dem lautlosen Ab-und-zu langer Beine, dünner, sich schlängelnder Leiber. Zwischen den Schachtelhalmen zogen die Karauschen hin, breite, goldene Scheiben. Wo es klar und tief war, lagen die Schleien tintenschwarz im schwarzen Wasser: »Fettes Schwein«, sagte Edse, wenn er einen am Eisen hatte. Nahe dem Ufer aber, auf dem Sande, schliefen die Hechte, lange, silbergraue Lineale. Ein angenehmes Raubtiergefühl wärmte mir das Herz. Wenn wir in das Röhricht gerieten, dann rauschte

es an den Flanken des Bootes, als führen wir durch Seide, und hundert kleine, erregte Flügel umflatterten uns. Ein Taucher erwachte und klagte leidenschaftlich. Edse und Peter kannten das alles, sie waren Stammgäste in dieser wunderlichen Nachtwelt: »Aha, die Rohrschwalben«, sagte Edse. »Na, na, geht nur wieder schlafen, kleine Biester. Was schreit der Taucher heute so, als wenn einer ihm seine Mutter abschlachtet?« Plötzlich wurde das Wasser von unzähligen Punkten getrübt. »Es regnet«, meldete Peter. »Nicht lange«, entschied Edse. Das Boot wurde unter eine überhängende Weide gestoßen, wir legten die Eisen fort und begannen zu trinken. Selbst das Bier schmeckte nach Rauch und Harz. Edse sprach von den Fischen, blinzelte in das Feuer, und wenn er trank, wurden seine Augen klein und süß. Zuweilen horchte er in die Nacht hinaus und deutete die Geräusche: »Das is der Kauz. Jetzt bellen die Hunde am schwarzen Krug. Die fremden Arbeiter gehn jede Nacht zu den Marjellen.« Ich war ein wenig enttäuscht. Das Fischestechen war ja gut; aber es sollte doch noch etwas Besonderes kommen. Jetzt gähnte Peter, seinen Ho-ho-ho-Laut auf den See hinausrufend. Nein, so ging es nicht. Ich begann schnell zu trinken. Das half. Ein leichter Schwindel wiegte mich. Die Gegenstände nahmen eine wunderliche Deutlichkeit an, rückten mir näher; die schwarzen Zweige, der Frosch auf dem Blatt der Wasserrose. Dabei hatte ich das Gefühl, als säße ich hier in einer gewagten und wüsten Lebenslage. Wenn Gerda mich so sähe, ihre Augen würden ganz klar vor Verwunderung werden. Mit der mußte ich auch anders sprechen, sie war doch auch nur ein Weib: »Warum sprecht ihr nicht? Erzählt was!« befahl ich.
Edse grinste. »Ja«, begann er langsam, »morgen wird's wieder gut, das Wetter.«
»Nicht so was«, unterbrach ich ihn und spie mit einem Bogen in den See, »was anderes. Sag, was ist denn die Margusch für 'ne Person?«
»Dumm is sie«, meinte Edse.
Peter kicherte: »Da wollt' ich mal heran zu ihr ...«, aber Edse unterbrach ihn: »Das wollen Herrschaften nich' hören.« Hören wollte ich es zwar, allein ich sagte nichts. Der Regen hatte aufgehört. Wir griffen zu den Eisen. Aber die Glieder waren mir schwer, und die Fische wurden mir gleichgültig. Auch kroch schon eine weiße Helligkeit über das Wasser und machte es spiegeln: »Ans Ufer!« kommandierte ich.
Während ich am Ufer auf einem Baumstumpf saß und zuschaute, wie die Jungen die Fische zählten, merkte ich, daß ich anfing traurig zu werden. Wie die Nacht sich langsam erhellte, wie sie anfing grau und durchsichtig zu werden und die Gegenstände farblos und nüchtern dastanden, das war mir unendlich zuwider. »Jetzt noch was«, sagte ich mit Anstrengung.

»So?« meinte Edse und gähnte. »Gähne nicht«, befahl ich, »dazu bin ich nicht herausgekommen. Zu Mädchen gehen wir.« Die Jungen schauten sich schläfrig an. Ich hätte sie schlagen mögen.
»Na, dann gehen wir zum Weißen Krug. Die Marrie und die Liese schlafen im Heu«, beschloß Edse gleichmütig.
Wir schritten quer durch den Wald, schlichen gebückt durch das Unterholz, das seine Tropfen auf uns niederregnete, die Farnwedel schlugen naß um unsere Beine. Das war heimlich, das gab wieder Stimmung. Jetzt noch durch einen Kartoffelacker, dann lag der Weiße Krug vor uns auf der Höhe der Landstraße. Sehr still schlief er in dem grauen Lichte des heraufdämmernden Morgens, selbst grau und schäbig. An dem Gartenzaun entlangkriechend, gelangten wir zum Stall: »Rauf«, sagte Edse und wies auf die Leiter, die zum Futterboden hinaufführte.
Oben war es finster und warm. Das Heu duftete stark. Überall knisterte es seidig: »No«, sagte Edse wieder. Vor mir lagen zwei dunkle Gestalten. Also die Mädchen. Ich setzte mich auf das Heu am Boden. Das Blut sang mir in den Ohren. Die Augen gewöhnten sich an die Dämmerung. Die Jungen raschelten im Heu und flüsterten. Jetzt mußte ich etwas tun. Ich streckte die Hand aus und ergriff einen heißen Mädchenarm. Das Mädchen richtete sich schnell auf, griff nach meiner Hand, befühlte langsam jeden Finger. Dann kicherte sie, ich hörte, wie sie dem anderen Mädchen zuflüsterte: »Du, Liese, der Jungherr.« Nun hockten beide Mädchen vor mir, große, erhitzte Gesichter, von weißblonden Haaren umflattert, die nackten Arme um die Knie geschlungen. Sie sahen mich mit runden, wasserblauen Augen an und lachten, daß die Zähne in der Dämmerung glänzten. »Was der für Hände hat!« sagte Marrie. Nun griff auch Liese nach meiner Hand, befühlte sie, betrachtete sie wie eine Ware und legte sie dann vorsichtig auf mein Knie zurück. »Sei nicht dumm, komm«, sagte ich mit heiserer Stimme. Aber sie entzog sich mir: »Es is Zeit, runterzugehn«, meinte sie.
Raschelnd, wie die Wiesel, schlüpften die Mädchen durch das Heu und glitten die Leiter hinunter.
»Es ist zu hell, da sind die Biester unruhig«, behauptete Edse.
»Sie haben den Jungherrn an den Händen erkannt«, meinte Peter und gähnte wieder sein lautes Ho-ho: »Muß man auch runter.«
Unten im kleinen Garten standen die Mädchen zwischen den Kohlbeeten. Sie traten von einem Fuß auf den anderen; denn die nackten Füße froren in dem taufeuchten Kraut. Die Arme kreuzten sie über den großen, runden Brüsten und sahen mich ernst und neugierig an. »Stehn wie so'n Vieh«, äußerte Edse. Da ging Marrie zu einem umgestürzten Schiebkar-

ren, wischte mit ihrem Rock den Tau fort und sagte: »So, hier kann der Jungherr sitzen.«
Ich thronte auf dem Schiebkarren. Peter hatte angefangen, mit Liese zu ringen. Sie fielen zu Boden und wälzten sich auf dem nassen Grase. »Er ist nicht schläfrig«, bemerkte Marrie zu Edse und deutete auf mich, wie man von einem Kinde in seiner Gegenwart zu einem Dritten spricht. Dann brach sie einige Stengel Rittersporn und Majoran ab. »Da«, sagte sie, »damit Sie auch was haben.« Als ich meine Hand auf ihre Brust legen wollte, trat sie zurück und lächelte mütterlich.
Peter und Liese hatten sich durch den Garten gejagt und waren hinter dem Holzschuppen verschwunden. Marrie wandte sich jetzt ruhig ab und ging, die Füße hoch über die Kohlpflanzen hebend, ihnen nach. Dann war auch Edse fort. Hinter dem Schuppen kicherten sie. Es wurde schon ganz hell, solch eine nüchterne, strahlenlose Helligkeit, die müde macht. Über mir sangen die Lerchen in einem weißen Himmel unerträglich schrill und gläsern. Ich fühlte mich sehr elend und allein mitten unter den Kohlpflanzen. Ein großer Zorn stieg schmerzhaft in mir auf, aber ein Zorn, wie wir ihn als Kind empfinden, wenn wir am liebsten die Hände vor das Gesicht schlagen und weinen. Ich stand auf und schlich mich durch den aufdämmernden Morgen heim.
Vetter Went war in Warnow angekommen. Von der kleinen Wiese im Gerstenfelde aus sah ich ihn, Ellita und meinen Vater wie eine Vision von bunten Figürchen fern am Waldessaum entlangreiten. Ich war so gut wie vergessen, an mich dachte niemand. Dann kam Went eines Tages zum Frühstück herübergeritten. Ich liebte ihn nicht sonderlich. Er war von oben herab mit mir und nannte mich Kleiner. Dennoch war es angenehm, ihn anzusehen. Die scharfen, ruhigen Züge hatten etwas Festliches. Dazu das krause, blonde Haar, der ganz goldene Schnurrbart. Es mußte etwas wert sein, mit dieser Figur und diesem Gesichte am Morgen aufzustehn, sie den ganzen Tag über mit sich herumzutragen, nachts damit schlafen zu gehn. Mit dieser Figur und diesem Gesicht konnte keiner sich ganz gehn lassen.
»Also durchgefallen?« sagte er mir. »Na, so beginnen wir alle unsere Karriere.«
Während des Essens sprach er mit meinem Vater über militärische Sachen. Mein Vater war heute besonders ironisch. Er widersprach Went beständig, setzte ihn mit kurzen Warums und Wiesos in Verlegenheit und lachte unangenehm.
Wents: »Nein, bitte sehr, lieber Onkel!« klang immer gereizter und hilfloser!

Später ging ich mit Went die Gartenallee hinab. Wir schwiegen. Went köpfte mit seiner Reitgerte die roten Floxblüten.
»Er hat was gegen mich«, murmelte er endlich.
»Ja, natürlich«, erwiderte ich, »gegen mich auch. So ist er immer.«
»Gegen dich?« Went lachte: »Ja so, wegen des Nachlernens.«
Das ärgerte mich: »Dir kann es gleich sein; aber ich bin in seiner Macht. Hier eingesperrt zu werden wie ein Kanarienvogel, ist lächerlich. Er ist ja gewiß ein feiner, patenter Herr; aber er denkt nur an sich. Die anderen liebt er nicht, wenn – wenn es nicht zufällig Damen sind.«
Went schaute überrascht auf: »Na, Kleiner, du machst dir keine Illusionen über deinen Erzeuger. Du hast übrigens unrecht. Hier ist es hübsch.«
Ich zuckte die Achseln: »Ach, so 'ne süße Watte.«
»Süße Watte? Wo hast du das her?« bemerkte Went.
Nach einigen Tagen sagte mein Vater mir beim Frühstück: »Wir fahren heute nach Warnow. Deine Cousine Ellita hat sich mit Went verlobt. Heute ist Verlobungsdiner.«
Ich brachte nur ein »Ach wirklich?« hervor.
Mein Vater beugte sich über seinen Teller und murmelte: »Wieder ist das Filet hart – ja«, fügte er dann hinzu: »Ein freudiges Ereignis. Ich freue mich.«
Er sah heute müde aus, aber das stand ihm gut. Er bekam dadurch einen fein unheimlichen Römerkopf. Behaglich war es nicht, ihm gegenüberzusitzen, aber nicht alltäglich. Es war etwas an ihm, das neugierig machte.
Daran dachte ich, als ich im Wohnzimmer mich auf dem Diwan ausstreckte. Die grünen Vorhänge waren vor der Mittagssonne zurückgezogen. Die Fliegen kreisten summend um den Kronleuchter. Die Blumen welkten in den Vasen. Draußen kochte der Garten in der Mittagsglut. Ich hörte es ordentlich durch die Vorhänge hindurch, wie das leise Singen eines Teekessels. Ich schloß die Augen. Heute war wenigstens etwas Angenehmes vor. Ich dachte an Gerda, ließ das schöne Liebesgefühl mir sanft das Herz kitzeln. Dann standen die beiden Krugsmädchen deutlich vor mir – in den graublauen Kohlpflanzen, die Haare voller Halme, und gleich darauf war es wieder Ellita, sie legte ihren warmen, königlichen Arm um meine Schultern und duftete nach Heliotrop. Ach ja, alle diese Mädchen, diese lieben Mädchen! Die Welt ist voll von ihnen! Das ließ mich tief und wohlig aufatmen.
Ich fuhr aus dem Halbschlummer auf. Es müßte Zeit sein, sich anzukleiden. Die tiefe Ruhe im Hause war mir verdächtig. Daß die Fahrt nur nicht in Vergessenheit gerät! Ich beeilte mich mit dem Ankleiden, lief in den

Stall, um Kaspar anzutreiben. Ich war froh, als der Wagen vor der Tür hielt. Konrad stand auf der Treppe und sah nach der Uhr.
»Kommt er?« fragte ich.
»Fertig is er«, meinte Konrad.
So warteten wir. Die Pferde wurden unruhig. Kaspar gähnte.
»Er hat's vergessen«, bemerkte ich.
Konrad zuckte die Achseln: »Gemeldet hab' ich. Noch 'n mal geh ich nich.«
»Dann geh' ich«, beschloß ich.
Ich lief zu dem Arbeitszimmer meines Vaters, öffnete zaghaft die Türe und blieb regungslos stehen. Dort geschah etwas Unerklärliches. Mein Vater, in seinem Gesellschaftsanzuge, saß am Schreibtisch auf dem großen Sessel. Er stützte die Ellbogen auf die Knie, barg das Gesicht in die Hände, wunderlich in sich zusammengekrümmt, und weinte. Ich sah es deutlich – er weinte; die Schultern wurden sachte geschüttelt, die Stirn zuckte, das Haar war ein wenig in Unordnung geraten, der Saphir an dem Finger der über das Gesicht gespreizten Hand leuchtete in einem Sonnenstrahl, der sich durch den Vorhang stahl. Angst erfaßte mich, eine Angst, wie wir sie im Traum empfinden, wenn das Unmögliche vor uns steht. Ich zog mich zurück und schloß leise die Türe. Vor der Türe stand ich still. Ich fühlte, wie meine Mundwinkel sich verzogen, als müßte auch ich weinen.
»Er kommt schon«, meldete ich draußen.
»Wie sehen Sie denn aus, Jungherr?« fragte Konrad.
»Ich sehe aus, wie ich will«, antwortete ich hochmütig.
Ich setzte mich auf die Treppenstufen und sann dem Bilde nach, das ich eben gesehen hatte. Hier lag wieder alles unverändert alltäglich im gelben Sonnenschein vor mir, und dort drinnen saß die in sich zusammengekrümmte Gestalt mit den tragisch über das Gesicht gespreizten Händen. Etwas Unbegreifliches war in der Verschwiegenheit der Mittagsstunde entstanden.
Dann kam mein Vater, in seinen weißen Staubmantel gehüllt, das Gesicht ein wenig gerötet vom Waschen: »Du schimpfst wohl schon«, sagte er lustig. Auf der Fahrt unterhielt er mich liebenswürdig. Er sprach ernsthaft mit mir über Familienangelegenheiten. Er freute sich über die gute Partie, die Ellita machte. Für eine starke Natur wie Ellita war es ungesund, Jahr für Jahr in der ländlichen Einsamkeit zu sitzen und sich in den kleinen Verhältnissen abzumühen. Solche Frauen müssen mitten in der großen Welt auf hohen, kühlen Postamenten stehen, sonst wird ihr Gemütsleben krank.
In Warnow saß die Tante in großer Toilette unter ihren Gästen auf der Veranda; neben ihr der alte Hofmarschall von Teifen, das Haar kohl-

schwarz gefärbt und unerträglich stark parfümiert. Die Mädchen trugen weiße Kleider und Rosen im Gürtel, die Herren hatten sich Tuberosen in das Knopfloch gesteckt. Die Ranken des wilden Weines streuten zitternde Schatten über all die Farben, machten mit ihrem grünlichen Grau die Gesichter blasser, die Augen dunkler. Der alte Marsow hatte eine weißseidene Weste über seinen runden Bauch gezogen und sprach sehr laut schlecht von den Ministern. Dazwischen erzählte die klagende Stimme der Tante dem Hofmarschall von einer Gräfin Bethusi-Huk, die vor langen Jahren in Karlsbad freundlich zu ihr gewesen war. Ellita saß abseits. Sie streichelte nachdenklich die Federn ihres Fächers und machte ihr schönes, mißmutiges Gesicht: »Ihr hättet alle auch fortbleiben können«, stand darauf zu lesen.
»Wo ist der Bräutigam?« fragte mein Vater.
Er sei mit Gerda unten im Garten, hieß es.
»Der hat mit einer Schwester nicht genug«, dröhnte die Stimme des alten Marsow. Niemand lachte über diese Taktlosigkeit.
»Bill, willst du nicht hinuntergehen, sie rufen«, sagte Ellita.
Ich fand die beiden unten bei der Hängeschaukel. Went stand auf der Schaukel und schaukelte sich. Er flog sehr hoch, fast bis in die Zweige der Ulme hinauf. Tadellos fein sah er aus. Sehr schlank in seine blaue Uniform geknöpft, der Kopf in der Sonne wie mit Gold bedeckt. Gerda schaute zu ihm auf, die Lippen halb geöffnet, die Augen rund und wie in einen erregenden Traum verloren. Die Hand legte sie auf die Brust in einer Bewegung, die ich an ihr nicht kannte, ganz fest die rechte Brust zusammendrückend. Sie bemerkte es nicht, daß ich neben ihr stand, und die Eifersucht machte mich ganz elend.
»Tag, Gerda«, sagte ich heiser.
Sie schreckte zusammen und sah mich mit dem unzufriedenen Blick eines Menschen an, der im Schlafe gestört wird. Das hatten beide Warnower Mädchen, sie konnten plötzlich aussehen wie schöne, böse Knaben.
»Ach du, Bill!« sagte sie. Freundlich klang das nicht.
»Ihr schaukelt hier?« fragte ich, um etwas zu sagen.
»Ja – sieh ihn«, erwiderte Gerda, schaute empor und wieder legte sich das Traumlächeln über ihr Gesicht.
Went hatte mit dem Schaukeln aufgehört und ließ die Schaukel ausschwingen. Er lehnte sich leicht gegen eine der Stangen, präsentierte seine gute Gestalt sehr vorteilhaft. Mir war er zuwider, wie er so dastand und sich von Gerdas Augen anstrahlen ließ.
»Statt zu schaukeln, solltest du zu den anderen gehen«, rief ich zu ihm hinauf, »Ellita fragt nach dir.«

Er sprang ab: »Ellita schickt dich? Ist sie unzufrieden?« fragte er.
»Natürlich«, log ich.
»So – so: Na, dann, Kinder, geh' ich voraus.« Ich fand, er sah aus wie ein ängstlicher Schuljunge. Eilig lief er dem Hause zu. Ich lachte schadenfroh.
»Er hat Angst vor ihr«, bemerkte ich.
»Er! Was fällt dir ein!« Gerda wandte sich böse von mir ab und setzte sich auf die Bank. Dann versank sie in Gedanken.
»Was habt ihr beide so viel miteinander zu besprechen?« fragte ich gereizt.
»Von Ellita sprechen wir natürlich, immer von ihr«, erwiderte Gerda noch immer sinnend. »Went hat mir viel zu denken gegeben.«
»Er sollte lieber selbst für sich denken!« Ich war so böse, daß ich ein Ahornblatt mit den Zähnen zerreißen mußte.
Gerda schaute auf. Wirklicher Kummer lag auf ihrem Gesichte, etwas Erstauntes und Hilfesuchendes. Die Augen wurden feucht: »Warum sprichst du so? du weißt doch nicht ...«
»Was hat er dich traurig zu machen«, murmelte ich kleinlaut. Die Liebe schnürte mir die Kehle zusammen. Am liebsten hätte auch ich geweint, wenn das angängig gewesen wäre.
Gerda begann zu sprechen, schnell und klagend. Es war nicht für mich, das sie sprach, sie mußte es heraussagen: »Warum muß Ellita so schlecht gegen ihn sein? Er liebt sie doch. Und nun kann sie ja fort von hier, hinaus. Das will sie doch. Er tut ihr nur Gutes. Aber sie war immer so, ich weiß, jetzt wird sie nicht mehr einsam sein und arm.«
»Arm?«
»Ja, Ellita sagt, wir sind arm.«
»Aber es ist doch alles so fein hier bei euch?« wandte ich ein.
»Ach!« meinte Gerda, »das ist nur wegen der Mama, weil sie bei Hof war und eine Beauté, da muß sie das haben.«
»Ach ja, das war damals, als sie sich so schrecklich tief dekoltierte, wie auf dem Bilde im Saal«, bestätigte ich.
»Sei nicht dumm«, fuhr Gerda mich an. »Gewiß sind wir arm und müssen immer hier sitzen. Und wenn alles verschneit ist und keiner zu uns kommt und in den Zimmern die Öfen heizen und Kerzen gespart werden, dann geht Ellita durch die Zimmer, immer auf und ab wie ein Eisbär, und spricht mit keinem und sieht Mama und mich böse an. Oder sie geht in ihr Zimmer und tanzt stundenlang allein Bolero, in der Nacht weint sie. Ich hör' es nebenan. Sie tut mir leid, aber es ist auch zum Fürchten. Aber jetzt hat sie ja alles. Warum ist sie nicht froh? Warum quält sie Went? Warum weint sie nachts? Warum tanzt sie noch allein Bolero?« Jetzt hingen

Tränen an Gerdas Wimpern, runde Tröpfchen, die in der Sonne blank wurden: »Ja – etwas Trauriges geht jetzt immer zwischen uns herum. Ich weiß nicht, was es ist.«
Ich wußte auf all das nichts zu sagen. Ich griff daher nach Gerdas Hand und begann sie zu küssen. Aber sie entzog sie mir: »Bill, sei nicht lächerlich. Komm, schaukle mich lieber.«
Sie setzte sich auf die Schaukel, bog den Kopf zurück, schaute mit verzückten Augen empor, ganz regungslos, nur die Füßchen in den weißen Schuhen bewegten sich nervös und ruhelos. Während ich die Schaukel hin und her warf, hing ich meinen trüben Gedanken nach: Natürlich war Gerda in diesen Went verliebt. Sie weinte um ihn, jetzt dachte sie an ihn und erlebte aufregende, traurige Dinge mit ihm, und ich war ein gleichgültiger Schuljunge, der arbeiten sollte und nicht mitzählte. Das kränkte mich so, daß ich nicht mehr schaukeln mochte.
»Warum schaukelst du nicht?« fragte Gerda aus ihrem Traum heraus.
»Weil ich nicht will«, erwiderte ich. »Weil«, ich suchte nach etwas Grausamem, das ich sagen könnte: »Weil ich nichts davon habe, dich zu schaukeln, damit du besser an deinen Went denken kannst.«
»Meinen Went?« Gerda errötete wie immer, wenn sie böse war, ein warmes Zentifolienrosa, das bis zu den blanken Stricheln der Haarwurzeln hinaufstieg.
»Gewiß, ihr seid alle in diesen Affen verliebt.« Es tat mir zwar leid, daß ich das sagte, aber gesagt werden mußte es.
Schweigend stieg Gerda von der Schaukel, zog ihre Schärpe zurecht, dann, sich zum Gehen wendend, bemerkte sie mit einer Stimme, die überlegen, erwachsen klang, die Gerda weit von mir fortrückte: »Weißt du, Bill, bei dem Allein-in-Fernow-Sitzen hast du recht schlechte Manieren bekommen. Es tut mir leid, daß ich mit dir gesprochen habe.«
»Bitte«, sagte ich trotzig.
Gerda ging. Ich blieb noch eine Weile auf der Bank sitzen. Also die einzige Freude, die ich diesen Sommer hatte, war mir auch verdorben. Nicht einmal mich ruhig zu verlieben hatte ich das Recht. Die anderen liebten und wurden geliebt, sie hatten ihre Geheimnisse und ihre Tragödien; ich hatte nur die verschimmelten Bücher. Denn, wenn Gerda sagte, ich hätte schlechte Manieren, so war das nicht einmal etwas, das man Schmerz nennen kann. Na, sie sollten sehen. Ich würde mir schon etwas ausdenken!
Während des Mittagessens versuchte ich mein Elend niederzutrinken. Das brachte wieder ein wenig Festlichkeit in mein Blut. Ich fand die lange Tafel lustig. Wenn ich an den großen Rosensträußen vorüber auf die

Mädchengesichter sah, erschienen sie mir sehr weiß mit unruhigem Glanz in den Augen und zu roten Lippen. Alles zitterte vor meinen Augen. Ich mußte lachen und wußte nicht worüber. Ich saß zwischen den beiden Marsows. Die fetten weißen Schultern streiften meinen Rockärmel. Ich glaubte die Wärme der runden Mädchenkörper zu spüren. Sie kicherten viel über das, was ich ihnen sagte.
Mein Vater hielt eine Rede. Während er da stand, die Tuberose im Knopfloch, das Sektglas in der Hand und ein wenig lächelte, wenn die andern über seine Witze lachten, versuchte ich an die Gestalt dort im Arbeitszimmer zu denken. Aber es schien, als hätten diese beiden Gestalten nichts miteinander zu tun.
Er sprach von Vorfahren, und von der Ehe, daß sie ein beständiges Friedenschließen sei. Darüber wurde gelacht. Dann wurde es ernst. Aber – hieß es – sie ist auch ein Postament, ein Altar – »unsere Ehen«, auf dem die Frau – »unsere Frauen« geschützt und heilig steht. Denn unsere Frauen sind die Blüte unserer adeligen Kultur, sie sind Repräsentantinnen und Wahrerinnen von allem Guten und Edlen, das wir durch Jahrhunderte hindurch uns erkämpft. Das »unser« wurde mit einer weiten Handbewegung begleitet, welche die ganze Gesellschaft zusammenzuschließen und sehr hoch über die anderen, die nicht wir waren, emporzuheben schien. Alle hörten andächtig zu. Die alte Exzellenz nickte mit dem Köpfchen. Der alte Marsow lehnte sich in seinen Stuhl zurück, machte einen spitzen Mund und versuchte sehr würdig auszusehen. Ich fühlte selbst seinen angenehmen Hochmutskitzel. Es war doch gut zu hören, daß man seine eigene Kultur hatte. Es wurde Hoch gerufen und man stieß mit den Gläsern an. Der Schluß der Mahlzeit war für mich ein wenig verschwommen. Ich war froh, als es zu Ende war und ich auf die Veranda hinausgehen durfte.
Ich setzte mich in den Mondschein wie unter eine Dusche. Angenehme Gedanken gingen mir durch den Kopf.
Gerda erschien auf der Veranda. Sogleich war ich bei ihr. Ich faßte das Ende ihrer Schärpe: »Oh, Bill, du bist es. Warum bist du hier allein?« fragte sie.
»Ich bin hier allein«, begann ich, »weil ich verzweifelt darüber bin, daß wir uns gezankt haben. Wollen wir uns versöhnen? Du weißt, wie sehr ich dich liebe.«
Sie trat ein wenig zurück, als wäre sie ängstlich: »Pfui, Bill«, rief sie, »du hast zuviel getrunken. Schäm dich!«
Dann war sie fort. Was sollte ich tun. Sie fürchtete sich vor mir. Sie sagte pfui zu mir. Nun war alles aus. Nun hatte ich meinen großen Schmerz. Ich

setzte mich auf die Bank, schlug die Hände vor das Gesicht, saß da – wie – wie er – dort im Arbeitszimmer. Weinen konnte ich nicht. Es war mehr Grimm gegen die da drinnen, was mir das Herz warm machte. Ich stieg auf die Bank und schaute durch das Fenster in den Saal.
Da saßen sie alle beieinander. Wie sie die Lippen bewegten, ohne daß ich ihre Worte hörte, wie sie den Mund aufsperrten, ohne daß ein Ton zu mir drang, das sah gespenstisch aus. Die Tante in ihrem weißen Spitzenburnus lag in der Sofaecke wie eine abgespielte Puppe, die man neu bekleidet hat. Der alte Marsow streckte sich in einem Sessel aus, sehr rot im Gesicht. Die Exzellenz saß zwischen den Marsowschen Mädchen und schnüffelte mit der spitzen Nase wie eine Maus, die Zucker wittert. Und plötzlich machten sie alle andächtige, süße Gesichter; denn im Nebenzimmer sah ich Went am Klavier stehen. Er sang: »Sei mir gegrüßt – sei mir geküßt –«, die Augen zur Decke emporgeschlagen, wiegte er sich sachte hin und her, und sein Tenor goß den Zucker nur so in Strömen aus. Wie unverschämt diese süße Stimme war! Wie sie den Raum füllte, die Leute kitzelte, daß sie die Gesichter verzogen, die Mädchen auf die feuchten, halbgeöffneten Lippen zu küssen schien. Mir war zuwider. Währenddessen kamen, wie Bilder einer Laterna magica, zwei Gestalten vor meinem Fenster aufeinander zu. Ellita, aufrecht und weiß, den Kopf ein wenig zurückgebogen, die Lippen fest geschlossen. Oh! die ließ sich nicht von der schmachtenden Stimme küssen! Ellita hatte eine Art zu gehen, die ihr Kleid ganz gehorsam ihrer Gestalt machte. Es schien mir immer, als müßte der weiße Musselin warm von ihrem Körper sein. Von der anderen Seite kam mein Vater. Sie standen sich gegenüber. Er sagte etwas, lächelte, strich mit der Hand über den Schnurrbart. Sie aber lachte nicht, ihr Gesicht wurde streng, böse – sie schaute meinem Vater gerade in das Gesicht wie jemand, der kämpfen will, der nach einer Stelle sucht, auf die eine Wunde gehört. Ich fühlte es ordentlich, wie ihr Körper sich spannte und streckte. Mein Vater machte eine leichte Handbewegung, sein Ausdruck jedoch veränderte sich, er biß sich auf die Unterlippe, seine Augen blickten scharf, erregt, gierig in Ellitas Augen, grell von der Lampe beleuchtet, sah ich, wie sie flimmerten, wie sie sich in Ellitas Gesicht festsogen. Sie beugte langsam den Kopf, schlug die Augen nieder, schloß sie. Sie wurde sehr bleich und stand da demütig, als wäre alle Kraft von ihr genommen. Ich konnte das nicht mit ansehen. An alledem war etwas, das mich seltsam verwirrte. Ich trat von dem Fenster zurück. Meine Gedanken irrten erregt um etwas herum, das ich doch nicht zu denken wagte. Gibt es so etwas? Er und sie? Er und sie? So etwas also kann man erleben – so unheimlich ist das Leben? ... Da sitzen sie alle ruhig, und Went girrt

sein »Sei mir gegrüßt, sei mir geküßt« – und mitten drin steht etwas Wildes – etwas Unbegreifliches.
Jetzt rauschte eine Schleppe. Ellita kam durch die offene Glastüre die Stufen herab. »Ellita«, mußte ich sagen.
»Du, Bill?« fragte sie. »Bist du hier allein? Komm, gehen wir hinunter.«
Sie legte wieder ihren Arm um meine Schulter, und wir gingen die Lindenallee hinab. Ellita sprach leise und mit fliegendem Atem: »Warum gehst du von den anderen fort? Bist du traurig? Hat dir jemand etwas getan? Sag? Ist Gerda schlecht mit dir gewesen? Du liebst doch Gerda, nicht? Ja, lieb sie nur; es ist ja gleich, was geschieht! Das kann dir keiner verbieten. Gerda wird wieder gut werden, das arme Kind.«
Die leise, klagende Stimme rührte mich, erfüllte mich mit Mitleid mit mir selber. Die Tränen rollten mir über die Wangen. »Weinst du, kleiner Bill?« fragte Ellita. Es war so dunkel in der Allee, daß sie nicht sehen konnte. Mit ihrer kühlen Hand fuhr sie leicht über mein feuchtes Gesicht: »Ja, du weinst. Das schadet nichts. Weine nur. Hier sieht *er* uns nicht. Hier brauchen wir nicht Tenue zu haben.«
Schweigend gingen wir einige Schritte weiter. Hie und da huschte ein wenig Mondlicht durch die Zweige über Ellitas Haar, über das weiße Kleid, ließ den Ring an ihrem Finger, das kleine Diamantschwert an ihrer Brust aufleuchten, und dann wieder die weiche Finsternis voll Duft und Flüstern. Am Ende der Allee stand die alte Steingrotte, eine halbverfallene kleine Halle, die der Mond mit den sich sachte regenden Blätterschatten der Ulme füllte.
»Hast du mich Bolero tanzen sehen?« fragte Ellita plötzlich. »Komm, ich tanze dir vor.«
Ich setzte mich auf die Steinbank in der Grotte, und Ellita, mitten unter dem Blätterschatten, tanzte lautlos auf ihren weißen Schuhen, an denen die Schnallen im Mondschein aufblitzten. Sie warf die Arme empor, bog den Kopf, als hielte sie Trauben in die Höhe, und die halbgeöffneten Lippen dürsteten nach ihnen. Oder sie warf einen unsichtbaren Mantel stolz um die Schultern oder pflückte unsichtbare Blumen; alles mit dem weichen, rhythmischen Biegen des Körpers, den die Musselinschleppe wie eine weiße Nebelwelle mit ganz leisem Rauschen umfloß. Schweigend und eifrig tanzte sie. Ich hörte, wie sie schneller atmete. Das war geisterhaft, unwirklich. Alle Aufregung verstummte in mir. Es war mir, als sei ich weit fort, an einem Orte, den ich aus irgendeinem Traume kannte; jetzt blieb sie stehen, strich sich das Haar aus der Stirn und lachte: »Sieh, so. Das war gut. Jetzt gehen wir wieder zu den anderen. Jetzt haben wir wieder Tenue.«

Während wir dem Hause zugingen, sprach Ellita wieder ruhig und ein wenig gönnerhaft wie sonst. Drinnen im Saal lächelte sie Went an und sagte: »Hast du dich ausgesungen, mein Lieber?« –

Zu Hause, in meinem Zimmer, fühlte ich mich bange und erregt. Das Leben erschien mir traurig und verworren. Schlafen konnte ich nicht. Aufdringliche und aufregende Bilder kamen und quälten mich. Die Nacht war schwül. Regungslos und schwarz standen die Bäume im Garten. In der Ferne donnerte es. Unten im Park sang Margusch wieder ihre ruhige, ein wenig schläfrige Klage. Diese Stimme tat mir wohl. Ich wollte ihr nahe sein, mich von ihr trösten lassen, die Augen schließen und nichts denken als: Rai-rai-rah.

Ich stieg aus dem Fenster und ging der Stimme nach. Über der Wiese stand ein schwarzer Wolkenstreifen, in dem es sich golden vom Wetterleuchten regte. Zuweilen schüttelte ein warmer Wind die Kronen der Linden. Am Teich unter den Weiden fand ich Margusch. Das große, blonde Mädchen kauerte auf dem Rasen, hatte die Arme um die Knie geschlungen, wiegte sachte den runden Kopf und sang, eintönig, als säße sie an einer Wiege:

Näh' ein Hemdchen auf der Weide,
Mess' es an dem Eichenstamm.
Ach! mein Liebster, wachse, wachse,
Wie die Eiche grad und stramm!
Rai – rai – rah ...

Ich kam leise heran und hockte neben ihr nieder. Sie schreckte ein wenig zusammen, dann sagte sie: »Gottchen, der Jungherr!«

»Ja, Margusch, sing weiter!«

Margusch schaute ruhig und müde über den Teich hin und zog die Knie fester an sich. »Ach!« meinte sie, »wozu ist das Singen gut! Warum schlafen Sie nicht, Jungherr?«

»Ich konnte nicht. Ich wollte nicht allein sein. Ich hörte dich singen, da kam ich.«

Margusch seufzte: »Ja, ja, den Herrschaften geht es auch nicht immer gut. Alle haben was. Der Herr gibt nu auch sein Fräulein fort. Was kann man machen.«

»Sein Fräulein«, das klang in dem Munde dieses Mädchens wie eine klare, melancholische Geschichte, eine Geschichte wie die zwischen Jakob und Margusch. »Jeder hat was.« Ich drückte mich nah an Margusch heran. Dieser heiße Mädchenkörper schien mir Schutz zu geben vor allem

Unheimlichen, das mich quälte. Sie lächelte, legte ihren schweren Arm um mich, wiegte mich langsam hin und her und wiederholte: »Unser Jungherr is traurig, unser Jungherr is traurig.« Dunkle Wolkenfetzen zogen über den Mond. Der Teich wurde schwarz. Die Frösche schwiegen, nur ab und zu ließ einer sich vernehmen, als riefe er jemanden.
Margusch streichelte meinen Arm: »Unser Jungherr is traurig.« Erregt und fiebernd klammerte ich mich an den warmen, ruhenden Mädchenkörper fest. Da gab sie sich mir hin, gutmütig und ein wenig mitleidig.
Es war finster geworden. Ein feiner Regen begann in den Weiden und im Schilf zu flüstern. »Es regnet«, sagte Margusch, »man muß heimgehen.« Ich weigerte mich. Nur nicht in das Haus gehen, nur nicht allein sein! So saßen wir eng umschlungen da. Margusch summte leise vor sich hin. Es begann zu dämmern. Enten hoben sich aus dem Teich und flogen mit pfeifendem Flügelschlage dem See zu. Auf der anderen Seite des Teiches ging eine dunkle Gestalt die Allee hinauf dem Hause zu.
»Der gnädige Herr«, flüsterte Margusch. »Der ist oft nachts draußen. Dort unten spaziert er auf und ab. Der kann auch nicht schlafen.«
Um die Mittagsstunde, als der Hof voll grellen Sonnenscheins lag, schlenderte ich langsam dem Stalle zu. Ich war müde, hatte Lust zu nichts, da war es das beste, zuzusehen, wie Kaspar die Pferde putzte, das beruhigt und strengt nicht an. Am Stallteich stand Margusch und wusch einen Eimer.
»Nun, Margusch«, sagte ich und blieb stehen. Sie hob den Kopf und sah mich mit den glasklaren Augen gleichgültig an.
»Heiß is'«, bemerkte sie.
»Aber vorige Nacht –« setzte ich leise hinzu.
Sie lächelte matt, seufzte und beugte sich wieder über ihre Arbeit.
Mein Vater kam aus dem Stall, er sah flüchtig zu mir herüber und wandte den Kopf ab.
Später, während des Mittagessens, als Konrad hinausgegangen war, hielt mein Vater sein Portweinglas in der Hand und sagte, eh er trank, das war immer der Augenblick, in dem er unangenehme Dinge vorbrachte: »Sich hier mit den Bauernmädchen einzulassen, ist nicht empfehlenswert.« Ich errötete. Mein Vater trank und fuhr dann fort, indem er an mir vorbei zum Fenster hinaussah: »Abgesehen davon, daß diese Dinge für dich nicht zeitgemäß sind, du sollst nur deine Studien im Auge haben, so finde ich, daß Affären mit diesen Mädchen die Instinkte und Manieren vergröbern.« Eine peinliche Pause entstand. Mein Vater sann vor sich hin, dann sagte er, wie aus seinen Gedanken heraus: »Mein Freund in Konstantinopel sagte ger...« – Natürlich! dachte ich, wo ein unangenehmes Beispiel

nötig ist, da hat der alte Türke es gegeben! »Er sagte, er sei nur deshalb der feine Weinkenner geworden, der er ist, weil er wegen des Verbotes seiner Religion in der Jugend sich die Zunge nicht mit schlechten Weinen verdorben habe.«

Ich verstand sehr wohl, was der alte Türke meinte, nur erschien es mir wunderlich, daß mein Vater das zu mir sagte. Es machte mich verlegen. Ob er das merkte? Jedenfalls tat er den Ausspruch, als er die Tafel aufhob: »Du bist jetzt in dem Alter, in dem man mit dir über diese Dinge vernünftig reden kann, hoffe ich.«

Das ließ sich hören.

Ich hatte die Erlaubnis erhalten, mit Went auf die Rehpürsch zu gehen. Wir zogen gleich nach Mitternacht in den Wald und saßen bei einem Feuer auf. Der Waldhüter schnarchte unter einem Wacholderbusch. Went hüllte sich in seinen grauen Mantel, lehnte sich an den Stamm einer Tanne und blickte nachdenklich in das Feuer. Ich streckte mich behaglich in das Moos hin. Die Freude auf die Jagd war so stark, daß sie mich all meine Aufregungen vergessen ließ. Um uns herum war es sehr dunkel. Die heimlichen Töne des Waldes gingen unter den großen, stillen Bäumen hin, ein leichtes Knacken, ein vorsichtiges Gehen, ein plötzliches Flügelrauschen. Sehr ferne riefen zwei Käuzchen sich klagend an.

»So ist's doch gut?« fragte ich zu Went hinüber, »im Walde ist alles gleich.«

»Was ist gleich?« fragte Went streng zurück.

Ich hätte gewünscht, Went wäre heiter und kameradschaftlich gewesen, statt tragisch und erhaben zu sein. Gut sah er übrigens aus, wie er in das Feuer starrte.

»Du, Went«, begann ich wieder, »wie ist es eigentlich, wenn man so aussieht wie du, so – daß alle Weiber sich in einen verlieben?«

»Teufel, Kleiner, was du dir für Gedanken machst.« Jetzt lächelte Went, und das wollte ich.

»Gehört das auch zu den Examenarbeiten?«

»Das Examen hat hierbei nichts zu tun –« sagte ich gereizt, »man kann auch an die Weiber denken, wenn man nicht das Examen gemacht hat. Alle denken an Weiber.«

»Alle?«

»Ja, alle.«

»Dumm genug«, bemerkte Went.

»Das ist so«, fuhr ich fort, »ich habe das früher nicht gewußt, aber jetzt ...«

Went schaute mich ironisch an: »Der Aufenthalt hier ist, scheint es, für deine Erziehung bedeutungsvoll.«

Ich errötete, ich hatte damals diese dumme Angewohnheit, und sagte heftig: »Denkst du auch schon über meine Erziehung nach? Das fehlt noch!«
»Trinken wir einen Cognac, Alter«, besänftigte mich Went. Er holte seine Flasche hervor und trank zwei Cognacs schnell hintereinander. »So, das ist gut und macht keine Umstände. Da«, meinte er befriedigt und reichte mir die Flasche. Wie gequält er dreinschaute! Er tat mir leid. Während ich mir den Cognac eingoß, tat ich den Ausspruch: »Ja, es ist gut, daß wir uns nicht darüber zu quälen brauchen, ob der Cognac auch von uns ausgetrunken sein will, ob er das liebt. Uns schmeckt er eben.«
Das gefiel Went nicht. Er kehrte mir den Rücken zu und brummte: »Unsinn! Schlafe lieber.«
Ich aber wollte mich unterhalten. »Du Went, sag, es muß ganz fein sein, Soldat zu sein?«
Das regte ihn auf, er wurde heftig.
»Hol der Teufel das Soldatsein. Sei froh, daß du keiner bist.«
»Warum?«
»Weil, Gott! weil einen das sentimental macht!«
»Sentimental?« fragte ich. »Ich wüßte nicht, daß das für den Krieg nötig ist.«
»Mit dir kann man nicht vernünftig reden«, fuhr mich Went an, »Krieg? Wo ist denn Krieg? Natürlich sentimental«, seine Stimme klang, als zankte er sich mit jemandem. »Mit dem Dienst und den Rekruten und alldem, kommt dann so was, das nach Sentiment aussieht, so fallen wir jedesmal darauf herein. Man weiß nicht, wie man das anfassen soll. Ihr anderen hier habt Zeit, ihr könnt auf euren Gefühlen sitzen wie die Henne auf ihren Eiern, und werdet ihr so – so –, kein Teufel kann das verstehen.«
Nach diesem Ausbruch schloß er die Augen und tat, als schliefe er. Ich schlang meine Arme um meine Knie und starrte in das Feuer.
In letzter Zeit hatte ich wunderliche Dinge erlebt, unheimliche und unverständliche. Wenn ich Went etwas davon sagte, würde er nicht mehr so ruhig daliegen. Seltsam ist es, wie ein Mensch von dem anderen nichts weiß, und doch sitzt und lauert in dem einen Menschen gerade das, was dem anderen Schmerz bereiten kann. Das war eine Erkenntnis, die mir in jener Stunde plötzlich kam und mich ergriff, wie es in *den* Jahren zu geschehen pflegt. Es ist wie hier im Walde. Ich sitze auf dem kleinen, hellen Fleck. Um mich ist die Nacht ganz schwarz und voll von dem Knistern und Gehen unsichtbarer Wesen. Jeden Augenblick kann aus dem Dunkel etwas hervortreten, etwas Entsetzliches. Warum ist das so? Meiner jungen Seele tat es weh, diese Luft zu atmen, die voll drohender,

unverstandener Schmerzen liegt. Ich drückte mich fest an den dicken Tannenstamm, legte die Hand auf seine taufeuchte Rinde. Diese Stillen hatte ich immer gern gehabt. Wenn auf der Treibjagd so eine alte Tanne mit ihren schwer niedergebogenen Zweigen und grauen Bärten dastand und mich vor dem Wild oder das Wild vor mir verbarg, da hatte ich sie als eine der großen Unparteiischen des Waldes empfunden, vornehm und kühl. Daran zu denken, beruhigte mich jetzt. Ich konnte mich darüber freuen, daß mir so tragische und seltsame Gedanken kamen. Ich war doch ein ganzer Kerl. Das vermutete wohl keiner hinter dem kleinen Bill. Wenn Gerda das wüßte, die würde mich dann anders anschauen!

Es dämmerte bereits. Aus den Föhrenwipfeln flogen die Krähen aus und riefen einander ihre heiseren Nachrichten zu. Es war Zeit, aufzubrechen. Ich weckte den Waldhüter, weckte Went. »Nu geht's los«, rief ich ihm zu. »Schon!« sagte Went, gähnte und blickte mißmutig in den aufdämmernden Morgen. Also nicht einmal die Aussicht auf einen Bock konnte ihn aufrichten. Dann stand es schlimm mit ihm!

Köstlich war es, leise und schweigend durch den Wald zu schleichen. An einer kleinen, sumpfigen Waldwiese nahm ich meinen Stand. Das Gras war grau von tauschweren Spinnweben. Eine Wasserratte schlüpfte durch die Halme, sprang mit leisem Geplätscher in die Wasserlöcher, kam mir ganz nahe. Sie hielt mich wohl für einen Baum, und das schmeichelte mir. Dann plötzlich standen zwei Rehe auf der Wiese, eine große Ricke und ein kleiner Bock. Die Ricke äste ruhig und sorgsam, den Kopf niedergebeugt, langsam vorwärtsgehend. Der kleine Bock war zerstreut, hob häufig den Kopf, schüttelte ihn, machte kleine Sprünge. Vom Waldrand kam ein großer alter Bock herangetrabt. Ich sah deutlich sein ärgerliches, verbissenes Gesicht. Er begann sofort den jungen Bock zu jagen. Als dieser auf mich zusetzte, schoß ich. Ich hörte noch den alten Bock bellen. Der Kleine lag da und bewegte schwach die Läufe, wie steife, rote Bleistifte. Ich ging zu ihm, streichelte sein blankpoliertes Gehörn. Die Oberlippe war ein wenig hinaufgezogen. Das gedrungene, kindliche Gesicht sah aus, als lächelte es verschmitzt.

Als Went kam, war er verstimmt. Mein Schuß hatte auf der anderen Wiese seinen Bock verscheucht. Er sagte mir unangenehme Dinge, weil ich nicht den stärkeren Bock geschossen hatte, und wir zankten uns tüchtig auf dem Heimwege. Das verdarb mir die Freude. Mit müden, verdrossenen Augen sahen wir in die Sonne, die mit großem Aufwande von rosa Wolken und rotgoldenem Lichte über dem gelben Brachfelde aufging.

Nun kam eine stille Zeit. Die Leute klagten über zu große Trockenheit und fürchteten für die Wintersaat. Im Garten begannen die Stockrosen und Georginen zu blühen und es roch nach Himbeeren und Pflaumen. Blauer Dunst lag über den Hügeln. Die Gänse wurden auf die Stoppeln getrieben. Davon, daß ich nach Warnow fahren sollte, war nie die Rede. Meinen Vater sah ich nur zu den Mahlzeiten. Sein Gesicht erschien mir grau und müde, er sprach wenig. Fiel sein zerstreuter Blick auf mich, so fragte er wohl: »Nun, wie geht es mit den Studien?« Aber die Antwort schien ihn nicht zu interessieren. Seine Gegenwart hatte für mich nicht mehr das Aufregende, das sie gehabt hatte. In diesen Tagen mit dem gleichmäßig blauen Himmel, dem gleichmäßig grellen Sonnenschein, den gleichmäßigen Geräuschen der Landwirtschaft, verlor alles an Interesse und Farbe. Ich hörte, in Warnow würde gepackt, die Möbel seien schon mit weißen Bezügen bedeckt. Nächstens sollte die ganze Familie abreisen. Auch das noch! Margusch sang nicht mehr im Park. Ich sah sie mit Jakob an der Schmiede stehen und lachen. Mir blieben die Bücher. Ich lag auf der Heide und studierte. Das ἀκτίς ἀελίου der Antigone verschmolz untrennbar mit dem Schnattern der Gänse, dem Dufte der sonnenheißen Wacholderbüsche. Antigone sah wie Ellita aus und die ängstliche Ismene wie Gerda. Ach! nicht einmal zu einem ordentlich verliebten Gefühle brachte ich es in dieser Zeit! Und kam der Abend, schlugen die Stalljungen mit den Milchmädchen sich in die Büsche, klang fern von der Wiese eine Harmonika herüber, dann fieberte all das unverbrauchte Leben in mir und ich fluchte darüber, daß all die hübschen und heimlichen und die furchtbaren und erregenden Dinge nur für die anderen da waren.

Schweres rotgoldenes Nachmittagslicht floß durch die Parkbäume. Ich saß hoch oben auf einer alten Linde, die ihre Äste zu einem sehr bequemen Sitz zusammenbog. Der Baum war voll von dem Summen der Insekten wie von einem feinen, surrenden Geläute. Das macht schläfrig. Ich schloß die Augen. Unten auf dem Kiesweg wurden Schritte laut. Faul öffnete ich halb die Lider. Ellita und mein Vater kamen den Weg entlang. Ellita trug ihr blaues Reitkleid und den kleinen, blanken Reithut. Mit der Rechten hielt sie ihre Schleppe, in der Linken die Reitpeitsche, mit der sie nach Kümmelstauden am Wege schlug. An der Ulme mir gegenüber blieben sie stehen. Ellita lehnte sich an den Baum. Ihre Wangen waren gerötet. Ich sah es gleich, daß sie böse war. Die kurze Oberlippe zuckte hochmütiger denn je.

»Gut, ja. Ich gehorche dir, du siehst es«, begann sie.

Mein Vater stützte sich mit der Schulter leicht gegen ein Birkenstämmchen, kreuzte die Füße und klopfte nachdenklich mit seinem Stöckchen auf die Spitzen seiner Stiefel, jetzt neigte er den Kopf und sagte höflich: »Du weißt, wie sehr ich dir dafür danke.«

»Oh! Du hast mich wunderbar erzogen«, fuhr Ellita fort, »das hast du wunderbar gemacht! Als du wolltest, daß ich das einsame kleine Mädchen vom Lande sein soll, das nur an dich denkt und auf dich wartet, da war ich es. Und jetzt soll ich wieder – wie sagtest du doch – ›die Blüte der adeligen Kultur‹ – so war es – also – die Blüte der adeligen Kultur sein, gut – ich bin es.«

Mein Vater nahm seinen Strohhut vom Kopfe und fuhr sich mit der Hand über die Stirn. Er fing an zu sprechen mit leiser, diskreter Stimme, als führe er eine Unterhaltung an einem Krankenbette.

»Ich komme jetzt nicht in Betracht. Nur du. Ist es dir ein Bedürfnis, mir all das zu sagen, mir Vorwürfe zu machen, bitte, tue es. Nur geh den vorgeschriebenen Weg weiter ... nur das.«

»Ich will keine Vorwürfe machen«, sagte Ellita heftig. »Warum ließest du mich nicht weiter hier einsam sitzen? Ich hätte weiter auf dich gewartet und wäre schlecht gegen Mama und Gerda gewesen und hätte mich um das dumme Geld gesorgt, das nie da ist, wenn man es braucht ... und, wenn du dann kamst, hätte ich geglaubt, ›das ist das höchste Glück‹ – schlecht sein –, mit dir schlecht sein, glaubte ich, sei groß ...«

»Sag es nur heraus«, warf mein Vater ein und schaute wieder auf seine Stiefelspitzen.

»Gewiß«, fuhr Ellita fort, »darum hätte ich dir keine Vorwürfe gemacht. Aber jetzt, wo all das nur eine häßliche Inkorrektheit sein soll, die vertuscht wird, jetzt schäme ich mich. Wie deine Nippfigur komme ich mir vor, die du wieder in den Salon auf die Etagere zurückstellst – sie soll wieder ihre Pflicht tun, repräsentieren.«

»Sehr hübsch«, bemerkte mein Vater und lächelte matt. Das brachte Ellita noch mehr auf:

»Du siehst, ich habe von dir und deinem alten Türken gelernt, Vergleiche zu machen. Ach, wie das alles häßlich ist! Was ging es dich an, was aus mir wurde. Wenn ich in den Parkteich gegangen wäre wie Mamas kleine Kammerjungfrau um den neuen Gärtner, das wäre schöner gewesen als all dies jetzt.«

Mein Vater zuckte die Achseln. »Ich glaube«, sagte er, »du und ich sind zu gut erzogen, um in ein Drama hineinzupassen.« Da hob Ellita ihre beiden Arme empor, die Augen flammten, zwei große Tränen rannen ihre Wangen herab: »Gott, wie ich sie hasse, alle diese Worte – nicht wahr, ich muß auf ein Postament – und bin ein Kunstwerk – und eine Kulturblüte, ich kenne deinen Katechismus gut. Wie ich das hasse!«

Gott! wie schön sie war! Mein Vater schien das auch zu sehn. Er blickte sie einen Augenblick mit gierigen, flackernden Augen an, wie an jenem Abend in Warnow. Dann sagte er leise und sanft: »Es schmerzt mich, dich leiden zu sehen. Das geht vorüber. Du bist von denen, die sicher ihren Weg gehn, wie – wie Nachtwandlerinnen –, die dabei vielleicht auch ein wenig wild träumen.«
»Und ich könnte mich peitschen, dafür, daß ich von denen bin«, antwortete Ellita und schlug mit der Reitgerte gegen ihr Knie. »Und dann – er – der arme Junge – er liebt mich doch?«
»Ehre genug für ihn«, meinte mein Vater.
»Du bist sehr genügsam für andere!« höhnte Ellita.
Er lächelte wieder sein müdes Lächeln: »Gott! ja – jetzt kommst nur du in Betracht.«
»Das klingt ja fast, als ob du mich noch liebtest?«
Mein Vater zuckte schweigend die Achseln. Sie schwiegen beide, Ellita ließ ihre Arme schlaff niedersinken, wie ermüdet, und müde klang auch ihre Stimme, als sie kummervoll sagte: »Wozu? Jetzt ist ja alles gleich. Ich tu' ja, was du willst. Das ist nun alles vorüber.«
»Ich danke dir, Kind«, die Stimme meines Vaters klang wieder metallig und warm. »Wenn *du* nur in Sicherheit bist – wenn *sie* dir nichts tun dürfen, nur das.« Er trat jetzt ein wenig vor, eine flüchtige Röte auf Schläfen und Wangen: »Ich danke dir dafür, Kind – und – auch für – für das, was hinter uns liegt ... für das letzte Glück – das du einem alternden Manne gabst –« Jetzt zitterte seine Stimme vor Erregung – er breitete die Arme aus. Ellita drängte sich fester an den Baum, sie reckte sich an ihm hinauf – bleich bis in die Lippen: »Rühr mich nicht an, Gerd!« stieß sie leise hervor, und die rechte Hand mit der Reitgerte hob sich ein wenig. Mein Vater trat zurück, bückte sich, hob den Handschuh, der ihr entfallen war, von der Erde auf und überreichte ihn ihr. Dann schaute er nach seiner Uhr und sagte ruhig: »Es wird spät. Du mußt sehn, daß du vor dem Gewitter nach Hause kommst; denn wir kriegen es heute doch endlich.«
»Ja – gehn wir –« meinte Ellita.
Sie gingen wieder den Weg zurück. Wie friedlich und höflich diese beiden Gestalten nebeneinander herschritten; Ellita mit ihrem sachte wiegenden Gang, schmal und dunkel in dem Reitkleide, mein Vater ein wenig seitwärts gewandt, um sie beim Sprechen ansehn zu können; dabei machte er Handbewegungen, die seine hübschen Hände zur Geltung brachten.
Still auf meinem Aste zusammengekauert, blieb ich auf der Linde sitzen. Zuerst hatte ich das Gefühl eines Kindes, das sich fürchtet, bei einem Unrecht ertappt zu werden. Gedanken hatte ich nicht – Bilder kamen,

begleitet von einer schmerzhaften Musik des Fühlens: das schöne, aufrechte Mädchen am Baum, das tränenfeuchte, böse Gesicht, die erhobene Hand mit der Reitgerte ... und der Mann mit dem kummervoll gebeugten Kopfe ... ich hörte die leise, heiße Stimme ... davon kam ich nicht los. Mit dem Herren, der zu Hause sagt: »Mais c'est impossible, comme il mange, ce garçon«, mit Ellita, die wohlerzogen mit meinem Vater über die Landwirtschaft spricht, hatten diese beiden nichts gemein. Ich wollte gar nicht mehr von der Linde herunter. Die Welt da unten erschien mir jetzt unheimlich verändert und unsicher. Die Sonne sank tiefer. Die Linde stand voll roten Lichtes. Dann zog das Gewitter auf. Einzelne Tropfen klatschten auf die Blätter, die für Augenblicke schwarz und zitternd im blauen Lichte der Blitze standen. Im Garten hörte ich Konrads Stimme: »Jungherr – hu – hu!« Er rief zum Abendessen. Das gab es also noch wie immer. Widerwillig kletterte ich hinunter. Der Regen war stärker geworden, und eine Fröhlichkeit kam mit ihm über das müde Land. Alles duftete und bewegte sich sachte. Im Hof standen die Leute vor den Ställen und blickten lächelnd in das Niederrinnen. Die Mägde stapften mit nackten Füßen in den Pfützen umher und kreischten.

Im Eßzimmer, unter der großen Hängelampe, war der Tisch wie gewöhnlich gedeckt. Mein Vater ging im Zimmer auf und ab und sagte freundlich, als ich eintrat: »Nun, dich hat der Regen noch erwischt.«

Wir aßen die wohlbekannten kleinen Koteletts mit grünen Erbsen. Alles war wie sonst, als sei nichts geschehn. Ich dachte an ferne Kinderjahre, in denen das Kind deutlich in den dunklen Ecken unheimliche Gestalten sah, während die Erwachsenen unbekümmert sprachen und an den unheimlichen Ecken vorübergingen, als ob nichts dort stünde.

Mein Vater sprach vom Regen, von der Wintersaat, von der Abreise der Warnower. Er sprach ungewöhnlich viel und mit lauter, heiterer Stimme. Sein Gesicht war bleich, und die Augen glitzerten blank und intensiv graublau. Er goß sich reichlich Portwein ein, und seine Hand zitterte ein wenig, wenn er das Glas nahm. Als der Inspektor kam, wollte ich mich fortschleichen. Das Sitzen hier war mir eine Qual. Ich wollte zu Bette gehen. Vielleicht, wenn ich still im Dunkeln lag, komme ich mich selbst als tragisch und wunderbar empfinden. Mein Vater jedoch sagte: »Bleib noch ein wenig, Bill, wenn du nicht zu müde bist.« Gehorsam setzte ich mich wieder. Der Inspektor ging. »Trink einen Tropfen«, sagte mein Vater und schob mir ein Glas hin. Dann schwiegen wir.

Es schien nicht, als hätte er mir etwas Besonderes mitzuteilen. Er dachte wohl über ein Thema nach. Als er endlich zu sprechen begann, war von Pferden, von dem neuen Schmied, dann von meinen Studien die Rede.

Das hatte ich erwartet! Das schien ihn auch zu interessieren, er biß sich daran fest, pflegte seinen Stil. »Na, und wenn du dann das Examen hinter dir hast«, hieß es, »dann tritt also die Wahl eines Studiums an dich heran. Es ist wohl diese oder jene Wissenschaft, die dich besonders anzieht: Ja! aber meiner Ansicht nach darf das nicht bestimmend sein. Gott! unseren Neigungen entlaufen wir ohnehin nicht. Von Anbeginn muß ein Studium gewählt werden, das sozusagen als neutraler Ausgangspunkt dienen kann, von da aus kann dann zu dem, was wir sonst wissen und erleben wollen, übergegangen werden. In unserer Familie ist die Jurisprudenz traditionell. Ein ruhiger, kühler Ausgangspunkt, der sowohl zu anderen Wissenschaften wie zum praktischen Leben die Wege offen läßt.« Er sprach so fließend und betonte so wirksam, als hielte er eine Rede in einer Versammlung. Dabei sah er über mich hinweg, als stünde die Versammlung hinter mir. Es war recht unheimlich!

»Vor allem«, fuhr er fort und erhob die Stimme, »müssen wir von vornherein wissen, welch eine Art Leben wir leben wollen. Bei einem Hause, das wir bauen, entscheiden wir uns doch für einen Stil, machen einen Plan, nicht wahr? Na also! Wir bauen ein Haus, das einen besonderen Stil hat. Gut!« Er schnitt mit der flachen Hand durch die Luft, um vier unsichtbare Wände auf den Tisch zu stellen, dann wölbte er eine unsichtbare Kuppel über die unsichtbaren Wände: »Bin ich mir einmal des Stiles bewußt, dann kann ich an Ornamenten, Grillen, Liebhabereien manches wagen; denn ich werde all das mit dem Ganzen in Einklang zu bringen wissen. Weil ich mir des Stilgesetzes bewußt bin, kann ich jede Kühnheit wagen, ohne den Bau zu verderben.« Nun begann er mit der Hand an das Haus auf dem Tische die wunderlichsten Balkons zu kleben, zog Galerien die Wände entlang. »Irrtum ist Stillosigkeit«, rief er und funkelte mit den Augen die Versammlung hinter mir an. »Das ist es! Jede architektonische Waghalsigkeit ist erlaubt, wenn wir sie schließlich mit den großen, edlen Linien des Ganzen in Einklang zu bringen verstehn.« Er sann ein wenig vor sich hin, schien das Haus auf dem Tische zu betrachten, versuchte hie und da noch einen Balkon anzubringen. Das gefiel ihm jedoch nicht recht. »Und dann«, versetzte er langsam, »können wir auch genau den Zeitpunkt bestimmen, wenn es fertig ist, wenn es geschmacklos wäre, noch etwas hinzuzutun. Nur an stillosen Baracken kann man immer wieder anbauen. Unser Haus weiß, wann es fertig ist.« Er schlug mit der Hand auf den Tisch, mitten in das unsichtbare Haus hinein, als wollte er es zerdrücken, er lächelte dabei, nahm sein Glas, und während des Trinkens schaute er über sein Glas hin die Versammlung hinter mir an, trank ihr zu. Als er das Glas wieder niedersetzte, kam eine Veränderung über ihn.

Er sank ein wenig in sich zusammen, das Gesicht wurde schlaff und alt, und die Hand klopfte müde und sanft die Stelle, auf der sie das Haus eingedrückt hatte. Als er mich ansah, war das flackernde Licht in seinen Augen erloschen. Er lächelte ein befangenes, fast hilfloses Lächeln. »Ja, mein Junge«, sagte er, und es schien mir, daß seine Zunge ein wenig schwer war, »du sagst nichts. Was meinst du zu all dem?«
Oh! ich meinte nichts! Ich hatte die ganze Zeit über dem Redner mit unsäglichem Grauen gegenüber gesessen. Jetzt mußte ich etwas sagen, und ich sagte etwas Sinnloses, über das ich mich wunderte, wie wir uns im Traume über das wundern, was wir sagen.
»Ja – aber – der Turm von Pisa«, bemerkte ich.
Mein Vater schien nicht weiter erstaunt. »Der!« meinte er nachdenklich, »der ist soweit ganz hübsch. Weil er schief ist, meinst du? Ja, da hat er unrecht. Wenn man schief steht, soll man umfallen, das wäre logischer. Aber – Gott! Das ist seine Sache!« Über diesen Gedanken lachte er leise in sich hinein und sah mich von der Seite an, als seien wir im Einverständnis. Ich lachte auch, aber ich war mir selber so unheimlich wie mein Vater. Am liebsten hätte ich mich von beiden leise fortgeschlichen. »Ich bin müde«, brachte ich tonlos heraus.
»Müde?« wiederholte mein Vater, ohne aufzusehn, »das kann schon sein. Gute Nacht ...« Dann bekam die Stimme wieder etwas von ihrem gewohnten Klange, als er hinzufügte: »Morgen dürfen die Studien nicht vernachlässigt werden.«
Wenige Tage später fuhren wir am Nachmittage zur Eisenbahnstation, um von den Warnowern Abschied zu nehmen. Mich regte das an. Daß die Mädchen fortreisten, war traurig; aber man wußte doch, warum man traurig war. Es würde geweint werden, man würde sich umarmen, hübsche, rührende Dinge sagen. Wie würde Ellita sich benehmen? Was würde er tun?
Ich würde doch wieder ein wenig bewegte Dramenluft atmen dürfen. Später konnte ich dann ehrlich unglücklich sein, vielleicht konnte ich dichten.
Im Wartesaal war die ganze Familie versammelt. Die Tante weinte. »Ach, Gerd!« rief sie, »und du, mein kleiner Bill, jetzt geht es an das Scheiden.« Chéri kläffte unausgesetzt. Die Mädchen, in ihren grauen Sommermänteln, graue Knabenmützen auf dem Kopf, saßen auf den Bänken, die Hände voll Warnower Blumen. Ich setzte mich zu ihnen, wußte aber nichts zu sagen. Went rannte hin und her, um das Gepäck zu besorgen. Mein Vater sprach mit der Tante vom Umsteigen. Die Zeit verging, ohne daß etwas Besonderes getan und gesagt wurde. Ja, alle schienen heute verstimmter und alltäglicher denn je zu sein.

Endlich ging es an das Abschiednehmen. Da kam ein wenig Schwung in die Sache. Gerda küßte mich. »Wenn wir uns wiedersehn«, sagte sie, »wollen wir wieder lustig sein, armer Bill.« Das trieb mir die Tränen in die Augen. Ich hörte meinen Vater etwas sagen. Ellita lachte. Er hatte wohl einen Witz gemacht. Dann saßen sie alle im Wagen. Wir standen auf dem Bahnsteig und nickten ihnen zu. Zu sagen hatte man sich nichts mehr.
Mit einem widerlichen Gefühle der Leere und Enttäuschung blickte ich dem abfahrenden Zuge nach. Das war wieder nichts gewesen! Melancholisch pfiff ich vor mich hin. Der Stationsvorsteher stand mitten auf den Schienen und gähnte in den gelben Nachmittagssonnenschein hinein. Als seine dicken Enten langsam an mir vorüberzogen, nahm ich kleine Steine und warf nach ihnen. Das tat mir wohl.
»Wer wird nach Enten mit Steinen werfen?« sagte der Stationsvorsteher ärgerlich. Am liebsten hätte ich ihn selbst mit Steinen beworfen!
»Fahren wir?« fragte Konrad.
Ich ging in den Wartesaal, nach meinem Vater zu sehn. Da stand er und spritzte sich mit einer kleinen, goldenen Spritze etwas in das Handgelenk. Als ich kam, steckte er hastig die Spritze in die Westentasche und ließ sein goldenes Armband klirrend über das Handgelenk fallen. »Wieder die Migräne«, meinte er.
Auf der Heimfahrt kutschte er selbst. Ich wunderte mich darüber, daß er den Blessen heute durchließ, daß er nicht zog und alles dem Braunen überließ. Gesprochen wurde anfangs nichts. Ich dachte daran, daß Gerda mich geküßt hatte. So etwas kann man lange Zeit immer wieder denken. Eine gute Einrichtung für einen, der gezwungen war, so freudlos zu leben wie ich.
Plötzlich wandte sich mein Vater zu mir. Er lächelte ein gütiges, sehr jugendliches Lächeln, wie damals, als er im Garten Ellita den Handschuh aufhob. »Na«, sagte er, »dir ist wohl auch ein bißchen trüb zumute?« Ich wunderte mich über das »auch«. Er lachte: »Ja, das verstehn sie alle famos, hinter sich so – so 'ne Leere zu lassen – ha – ha. Das haben sie so an sich.« Er knallte mit der Peitsche. »Da bleibt nun nichts anderes übrig, als sich fleißig an die Studien zu machen.« Der Anfang der Betrachtung war hübsch gewesen und hatte mich gerührt. Schade, daß der Schluß so trivial war!
Faul und mißmutig ging ich einige Tage umher. Ich war traurig, aber ohne sentimentalen Genuß. Wenn ich daran dachte, daß dort, wo die Mädchen – die anderen waren, das Leben bunt und ereignisvoll weiterging und ich das alles versäumte, dann bekam ich Wutanfälle und schlug mit dem Spazierstock den Georginen die dicken roten Köpfe ab. Meinen Vater sah

ich wenig. Zu den Mahlzeiten war er oft abwesend oder aß in seinem Zimmer. Wenn wir uns begegneten, sah er mich fremd und zerstreut an und fragte höflich: »Nun – wie geht es?« Auch er begann uninteressant zu werden.
In einer Nacht hörte ich wieder Margusch unten im Park singen. Ich konnte nicht schlafen. Eine quälende Unruhe warf mich im Bette hin und her. So in der finstern Stille nahm alles, was ich erlebt hatte, und alles, was kommen sollte, eine wunderliche, feindselige Bedeutung an. Das Leben schien mir dann ein gefährliches, riskiertes Unternehmen, das wenig Freude bereitet und doch schmerzhaft auf Freuden warten läßt.
Die Nacht atmete schwül durch das geöffnete Fenster herein. Das »Rai-rai-rah« klang aus der Dunkelheit eintönig und beruhigt herüber, beruhigt, als wiederholte es beständig: »Es kommt ja doch nichts mehr.«
Es wurde mir unerträglich, dem zuzuhören. Ich kleidete mich an und stieg zum Fenster hinaus, um dem Gesange nachzugehn.
Die Nacht war schwarz. Einige welke Blätter raschelten schon auf dem Wege. Wenn ich auf die grüne Kapsel einer Roßkastanie trat, gab es einen leisen Knall. Plötzlich hörte ich Schritte hinter mir. Ich horchte, schlug mich zur Seite, drückte mich fest an einen Baumstamm. Der rote Punkt einer brennenden Zigarre näherte sich. Eine dunkle Gestalt ging an mir vorüber. Mein Vater war es. Er blieb stehn, führte die Zigarre an die Lippen. Im roten Schein sah ich einen Augenblick die gerade Nase. Ich hörte ihn leise etwas sagen. Als er weiterging, klang das eifrige Gemurmel noch zu mir herüber. Ich wartete eine Weile. Am liebsten wäre ich umgekehrt. Dieser einsame Mann, der der Nacht seine Geheimnisse erzählte, erschien mir gespenstisch. Es müßte furchtbar sein, jetzt von ihm angeredet zu werden. Aber zu Hause in meinem Zimmer war ich allein. Das konnte ich jetzt nicht. Dort unten am Teich, bei dem großen, warmen Mädchen, würde es sicherer und heimlicher sein. Ich schlich weiter.
Margusch hockte an ihrem gewohnten Platz. Als ich mich zu ihr setzte, sagte sie: »Ach! wieder der Jungherr!« – »Ja, Margusch. Du singst wieder?«
Sie seufzte. »Man muß schon«, meinte sie. »Ist deiner wieder fort?« fragte ich.
»Alle sind fort«, erwiderte sie mit ihrer tiefen, klagenden Stimme.
»Sieh, Margusch, deshalb müssen wir zusammen sein.« – »Ja, Jungherr, kommen Sie, was kann man machen?« Und wir drückten uns eng aneinander.
Ein später Mond stieg über den Parkbäumen auf. Mit ihm erhob sich ein

Wind, der die Wolken zerriß und sie in dunkeln, runden Schollen über den Himmel und den Mond hin trieb. Es war ein Gehn und Kommen von Licht und Schatten über dem Lande. Das Schilf und die Zweige rauschten leidenschaftlich auf. Ein Enterich erwachte im Röhricht und schalt laut und böse in die Nacht hinein.

»Muß man nach Hause gehn«, beschloß Margusch und blinzelte zum Monde auf.

»Schon?« – »Ja, wenn sie alle hier unruhig werden«, meinte sie.

»Weißt du, daß er auch hier unten ist?« flüsterte ich. Margusch nickte: »Ja, ja – er is immer hier bei Nacht. Gehn Sie bei der großen Linde vorüber. Da geht er nicht. Ich komm' nach. Zusammen können wir nicht gehn.«

Nachdenklich schritt ich den Teich entlang. Das starke Wehen um mich her, das bewegte Licht taten mir wohl. Es war mir, als hätte mein Blut etwas von dem sichern, festen Takte von Marguschs Blute angenommen. Ich glaubte zu spüren, wie es warm und stetig durch meine Adern floß, eine stille und sichere Quelle des Lebens.

Als ich scharf um die Ecke in die Lindenallee einbog, stutzte ich; denn ich stand dicht vor jemandem, der unten auf den Wurzeln der großen Linde saß. Es war dort so finster, daß ich nichts deutlich unterscheiden konnte; dennoch wußte ich sofort, es sei mein Vater. Ich trat ein wenig zurück und blieb stehn. Ich wartete, daß er mich anrede. Die Gestalt lehnte mit dem Rücken gegen den Baumstamm, etwas zur Seite geneigt. Der Kopf war gesenkt. Schlief er? Nein, ich fühlte es in der Dunkelheit, wie er mich ansah. Ich mußte etwas sagen.

»Ich bin ein bißchen spazierengegangen«, begann ich beklommen. »Es war so schwül drinnen.« Er antwortete nicht. »Ist dir vielleicht nicht wohl?« fuhr ich zaghaft fort. »Kann – ich für dich – etwas ...«

Die Wolken waren am Monde vorübergezogen, etwas Licht sickerte durch die Zweige, fiel auf den gebeugten Kopf des Sitzenden, beleuchtete den Schnurrbart, die dunkle Linie der Lippen, die, ein wenig schief verzogen, verhalten lächelten.

Macht er einen Scherz? Muß ich höflich mitlachen? dachte ich. »Weil es so heiß war«, sagte ich stockend. Die Dunkelheit breitete sich wieder über die schweigende Gestalt. Ich lehnte mich gegen einen Baum. Die Knie zitterten mir. Ich muß zu ihm gehn, sagte ich mir; allein ich vermochte es nicht. In der leicht in sich zusammengefallenen Gestalt war etwas Fremdes, etwas Namenloses. Verlassen durfte ich ihn nicht; aber hier zu stehn war entsetzlich.

Margusch bog um die Ecke. Als sie dort jemand stehn sah, zögerte sie. »Margusch«, rief ich, »Margusch – sieh – er – er – spricht nicht, ich weiß nicht ...«

»Er schläft«, meinte sie. »Ach nein – ich – ich weiß nicht, ob er schläft.« Margusch trat an ihn heran: »Gnädiger Herr«, hörte ich sie sagen, dann faßte sie ihn an, richtete ihn auf, lehnte ihn mit dem Rücken an den Baumstamm mit fester, respektloser Hand, wie man eine Sache aufrichtet. Etwas Blankes rollte über das Moos und klirrte auf einen Stein. Es war die kleine goldene Spritze.

»Er ist tot«, sagte Margusch. Sie trat wieder zu mir, seufzte und meinte: »Ach Gottchen! der arme Herr, der hat nu auch nicht mehr gewollt!«

Ich schwieg. Tot – ja, das war es, das hier so fremd bei mir gestanden hatte.

»Leute muß man rufen«, fuhr Margusch fort. »So 'n Unglück. Sie wollen wohl nich' allein bei ihm bleiben?«

»Doch!« stieß ich hervor. »Ich – ich bleibe. Geh nur!« Margusch ging. Gierig lauschte ich auf die Schritte, die sich entfernten; erst als sie verklungen waren, wurde ich mir bewußt, mit dem Toten allein zu sein. Das fahle Gesicht mit der hohen Stirn, die im Mondlicht matt glänzte, lächelte noch immer sein verhaltenes, schiefes Lächeln, die Augen waren geschlossen, die langen Wimpern legten dunkle Schattenränder um die Lider. Aber wenn der Mond sich verfinsterte, schien es mir, als bewegten sich die Umrisse der Gestalt, ich fühlte wieder, daß er mich ansah. Ein unerträglich gespanntes Warten und Aufhorchen wachte in mir; wie einem Feinde gegenüber. Ich glitt an dem Baumstamm, an dem ich lehnte, nieder, hockte auf der Erde und bedeckte mein Gesicht mit den Händen. Das, was mir dort gegenübersaß, hatte nichts mit dem, den ich kannte, zu tun; es war etwas Tückisches, Drohendes, etwas, das das Grauen, welches über ihm lag, gegen mich ausnützte und darüber lachte.

Ich weiß nicht, wie lange wir uns so gegenübersaßen, endlich hörte ich Stimmen. Leute mit Laternen kamen. Ich richtete mich auf, gab Befehle, ruhig und gefaßt.

Ihn hatten sie drüben im Saal aufgebahrt. Die Zimmerflucht war voll hellen Morgensonnenscheines und feiertäglich still. Ich saß schon geraume Weile allein im Wohnzimmer und schaute zu, wie die Blätterschatten über das Parkett flirrten. Nebenan hörte ich zuweilen die Dienstboten flüstern. Sie vermieden es, durch das Zimmer zu gehn, in dem ich mich befand, und war es nicht zu vermeiden, dann gingen sie auf den Fußspitzen und wandten den Kopf rücksichtsvoll von mir ab. Sie wollten mich in meinem Schmerz nicht stören.

Dieser Schmerz, über den wachte ich die ganze Zeit. Er enttäuschte mich. Ich hatte seltsame, furchtbare Dinge erlebt, ich hatte also einen großen Schmerz. Ich glaubte, das müsse etwas Starkes sein, das uns niederwirft, uns mit schönen, klagenden Worten füllt, mit heißen, leidenschaftlichen

Gefühlen. Gab es nicht Fälle, daß Leute, die so Furchtbares erlebten, nie mehr lachen konnten? Nun saß ich da und dachte an kleine, alltägliche Dinge. Wenn die Gedanken zu dem zurückkehrten, was sich ereignet hatte, dann war es wie ein körperliches Unbehagen, mich fror. Alles in mir schreckte vor den Bildern, die kamen, zurück, sträubte sich gegen sie. Wozu? All das war nicht *mein* Leben. Ich brauchte das nicht zu erleben. Ich kann das fortschieben. Das gehört nicht zu mir. Und wieder führten die Gedanken mich zu den Vorgängen des Lebens zurück, zu der bevorstehenden Ankunft der Meinigen, zu dem Begräbnis und den Leuten, die kommen würden, den Pferden, die an die Wagen gespannt werden sollten, dem schwarzen Krepp, der aus der Stadt geholt wurde und den Konrad um meinen Ärmel nähen mußte. Ich wußte wohl, ich sollte zum Toten hinübergehn, das wurde von mir erwartet. Allein ich schob es hinaus. Es war hier in der sonnigen Stille so behaglich, so tröstend, hinauszuhorchen auf die heimatlichen landwirtschaftlichen Geräusche, auf das Summen des Gartens. Ich wunderte mich darüber, daß ich nicht weinte. Wenn ein Vater stirbt, dann weint man, nicht wahr? Aber ich konnte nicht.
Der alte Hirte kam, um mir sein Beileid auszusprechen. Er faltete die Hände, sagte etwas von vaterloser Waise. Das rührte mich. Dann meinte er, nun würde ich wohl ihr neuer Herr sein, das freute mich, es machte mir das Herz ein wenig warm. Aber ich winkte traurig mit der Hand ab.
Der Pastor kam. Sein rotes Gesicht unter dem milchweißen Haar war bekümmert und verwirrt. Er klopfte mir auf die Schulter, sprach von harter Schickung, die Gott über meine jungen Jahre verhängt habe, und von Seinen unergründlichen Ratschlüssen: »Der Verstorbene war ein edler Mann«, schloß er. »Wir irren alle. Die ewige Barmherzigkeit ist über unser aller Verständnis groß.«
Nach ihm erschien der Doktor. Seine zu laute Stimme ging mir auf die Nerven. Er schüttelte mir bedeutungsvoll die Hand: »Ein großes Unglück«, meinte er, »dieses Morphium, das läßt einen nicht los. Mit dem Herzen des Seligen war es nicht ganz in Ordnung. Ein Unglück geschieht bald.« Er sprach unsicher und eilig, als wünschte er bald fortzukommen. Also er weiß es auch – dachte ich –, und wir machen uns etwas vor. Aber das würde der Selige loben. Das würde er Tenue nennen.
Als sie alle fort waren, beschloß ich, zu dem Toten hinüberzugehn. Es mußte sein. Ich hatte das Gefühl, als läge er dort nebenan und warte.
Ich war noch nie mit einem Toten zusammengewesen; denn das – gestern nacht, war kein Erlebnis, es war ein böser Traum. Als ich in das Zimmer trat, wo er aufgebahrt lag, war meine erste Empfindung: Oh! das ist nicht schrecklich!

Konrad war da. Er hatte noch an dem Anzug seines Herrn geordnet. Jetzt trat er zur Seite und stand andächtig mit gefalteten Händen da. Ich faltete auch die Hände, beugte den Kopf und stand wie im Gebete da. Als ich glaubte, dieses habe lang genug gedauert, richtete ich mich auf. Da lag der Tote, schmal und schwarz, in seinem Gesellschaftsanzuge, mitten unter Blumen. Das Gesicht war wachsgelb, die Züge messerscharf, sehr hochmütig und ruhig. Die feine, bläuliche Linie der Lippen war immer noch ein wenig schief verzogen, wie in einem verhaltenen Lächeln. Eine kühle Feierlichkeit lag über dem Ganzen. Und rund um die stille schwarze Gestalt die bunten Farben der Spätsommerblumen; Georginenkränze wie aus weinrotem Samt, Gladiolen wie Bündel roter Flammen, große Spätrosen und Tuberosen, eine Fülle von Tuberosen, die das Gemach mit ihrem schweren, schwülen Dufte erfüllten. Konrad schaute mich von der Seite an. Ob er sich darüber wunderte, daß ich nicht weinte? Ich legte die Hand vor das Gesicht. Da ging er leise hinaus.
Nein, ich weinte nicht. Aber ich war erstaunt, daß der Tote so wenig schrecklich war, daß er ein festliches und friedliches Ansehn hatte. Ich konnte mich hinsetzen und ihn aufmerksam, fast neugierig betrachten, die schwere, kühle Ruhe, die ihn umgab, auf mich wirken lassen. Wie überlegen er dalag; geheimnisvoll wie im Leben, mit seinem verhaltenen, hochmütigen Lächeln: »Man muß wissen, wenn das Haus fertig ist«, klang es in mir. Jetzt verstand ich ihn. Das hat er gewollt. Aber Widerspruch und Widerwille gegen diese Lehre regte sich in mir, wie damals, als er die Lehren des alten Türken vorbrachte oder über gute Manieren sprach. O nein, das nicht! Nicht für mich! Alles, was in mir nach Leben dürstete, empörte sich gegen die geheimnisvolle Ruhe. Es war mir, als wollte der Tote mit seinem stillen Lächeln mich und das Leben ins Unrecht setzen. Er hatte das gewollt; aber ich – ich wollte das nicht, noch lange nicht. Ich brauchte nicht zu sterben, ich lehnte den Tod leidenschaftlich ab. Leiden, unglücklich sein – alles – nur nicht so kalt und schweigend daliegen! Ich erhob mich und verließ eilig das Zimmer, ohne mich umzuschauen.
Der Sonnenschein dünkte mich hier nebenan wärmer und gelber als dort drinnen. Ich ging an das Fenster, beugte mich weit hinaus, atmete den heißen, süßen Duft des Gartens ein. Große Trauermäntel und Admirale flatterten über dem Resedebeet, träge, als seien ihre Flügel schwer von Farbe. Fern am Horizont pflügte ein Bauer auf dem Hügel, ein zierliches schwarzes Figürchen gegen den leuchtendblauen Himmel. Töne und Stimmen kamen herüber. Drüben hinter den Johannisbeerbüschen lachte jemand. Das Leben war wieder heiter und freundlich an der Arbeit; es

umfing mich warm und weich und löste in mir alles, was mich drückte. Jetzt tat der stille, feierliche Mann dort nebenan mir leid, der all das nicht mehr haben sollte, der ausgeschlossen war. Ich mußte weinen.
Edse, der kleine Hilfsdiener, ging unten am Fenster vorüber. Er blickte scheu zu mir auf. Es war gut, daß er mich weinen sah; denn ein Sohn, der nicht um seinen Vater weinen kann, ist häßlich.

(1906)

SEINE LIEBESERFAHRUNG

3. August 1900

Jetzt mußte ich das Buch schreiben, ich fühlte es deutlich. Die Gedanken begannen schwer in mir zu werden, zu drücken, wie reife Früchte auf die Zweige drücken. Mit zweiunddreißig Jahren ist eine Entwicklung nicht abgeschlossen. Der Strich, den ich jetzt unter meine Weltanschauung setzen muß, muß noch nicht definitiv sein. Allein etwas ist fertig in mir und will hinausgestellt sein, will als ein anderes neben mir stehen. Ich muß es auf die Arme nehmen, wie die Mutter das Kind, das sie geboren hat.

Gut! Ich wollte mein Buch schreiben und richtete mein Leben danach ein. In solchen Zeiten müssen wir unser Leben so ordnen, wie es Frauen tun, die guter Hoffnung sind und wissen, daß sie nun nicht mehr nur für sich allein leben. Der Hochsommer ist eine günstige Jahreszeit. Die Straße vor meinen Fenstern ist still und voll grellgelben Sonnenscheins. Hunde liegen auf den heißen Steinen, strecken alle viere von sich und schlafen. Kinder sitzen auf den Schwellen der Haustüren, die Hände um die nackten Beine geschlungen und sind in der Hitze auch still und schläfrig geworden. Die wenigen Passanten drücken sich die schmalen Schattenstreifen an den Dachvorsprüngen entlang. Dieser unerträglich flimmernden Welt mit ihrem heißen, unreinen Atem seh ich es sofort an, daß ich in ihr nichts zu versäumen habe.

Ich ziehe die gelben Vorhänge vor mein Fenster, das gibt eine angenehme goldige Dämmerung. Hie und da sticht durch eine Spalte ein scharfer, blanker Sonnenstrahl in die Dämmerung, und in diesem Sonnenstrahl kreisen einige Fliegen brummend und unermüdlich umeinander …

Ich höre das gern. Diese endlose übellaunige kleine Geschichte, die sie sich erzählen, beruhigt mich. Im Klub hatte ich gesagt, daß ich verreise. Josef hatte den Befehl, keinen Besuch vorzulassen. Die meisten waren ja ohnehin fort aus der Stadt, wer sollte kommen! Mit Frau Meirike hatte ich ein Gespräch über den Küchenzettel. In dieser Zeit mußte sie die schweren, feurigen Suppen vermeiden, die sie so gut zu machen versteht und die ich so gern esse. Mehr Bouillon, viel Geflügel, Spargel, zuweilen einen Fisch. Einen lebhaften Mosel habe ich mir für diese Zeit angeschafft. Der Schneider brachte den Anzug aus blauem Sommerflanell, ganz lose gemacht. Mit Blumen in den Zimmern war ich vorsichtig, in meinem Arbeitszimmer durften keine stehen. Aber im Nebenzimmer stand eine Schale voller Zentifolien, diese gesunden roten Kugeln, die einen frischen, starken Rosenduft haben, nicht die perverse Mischung mit Tee oder Vanille oder Zederholzdüften. Die beste Arbeitszeit ist der Vormittag. Nachmittags zur Zigarre mußte ich etwas lesen (statt der großen schweren Henry Clay rauchte ich jetzt eine kleine blonde Bock), und dazu hatte ich den Livius ausgewählt. Der würde mich nicht stören und erzählt mit so schön beruhigender Stimme. Und alles, was geschieht, erscheint so ordentlich für seinen Zweck zugeschnitten, wie die Holzstückchen eines Geduldspieles, die ja doch alle ineinander passen, um das Bild, die Größe des Römischen Reiches zu geben. Das verleiht ein angenehm geordnetes Gefühl, dabei kann man den Kopf nach hinten sinken lassen und die Augen schließen … die Gedanken vergehen … Diese Decius mit der Familieneigentümlichkeit – sich zu opfern – wie die Gicht in anderen Familien – sehr – aristokratisch. – Das ist sehr erfrischend. Wenn ich erwache, dann kann ich wieder bis zum Abend arbeiten.

Wenn es unten auf der Straße lebhaft wird, die Kinder zu lärmen beginnen, ein Geschwirr ganz hoher schriller Stimmen wie von einer Schar betrunkener Vögel, und wenn bunte Abendlichter aus dem Nebenzimmer in mein Schreibzimmer kommen, wenn der weiße Gipskopf der Marietta Strozzi errötet – dann mache ich einen Spaziergang – der Gesundheit wegen. Die Luft in den Straßen ist eine bedrückende, staubige Zimmerluft. Die Vorstadt ist unerträglich mit ihren grau und rot gestreiften Überbetten, die sich in den geöffneten Fenstern lüften, mit ihren heißen, dampfenden Menschen. Draußen setze ich mich in einen der kleinen Biergärten. Das Buch spricht in mir weiter, und über meinen Schoppen hinweg sehe ich die Menschen und die bunten Plakate an den Bäumen und die Radfahrer wie ferne fremde Bildchen, die mich nichts angehen. Wenn die Laternen angesteckt werden, bleich und glasig in der Dämmerung, gehe ich heim, und die ganze Nacht liegt vor mir für die Arbeit. Ich kann das Fenster an meinem Schreibtisch öffnen. Unten auf der Straße wird es immer stiller – ein »gute Nacht« höre ich zuweilen und das Zuschlagen der Haustür. Die Lichter in den Fenstern erlöschen. Dort über die niedrigen Dächer ragt ein höheres Haus. Dort im vierten Stock entkleidet sich ein Mädchen bei offenem Fenster. Das Viereck des Fensterrahmens ist voll des gelben Lampenlichts, und ich sehe eine weiße Gestalt, die vor einem Spiegel steht und ihr langes, sehr schwarzes Haar emporhebt, um es auf dem Scheitel aufzubinden. Dann erlischt auch dieses Licht und ich bin mit meinem Buche allein.

Ich habe mir für das Manuskript ein sehr edles Papier angeschafft, leicht gelblich getönt, glanzlos, die heraldische Lilie als Wasserzeichen. Auf dem Umschlag habe ich mit veilchenfarbiger Tinte den Titel geschrieben »Die goldene Kette« – darunter den Vers der Ilias, über den Plato so geheimnisvoll spricht:

Auf, wohlan, ihr Götter, versucht, daß ihr all' es erkennt!
Eine goldene Kette befestigend oben am Himmel
Hängt dann all' ihr Götter euch an und ihr Göttinnen alle,
Dennoch zöget ihr nie vom Himmel herab auf den Boden!

So muß es gehen.

4. August

Kleine, vernachlässigte Verpflichtungen können sehr störend werden. Wir wollen sie vernachlässigen, wir wollen sie vergessen, aber sie haken sich in uns fest, melden sich mit kleinen flüchtigen Stichen. Sie sind lästig wie die Sommerfliegen, die wir immer vertreiben und die sich immer wieder uns ins Gesicht setzen. Das ist nicht Pflichtgefühl, – nur eine Unvollkommenheit in unserem Vorstellungsmechanismus.

Solch eine lästige kleine Verpflichtung ist mir heute zugefallen.

Ich ging nach dem Essen aus, um mir eine goldene Feder zu kaufen. Die Straße war wie ein überheizter, staubiger Korridor. Kaum ein Mensch, dem ich begegnete, nur Hunde, alte Schuhsohlen, Papierfetzen sonnten sich auf den heißen Pflastersteinen. Wie ich um die Ecke biege, fährt ein Wagen an mir vorüber, ein hübscher, kleiner Korbwagen mit zwei falben Ponys bespannt. Ein auffallender kirschroter Kutscher sitzt auf dem Bocke und im Wagen ein Herr, der seinen Panama schwenkt und »Ach – Herr von Brühlen« ruft. Der Wagen hält und ich muß herantreten. Es ist der Baron Daahlen-Liesewitz, der alte Weltreisende. Gerade dem hätte ich nicht begegnen wollen. Er war mit meinem Vater befreundet, und ich bin ihm einen Besuch schuldig. Ich war ihm früher einmal begegnet und hatte ihm gesagt, daß ich verreise – und nun –: »Wieder hier«, sagte der Baron – Ja, ich war wieder hier, das ließ sich nicht leugnen – »In Arbeit«, murmelte ich. »So? – Fleißig also!« meint der Baron. »Schön, schön. Aber die Abende sind frei – was? Jetzt muß man die Abende genießen. Mir – ja mir macht die Hitze nichts. Wenn man so'n tropischen Fieberbazillus im Blut hat – der friert leicht und wird dann unruhig. Wir sehen Sie doch bei

uns – bestimmt? Ganz ohne Formen. Es ist hübsch da draußen. Ich kündige Sie meiner Frau an. Wenn Sie mich im Stich lassen, gibt's eine Enttäuschung – also?« Ein starker Hustenanfall unterbrach ihn. Erkältet hat er sich auch auf seinen Weltreisen. Er drückte mir die Hand und fuhr ab. Fatal!
Er schaut gut aus, der alte Bursche. Das Gesicht quittengelb. Solche Reisende sind immer leberleidend. Das dichte Haar und der Vollbart sind schon grau, aber ein seltsam farbiges Grau, wie das Fell junger Mäuse. Dazu die fieberblanken Augen. Er wohnt da draußen vor der Stadt in seinem schönen Landhause und läßt sich von seiner jungen Frau pflegen, der alte Egoist. Er mag sich den Magen tüchtig an den Genüssen der fünf Weltteile verdorben haben. Die Frau soll so etwas wie eine Schönheit sein, sagte Fred Spall, der ein Verwandter von ihr ist. Also ich gehe morgen hin, damit auch das abgetan ist – aber meine Abende dort verbringen, o nein! Die kann ich besser anwenden als bei dem alten Daahlen mit seiner kranken Weltleber zu sitzen.

5. August

Ich habe das Manuskript von der goldenen Kette fortgelegt. Seine Stunde war doch noch nicht ganz gekommen, das weiß ich jetzt. Etwas will noch erlebt sein. – Es soll erlebt werden, ganz – rücksichtslos – bis zur Neige. – Also ...
Der Gang durch die Vorstadt war wieder qualvoll. Wie reinlich ist der Winter, der die Menschen in ihre Häuser treibt. Und was nicht alles jetzt auf die Straße herauskriecht und herausschaut und sich breit macht. Der Mensch ist ein Höhlentier und soll in seiner Höhle bleiben – nur abends auf Raub ins Freie hinaus. In der langen Kastanienallee war es besser. Viel gelbe, von der Hitze getrocknete Blätter liegen schon auf dem Wege und rascheln und duften herbstlich. Auf den Bänken sitzen Kindermädchen, große erhitzte Gestalten, seltsam von graugrünen Schatten und grellen Sonnenlichtern gefleckt. Von der Allee muß ich dann wieder in den Sonnenschein abbiegen. Links und rechts Haferfelder voller Mäher. In all dem Rot und Gold stehen Mäher knietief in weißen Leinwandhosen. Die Feldgrillen lärmen wie toll, als wollten sie das Dengeln und Schwirren der Sensen übertönen.
Mitten in dem schweren Nachmittagslicht – sehe ich vor mir das Daahlensche Haus, ein großer, fast gewaltsam dunkler Würfel mit kaffeebrauner Fassade. Über dem Portal auf den schrägen Giebelseiten rekeln sich

plumpe Steinfrauen, die ihre riesigen, kaffeebraunen Brüste sonnen. Hinter dem Hause erheben sich kühl und dunkel die alten starken Bäume. Zögernd ging ich über den Kiesweg auf die Freitreppe zu. Ich blieb vor einem großen Beete stehen, auf dem alle möglichen Sommerblumen ungeordnet durcheinander dufteten, Skabiosen, Ziererbsen, Feuerlilien, ein großer Topf brennender Farben. All das duftete sehr warm und süß mit einem Gemisch scharfen Geruchs von Apothekerkräutern.
Ich bin mein Lebtag viel in Gesellschaft gegangen – dennoch – wenn ich zu fremden Menschen gehe – ist immer noch ein Rest von Befangenheit in mir. Das kommt wohl daher, daß ich zu deutlich empfinde – was der Mensch, vor den ich hintrete, denkt – ich sehe mich mit seinen Augen. Endlich entschloß ich mich, hineinzugehen. Der Diener, der mich empfing, hatte wohl dort geschlafen, auf der einen Wange stand ein roter Fleck. Sein weißes schwammiges Gesicht war korrekt ausdruckslos, dennoch dachte er – Was hat der durch die Hitze herzurennen? Den Baron fand ich in einem dämmrigen Wohnzimmer. Rote Vorhänge waren vor alle Fenster gezogen. Ganz in weißen Flanell gekleidet, saß er auf seinem Sessel. Auch er hatte eine rote Wange und mußte geschlafen haben. Er empfing mich mit einem Hustenanfall, dann freute er sich laut über mein Kommen: »Das ist recht ... – Setzen Sie sich. Ein heißer Gang, was? Aber hier ist's kühl. Das verstehe ich, darin bin ich raffiniert. Über die Kühlung in den Zimmern hab' ich sozusagen wissenschaftlich nachgedacht.« Er sprach wie jemand, der lange geschwiegen hat und seiner Stimme Motion machen will. Ab und zu schaute er zur Tür hinüber und murmelte: »Wo meine Frau bleibt?« Als Schritte im Nebenzimmer hörbar wurden, rief er: »Claudia!« – da kam seine Frau. Ein sehr schlankes, feines Figürchen – ganz farbig – gleich fiel mir die unendlich feine Linie der abfallenden Schultern auf. Der blaue Musselin des Kleides floß so eng am Körper nieder, daß die Knie im Gehen leicht gegen den Stoff stießen, am Gürtel trug sie einen etwas zu großen Strauß weinroter Skabiosen. Der Kopf erschien mir zuerst überraschend; ganz leichtes, hellrotes Haar umgab ihn, das Gesicht darunter weiß und ruhig – und darin große braunrote Augen, farbig und samtig, wie die Blätter mancher Chrysanthemen. »Hier hab' ich uns den Herrn von Brühlen eingefangen«, sagte ihr Mann. Sie kam aufrecht und langsam heran, reichte mir die Hand – sah mich an – wie wir ein neues Möbel ansehen und sagte einfach: »Es freut mich sehr.« Dann setzte sie sich auf das Sofa – saß da gerade – die Hände auf den Sitz gestützt. Der Baron plauderte weiter: »Wir sitzen hier in unserer Einsamkeit wie Spinnen und warten, ob sich jemand in unser Nest verirrt. Zuweilen fahre ich aus. Ein Jagdzug – da hab' ich Sie gefangen. Ja – ja –«

Die Baronin sah mich an mit einem stetigen gleichgültigen Blick. Ich fühlte es, daß sie sich von dieser Jagdbeute nicht viel versprach. »Am Tage arbeiten wir –« fuhr der Baron fort – »an meinem großen Reisewerke.« – »Sie auch, Baronin?« fragte ich. »Ja, ich auch«, sagte sie. In ihrem Blick lag jetzt etwas Erstauntes. Ich wußte, sie wunderte sich darüber, daß ich so dasaß und sie nicht einmal betrachtete. Gut – ich will sie betrachten, und da fiel es mir auf, wie wunderschön ihr Mund war – diese schmalen hellroten Linien, an den Winkeln etwas heraufgebogen und in ihrem Schwung, ich weiß nicht, welch seltsame Bewegungs- und Ausdrucksbereitschaft. Jetzt lächelte sie ein wenig, die Lippen noch immer fest geschlossen, sie las wohl auf meinem Gesicht etwas wie Überraschung. »Gewiß arbeitet sie mit«, fuhr der Baron fort – »was ich vormittags schreibe, muß sie mir nachmittags vorlesen.« – »Sehr interessant –«, wandte ich mich an sie. »O ja«, erwiderte sie mit einer Stimme, in der etwas Herbes anklang, wie oft in Stimmen eben erwachsener Mädchen. »Wenn's nur nicht so heiße Gegenden wären.« Der Baron lachte laut los: »Heiß! Natürlich, wir sind gerade im Herzen von Afrika. Aber meine Frau würde verlangen, ich soll im Sommer über Spitzbergen schreiben und im Winter, wenn es friert, über Afrika –« Aber das Lachen brachte ihm den Hustenanfall. Claudia erhob sich, nahm ein Glas Wasser vom Nebentisch und ein Pulver, brachte es ihm, stand neben ihm, bis der Anfall vorüber war, ruhig und dienstgewohnt. Der Diener brachte den Tee, und Claudia schenkte ein, und weil ihr Gatte sich noch nicht erholt hatte, tat sie auch etwas für die Unterhaltung und bemerkte: »Ja, abends ist es sehr schön hier bei uns.« Da konnte der Baron wieder sprechen: »Oh, wer das kennt, der kommt wieder. – Kommen Sie nur recht häufig – kommen Sie täglich. Abends sind uns Freunde immer willkommen – nach der Arbeit.« Er sprach weiter von sehr heißen Nächten im Kapland, von den großen Ameisen, die die Stiefel anfressen.
Claudia saß wieder still da – sie ließ das Gespräch an sich vorüberklingen wie ein langgewohntes Geräusch. Ich hörte auch nicht zu. Aber während wir da in der roten Dämmerung dieses Zimmers uns gegenübersaßen, fühlte ich deutlich, wie Claudia und ich ein jeder sich mit der Gegenwart des anderen auseinandersetzten. Das ist solch eine Unterhaltung ohne Worte – von Körper zu Körper, von Wesen zu Wesen – geheimnisvoll – aber gewiß – Was wir sagen, ist ja gleichgültig – auf dieses stumme Frage- und Antwortspiel des Menschen zum Menschen kommt es an – Ich erhob mich, um mich zu verabschieden. »Also wir sehen Sie bald, kommen Sie nur. Fred Spall, unser Vetter – Sie kennen ihn doch – kommt auch, sobald er kann.« – Ja, ich kannte Fred Spall. Als ich im Flur Hut und Stock nahm,

sah ich, daß Claudia in der offenen Wohnzimmertür stand, die Schulter leicht an den Türpfosten gelehnt. Sie blickte durch die geöffnete Haustür in das rötliche Flimmern des Abends hinaus. – »Wie hell das ist«, sagte sie und blinzelte mit den Wimpern – »wir leben hier so in der Dämmerung, daß man Augen wie ein Kauz kriegt.« – Ich blieb noch bei ihr stehen. Etwas Besonderes mußte ich jetzt sagen, fühlte ich. »Wenn man jetzt da hinausgeht«, begann ich, »das ist wie ein Bad in Rotgold.«

»Ein sehr warmes Bad«, sagte sie nachdenklich.

»Wenn die Sonne untergeht«, fuhr ich fort, »kommt die kühle, blaugraue Dusche.«

Jetzt lächelte sie wirklich mit ein wenig geöffneten Lippen. Ich war zufrieden und ging. Als ich an dem großen bunten Beet vorüberkam, sah ich Claudia an der Haustür stehen – schmal und blau – das Haar flimmerte in der Sonne, die Augen schützte sie mit der Hand und schaute den Weg hinab. Das alte schwere Portal legte sich seltsam wie ein dunkler Rahmen der Einsamkeit um das farbige Figürchen ...

In der großen Allee war es schon lebhaft. Viel Kinder und Radfahrer – Arbeiter, die aus den Fabriken kamen, Ladenmädchen in hellen Kleidern, Pappschachteln in der Hand. Alle sprachen und strengten ihre Stimmen an, wollten Lärm machen, als seien sie betrunken von dem Flimmern des rötlichen Staubes, der die Luft erfüllte. Ich konnte das jetzt nicht brauchen. Ich bog in einen Seitenweg ein, suchte eine einsame Bank auf, um mich nichts als tüchtig verstaubte Jelängerjeliebersträuche. Ein Laubfrosch knarrte auf einem Zweige, dort saß ich lange und rauchte eine Zigarre nach der anderen.

Was wir noch denken nennen, ist sehr oft eine Beschäftigung, bei der wir selbst wenig dazutun. Man sitzt da und kommt sich wie eine *Laterna magica* vor, in die eine fremde Hand die Glasbildchen hineinschiebt und langsam hin und her zieht. – Ein Zimmer mit roter Dämmerung – Claudia kommt herein, langsam und aufrecht – Claudia sitzt auf dem Sofa – Claudia sieht mich an – sie schenkt Tee ein – sie steht unter dem großen Portal – immer wieder diese Bilder. Es ist merkwürdig, wie lange wir dasselbe denken können.

Und dazu eine beständige begleitende Gefühlsmusik, die auch kommt und geht ohne unser Hinzutun – wie das Kreisen unseres Blutes. Ich kann jetzt den Laubfrosch verstehen, der Stunden hindurch dasselbe vor sich hinknarrt. Es war dunkel geworden. Drüben in der großen Allee wurde es still. In den Zweigen hingen die Lichtpünktchen der angesteckten Laternen.

Ich erhob mich – ich war hungrig geworden und ging durch die kleinen

Seitenwege der Stadt zu. Überall begegnete ich Gestalten, die paarweise – eng beieinander, Hand in Hand schweigend die laue Dunkelheit tranken. Am Rande der Stadt liegt Bohrers Weinstube. An Sonntagen ist sie recht belebt, aber heute am Montag war es dort still. – Von der offenen Veranda aus sieht man auf die weite Ebene hinaus, Wege, Felder. Zwei Gäste waren nur auf der Veranda, ein alter Herr, der seinen Hut abgenommen hatte. Seine Glatze war gelb und blank im Gaslicht – und ein Mann mit einem faltigen grauen Gesicht. Beide saßen stumm vor ihrem Weinglase und starrten in die Dunkelheit hinaus, die über der Ebene lag. Die Kellnerin, ein verkümmertes kleines Wesen, mit geröteten übernächtigten Augenlidern, saß unter einer Gasflamme und las ein Buch. Als ich mich an den Tisch setzte, wischte sie mit der Serviette über die Augen – der Roman hatte sie gerührt – und kam zu mir, um mich leise zu fragen, was ich wünschte. »Ist es traurig, was Sie da lesen, Fräulein«, fragte ich.
»Sehr traurig«, sagte sie bekümmert. Der Wirt ging die Veranda hinab – ein schmaler junger Mann mit einer goldenen Brille. Vor jedem von uns Gästen machte er tief und traurig eine Verbeugung, als wüßten wir alle um ein trauriges Ereignis – dann blieb er stehen und schaute auf die dunkle Ebene hinaus. Ich dachte meine Gedanken weiter, nur daß sie hier plötzlich etwas Tragisches annahmen. Ein Ereignis hatte heute bei mir begonnen, das war sicher, aber jetzt wollte es mir scheinen, als sei es tragisch. Wie es auch kommt, es soll gründlich durchlebt werden. Ich wollte in meinem Leben immer zuviel den Regisseur spielen, wir leben unser Leben doch dann nur ganz, wenn wir es verstehen, unser eigenes Publikum zu sein. – Nur das. Ich bin ein Gedankenpedant. Was war es, was ich erlebte? Verliebtsein – was ist das? Definitionen sind immer falsch, aber sie beruhigen. Ich habe das Bedürfnis der Überschriften ...
Es ist seltsam ergreifend, auf weite, von Dunkelheit verschlungene Flächen hinauszuschauen. Wir alle – der alte Herr, der Mann mit dem faltigen Gesicht, der Wirt und sein alter, räudiger Hund, ich – wir sehen wie gebannt da hinaus. Der Hund stößt zuweilen ein heiseres, asthmatisches Heulen aus. Hunde müssen ihre Gedanken aussprechen. Dort unten leuchteten nur einzelne Lichtchen ferner Wohnungen, winzige rote Pünktchen, die blinzelten, als wären sie in Not vor der großen Dunkelheit. Darüber ein dunstiger Himmel mit bleichen verwischten Sternen. Und plötzlich erwachte in dieser stillen Dunkelheit eine Stimme – dort fern auf einem der Wege ging ein Mann und sang laut und heiser – eine klagende Tonfolge, dann ein Vorschlag, dann wieder la-la-la. Sehr einsam klang diese Stimme so in der Dunkelheit, verloren, irrend – suchend. Und dann auf der anderen Seite der Wiese erklang eine zweite Stimme, eine schrille

Frauenstimme, die dieselbe Notenfolge sang, la-la-la und der kleine Vorschlag. Die beiden Stimmen begegneten sich – verschmolzen dicht ineinander, wurden zuversichtlich in diesem Beieinandersein. Der alte Herr, der Mann mit dem faltigen Gesicht, der Wirt, alle hoben die Köpfe und lauschten, der Hund spitzte die Ohren, die Kellnerin sah von ihrem Buch auf. Es war, als hätten wir alle darauf gewartet, daß die beiden Stimmen sich begegnen. Plötzlich schwieg der Gesang. Es wurde wieder still in der Dunkelheit. »Zahlen«, sagte ich und stand auf.
Im Heimgehen fiel es mir ein: Natürlich, das ist es, nur das. Wir gehen allein in dunkler Einsamkeit, das ist unser Beruf. Und singen in die Dunkelheit hinein. Und plötzlich antwortet einer – singt mit – wir glauben, die Einsamkeit fällt von uns ab – nur das. Alle die Paare, da in der Allee auf den Bänken, saßen nah beieinander, indem sie sich ein Leben zu zweien phantasieren. Diese Formulierung beruhigte mich.
Zu Hause fand ich auf dem Schreibtische das Manuskript der goldenen Kette. Ich habe es fortgeschlossen. Für eine Zeitlang habe ich anderes zu tun. An meiner Lebensordnung braucht nichts geändert zu werden. Nun werde ich der Frau Meirike sagen, sie kann jetzt mehr Blumen in die Zimmer stellen, Sommerblumen, die stark duften. Edellupinen, wohlriechende Erbsen und die braunroten Chrysanthemen mit den geschwollenen goldenen Herzen.

6. August

Es überraschte mich heute morgen, als Josef die Vorhänge von den Fenstern zurückzog und einen Strom gewaltsamen Sonnenlichtes in das Zimmer ließ, daß das gestrige Erlebnis fort war oder doch nur wie ein Traumbildchen vor mir stand, das vor der Morgensonne in eine verschleierte Ferne rückte.
Etwas war doch geblieben, eine mir ungewohnte Freude daran, den Tag zu beginnen, als stände etwas Angenehmes bevor. Und als ich dann meinen Tee trank, die Zeitungen und die Briefe las, wollte der gestrige Besuch bei Daahlens fast ein gewöhnliches Gesicht annehmen. Ein Teebesuch – eine hübsche Frau – was weiter. Ich konnte das Mystisch-Verhängnisvolle darin nicht mehr so recht finden, dessen ich gestern doch so sicher war. Ich mußte plötzlich an die Zeit denken, da ich als Gymnasiast in den Sommerferien meine Cousine Alma liebte und am Morgen erwachte, froh den verliebten Tag zu beginnen. Aber es war doch da – nur daß am Morgen unser Denken wacher ist, und dieses Denken ist dem Fühlen

gegenüber so plump. Das Feinste unseres Denkens liebt die Dämmerung wie Claudias Augen.

Am Vormittag bin ich gewohnt zu arbeiten. Die goldene Kette muß zurückgestellt werden. Einer leichten, etwas mechanischen Arbeit bedurfte ich jetzt. Ich begann einen platonischen Dialog zu übersetzen: »Die Liebenden« – eine etwas pädagogische Liebe.

Ein sicheres Zeichen, daß etwas in mir vorgeht, war eine gewisse Unruhe – die machte, daß ich nach einiger Zeit die Feder fortlegte und ausging. Ich hatte ohnehin noch etwas mit meinem Schneider zu besprechen. Ich ging also in die Mittagsglut hinaus in die Stadt, die um diese Zeit wie eine große gemeinsame Wohnstube (schlecht gelüftet) aussieht. Ein jeder tut, als sei er allein. Niemand wundert sich, wenn ich vor fremden Haustüren auf fremden Bänken sitze – vor den niedrigen Fenstern stehe und zuschaue, wie da drinnen der Mittagstisch gedeckt wird. Männer in Hemdsärmeln lehnen zu den Fenstern hinaus. Mädchen stehen an den Haustüren, gähnen und strecken die Arme – wie im Bett. Das unterhielt mich. Diese ganze Welt war für mich so beiläufig, ich war hier zu Besuch, um die Zeit zu vertreiben. Meine Wirklichkeit war die dämmerige Wohnstube da draußen, das bunte Figürchen unter dem alten Steinportal. Und ich begann mich wieder stark darauf zu freuen.

Der Gang hatte mich ermüdet. Nach dem Essen, als ich den Livius zur Hand nahm, wurden mir die Augenlider schwer. Ich legte mich zurück. Die Fliegen brummten in einem Sonnenstrahl, die Lupinen und Erbsenblüten dufteten sehr süß. Es war köstlich sentimental ruhevoll. Nur eigentümlich, nicht an Claudia dachte ich, sondern an Alma – die Cousine, die ich als Gymnasiast geliebt hatte. Sie trug weiße Kleider, breite, bunte Schärpen, einen über den Rücken niederhängenden Zopf und Schnürstiefelchen. Wenn sie die Gartenwege entlangging, folgte ich ihr gern, stach mit einem kleinen Spaten ihre Fußspuren aus dem Wege – legte den Sand in ein Körbchen und trug ihn zu einem stillen Platz im Park, dort häufte ich ihn zu einem Hügel auf, dem Almahügel – das Monument meiner Liebe.

Mit dem Umkleiden, um zu Daahlens zu gehen, begann ich ziemlich früh. Als ich vor dem Spiegel stand, fiel es mir auf, daß wir doch recht fremd unserer äußeren Erscheinung, unserem Gesicht gegenüberstehen. Ich lächle und will in dieses Lächeln eine ganz innige Bedeutung legen, ich fühle es – wie es vom Herzen warm in die Lippen steigt, und nun seh' ich dieses Lächeln – fremd – mir unverständlich. Unser Äußeres führt doch die Aufträge, die unser Wesen ihm gibt, nur sehr obenhin aus. Mein Gesicht, regelmäßig, etwas feierlich, ist darin, glaube ich, recht ungelenk,

nur die Augen, graublau, mit einem intensiven ernsten Blick – die führen manchen Auftrag besser aus.
Die Sonne war schon im Untergehen, als ich in die große Allee einbog. Der Duft der von der Hitze getrockneten Blätter auf dem Wege, des reifen Hafers, der in Garben auf dem Felde stand – gab mir sofort alles wieder, was ich gestern erlebt hatte.
In der Villa waren heute die Vorhänge zurückgezogen. Die Fenster und die Glastüren zur Veranda standen offen. Von dem ein wenig tiefer liegenden Garten – aus dem Schatten der mächtigen alten Bäume wehte es kühl und ein wenig feucht in die Zimmer. Claudia kam mir an der Verandatür entgegen. Sie trug ihr blaues Kleid und eine Korallenschnur um den Hals. Die braunroten Augen sahen mich wieder mit dem ruhig wartenden Blick an. »Oh«, sagte sie, »wie hübsch, daß Sie kommen. Mein Mann wird sich freuen. Er ist eben in sein Zimmer gegangen, um etwas an dem Manuskript zu ändern, das wir heute gelesen haben.« Wir lehnten am eisernen Geländer der Veranda und schauten in den Garten hinaus. »Ja«, sagte ich, »ich habe mich den ganzen Tag darauf gefreut.«
Ich wunderte mich, daß das so einfach herauskam, denn ich hatte mir viel kompliziertere Dinge zurechtgelegt.
»Heute wird es hübsch hier«, bemerkte Claudia, »ein wenig Mond ist schon da.« Die Sonne war untergegangen, die Luft wurde blau. Über den zackigen Wipfeln der großen Ahornbäume hing eine schmale, weiße Mondsichel. Wir schwiegen. So an dem Gitter zu stehen, nebeneinander und in das Herabdämmern hineinzublicken – ihre Gegenwart zu fühlen, war wunderbar ruhevoll. Aber endlich mußte doch etwas gesagt werden.
»Wie heimlich dunkel diese Wege sind«, begann ich, »dort unten höre ich auch Frösche.«
Claudia nickte: »Ein kleiner Weiher ist unten. Die Frösche, ja, die höre ich kaum mehr, ich bin sie so gewohnt. Die Wege – ja, sie sind sehr heimlich, später im Jahr etwas unheimlich, wenn so die Blätter rascheln. Mein Mann darf abends nicht heraus dann. Ich gehe gern in der Dunkelheit da umher.«
»Allein?« fragte ich. – »Ja«, sagte sie, »oder nein, Julchen geht hinter mir her.«
»Julchen?«
»Ja – Sie kennen sie nicht – natürlich. Unsere Mamsell. Sie ist schon lange hier.«
»Julchen«, meinte ich, »klingt so gemütlich. Ich glaube nicht, daß es unheimlich sein kann, wenn Julchen hinterhergeht.«
Sie lächelte ein wenig.

»Gott! Ich bin an Julchen so gewöhnt, daß ich sie vergesse. Es ist wie mit den Fröschen.«
»Ich möchte dieses Julchen doch sehen«, meinte ich.
»Ich will sie Ihnen mal zeigen«, sagte Claudia.
Wir schwiegen wieder.
Unten am Weiher begann ein melancholischer Wasservogel immer den gleichen hellen Ton vor sich hinzusingen, und aus den feuchten dunklen Gängen des Parkes wehte uns ich weiß nicht welche Traurigkeit an. Ich hatte plötzlich starkes Mitleid mit der kleinen Frau, die einsam hier durch die raschelnden abendlichen Herbstwege ging – aber Mitleid, das fast körperlich wohltat. Das war mir neu und interessant an mir. Aber das ist wohl immer so, wenn uns ein anderes Leben ganz nahekommt.
»Und dann?« fragte ich. Claudia warf den Kopf ein wenig zurück, um mich anzusehen.
»Wie?«
»Ich meine, was Sie dann tun nach diesem Gange?«
Ich fragte sie aus, wie wir ein kleines Mädchen nach seinem Tage ausfragen. Es war mir, als hätte ich ein Eigentumsrecht auf dieses Leben.
»Dann«, sagte sie und zuckte leicht mit den Schultern, »dann lese ich meinem Manne vor.«
»Wieder das Manuskript?«
»Nein, andere Reisebeschreibungen. Er liebt es, den Fehlern der anderen auf die Spur zu kommen. Er sagt, die anderen lügen.«
»Das mag wohl sein.«
»Ja, das werden sie wohl«, meinte Claudia, unendliche Gleichgültigkeit im Ton. Hinter uns erscholl Daahlens knarrende Stimme. – »Bitte, mein Lieber, versuch' doch nur zehn Kilometer auf diesen Steinen zu gehen, ja ja.« Er sprach mit dem Baron Spall – Fred Spall. Sehr lärmend begrüßte er mich: »Ach, das ist schön. Also Sie haben wir auch eingefangen. Das wird gemütlich. Schön hier, was? Das ist 'n Garten. Mystisch heiliger Hain.« Lebhaft sprach er auf mich ein.
Ich hörte nicht zu, ich mußte hinübersehen, zu Spall hinübersehen, der sich neben Claudia an das Gitter lehnte, sich vertraulich zu ihr beugte – er war ja ein Vetter – und etwas erzählte und lachte. Claudia blickte gerade vor sich hin, und ihr schöner Mund zuckte so seltsam wie in einer Qual. Natürlich, ich verstand. Spall war verliebt in sie, und sie mochte ihn nicht, den schönen Spall mit dem schmalen Mädchengesicht, den sentimentalen Augen und den blanken, blonden Locken. In dem hübschen Mädchengesicht nahm sich das Monokel im linken Auge und das böse Lächeln der knabenhaft roten Lippen fast gespensterhaft aus.

»Und das Essen, Claudia, Kind«, rief Daahlen, »wie weit ist's denn?« – »Gleich«, sagte Claudia, »Julchen holt den Wein.« Daahlen lachte sehr laut. – »Sehr gut, unsere Vorsehung heißt Julchen. Wir wandeln im heiligen Haine, und Julchen sorgt für den Leib.«
Das Abendessen war sehr gepflegt, und Daahlen lachte und erklärte und sprach von den Speisen aller fünf Weltteile. Er ließ kaum einen anderen zu Wort kommen. Nur Spall unterbrach ihn zuweilen, um eine Stadtnachricht mitzuteilen. Daahlen fragte dann weiter, und sie begannen wild zu klatschen. Ich schwieg soviel wie möglich, es war mir angenehm, mit Claudia zusammen zu schweigen, es war, als verstünde sich unser Schweigen. Claudia, nah auf ihren Teller niedergebeugt, aß aufmerksam die kleinen, guten Sachen, Eier à la Meyerbeer, Hühnersteaks mit Krebssoße.
»Sie essen gern?« fragte ich sie halblaut.
»Ja«, sagte sie ernst, »wenn es etwas Unterhaltendes ist.«
Spall hatte das gehört und lachte: »Das ist echt Claudia, verlangt von dem armen Hühnerkotelett, es soll sich essen lassen und dabei unterhaltend sein.« Er hatte dabei eine Art, sie mit den sentimentalen Augen anzusehen, als gehörte sie ihm. Claudia errötete leicht und schob mißmutig die Unterlippe vor wie ein böses kleines Mädchen: »Na ja, dabei ist doch nichts.«
»Echt weiblich«, dozierte Daahlen. »Die Frauen sagen wie die Römer zu den Gladiatoren: Stirb, aber gefall' mir. Mir fallen da die – Neger ein.«
Ich hörte nicht recht, wie es bei den Negern war, ich dachte an Spall. Der konnte mich nicht beunruhigen.
Nein, mein Lieber, so kommst du ihr nicht nah, mit diesen Augen, die keine Distanz halten!
Die Fenster zum Garten hin standen offen. Die tiefe Dunkelheit der großen Bäume schaute herein. Über den schwarzen Wipfeln hatte die Mondsichel jetzt ein starkes weißes Leuchten.
»Hören Sie die Frösche – unsere Tafelmusik«, sagte Daahlen.
Nach dem Essen gingen wir wieder auf die Veranda hinaus, saßen in bequemen Korbstühlen. Der Diener brachte kalte Ente in silbernen Bechern. Die große Ruhe der Nacht machte auch Daahlen eine Weile schweigsam. Dabei wandte er sich an mich und sprach von einer Mondnacht am Kongo. Claudia und Spall saßen etwas abseits. Spall sprach leise. Einmal antwortete Claudia, schnell, hart, wie mir schien. Du arbeitest für mich, mein Lieber, dachte ich. Ich wunderte mich, wie glücklich und sicher ich mich fühlte. Spall erhob sich. – »Komm«, sagte er, »wir wollen ein wenig zu den Fröschen gehen.« Claudia erhob sich auch, machte einige Schritte, dann wandte sie sich hastig – ja, ich täusche mich nicht, hilfe-

suchend zu mir. »Ach, Herr von Brühlen, ich wollte Ihnen ja den Weiher zeigen.« Ich stand ein wenig zögernd auf. Konnte ich Daahlen allein lassen? In dem Lichte, das durch die Tür auf die Veranda fiel, sah ich deutlich, wie Spalls hübsches Gesicht sich verzog. Er kehrte kurz um und setzte sich in seinen Stuhl zurück. »Ach so – dann will ich Daahlen nicht allein lassen«, meinte er. »Machen wir ein Ekarté?« Claudia und ich gingen in den Garten hinunter. Es machte mich zuerst ein wenig befangen, so allein mit ihr in die Nacht hineinzugehen. Unter den Bäumen war es kühl wie unter einem Kirchengewölbe und sehr dunkel. Ich hörte nur den leisen Ton ihrer Schritte und der leichten Musselinschleppe auf dem Kies. Dann sprachen wir von dem Garten und von der Hitze und von Lavendel, glaube ich, der von der Terrasse her zu uns herüberduftete. Höflich und ruhig waren unsere Stimmen, aber ich empfand es deutlich, wie die Dunkelheit uns eng verband. Wir waren einander viel näher, als unsere Stimmen einander waren; ich spürte deutlich, als hätte ich sie gefaßt, ihre Hand in der meinen, schmal und kühl wie nächtliche Blumenblätter; ich fühlte, wie ich den Arm um ihre Taille legte, der Skabiosenstrauß an ihrem Gürtel mußte jetzt ein wenig feucht vom Tau sein. Gott, die wirklich äußere Berührung ist doch immer das letzte Symbol, die letzte Hilflosigkeit dieser heimlichen Zwiesprache unserer Körper. Ich weiß nicht, wie das Gespräch darauf kam, aber Claudia sagte: »Sie heißen Magnus?«

»Ja, Magnus!« erwiderte ich. »Ich bedaure das. Man heißt eigentlich nicht Magnus.«

»Ein Familienname?«

»Ja, mit dem Namen geht es wie mit dem Leberflecken, den ein Ahne hat, und dann taucht er immer wieder auf.«

»Ich liebe meinen Namen auch nicht«, meinte Claudia sinnend. »Claudia klingt so, wie – wie etwas, das nicht lebt.«

»Claudia«, wiederholte ich und versuchte etwas Musikalisches in den Ton zu legen, das mißlang jedoch. »Früher stellte ich mir dabei eine große römische Gestalt vor, schwere, gerade Gewandfalten.«

»Und jetzt?«

»Jetzt – ich las den Namen gestern im Livius und da, da spürte ich den Duft von dem großen Beet dort vor Ihrer Treppe.«

»Ach, das«, sagte Claudia, »das riecht nach Einsamkeit.«

»Nach Einsamkeit?«

»Ja, finden Sie das nicht? Wenn die Nachmittagssonne grell darauf scheint und die Blumen so warm durcheinander duften, das ist so einsam – so einsam.«

Wir blieben am Weiher stehen, eine grüne Pflanzendecke lag auf dem Wasser. Der Mond legte ein wenig weißes Licht auf die schwarze Fläche.

»Was steht da drin?« fragte ich – denn mitten im Teich stand eine große dunkle Gestalt und schien ihre Arme in die Finsternis hinauszustrecken.

»Das dort«, sagte Claudia, »ist eine Danaide aus Stein, aber ihre Hände und das Sieb sind fortgebrochen.«

»Na, dann hat sie also Ruhe«, bemerkte ich. Claudia lächelte ein wenig.

»Ja – ja – nun hat sie Ruhe.«

Langsam gingen wir am Ufer entlang, hörten den Fröschen zu, die unter der Pflanzendecke eifrig plauderten, erzählten, der eine dem anderen das Wort vom Maul nahm. Ich war in ganz unwahrscheinlicher Stimmung, sehr weit von allem, was mir sonst wirklich schien, allein mit Claudia in dieser dämmerigen Welt, über der es wie Schmerz lag, aber wie Schmerz, den ich mit Claudia gemeinsam zu tragen hatte, als gingen wir eng verbunden einen gemeinsamen Leidensweg. Das ist, glaube ich, sehr charakteristisch für meinen Zustand. Claudia bog in einen dunklen Laubengang ein, der ein wenig steil hinauf dem Hause zuführte. Die Dunkelheit brachte sie mir wieder ganz nah – mir war es wieder, als nähme ich ihre kleine Gestalt, ja als küßte ich ihren wundervollen kühlen Mund.

»Sie lieben nicht die Einsamkeit, Baronin?« fragte, meine Stimme höflich.

»Ach Gott!« erwiderte Claudia. »Ich bin sie so gewohnt – so – so – wie –«

»Julchen«, schlug ich vor.

Sie lächelte. »Ja – wie Julchen.«

»Sind Sie so viel allein gewesen?« fragte ich, was vielleicht zu dreist war.

»Das ist es nicht«, meinte sie. »Einsam – ist man, glaube ich, wenn man wartet – sitzt und wartet. Warten macht einsam.«

»Sehr richtig«, schaltete ich ein – was stillos war.

»So bei uns zu Hause«, fuhr Claudia fort. »Wir waren fünf Schwestern, immer nur ein Jahr zwischen uns – wir waren immer zusammen. Wir kamen wenig hinaus – wir gingen auch ungern ins Dorf. Unsere Kleider saßen so schlecht. Ich glaube, mein Konfirmationskleid war das erste, das nicht zwei Schwestern vor mir getragen hatten, ich war so klein. Es war kein Geld da und wir mußten sehr sparen.« Sie lachte mit dem harten Unterton des Lachens halberwachsener Mädchen.

»Oh!« sagte ich nur, was ich jetzt bedaure.

»Ein Schusterjunge sagte, wenn wir vorübergingen – ach, die fünf Modejournale. – Beliebt waren wir nicht. Auch zu Hause, wenn was passierte, waren immer die fünf Komteßchen schuld.«

Ich hätte etwas sagen sollen, ich sagte jedoch nichts – ich liebte Claudia nur sehr stark in diesem Augenblicke.
»So trieben wir uns in dem großen Garten umher«, erzählte Claudia weiter, und ich glaubte ihrer Stimme anzuhören, daß sie lächelte. »Viel wurde für diesen Garten nicht getan. Nur Kohl war da gepflanzt und die Obstbäume waren vermoost. Aber viel Stachelbeeren waren da. Auch die waren zurückgegangen, sie waren klein und haarig geworden. Bei denen lagen wir gern. Wenn die Sonne auf Stachelbeerbüsche scheint, das riecht nach warmer Wolle, nicht wahr?«
»Ja – ich – ich erinnere mich recht –«
»Ja, und das ist einsam, wir lagen da, aßen die kleinen haarigen Beeren – und warteten, daß etwas kommen sollte.« Gott! Wie deutlich ich sie sah, die Mädchen mit den hellroten Haaren und schlechtsitzenden Kleidern und den schönen, wartenden Gesichtern bei den besonnten Stachelbeerbüschen –
»Und es kommt immer«, sagte ich.
»Ja – natürlich«, erwiderte Claudia.
»Und dann«, fuhr ich fort – ich unterstrich die Worte –, »dann müssen wir gehorchen.« Vielleicht etwas lebhaft kam das heraus.
Claudia blieb stehen. Ihre Stimme wurde jetzt leise vor Erregung: »Nicht wahr, wir müssen – ganz gleich, wir müssen.«
Das war, glaube ich, etwas Entscheidendes, was ich da gesagt hatte.
Wir traten aus dem Dunkel der Bäume auf die Terrasse vor dem Hause hinaus. Auf der Veranda, wie ein gelbes Lichtbildchen in all' dem Schwarz, sahen wir die beiden Herren beim Schein zweier Kerzen mit Weingläsern bei den Karten sitzen, die Profile hell beschienen. Um Spalls Kopf legten die blonden Locken ein schwaches goldenes Glänzen. Claudia lachte lustig auf. »Das ist hübsch«, meinte sie. Ich wunderte mich, daß sie nach der Erregung, die wir beide eben gefühlt hatten, so lachen konnte. Als wir auf die Veranda kamen, bemerkte Spall spöttisch: »Nun – in Lyrik gemacht?« Dabei sah er Claudia wieder mit dem seltsam gierigen Besitzerblick an. Claudia wandte sich ab und trat in den Schatten an das Geländer zurück. Du treibst sie gewaltsam zu mir her, mein Lieber, dachte ich.
»Famos, da unten«, begann Daahlen, »Stimmung, nur zuviel Stimmung. Meine Frau liebt das. Ich nenne das Depression kneipen.«
Bald darauf gingen Spall und ich fort. Unterwegs bemerkte Spall: »Eine merkwürdige Frau – meine Cousine.« – »Eine charmante Dame«, erwiderte ich. Das war das kälteste, was ich fand, das errichtete gleichsam eine Barriere um Claudia.

So – und jetzt will ich schlafen – nicht denken.
Diese Gefühle dürfen wir nicht jeden Abend sorgsam wie unsere Kleider zusammenfalten und fortlegen. Mir ist's, als säße ich in einem Traum und müßte mit ihm sehr behutsam umgehen, um nicht zu erwachen.

8. August

Das kann ich wohl jetzt schon mit Bestimmtheit sagen, die Liebe ist eine Beschäftigung – eine Beschäftigung, welche die Tage ausfüllt.
Bisher in meinem Leben habe ich, glaube ich, wenig für andere getan. Es hat sich so gemacht, daß ich alles nur für mich tat. Jetzt ist es mir, als täte ich alles, auch das Geringfügigste, für einen anderen – für sie. Bisher ließ ich die Menschen nicht nahe an mich herankommen – ich mußte allein sein können. Jetzt ist es mir, als sei ich nie allein – spüre immer die Gegenwart eines andern – ihre Gegenwart. Und was tue ich denn all diese Tage voll grellen Sonnenscheins hier hinter meinen gelben Vorhängen im starken, süßen Duft der Erbsenblüten und der Lupinen. Ich übersetze Plato, sehe Korrekturen nach, ordne meine Bibliothek, aber eigentlich tue ich immer etwas anderes – und immer dasselbe. Fühlen ist die Hauptbeschäftigung. Ich verstehe die Feldgrille jetzt, die den langen Sommertag hindurch bis in die Nacht hinein eifrig, leidenschaftlich denselben Ton vor sich hingeigt, als wäre dieser Ton das einzig Wichtige in der Welt. Dieses sind Beobachtungen, die ich gesichert halte. Zu Daahlens wollte ich diesen Abend nicht gehen. Das schien mir richtig zu sein. Claudia sollte wieder einmal allein durch den Park gehen, allein im Mondenschein am Weiher stehen. In solchen Augenblicken des einsamen Fühlens wachsen unsere Empfindungen klarer und stärker, als in den beruhigenden und berauschenden Augenblicken des Zusammenseins. Ich ging aber am Abend zur Allee hinaus, setzte mich auf eine Bank und sah zu, wie die Abendsonne in den Fenstern der Daahlenschen Villa brannte. Dort wollte ich sitzen, bis die Dunkelheit kam. Es würde mir gut tun, meinte ich, umgeben zu sein von der flüsternden Gemeinde der Liebespaare.
Zu mir auf die Bank setzte sich ein kleines Ladenfräulein, ein rundliches, blondes Mädchen. Sie legte die Pappschachtel, die sie trug, neben sich auf die Bank. Müde streckte sie die Füße von sich, klappte die Spitzen der gelben Schuhe aneinander. Den kleinen Knabenstrohhut schob sie ein wenig zurück, einige feuchte blonde Löckchen kräuselten sich auf der Stirn. Das Gesicht war rund und rosa, hübsch weich waren die nemophilenblauen Augen zwischen die ein wenig fetten Augenlider gebettet. So

ein ruhevoller Friede lag über der Gestalt. Es war ordentlich beruhigend, daß dieses Mädchen neben mir saß. Sie schaute zu mir herüber und dann wieder fort – wie sie das alle tun. Diese Mädchen brauchen alle ruhig und sicher dieselbe Methode – wie beim Bügeln oder Handschuhanziehen. Wenn sie sich bewährt hat, wozu eine neue suchen? So begann ich mit ihr zu sprechen: – Es war heiß. – Ja, es war heiß. – Sie wollte wohl hier warten, bis es kühl wurde. – Freilich, das wollte sie. – Wartete sie sonst noch auf jemanden? – Nein, auf wen denn? – Nun, man ist doch zu zweien an Sommerabenden. – Das wohl – aber sie hatte keinen. – War er fort? – Ja – fort. Ein tiefer Seufzer straffte die rot- und weißgestreifte Bluse.

»Sie heißen Toni?« sagte ich.

»Wie wissen Sie?«

»Sie sehen so aus.«

»Ja, Toni Ledrer, ich bin bei Großmann im Handschuhladen in der Herrnstraße.« – »Oh, ich weiß, das ist der große Laden, in dem es immer so dämmerig und feierlich ist. Ein strenge, ältere Dame mit einer goldenen Brille sitzt an der Kasse, und die jungen Mädchen streichen ganz still und ernst den Kunden die Handschuhe über die Hände.« – »Die Alte ist böse«, beichtete Toni, »und sprechen darf man gar nicht und wenig sitzen.«

»Dann kommen Sie abends hierher, um zu sitzen und zu sprechen?«

»Ja, wenn wer da ist zum Sprechen«, meinte, Toni träumerisch. »Ich wohne so hoch, da sind die Nächte so heiß. Man hat keine Lust zu Bett zu gehen.«

»Sie haben wohl so eine kleine Lampe mit gelbem Licht und stehen ganz weiß vor dem Spiegel und heben die Arme hoch, um sich das Haar aufzubinden.«

Toni sah mich erstaunt an: »Nun ja – wie soll man das anders machen?«

Die Dämmerung war gekommen. Durch die Blätter der Kastanien blitzte der Mond.

»Gehen wir ein wenig«, schlug ich vor.

Toni stand gehorsam auf, strich ihr Kleid glatt und nahm die Pappschachtel. Langsam gingen wir die Allee hinab und bogen in die kleinen, finsteren Nebenwege ein.

»Nehmen Sie nicht meinen Arm?« fragte ich.

»Ich bin so frei«, erwiderte Toni. Sie nahm meinen Arm, wie alle diese Mädchen unsere Arme nehmen. Sie hängen sich ein wenig schwer ein, drücken unseren Arm leicht gegen ihre Brust. Zu sagen hatten wir uns nichts. Es war auch genug, so aneinandergelehnt zu spüren, wie unser Blut den gleichen Takt hielt – es tanzte zusammen. Und Toni hatte einen friedlich-energischen Takt. Wenn an einer Biegung des Weges plötzlich die Mondhälfte in einem hellen, leeren Himmel sichtbar wurde, dann blinzelte Toni hinauf und sagte: »Wie schön. Ach, überhaupt der Mond.«

»Gehen wir zu Bohrer essen«, schlug ich vor.

»Das ist ja nicht nötig«, meinte Toni, »heute am Werktag.«

Wir gingen doch hin. Auf der stillen Veranda erregte unser Erscheinen Aufsehen. Der alte Herr, der Herr mit dem faltigen Gesicht, die kleine, bleiche Kellnerin, alle hoben die Köpfe und sahen uns ernst und vorwurfsvoll an. Der alte Hund, der am Eingang saß und zum Mond emporschaute, knurrte leise.

»Was wünschen Sie?« flüsterte die Kellnerin.

Wir setzten uns in eine Ecke. Die Ebene vor uns war voll eines weißen, nebeligen Lichtes und einsamer denn je. Toni streckte wieder unter dem Tische die Füße von sich und legte die Hände flach auf den Tisch, dann aß sie langsam, sorgfältig, kaute die Bissen, indem sie zum Monde aufsah. Wir tranken einen kleinen, säuerlichen Schaumwein. Toni seufzte zuweilen so tief, daß die weiß- und rotgestreifte Bluse krachte.

»Warum seufzen Sie?« fragte ich.

»Weil es hier so gut – so gut ist«, meinte sie. »Man hat seine Ruh« – und sie gähnte diskret. Ja, mir wurde auch so wohlig und schläfrig zu Sinn. Es war mir, als hätte ich den ganzen Tag über gearbeitet und dürfte nun die Glieder von mir strecken und ruhen. Ich wollte mich ein wenig unterhalten.

»Ist es schwer, den Leuten die Handschuhe anzuziehen?« fragte ich.

»Ach«, sagte Toni, »ich bin daran gewöhnt. Ja, manche halten die Hand schlecht. Aber wollen wir nicht von Handschuhen sprechen.«

Nein – wir wollten nicht von Handschuhen und den Mühsalen des Lebens sprechen. Wozu auch sprechen!

»Es ist spät«, sagte Toni endlich, und wir gingen. In den schmalen Wegen zwischen den Jelängerjelieberbüschen blieb sie stehen, ganz nah vor mir.

»Ich gehe hier hinab«, sagte sie. – Ich küßte sie. Ihre Lippen waren weich und warm, wie die Lippen eines schläfrigen Kindes. »Sonntag bin ich um zwei Uhr schon frei«, bemerkte sie im Fortgehen.

Auf dem Heimwege hielt das angenehme, beruhigte Gefühl an. Aber als ich in mein Zimmer trat, war wieder Claudias erregende Gegenwart da. Ich legte mich gleich zu Bett – ich war müde und habe gut und fest geschlafen.

Aber im Einschlafen dachte ich wieder an Toni, es war mir, als würde ich von dem ruhigen, kräftigen Takt ihres Blutes in Schlaf gewiegt. Für das, was mir mit diesem Mädchen begegnet, muß sich doch auch eine Formel finden lassen.

10. August

Heute war ein schlechter Tag. Gleich beim Erwachen spürte ich das. Frühmorgens war ein Gewitter niedergegangen, das wirkte wohl noch auf meine Nerven. Die Luft war kaum abgekühlt, die Sonne stach wieder.
Eine unangenehme Nüchternheit war in mir, die allem widersprach, was ich gefühlt hatte, die höhnte und mit allem in mir zankte. Claudia war fern und fremd. An allem war überhaupt nichts. Dazu kam noch, daß Josef beim Frühstück erzählte, er sei heute morgen der Baronin Daahlen begegnet: »Sie ritt. Der Stallknecht ritt hinter ihr. Der Baron Spall war auch dabei.«
Dieser Bericht erregte in mir ein Gefühl unendlichen Widerwillens – so ein körperliches Unbehagen. Ich mußte den Tee und das geröstete Brötchen, das ich eben sorgsam mit Butter bestrichen hatte, stehenlassen. Die eigentlichen Erscheinungen der Eifersucht sind das nicht. Ich bin nicht eifersüchtig auf Spall. Claudia haßt Spall, das habe ich an ihren Blicken, an der müden Art, wie sie sich von ihm abwendet, gesehen. Claudia wird nur einer Liebe gehorchen, die bis zum äußersten mit der Distanz zwischen ihr und dem Geliebten kämpft. Erst wenn beide sagen: Wir können nicht mehr – dann, dann gehorcht sie. Das habe ich verstanden. Aber dennoch ... So werde ich mich denn recht elend bis zum Abend hinziehen.
Ein seltsam unwirkliches Leben, das ich führe. Nur dort auf der Veranda wird es wirklich, vor dem dunklen, feuchten Garten, in der Traumbeleuchtung des Mondes, bei dem leisen Ton von Claudias Musselinschleppe auf dem Kies. So fühlen wohl die Fledermäuse, wenn sie am Tage in den finsteren Ecken wie kleine, schwarze Teufel an der Wand hängen und durch eine Spalte in das Tageslicht blinzeln, ob das dumme Licht noch da sei, das allem widerspricht, was sie abends erleben, wenn sie mit dem kleinen, schrillen Jauchzer über die mondbeglänzten Wipfel flattern.

Nachts

Heute begegnete mir etwas Eigenes, eine Kleinigkeit, die mir doch einen nicht unwichtigen Zug zu dem Bilde von Claudias Leben lieferte.
Claudia war mir heute nicht recht nah. Sie schwieg viel; wenn sie sprach, klang es leicht gereizt, wobei der herbe Unterton ihrer Stimme besonders deutlich herausklang. Ihr Mund hatte heute eine herrlich bitter-tragische Linie. Spall bemühte sich, sehr glänzend und ausgelassen zu sein. Daahlen lachte viel über ihn, aber Claudia schien das zu ärgern. Spall hat auch so

eine verwandtschaftlich aufdringliche Art, mit ihr zu verkehren – als gehörten sie zusammen. Ungeschickter kann man nicht sein. Ich fand wenig Gelegenheit, mit Claudia zu sprechen. Wir unterhielten uns eine Weile über das Gewitter und über Pferde. Ich war sehr reserviert und formell – was richtig war. Dennoch wollte ich ihr einige Worte sagen, leise und erregt und bedeutsam, Worte, die sie empfinden mußte, als drückte ich flüchtig ihre Hand und sagte: »Ich weiß – wie – wir – beide leiden«, aber mir fiel das Rechte nicht ein, Daahlen war heute besonders in Erzählerlaune und nahm mich ganz in Beschlag. Er schilderte mir einen schwierigen und langwierigen Weg, den er irgendwo in Afrika gemacht haben wollte. Schließlich zwang er mich, mit ihm in sein Arbeitszimmer zu gehen, um diesen uninteressanten Weg auf der großen Karte, die dort an der Wand hing, zu verfolgen.

Als wir wieder auf die Veranda heraustraten, waren Spall und Claudia fort. Sie mochten wohl in den Garten hinuntergegangen sein.

Daahlen erzählte weiter, aber es schien mir, als verwirrte sich der Weg, als kämen wir nicht recht vorwärts. Zuweilen hielt er inne, spähte in den Garten hinab, über dem jetzt sehr hell ein großes Stück Mond hing, und murmelte: »Sind sie das?« – »Nein«, sagte ich – »das Weiße, das ist das Tuberosenbeet.« – »So – so«, meinte er – »hm – macht nichts – *allons – allons!*« Im Mondlicht sah ich deutlich, daß sein braunes, scharfes Gesicht mit dem mausgrauen Bart sich wunderlich verzog – wie bei einem stechenden Schmerz.

»Na ja, also«, fuhr er fort, »wir waren also fünf Kilometer von dem Dorfe Biri-biri.« Er war aber nicht bei der Erzählung, sondern sah beständig in den Garten hinaus, und ich hörte nicht zu, sondern sah auch in den Garten hinab, und wir warteten beide gespannt.

»Da sind sie!« entfuhr es mir plötzlich.

»Wo – wo?« fragte Daahlen. »Ja – ich seh' – na also.«

Claudia und Spall traten jetzt aus dem dunklen Laubgang auf die hellbeschienene Terrasse hinaus.

Er ist eifersüchtig, der Arme – dachte ich – ja, es wird vielleicht der Augenblick kommen, da wir ihn nicht schonen können. Das Leben ist grausam. Aber mir war es auch lieb, daß die beiden wieder zur Veranda hinanstiegen. »Also – so kommen wir glücklich nach Biri-biri«, berichtete Daahlen erleichtert und setzte sich knarrend in den Korbstuhl.

Claudia und Spall kamen auf die Veranda. Claudia ging, als sei sie müde. Daahlen erzählte weiter, als sähe er sie nicht.

Am anderen Ende der Veranda standen zwei Stühle. Spall schlenderte darauf zu, warf sich in den einen und rückte den anderen für Claudia zurecht. Claudia machte auch einige zögernde Schritte zu ihm hin – dann wandte sie sich schnell ab – ja, ich weiß es – mit Widerwillen, mit Angst, ich sah das deutlich in den Umrissen der zarten, leicht in den Falten des Musselinkleides schwankenden Gestalt. Entschlossen kam sie zu mir herüber und setzte sich auf den Sessel, der neben mir stand – schutzsuchend – zu mir gehörig. Seit meinen Knabenjahren hatte ich nicht mehr dieses starke Freudengefühl empfunden, das uns von Kopf bis Fuß mit einer süßen Wärme erfüllt. Nun kam eine köstliche Stunde – Claudias Hand lag auf der Armlehne ihres Sessels, meine auf der Lehne des meinen. Unsere Hände waren einander nah – sie sehnten sich nacheinander, sie fühlten einander. Hätte ich wirklich Claudias Hand ergriffen, so wäre das trivial gewesen. So etwas tut Spall vielleicht. Aber so war es gut. Die Ahornwipfel standen still und schwarz im Mondlichte. Daahlens Stimme erzählte jetzt ruhig knarrend, sprach die barbarischen Negernamen tönend in die nächtliche Stille hinein.

12. August. Sonntag Nacht

Zu Daahlens wollte ich heute nicht gehen. Besuche am Sonntage sind nicht stilvoll. Aber ich ging um zwei Uhr schon aus. Der Tag war sehr hell – blitzblank, wie in Sonntagskleidern. In den Straßen roch es nach den Sonntagsbraten, die durch die geöffneten Fenster herausdampften. Die große Allee war noch einsam. Hier und da ein geputztes Dienstmädchen, das Gesicht rot vom starken Waschen, das auf seinen Sonntagskameraden wartete. Ich bog zur Daahlenschen Villa ein. Ich wollte beobachten, wie der Anblick dieses Hauses, das in Mondschein und Dämmerung mir zu einem erregenden Traumbilde geworden war, in der Wirklichkeit des gelben Mittagslichtes auf mich wirke. Das schien eine nötige Ergänzung. Das Haus mit seinen niedergelassenen Jalousien stand da sehr still, wie schlafend im Sonnenschein. Nur an der einen Schmalseite, dort, wo die Küchenräume liegen, war ein Stuhl in einen schmalen Schattenstreifen hinausgestellt. Dort saß eine Frau in blauem weißgetüpfelten Kleide – ein großes, bleiches Gesicht mit mehreren Kinnen unter einer weißen Haube, runde, schwarzgefaßte Brillengläser. Das war wohl Julchen. Sie hielt ein Buch und sang mit näselnder Stimme einen Choral. Das hatte so den zitternden, schläfrigen Takt, nach dem die Kohlweißlinge das große, bunte Beet vor der Freitreppe umflatterten. Ich ging um das Haus herum, außen am Gartengitter hin. Ich wollte die Terrasse im Tageslicht sehen. Da war sie. Da war auch Claudia.

Sie trug ein weißes Batistkleid und einen großen weißen Batisthut und ging die Lavendelstreifen entlang, die den Weg einfassen, um mit einer Gartenschere Lavendel abzuschneiden. Als sie bis nah an das Gitter kam und sich aufrichtete, erblickte sie mich. Ich grüßte. Sie lächelte ein wenig und nickte. Als sie so dastand, das Gesicht blaßrosa unter dem grellen Gekräusel des Haares, gefiel sie mir so stark, daß es mir die Kehle zuschnürte. Seit meinen Knabenjahren war mir das nicht mehr begegnet, daß ich so stark empfand, daß ich fast weinen wollte. Claudia fühlte das – sie mußte das fühlen – sie hielt still – in der Hand den großen Lavendelstrauß, die Augen weit offen, schaute sie mich an, als wollte sie sagen: Du siehst, so ergeht es uns beiden. »Ach, Herr von Brühlen«, versetzte sie dann, »guten Morgen! Wollen Sie nicht ein wenig hereinkommen und meine Lavendel riechen? Da im Gitter ist die kleine Tür.« Ich trat zu ihr in den Garten. Sie streckte mir den sommerwarmen Lavendelbusch entgegen.
»Ich schneide ihn gern«, sagte sie, »und lege ihn zu der Wäsche. Das riecht so gut altmodisch.«
»Ja, meine Mutter hatte die Schränke auch voll davon«, meinte ich. Ich war befangen. Meine Stimme klang ein wenig atemlos, das Herz schlug mir heftig.
»Sie gehen schon so frühzeitig spazieren?« fragte Claudia.
»Ja – ich – ich wollte den Garten und – und vielleicht Sie, Baronin, um die Zeit sehen. – Bisher ist mir das so – so visionär, Dämmerung – und Mondschein – ich glaubte –«
»Und nun?« fragte Claudia neugierig.
»Nun? – Ja – das Visionäre bleibt – nur – die Vision hat andere Farben – jetzt eine Vision in Weiß, Rotgold und Lavendelblau –«
Claudia hatte sich auf einen umgestürzten Schiebkarren gesetzt, der auf dem Wege lag, und schaute aufmerksam zu mir auf. »Das ist gut«, meinte sie. »Wir dürfen Visionen nicht – wie man sagt – materialisieren – sagt man nicht so? – Visionen sind doch unverantwortlich.« – »Wie?« – Claudia schaute nachdenklich auf ihren Strauß nieder: »Ich träume gern, das ist so angenehm. Man liegt und ist an dem, was man erlebt, nicht schuld – tut nichts dazu. – Es nimmt und trägt einen mit sich fort.«
»Das tut das Leben ohnehin – ob wir wollen oder nicht«, bemerkte ich ziemlich erregt.
Claudia schaute auf, ein wenig verwundert.
»Ja – nicht wahr?« sagte sie. Dann entstand eine Pause. In meiner Unterhaltung mit Claudia kommen diese Pausen häufig. Ich glaube, es sind die Augenblicke, in denen unser Gefühl besonders stark zusammenklingt.

»Sie haben schon gearbeitet, Baronin?« begann ich formell. Das schien mir wichtig. »Mit meinem Mann – das Manuskript – ja«, erwiderte Claudia obenhin.
»Das war wohl interessant?«
»Gott!« sagte Claudia und zuckte leicht mit dem Schultern, sie schob die Unterlippe vor. Diese Bewegung hatte so sehr etwas von einem trotzigen, kleinen Mädchen, daß ich an die fünf Komteßchen in dem großen Garten denken mußte, die stets an allem Unheil schuld waren.
»Gott – ich hasse diese Neger mit ihren unmöglichen Namen und ihren dummen Sitten. Aber wissen Sie, was ich noch mehr hasse?«
»Nein!«
»Die Kilometer. – Immer und überall sind die da. Man denkt, Afrika – da ist Licht und große Blumen und Farben. Nein – es ist nur ganz voll von diesen langweiligen Kilometern.«
»Ja, die lassen sich nicht gut vermeiden«, bemerkte ich ziemlich geistlos. Aber so war es vielleicht richtig in diesem Moment, da sie gegen ihren Mann sprach.
»Wieso«, sagte Claudia wegwerfend – »ich geh' – aber ich geh' nicht Kilometer.«
Wieder stockte die Unterhaltung. Ich hätte jetzt kameradschaftlich scherzen müssen. Aber ich war zu erregt.
»Sehen wir Sie heute abend?« fragte Claudia.
»Ach, heute sonntags«, erwiderte ich zögernd.
»Gott! Unter Freunden«, meinte Claudia.
Dieses »unter Freunden« sollte eine Barriere sein. Ja, wir wollen Barrieren zwischen uns setzen, gefällig gegen unser Gewissen sein, das doch stärker ist.
Eine Glocke erscholl im Hause.
»Oh – Zeit sich anzukleiden«, rief Claudia erschrocken, wie ein kleines Mädchen, das zu spät zur französischen Stunde kommt. Wir reichten uns flüchtig die Hand, und ich ging nachdenklich meinen Weg zurück.
In der Allee auf der gewohnten Bank saß Toni. Sie trug eine weiße Seidenbluse, einen goldenen Gürtel und zuviel Rosen auf dem Hut. Ihr Gesicht war erhitzt und die Augen gerötet.
»Du hast geweint?« fragte ich.
Sie fuhr mit dem Handrücken über die Augen und machte ein böses Gesicht.
»Ich warte so lange«, sagte sie – »ich dachte, Sie kommen nicht.«
»Ah – das ist's! Na also gehen wir.« Toni erhob sich und nahm meinen Arm, sicher, ein wenig rauh. Sie nahm von mir Besitz, als von ihrem

Sonntagsrecht. Sie gefiel mir heute nicht besonders. Schweigend gingen wir die Allee hinab. Auf einer Bank saß ein Mädchen mit einer hellen Bluse und zuviel Blumen auf dem Hut.
»Die weint auch«, sagte ich.
Da wurde Toni beredt: »Nu ja. Die Woche plagt man sich und freut sich auf den Sonntag und zieht sich seine guten Sachen an, und dann kommt er nicht –«
»Ja – ja, das ist unrecht«, sagte ich. Wie verständlich das war. Die Liebe ist hier so klar – eine Einrichtung – ein Recht.
Wir gingen aus der Stadt hinaus über die große Ebene hin. Die Wege waren hier laut von sonntäglichen Spaziergängern. Überall die geputzten Mädchen erhitzt und zufrieden am Arm ihres jungen Mannes. Anfangs verstimmte mich alles, aber dann überkam mich beruhigend das Gefühl, eingereiht zu sein in eine Ordnung, fast in einen Beruf. Wir gingen weit hinaus, dort wo es einsam wird. Die Sonne stach auf das Weideland nieder. Eine Kiesgrube lag dort. Wacholder, Heidekraut, Katzenpfötchen wuchsen an den Wänden. Ein großer Stein lag auf dem Grunde und sonnte sich. Wir stiegen hinab – streckten uns dort aus. Toni nahm ihren Hut ab, streckte ihre Glieder – blinzelte mit den Augen in die Sonne.
»Ah! Das ist gut«, stöhnte sie. – Das ganze Behagen der Sonntagsfaulheit kam über sie, strahlte ordentlich von ihr aus. Ich lag auf dem Rücken. Wacholder, Wermut, Schafgarben dufteten so warm, als säßen wir in einer Küche, in der Kräuter gekocht würden. Kleine Schmetterlinge, bronzefarben und stahlblaue Farbenfleckchen, flirrten vorüber. Leise vor sich hinsingend, bummelten Hummeln durch die Luft und hingen ihre Samtleiber an die Glocken des Benediktenkrautes.
Toni plauderte vor sich hin von anderen Sonntagen, an anderen Ausflugsorten mit anderen Herren – wie das so schön gewesen wäre.
Ich schloß die Augen. – Ich wollte wieder die Vision in Rotgoldweiß und Lavendelblau haben. – Gott! Aber auch auf mir lag die feiertägliche Trägheit. Das mit der Vision und Claudia und mir – das war so kompliziert, und das faule, rosa Mädchen neben mir war so einfach und selbstverständlich. Mir vergingen die Sinne, ich schlief wohl ein wenig.
Dann hörte ich Toni vor sich hinsingen, eintönig und schläfrig. Ich schlug die Augen auf. Auf ihren Ellenbogen gestützt, lag sie da – die Füße hoben und senkten sich taktmäßig.
Zwischen den Lippen hielt sie einen Grashalm und in der Hand einen Wacholderzweig, mit dem sie langsam auf den Boden schlug. – »Rai – la – la – la.«
»Toni«, sagte ich, »hast du – früher einmal – das Vieh gehütet?«

Toni schaute auf.
»Sie haben geschlafen. – Das Vieh? Ja, da unten bei uns habe ich die Schafe gehütet.«
»Dann lagst du so den ganzen, langen Tag.«
»Ja – lang – lang war der Tag.«
»Und wenn du den langen Tag so dalagst, wartetest du da immer auf etwas?«
Toni dachte nach: »Warten? Ich weiß nicht. Ja, ich wartete, daß die Mutter zum Essen ruft.«
»Ach ja – auf das Essen hast du gewartet – natürlich. Du – komm näher.«
Toni schob sich über das Gras zu mir hin – schmiegte sich an mich.
»Ist's so gut?« fragte sie.
Ja, so war's gut. Ich weiß nicht, wie lange wir dort unten in der Kiesgrube geblieben sind. Die Sonne schien schon schräg über die Ebene. Musikklänge kamen zu uns herüber. Das regte Toni auf.
»Das ist die Musik von Deibler – und das von Bohrer«, sagte sie.
»Du willst wohl dahin?«
»Ja, da müssen wir auch noch hin«, erwiderte sie bestimmt.
Nun und dann gingen wir zum Deibler. In dem großen Biergarten unter den staubigen Bäumen saßen die Menschen Kopf an Kopf. Die Luft war schwer von Bierdunst. Erhitzte Kellnerinnen schleppten große Portionen Kalbsbraten und Schweinebraten und Papierservietten heran. An allen Tischen die geputzten Mädchen mit ihren jungen Leuten. Auf den Gesichtern lag es wie Abspannung, in den Augen wie schläfrige Enttäuschung. Die Männer hatten vom Trinken rote Köpfe und waren recht laut. Zwei stritten sich, und das Mädchen weinte. Die Militärkapelle schmetterte einen Marsch. Später kam ein Kornettsolo, Schuberts Ständchen. Die Leute, wieder still, streckten sich vor süßem Gefühl auf den Bänken. Die Mädchen schauten starr vor sich hin und verzogen ein wenig das Gesicht, als wollten sie weinen.
»Nun?« fragte ich Toni.
»Sehr schön!« erwiderte sie. Die Arme unter der Brust gekreuzt, saß sie da, in den Augen auch den schläfrigen, enttäuschten Blick. Die Traurigkeit dieses zu Ende gehenden Sonntags lag schwer auf uns allen. Dagegen gibt es nur eines – zusammen nach Hause gehen – sich aneinander drücken und vergessen.
»Komm«, sagte ich zu Toni.
Wenn das jetzt nicht hier stünde, so wäre es für mich fort, als sei es nicht gewesen So muß wohl der Sonntag sein für alle die, welche arbeiten. Es bleibt ihm nichts Erregendes, nur etwas Müdigkeit – einige welke Feld-

blumen. Die Arbeit kann wieder beginnen, und man kann an den nächsten Sonntag glauben. Auch ich gehe heute wieder daran, an meiner erregenden und rätselvollen Liebeserfahrung zu arbeiten.

13. August nachts

Der Mond steht jetzt rund und hell über dem Daahlenschen Park. Claudia hielt sich heute von mir fern. Einen Augenblick sprachen wir miteinander, gleichgültige Dinge, und ihre Stimme hatte etwas Fremdes – etwas Gläsernes und Lebloses. Ich verstand das. Auch ich bemühte mich, ganz kalte Höflichkeit, gleichsam fern von ihr zu sein. Ich weiß, wir litten beide.

15. August

Heute spielte ich mit Daahlen auf der Veranda Schach. Claudia und Spall sprachen am anderen Ende der Veranda miteinander ziemlich leise, aber ich hörte ihren Stimmen an, daß sie sich stritten.
»Was habt ihr denn?« fragte Daahlen. Da kam Claudia zu uns, setzte sich still neben mich. Spall ging bald. Unter tiefem Schweigen spielten wir die Partie zu Ende, dann wandte ich mich zu Claudia. Sie hatte sich tief in ihren Sessel hineingesetzt, ein wenig in sich zusammengekrümmt. Die Augen weit offen, starrte sie zum Monde auf. Das Gesicht erschien vom Mondlicht bleich, die Augen sehr dunkel. Ich mußte zu ihr sprechen, gleichviel was, nur damit der Ton meiner Stimme sie liebkose.
»Nicht wahr, Baronin, der Vollmond gibt uns einen Rausch – einen kühlen Rausch?«
Daahlen griff das auf.
»Sehr gut. Der Mondschein hat etwas Frappiertes. Hier nicht, in Afrika. Oh! Sie verstehen sich auf Nuancen – Sie sind ein Lebenskünstler.«
»Wie ist das, ein Lebenskünstler?« fragte Claudia, und es klang gereizt, fast feindselig.
»Ein Lebenskünstler, liebes Kind«, dozierte Daahlen, »lebt eben ein Kunstwerk, lebt so, daß andere sich an seinem Leben erbauen können wie an einem Kunstwerk.«
»So«, meinte Claudia und lachte böse und maliziös. »Das muß nicht amüsant sein, so – so druckfertig zu leben. Wenn man ein Kunstwerk macht, dann weiß man, denke ich, auch immer im voraus, was kommen muß.«

Ich hielt es für richtig, bedeutungsvoll einzuschalten: »Das wissen wir doch ohnehin.«
Aber Claudia widersprach eigensinnig.
»Das finde ich nicht.«
»Wir wollen nur nicht daran glauben«, fuhr ich fort und auch meine Stimme klang gereizt. Claudia zuckte leicht mit den Schultern. Daahlen begann ganz unmotiviert, wohl um uns zu beschwichtigen, von den Niams-Niams zu erzählen. Dann ging ich. So muß es sein. Wir kämpfen und leiden beide.

16. August

Liebe treibt eines zum anderen, nicht damit wir eines das andere glücklich machen, wie man sagt. Diese Glücksrechnung geht die Liebe nichts an. Vielleicht bereiten wir einander Schmerz. Weiser ist es, nicht zu lieben. Liebe ist alogisch, und wir kämpfen gegen sie an, aber sie ist stärker als unsere Logik, und das ist ihr Zauber.

17. August

Claudia ist still und bleich. Wie haben kein Wort miteinander gesprochen, das uns etwas anginge. Aber sie sitzt still neben mir, unsere Hände liegen nah beieinander und sehnen sich nacheinander.

18. August

Mir ist zuweilen, als fühlte ich ein tiefes Erbarmen mit Claudia und ihrer Hilflosigkeit. Ich kann ihre Hilflosigkeit an der meinen messen.

21. August

O dieses wunderliche Traumleben, ein Leben unter Ausnahmegesetzen. Einen seltsamen Abend, eine seltsame Nacht und einen seltsamen Tag habe ich durchlebt. Bei Daahlens saßen wir wie sonst auf der Veranda und tranken kalte Ente. Spall war sehr unterhaltend. Er witzelte beständig und machte den alten Herrn lachen. Claudia lachte auch, ein etwas gezwungenes lustiges Lachen. Sie war unruhig, ging auf der Veranda auf und ab, blieb zuweilen stehen und schaute in den Mond – plötzlich dann ernst – etwas Gespanntes, fast Angstvolles lag in dem Ausdruck ihres bleichen Gesichtes. In der Hand hielt sie ein kleines Batisttaschentuch und drehte das so fest zusammen, als wollte sie es zerreißen. Spall und Daahlen begannen eine Partie Schach. Ich trat zu Claudia. Merkwürdig war es, wie sich ihre Erregung mir mitteilte. Ja, der Nerv in mir gehorchte den Schwingungen des fremden Wesens. Meine Stimme klang unsicher, als ich sagte: »Wir haben so lange den Weiher nicht gesehen.«

»Ja, gehen wir noch einmal zum Weiher hinunter«, erwiderte Claudia freundlich.

Wir stiegen in den Garten hinab. Anfangs sprachen wir aufs Geratewohl von allerhand, von den Rosen, an denen wir vorübergingen, von den Kröten, die dick und runzelig mitten auf dem hell beschienenen Wege saßen. Eine Weile gingen wir auch schweigend nebeneinander her. Im Dunkeln unter den Bäumen sagte ich: »Sie sind heute heiterer« – und in Gedanken nahm ich sie fest an mich, die ganze, kleine, vor Erregung und Qual bebende Gestalt.

»War ich sonst nicht heiter?« fragte Claudia.

»Ja – diese Tage über, glaube ich, waren Sie nicht recht heiter.«

»Ich weiß nicht, ob ich heiter bin«, fuhr Claudia sinnend fort. »Geht es Ihnen zuweilen auch so? Es kommt eine Müdigkeit – so eine unendliche Faulheit, weiter zu leben. Als Schulmädchen hatte ich solch ein Gefühl, wenn ich den französischen Aufsatz bis zum letzten Augenblick aufgeschoben hatte, und nun kam die Faulheit, stillsitzen wollte ich – schlafen – ja tot sein lieber und im Grabe Ruhe haben, lieber als diesen Aufsatz schreiben über *La cruche va à l'eau tant qu'elle se casse*.«

»Aber der Aufsatz wurde doch geschrieben«, warf ich ein.

»Ja, geschrieben wurde er.«

»Solche Stimmungen überkommen uns«, bemerkte ich, und es war wichtig, daß ich das sagte, obgleich ich es fühlte, daß meine Stimme dabei nicht den rechten Tonfall hatte: »Solche Stimmungen überkommen uns meist in Augenblicken, in denen wir uns anschicken, mit allen unseren Kräften dem Leben zu dienen.«

»Oh – glauben Sie?«

Wir waren an den Weiher gekommen. Hellbeschienen stand die Danaide in dem schwarzen Wasser und streckte ihre händelosen Arme lässig vor sich hin.

»Die hat Ruhe, so sagten Sie doch?« fragte Claudia. »Die Hände sind fort, wir müssen ruhen.«

»Das kommt so über uns«, begann ich wieder. Ich weiß nicht, ich brachte heute alles nur mühsam heraus. Jetzt mußte ich etwas Schönes sagen, allein es kam gesucht und nicht ganz echt heraus.
»Denken Sie sich einen Rosenstrauch über und über voller Knospen, solche dicke, rote Knospen, die bereit sind, alle zu gleicher Zeit zu springen. Gut! Er steht da in der Mondnacht, schwer von Knospen, mutlos und müde: ›Ach, das ewige Blühen beginnt wieder. Könnte man doch seine Ruhe haben!‹ Das hindert ihn aber nicht, den nächsten Morgen ganz rot von Rosen zu stehen.«
Claudia sah forschend zu mir auf.
»Das ist hübsch. Sie sind eine Art von Dichter.«
»Ich? Ach Gott, nein!«
Wir waren am Weiher entlanggegangen und stiegen jetzt den schmalen Laubgang hinauf.
»Sie, natürlich«, sagte Claudia, und ich hörte Spott aus ihrer Stimme heraus. »Sie kennen solche Stimmungen, Sie sind ja ein Lebenskünstler.«
Das ärgerte mich.
»Sagen Sie das doch nicht, was bin ich denn für ein Lebenskünstler? Ich warte, wie alle, auf die Hand, die etwas Wertvolles in mein Leben hineinlegt. Wir sind ja doch alle einer auf den andern angewiesen, damit aus unserem Leben etwas wird.«
Claudia lachte: »Wie hübsch Sie das sagen. Wenn man das so hübsch sagen kann, dann, glaube ich, braucht man es gar nicht mehr zu erleben. Nicht? Aber auf andere warten. Und wenn nun ein Pfuscher kommt?«
Wieder das fremde, kranke Lachen, das grell in die Finsternis hineinklang. Über uns flog eine Krähe rauschend auf. Irgendwo in der Dunkelheit standen Nachtviolen und dufteten schwül.
»Ach bitte, lachen Sie nicht – so«, entfuhr es mir angstvoll. Sie schwieg, blieb stehen, lehnte sich gegen einen Baumstamm. Ich stand vor ihr. Ich verstand nicht und war daher befangen und ratlos. Da hörte ich einen leisen Ton.
»Sie weinen?« fragte ich.
»Oh – es ist nichts«, erwiderte Claudia. »Die Nerven. Das hab' ich zuweilen. Verzeihen Sie nur einen Augenblick.«
Ich wartete. Ich stand da und horchte auf das leise Schluchzen, mir war, als nähme mein Atem auch den langen, stoßweisen Takt des Weinens an. Jetzt, dachte ich, aber ich sagte und tat nichts. Warum? Nun versteh' ich es. Diesem hilflos vor mir schluchzenden Kinde gegenüber durfte ich nichts tun – so nicht. Aber noch ein solcher Augenblick und es geschah, was doch geschehen muß. Ich durchlebte ihn, diesen Augenblick. –

Stumm würde ich ihre Hand fassen – eine kühle Hand, die feucht von Tränen ist – und wir würden zu der Veranda hinaufsteigen und vor den einsamen, alten Mann hintreten und ihm sagen: »Wir können nicht anders« – und in all die Süßigkeit unserer Liebe würde sich die Bitterkeit unserer Grausamkeit und unseres Mitleids mischen.
»So, nun ist es vorüber«, sagte Claudia, »gehen wir.«
Wir gingen weiter.
»Ich danke Ihnen«, fuhr Claudia fort. »So was ist dumm. Wir wollen's den anderen nicht sagen. Ach nein. Vor einem anderen hätte ich mich so geschämt – aber Sie sind so gut, so – so wie eine Tante.«
»Eine Tante«, fuhr ich auf.
»Ja, so gemütlich, so zuverlässig –«
Ich schwieg. Ich war verletzt. Jetzt verstehe ich das. Sie zürnte mir, weil ich sie geschont hatte. Das mußte so sein.
Als wir auf der Terrasse an den Rosenbeeten vorübergingen, riß Claudia sich eine Rose ab, nur den feuchten, roten Kopf einer Rose und kühlte sich damit die Augen. Auf der Veranda bei den Kerzen mit den Windgläsern saßen Daahlen und Spall. Spalls laute, heiter erzählende Stimme klang bis zu uns auf die Terrasse hinab. Daahlen lachte. Claudia blieb stehen.
»Wie sie da sitzen«, sagte sie und dann wie aus tiefen Gedanken heraus: »Wissen Sie, was ist Mitleid? Das ist doch so, wie Menschen, die uns auf der Straße nicht auszuweichen verstehen. Nicht wahr? Fremde Schmerzen, die uns nicht vorüberlassen wollen.«
Ich war freudig überrascht, daß sie denselben Gedanken hatte, der mir dort unter den Bäumen gekommen war! »Ja«, sagte ich, »wir müssen daran vorüber, wenn unser Weg daran vorüberführt.«
Sie bog den Kopf zurück und schaute zum Monde auf. Wie bleich ihr Gesicht war, ihr herrlicher Mund lächelte ein seltsames, unvergeßliches Lächeln. Den rechten Arm hob sie empor und bewegte wie triumphierend die Hand, in der sie fest die rote Rose zerdrückte.
»O ja, wir müssen vorüber«, sagte sie leise. Dann ging sie schnell die Treppe zur Veranda hinauf.
Die beiden Herren dort waren sehr heiter. Spall erzählte Anekdoten. Claudia stellte sich zu ihnen, wollte mitlachen, lachte ein wenig mühsam, die Augen immer noch seltsam erregt. Spall schaute erstaunt zu ihr auf, erhob sich dann, nahm einen Schal, der auf einem Stuhle lag, legte ihn Claudia um die Schultern und sagte: »Du bist blaß, du frierst.«
Mir mißfiel das. Es sah aus, als sei es sein Recht und seine Pflicht, für sie zu sorgen. Die ganze Lebenslage war mir jetzt zuwider. Ich verabschiedete mich. Da wollte auch Spall gehen und schloß sich mir an. Während wir die

Allee hinabschritten, sprach Spall beständig, ich weiß nicht was, ich hörte nicht zu. Eine starke Aufregung arbeitete in mir. Beständig wiederholte ich mir alles, was Claudia gesagt hatte, deutete – legte es aus mit philosophischer Gewissenhaftigkeit. In der Stadt vor dem Hause des Klubs blieb Spall stehen: »Gehen wir hinauf?« fragte er. Ich zögerte. Er war mir ziemlich unangenehm mit seiner krampfhaften Heiterkeit.
»Kommen Sie«, drängte er, »auf eine Stunde. Ich habe diese Nacht noch etwas vor und kann nicht schlafen gehen.«
Renommist! dachte ich – ging aber mit. Ich fürchtete mich, nach Hause zu gehen. Es war mir, als lauere dort ein Umschlag meiner Stimmung auf mich, etwas Quälendes und Trauriges.
Im Klub herrschte sommerliche Leere. Im Spielzimmer saßen einige alte Herren beim Whist. Im Lesezimmer gähnten ein unbeschäftigter junger Arzt und ein unbeschäftigter junger Rechtsanwalt hinter ihren Zeitungen. Wir setzten uns in das Speisezimmer.
»Ich muß Sekt trinken«, sagte Spall. So tranken wir denn Sekt. Spall versank in Gedanken.
Sein hübsches, freches Knabengesicht nahm einen ältlichen, fast kranken Ausdruck an. Mit einem Ruck fuhr er dann auf.
»Sie spielen nicht?« fragte er.
»Nein, ich mache mir nichts draus.«
»Ich spiele gern«, fuhr Spall fort, »Hasard nur, dabei fühlt man sich so angenehm aufrichtig als Automat.«
»Automat?«
»Ja, wir glauben wohl, wir berechnen. Ein Automat hält auch das Uhrwerk, das er im Leibe hat, für Verstand, aber das ist Unsinn, es schnurrt in uns und wir müssen auf die Neune oder den Buben setzen. Angenehme Unverantwortlichkeit – was?«
Es fiel mir auf, daß Claudia auch das Wort angenehm unverantwortlich gebraucht hatte und das war mir peinlich.
»Geschmacksache«, warf ich mürrisch hin.
Spall lächelte sein erfahrenes, böses Lächeln. »Das ist auch der Reiz bei den Weiberaffären.« Er sah mich sinnend an über den Rand seines Glases hin. »Wie stehen Sie eigentlich zu den Weibern?« fragte er. Er war mir sehr unsympathisch.
»Gott«, erwiderte ich gereizt, »zu den Weibern steh' ich gar nicht. Das ist so, als fragte man mich, wie ich zu den Tagen stehe. Zu Tagen steh' ich nicht. Ich kenne nur einen Montag, Dienstag – und jeder Montag ist von dem anderen verschieden, und zu jedem steh' ich anders.«
Spall nickte: »Sie haben recht, aber gemeinsam bei diesen Weiberge-

schichten ist das Automatengefühl. Es schnurrt in uns und wir tun alles um eines Weibes willen, und dann schnurrt es wieder und es ist aus. Da können wir nichts dazu tun.«
Ich antwortete nicht, all dies mißfiel mir gerade deshalb, weil es mich an ein Gespräch erinnerte, das ich mit Claudia gehabt hatte. Spall erzählte nun ein Erlebnis mit einer Tänzerin. Ich hörte nicht zu. Ich trank recht schnell und hing meinen erregten Gedanken nach. Spall sah nach der Uhr. »Oh – es ist spät«, rief er, »ich muß fort.« Don-Juan-Pose, dachte ich. So gingen wir denn. Als wir uns trennten, rief ich ihm ironisch ein »Viel Glück« zu.
»Danke, danke«, sagte er.
Ich war froh, allein zu sein. Der Wein gab mir eine angenehme, vertrauensvolle Sicherheit, etwas Triumphierendes. Ich saß in der schweigenden Allee auf der Bank, sah in den Himmel hinein, der weiß vom Mondlicht war, und dachte daran, daß Claudia vor mir geweint hatte, um meinetwillen, und wenn ein Weib vor uns weint, dann ist es hilflos uns gegenüber. Und später dann die kleine Feindseligkeit. Ich mußte lächeln. Nach Hause zu gehen, wagte ich nicht, ich traute der Stille meines Schlafzimmers nicht. Und als ich im aufdämmernden Morgen doch endlich heimging und mich schlafen legte, da kam das, was ich fürchtete ... ein kurzer, unruhiger Schlaf, dann ein langes Wachliegen mit bohrenden Gedanken, die alles, was ich erlebt hatte, zerpflückten, farblos, bedeutungslos machten. Es war sehr quälend. Als Kind, da ich das einzige Kind war, war ich gewohnt, still für mich und sehr eifrig zu spielen. Ich verlor mich ganz in die Welt meiner Kinderphantasie. Aber zuweilen mitten im Spiel kam eine Ernüchterung über mich, das quälende Bewußtsein, daß es kein Pferd, sondern ein Stuhl, kein Schiff, sondern ein Sofa sei. Unendliche Mutlosigkeit ergriff mich und ich weinte. »Was weinst du?« fragte mich meine Mutter. »Ich kann nicht spielen«, sagte ich dann. Daran mußte ich denken, als ich mich ruhelos in meinem Bette hin und her warf. Ich beschloß, nicht aufzustehen. Ich wollte es machen wie die Fledermäuse, in meinem dunklen Winkel bleiben und ärgerlich nach den Spalten schielen, durch die der Tag hereinschaut. Als Josef hereinkam, sagte ich ihm, ich wollte nicht aufstehen. Ich gestattete ihm nicht, die Vorhänge aufzuziehen, ließ Licht anmachen und mir den Tee an das Bett bringen. Ich tat, als sei ich krank, trank den Tee, rauchte eine Zigarette und ließ mich von Josef unterhalten.
»Gestern«, berichtete er, »war ich bei Zierer wegen der Hemden des Herrn Barons. Da war auch der Baron Spall. Er kaufte eine Reisedecke, eine sehr schöne teure Reisedecke.«

»Gott, Josef«, seufzte ich, »bist du langweilig! Deine geselligen Talente nehmen ab. Was geht mich die Reisedecke des Barons Spall an? Erzähle lieber, wie du als Junge da oben bei euch mitgenommen wurdest, wenn dein Vater auf die Güter mähen ging und ihr bei den Pferdehütern schlieft und wie die Pferde dich mit feuchten, kühlen Nasen beschnupperten.«
»Ja, das war so«, begann Josef. Er hatte das schon oft erzählen müssen, wenn ich verstimmt und mutlos war.
Ich hörte ihm zu, ließ dann das Licht auslöschen und versuchte wieder zu schlafen. Wirklich schlief ich sanft ein und bin sehr erquickt erwacht. Ich habe mit Appetit gegessen, habe dieses geschrieben und gehe zu Daahlens. Ich bin wieder mit Claudia und mir zufrieden, ich bin wieder Claudias und meiner sicher, ich verstehe uns beide, mich erwärmt ein gutes Festtagsgefühl, wie wir es haben, wenn sich etwas Schönes ereignet, das in unserem Leben mitzählt.

Nachts

So soll es hier stehen, deutlich und nüchtern – wie ich das Erlebnis eines anderen sehe – ein Text, bei dem ich mir die Exegese vorbehalte.
Also: es war die Zeit des Sonnenunterganges, als ich zu Daahlens ging. Mir war leicht und sicher zumute. Ich lebte gern. Ich liebte Claudia sehr stark. Ich konnte mich an dem Sonnenuntergang erfreuen, an den großen, kupferfarbenen Wolken, ganz dunkel, wie ein veilchenfarbener Hecht in einem rosafarbenen Wasser. Hübsch. Die Leute, denen ich begegnete, schienen auch fröhlich. Die Herren trugen den Hut in der Hand, die Mädchen lächelten dem roten Lichte zu. In einem Hause wurde Mendelssohn gespielt; die selbstverständliche Süßigkeit, die so ohne weiteres einleuchtete, gefiel mir heute. Ein Paar kam mir entgegen. Es war Toni mit ihrer Pappschachtel, am Arm eines blonden jungen Mannes. Sie nickte mir zu, machte sich von ihrem Begleiter los, um mich zu begrüßen.
»Ach, Herr Magnus, Sie –«
»Ja – Toni – wie geht es?«
»Danke, gut. Ach, hab' ich auf Sie auf der Bank gewartet, und Sie kamen immer nicht. Einmal gingen Sie vorüber und sahen mich gar nicht.«
»Oh, wirklich«, murmelte ich verlegen.
»Ich war sehr böse. Aber jetzt ist's vorüber –«
»Sie haben einen – andern?« fragte ich zögernd. Sie lächelte selig.
»Ja, einen Ophthalmologen. Ein lieber Mensch.«
»So. Viel Glück.«

»Danke. Gleichfalls, Herr Magnus.« Und sie nahm wieder den Arm ihres Ophthalmologen.
Gut, gut, dachte ich. Die lieben Mädchen.
Als ich über den Vorplatz der Villa ging, sah ich an der Schmalseite des Hauses wieder Julchen sitzen, in ihrem blauen Kleide, die Brille auf der Nase, die Haube ganz rot vom Abendlicht. Sie hatte eine Schüssel auf dem Schoße – eine andere stand neben ihr auf der Erde, und sie schälte, kleine, goldgelbe Birnen. Als ich sie grüßte, nickte sie ernst. An der Haustür mußte ich zweimal schellen, ehe mir geöffnet wurde.
»Die Herrschaft zu Hause?« fragte ich leichthin und wollte eintreten.
»Der Herr Baron ist krank. Der Herr Baron empfängt heute nicht«, sagte der Diener und machte ein feierliches ausdrucksloses Gesicht.
»Krank? Es ist doch nicht schlimm?«
Die Ausdruckslosigkeit des Dienergesichtes nahm etwas Gequältes an.
»Nun denn, ich wünsche gute Besserung.«
War das nicht um die rasierten Lippen wie das Zucken eines säuerlichen Lächelns? Ich blieb auf dem Vorplatz stehen und dachte nach: Da war etwas nicht in Ordnung.
Ich beschloß, Julchen zu fragen.
Als ich vor ihr stand, sah sie mich über die Brillengläser hinweg streng an.
»Ach, Fräulein Julchen, es ist doch nicht schlimm, hoffe ich, mit dem Baron?«
Julchen schälte eifrig an ihrer Birne weiter und zog die Augenbrauen hinauf.
»So was greift an«, meinte sie und begann wieder eifrig ihre Birne zu schälen. »Heute morgen, als er den Brief fand, hatte er einen so starken Anfall, daß wir den Doktor holen wollten, aber er wollte das nicht.«
»Ah, der Brief«, sagte ich, als verstände ich, und wirklich, etwas in mir verstand sofort das, was mir doch unbegreiflich war. »Und wie – wie kam das?« fuhr ich auf das Geratewohl fort.
Julchen warf die geschälte Birne klatschend in die Schüssel, die auf der Erde stand.
»So gegen zwei Uhr muß sie fortgegangen sein. Der Portier von drüben ist in der Nacht von der Kneipe heimgekommen. Da hat er einen Wagen in der Allee stehen sehen. Da wird er wohl auf sie gewartet haben.«
»Er?«
»Ja, der Herr von Spall. Und die Gemüsefrau, als sie zur Stadt gekommen, ist dem Wagen begegnet. Sie werden wohl bis zur nächsten Station gefahren sein.«
»Das werden sie wohl«, sagte ich mechanisch.

Julchen schüttelte traurig den Kopf: »So was! Zu still war es ihr hier, das hab' ich gemerkt. Solche unruhige Augen. Wenn ich mit ihr unten im Garten spazierenging, dann rannte sie, rannte sie, so daß es schwer war, ihr nachzukommen, und dann blieb sie auf einmal stehen und packte mich an dem Arm, fest, daß es recht weh tat, und sagte: ›Julchen, Sie haben auch tüchtig geliebt.‹

›Ach, Frau Baronin‹, sagte ich, ›was werde ich schon viel geliebt haben.‹

Dann lachte sie und sagte: ›Ja, ja, Julchen, Sie sind ein ausgebrannter Vulkan.‹

›Wie Frau Baronin meinen‹, sagte ich. Was kann unsereins viel sagen! Der Herr von Spall hat mir gleich nicht gefallen. Ach ja. So gut wie bei uns wird sie es anderswo nicht leicht finden. Da hab' ich mit Mühe ihr zu heute Schnabelerbsen besorgt, weil sie die so gern ißt. Nun ist sie fort.«

Julchen seufzte und beugte den Kopf tiefer auf ihre Birnen nieder.

»Wird auch schon ruhiger werden«, murmelte sie. Ich fand nichts Rechtes zu sagen, ich stand, bis ich fühlte, daß ich eine lächerliche Figur machen müßte.

»Ich gehe ein wenig in den Garten«, sagte ich. Julchen nickte: »Ja, Herr von Brühlen, es ist ja so jetzt keiner drin.«

Langsam ging ich zwischen den Blumenbeeten hin. Ich fühlte anfangs nur sehr großes Erstaunen. Spall und sie – war es möglich? Wie ist das? Ich verstehe nicht. Diese Frau von Daahlen, die mit Herrn von Spall durchgegangen war, schien mir so fremd. Ich ging zum Weiher hinab, hörte den Fröschen zu. Eine tiefe, fette Froschstimme erzählte zuerst etwas allein. Dann fielen die anderen ein, alle zusammen, eifrig und heiser, und aus ihren Reden klang es immer wieder wie »Spall – Spall –« heraus.

Als ich nun dort stand, überkam mich ein schmerzvolles, weiches Gefühl, ein sehr starkes Vermissen. Alles in mir dürstete nach Claudias Gegenwart, nach jenem geheimnisvollen Verstehen, jener Vertraulichkeit meines Körpers und des ihren. Das war doch gewesen. Mein Gott – warum war sie nicht da! Ich stieg den finsteren Laubengang hinan, den ich mit ihr gegangen war. Die Nachtviolen dufteten wieder im Dunkeln.

Ich lehnte mich an den Baum, an dem sie gestanden und geweint hatte. Hier bekam mein Schmerz etwas Pathetisches, das fast wohltat. Wie deutlich sah ich sie vor mir, ihren Mund sah ich, vor allem ihren wunderschönen Mund, bis der Gedanke, daß ein anderer über diesen Mund herrscht, mich auffahren ließ, wie von einem körperlichen Schmerz getroffen. Und er, der andere, war immer dagewesen, auch wenn mein Begehren sich am heißesten an sie herangedrängt hatte, um ihn hatte sie hier geweint, an ihn gedacht. Und ich, was hatte ich denn hier getan? Eine demütigende Wut schüttelte mich, eine Wut, als dächte ich an einen Schlag, den ich empfangen und versäumt hatte, zurückzugeben. Ich eilte auf die Terrasse, ich wollte fort aus diesem Garten, in dem ich mir selbst zum lächerlichen Gespenst wurde.

Auf der Terrasse begegnete mir ein Diener.

»Der Herr Baron lassen bitten«, sagte er, »ob der Herr Baron nicht einen Augenblick heraufkommen wollen.«

»Ich?«

»Ja, der Herr Baron lassen bitten.«

»Gut, gut, ich komme.«

Ich folgte dem Mann, aber ich dachte dabei: Es ist unmöglich, daß ich da hinaufgehe. Ich ging aber doch. Daahlen begrüßte mich mit einer hastigen, aufgeregten Freundlichkeit.

»Da sind Sie, mein junger Freund. Ich sah Sie da unten herumirren. Danke, daß Sie gekommen sind. Diese Einsamkeit macht einen ja verrückt.«

Er sah angegriffen, älter als sonst aus. Das Gesicht war vergilbtes Pergament, die Augen blank und tiefliegend. »Setzen Sie sich doch«, fuhr er fort, »hier ist eine Zigarre. So, wollen wir gemütlich plaudern.« Er sah mich forschend an. »Oh«, meinte er, »Sie brauchen sich nicht zu beunruhigen, ich werde nicht von meinen Geschichten sprechen. Jeder hat seine Geschichten, nicht wahr? Aber es gibt noch andere Themata – Gott sei Dank.« Er lächelte und legte die Hand auf ein Buch, das aufgeschlagen vor ihm auf dem Tisch lag.

»Da lese ich ein Buch über Afrika, eine Reise von Buonaventura Meyer. Gut. Ich kenne ihn, ein vernünftiger Mensch. Er hat die Gegenden gesehen, die ich gesehen habe, dieselben Neger, dieselben Sitten, nicht wahr? Aber er sieht etwas ganz anderes, als ich gesehen habe. Ich frage mich, lügt der, oder lüge ich? War er betrunken, als er das sah, oder war ich betrunken? Wie erklären Sie das?«

Ich mußte antworten und begann zu sprechen, ohne zu wissen, was ich sagen würde.

»Das kommt wohl daher, daß alles, was wir sehen, wir ganz allein sehen. Es hat sozusagen jeder sein eigenes Afrika. Es hängt zum Beispiel ein Bild in meinem Zimmer, das ich liebe. Es wird mir gestohlen, oder ich muß es verkaufen. Da ist es dann ein Trost, daß das Bild, welches ich gesehen habe und geliebt habe, nicht gestohlen oder verkauft werden kann, das ist einzig, das – das« – ich verwirrte mich, denn ich sah an Daahlens Gesicht, daß ich taktlos wurde.

»Das ist nicht wissenschaftlich«, sagte Daahlen streng.

»Nein, wissenschaftlich nicht«, stotterte ich.

»Ja, aber die Wissenschaft.« Daahlen begann begeistert von der Wissenschaft zu sprechen, er wurde warm, inbrünstig, ja fast sinnlich. Es klang wie eine Liebeserklärung des Ehemannes an seine ihm ewig treue Gattin. Da öffnete der Diener die Türen des Speisezimmers und meldete das Abendessen.

Wir aßen Hammelkotelette mit Schnabelerbsen, die für Claudia besorgt waren, und tranken alten Steinwein. Daahlen trank viel und sprach unausgesetzt von sehr fernliegenden Dingen, von Dingen, die alle jenseits des Ozeans lagen. Und er hatte das Bedürfnis, sich selbst zu bewundern: »Ja, mein Lieber, was ich durchgeführt und erlebt habe, dazu gehört eiserner Wille, davon wissen unsere Klubherrchen nichts. Die Sinne schnell wie beim Raubtier, Geistesgegenwart und Energie, ich sage Ihnen, man fühlt die Energie im Blute, wie eine Faust, die uns hält und treibt und schiebt.« Er wuchs immer mehr in seinen eigenen Augen.

Die Fenster zum Garten hin standen offen. Ein Wind hatte sich draußen erhoben. Er trieb die Wolken schnell über den Mond. Licht und Schatten wechselten, als stünde dort oben eine mit dem Erlöschen kämpfende Flamme. Die alten Bäume rauschten, und plötzlich fuhr ein Windstoß in das Zimmer und brachte die Düfte all der Rosen da draußen mit. Daahlen schwieg. Sein Gesicht nahm einen weichen, hilflosen Ausdruck an. Und auch ich dachte: Claudia, Claudia – es war mir, als sei sie durch das Zimmer gegangen. Selbst der Diener neigte das bleiche Gesicht ein wenig auf die Schulter und schaute mit seinen ausdruckslosen Augen wehmütig ins Leere.

»Sie«, sagte Daahlen zum Diener, »sagen Sie Fräulein Julchen, sie soll uns von dem ganz alten Kognak schicken, den in der Ecke, sie weiß, und die großen englischen Gläser, gut mit Eis ausgekühlt. Dieser Kognak«, wandte er sich an mich, »hat noch im Keller Ludwigs XVIII. gelegen, während der Katastrophe mag ein Kellermeister ihn gestohlen haben; ich habe ihn von einem Pariser Bekannten. Ich sage Ihnen, dieser Kognak ist unter den Spirituosen, was das Genie unter den Menschen ist.«

Der Kognak kam. Daahlen beugte sich über sein Glas und atmete den starken Duft ein. »Ah, das wärmt die Seele.« Als der Diener gegangen war, beugte Daahlen sich nach mir vor und schaute mich aus verschleierten Augen an und sagte leise: »Lieber, junger Freund, was werden Sie denken, wenn ich Ihnen sage, ich habe es gewußt, daß so etwas kommen würde.«

»Wie das«, murmelte ich und schaute ihn mit Abneigung an.

Daahlen nickte wehmütig. »Man wird feige mit dem Alter, wo bleibt die

schöne Energie? Es muß etwas geschehen, du mußt handeln, sagte ich mir in schlaflosen Nächten, aber sehen Sie, ich setzte mir eine Frist. Diesen Monat noch Ruhe und Gemütlichkeit, dann Strenge, *le mari jaloux* – na, und da habe ich denn diese Gnadenfrist in kleinen Bissen genossen, so wie manche Kinder ihren Kuchen krümchenweise essen, damit er ewig daure. Ich sage Ihnen, wenn sie mir eine Stunde mein Manuskript vorlas, zerhackte ich diese Stunde in so kleine Teilchen, daß sie dreimal so lang erschien. Das lernt man mit dem Alter. Ich denke da an eine Geschichte in Ostafrika. Ich hatte mich dem Leutnant von Marlow angeschlossen, der eine Strafexpedition machte. Nun war da ein junger, schokoladenfarbener Bursche, der sich schwer vergangen hatte – Verrat oder so was. Er sollte erschossen werden, aber nicht an Ort und Stelle, sondern wir mußten noch so an zehn Kilometer marschieren. Nun, nach vier Kilometern beginnt der Bursche die Füße zu schleppen. als könnte er vor Müdigkeit nicht. ›Er soll sich erholen‹, sagt Marlow. ›Hören Sie‹, sage ich zu Marlow, der kann doch nicht müde sein, was sind für den vier Kilometer?‹ Was antwortet mir nun Marlow? ›Für den Burschen sind diese vier Kilometer so gut wie vierzig. Der lebt jetzt nicht so obenhin wie wir, der lebt jede Sekunde durch, und das macht müde. Verstehen Sie das?‹«
Ich antwortete nicht. Mir war dieser afrikanische Vergleich zuwider. Daahlen stützte den Kopf in die Hand und sann trübe vor sich hin.
»Einen Monat wollte ich in ihr noch die Claudia sehen, die ich kannte, und dann wollte ich mich mit der anderen Claudia auseinandersetzen. Sie hat nicht so lange gewartet.«
Er richtete sich auf, wurde stolz, ganz Tigerjäger. »Und ich hätte gehandelt, mein Lieber, die alte Energie ist nicht ganz fort. Ich kann schrecklich sein, mein Lieber. Alles Ding hat seine Zeit, steht in der Bibel, Steine sammeln und Steine zerstreuen. Oh, ich hätte Steine zerstreut.« Er lachte höhnisch und goß sich den Kognak in die Kehle. Aber dann wurde er gleich wieder gefühlvoll, er legte seine Hand auf die meine und sagte: »Ich war Ihnen auch sympathisch, ich weiß. Nun sitzen wir beide da.« Ich stand auf, ich wollte gehen. Es war mir unerträglich, der Bundesgenosse dieses alten Mannes und seines Schmerzes zu sein.
»Sie gehen schon?« meinte Daahlen, »ich danke Ihnen, mein junger Freund; über die Einsamkeit kommen wir nicht hinweg, da helfen alle Veranstaltungen nichts.«
Ich ging hinaus. Die Nacht war jetzt dunkel und warm. Über mir in den Bäumen der Allee flüsterte ein leichter Regen. Es gibt Augenblicke, in denen uns die Welt sehr unwahrscheinlich vorkommt, in denen wir gleichsam neben uns selbst einhergehen, wie neben einer wunderlichen

und unverständlichen Erscheinung. Ich weiß, daß ich in dem Augenblick nicht an Claudia, sondern an Toni dachte. Wenn sie jetzt ein wenig schwer an meinem Arme hinge, meinen Arm leicht gegen ihre Brust drückte und mich mit den friedlich lüsternen nemophilenblauen Augen ansähe, das wäre beruhigend klar und verständlich.

Jetzt sitze ich in meinem Zimmer und habe all das niedergeschrieben. So war es. Aber was ist es, was ich erlebt habe? Mir fällt jetzt der Abend auf der einsamen Veranda bei Bohrer ein. Die weite, dunkle Ebene, die einsame Stimme, die dort erwachte und die andere, die ihr antwortete. War es vielleicht nur ein Echo? Sind unsere sogenannten Liebeserfahrungen nicht vielleicht alle nur ein Echo unserer selbst? Das ist vielleicht die Formel dafür? Das wäre dann gut und es ginge mich nichts an, was diese Frau von Daahlen und dieser Herr von Spall miteinander haben. Mein Liebesverhältnis wäre gesichert. Aber, warum tut das so weh? Warum läßt das solch einen häßlichen, demütigenden Schmerz zurück?

Der Morgen graut hinter den Vorhängen. Ich werde Josef wecken und ihm befehlen, daß er die Koffer packe. Ich muß fort. Ich will in ein Fischerdorf an der Ostsee reisen, dort still sitzen, die Füße im warmen Sande, und den Wellen zusehen, wie sie rufen und antworten, miteinander gehen und vergehen. Das wird mir jetzt guttun. Warum? Auch dafür wird sich die Erklärung wohl finden lassen.

(1906)

DUMALA

Der Pastor von Dumala, Erwin Werner, stand an seinem Klavier und sang:

»Der Nebel stieg, das Wasser schwoll,
Die Möwe flog hin und wiede-e-r«

Er richtete seine mächtige Gestalt auf. Sein schöner Bariton erfüllte ihn selbst ganz mit Kraft und süßem Gefühl. Es war angenehm zu spüren, wie die Brust sich weitete, wie die Töne in ihr schwollen.

»Aus Deinen Augen ruhevoll
Fielen – die Tränen – nie-ie-der.«

Er zog die Töne, ließ sie ausklingen, weich hinschmelzen.
Seine Frau saß am Klavier, sehr hübsch mit dem runden rosa Gesicht unter dem krausen aschblonden Haar, hell beleuchtet von den zwei Kerzen, die kurzsichtigen blauen Augen mit den blonden Wimpern ganz nah dem Notenblatt. Die kleinen roten Hände stolperten aufgeregt über die Tasten. Dennoch, wenn ein längeres Tremolo ihr einen Augenblick Zeit ließ, wagte sie es, von den Noten fort zu ihrem Mann aufzusehen, mit einem verzückten Blick der Bewunderung.
Es war zu schön, wie der Mann, von der Musik hingerissen, sich wiegte, wie er wuchs, größer und breiter wurde, wie all das Süße und Starke, all die Leidenschaft herausströmten. Das gab ihr einen köstlichen Rausch. Tränen schnürten ihr die Kehle zusammen und um das Herz wurde es ihr seltsam beklommen.

»Seit jener Zeit verzehret sich mein Leib,
Die Seele stirbt vor Seh – nen –«

Die Stimme füllte das ganze Pastorat mit ihren schwülen Leidenschaftsrufen. Die alte Tija hielt im Eßzimmer mit dem Tischdecken inne, faltete ihre Hände über dem Bauch, schloß ihr eines, blindes Auge und schaute mit dem andern starr vor sich hin. Dabei legte sich ihr blankes, gelbes Gesicht in andächtige Falten.

Das ganze Haus, bis in den Winkel, wo die Katze am Herde schlief, klang wieder von den wilden und schmelzenden Liebestönen. Sie drangen durch die Fenster hinaus in die Ebene, wo die Nacht über dem Novemberschnee lag; ja vom nahen Bauernhof antwortete ihnen ein Hund, mit langgezogenem, sentimentalen Geheul.

»Mich hat das unglücksel'ge Weib
Vergiftet – vergiftet –«

Die Fenster bebten von dem Verzweiflungsruf. Die Katze erwachte in ihrer Ecke, die alte Tija fuhr sich mit der Hand über das Gesicht und murmelte: »Ach – Gottchen!«

»Vergiftet mit ihren Tränen.«

Die kleine Frau lehnte sich in ihren Stuhl zurück, faltete die Hände im Schoß und sah ihren Mann an.
Pastor Werner stand schweigend da und strich sich seinen blonden Vollbart. Er mußte sich auch erst wieder zurückfinden.
Jetzt war es ganz still im Pastorate. Nur Tija begann wieder leise mit den Tellern zu klappern. »Wie Siegfried!« kam es leise über die Lippen der kleinen Frau.
»Wer?« fuhr Pastor Werner auf.
»Du«, sagte seine Frau.
Werner lachte spöttisch, wandte sich ab und begann, die Hände auf dem Rücken, im Zimmer auf und ab zu gehen.
So war es jedesmal, wenn er sich im Singen hatte gehen lassen, wenn er sich mit Gefühl vollgetrunken hatte.
Dann kam der Rückschlag.
Man hat geglaubt etwas Großes zu erleben, einen Schmerz, eine Leidenschaft, und dann war es nur ein Lied, etwas, das ein anderer erlebt hat, und die Wände des Zimmers mit ihren Photographien, die großen schwarz und rot gemusterten Möbel, all das beengte ihn, drückte auf ihn.
Seine Frau saß noch immer am Klavier und starrte in das Licht. Auch bei ihr war der schöne Rausch der Musik vorüber. Nur eine müde Traurigkeit war übriggeblieben. Sie dachte darüber nach, warum er sich geärgert hatte, als sie »Siegfried« sagte. Das kam oft so.
Wenn sie ganz voll von Begeisterung für ihn war, dann war ihm etwas nicht recht, und er lachte kalt und spöttisch.
»Lene, essen wir nicht?« fragte Werner.

Da fuhr sie auf.
»Natürlich! Gefüllte Pfannkuchen!«
Und sie lief in die Küche hinaus.
Am Eßtisch unter der Hängelampe war alles Fremde und Erregende fort. Wenn es ihm schmeckte, war Pastor Werner gemütlich, das wußte Lene. Dann konnte sie ruhig vor sich hinplaudern, ohne berufen zu werden, dann hatte sie das Gefühl, daß er ihr gehörte.
»Die Baronin aus Dumala fuhr heute hier vorüber«, berichtete sie.
»So«, meinte Werner, und sah über das Schnapsglas, das er zum Munde führen wollte, hinweg, seine Frau scharf an: »Nun – und?«
»Nun, ja. Sie hatte eine neue Pelzjacke an. Entzückend.«
Werner trank seinen Schnaps aus und fragte dann: »Stand sie ihr gut, diese Jacke?«
Lene seufzte: »Natürlich! Diese Frau ist ja so schön!«
»Was ist dabei zu seufzen?« sagte Werner. »Laß sie doch schön sein.«
»Weil ich sie nicht mag«, fuhr Lene fort, »deshalb. Sie will alle Männer in sich verliebt machen. Aber schön ist sie.«
Werner lachte. »Was für Männer? Die arme Frau pflegt ihren gelähmten Mann Tag und Nacht. Die sieht ja keinen. Eine neue Pelzjacke ist da doch eine sehr unschuldige Zerstreuung.«
»Dich sieht sie doch.« Lene nahm einen herausfordernden Ton an, als suche sie Streit.
Werner zuckte nur die Achseln. »Mich!«
»Ja dich«, fuhr Lene fort. »Und du bist doch auch in sie verliebt – etwas – nicht?«
Heute ärgerte das Werner nicht.
»Wenn du willst!« meinte er.
Die kleine Frau durfte heute ruhig mit ihm spielen, wie mit einem großen, gutmütigen Neufundländer. Ein wenig schweigsam war er, aber das pflegte er am Sonnabend immer zu sein, wenn die Predigt ihm im Kopfe herumging.
Nach dem Essen saß das Ehepaar am Kaminfeuer. Durch das Fenster, an dem die Läden offen geblieben waren, schaute die bleiche Schneenacht in das Zimmer. Aus der Gesindestube klang Tijas dünne, zitternde Stimme. Sie sang einen Gesangbuchvers.
»So ist's hübsch«, sagte Lene. »So ist's gemütlich! Nicht wahr? Alles ist still, und das Feuer – und man sitzt beisammen.«
»Stell doch der Lebenslage keine Zensur aus«, versetzte Werner, der sinnend in das Feuer starrte.
»Warum?« fragte Lene eigensinnig.

»Weil, weil –« Werners Stimme wurde streng – »weil Zensuren ausgestellt werden, wenn die Schule zu Ende ist.«
»Deshalb!« meinte Lene, die ihn nicht recht verstanden hatte.
»Nun sei aber nicht ungemütlich, Wernerchen.«
Sie stand auf, ging zu ihm, setzte sich auf seine Knie, schmiegte sich an seine Brust, umrankte den großen Mann ganz mit ihrer kleinen, legitimen Sinnlichkeit, die sich schüchtern hervorwagte.
»Wir sind doch glücklich!« sagte sie. »Ich sag's doch. Ich stell' gute Zensuren aus.«
Werner saß still da, ließ sich von der Wärme dieses jungen Frauenkörpers durchdringen. Dann plötzlich schob er Lene beiseite und stand auf.
»Wohin?« fragte sie erschrocken.
»Oh – nichts«, erwiderte er, »ich – ich will mir noch was überlegen.«
»Diese ewige Predigt!« seufzte Lene. »Worüber predigst du denn morgen?«
»Über die Versuchung in der Wüste, du weißt's ja.«
»Ach ja! Sei doch nicht wieder so streng. Wenn du so herunterdonnerst, wird einem ganz bang.«
Er zuckte die Achseln.
»Seit wann willst du denn Einfluß auf meine Predigten nehmen?«
Also nun hatte sie ihn auch noch geärgert. Sie schwieg. Während Werner, die Hände auf dem Rücken, im Zimmer auf und ab ging, kauerte sie auf ihrem Sessel und folgte ihm unverwandt mit den Blicken. Eben noch hatte sie sich glücklich gefühlt, jetzt war wieder etwas über ihn gekommen, das sie nicht verstand. Sie fühlte, wie müde ihre Glieder von der Arbeit des Tages waren, und das Traurige war über sie gekommen, dem sie nicht nachdenken wollte. Sie folgte Werner mit den Blicken, wie er auf und ab ging, sehr aufrecht in seinem schwarzen Rock, auf und ab, bis seine Gestalt undeutlich wurde und ihr die Augen zufielen.
»Herunterdonnern« hatte Lene gesagt, ja, das liebte er, das Predigen war wie das Singen, da konnte er sich ausgeben, da hatte er das Gefühl, als »ginge eine Kraft von ihm aus«, wie die Bibel sagt. All die großen, schönen Worte, der große Zorn, mit dem er drohen, die ganz großen Seligkeiten, die er versprechen konnte, und all das war unendlich und ewig, das gab auch einen Rausch. Er freute sich schon darauf. Dazu zog die Versuchung in der Wüste, diese wunderbare Geisterunterhaltung, groß wie Dantes Verse, ihn seltsam an. Das Wilde des Kampfes der beiden Wunderkräfte in der Wüste regte ihn auf.
In tiefem Sinnen ging er auf und ab, vergaß seine Umgebung, bis ein verschlafener Laut aus Lenes halbgeöffneten Lippen ihn aufschauen machte.

»Ja so – der Friede des Pastorats«, dachte er nicht ohne Bitterkeit. Weiß es Gott! Ihm war wenig friedlich zumute!
Er stellte sich an das Fenster, schaute in die Nacht hinaus.
Oben am Himmel war Aufregung unter den Wolken, zerfetzt und gebläht wie Segel schoben sie sich aneinander vorüber. Der Mond mußte irgendwo sein, aber er wurde verdeckt, nur ein schwaches, müdes Dämmerlicht lag über der Ebene.
Frieden! Ja, wenn einer sich beständig mit Wunderdingen abgeben muß, wenn er immer diese Sprüche im Munde führen muß, die so voll Leidenschaft und Zorn, und Süßigkeit und Geheimnis sind, wo soll da der Friede herkommen? Das Herz wird so empfindlich und so erregt, daß es auf alles hineinfällt.
Der Wind trieb kleine Schneewirbel wie weiße Rauchwölkchen über die Ebene. Winzige Lichtpünktchen waren in die Nacht gestreut, wie verloren in dem fahlen, weißen Dämmern. Dort die Reihe heller Punkte waren die Fenster des Schlosses Dumala. Werner fiel die neue Pelzjacke der Baronin Werland ein, und dann sah er das große, düstere Zimmer vor sich, die grün verhangene Lampe, am Kamin im Sessel den Herrn mit dem wachsgelben, scharfen Gesicht, die Füße in eine rote Decke gewickelt. Bei ihm auf dem niedrigen Stühlchen die schöne Frau mit den schmalen Augen, die unruhig schillerten, und dem seltsam fieberroten Munde. Sie saß da, blinzelte schläfrig in das Kaminfeuer und strich mit ihrer Hand langsam an dem Bein des Kranken auf und ab.
Ein Schmerz, etwas wie ein körperlicher Schmerz, schüttelte Werner bei diesem Bilde, ließ ihn blaß werden und das Gesicht leicht verziehen.
Ärgerlich wandte er sich vom Fenster ab. Es war zu dumm! Dieses Predigtmachen ließ jedesmal alles in ihm toller rumoren denn je!
Er begann wieder auf und ab zu gehen, dann blieb er vor Lene stehen.
Sie hatte die Füße auf den Sessel hinaufgezogen, die Wange an die Stuhllehne gestützt. So schlief sie. Die Lippen halb geöffnet, atmete sie tief, auf dem Gesichte den ernsten, besorgten Ausdruck, den Menschen in schwerem Schlafe annehmen, als sei das Schlafen eine Arbeit.
Werner betrachtete sie eine Weile. Er fühlte plötzlich ein tiefes Erbarmen mit diesem jungen schlafenden Wesen. Auch wieder die Nerven und die unnütze Weichheit! Er konnte ja jetzt nichts mehr ansehen, ohne daß es schmerzte!
Behutsam nahm er Lene auf seine Arme und trug sie in das Schlafzimmer hinüber.

Die Sakristei war voller Schneelicht. Zwischen den engen, weißen Wänden, in dem weißen Lichte, sah Pastor Werner, im schwarzen Talare, sehr groß aus. Er saß am Tisch, vor sich das aufgeschlagene Gesangbuch und das Blatt mit den Notizen zu seiner Predigt. Draußen sangen sie schon das Lied, ein Chor harter Frauenstimmen, heiserer Kinderstimmen, dazwischen das Knarren der Bässe. Sie zogen die Töne schläfrig und beruhigt. Gott! spielte der Organist heute tolles Zeug zusammen! Sicherlich hatte der Mann wieder die ganze Nacht durch gesoffen. Die alte Orgel stöhnte und seufzte ordentlich unter seinen rücksichtslosen Fingern.
Werner sang nicht mit. Er schaute zum Fenster hinaus. Es taute und die Sonne schien. Die Bäume hingen ganz voll blanker Tropfen, und das beständige Tropfen vom Dache und den Traufen legte um die Kirche ein helles Blitzen und Klingen.
Sonntäglich! Die Sonntagsstimmung war da, die kam immer, aus alter Gewohnheit, anfangs feierlich, später angenehm schläfrig. Er liebte diesen Augenblick in der Sakristei vor der Predigt, wenn er dasaß und sich voll großer Worte, voll lauter, eindringlicher Töne fühlte.
Er horchte hinaus. Er kannte die Schellen der Schlitten, die heranfuhren. Das waren die Schellen von Debschen, das – der Dr. Braun, das die Schellen von Dumala.
Dennoch fragte er, als der Küster eintrat: »Wer ist alles da?«
Der Küster Peterson legte sein großes, schlaues Bauerngesicht in pastorale Falten.
»Die Dumalaschen sind da«, meldete er, »die Baronin und der Sekretär.«
»Wer noch?« fragte Werner ungeduldig. Warum meldete der Kerl gerade nur die Dumalaschen?
Peterson zog ergeben die Augenbrauen empor: »Der Doktor is da, die aus Debschen.«
»Gut – gut.« Werner winkte ab. Es war doch ganz gleichgültig, ob der Doktor da war und die Alte aus Debschen!
Nun war es Zeit auf die Kanzel zu steigen, sie sangen da drin schon den letzten Vers des Liedes. Werner freute sich zu finden, daß die Kirche voller Licht war. Wenn die breiten, gelben Lichtbänder durch die hohen Fenster in den Raum fluteten, dann bekam seine Predigt auch anders helle Farben, als wenn die Kirche voll grauer Dämmerung war und der Regen gegen die Fensterscheiben klopfte.
Es roch nach nassen, schweren Wollenkleidern, frischgewaschenen Kattuntüchern und Transtiefeln.
Werner beugte sich über das Pult auf der Kanzel zum Gebet. Dieser Augenblick brachte ihm stets eine sanfte, andächtige Ekstase, so die Stirn

auf das Pult zu legen, und unten wurde es still und sie warteten, warteten auf sein Wort.
Die Predigt begann. Die eigne Beredsamkeit erwärmte ihn heute besonders. Er hörte es, wie die Leute unten aufmerksam wurden, wie das Husten und Sichräuspern schwiegen.
Und Werner gab seiner Stimme vollere Töne, machte große, freie Bewegungen. Er wußte es wohl, die meisten dort unten verstanden ihn nicht, aber heute drängte eine innere Erregung ihn, hinauszusagen, hinauszurufen, was ihn bewegte.
»›Falle vor mir nieder und bete mich an‹«, sprach der Böse zum Sohne Gottes. ›Bete mich an!‹ Ja, das ist es, das will er. Er hat nicht genug mit unseren Sünden der Schwäche, der Nachlässigkeit, der Bosheit, des Unglaubens, nein, niederfallen sollen wir vor ihm und ihn anbeten. Er will angebetet, er will verehrt, er will geliebt werden. Danach dürstet er. Er will, daß wir zu ihm sprechen: ›Um dich geben wir die ewige Seligkeit und die Gotteskindschaft hin, dir opfern wir sie, um dich gehen wir mit offenen Augen in unser Verderben, weil wir dich anbeten, weil du uns groß und liebenswert erscheinst, weil wir zu dir wollen.‹ Der Böse will, daß wir die Sünde lieben, daß wir sie anbeten. Das ist sein Triumph. Das ist das tiefe, furchtbare Geheimnis der Sünde.« Die Stimme des Pastors hatte hier einen tiefen, geheimnisvollen und leidenschaftlichen Tonfall angenommen, wie eine unheimliche Liebeserklärung an die Sünde klang es.
Er hielt inne, selbst erstaunt über das, was er sagte. Es klang fremd in die Kirche hinein, und zugleich schien es ihm, als verriete er etwas, als spräche er etwas aus, das geheim sein sollte und nur von ihm geahnt wurde. Er schaute hinunter auf die Gemeinde.
Ruhig saßen sie da alle beisammen. Alte Frauen schliefen. Mädchen, mit glattgebürstetem Haar, die Hände im Schoß gefaltet, starrten ausdruckslos vor sich hin, genossen die Ruhe des Augenblickes. Ihm gegenüber im Gestühle der Werlands von Dumala saß die Baronin Karola. Sie hatte den Kopf leicht zurückgelehnt und schaute scharf zu ihm herüber, sie kniff dabei die Augenlider zusammen, so daß die Augen nur wie sehr blanke Striche zwischen den langen Wimpern hervorschimmerten.
Werner ging zum Schluß seiner Predigt über. Seine Stimme nahm wieder ihren ruhig ermahnenden Ton an, in dem erbaulich das Metall seines schönen Bariton mitklang.
Nach dem Gottesdienst fragte Werner den Küster, während er sich in der Sakristei umkleidete: »Ist die Baronin aus Dumala schon fortgefahren?«

»Nein«, meinte der Küster, »die Frau Baronin wartet auf den Herrn Pastor – wie immer.«
»Wieso – wie immer?« fragte Werner ungeduldig. »Peterson, Sie fangen an Unsinn zu sprechen.«
Leute kamen zu ihm, die Waldhäuslerin Marri, ihre Mutter, die alte Gehda, konnte nicht sterben, das dauerte nun schon Wochen. Der Herr Pastor soll herüberkommen. Werner fertigte die Leute eilig und mechanisch ab, sagte das nötige »Gott weiß am besten, wenn er uns zu sich ruft. Wir müssen warten«. Die Waldhüterin klagte, daß ihr Mann sie zuschanden schlug, wenn er besoffen war.
Werner zog sich seinen Pelz an. »Ja, ja – ich komme mal an. Gott behüt' euch lieben Leute – Gott befohlen.« Eilig ging er hinaus.
Die Baronin Karola stand vor ihrem Schlitten, sehr schlank, fest in die blaue Pelzjacke geknöpft, das Gesicht ganz rosa von der scharfen Winterluft, der Mund unnatürlich rot, die Stirnlöckchen voller Tropfen unter der kleinen Fischottermütze. »Ah Pastor!« rief sie. »Ich warte auf Sie. Sie dürfen uns heute nicht verlassen. Ja – er leidet und es ist abends so traurig bei uns. Also, Sie kommen?« Sie reichte ihm die Hand, schüttelte die seine mit unterstrichener Kameradschaftlichkeit. »Die Verlassenen trösten ist ja doch Ihr Amt.« Sie lächelte, wobei ihre Mundwinkel sich hinaufbogen, was ihr einen leicht durchtriebenen Ausdruck verlieh.
Werner verbeugte sich in seiner feierlichen Art, die etwas Befangenes hatte. »Oh – gewiß – mit Vergnügen«, und er lächelte auch aus reinem Behagen, diese schöne Frau anzusehn.
»So, danke«, sagte sie. »Jetzt wollen wir fahren, mein Page friert.« Karl Pichwit, der Sekretär und Vorleser des Baron Werland, fror immer. Sein hübsches, kränkliches Knabengesicht war blau von Frost, und er zitterte. Er half der Baronin in den Schlitten, setzte sich neben sie, und da lächelte auch das kränkliche Knabengesicht und errötete.
Werner stand noch eine Weile da und schaute dem Schlitten, dem Wehen des blauen Schleiers auf dem Fischottermützchen nach, er schützte die Augen mit der Hand vor der Sonne, um länger und besser sehn zu können.

»Ich finde es rücksichtslos«, sagte Lene beim Mittagessen zu ihrem Mann, »daß die Werlands dich immerfort hinüber bitten. Ich bin jeden Sonntagabend allein. Der Sonntag gehört doch wenigstens der Familie.«
Werner zuckte die Achseln, ja, daran war nichts zu ändern. Drüben ging es nicht heiter zu, da mußte er eben –

Aber Lene ärgerte sich.
»Ach was! Dieser Baron, der Gottlosigkeiten und Unanständigkeiten spricht, der ist überhaupt kein Umgang für einen Pastor.«
Werner lächelte darüber nur und aß ruhig seinen Sonntagsbraten. Lene erregte sich immer mehr. »Ach was – der Baron! Der ist's ja gar nicht. Sie ist's!«
»Sie?« Werner schaute auf.
»Natürlich sie«, fuhr Lene tollkühn fort, obgleich sie fühlte, daß das, was sie sagen wollte, die Lebenslage ungemütlich machen würde. »Sie – sie will Gesellschaft haben. Es ist ihr nicht genug, daß der arme Pichwit sie verliebt ansieht, sie will so 'n großen, schönen Mann wie dich zum Kokettieren haben.«
Werner wurde bleich, wie immer, wenn der Zorn in ihm aufstieg. »Lene«, rief er und schlug mit der Hand auf den Tisch, daß die Teller klirrten, »was ist das für ein Geschwätz. Hier an meinem Tisch wird nicht so über diese edle, geprüfte Frau gesprochen.«
Lene wurde zwar sehr rot, ließ sich jedoch nicht einschüchtern. Sie murmelte um das letzte Wort zu behalten: »Es ist aber doch so.«
Die Gemütlichkeit des Mittagessens war dahin. Es wurde kein Wort mehr gesprochen.
Die Zimmerflucht im Schlosse Dumala war nicht erleuchtet, als der alte Jakob Pastor Werner hindurchgeleitete. Die Winterdämmerung lag über den großen, schweren Möbeln, gab ihnen etwas Verlassenes und Verschollenes. Es roch nach altem, staubigen Holz in den hohen Zimmern. Das Getäfel und das Parkett knackten beständig.
»Wir haben hier kein Licht gemacht«, erklärte Jakob. »Wozu? Es geht hier ja doch niemand.«
Er hob sein bleiches Gesicht zu Werner auf, sah ihn mit den verblaßten Augen traurig an. Es mochte früher ein hübsches Lakaiengesicht gewesen sein, jetzt war es auch verwittert und vernachlässigt.
»Wozu?« wiederholte er knarrend. Ein Gemach, das sie durchschritten, duftete nach weißen Heliotropen. Helle Vorhänge hingen an den Fenstern, und kleine Möbel mit goldenen Füßen schimmerten aus den dunklen Ecken.
»Ihr Zimmer«, sagte sich Werner und atmete den Heliotropenduft tief ein.
»Und schlecht geht es uns heute auch«, berichtete Jakobs klagende Stimme weiter. »Wir haben starke Schmerzen im Bein.« Das Kaminzimmer war von der großen, grün verhangenen Lampe matt erleuchtet, ein Krankenstubenlicht. Baron Werland saß in seinem Sessel am Feuer, die Füße in die rote Decke gehüllt, die Gestalt ein wenig in sich zusammen-

gesunken. Das regelmäßige Gesicht war wachsbleich, das Haar sorgsam gelockt, der Schnurrbart hinaufgedreht. Nur die tiefen Augenhöhlen über den unruhig flackernden Augen legten sehr dunkle Flecken in diese Blässe. Ein starker Opopanaxduft umgab den Kranken.

»Aha – unser Seelsorger«, rief er mit seiner hohen Stimme Werner entgegen. »Es ist doch gut, daß man einen hat, der von Amts wegen barmherzig sein muß, der sozusagen dafür bezahlt wird.« Werner lachte: »Na – es gibt auch Leute, die das aus Sport sind«, meinte er.

»Sport! Der Sport ist unmodern. Setzen Sie sich, Pastor. Kalt – was?« Karola hatte an der Lampe gelesen. Jetzt begrüßte sie Werner. In dem blauen Tuchkleide sah die Gestalt hoch und biegsam aus.

»Ich danke, daß Sie gekommen sind«, sagte sie einfach und schüttelte ihm wieder kameradschaftlich die Hand. Die Sessel wurden an das Feuer gerückt. Karola drückte sich behaglich in den ihren hinein und blinzelte Werner erwartungsvoll an, wie ein Kind, das von dem Erwachsenen unterhalten zu sein hofft.

Werner rieb sich die erfrorenen Hände in leichter Befangenheit, die ihn häufig ergriff.

»Wie geht es?« fragte er dann höflich den Baron.

»Schlecht, Pastor«, erwiderte der Baron, »einfach schlecht. Kein Schlaf in der Nacht, tolle Schmerzen. Was wollen Sie mehr? Der verdammte Tauwind.«

»Das tut mir sehr leid«, sagte Werner ein wenig steif.

»Das tut Ihnen leid, Pastor«, fuhr der Baron fort. »Natürlich. Sie sind mitleidig. Das gehört zum Amt. Nur hilft das nichts. Wissen Sie, was ich mal hören möchte, der Abwechslung wegen?«

»Nun?«

»Wenn ich sage: mir geht's schlecht, daß mal einer, so von Herzen, mir antwortet: das freut mich. – So von Herzen – wissen Sie. Das wär' mal was Neues. Darüber könnte ich recht lachen.«

»Solch einer findet sich zum Glück schwer«, bemerkte Werner.

Der Baron verzog sein Gesicht: »Ich weiß nicht. Ein recht geldhungriger Erbe vielleicht. Das war's aber nicht, was ich Ihnen sagen wollte, Pastor. Also heute nacht konnte ich nicht schlafen, und da bedachte ich mir wieder einmal gründlich die Aussichten Ihrer Unsterblichkeit, Ihres Lebens nach dem Tode.«

»Meines?«

»Na ja, weil Sie es predigen müssen. Aber, Pastor, die Aussichten sind schwach. Ich kann die Sache drehn und wenden wie ich will – heute nacht waren die Aussichten schwach, gleich null.«

»Mit dem Denken kommen wir da wohl nicht heran«, wandte Werner ein, zerstreut, wie wir uns an einem Gespräch beteiligen, das wir oft schon haben führen müssen.
Aber der Baron wurde eifrig: »Ich weiß, der Glaube. Nein, Ihr Glaube ist ein Kunststück, zu dem ich kein Talent habe. Ein Wunder – gut! Über Wunder kann man nicht sprechen.«
»Ah!« sagte Karola. »Sollen wir wieder davon sprechen!«
Der Baron kicherte: »Natürlich! Ihr seid gesund. Ihr denkt so nebenbei einmal: Unsterblichkeit – wie schön! Leben nach dem Tode – entzückend! und damit ist's gut. Aber ich – mich geht das jetzt was an. Sehn Sie, Pastor, wenn Sie zu Hause bleiben wollen, nun, dann ist's Ihnen gleich, wann der Schnellzug nach Paris geht und ob er Anschluß hat. Sie sagen wohl so im allgemeinen – ach – der Schnellzug, wie schön! Aber wenn die Koffer gepackt sind, ja dann blättern Sie im Kursbuch, dann kommt es auf Genauigkeit an. Na – also – ich – ich seh mir das Kursbuch an, und, Pastor, ich sag Ihnen, es gibt keinen Anschluß. Wir bleiben liegen.«
Die Wärme des Kaminfeuers machte Werner die Glieder schlaff und die Augenlider schwer. Er hörte nur halb der hohen, erregten Stimme des Kranken zu. Er schaute Karola nicht an, aber das Gefühl ihrer Gegenwart, das Gefühl, daß ihr Blick für einen Moment auf seinem Gesicht ruhte, der leichte Heliotropduft, das leise Klingen ihrer Armbänder, all das erfüllte ihn mit einem Behagen, das ihm wie ein edler Wein köstlich das Blut erwärmte. Nur mechanisch machte er seine Einwände auf die Reden des Barons. »Ja, aber ohne Leben nach dem Tode, hat das Leben da Sinn? Für das bißchen Erdenleben, all der Aufwand!«
»Bravo!« Der Baron klatschte leise in die Hände. »Ich sah Sie damit kommen. Euer Haupttrumpf. Natürlich ist's ein Unsinn dies bißchen Erdenleben. Sehr richtig! Hören Sie. Also: Da ist ein hoffnungsvoller junger Mann, er sieht gut aus, alter Adel, Geld, lernt was, schneidig, ein Schloß, eine schöne Frau. Gut! Anfang der Vierziger sind ihm die Beine weg, rein weg und so 'n Stück vom Rückenmark, sehn Sie so 'n Stück, untauglich – zum Fortwerfen. Alles aus – finis –. Man lebt nur, um die Füße in die rote Decke zu wickeln und auf Schmerzen zu warten. Ein Unsinn so 'n Leben. Dafür all' die Umstände mit dem Geborenwerden und Aufgezogenwerden. Aber, sagen Sie, Pastor, wo steht es geschrieben, daß das Leben einen Sinn haben muß? Bitte, wo steht das? Karola, Kind, was sagst du dazu?«
Karola reckte sich ein wenig in ihrem Sessel. »Ich?« sagte sie mit müder Stimme. »Warum soll man nicht darauf hoffen, warten? Man sieht eine Allee hinab, eine lange, lange Allee. Warum sollen wir uns da plötzlich

eine schwarze Mauer denken? Das lieb ich nicht. Ich will hinabsehn, weit – weit – bis da, wo ich vor Helligkeit der Ferne nichts mehr unterscheide.«

»Hm – ganz hübsch«, meinte der Baron. »Poesie, das ist was für die Gesunden. Liegt ihr mal im Bett, und der Schlaf kommt nicht, und es zwackt und zieht an allen Nerven, da genügt die Poesie auch nicht. Nein, mein lieber Pastor, mit Ihrer Unsterblichkeit steht es schlecht.«

Er war müde vom Sprechen, lehnte den Kopf zurück und schloß die Augen. Es wurde still im Zimmer. Deutlich hörte man hinter dem Getäfel die eifrige Arbeit einer Maus.

»Da ist sie wieder«, sagte der Baron, ohne die Augen zu öffnen. »Nichts zu machen! Der alte Kasten will zusammenfallen, fängt an zu sprechen wie ein altes Weib. Aber, es lohnt sich nicht, etwas dafür zu tun, es lohnt sich nicht mehr.«

Langsam und eintönig sprach er vor sich hin. Es klang resigniert in die grüne Krankenstubendämmerung hinein. Der leise, hoffnungslose Seufzer des Kranken schien alle Tore des Lebens zu schließen. Werner sah zu Karola hinüber und begegnete ihrem Blick, dem seltsam schillernden Blick der schmalen, grauen Augen. Die Mundwinkel bogen sich hinauf, wie im Beginne eines Lächelns. Werner und Karola sahen sich ruhig an, wie um sich aus der bedrückenden Traurigkeit dieses Gemachs in das Leben zurück zu retten.

Jakob brachte den Tee. Mit ihm erschien Karl Pichwit. Er verbeugte sich stumm und setzte sich.

»Ah!« rief der Baron. »Herr Pichwit der Page. Herr Pichwit der Troubadour!«

Pichwit verzog seinen zu kleinen kinderhaften Mund zu einem schiefen, hochmütigen Lächeln. Dann saß er stumm da und schaute sinnend auf Karolas Hände, die sich mit den Teetassen zu schaffen machten, schaute stetig und verträumt aus den runden, hellbraunen Augen – blanke Melange hatte Karola von ihnen gesagt –, Augen, denen die blauen Schatten unter dem Augenlide etwas Kummervolles gaben.

Der Baron kniff die Augen zusammen, sah Pichwit, dann Karola an und lachte lautlos in sich hinein.

»Ja, jeder auf seine Fasson«, meinte er und rührte in seinem Tee. »Kennen Sie den Baron Rast, Pastor, Behrent Rast, unseren Nachbarn?« fragte er.

Ja, Werner kannte den Baron Rast aus Sielen.

»Na der«, fuhr Werland fort, »der gönnt sich Tag und Nacht keine Ruhe, nur um in sein Leben möglichst viel hineinzustopfen. Der hat Eile! Und was kommt dabei heraus? Der hat seine Delle, der riskiert seinen Hals beim Rennen, der verführt die Frauen der anderen, der macht von sich

reden. Gut! Er arbeitet wie bezahlt. Warum? Nur weil Behrent Rast zugleich in einer Loge sitzt und zuschaut, was Behrent Rast tut und ruft – ›Behrent ist ein Teufelskerl!‹ und klatscht. Lohnt denn das bißchen Eitelkeit die ganze Geschichte?«
»Ich kenne den Baron zu wenig, um über ihn urteilen zu können«, sagte Werner ablehnend.
»Sie werden ihn kennenlernen«, fuhr Werland fort. »Nehmen Sie die Schafe Ihrer Herde in acht, Pastor, Rast ist ein unmäßiger Weiberkonsument.«
»Behrent Rast ist sehr unterhaltend«, bemerkte Karola.
Der Baron lachte. »Ja, die Weiber lieben so was. Schauspieler in jeder Form. Merken Sie sich das, Herr Pichwit, wollen Sie einem Weibe gefallen, so müssen Sie ihr einbilden, daß Sie ganz speziell für sie eine Rolle spielen.«
»Ist das so sicher?« fragte Karola gelangweilt.
»Ganz sicher«, beteuerte Werland. Plötzlich lehnte er sich in den Sessel zurück. »Da sind sie wieder, verdammte Kameraden, diese Schmerzen. Herr Pichwit, haben Sie Ihren Tee ausgetrunken? Ja? Dann, gute Nacht.«
Pichwit errötete, er lächelte zwar hochmütig, aber die hellbraunen Augen bekamen einen feuchten Glanz. Er verbeugte sich stumm und ging.
»Warum schickst du den armen Jungen fort? Das kränkt ihn«, fragte Karola.
Der Baron kicherte. »Wissen Sie, Pastor, Herr Pichwit ist nämlich in meine Frau verliebt, unsterblich verliebt, so wie man es in englischen Romanen ist. Na ja – natürlich – warum nicht? Mir macht das großen Spaß. Die Honigaugen!«
»So laß ihn doch«, warf Karola hin.
»Ich lasse ihn ja«, versicherte Werland. »Wie gesagt, es macht mir Spaß. Nur manche Abende fallen diese Augen mir auf die Nerven. Laß ihn nur auf sein Zimmer gehn. Heute ist so was wie Mondschein am Himmel. Da kann er ja dichten. Herr Pichwit dichtet nämlich. Honig in den Augen und Chinin im Herzen, bittersüß, das gibt bei diesen jungen Leuten jedesmal einen Lyriker. Oh! Du verflucht!« Er faßte sich an sein Bein. »Karola – Kind – komm, reib das Bein ein wenig. Sie müssen wissen, Pastor, die Frau hat so was wie magnetische Kraft in den Fingern.«
Karola rückte ein niedriges Stühlchen an den Sessel ihres Mannes heran, setzte sich und begann sachte mit der Hand über die rote Decke hinzufahren, das Bein des Kranken zu streichen. Der Baron bog den Kopf zurück und schloß die Augen. Werner sah dieser Hand zu, wie sie langsam und stetig über die rote Decke hinglitt, schmal und weiß und voller Ringe. Im

Schein des Feuers war die Hand ganz umflimmert von scharfen, bunten Lichtern.
Der Kranke atmete jetzt tief und regelmäßig, zuweilen stöhnte er.
»Sie sind geduldig«, sagte Werner leise.
»Ich?« Karola schaute erstaunt auf. »Wie wissen Sie das?«
»Ich seh es.«
»Gott! Was man sieht!« Dann fragte sie, halblaut: »Nicht wahr? Sie waren in Ihrer Jugend ein wilder Junge?«
»Ah, man beging Torheiten«, erwiderte Werner. »Man kam sich interessant vor. Das Interessante war eben, daß man jung war.«
»Sie waren früh verlobt?«
»Ja – als Student.«
Die halblaute Unterhaltung tat beiden wohl. Es war gleich, was gesagt wurde, das Flüstern brachte sie einander nah.
»Ah ja«, meinte Karola, »Theologen verloben sich immer früh. Sie sind natürlich sehr glücklich.«
»Natürlich? Warum?«
»Pastorenehen sind immer glücklich.«
»Ja so!«
Beide lächelten.
Der Kranke stöhnte heftiger.
»Jakob soll ihn zu Bett bringen«, beschloß Karola.
Werner erhob sich: »Ja – es ist spät. Ich gehe auch.«
Karola begleitete ihn bis an die Flurtüre. Sie stand an den Türpfosten gelehnt und schaute zu, wie er sich den Pelz anzog.
»Sie freuen sich wohl, nach Hause zu kommen. Wenn Sie von hier kommen, ist's da wohl doppelt gemütlich?« sagte sie. »Werden Sie noch etwas essen?«
»Ich weiß nicht –«
»Gewiß hat Ihre Frau auf Sie gewartet«, sie lächelte dabei ihr leichtfertiges Lächeln. »Gute Nacht!«

Der Wind fegte über die Ebene. Der Schlitten glitt geräuschlos über den feuchten Schnee. Werner hieb unbarmherzig auf seinen Schecken ein: »Hü – hü – vorwärts.«
Tolle Bewegung hatte er jetzt nötig. Er wollte den Wind wie Peitschenhiebe im Gesicht fühlen. Drüben lag das Pastorat. Licht blinkte durch das Fenster. – Nein – dahin nicht!
»Dort wird es gemütlich sein« – wie sie das gesagt hatte mit dem Zucken

der Mundwinkel, als wüßte sie, daß er dorthin – dorthin, wo es »so gemütlich war«, jetzt nicht konnte.
Er bog in den dem Pastorat entgegengesetzten Weg ein, fuhr dem Walde zu. Nur vorwärts – vorwärts!
In den engen Waldwegen war es finster, über ihm rauschten die Föhren, ein leidenschaftliches Brausen, das nachließ, wieder anschwoll, wie der Atem einer Riesenbrust. Hie und da knarrte ein morscher Zweig durchdringend schrill, wie ein Schmerzenslaut.
Das tat Werner wohl. Es war, als tobte und rief eine große Kraft über ihm sich aus – für ihn, tobte und rief hinaus, was in ihm hinaus wollte.
»Hü – hü«, trieb er den Schecken an. Er mußte sich tief bücken, um unter den niederhängenden Zweigen durchzukommen und wurde dann ganz mit Tropfen überschüttet. Krähen flogen lärmend aus den Wipfeln. Ein aufgescheuchtes Reh brach durch das Unterholz. Werner wußte nicht, wohin er fuhr, nur vorwärts – hinein in die Dunkelheit, in das Wehen und Brausen, in das Tropfen und Duften.
Plötzlich hielt der Scheck. Er war am Moorkrug.
»Willst nicht weiter, armer Racker«, sagte Werner.
Das Tier schnaufte und blies. Werner stieg aus. Teufel, ja! Das Pferd war in Schaum! Da war nichts zu machen.
»He – Wirtschaft – Jost!«
Der Krüger erschien; seine riesige Gestalt sehr tief bückend, um durch die Türe zu kommen.
»Was, der Herr Pastor selber?«
»Ja – ja – wundern Sie sich nicht so lange. Führen Sie das Pferd in den Schuppen, trocknen Sie es ab. Und dann einen Grog – geschwind.«
Werner trat in die Krugsstube. Eine Lampe rauchte an der Wand. Ein Holzknecht saß am Tisch, hatte den Kopf auf die Arme gelegt und schlief. Am Ofen, den Kopf auf sein Bündel gestützt, schlief ein Hausierer. Die beiden Schläfer riefen rauhe, schnarchende Gurgeltöne zueinander hinüber. Die Türe zum Nebenzimmer, zum »Herrenzimmer«, war angelehnt. Dort flüsterten Stimmen.
Werner stieß sie auf.
»Ah – da find' ich Gesellschaft«, rief er. Da saßen der Organist Sahlit und der Lehrer Gröv bei einer schwelenden Lampe und tranken Grog. Sie blickten scheu zur Türe, erhoben sich von ihren Stühlen.
»Die stillen Sünder«, sagte Werner. »Na, setzen Sie sich nur, wenn Sie jetzt Ihren Grog stehn lassen, das macht die Sache nicht besser.«
»Nu – mal am Sonntag«, murmelte Sahlit, der schon betrunken war.
»Gut, gut.« Werner warf sich auf einen Stuhl und knöpfte sich den Pelz

auf. Die tolle Fahrt hatte ihn erfrischt. Er lachte die beiden wunderlichen Gesichter gegenüber an. Sahlit mit dem blanken, kahlen Schädel, rote Flecken im Gesicht und die Augen fromm und schwimmend. Der Lehrer sah sehr hochmütig aus, rote, hektische Flecken auf den eingefallenen Wangen, das rote Haar wirr über die bleiche Stirn gestrichen. »Wie 'n verzeichneter Schiller schaut der Kerl aus«, dachte Werner.
»Sie, Sahlit«, sagte er, »Sie haben heute in der Kirche wieder gespielt wie 'n Schwein. Das kommt vom Saufen.«
»Nein, Herr Pastor«, entschuldigte sich Sahlit, »die alte Orgel, das Luder, pariert nicht mehr.«
»Wenn ich eine Orgel wär, würd ich Ihnen auch nicht parieren«, fuhr Werner fort. »Und Sie, Gröv, kommen wegen der roten Marri her. Das ist für einen Lehrer unpassend.«
»Ich tue die Woche über meine Pflicht«, erwiderte Gröv stolz, »für den Sonntag verantworte ich – für mich.«
»So! Da ist ja der Grog«, brach Werner das Gespräch ab. Marri, groß, rothaarig, seltsam rote Augenbrauen im weißen Gesicht, brachte den Grog, stellte sich dann an den Ofen und sah Werner unverwandt an.
»Nun, Kinder, da wir einmal zusammen sind –« sagte Werner und hob sein Glas.
»Auf Ihr Wohl, Herr Pastor«, stammelte Sahlit unterwürfig.
Werner streckte die Beine von sich. Das Getränk ging angenehm heiß in die Glieder.
»Na, munter, Kinder. Wovon spracht ihr?«
»Ach«, berichtete Sahlit, »Gröv hat einen sehr stolzen Rausch. Wenn der getrunken hat, dann spricht er von großen Regierungssachen, nu, und dann weiß er alles besser.«
»Ja, dazu trinkt man«, versetzte Werner, »Gröv weiß dann alles besser – und Sie, Sahlit, sind dann ein großer Musiker. Und beide werdet's ihr dann schon dem Pastor mal zeigen – nicht?«
»Was können wir zeigen«, murmelte Sahlit und sah den Lehrer scheu an.
»Ja – dem Pastor es mal zeigen, davon spracht ihr.« Werner schlug mit der Hand auf den Tisch und lachte: »Ja, Kinder, zeigt's ihm mal! Sie, Gröv, haben mit drei Glas Grog eine ganze Welt von Stolz und Mut heruntergetrunken. Das ist doch billig.«
»Mein ist der Stolz und mein ist die Sünde«, sagte Gröv fest.
»Gut Gröv«, Werner trank ihm zu. »Sie nehmen es auf Ihre Kappe. Sie verantworten es, obgleich Sie sich einbilden, ein sehr großer verwegener Sünder zu sein, der Marri wegen und des Grogs wegen. Ja, das macht Sie stolz, so 'n ganz großer Sünder zu sein? Da ist man doch mal was.«

»Ich verantworte«, sagte Gröv wieder sehr entschlossen.
»Sünder ist man – was kann man machen«, brummte Sahlit.
Werner lachte: »Aber ihr seid ja gar keine großen Sünder! Das bildet ihr euch ein, damit der Grog euch besser schmeckt. Ob Gröv morgen Kopfweh hat und ob Sahlit Kater hat, das ist ja ganz gleichgültig. Arme Geschöpfe kriechen heimlich zusammen, wollen sich ein bißchen Mut und Hochmut antrinken, wollen's dem Pastor mal zeigen, na – und den andern Tag zeigen sie's ihm nicht, und vom Hochmut und vom Mut ist auch nichts mehr da, nein! Das schreibt der Teufel sich nicht auf sein Gewinnkonto – das ist nichts.«
»Das Fleisch ist schwach«, lallte Sahlit mit gefalteten Händen, »und Reue und Buße sind lang.«
»Katzenjammer – nicht Buße«, rief Werner ihn an. »Sie spielen morgen wieder falsch die Orgel, Gröv rechnet seinen Kindern falsch auf der Tafel vor, ihr kriecht so durch den Tag hin wie immer. Das ist nicht Buße, das ist was anderes.«
Der Schullehrer hatte schweigend zugehört. Er hob den Kopf, sein Nacken wurde steif und sein Lächeln sehr überlegen. Jetzt begann er zu sprechen, schnell und in hoher Stimmlage: »Vielleicht, Herr Pastor, sind die Sünden der vornehmen Herren nichts für uns. Wir sind arme kleine Leute. Wo sollen wir die großen Sünden hernehmen? Die sind nichts für uns. So wie so hat man nichts vom Leben, auch – auch von den Sünden nichts. Das ist mal so die Gerechtigkeit der Gesellschaft. Es ist möglich, daß der Herr Pastor sich mehr für die vornehmen Sünder interessiert, jeder streckt sich nach seiner Decke. Ich hab' die Welt nicht gemacht. Ich möchte auch lieber eine Lampe, die nicht raucht, und einen Grog ohne Fusel und – und –« Er errötete. Der Mut seines Angriffs stieg ihm zu Kopfe – »und 'ne vornehme Dame.«
»Bravo Gröv!« rief Werner. »Marri, noch ein Glas. Ihr Lehrer ist ein Mann. Sie wollen gleichmäßige Verteilung der Sünden? Recht haben Sie, Mann.«
»Das wird auch noch kommen«, prophezeite Gröv.
»Gott geb's«, betete Sahlit verständnislos.
Werner stützte den Kopf in die Hand und wurde nachdenklich.
»Arme Racker!« sagte er vor sich hin. »Müßt nachts hier hinaus kriechen, um bißchen hochmütig zu sein, um bißchen Sozialdemokrat zu sein, um zu sehen, ob Marri Zeit hat. Und dann morgen nichts – vorüber.«
Er schaute auf, betrachtete nachdenklich die beiden wunderlichen Gesichter seiner Kameraden: »Nun – wißt ihr –, euch wird viel vergeben werden, weil – weil ihr so furchtbar häßlich seid.«

»Amen«, murmelte Sahlit.
Eine dumpfe Müdigkeit, die ihn traurig machte, legte sich auf Werner. Die Luft war dick von dem Qualm der Lampe, dem Dampf des Grogs. Sahlit weinte jetzt. Grövs Stolz wurde gespenstischer, dabei warf er verliebte Blicke dem Mädchen am Ofen zu. Und dieses Mädchen, das Werner mit den runden, bleichen Augen stetig ansah, mit dem großen, weißen Gesichte, den nackten Armen, dem weichen Quellen des Busens, mit all dem weißen, lasterhaften Fleisch, es erregte Ekel in Werner, um so stärker, weil es in seinem Blute doch ein Brennen entzündete, das ihm unendlich zuwider war. Er stand auf. »Jetzt fahren wir. Und die Herren kommen mit mir.«
»Danke, danke«, lallte Sahlit.
Im Schlitten befahl Werner dem Krüger, die Decke fest zuzuknöpfen – »sonst verliere ich meine Gäste. Nur festhalten – es geht los.«
Er trieb den Schecken an. Der Wind wühlte noch in den Föhrenwipfeln. Durch die Wolken schien auf Augenblicke der Mond, ein Licht, das kam und ging, als liefe jemand mit einer Kerze eine lange Fensterreihe entlang. Und alle Schatten unten kamen in Aufregung, fuhren zwischen den hohen Stämmen hin und her.
»Gott sei uns gnädig«, betete Sahlit.
»Hü – hü«, rief Werner. Dieses Blasen und Wehen badete ihn wieder rein. »Hü!« Sie flogen die kleinen Waldwege entlang. Das leichtgefrorene Moos knisterte unter den Hufen des Pferdes.
»Haltet euch Kinder«, kommandierte Werner. Der Scheck stutzte, aber Werner ließ die Peitsche sausen. »Vorwärts!« – ein Ruck, und sie waren an der Galgenbrücke.
Über eine tiefe Schlucht, einst vielleicht ein Steinbruch, in der Steine in einem schwarzen Wasser schliefen, war eine rohe Brücke geschlagen worden, einige Bretter auf einigen hohen Pfosten. Alles war jetzt morsch und faul, das Geländer fortgebrochen. Längst wagte keiner mehr diese Brücke zu befahren oder auch nur zu betreten. Der Rübensimon, der Säufer, hatte sich mitten auf der Brücke erhängt, die Beine über dem Abgrund, und als der Strick gerissen war, war der Rübensimon in das Wasser gefallen, und man hatte seine Leiche nie finden können, ein so tiefes Loch mußte dort unten in dem schwarzen Wasser sein; so erzählten sich die Leute.
»Herr Pastor!« sagte Gröv heiser.
»Gnade!« wimmerte Sahlit.
Aber der Scheck jagte hin. Er führte eine Art Tanz auf, um über die morschen Bretter hinüberzukommen. Hier war eine glatte Stelle, dort

brach der Huf ihm in das faule Holz ein – dort war ein Spalt. Hoch über dem Wasser glitt der Schlitten hin. Etwas Mondlicht fiel in die Tiefe. Werner lehnte sich in den Schlitten zurück. Eine starke Spannung straffte jeden Nerv in ihm an, eine atemlose Erwartung – jeden Augenblick kann es kommen, das Neue, das Nieerlebte. Ein Rausch war es, der ihn wiegte, dazwischen dann ein ruhiger, beobachtender Gedanke: also so ist's, wenn wir davor stehn, so ist's, wenn wir's erleben.
Sahlit winselte leise vor sich hin wie ein Hund, der an einer geschlossenen Türe steht und hinaus will.
Jetzt noch ein Ruck und der Schecke hatte festen Boden unter den Füßen.
»So!« sagte Werner und tat einen tiefen Atemzug. Er ließ die Leinen los. Der Scheck fand den Heimweg schon allein. Eine Ermüdung wie nach einer starken Anstrengung legte sich über Werner. Er sah seine Genossen an. Er fühlte eine Art Zärtlichkeit für sie. Der Küster hielt die Augen noch geschlossen und wimmerte. »Mann – es ist vorüber!« schrie Werner ihn an und schüttelte ihn.
Sahlit öffnete die Augen, schaute um sich wie einer, der aus schwerem Traum erwacht.
»Danke, danke Herr Pastor«, stammelte er.
Der Mond beschien einen Augenblick das Gesicht des Lehrers, ein geisterbleiches Gesicht. Über die spitzen Backenknochen mit den roten Flecken flossen Tränen, die ganz blank im Mondlicht wurden.
»Sie weinen ja, Gröv?« sagte Werner.
»So?« erwiderte er. »Ich weiß nicht.« Das tränenüberströmte Gesicht blieb regungslos und starr.
»Sie haben sich gut gehalten, Gröv«, meinte Werner. Er wollte dem Manne etwas Angenehmes sagen.
»Nicht meine Verantwortung«, versetzte der Lehrer eintönig und leise, wie einer im Schlafe spricht. »Der Herr Pastor wollte uns vielleicht strafen. Ob er das Recht dazu hatte, ist zweifelhaft.«
»Nein, nein, dazu hatte er kein Recht«, sagte Werner. »Verzeihen Sie mir, Gröv.«
»Ich – bitte, Herr Pastor«, warf Gröv nachlässig hin. Der Scheck trabte munter dem Pastorate zu.
»Schlafen werden wir gut«, bemerkte Werner. Ja, schlafen wollte er. Auf eine lange, traumlose Ruhe freute er sich. Die Ebene, über die das flackernde Mondlicht hinstrich, erschien ihm schon jetzt wie eine weite, stille Traumlandschaft.

Es war spät am Nachmittage. Werner ging zu der alten Waldhäuslersmutter Gehda, die nicht sterben konnte.
Ganz dürr und gelb, wie ein großes Heimchen, lag die Alte in ihrem Bett. Aus den tiefen Augenhöhlen lugten die trüben Augen geduldig und stetig hervor und warteten.
Als der Pastor sich an ihr Bett setzte und sagte: »Wie geht es, Mutter Gehda?«, schwieg sie, als verlohne es sich nicht, darauf zu antworten.
Die Schwiegertochter, die Waldhäuslerin, antwortete redselig: »Ach, Herr Pastor, kein Atem, was ist das für 'n Leben! Man ist alt, man will sterben, nu ja! Gestern haben wir ihr ein warmes Bad gemacht, haben sie gut abgeseift. Wird man nu sehn – wie's wird.«
Werner sprach erbauliche Worte. Jeder Augenblick, den Gott uns gibt, kann für unser Heil wichtig sein. Was bedeutet das bißchen Warten gegen eine Ewigkeit bei Ihm!
Da begann die Sterbende zu sprechen mit tiefer, mürrischer Stimme, als schelte sie jemanden: »Geplagt hat sich der Mensch beim Mistverstreun und Unkrautjäten in dem Baumgarten. Nu will der Mensch seine Ruhe haben. Das kann er verlangen. Das heilige Abendmahl hat man genommen, alles ist fertig. Aber nein – und nein.«
Werner schwieg. Was sollte er hier sagen? Die Alte wußte es besser. Sie verlangte nach dem Tode als nach ihrem Recht. Hier brauchte er nicht zu trösten.
Er stand auf: »Na, Mutter Gehda – Gott wird helfen. Geduld müssen wir haben.«
Er ging hinaus. Der Tag war kalt gewesen und mit leichtem Frost.
Die Sonne ging rot hinter den bereiften Bäumen unter. Das »Man will seine Ruhe haben« der Alten klang Werner nach, während er durch den Wald ging – beruhigend und friedlich. Dazu lebt man, um diese Sehnsucht nach tiefer Ruhe, diesen Durst nach der Wohltat des Todes zu haben. Was sollte er der alten Frau von einer ewigen Seligkeit, einem ewigen Leben sprechen. Sie verlangte nach ewiger Ruhe vom Mistzerstreuen und Unkrautjäten.
Lustig waren der weiße Wald mit dem roten Sonnenschein und die klare Frostluft. Alles sah so geschmückt aus, als sollte hier etwas Gutes, etwas Festliches geschehen.
Durch den Wald tönte Schellengeklingel, sehr hell, wie ein silbernes Lachen. Werner blieb stehen und horchte. Er kannte dieses Schellengeklingel wohl. Das war es, was in den festlichen, weißen Wald hineingehört hatte. Er lachte ein knabenhaftes frohes Lachen vor sich hin. Das Schellengeklingel kam näher. Nun sah Werner schon den Schlitten, die

beiden spitzgespannten schwarzen Pferde, des Kutschers Pelzmütze und braunrote Livree.
Karola saß allein im Schlitten. »Pastor!« rief sie, als sie Werner sah. »Fahren Sie mit? Doch nein! Peter – halt! Ich steige aus. Peter wartet auf mich an der Allee. Ich geh ein Stück mit Ihnen.«
Sie sprang aus dem Schlitten. Ihr Pelz und die Pelzmütze waren weiß bereift, ihre Wangen gerötet. Sie lachte über das ganze Gesicht, als sie Werner die Hand reichte.
»Ist das schön, Pastor! Der Wald und die rote Sonne! Wie lauter Balldamen, auf die es Himbeersauce regnet!«
Sie ging neben ihm her, sprach erregt: »Einen Besuch hab' ich gemacht bei der Baronin Huhn in Debschen. O! War das langweilig! Schon wenn ich die Zwiebäcke in Debschen sehe, macht es mich traurig. Alles riecht dort nach Zwiebäcken. Woher das wohl kommen mag? Das Leben dort muß eine einzige, langweilige Kaffeestunde sein. Ich sehnte mich hinaus. Der Wald jetzt ist doch das Eleganteste, das es gibt. Wie fein der Schnee knirscht, wenn man darauf geht, wie Zucker. Das müßte man im Sommer machen, einen Weg mit Zucker streuen, und am Rande müßten ganz rote Tulpen stehen. Und wo waren Sie?«
Werner erzählte von der Mutter Gehda und wie sie den Tod nicht erwarten konnte.
»Dieser Besuch hat Sie wohl traurig gemacht?« fragte Karola und sah enttäuscht zu Werner auf.
»Nein«, meinte er. »So was beruhigt, dieses Haus, in dem man auf den Tod wartet, ärgerlich und ungeduldig, wie auf den Zug, der Verspätung hat.«
»So. Dann fürchtet sie sich also nicht«, sagte Karola befriedigt. »Wenn Leute leben wollen und nicht dürfen, das lieb ich nicht.«
Sie traten aus dem Walde hinaus. Vor ihnen lag die Ebene, ganz übergossen von zentifolienfarbenem Licht. Die Sonne war im Untergehen. Um sie her, in einem fliederfarbenen Himmel, bauten sich große, bunte Wolken auf. Langgestreckt, stachen sie wie goldene Klingen in den Himmel, aber sie rundeten sich wie rosenfarbene Nacktheiten, an denen goldene Schleier hingen. Karola stieß einen kleinen Schrei aus, dann stand sie still, ließ die Arme niederhängen, wie wir unter einer Dusche stehn. Das rotangeleuchtete Gesicht hob sie zu Werner auf.
»Stehn Sie still«, rief sie ihm zu. »Fühlen Sie, wie's an einem niederfließt? Ich spür' ordentlich, wie die Wellen kommen, rosa und goldene Wellen.«
Sie schaute in die Sonne. Ihre Augen wurden wieder ganz schmal, leuchtende Striche zwischen den schwarzen Wimpern.

»Sie sind auch ganz rosa, Pastor, ein rosa Gesicht, einen rosa Bart.«
Sie lachten sich an, öffneten den Mund, als könnten sie das Licht trinken.
Die Sonne sank. Sie war noch eine rote Halbkugel.
»Sie geht – sie geht!« rief Karola. Mit ausgebreiteten Armen lief sie den Weg entlang, der Sonne nach.
Die Sonne war untergegangen. Alle Lichter erloschen auf der Ebene. Oben verblaßten die Wolken. Ein blaues Dämmern kroch sachte über den Schnee.
Karola war stehen geblieben.
»Alles weg«, sagte sie bedauernd.
Der Himmel wurde glasig und farblos. Ein weißes Stück Mond hing in ihm.
»Wie so 'n bißchen Licht einen aufregt«, bemerkte Karola entschuldigend. »Ich bin müde. Geben Sie mir Ihren Arm, Pastor. Gott! Bin ich gelaufen!«
Sie hing sich an Werners Arm. So gingen sie langsam durch die zunehmende Dämmerung über die Ebene.
Karola sprach jetzt ruhig, ein wenig traurig vor sich hin: »Ich glaube, weil die Lampe bei uns immer verhängt wird, scheint die Dämmerung mir traurig. Eben war es so, als ob Jakob die Haustüre verschließt. Ich lege den grünen Schirm über die Lampe, und der Abend beginnt.«
»Aber Sie, gnädige Frau«, sagte Werner, »Sie sind ja nicht traurig. Sie sind ja geduldig und fröhlich.«
Karola zuckte die Achseln.
»Das haben Sie schon zuweilen gesagt, Pastor. Sie wollen an mir wohl eine Tugend loben. Geduldig, mein Gott! Ich mag es aber nicht besonders, wenn Sie mich bemitleiden.«
»Nein – Sie darf man nicht bemitleiden«, versetzte Werner schnell.
»Mich nicht?« Sie hob ein wenig den Kopf und sah Werner mit dem scharfen Blitzen ihrer Augen an. »Warum?«
»Weil –« Werner dachte einen Augenblick nach. Dann zeigte er auf die beiden Schatten, die der Mond, groß und blau, vor ihnen auf den Schnee legte: »Sehen Sie Ihren Schatten?«
»Nun und?«
»An diesem Schatten seh ich, daß Sie nicht heimlich an etwas Schwerem tragen.«
Karola lachte. »Pastor, was ist das mit dem Schatten, sagen Sie?«
»Eine Geschichte.«
»So erzählen Sie.«
»Ich war früher in einem kleinen Pastorat nah an der Grenze. Ich hatte mich auf der Jagd verirrt. Es war spät geworden. Der Mond schien, so wie

heute. Sie wissen, es wird dort viel geschmuggelt. Nun, auf einer Lichtung an einem kleinen Fluß sah ich einen Zug langsam hingehen. Juden waren es wohl. Lange Röcke, lange Bärte, große Hüte. Es schienen sehr starke, große Leute zu sein. Sie gingen langsam, ein wenig gebückt, ein wenig mühsam vielleicht. Sonst war aber nichts Besonderes an ihnen zu sehn. Aber neben ihnen, auf dem Boden, gingen ihre Schatten her – riesige, dunkle Schatten, und diese Schatten waren seltsam unförmig. Die Schatten hatten Buckel und Ausbuchtungen und Beulen. Die Schatten trugen an etwas schwer, sie verrieten es, wie schwer beladen diese Leute waren.«

»Ich versteh nicht recht«, sagte Karola und schaute aufmerksam auf ihren Schatten nieder.

»Nun«, erklärte Werner, »Leute, die heimlich schwer an etwas tragen, die bemitleide ich. Aber Ihr Schatten, sehen Sie, wie schlank und leicht er über den Schnee gleitet. Fast leichtsinnig. Heimliche Lasten entstellen immer.«

»Ganz leicht«, wiederholte Karola. »Und Ihrer?«

»Ich weiß nicht.« Werner richtete sich gerade auf, um seinen Schatten schlanker zu machen. »Vielleicht doch ein wenig unförmig?«

»Nein«, rief Karola eifrig. »Sehen Sie, wie leicht er geht Nun ja, Sie sind stark, Sie können leicht viel tragen.«

Sie schwiegen eine Weile und folgten mit den Blicken den Schatten, die vor ihnen hergingen.

»Und Karl Pichwits Schatten«, sagte Karola dann, »wie mag der sein?«

»Der? Ich weiß nicht.«

»Ich glaube, der ist auch ein wenig verzeichnet«, meinte Karola nachdenklich.

Das letzte Stück Weges wurde nichts mehr gesprochen. Still gingen sie durch die glashelle Mondnacht. Karola war müde und stützte sich schwer auf Werners Arm. Vor ihnen glitten die beiden Schatten hin, so eng aneinandergeschmiegt, als umarmten sie sich.

»Hier ist Peter«, sagte Karola. »Danke! Das war gut. Jetzt zur Lampe zurück. Kommen Sie bald, Pastor. Verlassen Sie uns nicht.«

Sie reichte ihm die Hand, stand ganz nahe vor ihm und sah ihm in die Augen.

»Gewiß, Frau Baronin, ich komme«, sagte Werner weich, als sei es eine Liebeserklärung. Sie setzte sich in den Schlitten und fuhr die Allee hinab. Werner stand noch lange an derselben Stelle und hörte dem Klingeln der Schellen zu, das so hell in die Mondnacht hinauslachte.

Langsam und sinnend ging er dann heim, einer stillen, heimlichen Heiterkeit in seiner Seele zuhörend.

Im Pastorat war noch kein Licht gemacht. Lene saß im Wohnzimmer am Fenster und schaute den Mond an.
»Nun, Kind, träumst du?« sagte Werner freundlich.
»Ja, der Mond ist so hell«, erwiderte Lene, ohne aufzustehn und ihm entgegenzukommen.
»Also verstimmt«, dachte Werner. Das war ärgerlich. Gerade heute hätte er gewünscht, daß alles harmonisch um ihn wäre. Er beschloß, nicht darauf zu achten.
»Ja, ein schöner Abend«, begann er wieder, »der macht sentimental. Steck das Licht an, Kind, wir wollen ein wenig musizieren. Was?«
»Ja – gleich«, sagte Lene, aber das klang nicht begeistert. Da war ein Unterton säuerlicher Resignation. Als die Lampe und die Kerzen am Klavier brannten, sah Werner, daß Lene geweint hatte.
Natürlich! Heute jedoch tat er, als bemerke er es nicht. Er wollte die kleinen, häuslichen Unannehmlichkeiten vermeiden, sich den Nachglanz des Abendrotes, den Nachklang der lachenden Schellen in der Mondnacht nicht verderben lassen.
Lene setzte sich an das Klavier und schlug die Noten auf.
Werner plauderte unbefangen weiter.
»Der Baronin Werland bin ich begegnet.«
»So! Deshalb kamst du wohl so spät nach Hause?«
»Ja, wir gingen ein Stück zusammen.« Werner sorgte dafür, daß nicht die geringste Ungeduld aus seiner Stimme klang.
»Und sie läßt den armen, kranken Mann so lange allein«, sagte Lene.
»Das ist wohl nicht unsere Sache«, erwiderte Werner sanft. »Die Frau erfüllt gewissenhaft genug ihre nicht leichten Pflichten.«
Lene zuckte die Achseln und tat den unklaren Ausspruch: »Wer erfüllt denn nicht seine Pflichten?«
Werner antwortete nicht auf diese Wendung, die das Gespräch ins ganz Persönliche hinüberleiten sollte. Die junge Frau mit den verweinten Augen tat ihm leid. Er wollte ihr etwas Gutes tun, er wollte recht schön singen. Die arme, leidende Seele sollte ganz in Gefühl und Süßigkeit gebadet werden. Das würde ihr guttun. Lene legte die Hände auf die Tasten und wartete.
»Was willst du singen?« fragte sie.
Werner blätterte im Notenheft. »Du bist die Ruh', denke ich.«
»Gut.« Lene beugte sich noch an die Noten heran und versuchte die Begleitung. Werner schaute auf ihre Hände hinab.
»Du«, sagte er dann, »die Baronin Huhn hat mir ein Wasser empfohlen – für die Hände. Das macht die Hände weiß.«

Lene zog schnell ihre Hände von den Tasten herunter.
»Für wen?«
»Für dich.«
»Für mich?« fuhr Lene auf. »Plötzlich sind dir meine Hände nicht mehr weiß genug. Ja, ich hab' rote Hände. Natürlich, bei der Arbeit! Aber ich danke für das Wasser der alten Huhn. Bisher ist dir das nicht aufgefallen.«
»Warum regst du dich auf?« Werner versuchte zu lachen. »Es ist doch angenehmer, weiße Hände zu haben als rote, und wenn –«
»Gewiß.« Lene fing zu weinen an.
»Es ist vielleicht auch angenehmer, so schmale Schlangenaugen zu haben statt solcher dummen, blauen Augen mit blonden Wimpern wie ich.«
Werner zuckte die Achseln. »Gut, also lassen wir das. Soll ich singen?«
Lene wischte sich die Augen und begann zu spielen, noch immer schluchzend wie ein Kind.
Werner sang, aber die Lust dazu war ihm vergangen. Er sang schlecht und ohne Genuß.
»Es geht nicht!« sagte er ärgerlich und brach ab.
Er ging in sein Zimmer, setzte sich an seinen Schreibtisch und starrte in das Licht der Lampe.
Warum mußte das sein? Warum immer leiden oder leiden machen? Fühlte er ein wenig Glück, gleich mußte das mit dem Schmerz eines anderen Wesens bezahlt werden. Warum? Seltsame Ökonomie, seltsame Buchführung!

Das Ehepaar Werner war ins Schloß Dumala zum Diner geladen.
Lene stand vor Werner und wollte seinen Rat. »Was soll ich anziehen?«
Werner antwortete nicht gleich, weil er in dem Buch vor sich die Zahlenreihe zusammenaddieren wollte.
»Das Schwarzseidne?«
»Ja – ich denke«, sagte Werner ohne aufzuschauen.
Lene dachte nach.
»Ach«, meinte sie, »es ist so langweilig, immer schwarz. Die Pastorin natürlich in schwarzer Seide.«
»Wenn man nun mal Pastorin ist«, warf Werner hin, indem er weiter rechnete.
»Die Baronin wird natürlich hell sein«, fuhr Lene fort.
»Das glaube ich nicht«, meinte Werner. »Als Hausfrau wird sie wohl eher einfach gekleidet sein.«
Aber Lene bestand drauf: »Ach! Was die einfach nennt! Und dann, der

Baron Rast wird da sein. Der soll ja ein so schlechter Mensch sein, wie man hört.«

Werner schaute auf. »Hat das denn irgendeinen Einfluß auf deine Toilette?«

»Wenigstens«, beschloß Lene, »leg ich dann die kirschroten Bänder um.«

»Tu das, Kind«, sagte Werner freundlich, »das wird hübsch sein. Auch wohl vielleicht, weil der Baron Rast ein schlechter Mensch ist?«

»Was hat das für einen Zusammenhang?« fragte Lene und ging aus dem Zimmer.

Die Zimmer in Dumala waren heute alle erleuchtet. Die alten Möbel mit den verblaßten Seidenbezügen und den großen gewundenen Lehnen standen mürrisch, wie im Schlaf gestört, im hellen Lampenlicht.

Als Werners in das Kaminzimmer traten, waren die anderen Gäste dort schon versammelt.

Die Baronin Huhn aus Debschen, in eine blanke, graue Atlasrobe, wie in einen Spiegel gekleidet, sehr erhitzt unter ihrer weißen Perücke, unterhielt sich mit dem Baron Werland, der im Gesellschaftsanzuge noch schmäler und gebrechlicher als sonst aussah.

Neben ihm am Kamin lehnte Behrent von Rast, breitschultrig und groß. Der Kopf war seltsam grell, mit dem kurz geschorenen schwarzen Haar über der geraden, niedrigen Stirn, mit dem Bart, der, am Kinn geteilt, wie zwei schwarzblaue Flammen von beiden Seiten abstand. In dem bräunlichen Gesicht saßen zwei große, sammetbraune Augen.

»Unangenehm!« dachte Lene.

Karola begrüßte die Pastorin sehr herzlich.

»Wie freue ich mich Sie hier zu sehn. Man sieht sich so selten.«

Lene errötete, weil sie überrascht war von der unumwundenen Falschheit dieser Freundlichkeit. »Sie ladet mich ja nie ein«, dachte sie. Vor dem Diner saß man zusammen und plauderte. Rast ließ sich von der Baronin Huhn und Werland über Landwirtschaft belehren. – »Ach! – So ist es! Ich bin sehr dankbar. Gott! Ich bin so unwissend in der Landwirtschaft.«

Karola unterhielt sich zerstreut mit der Pastorin: »Sie haben zu Hause viel zu tun, nicht wahr? Sie sind musikalisch, wie angenehm!«

Jakob öffnete die Türen zum Speisezimmer.

»Stütz dich nur auf meinen Arm, mein Alter«, sagte Rast brüderlich zu Werland.

»Danke! Ja, ich muß mich führen lassen«, meinte Werland. »Ich hätte nicht gedacht, daß ich noch die Beine anderer Leute werde pumpen müssen.«

»Mach dir nichts draus«, tröstete Rast. »Es ist noch lange nicht erwiesen,

daß Beine für ein angenehmes Leben durchaus nötig sind. Die großen Damen in China haben die Füße so gut wie abgeschafft.«
Bei Tisch saß Rast neben Lene, Werland nahm ihn jedoch in Anspruch. Er wollte mehr von den großen Damen in China hören. Werner unterhielt sich mit der Baronin Huhn, die von ihren Dienstboten sprach. Simon, der Schweinehüter, sagte, er sei zum Schweinehüten da, und wollte im Winter keine andere Arbeit so recht tun.
Karola, ein wenig bleich in ihrem dunkelroten Seidenkleide, der Mund unnatürlich rot, war einsilbig. »Der Gang vorigen Abend«, fragte Werner, »ist er Ihnen bekommen?« Es war, als hätte sie ihn vergessen und müßte sich erst darauf besinnen.
»Der Gang? – Ach ja, der war schön.«
Rast hatte sich jetzt Lene zugewandt und begann eine Unterhaltung. Seine großen Sammetaugen glitten dabei ruhig und frech über das Gesicht und die Gestalt der jungen Frau. Es war Lene als streiften diese Augen langsam die Kleider von ihr ab. Sie wurde dunkelrot.
»Wir sind ja Nachbarn. Wir werden, hoffe ich, gute Nachbarschaft halten. Der Pastor ist ja Jäger.«
»Mein Mann jagt nicht mehr«, berichtete Lene, »man sieht das hier nicht gern.«
»So.« Rast bedauerte das. »Schadet denn das Jagen der Würde? Hat die Frau Pastorin auch schwere Pflichten ihrer Würde?«
»Jeder hat seine Pflichten«, erwiderte Lene.
»Hm – streng sein; und so hübsch zu sein ist wohl nicht erlaubt?« meinte Rast. Lene machte ein sehr ernstes Gesicht. Sie wollte ihn in seine Schranken zurückweisen.
Er wandte sich von ihr ab und rief zu Karola hinüber: »Wissen Sie, Baronin, Ihr Diner ist das beste, das ich seit langem gegessen habe, daher darf ich das sagen. Man schmeckt sofort Tradition heraus.«
»Unser Jansohn ist auch der konservativste aller Köche«, berichtete Werland.
»Ja, ja das schmeckt man«, bestätigte Rast. »Es ist, als legte er überall ein paar Blätter vom Stammbaum zu. Familienküche, das ist das Wahre. Man müßte es gleich herausschmecken können, diese Speise ist Werlandsch – diese Huhnsch.«
»Viel sauern Schmand, das ist mein Familienspruch«, sagte die Baronin Huhn.
Als der Sekt kam, verstummten die Einzelunterhaltungen, und Rast sprach allein, erzählte Anekdoten aus aller Welt, eine nach der anderen. Wie sie ihm alle zuhörten, wie sie lachten, auch Karola. Werner wunderte

sich darüber. Ihm waren sie zuwider, diese Geschichten und diese weiche, schnarrende Stimme, die die Worte so nachlässig hinwarf. Er schaute mißbilligend zu Lene hinüber. Sie achtete nicht darauf. Sie hörte aufmerksam zu, legte ihr Taschentuch vor den Mund, weil sie so lachen mußte.
Nur Pichwit blieb ernst und sah Rast mißbilligend und ironisch an.
Nach dem Essen mußte Werner wieder die Baronin Huhn unterhalten. Werland sprach mit Lene, nachlässig und schon ein wenig schläfrig. In einer Fensternische standen Rast und Karola. Werner konnte Karolas Profil sehn, das sich scharf und rein von dem dunkeln Vorhang abhob. Sie stand sehr gerade, die Taille ein wenig zurückgebogen. Werner hörte nur scheinbar der Geschichte von einer Trine zu, welche widerwillig war, wie die Baronin Huhn ihm erzählte. Eine tiefe Verstimmung quälte ihn, ein Gefühl, als sei es nun mit etwas vorüber, das ihm lieb und nötig gewesen war.
Warum lachte Lene so unnatürlich? Und dann bewegte sie die Hände zuviel beim Sprechen, das sah ungeschickt aus. Er horchte zum Fenster hinüber. Rast schien von Pferden zu sprechen und von Rennen. Auch Karola lachte heute wie sie sonst nicht lachte, so ein helles, girrendes Lachen. Konnte sie das denn wirklich unterhalten, was der große schwarze Herr da erzählte?
Werner versank in Gedanken. Er sah das Zimmer vor sich, wie es an den einsamen Abenden war, wenn er hier saß und Karola zu den Füßen ihres Gatten kauerte und mit der Hand über sein Bein hinstrich, und es ganz stille war, so still, daß sie das Nagen der Maus hinter dem Getäfel hörten, und Karola zu ihm aufsah und er zu ihr niederschaute, und ihre Blicke ruhig und lange ineinander ruhten und ihr Schweigen eine so seltsam erregte Zwiesprache hielt.
Am Kamin war es still geworden. Werland schlief in seinem Sessel. Lene saß stumm und verlegen da.
Drüben am Fenster standen sie noch immer beisammen, aber ihre Stimmen waren jetzt gedämpfter. »Ja, es ist schwer mit den Leuten«, schloß die Baronin Huhn ihre Erzählung und seufzte.
Die beiden Stimmen in der Fensternische waren nun der einzige Ton im Zimmer. Der Baß weich, ein wenig singend. Karolas Alt antwortete eindringlich, schien es Werner, und mit einem kindlichen Schmollen, das er an ihr nicht kannte.
Werner erhob sich. »Lene, es ist spät.«
Man brach auf.
Auf der Heimfahrt, im Schlitten, war Lene sehr gesprächig: Sie hatte sich

gut unterhalten, dieser Baron Rast war sehr merkwürdig – interessant konnte man sagen. Man mußte mit ihm auf seiner Hut sein, mußte ihn in seine Schranken zurückweisen. Aber unterhaltend war er.

»Hast du ihn in seine Schranken zurückgewiesen?« fragte Werner spöttisch.

»Gewiß«, erwiderte Lene.

»Übrigens«, sagte Werner, »mußt du darauf achten, beim Sprechen nicht soviel zu gestikulieren. Das sieht schlecht aus.«

»Ich gestikuliere gar nicht«, behauptete Lene gereizt. »Und übrigens gestikulieren die anderen auch.« Nun schwieg sie gekränkt.

Werner war unzufrieden mit sich. Warum mußte er dieses unschuldige, kleine Selbstbewußtsein niederschlagen, warum ihr den Abend verderben? – Nur weil er sich unglücklich fühlte. Und warum war er unglücklich? Er hatte ja nicht einmal das Recht unglücklich zu sein.

Lene aber mußte ihre kleine Rache haben. Sie äußerte: »Die Baronin hat aber heute mit dem Baron Rast kokettiert. O! Die geniert sich nicht.«

Werner hatte aus Schloß Dumala längere Zeit nichts gehört. Der Winter mit plötzlichem Frost und dann wieder Tauwetter fing übel an. Überall herrschten Krankheiten. Werner mußte Krankenbesuche machen und Beerdigungsreden halten. Er arbeitete stark und eifrig. Der letzte Abend im Schlosse hatte etwas wie eine Unruhe, eine Qual in ihm zurückgelassen. Die mußten niedergekämpft werden, da sie ihm verdächtig erschienen.

Er sah Rast zuweilen nach Dumala vorüberfahren. Lene hatte eine unangenehme Art, das jedesmal laut zu verkünden, als sei es ein Ereignis.

»Da fährt der Baron Rast wieder nach Dumala.«

»Nun ja, warum nicht«, antwortete Werner dann möglichst ruhig, aber es klang doch gereizt.

Sonntags sah Werner Karola in ihrem Kirchenstuhl. Neben ihr saß Rast in dem seinen. Sie nickten einander zu, lächelten. Zuweilen neigte Rast sich zu ihr hinüber, sagte etwas, wie im Salon. Karola hob ihren Muff an den Mund.

Werner schlug mit der Faust auf den Rand der Kanzel, donnerte auf die Gemeinde hinunter, so daß die alten Frauen aus ihrem Schlaf erwachten und verwundert zu ihm aufschauten.

Beim Mittagessen sprach er sich sehr streng über dieses Benehmen in der Kirche aus.

Als am Abend jedoch ein weißer Nebel sich über die Ebene legte, das Haus

ringsum wie in feuchte Watte einpackte und die Welt eng, ganz eng machte, da trieb es Werner hinaus nach Dumala.
Ohne einen Gedanken daran zu wenden, ohne mit sich zu streiten, zog er den Pelz an, nahm den Stock. Er kannte das an sich. Wenn es in ihm plötzlich stark nach etwas schrie, da half nichts.
»Du gehst?« fragte Lene verwundert.
»Ja, ich will in Dumala nach dem Baron sehn.«
»Jetzt – plötzlich?«
»Ja, jetzt – plötzlich.«
Draußen vermochte er kaum drei Schritte weit zu sehn. Überall das weiße, kalte Fließen, das alles verhängte, in dem er allein war, ganz allein. Alles andere war ausgelöscht, selbst die Töne erstarben. Das tat wohl. Wie in einer Unendlichkeit stand er, kein Anfang, kein Ende. Hier, in diese Einsamkeit mußte es gut sein eines zu retten, das in Gefahr war. Heraus aus allem in diese kühle, weiße Einsamkeit mit ihm. Ja, mit ihm, natürlich! Werner lächelte höhnisch über die Schliche seiner Seele. Mit ihm! Er war der rechte Retter! So wollte ja wohl auch Behrent von Rast retten.
Dumala fand er wie sonst. Die dunkle Zimmerflucht. Im Kaminzimmer saß Karola zu Füßen ihres Mannes und strich mit der Hand über die rote Decke auf seinen Beinen.
»Bravo, Pastor!« rief Werland. »Sie haben uns vernachlässigt. Ich sagte es schon, der Barmherzigkeitssport ist unserem Pastor zu anstrengend geworden. Setzen Sie sich. Erzählen Sie.«
»Ja«, sagte Karola, »erzählen Sie, so von Waldhäuslern und Bauernhäusern, wo die Frauen schon um ein Uhr nachts ausgeschlafen haben, aufstehn und spinnen. Ist die Mutter Gehda gestorben?«
Ja, Mutter Gehda war tot. Sie war ruhig eingeschlafen, auf dem Gesicht den verdrießlichen Ausdruck, den sie in der letzten Zeit hatte, weil sie sich über den Tod ärgerte. Dann erzählte Werner von dem Waldhüter, der von Wilderern erschossen worden war. Er erzählte langsam und umständlich. Er sah dabei auf Karolas Hand, auf die blitzenden Ringe, die die Decke auf- und abfuhren, er sah zu ihrem Gesicht, zu ihren Augen auf, zögernd, als fürchtete er sich vor etwas, das er dort finden könnte.
Karola schaute nachdenklich in das Feuer, mit stetigen, seltsam schillernden Augen. Werner sah es diesen Augen an, daß sie ihm längst nicht mehr zuhörte. Sie war mit ihren Gedanken sehr weit fort.
Als er kurz abbrach, merkte sie es nicht.
Werland schlief.
Plötzlich ging eine Veränderung über Karolas Gesicht. Etwas Gespanntes kam hinein. Sie blinzelte mit den Wimpern. Es war, als horchte sie

angestrengt hinaus. Weit draußen kam ein Ton durch den Nebel, kaum hörbar. Aber Karola lauschte. Ihre Hand hörte auf über die rote Decke zu streichen und ein leichtes Rot stieg in ihre Wangen.
»Hören Sie, Pastor?« sagte sie.
»Ja – ein Schlitten.«
»Rast«, sagte sie und lächelte.
Es war unwürdig und lächerlich, sagte sich Werner, daß dieses Lächeln ihn so schmerzte.
Rast kam, den Bart feucht vom Nebel, die Augen voll von einem herausfordernden, frischen Glanz. Mit seiner lauten Stimme, seinem Lachen weckte er das stille Haus aus seinem Schlaf.
»Solche Nebeltage sind tödlich«, sagte er. »Bei mir zu Hause – die Melancholie! Da muß man zusammenkriechen. Herr Pastor, an solchen Tagen müssen die Seelen in Ihrer Hand weich wie Wachs sein, wenn Sie ihnen von Licht sprechen. Na, und Licht kommt doch in der Religion vor.«
Er hatte viel erlebt. Jagden und Pferde waren durchgegangen. Karola, von ihrem niedrigen Stühlchen, sah zu ihm auf, die Mundwinkel zu einem Lächeln bereit.
In der Zimmerflucht wurden die Lampen angesteckt. Jakob brachte den Tee.
Werland wurde auch gesprächig, er erzählte aus den Zeiten, da »ich noch meine Beine hatte«. Er neckte Pichwit, der zum Tee erschien und die Gesellschaft stumm und feindselig beobachtete.
»Gedichtet, Pichwit, was? Ich seh' schon. Blaue Ringe um die Augen – immer ein Zeichen starker, lyrischer Erregung.« Er kniff ein Auge zu und kicherte.
»Kommen Sie, Baronin«, sagte Rast. »Wenn ich eine Reihe erleuchteter Zimmer seh', muß ich darin auf- und abgehn. Ihr Saal hört ohnehin zu wenig Schritte.«
Karola und Rast begannen in den hellen Zimmern auf- und abzugehn, Schulter an Schulter, Karola sehr schlank in dem blauen Tuchkleide mit der langen spitzen Schleppe.
»Gleich eifrig im Gespräch«, murmelte Werland. Die drei zurückbleibenden Männer sahen durch die Türe dem Paar zu, aufmerksam und schweigend, als sei es ein Schauspiel, als warteten sie auf etwas, das geschehen sollte.
»Pichwit«, sagte Werland endlich, »gehn Sie mal in das Eßzimmer und schauen Sie nach dem Barometer.«
Gehorsam erhob sich Pichwit und ging in das Nebenzimmer.
Werland kicherte, beugte sich vor, flüsterte: »Oh, der paßt auf, wie 'n Hund.«

Werner verstand nicht gleich. »Wem?«
»Denen da.«
»Denen?«
Werland winkte, er sollte leise sprechen. »Ich will Ihnen mal was sagen, Pastor. Wenn der Pichwit verliebt ist, das ist in der Ordnung, das macht mir Spaß, und Sie –«
»Ich?«
»Gleichviel, sprechen wir nicht von Ihnen«, fuhr Werland ungeduldig fort. »Das alles ist nichts. Das muß eine Frau haben. Aber der da«, er zeigte mit dem Daumen zum Saal hin, »der – ist mir zu ungemütlich. Der versteht sich auf blaues Blut. Das macht mich nervös.«
Werner fühlte es, daß er bleich bis in die Lippen wurde. Das ärgerte ihn. Er versuchte es, sanft und ermahnend zu antworten. »Ich bitte Sie, Herr Baron. Das wäre ja eine grundlose Kränkung Ihrer Frau Gemahlin.«
»Ba – ba – lieber Pastor«, unterbrach ihn Werland, »das ist französisches Drama: Mein Herr, Sie beleidigen mich.«
»Es ist doch natürlich«, wandte Werner ein, »daß die Frau Baronin die Unterhaltung des Baron Rast genießt. Sie hat nicht viel Unterhaltung.« Er wollte sehr gerecht sein.
»Sie brauchen niemanden zu entschuldigen«, flüsterte Werland. »Alles geht ganz natürlich zu. Alles auf der Welt geht natürlich zu. An Wunder glaub' ich nicht. Es ist ganz natürlich, daß die Nachtigall fortfliegt, wenn Sie den Käfig offen lassen. Aber dazu haben Sie sie doch nicht in den Käfig gesetzt.«
Werner machte ein beleidigtes Gesicht, beleidigt für Karola.
»Gott gab Ihnen, Herr Baron, eine Gattin von so klarem, reinem Blick und so ruhiger Güte und Geduld, daß es undankbar ist, so zu sprechen.«
»Danke, Pastor, danke«, unterbrach ihn Werland, »Predigten erbauen, aber beweisen nichts. Klaren Blick, sagen Sie. Ja, aber gerade die Klügsten sind hilflos vor so gewissen Dummheiten des Lebens. Diese Frauen werfen bei gewissen Gelegenheiten ihren Verstand mit Genuß beiseite, so wie sie ein enges Mieder aufhaken.«
Er hielt inne, seufzte, kicherte dann wieder: »Der Pichwit kommt nicht zurück. Nein, der steht im Eßzimmer und horcht. O! Der paßt auf! Hören Sie, Pastor, Sie sprachen da von reinem Blick und Geduld und so Sachen. Sie meinen, was man Tugend nennt. Bei Damen der Gesellschaft braucht man dieses Wort nicht gern, aber das meinen Sie, tugendhafte Gattin, nicht wahr?«
»Das meine ich«, bestätigte Werner. »Warum wollen Sie sich Ihren Frieden nehmen lassen, und den Frieden Ihrer Frau Gemahlin stören?«

»Ich bin nicht ganz ruhig, das ist wahr – und das ist vielleicht dumm«, sagte Werland. »Einer, der keine Beine hat, sollte ruhig sein. Aber diese Tugend ist bei unseren Frauen Sache der Reinlichkeit, der Erziehung zur Reinlichkeit, wie das Bad und die gute Seife und das gute Parfüm. Nur, daß das Bad und die Seife von Pinaud und das Parfüm Gewohnheiten sind, von denen man sich schwerer lossagt als von der Tugend. Man sagt Leidenschaft oder Liebe, und dann glauben die Frauen, das, was sie für unreinlich halten, sei nun plötzlich eine feine Sache. Ich kenne diese Geschichten, ich bin jetzt, was man so nennt – objektiv – darin.«
»Wenn es Sie beunruhigt«, begann Werner ein wenig mühsam, »muß denn – muß denn – der Baron Rast kommen?«
»Was wollen Sie!« meinte Werland. »Soll ich ihm sagen: du – Rast – komm nicht, ich bin eifersüchtig? Das wäre so was für den. Nein, Pastor, Beine haben wir zwar nicht, aber lächerlich machen wir uns trotzdem nicht. Es geschieht ja nichts! Konversation! Sie sind Pastor, Ihnen kann man beichten. Ein Beichtvater ist ein Mann, dem ich die lächerlichsten Sachen erzählen kann und der mich nicht auslachen darf. Nehmen wir an, ich hätte nichts gesagt.«
Er schaute durch die Türe in den Saal. »Wo sind Sie denn geblieben, zum Teufel! Pichwit!« rief er.
Pichwit erschien in der Türe. »Der Barometer fällt«, meldete er.
»Wo sind die beiden?« fragte Werland.
Pichwit zuckte die Achseln. »Die Frau Baronin«, berichtete er, »wollte dem Baron Rast den alten Flügel und das Turmzimmer zeigen. Die Mamsell ging mit aufschließen.«
»Aha! Antiquarische Interessen«, meinte Werland. »Und wovon sprachen sie denn vorher?«
Pichwit lächelte hochmütig: »Soviel ich hörte, erzählte der Baron Rast von malaiischen Frauenzimmern.«
Werland lachte tonlos in sich hinein: »Bekannt, alte Technik, man spricht von anderen Weibern. Gute Nacht, Pichwit, schlafen Sie wohl.«
Als Pichwit gegangen war, bemerkte Werland: »Sehn Sie der, der hat so das, was man gewöhnlich mit Liebe bezeichnet. Na – aber Schluß. Reden wir von etwas anderem. Bilden Sie sich nicht ein, Pastor, daß ich klage und daß Sie mich bemitleiden müssen.«
»Wir haben zuweilen seltsam erregte Momente. Das kommt, wir können nichts dafür.« Werner versuchte, etwas Passendes zu sagen, aber es klang ihm selber leer und verlogen.
»Danke, danke«, unterbrach ihn Werland. »Wie sagten Sie – Pflichterfüllung? Über den malaiischen Weibern und Interesse am alten Turmzim-

mer ist mein Bein heute doch ein wenig in Vergessenheit geraten. Na – ich sage nichts. Schluß.«
Eine andere Unterhaltung wollte nicht gelingen. Beide Männer sahen die Zimmerflucht hinab, horchten – warteten.
Endlich hörte man Stimmen. Karola und Rast kamen.
»Famos altes Zimmer«, sagte Rast. »Das Bett mit den verblichenen grünen Damastvorhängen – und die zerfetzten Goldtapeten, was für eine gespenstische Üppigkeit da drin steckt. Unglaublich!«
Werland nickte: »Ja, ja. Das war wohl der Sündenflügel der alten Werlands. Dekorative Sünden. Das achtzehnte Jahrhundert hatte wenig Temperament, daher wurde die Sinnlichkeit dekorativ.«
Es war spät geworden.
»Ich bringe Sie nach Hause, Pastor«, sagte Rast. »Gute Nacht, Werland. Wenn es weiter so nebelt, ziehe ich zu Euch in den alten Flügel.«
»In den Sündenflügel«, kicherte Werland.
»Ja, ja«, sagte Rast, »zu Hause bekommt man Einsamkeitsfieber.«
»Ein seltsames Haus«, sagte Rast zu Werner, als sie zusammen durch den Nebel fuhren.
»Ja«, erwiderte Werner kühl, »manches Schwere ist diesem Hause auferlegt.«
»Schwere?« wiederholte Rast. »Ja, wegen des Werland. Alle haben da was. Werland mit dem Bein, und die schöne Frau und das kleine Gespenst von Sekretär, alle seltsam einsam, aber eine Einsamkeit, die fiebert – die fiebern alle vor Einsamkeit. Das regt ordentlich auf, steckt an.«
»So Schweres auch dem Hause auferlegt ist«, sagte Werner, und er ärgerte sich selbst darüber, daß das so salbungsvoll klang, »die Baronin versteht es mit ihrer Güte und Klarheit da Harmonie hineinzubringen.«
»Opfer«, sagte Rast und ließ die Peitsche knallen. »Was soll sie machen? Ein Mann ohne Beine. Da setzt sich alles in Opfer um. Bekanntes Phänomen. Chemie der Sinnlichkeit.«
»Um diese Frau zu verstehn«, meinte Werner gereizt, »dürfte keine andere Formel genügen als Hochachtung.«
»Ganz Ihrer Ansicht, Herr Pastor«, erwiderte Rast. »Aber da sind wir ja bei Ihnen. Gute Nacht.«
Lene schlief schon, die Wangen heiß, zwischen den blonden Augenbrauen eine kleine, aufrechte Falte, ein schwermütiges, kleines Zeichen, das der einsame Abend zurückgelassen hatte. Leise legte Werner sich in das Bett. Lene atmete ruhig und regelmäßig neben ihm. Draußen tropfte der Nebel vom Dache, ein stetiges, geschäftiges Flüstern, eine heimliche, traurige Geschichte, die die Nacht sich erzählte.

Und in der Stille und Dunkelheit dieser Nacht war plötzlich etwas da – bei Werner – in ihm, etwas Fremdes, dem er fast mit Neugier zuschaute. Also so ist es, wenn wir hassen.
Er war stark, er war jähzornig. Er kannte es, wie die Wut heiß in die Glieder fährt und es eine Erlösung ist, die Hand schwer auf eine Wange niedersausen zu lassen.
Aber dieses jetzt war anders: Dieses bohrende, beständige Denken an einen Mann mit dem Gefühl des Widerwillens, mit fast körperlichem Schmerz. Die Gedanken begannen zu malen. Rast bleich und hilflos zwischen Werners Händen. Rast vor Karolas Augen gedemütigt – lächerlich und verächtlich. Kindische Phantasmen, denen er nicht wehren konnte. Immer das quälende, heiße Verlangen, Rast leiden zu sehn, quälend, aufdringlich, wie ungestilltes sinnliches Begehren.
Da sollte er nun die Leute trösten und ihnen in die Seele reden. Was wissen wir denn, was in unseren Seelen ist. Etwas Fremdes kommt, herrscht. Wir können nur zusehen.

»Mußt du denn jetzt so häufig nach Dumala?« fragte Lene.
»Ja, ich muß«, antwortete Werner im Ton der Autorität.
»Warum?«
»Weil der Baron leidet und es ihn beruhigt, wenn ich da bin.«
»Du kannst ihm ja doch nicht helfen.«
»Ich bitte dich«, Werner wurde streng, »mir nicht in das, was ich für nötig halte, hineinzureden.«
»Sie haben dort ja Gesellschaft genug«, fuhr Lene eigensinnig fort.
»Wieso?«
»Der Baron Rast fährt ja so häufig hier vorüber.«
»Seine Sache«, meinte Werner. »Du scheinst dich dafür zu interessieren, ob er vorüberfährt.«
Nun schlug Lene die Hände vor das Gesicht, weinte und klagte: »Was soll ich denn tun? Ich bin ja immer alleine. Nun soll ich nicht einmal mehr sehen, wer vorüberfährt!«
Werner nahm seine Mütze vom Nagel und ging. Die weinende Frau da drinnen hatte recht. Und er – er tat, als erfüllte er streng und weise seine Pflicht, er ging einen unreinlichen Weg, das sah er so klar, als ginge ein anderer diesen Weg, und er schaute ihm nach und wunderte sich, wohin der wohl geraten wird. Aber nach Dumala mußte er. Es war ihm, als sei ein wichtiger Posten unbesetzt, wenn er nicht im Kaminzimmer, im Scheine der grünen Lampe saß.

Es war immer dasselbe. Karola war zerstreut und sah verträumt ins Feuer und horchte hinaus. Und dann klingelten die Schellen draußen.
»Ah, Rast!« sagte sie.
Sie verbarg es nicht, wie lustig dieses Schellengeklingel ihr in die Glieder fuhr. Sie richtete sich auf, streckte die Arme, in einer ihr ungewohnten Bewegung des Sichgehenlassens, als schüttele sie die Schläfrigkeit der Stunden ohne ihn von sich ab. Sie ging Rast entgegen, lächelnd, mit flimmernden Augen.
Und er kam, füllte den Raum mit seiner klingenden Stimme, seinem sorglosen Lachen, seinem englischen Parfüm. Die Lichter wurden angezündet. Es wurde festlich, ihm zu Ehren.
Wenn nach dem Tee Karola und Rast im Saal auf- und abgingen, saßen Werland, Pichwit und Werner am Kamin, schweigsam und wachsam. Wenn sie sprachen, so sprachen sie mit gedämpfter Stimme. Pichwit ging nach dem Barometer sehen und blieb lange fort.
Werland flüsterte und kicherte: »Haben Sie bemerkt, Pastor, denen dort geht nie der Stoff zur Konversation aus.«
»Ja, Baron Rast ist sehr unterhaltend«, erwiderte Werner matt.
»Gott!« meinte Werland. »Sie brauchen einer Frau nur einigemal zu sagen: ›Ich bin sehr interessant‹, dann glaubt sie es.«

Ein starker Wind hatte die Nebel zerstreut. Als Werner gegen Abend von einem Gang in das Dorf dort hinter dem Walde nach Hause ging, stand ein goldener Himmel über dem Lande. Durch die feuchten Tannenzweige schlüpfte schwergoldenes Licht.
Werner ließ das Licht auf sich wirken. Er wollte nicht denken, nur das helle, stille Leben dieses Lichtes wollte er in sich hineintrinken.
Da hörte er vor sich den feuchten Schnee unter Schritten knirschen. Es war Karola. Die Hände tief in ihren Muff gesteckt, den Kopf geneigt, ging sie langsam und sinnend den Weg hinab. Beide sahen zu gleicher Zeit auf. War es etwas wie Ungeduld, das einen Augenblick über ihre Züge ging? fragte sich Werner.
Aber sie lächelte gleich wieder.
»Ah, Pastor, das ist hübsch!«
»So allein hier?« fragte Werner.
»Allein«, erwiderte Karola. »Natürlich! Ich habe einen Spaziergang gemacht. Sehn Sie, wieder das schöne Licht. Erinnern Sie sich, wie wir das letztemal im Abendrot nach Hause gingen? Das war schön!«
»Ja, das liegt doch noch nicht gar so weit zurück«, meinte Werner.

»Nicht?« sagte Karola. »Ach, alles geht so schnell – schnell vorüber, wie *Laterna-magica*-Bilder.«
Durch den Wald kam Schellengeklingel, es entfernte sich, wurde schwächer.
»Dort fährt einer«, sagte Werner und horchte.
»Ja – er fährt fort«, erwiderte Karola ruhig.
Beide schwiegen.
»Sie sind gut, glaube ich«, sagte Karola plötzlich aus ihren Gedanken heraus.
Werner lächelte. »Warum bin ich gut?«
»Weil Sie«, versetzte Karola, »die, welche Sie lieben, glaube ich, gut schützen? Sie sind friedlich und stark.«
»Ich?«
Karola sah in die untergehende Sonne und dachte nach. »Ich glaube, die Beschäftigung mit den ewigen Dingen macht friedlich. Ewig – das klingt, als ob alles aus wäre und nur Ruhe – große Ruhe. Ja, der, den Sie lieben, ist gut geborgen.«
»Es – es ist doch wohl –« begann Werner, seine Stimme klang ein wenig unsicher, »es ist doch wohl für jeden das Schönste, das zu schützen, was er liebt.«
Karola nickte. »Ja – ja. Aber es ist gut, wenn Liebe stark und friedlich ist.«
Das Abendlicht floß wieder grell über die Ebene, als sie aus dem Walde traten und in die lange Allee einbogen.
»Warum sprechen Sie von – geschützt werden«, fragte Werner. »Kann ich – wollen Sie geschützt sein?« Das kam zögernd und ungeschickt heraus.
»Ich?« Karola lachte. »Mein Gott! Ich bin ja so furchtbar geborgen.«
Dann zeigte sie auf ihre Schatten, die vor ihnen auf dem Schnee lagen. »Und die Schatten, haben die sich verändert?«
Werner schüttelte den Kopf. »Nein – nein – Ihrer ist ganz leicht und frei. Zum Verheimlichen haben Sie kein Talent, gnädige Frau.«
Karola lächelte ein seltsam hochmütiges Lächeln, das er an ihr noch nicht kannte, und sagte in einem Ton, der ihm mißfiel: »Wozu auch?«
Am Ende der Allee trennten sie sich.
»Auf Wiedersehn, Pastor, Sie kommen doch zu uns«, sagte Karola und reichte ihm die Hand. »Was machen Sie für seltsame Augen? Ach, es ist wohl die Abendsonne; wenn die sich in den Augen spiegelt, dann werden die Augen ganz wild.«
»Ich bin friedlich und stark«, dachte Werner auf dem Heimwege. »Und sie

ist wohlgeborgen und hat nichts zu verbergen. So geht man liebevoll durch den hübschen Abendschein und einer legt dem anderen freundlich seine Lügen an das Herz.«

Der Waldhüter Erman war bei Werner. Gott! Sah der Mann zerlumpt aus mit seinen Bastschuhen, der schlechtgeflickten Hose, dazu das traurige Trinkergesicht. Er war auch heute leicht angetrunken. Werner hatte ihn zu sich bestellt, um ihm eine Strafrede zu halten. Seine Frau klagte beständig über ihn.

»Eine Schande ist es«, fuhr er ihn an. »Sieht so ein herrschaftlicher Waldhüter aus? Nicht einmal Stiefel hast du bei diesem Saufen, und Frau und Kinder verhungern.«

»Ja – ja – Sünde ist's«, sprach Erman weinerlich vor sich hin. »Was kann man machen!«

»Nicht saufen!« schrie Werner ihn an.

»Nicht saufen – nicht saufen«, wiederholte Erman. »Wer kann das? Was hat man sonst?«

»Jetzt bist du schon betrunken«, fuhr Werner fort. »Glaubst du, der Baron Rast wird solch einen Lumpen als Waldhüter behalten?«

»Der Baron – der!« Erman lächelte verschmitzt.

»Was heißt das?«

»Mit dem ist's auch nicht richtig.«

»Was sprichst du da!« Der Mann war betrunken, er sollte ihn fortschicken, sagte sich Werner, aber er schickte ihn nicht fort, er schwieg, er wartete, was der Mann sagen würde. Erman dachte nach, sah mit den verschwommenen wasserblauen Augen zur Decke auf, suchte seine Erinnerungen zusammen.

»Ja, es war so, Herr Pastor«, begann er. »Weil die Hasen jetzt so fest liegen, sind die Wilddiebe hinter ihnen her in letzter Zeit, die Racker. Nu denk ich, ich werd' mal nachsehn. Ich steh auf und geh ins Revier. So nach eins kann es gewesen sein. Gefroren hatte es ein bißchen, das Moos krachte so beim Gehn. Heute werden die Hasen nicht festliegen, denk ich. Und wie ich zur Galgenbrücke komme, denk ich, ich setz mich hin und rauche eine Pfeife. Und wie ich sitz und rauch, da seh ich vor mich hin, und da seh ich, über die Brücke geht eine Spur – eine frische Schlittenspur. Die Bretter waren weiß vom Reif und – eine Spur. Da ist einer gefahren, siehst du mal an! Von der Sielschen Seit nach der Dumalaschen. Das kann nur der Teufel sein. Ich sitz und denk: Der muß Eile gehabt haben, auf dem kürzesten Wege nach Dumala zu kommen. Und richtig, da kommt

was von der Dumalaschen Seite, den kleinen Weg hinauf. Kommt still, still, ohne Schellen, ein großes, schwarzes Pferd und ein Schlitten, und drin sitzt der Sielensche Baron, der Bart weht nur so. Neben ihm der kleine Diener, die kleine Kröte, der schläft fest. So kommen sie, gerade auf die Brücke los und rauf und auf das Pferd losgeschlagen und hinüber, wie ein Blitz und fort, den kleinen Weg nach Schloß Sielen. Ist's nu der Baron gewesen oder ist's der Teufel gewesen. Fährt der über die Galgenbrücke?«
»Betrunkner Kerl«, sagte Werner heiser, »was du gesehn hast!«
»Ganz gut Herr Pastor«, erzählte Erman weiter, »das sagt' ich mir auch den anderen Morgen. Na, und die nächste Nacht geh ich um dieselbe Zeit und sitz dort und rauch' und warte. Ja, und da kommt es wieder den kleinen Weg nach Dumala herauf. Das schwarze Pferd und der schwarze Herr sitzt im Schlitten, der Bart weht und der kleine Diener schläft. Ich sah alles hübsch deutlich. Und wieder über die Galgenbrücke herüber. Der Diener wacht nicht auf, und die Bretter knacken, ganz schwindlig wird mir's, nun und da sind sie hinüber und fort. Mit dem ist's nicht richtig, mit dem schwarzen Baron. Über die Galgenbrücke – Gottchen!«
»Nach ein Uhr?« fragte Werner.
»Ja, so was wird's wohl gewesen sein«, meinte Erman.
Werner stand einen Augenblick schweigend da, sehr bleich und nagte an seiner Unterlippe.
»So über die verfaulten Bretter«, erzählte Erman weiter, »unten gurgelt das Wasser. Ist das ein Gespenst, denke ich! Du gehst, denk ich mir, und schaust dir die Spur an. Gespenster haben keine Spur. Und richtig, eine gute Schlittenspur. Sie geht – geht, den kleinen Weg nach Dumala runter, bis an die hintere Pforte des Gartengitters – und da hinein. Die Pforte war zu, aber nun wußte ich, wo er war. Was er da zu tun hat, das ist nicht meine Sache. Aber der hat Eile. Über die verfaulten Bretter!«
Werner hatte ganz still zugehört.
»Über die verfaulten Bretter«, wiederholte Erman unsicher. Es war ihm unheimlich, daß der Pastor so stumm und bleich dasaß.
»Du verdammter, besoffener Kerl«, donnerte Werner plötzlich los. Er war aufgesprungen, packte den erschrockenen Erman an die Brust, schüttelte ihn, als sei er ein Bündel Lumpen. »Was schwatzest du hier? Bin ich dein Narr, daß du mir deine besoffenen Geschichten, deine verdammten Schnapsgeschichten vorerzählst?« Und er schüttelte ihn, hob ihn in die Höhe, am liebsten hätte er ihn gegen die Wand geworfen, daß ihm alle Knochen brachen ... dann plötzlich ließ er ihn los, wandte sich ab. »Geh«, sagte er.
Erman wimmerte leise: »Ach Gottchen, Gottchen. Was kann ich dafür!

Meinetwegen kann der schwarze Baron sich auf der Galgenbrücke den Hals brechen. Ein armer Mann trinkt Schnaps. Das ist Sünde, sagt der Herr Pastor. Herrschaften haben wieder ihre Sachen. Na, wenn einer Augen hat, sieht er mal was. Da kann ich nichts dafür.«

So vor sich hinbrummend, schob er sich langsam zur Türe hinaus.

Werner saß regungslos auf dem Sessel am Schreibtisch die langen Nachmittagsstunden hindurch. Vor ihm lag ein Kontobuch aufgeschlagen. Die Sonne ging unter. Rote Abendlichter zogen über die Wand. Die Blätter des Kontobuches wurden rot. Werners Bart flammte rotgolden auf. Dann verblaßten und erloschen die Lichter. Die Dämmerung fiel wie feiner Aschenregen auf die Gegenstände. Lene ging draußen ab und zu. Es roch nach Kaffee. Lene steckte den Kopf durch die Türe.

»Kommst du?« fragte sie.

»Nein, trink nur allein den Kaffee«, erwiderte Werner, »ich will die Arbeit hier beenden.«

Und die ganze Zeit über war es ein einziger Gedanke, der in ihm arbeitete, eintönig und eigensinnig sich wiederholte: »Gewißheit – wie kannst du Gewißheit haben?« Dieser Gedanke schmerzte, als sei die Gewißheit schon da, ein zorniger, dumpfer Schmerz, an dem sein ganzer, großer Körper teilhatte, als sei etwas, das zu ihm gehörte, gewaltsam von ihm losgerissen worden.

Seine Abendbesuche in Dumala hatte Rast in letzter Zeit eingestellt. Karola schien ihn auch nicht zu erwarten, sie horchte nicht hinaus nach dem Schellengeklingel. Das sagte sich Werner jetzt. Also – über die Galgenbrücke – den geraden Weg nach dem Park von Dumala – zu der hinteren Pforte und dann – dann.

»Du bist ja im Finstern, du Armer.« Es war wieder Lene, die in das Zimmer schaute.

Werner fuhr aus seinen Gedanken auf: »Ja – ich – ich – hab' über etwas nachgedacht.«

»Soll ich die Lampe bringen?«

»Nein – nein – ich komme an den Kamin.«

Er sehnte sich jetzt nach Licht, nach Traulichkeit, nach Lenens Geplauder, dann würde es vielleicht nachlassen, dieses angestrengte, ermüdende Denken des einen Gedankens.

Er saß am Kamin, müde wie nach einem langen Gange. »Sprich – erzähl«, sagte er zu Lene. »Du warst bei Doktors?«

Ja, Lene war bei Doktors gewesen. Die Kinder waren krank. Das Mädchen hatte eine Halsentzündung, das Kleine zahnte.

»So – wirklich.« Werner versuchte es, sich dafür zu interessieren. Der

Dr. Braun war aus Debschen gekommen. Die Baronin hatte einen Gichtanfall.

»Ja – das geht so weiter«, murmelte Werner. Er war mit seinen Gedanken wieder auf dem Wege von der Galgenbrücke nach dem Park von Dumala – und dort – geschah ihm ein großes Unrecht.

»Was hast du denn jetzt soviel zu tun?« hörte er Lene fragen.

»Ich? – Ja – du weißt – am Ende des Kirchenjahres ist's so«, antwortete Werner. »Ich werde ein gutes Stück der Nacht zu Hilfe nehmen müssen.«

»Die dummen Rechnungen!« seufzte Lene.

Der Abend verging für Werner traumhaft genug. Lene war heiter und gesprächig, daraus schloß er, daß auch er einen gemütlichen Eindruck machte. Lene freute sich beim Abendessen, daß es ihm schmeckte, also schien es, daß er mit Appetit aß.

Später zog er sich wieder in sein Zimmer zurück, um zu arbeiten.

Er stützte den Kopf in die Hand und schaute in das Kontobuch.

Jetzt wußte er es, er mußte hinaus, er mußte dort an der Brücke und am Parkgitter stehn.

Nun wartete er, daß die Stunde kam. Er horchte hinaus wie es stiller im Hause wurde, wie die Uhren schlugen. Lene kam und ließ sich auf die Stirne küssen.

»Hast du noch viel zu tun, du Armer?« fragte sie.

»Es geht«, antwortete er freundlich. »Gute Nacht.«

Werner wurde unruhig. Er trat an das Fenster. Die Nacht war sternhell. Ein scharfer Nordwind fegte über die Ebene.

Jetzt litt es Werner nicht mehr in dem Zimmer bei der Lampe. Es war ihm, als könnte er etwas Wichtiges versäumen.

Leise zog er sich seinen Pelz an, stülpte die Mütze auf den Kopf und schlich vorsichtig zum Hause hinaus.

Draußen blieb er einen Augenblick stehn und bedachte sich. Es war ganz ruhig. Ein sicheres Wollen erfüllte ihn. Er machte seinen Plan, wie der Jäger, der ein Wild einkreist.

Durch die Tannenschonung mußte der Schlitten kommen. Dort konnte er auch, durch die kleinen Tannen verborgen, den Weg von der Galgenbrücke bis zum Parkgitter gehn.

Er trat seinen Weg an, sah zum Sternenhimmel auf, bewunderte das Flimmern. Wie geschäftig solch ein Sternlicht ist, keinen Augenblick ruhig. Über den ganzen Himmel dieses eifrige, goldene Sichregen. Die jungen Tannen dufteten erfrischend bitter und strichen mit ihren vom Reif überglasten Nadeln, wie mit kleinen, kalten Krallen, über Werners Wange.

Ein Fuchs kam des Weges daher, den Kopf am Boden suchte er wohl eine Spur, die ihm verlorengegangen sein mochte. Furchtlos ging er an Werner vorüber.
Werner mußte lachen.
»Raubtiere, die sich im Revier begegnen«, ging es ihm durch den Kopf. Im Gehen hatte er fast vergessen, warum er hier war. Es tat wohl unter dem Sternenhimmel, mitten unter den stillen Bäumen und Tieren zu stehn, sich wie einer der Ihren zu fühlen, verantwortungslos und gedankenlos.
Jetzt sah er die Galgenbrücke vor sich – sehr hoch über der finstern Kluft hingen die beschneiten Bretter, ein heller Streif in all dem Schwarz. »Ja – hier hinüber, das ist der allernächste Weg nach Dumala«, dachte Werner.
Und wirklich, über den weißen Strich glitt etwas, ein dunkler Schatten, dann wie ein zierliches, schwarzes Spielzeug – ein Pferd – ein Schlitten. Lautlos huschte er über den Abgrund hin. – Nun war er mitten auf der Brücke – schwebte wie frei in dem Dunkel – jetzt mußte – mußte er versinken. Werner schien es, als könnte er mit seinem Wunsch, mit seinem Willen das zierliche, schwarze Spielzeug versinken machen. Sein Wunsch zerrte an den morschen Brettern, um sie zu brechen.
Der Schlitten war herüber.
Etwas wie eine große Enttäuschung machte Werner das Herz schwer.
Der Schlitten näherte sich ihm, er hörte den Hufschlag im weichen Schnee.
Von einer dichten Hecke junger Tannen verborgen, spähte er hinaus, wie das Gefährt an ihm vorübereilte. Er sah deutlich Rast, mit wehendem tintenschwarzem Bart. Er kutschte und hatte eine Zigarre im Munde. Neben ihm Damkewitz, der Groom, dieses seltsame Geschöpf, groß wie ein zehnjähriger Knabe, mit dem verwitterten Kindergesicht, das voller Falten war, wie gedörrt. Rast schnalzte mit der Zunge, um das Pferd anzutreiben, und der große, schwarze Traber griff mächtig aus. – Nun waren sie vorüber. Der Duft der Zigarre mischte sich mit dem herben Geruch der Tannen.
Werner ging den Weg, den der Schlitten gefahren war, hinab, ohne deutlichen Gedanken, mechanisch, ein wenig müde, wie wir es sind, wenn eine starke Spannung plötzlich nachgelassen hat, er ging, um das Programm, das er sich gemacht hatte, zu erfüllen. Da war die Tannenschonung – der Baumgarten – die Eichenpflanzung und hier das Parkgitter.
Er versuchte es, die Pforte zu öffnen. Sie gab nach. Hinter den Bäumen, wie hinter einem dichten weißen Gitterwerk, lag das Schloß, eine große, schwarze Waffe.
Als Werner darauf zuging, hörte er irgendwo den Ton eines ausschlagen-

des Pferdehufs. Er schaute sich um. Ja, dort in dem kleinen Schuppen, der im Sommer dazu diente, allerhand Gartengerät aufzubewahren, stand der Schlitten mit dem schwarzen Pferde. In dem Schlitten, ganz in Pelzdecken gehüllt, saß Damkewitz und schlief.
»Wie das alles stimmt«, dachte Werner. Er fühlte einen Augenblick die Befriedigung eines Rechners, dem sein Exempel überraschend gut ausgekommen ist.
Er ging bis zu der großen Fliederhecke, dem alten Flügel und dem Turm gegenüber, stand dort und sah das dunkle Gebäude an. Nirgends ein Lichtschein. Der wahrte sein Geheimnis, dieser »Sündenflügel«, wie Werland sagte. Kein Zeichen von Leben. Aber wie Werner dastand in den weißen Zweigen der Fliederhecke und hinüberstarrte, da war es ihm, als sehe er, was da drin vorging, sehe es mit unerträglicher Deutlichkeit – wie sie sich ganz schlank und weiß – mit flimmernden Augen zurückbiegt in seine Arme, die Lippen fieberrot und halb geöffnet.
Werner tauchte seine Hand in die beschneiten Zweige, um sie zu kühlen, er faßte sie und knickte sie, ließ sie knirschen. Er mußte fühlen, wie er etwas zerbrach und zerstörte. – Das Dunkel des schweigenden Hauses war unendlich qualvoll. Wo sind sie? Wenn er nur einen Lichtschimmer sehn könnte! »Dort links im Turm. Ein Vorhang ist vorgezogen«, hörte er es neben sich flüstern.
Er schaute sich um.
Pichwit stand neben ihm. Im Sternschein schienen sein Gesicht, die Augen, die Lippen – alles von der gleichen fahlen Blässe. Er zitterte vor Kälte und steckte die Hände tief in die Hosentaschen.
»Wo?« fragte Werner.
Er wunderte sich nicht, Pichwit neben sich zu sehen. Es war, als habe er das erwartet.
»Links, Herr Pastor«, sagte Pichwit höflich. »Sehn Sie scharf auf das linke Fenster am Turm. Am Rande des Vorhanges werden Sie einen schwachen Lichtstreif bemerken.«
»Ja – ja – ich seh' es.«
»Das ist das Turmzimmer, in dem das alte, goldene Bett steht«, berichtete Pichwit.
Dann schwiegen beide. Sie standen nebeneinander und schauten zu dem schwachen Lichtstreifen am Turmfenster empor. Der eine hörte den beklommenen Atem des anderen und daneben einen leisen, dumpfen Ton, als ginge jemand sachte durch weichen Schnee. Das war das Pochen des eignen Herzens.
Die Schloßuhr schnarrte, als räuspere sie sich und schlug zwei.

»Jetzt«, flüsterte Pichwit.
Im unteren Fenster des Turmes erwachte ein Lichtschein, verschwand, erschien tiefer unten.
»Sie steigen die Treppe herunter«, erklärte Pichwit.
Leises Knarren. Das Licht erschien in der Turmtüre. Frau Wandel, die alte Kammerfrau, hielt es und schützte es mit der Hand. Ihr geduldiges Pensionsvorsteheringesicht unter der schwarzen Spitzenhaube wurde einen Augenblick hell beleuchtet. Hinter ihr standen zwei. Die Schatten zweier Köpfe, sehr nahe beieinander, fielen auf die Wand. Endlich drängte sich Rasts breite Gestalt durch die Türe.
»Gute Nacht«, sagte Frau Wandel feierlich.
»Schlafen Sie gut, Mutter Wandel«, antwortete Rast.
Die Türe schloß sich. Das Licht stieg wieder den Turm hinan.
Rast ging nahe an der Fliederhecke vorüber. Er pfiff leise vor sich hin, zündete sich eine Zigarette an. Das Zündholz beleuchtete grell sein Gesicht, den glänzenden Bart, die großen, braunen Sammetaugen. Er ging vorüber. Pichwit und Werner lauschten. Das Knarren einer Fehmerstange drang zu ihnen, das Gleiten eines Schlittens, das vorsichtige Zuklappen eines Tores.
»Er ist fort«, flüsterte Pichwit. Da stand Werner nun mit seiner Gewißheit, nach der er sich gesehnt hatte, stand da und fühlte sich ganz ohnmächtig, ganz schwach, ganz elend. Er hätte heulen können wie ein Schuljunge.
»Gehn wir, Herr Pastor«, sagte Pichwit und berührte Werners Arm. Sie gingen durch die Parkwege, wo die Statuen in ihren hölzernen Winterhäuschen schliefen und die Rosen, dicht in Moos verpackt, auf den Beeten lagen.
Pichwit berichtete halblaut, mit einer klagenden Stimme, die zuweilen wunderlich umschlug, als mache ein Lachen oder ein Schluchzen sie unsicher.
»Das ist so vielleicht seit acht Tagen. Sie wissen, er kam des Abends nicht mehr. Sie rieb dem Baron wieder das Bein. Er war ruhig geworden. Ich wußte gleich, es geschieht etwas. Ich fühlte das. Sie sang jetzt zuweilen, wenn sie allein war, vor sich hin. Am Tage lag sie gern im großen Stuhl, die Arme hinter dem Nacken und lächelte. Sie wartete am Abend auch nicht mehr auf ihn. Ich suchte und suchte. Da – eines Nachts, ich konnte nicht schlafen – kam ich hier in den Park. Da wußte ich.« Er hielt einen Augenblick inne, dann fragte er: »Was werden Sie tun, Herr Pastor?«
»Ich?« erwiderte Werner. »Was kann ich tun?«
»Doch! Sie werden etwas tun«, sagte Pichwit. »Ich – ich kann nichts. Ich

wollte zu ihm gehn und ihn zum Duell fordern. Ich glaube, ich könnte ihn erschießen, ich glaube, das würde mir gegeben werden. Aber – wer bin ich? Er würde mich auslachen. Über Pichwit lacht man ja. Das wäre für ihn nur eine Anekdote mehr. Und dann – ich – ich kann nicht. Sie hat es verboten.«

»Sie hat es verboten?« wiederholte Werner erstaunt.

»Ja – ja«, sagte Pichwit. »Ich sagte ihr gute Nacht. Da reichte sie mir die Hand und sagte – sagte leise, so daß die anderen es nicht hörten: ›Herr Pichwit ist mein treuer Page. Auf den kann ich mich verlassen.‹ Und da verstehn Sie, Herr Pastor, ich kann nichts tun. Wenn sie wollte, ich soll hier Wache stehn, während er oben ist, damit keiner sie stört, ich müßte es tun. Aber Sie – Herr Pastor, Sie!«

»Ach – ich!« sagte Werner matt.

Aber Pichwit wurde eindringlich. »Sie sind groß, Sie sind stark, Sie sind schön. Ach! Ich war so eifersüchtig auf Sie. Ich sah es, wie sie sich freute, wenn Sie kamen, und ich sah, wie Sie sich einander in die Augen sahen – ja das hab' ich gesehn. Ich war sehr unglücklich darüber. Aber jetzt – jetzt müssen Sie sie retten. Er darf sie nicht haben. Er ist schlecht und gemein, ich weiß das, ich fühl' das. Was werden Sie tun, Herr Pastor?«

Werner rüttelte sich aus der schweren, traumhaften Müdigkeit auf, die ihn bedrückte.

»Pichwit«, sagte er streng, »was sprechen Sie da? Sie sind ja krank. Sie sprechen wie im Fieber. Gehn Sie, legen Sie sich zu Bett. Sie müssen ja krank werden, wenn Sie hier im Frost stehn.«

»Daran hab' ich auch schon gedacht«, erwiderte Pichwit.

»Woran?«

»An das Krankwerden. Wenn ich krank werde, zum Sterben krank, wissen Sie, dann kommt sie zu mir, das wird sie wohl tun. Und dann sag ich ihr alles. Wenn man stirbt, dann wird man ernstgenommen, dann steigt man in der Achtung. Nicht wahr? Ein Sterbender ist nicht lächerlich. Was er sagt, das wird gehört. Es ist schon vorgekommen, daß das Wort eines Sterbenden einen Lebenden gerettet hat...«

»Kind, Sie träumen«, unterbrach ihn Werner. »Gehn Sie, legen Sie sich nieder, decken Sie sich gut zu – und – keine Unvorsichtigkeiten.«

Werner hatte die Hand auf Pichwits Schulter gelegt. So redete er ihm väterlich zu.

Pichwit stützte den Kopf gegen Werners Arm und weinte.

»Nun, nun!« redete Werner ihm zu, wie einem Kinde. »Fassen Sie sich. Das hilft nichts. Gehn Sie. Gute Nacht.«

Pichwit richtete sich auf, wischte sich die Tränen aus den Augen, und

plötzlich sah Werner ihn lächeln, sah auf dem bleichen Gesichte das hochmütige, überlegene Lächeln. »Gute Nacht, Herr Pastor«, sagte er. »Ich weiß – Sie – Sie werden etwas tun.«
Damit verschwand er hinter den weißen Hecken.
Werner ging nach Hause. Schlafen wollte er, liegen und vergessen – nichts anderes.

Als Werner am nächsten Morgen erwachte, hatte er das Gefühl, als läge eine Aufgabe vor ihm, eine schwere Arbeit. Was war es?
»Sie werden etwas tun«, klang Karl Pichwits erregte Stimme ihm ins Ohr. Das war es!
Der Tag war hell, das Pastorat voll gelben Sonnenscheins. Lene war rosig und gesprächig. Während Werner seinen Morgentee trank, lachte er mit ihr über irgendwelche geringfügige Dinge.
Er ging an seine Amtsgeschäfte. Leute kamen. Er ermahnte und schalt sie, war väterlich und jovial. All das ging gut vonstatten, nur erschien es ihm alles so vorläufig. Eine Aufgabe wartete seiner, das andere war nur ein Hinbringen der Zeit bis dahin. Er dachte nicht weiter darüber nach, er hütete sich davor, sich selber Zeit zu lassen, um sich auf das zu besinnen, was vor ihm lag und lauerte.
Am Nachmittag ließ er den Schecken einspannen, um nach Schloß Sielen zu fahren. Das war's, was er tun mußte, und der Pastor Werner tat es, der eine Pflicht erfüllte, nicht der törichte unbegreifliche Mann, der gestern im nächtigen Park von Dumala gestanden hatte, Stunde um Stunde, um zu dem Lichtstreifen oben am Turm emporzusehen, mit einem schmerzhaften Begehren.
Pastor Werner fuhr zu Behrent von Rast, um eine Pflicht zu erfüllen, eine Amtspflicht und eine Freundschaftspflicht.
Während er durch das grelle Nachmittagslicht dahinfuhr, dachte er nicht darüber nach, was er sagen und was er tun wollte. Da es eine Amtspflicht war, mußte das von selbst kommen.
In Sielen wurde Werner vom Groom Damkewitz empfangen. Der Zwerg, sehr auffallend in die Rastschen Farben Gelb und Blau gekleidet, bedeckt mit großen Wappenknöpfen, sah wie ein abenteuerlicher kleiner Affe aus. Während er Werner durch die Zimmer geleitete, sprach er mit einer hohen, gedrückten Stimme, wie alte Frauen sie zuweilen haben.
»Der Herr Baron wird sich freuen. Der Herr Baron ist allein und ihm wird die Zeit lang. Etwas Gesellschaft wird dem Herrn Baron angenehm sein.«
Werner fand Rast in einem großen Zimmer, das ein mächtiges Kamin-

feuer stark überheizte. Überall lagen und hingen Teppiche. Rast hatte sich in einen Burnus aus weißem Tuch gehüllt, lag auf dem Diwan und rauchte.
»Der Pastor, das ist hübsch. Also Sie gedenken doch der Einsamen«, rief er Werner entgegen.
Werner war steif und befangen, wie meist am Anfang eines Besuches.
»Ja – ich habe mir erlaubt –«
»Famos«, unterbrach ihn Rast. »Setzen Sie sich, Herr Pastor. Was – das Feuer zu nah? Sehn Sie, ich friere hier immer. Diese alten Familienhäuser sind so gebaut, als sollten die Familien durch Kälte möglichst lange konserviert werden. Aber wenn die Familien sich dem Ende zuneigen, scheint es, als vertrügen sie diese Temperatur nicht mehr recht, sie schlagen dabei um wie guter Bordeaux.«
Rast lachte laut über seine eigne Bemerkung, und Werner lachte höflich mit.
»Ein Likör gefällig?« fragte Rast und goß aus einer vergoldeten Flasche einen rosenfarbenen Likör in ein Glas. »Nicht? Eine orientalische Erfindung, Rosenlikör aus wirklichen Rosen. Ein wenig süß – ja. Ich trinke ihn an kalten Tagen, denn er schmeckt wie destillierte, heiße Julitage. Aber nehmen Sie sich doch eine Zigarre.«
Rast war gesprächig wie Leute es sind, die einen einsamen Tag verbracht haben und es nun ausnützen, daß sie jemanden haben, der ihnen zuhört.
»Ja, rauchen müssen Sie der Gerechtigkeit wegen. Bei einer Unterhaltung ist es ungerecht, wenn nur einer raucht, dadurch bekommt der andere einen zu großen Teil der Unterhaltung. Sehen Sie, wenn beide rauchen und dem einen geht die Zigarre aus, dann weiß man gleich, daß er ein zu großes Stück des Gespräches an sich gerissen hat.«
Werner lächelte.
»Nun, Herr Baron, in diesem Falle wollte ich auch mehr eine Mitteilung machen, als daß es hier auf eine Erwiderung ankäme.«
»Ah! Das ist etwas anderes«, meinte Rast.
Er lehnte am Kamin. Von dem weißen Burnus hob sich der Kopf sehr dunkel und ein wenig gewaltsam ab – das bräunliche, hübsche Gesicht, die blanken schwarzen Bartflammen zu beiden Seiten des Kinnes mit dem weichlichen Grübchen, die großen, braunen Augen, mit dem feuchten, trägen Blick. »Ja – gewaltsam«, dachte Werner, als er ihn mit großer Abneigung betrachtete und mit dem Sprechen zögerte – »solchen gehört, wie den Zuchtstieren, ein Ring durch die Nase und angekettet in einem dunklen Stallwinkel, aus dem sie nur hervorgeholt werden, wenn sie nötig sind.«

»Die Sache ist die«, begann Werner, er hörte, daß seine Stimme sanft und pastoral klang: »Sie wissen, Herr Baron, ich komme durch mein Amt viel mit den Bauern der Gegend in Berührung und höre, was unter diesen Leuten gesprochen wird. Schließlich ist das Pastorat so eine Art Schallfänger für die Gerüchte, die durch das Kirchspiel schwirren. – Da ist mir nun ein Gerücht zu Ohren gekommen, das ich Ihnen, Baron, mitzuteilen für meine Pflicht hielt, weil – weil es dazu angetan ist, eine Dame zu kompromittieren. Wie gesagt, da es Sie betrifft, hielt ich es für meine Pflicht, Ihnen davon Mitteilung zu machen.«
»Ah!« sagte Rast und schaute auf seine Zigarre nieder: »Sehr interessant. Worum handelt es sich denn?«
So leicht hier das gesagt war, Werner glaubte aus dem kühlen, ein wenig spöttischen Ton etwas wie eine Herausforderung herauszuhören, und das freute ihn, das machte ihn warm.
»Ich denke, auf die näheren Umstände einzugehen, ist wohl nicht nötig«, versetzte er. »Es handelt sich um – um nächtliche Fahrten, die beobachtet – die bis zu ihrem Ziel verfolgt worden sind, aus denen Schlüsse gezogen werden, die einer Dame schaden können.«
Er bemühte sich klar und geschäftlich zu sein.
»Und«, sagte Rast noch immer im leichten Unterhaltungston, »Sie, Herr Pastor, hielten es für Ihre Pflicht mir das mitzuteilen?«
»Ja.«
»Für Ihre Pflicht als Pastor natürlich?«
Werner erhob ein wenig die Stimme, als er antwortete: »Ja, als Pastor, gewiß – und als Ehrenmann und als Freund der betroffenen Familie.«
Rast wehrte mit der Hand ab und sagte bittend: »Nein, Herr Pastor, nicht das alles. Bleiben wir bei dem Pastor. Als Pastor bitte.«
»Als was Sie wollen«, fuhr es Werner jetzt ziemlich grob heraus.
»Sehen Sie«, meinte Rast, »das mit dem Ehrenmann. Ein jeder setzt bei dem anderen voraus, daß er weiß, was ein Ehrenmann zu tun hat. Gewiß – sonst wär's ja beleidigend. Aber es ist besser, sich da nicht weiter auf Einzelheiten einzulassen. Es entstehen dann doch leicht Meinungsverschiedenheiten. Und Freund, mein Gott, Gefühle komplizieren die Sachen nur. Aber Pastor – Pastor ist klar. Sie sind als Pastor verpflichtet, sich in die Angelegenheiten anderer Leute zu mischen, das ist Ihre Amtspflicht, peinlich vielleicht, aber sie wird erfüllt. Sehr achtbar!«
»Es handelt sich hier nicht um mich«, versetzte Werner hitzig. »Es handelt sich darum, daß eine Dame ...«
»O bitte«, unterbrach ihn Rast sanft, »doch, es handelt sich um Sie. Sie tun Ihre Pflicht. Als Pastor handelt es sich für Sie nicht um einen

bestimmten Herrn oder eine bestimmte Dame, es handelt sich für Sie abstrakt um einen Ruf – eine Tugend, eine Sünde, nicht wahr? Es ist Ihr Beruf zu verhindern, daß ein Ruf geschädigt wird, oder daß eine Tugend fällt; oder daß eine Sünde begangen wird. Sie haben keinerlei persönliches Interesse daran, Sie tun Ihre Pflicht, und nur deshalb, Herr Pastor, können Sie's tun, können Sie hier Dinge sagen und tun, die ein anderer nicht sagen und tun kann.«

»Ich berufe mich nicht auf mein Amt«, sagte Werner. »Ich spreche als Mann zum Manne.«

»O nein«, versetzte Rast, »Sie kommen als Pastor ermahnen, nicht Rechenschaft fordern.«

»Doch«, unterbrach ihn Werner, »ich will Rechenschaft fordern.«

Rast zuckte die Achseln.

»Nicht möglich, Herr Pastor. Sie wollen eine Tugend retten, Sie wollen, was man so nennt, Gutes tun. Sie wollen keine Antwort oder Erklärung. In Ihren Predigten fragen Sie auch zuweilen, aber Sie wollen doch keine Antwort darauf. Darauf zu antworten wäre unpassend. So auch hier. Sie wollen Gutes tun, Sie wollen ermahnen, Sie wollen keine Antwort von mir. Das sagten Sie ja vorhin. Ich verstehe Sie vollkommen.«

Werner erhob sich von seinem Stuhl. Der Zorn schoß ihm ganz heiß in das Blut. Seine Schläfen brannten.

»Herr Baron«, sagte er feierlich, »ich sehe, daß etwas Unerhörtes geschieht, und ich soll ruhig zusehen, ich soll nicht das Recht haben, einzugreifen?«

Rast sah ihn mit seinen gefühlvollen Sammetaugen sinnend an.

»Aber so setzen Sie sich doch, Herr Pastor. Sie haben unrecht, sich so aufzuregen. Sie hätten doch eine Zigarre nehmen sollen. Bismarck sagt, eine Zigarre mache ein Gespräch ruhig. Aber ich erkenne Ihr Recht, einzugreifen – als Pastor – an. Sie sprachen von Unerhörtem – es ist vielleicht besser, eine genauere Kritik hier zu vermeiden – der Objektivität wegen.«

»Ich wiederhole es«, rief Werner heftig. »Ich fordere hier Rechenschaft.«

Rast lächelte. »Aber Herr Pastor. Wollen Sie sich mit mir schlagen? Das ginge doch nicht. Würde das nicht aussehen, als hätten Sie ein Interesse oder ein Recht in dieser Sache? Nein, ich werde nie vergessen, wen ich vor mir habe.«

»Und ich – ich –«, sagte Werner heiser, »ich darf wohl nicht vergessen – daß ich in Ihrem Hause bin.«

Rast wehrte mit der Hand ab.

»O bitte, darauf kein Gewicht zu legen. Mein Haus steht zu Ihrer

Verfügung. Ich bedaure, Herr Pastor, Sie ein wenig erregt und nicht ganz zufrieden zu sehen. Ich fürchte, ich bin Ihnen nicht sympathisch, das bedaure ich ...«

Werner war plötzlich ganz ruhig geworden. Er lächelte sogar.

»Sympathisch – nein. Ich kam wohl auch nicht, um eine Liebeserklärung zu machen.«

»Selbstverständlich!« gab Rast zu und lächelte auch. »Ich meine nur, warum sind Sie mit mir nicht zufrieden? Sie kommen zu mir, um mir eine Mitteilung zu machen, um mir eine Mahnung zugehen zu lassen. Gut! Ich nehme die Mitteilung dankbar entgegen. Die Mahnung – ich will sie – wie sagt doch die Bibel, ich will ›sie in meinem Herzen bewegen‹. Mehr können Sie, Herr Pastor, nicht von mir verlangen. Der Fall selbst ist nicht geeignet, besprochen zu werden. Das ist natürlich auch Ihre Ansicht. Aber Ihre Mission – Herr Pastor – Ihre Mission kann als durchaus gelungen bezeichnet werden.«

»Sie haben recht«, sagte Werner leise und müde, »so werd' ich denn gehn.«

»Sie wollen schon gehn?« rief Rast, als überraschte ihn das. »Das tut mir leid. Es plaudert sich angenehm an solchen kalten Tagen. Aber ich darf Sie wohl nicht aufhalten.«

Die beiden Männer reichten sich die Hände und Werner wurde sich dabei des Umstandes bewußt, daß er fast einen Kopf größer als Rast war, daß, wenn er jetzt den Arm hob und seine Faust auf den vor ihm stehenden Rast niederfallen lassen würde, dieser vor ihm auf dem Teppich läge.

»Also besten Dank«, sagte Rast, »auf Wiedersehen.«

Er begleitet Werner bis an die Tür und nickte ihm lächelnd zu.

Auf dem Heimwege wurde Werner den Gedanken nicht los, wie häßlich und widernatürlich doch diese sogenannte Kultur war. Zwei haßten sich. War es da nicht schöner, sich zu fassen, um den Leib, das fiebernde Fleisch aneinanderzudrücken, sich den glühenden Atem in das Gesicht zu blasen und zu suchen einander weh zu tun ... zu verwunden, wie die Bauernburschen es unten im Kruge tun? Statt dessen reicht man sich die Hand, lächelt: »Besten Dank! Auf Wiedersehn.« Pfui!

Die Adventszeit war da. Lene saß abends am Klavier und sang Choräle. Werner hielt Nachmittagsandachten, während die untergehende Sonne durch die Kirchenfenster schien und die Gesichter der Leute rot malte. Oder er besuchte die Schulen. Gröv, hektisch-rote Flecken auf den mageren Wangen, die Augen entzündet, stand an dem Pult und sprach mit

hoher, erregter Stimme auf die Kinderschar ein. Die Wintersonne schien hell über die blonden Kinderköpfe. Die Kinderstimmen, die sich draußen heiser geschrien hatten, sagten eintönig und taktmäßig Sprüche her, in denen von großen Wundern und großen Geheimnissen die Rede war – die Augen klar und voll verständnisloser Andacht. Werner hatte diese Zeit stets geliebt, in der die großen Mysterien eine familienhafte Traulichkeit annahmen, in der Frauen, Mädchen und Kinder sich in den ewigen Dingen gemütlich zu Hause fühlten, wie in ihren Stuben. Überall war etwas Wunderluft. Auch jetzt ging Pastor Werner seinen Amtsgeschäften ruhig nach. Er konnte andächtig und heiter sein. Aber neben dem Pastor Werner ging ein anderer her. Er versteckte sich, er war jedoch da – fremd – unheimlich – unentrinnbar.
Wenn Werner abends bei der Lampe Lene gegenübersaß und zuhörte, wie Lene über friedliche, kleine Dinge plauderte, dann geschah es wohl, daß sie plötzlich ausrief: »Was ist dir?«
»Mir? Nichts – warum?«
»Du machst ein Gesicht, als schmerzte dich was.«
Werner lachte: »Was du nicht siehst!«
Allein, wenn es still im Hause wurde, wenn er in seinem Arbeitszimmer saß, dann kam er – der andere – unabänderlich, ein Gast, der nie ausblieb. Werner hörte auf den Schlag der Uhr, wartete in dumpfer Ergebung.
Es schlug zwölf.
Werner erhob sich, zog seinen Pelz an, nahm seinen Stock und ging hinaus, pünktlich, wie zu einem gewohnten Geschäft. Und während er leise durch das Haus zur Haustüre schlich, mußte er an das Wort des Johannisevangeliums denken, das von Judas sagt: »Da er nun den Bissen genommen hatte, ging er sobald hinaus. Und es war Nacht.«
Die nächtliche Welt um diese Stunde war ihm jetzt vertraut. Zuweilen war der Himmel klar und voller Sterne, aber der Nordwind fuhr in die Bäume, rauschte wild, als riefe er in die alten Föhren eine aufregende Nachricht hinein. Oder dichter Nebel verhängte das Land, tropfte und flüsterte in den Zweigen. Werner kannte jede dunkle Baumgestalt, an der er vorüber mußte. Er kannte die leisen Schritte des Wildes im Dickicht. Er gehörte zu ihnen allen, die ihn umstanden, sie waren seine Mitwisser.
Durch die Tannenschonung ging er in den Wald hinein, bis er den schmalen weißen Strich über dem Abgrunde sah. Dort setzte er sich auf einen Baumstumpf im Gebüsch und wartete.
Wenn es in seiner Nähe raschelte, dann wußte er, es war der Fuchs, der auf die Jagd ging. Die regungslose Gestalt auf dem Baumstumpf schreckte den Fuchs nicht. Er war an sie gewöhnt. Er mochte gemerkt haben,

daß dieses Raubtier, das so still auf der Lauer lag, ihm nicht ins Gehege kam.
Werner wartete geduldig, bis sie herankamen: der Schlitten – das schwarze Pferd – eilig, lautlos. Sie glitten über den weißen Strich – schwebten über dem Abgrunde – und waren hinüber und verschwanden. Werner steckte sich eine Zigarette an, rauchte und wartete, bis der Schlitten wiederkam, einen Augenblick über dem Abgrund schwebte und verschwand.
Um das zu sehen, dieses Schweben über dem Abgrund, kam er Nacht für Nacht. Das war ein Augenblick furchtbarer Spannung. Jetzt – jetzt mußte die zierliche, schwarze Vision auf dem weißen Strich im Abgrund verschwinden!
Die Bibel war so voller Wunder. Was wirkten die Leute da nicht alles mit ihrem Willen! Sie machten Tote auferstehen und Lebende tot zur Erde fallen. Konnte er denn nicht mit der Gewalt seines Willens eines dieser morschen Bretter zum Brechen bringen? Nur ein Brett und –.
Oft, wenn der Schlitten an ihm vorüber war, stand Werner von seinem Baumstumpf auf, ging auf die Brücke hinauf, vorsichtig und aufmerksam. Er betrachtete sorgsam jedes Brett, prüfte es mit der Hand. Dieses war ganz morsch, dieses lag nur lose auf – hier war ein Spalt. Es mußte einmal geschehen. Wenn einer eines dieser Bretter zufällig mit dem Fuß oder mit der Hand verschob – ein leichter Schwindel faßte ihn. Er mußte für einen Moment die Augen schließen. Dann ging er wieder an seinen Platz zurück.
»Wenn einer zufällig mit dem Fuß oder mit der Hand eines dieser Bretter verschiebt«, klang es in ihm wieder, eintönig, eigensinnig, wie ein sinnloser Refrain. Und um ihn flüsterten die kleinen Tannen – ver – schiebt – ver – schiebt, und oben fielen die alten Föhren laut und majestätisch ein »versch – iebt – ver – schiebt«. Der ganze Wald dachte nur daran.
War es vorüber, war der Schlitten zurückgefahren, dann ging Werner nach Hause – die Glieder schlaff – das Herz müde und leer.
Er warf sich auf sein Bett und schlief einen schweren Schlaf, wie nach harter, freudloser Arbeit.

Werner war in der kleinen Schule dort hinter dem Walde gewesen, jetzt ging er langsam heim. Es war um die Mittagszeit. In der Nacht hatte es geschneit. Nun ließ die Sonne den Schnee von den Zweigen tropfen. Der Wald war voller Flügelrauschen und Vogelrufe. Die Meisen rollten wie kleine, graue Bälle an den Zweigen entlang. In einem verschneiten Haselnußstrauch saß eine Gesellschaft Dompfaffen wie große, rote Früchte.

Das war heiter. Werner klangen noch die Lieder im Ohr, die er eben von den Kindern gehört hatte.
»So viel Licht, daß man nichts mehr unterscheidet«, hatte Karola gesagt. So dachte sie sich das Jenseits. Das war es. So mußte die Religion für die Armen und Gedrückten sein – Licht, nicht das zeigt und aufdeckt, nein, Licht das verhüllt, das wie ein leuchtender Schleier sich über das graue Leben breitet.
Von dem engen Waldpfade bog er in die kleine Waldlichtung ein und – trat leise zurück.
Wie eine Vision stand es vor ihm.
Die Lichtung war weiß verschneit, ringsum weiße Wälle und darüber der Sonnenschein, ein gelber Lichtnebel über den Wipfeln. Mitten auf dem Platz hielt der Schlitten mit dem schwarzen Pferde. Rast stand in dem Schlitten, hoch aufgerichtet, sein Bart flimmerte vor Tropfen und vor ihm stand Karola. Sie bog den Kopf zurück, sah zu ihm auf, lachte über das ganze Gesicht. Sie streckte die Arme aus.
»Heb mich«, sagte sie.
Er beugte sich zu ihr nieder, faßte sie und hob sie hoch in die Höhe, in den Sonnenschein hinauf. Karola stieß einen leisen Schrei aus und bewegte die Arme wie Flügel.
»Ja – so – so«, rief sie.
Ein Eichelhäher antwortete mit seinem lauten, aufdringlichen Ruf, als hätte er es dem ganzen Walde mitzuteilen.
Werner sah Karola in dem gelben Lichtnebel schweben, sah ihr Gesicht ernst werden, die Lippen sich öffnen, die Augen sich schließen – wie überwältigt von einem starken Gefühl.
Rast ließ die Arme langsam sinken, legte die schwebende Gestalt auf seine breite Brust – beugte sich auf sie nieder und küßte das Gesicht mit den geschlossenen Augen.
Dann setzte er Karola in den Schlitten.
»Jetzt fahren wir los«, sagte er.
»Jetzt fahren wir los«, wiederholte Karola lustig.
Sie ließ sich zurechtsetzen, einhüllen, willenlos wie eine Sache, wie seine Sache.
»Hü!« rief Rast dem Pferde zu, und sie fuhren in all das Weiß der Büsche hinein.
Laut – leichtsinnig und schamlos erfüllten die Schellen den Wald mit ihrem Geklingel.
Warum – sagte sich Werner, warum mußte dieses Weib so furchtbar tief in sein Fleisch hineingeschrieben sein? Was war sie ihm? Was durfte sie

ihm sein? Und doch jede Faser, jeder Nerv seines Körpers fieberte. Betrogen und bestohlen fühlte sich dieser Körper. Da stand er, versteckt hinter den Büschen und hungerte nach diesem Weibe, hungerte, wie er noch nie nach etwas gehungert hatte. Und dieser große, brutale Mann durfte im Sonnenschein stehen und sie nehmen wie sein Eigentum, wie seine Sache. Wozu war solch ein flacher Lebensvergeuder da? Um mit seinen unreinen Händen zu nehmen, zu stehlen, was anderen heilig, was für andere der tiefste Kampf der Seele war? Ein schädliches, unnützes Raubtier, dem man Fallen stellen sollte wie dem Fuchs, das ist dieser Rast.
Zu Hause war Werner heiter, er scherzte mit Lene, mit Tija, er war fast ausgelassen oder versuchte es zu sein. Ihm war, als müßte er unter dieser Heiterkeit etwas verbergen – vor Lene, vor Tija – vor sich selber. Er wußte selbst nicht, was es war.
Am Nachmittage kam der Dr. Braun. Er saß am Kamin und erzählte: Mit dem Baron in Dumala war es so – so. Er machte dem Doktor Sorge. Das Herz matt und die Schmerzen. »Sie sollen doch herüberkommen, Pastor, läßt er Ihnen sagen. Er schimpft schon. ›Ein Doktor und ein Pastor würden dafür bezahlt, daß sie die Kranken besuchen‹, sagt er, ›von einem Bankdirektor verlang ich das nicht. Was denkt sich der Werner eigentlich!‹ Ja, die Laune ist nicht die beste. Und die arme Frau. Die sitzt bei ihm, erträgt jede Laune. Eine Heilige.«
»Ja – eine Heilige«, wiederholte Werner.
»Und denken Sie sich!« Der Doktor wurde ganz rot vor Aufregung. »Die Alte in Debschen sagt mir – es ist unglaublich – sie habe von Gerüchten – von Gerede gehört – die Trine – sagt – oder der Schweinejunge – was weiß ich – von dieser Frau und dem Rast – von Zusammenkünften hat sie gehört. Getratsch – Gestänker! Ich hab's der Alten gesagt: wer diese Frau angreift, der hat es mit mir zu tun. Mit uns beiden – nicht Pastor? Na – ich werd es der Alten in Debschen schon anstreichen.« Der Doktor lachte drohend, den Mund weit offen.
»Ja – Doktor – Sie haben recht«, stimmte Werner ihm zu.
Das befriedigte den Doktor. »Na – also! Jetzt geh ich heim. Um neun Uhr leg ich mich in die Klappe. Meine Frau liest mir die Zeitung vor, dabei schläft's sich gut ein. Ein Sybarit – was? Aber zwei Nächte hab' ich hintereinander Kinder zur Welt bringen helfen. Die Rangen kommen jetzt immer bei Nacht zur Welt. Auch eine Unsitte – Unsolidität.« Er lachte sehr laut über seine Bemerkung.
Werner schaute ihn nachdenklich an. Der war glücklich! Der war mit sich zufrieden, tat seine Arbeit und genoß sein Bett. Nichts Dunkeles quälte ihn, keine schwere – unbegreifliche Aufgabe.

Und Werner empfand diese ruhige Zufriedenheit als klein, er verachtete sie fast seiner eignen Qual gegenüber.
Der Abend verging still und gemütlich.
In der Nacht machte Werner sich pünktlich zu seinem Posten auf den Weg. Er überlegte sich das nicht mehr. Wozu? Er wußte es ja doch, zu der bestimmten Stunde würde er unten im Walde sein.
Die Nacht war windstill. Es schneite. Dieses weiße Niederrinnen legte eine bleiche Helligkeit in die Nacht. Alle Werners nächtliche Kameraden im Walde schwiegen heute. Sie standen regungslos da und ließen sich von den weißen Flocken zudecken.
Auch Werner saß regungslos auf seinem Baumstumpf und ließ sich zudecken. Die stetige Bewegung des niederfallenden Schnees machte ihn schläfrig, wiegte ihn in einen wachen Traum. Ganz ferne Bilder aus der Kindheit kamen, das Stübchen der Witwe Werner. Der kleine Erwin lag im Bett. Die Lampe stand am Fenster. In ihrem Lichte konnte das Kind sehen, wie draußen große Schneeflocken an der Fensterscheibe vorüberzogen. Die Mutter erzählte mit klagender Stimme der Nachbarin von den schweren Zeiten. Es war immer von Mark und Pfennigen die Rede. Das Kind hörte dem, wie einem Wiegenliede, zu. Mark und Pfennige schienen ihm etwas Trauriges zu sein, von dem sich endlose Geschichten erzählen ließen. Und die Schneeflocken kamen aus dem Dunkel und gingen in das Dunkel, einen Augenblick im Strahl der Lampe durch die Scheibe in das Zimmer sehend. Der kleine Erwin versuchte es, die endlose Geschichte von den Mark und Pfennigen zu verstehen, versuchte es, die Flocken zu zählen, die am Fenster vorüberzogen, bis ihm die Augen zufielen.
Ein leises Geräusch ließ ihn aufschauen. Rasts Schlitten war schon mitten auf der Brücke. Rast sagte etwas, und der Zwerg antwortete mit seiner gedrückten Altweiberstimme, schläfrig, als fahre er auf sicherer Landstraße hin. Nun waren sie – hinüber – wirklich hinüber und fort.
Werner schaute auf die Brücke – erstaunt. Es war ihm gewesen, als müßte es heute sein. Er hatte das so fest erwartet, daß es ihn ruhig gemacht hatte – heute würde er es sehen, daß der Schlitten mitten auf der Brücke verschwand – und nun –.
Werner sann vor sich hin. Es war ein Nachdenken, es war ein gespanntes aufmerksames In-sich-Hineinhorchen.
Was wird geschehen?
Auf die Brücke wollte – mußte er hinauf.
Gut! Er ging auf die Brücke hinauf.
Der feuchte Schnee machte die Bretter schlüpfrig. Er hatte sich in acht zu nehmen. Jetzt stand er über dem Abgrund. Das Wasser unten war heute

stumm. Eine leichte Eiskruste mochte darüber liegen. Werner bückte sich und befühlte die Bretter. Dieses lag ganz lose auf und war morsch. Werner rüttelte daran. Es saß doch fester, als er gedacht. Er spannte seine Kraft an. Ja – nun gab es nach, ließ sich schieben, schwenken und fiel. Unten krachte die dünne Eisdecke, das Wasser gurgelte.
Jetzt brauchte einer die anderen Bretter nur mit dem Fuß zu stoßen, und sie fielen auch.
Werner stieß sie mit dem Fuß, und wieder krachte unten das Eis und plätscherte das Wasser, unerträglich laut in all der Stille, erschien es Werner.
Vor ihm gähnte ein großes, schwarzes Loch. Er stand am Rande und schaute hinein. Eine schwere Mattigkeit machte ihm die Glieder weich, nahm ihm alle Kraft. Am liebsten hätte er sich auch in das schwarze Loch hinabgleiten lassen. Ein Aufschlagen des Wassers, ein Gurgeln und die tiefe Stille hätte sich auch über ihn gelegt, kühl und wohltuend.
Vorsichtig trat er den Rückweg an und setzte sich wieder auf den Baumstumpf. Er zündete sich eine Zigarette an, sah beim Schein des Zündholzes nach der Uhr. Es ging ihm durch den Kopf, daß der niederfallende Schnee jede Spur verwischte. Er dachte an seinen Gang heute morgen. Wie fern, wie fremd schien ihm der Werner, der in der Schulstube väterlich die Hand auf die blonden Kinderköpfe gelegt und mit den Kindern »Vom Himmel hoch« gesungen hatte. Ja, so ein friedlicher Pastor hat es gut!
Unendlich langsam verrannen die Stunden heute, und die gespannte Wachsamkeit des Ohres war ermüdend. Jeder Ton, das Herabgleiten des Schnees von den Zweigen, der Fall eines Tannenzapfens, das Knacken der Eiskruste unten auf dem Wasser, alles hallte so erschreckend in ihm wider.
Da war es aber wirklich, das dumpfe Aufschlagen des Pferdehufes auf den Schnee.
Werner erhob sich. Alles in ihm war furchtbar angestrengte Aufmerksamkeit. Er versuchte es durch die niederfallenden Flocken zu sehn, versuchte es, mit dem Ohr die Entfernung zu messen, die der herannahende Schlitten durchmaß. – Jetzt war er an der alten Tanne. – Jetzt sah er den Kopf des Pferdes, er mußte dicht vor der Brücke sein – Werner trat vor.
»Halt!« rief es aus ihm heraus.
Rast riß das Pferd zurück und hielt.
»Wer ist da?« fragte er.
»Fahren Sie nicht weiter«, sagte Werner.
»Ja – warum?«

»Weil die Brücke eingestürzt ist – da – in der Mitte.«
»So.«
Rast ließ das Pferd einige Schritte zurückgehen, stieg dann aus.
»Gebrochen sagen Sie«, meinte er, »wie wissen Sie das?«
»Ich weiß es«, entgegnete Werner ungeduldig.
»Hm – danke.« Rast stapfte durch den Schnee zu Werner hin: »Ah! Der Herr Pastor! Ich glaubte schon Ihre Stimme zu erkennen.«
»Die Brücke ist in der Mitte eingebrochen«, erklärte Werner in geschäftsmäßigem Ton: »Sie wären unbedingt hinuntergefallen.«
»Na – da hab' ich wieder einmal Glück gehabt«, sagte Rast und lachte.
»Und Sie – sind Sie deshalb hier?«
»Ich – ich war hier –«
»Wollen wir den Schaden mal ansehn«, meinte Rast. Er ging auf die Brücke hinauf, stand an dem Loch.
Werner schaute ihm nach. Er hätte jetzt fortgehen können. Er hatte ja hier nichts mehr zu tun. Aber er blieb, stand da, träge und gedankenlos. Rast kam zurück.
»Seltsam!« sagte er. »Wie das geschehen konnte! Sie wissen das natürlich nicht? Nein, wie sollten Sie.«
Rast bog seinen Kopf sehr nah an Werners Gesicht heran. Werner sah zwischen dem schwarzen Bart die weißen Zähne blitzen. Lachte Rast?
»Aber kommen Sie, Pastor«, sagte Rast besorgt, »setzen Sie sich in den Schlitten. Sie müssen gefroren haben. Nein, nein, keine Einwendungen. Ich bin Ihnen zu großem Dank verpflichtet. Sie sind, was man so nennt, mein Lebensretter.«
Er drängte Werner in den Schlitten hinein, deckte ihn sorgsam zu.
Werner ließ es geschehen. Willenlosigkeit lag lähmend auf ihm, wie wir sie in einem schweren Traum empfinden, wenn wir die düsteren Traumereignisse widerstandslos über uns ergehen lassen müssen.
Rast ergriff die Zügel, wandte den Schlitten und fuhr in den Wald hinein. Im Fahren unterhielt er Werner liebenswürdig.
»Verfault war das Ding genug, ich hätte längst erwartet, daß es einstürzt. Jedesmal, wenn ich da hinüberfuhr, gab es eine angenehme kleine Spannung. Ich bin Spieler und bin gewohnt, Glück zu haben. Da hier keine Bank ist, sollte die Brücke sie ersetzen. Sie wissen, wenn man gewohnt ist, Glück zu haben, vergrößert man gern den Einsatz, immerhin, merkwürdig, daß sie so in der Mitte brechen konnte. Als ob jemand die Bretter aufgerissen hätte. Merkwürdig.«
So plauderte er fort. Er fragte nicht, wie Werner denn in den Wald kam, wie er von dem Loch in der Brücke wußte. Er sprach vom Wetter. Dieser

verdammte feuchte Schnee, der kroch einem in die Kleider hinein. Man fror bis auf die Knochen.
Der Schlitten hielt. Das war ja der Moorkrug.
»Steigen Sie aus, Herr Pastor«, sagte Rast. »Wir müssen uns ein wenig erwärmen, sonst haben wir beide die Erkältung weg. Auf die Lebensrettung müssen wir eins trinken. He – Jost – Karl.«
Der Krüger erschien eilfertig. Sein mürrisches Gesicht grinste unterwürfig.
»Ah, der Herr Baron.«
»Ja – ja! Damkewitz, trocknen Sie den Gaul ab. Lassen Sie sich einen Grog geben, so!«
Werner folgte Rast in den Krug mit der traumhaften Willenlosigkeit, die er nicht abschütteln konnte. Alle Aufregung in ihm hatte sich gelegt, nur etwas wie Neugierde lebte in ihm, Neugierde, wie dieser entsetzliche Traum weitergehen würde.
Die Lampe wurde im Herrenzimmer angesteckt, Feuer im Ofen gemacht.
»Und nun Ihren Sündersekt«, befahl Rast: »Ein armer Jude hat nämlich Sekt hier bei dem Jost einmal versteckt, um ihn bei Gelegenheit über die Grenze zu schaffen. Na, den Juden haben die Grenzreiter wohl geholt, und unser Jost verkauft den Sekt an zuverlässige Kunden. So geht es im Leben. Aber Pastor, Sie haben gefroren. Sie sind ja ganz weiß im Gesicht! Setzen Sie sich nah an das Feuer. So! Nun wird's noch ganz gemütlich werden.«
Der Wirt brachte den Wein. Rast schenkte die Gläser voll.
»Ja, das wird besser sein, als unten im schwarzen Loch liegen«, meinte er: »Ein eigentümliches Gefühl ist es doch, so nah an dem schwarzen Loch gestanden zu haben. Nur wenige Schritte und dann die große, kalte Angelegenheit. Brr! Statt dessen sitzt man hier in angenehmer Gesellschaft, wärmt sich und trinkt Josts Sündersekt.«
Er hob sein Glas: »Prosit! Stoßen Sie an, Pastor. Auf Ihre Gesundheit, mein Lebensretter.«
»Prosit«, sagte Werner und trank sein Glas schnell aus. »Er ist gut, der Wein«, bemerkte er und hielt das leere Glas Rast hin.
»Ja, der tut gut«, meinte Rast. »So ist's recht«, fügte er hinzu, als er sah, daß Werner auch dieses Glas auf einen Zug leerte. Seine schönen Samtaugen ruhten freundlich und wohlgefällig auf Werner.
»Geschmeckt? Jetzt wird's besser?« fragte er besorgt.
»Das wärmt«, erwiderte Werner und lächelte müde.
»Also!« Rast schien wesentlich erleichtert zu sein, als er Werner lächeln sah: »Wissen Sie Pastor, Sie sind ein famoser Mensch. Das hab' ich gleich

gewußt, als ich Sie sah. Ich sagte noch zu – zu einer Dame. Der Pastor Werner muß Glück bei Frauen haben, wenn ich ein Weib wäre ...«
Werner zuckte die Achseln.
»Bei einer Frau.«
»Natürlich«, fiel Rast ein: »Die Frau Gemahlin. Habe das Vergnügen gehabt. Charmante Dame. Nein, wirklich Pastor, Sie waren sozusagen meine unglückliche Liebe, denn ich bin Ihnen leider nicht sympathisch, das sagten Sie vorigen Abend. Nichts zu machen! Aber es freut mich doch, daß gerade Sie mein Lebensretter sind. Prosit – Lebensretter.«
»Ach, lassen Sie doch den Lebensretter«, sagte Werner ärgerlich.
»Warum?« fragte Rast. »Für Sie bedeutet das vielleicht wenig, aber für mich ist das wichtig. Wo wäre ich jetzt ohne Sie! Gar nicht auszudenken! Wenn ich daran denke, kommt so 'n Schwindel über mich. Prosit! Sie – Jost – eine Flasche.«
Sie hatten schnell getrunken. Werner fühlte es, wie der Wein ihm zu Kopf stieg, wie die Gegenstände und Ereignisse ihre Sachlichkeit und Wirklichkeit verloren. Er und Rast und das Zimmer mit den roten Vorhängen an dem kleinen Fenster, das große Ofenfeuer, Marri, die halbnackt in ihrer lasterhaften Üppigkeit ab und zu ging, all das war wie eine Erscheinung, die gleich verschwinden würde.
»Seltsam ist es immerhin«, hörte er Rast nachdenklich sagen, »gerade in der Mitte. Ich bin doch vor wenigen Stunden hinübergefahren. Ob es so von selbst?«
»Morsch genug war es«, hörte Werner sich sagen.
»Allerdings«, gab Rast zu. »Sagen Sie Pastor – ob da vielleicht einer hinübergefahren ist – und –«
»Ach nein!« meinte Werner. »So – nicht.«
Rast dachte nach, dann rückte er näher an Werner heran mit einer vertraulichen Mitteilung. »Hören Sie, Pastor – Lebensretter – ich kann Ihnen sagen, oft, wenn ich da hinüberfuhr, ist mir der Gedanke gekommen, das wär' so 'ne Gelegenheit für einen, dem ich unbequem wäre. Ein paar Bretter heraus, die anderen so auf der Kippe, die reine Mausefalle. Ich bin unten. Kein Mensch wundert sich darüber. Jeder hat es erwartet, daß ich einmal den Hals breche. Ja, das wäre eine Gelegenheit – was?«
»Und wer konnte das sein?« fragte Werner und sah Rast aufmerksam an. – »Wie er heranschleicht«, dachte Werner. Es unterhielt ihn zu sehen, wie der Mann vorsichtig ihn einkreiste.
»Ich meine nur so«, fuhr Rast fort. »Die Aufgabe muß nicht leicht gewesen sein. Denken Sie sich, auf den verdammt schlüpfrigen Brettern zu stehn und zu arbeiten. Das muß nicht leicht gewesen sein.«

»Schwindelfrei muß einer dazu schon sein«, warf Werner hin.
»Schwindelfrei, auch das«, gab Rast zu, »und dann, ein oder der andere Nagel steckte wohl noch unten in den Latten – und dann, das große Brett –«
»Sehr morsch«, wandte Werner ein.
»Immerhin«, sagte Rast, »ein hübsches Stück Arbeit. Alle Achtung. Ob der da wo im Gebüsch gestanden hat und gewartet, daß ich in die Falle gehe? Was denken Sie? An seiner Stelle hätte ich gewartet – bis – bis es unten aufklatscht. Das hätte mich gefreut – wenn ich das gewollt hätte. Ob er da war? Sie haben nichts bemerkt?«
Rast nahm sein Glas, trank langsam daraus und sah über den Rand des Glases hinweg Werner mit seinen sentimentalen Augen sinnend an.
»Sie haben ihn nicht gesehn?« wiederholte er leise.
»Wen?« fragte Werner leise zurück.
»Nun – ihn – der's getan«, sagte Rast.
Werner schwieg einen Augenblick, stützte beide Arme auf den Tisch und schaute in das Feuer.
»Doch –« sprach er dann langsam in das Feuer hinein, »er war da.«
»O! Wirklich?« Rast zog ein wenig die Augenbrauen in die Höhe, wie in leichtem Erstaunen.
»Ja, er wartete«, fuhr Werner fort, »er wartete. – Ich wartete.«
Etwas wie Spott klang aus der Stimme, die das sagte, Spott über den andern, der durchschaut war.
Rast blieb in seiner sinnenden Stellung, er sagte nur: »Ja natürlich wußt ich's.«
Beide Männer schwiegen, stützten sich mit den Armen schwer auf den Tisch, wie Leute, die müde sind, und sahen dem Ofenfeuer zu.
Plötzlich richtete sich Rast auf, griff nach seinem Glase.
»Prosit Pastor! Prosit Lebensretter! Natürlich wußt' ich's. Auf Ihr Wohl! Hier in der Gegend sind Sie der einzige, der so was kann. Teufel noch einmal so was! Eine Falle wie für einen Wolf. Herr, Sie müssen ordentlich hassen können. Aber gekonnt, bis zu Ende gekonnt haben Sie's auch nicht.«
»Nein«, sagte Werner wie in Gedanken, »das sollte nicht sein. Sie waren nicht in meine Hand gegeben.«
Rast lächelte sein liebenswürdiges Lächeln.
»Schade, theoretisch schade. Nicht in Ihre Hand gegeben, das ist Altes Testament, nicht wahr? Wirklich, die Sache hat was Alttestamentarisches. – Einen Jüngling für meine Wunde, und eine Jungfrau für meine Schwären – so ungefähr sagt auch einer der alten Helden. Nicht? Aber verzeihen

Sie noch eine Frage, tut es Ihnen jetzt leid, daß Sie es nicht bis zu Ende gekonnt? Sie möchten lieber, daß ich dort in dem Loch liege, als daß ich hier sitze und Sekt trinke? Nicht?«
Werner erhob sich von seinem Stuhl und begann im Zimmer auf und ab zu gehen, die Hände auf dem Rücken, wie er es gewohnt war. Die seltsame Traumschlaffheit wollte er von sich abschütteln. Dann blieb er vor Rast stehen und sagte ruhig und laut: »Baron. Mit dem, was ich Ihnen gesagt habe, können Sie tun, was Ihnen beliebt. Vielleicht gibt es Ihnen irgendein Recht auf mich. Aber ich bestreite Ihnen das Recht mich auszufragen, sich da einzumischen, was ich und meine Tat miteinander auszumachen haben –«
»Aber lieber Pastor«, unterbrach ihn Rast. »Ich hoffe, ich habe Sie nicht verletzt. Sie haben recht, es war taktlos von mir, diese Frage zu stellen. Sie können ruhig sein, das wird nicht mehr vorkommen, keine Frage. Für eine Unterhaltung in Fragen sind wir beide zu gut erzogen. Und dann, Sie sprechen von einer Tat. Hier gibt es keine Tat, kaum das Gespenst einer Tat. Und Rechte, welche Rechte soll ich haben? Ich bin für Ihre Mitteilung dankbar, sie hat mich sehr interessiert. Wenn ich Ihnen einen Gegendienst leisten kann, wird es mich freuen.«
Werner stand noch immer und sah auf Rast hinab. Plötzlich ging ein merkwürdig hochmütiges Lächeln über sein Gesicht.
»Sie sind witzig, Baron«, sagte er, »und Sie fühlen sich mir jetzt sehr überlegen. Aber sehen Sie, was auch geschehen ist, mir steht meine Tat, trotz allem, doch höher als Ihre Taten. Überlegen sind Sie mir nicht.«
Rast war aufgesprungen.
»Ihre Tat, die Sie nicht tun konnten«, rief er höhnisch.
»Das ist meine Sache«, erwiderte Werner.
Rast machte eine leichte, bedauernde Handbewegung. »Lassen wir das. Schade. Man hätte herzlicher auseinandergehen können. Also leben Sie wohl, Herr Pastor, besten Dank für die Lebensrettung und den interessanten Abend. Wie gesagt, schade, daß der Pastor dazwischen kommt, wenn es anfängt gemütlich zu werden –«
Werner verbeugte sich in seiner feierlichen, befangenen Art und ging hinaus.
Draußen hing schon ein blaßgelbes Lichtband am östlichen Horizont. Über dem frischgefallenen Schnee kam der Tag sehr weiß und rein herauf.

»Bist du mit den dummen Rechnungen fertig?« fragte Lene. »Du schläfst ja keine Nacht mehr.«

»Ja – fertig«, antwortete Werner und drückte sich fester in den Sessel am Kamin hinein.
»So sing' wieder«, bat Lene.
»Nein – ich kann nicht singen.«
»So erzähl' was.«
»Nein«, sagte Werner. »Erzähl du was, Kind, etwas, das ich kenne, wie ihr als Kinder zum Großvater kamt und in dem alten Garten unter den Johannisbeerbüschen lagt und die sonnenwarmen Trauben aßt.«
»Die alten Geschichten!« meinte Lene.
»Ja – alte, stille Geschichten.«
Lene erzählte gehorsam. Werner hörte dem Tonfall der angenehmen, hellen Stimme zu. Seine Gedanken gingen ihren Weg, einen gewohnten Weg. Er lebte die stillen Abende in Dumala durch. Er sah das Aufleuchten von Karolas Augen, das Zucken des Mundes. Er hörte die Worte, die sie gesprochen, den Ton der Stimme. Es war ein ruhevolles Gedenken, wie wir einer gedenken, die wir verloren. Alles andere schien ausgelöscht. Die Nacht im Walde, sie stand in keiner Verbindung mit seinem Leben. Sie gehörte zu ihm, sagte er sich, und doch vermochte er sie sich nicht zu eigen zu machen. Das Leben ging weiter, als wüßte es nichts von dieser Tat. Was ist eine Tat, die nicht gegen uns aufsteht und uns an sich erinnert?
Nur nachts zuweilen, im Traum, stand er auf der schmalen Brücke, und etwas fiel in das Wasser, und das Wasser spritzte auf, schwarz wie Tinte, und vor ihm gähnte das dunkle Loch. Dann erwachte er todmüde, wie gehetzt von dem Traum.
Mit Rast traf er eines Nachmittags in Debschen bei der Baronin Huhn zusammen.
Rast begrüßte ihn sehr herzlich, als seien sie alte Freunde. »Ach Pastor! Angenehm, daß man sich wieder trifft.«
Beide hörten geduldig den Dienstbotengeschichten der Baronin zu. Als sie aufbrachen, ließ Rast seinen Schlitten ein wenig vorausfahren. Die Sonne ging so hübsch unter, er wollte einige Schritte gehen.
Werner ließ es schweigend geschehen, wie wir geduldig etwas Lästiges aus guter Erziehung ertragen.
Schulter an Schulter gingen die beiden Männer die Pappelallee entlang. Rast sprach von gleichgültigen Dingen.
»Gott sei Dank! Es friert, gut für die Jagd. Schade, daß Sie nicht mehr jagen, Pastor. Die Jagd ist doch das einzige, wirkliche Vergnügen dieser Einöde. Es ist vielleicht kindlich, primitiv. Wir verstecken uns und freuen uns, daß wir klüger sind als ein Fuchs oder ein Reh. Nicht gerade ehrgeizig

das! Aber Hinterhalte legen, das liegt uns allen im Blut, und da die Gelegenheit sonst immer seltener wird – unsere Urväter waren ja doch alle gewiegte Fallensteller, nicht wahr?« Er ließ seine Zähne zwischen dem Bart in einem breiten Lachen blitzen.
Werner lachte höflich mit. »Ja – ja! Vielleicht.«
Sie trennten sich mit einem Händedruck.
Zu Hause fand Werner einen Brief vom Baron Werland vor. Werland machte ihm Vorwürfe wegen seines langen Ausbleibens. »Ein Beichtvater«, hieß es in dem Brief, »hat nicht das Recht, selbst das Beichtkind im Stich zu lassen, das ihm die langweiligsten Geschichten beichtet. Also kommen Sie.«

Werner wunderte sich, als hätte er es anders erwartet, Dumala ganz so zu finden, wie er es immer gesehen hatte – die tiefe Dämmerung in dem Zimmer, das diskrete, faltige Gesicht des alten Jakob, das Kaminzimmer mit der grünen Lampe.
Werland, in die rote Decke gewickelt, saß am Kamin, und die Augen schauten flackernd aus den tiefen Höhlen.
»Nun, Seelsorger«, rief er, »Sie entkommen mir nicht! Setzen Sie sich, setzen Sie sich. Nur keine Entschuldigung. Machen Sie, als ob Sie gestern hier gewesen wären.«
Karola saß auf ihrem Stühlchen und rieb das Bein ihres Gatten. Sie nickte Werner zu, als hätte sie ihn wirklich eben erst gesehen, und es begann eine ziemlich träge Unterhaltung, wie unter Leuten, die sich zu häufig sehn und sich wenig Neues mitzuteilen haben. Werland schloß zuweilen die Augen, verfiel in leichten Schlaf, aus dem er dann auffuhr, um etwas zu sagen.
»Wie steht es mit der Seelsorge, Pastor?«
»Oh – danke, es geht«, erwiderte Werner.
»So! Ein merkwürdiges Geschäft«, meinte Werland. »Muß schwer sein, die Buchführung, die Bilanz – soundso viel Seelen plus – soviel minus.«
Werner lachte. »Ja, das ist schwer bei einem Kapital, das noch zirkuliert. Die große Bank dort oben wird's dann schon –«
»Unser altes Thema«, unterbrach ihn Werland. »Aber ich denke nicht darüber nach. Man wird sehen.« Er schloß wieder die Augen. Karola war schweigsam, rieb Werlands Bein und schaute in das Feuer.
Werner betrachtete dieses Gesicht. Er suchte darin nach etwas Neuem, etwas Fremdem, etwas, das verriet. Allein die Züge hatten wie immer ihre klare Reinheit, die Augen ihr verträumtes, geheimnisvolles Licht. Nichts

war verändert, nichts war von der Karola da, die sich dort in der Waldlichtung in den Sonnenschein emporheben ließ. Das beunruhigte Werner, er wollte etwas finden, was diese Frau ihm fremd und verächtlich machte, und nun schaute er in das Gesicht, das ihn mit törichten, knabenhaften Gefühlen erfüllte.

»Die Galgenbrücke hat Rast einreißen lassen«, sagte Werland.

»Ja, es war Zeit«, erwiderte Werner zerstreut.

»Eine Gelegenheit weniger, sich aus der Welt zu befördern«, meinte Werland, »aber Sie haben wohl keine Selbstmörder unter Ihren Gemeindekindern, was?«

»Nein, Gott sei Dank.«

»Die Leute hier«, fuhr Werland fort, »sind wie die kleinen Leute, die selten ins Theater kommen. Wenn sie mal ihren Platz bezahlt haben, dann bleiben sie bis zu Ende, wenn auch ein Stümper das Stück geschrieben hat und sie nur gähnen und sich ärgern müssen. Wir alle machen es wohl so.«

»Das ist doch wohlerzogen«, wandte Werner ein. »Sich langweilen können ist doch gute Erziehung.«

»Da haben Sie wieder recht, Pastor«, gab Werland zu. »Das sieht man an unserer guten Gesellschaft. Was wir an Langeweile ertragen können, ist ungeheuer, und nur durch jahrhundertelange Erziehung zur Langeweile möglich. Ist es nicht so, Kind?« wandte er sich an Karola und strich ihr mit der Hand über den Scheitel.

»O ja, das können wir!« sagte sie, und ihr Gesicht wurde einen Augenblick von dem hübschen durchtriebenen Lachen erhellt.

Pichwit kam zum Tee, war schweigsam und hochmütig wie sonst.

Als Karola sich erhob und in das Nebenzimmer ging, um Jakob eine Bestellung zu machen, folgte Werner ihr mit den Blicken und da – da fand er es, das Fremde, das Neue. Aufrecht und gleichmäßig, mit ganz wenig Bewegungen, pflegte sie sonst zu gehen. Heute wiegte sie leicht den Oberkörper, ließ die Arme lose herabhängen in einer weichen, müden Bewegung, die sorglos, fast leichtsinnig aussah. Das war es! Das erinnerte an den Körper, der sich auf der Waldlichtung an Rasts Brust schmiegte. Werner wandte den Kopf ab. Es war ihm unerträglich, das zu sehen. Da fiel sein Blick auf Pichwit. Mit den hellbraunen, feuchten Augen war auch er Karola gefolgt. Sein bitterer, zu kleiner Mund drückte die Lippen so fest zusammen, daß sie weiß wurden. Auch ihn schmerzte das.

Als Pichwit gute Nacht sagte, streckte Karola ihm die Hand hin. Pichwit nahm sie, ein wenig erstaunt, und küßte sie.

»Mein treuer, kleiner Page«, sagte Karola.
Pichwit errötete. In seinem Gesicht zuckte es, als wollte er weinen. Er wandte sich schnell ab und ging hinaus.
Während Werland schlief, sagte Karola: »Pastor, nicht wahr, Sie kommen öfter, er braucht Sie.«
»Gewiß, Frau Baronin«, erwiderte Werner förmlich, »aber solange er Sie hat, wen braucht er da!«
»Doch – er braucht Sie«, wiederholte Karola. »Sie haben so viel starkes Leben, das muß er haben, er verbraucht viel –«
»Wer?«
»Der, bei dem das Leben zu – zu versiegen anfängt.«
»Ja«, sagte Werner, um etwas darauf zu erwidern, »unser Leben wird uns für die anderen gegeben.«
Karola schaute auf, zuckte kaum merklich mit den Achseln.
»Eine merkwürdige Welt«, sprach sie vor sich hin, »die, die leben können, sollen das Leben denen geben, die nicht leben können.«
Werner antwortete nicht darauf. Diese Worte klangen ihm hart, und er sah unerträglich deutlich Rasts Gesicht vor sich, wie er in einem höflichen Lächeln seine weißen Zähne zeigte. »Für den will sie leben«, dachte er. All das machte ihn elend.
Er erhob sich, er wollte fort.
Karola begleitete ihn wie sonst auf den Flur hinaus.
»Nicht wahr, Sie kommen«, sagte sie, und dann streichelte sie, mit einer seltsam kindlichen Bewegung, seinen Rockärmel. »Sie sind gut.«
Werner ärgerte es, daß diese einfache Bewegung ihn so tief rührte. »Oh, die hat es leicht mit uns!« dachte er ingrimmig.

Am Vormittage saß Werner an seinem Schreibtisch, und vor ihm stand Kathe, die Knechtstochter, und weinte bitterlich.
Werner hatte seine strenge Pastorenmiene aufgesetzt.
»Immer das alte Lied! Solange wird den Jungen nachgelaufen, bis das Unglück da ist, und dann kommen die Tränen und der Jammer. Was, der Simon war der Vater? Und vom Heiraten spricht er nicht?« Na, mit dem würde man schon sprechen! Aber die Mädchen hatten wirklich keine Aufführung. Es geschah ihnen schon recht, wenn sie ins Unglück kamen, solch eine liederliche Gesellschaft!
Kathe schluchzte: »Ach, Herr Pastor, das kommt mal so. Man hält sich, solange man kann. Es war beim Grummetmähen. Er mähte und ich harkte. Und der Abend war so warm.«

»Ein bißchen Grummetharken und ein warmer Abend«, schalt Werner, »das ist genug, damit ihr den Kopf verliert.«
»Ja!« klagte Kathe. »Sünde ist's. Aber wer denkt denn gleich an so 'n Unglück. Es kommt einem auf, man weiß nicht wie.«
»Na ja, ich spreche schon mit dem Simon«, schloß Werner die Unterhaltung. »Das Weinen und Jammern hilft nichts. Geh jetzt. Die Sache kommt schon in Ordnung.«
Kathe ging.
Werner sann. Ja! Das Leben setzt unverhältnismäßig hohe Preise auf einen kleinen, guten Augenblick. Ein warmer Abend, man umfaßt sich, man wirft sich auf den frischgemähten Grummet, und dann Tränen und trübe, häßliche Sachen.
Die Tür wurde heftig aufgerissen, und Karl Pichwit stürzte in das Zimmer. Er blieb an der Tür atemlos stehen.
»Herr Pichwit«, sagte Werner, »wie sehen Sie aus? Sind Sie ohne Mantel herübergekommen?«
Pichwit stand noch immer regungslos da, die Lippen blau vor Kälte. Die Augen sahen seltsam abwesend und wie erstaunt aufgerissen vor sich hin.
»Ja, Herr Pastor«, sagte er leise.
»So kommen Sie doch an den Ofen, Mann«, rief Werner, »setzen Sie sich.«
Gehorsam ging Pichwit an den Ofen und setzte sich.
Werner wartete. Er wagte nicht zu fragen.
Endlich sagte Pichwit leise und weinerlich: »Sie ist fort – mit ihm – ganz fort.«
Er schaute hilflos und ratlos zu Werner auf. Dieser wandte sich ab, ging an das Fenster und schaute auf den Hof hinaus. Ihn fror, er wunderte sich, er hatte es nicht gewußt, daß wir innerlich so frieren können. Da hörte er hinter sich einen Ton, ein Schluchzen. Er wandte sich um. Pichwit hatte beide Arme auf den Tisch und den Kopf auf die Arme gestützt und gab sich rückhaltlos einem leidenschaftlichen, kinderhaften Weinen hin. Werner ging zu ihm und strich mit der Hand sanft über Pichwits Haar. Er sagte nichts, er störte ihn nicht. Der hatte es gut! Wer auch so die Arme auf den Tisch und den Kopf auf die Arme werfen könnte und sinnlos darauf losweinen! Er setzte sich und schaute dem weinenden Pichwit zu. Dieser hob endlich seinen Kopf. Das tränenüberströmte Gesicht lächelte aus Gewohnheit sein hochmütiges Lächeln.
»Ins Ausland sind sie, hat Damkewitz dem Jakob gesagt. Bei Nacht muß er sie abgeholt haben«, berichtete er. »Um neun Uhr kam ein Brief von der Station. Ich weiß nicht, was darin stand.«

»Und er?« fragte Werner.
»Der Baron?« sagte Pichwit. »Er trank seinen Tee wie sonst, als ich ihn sah und tat so, als läse er die Zeitung. Dann saß er auf seinem Stuhl und hielt die Augen geschlossen. Ich glaube nicht, daß er schlief. Aber ich – ich hab' es gewußt.«
»Sie?«
»Ja – ich. Es war an einem der letzten Abende. Er schlief, sie rieb ihm das Bein. Da sagte sie zu mir – so – leise, wissen Sie: ›Pichwit, wenn ich einmal nicht hier sitze, dann müssen Sie meinen Platz einnehmen.‹ Sehn Sie, Herr Pastor, da wußte ich alles, alles; was konnte ich tun? Ganz leise hatte sie das zu mir gesagt, als ob sie mir ein Geheimnis anvertrauen wollte. Ich war seit einigen Nächten auch nicht mehr draußen im Park. Wozu? Ich glaube auch, es wäre ihr nicht recht, daß man unten steht und zu dem Turm hinaufsieht. Aber Sie, Herr Pastor, ich glaubte fest, Sie würden etwas tun.«
»Was kann ich tun?« antwortete Werner. »Wem können wir denn sein Schicksal aus der Hand nehmen?«
»Ja, vielleicht ist das so«, gab Pichwit zu. »Aber ich hab' so fest auf Sie gehofft. Jetzt ist es aus. Ich bleibe natürlich in Dumala, sie hat mir ja einen Auftrag gegeben. ›Auf Sie, lieber Herr Pichwit, kann ich mich verlassen‹, sagte sie einmal. O ja! Auf mich kann sie sich verlassen. Ja, nun werd ich gehn. Zum Frühstück muß ich da sein.«
»Gehn Sie, Herr Pichwit«, sagte Werner. »Ich geb Ihnen meinen Pelz, und schweigen Sie.«
Als Werner zum Mittagessen kam, war die Nachricht von Karolas Flucht schon zu Lene gedrungen. Die Baronin Huhn war am Pastorat angefahren, nur, um die Neuigkeit mitzuteilen und vielleicht welche zu hören.
Lene ereiferte sich sehr über den Fall. Sie war entrüstet. Etwas ähnliches hätte sie dieser Frau schon zugetraut, aber das war unerhört. Den todkranken Mann zu verlassen, um mit diesem Rast durchzugehen.
Werner schob seinen Teller fort und stand vom Tische auf.
»Willst du nicht essen?« fragte Lene.
»Nein«, antwortete er, »nicht mehr essen und nicht mehr hören.« Damit ging er hinaus.
Als Lene ihm in das Wohnzimmer nachkam, hatte sie rote Backen und den eigensinnig kampflustigen Ausdruck, der anzeigte, daß sie entschlossen war, heute ihren kleinen Streit zu haben. Sie fuhr ein wenig unwirsch im Zimmer hin und her, blieb dann vor Werner stehn und begann sehr schnell und beredt zu sprechen: »Du nimmst das übel, was ich sagte. Verzeihen ist christlich, das weiß ich auch. Aber deshalb darf man eine

solche Frau nicht entschuldigen. Das ist nicht zu entschuldigen. Natürlich bin ich entrüstet. Jede anständige Frau muß in solchen Fällen entrüstet sein. Ich würde mich vor dir und mir selbst schämen, wenn ich nicht entrüstet wäre. Man hat doch auch seine Standesehre, und solch eine Frau bringt den Stand der christlichen Ehefrau in Verruf, und deshalb kann ich sagen, ich verachte diese Frau, und wenn ich auch nur eine kleine Pastorsfrau bin und sie die große Baronin von Dumala ist.«

Außer Atem hielt sie inne und sah ihren Mann an, erwartete mutig einen Zornesausbruch, ein donnerndes »Lene!«

Er schwieg aber, und als er sprach, klang es sanft und müde: »Ach Kind! Was wissen wir, was verstehen wir von dem, was in anderen vorgeht! Wie können wir urteilen! Du und ich, wir leben nah beieinander. Was wissen wir voneinander? Was können wir füreinander tun? Wie die Pakete im Güterwagen, so stehn die Menschen nebeneinander. Ein jeder gut verpackt und versiegelt, mit einer Adresse. Was drin ist, weiß keines von dem andern. Man reist eine Strecke zusammen, das ist alles, was wir wissen.«

Lene erschrak. Er sah bleich aus und ein Zug wirklichen Leidens malte sich auf seinem Gesichte. Er tat ihr leid. Sie ging zu ihm, legte die Hand auf seine Schulter.

»Bist du krank, Erwin?« fragte sie.

»Ich? Nein. Warum?«

»Du hast zu Mittag nichts gegessen.« Sie dachte nach. Jetzt hatte sie es. »Hör, Erwin, ob ich dir nicht einen ganz starken, ganz süßen Grog mache?«

Werner lächelte. »Ja, Lene, mach mir einen ganz starken, ganz süßen Grog. Das ist wenigstens noch etwas, das einer für den anderen tun kann!«

Werner hatte einigemal in Dumala nachgefragt, jedoch den Bescheid erhalten, der Baron sei leidend und empfange nicht.

»Ein böser Anfall«, sagte Dr. Braun.

»Na, kein Wunder. Ich hätte selbst davon einen Anfall bekommen können.«

Eines Nachmittags schickte Werland in das Pastorat hinüber und ließ den Pastor bitten, doch zu ihm zu kommen.

Werner fand den Baron auf seinem gewohnten Platz am Kaminfeuer, wohl frisiert und parfümiert. Er rief dem Pastor sein gewöhnliches »Ach – unser Seelsorger!« entgegen.

Auf dem niedrigen Stühlchen zu seinen Füßen saß Pichwit und rieb ihm sein schmerzendes Bein.
»Ja«, sagte Werland, »das macht Pichwit ganz gut. Er hat eine leichte Hand. Dichter haben immer leichte Hände.«
Man sprach vom Frost, der nun endlich gekommen war und gleich mit großer Schärfe einsetzte. So lange Eiszapfen am Dach hatte man lange nicht gesehen. Der Baron erzählte von Eiszapfen früherer Jahre. Die Rehe mußten fleißig gefüttert werden. Die Hasen machten verzweifelte Anstrengungen, um an die Spitzen der jungen Bäume zu gelangen.
Zuweilen hörte man, wie draußen vom Dach ein Eiszapfen fiel und auf dem Boden zersplitterte. Als würde ein großes Glas zerschlagen, klang es. Werland schreckte zusammen. »Kaputt«, sagte er. »Was hat er sich auch bemüht, so lang zu werden. Zu dumm!«
»Pichwit«, sagte er dann, »gehn Sie, schauen Sie nach dem Barometer. Ich rufe Sie.«
Pichwit ging hinaus.
»Guter Junge«, bemerkte Werland ihm nachschauend. »Ich glaubte, er litte an der sauren Liebe, aber wie es scheint, wird er milder. Ich wollte Ihnen sagen, Pastor, ich habe Nachricht erhalten, gleichviel wie. – Sie sind in Florenz. Gut! Da hab' ich nun einen Brief geschrieben. Ich will ihn nicht von hier aus auf die Post geben und ihn auch nicht selbst adressieren. Hier ist er. Adressieren Sie ihn und geben Sie ihn auf die Post.«
»Gewiß, gern«, sagte Werner und nahm den Brief entgegen.
»Ich kann Ihnen auch sagen«, fuhr Werland fort, »was in dem Brief steht. Sie werden sich vielleicht darüber wundern. Ich schreibe ihr: ›Du kannst jeden Augenblick zurückkommen. Nichts ist geändert, auch das Testament nicht.‹ Was? Das haben Sie nicht erwartet? Das ist neu?« Werland sah den Pastor triumphierend an. »So macht man die Sache sonst nicht. Aber sehn Sie, ich fühle mich von den Regeln der anderen entbunden, der anderen mit den Beinen. Ich bin ein Mensch ohne Beine, meine Beine zählen nicht, ein Menschenstümpfchen, warum soll ich mich an die Vorschriften der ganzen Menschen halten? Ich habe meinen eignen Komment. Ich will, daß sie wieder da sitzt. Und sie wird kommen. Rast ist ein fuseliger Schnaps. Die Weiber kriegen von ihm schnell einen Rausch und schnell Katzenjammer. Sie wird kommen.«
Werland hielt inne, schaute in das Feuer, schaute scharf und angestrengt hinein, als betrachte er dort ein Bild. »Sie kommt«, sprach er vor sich hin. »Sie kommt herein. Nichts von ›Verzeih mir!‹ – ›Ich verzeih dir!‹ Nichts Dramatisches. – ›Guten Tag, Kind, gute Fahrt gehabt?‹ Keine taktlosen

Gespräche. Und sie sitzt hier wieder, reibt mir das Bein, gießt den Tee ein, geht hier herum, wie früher. Und sie wird kommen. Also den Brief.«
Werner verbeugte sich stumm. Von nun an war nie mehr von Karola die Rede.
Werner ging oft nach Dumala hinüber. Die drei Männer saßen beisammen. Werland schlief viel, oder man sprach von dem Frost und den Rehen. Pichwit rieb das Bein des Barons. Oder man hörte schweigend zu, wie die Mäuse hinter dem Getäfel arbeiteten.
Nur wenn draußen ein Ton erwachte, schlug Werland die Augen auf und horchte. Und Pichwit hielt im Reiben inne und horchte.
»Fährt da einer?« fragte Werland.
»Nein, nein, es ist nichts«, sagte Werner.
Die schläfrige Stille sank wieder über das Gemach. Zuweilen stand Werner oder Pichwit auf, machte einige Schritte, um die vom Sitzen steif gewordenen Beine zu strecken, ging an das Fenster, schaute hinaus, schaute die lange Pappelallee hinab. Die Pappeln standen wie große, weiße Kristallpyramiden im hellen Mondlicht.
»Was sehn Sie da?« fragte Werland.
»Oh – nichts, ich sehe nichts«, war die Antwort.

»Eine Erkältung«, sagte Dr. Braun, »die Lunge ein wenig affiziert. Nicht schlimm vielleicht. Aber das Fieber. Wenn das Herz das nur mitmachen will. Gehn Sie mal hin, Pastor, sehn Sie sich nach ihm um. Pichwit pflegt ihn wie eine Gattin, sag ich Ihnen; na, aber immerhin eine melancholische Gattin.«
Baron Werland war krank.
Werner fand ihn in dem großen Bette fast verschwindend unter der Fülle all der Kissen. Die flackernden, blauen Augen schienen das einzig Lebendige; böse und erregt lauerten sie aus all dem Weiß heraus.
»Pastor«, sagte er, als Werner sich an sein Bett setzte, »ich bin wütend. Dieser Husten, eine ganz unsinnige Beschäftigung. Sie werden natürlich sagen, auch der Husten ist eine weise Einrichtung, der Schleim muß aus den Lungen gebracht werden. Gut! Aber wozu ist Schleim in den Lungen? Das nennen Sie Vorsehung. Ich kann mir nicht denken, daß, wenn ich Schöpfer wäre, ich mir die Zeit damit vertreiben würde, mir solche merkwürdigen Kombinationen auszudenken, wie diese.«
»Wir sollen daran vielleicht Geduld lernen«, meinte Werner.
Werland lachte ärgerlich.
»Na und wenn ich sie glücklich gelernt habe, diese Geduld? Wenn ich eine

Art Heiliger geworden, was dann? Als Knabe hatte ich eine Klavierlehrerin, Fräulein Mier, eine gute, alte Person. Die ließ mich das ganze Jahr hindurch Stücke üben als Überraschung zum Geburtstag der Eltern. Na, und wenn dann die Geburtstage kamen, war von den Stücken keine Rede mehr. Kein Mensch wollte sie hören. So ist's auch mit Ihren Tugendübungen. Man übt – übt – für wen?«

Er hustete, lehnte den Kopf in die Kissen zurück und schloß die Augen.

»Pastor«, sagte er mühsam, »schreiben Sie ihr – ich glaube sie wird kommen – schreiben Sie ihr, daß ich warte –«

»Ja – gewiß, ich will schreiben«, versprach Werner.

Werland lag eine Weile mit geschlossenen Augen still da. Plötzlich begann er zu sprechen, und zwar so, als setzte er eine Unterhaltung fort.

»Und dann, sehn Sie, das ist auch ein Argument gegen Ihre Unsterblichkeit. Wenn die so 'ne große Sache ist, und Sie sagen doch – das Leben nach dem Tode, das ist die Hauptsache – na, da müßte man doch, wenn man ihr näherrückt, so was wie 'n Gefühl haben – ›nun kommt's‹, etwas steht bevor. Vor einem Duell, vor einem Rendezvous – vor meiner Trauung, ja am Abend vor einer Jagd hab' ich was gehabt. Jetzt – nichts davon. Die Lampe ist heruntergeschroben, immer tiefer – dann dunkel. Alles das sieht mehr nach Ende als nach Anfang aus.«

Er sprach schnell und geläufig, wie Fiebernde es tun.

»Ja!« schloß er mit einem Seufzer. »Ich will nichts behaupten, besonders aufgelegt für eine Ewigkeit fühl ich mich jetzt nicht.«

»Oh, die«, sagte Werner, »die gießt dann schon ganz anders leuchtkräftiges Öl in die Lampe.«

»Mag sein«, meinte Werland.

Als die Dämmerung anbrach, wurde der Kranke unruhig und verlangte, in das Kaminzimmer gebracht zu werden. Er wollte in seinem Sessel sitzen, ganz wie sonst. Pichwit mußte ihm das Bein reiben.

»So – so –«, sagte er, »nur keine Neuerungen.«

Allein, er fand keine rechte Ruhe.

»Pichwit«, sagte er mehrere Male, »gehn Sie an das Fenster, schauen Sie die Allee hinab. Man kann nie wissen, wer so 'ne Allee heraufkommen kann. Nun?«

»Ich sehe nichts«, meldete Pichwit.

»Sie sehn auch nie was«, brummte Werland ärgerlich.

So saßen sie wieder und warteten, aber es war nicht nur der Schlitten, der die Allee heraufkommen sollte, auf den sie warteten, was anderes noch war es, dem sie ernst und gespannt entgegensahen.

»Der Doktor wollte kommen«, sagte der Baron.

»Ja, um zehn Uhr«, erwiderte Pichwit.
»Ein guter Mensch, der Doktor«, fuhr Werland fort, »aber, er weiß wohl ebensoviel von dem, was auf dem Monde passiert – wie von dem, was in meinem Körper vorgeht. Na, gleichviel!« Dann lachte er kräftig und herzlich. »Ich denke an die lieben Verwandten. Der Chef der Familie, der Staatssekretär, seine Tochter, die Gräfin mit den vielen Kindern und dem wenigen Gelde und die dicke Tante Sophie mit den Zwillingen und die andern, die werden Augen machen, wenn sie das Testament lesen. Ich seh' den Vetter Exzellenz, wie seine Nase weiß wird von traditioneller Moral. Hi – hi! So 'n Stündchen Leben nach dem Tode könnte man sich wünschen, nur, um das mit anzusehen.« Er konnte sich lange nicht darüber beruhigen, er fing wieder von neuem darüber zu lachen an.
Als Jakob den Tee brachte, sah Werland ihn streng an und sagte: »Jakob, du hast mich heute nicht frisiert.«
»Nein, Herr Baron«, erwiderte Jakob, »wir haben uns heute nicht frisiert. Der Herr Baron waren müde, da dachte ich –«
Der Baron schüttelte mißbilligend den Kopf: »Ich lieb es nicht, wenn Diener denken. Mir fehlt etwas, wenn ich nicht frisiert bin – etwas an Haltung. Also, holen wir's nach. Es könnte ja auch noch jemand kommen, schon für die Herren hier ist es eine Unhöflichkeit, wenn ich so dasitze.«
»Sie sollten heute eine Ausnahme machen«, redete Werner ihm zu, »es ermüdet Sie – und schließlich –«
Aber Werland unterbrach ihn.
»Lieber Pastor, manche haben den Tag über ein Gefühl der inneren Unordnung, wenn sie am Morgen nicht ihre Andacht abgehalten haben. So hör' ich. Ich hab' ein Gefühl innerer Unordnung, wenn ich nicht frisiert bin. Das ist individuell. Also Jakob vorwärts. Die Herren werden entschuldigen, wenn wir's hier vor ihnen vornehmen.«
Jakob brachte einen Spiegel und stellte ihn vor den Kranken hin, auf jeder Seite wurde eine Kerze angezündet, und Jakob begann, ihn zu frisieren, wusch den Kopf mit Haarwasser und bog mit der Brennschere vorsichtig die Löckchen ein.
Aufmerksam schaute Werland in den Spiegel, folgte dem Vorgang, studierte das gespenstischbleiche Gesicht, das ihm aus dem Glase entgegensah.
Keiner sprach ein Wort.
Plötzlich lehnte der Baron sich in den Stuhl zurück und atmete kurz und schnell: »Ich weiß nicht –« brachte er mit Anstrengung heraus, »mir ist so – ich seh' im Spiegel nichts mehr.«
Dann sank er ganz in sich zusammen.
»Er stirbt«, sagte Werner, der sich über ihn beugte.

»Seine Exzellenz lassen den Herrn Pastor bitten, zum Diner herüberzukommen, es sei manches zu besprechen«, meldete Jakob im Pastorat.
»Die Exzellenz?« fragte Werner.
»Ja, die Exzellenz ist da«, berichtete Jakob, »und der Herr Graf und die Frau Gräfin mit den Kindern, und die Frau Baronin mit den Kindern, und die Herren Leutnants – alle sind da. Das ist bei uns jetzt ein Leben – mein Gott!«
Ein Seufzer unterbrach die korrekte Dienerstimme, die zu zittern begann.
»Gut, gut! Ich komme«, sagte Werner, »das geht vorüber Jakob, noch einen Tag.«
»Ja, Herr Pastor, man tut, was man kann«, meinte Jakob weinerlich. »Leicht ist es nicht, besonders mit den Kindern der Frau Gräfin.«
Als Werner den Flur von Dumala betrat, hörte er hohe, ein wenig kreischende Kinderstimmen und laufende Schritte die Zimmerflucht entlang. Es schien eine Art Lauf- und Fangspiel im Gange zu sein. Dann eine scharfe, scheltende Frauenstimme und tiefe Stille.
Im großen Saal empfing die Gräfin Gleiß, die Tochter des Staatssekretärs, den Pastor. Lang und hager in ihrem schwarzen Trauerkleide, hatte sie viel blondes Haar über ihrem Scheitel aufgebaut, das Gesicht war spitz und die Haut von den vielen Wochenbetten verdorben.
»Es freut mich sehr, Herr Pastor, Ihre Bekanntschaft zu machen. Bitte Platz zu nehmen.«
Sie war ganz Hausfrau.
»Sie wunderten sich vielleicht über den Lärm eben? Ja – eben Kinder! Es ist für die Kinder schwer, immer stillzusitzen, nicht wahr? Etwas Bewegung müssen sie haben. Besonders Lola – meine dritte – eigentlich Melani, wenn die nicht ihre Bewegung hat, gleich ist etwas mit dem Magen nicht in Ordnung. Aber natürlich, es darf nicht vergessen werden, daß die teure Hülle noch unter uns weilt.«
Die Gräfin wurde ernst und betrübt: »Ja, er hat es nicht leicht gehabt, der Verstorbene. Noch zuletzt die bittere Erfahrung. Ich glaube fest, das hat ihm das Herz gebrochen.«
Wieder erhoben sich die ausgelassenen Kinderstimmen und die Schar stürzte herein.
»Still – Kinder«, rief die Gräfin, »das geht nicht. Mademoiselle«, wandte sie sich an ein junges Mädchen mit hübschem Gassenbubengesicht unter wirrem roten Haar, »bedenken Sie doch, c'est une maison mortuaire. Kommt, gebt die Hand.«
Drei blonde kleine Mädchen und zwei blonde Buben traten an und reichten Werner die Hand.

Alle hatten erhitzte Wangen, ungeordnetes Haar und eine unwiderstehliche Lust zu lachen.
»Und hier Mademoiselle Pin«, stellte die Gräfin das rothaarige junge Mädchen vor. »So geht, benehmt euch gut. Denkt, der arme tote Onkel liegt dort nebenan.«
Die Schar stürzte ab.
»Kinder eben«, sagte die Gräfin und schaute ihnen gerührt nach.
Da kam die Exzellenz, klein, mit einem weißen Mausegesicht, das schöne, silbergraue Haar war über den Ohren zu kleinen, gewundenen Kuchen aufgedreht.
Die Exzellenz war zeremoniös und feierlich.
»Ich freue mich, Herr Pastor, obgleich der Anlaß, der uns zusammenführt, traurig ist.«
»Ich überlasse die Herren ihren Geschäften«, sagte die Gräfin und verschwand.
»Ja, Geschäfte«, begann die Exzellenz. »Eigentlich Geschäfte kann man das nicht nennen. Es handelt sich hier mehr um ein, wie soll ich sagen ...« – die Exzellenz klemmte sich ein Glas in das linke Auge, um schärfer zu denken – »... um eine Orientierung. Sie, Herr Pastor, haben mit dem Verstorbenen intim verkehrt. Er hatte Vertrauen zu Ihnen, natürlich. Ist Ihnen vielleicht etwas über seine letzten Bestimmungen oder vielmehr über eine in letzter Zeit vorgenommene Änderung seiner letzten Bestimmungen bekannt?«
Werner zuckte leicht die Achseln. »Von einer Änderung ist mir nichts bekannt, Exzellenz.«
»So!« fuhr die Exzellenz in höflichem Verhörston fort. »Der Notar, der Anwalt – ist in letzter Zeit nicht hier gewesen?«
Werner hatte nichts bemerkt.
»So!« Die Exzellenz nahm das Monokel aus dem Auge und wurde vertraulich, legte eine Hand auf Werners Arm: »Sehn Sie, Herr Pastor, es handelt sich nämlich darum. Der Verstorbene, als der letzte der Dumalaschen Linie, hat das Recht, keine glückliche Bestimmung übrigens, seiner Witwe das Gut zum Fruchtgenuß für ihre Lebenszeit zu hinterlassen. Bon! Nach den bedauerlichen Ereignissen in dieser Ehe ist es nicht anzunehmen, daß mein verstorbener Vetter die Unvorsichtigkeit begangen hätte, hier gewisse Bestimmungen seines Testaments nicht zu ändern. Nun denken Sie sich, Herr Pastor, auch für Sie, für die Gegend hier, welch ein Skandal, diese Dame als Gutsherrin.«
Werner machte eine bedauernde Bewegung. »Wie gesagt, Exzellenz, ich habe nichts bemerkt. In diese Sachen mich zu mischen war wohl auch nicht meines Amtes.«

»Doch, doch«, sagte die Exzellenz ermahnend. »Unsere Gesellschaft – unsere, bitte – steht denn doch glücklicherweise noch auf dem Standpunkt, daß der Pastor überall mitsprechen darf.«
»Ich bedaure«, wiederholte Werner. »Ich kann nur sagen, daß in letzter Zeit eine Änderung im Testament nicht vorgenommen wurde.«
Die Exzellenz fand das sehr bedenklich. Als der Schwiegersohn, der Graf Gleiß, kam, blond, als hätte er kein Haar, mit einem Mädchenteint und langem, goldenem Backenbart, rief sein Schwiegervater ihm entgegen: »Der Pastor weiß nichts von einer Testamentsänderung!«
Der Graf strich bedächtig seinen goldenen Bart. »Bedauerlich«, meinte er, »der verstorbene Onkel liebte es allerdings von jeher, ein wenig zu necken.«
»Necken«, protestierte die Exzellenz. »Ernste Familienangelegenheiten sind doch kein Gegenstand für Neckereien. Der Verstorbene wußte gewiß, was er dem Namen Werland schuldig war. Wir sind bereit, sehr – large gegen die betreffende Dame zu sein, aber Dumala – Dumala muß rein bleiben.«
»Müßte«, sagte der Graf.
»Muß«, wiederholte die Exzellenz.
Man ging zum Essen. Im Speisesaal war eine sehr lange Tafel gedeckt, und aus allen Türen strömten Werlands heran.
Oben an der Tafel saß die Baronin Sophie aus Pehwicken. Sie hatte die Fettsucht und nahm die ganze Schmalseite des Tisches ein. Der Leutnant Emmerich von den Basserowschen, der ziemlich ungezogen war, nannte sie die Tanten Sophie, weil sie für eine Tante zu viel sei. Dann kamen die Kinder des Grafen, die Zwillinge der Tante Sophie, fette, sechzehnjährige Mädchen, denen dicke blonde Zöpfe über den Rücken niederhingen, und die zwei Dragonerleutnants und Mademoiselle Pin. Das schwirrte alles heran. Die Kinder stritten sich um die Plätze. Leutnant Emmerich sah sich die Etiketten der Weinflaschen an, wie im Hotel.
Die Exzellenz leitete oben am Tisch die Unterhaltung. Sie sprach von der ökonomischen Lage der Gegend. Der Wald mußte besser verwertet werden.
»Ich würde den alten Flügel einreißen lassen«, sagte die Baronin Sophie.
Die Exzellenz glaubte, gewisse historische Erinnerungen müßten vielleicht respektiert werden.
»Gott!« meinte der Graf. »Historische Erinnerungen sind meist kompromittierend.«
»Und unpassend«, fügte die Baronin Sophie hinzu.
»Ein Werland fiel bei Zorndorf, das ist auch eine historische Erinnerung«, sagte die Exzellenz streng.
Als der alte Rheinwein kam, klingelte die Exzellenz an das Glas und

machte ein trauriges und feierliches Gesicht. »Ich denke, wir trinken auf das Angedenken unseres verstorbenen Vetters ein stilles Glas.«
Unter tiefer Stille nippte ein jeder an seinem Glase – nur eine der Zwillinge mußte mit dem Lachen kämpfen und verschluckte sich dabei. Leutnant Emmerich wollte sie auf den Rücken klopfen, was sie nicht duldete. So gab es Streit.
»Ich bitte doch um ein wenig Ruhe«, sagte die Exzellenz traurig.
Plötzlich erhob sich unten am Tisch eine Kinderstimme und rief laut in die Gesellschaft hinein: »Meiner – teuren Karola.«
Es war Lola, die einen silbernen Serviettenring in der Hand hielt und triumphierend diesen Satz darauf las.
»Quittez la table«, sagte die Gräfin.
Die Exzellenz schüttelte den Kopf, warum man auch solche Dinge den Kindern in die Hände gab.
Nach dem Essen saß man im Saal beisammen und sprach von den Umbauten, die das Schloß nötig hatte.
Nebenan spielte die Jugend Gesellschaftsspiele. Lautes Lachen füllte die Räume von Dumala.
Lola steckte einmal den Kopf durch die Tür und meldete: »Eben hat Vetter Emmerich Mademoiselle geküßt.«
»Dieses Kind ist unmöglich –« sagte die Exzellenz.
Die Gräfin errötete und meinte, dieses Mal sei wohl nicht das Kind – das Unmögliche.
»Warum gehn sie nicht schlafen?« fragte die Baronin Sophie.
»Weil sie sich fürchten, an der Tür vorüberzugehen, hinter der der Verstorbene liegt«, war die Antwort.
»Sie werden wohl unseren Verstorbenen sehen wollen, Herr Pastor?« fragte die Exzellenz.
Sie gingen in das Kaminzimmer, wo der Tote aufgebahrt lag. Im Vorzimmer saßen die Zwillinge eng aneinandergedrängt an einem kleinen Tisch und schrieben ihre Tagebücher, um den Eindruck der Lebenslage ganz frisch aufzufangen.
Werland lag in seinem Sarge, hell von den hohen Wachskerzen beschienen, schmal und gerade in seinem Gesellschaftsanzug, eine Gardenia im Knopfloch. Das Gesicht schien kleiner geworden, wie zusammengezogen, um die Augen viele Fältchen, die ihm ein fast schalkhaftes Aussehen verliehen.
Die Exzellenz beugte den Kopf im Gebet.
»Wie friedlich er ruht«, flüsterte die Gräfin. »Die Blumen haben wir aus Berlin kommen lassen.«
Eine Weile standen sie und schauten den Toten an, der sehr korrekt vor

ihnen lag und aus der Menge südlicher Frühlingsblumen mit dem kleinen, schadenfrohen Gesicht hervorlugte. Dann gingen sie hinaus.

Im Vorzimmer stand Lola und weinte. Um ihr Pfand auszulösen, mußte sie bis zur Türe des Totenzimmers gehen und einen Knicks machen, und nun fürchtete sie sich und wollte nicht.

Die Gräfin seufzte: es war schwer mit den Kindern! Sie waren nicht zu Bett zu bringen. Alle fürchteten sich – wegen des Toten!

Werner verabschiedete sich.

Im Flur stieß er auf den Leutnant Emmerich und Mademoiselle Pin, die sehr nahe beieinander gestanden haben mußten und jetzt erschrocken auseinanderstoben.

Als Werner in die klare Winternacht hinaustrat, fand er Karl Pichwit vor dem Schlosse stehn. Den Kopf auf die Schulter geneigt, schaute er dem Monde ins Gesicht.

»Herr Pastor«, sagte er, »ich habe hier auf Sie gewartet. Jakob sagte mir, daß Sie da seien. Dort zu den Leuten mag ich nicht hinuntergehn. Ich reise morgen ab. Was soll ich hier? Das Begräbnis – Gott! Ein Begräbnis hat ja keine Bedeutung. Und sie, wenn sie kommt, das ist doch jetzt alles ganz anders. Es kommt ja überhaupt alles anders, als man denkt. Ich glaubte, es würde etwas geschehn – ich – ich würde vielleicht etwas tun –. Aber nein, ich reise nur ab – nur das.«

Werner legte seine Hand auf Pichwits Schulter und sagte: »Ja, Karl Pichwit, gehn Sie. Sie sind jung. Man muß nicht zögern, das Blatt im Buche umzuwenden, wenn es zu Ende scheint. Und in Ihrem Buche kann noch so viel stehn – recht viel Gutes – hoffe ich und wünsche es Ihnen.«

»Danke, Herr Pastor«, erwiderte Pichwit. »Ich werde noch ein wenig zu dem Baron hineingehen. Seltsam, ich hab' immer das Gefühl, als wartete er auf mich, damit ich ihm das Bein reibe. Leben Sie wohl, Herr Pastor.«

»Leben Sie wohl, Pichwit!«

Unter hellem Sonnenschein, durch das weiße, knisternde Land, trugen die Waldhüter von Dumala den Baron Werland zum kleinen Friedhof in sein Familiengrab hinüber.

In Schleier und Pelze gehüllt folgten die Verwandten dem Sarge, eine schwarze, stille Schar, während die Bauern sich um den Friedhof versammelten, sehr bunt in ihren Sonntagskleidern auf dem grell beschienenen Schnee.

Werner stand am Grabe und hielt die Rede.

Was sollte er von diesem Leben sagen, das sich und anderen so unverständlich gewesen war? Er sprach daher die allbewährten Worte, von

denen die Kirche Jahrhunderte hindurch einen so schönen Schatz aufgehäuft hat. Mit guten, allgemeinen, kühlen Worten wurde der kleine, gutfrisierte Herr in die Nische seines Familiengrabes eingemauert.
Die Sonne beschien hell die Menschenmenge, die sich jenseits der Friedhofsmauer angesammelt hatte, sie ließ die farbigen Tücher lustig leuchten, spiegelte sich in den Glatzen der alten Männer.
Es fror. Die Exzellenz stand ganz vorn am Grabe und wechselte häufig das Stehbein und steckte die Nase fast ganz in den seidenen Schal. Die Gräfin legte dem einen oder dem anderen der Kinder ein Tuch um die Schultern. Alle warteten ungeduldig auf das Ende.
Plötzlich bemerkte Werner eine Unruhe in der Versammlung. Die Leute schauten sich um. Die Trauernden am Sarg rückten scheu zur Seite. Es wurde geflüstert. Die Gräfin sah ihren Vater an und schüttelte traurig den Kopf. Sie winkte ihre Kinder nah an sich heran.
Karola stand da vor dem Sarge. Langsam war sie den Weg zwischen den Gräbern hinabgegangen bis zu der Gruft. Nun stand sie da in schwarze Schleier gehüllt, schlank und aufrecht.
Werners Stimme hatte einen Augenblick gezögert, jetzt eilte er dem Ende seiner Rede zu.
Karola blieb regungslos stehn, auch als das Grab geschlossen worden war. Alles drängte dem Ausgang zu.
Die Exzellenz reichte Werner die Hand. »Ich danke, Herr Pastor; unerhörter Zwischenfall, nicht wahr?« Damit eilte sie fort.
Um Karola, die noch immer am Grabe stand, war alles leer geworden.
Werner trat an sie heran. »Er hätte sich darüber gefreut, daß Sie gekommen sind, Frau Baronin«, sagte er.
Karola schlug den Schleier zurück. Sie war bleich, aber sonst ganz unverändert, schien es Werner. Sie reichte ihm in ihrer kameradschaftlichen Art die Hand.
»Hat er gewartet?« fragte sie.
»Ja, er hat gewartet.«
»Litt er zuletzt?«
»Nein, ich glaube es nicht.«
Sie gingen nun nebeneinander die Wege zwischen den Gräbern hin.
»Ich bleibe jetzt hier«, sagte Karola. »Das hat er wohl gewollt.«
»Das würde er wohl gewünscht haben«, bestätigte Werner.
»Où sont les enfants?« hörte man die scharfe Stimme der Gräfin. »So komm doch! Was stehst du?«
Lola stand auf dem Wege und starrte Karola an. Aber die Gräfin lief heran, nahm das Kind, aufgeregt wie eine Glucke, die ihre Brut in Gefahr sieht.

Karola lächelte.
»Sie sehn«, sagte sie, »keine Gefahr, daß ich hier vielen Menschen auf meinem Wege begegne. Die Einsamkeit hat mich wieder eingefangen. So ist es mir immer gegangen. Ich habe mich gegen sie zuweilen auflehnen wollen, aber sie fängt mich immer wieder ein. Schließlich werd' ich mich mit ihr befreunden müssen. Vielleicht ist das so etwas, das Sie Buße nennen.«
Sie sah Werner an und dieser dachte: Das Wort Buße ist wohl noch nie mit diesem Lächeln ausgesprochen worden.
»Kann ich Ihnen, Frau Baronin, in etwas behilflich sein«, fragte er.
Karola schaute nachdenklich in die Sonne.
»Ich danke. Ich weiß nicht. Allein sein, das ist wohl meine Bestimmung. Für das Zusammengehen muß ich kein Talent haben. Entweder tu ich den anderen weh oder sie tun mir weh. Vielleicht braucht das nicht zu sein.«
Sie reichte ihm die Hand. »Adieu, Herr Pastor.« Sie schaute den Weg hinab, auf dem die schwarze Schar der Verwandten dem Schlosse zuzog. Sie lächelte. »Wie sie ziehn! Gehaßt zu werden, das ist für mich etwas ganz Neues.«
Dann ging sie mit wehenden Schleiern zwischen den weißen Grabsteinen hin, dem Ausgang zu.

Es war am ersten Weihnachtstage. Pastor Werner mußte gleich nach dem Gottesdienst zu dem fernen Waldfriedhof hinüberfahren.
Kathe, die Knechtstochter, war infolge einer Frühgeburt gestorben. Das Grummetharken mit dem Simon an jenem warmen Abend hatte sie mit dem höchsten Preis bezahlt.
Schweres Nachmittagslicht lag schon über der weißen Glaswelt, als Werner heimfuhr.
Er mußte dicht am Schlosse Dumala vorüber.
Auf der hohen Freitreppe unter dem grauen Portal, stand Karola, eine stille, schwarze Gestalt. Sie schützte die Augen mit der Hand und schaute die Allee hinab. Werner grüßte hinauf, und sie grüßte zu ihm hinunter.
Er fuhr weiter. Wenn er zurückschaute, sah er noch die schwarze Gestalt unter dem grauen Portal stehen, von der Abendsonne angeleuchtet.
»Seltsam!« dachte Werner. »Da glaubt man, man sei mit einem anderen schmerzhaft fest verbunden, sei ihm ganz nah, und dann geht ein jeder seinen Weg und weiß nicht, was in dem andern vorgegangen ist. Höchstens grüßt einer den anderen aus seiner Einsamkeit heraus!«

(1908)

BUNTE HERZEN

In Kadullen wurde im Sommer schon um vier Uhr gespeist, um den Abend für sommerliche Unternehmungen frei zu haben. Dann lag das Nachmittagslicht stetig auf der langen, weißen Gartenfront und den drei schweren Giebeln des Landhauses. In den geradlinigen Beeten glänzten die Levkojen wie krause hellfarbige Seide und der Buchbaum duftete warm und bitter. Ein Diener stellte sich auf die Stufen der Gartenveranda und läutete mit einer großen Glocke, das Signal, daß es Zeit sei, sich für das Mittagessen anzukleiden.

Der Hausherr, der alte Graf Hamilkar von Wandl-Dux, kam schon fertig angekleidet mit seinem Gast, dem Professor von Pinitz, in den Garten hinaus. Graf Hamilkar, sehr lang und schmal in seinem schwarzen Gehrock, hielt sich ein wenig gebeugt. Den Panama zog er tief in die Stirn. Das glattrasierte Gesicht mit dem langen, lippenlosen Munde hatte etwas Asketisches, wie es jene Gesichter haben, auf denen alles, was das Leben hineingeschrieben hat, beruhigt, gleichsam widerrufen erscheint. Mit langen Schritten begann er den Gartenweg hinabzuschreiten. Der Professor vermochte kaum Schritt zu halten, denn er war kurz und dick, die weiße Weste saß sehr prall über dem runden Bauch und das Gesicht war rot und erhitzt unter dem kamelfarbigen Bartgestrüpp. Er erzählte dem Grafen einen merkwürdigen Traum, den er gehabt hatte, dafür interessierte er sich jetzt, denn er wollte eine Theorie des Traumes schreiben und der Graf teilte ihm das Material mit, welches er einmal auch über dieses Thema gesammelt hatte. Graf Hamilkar hatte immer gesammeltes Material für die Bücher, welche die anderen schreiben wollten, er selbst hatte nie eins geschrieben, »ich wußte nie«, pflegte er zu sagen, »welches meiner Bücher ich schreiben sollte und so kam es denn zu keinem.«

»Also denken Sie sich«, berichtete der Professor, »ich war beim Kollegen Domnitz, im Traum nämlich. Nun Domnitz legt mir beide Hände auf die Schultern, macht ein ganz feierliches Gesicht und sagt mit einer ganz tiefen Stimme, die er sonst nie hat: ›Kollege, ich habe die Grundform, die Urform der Schönheit gefunden, einfach die Schönheit an sich.‹ Ich sage Ihnen, das fuhr mir so durch alle Glieder, so eine Art Schreck oder Freude oder Rührung, gewiß, das Weinen war mir so nahe. Das sind Empfindungen, wie wir sie nur im Traum haben können: ›Nein wirklich‹, sage ich, ›wo ist sie denn?‹ – ›Da‹, sagt er und ja – und zeigt sie mir.«

»Er zeigte sie Ihnen?« fragte der Graf und blieb stehen, »ja, wie sah sie denn aus?«
Der Professor kniff die Augenlider zusammen, als wollte er einen Gegenstand scharf betrachten. »Sie sah aus«, meinte er, »ja, sie sah eigentlich ganz einfach aus, wissen Sie. Eine schmale weiße Tafel ähnlich den Grabsteinen auf den jüdischen Friedhöfen, ein Meter hoch, denke ich, oben abgerundet und in der Rundung ein Gesicht, nur zwei Punkte die Augen; ein vertikaler Strich die Nase, ein horizontaler Strich der Mund – nichts weiter. Was sagen Sie dazu, was?«
»Eigentümlich«, sagte der Graf und schaute über den Professor hinweg in den Garten hinaus.
»Ja, aber was das Wunderbarste ist«, fuhr der Professor fort und seine Stimme wurde leiser, als spräche er von sehr geheimnisvollen Dingen, »ich sagte sofort ach ja, denn es leuchtete mir sogleich ein, ich wußte, das ist die Schönheit an sich; ja, mir war es, als hätte ich das eigentlich schon längst gewußt. Wie erklären Sie sich das?«
»Ja, das ist schwierig«, erwiderte der Graf ein wenig zerstreut und schaute noch immer in den Garten hinaus.
Drüben zwischen den Stockrosen und Malvenbeeten war es jetzt lebhafter geworden. Eine Schar junger Mädchen und junger Leute ging den Weg hinab dem Hause zu, helle Sommerkleider und Flanellanzüge und ein eifriges Stimmengewirr. Der Professor schwieg nun auch und wandte sich nach den Kommenden um. Da waren seine beiden Töchter, große Mädchen in grellrosa Batistkleidern und gelben Schäferhüten und sehr erhitzt. Beide lachten zu gleicher Zeit in einem hohen, ein wenig schrillen Diskant. Neben ihnen schritt der Leutnant von Rabitow vom Alexanderregiment, ein wenig steifbeinig in seinem weißen Tennisanzug. Die beiden Neffen des Hauses Egon und Moritz von Hohenlicht, beides Studenten, beide sehr blond, den Scheitel tief bis zum Nacken herabgezogen waren mitten auf dem Wege stehen geblieben und fochten mit ihren Rackets. Fräulein Demme, die Gouvernante, trieb scheltend die vierzehnjährige Erika vor sich her und Erika setzte aus Opposition die dünnen Beine in den schwarzen Strümpfen nur lässig in Bewegung. Die beiden alten Herrn ließen diese Welle jugendlichen Lebens wohlgefällig an sich vorüberrauschen. Beide lächelten ein wenig.
»Sehen Sie, Professor, das dort ist auch sofort einleuchtende Schönheit, eigentlich Schönheit an sich«, begann der Graf und wies zu einem Beet voll dicker dunkelroter Rosen »Sultan von Zansibar« hinüber, an dem seine siebzehnjährige Tochter Billy stand.
Es war sehr hübsch, wie das Mädchen im hellblauen Sommerkleide dort

bei den Rosen stand, das runde Gesicht rosa und lächelnd, ohne Hut. Im grellen Sonnenschein hatte ihr Haar ein ganz warmes Braun wie alter Portwein und das Ganze war farbig wie ein Blumenbeet. Neben Billy stand Marion Bonnechose, die Tochter der französischen Gouvernante, die mit Billy zusammen erzogen worden war, klein und dunkel im hageren etwas gelblichen Gesichte zu große braune Augen, die Billy gespannt und wachsam anschauten.

»Gewiß«, sagte der Professor, »Komtesse Sibylle ist unzweifelhaft sehr schön, aber die Schönheit an sich in meinem Traum war einfach eine halbrunde weiße Tafel.«

Die jungen Leute waren im Hause verschwunden und auch Billy und Marion liefen dem Hause zu, die Hände voller roter Rosen. Der Garten wurde wieder still. Der Graf bog ein wenig den Kopf zurück und zog in seine lange weiße Nase die Düfte der Spätsommerblumen, reifen Pflaumen und Sommerbirnen ein mit dem Ausdruck eines Genießers, der einen kostbaren Wein trinkt. Vom Tennisplatz her kam noch ein Nachzügler, Boris Dangellô. Er ging langsam und nachdenklich, den Kopf gesenkt, nur als er an den beiden Herren vorüberkam, grüßte er, das feine bleiche Gesicht lächelte, aber die Augen behielten den sinnenden Ausdruck, als wollten sie ihre sentimentale Schönheit nicht stören.

»Auch Schönheit«, bemerkte der Professor, »Ihr Neffe, Herr von Dangellô, sieht ungewöhnlich gut aus.«

Aber da war etwas, das den Grafen verstimmte. »Für einen jungen Menschen«, sagte er streng, »ist es nicht vorteilhaft, so gut auszusehen, das zerstreut und zieht ab.«

»So, so«, murmelte der Professor, »ich weiß nicht, ich habe darüber keine Erfahrung.«

Sie waren jetzt bis an das Ende des Gartenweges gekommen, blieben einen Augenblick stehen und schauten über das Gartengitter hinweg auf die Stoppelfelder und gemähten Wiesen. Dahinter legte der Wald einen blauschwarzen Rahmen um das Bild, das gelb von Sonnenschein war, dieser dichte Tannenwald, der sich ununterbrochen bis an die russische Grenze hinzog.

»Ich weiß nicht, ob ich mich täusche«, begann der Professor wieder, »aber es will mir scheinen, als sei in der heutigen Generation das gute Aussehen verbreiteter als in meiner Jugendzeit. Sie sehen jetzt alle gut aus.«

»Möglich«, erwiderte der Graf, »aber vielleicht liegt das auch an uns. Wir haben jetzt die richtige Distanz und Sie wissen, daß Bilder schöner werden, wenn wir den richtigen Abstand haben. Aber vor allem, Professor, wir haben das nötig. In unserem Alter wollen wir hübsche Jugend um uns haben, wir verlangen Schönheit von der Jugend. Das ist sehr egoistisch. Wir genießen das behaglich. Aber die arme Jugend. Glauben Sie ›schön sein‹ sei bequem? Schönheit kompliziert das Schicksal, legt Verantwortung auf und vor allem es stört unsere Abgeschlossenheit. Denken Sie sich Professor, Sie wären sehr schön. Mit jedem Menschen, der Ihnen begegnet, bindet Ihr Gesicht an, wirkt auf ihn, drängt sich ihm auf, spricht zu ihm, ob Sie wollen oder nicht. Schönheit ist eine beständige Indiskretion. Wäre das angenehm?«

»Ich ... ich kann mich da wohl nicht recht hineindenken«, erwiderte der Professor.

Der Graf lächelte sein unterdrücktes etwas schiefes Lächeln. »Ach ja, uns beiden sind diese Schwierigkeiten erspart geblieben.«

Dann wandten sie sich um und schritten wieder dem Hause zu.

Auf der Veranda fanden sie schon Komtesse Betty, die Schwester des Grafen, die ihm, seitdem er Witwer war, den Haushalt führte und seine Kinder erzog. Sie war feierlich angezogen in ihrem langen Spitzenburnus. Das weiße Gesicht mit den rosa Bäckchen schien sehr klein unter der großen Spitzenhaube nach der Mode der sechziger Jahre. Tante Betty saß wie an einem Krankenbett neben dem Liegestuhl, auf den sich ihre älteste Nichte Lisa hingestreckt hatte. Lisa, die geschiedene Fürstin Katakasianopulos lehnte ihren Kopf müde zurück und schloß halb die Augen. Die braunen Löckchen fielen ihr wirr in einer Art Opheliafrisur in das blasse feine Gesicht. Sie trug ein schwarzes Spitzenkleid, denn seitdem ihre Ehe geschieden worden war, liebte sie es, sich in Schwarz zu kleiden. Sie hatte ihren Griechen in Biarritz kennengelernt und eigensinnig darauf bestanden, ihn zu heiraten. Als nun aber der Fürst Katakasianopulos sich als unmöglicher Ehemann erwies, war die Familie froh, ihn wieder los zu sein.

Lisa jedoch behielt seitdem etwas Tragisches, das Tante Betty als Kranksein behandelte und mit der sorgsamsten Pflege umgab. Auch der Hauslehrer, ein stattlicher Hannoveraner, und Bob, der Jüngste der Familie, hatten sich eingefunden.

»Wie ist das Befinden, Frau Fürstin?« sagte der Professor.

Lisa lächelte matt. »Ich danke, ein wenig müde.«

»Ruhe haben wir nötig«, meinte Tante Betty.

Im Hintergrunde echote Bobs ungezogene Stimme ein: »Möde«.

Der Graf schaute seine Tochter unzufrieden an. »Gegen zu lyrische Nerven«, sagte er, »wäre etwas Beschäftigung vielleicht ratsam.«

»Aber Hamilkar«, wehrte Tante Betty ab.

Lisa zog resigniert die Augenbrauen empor und wandte sich zum Hauslehrer, um eine liebenswürdige Unterhaltung zu beginnen: »Ist es in Ihrer Heimat jetzt auch so heiß, Herr Post?«

Oben in der Tür des Gartensaals erschien Billy im weißen Kleide, rote Rosen im Gürtel und wie sie die Stufen zur Veranda herabstieg, schauten alle zu ihr auf und lächelten unwillkürlich. Sie lächelte auch, als brächte sie etwas Gutes. Bob gab der allgemeinen Stimmung Ausdruck, indem er rief: »Billy sieht heute wieder erster Güte aus!« Boris folgte ihr und nahm sie sofort in Beschlag, um halblaut mit ihr zu sprechen. Er sprach mit Damen immer halblaut, als sei das, was er sagte, Vertrauenssache.

Alle Hausgenossen waren nun versammelt, nur die Frau Professor fehlte. Die ließ stets auf sich warten.

»Ach ja, meine Frau«, meinte der Professor, »die beweist mir zur Genüge, daß die Zeit etwas Subjektives ist. Sie hat immer ihre eigene Zeit.«

Endlich kam sie, erhitzt und mit flatternden roten Haubenbändern. Man konnte zu Tisch gehen.

Graf Hamilkar liebte diese Lebenslage, wenn er oben an der langen Tafel saß, die Reihe der jungen Gesichter entlangblickte und das Schwirren der gedämpften Stimmen hörte. Das erheiterte ihn. Er pflegte dann die Unterhaltung, wollte sie angenehm und harmonisch. Allein heute kam etwas wie ein Mißton hinein.

Man sprach von Politik. Der Professor war Patriot und nationalliberal. Er unterbrach sich im Essen seiner Erbsen, faßte mit Daumen und Zeigefinger ein Croûton, gestikulierte damit und sagte begeistert: »Bitte, in der Wissenschaft als Gelehrter, da folge ich der Vernunft und Logik ganz unbedingt, wohin sie mich auch führen, aber in der Politik, da ist es anders, da kommt ein wichtiger Faktor hinzu, ein Affekt, die Liebe zum deutschen Vaterlande. Verstand und Logik müssen die Herrschaft mit der Liebe teilen, was sage ich, teilen – sie müssen sich der Liebe unterordnen; ja geradezu unterordnen. So bin ich auch ganz bereit, aus Liebe zum Vaterlande zuweilen unlogisch zu sein. Ja, mein lieber Graf, das bin ich.« Er schaute sich triumphierend um und lachte.

»Gewiß, gewiß«, meinte der Graf, »es wäre ja überhaupt schlimm, wenn wir nicht hin und wieder bereit wären unlogisch zu sein.«

Da beugte sich Boris vor und begann zu sprechen mit seinem ein wenig singenden slawischen Akzent und dem rollenden r: »Sie haben sehr recht, Herr Professor, aber es muß nicht immer nur die Liebe sein, es kann auch der Haß sein. Uns Polen ist auch der Haß heilig.«

Der Graf zog die Augenbrauen empor und beugte sich über seinen Teller. »Ich habe bemerkt«, versetzte er mit einer Schärfe, die alle überraschte, »daß Haß als Beschäftigung verdummt.«

Boris erbleichte. Er wollte auffahren. »Ich muß doch bitten, Onkel«, aber dann zuckte er die Achseln und lächelte ironisch. Billy und Marion, die ihm gegenübersaßen, erröteten beide und schauten ihn angstvoll an. Die beiden Kinder unten am Tisch kicherten. Es gab eine unangenehme Pause, bis der Professor wieder hastig zu sprechen begann. Boris schwieg, schaute gekränkt vor sich hin und lehnte alle Speisen ab. Auch Billy und Marion hatten jede Freude am Essen verloren und waren froh, als die Mahlzeit zu Ende ging.

Die Sonne schien schon ganz schräg durch die Obstbäume, als auf der Gartenveranda der Kaffee genommen wurde. Graf Hamilkar rauchte eine Zigarette und schaute behaglich den Garten hinab, der jetzt wieder voller Leben war. Um diese Stunde wurden ihm stets die Augenlider ein wenig schwer. Drüben an der Buchsbaumhecke gingen Boris und Billy auf und ab. Boris sprach eifrig, machte mit seiner schmalen weißen Hand weite Bewegungen und ließ seine vielen Ringe in der Sonne blitzen. Darin lag etwas, was dem Grafen mißfiel, aber er wollte sich in dieser angenehmen Lebenslage nicht ärgern. Als er dann aufstand und in sein Zimmer hinüberging, um ein wenig zu ruhen, begegnete ihm seine Schwester. Er blieb stehn, legte einen Finger an die Nase und sagte: »Betty, was ich dir sagen wollte.«

»Was denn, Hamilkar«, sagte die alte Dame und bog ihren Kopf sehr weit zurück, um ihrem Bruder in die Augen zu sehen. Der Graf deutete durch das Fenster zur Buchsbaumhecke hinaus: »Die Beiden dort, du solltest ein wenig achtgeben.«

»Ach Hamilkar«, meinte Betty, »laß doch die Jugend sich unterhalten. Wir waren doch auch einmal jung.«

Der Graf lächelte wieder sein unterdrücktes schiefes Lächeln. »Gewiß, Betty, wir waren auch einmal jung und es wäre doch gut, wenn unsere Kinder von dieser unserer Erfahrung einigen Nutzen hätten. Die polnischen Liköraugen geben einen ungesunden Rausch; wir haben an dem griechischen Rausche gerade genug gehabt. Du solltest ein wenig achtgeben.«

Damit ging er in sein Zimmer und streckte sich auf seinem Sofa aus. Er liebte diese halbe Stunde des Ruhens. Er schloß die Augen. Die Fenster standen weit offen. Vom Garten tönten die Stimmen herein, wie sie sich riefen, suchten, vereinigten und dazu immer das unermüdliche Wetzen der Feldgrillen. »Wie die eifrig bei der Arbeit sind«, dachte der Graf, »wie eilig sie das haben, das klingt ja, als haspele ein jeder schnell einen Faden von einer Spule. Wie sie schnurren diese Spulen, wie die Unruhe in ihnen fiebert.« Er fühlte sich angenehm abseits von dieser Unruhe. Im Halb-

schlummer schienen die Stimmen sich zu entfernen, zu sänftigen. »Ja ja, so muß es sein, die unruhigen Stimmen entfernen sich, verhallen und dann – Stille. Ja, so wird es sein – vielleicht – man wird ja sehen.«
Unten an der Buchsbaumhecke aber gingen Boris und Billy noch immer auf und ab. Boris sprach leidenschaftlich auf Billy ein. Er war ganz bleich von Beredsamkeit und verstand es, ein wunderbar unumwundenes Pathos in seine Worte zu legen.
»Ich weiß, dein Vater liebt mich nicht, er will mich demütigen. Natürlich man liebt uns hier bei euch nicht. Wir sind die Unbequemen der Geschichte. Eigensinnige Idealisten liebt man nicht. Wer mit einem Schmerz geboren wird, wer für einen Schmerz erzogen wird, ist unsympathisch, ich weiß. Unglücklich sein ist hier bei euch unmodern, es ist nicht comme il faut.«
»Ach, Boris, warum sprichst du so«, sagte Billy mit vor Erregung heiserer Stimme, »wir hier, wir alle, haben dich gern.«
Boris zuckte die Achseln. »Wir alle, ach Gott, das ist ja auch gleichgültig. Aber du, Billy, ich weiß, du bist gut, du bist für mich, aber nein, nicht so wie ich es verstehe. Sieh, wir Polen, die wir alle mit einer Wunde im Herzen umhergehen und deshalb einsam sind, wir verstehen die Liebe anders. Wir verlangen eine Liebe, die bedingungslos unsere Partei nimmt, ohne zu fragen, ohne sich umzuschauen, die ganz, ganz, ganz für uns ist. Aber«, und Boris machte eine Handbewegung, als werfe er eine Welt von sich, »aber, wo finden wir solch eine Liebe!«
Die Sonne hing jetzt, eine himbeerrote Scheibe, über dem Waldsaum. Billy blieb stehen, schaute mit weit offenen Augen die Sonne an. Das dunkle Blau dieser Augen wurde blank von Tränen und zwei kleine rote Sonnen spiegelten sich in ihnen. »Ach, Boris, warum mußt du so sprechen«, brachte sie mühsam heraus, »du weißt doch – was soll ich tun, was kann ich tun.«
»Du kannst alles«, versetzte Boris geheimnisvoll.
Billys Herz schwoll schmerzhaft von unendlichem Mitleid für den schönen bleichen Jungen vor ihr und es schien ihr in diesem Augenblicke wirklich, als könnte sie für ihn alles tun.
Der Garten war jetzt ganz rot vom Abendlicht. Überall standen die Mädchen und die jungen Leute beieinander, von dem bunten gewaltsamen Lichte wie von einer Festbeleuchtung aufgeregt. Egon von Hohenlicht machte die Professorentöchter lachen, immer beide zu gleicher Zeit. Moritz ging mit Marion zwischen den Levkojenbeeten umher und sie sprachen von Billy. Selbst das kleine Fräulein Demme und der stattliche Hannoveraner standen ein wenig abseits beieinander und flüsterten. Lisa

hatte den Liegestuhl auf den Rasenplatz unter dem Birnbaum hinaustragen lassen. Dort lag sie regungslos, als fürchtete sie das schöne rote Licht, das über sie hinfloß, durch eine Bewegung in Unordnung zu bringen. Der Leutnant von Rabitow hatte sich zu ihren Füßen auf den Rasen hingestreckt.

»Ach wie schön das ist«, sagte Lisa mit einer sanft klagenden Melodie in der Stimme, »wenn man das so sieht, würde man nicht glauben, daß auch so viel Schmerz auf dieser Erde ist.«

»Allerdings«, meinte der Leutnant, »aber daran dürfen wir nicht denken. Wenn ich abends mein Bad genommen habe, Toilette gemacht habe und auf die Straße hinuntergehe – die Restaurants sind hübsch erleuchtet, wenn ich scharf um die Ecken biege, karamboliere ich mit lieben kichernden Mädchen, und ich denke dann ein wenig nach und sage mir, wohin gehst du jetzt – na, dann schlage ich es mir auch aus dem Sinn, daß morgen wieder Dienst ist und Rekruten usw.«

»Sie sind, glaube ich, glücklich, Herr von Rabitow«, sagte Lisa leise.

Auf der Veranda aber saßen Komtesse Betty und Madame Bonnechose beieinander, falteten die Hände im Schoß und sagten andächtig: »Ah, la jeunesse, la chère jeunesse.«

Nur die beiden Kinder waren unzufrieden. Bob und Erika standen auf dem Gartenwege und grollten, weil es nicht zu einer Unternehmung kam, zu einem Spaziergang, oder zu einem gemeinsamen Spiel.

»Wenn alle sich immer nur verloben«, meinte Bob, »dann kommt es natürlich zu nichts. Boris legt auf Billy Beschlag, als ob sie Polen wäre.«

»Das wird ihm nichts helfen«, bemerkte Erika, »Papa ist gegen die Partie, das weiß ich.«

Die Sonne war untergegangen. Vom Wald und den Wiesen her kam ein feuchtes Wehen und schüttelte an den Zweigen der alten Obstbäume. Eintönig und klagend ging das Singen der Bauernmädchen die dämmerige Landstraße entlang.

Bob hatte sein gemeinsames Spiel durchgesetzt. Jemand stand an einem Baum und zählte, die anderen versteckten sich. Billy lief zu dem dichten Berberitzengebüsch hinüber. Dort war es dunkel, es roch nach den Brettern einer alten Holzkiste, die dort stand, nach Gartenerde und den säuerlichen Trauben der Berberitzen. Billy war ein wenig atemlos, ihr Herz klopfte so stark, sie hörte es klopfen, es klang wie leise Schritte, die eilig eilig einem unbekannten Ziele zulaufen. Eine große Erregung ließ Billy in sich zusammenschauern, eine Erregung, die das Allvertraute ringsumher fremd erscheinen läßt, bedeutungsvoll und gleichsam schwer von heimlich heranschleichenden Ereignissen. Billy war zu jedem Erlebnis bereit. Boris' weiche Stimme schien alle Schranken, in die dieses Kind sorgsam eingehegt worden war, niederzureißen. Ach ja, Boris' Leben, das so voll großer Gefühle und großer Worte war, mitleben zu dürfen, das war es, was Billy jetzt haben mußte.

»Billy«, hörte sie eine leise Stimme im Dunkeln. Es war Boris. Billy wunderte sich nicht darüber, sie hatte die ganze Zeit ihn so leidenschaftlich gefühlt, daß seine Gegenwart ihr selbstverständlich erschien. »Ja Boris«, antwortete sie ebenso leise.

Er stand jetzt ganz nahe vor ihr, sie spürte das starke, süße Parfüm, das er zu gebrauchen liebte. »Billy«, sagte er, »ich komme, um Gewißheit von dir zu haben.« Er schwieg, aber Billy vermochte nichts zu sagen, sie wartete. Das Ereignis, dessen Heranschleichen sie gespürt, stand jetzt vor ihr.

»Sieh, Billy«, fuhr Boris fort und seine Stimme klang ein wenig trocken, dozierend, »ich muß es wissen, ob du in meinem Leben das bist, auf das ich unbedingt bauen kann. Ich kann mir mein Leben ohne dich nicht denken, aber gerade deshalb darf ich mich nicht täuschen, wenn ich mich hier täuschen würde, könnte es mein Untergang sein.«

Er wartete wieder.

»Aber Boris, du weißt doch –« begann Billy, aber er unterbrach sie ärgerlich: »Nein, ich weiß nicht, ich kann es nicht wissen, du verstehst mich nicht, das ist alles ganz anders.« Billy war das Weinen nahe, die strenge Stimme, die aus dem Dunkeln auf sie einsprach, quälte sie unsäglich. »Doch, gewiß verstehe ich dich. Warum soll ich dich nicht verstehen. Warum sagst du das? Sprich doch morgen mit dem Papa, alle verloben sich, warum muß es denn bei uns so furchtbar traurig sein.« Das Weinen war ihr nahe, müde setzte sie sich auf die alte Holzkiste. Da hörte sie Boris leise lachen, es war das kurze, hochmütige Lachen, mit dem er seine Aufregung zu verbergen liebte. Dann setzte er sich auch auf die Holzkiste, nahm Billys Hand, hielt diese kühle Mädchenhand in der seinen wie etwas Zerbrechliches und Kostbares und begann wieder zu sprechen: »Nein, nein, du verstehst mich nicht. Natürlich werde ich mit deinem Vater sprechen, ich will ja korrekt sein; aber was wird das helfen, dein Vater haßt mich, ich habe mir mein Glück immer erkämpfen müssen, und ich will das auch und du mußt das auch wollen. Es ist alles gleich, hörst du, alles, es kommt nur auf das Eine an, daß du und ich zueinander kommen. Ich sehe nur dich und du sollst nur mich sehen, was daraus wird, darf uns nicht kümmern, nur du und ich, du und ich.« Er sprach noch immer leise, aber seine Stimme nahm wieder ihren leidenschaftlich singenden Ton an. Er berauschte sich wieder an seinen Worten,

an seinem Selbst. »Kannst du das nicht, dann sage es gleich, es ist besser, dann gehe ich fort, es ist gleich, was aus mir wird. Sterben kann ich, aber getäuscht werden, das geht über meine Kraft. Kannst du das, sag, sag?« Und er drückte ihre Hand und schüttelte sie.
»Ja, ich kann«, erwiderte Billy gehorsam.
»Also«, fuhr Boris fort, »wir gehen einen Weg aufeinander zu, von beiden Seiten sind hohe Mauern und wir sehen nichts, nur diesen Weg und du siehst mich und ich sehe dich und wir gehen aufeinander zu, nur das, verstehst du?«
»Ja«, sagte Billy und wirklich sah sie diesen gelben Weg zwischen den grauen Mauern unter einem hellgrauen Himmel und zwei einsame Gestalten, die aufeinander zugehen.
»Es ist ja gleich«, fuhr Boris fort, »ob unsere Liebe tragisch ist, es kommt eben nur auf diese Liebe an. Wir Polen können nichts dafür, wenn wir als Abenteurer geboren werden, daran ist die Geschichte schuld, aber Abenteurer brauchen ganz sichere Gefährten, bist du das? Sag'.«
Jetzt nahm er sie fest an sich und küßte sie. Die großen Worte, das große Mitleid, diese Lippen, die sie küßten, diese Hände, die fieberhaft nach ihr griffen, all das tat ihr weh. O Gott, dachte sie, wäre das doch schon vorüber.
»Bitte«, flüsterte sie, »geh' jetzt.«
Boris ließ sofort von ihr ab, stand auf und sagte höflich: »Wenn du es wünschest. Aber, Billy, ich fürchte, du bist mir noch recht fern.«
»Ich will aber nicht fern sein«, rief Billy weinerlich und nun kamen auch die Tränen. Boris stand einen Augenblick schweigend da, dann sagte er leise »gute Nacht« und ging. Billy blieb auf der Holzkiste sitzen, schlug die Hände vor das Gesicht und weinte. In den Berberitzenbüschen raschelte der Nachttau. Dort irgendwo durch das Dunkel schwirrte eine Fledermaus und stieß ihr angstvolles und unendlich einsames Pfeifen aus. Billy fror, sie fürchtete sich auch. Es war ihr, als käme in der Finsternis etwas heran, das sie nehmen und sie forttragen wollte. Aber was konnte sie tun, jetzt war auch alles gleich. Sie gehörte zu Boris und seinem schönen, unverständlichen Schmerze.
Sie hörte Schritte, jemand stand neben ihr.
»Billy, bist du hier?« Es war Marion.
»Ja, Marion.«
»Weinst du?«
»Ja, ich ... ich weine.«
Marion setzte sich zu Billy auf die Holzkiste, ihr war auch sehr weinerlich zumute. Beide schwiegen eine Weile, dann fragte Marion: »War er hier?« – »Ja«, erwiderte Billy.

»Und hat er«, fuhr Marion fort, »hat er etwas gesagt? Seid Ihr verlobt?«
»Ja, ich glaube«, meinte Billy, »aber es ist doch alles sehr traurig.«
Die beiden Mädchen saßen wieder schweigend nebeneinander. Draußen im Garten hörte man Stimmen, jemand rief: »Billy! Marion!« Dann wurde es still.
»Komm«, sagte Billy und stand auf, »aber wir gehen nicht zu den anderen, ich mag niemanden sehen, ich mag keinen Tee, wir wollen zu uns hinaufgehen, ohne daß jemand uns sieht.«
Über dem Dach des Hauses war der Mond emporgestiegen, der Garten war plötzlich hell und die Schatten der Bäume lagen hart und schwarz auf den beschienenen Wegen. Die beiden Mädchen schlichen an den Büschen die Buchsbaumhecke entlang, zuweilen blieben sie stehen und horchten zur Veranda hinüber. Dort saßen die anderen, Billy hörte die Stimme des Professors, dann die Stimme ihres Vaters. »Der Tod, lieber Professor«, sagte er gerade, »ist uns deshalb unverständlich, weil wir auf ihn die Maßstäbe des Lebens anwenden. Es ist wie mit dem Traum. Wenden Sie auf einen Traum die Maßstäbe des Wachens an und Sie werden sich nie in ihm zurechtfinden.«
»Mein Gott«, flüsterte Billy verachtungsvoll, »sie sprechen über den Tod.« Hurtig schlüpften die beiden Mädchen in das Haus. Oben im Giebel lagen ihre beiden Zimmer nebeneinander und sie hatten einen großen gemeinsamen Balkon, der auf den Garten hinausging. Billys Zimmer war hell von Mondschein, sie zündete daher kein Licht an. »Ist es gekommen?« fragte sie Marion.
»Ja«, meinte Marion, »heute mit der Post«, und holte ein kleines Paket hervor. Beim Licht des Mondes öffneten es die beiden Mädchen; es enthielt eine weiße Porzellanbüchse, »Anadyomenit« stand auf dem Deckel und darin war eine weiße Salbe, die süß nach Rosen duftete. »Hier ist auch eine Anweisung«, sagte Marion; sie hielt einen Zettel gegen das Mondlicht und las: »Man bestreiche das Gesicht dünn mit der Salbe und setze es dann eine halbe Stunde einem milden Lichte, am besten dem Lichte des Vollmondes aus. Die Haut wird durchsichtig, lilienweiß ...« – »Gut, gut«, unterbrach Billy die Vorlesung, »fangen wir also an.« Schweigend und eifrig machten sie sich an die Arbeit; sorgsam strichen sie vor dem Spiegel die Salbe über ihre Gesichter, rückten Stühle auf den Balkon hinaus, saßen regungslos da und schauten zum Monde auf, der ihnen gegenüber rund und gelb über den Wipfeln der alten Ahornbäume hing. Nur selten sagte eine ein Wort.
»Du weißt«, bemerkte Billy einmal, »er hat ganz lange Wimpern.«

»Ja«, sagte Marion, »und sie sind ein wenig hinaufgebogen.« Dann schwiegen sie wieder.

Unten in der Ahornallee ging Boris rastlos auf und ab. Er rauchte Zigaretten und sann. Er fühlte sich, er sah sich heute besonders stark und deutlich, sich den geliebten, schönen Jüngling mit dem tragischen Ausnahmeschicksal. Das gab ihm eine feierliche Erregung. Aber er wußte auch, er war sich ein bedeutsames Erlebnis schuldig. Billy gehörte dazu natürlich, das stand fest und nun schmiedete er Pläne, dichtete eifrig an dem Schicksal des schönen, geliebten Jünglings. Zuweilen am Ende der Allee blieb er stehen und schaute zu dem Hause hinauf, hinauf zu dem Balkon, auf dem die weißen Gestalten der beiden Mädchen regungslos dasaßen, die blanken Gesichter dem Monde zugewandt.

Drüben zwischen den Blumenbeeten ging die Fürstin Katakasianopulos langsam hin und her, sehr schlank in ihrem schwarzen Kleide, sehr bleich im Mondlicht. Aber, wer sah das. Auch sie fühlte sich als kostbares Werkzeug für köstliche Erlebnisse. Allein wo waren die, denen diese Erlebnisse bestimmt waren. Am Ende des Gartenweges blieb sie stehen und schaute sinnend auf die weißen Nebel, die von der Wiese aufstiegen. Sie war mit ihrem Manne einst einen Monat lang in Athen gewesen. Vielleicht sehnte sie sich nach Griechenland. Möglich. Aber warum ging Boris allein in der Allee auf und ab? Warum blieb der Leutnant dort bei den anderen? Sie kam sich vor wie ein Fest, das einsam in seinem Schmucke dasteht und von dem alle, die es feiern sollen, nichts wissen. Aber von der Veranda tönte die ruhig forterzählende Stimme des Grafen Hamilkar in die Mondnacht hinaus. Er erklärte dem Professor noch immer den Tod.

Ein sehr heller Augustmorgen lag über Kadullen. Im Hause war es noch still. Nur Komtesse Betty ging durch die sonnigen Zimmer und ließ die Fenstervorhänge herab, denn der Tag versprach heiß zu werden. Dann ging sie in den Garten hinaus um Rosen zu schneiden. Zuweilen hielt sie in der Arbeit inne und schaute blinzelnd in den Sonnenschein hinein, sah zu dem Gartenburschen hinüber, blickte den Küchenmägden nach, die mit großen Körben voller Gemüse aus dem Gemüsegarten kamen. Überall regte sich schon emsig das behäbige und geregelte Leben. Das tat gut. Wenn das eigene Leben sich sachte dem Ende zuzuneigen beginnt, muß man sich an dem starken jungen Leben der anderen wärmen, die Hände voll großer kühler Rosen haben und mit geöffneten Lippen den Morgenduft dieses Gartens eintrinken. Dort von der Allee her grüßte jemand. Ach ja, das war Moritz, der zum See hinunterging, um zu baden. Der arme

Junge. Seitdem er so stark in Billy verliebt war, kam er aus dem Wasser gar nicht mehr heraus, immer wieder war er unterwegs zum See. Die lieben Kinder, wie sie einander liebten und einander Schmerz bereiteten und wie hübsch das alles war. Ja das Leben, das liebe Leben. Ob zwischen dem Leutnant und Elsa etwas zustande kommt. Komtesse Betty wollte mit Madame Bonnechose darüber sprechen; die hatte in solchen Dingen einen sehr scharfen Blick. Sie nahm ihre Rosen zusammen und ging in das Haus hinein.
Sie war erstaunt, um diese Zeit schon Boris im Wohnzimmer zu finden. In seinem Anzug aus rahmfarbener Seide mit dem nelkenroten Gürtel saß er wartend in einem Sessel, bleich, sehr hübsch und ein wenig feierlich.
»Wie? Du schon auf, mein Junge«, sagte die alte Dame.
»Ja«, meinte Boris ernst, »ich habe etwas vor, ich habe den Onkel fragen lassen, ob er mich gleich nach dem Frühstück empfangen will, ich muß mit ihm sprechen.« Komtesse Betty sah ihren Neffen unsicher, ein wenig ängstlich, an.
»Ach so, ja warum soll er dich nicht empfangen. Aber, was ist denn? Ist es wegen ... wegen –«
Boris nickte: »Ja, wegen Billy.«
»Lieber Boris«, sagte die alte Dame und bog den Kopf ein wenig zurück, um ihrem Neffen in die Augen zu sehen, »muß das gerade jetzt sein. Das wird Billy so aufregen – und den Onkel, und mich und uns alle und wir sind gerade so glücklich und so gemütlich beieinander. Kannst du damit nicht warten?«
Aber Boris wurde noch feierlicher: »Das tut mir leid, liebe Tante, daß ich eure Gemütlichkeit stören muß. Das ist, fürchte ich, nun einmal die Rolle, zu der ich bestimmt bin«, und er lachte bitter, »nein, gemütlich bin ich nicht, aber ich tue, was ich tun muß.«
»So, so«, sagte Komtesse Betty ängstlich, »ja dann – vielleicht geht alles gut. Ich gehe gleich zu Billy hinauf, vorläufig muß sie jedenfalls im Bett bleiben, ich bringe ihr das Frühstück.« Geschäftig eilte sie fort und Boris setzte sich wieder bleich und entschlossen auf seinen Sessel und wartete.
Als Boris zu seinem Onkel gerufen wurde, fand er diesen in seinem Schreibzimmer am Fenster sitzend. Er rauchte seine Morgenzigarre und schaute auf den Hof hinaus. Dort regte sich emsig die landwirtschaftliche Vormittagsarbeit. Im Teich wurden Pferde geschwemmt, ganz blank in der Sonne. Erntewagen fuhren vorüber, grellgelb gegen den blauen Himmel. Flüchtig wandte sich der Graf zu seinem Neffen um, nickte ihm zu und schaute dann gleich wieder zum Fenster hinaus.
»Guten Morgen, Boris«, sagte er, »du willst mich sprechen, schön, bitte

setze dich.« Als Boris sich gesetzt hatte, war es ganz still im Zimmer. Er hatte so viel große Worte vorbereitet, aber hier in diesem Zimmer vor diesem alten Manne, der mit seinen Gedanken so sehr weit fort von allem zu sein schien, von allem, was Boris anging, schien all das Vorbereitete nicht mehr zu stimmen. Ob er wirklich nur sich für die vorüberfahrenden Erntewagen interessiert, dachte Boris, oder ob er Komödie spielt aus Bosheit?

»Wie der Bursche dort oben auf dem Gerstenfuder liegt«, begann jetzt der Graf, »so ganz königlich hingerekelt. Der hat wirklich Besitzgefühl jetzt, wenn ihm auch kein Halm gehört. Der hat mehr Besitzgefühl in diesem Augenblick, als ich hier an meinem Fenster. Merkwürdig, nicht?« Er wandte sich Boris zu. Als er den gespannten Ausdruck auf dem bleichen Gesicht sah, zog er ein wenig die Augenbrauen empor und bemerkte: »Ja so, du willst von dir sprechen, also bitte.« Dann schaute er wieder zum Fenster hinaus.

»Ja Onkel«, sagte Boris und seine Stimme klang gereizt und kampflustig, »ich wollte dir sagen, ich ... ich liebe Billy.« Der Graf zog an seiner Zigarre und sprach dann langsam und stark durch die Nase: »Gewiß, das ist verständlich. Das ist natürlich. Es wird vielleicht manchem anderen ebenso gehen. Billy ist ein ungewöhnlich hübsches, junges Mädchen, da verlieben die jungen Leute sich in sie, das war von jeher so.«

»Aber Billy liebt auch mich«, stieß Boris entschlossen hervor. Sein Onkel schaute ihn aus den grauen Augen scharf an, das Gesicht blieb ruhig, nur die Nase schien noch weißer zu werden: »Lieber Boris, auch in meiner Jugend verliebten wir uns in junge Mädchen, wir sagten wohl auch zuweilen, ich bin in die und die verliebt, aber zu sagen, dieses junge Mädchen ist in mich sterblich verliebt, das galt damals für nicht geschmackvoll.«

Boris errötete, aber er fühlte, wie er seine Sicherheit zurückgewann, so eine angenehme Kampfstimmung machte ihm das Herz warm. Er konnte sogar wieder seine Lippen zu dem traurigen und hochmütigen Lächeln verziehen, von dem eine Dame ihm gesagt hatte »das ist so hübsch, daß es schwer sein muß, später nicht zu enttäuschen.«

»Vielleicht ist es geschmacklos«, sagte er, »aber es gibt Lebenskrisen, in denen wir auch über den Geschmack hinweggehen, ich wollte nur sagen, daß Billy und ich miteinander einig sind. Ich bin geschmacklos, gut, aber nur, weil ich klar sein möchte.«

»So, so«, erwiderte Graf Hamilkar und die Zigarre zitterte ein wenig in seiner Hand, »dann werde ich auch klar sein müssen. Da ich von jeher mich für dich interessiert habe, so bin ich häufig in die Lage gekommen, dir aus all den Schwierigkeiten herauszuhelfen, in die dein Leichtsinn oder, um mich weniger klar auszudrücken, deine interessante Natur dich verwickelt hat. Da du nun all das weißt, was ich von dir weiß, so wirst du verstehn, daß ich für das Glück meiner Tochter auf dich in keiner Weise gerechnet habe.«

Jetzt fand Boris seine Beredsamkeit wieder, er fand all die großen Worte wieder, die er sich gestern in der Ahornallee zurechtgelegt hatte und er mußte sich von seinem Stuhl erheben, um sie zu sprechen.

»Ich weiß, Onkel, alles, was du für mich getan hast. Ich kenne auch meine Fehler. Aber das entscheidet hier nicht. Billys Liebe ist für mich ein unverdienter Glücksfall. Solch ein Glück ist immer unverdient. Aber die Hände nicht darnach ausstrecken wäre für mich ein Selbstmord, ja geradezu Selbstmord.«

»Mein Lieber«, unterbrach ihn der Graf, »von dem Worte Selbstmord als rhetorischer Wendung ist im Interesse des guten Geschmacks dringend abzuraten.« Boris wurde heftig, seine Stimme nahm eine scharfe Diskantlage an: »Ich kümmere mich nicht um rhetorische Wendungen und um Geschmack. Es handelt sich hier um mein Schicksal, aber das wäre ja gleich, das wäre dir gleich. Aber es handelt sich um Billy, Billy gibt mir mein Recht und wenn ich auch leichtsinnig bin und unwürdig und eine schlechte Partie und unsympathisch, Billys Liebe ist mein Recht.«

Er war zu Ende und setzte sich auf seinen Stuhl zurück. Das hatte wohlgetan. Der Graf strich sanft seine weiße Nase und versetzte: »Das Recht, dich in meine Tochter zu verlieben, kann ich dir nicht absprechen, ebensowenig das Recht, mich um die Hand meiner Tochter zu bitten, aber was du da eben gesagt hast, klang eher so, als hieltest du in Billys Namen bei mir um deine eigene Hand an.«

»Ich wollte offen und loyal gegen dich sein«, erwiderte Boris.

»So wolltest du das?« meinte der Graf. »Du nennst das loyal, wenn du als Gast in meinem Hause hinter meinem Rücken mit meiner siebzehnjährigen Tochter, wie du es nennst, einig wirst.«

»Es war vielleicht nicht korrekt«, sagte Boris müde und überlegen, »aber, mein Gott, wenn etwas so Starkes hier im Herzen und hier im Kopf sich festsetzt, dann sprechen wir es eben aus.«

Scharf und böse erwiderte der Graf: »Ein anständiger Mensch behält eben neun Zehntel von dem, was ihm durch Herz und Kopf geht, für sich.«

»Du willst mich beleidigen, Onkel«, Boris lächelte dabei sein hübsches melancholisches Lächeln, »gut, gut. Wir Polen können unsere Köpfe und Herzen vielleicht weniger im Zaum halten, als ihr Deutsche; deshalb sind wir *doch* anständig.«

»Es ist sehr wohlfeil, mein Lieber«, höhnte der Graf, »seine Fehler seiner Nation in die Schuhe zu schieben; die kann sich nicht wehren. Übrigens ...« Er hielt inne, seine Zigarre war ausgegangen; er zündete sie umständlich an und, als er wieder zu sprechen begann, war die Gereiztheit aus seiner Stimme fort, es war wieder der beschaulich näselnde Ton. »Die Diskussion ist hier wohl unfruchtbar, wir sind dazu, beide, in der Sache zu wenig objektiv. Ich bedauere also, deinen Antrag ablehnen zu müssen.«

Boris erhob sich und verbeugte sich formell. »Dann kann ich wohl gehen«, sagte er.

»Ja«, erwiderte der Graf, »der Gegenstand wäre soweit erschöpft. Es wäre noch hinzuzufügen, daß ich dich bitten muß, deinen Besuch bei uns heute abzubrechen.«

Boris verbeugte sich wieder. »Nachmittag natürlich«, fügte der Graf hinzu.

»Danke«, sagte Boris und ging dann sehr aufrecht hinaus.

Graf Hamilkar tat einen langen Zug aus seiner Zigarre und schaute wieder zum Fenster hinaus. Er wünschte wieder einen Erntewagen zu sehen und einen Burschen, der schläfrig oben in den heißen gelben Halmen lag. Im Hof hinter einem Busch hatte die ganze Zeit über Marion gestanden und zu ihm in das Fenster hineingeschaut. Jetzt, da Boris gegangen war, lief auch sie dem Hause zu. Der Aufklärungsdienst der Jugend gegen die Alten, dachte der Graf. Er lehnte den Kopf zurück und schloß die Augen. Er war ein wenig müde. Natürlich würde sie gleich kommen. Wie er seine Tochter kannte, so würde sie sich den Rausch der Treue, des Bekennens, des Mutes vor den bösen Vater hinzutreten, nicht entgehen lassen. Gott, wie das Leben immer wieder dieselben alten Rollen verteilte. Widerlich. Jetzt ging die Tür. Er öffnete nicht die Augen, eine unendliche Trägheit machte ihm die Augenlider schwer. Er hörte, wie Billy in das Zimmer trat, nahe an ihn herantrat und vor ihm stehen blieb. Da öffnete er die Augen und lächelte ein wenig. »Nun, meine Tochter?« fragte er. »Komm, setze dich zu mir.«

»Nein, Papa«, erwiderte Billy, »ich möchte lieber stehen.«

»Gut, steh'.« Er mußte auch stehen, als er seine Rede hielt, dachte Graf Hamilkar. Billy stand da in ihrem weißen Kleide, rote Nelken im Gürtel, die Arme niederhängend und die Hände leicht ineinander verschlungen. Das Gesicht war bleich und die Augen sehr blank. Entschlossen sieht sie aus, ging es dem Grafen durch den Sinn, Charlotte Corday vor der Badewanne Marats.

»Ich wollte nur sagen, Papa«, begann Billy, »daß ich *für* Boris bin, daß ich auf Boris' Seite stehe. Wenn du ihn auch beleidigst und fortschickst, ich bin für ihn, ich muß das.«

Sie sprach ruhig, nur daß sie beim Sprechen die roten Nelken aus ihrem Gürtel zog und nervös zerpflückte. Der Graf nickte: »Gewiß Kind, ich habe das nicht anders erwartet. Ich fürchte, wir werden einander nicht überzeugen. Du wirst Boris immer anders sehen, als ich ihn sehe. Unsere Augenpunkte sind eben zu verschieden. Auch über das, was du fühlst, werden wir nicht einer Meinung sein. Du hältst das für etwas Dauerndes, ja für etwas Ewiges, nicht? Und ich für etwas Vorübergehendes. Ich könnte mich nun auf meine Erfahrung berufen und sagen, ich habe mehr Dinge vergehen sehn als du. Aber du wirst mir einwenden, das, was du erlebst, sei noch nie erfahren worden, sei einzig. Wir kommen nicht zusammen. Da bleibt also nichts übrig als die altbewährte Regel, daß ich bestimme und du gehorchest. Ich verwalte dein Leben und habe es dir, wenn du anfängst es selbst zu verwalten, ungeschmälert zu überliefern. Die Zugabe des polnischen Vetters aber würde ich für eine unvorteilhafte Belastung dieses mir anvertrauten Kapitals halten.«

»Ich will aber lieber, daß es belastet ist und … und … und alles, was du sagst, aber mit Boris«, rief Billy und warf die Nelken zornig zur Erde. Der Graf zuckte leicht mit den Achseln. »Ja, mein Kind, darin sind wir eben verschiedener Ansicht, und meine Ansicht ist vorläufig die herrschende.« Billy schwieg. Sie ließ jetzt ihre Arme schlaff niederhängen, ihre Augen wurden ganz rund und klar und es kam ein wunderlicher Ausdruck in sie von Hilflosigkeit, ja von Angst. »Dann – dann –« brachte sie mühsam heraus, »dann weiß ich nicht.« Ein unendlicher Widerwille gegen seine Vaterrolle stieg in ihm auf, war er denn wirklich dazu da, um dieses schöne Wesen zu quälen. Aber, als er zu sprechen begann, klang seine Stimme noch um einiges kühler und ironischer: »Geh jetzt, meine Tochter. Vielleicht gewährt es dir einige Beruhigung, zu denken, daß für den Schmerz, den du jetzt empfindest, nicht du selbst verantwortlich bist, sondern ich. An solchen kleinen Hilfshypothesen, wie der Professor sagen würde, ist das Leben reich, und warum sollen wir sie nicht benutzen.« Billy hörte ihn nicht mehr, die klaren Augen schienen auf etwas hinauszustarren, über das sie sich wunderten und das sie erschreckte. Dann plötzlich machte sie kehrt und ging hinaus.

Der Graf fuhr sich mit der Hand über das Gesicht. Ein verteufeltes Gefühl, das Mitleid. Es ist eigentlich ein starkes körperliches Unwohlsein. Dann bückte er sich und hob die Nelken auf, die Billy zerpflückt hatte. Er wollte sie in der Hand halten.

An diesem schwülen Tage war auch das Leben in Kadullen wunderlich gespannt. Überall standen Leute zu zweien beieinander und flüsterten mit ernsten Gesichtern. Die Professorstöchter saßen ein wenig verlassen auf der Veranda und sprachen leise miteinander. Zuweilen gesellte sich Egon zu ihnen und machte ihnen lau und zerstreut den Hof. Billy hatte sich in ihr Zimmer zurückgezogen und Komtesse Betty brachte viel Himbeerwasser zu ihr hinauf und Marion jagte beständig zwischen Billys Zimmer und dem Garten hin und her, um Nachrichten zu überbringen. Keiner fand es gemütlich. Lisa ging unter ihrem roten Sonnenschirm zwischen den Blumenbeeten umher. Diese Liebesgeschichte, an der sie keinen Teil haben sollte, machte sie unruhig. Der Leutnant war auf die Hühnerjagd gegangen. Natürlich, das kannte sie an den Männern; wenn es galt sich zu entscheiden oder sonst die Lebenslage schwierig wurde, gingen sie immer auf die Hühnerjagd. Diese armen Tiere schienen nur dazu da zu sein, um über unangenehme Lebenslagen hinwegzuhelfen. Jetzt suchte sie Boris, sie wollte mit ihm sprechen. Wer konnte den Liebenden besser Rat erteilen als sie. Aber er war nicht da. Es hieß, er sei auf die Wiese hinausgegangen. Gut, dann wollte Lisa mit Billy ein Gespräch haben. Aber als Marion das Billy meldete, wurde diese sehr heftig. »Nein, sie soll nicht kommen. Was wird sie sagen und sie wird von ihrem alten Griechen sprechen. Der Fall mit ihrem Katakasianopulos ist ganz anders wie mein Fall. Sag ihr das. Sie kann mir nicht helfen, mir kann niemand helfen.« Und sie drückte das Gesicht in die Kissen und weinte. Ratlos stand Marion vor ihr. »Und Boris ist verschwunden«, klagte Billy wieder, »geh zu Moritz, sag ihm, er soll Boris aufsuchen, er soll achtgeben auf ihn, er soll bei ihm bleiben. Geh schnell.« Marion stürmte wieder die Treppe hinab.

Sie fand Moritz im Park faul und kummervoll unter einem Baume hingelagert. Er blinzelte Marion schläfrig an, als sie ihren Auftrag ausrichtete. »Was, auf ihn achtgeben«, sagte er, »was wird ihm geschehen? Dem geht es ja gut. Von mir aus kann er sich auch –«

»Sie will es«, sagte Marion.

Seufzend richtete Moritz sich auf, nahm sein Badetuch, das neben ihm am Boden lag, hing es sich über die Schulter und schlug widerwillig den Weg zur Wiese ein.

Auf der gemähten Wiese glitzerten allerort Spinnweb über dem kurzen Grase. Schwalben flogen ganz niedrig an der Erde hin. Die Sonne stach unerbittlich herab.

»Unglaublich«, murmelte Moritz, »bei solcher Hitze diesen polnischen Narziß suchen zu müssen. Wo wird er denn sein? Er wird hier irgendwo liegen.«

Wirklich fand er Boris unter einer Weide glatt auf dem Rücken im Grase liegend. Als Moritz vor ihm stehen blieb, schaute ihn Boris gleichgültig an und fragte: »Was willst du?«

»Ich?« sagte Moritz. »Ich will eigentlich nichts, aber Billy schickt mich, ich soll auf dich achtgeben.«

Boris antwortete nicht, sondern starrte wieder zum Himmel auf. Da legte sich Moritz auch in das Gras. Dieser schöne Pole im gelben Seidenanzug war ihm unendlich zuwider. Wie er da lag, gleichsam schwer und satt von der Bewunderung all der schönen Weiber, die an ihm hingen. Er hätte ihn schlagen mögen. Dennoch war es ihm ein Bedürfnis, in seiner Nähe zu sein, denn etwas von Billy war da, wo Boris war, er wußte um sie, er war die dumme, widerwärtige, verschlossene Türe, hinter der das stand, was Moritz jetzt allein begehrte. Vor dieser Tür zu sitzen war schmerzvoll, aber dieser Schmerz war eben jetzt die einzige Beschäftigung, die ihm blieb.

»Nachdenklich?« bemerkte Moritz endlich.

»Ja«, erwiderte Boris mit seinem lyrischen Stimmton, »wer mit seinem Leben nicht fertig ist, hat eben noch manches zu überdenken.« Moritz lachte höhnisch: »Na, du hast in dein Leben ja schon hübsch viel hineingepackt.«

»Das alles ist noch nichts«, sagte Boris schläfrig. Moritz dachte jetzt darüber nach, was er sagen könnte, dann begann er: »Sag mal wie war es damals in Warschau mit der Tänzerin Zucchetti? Du hattest doch ein Verhältnis mit ihr?« Aber Boris ärgerte sich nicht. »Wie es war? Ja, wie soll ich das jetzt noch wissen. An so etwas erinnert man sich doch nicht. Du könntest mich ebensogut fragen, wie die Flasche Sekt war, die ich am 12. August vor drei Jahren getrunken habe. Ich weiß das nicht.« Und behaglich, als läge er im Bett, wandte er sich um, legte sich mit dem Bauch in das Gras, um sich von der Sonne den Rücken wärmen zu lassen. »Gut«, fuhr Moritz eigensinnig fort. »Du hast aber genug tolle Sachen um ihretwillen angestellt, also hast du sie geliebt.«

»Wenn ihr das im Deutschen Liebe nennt«, entgegnete Boris, »so tut mir eure arme deutsche Sprache leid.«

»So?« Moritz wurde gereizt. »Was ist denn die polnische Liebe?«

»Die polnische Liebe«, sagte Boris und gähnte diskret, »die polnische Liebe ist etwas unendlich Heikles. Es genügt eine Bewegung oder ein Wort, damit von Liebe nicht mehr die Rede sein kann, sondern – nun mein Gott – sondern von allem anderen.« Boris richtete sich ein wenig auf, kniff seine großen Augen ganz schmal zusammen und schaute träumend zum Walde hinüber, der dort drüben einen sehr schwarzen Strich in all die Helligkeit hineinzeichnete. »Da war einmal eine sehr schöne Frau. Sie war unsere Nachbarin. Ich stand mich sehr gut mit ihr. Sie pflegte mich nachts um zehn Uhr in ihrem Park zu erwarten. Nun gut. Einmal hatte ich mich verspätet, statt zehn, war es dreiviertel elf Uhr geworden. Wie ich nun komme und sehe, sie steht da unter dem Baum und sie hat doch gewartet, da freue ich mich und in dem Augenblicke liebe ich sie wirklich ganz stark. Aber, als ich näher komme, macht sie ein strenges Gesicht und sagt: Nun, du bist pünktlich, das muß man sagen, auch ist es recht ritterlich, eine Dame so lange warten zu lassen. Das klang so spitz und säuerlich und alltäglich, daß von Liebe nichts mehr da war. Eine Gouvernante, die mit einem Schüler spricht, der sich verspätet hat, dachte ich.«

»Was tatest du?« fragte Moritz. – »Ich machte eine Verbeugung und sagte: Ich bin nur gekommen, gnädige Frau, um zu melden, daß ich heute nicht kommen werde. Nun, und dann ging ich.«

Moritz zuckte die Achseln: »Daran finde ich nichts Besonderes. Das sind so Dinge, die man erlebt, um sie später zu erzählen.«

»Ihr erlebt nichts und ihr erzählt nichts«, schloß Boris, legte seinen Kopf wieder auf den Rasen und zog sich den Hut über die Augen.

Die beiden jungen Leute schwiegen, Boris schien zu schlafen, Moritz saß an den Stamm der Weide gelehnt da und schaute auf die Ebene hinaus, über die ein gleichmäßiges Summen erklang, die tiefberuhigte Geschäftigkeit eines sonnigen Werktages. Das machte ihn traurig und mutlos. Er empfand sich selbst unangenehm deutlich als uninteressant und alltäglich. Die Mädchen verliebten sich in andere, die seltenen Erlebnisse waren für andere da, ja er fühlte sein glattes, semmelblondes Haar, sein rundes Gesicht, seine hellblauen Augen als etwas, das ihm weh tat. Und plötzlich kam ihm eine sehr ferne Erinnerung. Er mußte ein sehr kleines Kind gewesen sind, als er drüben auf dem Gut in Westpreußen mit der alten Wärterin in der sonnigen Gartenecke saß. Die Alte schlief, das magere Gesicht von der Wärme gerötet, die Luft war voll eines gleichmäßigen, schläfrigen Klingens. Die großen Klettenblätter, von der Sonne erhitzt, strömten einen starken säuerlichen Geruch aus und das Kind empfand es wie etwas, das immer so bleiben würde. Hinter dem Zaun aber, von unten im Dorf, tönte zuweilen das Lachen und Schreien von Kindern herüber, der Kinder, welche etwas erlebten. Moritz fuhr auf, »Unsinn«, murmelte er, beugte sich vor und begann Boris zu schütteln. »Du, schlafe nicht.« – »Was gibt es«, fragte Boris, »wozu die Brutalität?« – »Du sollst baden kommen«, sagte Moritz. »Baden?« wiederholte Boris, schlug die Augen auf und schaute Moritz scharf und sinnend an, als wollte er aus ihm etwas herauslesen. »Gut, gehen wir also baden«, beschloß er dann.

Der See war sehr blau und voll harter, sich sachte wiegender Lichter. Zwischen den Schachtelhalmen und dem Kolbenrohr lagen Wildenten regungslos wie blanke Metallsachen. »Hübsch«, sagte Boris, »in diesen Farbentopf zu steigen, ist allerdings chic.« – »So«, meinte Moritz ironisch, »du glaubst also, der See wird dir gut stehen.« – »Ja, das wird er wohl«, erwiderte Boris und begann sich auszukleiden. »Du schwimmst wohl sehr gut?« – »Es geht, und du?« – »Ich schwimme sehr gern«, berichtete Boris, »aber es regt mich auf; ich habe nicht das Gefühl, als sei das Wasser mir befreundet.« – »Das heißt auf deutsch, du schwimmst schlecht«, bemerkte Moritz trocken. Boris lachte: »Du sprichst ein besonders gutes Deutsch.« Das Wasser war lau. Man wühlt sich hier wie in warmer Milch, dachte Moritz, als er langsam in das Lichtgeflimmer hineinschwamm. Alle Traurigkeit, alle »diese Dummheiten« waren fort, nur ein starkes, stilles Lebensgefühl wärmte ihm die Glieder. Er legte sich auf den Rücken, er wollte sich wie die Enten wohlig und faul vom Wasser wiegen lassen. Die Libellen setzten sich auf seine Brust, Wasserpflanzen kitzelten wie mit kleinen, nassen Fingern seine Haut, über ihm flatterten Möwen mit hellgrauen Flügeln, sie schauten auf ihn nieder und riefen schrille Töne herab, die wie das Lachen der beiden Professorentöchter klangen. »Billy, Billy«, murmelte er. Er konnte das jetzt ohne Schmerz sagen, es war nur der Ausdruck des tiefsten Behagens. Dann dachte er an Boris, er hob ein wenig den Kopf. Teufel, war der Mensch verrückt, so weit hineinzuschwimmen. Boris' Kopf tauchte wie ein dunkeler Punkt dort drüben zwischen den Sonnenflittern auf, aber er kam ja nicht vorwärts, jetzt war er verschwunden, jetzt war er wieder da. In kräftigen Stößen begann Moritz der Stelle zuzuschwimmen, er kam noch gerade zurecht, um Boris am Arm zu packen, der, in ein Netz von Wasserrosen und Froschlöffeln verstrickt, noch einmal auftauchte, die Augen unheimlich weit und schwarz in dem bläulichen Gesicht. Moritz zog ihn mit sich fort und als er Grund zum Stehen fand, nahm er ihn in seine Arme, um ihn zum Ufer zu geleiten. Er redete ihm freundlich zu: »Wasser geschluckt, mein Alter, ja das ist verdammt, wenn man in den Salat dort hineingerät. Wart', wir sind gleich im Trocknen.« Boris spie das Wasser von sich und rang mit dem Atem. Am Ufer legte er sich in das Gras, er fühlte sich zum Tode ermattet und schloß die Augen. Moritz saß neben ihm und schaute ihn an. Plötzlich richtete sich Boris auf, er schlang die Arme um seine Knie und schaute mit den noch immer angstvoll aufgerissenen, wunderlich dunkelen Augen vor sich hin. »Schlafe doch«, sagte Moritz freundlich. »Ich kann nicht« erwiderte Boris, »sobald ich die Augen schließe, ist es mir, als wickelten sich diese verfluchten glatten Stengel wieder um meine Beine

und zögen mich hinunter. Ein wunderliches Gefühl. Ich hatte den Gedanken, nun kommt das Sterben, aber das zu denken dazu war keine Zeit, ich fühlte so maßlose schmerzhafte Wut gegen diese Stengel, gegen das Wasser, das mich herabdrückte, alle zusammen gegen einen, so etwas Ähnliches muß ich gefühlt haben.« Boris sann eine Weile schweigend vor sich hin, das schöne Gesicht war ganz bleich und böse, dann plötzlich lächelte er sein hochmütiges, leichtsinniges Lächeln. »Du hast mir also das Leben gerettet, Bruder«, begann er wieder. Moritz zuckte die Achseln. »Ach was«, meinte er. – »Doch, doch«, fuhr Boris fort. »Du bist mein Lebensretter, ich danke dir. Aber eins möchte ich wissen, du hassest mich doch, wie?«
Moritz errötete: »Was werde ich dich viel hassen!« – »Natürlich hassest du mich«, versicherte Boris. »Nun möchte ich wissen, als du mich dort so in der letzten Not fandest, dachtest du da nicht, wenn ich jetzt ruhig zusehe, dann bin ich ihn los. Oder hattest du nicht einen Augenblick Lust, die Hand auf meinen Kopf zu legen und so ein wenig zu drücken? Wie?« Moritz schaute Boris verwundert an: »Nein, so etwas denkt man doch nicht.«
Boris legte sich wieder zurück, die Hände im Nacken verschränkt. Die Erregung des eben Erlebten zitterte noch in ihm nach und trieb ihn, zu sprechen, verträumt, ein wenig wie im Rausch. »Ach wirklich, an so etwas denkt man nicht, was seid ihr für Menschen, ich habe gleich daran gedacht, als du mir sagtest, wir sollen baden gehen; man hat schließlich keinen Katechismus als Seele im Leibe. Tun, ja das ist etwas anderes, man tut manches nicht, aber denken! Ich liebe es, solch eine Tat ganz nah an mich herankommen zu lassen. Es ist so, als ob wir etwas Seltenes, das uns nicht gehört, doch für einen Augenblick in die Hand nehmen und halten dürfen. Und dann, es ist so herrlich aufregend diese Spannung, wirst du es tun oder wirst du es nicht tun. Solche Lebenslagen müssen wir aufsuchen; gleichviel, ich bin dir dankbar, es war sehr unangenehm dort unten. Ich habe nicht geglaubt, daß man sich so allein fühlt, wenn man stirbt, nur so unter Froschlöffeln und den Tauchern, die sich nichts draus machen. Nein, der Tod muß eine gemeinsame Unternehmung sein. Also ich bin dir sehr dankbar für die Lebensrettung.«
»Bitte, bitte«, warf Moritz gleichgültig hin, während er sich ankleidete. – »Ja, sehr dankbar«, fuhr Boris fort, »wir sollten von jetzt ab eigentlich Freunde sein, so 'ne Freundschaft schließen.«
Moritz war jetzt fertig angekleidet. Er blieb vor Boris stehen, schaute mit Abneigung auf ihn nieder und sagte: »Wegen des bißchen Wassers, das du geschluckt hast, nein, ich danke.« Dann ging er.

Das Mittagessen war ungemütlich genug. Graf Hamilkar und der Professor sprachen zwar eifrig von fernliegenden Dingen, als sei nichts geschehen, aber Komtesse Betty lächelte nur zerstreut und dachte an andere Dinge. Die einzige Sensation war, daß Lisa heute nicht in Schwarz erschienen war, sondern ein malvenfarbenes Musselinkleid trug mit welkrosa Bändern. Boris, sehr bleich, unterhielt sich mit ihr so höflich, als sei er ihr eben vorgestellt.

»Empfang bei der Königin von Polen«, flüsterte Bob Erika zu. Die Kinder waren heute unerträglich und mußten immer wieder zur Ordnung gerufen werden. Billys Stuhl blieb leer. Sie lag oben in ihrem Zimmer auf dem Bett halb ausgekleidet, die Haare hingen ihr wirr in das heiße Gesicht, und sie war sehr ungeduldig gegen Marion. Immer wieder mußte Marion ihr wiederholen, was Boris gesagt hatte. »Ganz wörtlich will ich's wissen, du sagst es nicht wörtlich.« – »Doch«, versicherte Marion, »so war es, sage Billy, es ist besser, wir sehen uns heute nicht mehr, wir nehmen auch nicht Abschied voneinander, sie soll warten, sie wird Nachricht von mir haben, und dann wird mein und ihr Schicksal ganz in ihrer Hand liegen.« – »Schicksal sagte er gewiß nicht, es ist gar nicht sein Stil«, klagte Billy, »und dann entscheiden – was soll ich entscheiden, ach, es ist schrecklich. Und du sagst, Lisa hat heute ihr helles Musselinkleid an, warum denn? Und Boris ist natürlich wütend, weil der Papa ihn beleidigt hat.« Sie warf sich wie im Fieber hin und her. »So laß doch die Vorhänge herunter, diese Nachmittagsonne ist zum Sterben traurig; und du machst auch solch ein Gesicht, als wüßtest du etwas, das ich nicht weiß. So sag' es.«

»Ich weiß aber nichts«, beteuerte Marion weinerlich. – »Ach, dann geh', ich will niemanden sehen. Bob kann kommen, der ist noch der einzige, der kann hier so ungezogen sein, wie er will, das wird mich erfrischen.« Aber als Bob kam, war er nicht ungezogen, sondern befangen. Billy in ihrer Erregung war ihm fremd und unheimlich. Da schickte Billy auch ihn fort. »Geh', du bist ein dummer, langweiliger Junge.« Bob ging, aber in der Tür wandte er sich gekränkt um und bemerkte: »Von unglücklicher Liebe verstehe ich nichts.« Nun lag Billy da und horchte auf die Töne, die unten durch das Haus gingen, auf die Stimmen, auf das Zuschlagen der Türen, und sie wartete. Das war jetzt ihr Geschäft. Er hatte es ja gesagt, der arme gekränkte, beleidigte Boris. Wenn sie an das Unrecht, das ihm geschehen war, dachte, dann schwoll ihr Herz vor ungeduldigem Verlangen, etwas für ihn zu tun, ihm und der ganzen Welt zu zeigen, daß sie für ihn, nur für ihn sei. Der Sommernachmittag summte vor den Fenstern, im Hause wurde es still, und es schien Billy, als sei sie in dieser schläfrigen Stunde mit ihrer Erregung ganz allein in einer Welt, die nichts von Erregungen und nichts von Ereignissen wissen wollte. So hielt auch sie still, die Augen zur Decke emporgerichtet. Es schien ihr, als hätte sie unendlich lange so dagelegen, bis endlich der Ton kam, der Ton, auf den sie gewartet. Billy richtete sich auf. Das Rollen eines Wagens, der unten im Hofe hielt, Stimmen, das Zuschlagen von Türen, wieder das Rollen des Wagens, das immer schwächer wurde, endlich langsam verklang. »Er ist fort«, stöhnte sie und sank in ihre Kissen zurück. Große Tränen rannen über ihre Wangen, aber eine innere Spannung hatte sich gelöst. Einer fährt fort, den wir lieben, und wir weinen, das ist doch wenigstens verständlich, und so schlief sie weinend ein.

Als Billy erwachte, war das Zimmer rot von Abendlicht, vom Garten tönten Stimmen herauf, sie hörte die Zwillinge lachen, und auf der Veranda hielt der Vater dem Professor einen Vortrag. Eine neue Lebensunruhe erfaßte Billy, sie stand auf, um aus dem Fenster zu schauen. Ja, dort ging Lisa in ihrem hellen Musselinkleide und sprach eifrig auf den Leutnant ein, der ein wenig steifbeinig neben ihr herging. Die Arme, dachte Billy, will auch ihre Liebesgeschichte haben. Aber es schien Billy, als gäbe es nur eine Liebesgeschichte in der Welt, und das war ihre eigene, alles andere war nur Pfuscherei. Mißmutig kehrte sie zu ihrem Bett zurück, dort zu den anderen konnte sie noch nicht hinunter. Wo nur Marion blieb!

Als Marion kam, mußte sie erzählen. Wie sah er aus, als er fortfuhr? Wie nahm er vom Vater Abschied? Marion hatte natürlich das, worauf es ankam, nicht gesehn, aber eine Botschaft überbrachte sie. »Aber, bitte, ganz wörtlich«, ermahnte Billy. »Ja, gewiß, so sagte er«, berichtete Marion: »Kommen Sie morgen um zwölf Uhr Mittag zu der Linde, die am Ende des Parks außerhalb des Zauns steht. Dort soll Billy Nachricht haben. Sagen Sie Billy, nur sie hat zu entscheiden.« – »Ach«, jammerte Billy, »wieder dieses entsetzliche Entscheiden! Was ist das? Was wird dort an der Linde sein?« Und die beiden Mädchen saßen beieinander und flüsterten über dieses Rätsel, über das sie immer sprechen mußten. Im Zimmer wurde es dämmerig und das Rätsel wurde immer drohender. Billy ertrug es nicht länger, sie schickte Marion fort: »Geh', du sagst ja immer dasselbe. Schick' die alte Lohmann zu mir. Die ist die einzige, die ich von euch ertragen kann. Sie soll ihre alten Geschichten erzählen.« Die Lohmann kam mit ihrem kleinen gelben Gesicht unter der schwarzen Haube und den von Gicht zusammengezogenen Händen. Sie war eine alte Kinderfrau, die jetzt in einem Stübchen des Untergeschosses ihr Alter damit verbrachte, hinter den Geranienstöcken am Fenster zu sitzen und das Gnadenbrot zu essen. Die Alte kauerte an Billys Bett nieder und

begann mit klagender Stimme: »Unser Komteßchen hat es auch schwer, alle haben es schwer, anders ist es nicht«; aber Billy unterbrach sie gereizt: »Aber Lohmann, habe ich dich dazu kommen lassen. Deine alten Geschichten sollst du erzählen, bemitleiden kann ich mich schon selbst.« Und Lohmann erzählte die so oft schon erzählten Geschichten, wie sie als kleines Mädchen mit ihrer Mutter ganz früh im Morgengrauen Milch und Käse zur Stadt brachten. Im Winter war es sehr kalt, in einer kleinen Schänke wärmten sie sich, da saßen auch die anderen Marktfrauen in dicke Tücher gehüllt wie große graue Kugeln, und die kleine Lohmann bekam Warmbier, das war heißes Bier mit Milch und Zucker. Billy sah das alles, das wollte sie sehen, die kleine Schänke voll der grauen Kugeln, es roch nach feuchter Wolle und dem überheizten Ofen, und vor den Fenstern die blaue kalte Dämmerung des Wintermorgens. Das war traurig und friedlich und so weit, weit fort von allen rätselhaften Entscheidungen. »Du, Lohmann«, fuhr Billy auf, »Warmbier wäre noch das einzige, was ich jetzt nehmen könnte, geh', mache mir Warmbier.«
Mühsam ging der Abend zu Ende. Die Lohmann hatte Warmbier gekocht, es schmeckte jedoch so schlecht, daß Billy es nicht trinken konnte. Komtesse Betty und Madame Bonnechose kamen und saßen an Billys Bett, sahen sie teilnahmevoll an, sprachen über Billys Husten, über Arzneimittel, sprachen vorsichtig über gleichgültige Dinge, besorgt, nicht etwas Gefährliches zu berühren; Billy war froh, als sie alle fort waren und die Nacht begann. Sie wollte versuchen, zu schlafen, allein in der Stille und Dunkelheit wurde das Leben wieder sehr bedrohlich und dazu nüchtern wie Zahlen, die zusammengerechnet werden sollten. Als sie ein wenig einschlief, dauerte dieses Rechnen und Raten fort, und dann hatte sie bei alledem immer etwas zu entscheiden, und sie wußte nicht was und wie. Es mochte ein Uhr sein, als sie erwachte; nein, schlafen wollte sie nicht, das war kein Vergnügen. Durch die Fenstervorhänge drang ein wenig weißes Licht. Sie sprang aus dem Bett, um zum Fenster hinauszuschauen, der Mond schien sehr hell. Still und wach standen die Obstbäume auf den Rasenplätzen und die Stockrosen in den Beeten, und die Helligkeit legte etwas Festliches über den schweigenden Garten. Da wollte Billy dabei sein. Sie kleidete sich eilig an und ging zu Marion hinüber, um sie zu wecken: »Marion, du kannst schlafen? Ich habe nicht ein Auge zugetan, komm, steh' auf.« – »Ich bin eben ein wenig eingeschlafen«, sagte Marion entschuldigend, »was ist geschehen? Wohin müssen wir?« »Wir müssen in den Garten hinunter zu den Johannisbeeren«, sagte Billy. Gehorsam stand Marion auf und kleidete sich an. Über die kleine Hintertreppe gelangten die beiden Mädchen in den Garten. Billy atmete tief auf;

das war es, der feuchte, süße Atem der Blumen, dieses unwahrscheinliche Licht, das den Himmel, den Garten, die Wiese mit den weißen Nebeln alles so unendlich weit erscheinen ließ, das gab ihr wieder den Rausch, ohne den sie jetzt nicht leben konnte. Hier vermochte sie wieder »Boris! Boris!« zu denken und jenes wunderliche Brennen im Blute zu fühlen, das ihr Mut zu allem gab. Im Obstgarten waren die Erdbeerbeete, die Stachel- und Johannisbeerbüsche grau und glitzernd von Tau, vom Gemüsegarten dufteten die Suppenkräuter gewaltsam herüber, und auf den Kieswegen saßen versonnene Kröten. Die Mädchen stellten sich an einen Johannisbeerbusch und begannen schweigend die kühlen, feuchten Trauben zu essen.

»Ja, jetzt ist es anders«, bemerkte Billy endlich.

»Wie das?« fragte Marion geschäftlich.

»Mir ist«, sagte Billy, »als wäre wieder alles ganz leicht, als könnte ich über alles entscheiden. Ich fürchte mich gar nicht, und wenn es noch so tragisch ist.« – »Tragisch«, bemerkte Marion ein wenig undeutlich, denn sie hatte den Mund voll von Johannisbeeren, »tragisch ist so, wie auf dem Theater.« Von der anderen Seite des Busches ertönte Billys unterdrücktes Lachen: »Aber Marion!« Dann richtete Billy sich auf, hielt eine Traube in die Höhe gegen den Mondschein, sah sie an und sagte feierlich: »Tragisch ist traurig, aber traurig wie seine Augen, traurig, aber doch wunderschön, schöner als alles, was lustig ist.« Dann bog sie den Kopf zurück und ließ die Traube langsam in ihren geöffneten Mund gleiten, und sie fühlte sich in dieser Bewegung ganz festlich, ganz schön, ganz der Mondnacht zugehörig.

Allmählich verlor der Mondschein an Glanz, eine graue Helligkeit mischte sich in ihn und verdrängte ihn, ein Licht, das durch verstaubte Fensterscheiben zu dringen schien.

»Der Morgen kommt«, sagte Billy ernst, »komm, gehen wir.«

»Wohin gehen wir?« fragte Marion.

»Wir warten auf die Sonne«, bestimmte Billy.

Die beiden Mädchen gingen an das Ende des Gartens, dort, wo die Wiese beginnt und setzten sich auf eine Bank. Ein wenig bleich und fröstelnd drückten sie sich aneinander, aber Billy saß dennoch ganz aufrecht, die Augen groß und wach, die Lippen wie bereit zu einem erregten Lächeln. Noch fühlte sie die ganze angenehme Festlichkeit jenes Traurigen, das doch wunderschön war. Die Nebel auf der Wiese wurden durchsichtig, der Himmel fast weiß, im Busch begann eine Elster zu plaudern und eine Krähe flog sehr schwarz und schwer in der glasigen Dämmerung. Eine Traumwelt, und Billy empfand auch jene Ergebung, die wir im Traume

haben, denn der Traum gibt uns alle Wunder auch ohne unser Zutun. Dann kam Farbe, ein Zug rosenroter Wölkchen legte sich auf den Himmel, über den schwarzen Waldwipfeln sprühte es rot und dann plötzlich war alles voll von der Aufregung eines purpurnen und goldenen Lichtes.
»Ah, da ist sie«, sagte Billy, und die beiden Mädchen starrten regungslos wie betäubt auf die aufgehende Sonne. Aber, als die Sonne höherstieg und die Farben alle in dem gleichmäßigen gelben Licht ertranken, da wurde Billys Gesicht wieder ernst und sorgenvoll, da war der Tag wieder mit seinen Verantwortungen und Entscheidungen. »Komm«, sagte Billy zu Marion, und sie schlichen wieder in das Haus in ihr Zimmer hinauf.
»Werden wir jetzt schlafen?« fragte Marion.
»Wie kannst du daran denken«, erwiderte Billy, »um zwölf mußt du bei der Linde sein, komm, setze dich hierher.« Sie rückte einen Sessel für Marion heran, sie selbst stieg in ihr Bett, aber sie lehnte aufrecht in den Kissen. So saßen die beiden Kinder beieinander, die Augen fielen ihnen zuweilen zu, dann schlummerten sie, aber wie wir auf der Reise im Eisenbahnwagen schlummern und immer wieder auffahren, in der Angst etwas zu versäumen. Im Laufe des Morgens klopfte Komtesse Betty zweimal an die Tür, aber sie wurde nicht eingelassen. »Nein, nein, wir schlafen«, hieß es. Als Lina, die Kammerjungfer, kam, wurde ihr das Frühstück bestellt. »Sehr viel«, sagte Billy, »Tee und Eier, Schinken, Brot, sehr viel, hören Sie.« Sie fühlte einen wahren Reisehunger.
Bald wurde Billy sehr unruhig, sie fragte Marion immer wieder, ob es nicht Zeit sei, und es war erst elf Uhr, als Marion schon zur Linde hinabgehen mußte. Billy saß still in ihrem Bett mit brennenden Wangen, die Hände gefaltet und lauschte in sich hinein auf die seltsame Spannung ihres Wesens. Ja, es war alles da, das starke Verlangen nach Boris, die schmerzhafte Rührung bei dem Gedanken an ihn, der Mut zu allen Möglichkeiten und die Angst vor dem, was nun kommen mußte. Aber immer wieder empfand sie eine wunderliche Fremdheit jener Billy gegenüber, die all dieses fühlte und all dieses erlebte. Die bekannten Töne des Hauses drangen zu ihr, unten im Garten lachten die Zwillinge, im Korridor schalt Madame Bonnechose ein Dienstmädchen und am offenen Fenster des unteren Geschosses sang die Lohmann einen Gesangbuchvers. Allein die Billy, die unglücklich liebte, die entschlossen war, ihrem Vater nicht zu gehorchen, die entscheiden mußte, sie gehörte nicht mehr zu diesem altgewohnten Leben. Wo blieb jedoch Marion? Billy hob die nackten Arme hoch über den Kopf empor, rang die Hände ineinander und stöhnte: »Ach, ach! Warum kommt sie nicht!« Endlich lief es leise auf dem Korridor hinunter und Marion erschien erhitzt und atemlos. Die

beiden Mädchen sprachen nichts, Marion reichte Billy stumm einen Brief, setzte sich und starrte sie angstvoll an. Billy war ganz ruhig geworden, sie hielt den Brief in der Hand, ohne ihn zu öffnen. »Wie war es?« fragte sie.
»Dort an der Linde«, berichtete Marion leise, »dort stand ein kleiner Judenjunge. Er hatte sehr große schwarze Augen, über den Ohren hingen ihm zwei fest zusammengedrehte schwarze Locken und er trug einen langen Rock wie ein Erwachsener, der brachte den Brief. Es war recht unheimlich.«
»Natürlich war es unheimlich«, bemerkte Billy, lehnte sich in die Kissen zurück und schickte sich an, ihren Brief zu öffnen und zu lesen.
Boris schrieb. Eine Überschrift fehlte. »Heute nacht«, hieß es dann, »gegen Mitternacht, bin ich bei der Linde unten am Park und warte. Niemand darf davon wissen. Auf der einen Seite steht alles, was du bisher für dein Leben gehalten hast, auf der andern stehe ich – entscheide. Willst du mich, dann komme. Kommst du nicht, dann verzeihe ich dir und gehe wieder einsam meinen dunklen Weg. Wir sehen uns nie wieder. Einem so großen Glücke nahe zu kommen und dann wieder von ihm fort zu müssen, ist tödlich.« Auch die Unterschrift fehlte. Billy ließ den Brief sinken, sie brauchte nicht zu entscheiden, sie wußte, daß sie zu ihm gehen würde. Es schien ihr, als habe sie hier kaum mitzusprechen, die andere, die fremde Billy, handelte, und die mußte bei Nacht zu der Linde hinabgehen. Billys Blicke fielen auf Marion, deren Augen unendlich erwartungsvoll an ihr hingen. Billy lächelte und schüttelte ein wenig den Kopf und sagte: »Nein, ich kann dir nichts sagen.« Marion antwortete nicht, aber ihre Augen füllten sich mit Tränen. Sie erhob sich und schlich leise aus dem Zimmer; sie war sehr unglücklich. Die ganze Zeit über war es ihr gewesen, als sei Billys Liebesgeschichte auch die ihre, die Liebe zu Boris, die Aufregungen und Schmerzen hatte sie geteilt, in Billy hatte sie sich geliebt gefühlt, und nun plötzlich wurde sie beiseite geschoben und war wieder nur die Marion Bonnechose, die von allen Komtessenschicksalen ausgeschlossen wurde.
In Billy aber fuhr reges Leben. Sie klingelte nach Lina, sie wollte ihr neues Musselinkleid mit dem rosa Nelkenmuster anziehen, sie rief nach ihrem Korallenhalsband; dabei war sie freundlich und gesprächig mit der Kammerjungfer. Lina mußte von dem Förster erzählen, mit dem sie zeitweilig verlobt war.
Der Tag war sehr schwül geworden, im Westen türmten sich graublaue Wolken. »Wir bekommen ein Gewitter«, sagte Graf Hamilkar, als er auf der Gartentreppe stand und in den heißen Duft des Gartens hineinroch. Komtesse Betty stand neben ihm, neigte den Kopf zur Seite und blinzelte

zu den Wolken auf. Über die Gartenwege jagten sich Bob und Billy. Der Graf folgte ihnen mit den Blicken, dann wandte er sich zu seiner Schwester: »Die Gefühlskrise scheint einen guten Verlauf zu nehmen«, bemerkte er. Komtesse Betty jedoch machte ein erschrockenes Gesicht. »Ach, Hamilkar, ich weiß nicht, diese Heiterkeit ist nicht natürlich, ich ängstige mich so um das Kind. Madame Bonnechose meint auch ...«
»Ängstige dich nicht, liebe Betty«, unterbrach sie der Graf, »was auch Madame Bonnechose meint. Die Liebe wird von den jungen Leuten gern als eine Macht angesehen, die elementar, unvernünftig, aber unwiderstehlich ist, gut, dann muß dieser Macht eben eine andere Macht entgegengesetzt werden, die auch für elementar, für unvernünftig und unwiderstehlich gilt. Nun, liebe Betty, diese Macht darzustellen, das ist jetzt meine Rolle.« Er lächelte sein schiefes, spöttisches Lächeln und ging in das Haus, um seine Nachmittagsruhe zu halten.
Billy war müde vom Laufen. »Es ist genug«, rief sie Bob zu. Sie strich sich das Haar aus dem heißen Gesicht und sann einen Augenblick vor sich hin. Was sollte sie jetzt tun? Denn tun, tun mußte sie etwas, nur nicht stille sein und hineinschaun in das Dunkele, das hinter diesem Tage lag. Als das kleine Fräulein Demme an ihr vorüberging, nahm sie ihren Arm und sagte: »Kommen Sie, Fräulein, wir wollen Pflaumen essen und von Herrn Post sprechen.« Allein in diesen Nachmittagsstunden, in denen die Sonne wie eine schwere goldene Schläfrigkeit über dem Garten lag, war es schwer, das Fieber wach zu erhalten, dessen Billy jetzt bedurfte. Schließlich suchte sie Moritz auf, er sollte sie auf dem Gartenteich hin und her rudern. »Wie, du und ich?« fragte Moritz ein wenig erstaunt und errötete. – »Natürlich, du und ich«, sagte Billy.
Das schien das Rechte zu sein. Es tat Billy wohl, sich halb liegend im Bug des Bootes auszustrecken, vor sich Moritz' erhitztes, friedliches Gesicht, die blauen Augen, die sie mit behaglicher Andacht unverwandt anschauten. Das Wasser war sehr schwarz, hie und da lag eine grüne Pflanzendecke darauf, die unter dem Kiel des Bootes rauschte. Wie müde beugten sich die alten Weiden über das Wasser und eine sichere, befriedigte Ereignislosigkeit wohnte hier, eine Ereignislosigkeit, die Billy schwach und feige machte. Warum kann es nicht so bleiben, dachte sie. Wie die kleinen Karauschen regungslos an der Oberfläche des Wassers im Sonnenschein liegen, nur zuweilen ein wenig die Flossen regend, um zu spüren, daß sie leben, das mußte gut tun. Aber plötzlich fiel es sie wie Gewissensbiß an. Es war ihr, als versäumte sie, als verriete sie etwas. Sie fuhr auf. »Fahr' ans Land«, befahl sie. Verwundert schaute Moritz auf. »Ja, ja, ans Land«, wiederhole Billy ungeduldig. Und am Lande, als Moritz

sie aus dem Boote hob, fühlte Billy, daß sie etwas tun müsse, was der vornehmen Gelassenheit dieses stillen Teiches, der kleinen Karauschen, der alten Weiden widersprach, ihr in das Gesicht schlug, und sie beugte sich vor und küßte Moritz. »Aber Billy, ich verstehe nicht«, stammelte Moritz und wurde dunkelrot, aber Billy war schon fort.

Der Abend kam mit dem Tee auf der Veranda. Da der Mond spät aufging, lag der Garten in tiefer Dunkelheit da, die Wolkenwand war am Himmel höher hinaufgestiegen, während der westliche Himmel noch voller Sterne hing. Zuweilen huschte das blaue Licht eines Wetterleuchtens über den Garten und ein plötzliches Wehen schüttelte an den Bäumen, so daß man allerort das Obst in den Rasen fallen hörte. Auf der Veranda waren nur die roten Spitzen der brennenden Zigarren sichtbar und die Stimmen der Sprechenden nahmen etwas Weiches, Beruhigtes an, als wollten sie zu den verhallenden Tönen stimmen, die durch die Nacht irrten. Lisa saß neben dem Leutnant und sprach von Griechenland. »Sehen Sie, Marathon, was war mir früher Marathon? Eine Jahreszahl, vierhundertneunzig, glaube ich, aber an jenem Abend, so im Abendrot über der Ebene, es klingt unwahrscheinlich, aber ich sagte zu – zu Katakasianopulos, ich sagte: Katakasianopulos, ich fühle Miltiades.«

»Allerdings, sehr merkwürdig«, meinte der Leutnant. Er war jetzt so passioniert für die Jagd, daß er täglich auf Rebhühner ging, abends sehr müde war und nur matt der Unterhaltung folgen konnte.

Der Professor sprach mit Graf Hamilkar wieder über Träume. »Der Traum ist für uns eine Wirklichkeit wie jede andere«, meinte er. »Ja«, versetzte der Graf ein wenig undeutlich, denn er nahm die Zigarre beim Sprechen nicht aus dem Munde, »nur eine Wirklichkeit, die wir beim Erwachen immer wieder durchstreichen. Das sind so Erlebnisse, die wir immer wieder in den Papierkorb werfen.«

»Schön, sehr schön«, fuhr der Professor eifrig fort, »aber das tun wir in dem sogenannten wachen Leben auch. Wenn ich erwache, so sehe ich den Traum mit meinen wachen Augen an und dann erscheint er mir unwirklich; aber diese wachen Augen sind eben nicht auf den Traum eingestellt. Und dann, mit allen Erlebnissen geht es so, was ich in einem Augenblicke erlebe, daran glaube ich fest, und im nächsten Augenblicke sehe ich darauf zurück und es erscheint mir unwirklich und falsch und ich streiche es aus. Also bitte, der Himmel, der ist jetzt für mich die große schöne Halle, in der die vielen blanken Lichtchen beieinander stehen in der hübschen Sommernacht und sich einander zublinzeln. Das ist wirklich, was geht das mich an, ob ich morgen vielleicht ihn durch ein Teleskop ansehe, also durch ein Auge, das nicht für mich berechnet ist, und er dann ganz anders

ausschaut. Sehen Sie, eine Sternschnuppe. Die Litauer sagen, wenn sie eine Sternschnuppe sehen: da geht einer zu seinem Mädchen. Gewiß, jetzt ist für mich diese Sternschnuppe einer, der zu seinem Mädchen geht. Das ist mein Erlebnis. Bitte, morgen streiche ich es wahrlich aus und denke dabei an Asteroiden oder solche Sachen, deshalb ist es für mich doch heute einer, der zu seinem Mädchen geht, bitte.« Alle hatten zum Himmel aufgeblickt und den Stern gesehn, der eilig durch das Dunkel glitt, in weitem Bogen an den anderen Sternen vorüber, als wollte er ihnen ausweichen, hastig und heimlich. »Dieses Ausweichen«, meinte Graf Hamilkar, »wenn wir's nur auch dann könnten, wann wir wollen.«
Billy sah noch immer zu den Sternen auf. Dieses mit dem Stern, der zu seinem Mädchen geht, hatte ihr plötzlich wieder die ganze freudige Ungeduld ihrer Liebesgeschichte wiedergegeben und sie fühlte sich wie zugehörig zu jener großen heimlichen Gemeinde derer, die unten auf Erden still und hastig durch die Nacht ihrer Liebe entgegeneilen.
Oben in ihrem Zimmer küßte Billy Marion und sagte: »Diese Nacht wollen wir schlafen, ganz tief schlafen. Aber Marion, sieh mich doch nicht so an, als ob ich gestorben wäre.« Marion wollte etwas sagen, schlich aber dann ängstlich und schweigend hinaus.
»Lina«, befahl Billy der Kammerjungfer, »morgen wünsche ich lange zu schlafen und keiner, hören Sie, keiner soll mich stören.«
Allein geblieben, begann sie leise und geschäftig hin und her zu gehen. Sie kleidete sich um, zog ein braunes Tuchkleid an, setzte ihren Hut auf, hüllte sich in ihren Regenmantel, nahm ihren Regenschirm in die Hand, schrieb auf einen Zettel »Ich bin bei ihm« und legte denselben auf die Toilette und saß dann da wie eine Reisende, die im Wartesaal auf den Zug wartet. Draußen donnerte es zuweilen. Unten im schlafenden Hause riefen durch die stillen Zimmer die altbekannten Stimmen der Uhren einander zu.

Billy stieg über die Hintertreppe leise in den Garten hinab. Am Himmel hing schweres Gewölk. Die Nacht war heute ganz voll Stimmen und Tönen, ein Windstoß fuhr in die Bäume und ließ sie erregt aufrauschen. Welke Blätter liefen auf dem Wege raschelnd vor Billy her. Irgendwo knarrte ein Fensterladen, ächzte ein Zweig. Es war, als irrte ein Ereignis durch die Dunkelheit und weckte den schlafenden Garten. Billy ging sehr schnell, so schnell wie als Kind, wenn sie durch das dunkele Wohnzimmer in die helle Kinderstube kommen wollte. Ein Blitz fuhr über den Himmel und riß die Dunkelheit wie eine schwarze Decke von dem Teich, von den nachdenklich über das Schilf gebogenen Weiden, von den still in all dem

Schwarz liegenden Wasserrosen, aber all das schien so fremd, als hätte es Billy nie gesehen. Sie hastete weiter, sie dachte und fühlte nur eins, dort an der Linde bei ihm sein, dort war Sicherheit, dort war alles überstanden. Als sie aus dem Park hinaustrat, erhellte wieder ein Blitz das Land und sie sah eine schwarze Gestalt, die spitze Kapuze des Regenmantels über den Kopf gezogen, am Stamm der Linde lehnen. »Boris!« rief Billy aus. »Still!« erwiderte Boris, »komm.« Er legte ihren Arm in den seinen und zog sie mit sich fort. Sie gingen über eine feuchte Wiese, dann an einem Gerstenfelde entlang, in dem ein Wachtelkönig schnarrte aufgeregt, als gäbe er ein Signal. »Wohin gehen wir?« fragte Billy leise. Boris blieb stehen. »Du fragst?« sagte er. »Wenn du dich fürchtest, führe ich dich zurück. Ich führe dich bis an das Haus, ganz sicher, noch ist Zeit.«

»Und du?« fragte Billy zögernd.

»Ach ich!« erwiderte Boris und das klang so kummervoll, so unendlich einsam, daß Billy wieder von jenem schmerzvollen bewundernden Mitleid geschüttelt wurde, das sie Boris gegenüber ganz wehrlos machte. »Nein, nein«, rief sie, »gehen wir.« Sie überschritten nun ein Stück Sumpfland, das weiß von Wollgras war und unter ihren Schritten leise schnalzte.

»Das klingt so«, bemerkte Billy, »wie Küsse, von denen Kammerjungfern sprechen«, und sie lachte dabei. Sie hatte das starke Bedürfnis zu lachen, etwas Lustiges zu sagen. Hinter dem Sumpf begann der Wald. Boris blieb ab und zu stehen, um sich in der Finsternis zurechtzufinden, pfiff einmal leise und ein Pfiff antwortete. Endlich gelangten sie auf dem Waldwege an einen Wagen; ein Mann stand dort, Billy sah das im Schein eines Blitzes für einen Augenblick, dann wieder tiefes Dunkel. Boris sprach leise mit jemand, es war von Gewitter und schlechtem Wege die Rede. Sie hörte, wie Pferde ihre Geschirre schüttelten, dann schob Boris sie in den Wagen, stieg selbst hinein, schlug die Tür zu und langsam setzte sich auf dem holperigen Waldwege das Gefährt in Bewegung.

Der Wagen war eng und dunkel, die heraufgezogenen Glasfenster klirrten leise, dahinter lagen der Wald und die Nacht wie schwarze Sammetvorhänge. Zuweilen warfen Blitze ein jähes blaues Licht in dieses Dunkel. Es begann heftig zu regnen, ein lautes gleichmäßiges Rauschen umgab die Fahrenden, die Tropfen trommelten auf dem Verdeck des Wagens und klopften an die Scheiben. Boris seufzte auf, ein tiefer Seufzer des Behagens und der Erleichterung. Er zog Billy zu sich heran, er drückte sie fest an sich, daß es fast schmerzte, er schüttelte sie ein wenig. »So ist es gut!« flüsterte er. Seine Stimme klang nicht mehr tragisch, sondern knabenhaft und ausgelassen. Und dann wurde er besorgt: »Aber du frierst, natürlich,

ich habe für einen Mantel gesorgt, ich habe für alles gesorgt!« Er hüllte sie in einen großen seidenen Mantel, der leicht nach Moschus roch. »So ist es gut, nicht wahr, das ist der Mantel der alten Frau von Worsky. Mein Freund Ladislas hat ihn mir gegeben, du weißt, er wohnt dort an der Grenze in Padony mit seiner alten Mutter; ein guter Junge! Er hat viel für uns getan, er kennt dort alle an der Grenze, er hat uns die Wege geebnet, vielleicht sehen wir ihn noch diese Nacht. Ist der Mantel warm?« – »Ja«, meinte Billy, »aber er riecht nach Madame Bonnechose.« Boris ärgerte sich: »Verflucht! Er soll nicht nach Madame Bonnechose riechen; nichts soll nach deinem Zuhause riechen. Das ist fort, versunken.« – »Über die Grenze sagst du?« fragte Billy. Boris' Stimmton nahm wieder etwas Gequältes an, als er antwortete: »Ja – ich weiß nicht, frag' jetzt nicht, dir bleibt ja doch nichts anderes übrig, es wird schon alles gut, aber jetzt denken wir überhaupt nicht. Das ist es, wonach ich mich gesehnt habe, das ist es, was ich haben mußte, ich wäre gestorben, wenn ich es nicht gehabt hätte, hier so mit dir zusammen sitzen, eng, eng, und um uns ist es ganz dunkel und schwarz, alles ist fort, ist ausgelöscht, die dumme Welt trommelt an den Wagen und kann nicht herein, und du und ich sind ganz allein und haben nichts anderes zu tun als beieinander zu sein. Fühlst du das? Sag?« Und er drückte sie wieder fest an sich und schüttelte sie ein wenig. »Ja, ich glaube«, antwortete Billy, »aber sprich noch, sprich noch so.« – »Wozu ist denn«, fuhr Boris fort, »das ganze Leben da, als nur für solche Augenblicke, in denen wir alles vergessen können. Dafür plagt man sich doch, läßt sich demütigen und pumpt Geld, damit für eine kurze Zeit alles von einem abfällt und wir nur eines fühlen und eines denken: Billy!« Er küßte sie ganz fest auf die Lippen. »Nicht wahr, du fühlst wie das alles abfällt von dir, es wird ganz blaß und wesenlos, der langweilige Garten zu Hause und Josef mit der Tischglocke und der Tee mit den Butterbrötchen und diese Billy mit dem weißen Kleid, die nichts tun und nichts denken durfte. All das ist unwirklich und es gibt nur ein Wirkliches, das bin ich. Sag, fühlst du das?«

Billy lehnte den Kopf an Boris' Schulter und schloß die Augen. Gewiß, das war alles sehr fern, der Garten, ihr Zimmer mit niedergelassenen Vorhängen, die schlafende Marion, die altbekannten Stimmen der Uhren in den stillen Zimmern, fremd und unwirklich, als gehöre es nicht zu ihr. Aber hier der Wagen mit seiner Enge und Finsternis, das Rauschen des Regens, das Klirren der Fensterscheiben, waren die wirklich? Waren die Hände wirklich, die sie faßten, drückten und schüttelten, als gehörte sie nicht mehr sich selbst, als gehörte sie einem anderen, die Lippen, die sich heiß auf die ihren drückten, diese Stimme, die leise und leidenschaftlich in die

Dunkelheit hineinsprach. Und sie selbst, wer war sie denn mit dem Körper, mit dem Blut, in denen sich ein seltsames Fieber hervorwagte. Sie fühlte, wie die Billy, die sie gekannt und an die sie geglaubt hatte, in ihr hinschmolz, es war ihr, als ließe etwas sie los, das sie bisher gehalten hatte und nun trieb sie dahin und alles war jetzt gleich, es gehörte ja doch nicht zu ihr jenes Brennen und Fiebern, dem zu lauschen und zu gehorchen jetzt ihr einziges Geschäft war. Sie schwiegen nun beide. Der Regen schien stärker zu werden, immer häufiger huschte das eilige Licht der Blitze über den schwarzen Wald. Der Wagen kam nur mühsam vorwärts, schüttelte und wiegte sich. Eine große Müdigkeit machte Billy die Glieder schwer, als gehörten sie ihr nicht und unvermerkt glitt sie in den Traum hinüber, in jenes qualvolle Träumen des beginnenden Schlafes, in dem die Traumgestalten uns so aufdringlich nahekommen. Es war das Gesicht ihres Vaters, das vor Billy auftauchte, dicht vor ihr, so dicht, daß die lange weiße Nase Billys Nase berührte wie etwas Kaltes, und in den strengen eisengrauen Augen regten sich kleine goldene Punkte wie stets, wenn er böse war. Sie hörte ihn auch sprechen, die ruhige ein wenig näselnde Stimme: »Ja, wenn das mit dem Ausstreichen immer so ginge«, sagte er. Ein starker Donnerschlag ließ Billy auffahren, sie wußte nicht, wo sie war, nur etwas Schweres und Trauriges lastete auf ihr. Sie fror. Auch Boris neben ihr war aufgeschreckt, wie angstvoll griff er nach ihr. »Wir haben geschlafen«, sagte er, »nein das können wir nicht, dann kommt wieder alles Mögliche, vor allem der Morgen kommt dann, dieses verfluchte Licht, wie das herankriecht.« Fröstelnd drückten sie sich aneinander. »Es sollte gar nicht mehr Tag werden, sterben sollten wir jetzt, nicht wahr, so in einem Blitz, plötzlich eine starke blaue Helligkeit und dann wieder diese gute warme Finsternis.«

Plötzlich hielt der Wagen. Boris ließ das Wagenfenster hinunter und steckte den Kopf hinaus. Durch das Niederrinnen des Regens blinzelte ein gelbes Licht, ein Hund bellte wütend. »Was gibt es?« rief Boris. Dann öffnete er ungeduldig den Wagenschlag und sprang hinaus. Billy hörte ihn aufgeregt sprechen; eine brummende Männerstimme antwortete ihm, dann mischte sich noch eine Stimme hinein, hoch und schnarrend, die heiter und gesellschaftlich klang, als lachte ein Herr in einer Quadrilleunterhaltung über seinen eigenen Witz. Billy, allein geblieben, fürchtete sich, sie fürchtete sich vor der Dunkelheit, vor den Stimmen draußen, vor dem was geschehen würde und dem, was sie getan hatte, so die einfache, schmerzhafte Furcht des kleinen Mädchens mit dem schlechten Gewissen. Boris öffnete wieder den Wagenschlag. »Komm«, sagte er, »wir müssen aussteigen, der Kerl weigert sich weiter zu fahren, der Weg

soll unmöglich sein, eine Brücke soll kaputt sein, was weiß ich!« Er war offenbar sehr ärgerlich. Er half Billy aus dem Wagen und führte sie durch die Wasserlachen einige morsche Stufen hinauf. »Vorsichtig, hier ist alles verfault«, sagte wieder die hohe, schnarrende Stimme. Sie traten in einen Flur, in dem es nach Rauch und Zwiebeln roch, von da in ein Wohnzimmer, in dem ihnen eine schwere überheizte Luft entgegenschlug. Hier war es hell, zwei Kerzen brannten auf einem weißgedeckten Tisch, an der Seite über einem kleinen Schenktisch hing eine qualmende Petroleumlampe. Geblendet blinzelte Billy in das Licht, das Zimmer schien ihr voller Menschen zu sein. Jemand nahm ihr den Mantel ab und die schnarrende Stimme sagte: »Ihre Augen müssen sich erst an den Glanz des Wolfschen Salons gewöhnen, Komtesse.« – »Setz' dich, setz' dich«, rief Boris und schob sie zu dem großen, schwarzen Sofa, das vor dem gedeckten Tische stand, hin. Jetzt erst unterschied Billy die Gestalten im Zimmer. Da war ein langer Jude mit schwarzem Bart und grellen braunen Augen, er lächelte ganz süß. In der halboffenen Tür drängten sich Kinder im Hemde, unter wirren, schwarzen Haaren schauten sehr große Augen dunkel wie Onyxkugeln unverwandt zu Billy hinüber. Hinter dem Ladentisch saß eine Jüdin, der falsche, rotbraune Scheitel war ein wenig zu tief in die Stirn gerückt, das gelbe, regelmäßige Gesicht, die langen, braunen Augen drückten eine starre, hochmütige Geduld aus. Neben Boris stand ein Herr im Reitanzuge, er trug Sporen an den Stiefeln, sein feines, scharfgeschnittenes Gesicht lachte, er zeigte dabei sehr weiße Zähne unter einem kleinen Schnurrbart, der ihm wie zwei tintenschwarze Kommas auf der Oberlippe saß. »Mein Freund Ladislas Worsky«, stellte Boris vor, »das ist ein Freund! Bei dem Wetter ist er hinübergeritten, nur um uns zu sehen und uns vor irgendeiner Brücke zu warnen.« Ladislas zeigte wieder seine weißen Zähne. »Oh«, meinte er, »das ist das Verdienst meiner alten Reitstute, die findet den Weg bei jedem Wetter und in jeder Dunkelheit, vielleicht weil sie nur ein Auge hat. Aber Freund Wolf, den Samowar heran und was sonst da ist. Der Kindersegen soll abtreten, machen Sie es etwas gemütlich, und Mutter Wolf machen Sie ein liebenswürdigeres Gesicht. Boris, mein Alter, keine Verstimmungen! Setzen wir uns zum Souper.« Und er setzte sich an den Tisch, beugte sich zu Billy vor, sah sie mit den blanken Augen aufmerksam und ein wenig frech an und begann sich zu unterhalten, heiter und höflich, als säße er in einem Salon.
»Souper, nun ja, was man so nennt, die Delikatessen unseres Freundes Wolf können wir nicht brauchen. Eier allenfalls, in die dringt das alte Testament nicht ein. Da habe ich mir denn erlaubt, von unserer alten Mamsell zu Hause heimlich ein kaltes Huhn herauszulocken und es

mitzubringen.« Er wickelte das Huhn aus einem Papier, legte es auf den Teller und begann es zu zerlegen, sehr sauber und regelrecht; ein wenig zu zierlich und dann wieder zu schwungvoll waren dabei die Bewegungen der weißen Hände mit den vielen blitzenden Ringen. Er sprach dabei immerfort vom Wetter, vom Wege, vom Juden Wolf und Billy antwortete, als sei er ein junger Herr, der seinen ersten Besuch machte und sie mußte ihn empfangen. »Bitte, dieses Stück, Komtesse«, sagte er und legte Billy einen Hühnerflügel auf den Teller, »das ist ein spanisches Huhn; meine Mutter interessiert sich für Hühnerspezialitäten. Aber Boris, du sprichst ja nicht, tu n'es pas en train, mon vieux, du hast unrecht, Bruder. Du hast allen Grund guter Laune zu sein, kolossal viel Grund.« Dabei verbeugte er sich leicht gegen Billy, »aber das wollen wir schon machen; Wolf geben Sie von Ihrem sündigen Sekt her; unser Freund Wolf nämlich hat immer Sekt auf Lager, um damit auf heimlichen Wegen die Barbaren jenseits der Grenze zu beglücken.«

Essen konnte Billy nicht, die blau und weißen Teller, die Messer und Gabeln, das Tischtuch, alles war ihr zuwider. Drüben hinter dem Schenktisch saß noch immer die Jüdin, das gelbe, regelmäßige Gesicht unbewegt, die mandelförmigen Augen schauten Billy an, gleichgültig, hochmütig und geduldig, »ich ertrage dich, weil ich muß«, schienen sie zu sagen. Diese Augen quälten Billy, es war ihr, als sei sie noch nie so angeschaut worden. Sie zwang sich von diesen Augen fortzusehen, auf Ladislas Worsky zu hören, der eifrig in seiner Unterhaltung fortfuhr. Jetzt sprach er von Literatur: »Bourget, ach ja natürlich, sehr fein, aber er will das Frauenherz analysieren, so wie Schmetterlinge auf Nadeln stecken, aber das ist ja gerade das Ding auf der Welt, das sich nicht analysieren läßt. Sie kennen nicht Bourget, Komtesse? Ach ja, die deutschen jungen Damen lesen keine Romane, sie lesen nur Schiller. Nun, Ihr Schiller –« Billy war ihm dankbar für seine Unterhaltung, für das Überelegante seiner Bewegungen, für die weißen Manschetten, die er immer wieder aus dem Rockärmel hervorzog, und für die schmalen, frauenhaften Hände voller Ringe. All das legte etwas Bekanntes, etwas Heimatliches in diese fremde, feindliche Umgebung. Billy antwortete, lachte ein wenig, bemühte sich zu tun, als säßen sie auf der Gartenveranda in Kadullen, ja, sie ahmte ein wenig die Weltdamenmanieren ihrer Schwester Lisa nach. Der Sekt kam. »So, bitte, ein anderes Gesicht, Bruder«, rief Ladislas Boris zu und schenkte den Wein ein. »Aber so ist er immer«, wandte er sich an Billy, »je connais mon Boris. Stört ihm etwas sein Programm, dann ist es fort mit der guten Laune, er hat uns immer mit seiner schlechten Laune die halben Sonntage verdorben, nur weil der nächste Tag Montag war. Ja, das

ließ sich nicht ändern. Da hatten wir in Prima einen Kameraden, du weißt Boris, Andreijsky, ein toller, lustiger Junge. Nun plötzlich erschießt er sich. Warum? Man sprach da von Krankheit und solchen Sachen. Nein, ich weiß, er erschoß sich, weil die Ferien zu Ende waren, einfach, weil die Ferien zu Ende waren, er haßte die Schule wie die Sünde. So ist Boris auch.« – »Da muß ich doch bitten«, bemerkte Boris. – »Nun, nun«, meinte Ladislas, »ärgere dich nicht, Bruder, du hast gar keinen Grund. Morgen früh ist die Brücke wieder gemacht, hier bist du in Sicherheit, in der reizendsten Gesellschaft, der glücklichste Mensch, also stoßen wir an, auf Ihr Wohl Komtesse! Auf die Erfüllung aller Wünsche!«
Sie ließen die Gläser aneinanderklingen. Boris lächelte matt, das begeisterte Ladislas. »So ist's recht, mein Alter. Sehen Sie, Komtesse, ich bin solch ein harmloser Mensch, seh' ich einen anderen glücklich, dann bin ich wie berauscht. Ich erlebe nie etwas, aber mir ist zumute, als sei das hier mein Abenteuer, als ob Sie und ich, na, gleichviel –« Er sprang von seinem Stuhle auf, ergriff sein Glas und begann zu singen:

Treibt der Champagner
Das Blut erst im Kreise usw.

Er sang mit einem hübschen Bariton und mit schwungvollen Theaterbewegungen. Der Jude rief »bravo« und klatschte leise in die Hände. In der Tür erschien wieder die Schar der Judenkinder und schaute mit runden, grellen Augen in das Zimmer. Boris und Billy hörten lächelnd zu, nur das Gesicht der Jüdin blieb unbewegt und blickte mit müder Verachtung die drei dort am Tische an.
Die leichtherzigen Noten von Mozarts Melodie füllten den qualmigen Raum wie mit etwas Glänzendem und Kostbarem. Boris wiegte sich leicht auf seinem Stuhl, schlug mit den Fingern den Takt auf den Tisch und als Ladislas zu Ende war, nickte er ihm zu und meinte: »Ja, ja, Bruder, das war das richtige.« – »Nicht wahr?« rief Ladislas. Er freute sich so sehr über die Wirkung seines Gesanges, daß er Boris umarmte und auf beide Wangen küßte. Dann setzte er sich wieder an den Tisch, füllte die Gläser. »Erlauben Sie, Komtesse«, sagte er, »daß ich Ihnen die Hand küsse, ich bin so froh, an diesem Glück hier teilnehmen zu dürfen.« Boris lachte ein wenig mitleidig. »Das war immer dein Talent, mein guter Ladislas! Teilnehmen. Erinnerst du dich, wie du als Student eine Zeitlang keinen Wein trinken durftest und mit deinem Selterswasser doch immer früher betrunken warst, als wir mit unserem Wein, nur aus Teilnahme. Du bist dazu geboren, in Prokura glücklich zu sein.« – »Bravo!« rief Ladislas, »un mot

charmant! Du fängst wieder an witzig zu werden, Gott sei Dank, du hast allen Grund dazu, Bruder, wenn man, wie du, auf der Seite der Wippschaukel steht, die hoch oben ist und nicht allein dort steht – im Gegenteil.« Boris wurde wieder ernst. »Ganz schön, aber vielleicht müssen wir doch ein wenig von Geschäften reden.« Aber Ladislas war empört: »Erbarm dich, Bruder! Warum sollen wir von Geschäften reden! Warum sollen wir die Komtesse damit langweilen? Was ist auch da zu reden, es ist alles geordnet, es wird alles glatt gehen, nein, ich weiß etwas besseres, wir machen ein Spielchen, da sind Karten, die habe ich mitgenommen. Sie spielen doch, Komtesse? Irgendein Spiel.« Nein, Billy spielte kein Spiel, aber sie wollte zuschauen, die Herren sollten nur spielen. Sie lehnte sich in das Sofa zurück, die überheizte Luft und der Wein machten ihr den Kopf schwer, machten sie schläfrig und ruhig; Ladislas' »es wird schon alles glatt gehen« klang ihr angenehm in den Ohren. Natürlich, wenn sie nur jetzt schlafen könnte. »Also ein Ecartéchen«, sagte Ladislas und mischte die Karten. »Sehen Sie, Komtesse, ich spiele sehr gern Karten. Warum? Weil das Kartenspiel symbolisch ist. Bitte, Boris, kupiere.« Billy konnte nicht anders, sie legte die Hand vor den Mund und gähnte. »Du bist müde, Kind«, sagte Boris, »leg dich ein wenig nieder.« – »Freilich«, rief Ladislas, »es ist für alles gesorgt.« Er sprang auf und öffnete die Tür zu einem Nebenzimmer: »Bitte. Aber vordem, Komtesse, erlauben Sie, daß ich von Ihnen Abschied nehme, ich reite gleich wieder fort, ich muß zeitig zu Hause sein, damit meine Mutter von meinem nächtlichen Unternehmen nichts merkt.« Er küßte Billys Hand: »Ich danke Ihnen, Komtesse, für das Glück dieser Stunden.« Das klang so gefühlvoll, daß Billy fast gerührt wurde.

Im Nebenzimmer brannte trübe eine Kerze auf einer Kommode. Weiß und goldene Porzellanvasen standen da voller Papierrosen, an der Wand hing eine jüdische Kußtafel. Den meisten Raum im Zimmer aber nahmen zwei mächtige Betten ein, auf denen sich Berge von Federkissen in rotbaumwollenen Bezügen türmten. »Ja, lege dich nieder«, sagte Boris und strich mit der Hand über Billys Haar, »ach Billy, wenn du fühlen würdest wie ich.« – »Warum sagst du, daß ich nicht fühle wie du«, erwiderte Billy ein wenig gereizt, »das ist unfreundlich.« – »Nein, nein, ich bin nicht unfreundlich«, meinte Boris, »schlafe jetzt, ich muß mit Ladislas manches besprechen.« Billy legte sich auf das Bett und Boris ging hinaus. Sie hörte die beiden jungen Leute draußen sprechen, anfangs schienen sie Karten zu spielen, dann flüsterten sie eifrig miteinander in polnischer Sprache schnell und zischend. Billy schloß die Augen und lag regungslos da, schlafen wollte sie, aber dann schien es ihr, als stünde neben ihr etwas, etwas das drohte, das heranschleichen wollte, es schien ihr, als müßte sie wachen, als müßte sie auf ihrer Hut sein. Sie schlug wieder die Augen auf, die Flamme der Kerze wurde von einem Zugwinde leicht bewegt, irgendwo im Hause wimmerte ein Kind, ein leiser unendlich kummervoller Ton, und um sie her lagen die roten Federkissen mit ihrem widerwärtigen üppigen Schwellen und atmeten einen süßlichen Staubgeruch aus. Sie warfen große Schatten an die Wand und die runden weichen Formen zitterten sachte. Ein unendlicher Ekel schüttelte Billy, warum war sie hier, was hatte sie hier zu tun? Ja so, sie liebte ja Boris. Wie war das doch? Konnte sie es nicht wieder haben, dieses heiße Gefühl des Mitleids und der Sehnsucht, das alles in ihr veränderte, ihr Mut zu allem gab und das Unmöglichste selbstverständlich machte. Auch dazu war sie jetzt zu müde. Schlafen wollte sie jetzt – irgendwo wo es still und sicher und rein wäre. Sie schloß wieder die Augen, um nicht dieses Zimmer zu sehen, wollte an zu Hause denken, allein auch diese Gedanken gaben keine Ruhe, sie schmerzten. Also an etwas ganz Friedliches wollte sie denken, etwas, das keine Vorwürfe machen konnte, an die Möbel im Gartensaal, wie sie unter ihren weißen Baumwollebezügen in der Dunkelheit standen, an die großen Blumensträuße, die dort in den Vasen welkten und ihre Blätter mit einem ganz leisen Ton auf den Tisch niederregnen ließen. Ja daran, nur daran wollte sie denken.

Sie mußte doch ein wenig geschlafen haben, denn als sie jetzt auffuhr, schien es ihr, als sei sie fortgewesen irgendwo, wo sie geborgen war, wo sie bekannte Stimmen hörte und nun fiel sie wieder jäh in diesen fremden Traum hinein. Es war noch da, dieses Zimmer mit der dumpfen Luft, die Wände mit den sachte zitternden Schatten, die weichen roten Kissen saßen um sie her und warteten, alle waren sie noch da und mußten weiter geträumt werden. Und dann stand da noch jemand vor dem Bett ganz regungslos. Es war Boris, aber auch er seltsam fremd und unheimlich. Das flatternde Licht der Kerze ließ Schatten über sein Gesicht hinfahren und es schien, als verzöge es sich, nur die dunkelen Flecken der Augen waren unbeweglich auf sie gerichtet. Müde und mutlos lehnte sich Billy in die Kissen zurück und schloß die Augen.

»Was ist geschehen«, sagte sie ganz leise.

»Nichts ist geschehen«, erwiderte Boris ebenso leise.

»Ist er fort?« fragte Billy weiter.

»Ja, Ladislas ist fort.«

»Warum stehst du so da?«

Als Boris nicht antwortete, wiederholte Billy die Frage weinerlich und klagend. Da hörte sie, wie er am Bette niedersank. Er umschlang sie mit

seinen Armen, sie fühlte, wie sein Gesicht kalt und schwer auf ihrer Brust lag, wie ein seltsames Beben seinen Körper schüttelte, als weinte er.
»Du sagtest doch, es wird alles gut werden«, sagte Billy und ihre Stimme klang wieder weinerlich und gereizt. »Warum sprichst du nicht? Ich weiß ja nicht, ich glaubte, daß ich bei dir sein muß, daher ging ich mit. Du sagtest doch, es wird alles gut werden.«
Boris klammerte sich fester an Billys Arm, er schob sich hinauf, jetzt lag er mit dem Oberkörper auf ihr, sein Gesicht war dem ihren ganz nahe, nun küßte er sie mit trockenen hungrigen Lippen.
»Ja«, flüsterte er, »es wird alles gut, wenn du nur willst. Aber ich fürchte mich so furchtbar vor dem einen ...«
»Du fürchtest dich auch«, erwiderte Billy tonlos, »ja dann –«
»Nein, hör'«, fuhr Boris fort und sein Flüstern wurde seltsam heiß und leidenschaftlich, »wenn du nur willst. Ich fürchte mich vor morgen, wenn es grau und hell wird, und wir müssen etwas tun und müssen sorgen, und die Menschen kommen, und alles ist so häßlich, die anderen und wir, und unsere Liebe, ach Billy, das habe ich nie ertragen können, so der nächste Morgen nach einem Glück –«
»Wir können es doch nicht ändern, daß es Morgen wird«, meinte Billy immer noch mit dem gereizten Ton.
»Doch, wir können das«, sagte Boris atemlos vor Erregung und seine Hände preßten sich um Billys Schultern so fest, daß es sie schmerzte. »Wir sind doch beisammen, wir können so glücklich, so glücklich sein, daß wir keinen Morgen mehr sehen wollen. Das gibt es. Du wirst sehen. Komm', du und ich, und dann vertragen wir nichts als zu sterben.« Er stammelte das, ganz nah auf sie hinabgebeugt, das Gesicht bleich und böse und seine Hände zerrten fieberig an Billys Kleid.
»Wie können wir denn sterben?« versetzte Billy müde.
»Wie – ist gleich«, erwiderte Boris ungeduldig, »du wirst sehen, wir können dann nicht weiterleben.«
Billy schlug die Augen auf und schaute Boris scharf und angstvoll an. »Hast du das schreckliche, kleine Revolver, welches du mir zu Hause im Garten zeigtest, und von dem du sagtest, daß es dein Freund sei?« fragte sie.
»Ja, ja, aber warum davon sprechen«, antwortete Boris ungeduldig, »wir denken jetzt nur an uns, an unser Glück. Willst du, sag? Wir sind einer bei dem anderen und nichts ist da, als nur wir und wir sterben lieber, als daß irgend etwas anderes nahe kommt.«
Billy richtete sich ein wenig auf, sie schob Boris' Hände, die heiß an ihrem Körper entlang fuhren, wie etwas Lästiges fort. Ihre Augen wurden groß

und klar vor Angst, aber ihre Lippen zuckten wie in einem spöttischen und ein wenig verächtlichen Lächeln: »Glücklich sein – hier bei diesen häßlichen, roten Kissen. Ach bitte geh jetzt. Du – du bist wie das andere hier, ich fürchte mich auch vor dir!«

Boris ließ Billy los und richtete sich auf. Jetzt kniete er vor dem Bett, ließ die Arme schlaff niederhängen und nagte an seiner Unterlippe. Sein Gesicht trug den Ausdruck kummervoller Enttäuschung. Billy lehnte sich wieder in die Kissen zurück, wandte das Gesicht zur Wand und schloß die Augen. Regungslos lag sie da wie ein geängstigtes Kind und horchte gespannt auf das leiseste Geräusch. Boris schwieg eine Weile, dann sagte er einmal: »Aber Billy«, und dies war wieder die Stimme, die sie kannte; aus ihr wehte es sie an wie der duftende Atem des heimatlichen Gartens, und der Boris, den sie kannte und die Billy, die sie kannte, und ihre Liebe – alles war für einen Augenblick wieder da. Sie wollte sich umwenden, allein sie schloß die Augen nur noch fester, sie wußte, wenn sie die Augen aufschlüge, dann wäre das alles doch fort. Sie hörte sich selbst sagen, überlegen und verdrossen: »Sterben, nein, gewiß nicht. Wenn du sonst nichts weißt!«

Wieder schwieg Boris und Billy wartete in angstvoller Spannung. Da hörte sie, wie er sich erhob, einige Schritte machte, vor sich hinmurmelte: »Ja, das ist etwas anderes, da ist nichts zu machen« und dann langsam und zögernd aus dem Zimmer ging. Sie hörte, daß er die Tür nur anlehnte, im Nebenzimmer auf- und abschritt, stehen blieb, etwas in ein Glas goß und wieder auf- und abging. Sie lauschte aufmerksam dem leisen ruhelosen Knarren dieser Schritte, lauschte mit jener schmerzhaften Wachsamkeit, mit der wir etwas verfolgen, das uns droht, das uns angreifen will. Denn dieser Ton wurde seltsam ausdrucksvoll. Billy glaubte aus ihm kurze ärgerliche Worte, eine mißmutig vor sich hinscheltende Stimme herauszuhören. Als dann der Rhythmus dieser Stimme sich änderte, hielt Billy in Erregung den Atem an. Jetzt geht er auf den Fußspitzen, sagte sie sich, jetzt nähert er sich der Tür. Boris trat wieder sachte in das Zimmer und blieb an dem Bettende stehen. Sie hörte deutlich das leise Aneinanderklingen der Berlockes an seiner Uhrkette, dann wurde es ganz still. Billy rührte sich nicht, sie wartete mit der Ergebung, die wir im Traum haben, auf deren Grund unbewußt die Hoffnung ruht, das Erwachen wird kommen und uns von den Traumereignissen erlösen.

Boris begann zu sprechen, klanglos, müde: »Natürlich schläfst du nicht. Du willst mich täuschen. Bitte, bitte, laß dich nicht stören. Ich bitte nie zum zweiten Male. Man versteht mich oder man versteht mich nicht. Du verstehst mich nicht, gut, gut, es ist immer dasselbe. Ihr versteht immer nicht.« Er hielt inne und es war wunderlich, wie das Mädchengesicht mit den geschlossenen Augen, den fest aufeinandergepreßten Lippen errötete und erbleichte. »Es wundert mich nur«, fuhr Boris fort, »daß du hierhergekommen bist. Um korrekt zu sein, dazu brauchen wir nicht hier zu sein. Ja, aber so ist es immer, man glaubt zusammen sehr hoch zu stehen, hoch über allem, was klein und dumm ist, man glaubt, nun kommt der große Augenblick, auf den man sein ganzes Leben gewartet und dann ist es wieder nichts, man ist doch allein und du, du bist doch dort unten geblieben in der Welt von – von – Madame Bonnechose.«

Er schwieg wieder und Billy dachte: »Lachte er jetzt?« Es war in seiner Stimme etwas gewesen, das so klang. Sie drückte die Augenlider fester zu; nicht um eine Welt hätte sie dieses traurige und hochmütige Lachen sehen wollen, vor dem sie sich immer gefürchtet hatte auch in Augenblicken, in denen sie Boris am stärksten liebte. Boris machte einige Schritte, blieb wieder stehen: »Nur Verantwortung auf mich nehmen, sonst nichts, nein ich danke. Aus etwas, das ganz schön und groß hätte sein können, machst du etwas Häßliches und Albernes. Da spiele ich nicht mit. Lächerlich zu sein verstehe ich nicht, dazu haben wir Polen kein Talent.« Wieder machte er einige Schritte, wieder wartete er, ja er wartete, das wußte Billy, allein es kam ihr keinen Augenblick der Gedanke, sie könnte die Augen aufschlagen, sie könnte zu ihm sprechen, ihn zurückrufen, sie hatte nur einen Gedanken, ganz still zu liegen, sich nicht regen, dann geht vielleicht auch das vorüber. Boris war jetzt an der Türe, sie hörte das leise Knarren der rostigen Türangeln und auf der Schwelle sagte er noch mit einer Stimme, die seltsam fremd und verändert klang, mit der Stimme eines, der irgendwo ganz allein kummervoll und hoffnungslos zu sich selber spricht: »Nein, das nicht, das bin ich so müde, immer nur für ein Mißverständnis leben.« Er ging und lehnte die Tür wieder an und Billy hörte wie er im Nebenzimmer hin und her schritt und sich dann auf das alte knackende Sofa warf.

Das Gewitter hatte aufgehört, beruhigt und gleichmäßig rann ein feiner Regen nieder und klopfte ganz sachte an die Fensterscheiben. Billy lag noch immer still da. Warum sollte sie sich regen? Warum sollte sie die Augen aufschlagen? Um sie her war nichts, das zu ihr gehörte, das teil an ihr hatte, nichts, das sie als Leben empfand. Ein nie erlebtes Gefühl des Alleinseins ergriff sie körperlich, etwas, das sie krank machte, sie frieren ließ.

Boris hatte mit seiner seltsam veränderten Stimme von Glücklichsein und Sterben gesprochen. Diese Worte hatte sie schon einmal gehört zu Hause zwischen den Johannisbeerbüschen, aber dort klang es anders, dort klang es traurig und schwül und süß, sie verstand es dort und es erschien ihr als etwas Mögliches und Leichtes, wenn Boris es wollte. Allein hier – sterben, das war unverständlich und widerwärtig wie alles andere hier, das war eben dieses furchtbar rätselhafte Gefühl der Einsamkeit, das jetzt kalt über sie hinkroch. Sie muß daliegen und das Leben ist unendlich weit, sie sieht es wie einen Fleck ganz gelb von Sonnenschein, ganz bunt von Herbstblumen und bekannte Figuren gehen durch diesen Sonnenschein; vor dem Waschhause steht die Wäscherin mit der weißen Schürze, am Nelkenbeete kniet der Gärtner mit dem großen gelben Strohhut und unter dem Birnbaum steht ihr Vater und zieht den Duft der Augustbirnen und der Pflaumen in seine lange weiße Nase. Billy sieht das, spürt das, riecht das und doch lebt das alles ohne sie, ja sie selbst ist dort, sie sieht sich, ihre Liebe ist dort, Boris, alles, aber sie kann nicht zu sich selber hinkommen. Billy richtet sich auf, die Augen weit offen, der Mund sehr rot im weißen Gesicht und um die Lippen den entschlossenen eigensinnigen Zug, den sie anzunehmen pflegten, wenn Billy fühlte, daß sie etwas haben mußte, nach dem sie sich sehnte.

Sie stieg leise aus dem Bett, schlich zur angelehnten Türe und schaute durch den Spalt. Boris lag auf dem Sofa und schlief. Das Haar hing ihm wirr in die Stirn, das bleiche Gesicht trug den gramvollen und zugleich hilflosen Ausdruck, den ein schwerer Schlaf über ein Gesicht breitet. Auf dem Tisch stand die Sektflasche und ein halbgeleertes Glas. Die Kerze war tief niedergebrannt und der einzige Ton im Zimmer war ein leises Stöhnen, das aus Boris' halbgeöffnetem Munde drang, klagend und dann wieder wie in kleine hohe wie spöttische Laute umschlagend. Billy zog die Türe vorsichtig an. Geschäftig nahm sie nun ihren Mantel und ihren Hut, ging an das Fenster und öffnete es. Der Zugwind verlöschte die Kerze; draußen schien es noch dunkel, der Regen flüsterte in der Finsternis, die großen Tannen rauschten, ein lautes tiefes Rauschen, ein herrlich befreites Atmen aus unendlich weiter Brust und Billy mußte auch atmen ganz tief, sie schwang sich auf das Fensterbrett und sprang hinaus.

Der Wind trieb ihr den Regen in das Gesicht und benahm ihr den Atem. Sie stand einen Augenblick da leicht vorgebeugt wie jemand, der im Seebade steht und erwartet, daß eine Welle über ihn hingehe. Dann lief sie in die Finsternis hinein mit festen eigensinnigen Schritten. Über dem nassen Wege lag eine matte, blinde Helligkeit. Dieser folgte Billy. Klatschend sprang das Wasser an ihren Beinen hinauf, wenn sie in die Pfützen trat, von ihrem Hut rannen kleine kalte Bäche hinter ihren Mantelkragen. Alles war gegen sie, alles war feindlich, was da rings um sie her flüsterte, gurgelte, kicherte und rauschte. Es war furchtbar und sie fürchtete sich auch, aber sie hatte es nicht anders erwartet und sie mußte eben vorwärts. Dabei fand sie in sich etwas, das sie bisher nicht in sich gekannt hatte, sie fand in sich das erregende Gefühl böser Wachsamkeit und gleichsam verbissener Neugier, die das Wesen des Mutes sind. Denken konnte sie nicht, sie hatte nur auf der Hut zu sein. So stürmte sie fort. Der Weg wurde jetzt dunkel. Die großen Tannen rauschten ganz nahe um sie her, zuweilen schlug ein nasser Zweig nach ihr, der wollte sie festhalten und dann stieß sie ihn von sich ingrimmig und kampflustig. Eine große, traumhafte Resignation dem Unbekannten und Lauernden gegenüber machte sie fast gefühllos. Wunderlich war es dabei, wie die ganze Zeit über ein Bild vor ihr stand und empfunden und gesehen werden wollte. Sie sah sich selber deutlich, als ginge sie neben sich selber her, die schmale Gestalt im braunen Regenmantel, den nassen Hut auf dem Kopf, ein wenig vorgebeugt wie sie die fremden schwarzen Wege entlang lief unaufhaltsam und willenlos wie eine Kugel, die eine kräftige Hand hinausgeschleudert hat, vorwärts über die Wurzeln, die sich ihr hinterlistig in den Weg stellten, unter Zweigen durch, die sie aufhalten wollten und sie mit Wasser überschütteten, an großen dunklen Vögeln vorüber, die über den Weg rauschten und erschreckende Klagetöne in die Nacht hineinriefen. Aber das mußte so sein, so war das Leben außerhalb der Gartengitter von Kadullen, so war es, wenn man sich wieder zu den Gartengittern von Kadullen durchkämpfen mußte. Und es war Billy, als fühlte sie, daß da in der finsteren Welt um sie her viele solche einsame Gestalten schwarze Wege hinabliefen eilig, eilig. Diese Kameradinnen der Nacht empfand sie so stark, daß sie ihr unheimlich und dennoch ein wenig tröstlich waren. Der Weg wurde immer deutlicher und blanker, Bäume und Sträucher standen jetzt deutlich in einem grauen Licht, Nachtraben klatschten mit den Flügeln, der Tag kam. Aber Billy schaute nicht auf. War es furchtbar diesen Traum zu träumen, so fürchtete sie sich dennoch davor aus ihm zu erwachen. Sie wußte, dann würde dieses Fieber des Mutes und der gedankenlosen Ergebung von ihr weichen, dann würde sie keine Kraft mehr haben. Den Kopf auf den Weg niedergebeugt stürmte sie weiter, zuweilen war sie mitten in einem weißen Nebel, dann ging sie wieder über Moos hin wie über grün und roten Sammet. Merkwürdig still war es um sie geworden, Regen und Wind mußten aufgehört haben. Plötzlich ging sie ganz in rotem Licht. Sie fühlte dieses Licht wie etwas, das wehe tut, sie kniff die Augen zusammen und beugte den Kopf tiefer. Allmählich wurde das Licht golden, überall lag greller Glanz, überall flimmerte es, in der Luft begann es zu summen, im Moose zu rascheln. Billy fühlte, wie um sie her geschäftiges Leben erwacht war und sie ging

schneller, es war wie ein Wettlauf mit diesem Tage, der so ruhig und wach in all seinem Glanze herankam.
Wie lange Billy so gegangen war, wußte sie nicht, es schien ihr unendlich lange. Die Sonne stand schon hoch am reinen, blauen Himmel und stach unerbittlich herab. Es schien Billy, als müßte sie eine sehr warme Last mit sich forttragen, dazu wurden ihr die Füße so schwer, bewegten sich langsam und mechanisch wie Dinge, die nicht zu ihr gehörten, sie waren ihr gleichgültig wie alles an ihr, sie fühlte sich wie eine wunderliche Sache, die mühsam durch den Sonnenschein fortgetrieben wird. Da plötzlich auf einer kleinen grellbeschienenen Waldlichtung sank sie auf einen Mooshügel nieder. Köstlich war es die Beine von sich zu strecken, den Rücken in das warme Heidelbeerkraut zurückzulehnen. Etwas Schöneres konnte es im Leben nicht geben. Um die Lichtung standen junge Föhren und Tannen blank wie Metall und so regungslos, daß die Tropfen, die noch hier und da an ihren Nadeln hingen, gefroren schienen. Alles war regungslos unter diesem gelben Lichte, die Halme, die Moosblüten, die kleinen blauen Falter, eine Hummel kroch in die Glocke eines Benediktenkrautes und blieb dort hängen wie verzaubert. Im Dickicht kam ein Fuchs daher, den Kopf suchend niedergebeugt, und plötzlich blieb auch er stehen ohne ein Glied zu regen und starrte vor sich hin die Lichter durchsichtig wie grünes Glas, gebannt von dem gewaltsamen Schweigen der Stunde. Billy saß da und auch auf ihr lastete diese Regungslosigkeit, die so wunderbar wohltat, dieser köstliche Rausch des Lichtes, des Schweigens und all der heißen Düfte, welche die Blätter, die Tannennadeln, die großen sich sonnenden Schwämme ausatmeten. Auch sie starrte vor sich hin, sie fühlte, wie auch ihre Augen so glashell wurden wie die Lichter des Fuchses dort und alles in ihr nur dazu da war die sonnige Stille zu trinken. Aufgeregt erscholl jetzt der Ruf des Eichelhähers, als wollte er jemand rücksichtslos wecken. Der Fuchs war fort und auch Billy fuhr auf, sie lehnte sich zurück, hob die Arme empor, streckte sich und machte ein Gesicht, als wollte sie weinen. Etwas sehr Schönes war vorüber. Mühsam erhob sie sich, was half es, sie mußte ja doch weiter.
Ein breiter Waldweg mit kurzem Rasen bedeckt führte durch eine junge Föhrenschonung hin und als der Weg eine Biegung machte, lag ein Stück Heideland vor Billy, mitten darin standen einige Häuschen, standen da mit goldbraunem Gebälk, silbergrauen Dächern wie kleine, blanke Kästchen auf der rotblühenden Heide. Eine Kuh blökte dort langgezogen und schläfrig, ein Hahn krähte und Rauch stieg aus dem Schornstein gerade in den Himmel. Billy blieb stehen; das hier ergriff sie so stark, sie wußte nicht, warum; die Augen wurden ihr feucht und doch mußte sie lächeln.

Sie ging gerade auf das Haus zu, ein niedriger Lattenzaun umhegte einen Garten, in den Billy durch die halbgeöffnete Tür eintrat. Lange Gemüsebeete, Stachelbeerbüsche. Hie und da legten blaublühende Zichorien und dunkelroter Mohn grelle Farbenflecken in den gleichmäßigen Glanz des Mittaglichtes. Überall standen Bienenkörbe umher. Vor einem derselben kniete ein Mann und machte sich mit den Bienen zu schaffen. Billy ging auf ihn zu, er hörte wohl den Kies unter ihren Schritten knirschen, er hob den Kopf, ein altes, wie von unten nach oben zusammengedrücktes, kleines Gesicht schaute Billy aus trüben, ganz hellblauen Augen ruhig an.
»Guten Morgen«, sagte Billy.
»Guten Morgen«, erwiderte der Mann, die Hände hatte er vorsichtig vor sich hingestreckt, denn sie waren dicht mit Bienen wie mit goldgelben Sammethandschuhen bedeckt. Als Billy schwieg, wandte er sich wieder seinem Bienenstocke zu.
»Bin ich weit von Kadullen?« begann Billy wieder.
»Zu gehen drei Stunden«, erwiderte der Mann, ohne aufzuschauen. Wieder schwiegen beide. Der starke Duft der Küchenkräuter in den Beeten, der säuerliche Geruch des Honigs, das leise Summen der Bienen, all das legte sich über Billy wie eine unendlich wohlige Trägheit. Hier ausruhen, dachte sie. »Darf ich hier sitzen?« fragte sie und wies auf einen Schiebkarren, der umgekehrt auf dem Kieswege lag. Der alte Mann nickte nur, während er die Bienen vorsichtig von seinen Händen streifte und Billy setzte sich, streckte die Füße von sich, ließ die Arme schwer niederhängen, seufzte tief auf, mehr brauchte sie nicht. Ach, es war ja doch nicht so schwer, zu leben.
»Sie sind das Fräulein aus Kadullen?« sagte der alte Mann endlich wieder, »ich komme da oft hin, um Honig zu bringen. Sind wohl naß, wie?«
»Ja.«
»Sind wohl in der Nacht im Regen draußen gewesen, nun wollen Sie wohl nach Hause?«
Ja, Billy wollte nach Hause. Der alte Mann nahm seinen Strohhut ab und fuhr sich bedächtig mit der Hand über den nackten, blanken Schädel. »Man kann anspannen«, meinte er. Dann wandte er sich zur anderen Seite und rief: »Lina!« Drüben vor dem kleinen Stall stand eine rote Kuh und davor hockte ein Mädchen im blauen Leinwandkleide und melkte die Kuh. Das Mädchen richtete sich langsam ein wenig mühsam auf, stand einen Augenblick da, verzog das Gesicht vor dem Sonnenschein, schaute mißmutig zu Billy hinüber und wischte sich die großen, roten Hände an der weißen Schürze. »Komm nur«, sagte der Alte. Da kam Lina langsam die Gemüsebeete entlang, auf dem großen, starken Körper saß ein kleiner

Kopf, ein pausbäckiges, sehr erhitztes Kindergesicht unter der schweren Fülle brauner, fetter Haare. Die Hände hielt sie noch immer auf ihrer Schürze, als wollte sie es verbergen, daß sie guter Hoffnung war. Vor Billy blieb sie stehen und fragte verdrossen: »Was denn, Vater?« – »Nimm das Fräulein mit hinein«, sagte der Vater, »ziehe ihr trockenes Zeug an, gib was zu essen, nachher, Fräulein, fahren wir.«
Lina wandte sich um und schritt dem Hause zu. Billy erhob sich, um ihr zu folgen, da schaute der Alte verschmitzt, so von der Seite auf die beiden hin, wies mit dem Daumen auf seine Tochter und sagte: »Die is auch liederlich gewesen.« Lina schaute nach Billy zurück, fuhr sich mit dem Handrücken über die Augen und lächelte ein wenig. Das Wohnzimmer, in welches Billy geführt wurde, mußte frisch getüncht worden sein, denn es erschien ihr so überraschend grellweiß. Der Sonnenschein lag so wunderlich schwer und honiggelb auf den weiß und roten Kattunbezügen der Möbel und den Tannenbrettern des Fußbodens. Dazu kam noch ein eifriges, lautes Durcheinander von Vogelstimmen, die einander überschreien wollten, überall an der Decke und am Fenster hingen Vogelbauer mit Kanarienvögeln, es mochten ihrer zehn oder zwölf sein und die Tierchen, vom Lichte erregt, schlugen, als seien sie berauscht vom eigenen Gesange.
»Oh, die Vögel«, sagte Billy überrascht.
»Die!« meinte Lina verdrießlich, »die bellen den ganzen Tag.«
Billy mußte sich auf das Sofa setzen und Lina begann sie zu entkleiden. Sie zog ihr die Schuhe aus, die Strümpfe. »Die kleinen Füße«, murmelte sie, »in einer Hand halte ich so 'n Fuß wie 'n Vogel.« Sie war ganz in ihrer Arbeit versunken und sprach vor sich hin wie ein Kind, das still in einer Ecke mit seiner Puppe spielt. »Die feine Wäsche, und durch und durch naß und 'n Haut wie Seide haben wir, so, so, und nun kommt das Hemd, ganz neu ist es, für die Hochzeit habe ich es mir gemacht.«
»Für die Hochzeit?« fragte Billy, die willenlos den großen, vorsichtigen Händen gehorchte. »Die Hochzeit, nu ist ja doch nichts damit«, meinte Lina, während sie geschäftig zwischen den Kästen und Billy hin- und herging. »So, dieses Kleid hier, mir ist es ein bißchen zu eng, für Fräulein wird es gut sein. Ne, ne, es ist doch zu weit, das muß man zusammenstecken«, und die beiden Mädchen begannen über das zu lose Kleid zu lachen, ganz laut, ganz hilflos. Lina setzte sich, schlug sich auf die Knie und hielt sich die Seiten. Die Kanarienvögel versuchten das Lachen der Mädchen zu überschreien. Nun war Billy fertig. Sie ließ sich einen Spiegel geben, betrachtete sich aufmerksam, dann legte sie den Spiegel befriedigt fort und sagte: »Sehr gut, Ihre Kleider sind beruhigend wie Baldriantrop-

fen.« Lina ging hinaus um etwas zum Essen zu besorgen und Billy lehnte sich in das Sofa zurück und schloß die Augen. Ja, es war ihr wirklich, als hätte sie mit ihren Kleidern die Sorgen und Unruhen der früheren Billy abgelegt. Mit dem blau- und weißgetüpfelten Leinwandkleide, mit dem großen Kragen und dem groben Hemde, das ihr die Haut rieb, schien es ihr, als hätte sie etwas von dem sorglosen, fast schamlosen Frieden eingesogen, mit dem Lina ihren von der Mutterschaft entstellten Körper faul und bequem an den Gemüsebeeten des Gartens entlang bewegte.
Nun brachte Lina Milch, ein blankes, braunes Brot und sehr viel Honig. Billy begann zu essen; zuerst heißhungrig, dann langsam mit Genuß, fast mit Andacht, sie erinnerte sich nicht, daß ihr je etwas so gut geschmeckt hatte.
Als sie satt war, stützte sie die Arme schwer auf den Tisch. In den ungewohnten Kleidern trieb es sie Bewegungen zu haben, die sie sonst nicht hatte, die Lina vielleicht haben konnte. Ihre Wangen waren wieder gerötet, ihre Augen blank und Lebensungeduld wärmte ihr Blut. Lina saß ihr gegenüber, die Hände flach auf die Knie gelegt und schaute sie aus den kleinen, blauen Augen stetig und geduldig an. »Ich denke«, meinte Billy, »wir gehen jetzt zu der Kuh, den Hühnern, zu den Bienen.« Das war es, in diesem komischen, blauen Kleide wollte sie sich draußen im Hofe umtun; ja, sie war überzeugt, sie würde ganz so faul und gemütlich wie Lina zwischen den Gemüsebeeten entlang gehen können. Als sie jedoch aufstand, fühlte sie, daß ihre Beine steif waren und sie schmerzten. »Ach nein, bleiben wir lieber«, sagte sie, »sprechen wir lieber etwas.« Allein die Ruhe des großen, erhitzten Mädchens ihr da gegenüber machte sie ungeduldig. Konnte man diese Ruhe nicht aufstochern, wie sie als Kind die kleinen, stillen Ameisenhügel aufgestochert hatte, so daß sie gleich voll aufgeregten Lebens wurden. »Fürchten Sie sich nicht?« fragte Billy plötzlich.
»Fürchten?« erwiderte Lina, »warum? Ach so, Sie meinen deshalb, ne, was kann man sich da viel fürchten?« – »Aber manche sterben daran«, bohrte Billy weiter. Lina fuhr sich mit dem Handrücken über die Augen und lächelte ein wenig. »Ja, manche sterben.« Die beiden Mädchen schwiegen eine Weile und lauschten dem Lärm der Kanarienvögel. Dann begann Lina zu fragen mit ihrer tiefen, ein wenig singenden Stimme: »Und Ihrer ist auch fort?« Billy errötete. »Ja, fort«, murmelte sie unsicher. Lina seufzte. »Ja«, meinte sie, »es ist ein Kreuz mit den Männern; immer gehen sie fort. So geht es uns allen.« Billy schwieg, aber sie empfand es wie Sicherheit und wie Frieden dieses *uns*, das sie einreihte in die Schar der Mädchen, die ruhig und stark das Leben auf sich nehmen.

Draußen hörte man das Rollen eines Wagens. Gleich darauf erschien der alte Mann in der Tür, eine Peitsche in der Hand und sagte: »Jetzt können wir fahren, Fräulein.« Billy mußte sich einen sehr großen, gelben Strohhut aufsetzen und dann fuhren sie.

Der kleine Wagen rüttelte stark, der schwere Schimmel trabte gleichmütig dahin und schüttelte sich geduldig die Bremsen ab, die ihn umkreisten. Die kleinen Schellen, die an seinem Geschirr befestigt waren, klingelten eine schläfrig eintönige Melodie. Eine Weile fuhr der Wagen noch durch die Föhrenschonung wie zwischen stillen, blauen Wänden hin, dann hörte der Wald auf, die Landstraße war da und weite Felder. Über all dem lag ein heißer, blonder Staubschleier. Das Land erschien Billy so feierlich leer. »Man sieht keine Leute«, sagte sie.

Der Alte begann anhaltend und leise zu lachen. »Weil es Sonntag ist. Na ja, wenn man des Nachts spazieren geht, weiß man nicht mehr, was für 'n Tag wir haben, aber so ist nu mal mit den Mädchen; die Lina steht nu auch da.«

»Kann er sie nicht heiraten?« fragte Billy zaghaft.

Der Alte schlug ärgerlich auf seinen Schimmel ein. »Heiraten? Wen denn? Wo ist denn der zum Heiraten? Wo ist denn unser schöner Maschinist von der Sägemühle? Weil er gelbe Katzenaugen hat, laufen sie ihm alle nach. Die Anna in der Wassermühle ist nun auch so weit. Ja, da hilft nichts; wie das Frühjahr kommt, sind die Marjellen in der Nacht draußen, unruhig wie die Bienen vor dem Gewitter, man kann sie hauen, man kann sie anbinden, hast du nicht gesehen – sind sie fort. Jetzt um diese Zeit ist schon seltener«, setzte der Alte hinzu und warf einen Seitenblick auf Billy. Sie lächelte. Ja, dachte sie, in der Frühlingsnacht, wenn wir unruhig werden wie die Bienen vor dem Gewitter, da gibt's das vielleicht dieses Glücklichsein und dieses Sterben, von dem Boris gesprochen hatte, aber dort – sie schauerte in sich zusammen, sie wollte nicht daran denken, sie hatten noch lange zu fahren, später würde sie alles überlegen. Gut, gut, aber jetzt nicht denken, nur dem schläfrigen Klingeln der kleinen Schellen zuhören.

Allmählich jedoch wurde die Gegend bekannter, hie und da stand zwischen seinen Feldern im Sonntagsrock ein Bauer, an dessen Gesicht Billy sich erinnerte, und endlich tauchte in der Ferne Kadullen auf zwischen den großen Parkbäumen; ein kühler, grüner Fleck im sonnengelben Lande.

Billy richtete sich auf; sie wurde plötzlich ganz wach; es war fast qualvoll, wie jäh all das Traumhafte von ihr abfiel und die frühere Billy wieder da war mit der Verantwortung für das, was sie getan, mit der Angst und

Scham vor all denen dort. Sie sah deutlich Marions Augen, Tante Bettys hilfloses, kleines Gesicht und des Vaters strenge, weiße Nase. Sie hatten ja wohl den Zettel gefunden, den sie zurückgelassen. Was stand doch auf dem Zettel? »Ich bin bei ihm«, Gott, wie das dumm klang! Und nun näherten sie sich immer mehr dem Hause. Wenn sie nur unbemerkt über die kleine Treppe in ihr Zimmer kommen könnte, in Linas Kleidern würde niemand sie erkennen und oben in ihrem Zimmer würde sie die Türe zuschließen, niemand hereinlassen und schlafen – schlafen. Vielleicht nahm das etwas von ihr, vielleicht war dann, wenn sie erwachte, alles anders, alles besser. »Ach bitte«, sagte sie, »wir halten an der kleinen Türe an der Parkmauer drüben.« Der Alte nickte gleichmütig, lenkte in den Seitenweg ein und hielt vor der kleinen Tür in der Parkmauer. Als Billy ausgestiegen war, blieb sie einen Augenblick stehen und sagte zögernd: »Ich muß wohl bezahlen.« – »Schon gut«, antwortete der Alte verdrossen, »ich gehe ohnehin in den Hof den Honig abliefern.« – »Aber nicht gleich«, bat Billy. – »Weiß schon, weiß schon«, murmelte der Alte, »kenne die Dummheiten.« Billy verschwand hinter der Tür. Vorsichtig eilte sie die kleinen Wege entlang, alles war still und menschenleer, das Haus mit niedergelassenen Jalousien lag da wie schlafend. Vorsichtig näherte sich Billy der Hintertreppe. Aus den Fenstern des Gesindehauses tönten langgezogene Töne eines Chorals, das Gesinde hielt seine Sonntagsandacht. Vor dem Waschhause stand die Wäscherin, legte die Hand vor die Augen und schaute in den Sonnenschein hinaus. Wo hatte Billy das eben gesehn? Ja, dort drüben im Traum. Nun lief sie leise die Treppe hinauf, jetzt war sie in ihrem Zimmer. Auch hier hatte alles unverändert auf sie gewartet und der bekannte Duft des Zimmers, das bekannte Licht, alles erschütterte sie so, daß Tränen mühelos und schmerzlos ihr Gesicht überströmten. Sie verschloß die Tür, riß sich hastig die Kleider vom Leibe und verkroch sich in ihr Bett. Weinen und schlafen wollte sie, nur das. Dann, wenn sie erwachte, nur ganz wieder zu all diesem zu gehören, das hier so unverändert, so still und hochmütig auf sie gewartet hatte.

Es war da ein wunderlicher Sonntag über Kadullen aufgegangen. Die Nachricht von Billys Heimkunft verbreitete sich schnell. Die Wäscherin hatte es dem Diener gesagt, der Diener meldete es Komtesse Betty, dann kam der alte Bienenzüchter in die Gesindestube und erzählte seine Geschichte. Er wurde zum Grafen geführt und da verhört, aber was half es, die Sache blieb so unverständlich wie zuvor. Warum war sie fortgegangen? Was war geschehen? Marion wurde zu Billy hinaufgeschickt, meldete jedoch, Billy lasse niemand ein, wolle schlafen. Kummervoll saßen Komtesse Betty und Madame Bonnechose auf der Gartentreppe neben

Lisa, die sich auf einen Liegestuhl hingestreckt hatte, denn sie fühlte sich sehr matt von all diesen Aufregungen. Die beiden alten Damen schwiegen, was sollten sie sprechen, sie verstanden la chère jeunesse nicht mehr. Nur zuweilen murmelte Madame Bonnechose: »C'est incompréhensible.« Komtesse Betty nickte, aber Lisa lächelte versonnen und sagte: »Verstehen, verstehen kann ich das alles.«

»Mais chère Lisachen, dites-nous donc ce que vous savez«, drängte Madame Bonnechose. Lisa schüttelte den Kopf. »Es gibt Dinge, die wir verstehen und für die es doch keine Worte gibt. Als ich damals mit Katakasianopulos auf der Ebene von Marathon stand, war es mir, als verstünde ich ganz deutlich all den Schmerz, der über uns kommen sollte, aber aussprechen, das hätte ich nicht gekonnt.«

»Ach liebes Kind«, sagte Komtesse Betty kleinlaut, »das hilft uns jetzt nun nichts mehr.« Marion kam und meldete wieder einmal, daß oben bei Billy alles ganz still sei. »Ach Gott, ach Gott«, seufzte Komtesse Betty, sie konnte nicht so ruhig still sitzen, sie erhob sich und ging zu ihrem Bruder hinüber. Graf Hamilkar lag in seinem Zimmer auf dem Sofa, er hielt die Augen geschlossen, sein Gesicht war wunderlich fahl, die Züge schienen spitzer und schärfer als sonst. Als seine Schwester vor ihm stehen blieb, öffnete er die Augen und schaute sie mit einem Blick an, der gleichgültig war wie der Blick eines Menschen, der uns zwar anschaut, aber mit seinen Gedanken und Träumen sehr weit von uns fort ist.

»Immer noch keine Gewißheit«, sagte Komtesse Betty weinerlich. »Sie läßt niemand zu sich herein, sie sagt, sie will schlafen.«

»Sie soll schlafen«, erwiderte der Graf.

»Ja, aber sie kann uns doch zu sich hereinlassen«, klagte die alte Dame weiter, »was ist denn das alles? All diese Geschichten? Das ganze Haus flüstert. Die Professors fahren heute fort und tragen es in die ganze Gegend hinaus und du Hamilkar, du sagst auch nichts.«

Der Graf richtete sich ein wenig auf. »Nein Betty«, sagte er, »ich sage nichts, weil ich nichts weiß. Daß die anderen Leute sprechen, können wir nicht ändern, wir sollten nur sprechen, wenn es nötig ist. Das Kind soll schlafen, dann soll es dir alles sagen und dann, Betty, werde ich auch das Meinige sagen. Ist es bald Frühstückszeit?«

»Ach Hamilkar«, erwiderte Komtesse Betty eingeschüchtert, »du wirst zum Frühstück doch nicht erscheinen, du bist so angegriffen.«

Der Graf legte den Finger an die Nase und sagte scharf: »Ich werde erscheinen und ich hoffe, daß es pünktlich wie immer sein wird. Ich habe auch nicht gehört, daß ihr einen Choral gesungen habt, habt ihr eure gewohnte Andacht noch nicht gehalten?«

»Nein, in der Aufregung, siehst du«, entschuldigte die alte Dame, aber der Graf war unzufrieden. »Du hast unrecht, Betty, haltet eure Andacht wie jeden Sonntag, aber wenn ich bitten darf im Bibeltext und im Gebet keine Anspielungen auf die Ereignisse, eine ganz gewöhnliche Andacht. Wir können nichts dafür, daß hier etwas zu uns hereingekommen ist, das nicht zu uns gehört, es ist aber kein Grund da davor zu kapitulieren, wir bestehen auf unsere Art, also.«

Müde lehnte der Graf sich zurück und schloß die Augen, seine Schwester schaute ihn erschrocken an. »Wie ist dir, Hamilkar?« fragte sie, »du bist so bleich?« Der Graf winkte ungeduldig mit der Hand. »Es geht«, meinte er, »Blutumlauf und Herzschlag lassen sich von uns nun mal nichts dreinreden, das Schlimme ist nur, daß sie sich beständig um unsere Angelegenheiten kümmern. Da liegt ein Fehler im Kontrakt, den wir unser Leben nennen. Es ist übrigens das Alter, Betty, nur das, und das ist ja schließlich verständlich.«

Komtesse Betty verließ leise das Zimmer, draußen sagte sie kummervoll zu Madame Bonnechose: »Chère amie, mein Bruder verlangt, daß wir die Andacht abhalten, da ist nichts zu machen, bitte rufen Sie die Kammerjungfern und den Diener, ô ma chère, il est terriblement philosophe.«

Das Leben auf Kadullen kapitulierte nicht, die Andacht wurde abgehalten, zum Frühstück erschien Graf Hamilkar bleich und müde, aber die Unterhaltung zwischen ihm und dem Professor stockte nicht. Sie sprachen von der gelben Rasse und als wäre das noch nicht fern genug vom Bismarck-Archipel. Auf den anderen Anwesenden lag ein verlegenes Schweigen. Egons und Moritz' Plätze waren leer, denn auf die Nachricht von Billys Verschwinden waren sie fortgeritten und noch nicht zurück. Lisa wies die Speisen von sich und schaute mit ihren schönen Augen über die Köpfe der Anwesenden hinweg. »Lisa ist heute ganz in ›Marathon‹«, flüsterte Bob Erika zu. Selbst Herr Post und Fräulein Demme machten ernste, ja ein wenig hochmütig abweisende Gesichter. Herr Post hatte vor dem Frühstück zu Fräulein Demme gesagt: »Man sieht doch, diese sogenannte vornehme Kultur hält nicht stand, es ist doch manches innerlich faul«, worauf Fräulein Demme ihre kurzen Locken schüttelnd geantwortet hatte, »es fehlt eben an innerer Freiheit.«

Nach dem Frühstück fuhren Professors fort, sie nahmen einen eiligen und zu herzlichen Abschied. Komtesse Betty hatte Tränen in den Augen. »Es war mir«, sagte sie später, »als sei Billy gestorben und die Professors hätten einen Kondolationsbesuch gemacht.«

Dann kamen die Nachmittagstunden mit der stetigen Klarheit des Hochsommertages, mit dem stillen Brennen der Farben auf den Beeten, der sonntäglichen Ereignislosigkeit, dem kummervollen Beieinandersitzen und Warten. »Ach Gott, wenn man nur wüßte, worauf man wartet«, seufzte Komtesse Betty. Oben aber hinter der verschlossenen Tür lag das arme Rätsel und vor der Tür stand Marion den Kopf gegen die Tür gelehnt, die Augen zu groß in dem kleinen, bleichen Gesicht.

Einmal wurde die Stille durch den eiligen Hufschlag eines Pferdes gestört, ein Reiter sprengte auf den Hof, er stieg ab und trug einen Brief zu Graf Hamilkar hinein, dann ritt er wieder fort und wieder lag sonntägliche Stille auf dem Hause: »Was ist nun das wieder«, klagte Komtesse Betty, »Hamilkar sagt auch nichts, jeder sitzt wie eine Sphinx vor seinem Geheimnis.«

Und Lisa auf ihrem Liegestuhl sagte in Gedanken versunken: »Selbst wenn sie von uns gehen, haben sie etwas Hilfeflehendes, als wollten sie uns sagen: hilf mir von mir selber.« – »Qui? Monsieur Boris?« fragte Madame Bonnechose.

»Nein«, erwiderte Lisa, »Katakasianopulos.«

»Ah ma chère, maintenant il ne s'agit pas de Monsieur de Katakasianopulos«, meinte Madame Bonnechose ärgerlich.

Endlich nach dem Mittagessen, als die Sonne schon rot über dem Waldrande stand, verbreitete sich die Nachricht: Marion ist bei Billy drin.

Billy hatte sehr tief geschlafen. Jetzt lag sie auf ihrem Bette, die Arme im Nacken verschränkt, die Wangen gerötet, die Augen wunderbar blank. Sie schaute forschend zu Marion auf, die vor ihr stand und sie angstvoll anblickte.

»Vor allem«, sagte Billy, »sieh mich nicht so an, als ob ich gestorben wäre. Du hast Augen, die einen ansehen können, als ob man eine Spinne wäre.«

»Ach Billy, das ist nur, weil du gerade so wunderschön bist.«

Billy lächelte ein wenig, »nun ja, das kann ja sein, setze dich her und erzähle.«

»Also *du* fandst den Zettel?«

»Ja.«

»Du trugst ihn natürlich zu Tante und deiner Mutter?«

»Ja.«

»Was sagten sie?«

»Mama sagte ›la pauvre petite, elle est perdue.‹«

»So, perdue, sagte sie. Erzähle doch weiter.« Marion war dem Weinen nahe. »Ich weiß doch nicht, Tante ging zu deinem Vater hinein. Deine Vettern ritten fort, um dich zu suchen, Moritz sagte, hätte ich diesen Polen nur vor der Pistole. Ich kochte für Tante und Mama Baldriantee.«

»Marion, Marion«, unterbrach Billy, »erzählen ist nicht deine Sache.«

»Nein«, sagte Marion, »*du* sollst ja erzählen.«
Billy wurde ernst: »Ach so, dazu haben sie dich hergeschickt, gut. Laß die Vorhänge nieder und setze dich dort ans Fenster, sieh' mich nicht an!« Sie schloß die Augen und ihr Gesicht nahm einen gequälten Ausdruck an. »Ich ging fort in der Nacht, du weißt ich mußte. Es war auch ganz leicht. Ich konnte ihn nicht allein und beleidigt fortgehen lassen, ich wäre vor Mitleid gestorben. Und dann fuhren wir, es regnete, blitzte, endlich konnten wir nicht weiter. Wir stiegen in einem Kruge aus, da war ein Freund von Boris und ein alter Jude und eine Jüdin saß da und rührte sich nicht und sah mich an so wie Leute uns zuweilen in schrecklichen Träumen ansehen. Dann wurde gegessen und Champagner getrunken, Boris' Freund sang und die Herren spielten Karten, aber da fing es an, da wurde alles anders, es wurde alles ganz traurig, und ich verstand nicht mehr warum ich da war. Ich ging ins Nebenzimmer und legte mich auf das Bett. Alles roch nach Staub und sehr schlechtem Parfüm, da waren furchtbar rote Kissen, irgendwo weinte ein Kind, alles war entsetzlich häßlich und traurig. Ich habe nicht geglaubt, daß etwas so häßlich sein kann. Boris kam herein. Auch er war ganz fremd. Hier bei den Berberitzen hatte er schon von Glücklichsein und Sterben gesprochen, aber dort, dort klang es furchtbar. Und er war böse und ging hinaus und ich stellte mich schlafend. Sag' Marion, könntest du lieben und tragisch sein oder glücklich sein und sterben, wenn eine der dicken grünen Raupen, vor denen wir uns so fürchten, auf dich herunterfällt und über dich hinkriecht und du kannst sie nicht fortnehmen und sie kriecht immer über dich hin. Sieh', so war alles dort, alles. Als alles still wurde und Boris schlief, sprang ich aus dem Fenster und lief, lief.«
»Liebst du ihn nicht mehr?« fragte eine zaghafte Stimme von der Fensternische her. Billy schwieg einen Augenblick, dann rief sie leidenschaftlich: »Marion, frag' nicht solche Dinge. Ja, wahrscheinlich – natürlich, hier werde ich ihn wieder lieben. Aber ich will nicht mehr davon sprechen, sie sollen mich nicht quälen. Geh', sag ihnen, was du willst, aber heute will ich Ruhe haben. Tante kann kommen und neben meinem Bett sitzen, aber sie darf nichts fragen, darf nicht von unangenehmen Dingen sprechen, sie kann von ihrer Jugend erzählen, wenn sie will.«
Billy wandte ihr Gesicht der Wand zu und Marion schlich leise aus dem Zimmer.
Es dämmerte bereits, als Komtesse Betty zaghaft in das Zimmer ihres Bruders trat. Graf Hamilkar saß auf seinem Sofa ein wenig in sich zusammengesunken und schaute zum Fenster hinaus. »Nun Betty«, sagte er ohne sich umzuschauen. Die alte Dame blieb vor ihm stehen, sie stützte

sich mit den Händen auf die Lehne eines Stuhles, das bleiche Gesicht ihres Bruders erschreckte sie, es schaute so unnahbar böse drein, als sähe er da draußen vor dem Fenster auf etwas hinab, was er verachtete.
»Nun?« fragte er wieder.
»Sie hat es Marion gesagt«, begann Komtesse Betty und sie erzählte leise, zögernd, die Stimme hatte etwas wunderlich Ratloses. »Das arme Kind«, schloß sie, »ganz allein in der Nacht, was sie gelitten hat, der schlechte Mensch! Was sagst du Hamilkar?«
»Ich«, sagte er und wandte sich seiner Schwester zu. Die Worte kamen jetzt überdeutlich scharf und näselnd heraus. »Ich sage, Betty, was erziehen wir da für Wesen? Die können ja nicht leben. Denen kann man ja das Ding, das wir Leben nennen, gar nicht anvertrauen. Ein Stubenmädchen, das zum Stallknecht schleicht und sich verführen läßt, weiß was es will, aber was wir da erziehen, Betty, das sind kleine berauschte Gespenster, die vor Verlangen zittern draußen umzugehen und wenn sie hinauskommen nicht atmen können. Das ist's, was wir erziehen, Betty.«
»Ich verstehe dich nicht, Hamilkar«, sagte die alte Dame, die ganz bleich geworden war, »sie ist ein Kind, sie weiß nicht, sie wird vergessen, die anderen werden vergessen, es wird alles gut werden. Gott hat sie behütet.«
Eine leichte Röte stieg in das bleiche Gesicht des Grafen und eine starke Erregung machte ihn ein wenig atemlos: »Daß sie das nicht vergißt, dafür hat der interessante Herr gesorgt, dafür hat er gesorgt, daß diese lächerliche Tragödie an dem Mädchen hängen bleibt wie eine häßliche Krankheit. Er hat es für gut befunden sich dort in dem Judenkruge zu erschießen – da.«
Er hielt seiner Schwester ein Papier hin, das er die ganze Zeit in seiner Faust gehalten und zu einem kleinen runden Ball zusammengeknittert hatte. Komtesse Betty nahm diesen kleinen Ball, mechanisch mit zitternden Fingern faltete sie das Papier auseinander, strich es glatt, versuchte zu lesen. Es waren einige Zeilen von Ladislas Worsky, in denen er Boris' Tod meldete. Eingeschlossen war ein kleiner Zettel, auf dem Boris geschrieben hatte: »An Billy. So gehe ich denn allein. Boris.«
Komtesse Betty ließ das Blatt auf ihre Knie sinken und schaute vor sich hin gedankenlos, fast ausdruckslos, nur als der Graf jetzt böse auflachte, fuhr sie in furchtbarem Schrecken auf. »Das ist ein Abgang, was?« sagte er und er sprach jetzt schnell und keuchend: »Das sind diese Leute, die ihr Leben damit verbringen wie die Schauspieler vor dem Spiegel zu stehen und sich Gesten einzuüben für ein Publikum. Ich liebe – wie steht mir das. Ich bin unglücklich, ich sterbe – wie steht mir das, was werden die anderen

dazu sagen. Tod und Leben – Toilettensache, und ein hübsches Mädchen, das uns liebt, ist auch nur Toilettensache, wie eine Gardenie, die man sich ins Knopfloch steckt, und wir erziehen unsere Mädchen als Gardenien für solche nichtsnutzige Snobs. Und das heißt dann Liebe, mit diesem Worte werden sie gefüttert und betrunken gemacht. Schön herabgekommen diese Liebe und das Leben und das Sterben, wenn sie zu Affären für Kinderstuben und Snobs geworden ist.« Er brach ab, die Erregung benahm ihm den Atem. Er lehnte sich müde zurück und schloß die Augen. Komtesse Betty weinte still in ihr Taschentuch hinein. Nach einer Pause begann der Graf wieder in seiner ruhigen langsamen Weise: »Weine nicht, Betty, ich bin heftig geworden, entschuldige.« Komtesse Betty hob ihr tränenfeuchtes Gesicht zu ihm auf und sagte flehend: »Aber sie darf es heute nicht erfahren.« Graf Hamilkar zuckte die Achseln. »Heute oder morgen, zu ihr und zu uns gehört das jetzt einmal.« Komtesse Betty erhob sich, trocknete sich die Augen und meinte: »Hamilkar, wie bleich du bist, du solltest zu Bett gehen.«

Der Graf lächelte wieder sein verhaltenes gütiges Lächeln: »Ja, Betty, ich werde zu Bette gehen. In aller Not bleibt uns dieser Ausweg immer.«

Billy hatte wieder tief und fest geschlafen, es mußte um Mitternacht sein, als sie erwachte, sie fühlte sich ausgeruht, wach und hatte Hunger. Den Tag über hatte sie ja böse alle Speise zurückgewiesen, sie überlegte, essen mußte sie. Sie entschloß sich zu der Mamsell Fräulein Runtze hinabzugehen und sich etwas geben zu lassen. Leise, um Marion nicht zu wecken, kleidete sie sich an, stieg in den unteren Stock hinab, um an die Tür der Mamsell zu klopfen. Es dauerte lange, bis Fräulein Runtze verstand, wer da bei ihr klopfte und als sie es verstand, war sie sehr erschrocken. »Ach Gott, Komtesse Billy! Was gibt es denn? Wieder ein Unglück? Essen wollen Sie? Na ja, das kommt davon, wenn man den ganzen Tag nichts essen will.« Leise vor sich hin scheltend ging sie vor Billy her in die Speisekammer. Dort fand sich kaltes Huhn und ein wenig Madeira. Billy begann heißhungrig zu essen. Als sie das Glas nahm und mit gespitzten Lippen von dem Madeira nippte, blinzelte sie über den Rand des Glases zur Mamsell hinüber, die vor ihr stand, das große Gesicht erhitzt vom Schlaf, eng von der weißen Nachthaube eingerahmt, die Mundwinkel ernst und unzufrieden herabgezogen.

»Nun Runtze, was sagen Sie zu dem allen?« fragte Billy.

»Mir hat es sehr leid getan«, erwiderte die Mamsell kühl und förmlich.

»Warum?«

Die Runtze wandte sich dem Holzgestelle zu, an dem die Würste hingen und begann mit der Hand sanft eine Wurst zu streicheln. »Nun ja«,

meinte sie, »eine Komtesse muß wie eine Mandel sein, die ich gut in warmes Wasser eingeweicht habe und aus der Schale pelle, schön weiß.«
Billy hatte sich wieder über ihren Hühnerflügel gebeugt. »So, so«, sagte sie während des Essens, »aber Bonnechose sagt, cette pauvre Runtze hat auch ihren Roman und ihre unglückliche Liebe gehabt.«
Die Mundwinkel der Mamsell zogen sich noch tiefer und säuerlicher herab. »In unserem Stand passiert alles mögliche, dann liebt man eine Zeitlang und dann liebt man wieder nicht und hat seine Ruhe. Aber bei Herrschaften ist das anders. Wenn unten im alten Sofa in meinem Zimmer ein Loch im Überzuge ist, so ist mir das einerlei, ich stopfe das mal, wenn ich Zeit habe, aber oben die Herrschaftszimmer müssen blank sein, dafür sorge ich jeden Morgen.«
»Es war doch ein Müller?« fragte Billy geschäftsmäßig.
»Ja, Müller.«
»Blond?«
»Nein, rothaarig.«
Billy, nun gesättigt, lehnte sich in ihrem Stuhl zurück. »So, rothaarig, das kann ganz hübsch sein, und das Gesicht gepudert von Mehl und dazu das rote Haar. Aber jetzt bin ich fertig.« Sie stand auf. »Ich danke Ihnen, Runtze, Ihr Essen war sehr gut.«
»Das ist die Hauptsache«, meinte die Mamsell, »man liebt, und dann liebt man wieder nicht, aber essen muß der Mensch immer.«
Billy ging hinaus, aber zu ihrem Zimmer, das so voll beängstigender Träume war, mochte sie nicht hinaufsteigen. Sie ging den Korridor hinab bis zur Außentür, die in den Garten führte. Es war ja ohnehin die Stunde, in der sie umzugehen pflegte in letzter Zeit. Sie kam sich selber geisterhaft und unheimlich vor. Allein der Garten war köstlich, heimatlich. Ein Stück Mond und sehr helle Sterne standen am Himmel. Der Nebel war von der Wiese bis in den Garten gekommen. Er schlich über die Rasenplätze und die Beete. Die Blumen standen schwarz in den weißen Schleiern. Eine sehr starke Freude wärmte Billys Herz, als sie fand, daß diese vertraute Wirklichkeit hier auf sie gewartet hatte und daß sie wieder zu all diesem gehörte. Sie ging die Kieswege entlang, sie fuhr mit der Hand den Rosen und Georginen über die taufeuchten Köpfe, sie aß von den Johannisbeeren, sie stand unter den Berberitzen und atmete den feuchten Erdgeruch ein, der aus der alten Kiste dort aufstieg. Aber wie sie so ging, kam eine stärkere Erregung über sie. All diese Orte sprachen von Boris, sie sah ihn, sie fühlte ihn wieder und die Sehnsucht nach ihm machte sie wieder elend und krank. Langsam war sie wieder zum Hause zurückgekommen, stand vor der still verschlafenen Gartenfassade, sah wieder Boris auf der Garten-

veranda stehen oder die Gartenwege hinabgehen und mit den verträumten Augen in die Abendsonne sehen, sie hörte ihn wieder mit der feierlichen, singenden Stimme über den Schmerz um das Vaterland sprechen. Wie würde sie ohne all das weiterleben können? Plötzlich fiel ihr auf, daß es durch das schlafende Haus wie eine lautlose Unruhe ging. Da war Licht in Lisas Fenster und hinter den Vorhängen bewegte sich Lisas Schatten hin und her. Billy erkannte deutlich die Gestalt im langen Nachtkleide und dem über den Rücken niederhängenden aufgelösten Haar. Warum schläft sie nicht, dachte sie, warum geht sie umher, es ist doch meine, nicht ihre Liebesgeschichte. Aber nebenan Tante Bettys Fenster war auch erleuchtet. Da war auch der Schatten von Tante Bettys großer Nachthaube und neben ihr noch eine große Nachthaube. Wie die beiden Nachthauben sich leise zueinander bewegten, wackelten und zitterten. Warum schliefen sie alle nicht? War es ihretwegen? Und dort auf der anderen Seite, auch hier Licht, auch hier hinter den Vorhängen ein ruhelos auf- und abgehender Schatten. Jetzt näherte sich der Schatten dem Fenster, der Vorhang wurde aufgezogen, das Fenster geöffnet, Billy sah, wie ihr Vater sich hinausbeugte, mit den Händen riß er das Hemd auf der Brust auseinander, in dem kargen Mondlicht schien sein Gesicht ganz weiß, nur der geöffnete Mund und die Augen legten schwarze Schatten hinein. So stand er da und trank gierig und angstvoll die Nachtluft ein. Billy wich hinter die Buchsbaumhecke zurück. Es fröstelte sie vor Angst. Mein Gott, was hatten sie alle! War es nicht, als sei sie gestorben und als schliche sie nun als Geist ums Haus, um zu sehen, wie sie da drinnen alle um sie trauerten. Vorsichtig sich im Schatten haltend ging sie zu der Ahornallee hinüber. Es trieb sie von dort aus zu dem Balkon und dem Fenster ihres Zimmers hinaufzuschauen. Auf der Bank, ihrem Fenster gegenüber, saß jemand und schlief, den Kopf auf die Brust gesenkt. Es war Moritz. Billy blieb vor ihm stehen. Der gute Junge, hier hatte er gesessen und zu ihrem Fenster aufgeschaut und dieser Gedanke gab ihr das Gefühl einer angenehmen, warmen Geborgenheit. Moritz wurde unruhig, schlug die Augen auf und sah sie an. »Ach, Billy, du«, sagte er, als hätte er sie erwartet. Billy lächelte ihn an. »Hast du hier gesessen, Moritz, um zu meinem Fenster aufzusehen?«
»Ja«, erwiderte Moritz verdrossen.
»Das ist gut«, sagte Billy. Sie setzte sich neben ihn auf die Bank und lehnte sich leicht gegen seinen Arm. »Liebst du mich noch?«
»Ja«, erwiderte Moritz im selben verdrossenen Tone, »aber das kann dir ja gleichgültig sein.«
»Ach nein«, meinte Billy klagend, »das ist sehr wichtig, ich komme mir

vor wie gestorben, und wenn man sehr geliebt wird, dann – dann wird man, glaube ich, wieder lebendig.«

Moritz schwieg einen Augenblick, und als er zu sprechen begann, da machte eine große Erregung seine Stimme stockend und ungelenk. »Ach, Billy, wenn ich dir helfen könnte.«

»Wie kannst du das, Moritz«, antwortete Billy und er hörte ihrer Stimme an, daß sie weinte. »Ich – ich – sehne mich so schrecklich nach Boris.« Der Arm, an den sich Billy lehnte, zitterte ein wenig, es war, als strafften sich die Muskeln an ihm.

»Der –« zischte Moritz mit geschlossenen Zähnen, »du darfst an den nicht denken ... wie konnte er dir das antun ... er durfte nicht sterben ... und nicht so sterben, und wenn das Leben ihm auch noch so ekelhaft war ... das tut man nicht, wenn man liebt, das war gemein.«

Es wurde einen Augenblick ganz still. Moritz fühlte nur, wie der Mädchenkörper sich ein wenig schwerer an ihn lehnte. Endlich begann Billy, und es klang wie die leise Klage eines Kindes: »Ist er tot?«

»Wie, Billy, du wußtest nicht –«

»Doch, ich wußte es, ich fühle jetzt, daß ich's gewußt habe, die ganze Zeit – und schon damals dort, als ich von ihm fortging.« Sie schwieg eine Weile, es wurde so still, daß sie den Nachttau in den Blättern rascheln hörten. Plötzlich richtete Billy sich auf, sie stand vor Moritz, weiß und aufrecht, sie strich sich das Haar aus der Stirn, Mondlicht lag auf ihrem Gesicht, das wunderlich bleich und ruhig schien, und in fast geschäftsmäßigem Tone sagte sie: »Kommst du mit, Moritz?«

»Wohin willst du, Billy?«

»Ich muß doch zu ihm, das siehst du ein; ich habe ihn doch schon einmal verlassen. Er darf doch dort nicht allein in der schrecklichen Stube sein. Die Jüdin sieht ihn an und die Kinder stehen in der Tür. Nein, ich will ihn nicht wieder verlassen, aber wieder allein durch den Wald – bitte, Moritz, komm mit.« Sie schwankte ein wenig, stützte sich auf Moritz' Schulter und sank dann still und schwer vor ihm nieder ...

Billy war lange krank gewesen. Jetzt an einem sonnigen Septembernachmittage durfte sie zum ersten Male in den Garten hinaus. Auf dem Rasenplatze unter dem Birnbaum saß Billy in Tücher gehüllt, das Gesicht schmal und durchsichtig blaß, in den Augen den träge genießenden Blick der Genesenden, der gern lange auf den Gegenständen ruht. Auf dem anderen Rasenplatz lag Lisa auf ihrem Liegestuhl, Madame Bonnechose saß neben ihr und strickte an einem roten Kinderstrumpf. Komtesse Betty und Marion liefen beständig an den Georginenreihen entlang zwischen dem Hause und den Rasenplätzen hin und her. Graf Hamilkar machte

seinen Nachmittagspaziergang. Er ging langsam den Gartenweg entlang, stützte sich schwer auf seinen Stock, zuweilen blieb er stehen, roch in den Duft des reifen Obstes, der Blumen und der welkenden Blätter hinein und machte ein ernstes, böses Gesicht, ja er ärgerte sich. Hier lagen nun diese beiden schönen Wesen, vom Leben geknickt, zerzaust, hinterlistig angefallen. Warum? Warum diese Barbarei? Warum diese Verschwendung? Er zog die greisen Augenbrauen unzufrieden empor und blinzelte zum Waldrande hinüber, der dort fern in violettem Dunste lag. War sie nicht vielleicht ein Mißverständnis, sein Mißverständnis, diese hübsche Kultur, die er sorgsam um sich und die Seinen eingehegt hatte? Konnte man hier leben lernen? Als er an Lisa vorüberging, hörte er sie in ihrer elegischen Weise sagen: »Ich glaube nicht, daß Billy einen großen Schmerz verstehen kann, daß sie ihn genießen kann, denn man muß auch seinen Schmerz genießen können.«
»Genießen, ma chère, quelle idée«, meinte Madame Bonnechose, ohne von ihrem Strickstrumpf aufzusehen.
Der Graf ging weiter und blieb vor Billy stehen. »Nun, wie geht es?« fragte er ein wenig streng. Billy errötete. »Danke, Papa, gut. Ich wollte dir etwas sagen.«
»So, so.« Der Graf setzte sich auf einen Gartenstuhl seiner Tochter gegenüber und schaute sie aufmerksam an.
»Ich wollte dich fragen«, begann Billy und schaute hinauf in den Birnbaum hinein, »ich wollte dich fragen, ob du mir verziehen hast?«
»Ja, gewiß«, antwortete der Graf langsam, als gälte es, ein Problem zu lösen. »Wenn wir jemandem verzeihen, so wünschen wir ihm damit über etwas, das er erlebt oder getan hat, hinwegzuhelfen. Dieses ist nun hier natürlich mein lebhaftester Wunsch.«
Befriedigt lehnte Billy ihren Kopf zurück und bewegte ihn sachte auf dem Kissen hin und her wie Fieberkranke zu tun pflegen. »Wenn wir krank sind«, meinte sie, »geht die Zeit, glaube ich, schneller; es liegt so weit, das, was vor der Krankheit war. Mir scheint es, als hätte ich in dieser Zeit der Krankheit so viel getan, besonders bin ich viel gegangen, immer gehen, immer unterwegs und immer solch wunderbar fremde Wege. Ich erinnere von all dem nicht mehr viel, nur eins weiß ich noch, ich ging auf einer gelben Landstraße und vor mir her ging jemand und vor diesem wieder jemand und so fort, viele Gestalten und sie trugen alle meinen braunen Regenmantel und mein Musselinkleid mit dem rosa Nelkenmuster, es waren überhaupt lauter Billys und ich wußte, es kommt darauf an, daß ich die Billy, die vor mir herging, einhole. Das schien mir sehr wichtig.«
»Hm!« bemerkte der Graf, »ein interessanter Traum. Das sind unsere

Spiegelbilder, die sich im Traume emanzipieren. Und jetzt«, er lächelte seine Tochter an, »jetzt meinst du, du hast diese andere Billy erreicht.«
Billy schaute noch immer zum Birnbaum hinauf und wiegte sachte den Kopf. »Jetzt bin ich ganz glücklich«, sagte sie sinnend, »aber vielleicht darf das nicht sein. Lisa sagt, wer einen großen Schmerz hat, soll davor stehen wie ein Soldat auf der Wacht.«
Graf Hamilkar schob ärgerlich seine Unterlippe vor und sagte scharf: »Vor seinen Torheiten zu stehen wie der Soldat auf der Wacht, ist jedenfalls nicht empfehlenswert.«
Billy schien ihn nicht zu hören. Sie sprach noch immer verträumt zu den kleinen goldgelben Birnen hinauf, die über ihr hingen: »Und untreu sein, untreu sein ist so furchtbar häßlich.«
Der Graf beugte sich vor, hob seinen ausgestreckten Zeigefinger in den Sonnenschein hinauf und sprach langsam und eindringlich: »Meine Tochter, dafür daß wir unseren traurigen oder törichten Erlebnissen nicht untreu werden, treu bleiben, ist gesorgt. Die laufen uns ohnehin nach. Wir werden vielleicht immer andere und das ist gut. Aber das Konto bleibt dasselbe. Um auf deinen merkwürdigen Traum zurückzukommen, wenn die eine Billy glücklich die andere Billy erreicht hat, so kannst du sicher sein, daß die alte Billy der neuen Billy alles mit auf den Weg gibt, woran sie selber zu tragen hatte. Das ist nun mal nicht anders.«
»Alles – für immer«, sagte Billy leise und sah ihren Vater mit einem Blick so hilfloser Angst an, daß er die Augen niederschlug, denn ein starkes Mitleid verursachte ihm einen fast körperlichen Schmerz.
»Nun, nun«, lenkte er ein, »wenn man so viele Billys wie du vor sich hat, so kann es nicht fehlen, daß auch noch manches Gute mit auf den Weg genommen wird.«
»Nicht wahr, es muß noch sehr viel Gutes kommen«, rief Billy. Überrascht schaute der Graf auf. Er sah, daß Billy die Arme erhoben und die gefalteten Hände auf ihren Scheitel gelegt hatte. Sie lächelte dabei ein wunderbar erwartungsvolles Lächeln. »So, so«, murmelte er, »na ja dann –« Er erhob sich, strich flüchtig mit zwei Fingern über Billys Wangen und ging wieder langsam den Gartenweg hinauf. Was sollte er da noch trösten. Dieses Kind war ihm mit seinem Glauben an das Leben weit voraus, da hatte er nicht mehr mitzusprechen. Er setzte sich auf die Bank am Rande der Wiese, er wollte sich sonnen. Wie sie das Leben liebten, diese armen Kinder, wie sie ihm vertrauten. Ja das will es, geliebt werden um grausam zu sein. Vielleicht eine gute Methode, immer vorausgesetzt, daß das einen Zweck hat. Er strich sich sachte mit der Hand über die Stirn und die Augen, wenn nur das Mitleid nicht so ermüdend wäre, immer das Leben

der anderen mitleben, obgleich – dreiviertel unseres Lebens liegt irgendwo im Leben der anderen. Können wir das nicht mitmachen, so bleibt uns nur ein Viertel, das ist für den Rausch zu wenig, das ist fast Nüchternheit. Schön, schön, Nüchternheit bringt gewöhnlich Verstehen, nur ist es hier mit dem Verstehen so eine Sache. Er kniff die Augenlider zusammen als wolle er das grelle Gold des Nachmittagslichtes in seinen Augen sammeln und zerdrücken. Wie war es doch, er wollte sich auf einen homerischen Vers besinnen. Das Gedächtnis ließ ihn auch im Stich, wie heißt es dort wo Hektors Seele laut jammert, weil sie das liebe Leben lassen muß. Er kam nicht darauf. Armer Teufel übrigens, mitten aus dem Rausch heraus. Eine der großen Mücken kam jetzt mit leise schnurrendem Fluge an Graf Hamilkar vorübergeflogen. »Srrr«, machte er mit den Lippen und lächelte ein wirklich heiteres Lächeln, während er zuschaute, wie dieses wunderliche Bündel von Florflügeln und Goldfäden durch den Sonnenschein taumelte. Verrückt vor Leben, dachte er, wenn das nur alles einen Sinn hat. Immerhin, es ist mehr Chance für Sinn als für Sinnlosigkeit, obgleich – bin ich eine Zahl in der großen Rechnung, so habe ich zwar einen Sinn, aber das Resultat unter dem schwarzen Strich braucht mir deshalb noch lange nichts zu bedeuten. Es käme darauf an, eine Zahl im Resultat unter dem Strich zu sein. Übrigens erschöpfte das Denken ihn. Warum mußte immer gedacht werden, auch so ein Vorurteil. Nicht denken, atmen. Er lehnte sich zurück und öffnete ein wenig den Mund. Das Atmen könnte auch eine leichtere und einfachere Angelegenheit sein. Er fror, er mußte wohl wieder ein wenig gehen, er wollte sich erheben; aber die Beine trugen ihn nicht. Er streckte die langen Arme aus als wollte er in den Sonnenschein hineingreifen und sein Gesicht nahm einen ärgerlichen angstvollen Ausdruck an, dann fiel er zurück, wurde ganz still, sank in sich zusammen, ein wenig schief über die Seitenlehne der Bank hin, in jener müden Bewegung, die der erste Augenblick des Todes dem Menschen gibt, bevor die kühle Strenge kommt. Die Sonne stand schon tief und badete die schweigende Gestalt in rotes Licht, ein leichter Wind bewegte ein graues Haarbüschel an der bleichen Schläfe, die große Mücke flog wieder schnurrend zurück an der jetzt regungslosen weißen Nase vorüber. Ringsum fielen die reifen Früchte schwer in den Rasen und ließen für einen Augenblick das Wetzen der Feldgrillen verstummen. Drüben aber unter dem Birnbaum saß Billy, schaute mit fieberhaften Augen in die Abendsonne und lächelte noch immer ihr erwartungsvolles verlangendes Lächeln.

(1909)

WELLEN

Erstes Kapitel

Die Generalin von Palikow und Fräulein Malwine Bork, ihre langjährige Gesellschafterin und Freundin, kamen in das Wohnzimmer. Sie wollten sich ein wenig erholen. Die Generalin setzte sich auf das Sofa, das frisch mit einem blanken, schwarz und roten Kattun bezogen war. Sie war sehr erhitzt und löste die Haubenbänder unterm Kinn. Das lila Sommerkleid knisterte leicht, die weißen Haarkuchen an den Schläfen waren verschoben und sie atmete stark. Sie schwieg eine Weile und schaute mit den ein wenig hervorstehenden grellblauen Augen kritisch im Zimmer umher. Das Zimmer war weiß getüncht, wenig schwere Möbel standen an den Wänden umher und über die Bretter des Fußbodens war Sand gestreut, der in der Abendsonne glitzerte. Es roch hier nach Kalk und Seemoos.

»Hart«, sagte die Generalin und legte ihre Hand auf das Sofa.

Fräulein Bork neigte den Kopf mit dem leicht ergrauten Haar auf die linke Schulter, blickte schief durch die Gläser ihres Kneifers auf die Generalin, und das bräunliche Gesicht, das aussah wie das Gesicht eines klugen älteren Herrn, lächelte ein nachdenkliches, verzeihendes Lächeln. »Das Sofa«, sagte sie, »natürlich, aber man kann es nicht anders verlangen. Für die Verhältnisse ist es doch sehr gut.«

»Liebe Malwine«, meinte die Generalin, »Sie haben die Angewohnheit, alles gegen mich zu verteidigen. Ich greife das Sofa gar nicht an, ich sage nur, es ist hart, das wird man doch noch dürfen.«

Fräulein Bork erwiderte darauf nichts, sie lächelte ihr verzeihendes Lächeln und schaute schief durch ihren Kneifer jetzt zum Fenster hinaus auf den kleinen Garten, der davor lag. Salat und Kohl wuchsen dort recht kümmerlich, Sonnenblumen standen da mit großen schwarzen Herzen, und über alledem lag ein leichter blonder Staubschleier. Dahinter der Strand grell orange in der Abendsonne, endlich das Meer undeutlich von all dem unruhigen Glanze, der auf ihm schwamm, von den zwei regelmäßigen weißen Strichen der Brandungswellen umsäumt. Und ein Rauschen kam herüber, eintönig, wie von einem schläfrigen Taktstock geleitet.

Die Generalin hatte den Bullenkrug für den Sommer gemietet, um hier an der See ihre Familie um sich zu versammeln. Vor drei Tagen war sie mit Fräulein Bork, Frau Klinke, der Mamsell, und Ernestine, dem kleinen

Dienstmädchen, hier angelangt, um alles einzurichten. Es erforderte Arbeit und Nachdenken genug, für alle diese Menschen Platz zu schaffen und nicht nur Platz, »denn«, pflegte die Generalin zu sagen, »ich kenne meine Kinder, bei allem, was ich gebe, sind sie kritisch wie ein Theaterpublikum.« Heute nun war die Tochter der Generalin, die Baronin von Buttlär, mit den Kindern, den beiden eben erwachsenen Mädchen Lolo und Nini und dem fünfzehnjährigen Wedig, angelangt. Der Baron Buttlär sollte nachkommen, sobald die Heuernte beendet war, und Lolos Bräutigam Hilmar von dem Hamm, Leutnant bei den Braunschweiger Husaren, wurde auch erwartet.

»Werden sie auch heute abend alle satt werden?« begann die Generalin wieder. »Die Reise macht hungrig.« – »Ich denke«, erwiderte Fräulein Bork, »da sind die Fische, die Kartoffeln, die Erdbeeren, und Wedig hat sein Beefsteak.«

»So, so«, meinte die Generalin, »übrigens der Junge wird es im Leben nicht leicht haben, wenn er immer sein Beefsteak haben muß.«

Fräulein Bork zuckte mit den Achseln und sagte entschuldigend: »Er ist so zart.« Aber das ärgerte die Generalin: »Gewiß, ich gönne ihm sein Beefsteak, Sie brauchen ihn nicht zu verteidigen. Nur finde ich, liebe Malwine, daß Sie keinen rechten Sinn haben für das, was man allgemeine Bemerkungen nennt.« Dann schwiegen die beiden Damen wieder.

Draußen von der Holzveranda tönte Lärm herüber, Tellergeklapper und hohe Stimmen. Ernestine deckte dort den Tisch für das Abendessen und stritt dabei mit Wedig. Auch Lolo und Nini waren erschienen, sie lehnten an der Holzbrüstung der Veranda schmal und schlank in ihren blauen Sommerkleidern. Der Seewind fuhr ihnen in das leichte rote Haar und ließ es hübsch um die Gesichter mit den fast krankhaft feinen Zügen flattern. Die Mädchen zogen ein wenig die Augenbrauen zusammen und schauten mit den blanken braunroten Augen unverwandt auf das Meer und öffneten die Lippen, als wollten sie lächeln, aber das große bewegte Leuchten vor ihnen machte sie schwindelig. Auch Wedig hatte sich nun zu ihnen gesellt und schaute auch schweigend hinaus. Das kränkliche Knabengesicht verzog sich, als täte all dieses Licht ihm weh.

»So«, sagte die Generalin drinnen zu Fräulein Bork, »das war ein angenehmer stiller Augenblick. Ich höre, meine Tochter kommt die Treppe herunter, nun kann es wieder losgehen.«

Frau von Buttlär hatte ein wenig geschlafen, trug ihren Morgenrock und hüllte sich fröstelnd in ein wollenes Tuch. Sie mochte früher das hübsche überzarte Gesicht ihrer Töchter gehabt haben, jetzt waren die Wangen eingefallen und die Haut leicht vergilbt. Aufgebraucht von Mutterschaft

und Hausfrauentum war sie sich ihres Rechtes bewußt, kränklich zu sein und nicht mehr viel auf ihr Äußeres zu geben.
Man setzte sich auf der Veranda zur Abendmahlzeit nieder an den Tisch, über den das rote Abendlicht hinflutete und der Seewind an dem Tischtuch und den Servietten zerrte. Das machte die Gesellschaft schweigsam, so das Meer vor sich, war es, als sei man nicht allein, nicht unter sich.
»Ich habe mir das Meer größer gedacht«, erklärte Wedig endlich.
»Natürlich, mein Sohn«, meinte die Generalin. »Du willst wohl für dich ein Extrameer.«
Frau von Buttlär lächelte gerührt und sagte leise: »Er hat so viel Phantasie.« Fräulein Bork sah Wedig schief durch ihren Kneifer an und meinte: »An die Phantasie des Kindes reicht selbst das Weltmeer nicht hinan.«
Nun begann Frau von Buttlär mit ihrer Mutter ein Gespräch über Repenow, ihr Gut, über Dinge, die sie anzuordnen vergessen hatte, von Gemüsen, die eingemacht werden sollten, und Dienstboten, die unzuverlässig waren; lauter Sachen, die seltsam fremd und unpassend in das Rauschen des Meeres hineinklangen, dachte Lolo. Aber unten am Tisch war ein Streit entstanden zwischen Wedig und Ernestine. »Ernestine«, sagte Fräulein Bork streng, »wie oft habe ich es dir nicht gesagt, du darfst beim Servieren nicht sprechen. Oh! Cet enfant!« setzte sie hinzu und seufzte. Die Generalin lachte. »Ja, unsere Bork hat es mit Ernestines Erziehung schwer, denkt euch, heute mittag entschließt sich das Mädchen zu baden. Sie geht ins Meer, nackt wie ein Finger, am hellen Mittag.« – »Aber Mama!« flüsterte Frau von Buttlär, die Mädchen beugten sich auf ihre Teller nieder, während Wedig nachdenklich Ernestine nachschaute, die kichernd verschwand.
Das Abendlicht legte sich jetzt plötzlich ganz grellrot und unwahrscheinlich über den Tisch und Fräulein Bork schrie auf: »Seht doch!« Alle fuhren mit den Köpfen herum. An dem blaßblauen Himmel standen riesige kupferrote Wolken und auf dem dunkel werdenden Meer schwamm es wie große Stücke rotglänzenden Metalls, während die am Ufer zergehenden Wellen den Sand wie mit rosa Musselintüchern überdeckten. Wedig blinzelte mit den roten Wimpern und verzog wieder sein Gesicht, als schmerzte es ihn. »Das ist allerdings rot«, meinte er. Die Generalin jedoch war unzufrieden: »Sie haben mich erschreckt, Malwine, Sie haben eine Art, auf Naturschönheiten aufmerksam zu machen, daß man jedesmal zusammenfährt und glaubt, eine Wespe sitze einem irgendwo im Gesicht.«
Die Mahlzeit war zu Ende, die Mädchen und Wedig stellten sich an die Verandabrüstung, um auf das Meer zu starren. Frau von Buttlär hüllte

sich fester in ihr Tuch und sprach mit leiser, besorgter Stimme von ihren häuslichen Angelegenheiten.

Die gewaltsamen Farben am Himmel erloschen jäh. Die farblose Durchsichtigkeit der Sommerdämmerung legte sich über das Land und das Meer, jetzt lichtlos, schien plötzlich unendlich groß und fremd. Auch das Rauschen war nicht mehr so geordnet eintönig und taktmäßig; es war, als ließen sich die einzelnen Wellenstimmen unterscheiden, wie sie einander riefen und sich in das Wort fielen. Klein und dunkel hockten die Fischerhäuser auf den fahlen Dünen, hie und da erwachte in ihnen ein gelbes Lichtpünktchen, das kurzsichtig in die aufsteigende Nacht hineinblinzelte. Auf der Veranda war es still geworden. Das seltsame Gefühl, ganz winzig inmitten einer Unendlichkeit zu stehen, gab einem jeden für einen Augenblick einen leichten Schwindel und ließ ihn stillehalten, wie Menschen, die zu fallen fürchten.

»Wer wohnt denn dort?« begann Frau von Buttlär endlich und wies auf eines der Lichtpünktchen am Strande.

»Das dort«, erwiderte die Generalin, »das ist das Haus des Strandwächters. Eine verwachsene Exzellenz hat sich bei ihm eingemietet. Du kennst ihn auch, den Geheimrat Knospelius, er ist bei der Reichsbank etwas, er unterschreibt, glaube ich, das Papiergeld.«

Ja, Frau von Buttlär erinnerte sich seiner: »So ein Kleiner mit einem Buckel. Recht unheimlich.«

»Aber so interessant«, meinte Fräulein Bork.

»Und die anderen Häuser?« fragte Frau von Buttlär weiter.

»Das sind Fischerhäuser«, erklärte Fräulein Bork, »das größte dort ist das Anwesen des Fischers Wardein, und dort, ja, dort wohnt sie doch.«

»Sie?« fragte Frau von Buttlär, beunruhigt davon, daß Fräulein Bork ihre Stimme so geheimnisvoll dämpfte.

»Nun ja«, flüsterte Fräulein Bork, »sie, die Gräfin Doralice, Doralice Köhne-Jasky, die wohnt dort mit – nun ja, sagen wir mit ihrem Manne.«

Frau von Buttlär verstand noch nicht ganz.

»Doralice Köhne, die Frau des Gesandten, das ist doch die, die mit dem Maler – die wohnt hier, das ist ja aber schrecklich, man kennt sich doch.«

Doch die Generalin ärgerte sich: »Was ist dabei Schreckliches, man hat sich gekannt, man kennt sich nicht mehr. Der Strand ist breit genug, um aneinander vorüberzugehen, eine fremde Frau Grill, nichts weiter. Ihr Maler heißt ja wohl Hans Grill.«

»Sind sie wenigstens verheiratet?« klagte Frau von Buttlär.

»Ja, sie sagen, ich weiß es nicht«, meinte die Generalin, »das ist auch gleich. Sie wird das Meer nicht unrein machen, wenn sie darin badet. Es

ist kein Grund, liebe Bella, ein Gesicht zu machen, als seiest du und deine Kinder nun verloren.«
»Und er ist ein ganz gewöhnlicher Mensch«, jammerte Frau von Buttlär weiter.
»Ja«, sagte Fräulein Bork, sie sprach noch immer leise, aber ihre Stimme nahm einen zärtlichen, feierlichen Klang an, als rezitiere sie ein Gedicht, »es ist traurig und doch wieder in seiner Art schön, wie der alte Graf das Talent des armen Schulmeistersohnes entdeckt, ihn ausbilden läßt, wie er ihn auf das Schloß beruft, damit er die junge Gräfin malt, ja und dort – müssen sie sich eben lieben, was können sie dafür. Aber sie wollen nicht die Heimlichkeit und den Betrug. Sie treten zusammen vor den alten Grafen hin und sagen: Wir lieben uns, wir können nicht anders, gib uns frei, und er, der edle Greis –«
»Der alte Narr«, unterbrach sie die Generalin. »Wer sagt Ihnen denn, daß es so gewesen ist, wer ist denn dabei gewesen? Wahrscheinlich sind nicht die beiden zu dem Alten gekommen, sondern der Alte ist zu den beiden hereingekommen, das sieht denn anders aus. Köhne war immer ein Narr. Wenn man dreißig Jahre älter als seine Frau ist, läßt man seine Frau nicht malen und spielt man nicht den Kunstfreund. Und diese Doralice, ich habe ihre Mutter gekannt, eine dumme Gans, die nichts zu tun hatte im Leben, als Migräne zu haben und zu sagen: ›Meine Doralice ist so eigentümlich!‹ Ja, eigentümlich ist sie geworden, gleichviel, da ist nichts, um die Augen gen Himmel zu schlagen und zu sagen: Wie schön! Lassen Sie die Grill Grill sein, liebe Malwine, wenn Sie sie mit Ihren Phantasien zur Heldin des Strandes machen, verdrehen Sie den Kindern den Kopf. Ernestine läuft ohnehin alle Augenblicke zum Strande hinunter, um die fortgelaufene Gräfin zu sehen, das verbitte ich mir. Seien Sie so gut und halten Sie mit Ihrer Poesie an sich.«
»Schrecklich, schrecklich«, seufzte Frau von Buttlär. Fräulein Bork aber schien das Schelten der Generalin nicht zu hören, verträumt schaute sie in die Dämmerung hinein, sah, wie die Dämmerung sich sacht aufhellte, der Mond war aufgegangen, Silber mischte sich in das Dunkel der Wellen und der Strand lag hell beleuchtet da.
»Da sind sie!« schrie Fräulein Bork auf.
Erschrocken fuhren alle herum. Am Rande der Düne zeichneten sich gegen den hellen Himmel deutlich die Figuren eines großen Mannes und einer Frau ganz nahe beieinander ab. »Dort stehen sie jeden Abend«, flüsterte Fräulein Bork geheimnisvoll.
Frau von Buttlär starrte angstvoll zu dem Paare auf der Düne hinüber, dann rief sie erregt: »Kinder, ihr seid noch da, warum geht ihr nicht

schlafen? Ihr seid müde, nein, nein, geht, gute Nacht«, und beruhigte sich erst, als die Kinder fort waren. Da sah sie sich noch einmal das Paar an da drüben, das jetzt eng aneinandergeschmiegt den Strand entlangging, seufzte tief und sagte kummervoll: »Das ist allerdings unerwartet, unerwartet fatal. Wenn ich mich auf etwas freue, kommt immer so etwas dazwischen. Schon der Kinder wegen ist es mir unangenehm.«
»Ich weiß, ich weiß«, meinte die Generalin. »Du mußt immer etwas haben, das dich quält, sonst ist dir nicht wohl. Schon als kleines Mädchen, wenn alles sich auf einen Spaziergang freute, sagtest du: was hilft es, es werden doch Steinchen in die Schuhe kommen. Unsere Mädchen! Die haben genug Disziplin im Leibe. Sag' ihnen, da ist eine Frau Grill, die nicht gekannt wird, und ich sehe es, wie Lolo und Nini die Lippen zusammenkneifen und gerade vor sich hinsehen, wenn sie an Madame Grill vorübergehen.«
»Ja und dann«, begann Frau von Buttlär wieder leise, »offen gestanden, es ist auch wegen Rolf. Die Person ist sehr hübsch, solche Personen sind immer hübsch und Rolf, du weißt –«
Die Generalin schlug mit der flachen Hand auf den Tisch: »Natürlich, das mußte kommen, du bist jetzt schon auf Madame Grill eifersüchtig. Aber liebe Bella, so ist dein Mann denn doch nicht. Na ja, immer die eine alte Geschichte mit der Gouvernante, die könntest du auch vergessen. Ab und zu mal im Frühjahr regt sich in ihm noch der Kürassieroffizier, das ist eine Art Heuschnupfen. Aber ihr Frauen bringt durch eure Eifersucht die Männer erst auf unnütze Gedanken. Nein, liebe Bella, wozu ist man, was man ist, wozu hat man seine gesellschaftliche Stellung und seinen alten Namen, wenn man sich vor jeder fortgelaufenen kleinen Frau fürchten sollte. Du bist die Freifrau von Buttlär, nicht wahr, und ich bin die Generalin von Palikow, nun also, das heißt, wir beide sind zwei Festungen, zu denen Leute, die nicht zu uns gehören, keinen Zutritt haben; so, nun wollen wir ruhig schlafen gehen, als gäbe es keine Madame Grill. Wir dekretieren einfach, es gibt keine Madame Grill.«
Alle erhoben sich, um in das Haus zu gehen. Fräulein Bork warf noch einen Blick zum Meer hinab und sagte in ihrem mitleidig singenden Ton: »Die Gräfin Doralice war einst auch einmal solch eine arme kleine Festung.«
Die Generalin wandte sich in der Tür um: »Bitte, Malwine, meine Vergleiche nicht mit Ihrer Poesie zu umspinnen, dazu mache ich sie nicht. Und dann noch eines, ich bitte, ferner Madame Grill nicht zum Gegenstand Ihres Verteidigungstalentes zu machen, Madame Grill wird nicht verteidigt.«

Oben in der Giebelstube, Lolos und Ninis Schlafzimmer, standen die beiden Mädchen noch am Fenster und schauten hinaus. Das mondbeglänzte Meer, das Rauschen und Wehen da draußen ließ ihnen keine Ruhe, es erregte sie fast schmerzhaft, und das Paar, das dort unten an den blanken Säulen der brechenden Wellen hinschritt, gehörte mit zu dem Erregenden und Geheimnisvollen da draußen, das den beiden Mädchen ein seltsames Fieber in das Blut legte.
Unten auf der Bank vor der Küche saß Frau Klinke und kühlte im Seewinde ihre heißen Köchinnenhände. Vor ihr stand Ernestine, wies zum Strande hinunter und sagte: »Nee, Frau Klinke, daß die beiden verheiratet sind, das glaube ich nicht.«
Hans Grill und Doralice gingen am Meeresufer entlang. Es ging sich gut auf dem feuchten, von den Wellen glattgestrichenen Sande. Zuweilen blieben sie stehen und schauten auf den breiten, sich sacht wiegenden Lichtweg hinab, den der Mond auf das Wasser warf.
»Nichts, heute nichts«, sagte Hans und machte eine Handbewegung, als wollte er das Meer beiseite schieben. »Es ziert sich heute, es macht sich klein und süß, um zu gefallen.«
»So laß es doch«, bat Doralice.
»Ja, ja, ich lasse es ja«, erwiderte Hans ungeduldig.
Als sie weiter schritten, hing Doralice sich ganz fest in Hansens Arm. Sie konnte sich ja gehenlassen, dieser Arm war stark und sie dachte flüchtig an einen anderen zerbrechlichen und zeremoniösen Arm, der ihr feierlich gereicht worden war und auf den sich zu stützen sie nie gewagt hatte.
»Du bist müde?« fragte Hans.
»Ja«, erwiderte sie nachdenklich, »diese langen hellen Tage, glaube ich, machen müde.«
»Viel haben wir an diesen langen hellen Tagen nicht getan«, bemerkte Hans.
»Getan«, fuhr Doralice fort, »nichts. Im Sande gelegen und auf das Meer gesehen. Aber gleichviel, ich konnte doch alles mögliche tun, Dinge, die ich sonst nie getan, unerhörte Dinge, nichts hindert mich. Auf der Reise war das anders, da tut man die Dinge, die im Reisebuch vorgeschrieben sind, aber hier muß das Neue kommen und das macht vielleicht müde.«
»Gewiß, gewiß«, begann Hans in seiner eifrigen Art, »Möglichkeiten, natürlich Möglichkeiten, das ist es, was der freie Mensch hat, es ist gleich, ob er etwas tut, aber nichts zwingt ihn, nichts schiebt ihn, nichts bindet ihn, was er tut und nicht tut, tut er auf eigene Verantwortung und das kann müde machen, o ja, das kann müde machen«, und Hans lachte ein lautes Ha! Ha! auf das Meer hinaus, »freie Menschen, freie Liebe, denn

das ist ja gleich, ob ein alter Engländer in London uns durch die Nase etwas gesagt hat, was wir nicht verstanden haben, das bindet nicht. Also freie Menschen, freie Liebe, freie –« Er hielt plötzlich inne und fragte: »Warum lachst du?«

Doralice hatte ihren Kopf zurückgebogen, um zu Hans hinaufzusehen, und sie lachte. Die schmalen, sehr roten Linien der Lippen öffneten sich ein wenig, ließen im Mondschein für einen Augenblick das Weiß der kleinen Zähne durchschimmern. So hell beschienen war das Gesicht sehr hübsch mit seinem kindlichen Oval, den graublauen Augen, in die das Mondlicht ein seltsam farbiges Schillern legte, und dem hellblonden Haar, an dem der Wind zauste. Ja, Doralice mußte immer lachen, wenn Hans seine großen Worte hersagte, jene Worte, die klangen, als hätten sie in Zeitungen oder langweiligen Büchern gestanden, aber wenn Hans sie aussprach, bekamen sie etwas Junges, etwas Lebendiges, sie klangen, als schmeckten sie ihm gut, wenn er sie so zwischen seinen gesunden weißen Zähnen hervorzischte.

»O nichts«, sagte Doralice, »sprich nur weiter von deinen freien Menschen.« Allein Hans war empfindlich geworden: »Meine freien Menschen, da ist doch nichts zu lachen«, dann schwieg er.

»Du hast ja ganz recht«, meinte Doralice, um ihn zu versöhnen, »vielleicht macht das müde, wenn nichts einen bindet. Bei uns auf dem Lande, dort bei der Roggenernte gehen hinter den Mähern Mädchen her, welche die Ähren zu Garben binden. Das ist sehr anstrengend. Um weniger zu ermüden, binden sie sich Tücher ganz fest um die Taille. So war es vielleicht dort, und jetzt, wo mich nichts festbindet –«

»Unsinn«, unterbrach sie Hans, »ich sehe nicht ein, warum du deine Vergleiche von dort hernimmst, von dort sprechen wir doch nicht.«

»Nein, von dort sprechen wir nicht«, wiederholte Doralice.

Sie kamen am Strandwächterhäuschen vorüber. Durch das geöffnete Fenster scholl eine laute Männerstimme, und ihr antwortete eine Frauenstimme leidenschaftlich und scheltend. Unten am Strande stand der Geheimrat Knospelius, eine kleine, wunderlich verbogene Gestalt, er stand so nah am Wasser, daß sein unförmlicher Schatten sich in den Wellen badete. Als Hans und Doralice sich näherten, grüßte er, zog seinen Panama sehr tief ab, das graue Haar flatterte im Winde, er lächelte und das regelmäßige, bartlose Gesicht sah aus wie ein großes, bleiches Knabengesicht. »Guten Abend«, sagte Hans. Der Geheimrat lachte lautlos in sich hinein und zeigte mit einem merkwürdig langen, dünnen Finger zum Hause des Strandwächters hinauf. »Die streiten wieder«, bemerkte Hans. »Dort ist immer reger Betrieb«, erwiderte der Geheimrat geheimnisvoll,

»die arbeiten am Leben, bis ihnen die Augen zufallen. So was höre ich gern.«
»Ja, hm!« sagte Hans. »Guten Abend«, und sie gingen weiter.
»Was sagte er?« fragte Doralice ängstlich. Hans zuckte die Achseln. »Verrückt wahrscheinlich. Solche kleinen Ungetüme sind gewöhnlich ein wenig verrückt. Kennst du ihn denn?«
Doralice dachte nach. »Gewiß, ich kenne ihn. Ich erinnere mich, auf einer großen Gesellschaft war es, es war spät, alle waren müde und warteten auf die Wagen. Da saß plötzlich dieser kleine Mann neben mir. Seine Füße reichten nicht an den Fußboden, sondern hingen wie bei Kindern frei vom Stuhle herunter. Er sah mir ganz frech in die Augen, wie man das sonst nicht tut, und sagte: ›Es fällt mir auf, Frau Gräfin, daß jetzt, wo alle schon schläfrig sind, Ihre Augen noch so wach sind; die warten noch.‹ Ich machte wohl ein sehr dummes Gesicht und fragte: ›Worauf?‹ Da lachte er ganz so, wie er jetzt eben lachte, und sagte: ›Nun darauf, daß was geschieht, daß was kommt. O, die geben nicht nach, die stehen auf ihrem Posten.‹ – Mir war das unheimlich, ich war froh, als in dem Augenblick der Wagen gemeldet wurde.«
»Ich weiß nicht, was du noch immer an allen diesen Erinnerungen hast, erquicklich sind sie nicht«, versetzte Hans verstimmt.
»Was kann ich dafür«, verteidigte sich Doralice, »ich habe doch noch keine anderen Erinnerungen, und dann, sie kriechen einem doch überall nach. Da steht der Geheimrat Knospelius plötzlich am Strande, drüben im Bullenkrug zieht die Generalin von Palikow und die Baronin Buttlär ein, auf Schritt und Tritt das alte Leben. Weißt du, was ich möchte? Dort drüben über dem Meer müßte man eine Hängematte aufhängen können, gerade so hoch, daß die Wellen sie nicht erreichen, aber doch so, daß, wenn ich die Hand herabhängen lasse, ich den Wellen in die weißen Bärte fassen kann, und so, siehst du, könnten, glaube ich, keine Erinnerungen kommen und keine Knospelius und Palikows könnten einem begegnen.«
Hans blieb nachdenklich stehen: »Du«, sagte er, »das wollen wir machen.« Er ergriff Doralice, legte sie auf seine Arme: »Lieg«, rief er, »wie ein Kind auf den Armen des Paten während der Taufe«, und nun begann er langsam in das Meer hineinzugehen. Regungslos lag Doralice da und schaute hinauf in den Himmel, der bleich von Mondenschein war. Das Wehen, das vom Meere kam, das Rauschen unter ihr, das goldene Fließen und Flimmern ringsumher, all das schien sie zu zwingen und zu schaukeln, und dann war es ihr, als fiele sie, fiele sie in einen Abgrund von Licht, das sie dennoch trug und hielt.
»So, so, weiter, weiter, jetzt sind wir ganz bei ihnen, mitten unter ihnen,

das dumme Land ist fort.« Doralice sprach mit einer Stimme, wie Schlafende es tun, lachte ein leises, ganz helles Lachen wie Kinder, die auf einer Schaukel sitzen. Sie ließ ihre Hand herabhängen, griff in den Schaum der Wellen, schnalzte mit den Fingern, als wollte sie kleine Hunde springen lassen. »Wie sie zu mir heraufwollen«, rief sie, »kommt, kommt, nein, das ist zu hoch.« Hans stand bis über die Knie im Wasser und lächelte, das Gesicht rot vor Anstrengung. Aber allmählich wurde er müde, es war nicht leicht, sicher im Wasser zu stehen, und langsam zog er sich an das Ufer zurück. Mit einem befriedigten: »So, das war eine Leistung«, setzte er Doralice auf den Sand zurück. Sie schwankte ein wenig auf ihren Füßen wie berauscht, sie legte die Hand auf die Augen, alles um sie her schien noch sacht zu schwanken. Sie mußte sich an Hans anlehnen. »Du siehst«, sagte sie, »ich vertrage dies dumme Land nicht mehr.«

»Das kommt noch«, meinte er, »das Land wird uns jetzt sehr gut schmekken. Eine warme Stube und Rotwein, ich bin naß und mich friert.« – »Ja, gehen wir«, sagte Doralice kleinlaut, »wir gehören ja doch nicht zu denen dort. Aber wie stark du bist, daß du mich so halten konntest.«

»Nicht wahr«, erwiderte Hans stolz, »und weißt du, wie ich dich so hielt, wenn ich denke, das war eigentlich symbolisch, mitten in den Wellen, und ich halte dich.«

Aber Doralice sagte müde: »Ach nein, laß es lieber nicht symbolisch sein.« Hans schaute sie verwundert an und murmelte dann ein wenig empfindlich: »Nun dann auch nicht.«

Um den Hof des Wardeinschen Anwesens standen die niedrigen strohgedeckten Häuser, der Schuppen, der Stall, der Speicher, in dem jetzt die Familie des Fischers wohnte, und das Wohnhaus, das Hans Grill gemietet hatte. Hier schien die Hitze des Tages noch eingeschlossen zu sein, die Luft war schwer von den Gerüchen des Strohs, der an Schnüren trocknenden Fische und feuchter Netze. Man hörte durch die kleinen geöffneten Fenster den Atem schlafender Menschen, irgendwo schlug ein Hahn auf seiner Stange mit den Flügeln und im Schuppen grunzte ein Schwein im Traum. Und hier fiel von Doralice der Rausch der Weite und des Lichtes ab, ganz jäh, es schmerzte fast körperlich, und als sie durch die Tür traten, die so niedrig war, daß Hans sich tief bücken mußte, sagte Doralice klagend: »So schlüpfen wir denn auch in unser Loch.« – »Ja, ja«, meinte Hans eifrig, »das wird gut tun.« In dem kleinen Wohnzimmer brannte eine Petroleumlampe auf dem Tisch, und es fiel Doralice auf, wie häßlich unrein dieses Licht war, mit welch schläfriger Alltäglichkeit es den weißgetünchten Raum füllte. Hans war ganz geschäftig. »Köstlich, köstlich«, sagte er, »setz' du dich dort in den Korbstuhl, ich bin gleich wieder

da.« Er verschwand, kam dann in weichen Filzschuhen zurück, ging ab und zu, holte Gläser, den Rotwein, schenkte die Gläser voll, setzte sich endlich Doralice gegenüber an den Tisch, rieb sich die Hände und lachte über das ganze Gesicht. Er sah sehr jung aus, das Gesicht von der Luft gerötet und der Bart und das kurzgelockte Haar honiggelb, die braunen Augen blinzelten blank vor Freundlichkeit. »Köstlich«, wiederholte er, »das nenne ich eine Lebenslage, man sitzt so beieinander und die Lampe brennt, man hat seinen Rotwein und dazu sein wunderschönes Weib.«
Doralice lehnte sich in ihren Korbstuhl zurück und schloß die Augen. »Ach«, sagte sie müde, »nenne mich, bitte, nicht Weib, das klingt so, ich weiß nicht, nach losen blauen Jacken mit weißen Punkten und Kartoffelsuppe.«
Hans errötete: »Nein, nein«, sagte er, »also nicht Weib. Weib ist ein schönes deutsches Wort, aber wie du willst, bitte.«
Sie schwiegen beide eine Weile. Aus dem Nebenzimmer hörte man deutlich das Schnarchen der alten Agnes, einer fernen Verwandten von Hans Grill, die ihm jetzt die Wirtschaft führte. Agnes hatte eine seltsame, kummervolle und mißmutige Art des Schnarchens. Am Tage versah sie still und pünktlich ihren Dienst, aber das alte Gesicht, in dem die Fältchen wie Sprünge in einem gelben Lack standen, trug stets den Ausdruck einer geduldigen, hochmütigen Ergebenheit. Jetzt schien es Doralice, als käme mit den verschlafenen Lauten alle Bitterkeit heraus, welche die Alte gegen sie hegte. Doralice preßte die schmalen, zu roten Lippen fest aufeinander, und wie sie dalag in dem dunkelblauen Kleide mit dem großen weißen Matrosenkragen, die Stirn ganz verdeckt von dem feucht gewordenen blonden Haar, sah sie aus wie ein kleines Mädchen, das gescholten wird. Nein, auf die Dauer war es unerträglich, dem Murren dort im Nebenzimmer zuzuhören. Alles, alles wurde traurig, wurde sinnlos, sie wußte nicht mehr, warum sie hier saß, warum –. Und Hans, sie öffnete die Augen und schaute ihn an. Er hatte den Kopf auf die Brust sinken lassen, rauchte aus seiner kurzen Pfeife und trank ab und zu in hastigen kleinen Zügen den Wein.
»Bist du noch böse, weil du nicht Weib sagen sollst?« fragte Doralice und versuchte zu lächeln. Hans hob schnell den Kopf, er begann zu sprechen, aber er mußte einige Male dazu ansetzen, denn eine Erregung schnürte ihm die Kehle zusammen. »Weib oder nicht Weib, das ist doch gleich, der Ton ist es, der Ton. Wenn du den hast, dann bist du mir plötzlich ganz weit, ganz fremd, der streicht plötzlich alles aus, was wir miteinander erlebt haben. Ich freue mich darauf, daß es gemütlich sein wird, man wird beieinander sitzen, man wird lachen, man wird glücklich sein und dann

sagst du etwas und dieser Ton ist da und es wird sofort kalt und fremd und peinlich, als setzten wir uns drüben im Schloß vor den weißen Serviettenzeltchen mit dem alten Grafen zum Frühstück nieder.«

Doralice hörte ihm gespannt zu, diese erregte Stimme, die sich überstürzenden Worte erwärmten sie. Er sollte weitersprechen. »Wie ist dieser Ton?« fragte sie.

»Wie? Wie?« fuhr Hans leidenschaftlich fort. »Wenn dir etwas nicht schmeckt, dann schiebst du den Teller fort und sagst feindselig: ›Das will ich nicht.‹ So, so ist dieser Ton, als ob du mich und unsere ganze gemeinsame Geschichte fortschiebst. Das kannst du ja auch, es ist ja dein Recht, sag' es doch.«

Doralice lächelte jetzt ihr hübsches, strahlendes Lächeln. Sie hob die Arme in die Höhe und reckte sich: »Ach Hans, das ist ja Unsinn, ich bin einfach müde. Glaubst du, das strengt nicht an, so zwischen Himmel und Meer zu schweben?«

Hans schaute sie erstaunt an, dann begann auch er zu lachen, sein lautes, ein wenig unerzogenes Lachen. »Also das strengt dich an und ich – glaubst du, es ist leicht, fest im Wasser zu stehen und eine Frau über den Wellen zu halten, die Hängematte zu spielen?«

»Du«, meinte Doralice, »du bist ja so stark.«

Befriedigt lehnte Hans sich in seinen Stuhl zurück, goß sich Wein ein, er schüttelte sich vor Gemütlichkeit, als sei eine Gefahr glücklich vorübergegangen.

»Und all das kommt daher«, erklärte Hans und stach dozierend mit seiner Pfeife in die Luft hinein, »uns fehlt eine gewisse Enge, eine Gebundenheit, Form, Form, Form, das ist es, das macht reizbar und unsicher. Von Unendlichkeiten kann man nicht leben. Immer kann der eine nicht stehen und den anderen zwischen Himmel und Meer in den Mondschein hineinhalten. Also wir müssen unser Leben einteilen, regelmäßige Beschäftigung, Haushalt, eine Alltäglichkeit müssen wir haben, der ewige Feiertag macht uns krank.«

»Du könntest ja wieder malen«, warf Doralice hin.

»Das werde ich auch«, rief Hans hitzig, »glaubst du, ich werde ruhig dasitzen und von deinem Gelde leben?«

»Ach was, das dumme Geld.«

»Gleichviel, ich werde arbeiten, ich weiß auch, was ich zu malen habe, ich studiere meine Modelle, euch beide.«

»Uns beide?«

»Ja, dich und das Meer. Ihr beide müßt zusammen auf ein Bild und eine Synthese von dir und dem Meer, verstehst du?«

»Ja so«, bemerkte Doralice, »ob du nicht versuchst, zuerst das Meer zu malen. Du sagtest doch, daß du mich nicht malen kannst.«
Das ärgerte Hans wieder. »Ja dort, dort konnte ich dich allerdings nicht malen. Ich war berauscht von dir. Man muß doch seinem Modell auch einigermaßen objektiv gegenüberstehen.«
»Stehst du mir jetzt objektiv gegenüber?« fragte Doralice verwundert.
»Ja«, meinte Hans, »es kommt wenigstens allmählich und das haben wir nötig, etwas Nüchternheit, so eine selbstgeschaffene Bürgerlichkeit, in die man sich fest einschließt. Du sprachst da vorhin wegwerfend von Kartoffelsuppe, ich möchte sagen, kein Leben, auch das idealste, ist möglich, in dem es nicht einige Stunden am Tage nach Kartoffelsuppe riecht.« Er lachte und sah Doralice triumphierend an, stolz auf seine Bemerkung.
Doralice seufzte: »Uff, wenn man da nur atmen kann, ganz eng, fest eingesperrt und riecht nach Kartoffelsuppe. Eine Welt, als ob Agnes sie geschaffen hätte.«
»Bitte«, sagte Hans empfindlich, »wer da nicht atmen kann, darf hinaus, wir sind freie Menschen, daß wir uns selbst binden, ist unsere Freiheit, aber keiner von uns ist gebunden.«
Doralice zog die Augenbrauen in die Höhe und sagte ziemlich schläfrig: »Ach, lassen wir doch die alte Freiheit. Es ist ja ganz hübsch, wenn eine Tür immer offen steht, aber man braucht doch nicht beständig drauf hinzuweisen. Die Freiheit wird drum fast ebenso langweilig wie das ›tenue, ma chère‹ dort, du weißt.«
Hans schaute Doralice bestürzt an. Er wollte etwas sagen, verschluckte es jedoch. Er erhob sich und begann im Zimmer auf- und abzugehen, er ging schnell, stapfte stark mit seinen Filzschuhen auf den Boden. Doralice folgte ihm neugierig mit den Blicken. Jetzt war er zornig, jetzt würde er leidenschaftlich losbrechen, sie freute sich darauf, sie liebte es, wenn er die Worte so heiß hervorsprudelte und ein Gesicht machte wie ein zorniger Knabe. Das hatte ihr an ihm gefallen dort in der Welt der beständigen Selbstbeherrschung. Aber es wollte nicht kommen, immer noch ging er schnell und schweigend in dem engen Raum umher. Plötzlich blieb er vor Doralice stehen, kniete nieder, mit beiden Knien hart auf den Boden schlagend, und legte seinen Kopf auf Doralicens Knie und so begann er zu sprechen, leise und klagend: »Wie kannst du das sagen, ich – ich – ich weise auf die Tür hin. Aber wenn du zu dieser Tür hinausgingst, dann wäre es aus, dann hätte nichts mehr einen Sinn, dann hätte ich keinen Sinn, dann hätte die ganze Welt keinen Sinn.«
Doralice strich mit der Hand ihm leicht über das krause Haar. »Nein, nein«, sagte sie und das klang müde und mitleidig zugleich, »zusam-

men, wir bleiben zusammen, wir beide sind ja doch miteinander ganz allein.«

Hans richtete sich auf, er lachte wieder, zuversichtlich und triumphierend, indem er Doralicens Arm faßte und ihn schüttelte: »Das will ich meinen und ich werde auch dafür sorgen, daß niemand an dich herankommt.« Dann nahm er ihre kleine Gestalt auf seine Arme, wie man ein Kind nimmt, und trug sie in das Schlafzimmer hinüber.

Zweites Kapitel

Der Morgen dämmerte, als Doralice erwachte. So war es jetzt immer, wenn sie sich niederlegte, schlief sie schnell und tief ein, aber lange vor Sonnenaufgang erwachte sie, und es war mit dem Schlaf zu Ende. Dann lag sie da, die Arme erhoben, die Hände auf ihrem Scheitel gefaltet, die Augen weit offen und schaute der graublauen Helligkeit zu, wie sie durch die weiß- und rotgestreiften Gardinen in das Zimmer drang, den Waschtisch, die beiden plumpen Stühle, den großen gelben Holzschrank aus der Dämmerung herausschälte, das Zimmer erhellte, ohne es zu beleben, gleichsam ohne es zu wecken. Und dieses Zimmer, klein wie eine Schiffskabine, erschien Doralice als etwas ganz und gar nicht zu ihr Gehöriges. Sie lag da wohl in dem schmalen Bett unter der häßlichen rosa Kattundekke, aber sie hatte nicht die Empfindung, als sei dieses die Wirklichkeit, wirklich für sie war noch die Welt des Traums, aus der sie eben emportauchte. Jede Nacht führte er sie in ihr früheres Leben zurück, jede Nacht mußte sie ihr früheres Leben weiterleben. Am besten war es noch, wenn sie sich in dem alten Heimatshause ihrer frühen Jugend, dort in der kleinen Provinzstadt befand. Ihre Mutter lag wieder auf der Couchette, hatte Migräne und eine Kompresse von Kölnischem Wasser auf der Stirn. Sie hörte wieder die klagende Stimme: »Mein Kind, wenn du verheiratet sein wirst und ich nicht mehr sein werde, dann wirst du an das, was ich dir gesagt habe, oft zurückdenken.« Und dieses Wort »wenn du verheiratet sein wirst«, das in den Gesprächen ihrer Mutter immer wiederkehrte, gab Doralice wieder das angenehme, geheimnisvolle Erwartungsgefühl. Draußen der schattenlose Garten lag gelb vom Sonnenschein da, die langen Reihen der Johannisbeerbüsche, das Beet mit den Chrysanthemen, die fast keine Blätter und stark geschwollene bronzefarbene Herzen hatten. Auf der Gartenbank schlummerte Miß Plummers. Das gute alte Gesicht rötete sich in der Mittagshitze. Doralice ging unruhig in Kieswegen auf und ab, das eintönige sommerliche Surren um sie her kam ihr wie die Stimme der Einsamkeit und der Ereignislosigkeit vor. Aber gerade hier in dem alten Garten fühlte sie es stets am deutlichsten, daß dort jenseits des Gartenzaunes eine schöne Welt der Ereignisse auf sie wartete. Sie fühlte es körperlich als seltsame Unruhe in ihrem Blut, sie hörte es fast wie wir das Stimmengewirr eines Festes hören, vor dessen verschlossenen Türen wir stehen. Nun und dann war diese Welt gekommen, in Gestalt des Grafen Köhne-Jasky, des hübschen älteren Herrn, der so stark nach new mown hay roch, Doralice so verblüffende Komplimente machte und so unterhaltende Geschichten erzählte, in denen stets kostbare Sachen und schöne Gegenden vorkamen. Daß Doralice eines Tages ihr weißes Kleid mit der rosa Schärpe anzog, daß ihre Mutter sie weinend umarmte und der kleine kohlschwarze Schnurrbart des Grafen sich in einem Kusse auf ihre Stirn drückte, war etwas, das selbstverständlich notwendig war, etwas, auf das Mutter und Tochter ihr bisheriges Leben über gewartet zu haben schienen.

Am häufigsten aber befand Doralice sich im Traum in dem großen Salon der Dresdner Gesandtschaft. Immer lag dann ein winterliches Nachmittagslicht auf dem blanken Parkett. In den süßen Duft der Hyazinthen, die in den Fenstern standen, mischten die großen Ölbilder an der Wand einen leichten Terpentingeruch. Von der anderen Seite des Saals kam ihr Gemahl entgegen, sehr schlank in seinen schwarzen Rock geknüpft, die Bartkommas auf der Oberlippe hinaufgestrichen. Ein wenig zu zierlich, aber hübsch sah er aus, wie er so auf sie zukam, die glatte weiße Stirn, die regelmäßige Nase, die langen Augenwimpern. Allein der Traum spielte ein seltsames Spiel, je näher der Graf kam, um so älter wurde dies Gesicht, es welkte, es verwitterte zusehends. Er legte den Arm um Doralicens Taille, nahm ihre Hand und küßte sie. »Scharmant, scharmant«, sagte er, »wieder eine reizende Aufmerksamkeit. Wir haben unsere Ausfahrt aufgegeben, weil wir wußten, daß der Gemahl heut nachmittag ein Stündchen frei hat. Da wollen wir ihm Gesellschaft leisten und ihm selbst den Tee machen. Gute Ehefrauen habe ich schon genug gesehen, Gott sei Dank, es gibt noch welche, aber ma petite comtesse ist eine raffinierte Künstlerin in Ehedelikatessen.« Doralice schwieg und preßte ihre Lippen fest aufeinander und hatte das unangenehm beengende Gefühl, erzogen zu werden. Natürlich hatte sie ausfahren wollen, natürlich hatte sie gar nicht gewußt, daß der Gemahl heute eine Stunde frei hatte und hatte auch gar nicht die Absicht gehabt, ihm Gesellschaft zu leisten. Allein das war seine Erziehungsmethode, er tat, als sei Doralice so, wie er sie wollte. Er lobte sie beständig für das, was er doch erst in sie hineinlegen wollte, er zwang ihr gleichsam eine Doralice nach seinem Sinne auf, indem er tat, als sei sie schon da. Hatte sich Doralice in einer Gesellschaft mit einem jungen Herrn zu gut und zu lustig unterhalten, dann hieß es: »Wir sind ein wenig vielverlangend, ein wenig sensibel, man kann sich die Menschen nicht immer aussuchen; aber du hast ja recht, der junge Mann hat nicht einwandfreie Manieren, aber soviel es geht, wollen wir ihn fernhalten.« Oder Doralice hatte im Theater bei einem Stück, das dem Grafen mißfiel, zuviel und zu kindlich gelacht, dann bemerkte er beim Nachhausefahren: »Wir sind ein wenig verstimmt: schockiert, wir sind ein wenig zu streng, aber tut nichts, du hast ganz recht, es war ein Fehler von mir, dich in dieses Stück zu bringen. Ich hätte ma petite comtesse besser kennen sollen, vergib dieses Mal.« Und so war es in allen Dingen, diese ihr aufgezwungene fremde Doralice tyrannisierte sie, schüchterte sie ein, beengte sie wie ein Kleid, das nicht für sie gemacht war. Was half es, daß das Leben um sie her oft hübsch und bunt war, daß die schöne Gräfin Jasky gefeiert wurde, es war ja nicht sie, die das alles genießen durfte, es war stets diese unangenehme petite comtesse, die so sensibel und reserviert war und ihrem Gemahl gegenüber immer recht hatte. Wie eine unerbittliche Gouvernante begleitete sie sie und verleidete ihr alles.

Als der Graf Köhne seinen Abschied nahm, als er, wie er es nannte, gestürzt wurde, und sich gekränkt und schmollend auf sein einsames Schloß zurückzog, um sich fortan damit zu beschäftigen, die Geschichte der Köhne-Jaskys zu schreiben und melancholisch zu altern, da war es eine neue Doralice, die Doralice dort auf dem alten Schlosse erwartete. »Ah, ma petite châtelaine ist hier endlich in ihrem wahren Elemente, stille, ruhige, etwas verträumte Beschäftigungen, der wohltätige Engel des Gemahls und des Gutes, das hat uns gefehlt.« Und der stille wohltätige Engel, der sie nun plötzlich war, drückte auf Doralice wie ein bleiernes Gewand.

Da kam Hans Grill ins Schloß, um Doralice zu malen, Hans mit seinem lauten Lachen und seinen knabenhaft unbesonnenen Bewegungen und seiner unbesonnenen Art, noch alles, was ihm durch den Kopf ging, unvermittelt und eifrig auszusprechen. »Ich empfehle dir meinen Schützling«, hatte der Graf zu seiner Frau gesagt, »gewiß, als Gesellschafter kommt er nicht in Betracht, du hast ja ganz recht, ihn sehr à distance zu halten, aber dennoch empfehle ich ihn deinem Wohlgefallen.« Es begannen nun die langen Sitzungen in dem nach Norden gelegenen Eckzimmer des Schlosses. Hans stand vor seiner Leinwand, malte und kratzte wieder ab. Dabei sprach er stets, erzählte, fragte, ließ große Worte klingen. Doralice hörte ihm anfangs neugierig zu, es war ihr neu, daß jemand so sorglos sein innerstes Wesen heraussprudelte. Er sprach stets von sich, zuweilen mit ganz kindlicher Zufriedenheit und Prahlsucht, dann vertraute er Doralice gutmütig an, was ihm an sich selber bedenklich schien. »An Charakter fehlt es zuweilen«, sagte er, »ei, ei!« Was aus diesen Reden aber am stärksten hervorklang, war ein unbändiger Lebensappetit und ein unumschränktes Vertrauen, alles zu erreichen, wonach er greifen würde. »Oh, ich werde es schon machen, da ist mir nicht bange«, hieß es. Doralice tat das wohl, es erregte auch in ihr wieder Lebenshunger, es erweckte in ihr etwas, das sie fast vergessen hatte, ihre Jugend. Von distance war eigentlich nicht mehr die Rede, die allzu sensible châtelaine fiel ganz von ihr ab und es ging jetzt dort in dem Eckzimmer oft sehr heiter und kameradschaftlich zu. Aber zuweilen, wenn sie gerade recht laut lachten, hielten sie plötzlich inne, horchten hinaus. »Still«, sagte Hans, »ich höre seine Stiefel knarren«, und es war, als sei eine geheime Zusammengehörigkeit zwischen ihnen beiden eine selbstverständliche Sache. Hans verliebte sich natürlich in Doralice und war diesem Gefühle gegenüber ganz hilflos. Er zeigte es ihr, er sagte es ihr mit einer naiven, fast schamlosen Offenheit, und Doralice ließ es geschehen, es war ihr, als faßte das Leben sie mit starken, gewaltsamen Armen und trug sie mit sich fort. Da begann in diesen Spätherbsttagen Doralices Liebesgeschichte. Helle, kalte Tage und dunkle Abende, auf den Beeten die von dem Nachtfrost gebräunten Georginen und in den Alleen des Parkes welkes Laub, das auch beim vorsichtigsten Schritte raschelte. Wenn Doralice an diese Zeit dachte, empfand sie wieder das seltsame schwüle Brennen ihres Blutes, empfand sie die stete Angst vor etwas Schrecklichem, das kommen sollte, das jeder Liebesstunde auch ihr furchtbar erregendes Fieber beimischte. Wieder empfand sie jenes wunderlich lose, verworrene Gefühl, jenen Fatalismus, der so oft Frauen in ihrem ersten Liebesrausch erfüllt. Dennoch trug Doralice leichter an den Heimlichkeiten und Lügen als Hans. »Ich halte es nicht mehr aus«, sagte er, »immer einen so vor mir zu haben, den ich betrüge, wir wollen fortgehen, oder es ihm sagen.«

»Ja, ja«, meinte Doralice. Es wunderte sie selbst, wie gering die Gewissensbisse waren über das Unrecht, das sie ihrem Manne antat, ja, es war fast nur so wie damals, wenn sie Miß Plummers hinterging. »Und er ahnt es«, sagte Hans, »er bewacht uns, man begegnet ihm überall, hast du es bemerkt? Seine Stiefel knarren nicht mehr, wir müssen ihm zuvorkommen.«

Allein der Graf kam ihnen zuvor. Es war ein grauer Nebeltag, Doralice stand im großen Saal am Fenster und schaute zu, wie der Wind die Krone des alten Birnbaums hin- und herbog und die gelben Blätter von den Zweigen riß und sie in toller Jagd durch die Luft wirbelte. Es sah

ordentlich aus, als freuten sich diese hellgelben kleinen Blätter, von dem Baume loszukommen, so ausgelassen schwirrten sie dahin. Doralice hörte ihren Gemahl in das Zimmer kommen. Er machte einige kleine knarrende Schritte, rückte den Sessel am Kamin, setzte sich, nahm ein Schüreisen, um, wie er es liebte, im Kaminfeuer herumzustochern. Als er mit einem »ma chère« zu sprechen begann, wandte sie sich um und es fiel ihr auf, daß er krank aussah, daß seine Nase besonders bleich und spitz war. Er schaute nicht auf, sondern blickte auf das Kaminfeuer, in dem er stocherte. »Ma chère«, sagte er, »ich habe deine Geduld bewundert, aber lassen wir es genug sein, ich habe mit Herrn Grill eben vereinbart, daß er uns heute verläßt. Mit dem Bilde wird es ja doch nichts, und von dir ist es zuviel verlangt, dich noch der Langeweile dieser Sitzungen und dieser – Gesellschaft zu unterziehen. So werden wir wieder entre nous sein. Recht angenehm, was?«
Doralice war bis in die Mitte des Zimmers gekommen, da stand sie in ihrem schieferfarbenen Wollenkleide, die Arme niederhängend, in der ganzen Gestalt eine Gespanntheit, als wollte sie einen Sprung tun, in den Augen das blanke Flackern der Menschen, die vor einem Sprunge von einem leichten Schwindel ergriffen werden.
»Wenn Hans Grill geht, gehe ich auch«, sagte sie, und im Bemühen, ruhig zu sein, klang ihre Stimme ihr selbst fremd.
»Wie? Was? Ich verstehe nicht, ma chère.« Das Schüreisen fiel klirrend aus seiner Hand, und Doralice sah wohl, daß er sie gut verstand, daß er längst verstanden haben mußte. Um seine Augen zogen sich viele Fältchen zusammen und die Bartkommas auf seiner Oberlippe zitterten wunderlich.
»Ich meine«, fuhr Doralice fort, »daß ich nicht mehr deine Frau bin, daß ich nicht mehr deine Frau sein darf, daß ich mit Hans Grill gehe, daß, daß –« Sie hielt inne, Schrecken und Verwunderung über den Anblick des Mannes dort im Sessel ließen sie nicht weitersprechen. Er knickte in sich zusammen, und sein Gesicht verzog sich, wurde klein und runzlig. War das Schmerz? War das Zorn? Es hätte auch ein unheimlich scherzhaftes Gesichterschneiden sein können. Mit großen, angstvollen Augen starrte Doralice ihn an. Da schüttelte er sich, fuhr sich mit der Hand über das Gesicht, richtete sich stramm auf. »Allons, allons«, murmelte er. Er erhob sich und ging mit steifen, zitternden Beinen an das Fenster und schaute hinaus. Doralice wartete angstvoll, aber auch sehr neugierig, was nun kommen würde. Endlich wandte sich der Graf zu ihr um, das Gesicht aschfarben, aber ruhig. Er zog seine Uhr aus der Westentasche, wurde etwas ungeduldig, weil die Kapsel nicht gleich aufspringen wollte, schaute

dann aufmerksam auf das Zifferblatt und sagte mit seiner diskreten, höflichen Stimme: »Fünf Uhr dreißig geht der Zug.« Er sah auch nicht auf, als Doralice jetzt langsam aus dem Zimmer ging.
»Mein Herz schlug dabei sehr stark«, hatte später Doralice zu Hans Grill gesagt, »ich hörte es schlagen, es schien mir das Lauteste im Zimmer. Ich weiß nicht, was es war, vielleicht war es plötzlich eine sehr starke Freude.«
»Natürlich, natürlich«, meinte Hans Grill, »was sollte es denn anderes gewesen sein.«

Drittes Kapitel

Im Wardeinschen Anwesen erwachte das Leben, eine Stalltür knarrte, nackte Füße stapften die Holzstufen am Hause auf und ab. Doralice fuhr aus ihrem Sinnen auf, aus dem Weiterleben des nächtlichen Traumes. Das Zimmer war jetzt ganz hell, die Decke mit den großen Streckbalken, die Möbel in ihrer robusten Häßlichkeit ließen sich nicht mehr wegdenken wie vorhin in der wesenlosen Dämmerung, sie riefen Doralice zu ihrer Wirklichkeit zurück, mahnten sie, daß sie zu ihnen gehörte. Die Tür zum Nebenzimmer stand offen, dort schlief Hans. Doralice sah ihn, wie er in seinem Bette auf dem Rücken lag, die Wangen rot, das gelbe Haar wirr in die Stirn fallend, die Lippen halb geöffnet. Er atmete tief und laut, seine breite Brust hob und senkte sich, die Augenbrauen zog er ein wenig zusammen, was dem Gesicht einen Ausdruck verlieh, als sei das Schlafen eine ernste, schwere Arbeit, der er sich mit ganzer Anstrengung widmete. »Der wird's schon machen«, dachte Doralice, »wer so schlafen kann, wer so dabei ist, ist seiner Sache sicher.« Das tröstete sie ein wenig in der unklaren Traurigkeit ihrer Morgenstunden. Aber sie wollte nicht wieder schlafen, sie fürchtete sich davor, zu träumen, wieder hinüberzugleiten in ihr früheres Leben. Sie sprang aus dem Bette und kleidete sich an.
Als sie draußen auf die Düne hinaustrat, wehte ein lebhafter, kühler Seewind ihr entgegen. Über einen blaßblauen Himmel zogen eilige hellgraue Wölkchen und auf dem Meere hoben sich die Wellen ohne Schaum, groß und grüngrau, ein mächtiges, stilles Atmen, erst näher dem Strande wurden sie lebhafter und ließen die weißen Schaumtücher flattern. Dieses Atmen des Meeres erinnerte Doralice an etwas, was war es? Ach ja, an Hans, an seine Brust, die sich dort in dem Zimmer eben ruhig und kraftvoll hob und senkte. Sie begann am Strande entlangzugehen, der Wind fuhr ihr in die Röcke, er trieb sie, sie spürte es deutlich, wie er zu kleinen Stößen ausholte, bald von hinten, bald von der Seite sie anfiel und

das war ein köstlich erfrischendes Spiel, so muß es den Wellen zumute sein, sie wiegte sich im Gehen; es war ihr, als wogte sie, jetzt fuhr ihr ein stärkerer Windstoß in die Haare, schüttelte sie. Doralice machte einen Satz, stieß einen lustigen kleinen Schrei aus. Jetzt brande ich, jetzt brande ich, dachte sie. Über ihr antwortete ein schriller Ruf, eine große weiße Möwe hing über dem Wasser, sie schlug mit den Flügeln, warf sich wie von plötzlicher Lust berauscht auf das Wasser nieder und schwamm dort, ein kleiner weißer Punkt auf dieser wogenden grüngrauen Seide. Vor den Fischerhäusern auf der Düne standen Fischerfrauen, ihre grauen Röcke, ihre roten Tücher flatterten und sie schützten die Augen mit der Hand und schauten auf das Meer hinaus nach den Männern, die in der Nacht zum Fischfang hinausgefahren waren.
Als Doralice um den Vorsprung einer Düne bog, sah sie den Geheimrat von Knospelius, der vor ihr her den Strand entlangging. Im gelben Leinenanzug, den Panama im Nacken, einen schönen gelben Setter neben sich, holte er mit dem dicken Spazierstock weit aus, machte große Schritte, warf sich in den Schultern hin und her, hatte, wie es Verwachsene lieben, die Bewegungen starker, großer Leute. Als er Schritte hinter sich hörte, wandte er sich um, er grüßte sehr tief, und das große, bleiche Knabengesicht lächelte. Da es schien, als wolle er etwas sagen, blieb Doralice stehen. »Guten Morgen, gnädige Frau«, begann er und schaute mit seinen stahlblauen Augen scharf und aufmerksam hinauf in Doralices Gesicht, »schon vor Sonnenaufgang auf dem Posten?«
Doralice errötete und lachte: »Es ist Ihnen wohl entfallen, Exzellenz, daß das letztemal, als wir uns sprachen, Sie mir dasselbe sagten, auch so etwas von auf dem Posten stehen.«
»So, so«, meinte Knospelius, »möglich, ich interessiere mich für diese Sachen. Sie haben ein gutes Gedächtnis. Darf ich Sie einige Schritte begleiten, gnädige Frau?«
Sie nickte, obgleich es ihr nicht recht war, dieses kleine Ungeheuer neben sich zu haben, das sie von unten auf ansah, unbekümmert, wie man einen Kupferstich, nicht wie man einen Menschen anschaut. Im Gehen sprach er mit tiefer Stimme, deren Metall ihm selbst zu gefallen schien. »Mit dem Schlafen, meine Gnädige, scheint es Ihnen hier auch nicht recht gelingen zu wollen.«
»Doch«, meinte Doralice, »nur die anderen alle sind so früh auf, die Fischersleute, die Hähne, nun und das Meer schläft ohnehin nicht.«
Knospelius lachte jetzt sein lautloses Lachen: »Ja, ja, hier ist Betrieb, hier kann man was lernen. Denn, sehen Sie«, er wurde ernst, sein Gesicht nahm einen bösen, fast haßerfüllten Ausdruck an, »sehen Sie, es gibt

nichts Dümmeres, nichts Sinnloseres als die Schlaflosigkeit, als im Bett zu liegen, auf den Schlaf zu warten und nicht schlafen zu können. In solchen Stunden komme ich mir vor, wie meiner Menschenrechte beraubt. Ich tue nicht meine Pflicht als Mensch.«

»Pflicht als Mensch«, wiederholte Doralice etwas zerstreut.

»Ja, gerade so«, fuhr der Geheimrat fort, zänkisch, als hätte jemand ihm widersprochen, »meine Pflicht als Mensch ist, zu schlafen oder mein Handwerk als Mensch zu treiben, zu arbeiten wie da die Fischer oder zu lieben wie Sie und der Herr Maler oder zu streiten wie meine Hausleute, gleichviel, eben Menschengeschäfte zu treiben, und können wir das nicht, so haben wir zu schlafen. Das weiß mein Karo auch, kann er den Aufgaben seines Hundelebens nicht nachgehen, dann schläft er. Aber was wir in einer schlaflosen Nacht denken und fühlen, ist ganz unnütz, gar nicht zu brauchen, weggeworfenes Leben. Sehen Sie, ich habe viel zu rechnen, das ist mein Beruf, aber in schlaflosen Nächten muß ich auch rechnen, Rechnungen, die nie stimmen, die keinen Sinn und kein Resultat haben, das ist doch menschenunwürdig. Wenn Karo mal so daliegt, und mit der Nase im Buche der Natur liest, dann wittert er wirkliche Hasen und wirkliche Hühner, nicht sinnlose Tiere, die es gar nicht gibt; nein, nein, ich sage, nicht schlafen können ist ein Skandal und dürfte einem gar nicht passieren.« Knospelius schwieg und schaute ärgerlich auf das Meer hinaus.

Doralice tat der kleine Mann leid. Es war doch eine Qual, die zu ihr gesprochen hatte, sie wollte ihm etwas Freundliches sagen. Es kam ihr jedoch kühl und flach heraus: »Ich hoffe, die Seeluft wird Ihnen gut tun, Exzellenz.« Knospelius begann wieder weiterzugehen und murmelte: »Ich, ach, es ist nicht das, ich sage es so im allgemeinen. Wenn man wacht, muß man was erleben können und wenn man schlafen will, muß man schlafen können. Das dürfen wir verlangen.« Plötzlich lächelte er, ein hübsches, fast schüchternes Lächeln. »Na ja, wenn es bei dem einen oder anderen so 'ne Bewandtnis hat, wenn da Hindernisse sind, nun, so müssen wir uns an die Erlebnisse der anderen halten. Ich interessiere mich sehr für die Erlebnisse der anderen, ich kümmere mich hier stark um die Angelegenheiten meiner Nebenmenschen. Ja, ja, was Leben betrifft, bin ich Kommunist, ich leugne das Privateigentum, ha, ha!«

»Erleben denn die Leute hier so viel?« fragte Doralice.

»O, genug«, erwiderte der Geheimrat, »sehen Sie die Fischer, die Kerls haben sich mit dem Meere eingelassen, und das hält in Atem, das können Sie mir glauben. Und dann die Weiber, wie sie dort oben stehen und warten. So zu stehen und auf den Mann oder Sohn zu warten, das spannt

an. Haben Sie die Augen dieser Frauen beobachtet? Das sind Blicke, die nicht so planlos an den Dingen herumwischen, das sind Blicke, die ohne Umweg gerade auf den Punkt treffen, der ihnen wichtig ist, wie der Hammer in der Hand eines guten Handwerkers gerade und hart immer auf den richtigen Fleck schlägt. Und Sie sollten mal diese Augen sehen, wenn so 'n Mann oder Sohn nicht zurückgekehrt ist und die Frau dann tagelang am Strande hin und her läuft und jeden dunklen Punkt auf dem Wasser oder auf dem Strande erspäht und mit furchtbarer Aufmerksamkeit beobachtet. Das sind Augen, die ihr Handwerk verstehen. Übrigens hat es mich sehr interessiert, daß Sie hergezogen sind. Sie werden schon Farbe in den Betrieb bringen. Es würde mich freuen, den Herrn Maler kennenzulernen. Es scheint ein lebensvoller Herr zu sein. Das sehe ich gern. Ha, ha, das sehe ich ebenso gern, wie der Bauernfänger den Herrn mit der dicken Brieftasche gern sieht.« Und er lachte lautlos und andauernd über seinen Witz.
Der Himmel wurde jetzt farbig, die Wolken am Horizont bekamen dicke goldene Säume und eine Welle von Rot übergoß den Himmel. Auch in das Graugrün des Meeres mischten sich blanke Fäden, und die Höhlungen der brechenden Wellen am Strande füllten sich mit Rosenrot, und plötzlich begann das Meer weiter dem Horizonte zu ganz in Rotgold zu brennen. Knospelius blieb stehen und machte mit seinem langen Arm eine große Bewegung auf das Meer hinaus, als wollte er das Meer vor Doralice ausbreiten.
»Sehen Sie«, sagte er, »das ist nun der allmorgendliche Farbenspektakel. Eine hygienische Maßregel. Die Natur wird ganz rücksichtslos da mit all diesem Rot und Gold überschüttet. Das soll anregen, wie uns die Morgendusche oder der Morgenkaffee. Wenn Sie noch einige Schritte weitergehen wollen, so können wir einen hübschen, ja ich sage geradezu einen hübschen Anblick haben.«
So gingen sie denn weiter. Sie kamen an eine Stelle des Ufers, wo eine hohe Sanddüne ganz nah bis an das Wasser herantrat, die Wellen unterspülten sie so, daß die Sandwand teilweise eingestürzt war. Bei hohem Seegang waren große Stücke des Erdreichs abgebröckelt und fortgerissen worden, überall klafften Höhlen und Risse, das alles triefte jetzt von rotem Morgenlicht. Hie und da ragte aus dem hellbeschienenen Sande morsches Holzwerk hervor, das metallisch glänzte, und weiße Stücke, die – »Aber«, rief Doralice, »das ist dort eine Hand.« – »Allerdings«, erklärte der Geheimrat, »das da ist eine Hand und ein Arm und dort ist ein Schädel hübsch rosa angeleuchtet und in dem verfallenen Sarge dort ein ganzer Mann. Wie Sie sehen, ist dies ein Friedhof, mit dem das Meer langsam aufräumt. Für

Friedhofsromantik und Friedhofschauer habe ich wenig übrig, die sind billig. Dies aber gefällt mir. Ein Friedhof, von dem jede Sturmnacht ein Stück abschneidet, wie von einem Kuchen, und aus dem Sande gucken dann all diese Stillen heraus und lassen sich den Seewind um die Knochen wehen. Sehen Sie, wie kokett sie sich im Morgenrot färben, die blühen wie die Rosen. Und dann kommt die Sturmnacht und holt sie ab, dann geht es auf die Reise ins Meer hinaus. Aus dem denkbar Engsten und Stillsten in das Weiteste und Lauteste hinein. Das gefällt mir. Wie auf einer Landungsbrücke stehen die hier und warten auf das Schiff, das sie abholt. Das könnte mich reizen. Da ist doch Betrieb. Dem Tode wird hier das Muffige genommen, mit dem man ihn zu umgeben liebt. Nicht?«
Knospelius schaute zu Doralice auf. Sie war ein wenig bleich geworden, sie preßte die Lippen aufeinander und zog die Augenbrauen zusammen. Es sah aus, als sei sie böse. »Nun, es scheint Ihnen nicht zu gefallen«, bemerkte der Geheimrat, »fürchten Sie sich vielleicht? Wir werden ja zur Furcht vor diesen Dingen erzogen.«
»Nein«, erwiderte Doralice, »ich fürchte mich nicht. Dies hier ist sehr seltsam. Nur, ich weiß nicht, ich hätte es vielleicht heute morgen lieber nicht gesehen.«
»So, so«, meinte der Geheimrat, »dann können wir ja gehen. Sie haben übrigens recht, über den Tod und was mit ihm zusammenhängt, nachzudenken, ist wohl augenblicklich ganz und gar nicht Ihr Beruf.«
Auf dem Rückweg war Doralice schweigsam. Knospelius plauderte behaglich vor sich hin. Die Generalin Palikow, ja, die kannte er. Eine kluge alte Frau, ein wenig alt, und liebte es, die Angelegenheiten anderer Leute fest in ihre Hand zu nehmen. Sie fühlt sich stets verantwortlich für die Angelegenheiten anderer. Der Baron Buttlär, nun – der hat einen wunderschönen blonden Schnurrbart. Wenn er nach Berlin kam, da brauchte er viel Sekt und suchte Abenteuer. Solch ein Schnurrbart verpflichtet eben und macht auch den christlichen Hausvater und Gatten oft unruhig. Die Töchter, übrigens hübsche Mädchen, schmal und biegsam wie Weidenruten. Das ist die moderne Fasson. Junge Mädchen mußten jetzt aussehen wie Arabesken. Er, Knospelius, zog das frühere, das dreidimensionale Format dem heutigen Stile vor.
Doralice hörte ihm mit Abneigung zu. Sie fand jetzt ihren Begleiter unheimlich, und er verdarb ihr den schönen Morgen. Was ging sie die Welt der Buckligen an, sie sehnte sich nach Menschen mit geradem Rücken. Dazu hatte er eine unangenehme Art, so von unten herauf ihr scharf auf die Lippen zu sehen. Doralice verzog die Lippen, als schmeckte sie etwas Bitteres.

Nach Sonnenaufgang hatte sich der Wind gelegt. Das Meer glättete sich und glitzerte weit hinaus. Viele Fischerboote kehrten heim. Von den Dünen liefen die Fischerfrauen zum Strande hinab, schürzten ihre Röcke hoch auf und wateten in das Wasser, um den Männern behilflich zu sein, die Boote auf den Sand zu ziehen. Mitten im Brandungsschaum standen alle diese Menschen blank von Wasser und Sonnenschein. »Ah, unsere Fischer«, sagte der Geheimrat. Er trat an eins der Boote heran, begrüßte die Fischer, die er kannte: »Guten Morgen, Andree, guten Morgen, Wardein, nun, hat es sich gelohnt?« – »Bißchen was ist da«, sagte Wardein und wischte sich den Wellenschaum aus dem grauen Bart. Knospelius bückte sich über den Bootsrand, um die Fische zu sehen, die auf dem Boden des Bootes lagen. Er streifte sich den Rockärmel auf und fuhr mit seinen langen Fingern mitten hinein zwischen die Dorsche mit ihren bleichen Silberleibern, die Butten, die aussahen wie bräunliche Bronzescheiben, an denen wunderlich verzerrte Gesichter sitzen und die Fülle der kleinen Brätlinge, die blank waren wie frischgeprägte Markstücke. Knospelius kniff ein Auge zu und lachte das Lachen eines ausgelassenen Schuljungen. »Betrieb, auch Betrieb«, sagte er.

Doralice sah ihm einen Augenblick zu, dann wandte sie sich mit einem kurzen »guten Morgen« ab und ging schnell weiter. Jetzt hatte sie Eile, bei Hans Grill zu sein. Da kam er ihr schon entgegen in seinem weißen Leinenanzug, das Badetuch über der Schulter, das Gesicht rot und über und über lächelnd. Wie er sich freut, mich zu sehen, dachte Doralice, und sie fühlte diese Freude wie etwas, das sie plötzlich erwärmte. Hans legte seinen Arm um ihre Taille, nahm sie an sich, wie man sein Eigentum an sich nimmt. Er hatte schon gebadet, er roch nach Seewasser. »Kalt war's«, berichtete er, »aber das liebe ich, wenn die Wellen einen ins Fleisch zwicken, willst du nicht auch baden?« Nein, Doralice wollte später baden. »Ich weiß, ich weiß«, meinte Hans, »du liebst es, wenn das Meer eine lauwarme Tasse Tee ist. Schön, schön. Aber hungrig sind wir, ich habe Agnes gesagt, daß sie für jeden von uns wenigstens vier Eier bereithalten soll.«

»Was sagte Agnes?« fragte Doralice. Hans lachte: »O die, ihr Gesicht versteinerte sich und sie meinte, sie habe nicht gewußt, daß adlige Damen so viel essen müssen.«

Der Tag war sehr heiß. Die Generalin hatte die Strandkörbe auf die Düne stellen lassen. Dort saßen sie und ihre Tochter und machten Handarbeit. Fräulein Bork ruhte vor ihnen im Sande und zeichnete das Meer. Sie zeichnete immer das Meer, lange leichtgewellte Linien, am Horizont ein Segelboot. Wedig saß neben seiner Mutter und mußte aus Fénélons ›Télémaque‹ vorlesen. Er las ganz eintönig in einer Art klagender Melodie, die wie das Schlummerlied für diese heiße Stunde klang. Er selbst fühlte sich ganz hoffnungslos, sein Feriengefühl war ihm abhanden gekommen. Dieses ewig glitzernde Meer, dieser heiße Sand, der sich an die Finger hing und sie nervös machte, die Ereignislosigkeit, all das schien Wedig gewöhnlicher Alltag und machte ihn weltschmerzlich. Dazu noch dieser Mentor mit seinen endlosen Reden. Wedig wünschte, er hätte ihm die Nase abreißen können. Frau von Buttlär hörte der Vorlesung nur unaufmerksam zu, nur mechanisch warf sie hin und wieder ein zerstreutes »faites les liaisons, mon enfant« hin. Oft griff sie nach ihrem Opernglase, um zum Strande hinabzusehen, wo Lolo und Nini auf und ab gingen und sich abkühlten, bevor sie in das Wasser gingen. In den roten Badeanzügen, weiße Stoffkappen auf dem Kopf, sahen sie wie sehr schlanke Knaben aus und sie gingen ganz aufrecht, die Beine ihrer Freiheit ungewohnt ein wenig befangen und steif bewegend.
»Sagen Sie, Malwine«, fragte die Generalin, »sahen wir in unserer Jugend auch so aus, wenn wir badeten?«
Fräulein Bork kniff das eine Auge zu und lächelte gefühlvoll: »Ach, das ist so hübsch«, meinte sie, »wie kleine rote Silhouetten auf einem grünen Lampenschirm sehen sie aus.«
»Ja, o ja«, versetzte die Generalin, »daß das, was wir in unserer Jugend Hüften nannten, immer mehr abkommt!«
Jetzt gingen die Mädchen in das Wasser, vorsichtig wateten sie durch die Brandungswellen, verschwanden zuweilen ganz im weißen Schaum und warfen sich endlich auf das Wasser, um zu schwimmen, zwei rote Striche, in dem weißlichen Grün, das heute die Farbe des Meeres war. Sie waren gute Schwimmerinnen, aber Lolo überholte Nini weit, wunderbar leicht und schnell schoß sie vorwärts, geradeaus, als habe sie ein Ziel.
»Aber wohin will sie«, rief Frau von Buttlär, »warum bleiben sie nicht beisammen? Ich habe ihnen gesagt, sie sollen beisammen bleiben, ich habe ihnen verboten, bis zur zweiten Sandbank zu schwimmen. Lolo! Lolo!« Frau von Buttlär rief und winkte mit ihrem Taschentuche, aber der rote Strich dort drüben fuhr immer weiter ins Meer hinaus. »Ich sage es

immer«, klagte Frau von Buttlär, »Lolo hat einen schwierigen Charakter, sie kann nicht gehorchen, ihr Mann wird es schwer haben. Lolo! Lolo!«

»Wer geht denn dort ins Meer?« fragte Wedig und zeigte zum Strande hinab.

»Das«, sagte die Generalin, »muß die Köhne sein.«

»Wo? Was?« rief Frau von Buttlär. »Ach nenne sie doch nicht Köhne, Mama, sie heißt doch nicht so.«

»Ach was«, meinte die Generalin, »wenn die Leute beständig ihren Namen ändern, kann mein alter Kopf es nicht behalten, und Grill, wer kann sich das merken, das ist nichts.«

Einen Augenblick schwiegen alle und schauten gespannt auf das Meer hinab. Wedig hatte den ›Télémaque‹ fortgeworfen und legte sich platt in den Sand, lag da wie eine Robbe und starrte vor sich hin. Jetzt kam vielleicht doch ein Ereignis.

»Reizend«, bemerkte Fräulein Bork, »marineblau und einen kleinen gelben Dreimaster und wie sie schwimmt!«

»Sehr schick«, brummte Wedig. Das jedoch erregte aufs neue Frau von Buttlärs Aufregung. »Schweig«, herrschte sie ihren Sohn an, sie stand auf, schwenkte ihr Tuch, rief wieder: »Lolo! Lolo! Aber sie schwimmen ja aufeinander zu, auf der Sandbank müssen sie sich ja treffen. Ach Gott, mein armes Kind!«

»Na, setz' dich, Bella«, beruhigte die Generalin ihre Tochter, »jetzt ist es nicht zu ändern. Sie wird Lolo auch nicht gleich anstecken.«

»Muß man so etwas erleben«, seufzte Frau von Buttlär und setzte sich in den Stuhl zurück. Gespannt folgten alle mit den Augen dem roten und dem marineblauen Punkte dort auf der lichtüberglitzerten Fläche.

»Die Dame ist doch zuerst da«, rief Wedig triumphierend.

»Lolo scheint müde, sie schwimmt langsam«, bemerkte Fräulein Bork; »ah, ah, die Gräfin geht ihr entgegen, sie will ihr helfen.«

»Unerhört«, stöhnte Frau von Buttlär.

»Jetzt reicht sie Lolo die Hand«, meldete Wedig, »ah, jetzt steht Lolo, die Dame legt ihr den Arm um die Taille und Lolo stützt sich auf ihre Schulter.«

»Dem setzt man sich aus, wenn man so ohne weiteres ins Meer hinausschwimmt«, klagte Frau von Buttlär. Aber die Generalin ärgerte sich: »Bella, du übertreibst wieder, wenn das Kind müde ist vom Schwimmen, so ist es gut, daß jemand ihr die Hand reicht, und das Kind nimmt die Hand und fragt nicht erst: Sind Sie Ihrem Manne auch treu gewesen!«

Lolo stand drüben auf der Sandbank, sie war bleich geworden und atmete schnell: »Oh, ich halte Sie schon«, sagte Doralice, »legen Sie den Arm auf meine Schulter, so wie man beim Tanzen den Arm auf die Schulter des Herrn legt – so. Es war doch ein wenig zu weit, Sie sind das nicht gewohnt.«

»Danke, gnädige Frau«, sagte Lolo und errötete, »jetzt ist mir besser, ich bin das Meer nicht gewohnt und ich wollte dort immer im Blanken schwimmen und das war ein wenig zu weit.«

»Nun erholen wir uns noch«, fuhr Doralice fort. »Ja, im Blanken schwimme ich auch gern, die Sonnenstrahlen fahren einem dann so über die Haut wie kleine warme Fische, das liebe ich. Aber wie Ihr Herz schlägt. Zurück schwimmen wir geradeaus, da ist es nur eine kleine Strecke bis zur ersten Sandbank.«

Lolo antwortete nicht, sie dachte nur, würde sie doch noch sprechen. Nach der Anstrengung des Schwimmens kam ein köstliches Behagen über sie. Gern wollte sie lange noch so stehen in dem lauen Wasser, sich schwesterlich an diese schöne geheimnisvolle Frau lehnend, diese seltsam schimmernden Augen, diesen Mund mit den schmalen, zu roten Lippen ganz nahe zu haben. Doralice sprach jetzt von gleichgültigen Dingen, von dem heißen Tage, und daß es am Bullenkruge wenig Schatten gebe und vom Schwimmen, und Lolo hörte ihr zu wie etwas Erregendem, Verbotenem, dessen Schönheit sie, sie allein jetzt plötzlich erkannt hatte.

»Jetzt, denke ich, schwimmen wir«, schlug Doralice vor, und sie warfen sich in das Wasser, schwammen dicht nebeneinander, wandten zuweilen die Gesichter einander zu, um sich anzulächeln. »Geht es?« rief Doralice. »Wir sind gleich da.«

»Oh, es geht, es geht schön«, antwortete Lolo.

Es war fast so bequem, dachte Lolo, als lägen sie beide auf einer grünen Atlascouchette und könnten sich unterhalten. Ja, das war es, sie wollte sich unterhalten. Sie fühlte sich nicht mehr so befangen wie dort auf der Sandbank. Sollte sie fragen, ob es bei Wardeins sehr eng sei? Nein, das war zu unpersönlich, so sagte sie denn: »Gnädige Frau, ich sehe Sie jeden Abend von meinem Fenster aus im Mondschein spazierengehen.«

»So«, erwiderte Doralice und legte sich auf die Seite, um Lolo ansehen zu können, ihr Gesicht war über und über mit flimmernden Tropfen übersät, »das ist dann wohl Ihr Fenster oben im Giebel, in dem ich jeden Abend Licht sehe?«

»Ja«, rief Lolo begeistert zurück. Es freute sie, daß Doralice zu ihr hinaufgeschaut hatte. Nun waren sie angekommen und gingen ans Ufer.

»Es ist hübsch«, meinte Doralice, »so zu zweien zu schwimmen«, und sie reichte Lolo die Hand. Lolo nahm diese kleine feuchte Hand, hielt sie einen Augenblick und führte sie dann schnell an ihre Lippen.

»Ich – ich danke Ihnen, gnädige Frau«, sagte sie leise.
»Nicht doch«, wehrte Doralice, beugte sich vor und küßte Lolo auf den Mund.
Von der Düne her aber bewegte sich ein Zug eilig auf Lolo zu. Voran Frau von Buttlär, die unausgesetzt »Lolo!« rief und mit dem Taschentuch winkte, ihr folgte Fräulein Bork mit dem Badetuche, dann Wedig, die Hände in den Hosentaschen und ein ironisches Lächeln auf den Lippen, und zuletzt die Generalin, erhitzt und ganz außer Atem. Lolo ging dem Zug ein wenig zögernd entgegen. »Da bist du endlich«, rief Frau von Buttlär, »du bringst mich noch um mit deinen Geschichten.« Lolo ließ sich schweigend in das Badetuch hüllen, man sah ihrem eigensinnigen Gesicht sofort an, daß sie nichts zu ihrer Entschuldigung anführen wollte. Während sie jetzt alle wieder zum Badehause zogen, ging Frau von Buttlär hinter ihrer Tochter her und schalt unausgesetzt: »So etwas kann nur dir passieren, gerade dieser Person in die Arme zu laufen, und geküßt hat sie dich. Wie kommt sie darauf, die freche Person? Und du läßt das geschehen. Von wem wirst du dich nicht noch alles küssen lassen.«
Da wandte Lolo ein wenig den Kopf und sagte entschlossen und eigensinnig: »Sie hat mich geküßt, weil ich ihr die Hand geküßt habe.«
»Du hast ihr die Hand geküßt«, rief Frau von Buttlär, »hat man so etwas gehört, und warum? Ich bitte dich. Diese Person, sie ist ja halbnackt, keine Ärmel und die Dekolletage! Aber du hast keinen Stolz, du bist verlobt, du sollst eine ehrliche Frau werden; wir ehrlichen Frauen müssen doch Front machen gegen diese Damen und du küßt ihnen die Hände. Dein Bräutigam wird sich freuen. Ach Gott, mir ist ganz übel, so schäme ich mich.«
Da legte sich die Generalin ins Mittel, sie schob Lolo in das Badehaus und sagte: »Für jetzt ist es genug, Bella, das Kind ist angegriffen, geschehen ist geschehen, wir werden ihr mit etwas Baldriantee den Kuß der Jasky wieder wegkurieren.«
Zu Hause schickte Frau von Buttlär Lolo sofort zu Bett, sie selbst legte sich auch hin, und Ernestine lief mit Baldriantee treppauf, treppab.
Lolo lag oben in ihrem Zimmer auf ihrem Bett noch immer bleich und schaute mit ihren erregten Augen nachdenklich zur Decke auf. Nini saß neben ihr, sie sprach nichts, sondern schaute Lolo nur wartend an. Endlich begann Lolo zu sprechen, langsam und versonnen: »Ja, sie war herrlich, aber das wußte ich, und daß ich sie werde lieben müssen, das wußte ich auch, aber ich wußte nicht, daß sie etwas an sich hat, das einen weinen machen könnte. Ich hatte so das Gefühl im Halse, wie bei ganz rührenden Stellen in Romanen, das ist natürlich deshalb, weil alle so schlecht von ihr

sprechen, weil alle so gegen sie sind. Aber ich bin für sie.« – »Ich auch«, sagte Nini.

»Du?« fragte Lolo verwundert. »Du kennst sie ja gar nicht.«

»Das tut nichts«, meinte Nini, »ich war schon für sie den ersten Abend, als ich sie im Mondschein spazierengehen sah. Aber was wirst du jetzt tun?«

»Ich weiß, was ich tun werde«, sagte Lolo ernst. Sie stand auf, setzte sich an ihren Schreibtisch und begann einen Brief zu schreiben. Nini wartete geduldig und fragte dann: »Hast du an sie geschrieben?«

»O nein«, antwortete Lolo überlegen. »Ich habe mir aus der Stadt sehr viel rote Rosen kommen lassen, die werde ich ihr abends durch das Fenster in ihr Zimmer werfen.«

»Und ich«, beschloß Nini, »werde mich so lange üben, bis ich auch zur zweiten Sandbank schwimmen kann, und wenn ich dabei auch ertrinke.«

Fünftes Kapitel

Es folgten sich Tage mit unbewölktem Himmel und unerbittlichem Sonnenschein. Überall lag dieses heiße grelle Licht, es schwamm und zitterte auf dem Wasser, es sprühte auf dem Sande, erweckte Funken auf den Kieseln und auf den harten Stengeln des Strandhafers und der Seggen.

»Man kann sich vor Licht nicht mehr retten«, sagte Hans Grill. Aber auch die Abende und Nächte brachten weder Kühlung noch Dunkel. Ein leichter Westwind bewegte die Schwüle nur, ohne sie zu mildern. In einem violetten Gewölk wetterleuchtete es jeden Abend und dann kam der Mond fast voll und das Glitzern und Sprühen begann wieder allerorten.

»Man möchte zu dieser ewigen Helligkeit sagen«, bemerkte wieder Hans Grill, »ich will meine Ruhe.«

Allein auch in den Stuben war diese Ruhe nicht zu finden, dort war es zu eng und zu heiß, und die Dunkelheit legte sich über den Schläfer wie eine dicke schwarze Decke. Selbst die Fischer, die sonst mit einbrechender Dunkelheit in ihre Hütten zu verschwinden pflegten, saßen vor ihren Häusern und starrten auf das Meer hinaus. So saßen die Wardeins auf der langen Bank vor ihrer Haustür, alle waren sie da nebeneinander aufgereiht wie Seevögel auf einer Klippe. Die achtzigjährige Großmutter, groß und knochig wie ein Mann, legte ihre seltsam knorrigen Hände flach auf die Kniescheiben, um sie zu kühlen. Wardein rauchte seine Pfeife; seine bleiche Frau hielt das Jüngste an der Brust, und die anderen Kinder saßen da im Hemde und wiegten unruhig die nackten Füßchen. Keiner sprach ein Wort, und alle, auch die Kinder, schauten ernst und geduldig gerade vor sich hin. Wenn das Wetterleuchten drüben eilig den Horizont erhellte, wies Wardein stumm mit der Pfeife zu ihm hinüber. Unten am Strande gingen ganz stille Liebespaare hin, sie gingen mit herabhängenden Armen nebeneinander her, träge die Füße über den Sand ziehend. Was sollten sie sich sagen, hier hatte immer seit Menschengedenken das Meer das Wort und wozu ihm unnütz dreinreden.

Doralice und Hans wohnten jetzt fast den ganzen Tag in einer Einsenkung der Düne. Hans spannte dort seinen Malschirm aus, breitete eine Decke über den Sand, auf der Doralice liegen konnte, er selbst saß vor seiner Staffelei und malte das Meer. »Das ist das einzige«, behauptete Grill, »wir müssen es machen wie die Hühner, die sich Erdlöcher machen und sich kühlen.«

Doralice schloß die Augen und murmelte, fast zu faul, um die Lippen zu bewegen: »Ganz still liegen, sich nicht bewegen, denn, spürst du das auch? In uns da zittert und flackert es immer so wie der Sonnenschein auf dem Wasser. Das macht müde.«

»Gut, gut, lieg nur still«, sagte Hans väterlich und beruhigend. Sie schwiegen eine Weile, bis Hans seinen Pinsel fortwarf und sich auf den Sand ausstreckte.

»Es will und will nicht werden«, sagte er ärgerlich. Doralice öffnete die Augen und schaute das Bild auf der Staffelei an und meinte: »Warum, es ist ja ganz gut, das ist durchsichtig, das ist grün.«

Hans fuhr auf, erregt und eifrig. »Durchsichtig und grün. Ein Stück Glas ist auch durchsichtig, ein Stück Stoff kann grün sein. Nein, das ist noch kein Meer. Das Meer muß gezeichnet werden, siehst du, nur die Linie hat Bewegung und Leben. Ich kann dein blaues Kleid malen, nichts Leichteres als das, aber es so zu malen, daß jeder sieht, du steckst da drin unter dem Blauen, das ist die Kunst. Im Meer steckt eben auch unter dem Durchsichtigen und Grünen etwas, das lebt und sich bewegt, und das ist eben das Meer.«

»Ah, so ist es«, sagte Doralice wieder mit geschlossenen Augen, »mach' das doch, Lieber.«

»Machen, machen«, wiederholte Hans, »das ist es eben. Ich möchte wissen, wo Teufel mein Talent hingekommen ist, es war doch da.«

»Bin ich daran schuld?« fragte Doralice ruhig und schläfrig.

Hans antwortete nicht sogleich. Er lag da und starrte zum Himmel auf und dachte nach. Ja, wie war das denn? Und er begann langsam zu

sprechen, wie zu sich selber: »Schuld, eine Schuld kann da nicht sein, aber das ist es, du nimmst jetzt in mir einen so großen Raum ein, daß das Talent nicht mehr Platz hat. Natürlich, das ist es. Du bist doch in mein Leben hereingekommen wie ein Wunder, und noch bist du jeden Augenblick ein unbegreifliches Wunder. Wie soll da etwas anderes Platz haben. Immerfort ein Wunder zu erleben, strengt an.«
»Und glaubst du«, unterbrach ihn Doralice ein wenig gereizt, »es strengt nicht an, immer, den ganzen Tag, ein Wunder zu sein?«
Hans lachte gutmütig: »Laß es gut sein, ich gewöhne mich schon an das Wunder.«
»O wirklich, du gewöhnst dich dran«, warf Doralice hin.
»Sicher«, fuhr Hans fort, »alles, was uns jetzt selbstverständlich scheint, ist einmal ein Wunder gewesen. Du wirst mir auch selbstverständlich werden. Warte nur, bis wir in unserer Ordnung sind.«
Doralice hob ihre Arme hoch über den Kopf empor und streckte sich: »Ach ja, deine Ordnung, nun also erzähle von deiner Ordnung. Ein Häuschen, nicht wahr, damit fängt es doch an?«
»Allerdings ein Häuschen«, begann Hans gereizt, »ein Häuschen irgendwo, sagen wir in einem Vorort von München, ein Häuschen, das deine eigenste Schöpfung ist, der Ausdruck deines Wesens, dort waltest du. Mein Atelier ist natürlich in der Stadt, ich komme zu Mittag heim und du erwartest mich –«
»Das weiß ich alles schon«, unterbrach ihn Doralice, »nur möchte ich wissen, was ich den ganzen Vormittag allein gemacht habe.«
»Du hast eben deinen Wirkungskreis«, erklärte Hans, »du hast dein Hauswesen, dem du dein Gepräge gibst.«
Doralice zuckte mit den Achseln: »Ach Gott, ich kann doch nicht den ganzen Vormittag allein dasitzen und dem Hauswesen mein Gepräge geben.«
Hans errötete und machte ein Gesicht, wie jemand, dem es in allen Gliedern ruckt, weil er einen Knoten nicht aufbringen kann: »Allein, warum allein? Da werden doch Menschen sein, wir schaffen uns unseren Kreis, unsere Gesellschaft, wir sind an keine Gesellschaft gebunden, wir sind die Schöpfer unserer Gesellschaft, das ist es.«
Doralice richtete sich ein wenig auf und sah Hans an und ihre Augen wurden groß und bekamen einen hilflosen, angstvollen Ausdruck: »Menschen«, sagte sie leise, »du weißt doch, ich fürchte mich vor den Menschen.«
Hans konnte sich vor dem schmerzhaften Mitleid, das diese Augen in ihm erregten, nur retten, indem er sich in Zorn redete. Er schrie ordentlich:

»Fürchten, das sollst du nicht, das darfst du nicht, wenn ich da bin, das ist eine Beleidigung für mich, und wir können nicht immer in einer Einsamkeit leben. Ich will nicht, daß wir Ausnahmen sind. Du sollst nicht für mich das Außerordentliche bleiben, nein, du mußt mein Alltag sein, mein tägliches Brot, dann erst besitze ich dich ganz. Und wir müssen leben wie die anderen Menschen und mit den anderen Menschen. Die Welt ist voll guter, herrlicher Menschen, du wirst Frauen finden, großzügige, freidenkende, edle Frauen.«
Doralice hatte sich wieder ruhig zurückgelehnt und die Augen geschlossen: »Diese Frauen kenne ich«, bemerkte sie, »sie tragen Velveteen-Reformkleider und sprechen von objektiv und subjektiv. Zwei frühere Schülerinnen besuchten einmal Miß Plummers, die waren so und Miß Plummers nannte sie: very clever indeed!«
Hans hatte die Hände voll Strandhafer, den er in seinem Zorn ringsumher ausriß: »Das ist immer so«, sagte er, »du willst mich nicht verstehen. Weil du deine Gesellschaft verlassen hast, glaubst du, es gäbe keine deiner würdigen Menschen mehr. Das ist Hochmut, oder schämst du dich meiner vor den Menschen? Sag, schämst du dich meiner?«
Doralice lächelte mit geschlossenen Augen: »Nein, du bist gut«, erwiderte sie, »du bist mir schon recht, nur deine Frau Grill mit dem Gepräge, die ist mir nicht sympathisch, die möchte ich lieber nicht kennenlernen.«
»Aber du mußt sie kennenlernen«, rief Hans, »wenn du mich willst, mußt du auch Frau Grill wollen, ich trete für sie ein, ich werde nicht erlauben, daß du sie hochmütig beiseite schiebst. Aber so geht es immer, wir reden und reden, als ob der eine auf der ersten Sandbank steht und der andere auf der zweiten. Und keiner versteht, was der andere sagt, und wir rufen uns nur immer: was? was? zu.«
Hans war aufgesprungen, er stand vor Doralice und sah sie an. Wie ruhig sie dalag in ihrem gelben Sommerkleide, das heiße Gesicht ganz umflimmert von dem blonden Haar, wie ein friedlich schlafendes ganz junges Mädchen sah sie aus. Nur das Zucken des Mundes mit den schmalen, zu roten Lippen sprach von einer Erregung, die in ihr wach war. Weiß sie denn nicht, was ich leide? dachte Hans. Er drückte seinen Strohhut tiefer in die Stirn und lief die Düne hinab an das Meer. Ins Wasser gehen, schwimmen, das war in solchen Augenblicken noch das einzige, was er tun konnte.
Hans Grill hatte nie erwartet, daß das Leben ihn verwöhne, er hatte sich tapfer genug mit Not und Widerwärtigkeiten herumgeschlagen; aber er hatte ihm vertraut, er hatte es zuweilen hart gefunden, aber nie unverständlich. Alles Unklare in der Welt wurde sofort klar, wenn Hansens

zwanzigjähriger Egoismus es zu sich selbst in Beziehung brachte, und alle Rätsel lösten sich, wenn er ihnen die Frage stellte: bist du für oder gegen Hans Grill? Jetzt aber verstand er nicht mehr. Etwas war in sein Leben gekommen, das es ihm selber fremd machte, als lebte es ein anderer für ihn. Mädchen, und was man so Liebe nennt, waren ihm schon früher begegnet, und so etwas verwirrt zuweilen, man begeht Torheiten, aber verständlich war das und ging schließlich hübsch glatt in das allgemeine Erleben auf. Man mußte nur fest und ein wenig rücksichtslos zugreifen. »Strammhalten, dann verfitzt es sich nicht«, pflegte Hansens Großmutter zu sagen, die für Geld Strümpfe strickte, wenn der kleine Hans vor ihr saß und die Baumwollsträhnen zum Abwickeln hielt. Aber diese Frau hier, warum mußte er sie so schmerzhaft begehren, jetzt, wo er sie besaß? Warum hatte er nie das ruhige, glückliche Gefühl des Besitzes, warum mußte er, wenn er sie am festesten hielt, stets fürchten, sie zu verlieren? Alles in ihm war voll von dieser Frau, und doch war sie ihm fern. Er verstand nicht, er verstand nicht, und es blieb ihm nichts übrig, als wie ein Raubtier knurrend seine Beute festzuhalten, damit niemand sie ihm entreiße. Hans hatte sich entkleidet und ging langsam durch die Brandung in das Meer hinein. Ich will es schon erzwingen, dachte er ingrimmig, ich will sie schon in das Hans Grillsche umrechnen.
»Ich habe die Ehre«, hörte er eine Stimme neben sich. Unter einer brechenden Welle wie unter einer grünen Glaswölbung stand Knospelius in gelbem Badetrikot. Nun ging die Welle über ihn nieder, verbarg ihn hinter einem weißen Schaumvorhang, gleich darauf tauchte er wieder auf, schüttelte sich, nickte und sagte: »Von Knospelius. Ich habe schon die Ehre gehabt, Ihre Frau Gemahlin zu begrüßen.« Hans verbeugte sich steif. »Heiße Tage«, fuhr der Geheimrat fort, »man kann nicht genug vom Baden haben. Sonst ein hübscher Aufenthalt hier. Nur ein wenig mehr Geselligkeit wäre zu wünschen. Es fängt doch an, sich zu beleben hier. Baron Buttlär kommt nächstens mit seinem künftigen Schwiegersohn.«
»Ach, meine Frau und ich sind nicht eben gesellig«, erwiderte Hans und schaute neugierig auf das große, bleiche Knabengesicht nieder. Knospelius lachte. »Ich weiß, ich weiß, Flitterwochen, les jeunes mariés. Einer scharmanten Frau dienen, das ist die Beschäftigung der Beschäftigungen. Jeder normale Mensch hat sie oder sucht sie. Alles andere ist daneben nur Nebenbeschäftigung. Aber ein alter Junggeselle wie ich, der nur Nebenbeschäftigungen hat, muß sich an die Geselligkeit halten. So ein winziges Norderney sollten wir hier gründen. Ich erlaube mir, bei Ihnen nächstens meine Aufwartung zu machen.«
»Ich glaube«, meinte Hans, »die meisten suchen hier die Einsamkeit.«

Während er sprach, verschwand der Geheimrat unter einer Welle, wie eine Maus in der Ackerfurche. Als er wieder auftauchte, hob er dozierend seinen langen Finger und sagte: »Das sind immer die heitersten Gesellschaften, die aus lauter Leuten bestehen, welche die Einsamkeit suchen. Jetzt muß ich hinaus, mein Klaus erwartet mich bereits.«

Er verbeugte sich förmlich und ging dem Strande zu, wo ein sehr großer, ernster Mann mit einem Badetuche seiner harrte.

Hans zuckte die Achseln. Was will der wieder? dachte er. Lauter ganz unwahrscheinliches Zeug hängt sich jetzt an einen. Er ging weiter, begann dann zu schwimmen, schwamm weit auf das Meer hinaus. Das tat wohl. Da war nichts Unverständliches. Man regt kräftig Arme und Beine, durchschneidet das Wasser und bleibt immer oben und kümmert sich um all die dunklen Tiefen nicht, die unter einem liegen.

Das Bad hatte Hans gut getan; er fühlte sich seiner selbst sicherer und hatte wieder das Vertrauen, daß er es schon machen würde. Als er zur Düne emporstieg, fand er Knospelius bei Doralice. Er hörte schon von weitem, wie sie lachten. Wieder der, dachte Hans mit jenem ärgerlichen Gefühl, das wir zu haben pflegen, wenn eine Fliege sich uns immer wieder auf die Nase setzt. Der Geheimrat saß auf Hansens Malstuhl und sprach angeregt. Doralice hatte sich aufgerichtet, stützte sich auf ihren Ellenbogen, das Gesicht über und über rosa, hörte ihm zu mit dem liebenswürdigen, ein wenig befangenen Ausdruck, den junge Frauen haben, die zum ersten Male in ihrem Salon empfangen.

»Sie sehen«, rief der Geheimrat Hans entgegen, »ich mache mit der Geselligkeit gleich den Anfang. Ich habe Ihrer Frau Gemahlin eben ein Kompliment über die Lebenslage gemacht. Famos! Für einen Maler geradezu unbezahlbar. Der gelbe Sand, der gelbe Batist des Kleides, das goldene Haar, eine Symphonie in Blond. Nicht?« – »Ja, hm«, knurrte Hans.

»Jetzt aber muß ich gehen«, fuhr Knospelius fort und kletterte von seinem Stuhl herab. »Ich will noch einen Besuch bei Buttlärs machen. Zum Abschied noch un mot pour rire. Die Frau von Lossow mit den sieben Töchtern, Sie kennen sie, sagte mir, als Karoline, die dritte, sich mit dem nationalliberalen Doktor Krapp verlobte: ›Es tut mir leid, wir Lossows waren immer konservativ, aber wenn man so viel Töchter zu verheiraten hat, kann man sich nicht nur an eine Partei halten.‹ Was? Nett? Blockpolitik in der Familie.« Er lachte selbst herzlich über seine Anekdote und, was Hans wunderte, Doralice lachte auch darüber. Konnte sie das unterhaltend finden?

Als der Geheimrat gegangen war, streckte Hans sich schweigend auf dem

Sande aus. Auch Doralice schwieg eine Weile. Sie starrte zum Himmel auf und lächelte noch immer das liebenswürdige Gesellschaftslächeln.
Lächelt sie noch immer über die Geschichte des Buckligen? dachte Hans.
Endlich sagte sie: »Warum bist du so unfreundlich gegen den Kleinen?«
»Was will er denn von uns?« fragte Hans verdrießlich.
»O nichts, glaube ich«, meinte Doralice, »er will sich unterhalten. Bist du eifersüchtig auf ihn? Er ist doch nur eine groteske Nippfigur.«
Hans fuhr auf: »Ich bin überhaupt nicht eifersüchtig. Das gibt es unter freien Menschen nicht. Für eine Liebe, die ich bewachen muß, danke ich. Nein, aber diese kleine Exzellenz ist für mich ein Stück deiner Vergangenheit, deiner Gesellschaft, die sich wieder an dich herandrängen, sich wieder zwischen dich und mich stellen will, das ist es.«
»Meine Gesellschaft«, erwiderte Doralice, etwas Müdes in der Stimme, »die drängt sich gewiß nicht an mich heran. Die kleine Buttlär, dort auf der Sandbank, welch ein seltsames Gesicht sie machte, ein Gesicht, als habe sie ein ganz verwegenes, ganz verbotenes Abenteuer zu bestehen.«
»So laß sie doch alle«, rief Hans, faßte Doralice bei den Schultern und drückte sie an sich mit einer zornigen Leidenschaftlichkeit, »die gehen uns alle nichts mehr an.«
»O ja«, erwiderte Doralice, »ich lasse sie und sie lassen mich.«
Die Sonne ging unter, das strenge Licht schmolz, wurde zu roten und violetten Dunstschleiern, ehe es erlosch. Dann gab es, ehe der Mond höher stieg, eine kurze Zeit des Zwielichts, das den Augen wohltat. Aber diese bleiche Dämmerung legte über das grau werdende Meer eine unendliche Einsamkeit, das Meer wurde ernst und traurig.
»Warum sprichst du nicht?« fragte Hans Doralice, während sie wie jeden Abend Arm in Arm den Strand entlang gingen.
»Ich weiß nicht«, antwortete Doralice, »um diese Zeit ist die Luft immer so sorgenvoll.«
»Wir haben keine Sorgen«, entschied Hans mit Nachdruck.
»Nein, wir haben keine Sorgen«, wiederholte Doralice, »ich fürchtete schon, du würdest sagen: Freie Menschen haben keine Sorgen.«
»Und wenn ich das gesagt hätte?« Doralice lachte: »Du siehst, heute ist kein glücklicher Sprechtag. Sobald wir zu sprechen anfangen, streiten wir uns.«
»Oh, das tut nichts«, erklärte Hans, »was in uns ist, muß heraus, das gibt Vertrauen.«
Doralice wiegte müde den Kopf. »Ach, das ist so umständlich. Weißt du, um sich ganz zu verstehen, müssen wir es so machen wie die da vor uns.«
Sie wies auf ein stilles Liebespaar hin. Der Bursch und das Mädchen

wiegten ihre schweren Körper wohlig hin und her, schwenkten taktmäßig die herabhängenden Arme. Doralice ließ Hansens Arm los: »Ganz so wie die«, sagte sie. Und nun gingen sie auch nebeneinander her, wiegten sich in den Hüften, schwenkten die Arme und schwiegen. Allein, als sie eine Weile so gegangen waren, blieb Hans stehen. »Nein, das geht nicht«, sagte Hans, »wenn du so still neben mir gehst, glaube ich, du denkst etwas Unfreundliches von mir oder du hast etwas gegen mich.«
»Schade«, meinte Doralice, »es war so schön. Ich fing schon an zu fühlen, daß ich ganz so wurde wie das Mädchen da. Gerade als du zu sprechen anfingst, wollte ich stehenbleiben, den Mund weit aufmachen und auf das Meer hinausgähnen, ho ho ho, ganz wie das Mädchen vorhin. Denken, man denkt ja überhaupt nicht, wenn man so geht, und daher versteht man sich.«
Nein, nein, Hans wollte das nicht. »Tun wir etwas«, schlug er vor, »da ist der Mond. Soll ich dich wieder nehmen und über die Wellen halten oder sollen wir aufs Meer hinausfahren, oder sollen wir heute nacht Wardein auf den Fischfang begleiten? Tun, tun, siehst du, das fehlt uns.«
Aber Doralice hatte heute zu nichts Lust, und so schlugen sie den Heimweg ein.
Als sie zu Hause in ihr Wohnzimmer traten, fanden sie, daß Agnes die Lampe nicht angezündet hatte.
Das Zimmer war voller Mondschein und ein starker, sehr süßer Duft schlug ihnen entgegen. Auf dem hellbeschienenen Fußboden aber lag es wie eine dunkelrote Lache. »Sieh doch, Rosen, lauter Rosen«, rief Doralice. Sie kniete vor den Rosen nieder, beugte sich ganz auf sie hinab, griff nach ihnen, hatte beide Arme voll von ihnen, drückte ihr Gesicht in sie hinein, als wollte sie sich in ihnen baden. An einem der Sträuße hing ein Papierstreifen, auf dem »Lolo« stand.
»Oh, sieh doch«, sagte Doralice, »die kleine Lolo hat mir all die Rosen durch das Fenster geworfen, das gute Kind.« Da fühlte sie, daß Hans sie von hinten um die Taille faßte, sie emporhob, sie heraushob aus allen Rosen und sie hörte ihn leise und grimmig sagen: »Jetzt kommen sie durch alle Fenster zu uns herein. Laß sie und ihre dicken Rosen, was sollen wir damit.« Doralice lehnte ihren Kopf gegen seine Schulter: »Ach ja«, sagte sie wie mutlos, »nimm mich fort von ihnen«, und aus ihren schlaff werdenden Armen fielen die Rosen wie ein dunkelroter Strom schwer auf den Fußboden nieder.

Sechstes Kapitel

Im Bullenkruge waren die Herren angekommen: »Jetzt wird das Leben bei uns ganz freiherrlich«, sagte Ernestine. Die große Abendtafel auf der Veranda nahm einen feierlichen Anstrich an. Fräulein Bork hatte sie mit einem Strauß ein wenig sandiger Ziererbsen und Mohnblüten geschmückt. Die Generalin ging aufgeregt ab und zu und fragte immer wieder: »Liebe Malwine, wird mein Schwiegersohn auch Eis für seine Erdbeerbowle haben? Werden die Spargeln auch weich genug sein? Sie kennen doch meinen Schwiegersohn.« Fräulein Bork lächelte ihr geheimnisvolles, zerstreutes Lächeln und erwiderte: »Frau Generalin, die Spargeln sind himmlisch.« Bei der Mahlzeit saß der Baron Buttlär zwischen seiner Schwiegermutter und seiner Frau, er strich seinen langen blonden Schnurrbart, schüttelte vor Behagen leicht seine breiten Schultern und war sehr liebenswürdig, sehr anregend, erzählte mit lauter, klingender Stimme Geschichten, die allgemein interessieren sollten, und Frau von Buttlär interessierte sich sehr angelegentlich für diese Geschichten. Die eingefallenen Wangen leicht gerötet, war sie heute nicht mehr nur die besorgte Mutter, die sich selber ganz vergißt, etwas von der Gesellschaftsdame, ja fast etwas Kokettes war heute in ihrem Wesen. Unten am Tisch saß die Jugend, und Leutnant Hilmar erzählte Geschichten, über die Wedig und Nini so laut lachten, daß Frau von Buttlär ein strenges »Aber Kinder!« hinüberrufen mußte. Hilmar schlank und schmalschultrig im hellen Sommeranzug sah fast wie ein Knabe aus, allerdings wie ein auffallend hübscher Knabe. Durch das sehr dichte schwarze Haar bahnte sich der Leutnantsscheitel nur mühsam seinen Weg. Über der Stirn saß eine dicke schwarze Locke, wie neapolitanische Burschen sie zu tragen pflegen. Die regelmäßigen Züge des bräunlichen Gesichtes hatten das zu Scharfe, ein wenig Gespannte, wie es sich bei sehr alten Rassen zuweilen findet. Die dunklen Augen waren sehr lebhaft, es ging beständig in ihnen etwas vor, es sprühte zuweilen in ihnen so, daß man deutlich goldene Pünktchen über den schwarzen Sammet der Iris hinfahren sah. »Keine Disziplin in den Augen«, hatte der Onkel General von dem Hamm gesagt. Als die Erdbeerbowle kam, wurde Baron Buttlär ganz der feine Genießer. Er zündete sich seine Havanna an, trank einen Schluck Bowle, warf einen Blick auf das mondbeglänzte Meer und ließ ein jedes verständnisvoll auf sich wirken. Er wurde gefühlvoll: »Mondschein und Meer, Mondschein und Meer«, sagte er und wiegte sachte seinen Kopf, »da kann man gefühlvoll werden, ja, da muß man gefühlvoll werden. Das Meer macht immer Eindruck. Die Unendlichkeit ist eben die Unendlichkeit, nicht wahr?« Alle schwiegen einen Augenblick und sahen das Meer an. Dann aber lenkte Frau von Buttlär das Gespräch auf ihr Gut zurück. Sie sprach so gern von ihrem Vieh, ihren Milchmädchen, ihren Hühnern und ihrer Butter. Ihre Gedanken kehrten immer wieder zu dieser fetten Wohlhabenheit zurück.

Unten am Tische wurde die Jugend unruhig. Nini und Wedig erklärten, auf die Düne gehen zu wollen, und sie taten geheimnisvoll. Sie hatten eine neue Beschäftigung gefunden. Jeden Abend machten sie, wie sie es nannten, Jagd auf die Gräfin. Es kam darauf an, Doralice zu begegnen. Auch das Brautpaar wollte zum Meere hinabgehen: »Ich muß Steine auf dem Meere springen lassen«, sagte Hilmar, »erst wenn ich ihm ein Dutzend Steine ins Gesicht geworfen habe, kriege ich ein Verhältnis zu ihm.«

»Der hat keine Ruh, der muß immer etwas vorhaben«, sagte Baron Buttlär und schaute dem Brautpaar wohlwollend nach. Frau von Buttlär jedoch seufzte und meinte: »Das macht mir oft Sorge, er ist so waghalsig. Beim letzten Rennen ist er doch wieder gestürzt.«

»Hitzig ist er«, bestätigte der Baron, »er reitet gut und anfangs auch vernünftig, aber dann kriegt er es mit der Leidenschaft, die teilt er dem Pferde mit, das Pferd übernimmt sich und der Unfall ist da.«

»Ich kann mir wohl denken, daß der Leutnant seine Leidenschaft anderen mitteilen kann«, ließ Fräulein Borks verträumte Stimme sich vernehmen; allein die Generalin wies sie zurecht: »Von Pferden ist die Rede, Malwine, bitte.«

Frau von Buttlär machte noch immer ihr besorgtes Gesicht und sagte: »Ich habe Hilmar verboten, ein Pferd oder ein Auto mitzubringen, und wenn er segelt, fährt Lolo nicht mit. Solange ich über das Kind zu wachen habe, soll er es nicht umbringen.«

»Umbringen«, rief der Baron gutgelaunt, »sag, Mama, als du mir Bella gabst, hattest du auch das Gefühl, daß du sie sozusagen in einen Abgrund hinabstürztest?«

»Abgrund vielleicht nicht«, erwiderte die Generalin, »aber daß ich sie auf einen Luftballon setze, von dem man nicht weiß, wohin der Wind ihn wehen wird.«

»Bitte, bitte«, rief der Baron Buttlär, »ein sehr lenkbarer Luftballon, das weiß Bella gut«, und er lachte über seinen Witz sehr laut und sehr lange, länger vielleicht als es nötig gewesen wäre. Allein das Gefühl, das geistvolle Haupt der Familie zu sein, das Heiterkeit um sich verbreitet, tat ihm wohl.

Fräulein Bork hatte nicht mitgelacht, sie schaute noch immer nachdenklich dem Brautpaare nach und sprach dann aus ihren Gedanken heraus: »Ich finde den Leutnant herrlich, er sieht aus wie der Page einer spanischen Königin oder wie der Page in dem Lied, der am Brunnen auf die Königstochter wartet: Ich bin vom Stamme jener Asra, die da sterben, wenn sie lieben.«

»Was? Was?« fuhr die Generalin auf. »Was ist das, Asra? Wer stirbt, wenn er liebt? Die Hamms nicht. Die kenne ich, die gewiß nicht. Liebe Malwine, reden Sie solches Zeug der Lolo nur nicht vor, das Kind neigt ohnehin zur Überspanntheit.«

»Ach ja«, klagte Frau von Buttlär, »auch wieder eine große Sorge. Denke dir, Buttlär«, und nun berichtete sie mit bekümmerter Stimme die Geschichte von Doralice, der Sandbank und dem Kuß. »Was sagst du dazu, Buttlär«, schloß sie, »ich habe die ganze Nacht nicht schlafen können.«

Der Baron wurde ernst und zog sinnend seinen Schnurrbart durch die Finger. »So, hm! Die Gräfin Köhne hier, eine süperbe Frau übrigens. Das war eine böse Geschichte. Der Graf hat einen Schlaganfall gehabt und seine Schwester, die Gräfin Benedikte, pflegt ihn. Sehr traurig! Nun, gesellschaftlich kommt diese Dame nicht mehr in Betracht, aber sie hat uns einen Dienst erwiesen, so kann ich ihr gelegentlich dafür danken.«

»Du?« rief Frau von Buttlär. »Warum? Wozu?«

»Höflich kann man trotz allem gegen sie sein«, wandte der Baron ein, aber seine Frau war sehr erregt: »Ich habe es gleich gewußt«, sagte sie, »diese Person ist als schwere Prüfung für mich hergesandt.«

Unten am Strande ließ Hilmar unermüdlich Kieselsteine über das Wasser springen. Lolo stand dabei und schaute ihm mit ernsten, blanken Augen zu. Als er endlich müde war, nahm er Lolos Arm und sie schlenderten langsam das Meeresufer entlang.

»So«, sagte Hilmar, »jetzt verstehe ich das Meer. Es ist heute übrigens mit seinem Mondschein und allem dem sehr programmäßig, und du, Schatz, bist erst recht programmäßig.«

»Schade«, meinte Lolo, »ein Programm ist nie was Überraschendes.«

Hilmar lachte: »Willst du mich überraschen? Wozu? Nein, unsere Bräute sollen nicht Überraschungen sein, sondern hübsche Notwendigkeiten.«

Als sie an den Fischerhäusern vorübergingen, begann auch Lolo von Doralice zu sprechen, erzählte ihr Abenteuer, erzählte von dem Kuß und den roten Rosen. »Ach, die durchgebrannte kleine Gräfin ist hier«, sagte Hilmar, »nun, es ist gut, daß sie dich gerettet hat, aber sag', warum sprichst du von ihr mit einer so gerührten Stimme, als sei sie etwas Heiliges? Durchgebrannte Gräfinnen sind doch wohl nichts besonders Heiliges.«

»Weil sie mich rührt«, entgegnete Lolo erregt. »Ich weiß selbst nicht warum. Vielleicht weil sie so schön und doch nicht gut ist. Vielleicht aber, wenn jemand so schön ist, muß man ihn lieben, aber sie tut etwas weh, diese Liebe. Ich glaube, wenn einer sich in die Gräfin verliebt, dann muß es schmerzen.«

»Nun, nun«, beruhigte Hilmar sie, »wird es denn so arg sein mit dieser Schönheit?«

»So zum Beispiel«, fuhr Lolo fort, »mich zu lieben ist da nichts, gar nichts Schmerzhaftes dabei, sag?«

»Nein, gar nichts«, versicherte Hilmar, »im Gegenteil, wenn man dich liebt, fühlt man sich riesig gut, riesig vornehm. Ich merke das jedesmal, ich werde da fast verlegen vor mir selber. Als Kind wurde mir am Sonntage ein blauer Sammetkittel angezogen, ein weißer Spitzenkragen umgelegt und das Haar wurde mit einer Pomade glatt gestrichen, die stark nach Orangenblüten duftete. Und wenn ich so angezogen war, fühlte ich mich so fein, so vornehm, daß ich mich vor Andacht vor mir selber kaum zu rühren wagte.«

»Und ich«, rief Lolo enttäuscht, »ich bin für dich wie der blaue Sammetkittel und die Orangenblütenpomade.«

»Und der Sonntag«, ergänzte Hilmar, »ja, so ähnlich. Aber wer kommt denn dort?«

»Das ist sie«, flüsterte Lolo.

Ihnen entgegen kamen Hans und Doralice. Als sie aneinander vorübergingen, nickte Doralice lächelnd Lolo zu, die beiden Herren grüßten förmlich. »Nun?« fragte Lolo, sobald sie vorüber waren.

»Gewiß, allerdings«, sagte Hilmar, »ein schönes Kindergesicht mit einem merkwürdig schicksalsvollen Munde.«

Lolo schwieg eine Weile, dann wiederholte sie sinnend: »Ein schicksalsvoller Mund, das hast du gut gesagt, ich suche lange schon einen Ausdruck für diesen Mund. Es muß seltsam sein, einen schicksalsvollen Mund zu haben, ich kann mir das denken, ja ich fühle das jetzt so deutlich, so stark, daß ich überzeugt bin, ich habe in diesem Augenblicke auch einen schicksalsvollen Mund. Küsse mich jetzt und du wirst sehen.« Sie blieb stehen und hielt ihr ernstes, vom Monde hellbeschienenes Gesicht hin, und als Hilmar sie geküßt hatte, fragte sie gespannt: »Nun?«

Hilmar schüttelte den Kopf: »Von Schicksal keine Spur. Mehr ein friedlicher Pfingstsonntag auf dem Lande.« Lolo zuckte die Achseln und seufzte.

»Nein, warte«, fuhr Hilmar fort, »es ist doch anders; dich hier vor dem Meere zu küssen, kommt mir wie eine kolossale Frechheit vor. Es ist so, als sähen alle fünf Weltteile uns zu, das ist ein eigentümliches Gefühl.«

»Nein, das will ich nicht«, rief Lolo und machte sich von ihm los.

Siebentes Kapitel

Der nächste Tag war ein Sonntag. Die Generalin und Frau von Buttlär saßen in ihren Strandkörben und lasen Andachtsbücher. Zuweilen hob Frau von Buttlär den Blick und schaute auf den hellbeschienenen Strand und auf das Meer hinab, das heute blau und golden und ruhig wie ein Teich war. Plötzlich blieben ihre Augen an zwei bunten Figürchen hängen, die dort an der gelben Dünenwand entlanggingen.

Doralice im türkisblauen Sommerkleide, einige von Lolos roten Rosen im Gürtel, unter einem roten Sonnenschirm, ging neben dem Baron Buttlär her. Der Baron schien lebhaft zu sprechen und seine ganze Gestalt, seine Art zu gehen drückten höfliche Liebenswürdigkeiten aus. Frau von Buttlär schlug mit der flachen Hand auf ihr Buch und sagte: »Da haben wir's.«

Auch die Generalin hatte aufgesehen und meinte: »Nun, er hat es eilig mit dem Dank.«

»Dank«, rief Frau von Buttlär, »der war überhaupt nicht nötig. Ich verstehe Buttlär nicht. Er hat eine Frau, hat erwachsene Töchter und kompromittiert uns so. Was kann diese Person ihm bieten? Was will er von ihr?«

»Nichts, nichts«, beruhigte die Generalin, »er kann eben das Kokettieren noch nicht lassen. Es ist immer dieselbe Geschichte, wenn ihr heiratet, wollt ihr hübsche Männer haben, aber ein hübscher Mann konserviert sich länger als unsereins, der bringt keine Kinder zur Welt, er schont sich mehr, und da dauert die Lust am Kokettieren länger als bei uns.«

»Aber Mama«, protestierte Frau von Buttlär entrüstet, »die Ehe ist doch zu heilig, als daß solche Dinge in Betracht kämen.«

»Die Ehe, meine Liebe«, versetzte die Generalin, »ist vielleicht sehr heilig, aber unsere Männer sind es nicht. Übrigens wird es da unten immer bunter.«

Hilmar und Lolo kamen Arm in Arm von der anderen Seite den Strand entlang, und als sie Doralice und Herrn von Buttlär begegneten, blieben sie stehen und es fand eine Begrüßung statt. Von einer anderen Seite erschienen Hans Grill und der Geheimrat und gesellten sich zu der Gruppe. Es war hübsch, wie diese Menschen in dem grellen Sonnenschein beisammen standen, wie die hellen Farben der Kleider, das Rot und das Blond der Haare auf dem Hintergrunde der gelben Düne blühten und leuchteten. Frau von Buttlär fand nicht mehr die Kraft des Zorns, sie war zu bekümmert: »Was soll man da machen, Mama?« fragte sie kläglich.

»Liebes Kind«, sagte die Generalin, »da gibt es nichts anderes als die Führung behalten. Du mußt mit dieser Dame in irgendein Verhältnis kommen. Wenn so was Verbotenes, zum Beispiel eine Dame, von der vor uns nicht gesprochen werden darf, in der Nähe ist, das macht die Männer toll. Kennen wir diese Dame auch so halbwegs, dann verliert sie viel von ihrem Reiz. Also.«

»Ich glaube, ich werde das nie können«, klagte Frau von Buttlär, »bin ich nicht eine geplagte Frau? Bisher der Kampf mit den Gouvernanten und jetzt diese.«

Unten löste die Gruppe sich auf, man grüßte und trennte sich. Frau von Buttlär sah ihrem Mann ernst und kummervoll entgegen. Als er jedoch vor ihr stand, schaute sie auf ihr Buch nieder und schwieg. Herr von Buttlär aber fühlte das Bedürfnis, schnell und gezwungen heiter zu sprechen. Nun hatte er also das Unglück des Ortes kennengelernt, Gott, es sah nicht so schlimm aus, aber im Ernst, es war besser so, hier konnte man sich ja doch nicht vermeiden und das mußte auf die Dauer peinlich werden, nun grüßte man sich, sprach miteinander auf neutralem Boden. Hier in dem weltabgeschiedenen Winkel war das ohnehin nicht kompromittierend. Von eigentlichem Verkehr ist ja ohnehin nicht die Rede, nicht wahr? Frau von Buttlär sah jetzt auf und fragte, als hätte sie das Gesagte nicht gehört: »Lesen wir heute keine Predigt?« – »Gewiß, meine Liebe«, rief Herr von Buttlär, »ist es denn schon Zeit? Also gehen wir.« Die Familie begab sich in den Bullenkrug zurück, im Wohnzimmer versammelte man sich und Herr von Buttlär las eine Predigt vor. Es wurde allgemein bemerkt, daß seine Frau während der Predigt weinte.

Während des darauffolgenden Mittagessens drückte eine düstere Stimmung auf die Anwesenden. Herr von Buttlär mußte Anstrengungen machen, um eine Art Unterhaltung in Fluß zu halten. Er wandte sich dabei ausschließlich an Fräulein Bork und sprach über Literatur. Er verurteilte den Realismus in der Literatur. Kunst soll doch erfreuen, nicht wahr. Das Leben war doch gewiß nicht heiter genug, um so einfach abphotographiert zu werden. Da seine Frau bei diesen Worten seufzte, wechselte er schnell das Thema und sprach vom Kaiser.

Der Sonntagnachmittag war sehr heiß, gelber Sonnenschein in den weißgetünchten Zimmern und über dem sandigen Gärtchen. Die Damen zogen sich zurück. Herr von Buttlär saß im Wohnzimmer hinter seiner Zeitung und schlummerte und das Brautpaar ging auf der Veranda auf und ab.

»Bitte, Schatz«, sagte Hilmar, »sieh mich nicht so erwartungsvoll an, das heißt, du hast ein Recht mich so anzusehen, denn du hast ein Recht zu erwarten, daß ich angenehm und unterhaltend bin. Aber ich weiß nicht, dieser Sonntagnachmittag lähmt mich.«

»Armer Hilmar«, meinte Lolo ein wenig spöttisch, »den ganzen Tag im blauen Sammetkittel zu stecken.«
»Unsinn, Unsinn«, rief Hilmar, »es ist nur eine Stimmung. Ich habe Sonntagnachmittage nie recht vertragen. Komm, setzen wir uns in den Schatten, und ich lehre dich Pikett spielen.«
Erst gegen Abend wurde es im Hause lebhafter. Die Generalin kam in das Wohnzimmer, ließ ihre laute, energische Stimme erschallen und weckte mit ihr das verschlafene Haus. Dann erschien auch Frau von Buttlär, sie hatte Toilette gemacht und einen Hut mit Kornähren und Mohnblumen aufgesetzt. Sie war noch sehr ernst. Sie zog sich ihre Handschuhe an und sagte ihrem Gemahl: »Reich mir deinen Arm, Buttlär, und wir wollen gehen, den Sonnenuntergang bewundern. Wo sind die Kinder? Lolo, Nini, Wedig?« Sie mußten alle kommen und die Familie zog paarweise zum Strande hinab. »Bravo, Bella!« sagte die Generalin. »Immer die Führung behalten.« Wedig jedoch grollte. »Das soll ein Vergnügen sein. Nicht einmal der Gräfin werden wir begegnen, die geht um diese Zeit nicht spazieren.«
Am nächsten Morgen kam Hilmar erhitzt und mit sprühenden Augen zum Frühstück. Er war schon weit herum gewesen, hatte Bekanntschaft mit den Fischern gemacht. Famose Leute! Da war ein Andree Stibbe, ein blonder Riese mit ganz hellblauen Augen, so hell wie schlechte Milch. Wenn der einen anschaute, war es, als sähe einen ein sehr hochmütiger Dorsch an. Hilmar hatte mit ihm über ein Boot zum Segeln gesprochen, er wollte auch mit ihm auf den Fischfang hinausfahren. Übrigens hatte Stibbe für nächste Zeit einen Sturm versprochen. Auch den Maler hatte Hilmar gesehen, der schien ein braver Bursch zu sein. Seine schöne Frau ging gerade baden in einem sehr bemerkenswerten marineblauen Badekostüm. Endlich hatte er noch mit der Exzellenz Knospelius gesprochen, ein äußerst interessanter Herr. Er interessiert sich sehr für das Gesellschaftsleben hier; er will ein Fest geben, so was wie eine italienische Nacht. Sein Diener, ein unheimlich ernster Wiedertäufer, klebt schon die Papierlaternen dazu. »Klaus ist«, sagt die Exzellenz, »sehr brauchbar für das, was er unsere Sünden nennt.« Lolo hatte aufmerksam zugehört und sagte ergeben: »Wenn du so viel auf das Meer hinausfährst, werde ich wohl auf der Düne sitzen müssen und dir nachschauen.«
»Wieso, wieso?« rief Hilmar. »Das ist doch nur für die Zwischenzeiten, und du weißt, es gibt Zwischenzeiten, Zeiten, in denen ich langweilig bin, in denen du nichts mit mir anfangen kannst. Dann segle ich hinaus. Übrigens steht schon in der Bibel so was davon, daß die Frau zu Hause bleibt und der Mann vor den Toren berühmt ist.« – »Dieses Tor merk dir,

mein Kind«, meinte die Generalin, »das wird in deiner Ehe noch oft auftauchen.«
»Aber ich fahre mit«, meldete sich Wedig unten am Tisch. Seine Mutter sah ihn mitleidig an. »Du, mein armer Junge, nein, du bleibst zu Hause.« Da ging eine seltsame Veränderung in dem Knaben vor. Sein bleiches Gesicht mit den kränklichen, zu feinen Zügen errötete, seine Augen füllten sich mit Tränen, und mit leidenschaftlich sich überschlagender Stimme begann er zu sprechen: »Ich bleibe immer zu Hause, ich darf nie etwas, ich hocke immer abseits, warum? Was ist mit mir? Bin ich ein Krüppel? Was sollen die Leute davon denken? Ich bin ja lächerlich. Gestern begegnete mir die Gräfin, ich grüße, sie bleibt stehen und fragt: ›Baden Sie auch?‹ Ich sage ja, aber ich kann ihr nicht sagen, ich darf nicht ins Meer hinein, ich nehme warme Seebäder.«
»Wedig, geh auf dein Zimmer«, sagte Frau von Buttlär. Wedig war wieder sehr bleich geworden, er stand auf und ging, steifbeinig vor Trotz, hinaus. Am Tische entstand ein Schweigen, alle waren über den Zwischenfall betroffen. Endlich sagte Frau von Buttlär sorgenvoll: »Ich weiß nicht, woher meine Kinder alle das überspannte Wesen haben.«
»Meine Liebe«, versetzte Herr von Buttlär und legte seine Hand zärtlich auf die Hand seiner Gattin, »die Genialität haben sie jedenfalls von dir.« Die Generalin lachte. »Nun ja«, meinte sie, »es ist das Wetter, das euch alle zu genial macht, aber das Barometer fällt, Gott sei Dank.«

Achtes Kapitel

Tun, tun, hatte Hans Grill gesagt, und so fuhren sie denn mit Wardein bei Nacht auf den Fischfang hinaus. Der Mond stand hoch am Himmel, das Meer war ruhig, nur von einem sanften, langatmigen Auf- und Abschwellen bewegt, wie über ein gläsernes Hügelland glitt das Boot hin. Wardein saß am Steuer und rauchte. Zwei blonde rundköpfige Burschen, Mathies und Thomas, ruderten; unförmig in ihren dicken Jacken bogen sie sich taktmäßig hin und her. Doralice war auf einem Klappstühlchen eingerichtet worden, fest in Decke und Mantel gehüllt. Hans saß neben ihr auf der Bank. Alle schwiegen, nur ab und zu gab Wardein ein Kommando, das wie ein tiefes Brummen klang. Die Ferne war von einem feinen, silbernen Lichtnebel verhangen, aber Doralice glaubte diese unendliche Weite zu fühlen, wie sie die dunkle Tiefe unter sich zu fühlen meinte, und beide, die Tiefe und die Weite, legten sich bedrückend auf sie, wie etwas, das ihr den Atem benahm, sie ängstigte, das ihr die Empfindung des Verlorenseins und der Einsamkeit gab. Warum sprachen alle diese Männer nicht? Warum saßen sie da still in ihre Mäntel gehüllt, die Hutkrempen auf die Gesichter niedergebogen wie dunkle, fremde Traumgestalten? Da beugte sich Hans zu ihr nieder, drückte ihre Hand und fragte: »Wie geht es?« – »Gut«, erwiderte sie und lächelte, es sollte niemand wissen, daß sie sich fürchtete, aber der Händedruck, die ruhige, freundliche Stimme taten ihr gut, gaben ihr ein wenig Sicherheit wieder. Und Hans, als fühlte er das, sprach weiter, fragte Wardein: »Fahren wir dort zu den Butten hinüber?«

»Ja, ja, zu den Butten«, brummte Wardein, »die liegen dort unten im Sande.« – »Aha«, meinte Hans, »die wühlen sich dort in den Sand ein und warten auf ihre Beute, die flachen Luder.« Die Burschen auf der Ruderbank begannen laut und rauh über die Butten zu lachen. Doralice lachte auch mit. Die Nacht war schwül, Mathies wurde es beim Rudern zu heiß, er wollte sich die Jacke ausziehen. Hans erbot sich für ihn zu rudern, und nun standen sie auf, gingen im Boot hin und her wie in einer Stube, Mathies zog sich die Jacke aus, stand in Hemdsärmeln da, stützte den einen Fuß auf den Bootsrand, spuckte in das Meer und pfiff leise vor sich hin. Und wie sie sich alle um sie her so ruhig und gewohnt bewegten, als seien sie hier mitten auf dem Meer zu Hause, da wich auch von Doralice das bedrückende Angstgefühl, ja, es war köstlich zu spüren, wie sie allmählich in diese Welt als etwas Zugehöriges aufgenommen wurde. Es war ihr, als würde etwas in ihrer Brust sehr weit und sehr stark, als könnte sie ihren Atem auf den Takt des stillen, flimmernden Wogens um sie her einstellen und ein kindisches Gefühl des Stolzes, des Hochmutes machte sie froh. Zu denen zu gehören, die hier auf dem Meere zu Hause sind, die sich nicht fürchten, erschien ihr als etwas sehr Wichtiges und Großes. Hier und da tauchten jetzt andere Boote auf, sehr groß und schwarz in dem unsicheren Lichte. Wardein rief etwas hinüber, von drüben wurde geantwortet, einer schien sogar einen Witz zu machen, denn Thomas und Mathies lachten. Die Boote waren jetzt einander ganz nahe, es waren drei, die im Halbkreise hinruderten, die Männer machten sich an den Netzen zu schaffen und sprachen miteinander von Boot zu Boot. Plötzlich mischte sich in diese Stimmen, die jedes Wort mit einem tiefen Brummen besser hallen ließen, eine hohe, scharfe Stimme, die hier seltsam fremd klang, als spräche sie eine andere Sprache. Das ist der Leutnant von Hamm, sagte sich Doralice, und diese Entdeckung war ihr unangenehm, es empörte sie fast, als sei ein Unbefugter dort eingedrungen, wo die Berechtigten beieinander waren.

Im Boot begannen die Männer sich zu regen, das große Netz wurde vorsichtig in das Wasser hinabgelassen, das andere Boot wurde angerufen und ihm ein Seil zugeworfen. Im bewegten Wasser sprühte es wie silberne Flämmchen, im Netze hingen glitzernde Tropfen. Mathies hatte sich die Hemdsärmel aufgestreift, um im Wasser zu arbeiten, wenn er die nackten Arme emporhob, rann es silbern an ihnen nieder. Doralice wickelte sich fester in ihren Mantel, alle Angst und Erregung waren fort, sie fühlte sich sicher und behaglich. Eine leichte Müdigkeit machte ihr die Augenlider schwer, und wenn sie die Augen schloß, war es ihr fast wie als Kind, wenn sie in ihrem Bette lag und im Halbschlaf noch die Erwachsenen um sich her hantieren oder sprechen hörte, was dem Kinde stets ein wohliges Gefühl der Geborgenheit gegeben hatte. Schlug sie dann wieder die Augen auf, dann war die Weite voll weißen Lichtes in ihrer großen und kühlen Schönheit immer von neuem wieder eine wohltuende Erschütterung, immer wieder fühlte da Doralice, wie die engen, heißen Schranken des Ich sich verwischten und lösten, wie es auch in ihr weit und kühl wurde. Und es war hübsch, dieses Wechseln der Bilder, einmal im Halbtraum vertraute Gesichter und Räume der Kindheit, dann wieder das mondbeglänzte Meer. Einmal, als sie die Augen öffnete, waren die anderen Boote nah herangekommen, die Männer riefen und sprachen, das Netz wurde eingezogen, Doralice hörte einmal auch wieder die unpassende Stimme des Leutnants, die Fische schnalzten und klatschten in den großen Körben im Boot. Es wurde dann wieder still und man fuhr weiter. Nach einiger Zeit fand Doralice, daß es dunkel geworden war, der Mond mußte untergegangen sein, Sterne standen am Himmel und in der Finsternis regte sich das Meer wie eine sacht bewegte schwärzere Finsternis. Doralice wußte nicht, wie lange sie so gefahren waren, aber als sie wieder einmal die Augen öffnete, stand ein weißer Schein am Horizont und ein graues Dämmern lag über dem Wasser. Ein stärkeres Wehen ließ sie frösteln, alles Behagen war plötzlich hin, das graue Dämmern machte das Meer und den Himmel streng und nüchtern. Mathies und Thomas ruderten angestrengt, die Jacken über die Schultern geworfen, die Brust nackt, und stark atmend. Es schien sich um ein Wettrudern mit dem Boot nebenan zu handeln. In den Körben flüsterten und schnalzten fette, blanke Fischleiber. Hans stand im Boot, hielt einen großen Dorsch an den Kiemen, wog ihn und lachte ihn an. Scharen von Möwen kamen geflogen, groß und weiß im unsicheren Lichte, und stießen schrille, gierige Rufe aus. Wie gewaltsam das alles war. Welch ein starkes, rücksichtsloses Leben das alles atmete, zu stark für Doralice, es machte sie plötzlich ganz schwach, es machte sie krank, der Geruch des Seewassers, der Fische, der feuchten Fischerjacken, all dieses Fleisch der

Männer und feisten Fische bedrückte sie, sie wurde ganz bleich. Da entstand ein Hin- und Herreden zwischen ihrem und dem Nachbarboot. Die Boote wandten sich einander zu, lagen nah beieinander. Leicht und gewandt über den Bootsrand balancierend, sprang Hilmar in das Boot, stand neben Doralice und lachte. »Ein Morgenbesuch«, sagte er. Hans nickte ihm zu und zeigte ihm den Dorsch, den er noch immer an den Kiemen hielt. »Ja, ja, so etwas ist schön«, meinte Hilmar, »das war ein gesegneter Zug.« Dann setzte er sich auf die Bank Doralice gegenüber. »Es hat Sie auch ein wenig angegriffen, gnädige Frau, wie ich sehe.« Doralice zog die Augenbrauen zusammen, als sie abweisend antwortete: »Das macht wohl die Beleuchtung.«
»Gewiß, gewiß«, bestätigte Hilmar höflich, »eine kritische Stunde.« Da es schien, daß Doralice schweigen wollte, schwieg auch er und zündete sich eine Zigarette an. Unter der niedergebogenen Krempe seines Filzhutes sah sein Gesicht mit den scharfen, gespannten Zügen, den schwarzen unruhigen Augen sehr bleich, fast kränklich aus. Es war etwas Überfeinertes, Schwächliches an der ganzen Gestalt, das Doralice in diesem Augenblick gefiel, das ihr das Gefühl gab, einen Kameraden der eigenen Schwäche zu haben, und der süße Duft der ägyptischen Zigarette schien wie ein Stück Luft einer Welt, die ihr befreundet war. Jetzt soll er weitersprechen, dachte sie, daher lächelte sie und sagte: »Sie sehen übrigens auch ein wenig aus, als hätte es Sie mitgenommen, oder ist es auch die Beleuchtung?«
»Nein, nein, es ist schon was daran«, erwiderte Hilmar, »es ist vielleicht traurig, es sollte vielleicht nicht sein, weil es nicht natürlich ist. Stibbe fühlt nichts davon, aber die große Natur macht uns betrunken, und Trunkenheit greift an, was Sie, gnädige Frau, natürlich nicht wissen können.«
Doralice nickte: Ja, ja, so was mochte es wohl sein. »Und doch«, fuhr Hilmar fort, froh darüber, daß er zum Sprechen ermutigt wurde, »es ist nicht nur Trunkenheit, es ist – es ist – geradezu eine große Verliebtheit, was wir dieser Natur gegenüber empfinden, ganz genau, es ist dieselbe Unruhe, dasselbe quälende Gefühl, ganz eng dazuzugehören, und was die Hauptsache ist, der starke Wunsch zu imponieren, denn, wenn wir verliebt sind, wollen wir imponieren, das ist symptomatisch für den Zustand. Man hat ja seine Erfahrungen.«
»Sie sind ja auch verlobt«, schaltete Doralice ein.
»Gewiß, das auch«, fuhr Hilmar fort, »aber sehen Sie, gnädige Frau, vorhin im Boot war der Trieb in mir, zu imponieren, so stark, dem Meere zu imponieren oder den Fischern, gleichviel, denn die sind doch die

Repräsentanten des Meeres, daß ich auf die Spitze des Bootes stieg und dort frei balancierte. Ich bin in solchen Künsten ziemlich geübt. Meinen Zweck erreichte ich nun zwar nicht, denn Andree Stibbe sagte trocken: ›Wenn der Herr bei den Faxen ins Wasser fällt, wer anders muß ihn herausholen als wir.‹ Mein Effekt war verfehlt. Aber ich habe das tun müssen.«

»Das ist seltsam«, sagte Doralice nachdenklich.

»Nicht so seltsam«, meinte Hilmar, »der Spielhahn, wenn er ein Rad schlägt und kollert, will auch dem Walde und der Wiese imponieren, ebenso wie der kleinen grauen Henne, und er ist ebenso in den Wald und die Wiese verliebt wie in die kleine graue Henne.«

Doralice lachte: »Das ist hübsch, ja, ja, man möchte gern dabeisein, dazugehören.«

Hilmar verbeugte sich ein wenig: »Sie, gnädige Frau, sehen ganz aus, als gehörten Sie hier dazu. Sie sehen in dieser Natur vollständig reçue aus.«

Doralice errötete und ärgerte sich, daß sie das tat, Hilmar aber schloß mit einem Seufzer: »Ach ja, wenn alles so schön um uns her ist, fühlen wir ein brennendes Bedürfnis, auch dekorativ zu sein.«

Das Boot fuhr jetzt durch die Brandung über weiße Schaumhügel in graugrüne Wellentäler. Hans kam und setzte sich neben Hilmar auf die Bank. Er rieb sich die Hände und schien sehr vergnügt. »Das war eine Nacht, herrlich, herrlich, was sagst du, Schatz? Du frierst, was? Sie scheinen auch zu frieren, Baron, ja, so ein Morgen auf dem Meere! Zu Hause machen wir uns einen warmen Tee, der wird gut tun. Trinken Sie nicht mit uns eine Tasse, Baron? Nicht wahr, Schatz, du machst uns doch Tee?«

Doralice schaute Hans ein wenig verwundert an, sagte aber dann: »O gewiß.« Hilmar verbeugte sich.

Jetzt stieß das Boot auf den Sand, und man begann auszusteigen. Hans nahm Doralice auf den Arm und trug sie ans Land. Von den Dünen aber schossen mit flatternden Tüchern und Röcken wie gierige Möwen die Fischerfrauen auf die Boote zu.

In der Wohnstube eilte Hans zur Lampe, um sie anzustecken. »Nur kein Morgengrauen«, sagte er. Dann richtete er den Teekessel her, trug Tassen, trug Rum herbei. »So, so, das wird gut tun, warmen Tee, ja, den haben wir verdient, das will ich meinen, den haben wir redlich verdient.« Er sprach eifrig vor sich hin, als wollte er mit der Gemütlichkeit seiner Worte sich und die anderen erwärmen: »Setzen Sie sich, meine Herrschaften, setzen Sie sich.« Sie saßen um den Tisch herum und hörten schweigend dem Summen des Teekessels zu, mit den starr vor sich hinsehenden Augen sehr müder Menschen. Endlich glaubte Hilmar etwas sagen zu müssen und bemerkte: »Es war doch wunderschön.« – »Es war so schön«, erwiderte Doralice und zog ihre Augenbrauen empor, »daß man lieber gar nicht davon spricht.« Das klang abweisend, fast feindselig. Sie nahm es Hilmar jetzt übel, daß er ihr dort im Boot so willkommen gewesen war. Hilmar lehnte sich in seinen Stuhl zurück und rauchte. Aber Hans lachte. »Sehen Sie, so macht es meine Frau immer, wenn ihr etwas sehr gefällt, dann darf nicht gesprochen werden, das ist dann heilig und kein anderer darf es berühren. Nun, nun, gib uns Tee.«

Doralice schenkte die Tassen voll. Der heiße Dampf und der starke Duft des Tees schienen die Müdigkeit noch schwerer zu machen, alle schwiegen wieder eine Weile. Endlich seufzte Hans und sagte: »Immerhin ist es schade, daß man nach einer solchen Nacht eine Art Katzenjammer hat, den Katzenjammer der Weite. Das Land erscheint einem unerträglich eng. Dann ist es schon besser, seine Höhle dunkel zu machen und sich darin zu verkriechen.«

»Naturgesetz, dieses Ab und Zu der Gefühle«, murmelte Hilmar zerstreut.

»Und doch«, fuhr Hans fort, »ich fühle eine seltsame Befriedigung, und warum? Weil wir so viel Fische gefangen haben. Das ist doch ein greifbares Resultat einer Arbeit. Wenn ich einen fetten Dorsch halte, so weiß ich, was ich habe. Wenn ich ein Bild male, weiß ich denn, ob es etwas ist oder nicht?«

»Und erst ich«, unterbrach ihn Hilmar, »wenn ich eine Stunde Rekruten gelehrt habe, sich wie Holzpuppen zu bewegen, wie soll ich da Befriedigung über ein Resultat fühlen?«

»Ach ja«, meinte Hans und gähnte, »es ist schade, daß das Leben so selten bar zahlt.«

Es entstand wieder eine Pause. Doralice war auf ihrem Sessel eingeschlafen, das Gesicht, sehr bleich mitten in den blauen Schatten des Morgens, erhielt von der friedlichen Hilflosigkeit des Schlafes eine wunderbar kindliche Schönheit. Die beiden Männer saßen jetzt ganz still da und schauten andächtig auf dieses schlafende Gesicht. Endlich erhob sich Hilmar, reichte Hans die Hand und flüsterte: »Ich gehe, die Sonne kommt.« Dann ging er leise hinaus.

Draußen war es schon taghell, über dem Horizont schossen die ersten goldenen Strahlen empor. Hilmar ging sehr schnell, er wollte zu Hause sein, ehe die Sonne da war. Er wunderte sich über sich selber. Warum fühlte er sich elend? Die kleine Lolo hatte wohl recht, diese Frau war so schön, daß man traurig wurde, oder wie sagte doch der Maler: »Katzenjammer der Weite, in dem das Land und das Tageslicht uns eng scheinen.« Die arme kleine Lolo, Hilmar konnte nichts dafür, aber wenn er jetzt an sie dachte, schien es ihm, als habe sie etwas vom Lande und vom Tageslicht an sich.

Neuntes Kapitel

Der Geheimrat von Knospelius kam zum Fünfuhrkaffee in den Bullenkrug. Behaglich saß er an dem langen Tisch auf der Veranda, über dem die Blätterschatten der rankenden Bohnen flirrten. Es duftete nach den Sträußen von Erbsenblüten und nach frischem Brot. Schmunzelnd schaute Knospelius auf die Reihe der jungen Gesichter am unteren Ende des Tisches. »Familienmahlzeit, Familientisch«, sagte er zur Generalin und sein langer Mund sprach diese Worte aus, als schlürfte er eine Auster. »Das ist für mich ein seltener, aber exquisiter Genuß. Bei meiner Schwester in Thüringen habe ich zuweilen diesen Genuß. Eine Familienmahlzeit hat etwas Sakramentales. Sie ist, möchte ich sagen, das Fundament der Familie. Solange es mit der Familienmahlzeit gut steht, kann es mit der Familie nicht schlecht stehen.«

»Nun«, meinte die Baronin Buttlär, »wir haben Gott sei Dank noch andere Fundamente.«

»Mein Schwager«, fuhr der Geheimrat fort, »sagte zu meiner Schwester: ›Karoline, sollte ich vormittags sterben, so ist gar kein Grund, daß an dem Tage nicht ebenso pünktlich gegessen wird wie sonst.‹ Nicht wahr, ganz wie auf den großen Passagierdampfern, denen was zugestoßen ist und auf denen bis zum äußersten Augenblick das Diner regelrecht serviert wird. Es ist gleichsam das Symbol der moralischen Ordnung.« Der Baron Buttlär nickte ernst und sagte: »Ja, die Familie überhaupt sei doch die Grundlage des Staates, die Familie und der Grundbesitz«, und er brachte das Gespräch allmählich auf Steuern und auf Branntwein. Allein der Geheimrat ging nicht darauf ein, er wollte heute seinen Erfolg am unteren Ende des Tisches bei der Jugend haben. Er erzählte Anekdoten und schaute dabei zu den jungen Leuten hinüber, ob sie auch lachten. Später dann kam er mit seinem Anliegen heraus. Er wollte morgen ein kleines ländliches Fest feiern und hoffte, die Herrschaften würden vollzählig dazu erscheinen. »Die Veranlassung dieses Festes«, sagte er, »ist mein Geburtstag. Na ja, das Älterwerden mag ja seine guten Seiten haben, aber zum Feiern wäre ja schließlich keine Veranlassung. Diese Welt hier zwar ist recht fragwürdig, allein besondere Eile herauszukommen hat man nicht,

denn erstens ist das Programm dessen, was nachher kommt, nicht recht klar, und zweitens bleibt es uns ja ohnehin. Nein, ich feiere das Datum meiner Geburt, denn das Geborenwerden ist doch der merkwürdigste Augenblick unseres Lebens und von unübersehbaren Folgen. Sehen Sie, eine Welt ohne Knospelius und eine Welt mit Knospelius, das ist für mich ein gewaltiger Unterschied.«
Zufrieden über seine Auseinandersetzung schaute er Nini an, die darüber errötete.
»Was Sie da sagen, liebe Exzellenz«, bemerkte die Generalin, »ist gewiß sehr klug, aber mit der Religion scheint es dabei denn doch auch ein wenig unklar zu stehen.«
Knospelius zuckte mit seinen zu hohen Schultern: »Nun, deshalb hat der Staat mich vielleicht zum Rechnen und nicht zum Predigen eingesetzt. Aber ich komme auf mein Fest zurück, da ist nämlich ein kleiner Umstand zu erwähnen. Da ist das Ehepaar Grill. Ich kann es nicht vermeiden, dieses Ehepaar einzuladen. Ich hoffe, es wird niemanden stören.«
»Allerdings«, meinte die Baronin Buttlär und zog die Augenbrauen empor, »dieses Ehepaar scheint für uns unvermeidlich zu sein, unser unvermeidliches Schicksal.«
Knospelius lachte. »Schicksal, sehr gut. Nun, diese kleine Frau ist kein grausames Schicksal. Und dann, wenn wir die Vergangenheit auf sich beruhen lassen, jetzt sind die Verhältnisse ja korrekt. Sie haben sich in London trauen lassen.«
»So? In London«, bemerkte die Generalin, »davon hört man jetzt oft, eine neue Erfindung Es scheint, daß in London die Trauungen schneller gemacht werden, auch so moderne Fabrikware.«
Knospelius zuckte die Achseln. »Hausarbeit, meine Gnädige, wird eben selten. Ich darf also annehmen, daß mir meine Grills zugestanden sind.«
Die Baronin Buttlär lehnte sich in ihrem Stuhl zurück und seufzte: »Ich sage nichts. Achtung vor der Londoner Trauung habe ich nicht und die Vergangenheit kann ich nicht auf sich beruhen lassen. Aber es scheint, daß das altmodische Ansichten sind.«
Der Baron Buttlär ärgerte sich darüber. »Liebe Bella«, sagte er gereizt, »du mußt zugestehen, daß diese Leute uns bisher nicht belästigt haben, einen Gruß, einmal ein freundliches Wort und dann schließlich so ein Landpartienverkehr –«
»Landpartienverkehr, bravo!« rief der Geheimrat. »Das ist das Wort, da haben wir die Formel. Die Hauptsache ist, für jede Lebenslage eine Formel zu finden, das andere findet sich dann schon. Also mein Fest ist gesichert. Ich darf die Herrschaften morgen nachmittag erwarten. Im Birkenwäld-

chen, bei der Zibbe-Waldhüterei. Das Meer ist ausgeschlossen, denn das Meer ist nicht gemütlich. Sie werden sehen, es wird alles sehr harmonisch verlaufen.« Und vergnügt rieb er sich die langen, bleichen Hände.
Am Nachmittage des folgenden Tages zogen die Einwohner des Bullenkruges zur Zibbe-Waldhüterei hinauf. Voran die Generalin im weitläufigen weißen Pikeekleide und einem großen Strohhut über dem erhitzten Gesicht. Lolo und Nini trugen weiße Kleider und meergrüne Bänder. Der Sonnenschein vergoldete die weißen Birkenstämmchen, die vom Seewinde alle landeinwärts gebogen dastanden wie Jungfrauen, die nach vorn geneigt ihre grünen Schleier über das Gesicht wallen lassen. Der Geheimrat empfing seine Gäste, für die Generalin und die Baronin waren Korbstühle da, für die anderen lagen Polster auf der Erde und ein weißes Tischtuch war über das Heidekraut gebreitet worden. »Nehmen Sie Platz«, sagte der Geheimrat und rieb sich die Hände, »der Kaffee kommt gleich, die jungen Damen helfen mir ein wenig bei der Bewirtung, meine Kolombinen, ha, ha!«
Klaus servierte den Kaffee, sehr korrekt in einen schwarzen Rock geknöpft, ernst und traurig. Die Unterhaltung wollte nicht recht in Gang kommen; man sprach von Birken im allgemeinen, dann sprach der Baron Buttlär von Branntwein und Monopol; Hilmar saß einsilbig und zerstreut neben Lolo und machte Ringe aus dem Rauch seiner Zigarette. Mücken tanzten im roten Sonnenstrahl und der Duft des warmen Heidekrautes und der warmen Birkenblätter machte die Menschen schläfrig. Wedig gähnte und äußerte zu Nini: »Nun könnten sie auch kommen.«
»Wen erwartest du?« fragte die Baronin Buttlär streng. Allein es war klar, alle empfanden dies Beisammensitzen nur als Vorspiel. Nun und dann kamen sie den Hügel herauf, Hans voran, gefolgt von Doralice, die bleich und ernst war. Sie hatte nicht kommen wollen, aber Hans war heftig geworden. »Wenn sich die Leute vor uns fürchten, bitte, bitte, wir brauchen uns vor niemand zu fürchten.« So hatte sie denn ihr blaßviolettes Musselinkleid angezogen, das Zeitlosenkleid, wie sie es nannte, hatte die rote Korallenschnur um den Hals gelegt, den großen schwarzen Hut aufgesetzt und war mitgekommen. Der Geheimrat war ein wenig aufgeregt, als er seine neuen Gäste empfing, sie vorstellte, ihnen Plätze anwies, nach Kaffee rief. Doralice saß neben der Generalin noch immer sehr bleich und still wie ein junges Mädchen, das ruhig wartet, bis sie von den älteren Leuten angesprochen wird.
»Schönes Wetter«, sagte die Generalin, »es ist gut, daß Sie sich auch herausgemacht haben. Wir sehen Sie immer baden, Sie schwimmen mir ein bißchen zu kühn.« Während die Generalin mit ihrer mütterlichen Stimme unbefangen fortplauderte, schwiegen die anderen, die Baronin

Buttlär errötete, Fräulein Bork lächelte verzückt und die beiden Mädchen richteten ihre grellen braunen Augen unverwandt auf Doralice, öffneten die Lippen, man sah es, die Bewunderung für die schöne Frau benahm ihnen ein wenig den Atem. Dann mischte der Baron Buttlär sich plötzlich in die Unterhaltung, munter und galant. Er wandte sich ausschließlich an Doralice und sprach ziemlich unvermittelt von Paris und dem Bois de Boulogne. Auch Hilmar wurde lebhafter, er erzählte Nini und Lolo etwas, machte sie lachen; er legte Wert darauf, daß es an seiner Ecke lustig zuging. Der Geheimrat, der sich mit Hans unterhielt, blickte zufrieden auf die Gesellschaft, in die jetzt Leben zu kommen schien.
Hinter den Birken erscholl eine dünne, hüpfende Musik. Der Strandwächter spielte Harmonika und der lahme Schneider des Dorfes die Geige. Der Geheimrat sprang auf und rief: »Ich bitte, mit dem Tanz zu beginnen. Baron Buttlär, ich bitte, den Ball, die fête champêtre zu eröffnen. Die Sonne geht unter, also richtige Beleuchtung. Baron Hamm, bitte, nicht zu vergessen, daß die Geselligkeit des Deutschen Reichs auf dem Leutnant beruht.« Baron Buttlär führte seine Frau zum Tanz, die sich ein wenig sträubte. »Aber Buttlär, wir, die Alten.« Hilmar tanzte mit Lolo, und Wedig, dunkelrot im Gesicht und so erregt, daß es aussah, als wollte er weinen, bat Doralice um einen Tanz. Die Paare drehten sich dort auf einem freien Platz; rotes, sachte zitterndes Licht drang durch die Bäume und überflutete sie. Hinter den Birken aber schien etwas zu brennen, es war das Meer im Glanze des Sonnenunterganges.
»Sehr hübsch«, sagte Knospelius zur Generalin, während er das Bild vor sich mit einer fast gierigen Aufmerksamkeit betrachtete; »das muß Stimmung in die Gesellschaft bringen. Nichts taugt besser dazu als der Tanz. Man spricht nicht, man denkt nicht, man verständigt sich mit den Füßen, das löst die richtige Elektrizität aus.«
»Was für eine Verständigung, was für Elektrizität?« meinte die Generalin. »Ich freue mich, wenn die Jugend heiter ist, aber Ihre Verständigungen und Elektrizität brauchen wir nicht.«
»Und dann«, fuhr der Geheimrat sinnend fort, »ich habe bemerkt, wenn in unsere Gesellschaft mal ein fremdes Element kommt, ein outsider, das wirkt erregend wie Zitronensäure auf Soda. Ein jeder sieht im Fremden ein Publikum. Aha! Der Baron tanzt mit unserer Frau Gräfin. Wie siegesgewiß er lächelt. Und unser Maler macht sich an die Frau Baronin, bravo! Das Brausepulver ist komplett.«
»Ihre kleine Köhne«, versetzte die Generalin, »ist soweit ein liebes und nettes Ding. Schade um sie.«
»Wieso schade?« fragte Knospelius. »Es wird jetzt vielleicht etwas Wert-

volleres aus ihr, als der alte Köhne je gemacht hätte.« Aber die Generalin wollte davon nichts wissen. »Ach, liebe Exzellenz, unsere Frauen, wenn die mal so ganz offen aus Reih und Glied treten, dann finden sie auch keinen Halt mehr. Das ist so wie bei dem Kettenstich auf der Nähmaschine; trennen Sie einen Stich auf, dann geht die ganze Naht los.«
Der Geheimrat lächelte: »Das spricht nicht für den Kettenstich. Aha! Es kommt zur Quadrille, sehr gut. Der Walzer hat Stimmung gemacht. Sehen Sie doch, wie ausdrucksvoll, wie vielsagend die Beine der Herren geworden sind.«
Die Quadrille war allerdings sehr lebhaft. Hilmar tanzte mit Doralice, ihnen gegenüber Lolo mit ihrem Vater. Doralices Gesicht war ganz rosa und sie lachte, wenn sie mit Hilmar en carrière, wie er sagte, über den rotbeschienenen Sand hinlief. Das Tanzen, diese Menschen, all das gab Doralice das Gefühl, als stünde sie wieder in jener Welt, die sie jetzt ein Jahr schon nur noch aus ihren Träumen kannte. Sie vergaß, daß sie hier fremd war, und genoß es gedankenlos, lustig zu sein, wie einst auf den Gesellschaften, wenn sie sich von ihrem Gemahl nicht beaufsichtigt fühlte. Und welch ein handlicher, bequemer Kamerad der Lustigkeit war doch so ein Leutnant, man tanzte mit ihm so selbstverständlich bequem, als hätte man das ganze Leben schon miteinander getanzt. Man sprach und lachte mit ihm so mühelos, als hätte man schon ein ganzes Leben miteinander gesprochen und gelacht.
»Grand rond, s'il vous plaît«, schnarrte Hilmar. Man faßte sich bei den Händen, in der Abendsonne schien es, als erröteten alle Gesichter, dann kam die Promenade, von Hilmar angeführt, eine wilde Promenade zwischen den Birkenstämmen hindurch, über das Heidekraut hin.
»Unser Leutnant steht auf der Höhe seiner Aufgabe«, sagte Knospelius, »aber die Stimmung darf nicht verrauchen. Jetzt muß gleich gesungen werden, ein Volkslied, etwas ganz Herzbrechendes natürlich.«
Als die Quadrille zu Ende war und alle wieder auf den Polstern saßen, war die Sonne untergegangen, unter den Bäumen begann es schnell zu dämmern, von der Seeseite kam ein Wehen, fuhr in die Birken und ließ sie erregt flüstern. Unten aber rauschte das Meer jetzt lauter. Knospelius erhob sich, streckte seinen langen Arm aus, schlug den Takt und stimmte mit lauter, gefühlvoller Stimme an:

»Mei Mutter mag mi nit
Und kei Schatz hab i nit.
Ei, warum sterb i nit
Was tu i denn?«

Alle sangen mit, selbst die Generalin, die Mädchen falteten die Hände im Schoß, schauten mit den blanken Augen gerade vor sich hin und ließen ihre scharfen Sopranstimmen klagend in die Dämmerung hinausschallen. Doralice tat es auch wohl, sich von der eigenen Stimme in ein weiches, gedankenloses Behagen wiegen zu lassen. Ja, gedankenlos, denn sie spürte es wohl, da waren so einige kleine widerwärtige Gedanken, die nur darauf lauerten, hervorzukriechen. So der Gedanke an die verlegene und herablassende Art, mit der die Baronin Buttlär zu ihr gesprochen hatte, die Art, mit der Familienmütter auf Wohltätigkeitsfesten zu fremden Schauspielerinnen zu sprechen pflegten, oder der Gedanke daran, daß der Baron Buttlär während des Tanzes die Augen rollte, wie Herren sonst nicht die Augen rollen, wenn sie mit fremden Damen tanzen. Nein, daran wollte sie nicht denken, sie wollte singen. Sie schaute zu Hans hinüber. Der saß ruhig da, öffnete den Mund weit, ganz damit beschäftigt, seinen schönen Tenor recht laut erklingen zu lassen. Als das Lied zu Ende war, schwiegen alle eine Weile, träumten in die Dämmerung hinein, als fürchteten sie, etwas zu wecken, das sie eben in Schlaf gesungen hatten. Endlich verkündete der Geheimrat, die Uhr in der Hand: »Jetzt, bitte, zum Feuerwerk, künstliches Feuerwerk habe ich nicht. Mein Feuerwerk ist der Mond, der gerade jetzt aufgeht. Bitte also, mit mir dort hinaufzugehen.«
»Meine Tochter und mich lassen Sie hier«, meinte die Generalin, »ich bin alt und habe daher häufig gesehen, wie der Mond aufgeht.«
»Wie's beliebt«, erwiderte der Geheimrat, »obgleich ich glaube, daß mein Mond etwas Besonderes ist. Also wenn ich bitten darf, meine Herrschaften.« Er übernahm die Führung mit Fräulein Bork. Sie mußten einen Hügel hinansteigen. Der Baron Buttlär ging neben Doralice her, er sprach mit weicher, singender Stimme von dem Frieden der abendlichen Natur, von den Mühen und Sorgen der Landwirtschaft. Ach die Landwirtschaft war ja jetzt eine Industrie, und die Poesie hatte in ihr wenig Raum. Aber wenn er, Buttlär, zuweilen abends auf seine Felder hinausging, mit seinen Feldfrüchten allein war, dann fühlte er doch wieder etwas von der Poesie der Natur. Leider sind im heutigen Kampfe des Lebens die Augenblicke so selten, in denen man sein Herz sprechen lassen darf. Oben auf dem Hügel stellten sich alle auf und schauten zu dem schwarzen Waldrande hinüber, über den der Mond groß und rot emporstieg. »Meine Leuchtkugel«, sagte der Geheimrat, und Fräulein Bork meinte, die Natur sei doch schöner als alles Künstliche. Als man dort eine Weile gestanden hatte und über den Mond doch nichts Besonderes zu sagen wußte, trat man den Heimweg an. Hilmar nahm entschlossen Doralice in Beschlag. Der Weg führte an feuchtem Weidenklee vorüber, der süß duftete. Nebelstreifen lagen über

dem Felde, Pferde weideten da, große dunkle Gestalten in der Dämmerung, und von allen Seiten lockten die Rebhühner.
Doralice und Hilmar sprachen von gleichgültigen Dingen, sie sprachen von Pferden, vom Reiten, aber ihre Stimmen nahmen einen ruhevollen vertraulichen Klang an, wie es Stimmen an Sommerabenden gern tun.
»Und bei dem letzten Rennen sind Sie gestürzt, nicht wahr?« fragte Doralice. »Der Baron Buttlär sprach davon.«
»Ja, ach ja«, erwiderte Hilmar, »die, welche es verstehen, stürzen nicht, die kennen die Leistungsfähigkeit ihrer Pferde, nehmen vorsichtig die Hindernisse, gehen sicher durchs Ziel. Natürlich war es meine Schuld. Aber ich muß gestehen, der Genuß, das Erhebende an der ganzen Chose ist gerade der Augenblick, in dem ich merke, daß alles Vernünftige von mir abfällt, das Blut singt einem in den Ohren, alles in einem ist kochend heiß und zittert, etwas in uns, das sonst offenbar in einem Käfig eingesperrt zu sein pflegt, kommt dann los. Sehen Sie, in solchen Augenblicken ist mir alles gleich, ich würde jedes Hindernis nehmen, ich würde dem Gaul und mir den Hals brechen. Ich sehe dann nur eines, ich will dann nur eines, das Ziel. Ich will es so stark, ich will es so einzig, ich bin so voll davon bis in jeden Nerv, daß ich mich wundere, daß das Ziel mir nicht entgegenkommt. So nur eins wollen, nur eins sehen und darauf zujagen, das ist eigentlich die einzige Art, wirklich zu leben.«
Sie waren stehengeblieben, Doralice schaute vor sich nieder und dachte: Wovon spricht er denn mit dieser leisen, heißen Stimme, ja so, er spricht von Pferden, und plötzlich mußte sie an Hans Grill denken, wie er einmal drüben im Schlosse zu ihr so begeistert von seiner Kunst gesprochen hatte, daß sie sich sagte: Jetzt spricht er nicht mehr von seiner Kunst, jetzt spricht er von mir. Hinter ihnen lachte jemand, es waren Nini und Wedig, die den Hügel heraufkamen. Doralice wandte sich lebhaft ihnen zu. »Ach«, sagte sie, »kommen Sie, wir wollen zusammen den Abhang hinunterlaufen.«
Sie legte den einen Arm auf Wedigs Schultern, den anderen auf Ninis und so liefen alle drei den Hügel hinab. Hilmar schaute ihnen nach, dann blickte er zum Monde auf und verzog seltsam sein Gesicht. Als dann auch die anderen kamen, trat er ein wenig zur Seite, um sie vorüberzulassen, um sich nicht ihnen anzuschließen. Lolo ging zwischen ihrem Vater und Hans Grill einher; sie schienen von Malerei zu sprechen, denn der Baron Buttlär sagte: »Nein, die moderne Malerei läßt mich kalt. Es mag altmodisch sein, aber ich bin für Raffael.«
Ihnen folgten der Geheimrat und Fräulein Bork. Fräulein Borks Stimme klang sehr lyrisch in die Dämmerung hinaus. »Was ich an Ihnen, Exzel-

lenz, am meisten bewundere, ist Ihr Humor, Ihr stets gleichbleibender Humor.«
»Meine Gnädige!« erwiderte Knospelius. »Trübsal blasen wir wohl alle mitunter, aber Konzerte damit zu geben, ist nicht empfehlenswert.«
Hilmar blieb zurück, Lolo hatte sich nach ihm umgeschaut, aber hatte nichts gesagt. Er wartete eine Weile, dann ging er ihnen langsam und sinnend nach. Unten im Wäldchen fand er die Birken voll bunter Papierlaternen, viel farbige sich sacht wiegende Lichter. Klaus reichte Sandwichs umher, trug eine Bowle auf und füllte die Gläser. Hilmar sah sich im Kreise um, ging gerade auf Doralice zu und setzte sich neben sie. Sein Gesicht hatte dabei einen düsteren, eigensinnigen Ausdruck. Knospelius rief nach seinen Kolombinen, dann saß er zwischen den beiden Mädchen, schüttelte behaglich seine Schultern wie ein Frierender, der sich eine warme Decke über die Knie zieht. »Meine lieben Gäste«, rief er und erhob sein Glas, »auf Ihr Wohl! Ich danke Ihnen, daß Sie gekommen sind, jetzt bitte ich, zu trinken, dann wollen wir noch die ›Lorelei‹ singen und endlich eine Mondscheinquadrille tanzen.«
»Wie wissenschaftlich er uns behandelt«, sagte Hilmar zu Doralice. »Er kandiert uns nach allen Regeln.«
Doralice wollte etwas erwidern, aber der gespannte, fast zornige Ausdruck auf seinem Gesichte überraschte sie und sie schwieg. »Ach«, fuhr Hilmar fort, »bei mir hat er es leicht, ich bin gegen die Wirkungen einer Sommernacht wehrlos. Nun, Soldaten sind immer sentimental, aber bei mir war es von jeher so. Ich erinnere mich, daß, wenn ich als Kind aus der Sommernacht hereingeholt wurde, um zu Bett zu gehen, ich wie toll heulte. Wenn meine Mutter mich fragte, warum ich weine, wußte ich es nicht; ich konnte nur sagen, ich weine, weil Müller heute so häßlich ist. Müller war meine Kinderfrau, die ich sonst liebte.«
»Das verstehe ich«, meinte Doralice, »so geht es mir jetzt noch, wenn wir abends vom Spaziergange nach Hause kommen und Agnes steht da mit der Lampe, dann ist mir auch zuweilen so, als könnte ich weinen.« Hilmar lachte grimmig: »Ich begreife, daß man in solchen Augenblicken diese Agnes erwürgen könnte.«
»O nein«, wehrte Doralice, »Agnes ist eine gute alte Frau, aber in solchen Augenblicken steht deutlich auf ihrem Gesicht zu lesen: Was sind sie denn so glücklich, es wird gleich wieder alles unangenehm und widerwärtig sein.« Hilmar beugte sich vor, um Doralice in das Gesicht zu sehen mit Augen, auf deren pechschwarzem Grunde ganz winzig sich eine rote Laterne spiegelte, ein blutroter Punkt.
»Und diese Agnesen haben recht«, sagte er leise, »es wird gleich wieder

alles unangenehm und widerwärtig, und daher ist es eine Dummheit, wenn wir wissen, daß da irgendwo ein kleiner glücklicher Augenblick zu haben ist und wir irgend etwas anderes tun, als diesem Augenblick nachzujagen.«
Doralice lehnte sich in den Schatten zurück, um aus dem Bereich der schwarzen Augen zu kommen, die ihr weh taten, und fragte, um etwas zu sagen: »Sie waren als Kind allein?«
»Ja«, erwiderte Hilmar, »ich bin das einzige Kind meiner Eltern. Es hätte melancholisch sein können. Vor dem Schlosse ging ein Fluß vorüber, der immer sehr voll von einem trüben grünlichen Wasser war; dort schnalzten in der Dämmerung die Fische und sangen die Erdkrebse. Aber an Sommerabenden lief ich in die Dorfstraße hinunter und dort kamen dann meine Kameraden auf ihren nackten Füßen, mit ihren grauen Leinwandhosen und fliegenden blonden Haaren, kleine lustige Teufel der Sommerdämmerung, und dann war es köstlich.«
»Das muß köstlich gewesen sein«, wiederholte Doralice sinnend. »Ich war an Sommerabenden in unserem Garten immer allein.«
»Schade«, rief Hilmar, »daß ich damals nicht zu Ihnen kommen konnte, auch so als kleiner Dämmerungsteufel.«
»Das wäre lustig gewesen«, meinte Doralice, »ich glaube, ich wartete damals immer auf so etwas.«
Jetzt stimmte Knospelius die ›Lorelei‹ an. Er nahm das Tempo sehr getragen, als wollte er, daß die Seelen seiner Gäste ganz hinschmölzen in den klagenden Tönen. Kaum war das Lied zu Ende, trieb er zur Quadrille; die Harmonika und die Geige begannen zu spielen; Hilmar bot, als verstünde es sich von selbst, Doralice den Arm; der Tanz begann auf dem freien Platz unter den Bäumen. Die hellen Frauengestalten aus dem unsicheren Lichte der bunten Laternen in einen Streifen hellen Mondscheins hinein wurden plötzlich durch einen tiefen Schatten ausgelöscht, um dann wieder aufzutauchen. Knospelius hatte seinen Kneifer aufgesetzt und betrachtete aufmerksam, als säße er in seiner Theaterloge, das Schauspiel.
»Bitte, zu beachten«, sagte er zu der Generalin, »eine Mondscheinquadrille wird anders getanzt als eine Sonnenuntergangsquadrille. Die Bewegungen der Damen sind weicher; da ist so was von angenehmer Mattigkeit drin, ganz wie die Musselinkleider, die auch abends so eine angenehme Welkheit bekommen.«
»Ach, gehen Sie«, entgegnete die Generalin ärgerlich, »Sie sehen unsere Mädchen an, wie man Käfer ansieht, die man sammelt. Oder ist es besonders der eine fremde Käfer, der Sie interessiert?«
»Nein, nein, alle«, meinte Knospelius, »ich muß eben die Stimmung mei-

ner Gäste studieren. Auf einem Feste darf nie der Augenblick kommen, in dem die Gäste fühlen: bei allem, was wir hier tun, ist doch nichts dahinter.«
»Was soll denn dahinter sein?« rief die Generalin. »Das liebe ich gar nicht, wenn hinter allem etwas stecken soll, wozu? Ich hatte eine Tante, die war verrückt. Wenn man gemütlich beisammensaß, pflegte sie zu sagen: Es ist aber doch noch einer im Zimmer, von dem ihr nichts wißt; das war sehr unheimlich.«
»Nein, es steckt nichts dahinter«, sagte der Geheimrat beruhigend, »ich meine nur, es ist nicht sehr unterhaltend, gerade daran zu denken. Aber was ist denn das? Eine Stockung.«
Er sprang auf, um zum Tanzplatz zu eilen; dort drängten sich alle auf einem Fleck zusammen und am Boden, hell vom Monde beschienen, lag Lolo bleich mit geschlossenen Augen. Man rief nach Wasser, Fräulein Bork brachte Riechsalz. Was war geschehen? Eine Ohnmacht. Lolo hatte mit Hans Grill getanzt und war ganz still umgesunken. Als sie wieder ein wenig schwankend, sehr weiß im Gesicht, dastand, auf ihren Vater und Hilmar gestützt, organisierte die Generalin eilig den Rückzug, Lolo, von den beiden Herren geführt, voran, die anderen folgten, man nahm sich kaum Zeit, ein Abschiedswort an den Geheimrat zu richten, und die Baronin Buttlär konnte es nicht lassen, halblaut vor sich hin zu schelten: »Ich habe mir gleich gedacht, daß nichts Gutes dabei herauskommt. Wenn ein alter Herr sich amüsieren will, so soll er doch woanders hingehen; wozu sind meine Kinder dazu nötig.«
»Fatal«, sagte der Geheimrat, als er mit Hans und Doralice allein war, »nun, es wird nichts zu bedeuten haben. Hübsch sah es übrigens aus, wie die Kleine da so weiß im Mondschein lag. Nerven. Eine Familienverlobung ist immer etwas Gewaltsames. Ein streng behütetes Mädchen, das nicht einmal einen Roman lesen darf, wird eines schönen Tages einem Leutnant ausgeliefert. Studiere die Liebe, heißt es. Ja, das richtet aber in der Seele solch einer kleinen Familienkolombine zuweilen merkwürdige Verwirrungen an. Na, gleichviel, c'est la vie. Ich danke Ihnen, meine Herrschaften, daß Sie gekommen sind, Sie waren die Königin des Festes, gnädige Frau, natürlich.« Er küßte Doralicens Hand und man trennte sich.
Auf dem Heimwege sprach Hans heiter und eifrig auf die schweigsame Doralice ein. Er freute sich, daß sie sich unterhalten hatte; denn sie hatte sich unterhalten, das hatte er wohl gesehen. »Schön, schön. Teufel, hatten die Herren um sie her Mondscheinaugen gemacht, alle, vom Familienvater bis zum Gymnasiasten. O bitte, bitte.« Sie blieben einen Augenblick stehen, um auf das mondbeschienene Meer hinauszublicken. Hans öffnete seinen Mund, atmete tief.

»Weite einatmen«, meinte er, »dort unter den Bäumen war es ein wenig eng, auch die Leute dort ein wenig eng, nicht?«

Zu Hause ging Hans in sein Zimmer. Doralice hörte ihn hin und her gehen, den Kasten aufschließen, Stiefel werfen. Sie saß in ihrem Sessel und starrte in das Licht, lebte in Gedanken mechanisch das eben Erlebte weiter, die Glieder ein wenig matt von der Bewegung, der Luft und all den Männeraugen, die sie begehrend angesehen hatten. Endlich kam Hans heraus, in seinen Mantel gehüllt, den Filzhut auf dem Kopfe, die hohen Stiefel an den Füßen.

»Ich fahre noch mit Wardein auf den Fischfang hinaus«, sagte er, »für dich ist das nichts, du bist zu müde.« Er küßte Doralice auf die Stirn. »Gute Nacht.«

»Gute Nacht, Hans.« Doch als er schon an der Tür war, sagte Doralice: »Du, Hans!« Er wandte sich um: »Was gibt es?«

»Du, Hans, bist du eigentlich böse?«

»Nein, warum?« erwiderte er. Dann kam er wieder an den Tisch heran. Im Schein der Lampe sah Doralice, daß er errötete. »Nein, ich bin nicht böse. Warum sollte ich böse sein? Vielleicht, weil die da sich möglicherweise in dich verlieben? Das ist ihr Recht. Das ist erklärlich. Aber das kann doch an uns nicht heran.« Und er klopfte mit den Knöcheln seiner Hand auf den Tisch. »Nein, das wirst du nicht erleben, daß ich knurrend um dich herumgehe. Mir würde vor mir selber ekeln. Wenn du mein bist, weil ich jedem, der mir nahekommt, die Zähne zeige oder weil ein anderer mir nicht beizeiten die Zähne gezeigt hat, dann bist du überhaupt nicht mein – und ich will eine Frau, die mich liebt und nicht eine Beute – und – ich denke, wir gehorchen reineren Gesetzen – und es ist auch gar nichts geschehen, warum sollte ich böse sein?«

Doralice zog die Augenbrauen empor, sie machte, wie Hans Grill es nannte, ihr Damengesicht und sagte leichthin: »Oh, dann ist es gut, ich wollte nur wissen, gute Nacht also, Hans.«

»Gute Nacht«, erwiderte er und ging hinaus, stark mit den schweren Stiefeln auftretend.

Doralice schaute noch immer in das Licht. Also, er war doch böse, dachte sie, sonst wäre er nicht so beredt gewesen. Und es war gut so, es beruhigte sie. Wenn man geliebt wird, will man festgehalten, will man bewacht werden. Diese reinen Gesetze, was ist das? Wahrscheinlich wieder diese ewige Freiheit, von der Hans zu sprechen liebte. Jetzt wollte sie schlafen, wollte in der Dunkelheit noch ein wenig von all dem träumen, was der heutige Abend in ihr aufgeregt hatte. Das war vielleicht etwas wie ein Verrat an Hans, aber warum ließ er sie mit ihren Träumen allein?

Zehntes Kapitel

Knospelius stand im Strandwächterhäuschen am Fenster, ein Opernglas vor den Augen, und schaute auf den Strand hinab. Er liebte es zu beobachten, wie dort auf dem gelben Sande die bunten Figürchen hin und her gingen, sich suchten, sich trafen, beieinanderstanden, sich wieder trennten. »Wo die Skorpionen gehen und die Feldteufel sich begegnen«, zitierte er den Propheten. Der Himmel hing voller Wolken, die das Morgenlicht dämpften und versilberten. Das graue Meer schillerte wie die Brust eines Täuberichs. Mitten in dem farbigen Wasser stand Ninis schmale rote Gestalt und die Baronin Buttlär ging am Strande auf und ab und beobachtete das Bad ihrer Tochter. »Ei, ei!« dachte Knospelius. »Da erscheint ja die Generalin im weißen Pikeekleide, wie ein Schiff, das alle Segel aufgezogen hat, neben ihr die gute Bork, eine bescheidene, nichtssagende Schaluppe. Wedig, der Schlingel, treibt sich natürlich an der Wardeinschen Tür herum und wartet. Aber auch der Baron steht dort einsam herum und stochert im Sande, sollte er auch warten? Ah, das Brautpaar Arm in Arm. Die kleine Lolo noch etwas bleich, der Bräutigam sehr lebhaft, zu liebenswürdig, hat vielleicht ein schlechtes Gewissen wegen gestern. So, nun begegnen sie der Generalin. Man bleibt stehen, man spricht. Endlich, da ist unsre Doralice, sehr fein im Matrosenkostüm blau und weiß, den englischen Roman in der Hand. Natürlich, der Baron ist schon bei ihr. Wie kühl sie nickt. Wie grade und wohlerzogen sie dasteht, jede Linie höfliche Abweisung. Wie sie langsam weitergeht und ihn stehen läßt. Teufel! Aber das ist stark. Der Leutnant läßt den Arm seiner Braut fahren und schießt auf Doralice zu, wie der Hecht auf die Angel. An Hemmungen leidet dieser junge Mann nicht. Wo ist denn der Maler? Dort steht er ja unten bei den Booten und spricht mit Stibbe. Warum ist er nicht auf seinem Posten? Der Kerl will den Grandseigneur in der Liebe spielen.«

Jetzt aber litt es Knospelius nicht mehr an seinem Fenster; er mußte hinunter, mußte mittun. Hinter ihm stand Klaus und hielt schon Hut und Stock. Als der Geheimrat seinen Hut nahm, schaute er zu Klaus' ernstem Gesicht hinauf und sagte: »Sie denken wohl, die da unten sind alles Sünder.«

»Wir sind alle Sünder, wenn Exzellenz gestatten«, erwiderte Klaus, ohne die Miene zu verziehen.

»Aber da sind doch Unterschiede«, warf Knospelius ein.

Klaus zuckte kaum merklich mit den Schultern: »Die einen fürchten sich nicht davor, Sünder zu sein, und wir anderen fürchten uns davor.«

»So, so, ich verstehe«, versetzte der Geheimrat und ging zum Strande hinab.
Unten machte er sich eifrig an das Begrüßen der Anwesenden, ging zu der Gruppe der Generalin, fragte, wie man geschlafen hatte, nannte Lolo »unsere tragische Kolombine«, wandte sich dann zu Hilmar und Doralice, die noch beieinanderstanden, rieb sich die Hände, tat, als sei er der Hausherr des Meeres und habe seine Gäste zu begrüßen. Er winkte Hans Grill zu, der langsam heranschlenderte. »Guten Morgen, Meister, was? Heute nacht auf Fischfang und jetzt wieder bei den Booten, das heißt ja im Schweiße seines Angesichts leben.« Ja, Hans Grill wollte hinausrudern, er lachte: »Das Meer hat mich jetzt, wenn ich nicht was mit ihm zu tun habe, werde ich unruhig. So was wie Säuferdurst. Fährst du mit, Doralice?«
Nein, Doralice wollte nicht mitfahren, das Meer war ihr heute zu grau, sie wollte zu den Birken hinaufgehen und im Heidekraut liegen.
»Aha«, meinte Knospelius, »ich verstehe, graues Meer ist für Ihre Seele heute sozusagen nicht die richtige Toilette. Nehmen Sie mich mit, Meister, meine Seele paßt zu jedem Meer.«
Aus den anderen Gruppen wurde nach Hilmar gerufen, Nini hatte ihr Bad beendet und man wollte nach Hause gehen. Aber Lolo winkte ihm zu. »Bleibe nur, du willst segeln, auf Wiedersehen.« Etwas unschlüssig blieb Hilmar zurück, schaute der abziehenden Familie nach, sah, wie Doralice die Düne hinaufstieg zu den Birken und wie Hans und der Geheimrat zu den Booten hinabgingen. Nachdenklich nahm er Kieselsteine auf und begann sie über die Wellen springen zu lassen. Sein Gesicht hatte wieder den eigensinnig entschlossenen Ausdruck, der ihm eine finstere Schönheit gab. Plötzlich wandte er sich um und ging schnell mit leichtem, wiegendem Schritt die Düne hinan, mit jenem lustigen, unternehmungsvollen Schritt, den wohl der kleine Hilmar gehabt haben mochte, wenn er der Kinderstube entronnen in der Sommerdämmerung zu der Dorfstraße hinabflüchtete. Er schlug den graden Weg zum Birkenwäldchen ein.
Er fand Doralice im Heidekraute sitzend, den Rücken gegen den Stamm einer Birke gelehnt, das Buch lag aufgeschlagen auf ihrem Schoß, sie schaute nicht hinein, sondern bog den Kopf zurück und blinzelte mit halbgeschlossenen Augen zu den Wipfeln der Birken hinauf, das Gesicht ruhig wie das Gesicht eines Menschen, der einem Schlummerliede lauscht und darauf wartet, daß der Schlaf komme. Und rings um sie her klang das unablässige und eifrige Schrillen der Feldgrillen. Hilmar räusperte sich leise. Doralice schaute auf. Sie war nicht besonders überrascht, sie zog nur leicht die Augenbrauen empor und sagte: »Oh, Sie sind es. Sind Sie mir hierher nachgekommen? Sie wollten ja segeln.«

Hilmar war etwas befangen. »Ja – hm, ich bin Ihnen hierher nachgekommen. Sie gestatten doch«, und er setzte sich auf einen Baumstumpf Doralice gegenüber. »Mit dem Segeln war es nichts. Da Sie nicht auf dem Meere waren, schien das Meer mir so sinnlos.«

»Ah«, sagte Doralice, die wieder in ihre ruhevolle Stellung zurückgesunken war. »Mir sagte einmal ein junger Attaché, er halte es für unhöflich, einen Augenblick mit einer jungen Frau allein zu sein, ohne ihr eine Liebeserklärung zu machen.«

Hilmar errötete. »Unsinn«, meinte er. »Mir ist gewiß nicht höflich zumute, aber gleichviel, ich kam herauf, weil ich glaubte, daß Sie sich langweilen würden.«

»Ja, warum glaubten Sie, daß ich mich langweilen würde?« fragte Doralice.

»Nun, weil«, sagte Hilmar, »weil ich sah, daß Sie nur dieses Buch da mit hatten und ich annahm, daß an diesem schwülen, etwas traurigen Tage das Schicksal der Miß mit den zu rosa Wangen und zu goldenen Haaren, die sich einen ganzen Band darüber kränkt, daß sie sich in einem Park von einem Herrn hat küssen lassen, Sie auch traurig stimmen würde.«

Doralice lächelte matt.

»Sollen wir nicht eine Zigarette rauchen?« schlug Hilmar vor. Ja, Doralice nahm eine Zigarette an, ließ sich Feuer geben und dann rauchten beide und schwiegen und hörten dem Schrillen der Feldgrillen zu. Endlich bemerkte Doralice: »Sie wollten mich ja unterhalten?«

»Ja, ach ja«, erwiderte Hilmar zögernd, als ließe er sich nur ungern im ruhigen Betrachten der hellen Gestalt vor sich stören. »Aber es gibt Lebenslagen, die so wohltuend sind, daß man sie mit Sprechen nur verdirbt. So hätte ich es als Knabe für eine Entweihung gehalten zu sprechen, während ich einen Kirschkuchen aß.«

Doralice lächelte nicht darüber. Eine seltsame Erregung machte plötzlich ihre Augen klar und bog die schmalen roten Linien ihrer Lippen und ihre Stimme wurde tiefer und zitterte ein wenig, als sie sagte: »Es ist wohl auch, weil es für Sie nicht leicht ist, mit mir zu sprechen. Wovon sollen Sie sprechen? Hinter mir sind alle Fäden abgerissen. Da können Sie nur entweder vom Wetter sprechen oder mir eine Liebeserklärung machen.«

Hilmar schlug sich mit der flachen Hand auf das Knie: »Ich sagte es gleich, an solch einem verdächtig grauen Tage allein im Heidekraut zu liegen, tut nicht gut. Zu sagen? Eine Welt habe ich Ihnen zu sagen, die unerhörtesten Dinge. Da brauchen wir nicht davon zu sprechen, wie es der Baronin Marowitz geht und welche Liaison die Gräfin Patky jetzt hat, aber, wenn Sie wollen, können wir auch davon sprechen.«

Doralice schien ihm nicht recht zuzuhören, sie blickte an ihm vorüber, lauschte ihrem eigenen quälenden Gedanken. »Und«, begann sie, »was sagen sie dort von mir – die anderen.«
»Nichts!« rief Hilmar ungeduldig. »Was sollen sie sagen? Sie sprechen nicht mehr davon.«
»Sie sprechen nicht mehr davon«, wiederholte Doralice. »Ich bin also wie eine, die gestorben ist und die vergessen wird.«
»Wie man das macht, Sie zu vergessen«, höhnte Hilmar.
Doralice sann einen Augenblick vor sich hin, bleich und kummervoll, dann fragte sie leise: »Kennen Sie den Friedhof am Meer?«
Nein, Hilmar kannte ihn nicht, er interessierte sich nicht besonders für Friedhöfe. »Der Geheimrat hat ihn mir gezeigt«, fuhr Doralice fort, »ein Friedhof, von dem das Meer große Stücke fortspült. Die Särge und die Toten ragen aus dem Sande heraus. Der Geheimrat sagt, in Sturmnächten holt das Meer die Särge ab. Die stillen Herren gehen auf die Reise, sagte er.«
»Das kleine Ungeheuer«, rief Hilmar, »warum zeigte er Ihnen das? Er will, daß Sie sich fürchten.«
»Vor dem Totsein würde ich mich sonst nicht fürchten«, meinte Doralice, »man braucht ja vielleicht nicht da zu sein. Nur daß das Totsein so furchtbar nach Alleinsein klingt und – ich kann nicht allein sein.« Sie saß da, ein wenig aufgerichtet, die eine Hand in das Heidekraut gestützt, ihr Gesicht war ernst, obgleich die Lippen jetzt lächelten; ein unendlich einsames, frierendes Lächeln und die Augen füllten sich mit Tränen.
»Sie weinen«, stieß Hilmar hervor. Eine plötzliche Ergriffenheit würgte ihn wie ein Schmerz »Sie dürfen nicht allein sein.« Er glitt von seinem Sitz in das Gras nieder, lag ausgestreckt da, wie einer am Bachrande sich ausstreckt, um zu trinken, und drückte seine Lippen auf Doralicens Hand, die im Heidekraut ruhte. Einen Augenblick blieb diese Hand unbeweglich, dann wurde sie fortgezogen, eine leichte Röte stieg in Doralicens Gesicht und ihre Stimme war wieder wach und lebensvoll, als sie sagte: »Was tun Sie da, stehen Sie doch auf. Ich bin ja gar nicht allein.«
Hilmar richtete sich auf, er kniete jetzt im Heidekraute, jede Linie seines Gesichts und seines Körpers schien gespannt von übergroßer Erregung. »Sie und allein sein. Jeder Augenblick, den Sie allein sind, ist eine furchtbare Verschwendung für einen – für einen von uns anderen. Das weiß ich jetzt. Aber das Leben ist ja reich an solch wahnsinniger Verschwendung. Was ist denn unser Leben anders, als ein beständig dummes Versäumen der ganz kostbaren Augenblicke.«
Doralice hörte ihm zu, sie hörte ihm wohlwollend zu, die Leidenschaft

seiner Worte erwärmte sie angenehm. Dann sagte sie in einem mütterlichen Tone: »Stehen Sie auf, gehen Sie nach Hause. Ich muß auch gehen; Hans erwartet mich.« Hilmar gehorchte. Er stand einen Augenblick unschlüssig da, etwas arbeitete und kämpfte in ihm, dann wandte er sich kurz um und lief den Abhang hinab. Doralice lächelte, als sie ihm nachschaute. Sie erhob sich, fuhr sich mit der Hand über die Augen und trat den Heimweg an, jetzt wieder ruhig und getröstet.

Hans wartete schon ungeduldig auf Doralice. Mit großen Schritten ging er um den gedeckten Mittagstisch herum und schalt leise vor sich hin ...

»Ich komme zu spät, bist du böse?« fragte sie, als sie eintrat. Er lächelte gutmütig: »Ja, ich war sehr böse, aber jetzt, wo du da bist, hat das keinen Sinn mehr. Agnes! Die Suppe. Ich habe einen Hunger, komm, setzen wir uns.« Agnes brachte die Suppe, sehr ernst, denn sie hatte Doralicens Zuspätkommen nicht verziehen. Sie füllte die Teller und stellte sich dann wie jeden Tag neben dem Tische auf, um aufmerksam zuzusehen, wie Hans aß.

»Nun also«, begann Hans gutgelaunt die Unterhaltung, »wie war deine Einsamkeit oben im Heidekraute?«

»Hübsch war es dort«, antwortete Doralice, »der Baron Hamm kam vorüber und plauderte einen Augenblick.«

»Ah!« Hans schien ganz von seiner Suppe hingenommen. »Was sagte er denn?«

»O nichts!« meinte Doralice, sie könnte ja erzählen, was sich dort droben zugetragen, dachte sie, aber wozu, Hans würde doch nur sagen, das reiche nicht an sie heran, und würde von reineren Gesetzen und von Freiheit sprechen. Hans lehnte sich in seinen Stuhl zurück und begann: »Ja, das verstehen diese Leute, zu sprechen und nichts zu sagen. Das ist mir auch gestern aufgefallen. Einmal ein guter Witz, eine gute Bemerkung, aber meist nur Füllnis, wie bei jungen Taubenbraten, wenig Fleisch und viel Farce.«

»Ja, belehrend sind sie natürlich nicht«, bemerkte Doralice ein wenig gereizt.

»Nein, das verlange ich auch nicht«, sagte Hans beruhigend. »Ich greife die Leute übrigens nicht an. In ihrer Art sind sie gewiß nette, kluge Leute, man muß sich vielleicht an ihre Art gewöhnen.«

Doralice erwiderte nichts; es ärgerte sie, daß er plötzlich den Abgeklärten und Gerechten spielte. Warum schalt er nicht drauflos wie früher? Agnes nahm die Teller und ging hinaus, um das Brathuhn zu holen.

»Muß Agnes hier stehen und bewachen, wie du ißt?« fragte Doralice.

»Stört dich das?« sagte Hans. »Ich müßte vielleicht sagen, daß sie es läßt,

aber ich fürchte, es ist die größte Freude ihres Lebens, mich essen zu sehen.« – »O dann«, meinte Doralice und nachdenklich fügte sie hinzu: »Mich liebt sie nicht, sie sieht nie hin, wie ich esse.« Hans lachte: »Die arme Agnes braucht eben ihre ganze Liebesfähigkeit für mich auf, aber sie wird doch fest zu dir halten, wie zu allem, was mir gehört. Sie ist wie ein Hund, dem der Stock seines Herrn auch nicht sympathisch ist und der ihn doch bewacht und verteidigt.«
»Es ist nicht besonders angenehm, dein Stock zu sein«, bemerkte Doralice. Dann kam Agnes zurück und brachte das Huhn. Die Unterhaltung geriet ins Stocken. Doralice fragte nach der Bootsfahrt und was der Geheimrat gesagt hatte. »Der Geheimrat sprach von mir«, erwiderte Hans. »Er sagte mir, wie ich bin.«
»Wie bist du denn?« Doralice schaute neugierig auf.
»Es scheint, ich bin sehr gut«, berichtete Hans, »aber wie alle sehr guten Menschen lebe ich von Mißverständnissen.«
»Ach was, der Knirps«, meinte Doralice ungeduldig. Als dann beim Kaffee Hans sich eine Zigarette anzündete, wurde er schläfrig. Er reckte sich, gähnte diskret, die Nacht auf dem Meere lag ihm doch noch in den Knochen. Endlich stand er auf. Es sei doch das beste, er lege sich noch ein wenig nieder, meinte er.
Doralice rückte ihren Sessel an das geöffnete Fenster. Draußen hatte es zu regnen begonnen, ein feiner, dichter Regen, der einen bleifarbenen Vorhang vor das Fenster zog. Das Zimmer füllte sich mit einem grauen nüchternen Lichte. Agnes räumte das Geschirr ab, stapfte ab und zu, schlug die Türen, dann war auch sie fort. Doralice bewegte ihren Kopf langsam auf der Rücklehne des Stuhles hin und her, wie es ihre Gewohnheit war wenn sie sich einsam fühlte. Gewiß, dieser Regen, dieses graue Licht im engen Zimmer, dieses Mittagessen bewacht von Agnes' freudlosen Blicken, diese ganz aussichtslose Alltäglichkeit, all das war traurig und Doralice wußte, daß sie auch gleich traurig werden würde, noch aber fühlte sie sich von alledem seltsam losgelöst. Es war eine Traurigkeit und Alltäglichkeit, die nicht zu ihr gehörten, die an ihr vorübergingen. Sie kam sich vor wie ein Reisender, der auf irgendeiner kleinen verschollenen Station liegenbleibt und nun in dem häßlichen Stationszimmer sitzt und sich für eine Weile von der Melancholie eines Lebens eingefangen sieht, das nicht zu ihm gehört. Denn der Zug würde kommen und die kleine Station mit ihrer grauen Langeweile würde hinter ihm versinken und vergessen werden. Und doch, was sollte kommen! In Doralice klangen die Worte wider, die sie heute morgen gehört: »Jeder Augenblick, den Sie allein sind, ist für einen von uns anderen eine wahnsinnige Verschwen-

dung.« Hans fürchtete sich vor dieser Verschwendung nicht, er fürchtete nicht, etwas zu versäumen, er ging schlafen. Wie sicher er ihrer war! Wie sicher, daß er ein ganzes Leben vor sich hatte, um mit ihr zusammenzusein, ein ganzes Leben. Ein ganzes Leben! klang es eintönig in ihr wider nach dem Takte des Regens, der da draußen mit seinem flachen Plätschern eifrig in die große, schicksalsvolle Stimme des Meeres hineinplauderte. Wie er dort oben vor ihr gekniet hatte. Wie hatte er doch von seinem Reiten gesagt? »Man denkt nur eins, man will nur eins, so stark, daß man sich wundert, daß das Ziel einem nicht entgegenkommt.« Es war doch ein seltsam starkes Leben, wenn man fühlte, wie ein fremdes Begehren und Wollen wild an einem zog. Das hatte sie auch bei Hans dort auf dem Schlosse empfunden, damals, als er noch nicht abgeklärt war, als er über sie kam wie ein Sturm und wie ein unwahrscheinliches, köstliches Wagnis. Und jetzt war wieder so etwas nahe. Aber nein, das konnte sie nicht wollen, sie würde sich sehr wundern, wenn sie so wäre, daß sie das wollen konnte. Jetzt plötzlich quälte sie das Alleinsein, der graue Tag mit seiner Ereignislosigkeit und die fremden Möglichkeiten, die sie in sich empfand. Etwas tun, dachte sie, und dann sprang sie auf, sie wußte schon, was sie zu tun hatte. Sie ging in ihr Schlafzimmer hinüber, wo die großen Koffer standen, die Graf Köhne ihr nachgesandt hatte. Sie öffnete einen derselben, ein schwüler Jasminduft strömte ihr entgegen, das war das Parfüm gewesen, das der Graf Köhne an ihr geliebt hatte. »Je mehr ich in Jahren vorrücke«, pflegte er zu sagen, »um so mehr gehe ich in meiner Vorliebe für Düfte in den Jahreszeiten zurück. Jetzt bin ich beim Frühsommer angelangt.« Da lagen nun all die Kleider, an die Doralice seit einem Jahr nicht mehr gedacht hatte. Sie blätterte nachdenklich in ihnen, strich mit der Hand über den Samt, den Krepp, die Seide, und diese Berührung erregte so etwas wie ein festliches Gefühl in ihr. Da war das blaue Kleid, das sie so geliebt hatte. Sie nahm es heraus, weiche pfauenblaue Seide, eine alte Stickerei als Brusteinsatz, grünliche und rötliche Goldfäden auf rahmfarbenem Grunde. Doralice breitete es auf einem Stuhle aus, betrachtete es, dann begann sie langsam sich auszukleiden, legte das Kleid, das sie trug, ab und legte das pfauenblaue an. Jetzt war sie fertig, stand da in dem grauen Lichte und das sanfte Schimmern der Seide, des Goldes an ihr gab ihr eine angenehme Erregung. Sie ging wieder in das Wohnzimmer hinüber, setzte sich auf ihren Sessel und wartete auf Hans. Das mußte auch auf ihn wirken, das mußte auch ihm etwas von früheren Tagen zurückgeben. Sie wartete lange, Hans nahm es gründlich mit seiner Nachmittagsruhe und es begann bereits zu dämmern, als Doralice hörte, daß er sich im Schlafzimmer regte. Endlich kam er. Er machte einige

Schritte und fragte: »Warum duftet es hier so süß? So schwül nach Schlössern?«
Als er sie dann anschaute, meinte er: »Oh! Du hast dich schön gemacht. Dieses Kleid kenne ich.« Das klang ein wenig trocken und Doralice wurde befangen. Sie entschuldigte sich: »Es war hier so grau und häßlich und da zog ich es an, ich dachte, es würde dir auch gefallen.«
Hans setzte sich auf einen Stuhl, zerrte an seinem Bart und schaute an Doralice vorüber zum Fenster hinaus. »O gewiß, sehr schön, sehr schön«, sagte er zerstreut. »Nur, sag' mal, willst du die Erinnerungen, von denen dieses Kleid voll ist?«
»Ich will überhaupt keine Erinnerungen«, erwiderte Doralice und das Weinen war ihr nahe. Hans sann noch vor sich hin: »Ja, ja«, murmelte er, »dir war es hier grau und häßlich, und du wolltest etwas Schönes haben, natürlich, ich verstehe. Schön, schön.«
Beide schwiegen nun eine Weile und Doralice empfand, daß das bißchen Festlichkeit, welche das Kleid ihr gegeben hatte, fort war. Hans erhob sich und ging nervös im Zimmer auf und ab, dann blieb er stehen und fragte: »Wirst du das Kleid anbehalten?«
»Ich kann es ja wieder ausziehen«, erwiderte Doralice kleinlaut.
»Ja«, fuhr Hans fort, »es ist nämlich hier in diesem Zimmer etwas fremd. Ich habe das Gefühl, als ob ein Modell bei mir wäre.«
»Ein Modell«, wiederholte Doralice gekränkt.
»Nein, nein, nicht ein Modell«, beruhigte Hans sie, »es war dumm, daß ich das sagte. Höre, ich werde es dir erklären. Es war in München, ich wohnte im vierten Stock, in einem sehr häßlichen Zimmer natürlich. Da verliebe ich mich beim Kunsthändler in eine französische Glasschale, ein hübsches Ding wie aus rosa und grünem Eis, für mich viel zu teuer. Gut. Aber ich bin verliebt und als ich für ein Bild etwas Geld bekomme, kaufe ich sie und trage sie nach Hause. Ich stelle sie auf meinen Tisch. Der Tisch hat eine scheußlich gelbe Decke mit blauen Blumen. Nein, das geht nicht. Ich stelle sie auf den Kasten, einen plumpgebeizten gelben Kasten. Aber das geht noch weniger. Ich stelle sie auf den Waschtisch, auf das Fenster – na, was soll ich dir sagen, wo diese Schale auch steht, überall gibt es einen falschen Ton, quält mich wie Zahnweh. Ich bin glücklich, als das Ding wieder beim Kunsthändler ist. Siehst du, so.«
»Bin ich diese Schale?« fragte Doralice. – »Nicht du, dein Kleid, dein Kleid.« Hans stand vor Doralice und wartete gespannt, was sie sagen würde. Sie jedoch sagte nichts, erhob sich und ging in ihr Schlafzimmer hinüber, um sich umzukleiden. Er aber begann wieder im Zimmer auf- und abzurennen, er war wütend. Also er hatte sie wieder einmal gekränkt,

aber das schien jetzt nicht anders sein zu können. Sah es nicht aus, als sei die Liebe eine Einrichtung, die zwei Menschen aneinander bindet, damit sie einander quälen? Wahrhaftig, so sah er aus. Aber es sollte anders werden, und als Doralice in ihrem dunklen Kleide zurückkehrte, um sich wieder still in ihren Sessel zu setzen, brach er los: »Du bist gekränkt, ich weiß, ich weiß. Aber du wirst sehen, ich werde dir einen Rahmen schaffen, in dem du dich anziehen kannst wie eine Königin.«
»Ah, das kleine Häuschen«, warf Doralice hin.
»Nun, etwas viel Schöneres«, fuhr Hans ungeduldig fort. »In München läßt sich jetzt viel machen. Ich werde eine Malschule gründen und dann werde ich arbeiten, ich bin voller Ideen, ich habe ja so viel in mir aufgespeichert, ich bin geladen wie eine Bombe, und wenn ich da einschlage in diese Welt abgelebter Großstadtleute, die werden Augen machen. Ich freue mich schon drauf. Wir wollen die Lampe anstecken und gleich zusammen einige Briefe nach München schreiben.« Er rieb sich die Hände und lachte, er war ganz Eifer, ganz Tatendurst. Aber Doralice sagte müde:
»Ach nein, nur nicht die Lampe.«
Hans stand einen Augenblick da und sann, dann setzte er sich langsam auf einen Stuhl, zündete sich eine Zigarette an und rauchte. Beide schwiegen, es dunkelte immer mehr, die Dämmerung schien mit dem Regen auf das Land niederzufließen, der Wind verfing sich irgendwo im Hause und es gab einen Ton wie ein trauriges Lachen. Doralice fühlte wohl, daß Hans dort neben ihr in der Dämmerung mit sich kämpfte, das Bewußtsein dieser Erregung, die Erwartung, daß es vielleicht einen leidenschaftlichen Auftritt geben würde, tröstete sie in der Melancholie dieser Stunde. Da begann Hans wieder ruhig, freundlich: »Sieh, das kommt daher.«
»Was denn?« fragte Doralice. – »Daß wir hier so zusammensitzen und nicht zueinander sprechen, als seien wir verfeindet. Wir sind nicht miteinander verfeindet und wir haben uns sehr viel zu sagen, aber das kommt daher, daß etwas in unserer Liebe zu Ende ist und etwas Neues anfangen muß. Jetzt haben sich die feinsten, empfindlichsten Teile unserer Seelen auseinanderzusetzen, jetzt fängt die ganz komplizierte Rechnung an, so eine Art Ausziehen von Kubikwurzeln, das ist immer so, das muß so sein. Ich kann nicht immer wie damals ein Ereignis sein.«
»Ich habe gar nicht verlangt von dir, immer ein Ereignis zu sein«, meinte Doralice.
»Ich weiß, ich weiß, und ich weiß auch, was wir zu tun haben, um jetzt dieser jämmerlichen Stunde ein Ende zu machen. Wir müssen hinausgehen ans Meer. Es ist dunkel und es regnet, das macht nichts, das Meer wird uns kurieren, das Meer kann immer ein Ereignis sein und da wollen

wir uns anschließen und du wirst sehen, dort werden wir uns wieder einander befreundet fühlen und dann wirst du auch wieder die Lampe ertragen können.«
Er holte Doralicens Mantel, hüllte sie fest ein, nahm sie und zog sie mit sich hinaus.
Draußen mußten sie gegen einen starken Wind ankämpfen, das Meer rauschte sehr laut, ein Durcheinander großer Stimmen, die sich überschrien und einander ins Wort fielen. Und in der Dämmerung hoben sich die Wellen wie große weiße Gestalten, die sich aufrecken, sich neigen, niederfallen. Zuweilen standen Hans und Doralice plötzlich wie auf einem weißen kalten Tuche, das war dann eine brandende Welle, die bis zu ihnen heraufgelaufen war. Beide lachten, drückten sich fest aneinander, und Hans fragte laut in das Rauschen hinein: »Fühlst du es, fühlst du es schon, wie wir einander wieder befreundeter werden?«
»Ja, ja«, erwiderte Doralice atemlos von all der mächtig bewegten Luft, die sie atmen mußte ...
Im Bullenkrug drückte der Regennachmittag auch auf die Stimmung. Es lag ohnehin eine Spannung in der Luft, welche die Menschen mit einer gereizten und freudlosen Unruhe in den engen Räumen herumtrieb. »Meine Schar«, sagte die Generalin zu Fräulein Bork, »geht hier heute umher wie die Eisbären im Käfig. Lassen Sie alle Lampen anstecken, nur keine Dämmerung, die ist gefährlich. Und dann viel und gutes Essen. So kommen wir am leichtesten über die Schwierigkeiten hinweg.« Das Haus wurde sehr hell, die Generalin setzte sich mit Fräulein Bork auf das Sofa und legte Patience. Sie sprach mit ihrer lauten, beruhigenden Stimme, lachte über ihre Patience. Das Brautpaar zwang sie miteinander Pikett zu spielen. »Nichts Besseres für nervöse Liebe«, meinte sie, »als Karten.« Wedig und Nini spielten Dame und stritten sich, und Herr von Buttlär ging mit kleinen nervösen Schritten im Zimmer auf und ab und sah immer wieder nach dem Barometer. Da erschien seine Frau in der Eßzimmertür und sagte: »Bitte, Buttlär, auf ein Wort.«
»Gewiß, meine Liebe«, erwiderte er und richtete sich mit einem Ruck strammer auf, »was gibt es denn?« Er folgte seiner Frau ins Eßzimmer und die Tür fiel hinter ihnen ins Schloß. Die Generalin schüttelte unzufrieden den Kopf und bemerkte: »Bella überschätzt von jeher die Wirkung von Auseinandersetzungen.« Das Gespräch des Ehepaares dauerte ziemlich lange. Man hörte die Stimme des Barons, die pathetisch wurde, und Wedig flüsterte Nini zu: »Hör', eben hat der Papa gesagt: poetisches Bedürfnis.«
Hilmar und Lolo wurden sehr zerstreut bei ihrem Spiel. Endlich ging die

Eßzimmertür wieder auf, Frau von Buttlär kam in das Wohnzimmer, setzte sich schweigend an den Tisch und nahm ihre Häkelarbeit auf. Sie war blaß, man sah es ihr an, daß sie geweint hatte. Der Baron aber war in der Tür stehengeblieben und sagte feierlich: »Hilmar, bitte auf ein Wort.«
»Zu Befehl«, erwiderte Hilmar und sprang auf. Er zog dabei die Augenbrauen zusammen und sein Gesicht nahm einen Augenblick einen so zornigen Ausdruck an, daß Lolo ihn erschrocken anschaute. Dann verschwanden die beiden Herren hinter der Eßzimmertür. Die Generalin zog die Augenbrauen hinauf und sagte: »Wozu diese Konferenzen gut sind, weiß ich nicht, zur Gemütlichkeit tragen sie nicht bei.«
»Nein, liebe Mutter«, erwiderte die Baronin, indem sie eifrig forthäkelte, »ich bin ungemütlich und prosaisch, das habe ich eben gehört. Andere können gemütlich und poetisch sein, ich nicht. Ich bin wie der Gendarm, den jeder braucht und den keiner mag.«
»Aber Bella«, wandte die Generalin ein. Fräulein Bork jedoch fand das schön. Sie fand das schön, die Mutterliebe als die Polizei für das Glück der anderen.
»Sie haben gut reden, liebe Bork«, meinte die Baronin, und die Generalin wurde ärgerlich: »Ich sage nicht, daß einmal tüchtig dreinfahren nicht ganz nützlich sein kann, aber immer besser kurz und scharf, als lang und sauer.«
»Wer ist denn sauer?« fragte die Baronin, worauf die Generalin nichts erwiderte. Lolo ging währenddessen im Zimmer unruhig auf und ab, blieb an der Glastür stehen und schaute in die Dunkelheit hinein, dann öffnete sie die Tür und trat auf die Veranda hinaus. Der Wind, als hätte er auf sie gewartet, fiel sie sofort an, zerrte an ihrem Kleide, wühlte in ihrem Haar. Lautes Tönen flog durch die Finsternis wie Sausen großer, hastiger Flügel, ein hastiges, ausgelassenes Leben trieb hier in der Nacht sein Wesen und Lolo stand da und atmete tief und angestrengt. Sie litt, aber da drinnen im Schein der Lampe war ihr Schmerz eine unerträglich nagende Qual gewesen, hier draußen konnte sie ihn als groß, fast als schön empfinden. Als sie dann hörte, daß die Eßzimmertür ging und die beiden Herren wieder in das Wohnzimmer gekommen waren, öffnete sie die Glastür und rief Hilmar. Hilmar trat zu ihr auf die Veranda hinaus. Sie standen einen Augenblick im Dunkeln still beieinander, Lolo hatte Hilmars Arm genommen und lehnte sich fest an ihn. Endlich sagte sie leise: »Hat er dir meinetwegen Vorwürfe gemacht?«
»Ach, er hat ja recht«, erwiderte Hilmar und seine Stimme klang gepreßt und mutlos. »Alle haben sie recht, wenn du um meinetwillen leidest, dann bin ich ein gemeiner Hund. Ich durfte nicht zu dir kommen, du mußt sicher und glücklich sein.«

Lolo begann jetzt wieder zu sprechen, ganz sanft und tröstend: »Nein, du kannst nichts dafür, wir können beide nichts dafür. Es gibt manches in der Welt, das stärker ist als wir beide. Ich habe das jetzt verstanden. Oh, ich habe jetzt sehr viel verstanden. Früher glaubte ich, sich lieben ist Hand in Hand sitzen und sich lange Briefe schreiben. Aber jetzt weiß ich, sich lieben ist eine furchtbar große Sache und da muß man auch die ganz großen Dinge tun können und – warum soll ich nicht auch leiden? Du leidest auch und so viele, viele leiden. Nein, mein armer Hilmar, wenn ich auch keinen schicksalsvollen Mund habe, mit dem blauen Sonntagskittel ist es doch nichts. Aber sei ruhig, wir werden schon den richtigen Weg finden.« Und sie strich sanft mit der Hand über seinen Ärmel hin.

»Lolo! Lolo!« rief die Baronin, und der Baron klopfte an die Fensterscheiben. »Sie rufen, wir müssen hinein«, sagte Lolo.

»Da hinein kann ich jetzt nicht«, stöhnte Hilmar, »aber du, du mußt sicher und glücklich sein und ich – ich bin ein gemeiner Hund.« Dann beugte er sich über sie und drückte seine heißen, trockenen Lippen fest auf ihre Augen, schob sie dann von sich und lief in die Dunkelheit hinaus. Lolo stand noch einen Augenblick da, sie legte beide Hände auf ihre Brust und schaute mit heißen, fanatischen Augen in die Nacht hinein und berauschte sich an ihrem großen Schmerz. Aus der Küchentür an der Schmalseite des Hauses schlichen drei in Mäntel gehüllte Gestalten dem Strande zu. Es waren Nini und Wedig, die sich aus dem Wohnzimmer fortgestohlen hatten und nun unter Ernestinens Führung ihrem Lieblingsabenteuer nachgingen, die Gräfin sehen. Dazu mußten sie die Düne hinaufsteigen, um auf der Rückseite des Wardeinschen Anwesens an das rechte Fenster zu gelangen. Es war ein Genuß, aus der dumpfen Luft der Wohnstube herauszukommen, die heute ohnehin schwer von Mißstimmung und Langeweile war, und sich mit dem Winde herumzuschlagen, die steilen Sandwände hinanzuklettern, mitten durch die nassen Wacholderbüsche hindurch und sich vor allem zu fürchten, was ihnen in der Dunkelheit begegnen könnte. Jetzt sahen sie schon das kleine helle Viereck des Fensters, sie brauchten nur noch vorsichtig die Sandlehne herunterzusteigen, um dann leise heranzuschleichen, als Ernestine Alarm zischte. Sofort duckten alle drei hinter einem Wacholderbusche nieder. Dort vor dem kleinen hellen Viereck stand schon einer, eine kleine, schiefe Gestalt und ein langes, regelmäßiges Profil hob sich scharf von den gelbbeleuchteten Fensterscheiben ab. »Exzellenz«, flüsterte Ernestine. Sie wagten sich nicht zu regen. Dieser kleine Mann dort, in der Dunkelheit vor dem Fenster stehend, erschien ihnen entsetzlich unheimlich. Dann plötzlich war er nicht mehr da, war in die Nacht untergetaucht. Aber die

drei Kinder wagten sich noch nicht vor, sondern kauerten still hinter ihrem Wacholderbusch. Und wieder tauchte eine Gestalt aus der Nacht auf und stand vor dem Fenster, eine schmale Gestalt, ein dunkler Kopf, ein feines Profil, das wie ein Schattenriß gegen die helle Scheibe stand. »Hilmar«, erklärte Wedig. Es schien ihnen, daß sie dieses Mal lange warten mußten, bis auch diese Gestalt in der Dunkelheit verschwand. Da erst trauten sie sich aus ihrem Verstecke heraus, an das Fenster heran und sahen Hans Grill am Tische sitzen und einen Brief schreiben, sahen Doralice in ihrem Sessel, den Kopf zurückgelehnt, mit weit offenen Augen verträumt vor sich hinsehend. Als Nini später oben in ihrem Schlafzimmer im Bett Lolo ihre Erlebnisse erzählte, sagte sie: »Weißt du, sie sah aus, als machte es sie furchtbar müde, so schön zu sein.«
»Ja, weil es eine furchtbare Verantwortung ist, so schön zu sein«, klang es feierlich und weise aus Lolos Bett zurück.

Elftes Kapitel

Um Mitternacht war ein Gewitter niedergegangen und ein plötzlicher Sturm hatte sich erhoben, stoßweise sich um sich selber drehend, als käme er von allen Seiten zugleich, so daß die Wellen sich hoch aufreckten und wie betrunken taumelten. Allein es dauerte nicht lange. So plötzlich wie er gekommen war, ließ der Sturm nach; von Westen her kam ein sanftes Wehen, das die Wellen streichelte und beruhigte. Ein wolkenloser Tag brach an, die Sonne schien auf ein prächtig grünes Meer nieder, der Strand war von dem ausgeworfenen Seetang überdeckt wie von schwarzer Seide und die Luft war ganz voll vom scharfen salzigen Dufte des Meeres. Hans und Doralice waren schon zeitig am Vormittage zu ihrem Platz auf der Düne hinaufgezogen. Doralice lag dort auf ihrer Decke im Sande und sah auf das Meer hinaus. Hans malte, und zwar malte er die Großmutter Wardein, die regungslos auf einem Stuhle dasaß, die Hände im Schoß gefaltet. Die harte, runzelige Haut des Gesichtes glänzte in der Sonne, als sei noch eine Spur alter Vergoldung an ihr haftengeblieben, und die trüben gelben Augen schauten in die Weite mit einem Blick, der starr auf eine sehr große gleichgültige Ferne hinaussieht. Hans sprach während des Malens über seine Kunst und ihre praktischen Aussichten: »Es geht famos. Sie sind ein glänzendes Modell, Mutter Wardein. Einleuchtender kann ein Menschenschicksal nicht in Linien aufgehen, als in Ihrem Gesicht. Na ja, natürlich, ein Porträt muß in uns die Vorstellung eines individuellen Lebens hervorbringen. Deshalb muß man auch Menschen malen, die man nicht kennt, sonst will man da zuviel hineinlegen. So zum Beispiel ist es mir deshalb schwer, dich zu malen, weil ich zu gut in dir Bescheid weiß.«

»Du weißt in mir Bescheid?« fragte Doralice. – »Natürlich.«

»Da weißt du mehr als ich«, meinte Doralice.

Hans legte seinen Pinsel fort und schaute Doralice verwundert an: »Sag' mal, seit einiger Zeit jetzt hast du zuweilen solche Aussprüche unangenehmer Lebensweisheit wie der Geheimrat.«

Doralice seufzte: »Ach ja, angenehm ist es nicht, die Ähnlichkeit mit dem Geheimrat in sich wachsen zu fühlen.«

Hans zuckte mit den Achseln und griff nach dem Pinsel. Jetzt schwiegen sie. Doralice spähte aufmerksam zum Strande hinunter, als könnte dort unten etwas sich ereignen, das sie anginge. Karren standen dort unten und kleine struppige Pferde und Fischer, die den Seetang aufluden, um ihn auf ihre Äcker zu führen. Und eine kleine graue Gestalt mit wehendem Kopftuche ging ruhelos am Meere hin und her, zuweilen stehenbleibend, um auf die See hinauszuschauen. »Unser Steege ist noch nicht zurück?« fragte Hans. »Ich sehe die Frau dort unten noch immer hin und her laufen.«

»Ob der nun auch kommen wird«, antwortete die Alte mit einer Stimme, die tief wie eine Männerstimme klang, »ob er nun mit dem Boot kommen wird oder ob er ohne Boot kommen wird, das kann man nicht wissen. Der Mathies, mein Mann, kam am zweiten Tage dort nicht weit vom Friedhofe ohne Boot heraus. Der Ernst, mein Sohn, kam gar nicht heraus. Na ja, so ist der Steege, wenn keiner fahren will, dann fährt er, dann glaubt er, daß er alle Fische allein haben wird. Häßlich blies es schon, als ich um Mitternacht nachsehen ging. Ich gehe immer um Mitternacht nachsehen, das ist noch von der Zeit, als ich auf Meine wartete.« Die tiefe heisere Stimme sprach ruhig vor sich hin, nicht, als spräche sie für die anderen, sondern als könnte sie, einmal in Schwung gebracht, nicht sogleich wieder verstummen. Doralice richtete sich ein wenig auf, um die Fischersfrau am Strande besser sehen zu können, die rastlos an dem Saum der brandenden Wellen entlangirrte und wartete, auf das Schreckliche wartete, und was die Mutter Wardein da erzählte, war es nicht auch ein endlos langes Leben, in dem sie immer wieder auf das Schreckliche gewartet hatte? Doralice zog die Augenbrauen zusammen, sie hätte weinen können, nicht aus Mitleid, sondern weil all dieses Dunkle plötzlich so nah an sie herankam. Der Morgen mit seinem Licht, seinem Duft, seinem Wehen hatte ihr voller Versprechungen geschienen. Das war vielleicht sinnlos, aber es tat wohl. Nun war all das vorüber. Mutlos warf

sie sich zurück, sie mochte nicht mehr sehen und hören. Dennoch trieb es sie bald wieder, die Augen zu öffnen, um zu sehen, ob die graue Gestalt unten noch da sei. Sie war da. Aber etwas anderes kam noch durch den Sonnenschein, Hilmar, im blauen Flanellanzuge, die rote Krawatte leuchtete von weitem; er ging schnell mit wippendem Schritt, wiegte sich leicht in den Schultern, und jede Linie in der blauen Gestalt, die sich lustig gegen das grüne Meer abhob, war so voll unternehmenden Leichtsinns, daß Doralice lächeln mußte. Hilmar ging zu den Booten hinab, wo er den jungen Stibbe fand. Er befahl, ihm das Segelboot herzurichten, heute mußte gesegelt werden, solch ein Wetter kommt nicht wieder. Hilmar wollte segeln, aber es war noch ein anderer Wunsch, der heute mit ihm aufgestanden war, einer jener Wünsche, die wie ein Fieber in ihm brannten, er wollte mit Doralice segeln. Ganz gleich, ob das wahrscheinlich, ob das möglich war, er wußte nur das eine, er mußte mit Doralice segeln. So ging er dann geradeswegs die Düne zum Ehepaar Grill hinauf.
Er kommt geradeswegs zu uns, dachte Doralice, ein toller Junge. Auch Hans sah ihn kommen, und das Blut stieg ihm heiß in die Schläfen. Als jedoch Hilmar vor ihnen stand und grüßte, sagte Hans ruhig und freundlich: »Guten Morgen, Herr Baron, schöner Morgen.«
»Guten Morgen«, erwiderte Hilmar, ein wenig atemlos vor Erregung, »die Herrschaften sind schon fleißig. Ah, Mutter Wardein, ja, die würde ich auch malen, wenn ich könnte. Es muß sein, als ob man die Ewigkeit malt.«
»Gutes Segelwetter«, bemerkte Hans.
»Glänzend!« beteuerte Hilmar. »Das Meer ist heute wie eine Wiege. Ja, und da wollte ich fragen«, er wandte sich an Doralice, »ob Sie, gnädige Frau, nicht mitfahren wollen? Für drei ist im Boote Platz und Stibbe und ich sind sichere Segler.«
Doralice schaute überrascht zu ihm auf und dann mußte sie über den eigensinnigen, entschlossenen Ausdruck seines Gesichts lächeln. »O, ich«, sagte sie, »ich glaube nicht, daß mein Mann das gestattet.«
Hans hatte mit dem Pinsel voll Zinnober einen so kräftigen Hieb gegen das Bild geführt, daß die Wange der Mutter Wardein eine breite rote Schramme erhielt, und es wunderte ihn, als er seine eigene Stimme ruhig und überredend sagen hörte: »Warum nicht? Heute ist wohl keine Gefahr dabei. Wenn es dir Vergnügen macht, der Baron ist ja ein sichrer Segler.«
Es war ein seltsam erstaunter und kalter Blick, mit dem Doralice Hans ansah: »Das ist etwas anderes«, sagte sie, »dann also wollen wir fahren.

Kommen Sie, Baron.« Sie erhob sich, nickte Hans kurz zu, dann gingen sie die Dünen hinab.
Hans saß noch einige Augenblicke da und kratzte den roten Strich vom Gesicht der Mutter Wardein ab. Plötzlich warf er alles fort, stellte sich auf den Rand der Düne und schaute den beiden nach. Die waren schon bei den Booten, er sah Doralice einsteigen, sah Stibbe und Hilmar das Boot flott machen, nun saßen sie alle drei darin und wunderbar leicht klomm das Fahrzeug die ersten grünen Wellenberge hinauf. Ohne sich um die Mutter Wardein zu kümmern, stürmte Hans die Düne hinab an das Meer, dort begann er auf und ab zu gehen, zuweilen stehenbleibend, dem Segel nachzuschauen, und, wenn er dastand und an seinem Barte zauste, sah er aus wie ein schöner gewalttätiger Bauernbursche. Am liebsten hätte er auf das Meer hinausgebrüllt, und ihn fror hier in der heißen Mittagssonne. Für wen spielte er denn diese dumme Komödie des Vertrauens und der großmütigen Gelassenheit? Vertrauen? Was wußte er denn von dieser Frau? Er wußte nur, daß gegen den Gedanken, sie zu verlieren, sich jeder Tropfen seines Blutes sträubte. Er war ja keine bucklige Exzellenz, um abgeklärt und skeptisch zu sein. Aber das war es, diese Eifersucht schmerzte ihn wie eine Schande, sie demütigte ihn, zerbrach den Stolz und die Selbständigkeit, ohne die er nicht leben zu können meinte. Nein, das mußte anders werden, sonst war es aus mit ihm, sonst war er sein ganzes Leben hindurch nichts weiter mehr, als der Herr, der die Gräfin Köhne entführt hat und sie nun bewacht. »Ich sehe immer noch nichts«, hörte er eine klagende Stimme neben sich.
Die Frau des Fischers Steege stand neben ihm und schaute mit müden Augen in das Flimmern des Meeres. Weiter fort aber auf der Düne erschienen Frauengestalten, das weiße Pikeekleid der Generalin wehte im Winde, Fräulein Bork war dort und die Baronin Buttlär. Sie hielten sich Operngläser vor die Augen und schauten auf das Meer, dem weißen Segel nach, das lustig in das Mittagsglitzern der Sonne hinausglitt. Dort aber bei dem weißen Segel saß Hilmar Doralice gegenüber und schaute sie an. Doralice war ernst, sie hatte die unklare Empfindung, als sei sie von Hans gekränkt worden; als sei es treulos von ihm, daß er sie so ruhig fahren ließ. Aber Hilmars Gesicht lachte ein so glückliches, so ausgelassenes Lachen, das Lachen eines Knaben, der der Schule entlaufen ist, um sich einen unerlaubten Feiertag zu machen, so daß sie mitlachen mußte und plötzlich auch die ausgelassene Ferienlustigkeit in sich aufsteigen fühlte. Und der junge Stibbe, der an der anderen Seite des Bootes saß, um das Segel zu bedienen, verzog auch sein braunes, mit weißblondem Flaum bedecktes Gesicht zu einem breiten Lachen. »Sehen Sie«, sagte Hilmar, »wenn Sie

nicht gefahren wären, wenn Sie nicht hier säßen, ich weiß nicht, was ich getan hätte. Aber ich wußte, es muß geschehen.«

»Gut, gut, ich sitze ja hier«, antwortete Doralice, »aber sprechen Sie jetzt nicht solche – solche heiße Sachen.«

»O nein! Gewiß nicht«, rief Hilmar begeistert. »Es ist auch gar nicht nötig, es ist gar nichts mehr zu sagen. Sie sitzen da, Worte können da nicht mehr heran. Gespräche haben überhaupt für mich in letzter Zeit etwas Fatales. Miteinander sprechen, das kann jeder, miteinander sein, das ist die Kunst. Also, wenn Sie vielleicht müde sind, hier ist eine Decke, hier ist ein Polster, Sie können ein wenig schlafen. Es würde doch die unterhaltendste Stunde meines Lebens sein. Sie wollen nicht? Nun, legen Sie sich dieses Polster in den Rücken und dieses hier unter die Füße, so – nun wäre nichts mehr zu bemerken, außer vielleicht, daß Sie noch ein wenig zufriedener aussehen könnten. Haben Sie bemerkt, wenn ein Kind etwas ganz Süßes ißt, dann wird es ernst und die Augen werden groß und füllen sich etwas mit Tränen. So sollten Sie aussehen.«

»Ach«, meinte Doralice ungeduldig, »wollen Sie mir auch sagen, wie ich bin?«

»Nein, nein«, versicherte Hilmar, »ich meine nur, in Ihren Augen ist noch ein ganz klein wenig von dem Blick von gestern abend zurückgeblieben.«

»Was ist das für ein Blick?« fragte Doralice.

»Nun, als Sie gestern abend bei der Lampe auf Ihrem Sessel saßen und vor sich hinsahen«, erklärte Hilmar. »Ja, ich habe durch Ihr Fenster zu Ihnen hineingeschaut; ich tue das immer, natürlich, was soll ich anderes tun? Sie finden das unerhört. Es ist vielleicht unerhört, aber ich würde noch viel unerhörtere Dinge tun. Sind Sie böse?«

»Ach ja«, sagte Doralice langsam und träge, »gewiß bin ich böse, aber später, nicht jetzt.«

»Gut, später«, schloß Hilmar die Unterhaltung. »Rauchen wir eine Zigarette.« Die Sonne schien heiß auf das Meer nieder, ihr gelber Glanz floß wie Öl an den Wellen herab, Möwen flogen ganz niedrig und langsam über das Wasser und wie leichtes Flügelschlagen klang das Segel in dem schwächer werdenden Winde.

Als die Fahrt zu Ende war, als Doralice und Hilmar am Strande niedergeschlagen einander gegenüberstanden, reichte Doralice Hilmar die Hand und sagte: »Danke.« Hilmar zog die Augenbrauen zusammen. »Das Land«, versetzte er grimmig, »das Land ist eine Gemeinheit.« Dann trennten sie sich. Doralice ging lässig und zögernd nach Hause. Der Gedanke an das Mittagessen, an den Dampf der großen Kartoffeln, an Agnes' strengen, wachsamen Blick und etwas anderes noch kam unerwartet, um sie zu quälen, ein Gefühl des Mitleids für Hans. Sie war die ganze Zeit über so weit fort von ihm gewesen, mit keinem Gedanken war sie zu ihm zurückgekehrt. Nun, wenn sie ihn jetzt zu Hause traurig oder böse oder unangenehm finden würde, so wollte sie liebenswürdig sein und diese gute Regung tat ihr wohl.

Zwölftes Kapitel

Hans saß am gedeckten Mittagstisch und las. Als Doralice eintrat, schaute er auf und sagte mit seiner gewöhnlichen ruhigen Stimme: »Nun, hast du dich gut unterhalten?«

»Ja, sehr gut!« erwiderte sie.

»Das ist ja schön«, meinte Hans, »ich werde auch das Segeln lernen, damit du dieses Vergnügen auch ohne fremde Leutnants haben kannst. Aber jetzt wollen wir essen.«

Während der Mahlzeit schien Hans sich behaglich zu fühlen, er sprach wieder viel von seinen Plänen, er hatte einen Brief aus München bekommen, die Aussichten schienen gut. Er war dort der rechte Augenblick, um etwas zu unternehmen. Zuweilen sah er Doralice an und erwartete eine Antwort, und sie gab diese Antwort, allein sie klang abweisend und gereizt. Doralice glitt immer mehr in die Stimmung des Gekränktseins hinein. Hans schien das nicht zu bemerken, er war nur besonders rücksichtsvoll, stimmte ihr eifrig zu und behandelte sie wie jemand, der geschont werden muß. Der Nachmittag kam dann und füllte das Zimmer mit seinem gelben Sonnenschein. Hans sprach noch immer weiter von all diesen Dingen, die, wie es Doralice schien, nichts mit ihr zu tun hatten. Immer wieder hieß es: »Wenn wir in München sein werden«, so daß Doralice ungeduldig ihn unterbrach: »In München? Aber das wird noch lange nicht sein.« Hans blieb vor ihr stehen: »Nicht? So, hm. Gut also, dann bleiben wir hier.«

Nachdenklich zerrte er an seinem Barte und nahm wieder seinen Gang durch das Zimmer auf. »Das ist nur«, begann er endlich, »etwas muß der Mensch zu tun haben. Ich fürchte, wenn wir länger hierbleiben, werde ich noch ganz zum Fischer. Ich träume des Nachts schon vom Fischen.«

»Das ist ja gut«, meinte Doralice.

»Vielleicht!« fuhr Hans fort. »Fährst du heute nacht mit uns aufs Meer hinaus?«

Nein, sie mochte nicht. »Dann etwas anderes«, schlug Hans vor. »Es würde dich vielleicht unterhalten, bei Agnes ein wenig kochen zu lernen.«

»Bei Agnes?« Nein, dazu hatte Doralice gar keine Lust. Nun ja, das fand er am Ende verständlich, aber da hatte dieses Fräulein Bork ihm von den Fischerkindern vorgesprochen. Sie hatte gemeint, so eine Art Unterricht könnte viel Segen stiften; man könnte sich liebevoll mit diesen Armen beschäftigen.

»Willst du mich beschäftigen?« fragte Doralice.

»Ich suche nach etwas, das dir guttut«, erwiderte Hans, aber sie fuhr gereizt fort: »Soll das so etwas wie der Anfang einer Erziehung für mich sein?«

Hans errötete: »Nein, nein, gar nichts soll es sein.« Er wandte Doralice den Rücken und schaute zum Fenster hinaus. Draußen von der Düne her kamen ein Mann und eine Frau herauf, der Fischer Steege, der endlich doch heimgekommen war, und seine Frau. Er ging breitbeinig und gemächlich einher, als sei nichts geschehen, und die kleine Frau trottete hinter ihm her, alle Aufregung war von ihr gewichen und wie sonst schaute sie mit mürrischer Geduld vor sich nieder auf ihre nackten Füße, um die großen Kieselsteine zu vermeiden. Dieser Anblick gab Hans wieder ein wenig guter Laune zurück. »Der Steege ist doch wieder heimgekommen«, meldete er, »und die Frau, wie sie hinter ihm hergeht. Sie macht ein Gesicht wie ein verdrießlicher Gläubiger, dem ein säumiger Schuldner endlich doch seine Schuld bezahlt hat. Sie kassiert ihren Mann ein.« Dann wandte er sich zu Doralice um, lächelte gutmütig und sagte: »Ich denke, wir machen einen Spaziergang. Draußen werden wir vielleicht auch wieder so selbstverständlich nebeneinander hergehen, wie die Steeges da.«

Sie machten den Spaziergang landeinwärts an der Zibbel-Waldhüterei vorüber zur Föhrenschonung hinauf. Die jungen Bäume standen dort in gleichen Abständen voneinander da, rosa Stämme und blaugrüne Schöpfe, schnurgerade gelbe Wege durchschnitten den Bestand. Hier war die Luft heiß und schwer von Harzduft. Hans versuchte sich zu begeistern: »Wunderbar! Farbe, Farbe! Und was für eine! Daraus kann man hunderttausend Mäntel für venezianische Madonnen schneiden.«

»Ich finde, es sieht hier aus wie in einer Schulstube während der Nachmittagstunde«, sagte Doralice abweisend. Hans lachte darüber sehr laut, denn er hoffte, Doralice würde mitlachen: »Schulstube! Sehr gut, aber was für eine. Grünblaue Wände und goldener Fußboden und der Duft. Wenn wir in solchen Schulstuben gesessen hätten, dann wären wir andere Kerle.«

Doralice lachte nicht mit. Es fiel sie hier plötzlich ein unerträglich starkes Verlangen nach dem Meere im Mittagsonnenschein, nach dem Segelboot, nach Hilmar, nach dem jungen Stibbe an, wie es ja zuweilen geschieht,

daß die Sehnsucht nach einer vergangenen glücklichen Stunde uns so stark anpackt, daß es schmerzt, und sie mußte davon sprechen: »Der Baron Hamm sagt«, begann sie, »das Meer sei heute grün, durchsichtig und süß wie russische Marmelade.«
»So, sagte er das?« meinte Hans wegwerfend. »Ja, so ein Leutnant hat immer was mit Süßigkeiten zu tun. Und dann ißt er sie, und dann schenkt er sie, und dann sagt er sie, und er ist nicht eher zufrieden, als bis er das ganze Meer zu Marmelade gemacht hat.«
Doralice erwiderte nichts, und schweigend gingen sie eine Weile nebeneinander die geraden Wege entlang. Als die Sonne rot durch die Birkenstämme schien, schlugen sie den Heimweg ein. Sie begegneten Arbeitern, vom Felde zurückkehrend, Männer in weißen Leinwandhosen, hinter ihnen her die Frauen mit dem Grützespann in der Hand. Hier und da blieb ein Paar an einer der kleinen Katen stehen; der Mann öffnete die Tür, bückte sich, um hindurchzugehen, die Frau folgte ihm; so verschwanden sie in dem schwarzen Loche und mit einem knarrenden Ton fiel die Tür ins Schloß. Und als Hans und Doralice an ihrer Wohnung angekommen waren und er voran durch die Tür ging, sich ein wenig bückend, seufzte Doralice und dachte: »Das ist so wie bei den kleinen Katen; man verschwindet still in dem schwarzen Loch, die Tür knarrt, die Welt voll schöner, erregender Möglichkeiten bleibt draußen.«
Das Abendessen kam mit seinen Flundern und großen Kartoffeln, Hans aß eilig und viel, er sprach aufgeräumt mit Agnes und schien sich auf das Hinausfahren zum Fischfang zu freuen. Bald stand er vom Tische auf, um sich umzukleiden und ging dann fort. »Gute Nacht, schlafe wohl«, sagte er und küßte Doralice auf die Stirn. Agnes brummte etwas von »in der Nacht fortrennen« und daß das keine Manier sei. Die Nacht brach herein, Agnes hatte die Lampe gebracht und sich mit einem mürrischen »Gute Nacht« entfernt. Doralice rückte den Sessel näher nach dem zum Meere geöffneten Fenster und streckte sich behaglich in ihm aus. Es schien ihr, daß da Bilder und Träume waren, die den ganzen Nachmittag über schon auf sie gewartet hatten, nun konnten sie kommen. Draußen war es sternhell, ein sanfter Landwind brachte von den Kleefeldern und Föhrenwäldern Düfte herüber. Das Meer hatte heute ein seltsam zögerndes, lässiges Rauschen. Zeitweise schien es zu schweigen, dann fuhr eine Welle auf und murmelte etwas und nach einer Weile erst erwachte eine andere und antwortete verträumt und auf den Kieseln des Strandes klapperten die schweren Schritte der stillen Liebespaare. Doralice hatte die Augen geschlossen und wollte ihren Gedanken nachhängen, allein aus den Gedanken wurde ein Traum und sie schlief ein. Sie träumte von dem Garten

des Schlosses, sie ging mit Hilmar einen der geraden, endlosen Wege entlang und zu beiden Seiten auf den Beeten standen Gladiolen, ganz hohe feuerrote Gladiolen. Und plötzlich stand der alte Graf da mitten in einem der Beete, knietief in den Gladiolen. Sein Gesicht war klein, grau und kraus von Fältchen. Er stand da und schaute auf seine Uhr, die er in der Hand hielt. »Nun sieht er uns«, sagte Hilmar, »nun ist es gleich«, und er beugte sich über sie und küßte sie. Und dann wußte Doralice, daß sie nicht mehr schlief, daß Hilmar da war, daß sie die ganze Zeit über auf ihn gewartet hatte und daß er sie küßte. Sie hielt die Augen noch geschlossen, erst als Hilmar ihre Hände nahm und sagte: »Wie kalt Ihre Hände sind, Sie frieren vor Einsamkeit«, da öffnete sie die Augen. Hilmar kniete neben ihr und seine Augen ruhten wieder auf ihr mit jenem eigensinnigen, gewaltsamen Begehren, das sie schwach machte, sie fast schmerzte.
»Warum sind Sie hier?« fragte sie.
»Warum?« erwiderte Hilmar ungeduldig. »Wo soll ich denn anders sein? Zu den anderen gehöre ich nicht mehr, das wissen Sie ganz gut, Doralice.«
»Nein, das ist schlecht«, erwiderte Doralice.
»Schlecht, vielleicht«, erwiderte Hilmar, »aber *unsere* Schlechtigkeit, Ihre und meine. Und wenn die anderen verfluchen und verfemen, dann sind wir erst miteinander allein, so wie heute mittag auf dem Meer. Dann können wir uns ein Leben erfinden, das ganz unser Leben ist. Es ist ja zu dumm, immer das Leben zu leben, das die anderen sich für uns ausdenken. Nein, hören Sie, Sie können nicht das Leben des Herrn Grill leben, und ich kann nicht der Bräutigam meiner kleinen Heiligen sein, das ist doch verständlich. Also, morgen soll ich zu meinem Regiment zurück, um mich zu bessern. Aber Sie werden sagen, daß ich bleiben soll, und ich bleibe. Und Sie, Doralice, werden Herrn Grill entlassen.«
»Sprechen Sie nicht so«, unterbrach ihn Doralice. »Er ist gut.«
»*Gut! Gut!*« rief Hilmar. »Natürlich ist er gut, alle sind sie gut, die anderen, nur wir sind nicht gut, wir *können* nicht gut sein, daher sollen sie uns unseren eigenen Weg gehen lassen.«
Doralice seufzte, seufzte ganz tief und sagte dann leise: »Jetzt müssen Sie gehen.«
»Ja, jetzt, jetzt«, wiederholte Hilmar. Er schüttelte Doralices Hände, die er fest in den seinen hielt, und ein ausgelassener Triumph leuchtete aus seinen Augen: »Sie sagen jetzt, aber ich kann kommen und dann – dann –«
Am Fenster, das nach der Düne hinausging, stand einen Augenblick Lolo und das weiße Gesicht schaute ernst in das Zimmer hinein.
Lolo war, wie jeden Abend, mit Nini in ihre Giebelstube hinaufgestiegen und hatte sich zu Bett gelegt. Dort lag sie wach da und schaute mit weit

offenen Augen in das Dunkel hinein. Sie dachte ihren einen großen, unklaren Gedanken, den sie all diese Tage über mit sich herumgetragen hatte, der in ihr gewachsen und mächtig geworden war. Ein Opfer, ein Opfer wollte sie bringen. Die wirren Qualen und Enttäuschungen ihrer Liebesgeschichte ertrug sie nicht länger, so flüchtete sie sich denn in den Rausch, wie ihn so stark nur der Wille zum Opfer einem Frauenherzen gibt. Das war jetzt ihr Erlebnis und es erfüllte sie ganz mit Andacht vor der eigenen Seele. Sterben war leicht. Sie wollte in das Meer hinausschwimmen, weit, weit über die Sandbank hinaus. Sie wollte schwimmen, bis diese Müdigkeit kam, die sie kannte, in der wir nichts anderes wünschen, als uns willenlos und untätig auf dem Wasser auszustrecken. Ja, und dann würde es sich vollziehen, das dunkle Ruhevolle, und all die furchtbare Spannung des Fühlens und Wollens würde sich lösen. Sobald es im Hause still war, stand Lolo auf. Sie kleidete sich in ihren Badeanzug, hüllte sich in ihren Mantel und schlich hinaus. Draußen die Nacht schwarz und warm, am Himmel große, sehr helle Sterne. So hatte sie es erwartet, das war in Ordnung. Als sie in Wardeins Anwesen noch Licht im Fenster sah, wollte sie herangehen und hineinschauen aus unklarem Verlangen nach noch mehr Bitterkeit und Schmerz. Sie sah Doralice im Sessel sitzen und Hilmar neben ihr knien, allein das erschütterte sie nicht stark, sie hatte das erwartet, auch das mußte so sein. Ruhig stieg sie zum Meere hinunter. Dort legte sie ihren Regenmantel, ihre Schuhe ab und ging in das Wasser. Kleine laue Wellen sprangen an ihr empor. Sie begann zu schwimmen, ein unendliches Wohlbehagen durchrieselte ihren Körper. Schwarze Wellenhügel, in denen die Sterne sich spiegelten wie rege goldene Pünktchen, hoben sie sanft empor und ließen sie wieder sanft in schwarze, goldbestirnte Wellentiefen gleiten. All das Heiße, Enge, Drückende fiel von ihr ab, sie wußte nicht mehr, warum sie hier war, sie wußte nur, daß sie glücklich war und daß sie weiter hinaus mußte. Zuweilen legte sie sich auf den Rücken und schaute hinauf und es war ihr dann, als fiele sie in einen schwarzen Abgrund, in dem goldene Sterne durcheinanderwirbelten. Und weiter ging es, einmal schien es ihr, als stünde dort schwarz in all dem Schwarzen wie eine Vision ein Boot regungslos auf dem Wasser. Ihr Schwimmen wurde eiliger, angestrengter, als gäbe es ein Ziel für sie, das sie zu erreichen hatte. Und dann plötzlich lähmend überkam sie das Bewußtsein der furchtbaren Weite um sie her, der furchtbaren Tiefe unter sich. Angst benahm ihr den Atem, alles wurde feindlich, alles war gegen sie und sie mußte kämpfen mit diesen Wellenhügeln, die ihr jetzt hart und kalt wie Metall erschienen. Sie rief einige Male in die Nacht hinein und arbeitete dann weiter, schlug sich herum mit etwas, das sie niederdrücken und niederziehen wollte, und dann schien alles fort.

»Nu haben wir den kuriosen Nachtfisch«, sagte Stibbe und hob Lolo in sein Boot hinein; »dacht's mir, das ist die Marjell vom Bullenkruge. Wasser hat sie schon geschluckt. Nimm du sie, Andree, du weißt ja mit Marjellen umzugehen.«

Andree nahm Lolo in Empfang, die wie leblos dalag, hüllte sie in seinen Mantel, redete ihr zu: »Immer nur das Wasser ausspucken, Fräuleinchen, immer nur ausspucken.« Ärgerlich machte Stibbe sich ans Rudern: »Jetzt schnell nach Hause«, brummte er, »sonst verfriert sie uns. Das sind so die städtischen Dummheiten, ins Wasser zu gehen! Wen es will, den holt es sich schon selber. Wir wollen die Marjell zu Wardein bringen, dahin ist es näher. Laß die Städter dann ihre Dummheiten miteinander ausmachen.«

Doralice war wieder allein in ihrem Zimmer, als die Männer zu ihr eintraten. Sie verstand nicht gleich. Da stand der Fischer Stibbe und noch einer und Stibbe trug jemand, er trug Lolo, die ganz bleich war und die Augen geschlossen hielt, ihr Haar, schwer und feucht, hing lang über den Arm des Fischers herab.

»Die haben wir nun aufgefischt«, sagte Stibbe, »da weit draußen, die wollte nicht mehr zurück. Was ist denn das für ein Nachtfisch, sagte ich zu Andree, und wir sind ihr nachgefahren. Ach, die lebt schon, die lebt ganz gut. Nur Wasser hat sie geschluckt. Wo soll ich sie hinlegen? Aha, da drin aufs Bett. Andree ist zum Bullenkrug hinauf, es der Mamsell zu sagen, damit sie sie holt.«

Lolo wurde auf das Bett gelegt, Stibbe wiederholte noch einmal: »Die lebt ganz gut«, dann gingen die Männer. Der Lärm hatte Agnes herbeigerufen und sie übersah sofort die Lage, machte sich über Lolo her, entkleidete sie, hüllte sie in Decken, rieb sie, immer schweigsam und mürrisch, nur einmal bemerkte sie: »Sie macht die Augen nicht auf, nicht, weil sie nicht kann, sondern weil sie nicht will.« Endlich beschloß sie, einen heißen Tee zu kochen, Doralice sollte nur weiter reiben.

Doralice kniete am Bett und rieb die Glieder des regungslos daliegenden Mädchens. Lolo seufzte, schlug die Augen auf und schaute Doralice ernst an. Das schmale Gesicht hatte in seiner Ruhe etwas Strenges, Ältliches.

»Wie – wie ist Ihnen jetzt?« fragte Doralice.

»Gut«, sagte Lolo mit einer Stimme, als antworte sie auf eine müßige, gleichgültige Frage. Aber Doralice beugte sich leidenschaftlich über sie, als wollte sie sie erwärmen und beschützen. »Wie konnten Sie das tun?« flüsterte sie.

Lolo zog ein wenig die Augenbrauen empor und sagte in demselben kühlen, überlegenen Tone: »Er kann nichts dafür. Das wußte ich, als ich Sie sah, er wird nicht anders können und Sie – Sie können nichts dafür, daß Sie so schön sind.«

»Nein, das will ich nicht«, rief Doralice fast zornig. »Er soll bei Ihnen bleiben, er soll Sie lieben, er soll, soll.«

Lolo wandte den Kopf zur Seite und schloß die Augen, als wollte sie Ruhe haben, und sagte kummervoll und müde: »Ja, jetzt, jetzt weiß ich nicht.«

Doralice wagte nicht mehr zu sprechen. Sie kniete dort vor dem Bett und ein unerträgliches Gefühl der Demütigung machte sie elend. Im Nebenzimmer wurde es wieder lebhaft. Die laute Stimme der Generalin ließ sich vernehmen: »Wo ist sie? Wo liegt sie? Heißen Tee haben Sie da, liebe Frau, das ist gut.« Dann erschien die Generalin in der Schlafzimmertür, sie hatte ihren Strohhut über ihre Nachthaube aufgesetzt und ihren Regenmantel über ihr Nachtkleid angezogen. Sie war rot und atemlos: »Kind! Kind!« rief sie. »Was sind das für Geschichten! Hat man je so was gehört! Daß ich so was erleben muß. Wo ist der heiße Tee, liebe Frau?«

Fräulein Bork und Ernestine waren auch da mit Tüchern und Mänteln beladen, und nun begann ein Kommandieren und Hin- und Hergehen und dazwischen schalt die Generalin immer weiter: »Das ist die Buttlärsche Übertriebenheit, die dummen Buttlärschen Herzen. Von mir habt ihr das nicht. Liebe Köhne, geben Sie ein Handtuch her, wir müssen das Haar noch trocknen. Zu meiner Zeit verlobte man sich auch und verliebte sich auch und war eifersüchtig, denn die Männer taugten damals auch nicht viel, aber gestorben sind wir daran nicht. Aber die heutige Jugend, die ist ja wie betrunken!«

Lolo ließ alles willenlos wie eine Puppe mit sich geschehen. Endlich stand sie in Tücher und Mäntel gehüllt da, von Fräulein Bork und Ernestine gestützt. »Geht jetzt nach Hause«, befahl die Generalin, »aber leise, daß meine Tochter nicht aufwacht, es ist genug, wenn morgen das Gerede anfängt. Steckt das Kind ins Bett, eine Wärmflasche und Baldriantee, also vorwärts, ich bleibe noch einen Augenblick hier. Sie erlauben schon, meine Liebe«, wandte sie sich an Doralice.

So wurde Lolo fortgeführt.

»Kommen Sie, liebe Köhne«, sagte die Generalin, nahm Doralices Arm und führte sie in das Wohnzimmer; »setzen Sie sich, Sie sind ja weiß wie ein Tuch. Ich will mich auch ein bißchen hersetzen, so was fährt einem in die alten Knochen.« Seufzend nahm sie in einem Sessel Platz und sann eine Weile schweigend vor sich hin. Das große Gesicht war jetzt bleich und sah alt und kummervoll aus.

»Nein!« begann sie dann wieder. »Das habe ich nicht vorausgesehen. Ich bin sonst nicht dumm, aber das habe ich nicht erwartet. Mit unserem Aufenthalte hier wird es wohl nun zu Ende sein. Schade. Sie, meine Liebe, habe ich immer verteidigt. Meine Tochter tat so, als seien Sie ein reißendes Tier; aber ich habe Sie verteidigt. Nun ja, Sie sind Ihrem alten Grafen davongelaufen. Das muß man nicht tun, schon wegen der Moral, aber es war eine dumme Heirat, und Sie haben sich von Ihrem Maler entführen lassen, nun gut. Aber jetzt, meine Liebe, ist es doch genug, man kann sich doch nicht immerfort entführen lassen. Vom Sichentführenlassen kann doch keiner leben. Und dann, die Kleine hat nun mal diesen Bräutigam, ich habe ihn ihr nicht ausgesucht, aber er ist ihr gegeben worden und sie hat sich in ihn verliebt. Die Buttlärs besorgen so etwas immer gründlich. Sie können ihn ihr doch lassen.« Die Generalin hielt einen Augenblick inne, um Atem zu schöpfen, Doralice saß regungslos da und über ihr bleiches Gesicht rannen unablässig Tränen herab. »Sie sind bildhübsch, meine Liebe«, fuhr die Generalin fort, »aber was hilft das? Versuchen Sie doch mit Ihrem Maler ordentlich zu leben, er scheint ja ein ganz guter Mensch zu sein. Sich entführen lassen, das geht schnell. Mich hat zwar nie jemand entführt, ich hatte es auch nicht nötig, ich war mit meinem Palikow immer recht zufrieden, aber ich denke mir das so nach dem, was ich um mich sehe. Aber mit dem Herrn, der einen entführt, leben, das ist die Kunst. Glauben Sie mir, man kann sehr gut leben, auch ohne daß ein Mannsbild immer vor einem auf den Knien liegt. Und dann noch eins. Wenn der junge Mensch morgen zu Ihnen herrennt, sagen Sie ihm ein vernünftiges Wort. Sie haben ihn unvernünftig gemacht, machen Sie ihn auch wieder vernünftig. So, und nun will ich gehen. Sie, meine Liebe, müssen schlafen, sonst werden Sie krank und davon hat auch keiner was.«

Die Generalin erhob sich, streichelte mütterlich Doralices tränenfeuchte Wangen und ging hinaus. Doralice blieb auf ihrem Platze sitzen und starrte mit angstvollen Augen vor sich hin. Sie zog die Füße auf den Sessel hinauf, umschlang ihre Knie mit den Armen, kroch ganz in sich zusammen. War sie das, von der die alte Frau so gesprochen hatte? Sahen die Leute sie so? Sah sie so aus? Widerwille und Furcht stiegen in ihr auf, es war, als klebe etwas Unreines und Häßliches ihr an, das sie verzerrte und gespenstisch machte.

Agnes kam herein und brachte Tee: »Den müssen Sie jetzt trinken«, sagte sie barsch. Doralice gehorchte, Agnes stand dabei, schaute aufmerksam zu und murmelte: »Das kommt davon, Hans ist auch schuld. Ich habe es ihm gesagt, was rennt er immer fort. Man paßt doch auf, wenn man eine hat, die schon einmal einem fortgelaufen ist. Na, aber die alte Frau hat hier bei

uns auch nichts zu predigen. Sie soll ihre Marjellen und Jungherren strammer halten. Und jetzt müssen wir schlafen gehen.«
Sie faßte Doralice an beide Arme, um sie aus dem Sessel zu heben, führte sie in das Schlafzimmer, kleidete sie aus, wie man ein Kind auskleidet, half ihr in das Bett hinein und deckte sie fest zu. »Jetzt schlafen«, sagte sie, »das kann nie schaden«, und löschte das Licht aus.

Dreizehntes Kapitel

Als Doralice erwachte, hörte sie, daß im Nebenzimmer gesprochen wurde. Hans mußte von seiner Nachtfahrt zurück sein und Agnes erzählte ihm etwas flüsternd, so daß es wie ein fortgesetztes Zischen klang. Nur selten warf Hansens tiefe Stimme Worte mit hinein. Das dauerte ziemlich lange, plötzlich brach das Gespräch ab, eine Tür ging und es wurde ganz still. Draußen war es sonnig und ein Wind schien zu gehen, denn die Netze, welche vor Doralices Fenster zum Trocknen aufgehängt waren, wiegten sich hin und her. Auf dem Zaun saßen zwei Kinder, trommelten mit den nackten Füßchen an die Bretter und sangen mit den schrillen Stimmen in den Wind hinein: »Henne, henne, helle, helle, ho ho!« Doralice drückte sich fest in ihre Kissen. In ihren Gedanken begann die peinvolle Arbeit, den vergangenen Tag an den beginnenden zu knüpfen. Die Ereignisse der Nacht kamen, sie meldeten sich wie Gläubiger, die ihre Rechnung präsentieren. Vor allem aber meldete sich jene unheimliche, gespenstische Doralice, von der die Leute wie von einem reißenden Tiere sprachen, die davon lebte, sich entführen zu lassen, und die junge Mädchen in den Tod trieb. Zum ersten Male in ihrem Leben empfand Doralice sich selbst als eine Qual.
Agnes kam herein und brachte den Tee, Doralice sollte ihn heute im Bett trinken. Agnes stand dabei und berichtete, Hans war zurück, sie hatten viele Fische gefangen. Vom Bullenkruge war zum Strandwächter geschickt worden nach den Pferden, sie sollten das Gepäck zur Bahn bringen. Ja, und dann war der junge Herr vom Bullenkruge dagewesen, er wollte die Gnädige sprechen: »Was soll ich ihm sagen, wenn er wiederkommt?« schloß Agnes ihren Bericht und in den trüben Augen der alten Frau entzündeten sich grünliche Funken wie in den Augen böser Hunde. Doralice errötete unter diesem Blicke und es klang gequält und zornig, als sie hervorstieß: »Ich will ihn nicht sehen. Sag ihm, er soll abreisen. Ich will ihn nicht sehen, nie.«
»Werd' es ausrichten«, brummte Agnes und ging.

Eine Weile später, als Doralice gerade vor dem Spiegel saß, ihr Haar kämmte und ihr Gesicht im Spiegel aufmerksam betrachtete, als wäre es ihr neu, da wurden im Nebenzimmer Stimmen laut. Agnes sprach mit tiefer Stimme deutlich und langsam, wie sie am Sonntagmorgen sich selbst ihre Bibel vorzulesen pflegte: »Die Gnädige sagt, sie will den Herrn nicht sehen. Der Herr soll nur abreisen. Sie sagt, sie will ihn nicht sehen, nie. So sagte sie.«

Hilmars ein wenig schnarrende Stimme ließ sich vernehmen und Agnes begann wieder: »Die Gnädige sagt, sie will den Herrn nicht sehen, der Herr soll nur abreisen. Sie sagt, sie will ihn nicht sehen, nie, so sagte sie.« Einen Augenblick wurde es ganz still, dann klirrten Sporen, eine Tür ward zugeschlagen. Doralice trat an das Fenster, sie sah Hilmar die Düne hinabsteigen. Er war in Uniform. Anfangs ging er langsam und zögernd, den Kopf ein wenig gebeugt. Unten am Strande jedoch kam in seinen Gang wieder das hübsche, leichtsinnige Sichwiegen. Die Sonne erweckte in den Sporen, in den Knöpfen und Schnüren der Uniform helle Funken, überstreute die ganze Gestalt mit kleinen unruhigen Lichtern: »O nein!« dachte Doralice. »Es ergreift mich nicht, das zu sehen.« Allein eine ferne Kindererinnerung kam, Doralice konnte nichts dafür, die Erinnerung kam, wie Träume ohne unser Zutun kommen und uns rühren. Ein Frühlingsabend im alten Garten zu Hause, die kleine Doralice steht einsam auf dem breiten Kieswege und sieht trübselig in den gelben Abendhimmel hinein. Da kommt eine Schar wandernder Musikanten, Männer mit blanken Hörnern und Trompeten. Sie stellen sich vor der Treppe auf und beginnen zu blasen, und sofort erfüllt sich der ganze stille Garten mit so köstlich lustiger Ausgelassenheit, daß Doralice mitsingen möchte und auf dem Kieswege zu tanzen beginnt. Da erscheint Miß Plummers auf der Treppe und winkt den Musikanten ab, sie sollen nicht spielen, die gnädige Frau hat Migräne. Es wird still, die Männer packen ihre Hörner und Trompeten ein und ziehen ab, ziehen die Landstraße hinunter dem schwefelgelben Abendhimmel entgegen und die Strahlen der untergehenden Sonne funkeln in den großen Hörnern. Die kleine Doralice steht am Gartengitter und schaut ihnen mit schwerem Herzen nach. Ungeduldig wandte sich Doralice vom Fenster ab und kleidete sich an. Etwas Schweres und Wichtiges mußte sich heute noch begeben, sie mußte Hans begegnen. Unruhig schritt sie im Wohnzimmer auf und ab, allein es schien ihr, als sei es hier kalt. Sie wollte sich erwärmen. Sie ging hinaus und setzte sich auf die Bank, auf der die Wardeins am Abend zu sitzen pflegten. Jetzt saß nur die alte Mutter Wardein da, sonnte sich und schaute auf das Meer hinaus. Sie rückte ein wenig, um Doralice Platz zu machen, und murmelte nur ein »Warm«. So saßen sie nebeneinander und Doralice wartete. Sie tat nichts als warten, denn es gibt Ereignisse, die erst gekommen sein müssen, damit wir weiter denken können.

Endlich kam Hans die Landstraße herauf. Er ging langsam und sah müde und angegriffen aus, als hätte er einen weiten Weg gemacht. Als er an der Bank vorüberging, nickte er: »Guten Morgen, Mutter! Guten Morgen, Doralice!« und ging gerade in das Haus. Doralice folgte ihm. Im Wohnzimmer lehnte sie sich mit dem Rücken gegen die Wand, legte auch die Flächen der Hände an die Wand, als ob sie sie kühlen wollte. Hans war zu seinen Malgeräten gegangen und beschäftigte sich mit den Pinseln. Beide schwiegen eine Weile, bis es aus Doralice hervorbrach: »Mein Gott, so sprich! So sage doch etwas.«

Hans wandte sich ihr zu, er steckte beide Hände in die Rocktaschen, stand ein wenig gebeugt da. Wenn ihn etwas drückte oder stark hinnahm, dann konnte seine schöne Gestalt zuweilen das Schwere, Ungelenke eines Dorfburschen bekommen, der müde von der Feldarbeit ist. »Was kann ich sagen«, versetzte er, »was habe ich für ein Recht? Das Recht, das du mir gegeben hast, kannst du mir nehmen und dem anderen geben. Wie du es dem alten Herrn genommen und es mir gegeben hast, anders ist es nicht. Wir Bauern können gut rechnen.«

Doralice hob die Arme empor und legte die ineinandergerungenen Hände auf ihren Scheitel: »Du bist sehr gerecht«, stieß sie hervor, und es klang wie Zorn, »aber so ist es nicht. Da ist kein anderer. Er ist fort, ganz fort. Er hat kein Recht. Ich brauche keinen, der vor mir kniet«, sie brach ab und die aufsteigenden Tränen machten ihre Stimme unsicher und leise, als sie hinzufügte: »Was hilft das? Was soll ich tun?«

Hans wandte sich ab und sah zum Fenster hinaus. Einen Augenblick war es wieder ganz still im Zimmer. Draußen auf dem Zaune sangen noch immer die Kinder ihr »Henne, henne, helle, helle, ho, ho!« in den Wind hinein. Endlich wandte er sich um, ging langsam zu Doralice hin, strich vorsichtig mit der Hand über ihr Haar und sagte: »Was kannst du tun? Jetzt wird es hier wohl einsam werden. Wir können ja eine Weile still nebeneinander hergehen. Hier tut keiner dir was. Und dann vielleicht besinnen wir uns wieder aufeinander.«

Doralice antwortete nicht, stumm und verschüchtert stand sie da. Das »stille Einhergehen« neben diesem starken, sanften Manne erschien ihr jetzt wie Geborgenheit und in der Angst ihrer Seele, in der Angst vor sich und den anderen glaubte sie, Geborgenheit sei es, was ihr nottat.

Vierzehntes Kapitel

Die Septembertage waren hell, dabei wehte ein frischer Nordost. Die Wolken ballten sich zu großen weißen Inseln zusammen und zogen schnell über den Himmel und ihre Schatten liefen dunkelgrün über das grüngraue Meer. Am Ufer war alles in beständiger Bewegung, die harten Halme auf den Dünen zitterten, die zum Trocknen aufgehängten Netze und Fische wiegten sich und die Röcke und Tücher der Fischersfrauen flatterten.

»Ich habe, wie Sie wissen, meinen Abschied genommen«, sagte der Geheimrat Knospelius zu Hans, während sie langsam dem Winde entgegen am Meere spazierengingen, »ich habe genug gerechnet, und ich finde, daß meine Tage vollkommen befriedigend mit dem Kämpfen gegen den Wind ausgefüllt werden.«

»Mich ärgert dieser Wind«, meinte Hans. »Sie wissen, ich male das Meer, ich male es den ganzen Tag, wenn ich es nicht gerade studiere. Nun, bei diesem Winde sitzt das Meer schlecht, es hat alle fünf Minuten ein anderes Gesicht.«

»Das kann ich mir denken«, bemerkte Knospelius. »Die Mutter Wardein ist bequemer, die sitzt da wie eine aus Holz geschnittene heilige Anna.«

Hans, von seinen Gedanken hingenommen, fuhr eifrig fort: »Überhaupt eine verteufelte Geschichte mit diesem Meere, es läßt sich nicht fassen, ich kriege die Logik seiner Linien und Bewegungen nicht heraus, sein Durchschnittsgesicht, wissen Sie, denn bei dem Porträt muß ich mir in dem Modell ein Durchschnittsgesicht konstruieren, das die Möglichkeit aller Augenblicksgesichter in sich schließt. Nun, bei dem Meere bringe ich es nicht fertig, und ich studiere es doch in- und auswendig. Ich schwimme Stunden in ihm herum, ich fahre auf ihm bei Tag und bei Nacht, ich beschleiche es zu allen Tageszeiten. Wahrhaftig, es wird für mich zu einer Art Besessenheit.«

»So, so«, murmelte Knospelius und sah Hans schlau von der Seite an, »das also ist jetzt Ihre Besessenheit. Na ja, es ist ganz bequem, eine Besessenheit zu haben. Man braucht da nicht nachzudenken, was man tun soll, man muß etwas tun, ob man will oder nicht. Das ist so wie bei einer Staatsanstellung, man muß in das Bureau, ob man will oder nicht. Ich habe meiner Besessenheit jetzt den Abschied gegeben.«

Sie mußten stehenbleiben und nach ihren Hüten greifen, die ein Windstoß ihnen vom Kopfe reißen wollte. Dann wies Knospelius zur Düne hinüber und sagte: »Ihre Frau Gemahlin sitzt dort oben schon neben der Staffelei und näht, glaube ich.«

»Ja, sie näht Hemden für Fischerkinder«, erwiderte Hans zerstreut. Aber Knospelius' großes, bleiches Knabengesicht schaute forschend und aufmerksam zu ihm hinauf: »So, das ist neu.«
»Ja, das ist neu«, bestätigte Hans obenhin. »Übrigens gehe ich auch jetzt arbeiten; auf Wiedersehen«, und er stieg die Dünen hinauf.
Knospelius stand noch da, schaute zu Doralice hinüber und murmelte: »Ja, das ist neu.«
Doralice saß da und nähte. Das tat sie jetzt gern, denn es sah beruhigt aus, sah aus, als sei alles in Ordnung. Nur hielt sie es nicht lange aus, das Säumen der Leinwand machte ihre Finger nervös. Bald warf sie die Arbeit fort und streckte sich auf ihrer Decke aus, um zu den Wolken hinaufzustarren. Sie hörte Hans zuweilen zu seiner Malerei sprechen. »Was ist denn das?« rief er plötzlich. »Etwas ganz Neues.« – »Was denn?« fragte Doralice. – »Sehr merkwürdig«, sagte Hans, »mit einem Male auf jeder Welle ein kleiner Heiligenschein. Es sieht aus, als ob jeder Wellenkamm mit einem Lichtstifte übergangen worden wäre.«
»Ja, da kommt alles mögliche vor«, bemerkte Doralice, ohne sich aufzurichten.
»Sehr merkwürdig«, fuhr Hans fort, »einmal habe ich schon etwas Ähnliches gesehen, als ich als Knabe einmal die Schafe hütete, da hatten all die kleinen Hügel plötzlich diese Heiligenscheine.«
Ach, dachte Doralice, jetzt hat er noch die Schafe gehütet. In letzter Zeit kamen in Hansens Bemerkungen immer wieder das Dorf und das Bauernblut und die Feldarbeit vor. Das klang fast wie ein Vorwurf gegen sie, und als Hans hinzufügte: »Ja, auf der Schafweide lernt man manches«, konnte sie sich nicht enthalten, gereizt zu antworten: »Ich kann doch nichts dafür, daß ich nicht die Schafe gehütet habe.« Hans machte sofort sein förmlich freundliches Gesicht, mit dem er in letzter Zeit ihr zu begegnen pflegte, und sagte höflich: »Gewiß, das verlangt niemand von dir. Du hast auch sicherlich in deinen Verhältnissen manches Wertvolle gelernt, das man auf der Schafweide nicht lernen kann.«
Doralice seufzte, und es entstand wieder eines dieser langen Schweigen, das jetzt häufig zwischen ihnen herrschte. Sie hatte nicht gewußt, daß zwei Menschen so viel miteinander schweigen könnten, wie Hans und sie es taten. Plötzlich warf Hans seinen Pinsel fort und meinte, diese Erscheinung müsse er näher beobachten, er wolle auf das Meer hinausfahren. Dann lief er zum Meere hinab. Doralice blieb ruhig liegen, bei diesem Winde nahm er sie ja doch nicht mit. Das war also das stille Nebeneinanderhergehen. Anfangs war es Doralice wie Friede und Sicherheit erschienen. Sie war ja ganz verlassen inmitten einer feindlichen, unheimlichen

Welt, nun aber wurde es zu einer sehr erregenden Sache. Wenn Hans da schweigend vor seiner Staffelei stand, dann wußte Doralice doch, daß er innerlich mit ihr sprach, daß er ihr Vorwürfe machte, daß seine stolze und verwundete Liebe sich mit der ganzen heißen Beredsamkeit über sie ergoß, die Hans eigen war. Sie war dessen so gewiß, als sähe sie, wie einer zu ihr sprach, nur daß er noch zu fern war, daß sie ihn hörte. Sie sprach ja auch beständig in Gedanken zu Hans, rechtfertigte sich, beschuldigte ihn, demütigte sich. Einmal jedoch mußte der Augenblick kommen, daß sie beide zu voll von dem, das sie einander zu sagen hatten, waren, und es heraussagten, dann kam die Stunde der großen Aussprache, der Versöhnung. Das gab es doch, das stand doch in allen Büchern, das sah man auf allen Theatern, das mußte kommen. Auf diese Stunde zu warten war Doralices Beschäftigung in den langen ereignislosen Tagen. Soviel sie konnte, war sie bei Hans, um den richtigen Augenblick nicht zu versäumen, bei jedem seiner Worte horchte sie auf, ob es nicht der Beginn einer Aussprache sei. Genau wußte sie, was sie dann sagen würde, und fühlte schon im voraus den Schmerz und die Wonne des unendlich starken Empfindens. Aber auch Ungeduld quälte sie dann, warum kam es nicht? Wie lange sollte es noch dauern? Sie konnte nicht mehr ruhig auf der Düne liegen, sie wollte hinuntergehen und vor dem Hause sitzen, auf das Meer hinaussehen und sich vorstellen, was Hans dort in dem Boot zu ihr sprach.

Heiß schien die Sonne auf die Bank. Die Mutter Wardein nickte und rückte zur Seite, als Doralice sich zu ihr setzte. Vor ihnen auf dem Sande trieben sich magere Hennen umher und piepten freudlos und ergeben. Durch das geöffnete Fenster hörte man das Klappern von Löffeln, die Familie Wardein saß dort schweigend bei ihrem Mittagsmahl. Auch aus den Schornsteinen der anderen kleinen Katen stieg der Rauch und auch dort wurde geschwiegen. Diese Häuschen standen ja meist schwarz und still da, höchstens daß sich einmal bei Steeges eine gellende Frauenstimme vernehmen ließ, wenn Steege betrunken nach Hause kam, oder daß oben beim Strandwächter Lärm entstand, wenn der Strandwächter seine Frau schlug. »Die schlagen sich«, hatte der Geheimrat gesagt, »weil sie ineinander verliebt sind.« Nun, dachte Doralice, das mochte ja eine bequeme Art sein, eine Aussprache herbeizuführen, allein Hans und sie verstanden das nicht. Doralice schaute auf das Meer hinaus, um Hansens Boot zu entdecken. Sie liebte das Meer nicht mit seinem stetigen, schläfrigen Glitzern. Immer war es da, von überall her sah man es, überall hörte man es, ein jeder sprach von ihm; die einsilbigen Fischer, wenn sie sprachen, sprachen sie vom Meere, der einsilbige Hans, wenn er sprach, sprach er

vom Meere. Für sie aber schien es eine unendliche, erdrückende Einsamkeit auszuatmen. Und unten am Strande ging noch immer in seinem grauen Paletot mit seinem grauen Hut der Geheimrat Knospelius auf und ab wie das kleine Gespenst der Einsamkeit.
Das alles war freudlos, schläfrig und alltäglich und dennoch, wenn Hans jetzt nach Hause käme, konnte es ja geschehen, konnte es plötzlich alles anders werden und das legte für Doralice in alle Schläfrigkeit und Alltäglichkeit etwas wie das geheime Fieber einer Erwartung.
Zum Mittagessen kehrte Hans nach Hause zurück. Bei Tische sprach er wieder vom Meere, sprach von Zibbe Waldhüter, der von einem Wilddiebe einen Schrotschuß in das Bein bekommen hatte, und vom Bilde der Mutter Wardein, das zu einer Ausstellung geschickt werden sollte. Sobald er mit dem Essen fertig war, stand er auf, er behauptete, viel zu tun zu haben, die Bilderkiste mußte zugenagelt werden und dann wollte er mit einer Anweisung zur Post gehen.
»Hast du Bilder verkauft?« fragte Doralice. Ja, er hatte Bilder verkauft, das Geschäft ging gut. In der Tür wandte er sich noch einmal um und fügte hinzu: »Wenn du etwas nötig hast, brauchst du es nur zu sagen, ich komme schon dafür auf.« Damit ging er.
Er kam dafür auf. Immer gerecht und billig, allein Doralice fand, daß mit dieser Gerechtigkeit und Billigkeit sie noch sehr weit vom großen Gespräche entfernt war, welches sie so sehnsüchtig erwartete. Jetzt hallte das Haus von lauten Hammerschlägen wider. Hans schien den Hammer mit rechter Begeisterung zu führen. Doralice glaubte aus diesen Schlägen etwas wie Zorn und Leidenschaft herauszuhören, sie sprachen mit ihr, sie machten ihr Vorwürfe, sie schienen ihr zu verraten, was in Hansens Seele vorging, und sie war enttäuscht, als es plötzlich stille wurde und Hans fort war. Sie nahm den englischen Roman und eine Zigarette und beschloß zu ruhen, wirklich zu ruhen, wie sie es einst im Schlosse konnte, wenn die Zimmerflucht still wurde, die Düfte des Gartens heiß und süß durchs Fenster hereinströmten und sie sich in dem großen Voltairesessel zusammenkauerte und gedankenlos und wunschlos dort verharrte. Glücklich war sie damals nicht gewesen, aber zu Hause. Warum kam dieses Gefühl nie mehr über sie? Vielleicht wenn alles klar zwischen ihr und Hans sein wird, wenn Hans gesprochen haben wird, vielleicht wird sie dann wieder zu Hause sein. Ungeduldig warf sie das Buch und die Zigarette fort und lief zum Meere hinab. Sie konnte Hans ja entgegengehen und im Gehen arbeiteten ihre Gedanken wieder an der großen Szene der Rechtfertigung, der Demütigung und der Versöhnung; ohne daß sie es wußte, sprach sie laut, redete die Wellen an, welche weiß und zischend den Strand hinauf-

liefen bis zu Doralicens Füßen: »Ich dachte, du wirst mir tragen helfen an der Verantwortung, aber du wolltest immer nur gerecht und abgeklärt sein. Ich war allein in meiner Not, und dann diese Freiheit, das mit der Freiheit klingt so schrecklich nach Alleinsein.« Im Sprechen war sie an die Stelle gelangt, wo die Düne in scharfer Spitze nah an das Meer heranrückt, hinter ihr führte der Weg zum Dorf hinauf und dort, vom Dünenvorsprung verdeckt, hörte Doralice eine Männerstimme, die laut und eifrig etwas sprach. Es war Hansens Stimme. Doralice blieb stehen und lauschte, da bog er schon um die Ecke. »Oh, du bist es«, sagte Hans. Doralice errötete: »Ja, ich wollte dir entgegengehen«, erwiderte sie, »mit wem sprachst du eben?«

Hans zuckte die Achseln: »Mit niemand; ich rezitierte nur so für mich den Homer.«

Das war natürlich gelogen, dachte Doralice, sie glaubte, wohl zu wissen, was und zu wem er da gesprochen hatte. »Machen wir noch einen Spaziergang?« fragte sie. Sie bogen um die Dünenspitze die Dorfstraße hinauf, gingen an den Kartoffelfeldern und Stoppelfeldern entlang und gelangten endlich auf die geraden Wege der Föhrenschonung. Hans sprach wieder von Farben und von Licht, behauptete, daß die jungen Föhren in den rötlichen Sonnenstrahlen violett würden. Das alles war Doralice unendlich gleichgültig, sie wünschte einen Gesprächsstoff, in dem sie vorkam, sie und Hans. Der beste Ausweg waren dann in letzter Zeit gemeinsame Reiseerinnerungen gewesen. »Erinnerst du dich«, fragte sie, »der Engländerin in den Uffizien, die zwei Kneifer auf der Nase hatte, einen hinter dem anderen?«

Ja, Hans erinnerte sich ihrer, »und«, meinte er, »war es nicht der Tag, an dem wir nach Fiesole hinaufstiegen, und auf den Ziegelstufen saßen, die zu dem antiken Theater hinabführen? Ich glaube, es war der heißeste Sitz, auf dem ich je gesessen habe.«

»O nein«, sagte Doralice, »wir haben einmal noch heißer gesessen. Das war in Padua auf dem Rasenplatz vor der Arena-Kirche; wir aßen Kirschen, der Rasen war heiß wie ein Bügeleisen, du fingst einen Zitronenfalter und behauptetest, seine Flügel seien warm wie frische Semmeln.«

Hans lachte, diese Erinnerungen erheiterten ihn stets.

»Ach ja, und ich übte mich, ein Gesicht zu machen, wie Giottos Verzweiflung drinnen in der Kirche.«

Mit Sonnenuntergang traten sie den Rückweg an und an einem geschützten Plätzchen an der Düne erwarteten sie die Dunkelheit. Hans schwieg, und Doralice dachte über Hansens Schweigen nach. Dann tauchte wohl in der Finsternis der rote Punkt einer brennenden Zigarre nicht eben hoch über dem Erdboden auf und Knospelius' tiefe Stimme sagte: »Guten Abend.« Der Geheimrat setzte sich zu den beiden und sprach in seiner langsamen Weise von fernen, beruhigenden Dingen. Er sprach von alten Ministern, die lächerliche Angewohnheiten gehabt hatten, oder von einem stillen Café in Konstantinopel, in dem er mit schweigenden Türken gesessen hatte und geraucht, während sie durch die geöffnete Tür alle die weißen turbangeschmückten Grabsteine eines kleinen türkischen Friedhofes nachdenklich betrachteten. Oder er sprach von einer ganz rosa Wüste und von Arabern, die alle geistvolle, ernste Gesichter hatten und doch Dummköpfe waren. Wenn das Licht des fernen Leuchtturmes deutlich zu sehen war, trennte man sich.

Da der Nordostwind das Hinausfahren zum Fischfang verhinderte, mußte Hans zu Hause bleiben. Doralice und er saßen bei der Lampe, sie versuchte zu nähen, er las. »Willst du nicht laut lesen?« fragte Doralice.

»O gewiß, wenn dir das angenehm ist«, erwiderte Hans höflich, »aber es ist Homer.«

»Das tut nichts«, meinte Doralice.

Hans las die Beschreibung von Alkinoos' Garten:

»Birnen reifen auf Birnen, auf Äpfel röten sich Äpfel,
Trauben auf Trauben erdunkeln, und Feigen schrumpfen auf Feigen.«

Er gab dem Klang der Verse ein eintöniges Rollen, ein wellenhaftes Auf- und Abschwellen, das Doralice in eine köstliche Ruhe wiegte. Sie warf ihre Arbeit fort, lehnte sich in den Sessel zurück und schloß die Augen. Sie erwachte davon, daß Hans ihr leise über das Haar strich. »Du bist müde, Kind, du mußt schlafen«, sagte er. Seine Stimme klang seltsam weich und ergriff Doralice so stark, daß ihre Augen sich mit Tränen füllten. Hans bemerkte es nicht, er zündete die Kerzen an, löschte die Lampe aus und sagte gute Nacht.

Doralicens Nächte waren in letzter Zeit unruhig. Sie lag lange wach und horchte auf all die Töne, die durch das Haus liefen, und wenn dann eine Tür knarrte, wenn sie Schritte vernahm, dann wußte sie, daß Hans hinausging an das Meer. Er tat das jetzt öfters des Nachts, er wollte das Meer studieren, allein Doralice wußte es wohl, auch er konnte nicht schlafen, auch er litt, und darin lag etwas, das sie ganz heiß und unruhig vor Freude machte.

Fünfzehntes Kapitel

Am Morgen flaute der Nordostwind ab und um die Mittagszeit legte er sich ganz. Gegen Abend frischte ein leichter Westwind auf, der große weiße Wolken herantrieb.

Hans und Doralice kehrten von ihrem Abendspaziergange zurück und sahen am Horizonte riesige, kupferfarbene Wolkenberge sich aufbauen. Das Meer war voll roter und violetter Wellen. Hans und Doralice setzten sich auf ihren gewohnten Platz auf der Düne und starrten in das Flackern und Verlöschen der Farben hinein. Die bunten Wolkenberge wurden allmählich grau, über dem Lande dunkelte es und das Meer glich endlich nur noch einer bewegten Dämmerung. Am Himmel hing ein Stück Mond weiß und strahlenlos. Vor der Hütte des Fischers Stibbe saßen Frauen, reinigten Fische und sangen eine träg sich wiegende Melodie:

»Sonnchen wollt im Meere schlafen,
Schwarze Wasser sind die Decken,
Hecht, du grüner Offizier,
Laufe schnell, es aufzuwecken.
Raderi, raderi, raderidira.«

Der Geheimrat Knospelius erschien auch wie gewöhnlich, klein und grau, die große Zigarre zwischen den Lippen. »Guten Abend«, sagte er, »also wir kriegen ein Gewitter.« Hans protestierte eifrig: »Nicht vor morgen früh. Stibbe weiß das ganz genau, er fährt daher heute nacht hinaus. Ich fahre mit Steege; weit da draußen soll es eine Stelle geben, an der bei solchem Wetter die Butten so fest liegen, daß man sie im Netz wie Kartoffeln aus dem Sande pflügen kann.«

»So, so«, meinte Knospelius, »also Tatendurst, Tatendurst.« Sie schwiegen eine Weile und hörten dem klagenden Gesange der Fischerfrauen zu:

»Hecht, du grüner Offizier,
Laufe schnell, es aufzuwecken.«

»Wie diese Melodie sich Zeit nimmt«, bemerkte Doralice.

»Wer nimmt sich hier nicht Zeit?« sagte Knospelius. Er liebte es, langsam und sinnend in die Dunkelheit hineinzusprechen, mit seiner tiefen Stimme die Worte klingen zu lassen; »aber die Zeit ist hier auch sozusagen langsamer, die Tage und die Stunden und die Minuten sind hier länger. Wie fern erscheint es mir, daß ich heute morgen geweckt wurde von dem

Gesangbuchvers, den mein Wiedertäufer jeden Morgen im Nebenzimmer zu singen pflegt.«
»Ach ja«, seufzte Doralice, »hier geht alles langsam, langsam.«
»Dafür werden wir gründlich, meine Gnädige«, meinte Knospelius. »In der Stadt, da lebte ich von zerhackten Erlebnissen, von zerhackten Geschichten und Gedanken, hier erzählt man jede Geschichte ganz bis zu Ende, denkt jeden Gedanken bis in seine letzten Tiefen.«
»Und wird nie mit ihm fertig«, warf Hans ein. »Das kommt vor«, bestätigte Knospelius, »sehen Sie unsere Liebespaare, die da im Dunkeln so still nebeneinander hergehen; sie sprechen am Abend vielleicht drei Worte miteinander; sie haben eben Zeit, sich auszusprechen. Temposachen. Der Inhalt der Liebesgeschichten ist ja immer derselbe, sie verteilen ihn auf einige Jahre, andere müssen in wenig Tagen fertig werden. Temposache, nichts weiter. Da gibt es so ein indisches Märchen von einer seligen Insel; den Leuten dort geht es gut, wie das auf solchen Inseln zu sein pflegt; sie haben alles, was sie wünschen können. Charakteristisch für die Natur dieser schönen Insel ist es, daß die Bäume Mädchen tragen, schöne Mädchen, die am Morgen erblühen und am Abend welken und sterben. Jetzt sage ich mir, pflückt ein Insulaner sich am Morgen solch eine schöne Frucht, so hat er für seine Liebesgeschichte bis zum Abend Zeit, und doch glaube ich, daß diese Liebesgeschichte ebenso reich sein wird, wie zum Beispiel die Liebesgeschichte des Zibbelsohnes mit der Stibbetochter, die bereits sieben Jahre jeden Abend am Strande schweigend nebeneinander hergehen. Und dabei wird mein Inselliebespaar kaum das Gefühl haben, als würde es zu besonderer Hast getrieben. Temposache.« Der Geheimrat hielt inne und sog stark an seiner Zigarre.
Da ließ Doralice sich vernehmen, klagend und zugleich gereizt, als stritte sie mit jemand: »Ach ja, die Mädchen, die werden es ja wohl verstehen, ihre ganze Liebe in einen Tag zu legen, aber die Männer verstehen so schrecklich langsam. Wenn da am Morgen etwas vorkommt zwischen ihnen, dann werden diese armen Mädchen sterben müssen, ohne daß die Männer sich ausgesprochen haben.«
Knospelius kicherte und Hans meinte: »Auf seligen Inseln kommt vielleicht nie etwas zwischen Liebenden vor.«
»Doch, doch«, widersprach Knospelius, »das ist unvermeidlich. Ich bin zwar in diesen Sachen keine Autorität, in mich hat sich nie jemand verliebt. Ich meine aber, das muß eine verantwortungsvolle Lebenslage sein. Jemand also verliebt sich in mich, sieht in mir sein Ideal und ich bin gleichsam das Depot für diesen idealen, herrlichen Knospelius, ich verwalte ihn. Da ist es dann natürlich, daß beständig Mißgriffe vorkommen. Ich

würde ein Gefühl haben, als hätte mir jemand einen selten kostbaren Prachtband geliehen, und ich müßte in steter Sorge leben, daß dem wertvollen Buche nicht etwas passiert. Aber es ist immerhin möglich, daß die Männer auf der seligen Insel schneller von Begriff sind und die Mädchen weniger durstig nach Aussprachen. Das wäre dann, was man ein abgekürztes Verfahren nennt.«

Das Licht des Leuchtturms war in der Ferne schon deutlich zu sehen und Hans trieb zum Heimgehen, da er ja noch mit Steege hinausfahren wollte.

Zu Hause hatte Agnes schon die Mahlzeit bereitgestellt. Hans nahm sich kaum die Zeit zum Essen und eilte in sein Zimmer, um sich umzukleiden.

Doralice stand am Fenster und schaute in das weiße Aufdämmern des Mondes hinaus. Sie hörte, daß Hans wieder in das Zimmer kam; er trat an sie heran, umfaßte mit seinen Händen ihre beiden Schultern: »Verstehe ich so langsam?« fragte er. Das klang weich, fast schüchtern. Doralice bog ihren Kopf zurück, so daß er sich gegen Hansens Brust lehnte. Ihr Herz klopfte sehr stark und die Augen wurden ihr heiß von Tränen.

»Du verstehst nicht«, sagte sie kummervoll, »du sprichst nicht, du sagst nicht.«

»Ach Kind«, erwiderte Hans, »mit dem Sprechen ist es so eine Sache, man spricht und es klingt hart und sauer und häßlich und ist ungerecht und rücksichtslos und ist doch nicht das, was man sagen wollte.«

»Es kann hart sein, es kann ungerecht und rücksichtslos sein«, rief Doralice leidenschaftlich, »nur nicht so, nur nicht so! An dieser Gerechtigkeit und an dieser Rücksicht stirbt man.«

Hans beugte sich über sie und küßte sie fest auf die Lippen: »Gut, gut«, sagte er in seinem gewohnten freundlichen, eifrigen Ton, »so wollen wir uns denn morgen alles sagen, was wir heute dem Meere zugeschrien haben. Für heute gute Nacht.«

Doralice stand noch lange am Fenster und die Tränen, die warm über ihre Wangen niederrannen, taten ihr wohl wie eine gütige Liebkosung. Endlich beschloß sie schlafen zu gehen; sie freute sich auf den Schlaf, sie war müde, als läge eine schwere, glücklich vollbrachte Arbeit hinter ihr.

Um Mitternacht erwachte Doralice von einem starken Geräusch, das im Zimmer um sie her sich vernehmen ließ. Das Meer rauschte stark, so stark, als stünde das Häuschen mitten in den Wellen. Dazu war es, als ob alle Gegenstände im Zimmer sich bewegten, die Sachen auf der Toilette klirrten, der Waschkrug schnurrte leise vor sich hin, die Tür klapperte. Draußen aber über dem Dache schienen schwere Gegenstände sausend durch die Luft zu fahren, zuweilen kam ein Pfeifen, ein ausgelassenes, höhnisches Pfeifen, als jagte dort irgendwo ein Gassenbube durch die

Luft. Oder ein Klagelaut kam schrill und verzweifelt, und plötzlich wurde all das übertönt von dem mächtigen Rollen und Krachen des Donners. Doralice sprang aus dem Bett und lief an das Fenster des Wohnzimmers. Die Nacht war ganz schwarz und schien voll wilden Getümmels, ein Blitz zuckte auf und zeigte für einen Augenblick in einem blauen Lichte das seltsam veränderte Meer. Es erhob sich dort wie große schwarze Mauern, Mauern, die schwankten und stürzten, und überall lag es auf ihnen wie bläulicher Schnee. Doralice hatte Angst, nur das, keinen anderen Gedanken als nur diese Angst, die uns treibt, uns zu verbergen, zu verkriechen, nach Hilfe zu rufen. Das Zimmer wurde hell, Agnes stand da, die Lampe in der Hand, und die gelben Augen der alten Frau sahen Doralice starr und böse an. Da begriff Doralice. »Hans«, murmelte sie.

»Ja, bei diesem Wetter auf dem Wasser zu sein«, sagte Agnes scheltend, »hat man so was gehört, und mit diesem Saufaus von Steege, der zu faul ist, um sein Boot ordentlich zu halten.« Agnes wurde dann sehr geschäftig, leise fortscheltend ging sie ab und zu, holte einen Mantel, hüllte Doralice in ihn ein, zwang sie, sich in einen Sessel zu setzen, holte eine Decke, um sie damit zu bedecken, und als das getan war, setzte sie sich selbst auf einen Stuhl, faltete die Hände im Schoß, schaute starr und böse in das Licht der Lampe und wiegte den Oberkörper sachte hin und her. Zuweilen murmelte sie vor sich hin: »Nun muß er gleich kommen, der tolle Junge. Als ob wir nicht Fische genug hätten, und noch mit dem Steege.«

So still zu sitzen und hinauszuhorchen war furchtbar qualvoll, Doralice ertrug das nicht, sie mußte etwas tun. »Ich gehe zu Wardeins«, sagte sie. Agnes zuckte die Achseln. »Was können die tun?« meinte sie. Aber Doralice ging doch hinaus, schlich sich an der Mauer hin, um von dem Sturm nicht umgeworfen zu werden, und trat in die Stube der Wardeins. Die Wardeinin hatte eine Lampe angesteckt, ging nur mit einem kurzen Rocke bekleidet im Zimmer umher, befestigte die Fensterläden, löschte die letzte Glut auf dem Herde, rückte an den klappernden und schnurrenden Geräten auf dem Bord. Als Doralice eintrat, schaute die Wardeinin sie ruhig und ernst an und wandte sich wieder schweigend ihrer Hantierung zu. Doralice stand da, atemlos von dem Gang durch den Sturm, und sagte leise: »Ach, Frau Wardein, dieser Wind.«

»Der ist nicht gut«, antwortete die Wardeinin, »aber was kann man machen?«

Doralice setzte sich auf einen Stuhl und wartete, daß die Frau noch etwas sagen würde, etwas, das wie Trost klang. Da ließ sich von dem großen Bett her Wardeins tiefe Stimme vernehmen: »Ich hab's gesagt, aber die wollen

ja klüger als der Wardein sein. Nun, der Stibbe hat das neue große Boot, der schlägt sich wohl durch, und der Steege – na ja, dem hat mit seinem alten Kasten von Boot der Teufel schon früher mal herausgeholfen.«
Die rauhe Stimme, die grob und vertraulich von dem Furchtbaren da draußen sprach, tat Doralice wohl. Die Kinder begannen im Bett zu weinen und die Mutter mußte sie schelten und schlagen. Die Großmutter hatte sich in ihren Kissen aufgerichtet und starrte auf das Fenster, als könnten ihre Augen sehr weit in diese Dunkelheit hineinsehen. »Schlechter Wind, schlechter Wind«, murmelte sie. Doralice saß noch immer da, sie konnte sich nicht entschließen zu gehen. Die enge Stube mit ihrem alltäglichen Leben mitten in all dem Furchtbaren da draußen war etwas wie Geborgenheit. Allein die Wardeinin schien mit ihren Geschäften fertig zu sein, sie stand vor ihrem Bett, gähnte und sah Doralice an. Doralice mußte gehen, hier wollte man sie nicht mehr. Und sie ging wieder in das Wohnzimmer hinüber, wo Agnes vor der Lampe saß und den Oberkörper sachte hin und her wiegte. Fröstelnd drückte sich Doralice wieder in den Sessel und hüllte sich in ihre Decken. Es war qualvoll und furchtbar anstrengend, beständig auf die wirren Töne da draußen zu hören, diese Töne, die, je länger sie ihnen lauschte, um so ausdrucksvoller wurden, sich in gespenstische Gestalten wandelten. Wenn das höhnische Gassenjungenpfeifen erscholl, sah sie deutlich ein kleines Ungetüm mit gelbem Gesicht voller Sommersprossen, mit rotem Haar, in grauen, zu weiten Kleidern, das die Hände in den Hosentaschen unendlich frech durch die dunkle Luft hinschlenderte. Die lauten Klagelaute gehörten einer großen Frau mit lang niederhängendem grauen Haar. Die Augen waren hellgelb wie Meersand, den Mund öffnete sie weit – ein großes schwarzes Loch in dem weißen Gesicht. Und mitten in allem diesen Spuk und Schrecken, in dieser Finsternis und diesem Geheul war Hans, dort mußten ihr Denken und ihr Warten ihn suchen. Doralice fuhr empor, als wollte sie eine unerträgliche Last von sich abschütteln. Auch Agnes wurde unruhig, sie begann auf dem Spirituskocher Tee zu kochen. Das interessierte beide. Und das Teetrinken dann, das Anzünden einer Zigarette gaben einen kleinen flüchtigen Augenblick des Vergessens und sehr durchdringenden Behagens. Aber die schwere Arbeit des Wartens und Bangens mußte gleich wieder aufgenommen werden. Wenn Doralicens Gedanken, der Spannung müde, kraftlos wurden, waren sofort Bilder da, farbige, belebte Traumbilder. Sie sah den Strand, gelb von Sonnenschein, die Generalin im weißen Pikeekleide kämpfte mit dem Winde, Lolo stand, ein schmaler roter Strich, in einem grünblauen Meere und Hans kam langsam durch den Sonnenschein auf Doralice zu. »Schön, schön«, sagte

er in seiner herzlichen, eifrigen Weise, »du hast auf mich gewartet, schön, schön.« Und Doralice fühlte, daß nun alles wieder gut sei, fühlte das mit einer so starken und heißen Erschütterung der Freude, daß sie mit einem Ruck aus ihrem Sessel auffuhr und das bleiche, sich sachte hin und her wiegende Gesicht Agnes' verständnislos anschaute. Nein, diese Traumbilder waren Leben und dieses Zimmer mit der bleichen Agnes und der heulenden schwarzen Nacht draußen, das waren nur die Schrecken eines unbegreiflichen Traumes. Und sie flüchtete wieder zu den Traumbildern, lebte mit ihnen, bis die Freude, die sie brachten, sie wieder weckte.

Der Tag graute, zögernd und schäbig. Ein heftiger Gewitterregen ging nieder; er hüllte das Land und das Haus wie in undurchdringliche staubgraue Spinnweben ein. Da hatte das Licht einen schweren Stand. War das überhaupt ein Tag, dachte Doralice, dieses müde, kummervolle Hindämmern, unterbrochen von dem jähen Aufschrecken, wenn das deutliche Bewußtsein des jammervollen, unfaßbaren Wartens kam. Sie kleidete sich an wie sonst, Agnes kochte wieder Tee, später machte sie Spiegeleier, denn sie meinte, des Sturmes wegen würde man nicht so leicht Feuer auf dem Herde machen können. Leute kamen, die Wardeins und die Steege; sie standen da im Zimmer und sprachen laut miteinander. Die Steegin mit rotverweinten Augen, ungekämmtem Haar, bleich und übernächtigt, weinte ganz laut: »Hu, hu, hu« und redete wie im Fieber. Natürlich, wenn man alles Geld ins Wirtshaus trägt, kann man sich kein neues Boot kaufen, dann kann man kaum das alte instand halten. Aber auf sie hörte er ja nicht. Noch gestern morgen hatte sie ihm gesagt, daß sie einen schlechten Traum gehabt hatte; ihr hatte geträumt, Steege stünde in seinem Boot, und das Boot war ganz voll mit Dorschen gewesen, bis zum Rande voll. Von Dorschen aber zu träumen ist schlecht, von Butten gut. Aber auf sie hörte er ja nicht.

»Von Dorschen zu träumen ist schlecht und von Butten gut«, wiederholte die Mutter Wardein ernst, »das ist richtig.« – Als die Frauen gegangen waren, kam der Geheimrat; er war steif und offiziell, dabei hatten seine Züge etwas Gekniffenes und Verzerrtes, als schmerze ihn sein Gesicht. Er sagte, Doralice könne sich auf ihn verlassen, alles Nötige würde geschehen. Sobald es möglich wäre, würden Leute hinausfahren. Einen Mann zu Pferde hatte er den Strand hinab, dem Leuchtturme zu, geschickt. Dann saß er da, trommelte mit den Fingern auf sein Knie, suchte nach etwas, das er sagen könnte, etwas, das zu Herzen geht, er fand jedoch nichts. So bemerkte er nur: »Sie sollten sich einen Pelzmantel umnehmen, in solchen Zeiten friert man.« Nachdem er schweigend eine Weile gesessen, ging er.

Gegen Abend verbreitete sich das Gerücht, der Fischer Stibbe sei zurück. Wieder war das Zimmer voller Frauen; die Stibbin erzählte, ihr Mann habe sich bald von Steege getrennt, da ihm das Wetter verdächtig erschienen sei. Unterwegs habe das Gewitter ihn noch erwischt, es sei dunkel geworden, daß er nicht die Hand vor Augen sah, und der Sturm! Es war noch gut gewesen, daß er bald in die Bucht hinter den Leuchtturm geraten war und dann – ein gutes Boot war eben ein gutes Boot. Wenn er das neue Boot nicht gehabt hätte, wer weiß, wie es ihm dann ergangen wäre. Von Steege und Hans wußte er nichts. Die Frauen sprachen alle zu gleicher Zeit, die Steegin weinte wieder: »Hu, hu, hu«, endlich schickte Agnes sie alle hinaus.

Der Abend brach herein; Doralice und Agnes saßen sich gegenüber; Agnes wiegte sich sachte und jammerte leise; Doralice versuchte es mit ihren Gedanken, sich in irgendwelche ferne, friedliche Erinnerungswinkel zu flüchten, oder sie hörte gedankenlos dem Sturm und dem Meere zu. Die Nacht kam, Agnes brachte Doralice zu Bett und Doralice versank in einen schweren Schlaf; durch den tiefen Schlaf ging zuweilen etwas, das zu schwer zu tragen war, und das Erwachen wurde dann zur einzigen Zuflucht. Doralice schlug die Augen auf. Das Zimmer war hell; auf dem Stuhl am Fußende des Bettes saß Agnes in Tücher gewickelt; das kleine gelbe Gesicht schaute seltsam friedlich, fast heiter drein, die weiche Linie des zahnlosen Mundes zuckte in einem verhaltenen Lächeln.

Als Agnes sah, daß Doralice wach wurde, fing sie an zu sprechen. Sie sprach so, als fahre sie in einer begonnenen Erzählung fort: »Und damals, als wir die Hochzeit für die Base Anne ausrichteten, nein, dieser Schlingel! Also wir hatten eine schöne, große Gans, die war in das Rohr geschoben und briet dort. Unterdessen war vieles andere zu tun, und als wir nun denken, die Gans muß fertig sein, und nachschauen, da ist die Gans fort. Das war nun ein Geschrei und Suchen, aber fort war fort, wie ein Wunder kam es uns vor. Mir fiel es wohl einen Augenblick auf, daß der Hans und die anderen Jungen für eine Weile nicht zu sehen waren, reinzu verschwunden, wie der Jude zu Michaelis. Nun, aber ich dachte mir nichts dabei. Erst später, lange hernach, hat der Hans es mir gesagt, hat der verfluchte Schlingel die Gans aus dem Rohr gestohlen und zusammen mit den anderen Jungen oben auf dem Heuboden aufgefressen. Ich habe ihm versprechen müssen, es keinem zu sagen, und bis heute habe ich es keinem gesagt. Aber so was, die Gans aus dem Rohr zu stehlen und aufzufressen!«

Agnes' Lachen klang herzlich und behaglich in das Pfeifen und Stöhnen des Windes hinein ...

In der Nacht hatte sich der Sturm gelegt. Der Regen dauerte noch den ganzen Vormittag des nächsten Tages an, erst am Nachmittage hörte er auf. Doralice ging zum Strande hinab, eilig, als warte dort jemand auf sie, die Wellen hatten den Strand aufgepflügt, ihr Fuß sank tief in Algen und Seetang ein. Unter dem eisgrauen Himmel lag das Meer weiß von Schaum wie kochende Milch. Sehr aufgeregt waren die Möwen, sie schossen hin und her und stritten sich mit ihren schrillen, keifenden Stimmen. Das war wild und grausam, aber man konnte hier wenigstens atmen. Doralice hörte hinter sich eilige Schritte nackter Füße über den Seetang laufen. Die Steegin war es, die sie einholte und sich ihr anschloß. Sie sprach und klagte unausgesetzt: »Nein, die kommen nicht mehr heraus, die Mutter Wardein sagt das auch. Dort weit muß eine Stelle sein, von der sie nicht mehr zurückkommen. Dort unten müssen Spalten und Höhlen sein oder, was kann man wissen, was sie dort hält. Der Wardein Mathies kam auch nicht heraus.« Und während die beiden bleichen Frauen eilig am Strande hingingen, schauten sie mit weit offenen Augen suchend und angstvoll auf das Meer hinaus. Mit einbrechender Dunkelheit mußte die Steegin heim zu ihren Kindern. Doralice entschloß sich nur schwer, ins Haus zu gehen, das Gewaltsame hier draußen erdrückte die Gedanken, dort drinnen wartete das Vermissen auf sie, die Enttäuschung jeden Augenblickes, wenn sie immer wieder aufhorchte und meinte, die bekannte Stimme, der bekannte Schritt müßten sich vernehmen lassen. Und immer wieder war es ihr, als griffe sie nach einer vertrauten warmen Hand und mußte es mit Entsetzen fühlen, daß diese Hand kalt und fremd geworden war.

Agnes trug das Essen auf, stand dabei und sah zu, wie Doralice aß, und beiden rannen dabei die Tränen über die Wangen. Spät am Abend kam noch der Geheimrat, dessen Diener Klaus mit einer großen Stallaterne leuchtete. Knospelius saß Doralice gegenüber, er wußte nicht viel zu sagen. Von alten Ministern und türkischen Cafés durfte er hier nicht sprechen. Aber Doralice konnte dann klagen und weinen und das tat ihr wohl: »Auf morgen also, sagte er mir, als er fortging, alles wollte er mir dann sagen, alles, was er mir die ganze Zeit über verschwiegen hatte – und nun –«

»Mein Gott«, sagte Knospelius und zog die Augenbrauen empor, »was wir auch sagen, wir nehmen unser Geheimnis ja doch mit.«

»Welches Geheimnis?« fragte Doralice und ihre Augen wurden groß und rund vor Erstaunen.

Knospelius verzog ärgerlich sein Gesicht: »Nichts, nichts, das war nur so ein Ausspruch, und Sie wissen, wenn man nichts Rechtes zu sagen weiß, so tut man einen Ausspruch. Übrigens«, fuhr er zögernd fort, er war es nicht gewohnt zu trösten und auch nicht gewohnt, so starkes Mitleid zu empfinden, »übrigens«, fuhr er fort, »von denen, die uns nahestehen, wollen wir doch nichts Neues erfahren, sie sollen sich immer wieder so bestätigen, wie wir sie kennen. Wir wollen nichts bei ihnen entdecken, was wir nicht schon wissen.«

»Ich wollte wissen, ob er mich noch so liebt wie früher«, fragte Doralice einfach. Darauf fand der Geheimrat keine Antwort. Er bog den Kopf zurück und schloß die Augen, das schöne, tränenüberströmte Gesicht ihm gegenüber ergriff ihn zu stark.

Von der Küche her klang Klaus' laute, predigende Stimme herüber, er las Agnes aus der Bibel vor.

Am vierten Tage nach der Sturmnacht kam die Nachricht, bei dem Fischerdorf hinter dem Leuchtturm sei ein Boot an das Ufer gespült worden. Die Steegin zog ihr Sonntagskleid an und fuhr mit dem Strandwächter hin. Spät am Nachmittag kehrte sie zurück und berichtete, es sei ihr Boot gewesen, übel zugerichtet, sie habe es dort gleich an einen Fischer verkauft. Sie wischte sich mit dem Zeigefinger die Tränen aus den Augenwinkeln, war aber ruhig und sachlich. Da sie nun mal ihr gutes Kleid anhatte, wollte sie zum Schullehrer hinaufgehen, um die Glocke für ihren Mann läuten zu lassen und weil morgen Sonntag war, konnte der Schullehrer in der Kirche die Totenpredigt lesen, denn der Pastor war für eine Woche in die Stadt verreist. Agnes sagte, sie würde sie begleiten.

Der Sonntagmorgen war sonnig und der sandige Weg, der zur Kirche führte, belebt von Kirchengängern. Als Doralice und Agnes die kleine Kirche betraten, fanden sie alle Bänke dicht besetzt. An den teilnahmsvollen Blicken, die auf sie gerichtet waren, merkten sie, daß auf sie gewartet worden war, und auf der vordersten Bank neben der Steegin und ihren drei Kindern waren für sie Plätze freigehalten worden. Der weißgetünchte Raum war voller Sonnenschein und das Altarbild, Christus, Petrus über das Wasser geleitend, mit seinen giftgrünen Wellen, seinen rot und gelben Gewändern schrie ordentlich in die weiße Helligkeit hinein. Ein Choral wurde gesungen von lauten, heiseren Frauenstimmen, dann las der Schullehrer eine Predigt vor, sein bleiches, gedunsenes Gesicht verzog sich zu einer traurigen Miene, sein Tonfall war singend und eintönig. Auf allen Bänken begannen die Frauen zu seufzen, die Steegin und ihre Kinder weinten laut, auch Agnes weinte. Doralice jedoch konnte nicht weinen, und weil sie fühlte, daß die Frauen sie deshalb verwundert und mißbilligend ansahen, zog sie sich ihren Schleier vor das Gesicht. Sie hatte nicht die Empfindung, daß diese singenden und seufzenden Frauen, daß die Worte, die dieser häßliche Mann dort auf der Kanzel vorlas, irgend etwas mit ihr und ihrem Schmerze zu tun haben könnten. Der Gottesdienst war zu Ende, die Fischerfrauen standen noch auf dem sonnigen Kirchenplatz beisammen und sprachen. Die Steegin war sehr umringt, man versprach, ihr bei der Kartoffelernte zu helfen, doch die Stibbin meinte, sie solle zum Fischreinigen zu ihr herüberkommen, dafür würde sie dann einige Fische kriegen. Der Steegin schien die allgemeine Teilnahme wohlzutun und sie machte fast ein zufriedenes Gesicht, als sie mit ihren drei Kindern durch die niedrige Tür in ihrer Kate verschwand. Ihr Unglück war von heute ab eine Einrichtung ihres Lebens geworden, mit der sie sich abzufinden hatte. Von nun ab irrte sie auch nicht mehr am Strande umher.

Doralice ging jetzt allein am Strande hin, sie ging täglich stundenlang, das war der Inhalt ihres Lebens. Sie wollte Hans dienen, wollte bei ihm sein, wollte ihm treu sein. Dort auch vermochte sie ihren Schmerz tief zu fühlen, konnte um ihre Liebe trauern, konnte unglücklich sein, denn, wenn sie das nicht konnte, was hatte sie dann, was war sie dann? Und dann war um sie und in ihr alles leer. Etwas anderes noch war es, was sie auf ihren Wanderungen begleitete. Wenn sie so an den Wellen entlangging, die weiß mit leisem Prickeln über den Sand bis zu ihr hinaufliefen, da schien es ihr, als wollte das Meer sie zu etwas überreden, zu etwas, gegen das sie sich sträubte, gegen das sie stritt, zuweilen so heftig stritt, daß sie laut vor sich hin ein »nein, nein« in das Rauschen der Wellen hineinsprach. Allein dieser Streit mit dem Meere hatte für sie eine furchtbar erregende Anziehung. Zuzeiten jedoch entglitt ihr all das, dann versank sie gedankenlos in die Betrachtung der feinen Linien, die das Wasser auf den Sand geschrieben hatte, in den Anblick der zitronengelben, hellblauen und hellrosa Muscheln, welche wie kleine Blumen über das Ufer gestreut waren. Oder sie folgte mit den Blicken den Wellen, die eilig hintereinander herliefen, ohne daß je eine die andere erreichte. Der zu Ende gehende September hatte sommerwarme Tage gebracht, Doralice ging weit, weit hinaus dem Leuchtturme zu, sie ging, bis ihr die Füße schwer vor Müdigkeit wurden. Dort weiter fort trat der Hochwald bis dicht an den Dünenrand heran, riesige rote Föhrenstämme mit wirren dunklen Schöpfen, hier und da stand eine Birke oder eine Espe zwischen ihnen, das Laub, schon herbstlich gelb, stand da wie ein goldenes Gerät in einer großen Säulenhalle. Die Moosdecke des Bodens war bunt von Herbstschwämmen und Preiselbeeren, Sonnenschein und die Schatten der Baumzweige trieben dort ihr stummes Spiel. Das mußte gut tun, dort auszuruhen, dachte Doralice. Sie stieg hinauf und streckte sich auf einem Mooshügel aus.

Wir können einen sehr großen Schmerz haben, wir können sehr unglücklich sein, und doch hält all das nicht stand vor der Wonne, nach einer langen ermüdenden Wanderung wohlig die Beine von sich zu strecken. Sie sah hinauf in die Wipfel der Föhren, hoch oben revierte ein Falke metallblank in all dem Blau. Neben ihr stand eine Espe und flüsterte unablässig. Wie war es hier gut, über alles Wünschen hinaus gut. Doralice fielen die Augen zu, das letzte, was sie mit halbgeschlossenen Lidern noch sah, war ein Sprung Rehe, der von der Höhe niederstieg. Vorsichtig hoben die Tiere ihre dünnen Läufe über das hohe Farnkraut. Sie gingen bis an den Rand der Düne vor, blieben dort stehen und äugten regungslos auf das Meer hinaus.

Doralice schlief so süß, daß, als der Schlaf vorüber war, sie doch noch dalag, ohne sich zu bewegen, in der Hoffnung, noch ein wenig dieses gedankenlose Glück halten zu können. Allein dann war das Erwachen endlich unwiderruflich da, sie richtete sich auf, saß da und dachte nach. Wie wohl sie sich gefühlt hatte, wie wohl sie sich immer noch fühlte; wie war das? Sie hatte doch ihren großen Schmerz, ihr Unglück. Wo waren sie? Hatte sie sie verloren? Nein, das nicht. Angstvoll sprang sie auf und eilte zum Meere hinab, dort ihren Schmerz wiederzufinden.

Die Nächte waren wieder mondhell. Knospelius und Doralice saßen an dem gewohnten Platz auf der Düne, ihnen zu Füßen schlief Karo, der Hühnerhund. Das Meer war tief beruhigt, sachte wiegte sich der Mondglanz auf dem Wasser, nur an der Brandung schnurrten kleine silberne Wellen behaglich vor sich hin. Vor Stibbes Hütte wurden wieder Fische gereinigt, und die Frauen sangen ihr altes klagendes Lied:

»Sonnchen wollt im Meere schlafen,
Schwarze Wasser sind die Decken,
Hecht, du grüner Offizier,
Laufe schnell, es aufzuwecken.
Raderi, raderi, raderira!

Sonnchen wollt im Meere schlafen,
Wo mein Junge schlafen muß.
Butte, kleines braunes Frauchen,
Bringe beiden meinen Gruß.
Raderi, raderi, raderira!«

»Karo schläft jetzt viel«, sagte der Geheimrat, »er ist verstimmt, das Meer interessiert ihn nicht, daher will er träumen, er jagt im Traum, seine Träume sind grün oder korngelb.«

»Ja«, meinte Doralice, »ich habe es bisher auch nicht gewußt, wie wichtig Träume werden können.«
Der Geheimrat zog eine Weile sinnend an seiner Zigarre: »Ich weiß, ich weiß«, begann er dann wieder, »hab' auch solche Zeiten gehabt, an der Wirklichkeit liegt einem dann nichts und die Träume werden einem dann wichtig. In solchen Zeiten muß man den Träumen entgegenkommen; man muß Orte aufsuchen, die den Träumen förderlich sind oder sie nicht stören. Solche Orte gibt es, dort unten in Italien oder auf den griechischen Inseln. Ich habe gedacht, wenn Sie von hier fortgehen ...«
»Wohin soll ich gehen?« unterbrach ihn Doralice leidenschaftlich. »Sie wissen doch, der einzige Ort, an dem mein Leben einen Sinn hat, ist hier.«
»Natürlich, natürlich«, brummte Knospelius, »ich sage nur, *wenn* Sie fortgehen. Schließlich kommt der Winter, dann ist das Land hier auch nicht mehr dasselbe; dann wäre so eine stille südliche Bucht empfehlenswert, blau, Sonnenschein, die Luft weich wie eine Puderquaste; das Leben so selbstverständlich, daß man nicht darüber nachdenkt, ob man es leben soll oder nicht. Man denkt überhaupt nicht nach, oder wenn man denkt, so komponiert man an seiner Vergangenheit, denn unsere Gegenwart können wir wohl verachten, aber von seiner Vergangenheit will jeder etwas haben. Ich meine also, wenn Sie von hier fort können, so sollten wir an solch eine stille Bucht gehen.«
»Wir?« fragte Doralice.
»Ja, ich sage *wir*«, erwiderte Knospelius, »denn Sie müssen einen haben, der Sie begleitet und beschützt, und, sehen Sie, ich bin der geborene Begleiter, der geborene Beschützer, sozusagen der geborene Vormund, ich kompromittiere niemand, mein Wiedertäufer von Diener sagte mir einmal: ›Exzellenz haben es leichter, der Welt zu entsagen, denn Gott gab Exzellenz ein Extrakreuz.‹« Knospelius kicherte leise in sich hinein. »Solch eine Zeit würde Ihnen guttun«, fuhr er dann fort, »ruhig abwarten, wie das Leben weitergeht, denn bei Ihnen wird es weitergehen. Sehen Sie die Wellchen dort, jetzt ist die eine oben im Licht, dann geht's herunter in den Schatten – gut, gut – ich bin der geborene Kamerad des Wellentals. Wenn es dann wieder aufwärts geht, können Sie mich stehenlassen, daraus mache ich mir nichts, das bin ich gewohnt. Man hat mich mein ganzes Leben hindurch stehenlassen. Ein netter, interessanter Herr, sagten die Menschen von mir und ließen mich stehen. Aber das ist ganz gleich. Es ist auch ganz gleich, daß das Zusammensein mit Ihnen für mich ein Erlebnis wäre; es hätte auch nicht das geringste zu bedeuten, wenn ich Ihnen eine Liebeserklärung machte; man kann ein gekrümmtes Rückgrat und doch seine Sentiments haben, aber die gehen einen dann ganz allein

etwas an. Ich sage das nur, damit Sie nicht glauben, ich bin ein Opfer, im Gegenteil – aber wie gesagt, das ist egal. Die Hauptsache ist, daß es für Sie das Richtige wäre.«

»Ich danke Ihnen«, sagte Doralice leise, »aber ich kann jetzt von hier nicht fort.«

»Freilich, freilich«, sagte Knospelius heiter, »wir haben Zeit, wir haben hier gelernt, Zeit zu haben, wir warten, wir warten ruhig ab, bis das Meer uns freigibt.« –

So kam es denn, daß, als der Oktoberwind die gelben Birkenblätter von der Zibbehöhe auf das Meer hinaustrieb und das blassere Gold der Oktobersonne über den Wellen lag, das wunderliche Paar noch immer Tag für Tag am Strande entlangging, die schöne, bleiche Frau mit den wehenden Trauerschleiern und der kleine, verbogene Herr im langen grauen Paletot, gefolgt von seinem Hühnerhunde, der mißmutig und gelangweilt auf das Meer hinausgähnte. Sie warteten alle drei darauf, daß das Meer sie freigäbe.

(1911)

NACHBARN

Das kleine Bergtal füllte sich mit durchsichtiger Dämmerung. Die fetten Wiesen lagen farblos da und der Bergbach, weiß in den sinkenden Schatten, begann lauter zu rauschen. Immer, wenn es abendlich still wurde, erhob er so die Stimme, um endlich im Schweigen der Nacht allein das Wort zu behalten. Vom See, der drüben hinter den Bäumen still und dunkel dalag, wehte es kühl herüber. Oben aber an den Berggipfeln hing noch roter Abendschein. Das Ehepaar von Bassel kehrte von seinem Spaziergange zurück, langsam, müde, die Glieder schwer von dem langen heißen Tage und dem weiten Wege. Sie gingen nicht nebeneinander, sondern hintereinander her. Oskar war Dina einige Schritte voraus, dann blieb er stehen, nahm seinen Hut ab und schaute zu den Bergspitzen empor, aufmerksam wie jemand, der entschlossen ist, einen Eindruck in sich aufzunehmen. Hier auf dem Lande hatte er sich einen blonden Bart stehen lassen, auch das Haar war ziemlich lang geworden. Aus dem hübschen, sonst so diplomatenhaft gepflegten Kopf war so etwas wie ein Dichterkopf entstanden. Oskar war auch überzeugt davon, daß ein Dichter in ihm stecke. In seiner Jugend hatte er Verse in Zeitschriften veröffentlicht, und jetzt sprach er stets davon, daß er den Plan zu einem bedeutenden Werke in sich trug. Wenn nur das Leben ihm Zeit dazu lassen würde, aber da war seine Anstellung im Finanzministerium, da war die Geselligkeit, er war beliebt, er war Lebemann, er war Sportsmann, wo sollte da die Zeit zum Dichten herkommen. Aber hier auf dem Lande, hier mußte auch dem Dichter sein Recht werden. Dina war stehengeblieben und schaute auch zu den Bergen auf. »O sieh doch«, sagte sie. – »Ich bin ja gerade dabei, das zu sehen«, erwiderte Oskar ärgerlich und ging weiter. Dieses kurze Zwiegespräch hatte sich manchen Abend schon wiederholt, wenn die Bergspitzen rot wurden, konnte Dina nicht umhin zu sagen: »O sieh doch!« und das verstimmte Oskar jedesmal, als würde das Abendrot ihm dadurch verdorben. Ja es wurde ihm gewiß dadurch verdorben, dachte Dina, denn wenn sie miteinander zankten, liebte es Oskar, zu sagen: »Ich weiß nicht, durch dich wird meine Natur verfälscht.« Nun, wahrscheinlich verfälschte sie ihm auch das Abendrot. Ja, Dina war unglücklich und begriff doch nicht, warum sie es sein mußte. Sie war doch so bereit, glücklich zu sein und glücklich zu machen. Das wollte ihr jedoch nicht gelingen. Wenn das Leben Oskar keine Zeit für seine große Dichtung ließ, so ließ es ihm noch viel weniger Zeit für Dina. Alles ging vor, die Geschäfte, die Vergnügungen, die Freundinnen, und für Dina blieben nur einige Stunden eines gereizten und säuerlichen oder einsilbigen Beisammenseins übrig. Dina konnte es nicht ändern, daß sie dann weinerlich und vorwurfsvoll und eifersüchtig war. Zuweilen allerdings kamen große Versöhnungsszenen, die für Dina große Festtage waren, sie gerieten jedoch zu bald in Vergessenheit. Nach solch einer Versöhnungsszene war es gewesen, daß sie diesen Landaufenthalt beschlossen hatten. Hier in der Einsamkeit, vor der großen Natur wollten sie sich wieder finden, hier wollte Oskar ganz den beiden Vernachlässigten, seinen Gedichten und seiner Frau leben. Anfangs war es auch hübsch gewesen, obgleich die Art, mit der Oskar seine Freundlichkeit unterstrich, ein wenig unbehaglich war und Dina befangen machte. Dann aber ging es mit dem Gedicht nicht recht vorwärts und Dina schien daran schuld zu sein, Oskar wurde bitter und Dina weinerlich, sie stritten oder sie schwiegen miteinander, und Dina fühlte, daß das Glück, welches sie nun zu halten geglaubt hatte, ihr wieder entwischte. Alles um sie her schien ihr traurig und bedrückend, diese Berge, diese hellen Tage, der starke, süße Duft der Wiesen und die fette Behäbigkeit der Kühe und Menschen. Das Melancholischste aber war stets dieses Heimkommen vom Abendspaziergange, wenn Oskar und sie so stumm hintereinander hergingen, die Müdigkeit lag schwer auf ihren Schultern, die gepflückten Feldblumen welkten in ihrer heißen Hand, und nichts, nichts war zu erwarten, das sie ein wenig glücklich machen konnte. Drüben in der niedrigen Bauernstube würden die Abendmilch und der langweilige Aufschnitt sie erwarten, und dann würden sie auf dem Balkon sitzen, in die Nacht hinaussehen, den Tönen lauschen, und Oskars Schweigen würde Dina wie eine körperliche Qual krank machen. Dinas hübsches rundes Gesicht, das ganz auf ein glückliches Lächeln eingerichtet war, wurde, während sie langsam hinter Oskar herging, kummervoll, und das Junge und Blühende in ihm, das es sonst hübsch machte, schien wie erloschen.

Aus dem Waldwege, der vom See heraufführte, bog jetzt ein zweites Paar in die Hauptstraße ein. Ein ganz junger Mann in gelbem Radfahrkostüm, schmalschulterig wie ein Knabe, den Hut in der Hand, das reiche schwarze Haar im Abendwinde flatternd, umschlang mit dem rechten Arm ein junges Mädchen. Sie war überschlank, ganz in Weiß gekleidet, das Haar, unbedeckt, hing feucht von Abendnebeln ihr über die Stirn. Sie lehnte sich ganz fest an ihren Gefährten, als sei es ihr schwer, ohne Stütze zu gehen.

»Das ist das Paar, das unter uns wohnt«, sagte Dina.

»Ich sehe es«, erwiderte Oskar und nach einer Weile setzte er hinzu: »Ich weiß nicht, warum es dir ein Bedürfnis ist, mir alles was hier geschieht sozusagen vorzustellen.«

»Ach, man sagt das so«, meinte Dina.

Oben in der Bauernstube, in der Oskar und Dina wohnten, standen in der Dämmerung die Milch und der Aufschnitt auf dem Tisch. Das Ehepaar setzte sich und begann schweigend zu essen.

»Kann es etwas Traurigeres geben«, dachte Dina, »als diese Mahlzeit?«

Endlich wurde ihr das Schweigen so unerträglich, daß sie beschloß, etwas Freundliches zu sagen: »Ist dir auf dem Spaziergange etwas Hübsches für dein Werk eingefallen?«

Überrascht sah Oskar auf, und dann antwortete er in einem Ton, als habe Dina ihn beleidigt »Was soll mir einfallen? Und überhaupt mein Werk! Ich liebe es nicht, wenn danach gefragt wird, etwa wie man fragt: Hast du noch Zahnweh?«

»Ach so, das wußte ich nicht«, entgegnete Dina spitz.

Eine Wohltat war es, als Resei die Magd in das Zimmer trat, um das Geschirr zu holen. Sofort begann Dina mit ihr zu sprechen: »Sagen Sie, der Herr und die Dame, die unter uns wohnen, was sind das für Leute?« – »Die«, erwiderte Resei, »mit denen ist es nicht ganz richtig. Da kennt man sich nicht aus. Verheiratet sind sie nicht, Geschwister sind sie nicht, tags sitzen sie zu Hause hinter geschlossenen Fensterläden, abends gehen sie fort und fahren auf dem See herum, bis es dunkel wird, und wenn sie heimkommen, sitzen sie dort auf dem Balkon die ganze Nacht und sprechen und sprechen. Und wie sehen sie aus, bleich wie die Gespenster, ordentlich zum Fürchten. Ja, was die haben, kann man nicht wissen. Er nennt sich Doktor Krammer und sie Adine Mieke, Studentin.« Und dann seufzte Resei und fügte hinzu: »Ja, es gibt so allerhand Leute.«

»So, so«, meinte Oskar, und damit war das Mädchen entlassen.

Oskar und Dina gingen auf den Balkon hinaus und schauten schweigend in die Nacht hinein. Sehr hell und unruhig flimmernde Sterne standen am Himmel über all dem Schwarz, welches auf dem Lande lag. Zuweilen erwachte ein Ruf irgendwo sehr weit und kam durch die Finsternis heran wie durch eine große schweigende Leere. Ein Gefühl unendlicher Einsamkeit ergriff Dina. Sie hätte weinen mögen, und angstvoll wartete sie darauf, daß er etwas sage, um sie aus dieser Einsamkeit zu reißen. Er schwieg jedoch oder pfiff zuweilen leise eine Melodie vor sich hin, welche Dina hoffnungslos traurig erschien. Plötzlich ließ sich eine Stimme vernehmen. Sie kam von dem unteren Balkon, eine tiefe, ein wenig singende Frauenstimme, die ihre Worte langsam aussprach, als wollte sie ihnen

Zeit lassen, ein jedes für sich in die Finsternis hinauszufliegen. »Ach, du mußt Geduld mit mir haben, es wird kommen, ich weiß bestimmt, daß es kommen wird, aber heute wieder war es so eigen –«

»Wir haben Zeit«, erwiderte eine Männerstimme, die gegen den dunklen verträumten Ton der Frauenstimme unruhig und erregt klang, »natürlich wird es kommen, wie etwas Notwendiges, nicht einmal die Anstrengung eines Entschlusses wird es kosten. Es wird uns nehmen wie das Selbstverständliche, wie das Einzige, das wir wollen können.«

»Heute«, begann wieder die Frauenstimme, »heute auf dem See, da kam ein Augenblick, in dem ich es hätte tun können, als die Dämmerung kam und die Nebel um uns aufstiegen und alles um uns her wie fortgelöscht schien. Nichts war da als ein kühles Wehen. Da wollte ich dir sagen, *jetzt* – aber da sah ich plötzlich, daß in den Häusern am anderen Ufer die Lichter angesteckt wurden, kleine gelbe Punkte, und sofort stellte ich mir die Stuben vor, in denen die Lichter brannten und die Menschen, die dort eng und warm beisammen saßen, sicher hinter verschlossenen Türen – und da fror mich, und da –« – »Ich weiß, ich weiß«, fiel die Männerstimme ein, »aber du kannst ruhig sein, nächstens werden wir diese schmutzigen gelben Lichter nicht mehr ansehen können. Warte nur, bis wir ganz auf unserer Höhe sind.«

Jetzt schwiegen die Stimmen. Dina hatte atemlos gelauscht, und als das Gespräch verstummte, da erfaßte sie ein Grauen, es war ihr, als hätten die beiden klagenden Stimmen in die Stille der Nacht ein unheimliches Fieber hineingelegt, etwas das lauert und droht und einsam leidet. Nein, sie hielt es nicht aus: »Ich zünde die Lampe an«, sagte sie und ging ins Haus. Oskar folgte ihr, er hatte blanke Augen und begann sehr angeregt zu sprechen: »Ein Schicksal vollzieht sich da unter uns, du wirst sehen. Das nenne ich ein Erlebnis, das nenne ich eine Impression.«

»Ich finde das unheimlich«, sagte Dina und schmiegte sich an Oskar.

Der Landaufenthalt gewann für Oskar jetzt an Inhalt, er sprach beständig von dem rätselhaften Liebespaar unter ihnen. Er versuchte es, ihnen zu begegnen, wenn sie zum See hinuntergingen, wartete mit großer Aufregung auf ihre Rückkunft, oder er stand am Seeufer und schaute zu, wie der Kahn mit den beiden Liebenden auf dem Wasser schaukelte. »Es ist klar«, sagte er zu Dina, »er reißt das arme Mädchen mit in sein Verderben, er hat sie hypnotisiert, ja, so sieht sie aus. Wenn man nur wüßte, man könnte sie vielleicht retten.«

»Wer? Du?« fragte Dina.

»Ja, warum nicht«, erwiderte Oskar eifrig. »Wenn ich sehe, daß ein Unglück geschieht, so ist es Menschenpflicht zu retten. Aber man weiß eben nicht. Übrigens habe ich sie heute ganz nahe gesehen, sie hat eins dieser schmalen, bleichen Gesichter, die so ergreifend sein können. Und dann die Augen, goldbraun, die aussehen, als seien sie müde von dem eigenen Glanze, den sie ausstrahlen müssen. Und der Mund, der so geistvoll Schmerz ausdrückt.«

»Du dichtest ja«, warf Dina hin. Allerdings, Oskar gestand, daß diese Begegnung ihn sehr anregte. Dina zog die Augenbrauen ein wenig empor, was ihrem Gesichte einen Ausdruck verleihen sollte, als langweilte sie das Gespräch. »Für dein Talent«, meinte sie, »ist es schade, daß ich ein rundes Gesicht habe, keine müden Augen und keinen geistreichen Mund.«

»Unsinn«, brummte Oskar, dann fuhr er auf: »Ich wundere mich, daß du kein Mitleid fühlst. In solch einem Fall kann man sich doch einer gewissen menschlichen Teilnahme auch für Fremde nicht erwehren.« Dina zuckte die Achseln: »Mitleid schon, aber Damen in solchen Verhältnissen stehen mir so fern, daß mein Interesse für sie nicht sehr lebhaft ist.« Da lachte Oskar höhnisch: »Natürlich, ihr drapiert euch in eure bürgerliche Tugend und seid dann aller menschlichen Gefühle überhoben.«

»Ja, wünschst du denn, daß ich mich für solche Damen interessiere?« fragte Dina gereizt. – »Solche Damen?« wiederholte Oskar, machte eine abwehrende Bewegung, nahm seinen Hut und lief hinaus.

Er ging in den Wald. Die jungen Tannen der Schonung standen blank und regungslos in der Mittagssonne, durch die heiße Luft surrten zahllose winzige Flügel, ein Ton wie das regelmäßige Atmen eines Schläfers. Hier war es gut. Der Streit mit Dina hatte in Oskar die angenehme Erregung, das starke Empfinden, die sich in letzter Zeit in ihm anzusammeln begannen, zerstört, hier waren sie wieder da. Langsam ging er den Waldweg entlang, da sah er auf einer Bank die Fremde sitzen. Fräulein Adine Mieke im weißen Kleide, ohne Hut, die Hände im Schoß gefaltet, seltsam regungslos, als schliefe sie, aber ihre Augen waren weit offen und schauten starr und klar vor sich hin, das bleiche Gesicht trug den Ausdruck einer großen Müdigkeit, die sich unendlich wohlig an der Ruhe berauschte. Dieser Anblick erschütterte Oskar, er blieb einen Augenblick stehen, dann ging er entschlossen auf die Bank zu und setzte sich mit einem kurzen »Entschuldigen Sie«. Das junge Mädchen schrak heftig zusammen, errötete und antwortete: »O bitte.« Gleich darauf jedoch versank es wieder in sein müdes Vorsichhinstarren und schien Oskar vergessen zu haben. Er aber fühlte, daß er etwas Bedeutsames sagen, etwas Bedeutsames tun mußte, er begann daher: »Das ist ungewohnt, mein Fräulein, sonst pflegen Sie bei Tage nicht auszugehen, denke ich.« Adine Mieke fuhr wieder zusammen, errötete und etwas wie Schrecken malte sich auf ihrem Gesichte, als sei sie auf einer unerlaubten Tat ertappt worden: »Ach ja«, erwiderte sie hastig, als müßte sie sich entschuldigen, »wir gehen bei Tage nicht aus, er, das heißt mein Freund, will das nicht, aber mir wurde es da drinnen hinter den geschlossenen Fensterläden so eng, ich konnte nicht atmen, es machte mich krank. Da bin ich ein wenig hinausgegangen.« Sie stieß das schnell hervor wie ein Kranker, der froh ist, auf eine teilnehmende Frage sein ganzes Leiden herauszusagen. »Daran tun Sie sehr recht«, erwiderte Oskar ergriffen von dem gequälten Blick ihrer Augen. »Um diese Stunde hier still zu sitzen ist, denke ich, sehr heilsam; spüren Sie nicht auch, wie sich unser Körper hier mit Leben volltrinkt, zum Überlaufen voll. Wir können hier Leben auf Vorrat aufspeichern.« Oskar lächelte, Adine jedoch erwiderte dies Lächeln nicht, sondern machte noch immer ihr erschrockenes Gesicht. – »Oh, meinen Sie?« sagte sie. »Und das ist doch gut«, fuhr Oskar fort, »denn wir können doch nicht genug Leben in uns aufsammeln.« Das schien Adine zu ärgern, sie zog die Augenbrauen leicht zusammen und ihr Mund zuckte, als sei sie böse und als wolle sie weinen. »Ich wollte mich hier ein wenig ausruhen«, sagte sie mit zitternder Stimme, »ich wollte nichts einsammeln und nichts trinken, und ich brauche keinen Vorrat, und jetzt muß ich auch gehen.« Sie stand eilig auf, nickte und lief den Waldweg hinab dem Hause zu. Oskar schaute ihr gerührt nach und sagte sich: »Oh, die hat noch Lebensvorrat genug in sich.«

Oskar erzählte Dina nichts von der Begegnung, war aber unterhaltend und liebenswürdig. Er sprach davon, daß die Natur mit jedem Tage einen tieferen Eindruck auf ihn mache, daß seine Dichtung in ihm wachse, »sie kommt, sie kommt«, sagte er und rieb sich vergnügt die Hände, es kam nur darauf an viel mit der Natur allein zu sein, sozusagen mit der Natur unter vier Augen. Dina griff seufzend nach ihrem englischen Roman, ach ja! darauf kam es immer heraus, daß sie einsam zu Hause sitzen mußte.

Abends hatte Oskar einen anstrengenden Wachtdienst, er folgte dem Paare, wenn es zum See ging, er nahm einen Kahn und fuhr auf den See hinaus, sein ganzes Wesen war gespannt vor Erregung, vor Angst, vor quälendem Mitleid, als gälte es, etwas ihm Treues zu retten. Den Tag nach ihrer ersten Begegnung hatte er Adine nicht auf der Bank getroffen, am folgenden Tage jedoch saß sie wieder da, die Füße von sich gestreckt, die Hände im Schoß gefaltet, ganz versunken in die Ekstase des Ruhens. Oskar setzte sich zu ihr, sie lächelte matt und sagte leise: »Ich bin doch wieder da.« – »Das ist gut, das ist gut«, meinte Oskar eifrig. »Ach nein, aber – er schlief gerade, da mußte ich hinaus. Sie sagten, hier trinke man sich mit Leben voll, ja so komme ich mir vor, wie ein Trinker, der sich heimlich fortstiehlt, um sich einen Rausch zu holen.«

»Warum heimlich?« rief Oskar eindringlich. »Es ist ja unsere Pflicht, so viel Leben als möglich in uns hineinzubringen, das ist ja gut, wer kann uns das verbieten.«
Adine zuckte müde mit den Schultern: »Ach wozu! Es hat ja doch keinen Sinn.« – Oskar setzte sich zurecht, jetzt galt es etwas Entscheidendes zu sagen, jetzt galt es, dieses arme verzagte Wesen zum Leben zu überreden. Ihm wurde warm ums Herz, schließlich war er doch nicht umsonst ein Dichter, wenn er auch bisher keine Zeit für seine Dichtungen gefunden hatte. So begann er denn: »Bitte, mein Fräulein, es ist möglich, daß das Leben keinen Sinn hat, es ist sehr möglich, aber es braucht auch keinen Sinn zu haben, es ist für sich selbst genug. Und sehen Sie, in den Augenblicken, in denen es am wenigsten Sinn zu haben scheint, in denen es nur so in uns brennt und uns gedankenlos macht, da macht es uns am glücklichsten, da verstehen wir es ganz. Um solcher Augenblicke willen können wir schon manches Harte mit in den Kauf nehmen.«
»Warum sagen Sie das?« fragte Adine und sah Oskar erstaunt und böse an, er jedoch fuhr in ruhig belehrendem Tone fort: »Weil – nun weil es mir scheint, als hätten Sie das ein wenig vergessen. Nun also, hören Sie dem Summen hier zu, hat das einen Sinn? Es ist eben nur die wohlige Musik von tausend kleinen Wesen, die glücklich sind, zu leben. Bitte, sehen Sie dort die Hummel an, diesen hübschen, kleinen, goldbraunen Sammetball, wie sie gemächlich durch den Sonnenschein schlendert. Sie fliegt an den Blumen vorüber, sie hat nichts zu tun, als durch den Sonnenschein zu schlendern und schläfrig vor sich hinzusingen. Nein bitte, sprechen Sie nicht, wir wollen jetzt nebeneinander sitzen und schweigen. Sie werden mich dann verstehen. Es ist nämlich nicht unwichtig, daß in solchen Augenblicken zwei nebeneinandersitzen, das gehört dazu, also bitte.«
Adine lächelte wieder ihr müdes Lächeln, aber sie schwieg gehorsam, faltete die Hände im Schoß und schaute der Hummel nach. Aus ihrem bleichen Gesichte wich alles Gespannte, Angstvolle, es war wie das Gesicht eines Menschen, der einschlafen will und noch ein wenig zögert, um zu fühlen, wie die Süßigkeit der Ruhe ihn überwältigt. Aus den unbewegten Augen aber rannen langsam Tränen über die blassen Wangen.
Abends, als Dina und Oskar auf dem Balkon saßen, tönten wieder die Stimmen der Nachbarn von unten herauf. »Wieder ein Tag vorüber«, sagte Doktor Krammer klagend. »Und warum? Ich frage warum?« Adine antwortete, ihre Stimme zitterte, sie schien zu weinen: »Was kann ich dafür? Du sagst, es kommt ohne unser Zutun, ich warte.« Doktor Kram-

mer lachte kurz und höhnisch auf, Dina fand dieses Lachen unheimlich. Unheimlicher noch war es, daß neben ihr in der Dunkelheit auch Oskar zu lachen begann. »Warum lachst du?« fragte sie. »Ich denke, du bist mitleidig.« – »Ich bin mitleidig«, erwiderte er, »und deshalb lache ich.« Dina zuckte die Achseln. »Es war wohl Schuld der Dichtung«, dachte sie, daß Oskar jetzt solche Aussprüche liebte, die ihr ganz unverständlich waren.

Für Dina kamen jetzt einsame Tage, die ihr unendlich lang erschienen. Sie sah Oskar fast nur zu den Mahlzeiten, ihre Spaziergänge mußte sie allein machen, oder sie saß auf dem Balkon und las den englischen Roman, vor sich das sonnige Tal in seiner fetten, farbigen Ruhe. Sie hätte viel um ein Ereignis gegeben und wäre es auch nur wieder eine tüchtige Szene mit Oskar gewesen, Tränen und Versöhnung. Eines Tages, als sie von ihrem heißen Morgenspaziergang heimkehrte und sich anschickte, auf Oskar zu warten, der täglich zu spät zum Mittagessen kam, da trat die Magd Resei ein und berichtete: »Der Herr lasse der gnädigen Frau sagen, er habe eilig in die Stadt müssen, er würde noch schreiben.« So, das war eine Neuigkeit, aber sie überraschte Dina nicht allzusehr, sie war an solche geheimnisvollen Entschlüsse bei Oskar gewöhnt. »Ja, unten beim Bauern«, berichtete Resei weiter, »hatte der Herr den Wagen bis zur Station genommen.« So, nun, dann konnte Resei das Mittagessen bringen. Das Mädchen ging, in der Türe blieb es stehen, als hätte es noch etwas zu sagen. Dina schaute erwartungsvoll auf. »Ja – und«, begann Resei zögernd, »der Bauer sagt, drüben am Walde ist das Fräulein, das hier vom Doktor unten, in den Wagen gestiegen und mitgefahren.« Resei schaute Dina nicht an, sondern ging eilig zur Türe hinaus. Dina war ein wenig bleich geworden, sie bog den Kopf auf die Lehne des Sessels zurück. »Ach Gott, wieder das, immer wieder das! Wahrscheinlich wieder solch ein Erlebnis.« Wenn Dina eifersüchtig war, pflegte Oskar zu sagen: »Ich nehme dir nichts, aber ich bedarf solcher Erlebnisse, wie der Maler seiner Farben.« Es erregte Dina kaum, nur eine trostlose Müdigkeit machte ihr das Herz schwer. Sie beschloß, nicht mehr auszugehen, sie schämte sich vor den Leuten, die jetzt doch alle wußten, was geschehen war, sie wollte ruhig auf ihrem Stuhle sitzen und sich nicht rühren. Jetzt zwar fühlte sie nur müde Resignation, aber das Unglücklichsein würde noch kommen, das kannte sie aus ähnlichen Fällen. Langsam vergingen die schwülen Nachmittagsstunden mit ihrem Fliegengebrumm und den grellen Sonnenstrahlen, die durch die Spalten der Jalousien in die Dämmerung des Zimmers hineinstachen. Dann kam die Abendkühlung, der Wind flüsterte in den Bäumen, und der süße, starke Duft der Wiesen drang herein, wehte wie Trost in dieses Zimmer, das Dina ganz voll und schwer voll Traurigkeit zu sein schien. Endlich hingen rosenrote Abendwolken an den Berggipfeln. Es wurde an die Türe geklopft, Dina sagte »Herein«, ohne aufzuschauen, sie glaubte, es sei die Magd. Als die Türe sich aber öffnete und wieder schloß, schaute sie auf. Ein Herr stand an der Türe, Doktor Krammer, mit seinem wirren, schwarzen Haar, den aufgeregten Augen im bleichen Gesicht und den ungelenken Schülerbewegungen. Er verbeugte sich hastig. »Oh, der!« dachte Dina und sah ihn mit Abneigung an. Was wollte der? O nein, der durfte an sie nicht heran, ihre Sache und seine Sache hatten miteinander keine Verbindung, und sie war zufrieden mit dem kalten, hochmütigen Tone, in dem sie fragte: »Sie wünschen, mein Herr?« Doktor Krammer stolperte vorwärts und begann zu sprechen: »Verzeihen Sie, gnädige Frau, ich wollte Sie um Gehör bitten, nur einige Worte.« Dina wies auf einen Stuhl hin, Krammer setzte sich, rang die Hände ineinander und stieß mühsam hervor: »Sie wissen es vielleicht schon, gnädige Frau, Ihr Gemahl hat heute mit meiner – meiner Freundin den Ort verlassen.« – »So höre ich«, sagte Dina in einem Ton, als handle es sich um die gleichgültigste aller Nachrichten. Der junge Mann schaute sie erstaunt an, verzog seltsam sein Gesicht, sann einen Augenblick vor sich hin und murmelte: »Das habe ich nicht erwartet, daß das so aufgefaßt wird, habe ich nicht erwartet.« Er schüttelte sich, als fröre er, und als er zu sprechen begann, überschlug sich seine Stimme und er sprach schnell, als fürchtete er, unterbrochen zu werden: »Daß das Ereignis hier so aufgefaßt wird, konnte ich nicht erwarten. Ich könnte nun gehen, ich will nur noch sagen, daß dies Ereignis für mich ein Unglück, ja *das* Unglück meines Lebens ist. Mit diesem jungen Mädchen hatte ich einen Bund geschlossen, der fester, ich kann wohl sagen heiliger ist als jeder andere Bund und nun – diese gemeine Trivialität des Lebens, die alles zerstört.« Er schwieg, rang seine Hände ineinander, daß sie knackten, und sein Gesicht zuckte, als wollte er weinen. – »Es tut mir sehr leid«, sagte Dina jetzt teilnahmsvoll, »aber wie kann ich –« – »Nein, Sie können mir nicht helfen«, unterbrach der junge Mann sie hastig, »es war ein Irrtum von mir. Ich bin mein ganzes Leben unglücklich gewesen, daran bin ich gewöhnt, aber ich verstand es nie recht, allein unglücklich zu sein, ich suchte immer einen Gefährten meines Unglückes, jetzt glaubte ich ihn gefunden zu haben, es war eine furchtbare Enttäuschung, und in meiner Aufregung meinte ich hier oben etwas wie den Kameraden meines Schmerzes zu finden, es war sehr töricht, verzeihen Sie, gnädige Frau, daß ich gestört habe, so will ich wieder gehen.« Er blieb jedoch sitzen und schaute vor sich nieder. Dina sah ihn mitleidig und neugierig an: »Was werden Sie jetzt tun?« fragte sie. »Werden Sie etwas schreiben?« – »Schreiben!« fuhr Krammer auf. »Sie wollen über mich spotten.« Dina errötete: »O nein, Herr Doktor, gewiß nicht, ich höre nur immer, daß man Erlebnisse nötig hat, um etwas zu schreiben. Es war natürlich dumm, das zu sagen.« Krammer lächelte verzeihend. »Was ich tun werde«, meinte er, »nun, das ist jetzt gleich, ich werde leben«, und er erhob dabei die Stimme, »ich sehe ein, das Leben ist so gemein, daß ein edler Tod darin nicht Platz hat.« Dieser Ausspruch schien ihm seine Haltung zurückzugeben, er erhob sich, machte ein hochmütiges Gesicht und verbeugte sich. Dina nickte ihm zu: »Ach ja, Herr Doktor, tun Sie das, und wenn das Fräulein das erfährt, wird sie gewiß wieder –« Er jedoch machte eine abwehrende Bewegung und verließ das Zimmer.

Die Dämmerung erfüllte das Gemach, Dina saß noch immer auf ihrem Platze, sie dachte an Krammer, anfangs mit leichtem Grauen, dann mit Mitleid und endlich dachte sie an sich, und da wurde das Mitleid so groß, daß sie lange still vor sich hinweinte.

(1911)

ABENDLICHE HÄUSER

Erstes Kapitel

Auf Schloß Paduren war es recht still geworden, seit so viel Unglück dort eingekehrt war. Das große braune Haus mit seinem schweren, wunderlich geschweiften Dache stand schweigsam und ein wenig mißmutig zwischen den entlaubten Kastanienbäumen. Wie dicke Falten ein altes Gesicht durchschnitten die großen Halbsäulen die braune Fassade. Auf der Freitreppe lag ein schwarzer Setter, streckte alle vier von sich und versuchte sich in der matten Novembersonne zu wärmen. Zuweilen ging eine Magd oder ein Stallbursche über den Hof langsam und lässig. Hier schien es, hatte niemand Eile. In der offenen Stalltür lehnte Mahling, der alte Kutscher mit dem weißen Bart, und gähnte. In der offenen Gartenpforte stand Garbe, der Gärtner, und verzog sein glattrasiertes Sektierergesicht und blinzelte in die Sonne. Dann begannen die beiden Männer aufeinander zuzugehen, mitten zwischen Stall und Garten blieben sie stehen, sprachen einige Worte zueinander, schwiegen, spuckten aus, ließen wieder einige Worte fallen.

Auf der anderen Seite des Hauses wurde eine Glastür geöffnet, die geradeswegs in den Garten führte, und der Schloßherr, der Baron von der Warthe, wurde in seinem Rollstuhl von seinem Diener Christoph hinausgefahren. Dicht in seinen Pelz gehüllt, eine Pelzmütze auf dem Kopfe, schwankte die in sich zusammengebogene Gestalt im Stuhle sachte hin und her. Das Gesicht war sehr bleich und in seiner strengen Regelmäßigkeit von einer müden Ausdruckslosigkeit, nur die hervortretenden Augen waren noch wunderlich klar und blau. Neben dem Rollstuhl schritt die Schwester des Barons, die Baronesse Arabella, hin, groß und hager in ihrem schwarzen Mantel und dem wehenden Trauerschleier, das Gesicht schmal und messerscharf zwischen den gebauschten weißen Scheiteln. So ging es die feuchten Herbstwege des Parks entlang, auf denen die Herbstblätter raschelten. Von den Bäumen fielen Tropfen, und die Wipfel waren voll lärmender Nebelkrähen. Christoph steckte das Kinn tiefer in den aufgeschlagenen Kragen des Livreemantels und schnaufte ein wenig in der Anstrengung des Stoßens. Dann hielt er plötzlich still, sein Herr hatte ein Zeichen mit der Hand gemacht, der Baron sah zu seiner Schwester auf und sagte mit einer Stimme, die

ärgerlich und gequält klang: »Sag' mal, Arabella, was ist die Dachhausen für eine Geborene?«
»Birkmeier, die Fabrikantentochter«, erwiderte die Baronesse ruhig und wie mechanisch. Befriedigt ließ der Baron den Kopf sinken, und Christoph schob den Stuhl weiter.
Und doch vor wenigen Wochen noch war Paduren die Hochburg des adligen Lebens in dieser Gegend gewesen, und der Baron Siegwart von der Warthe hatte hier eine stille, aber unbestrittene Herrschaft über seine Standesgenossen ausgeübt. Der kleine rundliche Herr mit dem strengen, feierlichen Gesicht, das von dem weißen Haar und weißen Backenbart wie von einem silbernen Heiligenschein umrahmt wurde, war das Gewissen dieses Adelswinkels gewesen. Öffentliche Ämter mochte er nicht bekleiden, in Versammlungen schwieg er. »Ich bin kein Tribünenläufer«, pflegte er zu sagen, aber seine Ansicht war dennoch stets die ausschlaggebende, und in jeder wichtigen Sache war es die Hauptfrage: Was sagt von der Warthe? In Sachen der Politik und der Landwirtschaft, in Familienangelegenheiten und Ehrenhändeln, überall sprach er das wichtigste Wort mit. Er lieh Geld denen, die es nötig hatten und die er dessen würdig hielt, und wachte streng darüber, daß gute altedelmännische Sitte hier nicht in Verfall geriet. Wenn der Baron von der Warthe die greisen Augenbrauen in die Höhe zog, mit der flachen Hand durch die Luft von oben nach unten fuhr, als machte er einen Sargdeckel zu, und leise sagte: »Hm – ja, schade, aber der Mann ist erledigt«, dann war der Mann für diese Gegend wirklich erledigt. Der Baron war sich seiner Stellung wohl bewußt, und er genoß sie, und sie war vielleicht die einzige wirkliche Freude seines Lebens. Immer wohlwollend würdig zu sein, geachtet und ein wenig gefürchtet zu werden, mag ein großes Gut sein, es macht jedoch einsam und ist nicht gerade heiter. Das gab dem Baron wohl auch den feierlichen, ein wenig ungemütlichen Ausdruck; er sah aus, als dürfe er sich nie gehen lassen und als sei ihm dieses selbst zuweilen unbequem. Dietz von Egloff, der es liebte, von älteren Herren respektlos zu sprechen, meinte: »Dem Gesicht des alten Warthe würde ich es gönnen, sich einmal eine Stunde lang nach Herzenslust verziehen zu dürfen, um sich von der ewigen Würde gründlich erholen zu können.« Der Baron liebte es, wenn es heiter um ihn her war, seine Jagden und sein Rotwein waren berühmt, aber er konnte sich nicht verhehlen, daß die Leute sich gerade dann am besten unterhielten, wenn er zufällig nicht zugegen war. Das mochte ihn zuweilen ein wenig melancholisch machen, aber er gestand sich das selbst nicht ein und war überzeugt, daß er das bessere Teil erwählt habe, die Weisheit, die Würde und die Macht. Die jungen Leute liebten ihn nicht, lachten über ihn, wenn

sie unter sich waren, und nannten ihn den »Baron Mißbilligung«. Allein sie fürchteten ihn, und wenn sie in Schwierigkeit gerieten, wandten sie sich stets an ihn. Die alten Herren bewunderten ihn und lauschten seinen Worten wie einem Evangelium.
Am Kamin bei der Nachmittagszigarre liebte es der Baron, zu seinem alten Freunde, dem Baron Port auf Witzow, von seinen Grundsätzen zu sprechen: »Ansichten, die jungen Leute wollen jetzt allerhand Ansichten haben. Nun ja, ich bestreite ja nicht, es mag allerhand Ansichten und Grundsätze geben, die ganz gut und richtig sind für andere. Man braucht ja schließlich kein Edelmann zu sein, aber für uns gibt es gewisse Ansichten und Grundsätze, die richtig und wahr sind, nicht weil jemand sie uns bewiesen hat, sondern weil wir wollen, daß sie richtig und wahr sind. Mir braucht man nichts zu beweisen und zu erklären. Ich will, daß das und das wahr und richtig ist, weil, wenn das falsch ist, ich nicht mehr der von der Warthe bin, der ich bin, und du nicht von Port bist, der du bist, weil wir sonst beide alte Narren wären. Siehst du, das sage ich.«
Als sein Freund zu sprechen anfing, hatte der Baron Port sich aus der leichten Nachmittagsschläfrigkeit aufgerüttelt. Er beugte den schweren Oberkörper nach vorn, legte die Hand an das Ohr und hörte aufmerksam zu. Als die Rede zu Ende war, schlug er dem Baron von der Warthe mit der flachen Hand auf das Knie und meinte: »Da hast du wieder recht, Bruder.« Dann lehnten die beiden Herren sich in ihre Sessel zurück und sogen befriedigt an ihren Zigarren.
Vorbildlich wie die Ansichten und die Landwirtschaft des Barons von der Warthe für seine Nachbarn waren, so war es auch sein Haus; die hohen Zimmer voll weitläufiger, schwerer Mahagonimöbel, großer Kachelöfen, voller Ahnenbilder und alten Silbers, in denen sich ein Leben geregelter Wohlhabenheit behaglich abspann. »Unsere Vornehmheit ist schlicht«, pflegte der Baron zu sagen. Er liebte das Wort »schlicht« und fuhr gern, wenn er es aussprach, mit der flachen Hand waagerecht durch die Luft. Daß die beiden Kinder des Barons in Paduren, Fastrade und Bolko, Vorbilder für alle Kinder der Nachbarschaft waren, das wußte jedes Kind der Gegend. Die Baronin von der Warthe war bei der Geburt ihres zweiten Kindes gestorben, die Baronesse Arabella stand dem Haushalt ihres Bruders vor und erzog die Kinder, und auch diese Erziehung wurde allgemein bewundert. Da war der Hauslehrer, Herr Arno Holst, der Bolko auf die höheren Gymnasialklassen vorbereiten sollte und die eben erwachsene Fastrade noch in Literatur und Kunstgeschichte einführte. Ein schmalschulteriger junger Mann mit kurzsichtigen braunen Augen, blonden Locken und einem hübschen Mädchengesicht. Er war sehr musika-

lisch, sang mit einer schönen Baritonstimme, las Schillersche Dramen vor und war von einer fast knabenhaft schwärmerischen Begeisterung für alles Schöne. Der Padurensche Hauslehrer war in der ganzen Nachbarschaft berühmt. »Er ist toll«, sagte Baron Port zu seiner Frau, »wenn der Warthe sich was anschafft, so ist es unfehlbar erster Güte. Wie er das nur macht? Hat er einen Hühnerhund, so ist der hasenreiner als alle unsere Hunde, nimmt er sich einen Hauslehrer, so ist das gleich ein ungewöhnlich scharmanter Kerl.«
»Kränklich scheint er mir«, sagte die Baronin, die es nicht liebte, die Schattenseiten an Menschen und Sachen zu übersehen. Um so größeres Erstaunen erregte die Nachricht, Herr Holst habe das Schloß plötzlich verlassen. In Paduren tat man so, als sei nichts Besonderes geschehen, es sei eben an der Zeit, Bolko auf das Gymnasium zu schicken. Allein ein Gerücht, niemand wußte, woher es kam, wollte nicht verstummen, es erzählte von wunderlichen Dingen, welche sich in Paduren ereignet haben sollten. Hatte sich Herr Holst in Fastrade verliebt? Hatte Fastrade sich in den hübschen Hauslehrer verliebt? Hatten sie sich verlobt und hatte es einen bösen Familienauftritt gegeben? Niemand glaubte so recht daran, dennoch wurde auf den benachbarten Gütern eifrig darüber geflüstert, und es war, als sei den meisten der Gedanke nicht unangenehm, daß es auf Paduren auch nicht immer so einwandfrei hergehe, wie es scheinen wollte. Von Warthes war natürlich nichts zu erfahren. Bolko kam auf das Gymnasium, der Baron war würdig und voll Autorität wie immer, die Baronesse Arabella schwieg, und Fastrade sah man wie sonst auf ihrem kleinen Schimmel die Waldwege entlang jagen im blauen Reitkleid. Unter der weißen Knabenmütze flatterte blondes Haar um das runde, über und über rosa Gesicht, auf den Lippen ein stetiges Lächeln, als lächelte sie dem scharfen Luftzuge der tollen Bewegung zu. Auch in Gesellschaft war sie wie sonst das unbefangene heitere Mädchen mit dem hinreißenden Lachen. Sie bog dann den Kopf zurück, öffnete die Lippen ein wenig weit, und die Augen wurden glitzernd und feucht. »Die Augen der kleinen Warthe machen mich durstig«, hatte Dietz von Egloff gesagt, »auf der ganzen Welt habe ich nach einem Getränk gesucht, so stark blau und ganz durchsichtig, aber das gibt es nicht.«
Zwei Jahre vergingen, Bolko bezog die Universität, Fastrade feierte ihren einundzwanzigsten Geburtstag, als wiederum eine Nachricht die Gegend in Aufregung versetzte. Fastrade, hieß es, verlasse ihr väterliches Haus, um fern irgendwo, in Hamburg sagte man, im Krankenhause die Krankenpflege zu erlernen. Die Nachricht bestätigte sich und war doch so unglaublich. Wie oft hatten nicht alle es von dem Baron von der Warthe

gehört: »Unsere Töchter gehören in unser Haus, bis sie ihr eigenes beziehen. Tochter eines adligen Hauses zu sein ist ein Beruf, der ebenso wichtig ist, wie jeder andere Beruf.« Und noch letzthin, als die zweite Tochter der Ports nach Dresden ging, um ihre Stimme auszubilden, hatte der Baron das eine Desertion genannt. Und nun desertierte seine einzige Tochter, ließ die beiden alten Leute allein. Was war geschehen? In Paduren schwieg man darüber wie immer. Man glaubte zu bemerken, daß der Baron nach der Abreise seiner Tochter strenger und unnachsichtiger in seinen Urteilen war, daß er ungeduldig wurde, wenn man ihm widersprach, aber sonst war keine Veränderung bemerkbar. Große Jagden wurden in Paduren abgehalten, bei denen er nervös die Jugend zur Heiterkeit aufmunterte. Ja, er selbst bemühte sich, heiter zu sein, sprach viel von Bolko, von dem Studentenleben, erzählte aus der eigenen Studentenzeit verschollene Studentenstreiche, über die nur er und der Baron Port lachten konnten.

An einem Novemberabend trat die Baronesse Arabella in das Arbeitszimmer ihres Bruders, sie fand ihn in seinem Sessel sitzend, den Kopf zurückgelehnt, das Gesicht grau und wie zerfallen, die Augen geschlossen, in der Hand hielt er ein Telegramm. »Mein Gott! Siegwart!« rief die Baronesse. Matt reichte er ihr mit der einen Hand das Telegramm, mit der anderen winkte er. Er wollte allein sein. Das Telegramm meldete, Bolko sei im Duell gefallen. Die Baronesse ging, um sich in ihr Zimmer zu verschließen und zu weinen. Im Schlosse wurde es eine Weile ganz still, als die Nacht aber hereingebrochen war, begannen Schritte unablässig durch die lange Zimmerflucht zu irren, und wenn sie an der Tür der Baronesse vorüberkamen, glaubte diese etwas wie ein leises Wimmern zu hören. Den nächsten Morgen war der Baron bleich und gefaßt, traf die Vorbereitungen für die Bestattung seines Sohnes und empfing die Trauerbesuche. Er war feierlich und würdevoll wie immer, nur schien es zuweilen, als gerieten diese Feierlichkeit und diese Würde ins Schwanken, als müßte er sie gewaltsam festhalten wie einen schweren Mantel, der von den Schultern herabzugleiten droht.

Nach dem harten Schlage, der sie getroffen, zeigten die Einwohner von Paduren sich nicht in der Nachbarschaft. Sie blieben zu Hause und gingen recht schweigsam in den großen Räumen nebeneinander her. Einmal sagte die Baronesse Arabella zu ihrem Bruder: »Unsere Fastrade, soll unsere Fastrade nicht kommen?« Er aber winkte ärgerlich ab. Die Nachbarn trauten sich nicht recht in das so still gewordene Schloß, nur der Baron Port besuchte seinen Freund. Dann saßen sie beide wie sonst am Kamin bei der Nachmittagszigarre, und der Baron von der Warthe sprach von seinen Grundsätzen und den falschen Ansichten der jungen Leute, er wollte sich wieder an den eigenen schönen und vernünftigen Worten erfreuen, aber es war, als schmeckten sie ihm nicht mehr, die Stimme begann zu zittern, wurde kleinlaut und mutlos und versiegte endlich ganz. Dann beugte sich der Baron Port vor und klopfte seinem alten Freunde sanft auf das Knie. – »Der Warthe ist nicht mehr der alte«, berichtete Baron Port seiner Frau, »er hält sich, er hält sich, aber das mit dem Sohn ist für ihn doch zu stark gewesen.«

Ja, es war für ihn zu stark gewesen. Als Christoph eines Nachmittags in das Arbeitszimmer seines Herrn trat, wo dieser auf einem großen Sessel seine Nachmittagsruhe zu halten pflegte, fand er ihn auf dem Fußboden liegend. Der kleine Herr lag da, Hände und Füße hilflos von sich gestreckt, das Gesicht grau und wie von einer Qual verzerrt inmitten des silbernen Heiligenscheines der Haare und des Backenbartes. Ein Schlaganfall hatte ihn getroffen, hatte den armen Baron »Mißbilligung« in einem Augenblick all seiner Feierlichkeit und seiner schönen Haltung entkleidet und ihn zu einem hilflosen alten Manne gemacht.

Zweites Kapitel

Die Baronesse Arabella hatte sich entschlossen, am Nachmittage einen Besuch bei der Baronin Port zu machen. Die Krankenstubenstille des Schlosses quälte sie wie eine Krankheit. Sie wollte Menschen sehen und sprechen, vor allem sprechen. So fuhr Mahling sie in der großen Kalesche nach Witzow hinüber. Die Herbstwege waren schlecht, das Wetter feucht und kalt unter einem niedrigen grauen Himmel, der Wind wühlte im feinen Gezweige der Hängebirken wie in feuchtem roten Haar. Zwischen den Schollen der aufgepflügten Äcker lag hier und da schon ein wenig Schnee. Alles sah unreinlich aus und als ob es friere. Aber die alte Dame blickte mit einem liebenswürdigen und angeregten Lächeln auf die Landschaft hinaus. Sie machte schon jetzt ihr Besuchsgesicht, denn sie freute sich wirklich herzlich auf ihren Nachmittag. Das weiße Witzowlandhaus mit der niedrigen Treppe, vor dem sie jetzt hielten, erschien ihr heute besonders anheimelnd, auch der große Flur, der stets nach feuchtem Kalk roch und in dem die Baronesse jedesmal dachte: Die gute Karoline kann sagen, was sie will, das Haus ist doch feucht.

Sylvia, die älteste Tochter des Hauses, ein schlankes, ältliches Mädchen mit einem bleichen Gesicht und einem gefühlvollen, ein wenig mitleidigen Lächeln, empfing die Baronesse. Sylvia hatte eine Art, die Leute zu begrüßen, als seien sie krank und bedürften der Teilnahme und der Schonung. Und das tat der alten Dame heute wohl. Im Wohnzimmer auf dem großen Sofa mit der zu steifen Rücklehne saß die Baronin Port, eine sehr starke Dame, das Gesicht stets rot und erhitzt unter der weißen Blondenhaube. »Nun, meine gute Arabella«, sagte sie mit einer lauten, tiefen Stimme, »da sind Sie, ich habe an Sie schon wie an eine Verstorbene gedacht.« Die Baronesse lächelte wehmütig: »Ach ja, zuweilen möchte man wirklich schon gestorben sein.«

»Na, na, es kommen wieder bessere Zeiten«, beschwichtigte die Baronin, »setzen Sie sich, und erzählen Sie, wie geht es bei Ihnen?«

»Immer das gleiche«, erwiderte die Baronesse, »doch nein, eine gute Nachricht habe ich, unsere Fastrade kommt, ich habe an sie geschrieben, und sie kommt.«

»So.« Die kleinen Augen der Baronin wurden blank vor Neugierde, und sie lüftete die Blondenhaube ein wenig an den Ohren, um besser hören zu können. »So, die kommt also, jetzt erst.«

Die Baronesse zog traurig die greisen Augenbrauen empor und meinte: »Bisher hatte es der Vater nicht gewollt, aber jetzt –«

»Und immer wegen des jungen Menschen?« fragte die Baronin gespannt. Die Baronesse nickte, sie schwieg einen Augenblick, lehnte den Kopf zurück. Sie wußte, jetzt würde sie über alle diese Dinge sprechen, über die sie so lange hatte schweigen müssen. Aber sie konnte nicht anders. Sylvia ging leise ab und zu und servierte den Tee. Die Baronin nahm eine Strickarbeit mit klappernden elfenbeinernen Nadeln, wie beruhigt darüber, daß sie ihren Besuch jetzt dort hatte, wo sie ihn haben wollte.

»Ach ja! Was man nicht erlebt«, begann die Baronesse, »und denken Sie sich, ich hatte doch von allem nichts gemerkt, ich merke so etwas nie. Erst als eines Tages die beiden sich an der Hand faßten und in das Schreibzimmer meines Bruders gingen, da packte mich der Schrecken, die Knie zitterten mir so, daß ich mich setzen mußte.«

»Also einfach eine Verlobung«, bemerkte die Baronin sachlich.

»Ja«, erwiderte die Baronesse, »die armen Kinder dachten sich wohl so etwas, aber mein Bruder machte dem allen schnell ein Ende.«

»Wie ertrug es Fastrade?« inquirierte die Baronin weiter.

Die Baronesse seufzte, diese lang verschwiegenen Dinge herauszusagen, ergriff sie so stark. »Fastrade, Sie kennen sie ja, ist ein so starkes und mutiges Mädchen, wenn sie gelitten, hat sie es uns nie gezeigt. Und wie die Zeit verging, glaubte ich, sie hätte ihn vergessen. Da kommt nun dieser Geburtstag, an dem sie dem Vater erklärt, sie muß fort in ein Krankenhaus, sie ist volljährig, sie hat Geld von ihrer Mutter; was gesprochen wurde, weiß ich ja nicht, Sie kennen meine Feigheit; wenn so etwas in der Luft liegt, verkrieche ich mich in mein Zimmer. Da kommt nun das Kind, weiß wie ein Tuch, und sagt: Ich reise. Liebes Kind, sage ich, nur eins möchte ich wissen, ist es seinetwegen? Sie sieht mich ruhig an und sagt klar und fest: Er ist krank und in Not, da muß ich bei ihm sein. Was konnte ich da sagen, ich habe ja nie recht was zu ihr sagen können. Als sie noch ein kleines Mädchen war, fühlte ich, daß sie von uns beiden immer die Klügere und Stärkere war. So reiste sie denn. Es war gute Schlittenbahn, ich stand im großen Saal am Fenster und hörte noch den Schellen ihres Schlittens zu, die man bei uns ja so weit von der Landstraße hört, da kam mein Bruder aus seinem Zimmer, setzte sich an den Kamin, stocherte mit der Zange in den Kohlen herum und murmelte so vor sich hin: ›Auf dem Posten bleiben will keine. Das ist wohl auch schwerer, ein Fräulein von der Warthe zu sein, als so etwas anderes.‹«

»Also sie fuhr direkt zu dem jungen Menschen«, sagte die Baronin scharf.

»Nun ja«, erwiderte die Baronesse zögernd, »er war krank, lag im Krankenhause, da hat sie ihn wohl gepflegt und dann, dann starb er.«

Die Baronin ließ die Arbeit sinken und blickte überrascht auf: »Er starb? Gott sei Dank!«

»Wollen wir uns nicht versündigen, liebe Karoline«, meinte die Baronesse wehmütig, »der arme junge Mensch! Vielleicht war es so besser.«

»Viel besser«, bestätigte die Baronin, »überhaupt, die Sache ist dann nicht so schlimm, aber das kommt von der Geheimtuerei, da denkt man gleich wer weiß was.«

»Und dann, liebe Karoline«, versetzte die Baronesse und lächelte gerührt, »unserer Fastrade kann man dies alles nicht anrechnen, sie hat ein zu heißes Herz. Als unser kleiner Hund umkam, sie war noch ein kleines Kind, da hat sie doch die ganze Nacht geweint und geradezu gefiebert. Und später, als die alte Wärterin Knaut starb – mein Bruder hatte gewünscht, daß die Kinder bei der Beerdigung mit auf den Friedhof genommen werden, sie sollten sich früh an solche Pflichten gewöhnen, sagte er –, nun gut, am Abend, es war im Juni, ist Fastrade fort. Man sucht sie und wo findet man sie? Sie sitzt auf dem Friedhofe in der Abenddämmerung am Grabe der Knaut, sie will die Knaut nicht allein lassen. So war sie immer.«

Von ihrem Sitz aus konnte die Baronesse die dämmerige Zimmerflucht entlang sehen, an deren Ende jetzt die breite Gestalt des Baron Port erschien und langsam herankam. Er war von seinem Nachmittagschlafe aufgestanden und schien verstimmt, er begrüßte die Baronesse kurz und setzte sich an den Tisch. »Wir sprechen von der Fastrade«, sagte die Baronin, »sie kommt endlich nach Hause.«

Der Baron machte eine abwehrende Handbewegung und beugte sich über die Teetasse, welche seine Tochter vor ihn hingestellt hatte.
»Und Ihre Gertrud kehrt ja auch wieder zu Ihnen zurück«, versetzte die Baronesse.
Da begann der Baron zu sprechen, heiser und undeutlich, als läge ihm nichts daran, daß er verstanden werde: »Ja, zurück kommen sie alle, aber wie? Die Nerven kaputt, zerzaust wie die Hühner nach dem Regen, der arme Warthe hatte ganz recht, keine will auf dem Posten bleiben. Früher hatten die adeligen Fräulein nie solche Talente, die ausgebildet werden mußten, das ist auch so die neue Zeit.« Dieses knarrende Schelten schien ihm wohlzutun, er fuhr daher fort, verbiß sich in seinen Ärger: »So bin ich gestern bei Dachhausens zu Mittag. Na, daß es dort nach Finanz riecht, dafür können sie nichts, sie ist ja eine Fabrikantentochter, aber er ist ein braver Junge, und einer der Unseren. Gut, es wird also ein Rehbraten serviert, einer unserer ehrlichen, heimatlichen Böcke, aber ringsum auf derselben Schüssel liegen so halbe Orangeschalen voll Orangegefrorenem, so das süße Zeug, das man beim Konditor kriegt.«
»Ist das gut?« fragte die Baronesse teilnehmend.
Der Baron zuckte mit den Schultern: »Gut! In Berlin und Paris versucht man mal so abenteuerliches Zeug, aber hier bei uns – ich kann mir nicht helfen, mit kommt so was pervers vor. Na und unser anderer Nachbar, der Egloff in Sirow, daß er sein Haar gescheitelt trägt wie ein Mennonitenprediger, ist seine Sache, das soll amerikanisch sein. Also vorigen Tag war ich Geschäfte wegen bei ihm, da stellte er mir so einen kleinen Kerl vor, schwarz wie ein Tintenfaß, der ist ein portugiesischer Marquis, und einen langen Grauhaarigen mit einer blauen Brille, der ist wieder ein polnischer Graf. Und die Großmutter, die alte Baronin, sieht diese unheimlichen Leute strahlend an und freut sich, daß ihr Dietz so vornehme Bekannte hat. Und wenn sie abends in ihrem Zimmer sitzt und sich von dem Fräulein Dussa die frommen Bücher vorlesen läßt, dann horcht sie hinaus auf das Toben der Herren im Spielzimmer und ist glücklich, daß ihr Dietz sich so gut unterhält dort am grünen Tisch, wo er das Familienvermögen riskiert.«
Der Baron schüttelte sich wie von Widerwillen übermannt und schloß düster: »Eins weiß ich, ich werde diese Komödie nicht mehr lange anzusehen haben, mein Parkettsitz wird bald leer sein.«
Alle schwiegen; die Dämmerung war vollends hereingebrochen. Als ihr Vater zu sprechen begonnen, hatte Sylvia sich erhoben und ging lautlos die Zimmerflucht auf und ab, zuweilen blieb sie an einem Fenster stehen und schaute hinaus auf den schwefelgelben Streifen, der am Abendhim-

mel über dem schwarzen Walde hing. Eine, die bleich und nachdenklich auf ihrem Posten geblieben war.
Da die Dunkelheit kam, machte die Baronesse sich auf den Heimweg. Als sie im Wagen saß, sagte sie sich, daß es dort bei Ports nicht eben heiter gewesen war, aber sie hatte sprechen können, und das empfand sie wie eine Erleichterung nach allem Schweigen.

Drittes Kapitel

Es war reichlich Schnee gefallen, die Abenddämmerung lag blau über der weißen Decke. Die Baronesse Arabella hatte zwei Lampen im großen Saal anzünden lassen und ging nun unablässig dort auf und ab, die eingefallenen Wangen leicht gerötet. Oft blieb sie stehen und lauschte hinaus auf ein Schellengeläute, das fern von der Landstraße herübertönte. Solchem Schellengeläute zuzuhören, wie es von der Straße herklang, an den Biegungen schwächer wurde, wie es sich entfernte oder näher kam, war ihr stets eine gewohnte Beschäftigung an stillen Winterabenden gewesen, und wie bedeutungsvoll war dieses Geläute zuweilen, an dem Abend, da Fastrade von ihnen fuhr, und wiederum an jenem Abend, da die Glocke der Estafette immer näher kam, welche die Nachricht von des armen Bolko Tode brachte. Seitdem schien es der Baronesse, als könnte sie aus den Stimmen der Schellen etwas von dem heraushören, was dort auf der Landstraße zu ihr herankam. Heute, glaubte sie, heute klängen die Schellen besonders hell und erregend, es war Fastrade, die da kam. Die alte Dame freute sich, aber in dieser Freude lag eine Aufregung, die sie fast schmerzte.
Jetzt war das Geklingel ganz nahe, es machte den großen Bogen im Hofe und hielt vor der Freitreppe. Geräuschvoll öffnete Christoph die Haustür. Die alte Dame stand regungslos da und horchte auf die Schritte im Flur. Fastrades Stimme mit ihrem metalligen Schwingen sagte: »Guten Abend, Christoph, wie unverändert Sie sind, nur grau sind Sie geworden.« – »Wir sind hier alle grau geworden, gnädiges Fräulein«, erwiderte Christoph. Jetzt öffnete sich die Tür, und Fastrade stand da in ihrer hübschen, aufrechten Haltung. Über dem schwarzen Trauerkleide nahm sich der blonde Kopf, das runde, von der Fahrt leicht gerötete Gesicht wunderbar hell und farbig aus. Sie lächelte ihr Lächeln, das ihr so leicht auf die Lippen stieg, und die Augen, von der Dämmerung verwöhnt, blinzelten in das Licht. Die Baronesse stand noch immer wie hilflos da und weinte. Erst als Fastrade sie in ihrer bekannten schützenden Art in die Arme nahm, den

alten zerbrechlichen Körper hielt und leitete, da fühlte die Baronesse wieder die ganze Wärme dieser Gegenwart, nach der ihr alle Jahre hindurch gefroren hatte.

Fastrade führte die Baronesse zum Sofa, ließ sie dort niedersitzen, setzte sich neben sie und hielt die beiden alten Hände in den ihren. Die Baronesse weinte still vor sich hin, Fastrade saß ruhig da und ließ ihre Blicke im Zimmer umherschweifen, suchte die Sachen an ihren gewohnten Plätzen auf. Es stand alles dort, wo es einst gestanden, alles war unverändert, und dennoch schien es ihr, als sei es verblaßter, farbloser als das Bild, welches sie die ganze Zeit über in ihrer Erinnerung herumgetragen, das Getäfel schien dunkler, die Seide der Möbel verschossener, die Kristalle des Kronleuchters undurchsichtiger. All das erschien Fastrade wie eine Sache, die wir sorgsam verschließen, und wenn wir sie endlich wieder hervorholen, wundern wir uns, daß sie in ihrer Verborgenheit alt und blaß geworden ist. Und auch die Töne des Hauses waren die altbekannten. Aus dem Zimmer ihres Vaters hörte man die fette, knarrende Stimme des Inspektors Ruhke dringen, aus dem Eßzimmer klang das Klirren von Gläsern, das Klappern von Tellern herüber, und endlich im kleinen Kabinett neben dem Saale sang eine ganz dünne, zitternde Stimme eine hüpfende Melodie leise vor sich hin. Das war die uralte Französin Couchon, die schon die Lehrerin der Baronesse gewesen war. Sie saß an der grün verhangenen Lampe in sich zusammengebogen, das Gesicht ganz klein unter der enganliegenden grauen Samthaube, legte ihre Patience und trällerte leise ihre verschollene französische Melodie. Das ergriff Fastrade so stark, daß sie laut sagen mußte: »Ah, Ruhke ist bei Papa und Christoph deckt im Eßzimmer den Tisch, und Couchon sitzt noch bei ihrer Patience und singt.«

»Ja, Kind«, sagte die Baronesse, »wir haben nichts anderes zu tun, als zu sitzen und zu warten, bis eines nach dem anderen abbröckelt.«

Fastrade erhob sich schnell von ihrem Sitz, als wollte sie etwas abschütteln: »Ich will Couchon begrüßen«, sagte sie und ging in das Kabinett hinüber. Die alte Französin hob ihr kleines Gesicht zu Fastrade auf, lächelte mit dem lippenlosen Munde und sagte: »Tu voilà, ma fillette, à la bonne heure.« Dann wandte sie sich wieder ihren Karten zu. Jetzt beschloß Fastrade, zu ihrem Vater hineinzugehen. Auch dort erhellte eine Lampe mit grünem Schirm das Zimmer nur matt, der Baron saß auf seinem Sessel sehr gebeugt, der Kopf war ihm auf die Brust gesunken, er schien zu schlafen, das schöne Silberhaar war fort, und das Lampenlicht lag auf der blanken großen Glatze. In der Ecke stand der Inspektor Ruhke unförmlich groß und dick, und eine Atmosphäre von Schnee und Transtiefeln umgab ihn. Fastrade kniete vor ihrem Vater nieder und sagte: »Hier bin ich wieder, Papa.« Der Baron erhob seinen Kopf und sah sie an, die Augen waren noch immer klar und blau, aber das bleiche Gesicht schien zu müde zu sein, um einen Ausdruck zu haben. »So, so«, sagte der Baron und versuchte matt zu lächeln, »deine Tante sagte mir, du würdest kommen.« Dann strich er mit der Hand über Fastrades Wange. »Kalte Wangen«, bemerkte er, »so, so, setze dich dort hin, Kind, Ruhke ist noch nicht zu Ende, es ist gut, wenn du das mitanhörst. Nun, Ruhke, also die Ölkuchen.« Das Baron ließ wieder den Kopf auf die Brust sinken, Fastrade setzte sich in einen der großen Sessel, Ruhke räusperte sich verlegen und begann dann wieder mit der fetten, knarrenden Stimme zu sprechen, sprach von Ölkuchen, die von der Station abgeholt werden sollten, von einem Stier, der krank zu sein schien, von Brettern, die gesägt werden sollten, er sprach eintönig und mechanisch wie einer, der weiß, daß niemand ihm zuhört und endlich schwieg er ganz. Wie vom Stillschweigen geweckt, schaute der Baron auf und sagte: »Das ist alles? Nun dann guten Abend, Ruhke.« – »Guten Abend«, erwiderte der Inspektor und schob sich zur Tür hinaus. Jetzt wurde es ganz still im Zimmer mit seiner grünen Dämmerung, der Baron ließ wieder den Kopf sinken und schlummerte, einmal sah er auf und fragte: »Viel Schnee auf der Landstraße?« – »Ja, Papa«, erwiderte Fastrade. Danach schwiegen sie wieder. Fastrade saß da, die Hände im Schoß gefaltet, die Augen weit offen und auf dem Gesicht ein Ausdruck, als träumte sie einen schweren Traum. Draußen im Saal begann die große Uhr langsam und tief neun zu schlagen, Christoph kam, um seinen Herrn zu Bette zu bringen. »Ich gehe jetzt schlafen«, sagte der Baron, »du kommst dann wieder, Kind, und liest.« Und es kam in das bleiche Gesicht etwas wie Heiterkeit, als er hinzufügte: »Es ist gut, wenn man wieder beisammen ist.«

Im Eßsaale saßen die Baronesse und Fastrade sich gegenüber, und auch hier kam das vergangene Leben mit jedem Geräte und jeder Speise mächtig über Fastrade. Das Porzellan mit dem schwarzen Monogramm, der silberne Samowar, der Geschmack der Koteletten und der Semmel, als schien das Leben gerade da wieder anzuknüpfen, wo sie es vor Jahren verlassen hatte, und mechanisch wie früher stand Fastrade von ihrem Stuhle auf, um sich vor den Samowar zu stellen und den Tee zu machen. Die Baronesse erzählte unterdessen, erzählte geläufig und klagend von all dem Traurigen, das sich in den Jahren ereignet hatte. Nach dem Essen mußte Fastrade zu ihrem Vater gehen und vorlesen, sonst war es die Baronesse, die dort im Schlafzimmer die Memoiren des Herzogs de Saint Simon vortrug, bis er eingeschlafen war. Fastrade fand ihren Vater im

Bett liegend mit geschlossenen Augen, er öffnete die Augen auch nicht, als sie eintrat, und murmelte nur ein leises »so, so«. Als sie sich jedoch an den Tisch mit der grünverhangenen Lampe setzte und das Buch zur Hand nahm, hörte sie die Stimme ihres Vaters klar und in dem früher gewohnten, belehrenden Tonfall das Wort *Pflichtenkreis* sagen. Sie las nun. Im Hause war es ganz still geworden, vom Bett her klang das schwere und mühsame Atmen des alten Mannes herüber, und all das war so furchtbar bedrückend, daß Fastrade es hörte, wie ihre eigene Stimme zuweilen zitterte und fast versagte, während sie die langwierige Geschichte von dem Streit der französischen Herzöge um den Vortritt vortrug. Endlich öffnete Christoph leise die Tür und machte ein Zeichen, daß es genug sei. Als die Baronesse Fastrade in ihr Zimmer führte, weinte sie wieder und sagte: »Kind, nach all diesen Jahren werde ich zum ersten Male wieder mich glücklich zu Bett legen.«

Als sie allein war, blieb Fastrade mitten in ihrem Zimmer stehen und ließ die Arme schlaff herabhängen. Eine dunkle Traurigkeit machte sie todmüde. All das still zu Ende gehende Leben um sie her schwächte auch ihr Blut, nahm ihr die Kraft weiterzuleben; wir sitzen still und warten, bis eines nach dem anderen abbröckelt, klang es wie eine leise Klage in ihr Ohr und dann bäumte sich etwas in ihr auf, sie hätte die Traurigkeit von sich abreißen mögen wie ein lästiges Kleid. Schnell ging sie zum Fenster, öffnete die schweren Fensterläden, stieß das Fenster auf und schaute in den Garten hinab. Im Scheine großer, unruhig flimmernder Sterne lag die Winternacht da, weiß und schweigend, die Luft schlug ihr feucht und kalt entgegen, Bäume ragten wie große weiße Federn gegen den Nachthimmel auf, und an ihnen vorüber konnte Fastrade in eine Ferne sehen, die von einer weißen Dämmerung verschleiert unendlich schien. Hier war Raum, hier konnte sie atmen, hier in der Kühle schlief das große, starke Leben, zu dem sie gehörte. Und wie sie so hinausschaute in all das Weiße, mußte sie an das Krankenhaus denken mit den langen, weißen Korridoren, den weißen Türen, hinter denen das Leiden und die Schmerzen wohnten, aber die Leiden und der Schmerz dort waren etwas wie eine berechtigte Einrichtung, man diente ihnen, man lebte für sie, und auch das Mitleid war eine Einrichtung, man trug es leicht wie an einer Gewohnheit und stand nicht hilflos davor wie hier, als vor einer großen Qual. Wenn sie dort aus den Krankenstuben kam, fand sie draußen in den Korridoren geschäftiges Leben, eilige Ärzte in weißen Kitteln rannten an ihr vorüber, man rief sich etwas Heiteres zu, man lachte und man fühlte sich tapfer und nützlich in diesem frischen, fast munteren Kampfe gegen die Feinde des Lebens. Fastrade fror, aber sie empfand wieder, daß sie warmes junges Blut in ihren Adern hatte, empfand die Kraft ihres Körpers, und sie fühlte ihr Leben wieder als etwas, auf das sie sich trotz allem freuen durfte. Schnell schloß sie das Fenster, jetzt wollte sie schlafen.

Viertes Kapitel

Es war noch ganz finster, als Fastrade erwachte. Es mußte Zeit sein, die Nachtwache abzulösen, dachte sie und setzte sich im Bette auf, aber als sie hinaushorchte, herrschte draußen tiefes Schweigen, statt des Ab- und Zugehens leiser Schritte, das im Krankenhause nie verstummte. Da erinnerte sie sich, sie war zu Hause. Sie lehnte sich wieder in die Kissen zurück, hob die Arme empor, faltete die Hände über dem Scheitel und starrte in die Finsternis hinein. Anfangs war es ein Gefühl starken Wohlbehagens, liegenbleiben, schlafen zu dürfen, wie oft hatte sie sich im Krankenhause das gewünscht, allein der Schlaf kam nicht, und die Bilder von gestern abend stiegen wieder auf, das bleiche Gesicht ihres Vaters, die schmale, schwarze Gestalt der Tante Arabella, wie sie mitten in dem großen Saale stand und hilflos weinte. Sie fuhr auf, nein, diese schmerzhafte Hoffnungslosigkeit, die sie gestern abend krank gemacht, sollte nicht wieder über sie kommen. Sie zündete die Kerze an und begann sich anzukleiden. Das erfrischte sie; sie dachte an Kinderzeiten, wenn die kleine Fastrade es vergessen hatte, den französischen Aufsatz zu machen und sich frierend am Wintermorgen bei Kerzenschein ankleidete, während alles um sie her noch schlief.

Draußen in der langen Zimmerflucht herrschte noch Finsternis. Ab und zu ging eine Magd mit lautlosen Schritten, ein Lichtstümpfchen in einem Leuchter in der Hand, und die kleine Flamme ließ große Schatten die Wände entlang irren. Vor den mächtigen Kachelöfen hockten graue Gestalten, schichteten Holz in das Ofenloch, zündeten es an und die feuchten Scheite begannen laut und ärgerlich zu prasseln. Verwundert und fast ängstlich wie auf ein Gespenst schauten die Mägde Fastrade an, als sie da plötzlich unter ihnen erschien und langsam durch die Zimmer ging. Es war Fastrade, als könnte sie alle diese Gemächer jetzt, da sie in der Finsternis oder im flackernden Ofenschein zu schlafen schienen, leise beschleichen, um in ihnen all das wiederzufinden, was sie einst gekannt und geliebt hatte. Das Kabinett neben dem Saal war hell vom Ofenfeuer erleuchtet, vor dem Ofen saß Merlin, der alte Setter, und schaute ernst in die Flammen; als Fastrade eintrat, wandte er den Kopf nach ihr um und schaute sie ruhig an. »Merlin«, sagte Fastrade, da stand er langsam auf, ging zu ihr hin und rieb seinen Kopf sanft gegen ihr Knie; Fastrade mußte an die stille, müde Art denken, in der Tante Arabella sie gestern begrüßt hatte. »Komm, Merlin, wir wollen uns wärmen«, sagte sie und setzte sich auf einen Sessel am Ofen nieder; Merlin saß neben ihr und beide starrten jetzt in die Glut, und es war Fastrade, als wäre sie nie fortgewesen, als hätte sie nie aufgehört, zu diesem wunderlichen, alten Hause zu gehören, in dessen dunklen, verschlafenen Ecken überall eine stumme Klage zu wohnen schien.

Aber das Sitzen in der Wärme machte schlaff, dazu trug Merlins schwarzes Gesicht, trugen seine braunen Augen, die im Ofenschein glashell wurden, einen so hoffnungslos beruhigten Ausdruck zur Schau, als könnte sich im Leben nie mehr etwas ereignen. Ungeduldig stand Fastrade auf, ging wieder durch die Zimmer, die Fensterläden waren geöffnet worden, ein weißer, dunstiger Wintermorgen schaute durch die Fenster. Fastrade blickte in den Hof hinab, die Ställe und das Gesindehaus standen da mit der unfreundlichen Deutlichkeit, die das Licht vor Sonnenaufgang den Gegenständen gibt. Es mußte sehr kalt sein; aus der offenen Stalltür dampfte es, auf die Treppe des Gesindehauses trat Ruhke heraus, unförmlich groß und dick, ganz in einen langen Schafpelz gehüllt, das Gesicht bleich und gedunsen. Mißmutig schaute er den Weg zu den Wohnungen der Instleute hinab, und auf diesem Wege kam ein langer Zug grauer Gestalten langsam und widerwillig daher; fahle, mißfarbene Flecken in all dem Weiß. Es fror Fastrade; wie entsetzlich freudlos schien dieser graue Zug, mußte denn hier alles so freudlos sein, mußte denn hier alles, was man anschaute, wehe tun, konnte man denn hier nie von diesem Mitleid loskommen? Sie wandte sich ab, im Saal begegnete sie einem kleinen Dienstmädchen; in seiner rosa Kattunjacke, das rote Tuch auf dem Kopfe, stand es da, die Wangen weinrot vom Frost, die kleinen Augen blank. Als das Mädchen Fastrade sah, lachte es, öffnete den breiten, roten Mund und zeigte die weißen Zähne. Fastrade lachte auch. »Trine, du bist es«, sagte sie, »du bist groß geworden und du bist hübsch geworden.« Trine errötete über das ganze Gesicht, sie straffte ihren Körper unter dem dünnen Kamisol und schüttelte ihn ein wenig, als fühlte sie das Großsein und Hübschsein als etwas Angenehmes und Warmes. »Es wird heute kalt«, fuhr Fastrade fort, nur um das Mädchen noch zu halten, um dieses Junge, Farbige und Lachende noch vor sich zu sehen. »Ja, Fräulein.« – »Aber es wird heute schön.« – »Ja, Fräulein.« Jetzt ging die Sonne auf, rosenrotes Licht strömte in den Saal, glitt über das dunkle Getäfel, verfing sich in den Kristallen des Kronleuchters. Trine stand da, ganz rosig übergossen, und lachte ihr breites Lachen. Fastrade fühlte, wie auch das Licht über sie hinfloß, fühlte auch sich jung und hübsch. »Da ist die Sonne«, sagte sie. – »Ja, nun kommt sie«, meinte Trine und lief kichernd aus dem Zimmer.

Jetzt begann es sich im Hause zu regen, Christoph kam und deckte den Frühstückstisch, Fräulein Grün, die Mamsell, erschien und trug auf einem Brette die frischen Brötchen herein, sie begrüßte Fastrade mit lauter Stimme: »Unser gnädiges Fräulein wird uns wieder regieren, das ist gut für uns, wir verschimmeln ja hier.« Ja, Fastrade wollte hier wieder regieren; sie machte sich daran, wie früher den Frühstückstisch zu ordnen, legte die Brötchen in den Brotkorb, stellte sich vor den Samowar, um den Tee zu machen. Es sollte, es mußte hier wieder behaglich werden. Als die Baronesse Arabella in das Eßzimmer trat, war sie so überrascht, daß sie die Hände faltete und zu weinen begann, aber Fastrade wurde ungeduldig. »Hier gibt es doch nichts zu weinen, Tante, komm, setze dich, der Tee ist fertig.« Als die alte Dame an ihrem Platz saß, wischte sie sich die Augen und sagte nachdenklich: »Sieh, Kind, ist das nicht seltsam, sonst, wenn ich mich so allein an meinen Platz setzte, fror mich immer so stark, heute friert mich gar nicht.«

Der Wintertag war sehr hell geworden, die Zimmer waren voll gelben Sonnenscheins, der Baron erschien, um an Christophs Arm langsam seine Promenade durch die Zimmerflucht zu machen, er blieb vor Fastrade stehen, sah sie streng an und sagte: »Mein Kind, hast du deinen Pflichtenkreis gefunden?«

»Ich weiß nicht, Papa«, erwiderte Fastrade und errötete.

Der Baron dachte ein wenig nach und fragte dann: »Gehst du heute zu den Kühen?«

»Zu den Kühen?« Fastrade wunderte sich; sie war sonst nie zu den Kühen gegangen.

»Gut, lassen wir es zu morgen«, fuhr der Baron fort, »aber des Herrn Auge mästet das Vieh.« Als er weiter ging, fügte er noch hinzu: »Übrigens essen wir um Punkt eins, der Arzt hat es so verordnet.«

Einen Pflichtenkreis hatte Fastrade offenbar noch nicht. Sie trieb sich in den Zimmern umher, rückte an den Möbeln, als wollte sie dieselben wecken und ihnen melden, daß sie da sei. Endlich ging sie in das Kabinett, das ihr als Schreibzimmer diente, und setzte sich dort nieder. Da war ihr Schreibtisch, da standen ihre Sachen und Bücher, aber sie sagten ihr noch nichts, sie hatte noch kein Verhältnis zu ihnen. Sie war es nicht mehr gewohnt, einen Tag vor sich zu haben, über den sie selbst bestimmen konnte. Dort im Krankenhause zwang ja jede Minute zu einer bestimmten Arbeit. Was tat ich früher um diese Zeit? fragte sie sich. Da stieg wieder die Erinnerung jener früheren Zeit in ihr auf und mit ihr Arno Holsts hübsche, schmächtige Gestalt. Wie deutlich entsann sie sich jetzt des Abends, an dem sie zuerst gewußt hatte, daß sie Arno Holst liebte, oder sich entschlossen hatte, ihn zu lieben. Sie saß am Klavier und spielte Mendelssohn, Arno Holst stand hinter ihr und hörte zu. Als sie geendet hatte, ließ sie die Hände in den Schoß sinken, er lehnte sich an das Klavier und begann von seiner Mutter zu sprechen; sie hatte auch so schön die Mendelssohnschen Lieder gespielt. Er erinnerte sich dessen sehr gut, obgleich er noch ein Knabe gewesen war, als sie starb, deshalb wohl waren diese Melodien für ihn der Inbegriff des Heimatlichen und Geborgenen, denn mit dem Tode seiner Mutter war er heimatlos und einsam geworden, und einsam zu sein war wohl sein Schicksal. Das hatte Fastrade ergriffen. Sie war in den Park hinausgegangen; sie erinnerte sich deutlich dieses Vorfrühlingsabends: ein lauer Wind fuhr in die laublosen Bäume, eine ganz silberne Mondsichel hing am Himmel, die Parkwege waren naß, überall rannen und plauderten kleine Wasser, und es roch stark nach feuchter Erde. Dort nun war das Mitleid um Arno Holst ganz stark über sie gekommen, nicht ein Mitleid, das schmerzt, sondern eines, das berauscht. Nein, sie wollte nicht, daß er einsam sei, und dann war ihr eingefallen, daß das wohl Liebe sein könne, und das hatte sie beglückt. Sie hatte es plötzlich empfunden, daß dieses Mädchen, das da auf den feuchten Parkwegen gegen den Frühlingswind ankämpfte, in diesem Augenblicke etwas ganz Bedeutsames geworden war, das Schicksal und das Glück eines anderen. Sie hatte an jenen Abend lange nicht gedacht, denn ein anderes Bild hatte die Erinnerung verwischt, das Bild des armen Arno Holst, wie er im Krankenhause im Bette lag mit eingefallenen Wangen, fieberkranken Augen und todesmatt von den furchtbaren Hustenanfällen, die ihn schüttelten.

Er hatte nur wenig zu ihr gesprochen, die kurzsichtigen, braunen Augen hatten sie erregt und hungrig angesehen, und wenn sie etwas für ihn tat, hatte er matt und dankbar gelächelt. Nur in einer der letzten Nächte, als sie an seinem Bette saß, hatte er plötzlich deutlich, und als sei er böse, gesagt: »Du darfst nicht so treu und so mitleidig sein, das bringt zu viel Leid.«

Christoph kam und meldete das Mittagessen. Der Baron saß schon in einem Sessel bei Tisch; er hatte sich von Christoph in seinen schwarzen Rock einknöpfen lassen, anders hätte ihm das Essen nicht geschmeckt. Auch Couchon saß an ihrem Platz und beugte den Kopf mit der grauen Samthaube tief auf ihren Teller nieder. Die Baronesse legte die Suppe vor. Während des Essens wurde von der Nachbarschaft gesprochen. »Bei

Ports«, meinte die Baronesse, »ist es auch nicht recht gemütlich, die Gertrud muß ihre Singschule aufgeben und nach Hause kommen, und der Vater brummt, weil sie fortgegangen ist, und brummt, weil sie wiederkommt, er wird in letzter Zeit überhaupt recht schwierig. Nun, und die Egloffs, die alte Baronin, wird mit jedem Tage vornehmer, sie spricht nur noch von den Zeiten, da sie Palastdame war, und ihr Enkel, der Dietz, wird mit jedem Tage wilder, tobt herum, ladet allerhand fremde Leute ein, gibt Gesellschaften, Jagden, Schlittenpartien, und des Nachts sitzt er am grünen Tisch und spielt und spielt, es ist recht schade um das schöne Gut und das schöne Vermögen. Und dann, ich weiß es ja nicht, aber die Leute erzählen, er soll jetzt viel bei Dachhausens sein und der kleinen Frau ganz den Kopf verdrehen. Das würde mir für den guten Dachhausen leid tun. Nun, von ihr will ich nichts Schlechtes denken, aber bei diesen Damen, die nicht von Familie sind, weiß man ja nie. Ach ja, es ist recht traurig, so ein junger Mensch, der kein Gewissen hat.«
Fastrade lehnte sich in ihren Stuhl zurück, als machte das Essen ihr keine Freude mehr, und sagte: »Also etwas gemütlich und glücklich zu sein, das versteht hier keiner.«
»Liebes Kind«, meinte die Baronesse, »es hat eben jeder seine Sorgen.« Da legte der Baron die Gabel fort, richtete sich auf und sagte streng und ein wenig mühsam: »Es genügt nicht, als Edelmann geboren zu sein, man muß auch Edelmann sein wollen.«
»Du hast sehr recht, lieber Bruder«, unterbrach ihn die Baronesse, die fürchtete, daß er sich aufrege. Couchon beugte ihren Kopf tief auf den Teller nieder und murmelte: »Un bel homme tout de même!«
Am Nachmittage, wenn der Baron und die Baronesse sich in ihre Zimmer zurückgezogen hatten, war von jeher eine schläfrige Stille über das Haus gekommen. Fastrade mußte an den armen Bolko denken, der als Knabe stets gesagt hatte: »Um diese Stunde zieht es einen in allen Gliedern, man muß, muß etwas Unerlaubtes tun.« Sie liebte auch nicht diese Zeit des grellen Nachmittagsonnenscheins und der niedergelassenen Fenstervorhänge. Wenn das Licht rötlich zu werden begann und die Sonne tief über dem Walde stand, dann wich etwas wie ein Druck von dem Hause, und auch Fastrade fühlte neue Unternehmungslust. Sie ging hinaus in den Wald, es war hübsch, so bei Sonnenuntergang durch eine ganz rosa Welt zu gehen, die Wege glänzten wie buntes Glas, die ganze Luft war voll Farbe, alles in ihr bekam eine gefühlvolle Zartheit, selbst die grauen Gestalten der Arbeiter und die grauen Häuschen, zu denen sie langsam und müde heimgingen. Aber in diesem Lichte sah nichts traurig aus, und Fastrade meinte, sie seien in diesem einen farbigen Augenblicke so

getröstet, wie sie selbst. Als sie in den Wald gelangte, war die Sonne untergegangen, alles stand wieder still und weiß um sie her, der frische Schnee lag wie Polster unter den Stämmen, auf großen gespreizten Händen wurde er vorsichtig von den Tannenzweigen gehalten, und unheimlich still war es hier, wo die großen ruhigen Baumgestalten einträchtig nebeneinander standen in ihrer schweigenden Schönheit, einschüchternd fast, meinte Fastrade in ihrer Vornehmheit. Ein leiser Ton erwachte, als huschten Schritte über Wolle, und ein Hase setzte über den Weg, tauchte in die weißen Schneepolster unter und wieder auf, es muß gut tun, dachte Fastrade. Ja, sie hätte gern auch wie einer dieser Bäume regungslos in der Dämmerung gestanden, eingehüllt in all dies kühle Weiß und teilgenommen an diesem geheimnisvollen Schweigen und Träumen. Aber wenn sie tiefer zu ihnen hinein wollte, ließen die Tannen ihre Schneelast fallen, im Wipfel einer Föhre erwachte ein Rabe und flog mit lautem Flügelschlage auf. Es kam Unordnung hinein, sie fühlte sofort, daß sie ein Eindringling sei. Sie war eine Waldschneise entlang gegangen, jetzt kam sie an einen Bestand alter Föhren, auf hohen ganz geraden Stämmen hoben die Bäume ihre beschneiten Schöpfe zu den Sternen auf. Hier konnte Fastrade ungehindert zwischen ihnen hingehen, hier war es so feierlich, so heilig, daß ein kleiner Eindringling wie sie nicht stören konnte. Sie lehnte sich an einen der kalten Stämme und schaute empor, in einem der hohen regungslosen Föhrenschöpfe schien die Mondsichel zu hängen. Wie oft hatte Fastrade sie dort hängen gesehen, wie gut kannte sie diese Bäume, in allen Jahreszeiten und Tageszeiten war sie bei ihnen gewesen, im Frühling, wenn der Wind in die alten Schöpfe fuhr, daß sie tief und metallig rauschten, als ob sie plötzlich miteinander stritten, oder an heißen Mittagstunden, wenn es hier so stark nach den besonnten Nadeln duftete und über den Wipfeln der Falke revierte, ein bewegliches Stück Silber im grellblauen Himmel. Fastrade drückte ihre Wange gegen den Stamm, jetzt erst fühlte sie ganz deutlich, daß sie daheim war.

Vom Hügel, auf dem die Föhren standen, schaute sie auf eine Schonung junger Tannen nieder, das war das Ende des Padurenschen Waldes, dahinter begann der Sirowsche Wald, allein dort war alles verändert, früher hatte da eine geschlossene Wand alter Tannen gestanden, jetzt war es ein wüster, leerer Platz, die großen Balken waren am Boden hingestreckt, halb von Schnee verhüllt, wie Tote in ihren Leichentüchern, die Zweige waren überall verstreut, die Baumstöcke, von Schnee bedeckt, ragten auf wie kleine weiße Grabhügel, und das alles hier mitten in der vornehmen Stille des Waldes sah aus, als sei ein Verbrechen verübt worden, als sei hier etwas Hohes und Stolzes roh besiegt worden. Dieser

Anblick verdarb Fastraden die ganze Feierlichkeit ihrer Stimmung, sie ging den Hügel hinab wieder dem Tannendickicht zu. Hier war es schon fast ganz finster geworden, und plötzlich war es ihr, als wohnte in dieser Dunkelheit, in der schweigend die großen weißen Bäume standen, eine Einsamkeit, die ihr fast bange machte. Sie eilte den Waldweg entlang, um auf die Landstraße zu gelangen, hier war es heller, hier konnte sie den Mond wieder sehen, und plötzlich war der Wald voll von einem hellen, munteren Schellengeläute. Eine Reihe von Schlitten fuhr an Fastrade vorüber, voran ein Schlitten mit einem großen schwarzen Pferde, darin saß ein Herr, neben ihm eine Dame, deren weißer Schleier wehte. Fastrade hörte den Herrn lachen, und seine Stimme klang klar in den Winterabend hinein: »Ja, das ist es eben, wir sind zu klug geworden, um uns zu verirren, schade!«

Andere Schlitten folgten, Herren und Damen saßen darin, alle plauderten, der leichte Wind brachte den Duft einer Zigarre bis zu Fastrade, und eine Frauenstimme sagte, als ein Schlitten nah an ihr vorüberfuhr: »Wer steht da so dunkel, wie unheimlich.«

»Die Einsamkeit selbst«, antwortete eine Herrenstimme und lachte. Dann waren sie vorüber, nur das Schellengeläute, hell und geschwätzig, war noch lange vernehmbar. Fastrade schlug den Heimweg ein, das klingende Leben, das da an ihr vorübergefahren war mit seinem Lachen, mit dem Wehen von Schleiern, mit dem Zigarrenduft und Schellengeläute, das hatte sie ganz warm gemacht. Gut, daß alles noch da war, zu Hause hätte sie das fast vergessen können.

Als sie daheim wieder in dem Zimmer ihres Vaters saß und zuhörte, wie Ruhke mit fetter, knarrender Stimme von Ölkuchen und Kälbern sprach, und der Baron den Kopf auf die Brust sinken ließ und schlummerte, während der Lampenschein auf die große blanke Glatze fiel, da klang das helle Lachen der Schlittenschellen mitten im verschneiten Walde ihr in das Ohr und erinnerte sie daran, daß da draußen jenseits der stillen Stuben mit den grün verhangenen Lampen das Leben lustig die Straßen entlang fuhr.

Fünftes Kapitel

Einige Tage später, als Fastrade von ihrem Spaziergange in der Abenddämmerung heimkam, sagte die Baronesse zu ihr: »Liebes Kind, dein Vater hat nach dir gefragt, du weißt, er will jetzt, daß du bei allen Geschäften, die das Gut betreffen, dabei bist.« – »Ja, ja«, meinte Fastrade,

»wenn ich nur etwas davon verstünde. Bisher bin ich bei diesen Geschäften doch nur eine dekorative Figur. Was gibt es denn?«
»Der junge Egloff ist da«, berichtete die Baronesse, »es ist da etwas mit der Waldgrenze nicht in Ordnung, glaube ich.«
Fastrade seufzte: »Ach Gott, an die Waldgrenze habe ich noch nie gedacht. Gut, ich gehe.« Sie strich sich mit den Handflächen über das von den Abendnebeln feuchte Haar, und »wie ich ausschaue!« meinte sie.
Im Zimmer ihres Vaters fand sie Dietz von Egloff, sie kannte ihn schon lange, sie waren ja Nachbarskinder und Jugendgespielen gewesen, und auf den ersten Blick schien es ihr, als habe er sich nicht viel verändert. Die Gestalt war noch jugendlich schlank und biegsam, das in der Mitte gescheitelte blonde Haar gab der Stirn, gab dem ganzen schmalen Gesicht den jugendlichen Ausdruck, und die Augen waren noch immer so seltsam dunkel. Als er aufstand und Fastrade die Hand drückte, lächelte der schöne Mund noch das ein wenig schiefgezogene spöttische Lächeln, das sie am Knaben gekannt hatte. Sonst war er sehr förmlich, verbeugte sich steif und sagte im gleichgültigsten Tone der Höflichkeit: »Es freut mich, mein gnädiges Fräulein, daß Sie wieder in unserer Gegend sind.«
»Ja, ach ja, mich auch«, erwiderte Fastrade und errötete. Sie fühlte sich befangen und fügte daher etwas hinzu, was ihr mißfiel, als sie es aussprach: »Also hier handelt es sich um Geschäfte?« – »Ja«, sagte der Baron, »setze dich, mein Kind, Egloff kommt wegen der Waldgrenze. Egloff, erklären Sie es ihr.«
Egloff lächelte wieder, wurde aber dann ernst und berichtete in ruhigem Geschäftston, indem er seine Fingerspitzen vorsichtig aneinander legte: »Es handelt sich also um folgendes. Ich habe einen größeren Waldverkauf gemacht und schlage jetzt an der Padurenschen Grenze.«
»Das habe ich gesehen«, entfuhr es Fastrade in einem Tone der Entrüstung.
»Sie haben es gesehen?« fragte Egloff und schaute Fastrade aufmerksam an. Dabei fiel es ihr auf, daß sein Gesicht doch nicht mehr ganz das lustige Gesicht ihres früheren Spielkameraden war, es war sehr bleich, war schärfer und gespannter, die helle, ungezogene Heiterkeit von früher war fort. »Gewiß, ich habe es gesehen«, erwiderte Fastrade, »es sieht aus wie ein Schlachtfeld.«
Egloff zuckte die Achseln. »Ja, schön sieht das nicht aus«, meinte er nachdenklich, »und es ist auch keine schöne Sache, ein Schlachtfeld, sagen Sie, also eine Schlacht, in der wir über den Wald gesiegt haben. Aber wenn wir dann endlich so über den ganzen Wald gesiegt haben, dann sind wir doch die Geschlagenen.«

Der Baron schaute auf, sah Egloff unzufrieden an und sagte dozierend: »Die Wälder sind in unseren Familien recht eigentlich das, was die Generationen verbindet, wir genießen, was unsere Vorfahren gehegt und gepflanzt, und wir hegen und pflanzen für die kommenden Generationen.« Der Schluß der Rede klang müde und nicht mehr so eindringlich, der Baron ließ seinen Kopf wieder auf die Brust sinken. Egloff hatte andächtig zugehört, wie es die Gewohnheit aller jungen Leute der Gegend war, wenn der alte Baron sprach, dann sagte er, und Fastrade hörte aus seinen Worten wieder den ungezogenen Ton des Knaben heraus: »Nun, ich bin jetzt eben in der Lage, das genießen zu müssen, was meine Vorfahren pflanzten, aber«, wandte er sich an Fastrade, »Sie haben sich in der kurzen Zeit Ihr Gut schon genau angesehen.«

»Vorigen Abend war ich in den Wald hinausgegangen«, antwortete Fastrade, »und als ich auf dem Föhrenhügel stand, fehlte mir gegenüber die schöne Wand alter Tannen.«

»Ja, hm, die ist fort«, meinte Egloff, zog die Augenbrauen zusammen und sah auf seine Nägel nieder, als sei ihm das ernstlich unangenehm, dann schaute er auf und lächelte: »Dann waren Sie es wohl, die am Abend so schwarz am Waldrande stand, als wir im Schlitten vorüberfuhren.«

»Ja, das war ich«, erwiderte Fastrade, »und ein Herr in einem Schlitten sagte: ›Da steht die Einsamkeit selbst.‹«

»Oh, das war der Graf Betzow«, rief Egloff, »er will immer etwas Poetisches sagen und sagt dann jedesmal eine Dummheit. Warum sollen Sie die Einsamkeit sein? Wir waren doch sehr gesellig in unserer Jugend. Erinnern Sie sich der Quadrillen, die wir auf der Waldwiese zu reiten versuchten, Sie, Gertrud Port, Dachhausen und ich. Dachhausen war gerade Fähnrich und mir dadurch unendlich überlegen, er machte auch mehr Eindruck auf die Damen; das schmerzte mich, und ich wollte ihn fordern, er sagte aber ganz väterlich: ›Mach' dich nicht lächerlich, lieber Junge.‹«

Fastrade lachte: »Ja, ja, und mein Paris hatte gar kein Talent für die Quadrille.«

»Richtig«, meinte Egloff, »Paris hieß Ihr kleiner Schimmel, weil er schön und furchtsam war. Was ist aus ihm geworden?«

»Paris steht noch im Stall«, erwiderte Fastrade, »aber der Arme ist alt und melancholisch geworden, er hat schlechte Zähne und kann den Hafer und das Heu nicht recht beißen.«

Egloff machte ein ernstes Gesicht, als schmerzte ihn diese Nachricht. »Das ist schlimm«, sagte er, »Hafer und Heu nicht mehr beißen zu können, ist für ein Pferd die große Lebenskatastrophe und, wie ich die Pferde kenne,

würden sie, wenn sie könnten, sich erschießen, statt wie die Menschen, wenn sie Hafer und Heu nicht mehr –«
»Ach, was sprechen Sie«, unterbrach ihn Fastrade unwillig, »wer sagt Ihnen denn, ob Paris nicht noch seine guten Stunden hat, im Sonnenschein auf dem Kleefelde, und seine friedlichen Altersgedanken und manche kleine Lebensfreude.«
»Und Pflicht«, ertönte plötzlich die Stimme des Barons.
Fastrade und Egloff schwiegen erschrocken, sie hatten geglaubt, der alte Herr schlummere, und nun hatte er zugehört. Sie sahen einander an und machten angstvolle Gesichter wie früher in der Kindheit, wenn sie sich fürchteten, lachen zu müssen. Eine Pause entstand. Da jedoch der Baron nichts mehr sagte, begann Egloff wieder zu sprechen: »Bei Pflicht fällt mir ein, wir sollten ja von Geschäften reden.«
»Ach ja«, versetzte Fastrade, »was war es denn mit Ihrem armen Walde?«
»Nein, um Ihren Wald handelt es sich«, verbesserte Egloff sie, »das Unterholz hat die Grenzlinie so verwischt, daß ich fürchte, mit dem Schlagen in Ihren Wald hineinzugeraten. Es wäre daher gut, an Ort und Stelle die Karten zu vergleichen und die Linie neu durchschlagen zu lassen.«
»Das kann ich verstehen«, sagte Fastrade, »da wird dann wohl Ruhke mit der Karte hinfahren müssen.«
Jetzt hob der Baron wieder seinen Kopf und sagte laut und kräftig: »Grenzen sind heilige Sachen, ein Besitzer muß seine Grenzen kennen. Daher wäre es besser, mein Kind, du wärest auch dabei.«
»Ist das nötig?« fragte Fastrade erstaunt. – »Ihr Herr Vater hat gewiß recht«, meinte Egloff, »nur dadurch bekommt der Akt der Grenzfestlegung seine Feierlichkeit.« Der Baron nickte: »So wäre also das abgemacht«, murmelte er. Da erhob Egloff sich, um sich zu verabschieden. Als er Fastraden die Hand drückte, lächelte er sein spöttisches Lächeln und sagte: »Also wir sehen uns in Geschäften, sozusagen als Gegner.« Dann ging er.
Fastrade setzte sich in ihren Sessel zurück, ihr Vater schlummerte wieder, und das Schweigen dieses Zimmers mit seiner grünen Lampendämmerung erschien ihr heute besonders tief.
Egloff stieg die Freitreppe herunter zu seinem Schlitten, der dort wartete, hüllte sich in die Pelzdecken und überließ dem Kutscher die Zügel. »Nach Hause«, sagte er.
»Nach Hause?« fragte der Kutscher verwundert.
»Zum Teufel ja, nach Hause«, schrie Egloff ungeduldig, und der Rappe setzte sich in Trab. Die Nacht war dunkel, es schneite ganz ruhig, die

Schneeflocken waren nicht sichtbar in der Finsternis, aber Egloff fühlte dieses stille Fallen um sich her, das ihn langsam in etwas Kaltes einhüllte. Er hatte allerdings nicht nach Hause fahren wollen, er war sehr verstimmt von zu Hause weggefahren, die Zeiten waren schlecht, er hatte stark im Spiel verloren, dann war da dieser Waldverkauf, der ihn anekelte, die Geschäftsfahrt zum alten Padurenschen Baron erschien ihm lästig und langweilig, darum hatte er beschlossen, von Paduren nach Barnewitz zu Dachhausen zu fahren, um sich dort mit der kleinen Frau die Zeit zu vertreiben, Dachhausen war nicht zu Hause, und sie hatte ihn an seinem letzten Besuch die Reise ihres Gatten mitgeteilt und dabei ihre schamlos süßen Augen gemacht. Und nun, als er auf die Padurensche Freitreppe hinausgetreten war, war die Lust zu dieser Fahrt vergangen gewesen, und er fuhr nach Hause. Gott ja, diese Fastrade war doch immer das aufrechte, hübsche Mädel von früher. Sehr warme Augen, schneidig war sie immer gewesen, er erinnerte sich, daß er als Knabe einmal in ihrer Gegenwart seinen Hund schlug, da war sie ganz rot geworden, hatte mit ihrer kleinen Faust ihn kräftig vor die Brust gestoßen und »Pfui!« gesagt, ein Pfui, das wie ein Peitschenhieb klang. Seitdem hatte sie ihn nicht recht leiden mögen. Ja, sie war immer riesig gut gewesen, diese Fastrade, aber diese Art Mädchen verliebt sich gewöhnlich in Hauslehrer, schade! Immerhin hatte sie viel Leben in sich, und es mußte hart für sie sein, dort in dem Hause zu wohnen, wo man nicht lebte, sondern nur umging. Er zog seinen Pelz fester um sich, er fror, es war nicht angenehm, so sacht, sacht in dieses kalte, weiße Laken eingehüllt zu werden, auch hauchten die großen weißen Tannenwände, zwischen denen sie jetzt hinfuhren, eine eisige Kälte aus. Gut, dachte Egloff, er würde heute also den Abend zu Hause verbringen, aber was würde er tun? In letzter Zeit war ihm das Alleinsein mit sich selbst qualvoll geworden, seine Großmutter und Fräulein von Dussa heute zu sehen, war kein angenehmer Gedanke, also er würde in seinem Zimmer auf dem Sofa liegen, Rotwein trinken und sich vom Diener Klaus Geschichten erzählen lassen. Wenn er nur diese Geschichten von all den Mädchen der Umgegend nicht schon gekannt hätte, auch log der Kerl jetzt, und er log nicht unterhaltend. Trübe Aussicht. Wenn noch jemand dagewesen wäre, mit dem er hätte Karten spielen können, das war noch das beste Mittel gegen graue Stimmungen. Es war eigentlich seltsam und schwer zu erklären, aber dieses Mittel versagte nie, wenn er sich an den grünen Tisch setzte und die Karten zur Hand nahm, dann kam es unfehlbar, dieses erregte Gefühl, das wie eine körperliche Wohltat in das Blut ging und angenehm bis in die Fingerspitzen hinein kitzelte. Das ließ sich nur mit der hübschen Erregung des

Moments vergleichen, wenn man eine schöne Frau zum ersten Male so von hinten sacht um die Schultern faßt und nicht weiß, wird sie empört sein oder still halten.

Der Rappe machte einen großen Seitensprung, der Kutscher rief wütend: »Ho! ho! Wer ist da, versteht ihr nicht den Weg zu kehren?« Ein kleines Pferd, ein niedriger Schlitten, auf dem verschneite Pakete lagen und eine verschneite Gestalt saß, mühten sich, durch den tiefen Schnee zur Seite auszubiegen. »Laibe«, rief Egloff, »bist du das?« – »Ja, Herr Baron, Laibe«, antwortete eine freundliche Stimme.

»Was tust du hier im Walde?« fragte Egloff.

»Mir ist es schlecht gegangen«, ertönte leise eine klagende Stimme, »verfahren habe ich mich im Walde, und jetzt fahre ich mit der Deichsel in den Schabbes hinein, ai ai, was kann man machen!«

»Das kommt vom Schmuggeln«, meinte Egloff, »aber du kannst zu mir auf den Hof kommen, und deinen Schabbes empfangen. Fahr' zu, Kutscher.«

»Danke, danke, Herr Baron«, rief Laibe ihm nach.

»Auch ein Leben«, dachte Egloff, »so in der Dunkelheit einsam durch den Wald zu kriechen, na, vielleicht ist das aber nicht übel, sich so herumzuschlagen, wenn man nur daran zu denken hat, ob man im Dunkeln den rechten Weg findet und wo ein Feuer sein kann, vielleicht, daß man dann an alle möglichen widerwärtigen Dummheiten nicht zu denken braucht.«

Jetzt fuhren sie in den Sirowschen Hof ein, nur wenig Fenster des großen Hauses waren erleuchtet. »Aha, keiner erwartet mich«, sagte Egloff. Sie hielten vor der Freitreppe, Egloff stieg zur Haustür hinan, öffnete sie laut und rief ein schallendes und ärgerliches »Holla!« Hunde begannen im Flur zu bellen, Lichter liefen die dunkle Fensterreihe entlang, Klaus und Joseph, mit Lichtern in der Hand, erschienen und stammelten: »Ah, der Herr Baron, wir haben nicht gewußt.« – »Natürlich habt ihr nicht gewußt«, sagte Egloff und warf seinen Pelz ab, »du, Klaus, ich gehe gleich in mein Zimmer, der Kamin muß angeheizt werden, und du, Joseph, meldest der Frau Baronin, daß ich nicht zum Essen kommen werde, ich bin müde und gehe schlafen. Außerdem bringst du mir eine Flasche Burgunder aufs Zimmer. So, vorwärts.« Er ging in sein Zimmer hinüber, kleidete sich aus, ließ sich von Klaus den Körper mit kölnischem Wasser abreiben, hüllte sich dann in seinen Schlafrock und streckte sich in seinem Schreibzimmer auf dem Sofa aus. Joseph brachte den Burgunder, im Kamin brannte das Feuer, es wurde behaglich warm. Egloff zündete sich eine Zigarette an, so, nun konnte es gemütlich sein, es gehörte nur noch dazu, daß angenehme Gedanken kamen, Gedanken, die nicht unversehens

grob an eine wunde Stelle stießen. Was also? Da war dieser Jude, der durch den dunklen verschneiten Wald irrte und betete und nach einem fernen Lichte ausspähte, das war etwas, woran hier am Kaminfeuer eine Weile zu denken seinen Reiz hatte. Allein das reichte nicht aus, die Gedanken irrten zu anderem. Was mochte wohl die kleine Frau in Barnewitz jetzt tun? Sie erwartete ihn, er sah es deutlich, wie sie sich für ihn ankleidete. Allzusehr schmücken durfte sie sich nicht, denn keiner im Hause wußte ja, daß sie ihn erwartete, sie zog wohl das dunkelviolette Wollenkleid an und legte die Perlenschnur um. Dann bestellte sie das Abendessen, zündete im Saal die Lampen an mit den schrecklichen hellrosa Gazeschirmen, Frauen aus jenen Kreisen glauben immer, daß, wenn sie verliebt sind, sie Lampen haben müssen mit hellrosa Gazeschleiern. Da saß sie im rosa Lampenschein, das hübsche Wachspuppengesicht ganz feierlich, das Haar glänzend schwarz, in ihrem violetten Kleide wie ganz in weiche Veilchen eingehüllt, und wartete auf ihn. Und es wird immer später, und das Wachspuppengesicht wird immer starrer und endlich weint sie, wie nur die kleine Lydia Dachhausen weinen kann, ganz mühelos einen Strom von Tränen über das Gesicht schüttend, das sich nicht verzieht, das unbewegt bleibt, sie weint, wie Puppen weinen würden, wenn sie weinen könnten. Egloff lächelte, der Gedanke an die einsam unter ihren rosa Lampen um ihn weinende Frau tat ihm wohl, und dann plötzlich mußte er an Fastrade denken, an die Fastrade der Kindheit, an das kleine Mädchen, das ihn mit der geballten Faust vor die Brust stößt und »Pfui!« sagt. Unruhig drehte er sich auf die Seite, griff nach dem Glase und trank, endlich drückte er auf den Knopf der elektrischen Klingel. Als Klaus erschien, befahl Egloff: »Der Jude Laibe soll zu mir heraufkommen, wenn er seine Zeremonien beendet hat.«
»Zu Befehl«, sagte Klaus. Egloff legte sich wieder zurück, zog an seiner Zigarre und wartete ungeduldig auf den Juden Laibe.
Nach einer Weile wurde die Tür vorsichtig geöffnet, und der Jude Laibe schob sich in das Zimmer, er war fest in seinen grüngrauen Rock eingeknöpft, das graue Haar und der dichte, graue Bart waren glatt gestrichen, und sein Gesicht verzog sich zu einem unendlich liebenswürdigen, freundlichen Lächeln. Er verbeugte sich mehrere Male, rieb sich die Hände und sagte: »Gut Schabbes, Herr Baron, gut Schabbes.« – »Du kannst dich da an den Kamin stellen und wärmen«, bedeutete ihm Egloff, »wenn du willst, kannst du dich auch auf den kleinen Stuhl dort setzen.«
Laibe setzte sich, legte die Handflächen auf die Kniescheiben und fuhr fort, sein süßes Lächeln vor sich hin zu lächeln. Egloff betrachtete ihn aufmerksam. »Was ist denn geschehen«, fragte er dann, »eben noch

kriechst du durch den Schnee im dunklen Walde wie ein klagender Hase und jetzt kommst du herein, reibst dir die Hände wie ein Ballherr und machst ein Gesicht, als ob du Hochzeit halten solltest.«
»Ein Dach überm Kopfe, Herr«, sagte Laibe, »ist was Gutes, und eine warme Stube ist auch was Gutes, warum soll ich mich dann nicht freuen?«
»Ist das alles?« meinte Egloff.
Laibe wurde ernster, strich mit der Hand über seinen Bart und rollte seine blanken, sirupfarbenen Augen. »Das nu versteht der Herr Baron nicht, das ist unsere Religion; heute muß man froh sein, ob man will oder nicht.«
»So, so, nur weil es befohlen ist«, sagte Egloff.
»Weil es befohlen ist«, bestätigte Laibe, »die ganze Woche schindet man sich und fürchtet sich, und an *einem* Tag erinnert man sich, daß alles einmal ganz gut werden wird. Versprochen ist es, nun, und man wartet.«
»Wartet«, wiederholte Egloff höhnisch.
»Was kann man anders tun, man wartet«, versetzte Laibe mit Bestimmtheit.
Egloff richtete sich ein wenig auf und sagte plötzlich ungewöhnlich heftig: »Und dieses Warten macht uns alle zum Narren, man wartet und wartet, man tut dies und das, um sich die Zeit zu vertreiben, aber das Große, die Hauptsache, die soll noch kommen. Und die Zeit vergeht, und nichts kommt, und wir sind die Narren.«
Ärgerlich ließ Egloff sich in die Kissen zurückfallen, der Jude warf einen schnellen ängstlichen Blick auf den Baron, krümmte den Rücken und sagte leise und demütig: »Das Warten ist nichts für die großen Herren, ein Edelmann hat hitziges Blut, der wartet nicht gern, aber ein armes Judchen hat nichts anderes.«
»Du hast doch dein Geld«, warf Egloff ein, »das macht dich doch glücklich. Wenn du einen Bauern betrogen hast, dann bist du glücklich, wenn du was über die Grenze geschmuggelt hast, dann bist du glücklich, wenn du ein Kalbsfell unterm Preise gekauft hast, dann bist du glücklich.«
Laibe wiegte bedächtig seinen Kopf: »Glücklich, Spaß, ein schönes Glück. Dann ist der auch glücklich, der recht hungrig ist, und um ihn herum stehen lauter Braten, und die dampfen und die riechen gut, und er darf sie alle riechen und keinen anrühren. Glücklich, wenn ich immer nur an dem Geld der anderen vorübergehen und vorüberfahren muß. Und da fahre ich durch den Wald, schöne, große Stämme, reines Geld, aber nicht mein Geld. Komme ich an einer Scheune vorüber, die ist ganz voll mit Geld, aber nicht mein Geld. Das ist auch so'n Glück.« Laibe lachte höhnisch in seinen Bart hinein.
»Sag' mal«, begann Egloff nachdenklich, »hast du immer an Geld ge-

dacht? Du bist doch auch jung gewesen, und in der Jugend hat man doch auch andere Gedanken im Kopf, da gibt es doch lustige Sachen.« Aber Laibe lachte wieder sein leises, höhnisches Lachen: »Ei, ei, meine Jugend, lieber Herr, was war das schon für eine Jugend. Ich war ein Bocher von fünfzehn Jahren, als der Vater mir das Bündel auf den Rücken hing und sagte: ›Geh verdienen.‹ Nun, und ich ging, und auf der Landstraße hatte ich Angst vor den Gendarmen und vor den Grenzreitern und im Walde vor den Waldhütern, und wenn es dunkel wurde im Walde, dann kamen große schwarze Vögel, flogen ganz niedrig und bliesen – *die* Angst! Und wenn ich dann zum Bauern kam, hatte ich Angst, an die Tür zu klopfen, und wenn ich doch klopfte, der Bauer kam aufmachen, hatte ich wieder Angst. Und ich glaubte, der Kaiser und die Minister und die Herren und die Bauern, alle sind nur dazu da, um dem armen Judenbocher Angst zu machen.«
»Aber dachtest du nicht manchmal«, unterbrach ihn Egloff, »dachtest du nicht an Mädchen, an solche Sachen?«
»Mädchen waren schon da«, erwiderte Laibe. »Wenn ich sonntags in eine Bauernstube kam, dann saßen sie da am Tisch, die Mädchen in ihren guten Kleidern, reingewaschen, die Gesichter wie die roten Äpfel, und Jungen waren da und spaßten mit ihnen, und ich saß am Ofen und sah zu, wie einer ein Bild ansieht, er kann nicht in das Bild hinein und das Bild kann nicht zu ihm herauskommen. Ach Gott, meine Jugend! Auf der einen Seite steht das bißchen Verdienst und auf der anderen Seite steht die große Angst.«
Beide schwiegen jetzt, Laibe schaute sorgenvoll vor sich hin und strich mit den Händen sanft über seine Knie, als wolle er sich selber trösten. Egloff zog nachdenklich an seiner Zigarre. »Hm«, sagte er endlich, »nicht schlecht. Der Judenjunge im dunklen Walde, ganz klein unter den hohen Bäumen, und die großen schwarzen Vögel, die vor sich hinblasen. Aber mit eurer ewigen Angst habt ihr vielleicht recht. Ihr behaltet die gefährliche Bestie immer im Auge, wir anderen, wir fürchten uns nicht, und uns fällt sie hinterrücks an.«
»Bitte, Herr Baron«, fragte Laibe einschmeichelnd, »was ist das wohl für eine Bestie?« Egloff seufzte: »Ach, mein lieber Laibe, Sinn für das, was man so ein poetisches Bild nennt, hast du nicht. Was soll denn die Bestie sein? Das Leben ist diese Bestie.«
»Sehr hübsch«, bemerkte Laibe und machte sein liebenswürdigstes Gesicht, »aber ich habe nicht einen feinen Kopf wie der Herr Baron, ich habe nur einen armen Judenkopf voller Sorgen, der kann nicht so feine Gedanken denken.«

»Gut, gut«, unterbrach ihn Egloff, »du wirst uninteressant, mein Lieber, es ist Zeit, daß du schlafen gehst, gute Nacht.« Laibe erhob sich, rieb sich die Hände, verbeugte sich und sagte: »Eine sehr gute Nacht, Herr Baron.« Dann ging er.

Egloff blieb noch eine Weile liegen, die Wärme des Kaminfeuers hatte ihn ganz schlaff gemacht, und der Burgunder gab ihm einen angenehmen, leichten Schwindel. Man wird schlafen können, dachte er, und dann klang ihm plötzlich Fastrades Stimme im Ohr; »das sieht aus wie ein Schlachtfeld«, hatte sie vom Walde gesagt, und das klang so zornig wie das »Pfui!« damals, als er den Hund schlug. Er lächelte vor sich hin. Dieses Mädchen einmal so böse zu machen, daß es ganz heiß und wild wird, das müßte hübsch sein. Dann schellte er nach Klaus, um zu Bette zu gehen.

Sechstes Kapitel

Am Nachmittage zur Teestunde war in Sirow Besuch. Die Baronesse Arabella kam, um der Baronin Egloff Fastrade nach der langen Abwesenheit wieder vorzustellen, und die Baronin Port war da mit ihren beiden Töchtern Sylvia und Gertrud. Die Damen saßen im Wohnzimmer der Baronin, in diesem Zimmer mit dem dicken Smyrnateppich, den schweren, dunkelblauen Vorhängen, in das das bleiche Licht des Winternachmittags nur gedämpft und fast schläfrig eindrang. Die Luft hier war schwer, denn es war stark geheizt worden, und es roch nach Tee und einem sehr süßen Parfüm, das die Baronin liebte. Die Baronin thronte auf ihrem Sessel recht stattlich im schwarzen Seidenkleide und der Mantille nach der Mode der sechziger Jahre, das Gesicht sehr weiß mit regelmäßigen Zügen, an jeder Schläfe drei graue Löckchen, und auf dem Kopfe ein Spitzentuch, das mit dicken, goldenen Nadeln befestigt war. Sie strickte an einer pfauenblauen Strickerei und sprach deutlich und ausdrucksvoll, sie liebte es zu sprechen und verlangte, daß man ihr andächtig zuhörte. Sie wandte sich an die beiden alten Damen und erzählte von der Großherzogin, bei der sie früher Palastdame gewesen war. Die Großherzogin war so genau, daß, wenn die Kammerfrau ihr am Morgen ein Hemd präsentierte, das nicht die folgende Nummer des am vorigen Tage getragenen Hemdes zeigte, sie es zurückwies und sehr ungehalten war. Und so war es mit allem, mit den Taschentüchern und so weiter. Eine ganz seltene Frau. »Sehr interessant«, bemerkte Baronesse Arabella, »so von den Intimitäten der hohen Herrschaften zu hören.« – »Oh, da könnte ich viel erzählen«, sagte die Baronin. Die anderen nahmen an dem Gespräche nicht teil,

Gertruds kleines Figürchen versank ganz in dem großen Sessel, sie stützte den Kopf mit den wirren blonden Löckchen an die Lehne, das weißgepuderte Gesichtchen mit den zu feinen Zügen und dem zu roten Munde drückte eine stille Qual aus. Ja, sie lag da im Sessel und sehnte sich krankhaft nach einer Zigarette. Fastrade und Sylvia schienen mit ihren Gedanken sehr weit fort zu sein, und Fräulein von Dussa hantierte mit dem Teegeschirr leise und vorsichtig, um die Baronin in ihrer Erzählung nicht zu stören. »Haben Sie die Dewitzens in Dresden gekannt?« wandte sich die Baronin plötzlich streng an Gertrud und sah sie dabei mißbilligend an. Gertrud fuhr auf, machte ein erschrockenes Gesicht. »Nein«, sagte sie hastig. Dann lehnte sie ihren Kopf wieder zurück und begann müde und fast überlegen zu sprechen: »Ach nein, ich lebte ganz meiner Kunst, ich hatte nur einen kleinen Kreis von Freundinnen und Freunden, meistens Künstlerinnen und Künstlern. Die Kunst nimmt einen ja so hin.«
»So«, meinte die Baronin und klapperte mit den elfenbeinernen Nadeln ihrer Strickerei, »diese Kreise kenne ich nicht. In unserer Jugend schien es uns, als seien diese Kreise von uns meilenweit entfernt, sozusagen in einer anderen Welt, man wußte einfach nichts von ihnen.«
Die Baronin Port, die besorgt diesem Gespräche zugehört hatte, bemerkte: »Ja, wie die Zeiten sich ändern, die Kinder lernen und erfahren jetzt Dinge, von denen wir Alten nichts wissen, man kommt sich ganz dumm vor.«
Baronin Egloff schaute von ihrer Strickerei auf und sagte scharf: »Ich weiß nicht, ich komme mir trotz allem noch lange nicht dumm vor. Und auf all die Dinge, welche unsere Jugend jetzt wissen will, bin ich gar nicht neugierig.«
Eine peinliche Pause trat ein, draußen hörte man die Haustür auf- und zugehen, die Baronin und Fräulein von Dussa sahen sich bedeutungsvoll an, und Fräulein von Dussa flüsterte: »Der Baron.« – »Nun ja«, berichtete die Baronin, »mein armer Dietz ist jetzt so beschäftigt mit dem Waldverkauf, er muß immer in den Wald reiten bei diesem Wetter. Liebe Dussa, bereden Sie ihn doch, daß er kommt, eine Tasse Tee nehmen, das wird ihn erwärmen.«
Fräulein von Dussa ging hinaus, um ihren Auftrag auszurichten, und die Unterhaltung wurde zerstreut und matt. Die Baronin erzählte von Katarrhen, die ihr Dietz früher gehabt hatte, alle aber warteten. Als dann Fräulein von Dussa mit Dietz zurückkehrte, ging ein allgemeines angeregtes Sichaufrichten durch die Gesellschaft. Dietz war kalt von seiner Fahrt und schien heiter, er begrüßte die Damen, sagte: »Hier ist aber ein

warmes Nest«, und seine Stimme klang laut und rücksichtslos in diesem Raume, in dem die ganze Zeit über nur gedämpft gesprochen worden war. Er setzte sich zu Gertrud, ließ sich Tee einschenken, erzählte vom Walde und den Holzjuden. Alle hörten ihm zu, das strenge Gesicht der Baronin Egloff wurde ganz milde, während ihre Augen auf ihrem Enkel ruhten. »Du kannst dir ruhig deine Zigarette anzünden«, sagte sie, »die Damen haben nichts dagegen.«

»Raucht eine der Damen?« fragte Dietz, indem er sein Zigarettenetui hervorzog.

»Oh, ich bitte«, rief Gertrud leidenschaftlich, und als sie die Zigarette zwischen den Lippen hielt und den Rauch vor sich hin blies, versank sie in einen seltsamen Ausdruck unendlichen Behagens. Dietz lächelte. »Sie waren wie ein Durstiger in der Wüste, Baronesse«, bemerkte er. Die Baronin aber zog die Augenbrauen in die Höhe und meinte: »Ach ja, ich vergesse immer, daß so etwas jetzt Sitte ist.« Dietz begann sich mit Gertrud über das Theater zu unterhalten, die alten Damen nahmen gedämpft ihr Gespräch wieder auf, und da es finster zu werden begann, wurden die Lampen gebracht. »Ich denke«, sagte die Baronin, »wir haben noch ein Stündchen Zeit für unser Bezique.« – »Unterdessen wird die Baronesse Gertrud uns vorsingen«, schlug Dietz vor, »im Flur sah ich die Noten.« Die alten Damen und Sylvia Port setzten sich an den Kartentisch, im Musikzimmer wurden Lichter auf das Klavier gestellt, und Fräulein von Dussa schickte sich an, Gertrud zum Gesange zu begleiten. Fastrade und Egloff setzten sich an das andere Ende des Zimmers und warteten.

»Das ist immer das erste«, sagte Dietz leise, »wenn man sich mit der Kunst einläßt, so trägt man keine Kleider mehr, sondern Gewänder.« Er sah dabei Gertruds schmächtiges Figürchen an, das ein hellgraues Kleid von zeitlosem Schnitte mit lang niederhängenden Ärmeln trug. Fastrade erwiderte nichts, sie wollte nicht mit ihm über die arme Gertrud lachen. Nun begann Gertrud zu singen:

»Rauschender Strom,
Brausender Wald,
Starrender Fels
Mein Aufenthalt.«

Ihr ganzer Körper bebte, sie hob sich auf die Fußspitzen, ihr Gesicht nahm einen schmerzvollen Ausdruck an, als täten ihr diese großen, dunklen, leidenschaftlichen Töne weh, die sie hinausrief, die da in das stille Haus klangen, als wäre hier plötzlich ein großes tragisches Ereignis erwacht.

»Wie sich die Welle
An Welle reiht,
Fließen die Tränen
Mir ewig erneut.«

Dietz beugte sich zu Fastrade vor und flüsterte: »Das hält sie nicht aus, diese Stimme bringt sie um.«

»Hoch in den Kronen wogend sich's regt
So unaufhörlich mein Herze schlägt.
Und wie des Felsens uraltes Erz
Ewig derselbe bleibet mein Schmerz.«

klagte Gertruds Stimme weiter, und als sie dann schwieg, hatte selbst diese Stille noch eine zitternde Erregung.

Gertrud lehnte müde am Klavier, und Fräulein von Dussa begann ruhig und geläufig auf sie einzureden. Aus dem Nebenzimmer klang das leise Klappern der Spielmarken herüber, und Fastrade konnte von ihrem Sitz aus Sylvias bleiches Gesicht sehen, wie es nachsichtig und resigniert in die Karten schaute. »Was hilft es!« sagte Egloff leise. »Da hat die arme Kleine sich an einem Schmerz und einer Leidenschaft berauscht, und mit dem letzten Akkord ist alles aus, und sie ist wieder nur Gertrud Port, die eine Nervenkrankheit hat, nicht weiter studieren kann und von ihrem Vater angebrummt wird.«

»Aber sie hat doch dieses Erlebnis gehabt«, versetzte Fastrade, und ihre Stimme klang so erregt, daß Egloff überrascht aufschaute. Fastrades Gesicht war über und über naß von Tränen. »Sie weinen?« fragte er. – »Es ist nur die Musik«, erwiderte sie und lächelte.

Egloff schaute wieder auf seine Hände. »Nun ja«, begann er langsam, »aber fühlen Sie nicht, wie hier in diesem Zimmer alles Leidenschaftliche und Lebensvolle gleich verklingt, totgeschlagen wird vom – wie soll ich sagen – Abendlichen, Großmütterlichen, Sirowschen? Am Beziquetisch klappern sie mit den Marken, es riecht nach dem vom Kamin heiß gewordenen Teppich, und Fräulein von Dussa hält einen Vortrag, Goethe und Schubert sind ganz weit. Gott, dieses Sirowsche, wie ich es sehe, ich muß es wirklich einmal als Kind gesehen haben, wie es durch die Zimmer geht und alles Leben, das sich regen wollte, zum Schweigen bringt. Es trägt ein fußfreies braunes Kleid, eine lila Haube, hat ein kleines, graues Gesicht und legt eine kleine graue Hand vor den Mund und gähnt.« Er wartete einen Augenblick, ob Fastrade etwas sagen würde, als sie jedoch

schwieg, fuhr er fort: »So ist es bei Ports, so ist es auch bei Ihnen, und das kommt daher, daß unsere alten Herrschaften stärker sind als wir. Sie wollen ruhig und melancholisch ihren Lebensabend feiern, gut, aber wir wurden in diesem Lebensabend erzogen, wir müssen ihm dienen, wir müssen in ihm leben, wir fangen sozusagen mit dem Lebensabend an. Das ist ungerecht.« Er hielt wieder inne und schaute auf. Fastrade saß sehr ernst da und schob ein wenig die Unterlippe vor, wie sie es tat, wenn sie unzufrieden war. »Was ich da sage, mißfällt Ihnen?« fragte Egloff.
»Ja«, erwiderte Fastrade, »es klingt unangenehm und lieblos.«
»Lieblos?« wiederholte Egloff nachdenklich. »Ach nein, dieses Abendleben macht uns im Gegenteil zu reizbar und gefühlvoll. Ich wurde hier einsam ohne Kameraden von meiner Großmutter erzogen, ich wurde ein unerträglich weicher Bengel. Einmal ging ich in den Park hinaus in der Sommerdämmerung. Ich kam an einen Platz, wo auf langen Leinen Wäsche aufgehängt war, eine ganze Reihe großer Männerhemden hing dort, der Abendwind fuhr in sie hinein, schaukelte sie sanft hin und her, und sie hoben ihre Arme langsam in die Höhe und ließen sie wieder müde sinken, was soll ich Ihnen sagen, das rührte mich, ich stand da und heulte, tatsächlich.«
Gertrud sang wieder, sie sang ein Lied von Mendelssohn, hob sich auf die Fußspitzen, rang die Hände ineinander.

»Schon sinket die herbstliche Sonne,
das wird mein Träumen wohl sein.«

Ihr ganzer kleiner Körper wurde wieder von der süßen Melancholie der Töne geschüttelt, und als sie zu Ende war, sank sie auf einen Stuhl nieder und atmete tief. Fräulein von Dussa wandte sich sogleich zu ihr und begann eifrig über Mendelssohn auf sie einzusprechen. Egloff hob einen Finger in die Höhe und sagte leise zu Fastrade: »Jetzt geben Sie acht, Sie werden es spüren, wie jetzt gleich das Sirowsche durch die Zimmer geht, um Mendelssohn hinauszufegen.«
Fastrade zog ihre Augenbrauen empor und meinte fast ungeduldig: »Ich weiß nicht, worüber Sie sich beklagen, Ihr Leben ist doch gewiß nicht abendlich und melancholisch.« Egloff zuckte die Achseln: »Man tut, was man kann, nur das Sirowsche ist stärker. Gewiß, ich locke zuweilen Menschen hierher, oder ich gehe auf Reisen, oder ich fahre in das Städtchen in den Klub und trinke, oder ich spiele Karten, gewiß, gewiß, aber das Sirowsche wohnt bei mir zu Hause und gehört zu mir. Übrigens«, und er dachte einen Augenblick nach, »übrigens, man hat Ihnen wohl gesagt, daß ich ein Spieler bin.«

Fastrade zog die Augenbrauen zusammen und machte ihr eigensinniges Gesicht. Warum kommt er mir mit seinen Fragen und Geständnissen so nahe, dachte sie, danach sagte sie fast unwillkürlich: »Warum müssen Sie denn spielen?«

»Warum?« erwiderte Egloff sinnend. »Ich weiß nicht, vielleicht, weil im Spiel immerfort sich schnell etwas entscheidet, so etwas wie ein ganz eilig laufendes Schicksal. Im Leben entscheidet sich ja sonst alles so langsam. Wenn ich heute auf etwas hoffe, erfüllt es sich erst nach so langer Zeit, daß ich dann keine Freude daran habe, man lebt ja, als ob man eine Ewigkeit Zeit hätte.« Er hielt inne und betrachtete Fastrade. »Sie«, sagte er dann, »sollten auch mehr Eile haben.«

»Ich!« Fastrade sah ihn mit blitzenden Augen feindselig an. »Was wissen Sie von mir?«

Egloff verneigte sich leicht. »Entschuldigen Sie, gewiß zu wenig, um einen Rat erteilen zu dürfen.«

»Ich«, fuhr Fastrade hastig fort, »ich diene sehr gern der – der – wie sagten Sie doch, der Abendstimmung all derer, die ich liebe und – und – ich werde mir schon meinen Tag zu machen wissen.« Sie war sehr erregt, denn sie fühlte, daß es unwahr war, was sie sagte. Egloff lächelte.

»Sie haben sich wieder über mich geärgert«, sagte er, »überhaupt sind Sie heute, wie es mir scheint, gegen mich.«

»Heute?« wiederholte Fastrade erstaunt. »War ich denn schon für Sie?«

Egloff lachte: »Sehr wahr. Für mich zu sein, ist hier in der Gegend ja wohl überhaupt nicht Sitte.«

Die Damen am Kartentische brachen auf. Draußen vor der Treppe klingelten die Schlittenschellen. Man fuhr fort. Als es im Hause wieder still und leer war, stand Egloff eine Weile sinnend im Musikzimmer, dann rief er Klaus und befahl: »Mein Schlitten soll angespannt werden, ich fahre noch in die Stadt zum Klub.«

Die Baronin und Fräulein von Dussa saßen wieder friedlich im Wohnzimmer bei der Lampe, die Baronin strickte ihre pfauenblaue Strickerei, Fräulein von Dussa hatte ihren Kneifer aufgesetzt und ein Buch aufgeschlagen, sie lehnte aber ihren Kopf auf die Lehne des Sessels zurück. Als die Schellen von Egloffs Schlitten von draußen hereinklangen, sagte die Baronin: »Er fährt wieder aus.« – »Ja«, sagte Fräulein von Dussa. »Er ist jetzt wieder sehr unruhig«, meinte die Baronin. – »Sehr unruhig«, bestätigte Fräulein von Dussa, dann fügte sie klagend hinzu, »wenn er die rechte Frau fände.« – »Ja, wissen Sie denn eine?« fragte die Baronin gereizt. Fräulein von Dussa schüttelte den Kopf. »Diese beiden Mädchen da, mit ihren Erlebnissen und Erfahrungen, sind gewiß nicht die rechten.«

Die Baronin sah von ihrer Strickerei auf und sagte scharf: »Gertrud ist eine Närrin geworden und Fastrade mag ein gutes Mädchen sein, nur schade –«
»Ja, sehr schade«, wiederholte Fräulein von Dussa und beugte sich auf ihr Buch nieder.

Siebentes Kapitel

Es war am Morgen beim Frühstück, daß die Baronesse Arabella die greisen Augenbrauen besorgt in die Höhe zog und zu Fastrade sagte: »Ich habe die ganze Nacht nicht schlafen können, der Gedanke, daß du heute nachmittag in den Wald fahren wirst dieser Grenze wegen, ließ mir keine Ruhe. So geht das nicht. Früher hätte dein Vater das nie gestattet. Ich mit meiner Erkältung kann dich nicht begleiten, Ruhke zählt nicht, und da sollst du nun mit diesem verrufenen jungen Manne zusammentreffen.«
»Verrufen?« fragte Fastrade. »Ist er denn wirklich verrufen?« Und sie lächelte dabei ein wenig verachtungsvoll.
»Nun ja«, fuhr die Baronesse erregt fort, »einen guten Ruf hat er nicht, man hört doch allerhand. Jedenfalls ein guter Mensch ist er nicht.«
»So war es hier immer«, versetzte Fastrade, »den Menschen wurden die Etiketten ganz schnell aufgeklebt, und dann hieß es: dieser ist ein schlechter Mensch, und er wird ein für allemal in den Giftschrank gestellt.« Fastrade wunderte sich selbst über die Schärfe ihrer Worte, und die eingefallenen Wangen der Baronesse röteten sich leicht. »Ich, liebes Kind«, sagte sie, »habe ihm seinen bösen Ruf nicht gemacht, jedenfalls schickt es sich nicht, daß du allein dort bist, ich schreibe an Gertrud Port und bitte sie, sich auch dort einzufinden, dann seid ihr wenigstens zu zweit.«
»Ach ja«, meinte Fastrade, »ich hatte vergessen, daß ich wieder das wohlbehütete Mädchen bin, das verteidigt werden muß und bewacht und beschützt, auf das überall Gefahren lauern.«
»Wie das in der großen Welt ist«, erwiderte die Baronesse streng, »weiß ich nicht, hier haben wir unsere Gesetze und da schickt sich so was nicht. Ich schreibe an Gertrud Port.«
Am Nachmittag kutschte Mahling Fastrade in den Wald, Ruhke fuhr hinterher, den Schlitten voller Karten. Es war ein frostiger heller Wintertag, Mahling vermochte den großen Braunen kaum zu halten, das Hinsausen auf dem glatten Wege machte dem Tiere zu großes Vergnügen. Fastrade, fest in ihre Winterjacke eingeknöpft, die Otterfellmütze in die

Stirn gedrückt, empfand das leichte Brennen der Frostluft auf den Wangen, das Blitzen der Nachmittagsonne auf dem Schnee, die schnelle Bewegung der Fahrt wie etwas, das ihr Blut köstlich aufpeitschte. Sie hatte sich kindisch auf diese Ausfahrt gefreut, die Tage zu Hause waren ja so ereignislos, daß man kaum merkte, daß man lebte. Hier mitten in diesem Blitzen und Wehen war es einfach unmöglich, daran zu glauben, daß es so etwas gab wie die Couchon an ihrem Kartentisch. Jetzt bogen sie in einen Waldweg ein, es ging unter schwer verschneiten Tannen hin, lange weiße Korridore entlang, es roch stark nach Schnee und Harz, und überall funkelte und knisterte es, als ginge die Fahrt durch eine Welt von weißem Brokat. Auf der Anhöhe standen die alten Föhren steif und grell gegen einen rein blauen Himmel. Als sie die Anhöhe umfahren hatten, arbeiteten sie sich auf einer kurzen Strecke einen engen Weg durch die junge Tannenschonung hindurch, dann hielten sie. Vor ihnen lag ein Platz, der voll Menschen und Pferden war. Große Balken wurden auf Schlitten gebunden, struppige Pferde mit bereiften Mähnen wurden mit lauten Zurufen angetrieben, überall standen Männer, graue vermummte Gestalten mit großen Pelzmützen und rotgefrorenen Nasen. Und mitten unter ihnen schlenderte Egloff umher, die Pelzmütze im Nacken, die Hände in den Taschen seines kurzen Jagdpelzes, sehr schmächtig unter all den plumpen Gestalten und anscheinend sehr sorglos und müßig hier mitten unter der lauten, angestrengten Arbeit. Als er Fastrades Schlitten erblickte, kam er heran, grüßte. »Ah, unsere Geschäftsgenossen«, rief er und lachte offenbar nur, weil er sich freute. Er half Fastrade aus dem Schlitten.
»Sehen Sie«, sagte er, »dies hier nun ist mein Reich. Häßlich? Was?«
»Ja«, sagte Fastrade, »das ist häßlich.«
»Das fühle ich gewiß am meisten«, fuhr Egloff fort, »es ist sogar widerwärtig, schmutzig. Sehen Sie den dort.« Er wies auf einen Herrn im städtischen Pelzpaletot, der mitten unter den Arbeitern stand, ein Notizbuch in der Hand, er schien sehr zu frieren, sein Gesicht war blaurot, der rote Bart bereift, aber die grellbraunen Augen verfolgten mit einer ruhigen, kalten Wachsamkeit, was ringsumher vorging.
»Das ist Herr Mehrenstein«, sagte Egloff, »soll ich ihn Ihnen vorstellen?«
»O nein«, erwiderte Fastrade, »der ist doch der Feind.« Egloff lachte: »Sehr wahr, Mehrenstein ist der Feind, wo Mehrenstein erscheint, da wird aus einem Wald ein Zahltisch. Wie böses Ungeziefer frißt sein Geld den Wald auf. Ich kann mir denken, daß ein Grauen die Bäume schüttelt, wenn Mehrenstein durch einen Wald geht.«
Unwillkürlich schaute Fastrade zurück auf die Föhren des Padurenschen Waldes. Egloff lachte. »Sie sehen Ihre Föhren an«, sagte er. – »Oh, die

fürchten sich nicht«, erwiderte Fastrade. – »Ich weiß nicht«, meinte Egloff, »wo Mehrenstein erscheint, ist keine Sicherheit. Allerdings die da oben sehen heute verdammt vornehm auf meinen Marktplatz herunter, sie haben sich ganz frische Wäsche angezogen und hauchen ordentlich eisig kalt ihre Verachtung auf alle uns dreckige Arbeitsmenschen nieder. Übrigens steht Herr Ruhke dort, wir müssen sehen, ob ich Ihrem Walde nicht zu nahe getreten bin. Für Sie ist der Schnee dort zu tief.«
»Wozu bin ich aber hier?« wandte Fastrade ein.
»Um die Sache zu heiligen«, erwiderte Egloff, »und das geschieht ebensogut, wenn Sie hier auf uns warten.« Damit ging er zu Ruhke hinüber und beide verschwanden im Dickicht.
Fastrade setzte sich auf einen Baumstamm, vor ihr luden die Leute einen großen Balken auf kleine Schlitten, banden ihn fest, trieben die Pferde mit Geschrei an, Herr Mehrenstein trat hinzu, klopfte mit dem silbernen Bleistift auf den Balken und schrieb etwas in sein Notizbuch. Wie eine magische Formel sah das aus, durch die das, was einst ein Baum gewesen, endgültig tote Sache wurde. Mitten auf dem Platze brannte ein Feuer aus trockenem Reisig, große Rauchwolken erhoben sich dort und breiteten einen rußigen Schleier über den ganzen Platz. Graue bereifte Gestalten standen um das Feuer, streckten ihre frierenden Hände aus, um sich zu wärmen, und sprachen so laut, als wären sie weit voneinander entfernt.
Ob er es weiß, daß er verrufen ist, dachte Fastrade, und ob ihn das schmerzt, aber dann würde er nicht dieses leichtsinnige Lächeln haben.
Auf dem kleinen Wege am Waldrande erschien jetzt ein Schlitten, Gertrud grüßte schon von weitem, dann sprang sie heraus und kam über den glatten Schnee mit unsicheren Schritten auf Fastrade zu. Sie hatte sich schön angezogen, trug ein dunkelrotes Pelzjackett, ein Pelzbarett und lachte über das ganze Gesicht.
»Oh, wie ist das hier schön, Fastrade«, rief sie, »wie habe ich mich gefreut, als der Brief kam. Ich komme etwas spät, du weißt, ich mußte warten, bis der Papa zu seinem Mittagschlaf verschwunden war, sonst hätte es natürlich Fragen und Einwendungen gegeben. Ach, und der Wald, das reine Ballkleid. Und er, wo ist er?«
Sie hielt inne und schöpfte tief Atem, wie jemand, der einen zu schnellen Trunk getan hat.
»Die Tante wollte, du sollst kommen, mich beschützen«, sagte Fastrade und sah das bunte erregte Figürchen lächelnd und ein wenig mitleidig an.
Gertrud setzte sich auch auf einen Baumstamm und wurde ernst. »Das ist auch gut«, sagte sie, »ist er heute sehr dämonisch?« Und da Fastrade nicht

antwortete, fuhr sie fort: »Der Papa sagte, er wird noch seinen ganzen Wald verspielen.«

»Das ist doch seine Sache«, erwiderte Fastrade ungeduldig.

»Nun ja«, versetzte Gertrud, »ich gehöre eigentlich auch zu seiner Partei. Ach, es war aber gerade eine Stimmung zu Hause, so grau, so grau! Ich hatte das Gefühl, als klebten mir Spinnweben an allen Fingern. Da kam der gesegnete Brief, jetzt ist alles gut, gleich wird die Sonne untergehen, es kommt schon rot durch die Padurenschen Bäume gekrochen.« Sie sprang auf, sang eine laute helle Notenfolge vor sich hin und begann auf dem von den Schlitten glattgefahrenen Schnee hin- und herzugleiten.

Auf dem Platze schickten die Leute sich an, ihre Arbeit einzustellen, erregt liefen sie durcheinander, suchten ihre Sachen zusammen, jetzt hörte man den einen oder anderen rauh lachen, sie warfen sich auf die kleinen Schlitten, um abzufahren, Herr Mehrenstein steckte das Notizbuch in die Tasche und schlug seinen Pelzkragen auf, der Platz leerte sich allmählich. Dann begann Klaus Pelzdecken heranzuschleppen und in der Nähe des Feuers auszubreiten, er holte einen Teekessel heran und Tassen und fing an, Tee zu kochen und Weinflaschen aufzuziehen. »Tee bekommen wir auch«, jubelte Gertrud. »Aber da ist ja noch jemand«, rief sie, »das sind ja Dachhausens, die hat sicherlich die Mama uns nachgeschickt.« Wirklich kam jetzt ein Schlitten mit hellem Schellengeklingel aus dem Waldwege herangefahren und hielt auf dem Platze. »Ja, es sind Dachhausens«, ertönte die freundliche Stimme des Baron Dachhausen. Er sprang aus dem Schlitten und schwenkte seine Pelzmütze. Sein schöner, brauner Vollbart war ganz bereift und seine blauen Augen blank vor Lustigkeit. »Meine Frau hat, ich weiß nicht wie, erfahren, daß hier eine Zusammenkunft stattfindet und wollte durchaus dabei sein. So sind wir hier. Komm, Liddy, ich hebe dich heraus.«

Die Baronin war ganz in weißes Pelzwerk gehüllt, wie in große, weiße Schneeflocken, und ihr Gesicht sah rosa aus all diesem Weiß heraus. Sie ließ sich aus dem Schlitten heben, begrüßte Fastrade und Gertrud, sie schien unsicher und befangen. »Wo ist Dietz?« fragte Dachhausen. »Ah, da kommt er. Guten Abend, Dietz, alter Junge, wir haben uns selbst zu deiner Soiree hier eingeladen.«

Dietz und Ruhke waren eben aus dem Dickicht aufgetaucht. »So, so«, meinte Egloff, »das ist ja gut, deine Gemahlin ist auch da. Schön, schön.« Er sagte das jedoch ziemlich kühl und mißmutig. »Nun, ich denke, jetzt wird wohl niemand mehr kommen, so können wir Tee trinken. Bitte, Platz zu nehmen. Fritz, du warst immer der Liebenswürdigere von uns beiden, du spielst ein wenig den Gastgeber statt meiner.« – »Ach was,

liebenswürdig«, meinte Dachhausen, »so ein alter Ehemann – gleichviel, meine Damen, bitte, sich zu setzen.«
Man ließ sich auf die Pelzdecken nieder, Klaus reichte Tee herum, Dachhausen goß Portwein ein, sprach beständig begeistert: »Herrlich, meine Damen, herrlich. Hier wird einem das Herz weit, nicht wahr? Was meinen Sie, Baronesse Gertrud, fühlen Sie nicht, wie hier die Großstadtkruste oder, wie soll ich sagen, Großstadtrinde –«
»Ach lassen Sie es, lieber Baron«, sagte Gertrud, bog ihren Kopf ein wenig zurück und sah Dachhausen gefühlvoll an, »hier ist die Großstadt vergessen.« – »Nicht wahr«, rief Dachhausen, »was sind alle Opern gegen dieses Abendrot. Sehen Sie, meine Herrschaften, die Föhren oben, wie im Feuer stehen sie. Das hat Egloff gut gemacht.«
»Entschuldigung«, sagte Egloff, der beiseite stand und nachdenklich eine Zigarette rauchte, »das Abendrot gehört nicht mir, es bleibt im Padurenschen Walde, zu mir kommt es nicht herüber.«
»Ach«, sagte Gertrud und starrte in das Abendrot hinein, »die schönsten Farben sind doch die schönste Musik.« Sie seufzte tief, als täte das gewaltsame Aufflammen der Farben ihr wehe. »Ja, gewissermaßen«, bestätigte Dachhausen unsicher.
Egloff hatte sich jetzt auch auf eine der Pelzdecken hingestreckt und trank schweigend ein Glas Portwein. Endlich begann er halblaut mit Fastrade über die Grenze zu sprechen, dem Padurenschen Walde war kein Unrecht geschehen, es war alles in Ordnung. Was er mit diesem Platze anfangen würde? Mein Gott, anpflanzen, aufforsten, aber für wen? Für Herrn Mehrensteins Enkel vielleicht.
»Sie sollten nicht so sprechen«, unterbrach ihn Fastrade.
Egloff zuckte die Achseln: »Wer weiß, wer nach hundert Jahren die Macht hat. Für die künftigen Generationen, sagt Ihr Herr Vater; aber ich habe keinen historischen Sinn. Mir sagt es nichts, in der Zukunft eine lange Reihe von Dietz Egloffs zu sehen, die Stücke meines Wesens hundert Jahre fortschleppen, so wie sich häßliche Möbel in alten Häusern forterben.«
»Sie können doch Kostbarkeiten vererben«, wandte Fastrade ein.
»Ja, wer die hat«, erwiderte Egloff, »übrigens, ich will mich selbst nicht angreifen, aber das Dietz Egloffsche als hundertjährige Einrichtung, daran habe ich kein Interesse.«
Das Abendrot war erloschen, auf der anderen Seite stieg der Mond am Waldrande auf, groß und rot. »Der Mond«, rief die Baronin Lydia, welche die ganze Zeit still dagesessen war. »Baron Egloff, der kommt auf Ihre Seite, der gehört nicht zum Padurenschen Walde.«

»Ja, hm«, erwiderte Egloff und sah unzufrieden auf den Mond hin, »er sieht auch recht jahrmarktmäßig aus, eine große, rote chinesische Laterne. Na, wenn er höher steigt, wird er eleganter werden. Man wird immer eleganter, wenn man Karriere macht.«

Warum er das so unfreundlich sagt, dachte Fastrade, was hat die arme kleine Puppe ihm getan? »Jetzt einen Vorschlag«, fuhr Egloff fort und stand auf. »Wir machen einen Besuch im Padurenschen Walde. Wenn wir an der kleinen Waldwiese sind, wird der Mond schon hoch genug sein, das gibt dann einen weihevollen Abschluß.«

Man rief nach den Schlitten, die Damen wurden wieder in die Pelzjacken gehüllt. »Ich fahre Sie, wenn Sie gestatten«, sagte Egloff und setzte sich zu Fastrade. Er führte den Zug an und bog in einen engen Waldweg ein. Hier herrschte die bleiche Dämmerung des Schneelichts, und unendliche Geborgenheit unter den weißen Bogen der verschneiten Äste. Wie ein kleiner dunkler Schatten huschte ein Hase lautlos über den Weg, ein aufgescheuchtes Reh brach durch das Dickicht, die Schellen der Schlitten klangen fremd und gespenstisch, und aufgeschreckt von ihnen schlug ein Vogel mit den Flügeln im Wipfel einer Tanne. Egloff und Fastrade schwiegen, nur einmal bemerkte Egloff: »So allmählich fühlt man sich hier zugehörig.« Der Waldweg führte auf eine kleine, runde Wiese, die jetzt hell vom Monde beschienen war. »Halt!« kommandierte Egloff. »Hier wird ausgestiegen, hier wird eine Quadrille getanzt.« – »Dietz, du bist ein famoser Kerl«, rief Dachhausen, »natürlich wird hier eine Quadrille getanzt, man muß nur darauf kommen. Darf ich bitten, Baronesse Gertrud. Liddy bleibt im Schlitten, der Pelz ist zu schwer.«

Die Paare gingen nun über den hartgefrorenen Schnee der Wiese. »Wie das hübsch leise kracht«, sagte Gertrud, »es ist, als ob wir über den Zuckerguß einer Torte gingen.« – »Antreten, antreten!« rief Egloff, und die Paare stellten sich auf, das Mondlicht gab den Bewegungen der Tanzenden etwas seltsam Huschendes und Schattenhaftes, die Gestalten der Mädchen wurden wunderlich schlank, wenn sie über den weißen flimmernden Boden hinglitten und dabei kleine Schreie ausstießen wie in einem kalten Bade, und als sei das Mondlicht eine Welle, die über sie hinrieselte. »Chaîne, s'il vous plaît«, kommandierte Egloff sehr laut, und aus den Tannen, die ernst um den Platz herumstanden, wiederholte ein Echo ein geisterhaftes »s'il vous plaît«. »Grand galop«, kommandierte Egloff. Die beiden Paare drehten sich, entrüstet begann ein Rehbock am Waldrande zu schmälen, da hielten sie an, standen beieinander ganz atemlos und lachten einander an.

»Das war schön«, sagte Gertrud und lehnte sich schwankend an Dachhausens Arm, »was ist ein Ballsaal dagegen.« – »Das wissen die Hasen schon längst«, erwiderte Dachhausen munter. »Aber jetzt müssen die Damen schnell wieder in die Pelzdecken.« Man ging zu den Schlitten zurück. Die Baronin Lydia saß dort in ihrem Schlitten ganz in ihr weißes Pelzwerk verkrochen. »Ach, Liddy, es war herrlich«, sagte Gertrud, »endlich mal wieder etwas, das zu erleben verlohnt. Aber was hast du? Du weinst ja.« Liddy weinte, weinte daß ihr ganzer Körper geschüttelt wurde. Nun kam Dachhausen und schalt und tröstete: »Ich sage es immer, du verträgst die großen Natureindrücke nicht, sie erschüttern dich zu sehr. Machen wir, daß wir heimkommen.«

»Sie ist eifersüchtig auf mich«, flüsterte Gertrud Fastrade zu. Egloff, die Hände in den Taschen seines Pelzes stand ruhig da und lächelte. Als man sich nun trennen mußte, wurde auch Gertrud gefühlvoll. Sie umarmte Fastrade. »Wie enge wird es jetzt zu Hause sein«, flüsterte sie, »es wird dort nach Zwieback riechen und der Papa wird unangenehme Bemerkungen machen.« – »Du kannst doch singen«, wandte Fastrade ein. – »Ach, der Vater hört das nicht gern«, erwiderte Gertrud, »gleichviel, es war schön. Egloff ist dämonisch, und Dachhausen, glaube ich, unglücklich in seiner Ehe.«

So fuhr man denn ab auf der blanken Landstraße, der Mondschein machte das Land unendlich weit, und in der schnellen Bewegung schien das Licht an den Fahrenden vorüberzusausen wie etwas Flüssiges und Eiliges. Auf der Ebene am Kreuzweg trennten sie sich: »Gute Nacht, Heil«, klang es von Schlitten zu Schlitten, und ein jeder schlug seinen Weg ein. Aus der Ferne leuchteten die Lichter der Gutshäuser, rötliche Pünktchen inmitten des weißen Mondscheins.

Als Fastrade vor der Padurenschen Treppe hielt, sah sie an den Fenstern des Eßsaals eine dunkle Gestalt erregt auf und ab gehen. Sie wurde also erwartet, dachte sich Fastrade, und wirklich kam ihr die Baronesse klagend entgegen: »So spät, Kind, Ruhke ist schon längst zu Hause, dein Vater fragt nach dir.« Aber Fastrade nahm die alte Dame in ihre Arme und wiegte den zerbrechlichen Körper vorsichtig hin und her und sagte: »Es war sehr schön. Wir haben Tee getrunken, haben auf der Wiese getanzt, sind gefahren. Sag', Tantchen, hast du nie im Leben gesungen? Ist es dir nie passiert, daß du dich hier mitten im Saale hinstelltest und aus Leibeskräften lossangst, daß die Wände zitterten?«

»Kind, Kind«, versetzte die alte Dame, »was sprichst du da für Sachen.«

»Schade«, meinte Fastrade, »das würde dich glücklich machen.«

Aber da wurde die Baronesse wieder elegisch und ernst: »Ich brauche keinen Gesang und ich brauche kein Glück mehr. Ich sitze still bei den

Meinigen und warte, bis ich abberufen werde. Und dann, Kind, warum sprichst du so laut?«

Fastrade ließ die Arme sinken, ach ja, sie hatte einen Augenblick vergessen, daß man hier gedämpft wie in einer Krankenstube zu sprechen pflegte, und daß es hier im Hause die Aufgabe eines jeden war, stillzusitzen, bis man abberufen wurde. So wollte sie denn zu ihrem Vater hinübergehen. Unterwegs blieb sie noch vor einem Fenster stehen und schaute auf die Mondnacht hinaus, wie auf etwas Befreundetes und Verbündetes.

Als Gertrud vor der Witzowschen Haustür hielt, war ihr Lebensmut wieder gänzlich gesunken, und als sie im Hausflur stand und der wohlbekannte feuchte Kalkgeruch ihr entgegenschlug, da fühlte sie sich nur noch als das junge Mädchen, dessen Lebenspläne gescheitert waren und das sich vor ihrem Vater fürchtete. Sylvia kam ihr besorgt entgegen und berichtete flüsternd, der Vater sei recht ungehalten. Gertrud zuckte die Achseln, sie war entschlossen, sich nichts daraus zu machen. Als sie in das Wohnzimmer trat, sagte sie daher möglichst unbefangen »Guten Abend«. Baron Port saß an der Lampe und las die Zeitung, die Baronin saß neben ihm und strickte. Karo, der Hühnerhund, der zu Füßen seines Herrn schlief, erhob ein wenig seinen Kopf, der Duft von Schnee und Wald, den Gertrud in ihren Kleidern mitbrachte, regte ihn auf. »Guten Abend«, sagte der Baron und legte die Zeitung fort; er wartete, bis seine Tochter sich gesetzt hatte, dann sah er sie über die Brille hinweg an und begann zu sprechen. Offenbar hatte er sich zurechtgelegt, was er sagen wollte, denn er sprach geläufig und übertrieben ermahnend. »Ich möchte wissen, wer diese neue Art der Geselligkeit hier bei uns importiert hat. Hat die Fastrade sie aus dem Krankenhause mitgebracht oder du aus der Singschule, oder hat der Dietz Egloff sie von seinen Portugiesen und Polacken gelernt? Für Krankenschwestern, Sängerinnen und Portugiesen sind sie vielleicht passend, für unsere Fräuleins passen sie mir nicht. Das wollte ich gesagt haben. Und dann, du bist ja kränklich, du sollst auskuriert werden, wenn es sich um die Gesundheit meiner Angehörigen handelt, spare ich nicht; aber ich verlange, daß nicht unvernünftig auf die Gesundheit losgewirtschaftet wird. Das wollte ich gesagt haben.« Er griff wieder nach seiner Zeitung. Gertrud saß schweigend da; sie hätte gern geweint, sie hätte sich auch verteidigen können, statt dessen machte sie nur ein hochmütiges Gesicht, starrte in die Lampe, als hörte sie nicht zu, sondern dächte an ganz andere Dinge. Im Zimmer war es still, heiß und beklommen; sie hielt es nicht länger aus, sie erhob sich und ging in die dunkele Zimmerflucht hinüber. Dort schritt sie langsam auf und ab, sie fühlte sich gekränkt und gedemütigt. Also kränklich sein, das war jetzt ihr Beruf, sonst nichts. Wenn sie ging, ließ sie die Arme schlaff niederhängen, bewegte den ganzen Körper lässig hin und her, sie ging so, wie sie es zuweilen drüben in Dresden gesehen hatte an einer kleinen Sängerin, die das Leben rücksichtslos zu genießen verstand. Wenn sie nach durchjubelter Nacht am Morgen in ihren himmelblauen Morgenrock gehüllt in das Wohnzimmer kam, dann hatte sie diese sorglos müden Bewegungen gehabt, die Gertrud stets wie die beredteste Gebärde der Verachtung aller Philistermoral erschienen waren. Allein jetzt so zu gehen brachte Gertrud keine Erleichterung. Wenn sie singen könnte. Aber das durfte sie ja nicht. Das einzige, was ihr jetzt helfen konnte, war ihr verboten. Und doch, das Bedürfnis zu singen war zu stark, sie ging in den Flur hinaus und stieg dort eine Treppe zum unteren Geschoß des Hauses hinab. Hier befand sich der Raum, in dem die Mägde zu spinnen pflegten; von weitem hörte sie schon das Schnurren der Spinnräder und den schläfrig eintönigen Gesang der Mägde. Entschlossen öffnete Gertrud die Tür. Der Raum war von einer trüben Petroleumlampe erhellt; es roch nach Wolle und den feuchten Holzscheiten, die im Ofen prasselten. In langer Reihe saßen die Mägde da, breite Gestalten in schweren Wollenkleidern; sie drehten an ihren Rädern und sangen beruhigt und schläfrig vor sich hin. Als Gertrud eintrat, blieben die Räder stehen und die Köpfe hoben sich. »Wartet«, sagte Gertrud ein wenig atemlos und befangen, »ich singe euch etwas vor.« Und sie begann gleich, etwas ganz Süßes mußte es sein.

»Auf Flügeln des Gesanges,
Herzliebchen, trag ich dich fort.«

Sie rang wieder die Hände ineinander, hob sich auf die Fußzehen, sang sich alles Witzowsche von der Seele, berauschte sich an diesem Liebesgirren.

»Dort wollen wir niedersinken,
Dort unter dem Palmenbaum,
Und Liebe und Wonne trinken
Und träumen manch seligen Traum.«

Die Mägde hörten zu, ihre Lippen verzogen sich zu einem starren Lächeln, die Augen, die anfangs neugierig auf Gertrud gerichtet waren, wurden klar und regungslos, und auf den großen Gesichtern lag es wie süße Schläfrigkeit. Jetzt war Gertrud zu Ende; ein wenig erstaunt schaute sie sich um, als erwachte sie aus einem Traum, dann lachte sie verlegen. Die Mägde lachten auch, und die dicke Liese als die Älteste nahm das Wort und sagte: »Das kann unser Fräulein schön herausschreien.« – »So, ja«, meinte Gertrud, »jetzt gute Nacht«, und sie verließ schnell das Zimmer. Das hatte ihr wohlgetan, nun würde sie schlafen können; sie wollte ein Schlafpulver nehmen und weiter träumen von schönen, süßen Dingen.

Dachhausen hatte versucht, auf der Heimfahrt beruhigend und heiter zu seiner Frau zu sprechen. Was war denn geschehen? Nichts, nicht wahr? Sie war in letzter Zeit ein wenig nervös, da mochte so eine Mondscheinpartie für sie zu anstrengend sein. Sie würden nächstens bei Tage fahren, das war alles. Lydia aber sagte kein Wort; erst zu Hause, als sie im Wohnzimmer vor dem Spiegel stand und ihr erhitztes Gesicht und ihre verweinten Augen betrachtete, da begann sie zu sprechen, mit einer Stimme so böse und klagend, als hätten sie die ganze Zeit über schon miteinander gestritten. Natürlich, er fand in alledem nichts, für ihn war nie etwas geschehen, er tanzt auf der Wiese Quadrille und sie muß im Schlitten hocken. »Aber du konntest doch nicht, Kind«, wandte Dachhausen hilflos ein; aber Lydia lachte höhnisch, oh! sie wußte wohl, sie war immer die Ausgeschlossene, ihr gab man zu verstehen, daß sie nicht dazu gehörte. Warum fuhr er nicht allein in den Wald, wenn er mit Gertrud tanzen wollte. Ihretwegen konnte er den ganzen Tag mit Gertrud tanzen, o Gott, wie ihr das gleichgültig war, aber es war seine Pflicht, ihr Demütigungen zu ersparen. Dachhausen war verzweifelt. »Demütigungen«, rief er, »ich möchte den sehen, der dich zu demütigen wagt!« Allein es machte auf Lydia keinen Eindruck. »So«, fuhr sie fort, »und hörtest du nicht, was Egloff vom Monde und der Karriere sagte?« – Nein, Dachhausen erinnerte sich nicht, und was es auch gewesen war, es hatte gewiß nichts mit Lydia zu tun. Lydia zuckte die Achseln: »Natürlich, du verstehst nichts, du siehst nichts, du hörst nichts«, und als er besänftigend ihre Hand fassen wollte, wandte sie ihm den Rücken, sagte, sie wolle allein sein und ging in ihr Zimmer.

Ratlos blieb Dachhausen im Wohnzimmer zurück; er verstand Lydia immer weniger, sie war in letzter Zeit so gereizt, seine Ehe wurde so kompliziert, daß er sich in ihr nicht mehr zurechtfand. Hatte sie etwas gegen ihn? Aber das war ja nicht möglich, niemand hatte etwas gegen ihn und nun noch seine Frau. Aber da war nichts zu machen: zu ihr zu gehen wagte er nicht, so ging er in sein Arbeitszimmer, streckte sich auf dem Sofa aus und zündete sich seufzend eine Zigarre an.

Unterdessen jagte Egloff auf der mondbeschienenen Landstraße weiter. »Weiterfahren«, hatte er dem Kutscher befohlen. »Zur Stadt?« fragte dieser. »Ach was, Stadt«, sagte Egloff ärgerlich, nahm dem Kutscher die Leinen fort und fuhr selbst. Er bedurfte des weiten Raumes, dieses Lichtes, dieser Bewegung, zu Hause erwarteten ihn doch nur Geldsorgen und widerwärtige Gedanken. Hier brauchte er nicht zu denken und konnte das wärmende, angenehme Gefühl erhalten, das ihm in sich neu und wertvoll war. Also vorwärts, hinein in den Lichtnebel, vorüber an kleinen Katen, die still unter ihren Schneehauben schliefen, die leere Dorfstraße entlang, auf der nur hie und da ein schläfriger Hund anschlug. Vor einem Kruge hielt er an, um das Pferd einen Augenblick verschnaufen zu lassen. Und in der niedrigen Krugstube qualmte eine Lampe über dem Schenktisch; die schwarze Lene, die Krügerstochter, hatte die nackten Arme auf den Tisch und den Kopf auf die Arme gestützt und schlief ganz fest. Auf einer Bank saß ein Bauer im Pelz, die Peitsche in der Hand, vor seinem Schnapsglase und schlief auch. Am Ofen aber kauerten nahe beieinander zwei Juden mit roten Bärten und flüsterten. »Lene«, sagte Egloff und berührte den Arm des Mädchens. Lene fuhr auf, das Gesicht ganz rot vom Schlaf unter dem wirren, schwarzen Haar. »Der Herr Baron«, stammelte sie und lächelte schlaftrunken. »Auf auf! Schwarze«, rief Egloff, »gib mir einen Gilka und bringe meinem Kutscher einen hinaus.« Während das Mädchen die Gläser vollschenkte, sah Egloff sich in der Stube um und verzog sein Gesicht, als ekele ihn. Daß man überhaupt noch in diesen sogenannten Stuben, in diesen Menschenlöchern wohnen kann, ging es ihm durch den Sinn. Er fühlte sich in diesem Augenblick ganz als zugehörig zu der weiten, mondbeschienenen Ebene. Vor den Juden blieb er stehen und sagte: »Juden, warum schlaft ihr nicht? Läßt euch das Geld nicht schlafen? Zwackt euch das Geld so, daß ihr nicht schlafen könnt?« Die Juden sahen zu Egloff auf mit schnellen, wachsamen Blicken wie sichernde Tiere, dann lächelten sie demütig, und der eine sagte: »Uns lassen unsere Sorgen nicht schlafen, den Herrn Baron läßt nicht schlafen das wilde Blut, so hat jeder, was ihn zwackt.« – »Ach, was wißt ihr vom Blut«, meinte Egloff, »ihr habt ja keins.« Er wandte sich ab, trank seinen Gilka und ging hinaus. Vor der Tür stand Lene, die Arme in die Schürze gewickelt und starrte zum Monde auf. »Hell, hell«, sagte sie. »Ja, Lene«, meinte Egloff, »das ist eine Nacht, ein anderes Mal nehme ich dich mit«, und er stieg in seinen Schlitten und jagte weiter. Er lenkte in eine lange Birkenallee ein, die nach Barnewitz führte. Da lag auch das Schloß, weiß und schweigend, der Mondschein glitzerte in den Fensterscheiben. Wie? Dort in dem Arbeitszimmer war noch Licht. Sollte der gute Fritz noch arbeiten, dachte Egloff, das wäre neu. Aber dort auf dem anderen Flügel in Lydias Schlafzimmer war auch noch Licht, also ein

Ehestreit. Und als er am Gartengitter mit seinem Schellengeläute vorüberjagte, öffnete sich dort im Flügel ein Fenster, eine weiße Gestalt beugte sich vor und horchte in die Nacht hinein. »Sie kennt meine Schellen«, sagte sich Egloff befriedigt. »Wie sie heute im Walde weinte, die Kleine. Ach was, Puppenschmerzen.« Er bog wieder in die Landstraße ein auf Witzow zu. Dort schlief schon alles, an dem langen Hause mit seinem plumpen Erker, der es wie eine riesige Stumpfnase überragte, waren alle Fenster wohlverschlossen, nichts regte sich, nur der struppige Hofhund stand vor der Haustür und bellte klagend den Mond an. Da drin liegt nun, dachte Egloff, die arme Gertrud und träumt von irgendeiner großen Liebe. Was in diesen stillen Häusern die Mädchenträume wild sein müssen! »Allons, vorwärts«, trieb er seinen Braunen an, und nun ging es wieder durch eine lange Birkenallee auf Paduren zu. Dunkel stand das Schloß zwischen den weißen Bäumen, nur an einem Fenster stahl sich ein schwacher Lichtschein durch die Vorhänge: Das mußte die Nachtlampe des alten Barons sein. Ein Haus der Zuendegehenden, fiel es Egloff ein, eine große, finstere Krankenstube, und mitten drin Fastrade mit ihrem jungen Schlaf. »Ich werde mir schon meinen Tag machen«, klangen ihre Worte ihm nach. Hm, ja, das mochte ja ein recht heller Tag werden, an dem konnte sich vielleicht auch ein anderer, der gerade friert, wärmen. Ach was – wie die Karten fallen, so ist das Spiel.
Jetzt fror ihn, und er war müde. Der Braune dampfte schon; so war es denn an der Zeit, nach Hause zu fahren.

Achtes Kapitel

Es war viel Schnee gefallen, im Padurenschen Hof und Park mußte der Schneeschlitten Wege einfahren, den ganzen Tag über hingen hellgraue Wolken am Himmel, und durch die windstille Luft fielen die Schneeflocken ruhig und stetig nieder. Aber gegen Abend erhob sich stets ein Nordostwind, der die Wolken für eine Weile fortfegte, als wollte er Platz schaffen für den Sonnenuntergang, der mit viel Purpur und Gold am Himmel aufflammte. Dieser Augenblick erschien Fastrade als das einzige Ereignis der kurzen Tage, die sonst grau und formlos wie die Schneewolken waren. Sie eilte dann in den Park hinunter und ging die schmalen Wege zwischen den Schneewällen auf und ab. Hier konnte sie sich wieder auf etwas freuen, von dem sie nicht wußte, was es war, hier konnte sie etwas erwarten, das sie nicht kannte, hier fühlte sie ihren Körper und ihr Blut wie eine Wohltat. Woran sollte sie denken? Gleichviel, nur recht weit fort denken von der stillen Zimmerflucht da drinnen im Hause, und so dachte sie denn an Egloff. Wie ruhelos er war! Der Kutscher Mahling hatte erzählt, der Sirowsche Herr fahre die Nächte hindurch hier in der Gegend herum. Ob er leidet? Ob seine Geheimnisse ihn quälen? Sie waren alle gegen ihn, aber ihm schien das gleichgültig zu sein. Wenn man zu zweien auf der einen Seite steht und die anderen stehen alle auf der anderen Seite, das kann sogar lustig sein. Eine kluge Frauenhand könnte in diesem armen, zerfahrenen Leben vielleicht Ordnung schaffen, jedenfalls war er mit seiner Unruhe, seinen Geheimnissen, seinen Sorgen und seiner Heiterkeit das Leben, und was waren die anderen hier?

Vom Walde herüber erklang plötzlich ein Jagdhorn, schmetterte keck und triumphierend in den Winterabend hinein. Fastrade blieb am Gartengitter stehen und horchte. Das war Egloff, der für heute die Jagd schloß und diesen hellen Ruf des Lebens zu ihr herübersandte. Fastrade stand am Gitter, bis das Jagdhorn verstummte und bis das Abendrot verblaßt war, dann ging sie wieder in das Haus, um im Zimmer ihres Vaters Ruhkes Bericht anzuhören, die Memoiren des Herzogs von St. Simon zu lesen oder mit der Baronesse am Kamin zu sitzen.

In diesen Wintertagen pflegte die Baronesse Arabella einen besonders lebhaften Umgang mit ihren Erinnerungen. Sobald sie und Fastrade beisammen am Kamin saßen, begann sie zu erzählen mit leise klagender Stimme, erzählte von ihrer Jugend, von längst vergangenen Padurenschen Sommern, von längst gestorbenen Menschen, und Fastrade hörte dem zu, sah diese Menschen und diese Sommer, wie wir alte Bilder sehen, über deren Farben sich ein leichter Staubschleier legt. Ein unendliches Gefühl der Vergänglichkeit, des Vorüber klang aus dieser Erzählung und machte Fastrade traurig. Zuweilen sprach die Baronesse auch von dem kommenden Feste, sprach von Gebäcken und Geschenken mit derselben klagenden Stimme, wie sie von ihrer Jugend sprach. Feste, dachte Fastrade, können wir hier auch Feste feiern?

Aber das Fest kam, ein Tannenbaum mit Lichtern stand auf dem Tisch, der Baron ließ sich seinen schwarzen Rock anziehen und saß im Saal erwartungsvoll auf seinem Sessel. Knechte und Mägde sangen mit ihren schweren, lauten Stimmen langsam und feierlich einen Choral. Und als sie fort waren, saß man beisammen und sah zu, wie die Lichter am Baume niederbrannten. Die Baronesse weinte still, der Baron hatte die Hände gefaltet und starrte vor sich hin. Fastrade ging zu ihm und kniete an seinem Stuhle nieder. Sie wußte nicht, was in dem schweigenden, alten Manne vorging, aber wenn ein Leiden ihn quälte, wollte sie nahe bei ihm knien, als könne sie ihm beistehen.

Als alles vorüber war und Fastrade in ihrem Zimmer stand, fühlte sie sich so wund und hilflos vor Mitleid und Wehmut, daß sie sich sagte: Wenn ich zu Bette gehe, bleibt mir nichts übrig, als den Kopf in die Kissen zu drücken und zu weinen. Das will ich nicht. Dagegen aber gibt es nur ein Mittel, die Winternacht. Sie nahm ihre Pelzjacke und ihre Otterfellmütze und ging leise in den Park hinaus. Hier hingen die weißen Baumwipfel voll großer, sehr heller Sterne, hier war es wunderbar geheimnisvoll, hier in der klaren Luft, über der knisternden Schneedecke lag es wie ein festliches Erwarten, man stand still und geschmückt da, und die Freuden konnten kommen. Es machte Fastrade auch wieder getrost, ihre Schmerzen und ihre Wehmut waren doch nur kleine abseits liegende dunkele Winkel, das eigentliche Leben war dieses große Flimmern, diese Weite, dieses geheimnisvolle Versprechen und Erwarten. Sie blieb am Gartengitter stehen und schaute auf das Land, auf die weiße Fläche, die im unsicheren Sternenschein zu einem hellen Nebel zerrann, in den hie und da die Lichtpünktchen ferner Häuser gestreut waren.
Auf der Landstraße, die am Parkgitter vorüberführte, kam Schellengeklingel heran, ein Pferd erschien und ein Schlitten groß und schwarz im unsicheren, weißen Lichte. Jemand sprang aus dem Schlitten und kam auf das Gitter zu. »Ich dachte es mir gleich, daß Sie es sind, die hier steht«, sagte Egloff und lachte. »Ja, ich bin noch ein wenig herausgekommen«, erwiderte Fastrade. – »Das will ich glauben«, meinte Egloff. »Ich bin auch fortgefahren, um dem Sirowschen Weihnachten zu entgehen.«
»Sie fahren öfters in der Nacht herum, höre ich«, fragte Fastrade. Sie wunderte sich nicht über diese Unterhaltung am Gartengitter, sie erschien ihr selbstverständlich, als stünden sie beide in dem Sirowschen Wohnzimmer, nur daß es hier im Sternenschein unterhaltender und kameradschaftlicher war.
»So? Haben Sie das gehört?« fragte Egloff. »Ja, ich habe mir die Ebene hier als eine Art Schlafsaal eingerichtet. Das ist sehr zuträglich. Überhaupt bin ich der Meinung, daß unsere Entwickelung einen verkehrten Weg eingeschlagen hat. Wir sind eigentlich Nachttiere wie all das andere Raubzeug. Am Tag schläft man im Bau, und wenn es dann draußen still und dunkel wird, dann kriecht man heraus, treibt sich herum, schleicht um die schlafenden Wohnungen und Hühnerställe und lebt dann so sein eigentliches Leben.«
»Meinen Sie?« sagte Fastrade. »Ja, das muß zuweilen hübsch sein.«
»Sie sollten auf solch einer Fahrt mitkommen«, schlug Egloff vor.
Fastrade lachte: »Das wäre doch wohl gegen unsere Gesetze hier.«
»Glauben Sie an diese Gesetze?« fragte Egloff.

Fastrade zuckte die Achseln: »Ich glaube nicht an sie, aber ich gehorche ihnen.«
»Da haben Sie unrecht«, meinte Egloff, »Sie können sich nicht denken, wie befreundet man sich fühlt, wenn man so zu zweien über die Straßen jagt.«
»Doch, ich kann es mir denken«, versetzte Fastrade nachdenklich. Sie hatte ihren Handschuh abgestreift und kühlte ihre Hand in dem Schneestreifen, der sich an das Gitter angesetzt hatte. »Also für diese Freundschaft bin ich zu feige.«
»Feige sind Sie nicht«, versicherte Egloff mit Überzeugung. »Sie haben nur noch den Aberglauben an diese kleinen, triefäugigen Gesetzesaugen, die von den Schlössern in die Nacht hineinsehen. Das da drüben ist Barnewitz. Wie lächerlich doch solch ein Licht neben den Sternen aussieht. Na, gleichviel, wenn die Freundschaft so nicht zustande kommt, muß es anders gemacht werden. Mein Brauner wird höllisch unruhig, gute Nacht.«
Sie reichten sich durch das Gitter hindurch die Hand, Egloff ging zu seinem Schlitten, und Fastrade lief den Weg dem Hause zu. Sie glaubte, sie würde jetzt schlafen können, ohne weinen zu müssen.
An einem der Feiertage kam Gertrud Port nach Paduren, um Fastrade zu besuchen. Sie war wieder sehr schlank und schmächtig in ihrem Kleide von zeitlosem Schnitt, das Gesichtchen, über und über weiß von Puder, schien kleiner geworden, die Augen waren unnatürlich groß. Sie klagte über ihre Gesundheit; »das Leben vergeht in Müdigkeit und Melancholie«, meinte sie. Als die beiden Mädchen jedoch in Fastrades Zimmer am Kamin saßen, begann Gertrud von Dresden zu sprechen, und das belebte sie. »Du weißt«, sagte sie, »zu Hause darf ich davon nicht sprechen, und wenn ich Sylvia einmal etwas erzähle, dann sehe ich es ihren Augen an, zuerst, daß es ihr nicht gefällt und dann, daß sie nicht mehr zuhört.« So erzählte sie denn von der schönen Zeit, da sie tun konnte, was ihr beliebte, ohne saure Bemerkungen hören zu müssen, da jeder Tag ein neues Erlebnis, eine neue Emotion brachte. Sie erzählte, wie man abends mit den Freundinnen und Freunden im Café gesessen und Zigaretten geraucht habe. »Siehst du, nicht nur das Leben und die Menschen waren interessant, nein, man war selbst interessant. Ein junger Künstler sagte mir: ›Ich freue mich jeden Morgen, wenn ich aufstehe, darauf, an diesem Tage wieder Ihre Augen zu sehen, wie man sich darauf freut, in einem schönen Buche weiterzulesen.‹ Bei uns zu Hause denkt doch nie jemand daran, daß ich Augen habe, zu Hause bin ich eine langweilige Fremde.« Von ihren Erinnerungen überwältigt schwieg sie jetzt und starrte verträumt in das

Kaminfeuer hinein. – Im unteren Geschoß des Hauses, in den Gesindestuben, wurde getanzt. Gedämpft konnte man die schnarrenden Töne einer Violine hören, auf der eintönig und unermüdlich einige Walzertakte gespielt wurden. »Du erzählst aber nicht von dir«, fuhr Gertrud auf, »du hast wohl auch nichts erlebt? Hast du Egloff gesehen? Er soll verreist gewesen sein, erzählte Dachhausen, er soll gespielt haben und viel verloren, auch ein Duell soll er gehabt haben. Ein wilder Mensch. Fräulein von Dussa erzählte, er sei so ruhelos und fahre die Nächte hier in der Gegend herum. Der Papa sagte später: Das ist wohl sein schlechtes Gewissen, das ihn nicht schlafen läßt. Der Papa urteilt überhaupt sehr streng über ihn.«
»Ach ja«, erwiderte Fastrade scharf, »sie urteilen alle sehr streng über ihn, aber ich finde, jeder Mensch müßte wenigstens einen Menschen haben, der ihn verteidigt, der ihn verteidigt, auch wenn er meinetwegen unrecht hat. Wenn alle über einen herfallen, das ist häßlich.«
»Gewiß, er ist mir auch sympathisch«, versetzte Gertrud, und ihre Stimme nahm einen seltsam lyrischen Klang an, »und überhaupt, wenn wir nicht lieben, was bleibt uns dann in diesem Leben?«
»Lieben?« fragte Fastrade erstaunt. »Wer liebt? Liebst du denn?« – Aber Gertrud fuhr zu sprechen fort, als hätte sie Fastrades Frage nicht gehört: »Und wäre es auch nur eine unglückliche Liebe.«
»Ja liebst du denn unglücklich?« fragte Fastrade wieder.
Gertrud antwortete nicht, sie schaute ins Feuer und lächelte still vor sich hin. Sie mochte es nicht sagen, daß sie sich in den letzten Tagen dazu entschlossen hatte, Dachhausen unglücklich zu lieben. Aus dem unteren Geschosse drang wieder deutlich der schnarrende, freudlose Walzer der Violine herauf. Die beiden Mädchen schwiegen eine Weile, da erhob sich Gertrud plötzlich und begann sich auf dem Teppich vor dem Kamine nach dem Takte der Violine zu drehen, ernst und eifrig, und ihr Schatten, lang und schmal, fuhr unruhig an den Wänden entlang. Mein Gott, dachte Fastrade, man lebt doch hier, als ob man gleich erwachen müßte, um dann erst mit der Wirklichkeit zu beginnen.
Gertrud war erschöpft, sie warf sich auf das Sofa und atmete schnell. »So«, sagte sie, »das hat mir gut getan, jetzt will ich nach Hause fahren.«

Neuntes Kapitel

Der Winter neigte sich seinem Ende zu. Fastrade hatte über die schon feucht gewordenen Wege ihren Abendspaziergang gemacht und kam nach Hause, wo der gewöhnliche Padurensche Abend sie erwartete. Couchon saß bei ihren Karten, und es roch dort nach den Bratäpfeln, die sie stets im Ofenrohr hielt. Im Saal waren die Lampen noch nicht angezündet. Fastrade wollte, wie sie es jeden Abend tat, in das Zimmer ihres Vaters gehen, aber sie wurde unterwegs von der Baronesse Arabella aufgehalten, die im Dunkeln nach Fastrades Händen griff und flüsterte: »Der Egloff ist hier gewesen.« – »Oh, wirklich«, sagte Fastrade. Das klang gleichgültig, aber sie wußte sofort, daß sich etwas ereignet hatte, das diesen gewöhnlichen Padurenschen Abend für sie mit einem Schlage zu etwas sehr Bedeutsamem und Einzigem machte. »Und denke dir«, fuhr die Baronesse fort, »er hat bei deinem Vater um deine Hand angehalten.«

»Der tolle Mensch«, entfuhr es Fastrade.

»Nicht wahr?« meinte die Baronesse. »Dein Vater hat auch, glaube ich, sehr ernst mit ihm gesprochen, er hat ihm auch wohl gesagt, daß er diese Verbindung nicht wünschen kann. Im übrigen hat er alles von deiner Entscheidung abhängig gemacht. Du weißt, er entscheidet jetzt so ungern etwas allein. Aber ich freue mich, liebes Kind, daß du auch so denkst.«

»Wie denke ich?« sagte Fastrade schnell. »Ich weiß gar nicht, wie ich denke.«

»Aber, liebes Kind«, wandte die Baronesse ein, »ein so leichtsinniger, junger Mensch.«

»Nein, nein, nein, ich weiß nicht, wie ich denke«, wiederholte Fastrade; sie machte sich von der alten Dame los und setzte schnell ihren Weg zum Zimmer ihres Vaters fort.

Als Fastrade eintrat, richtete der Baron sich aus seiner gebückten Haltung stramm auf. »Komm, setze dich, meine Tochter«, sagte er feierlich. »Also der Dietz Egloff hat um deine Hand angehalten, du bist alt genug, um zu entscheiden.« Er hielt inne und machte ein unzufriedenes Gesicht. Er war enttäuscht, daß das, was er sagte, so mühsam und dürftig herauskam. »Nun ja«, fuhr er dann fort und gab seiner Stimme einen ernsteren, volleren Klang, »ich habe ihm gesagt, daß ich nicht in der Lage bin, ihn für den geeigneten Gatten meiner Tochter zu halten. Ich habe ihm gesagt, daß ich ihn sozusagen mißbillige, aber ich würde dich fragen und du wirst entscheiden.« Er schwieg dann und hustete, denn die Rede hatte ihn ermüdet.

»Was sagte er?« fragte Fastrade, und die Andeutung eines Lächelns zuckte um ihre Lippen. – »Er sagte nicht viel«, erwiderte der Baron, »er sagte, er sehe deiner Entscheidung entgegen, dann stand er auf und ging fort. Nun, ich denke, die Entscheidung kann dir nicht schwer fallen.« Eine Pause entstand. Fastrade hatte den Kopf auf die Lehne des Sessels zurückgebogen und schaute sinnend zur Decke auf, die Lippen noch immer wie bereit zu einem Lächeln. »Nun?« fragte der Baron endlich.

»Ich denke«, sprach Fastrade endlich zur Decke hinauf, »ich denke, ich schreibe ihm, daß er kommen kann.«
Der Baron antwortete eine Weile nicht, er hustete, räusperte sich, endlich begann er zu sprechen, unsicher und mit Anstrengung: »Das heißt also soviel, daß du ihn nimmst, ganz ohne zu überlegen, einen Menschen, von dem du weißt, daß ich ihn mißbillige, einen leichtsinnigen Menschen, einen Spieler. Aber so warst du immer, auf meinen Rat hörtest du ja nie, du mußtest deinen Willen haben. Aber Kind, Kind«, die Stimme hob sich und wurde pathetisch, »zu spät einzusehen, daß ich recht habe, das bringt Kummer über alle. Du wirst sehen –« Aber er hatte sich überschätzt, die Stimme brach plötzlich ab, er lehnte sich in seinen Sessel zurück und schloß die Augen. »Tue, was du willst«, murmelte er kleinlaut und mutlos, »du willst ja nicht gehorchen.«
Fastrade beugte sich besorgt vor, legte ihre Hand auf die Hand ihres Vaters. »Doch, Papa«, sagte sie, »ich will gehorchen, aber wenn ich entscheiden soll, entscheide ich so.«
Der Baron verzog ärgerlich sein Gesicht: »Gut, gut, tue was du willst, geh jetzt, ich bin müde.« Fastrade stand auf und ging. Drüben in ihrem Zimmer begegnete sie dem kleinen Stubenmädchen Trine. »Trine«, sagte sie, »liebst du noch deinen Hans, deinen Stallburschen?« Das Mädchen beugte verschämt den Kopf und lachte über das ganze Gesicht. »Ach was, der«, murmelte es. – »Ja, liebe ihn nur«, fuhr Fastrade fort, »er betrinkt sich zuweilen, nicht?«
»Ja, mit dem Trinken«, erwiderte Trine; aber Fastrade unterbrach sie: »Das schadet nichts, liebe ihn nur; die armen Männer, sie stehen so im Leben, sie wissen nicht, wie sie in all diese Sachen hineinkommen, wir können ihnen vielleicht helfen.« Trine hob ihr errötendes Gesicht zu Fastrade auf und sagte treuherzig: »Ach, Fräulein, der Hans hat auch einen ganz freundlichen Rausch.« – »So, so«, meinte Fastrade, »um so besser.«
An Egloff aber schrieb Fastrade: »Sie dürfen kommen. Fastrade.«
Am Nachmittage des nächsten Tages wurde Egloff erwartet. Die Baronesse Arabella hatte ihr schwarzes Seidenkleid angezogen und ihre Scheitel frisch gebauscht. Mit kummervoller Geschäftigkeit ging sie durch die Zimmer und ordnete. Sinnend blieb sie vor Fastrade stehen: »Ich denke, wir machen das so«, sagte sie, »ich lasse die Lampen im Saale früher anzünden, du empfängst ihn hier, ihr sagt euch das Nötige, ich bin bei deinem Vater, dann kommt ihr zu uns herein. Lange dürft ihr nicht bleiben, es regt deinen Vater auf und könnte ihm schaden. Ich gebe euch das Zeichen, wann ihr gehen sollt. Gut, ihr geht dann in dein Schreibzim-

mer und dort nimmt die Verlobung ihren weiteren Verlauf, bis Christoph zum Abendessen ruft. Dein Vater gibt eine Flasche Château Pape Clément und eine Flasche Roederer. Wir haben einen Fisch, Hühner und eine Charlotte, ich denke, so wird es gehen.«

»Also ein Fest«, sagte Fastrade spöttisch. Die alte Dame zuckte mit den spitzen Schultern: »Dein Vater meint, wie er auch über die Sache denken mag, es soll doch alles geschehen, was bei solchen Gelegenheiten zu geschehen pflegt.« Aber Fastrade schien das alles nicht zu gefallen und es klang gereizt, als sie sagte: »Es ist gewiß sehr freundlich von Papa, daß er seinen geliebten Pape Clément opfert, aber ich finde, eine Verlobung ist ohnehin kein angenehmer Augenblick und wenn nun noch eine Zeremonie daraus gemacht wird –«

»Das ist nicht zu ändern«, meinte die Baronesse und wandte sich wieder ihren Beschäftigungen zu, »jedes Ding hat seine Form.«

Es begann schon zu dämmern, als Egloff ankam. Fastrade stand mitten im Saal in ihrem schwarzen Spitzenkleide, eine blasse Monatsrose im Gürtel. Sie machte ein etwas böses Gesicht, wie stets, wenn sie befangen war. Als Egloff eintrat, lächelte er sein spöttisches Lächeln, aber Fastrade sah sofort, daß auch er befangen war, und das gab ihr Mut. Er trat auf sie zu, nahm ihre Hand, küßte sie und behielt sie dann in der seinen. Fastrade bemerkte, daß diese Hand sehr kalt und sehr vorsichtig war, als fürchtete sie, ihr wehe zu tun. »Ich danke Ihnen«, sagte Egloff, »ich hatte nicht geglaubt, daß es solch eine Qual sein kann, auf einen Brief zu warten, mit jeder Minute erschien mir mein Unternehmen gewagter, aber ich kann nicht warten, ich spiele gern Vabanque.«

Fastrade zog ein wenig die Augenbrauen zusammen. »Ach nein, nicht das«, meinte sie, »ich möchte nicht einer dieser unangenehmen Gewinnste sein.«

Egloff lachte: »Nun gut, nennen wir es anders.«

»Aber wie kamen Sie darauf?« fragte Fastrade. »Wir kennen uns doch so wenig.« – »Das war eine Chance mehr für mich«, erwiderte Egloff, »denn, wenn man sich erst kennt –« Fastrade jedoch unterbrach ihn: »Sie dürfen heute nicht so – gottlos sprechen.« – »Gottlos«, wiederholte Egloff, »nein, ich fühle mich heute so fromm, wie es nur einer kann, an dem ein gutes Werk geschehen ist.« Er küßte wieder Fastrades Hand, und dann schwiegen sie. Fastrade ging es durch den Sinn: ich habe es gleich gedacht, daß dabei eine lächerliche Situation herauskommen wird. Endlich begann Egloff wieder zu sprechen: »Sie sehen, dieses Haus schüchtert mich so ein, ich unterlasse wahrscheinlich wichtige Dinge. Sind da nicht noch Formalitäten zu erfüllen?«

»Wir müssen zu meinem Vater hineingehen«, erwiderte Fastrade.
»Natürlich«, versetzte Egloff, »der väterliche Segen, natürlich. Muß man dabei knien?« – »Das ist wohl nicht nötig«, erwiderte Fastrade und ging voran in das Zimmer ihres Vaters.
Der Baron und Baronesse Arabella saßen ernst und erwartend da. Als Egloff eintrat, streckte der Baron ihm langsam die Hand entgegen und sagte: »Willkommen, meine Tochter hat für Sie entschieden, so haben wir alles andere der Vorsehung anheimzugeben. Setzt euch, Kinder.« Er wartete, bis sie sich gesetzt hatten und fuhr dann fort: »Meine väterlichen Befürchtungen und Sorgen habe ich euch beiden mitgeteilt. Fastrade ist in dem Alter, selbst über sich zu bestimmen, so sei denn von dem allen nicht mehr die Rede.« Und nach alter Gewohnheit machte er mit der flachen Hand einen Querschnitt durch die Luft. »Es bleibt mir somit nur übrig, des Himmels Segen auf euch herabzuflehen. Eine Bedingung jedoch möchte ich noch machen, ich verlange eine Wartezeit, bis zum nächsten Winter sagen wir. Sie können es mir nicht übel nehmen, wenn ich auf solcher Probezeit bestehe, wenn ich wissen will, ob der künftige Gatte meiner Tochter sich als meiner Tochter würdig bewährt.« Der Baron war fertig, er lehnte sich zurück, er hatte kräftig und geläufig gesprochen, wie einst auf der Kreisversammlung, und das befriedigte ihn. Egloff dagegen dachte, dies ist der fatalste Augenblick meines Lebens, man sitzt und muß sich unangenehme Dinge sagen lassen, und was antwortet man nun auf so etwas. Endlich fiel ihm eine gut abgerundete Redensart ein, die er schnell und nachlässig hersagte: »Ich bin mir der großen Verantwortung wohl bewußt, die mir dieses unverdiente Glück auferlegt.« Bei dem Worte Verantwortung horchte der Baron auf. »Verantwortung«, wiederholte er, »ganz richtig. Große Verantwortungen erziehen den Menschen, das ist ganz richtig.« Jetzt gab die Baronesse das Zeichen, und Fastrade und Egloff zogen sich zurück.
In Fastrades Zimmer drückte Egloff sich fest in die Sofaecke, zog Fastrade nahe an sich und sagte: »So, das wäre überstanden. Hier bei dir sitzt es sich gut, wunschlos behaglich.« – »Du Armer«, meinte Fastrade, »so streng mit dir zu sein.« – Egloff zuckte die Achseln: »Das ist vorüber, aber die Redensart mit der Verantwortung brachte ich doch gut heraus, die paßte so ganz in die Stimmung.«
Vor ihnen lag die stille Zimmerflucht, kein Ton regte sich im Hause, im Kamin prasselte das Feuer, draußen an den Fensterläden rüttelte der Frühlingswind. Egloff hatte eine Weile geschwiegen, jetzt lachte er plötzlich auf. »Immer, wenn ich sah«, sagte er, »daß zwei Verlobte feierlich und geheimnisvoll in einem Zimmer allein gelassen wurden, alles umher

mußte still sein, niemand durfte sie stören, da sagte ich mir: was sprechen sie? Sie lernen sich kennen, gut, wie machen sie das! Jetzt weiß ich es. Sie sprechen gar nicht. Man hat gar keine Lust zum Sprechen, man hat gehört, was man hören wollte, daß man angenommen ist, nun ist man so wohltuend satt, daß man vorläufig nichts zu sagen braucht.«

»Und ich dachte«, versetzte Fastrade, »wenn zwei Verlobte sich zurückziehen, dann bekommt man viele ganz süße Sachen zu hören.«

»Ach ja, natürlich«, meinte Egloff, »diese süßen Sachen sind immer zu haben, aber es sind immer dieselben, wie die Bonbons beim Konditor Kirsch im Städtchen. Die einen sind rosa, die anderen sind gelb, und alle sind in Silberpapier gewickelt.«

»Ach ja, die habe ich sehr geliebt«, gestand Fastrade, »die einen schmeckten nach Rosen und die anderen nach Zitronen, und sie waren so süß, daß, wenn man sie aß, einem die Luft verging und die Tränen in die Augen traten. Aber das ist nichts für uns, unsere Verlobung ist viel zu ernst.«

Egloff fuhr auf: »Ernst? Warum soll unsere Verlobung besonders ernst sein? Weil es hier im Hause gespenstisch still und feierlich ist, weil dein Vater streng war und ich mich bewähren muß. Davon wird sich unsere Verlobung nicht anstecken lassen. Ich werde ja natürlich hierherkommen, um zu zeigen, ob ich mich bewähre, aber uns wirklich sehen, uns eigentlich sehen, wollen wir draußen. Wenn ich höre, wie es da draußen bläst und an den Fensterläden rüttelt, möchte ich dich gleich nehmen und hinaustragen.«

Fastrade lächelte: »Würde das nicht gegen das Gesetz sein, wie der Baron Port sagt?« Egloff schlug mit der flachen Hand auf die Sofalehne und lachte laut: »Gegen das Gesetz des Baron Port zu sündigen, wird eine Wohltat mehr sein.«

Während sie sprachen, betrachtete Fastrade genau Egloffs Gesicht. So nahe gesehen, war es ihr fremd, die eigensinnige Knabenstirn unter dem glattgescheitelten Haar war ihr bekannt, aber da waren zwei sichelförmige Fältchen zwischen den Augenbrauen. Auch war die rechte Augenbraue ein wenig höher als die linke, das gab wohl dem Gesicht den hochmütig spöttischen Ausdruck. Die Augen waren sehr dunkel, aber wenn sie in die auflodernde Flamme des Kamins sahen, wurden sie braun wie die Flügel der großen, schwarzen Herbstfalter, wenn die Sonne sie bescheint. Sie sah auf seine Hand nieder, welche die ihre hielt, eine breite, weiße Hand mit langen, schmalen Fingern, die sich seltsam nervös zuspitzten. Fastrade dachte daran, gehört zu haben, daß Egloff sehr stark sei. Von diesen Händen genommen und in den Frühlingswind hinausgetragen zu werden, mußte vielleicht gut tun.

»Ach Gott, meine Erziehung«, sagte Egloff, »meine Erziehung war dumm, ich wurde unmenschlich verwöhnt, und doch war alles wieder verboten. Als ich mich dann später gierig auf meine Freiheit warf, enttäuschte sie mich, ich hatte mehr erwartet. Überhaupt, an meiner ganzen Generation hier in der Gegend ist etwas versäumt worden. Unsere Väter waren kolossal gut, sie nahmen alles sehr ernst und andächtig. Es war wohl dein Vater, der gern von dem heiligen Beruf sprach, die Güter seiner Väter zu verwalten und zu erhalten. Na, wir konnten mit dieser Andacht nicht recht mit, nach einer neuen Andacht für uns sah man sich nicht um. Und so kam es denn, daß wir nichts so recht ernst nahmen, ja selbst die Väter nicht, nicht einmal die Großmütter. Da entstand wohl auch die Lust, jenes brave Ideal einmal an die Nase zu fassen.«

Über Fastrades Gesicht ging ein schmerzlicher Ausdruck, plötzlich, wie eine Vision, sah sie die weißen Korridore des Krankenhauses, die Säle mit den Reihen der Betten, in denen auf weißen Kissen die bleichen Gesichter lagen, diese große Herberge der Leiden, in der sie numeriert und nach Klassen geordnet aufgespeichert waren.

»Und es ist doch eine so furchtbare Sache«, sagte sie leise.

»Das Leben? Natürlich«, meinte Egloff ruhig, »eine Bestie, die nicht zu zähmen ist, da ist nichts zu machen. Früher ließ ich die Bestie Bestie sein, jetzt werde ich achtgeben müssen, daß sie dir nicht zu nahe kommt«, und er drückte Fastrade fester an sich. Sie lächelte wieder. »Aber hier in Paduren«, sagte sie, »darfst du niemanden an die Nase fassen.«

»Aber das Portsche Gesetz«, rief Egloff lustig, »das fassen wir an die Nase, wir wollen ein Brautpaar sein, über das sie hier in der Gegend auf allen Schlössern die Hände über dem Kopfe zusammenschlagen.«

In der Zimmerflucht begann es jetzt lebendig zu werden, Baronesse Arabella ging hin und her, der Baron ließ sich durchführen, und endlich erschien Christoph und meldete, es sei serviert.

Im Eßzimmer saß der Baron bereits am Tische, den Kopf gebeugt, das bleiche Gesicht müde und kummervoll, Baronesse Arabella und Couchon standen wartend hinter ihren Stühlen. Als Fastrade ihren Verlobten Couchon vorstellte, sah die alte Französin mit ihren fast hundertjährigen Augen kokett zu Egloff auf, lächelte mit dem zahnlosen Munde und murmelte: »Joli garçon.« Hier setzt man sich mit Gespenstern zu Tisch, ging es Egloff durch den Sinn. Dann begann die Mahlzeit. Die Baronesse führte eine fast fieberhaft angeregte Unterhaltung, es war, als fürchte sie, eine Pause könnte entstehen und Unliebsames bringen. Sie sprach von den Egloffs, die sie gekannt hatte, von einer Fürstin Coronat, Dietz Egloffs Großmutter mütterlicherseits, sie machte Verwechslungen in der Verwandtschaft, worüber man dann lachen konnte. Als nun aber doch eine

Pause entstand, sah der Baron Egloff streng an und fragte: »Wird noch viel Wald geschlagen werden in Sirow?« Fastrade blickte zu Egloff hinüber, wirklich, er errötete wie ein Knabe, als er antwortete: »Ach nein, ich denke, das wird genügen.« – »Ja, unsere Wälder«, fuhr der Baron mit erhobener Stimme fort, »unsere Wälder –«, dann brach er jedoch mutlos ab, wie es ihm jetzt oft geschah, wenn er den Anlauf dazu nahm, wie früher eine bedeutsame Ansicht auszusprechen. Die Baronesse begann wieder schnell zu sprechen, sie sprach von dem Fisch, der eben gegessen worden war, einem großen Schlei; die Schleie aus dem kleinen See dort unten im Park waren ja berühmt ihres reinen Geschmackes wegen, und nun sprach man auch von anderen Fischen. Die Hühner wurden serviert, als der Baron wieder den Kopf erhob und fragte: »Werden durch die Verwüstung die Auerhähne nicht gestört?«

Dieses Mal antwortete Egloff ruhig und mit kaum merklichem Lächeln: »O nein, den Auerhähnen geschieht nichts.« Der Baron nickte: »Ja, ja, die korrekte Pflege der Jagd ist auch ein Stück adligen Idealismus.«

Christoph schenkte jetzt den Roederer ein, eine feierliche Pause entstand, mit zitternder Hand erhob der Baron sein Glas und sagte mit bekümmerter Stimme: »Nun, Arabella, wir können unserem neuen Verwandten jetzt wohl das Du anbieten, Gottes Segen über euch, meine Kinder.« Die Gläser klangen aneinander, Christoph stand hinter dem Stuhle seines Herrn, faltete die Hände und machte ein Gesicht, als wollte er weinen. Während die Charlotte verzehrt wurde, schleppte die Unterhaltung sich nur mühsam hin, alle waren erleichtert, als die Baronesse Arabella die Tafel aufhob. Nach der Mahlzeit hielt man sich noch ein wenig im Saale auf, um eine Zigarette zu rauchen, der Baron sprach vom Nutzen der Drainage, und dann verabschiedete sich Egloff. Fastrade begleitete ihn ins Vorzimmer hinaus, sie beugte den Kopf zurück, um ihm in die Augen zu sehen und lachte. »Das war ein Prüfungstag«, sagte sie, »wenn ich bei euch bin, ist die Reihe an mir.« – »Es gibt eben eine Gerechtigkeit«, erwiderte Egloff, faßte Fastrade um die Taille, hob sie empor und küßte sie. Christoph sah das mit maßlosem Erstaunen und wandte sich ab.

Zehntes Kapitel

Egloff lag in der Auerhahnhütte auf dem einfach aus Brettern zusammengeschlagenen Ruhebett. Er hüllte sich in seinen Mantel, denn es war kalt. Neben ihm auf dem Tisch standen eine Flasche Portwein und ein Glas, in einem Messingleuchter brannte eine Kerze, deren Flamme im Winde, der durch die Spalten des kleinen Holzbaues hereinblies, heftig hin und her flackerte. Auf einem Stuhle saß der alte Förster Gebhard. Die grüne Mütze tief in die Stirn gezogen, das Gesicht halb in seinem großen Bart wie in einem grauen Schal versteckt, so warteten sie beide, daß es Zeit sein würde, auf die Balz zu gehen. »Sprechen Sie, Gebhard, sprechen Sie, sonst schlafen Sie ein«, sagte Egloff. Gebhard riß seine kleinen Augen auf, die ihm zufallen wollten und begann gehorsam zu sprechen. »Ja, wenn ich so denke, was wir hier schon alles für Besuch gehabt haben, feine Damen und andere.« – »Nicht davon, Gebhard«, unterbrach ihn Egloff, »sprechen Sie von ruhigeren Sachen. Wenn Sie auch in meiner Jugend mein Lehrer in allerhand Sünden gewesen sind, so ist es doch nicht richtig, davon zu sprechen.« – »Ich spreche so nicht davon«, murmelte Gebhard.

»Wenn Sie schon von Weibern sprechen müssen«, fuhr Egloff fort, »dann sprechen Sie von guten, ruhigen, verheirateten Frauen.« Gebhard kicherte in seinen Bart hinein. »Ja, da hab' ich nun meine drei. Die erste war nun so eine kleine Dicke, dumm war sie, aber eine gute Frau. Schade, daß die mir wegstarb. Die zweite war die Kammerjungfer der Frau Baronin, die wollte Kopfschmerzen haben wie die Frau Baronin und im Bett Kaffee trinken. Als dann das Kind kam, war sie zu schwach und starb. Nun, und meine dritte Frau kennt der Herr Baron.«

Egloff richtete sich ein wenig auf. »Mensch«, sagte er, »was sprechen Sie da, was gehen mich Ihre Frauen an? Drei Frauen haben Sie gehabt, und alle drei haben Sie genommen? Und warum? Was war denn an Ihnen besonders dran?« Gebhard zuckte mit den Schultern. »Nun, nichts«, meinte er, »die Weiber wollen heiraten, was nun auch daraus wird. Das ist so, wenn einer das Reisen liebt, geht er auf die Reise, was ihm auf der Reise passiert, das ist abzuwarten.« Egloff ließ sich wieder zurücksinken. »Ach Gebhard«, sagte er, »Sie werden weise, dann schweigen Sie lieber.« Draußen um die Hütte rauschten die großen Tannen ein ununterbrochenes Brausen, das zeitweise anschwoll, dann wieder leise und weich wurde wie ruhiges Atmen. Egloff schloß die Augen, er wollte sich von dieser großen, verträumten Stimme des Waldes einschläfern lassen. Drei Frauen hat der alte Sünder gehabt, dachte er, so ganz ohne weiteres, und ich komme mit dieser einen Verlobung nicht zurecht. Wie unendlich einfach hatten ihm bisher die Weiber geschienen. Da war er, der ein Weib besitzen mußte, und da war ein Weib, das sich hingeben wollte, wie einfach und selbstverständlich sich so zwei Sinnlichkeiten auseinandersetzen. Selbst mit Liddy, ihre Zusammenkünfte vorigen Sommer im nächtlichen Park von Sirow, es hatte ihn erregt, er hatte sich stets gefreut, wenn er ihr weißes Kleid zwischen den Bäumen aufschimmern sah, oder

wenn er sie dann atemlos und zitternd in seinen Armen hielt. Aber niemals hatte ihn der Gedanke beunruhigt, was Liddy von ihm denken könnte oder was in ihrer Seele vorging, und jetzt bei diesem Mädchen kamen da plötzlich solche Unsicherheiten über ihn, die ihn ruhelos machten, so der Gedanke, warum liebt dich dieses Mädchen? Sie sieht wohl einen anderen in dir, und das Mißverständnis wird sich aufklären und du wirst sie verlieren. Und dann die beständige Anstrengung, dieser andere zu sein, den sie in ihm sah. Ach Gott, wußte man denn mit solch einem Mädchen, woran man war? Einmal war es einem ganz nahe und dann so seltsam fern. Vorigen Abend hier im Walde, als der warme Südwestwind wehte und es so berauschend nach feuchter Erde und Knospen duftete, da war alles so selbstverständlich und klar gewesen, da gingen sie eng aneinander geschmiegt, und ein jedes fühlte das Fieber im Blut des andern. Da waren keine Gedanken nötig. Und dann, gleich am nächsten Tage auf dem Spaziergang, war sie ganz wieder das Schloßfräulein, das ihn in Distanz hielt, das von der Welt sprach, als sei sie ein wohleingerichteter Salon, in dem lauter gut erzogene Menschen unter festen Gesetzen lebten, ja, sie drängte ihm den Edelmut, die feine Erziehung, die Gesetze geradezu auf, legte sie in ihn hinein. Er konnte sie dann fast hassen, er hätte ihr dann gern etwas gesagt, was sie empörte und demütigte, aber er war zu feige. Wenn die weit offen schillernden Augen ihn begierig ansahen, als wollten sie etwas besonders Neues, Schönes aus ihm herauslesen, dann fürchtete er stets, sie würden den uninteressanten Gesellen in ihm entdecken, lauter ungewohnte, abspannende Gedanken. Er seufzte. Ach Gott, und was für unerbittliche Wirklichkeitsmenschen solche Mädchen waren. Jedes Erlebnis bekam feste Konturen, stand so sachlich und deutlich da, als könnte es nie mehr fortgewischt werden. Ein Erlebnis fallen lassen, wie wir eine angerauchte Zigarette fortwerfen, das kannten sie nicht. Ihnen wurde jedes Erlebnis zu einem Besitz, der mitzählte, als müßte es in ein Hauptbuch eingetragen werden für irgendeine künftige Abrechnung. So waren sie alle, von der schwarzen Lene im Krug bis zu Fastrade. Er hatte seine Wirklichkeit nie so recht gefühlt, er war sich stets ein Erlebnis gewesen, das ihm zufällig zuteil geworden war, das ja zuweilen recht vergnüglich war, aber zur Not auch fallen gelassen werden konnte.
Er richtete sich auf, dieses Herumraten an sich und an Fastrade machte ihn müde und unruhig zugleich. Er schenkte sein Glas voll, der alte Portwein hatte zuweilen die Eigenschaft, Dinge, die verworren und schwierig aussahen, plötzlich ganz einfach und klar erscheinen zu lassen. Der Zugwind wehte die Flamme der Kerze hin und her. Gebhard schlummer-

te, sein Schatten, groß und unförmlich, hüpfte unablässig auf der Wand. Draußen schien der Wind sich gelegt zu haben, nur ein leises, verschlafenes Rauschen ging noch durch den Wald. Deutlich waren jetzt all die kleinen Gewässer ringsum vernehmbar wie ein waches, eigensinniges Lachen, das in die große Ruhe der Nacht hineinspottete. Dann ertönte plötzlich der klagende Ruf eines Kauzes, und ein anderer antwortete ihm noch aus der Ferne. Die haben es gut, dachte Egloff, sich so in der kühlen Dunkelheit anzulocken, durch Zweige und Knospen zueinander zu fliegen, um ihre Liebesnacht zu feiern – raffiniert. Er lehnte sich wieder zurück, er wollte nichts mehr denken, nur Fastrade, Fastrade. Ja, da war es leicht, seine Wirklichkeit zu fühlen, wenn man so königliche Arme hatte und mit einem so königlichen Körper sich abends zu Bett legte und morgens wieder aufstand. Eine angenehme Schläfrigkeit machte ihm jetzt die Glieder schwer, die Gedanken wurden undeutlich, begannen zu Träumen zu werden, zu Träumen, in die das Rauschen des Waldes, das Lachen der kleinen Gewässer hineinklangen, und das Rufen der Käuzchen, die schon nahe beieinander waren.
Egloff erwachte von einem kalten Windstoß, der in das Zimmer fegte. Gebhard hatte die Tür geöffnet und schaute hinaus. »Es wird Zeit sein zu gehen«, sagte er, »der Himmel hinter den Bäumen scheint mir schon so weiß.« Egloff sprang auf, der kurze Schlaf hatte ihm gut getan, und er freute sich jetzt auf die Jagd. Er nahm sein Gewehr und löschte die Kerze aus. »Gehen wir«, sagte er.
Draußen war es noch finster, eine gute Strecke gingen sie auf einem bequemen Waldpfade hin, bis sie an ein Sumpfland kamen, das weiß von Nebel war. Die Dunkelheit hellte sich ein wenig auf, sie wurde grauschwarz, und deutlich standen Bäume und Büsche in ihr. Egloff und Gebhard begannen vorsichtig zu gehen, der Boden gab nach, jeder Tritt verursachte ein kleines, plätscherndes Geräusch, dann kamen Strecken, die mit dichtem Moos bewachsen waren, in das der Fuß einsank wie in weiche Polster. Zuweilen blieben die Jäger stehen und horchten hinein in all die kleinen Geräusche des Waldes, das Lispeln und Rauschen, um den einen Ton herauszuhören, auf den sie warteten. Der Boden wurde jetzt fester, vor ihnen standen hohe, alte Föhren, in deren dunklen Schöpfen ein leichter Wind metallisch knisterte. Gebhard blieb zurück und Egloff schlich behutsam vorwärts. Eine köstliche Spannung regte ihm das Blut auf. Plötzlich kam ein Ton, der ihm wie Schreck durch die Glieder fuhr. Er wartete, der Ton kam noch einmal und dann begann dort oben in der Dunkelheit dieses seltsame Zischen und Schnalzen, das für Egloff alle anderen Töne des Waldes auslöschte. Er schlich nun und sprang, vorsich-

tig nach Deckung ausspähend und immer hinhorchend auf die Stimme des Vogels, der dort vor ihm leidenschaftlich und schamlos seine Brunst in die Finsternis hineinrief. Schwieg der Hahn eine Weile, dann stand Egloff wie festgebannt still und hörte sein Herz so laut klopfen, als liefe da mit schweren Schritten jemand hinter ihm her. Endlich war er dem Hahne ganz nahe, er sah ihn dort auf dem Föhrenzweige groß und schwarz in der Dämmerung mit seinen wunderlichen steifen Bewegungen. Egloff legte an und schoß, etwas fiel zu Boden, man hörte Schlagen von Flügeln, dann wurde es still. Ein köstliches Gefühl des Triumphes machte Egloff ganz heiß, hinter sich hörte er Gebhard heranlaufen. Alle Aufregung war vorüber, sie gingen zur Schußstelle, da lag der schwarze Vogel mit seinen gebrochenen Augen friedlich da, nichts war an ihm mehr vom Erregenden, das Egloff noch eben jeden Nerv angespannt hatte. Egloff setzte sich auf einen Baumstumpf und zündete sich eine Zigarette an. Der Morgen graute, die Bäume und Sträucher, die eben noch so bedeutungsvoll und wichtig erschienen waren, standen nüchtern und gleichgültig da. Jedesmal nach solcher Jagd hatte Egloff dieses Gefühl der Niedergeschlagenheit und Ernüchterung, wenn das prächtige Raubtiergefühl des Heranschleichens und Horchens vorüber war. »Gehen wir«, sagte er zu Gebhard.

Durch den aufdämmernden Morgen gingen sie nach Hause, der Tag versprach schön zu werden, der Himmel war weiß und dunstig, und zahllose Bekassinen sandten von der Höhe ihre schrillen Triller nieder, und die Elstern schwatzten in den Ellernbüschen. Egloff dachte jetzt nur daran, wie wohlig es sein würde, sich in seinem Bette auszustrecken, alles andere war vorläufig gleichgültig. Auf der Landstraße begegneten sie einem mit zwei Pferden bespannten Jagdwagen, Doktor Hansius vom Städtchen saß darin, sein großes Gesicht mit dem gelben Bartgestrüpp verschwand fast ganz in dem hohen Mantelkragen, die Augen hinter den blauen Brillengläsern waren geschlossen, er schlummerte. »Doktor! Doktor!« rief Egloff. Der Doktor fuhr auf und ließ den Wagen halten. »Ah, Baron Egloff«, sagte er, »guten Morgen. Auf der Jagd gewesen? Na, ich sehe schon, gratuliere.« – »Danke«, erwiderte Egloff, und blieb vor dem Wagen stehen, »wo treiben Sie sich so früh umher?« Der Doktor machte eine müde, abwehrende Handbewegung: »Ich, ich, ach Gott, habe keine Ruhe. Gestern abend werde ich nach Witzow abgeholt.« – »Wackeln die alten Herrschaften dort?« fragte Egloff. »O nein«, erwiderte der Doktor, »die Alten wackeln nicht, es sind immer die Jungen, die Baronesse Gertrud mit ihren Nerven. Na, und wie ich denn nachts nach Hause komme, finde ich die Nachricht vor, ich soll sofort nach Barnewitz kommen, die Baronin hat eine Nervenattacke. Nerven und Nerven, die sind auch solch eine moderne Erfindung, von der unsere alten Herrschaften nichts wußten.«

»Ja ja, Doktor«, meinte Egloff, »Sie stehen immer auf seiten der Alten. Na, guten Morgen, im Bette will ich an Sie denken.« Der Doktor fuhr weiter. Also die kleine Liddy ist krank, ging es Egloff durch den Sinn, während er an den Roggen- und Weizenfeldern, die grau vom Tau waren, dem Schlosse zuging, meinetwegen vielleicht? Das ist jetzt gleichgültig, das muß jetzt aus sein, war wegen des Fritz Dachhausen immer eine fatale Geschichte.

Zu Hause ging er sofort ins Bett. Nach der Jagd sich ins Bett zu legen, sagte er sich, ist ein ganz fragloses und volles Glück.

Egloff schlief fest und traumlos weit in den Tag hinein, er erwachte davon, daß Klaus vor seinem Bette stand und meldete, es würde bald Zeit zum Mittagessen sein. Egloff blinzelte in den Sonnenschein hinein, der das Zimmer füllte, und streckte sich, in den Gliedern war eine nicht unangenehme Steifigkeit von den Anstrengungen der letzten Nacht zurückgeblieben. »Also gutes Wetter«, konstatierte er. Gab es an diesem Tage etwas, worauf er sich freuen konnte? Ja, er wollte am Abend mit Fastrade im Walde zusammentreffen. Nun, dann lohnte es sich also, diesen Tag zu beginnen. »Gibt es was Neues?« fragte er. »Herr Mehrenstein war da«, berichtete Klaus, »als er hörte, daß der Herr Baron noch schlafen, fuhr er ab.« Egloff verzog sein Gesicht. »Mein Lieber«, sagte er, »ein für allemal, der Name Mehrenstein wird mir nie gleich beim Erwachen serviert, dazu eignet er sich nicht. So, nun werde ich aufstehen.« Als Egloff aus seinem Zimmer herauskam, fand er seine Großmutter und Fräulein von Dussa im Wohnzimmer mit Handarbeit beschäftigt. Sie lächelten ihm beide freundlich zu. Jetzt, wo er verlobt war, zeigten die beiden Damen womöglich noch mehr Freundlichkeit und Rücksicht gegen ihn als sonst, aber in der Freundlichkeit lag etwas wie Wehmut, etwas wie Schonung, die man einem erweist, dem man einen Fehltritt verziehen hat. Egloff setzte sich zu den Damen, sprach von der Jagd, von dem Auerhahn, von Doktor Hansius und erzählte, daß Gertrud Port und Liddy Dachhausen beide krank seien. Die Baronin zog die greisen Augenbrauen in die Höhe und meinte: »Die arme Gertrud hat sich da draußen ihr Leben ruiniert und Liddy Dachhausen, mein Gott, in den Familien, man weiß nie, was da für Krankheiten herrschen.«

Egloff lachte. »Solche fremde Völker, meinst du, bringen fremde Krankheiten ins Land.« Die Baronin lachte nicht, sondern sagte ernst: »Fastrade, Gott sei Dank, ist wenigstens gesund.«

»Sie ist doch mehr als nur gesund«, wandte Egloff ein. Die beiden Damen beugten erschrocken ihre Köpfe auf die Handarbeiten nieder, und die Baronin murmelte entschuldigend: »Ich meine nur, Gesundheit ist eine wertvolle Gabe Gottes.« Ein ungemütliches Schweigen entstand, bis Fräulein von Dussa wieder den Kopf erhob, nachdenklich zum Fenster hinaussah, wie sie stets tat, wenn sie etwas Geistreiches bemerken wollte und sagte: »In dieser Baronin Dachhausen ist etwas, das ich nie ganz verstehen kann. Ich will nicht sagen, daß sie ein Buch in fremder Sprache für mich ist, sie ist eher ein Buch, das aus einer fremden Sprache in meine Sprache übersetzt worden ist und in dem doch ein Rest von Unverständlichkeit zurückblieb.«

»Ah, Sie meinen«, versetzte Egloff, »vom Birkmeierschen ins Dachhausensche übersetzt. Aber die kleine Liddy ist doch nicht dazu da, damit man sie studiert, sondern damit man sie ansieht.«

»Allerdings, dieser Anforderung genügt sie«, antwortete Fräulein von Dussa spitz. Dann ging man zum Essen. Bei Tisch wurde von dem Diner gesprochen, das nächstens stattfinden sollte, in letzter Zeit wurde sehr viel von diesem Diner gesprochen, und die Baronin holte ihre Erinnerungen an all die Hofdiners, die sie mitgemacht hatte, heraus und sprach andächtig von Punch glacé, Chevreuil à la providence und Timbale à la Marie Antoinette. Als dieses Thema erschöpft war, kam die Rede auf Hyazinthen, welche in die Fenster gestellt werden sollten, und die Baronin sagte ein wenig feierlich, wie sie das in letzter Zeit öfters tat: »Solange ich hier etwas zu sagen habe, werden hier im Frühjahr immer Hyazinthen in die Fenster gestellt werden. Später, wenn ich meine alten Augen schließe, mögen die anderen tun, was sie wollen.«

Nachmittags beim Kaffee rauchte Egloff still seine Zigarre, der gelbe Nachmittagsonnenschein in den Zimmern, der schwüle Duft des Räucherlämpchens auf dem Kamine hatten von jeher seine Stimmung bedrückt. Die Damen arbeiteten wieder, nur einmal kam es noch zu etwas lebhafterem Gespräch, als die Baronin fragte: »Fährst du nach Paduren?« – »Nein«, erwiderte Egloff, »ich soll ja da hinkommen, um zu zeigen, ob ich mich bewähre, und noch habe ich keine Lust.«

Die Baronin errötete vor Ärger. »Diese Warthes«, sagte sie, »waren von jeher von einer unbegreiflichen Selbstgerechtigkeit. Sie taten immer so, als sei die Tugend ein Vorwerk von Paduren.«

Egloff zuckte die Achseln und schwieg. Endlich beschlossen die Damen noch ein wenig hinauszugehen, und da es so feucht war, wollte die Baronin in der kleinen Wandelhalle im Garten auf und ab gehen. »Du, mein Junge«, sagte sie, »wirst wohl noch ein wenig ruhen. Ich werde dafür sorgen, daß im Hause Stille ist, da kannst du ruhig sein, solange meine alten Augen offen sind, wird immer dafür gesorgt sein, daß während deiner Nachmittagsruhe im Hause Stille herrscht. Schon dein Vater hielt darauf.«

Egloff zog sich in sein Zimmer zurück, legte sich auf sein Sofa, lehnte den Kopf zurück, so, jetzt war nichts mehr übrig als still zu liegen und sich auf den Abend zu freuen. Durch sein Fenster konnte er die kleine Wandelhalle im Garten sehen, dort gingen die Baronin und Fräulein von Dussa in schwarze Mäntel gehüllt, schwarze Schals auf dem Kopfe mit kleinen gleichmäßigen Schritten auf und ab. Seit seiner Jugend kannte er dieses Bild, die beiden schwarzen Gestalten, die im Nachmittagsonnenschein dort auf und ab gingen, und immer hatte es ihm bis zur Traurigkeit uninteressant geschienen. Gut, daß das Leben doch noch andere Dinge als die kleine, sonnige Wandelhalle hatte, dachte er.

Die Sonne war schon untergegangen, als Egloff und Fastrade noch Arm in Arm am Waldrande entlang gingen. Es war windstill, regungslos hoben die Birken und Eichen ihre Zweige mit den geschlossenen Knospen und die Ellern ihre über und über mit Blütentrauben geschmückten Wipfel zum bleichen, glashellen Himmel empor. Unter dem Rasen flüsterten und gurgelten unsichtbare Gewässer, und die Luft war feucht und mild. Fastrade, fest in ihre blaue Frühjahrsjacke geknüpft, den blauen Filzhut auf dem Kopfe, öffnete ein wenig die Lippen, um den Duft der Erde und der Knospen voll einzuatmen. Sie fühlte sich seltsam wohl und zu Hause in dieser Frühjahrswelt. Egloff war heute nervös und gereizt, Fastrade spürte es wohl, aber es machte sie stolz, das Unruhige und Wilde in diesem Manne neben sich so in ihrer Gewalt zu haben.

»Natürlich habe ich an dich gedacht«, sagte Egloff, »in der Nacht dort drunten in der Hütte und zu Hause, wenn ich nicht gerade schlief. Angenehm ist das nicht.« Fastrade lächelte. »O wirklich, ist das nicht angenehm?« fragte sie.

»Wie soll das angenehm sein«, erwiderte Egloff ärgerlich, »früher habe ich mir über meine Nebenmenschen nicht viel den Kopf zerbrochen, jetzt muß ich an einem Mädchen herumrechnen, als gälte es einen Monatsabschluß.«

»Du Armer«, sagte Fastrade bedauernd, »aber bin ich denn ein so schweres Exempel?«

»Ja ja, ich weiß«, höhnte Egloff, »ihr wollt alle klar wie Kristall sein, eine jede hält sich für den berühmten tiefen See, dessen Wasser so klar ist, daß man bis auf seinen Grund sieht. Dabei weiß man von euch gar nichts. Übrigens ist das eine dumme Männerangewohnheit, alles zu Ende denken zu wollen. Ich wollte dich zu Ende denken. Du wirst mir sagen, du hast

auch an mich gedacht, ja, wie ihr Frauen schon denkt. Da sind eine Menge kleiner, lächerlicher Sachen, die da ebenso wichtig sind als unsereiner.«
»Man braucht ja nicht immer aneinander zu denken«, meinte Fastrade, »man fühlt einander. Wenn ich bei Papa sitze und die Memoiren lese oder Ruhke zuhöre oder die Ausgaben und Einnahmen anschreibe, oder wenn ich Tante Arabella helfe den Wäscheschrank ordnen, immer weiß ich, daß du da bist und daß meine Gedanken jeden Augenblick zu dir zurückkehren können.«
»Gut, gut«, sagte Egloff, »das ist so wie eine Schachtel Pralinee im Schreibtisch, man hat das frohe Bewußtsein, jeden Augenblick herangehen zu können, um ein Stück zu nehmen.«
Sie schwiegen eine Weile und hörten einem Star zu, der auf der Spitze einer Tanne saß und mit Flügelschlagen und Pfeifen aufgeregt sein Abendlied beendete. Als Egloff wieder zu sprechen begann, klang es böse und traurig: »Was weiß ich denn von dir!« Fastrade sah zu ihm empor und lächelte: »Was willst du denn wissen?«
»Nun«, erwiderte Egloff, und Fastrade hörte deutlich aus seiner Stimme heraus, daß er grausam sein wollte, »da ist dieser Kandidat, hast du den geliebt?«
Fastrade errötete, sah ihm aber fest in die Augen. »Ja«, erwiderte sie, »so wie ich damals lieben konnte. Ich hatte so tiefes Mitleid mit ihm, er war so einsam, so leicht verwundbar und hilflos, ich wollte bei ihm sein und ihm Gutes tun.«
»Ich erinnere mich seiner«, sagte Egloff leichthin, »er hatte zu kurz geschnittene Nägel und das Haar hing ihm hinten über den Rockkragen. Das haben alle Kandidaten.«
»Dann erinnerst du dich seiner nicht«, ereiferte sich Fastrade, »er war immer sehr gut angezogen.«
»Wie sich eben Kandidaten anziehen«, meinte Egloff, »gleichviel, und du reistest zu ihm.«
»Ich reiste zu ihm«, erwiderte Fastrade und ihre Stimme begann zu zittern, »weil er sterbend war und weil ich versprochen hatte, bei ihm zu sein, wenn er mich braucht. Das kann dich nicht kränken, daß ich ihm mein Versprechen gehalten habe und ihm treu gewesen bin.«
Egloff zuckte die Achseln: »Der Gedanke, daß du einem anderen treu gewesen bist, hat für mich nichts Ansprechendes. Übrigens, du sagst Mitleid. Ist Mitleid und Liebe denn dasselbe?«
»Ich glaube, sie gehören eng zusammen«, erwiderte Fastrade.
»Also hast du für mich auch Mitleid?« forschte Egloff eigensinnig und gereizt weiter.

»Ja«, sagte Fastrade und bemühte sich, ihrer Stimme einen festen tapferen Klang zu geben. »Wenn ich sehe, daß du unruhig und gequält bist, daß alle gegen dich sind, dann habe ich Mitleid mit dir, und dann möchte ich etwas dazu tun, daß es um dich klar wird und hell.«
»O ich verstehe«, meinte Egloff noch immer gereizt und spöttisch, »die ordnungsliebende Dame, die in ein ungeordnetes Zimmer kommt und von der Passion ergriffen wird zu ordnen. Du willst also bessern und erziehen, die Liebe ist bei dir ein pädagogischer Trieb, ein – wie soll ich sagen – ein Gouvernantentrieb. Das ist es, was du willst, nicht wahr?«
Sie waren stehengeblieben, Fastrade hatte Egloffs Arm losgelassen und lehnte sich mit dem Rücken an den Stamm einer Birke. Sie fühlte sich elend und verwundet. »Nichts will ich«, sagte sie matt, »nur daß wir zusammengehören.« Ihre Augen wurden feucht und Tränen rannen an ihren Wangen nieder. Egloff stand vor ihr und betrachtete ernst und bewundernd das weinende Mädchengesicht. Dann nahm er Fastradens Hände: »Unsinn«, sagte er, »da ist nichts zu weinen, man spricht so allerlei, das ist doch nicht wichtig.« Er zog sie an sich und, als er das tränenfeuchte Gesicht küßte, fühlte er, wie der Mädchenkörper in seinen Armen schwer und willenlos wurde.
Über dem Land dämmerte es stark, vom Boden stieg der Nebel auf wie weißer Rauch, und auf der großen Ebene erglommen in den Schlössern schon die Lichtpünktchen. Fastrade wischte sich die Tränen aus den Augen und nahm wieder Egloffs Arm. »Es ist nichts«, sagte sie, »dies Frühlingswetter macht einen schwach.«
»Gott sei Dank«, meinte Egloff, »vom ewigen Starksein hat man auch nicht viel.«
So schlugen sie wieder beruhigt und ein wenig nachdenklich den Heimweg ein.
Als Fastrade nach Hause kam, lief sie in ihrem Zimmer hin und her, ordnete ihre Sachen und begann hell und laut vor sich hin zu singen. Das war sonst nicht ihre Gewohnheit, aber heute tat es ihr wohl. Baronesse Arabella war bei dem Baron, und Ruhke stand vor ihm und berichtete. Ruhke schwieg plötzlich, und alle drei horchten auf. »Sie singt«, sagte die Baronesse. »Das ist neu«, meinte der Baron. Auch Couchon, die bei ihren Karten eingeschlummert war, fuhr auf, neigte den Kopf auf die Schulter und lauschte.

Elftes Kapitel

Fritz von Dachhausen saß am Morgen vor seinem Spiegel und seifte sich das Kinn ein. Grünfeld, der alte Diener, stand hinter ihm und sah aufmerksam zu, wie sein Herr sich rasierte. »Also«, sagte Dachhausen, »was hört man von der Nacht der Frau Baronin?« Grünfeld machte ein trauriges Gesicht, denn er merkte es wohl, daß sein Herr ihn im Spiegel anschaute. »Die Amalie sagt«, erwiderte er, »die Nacht der Frau Baronin ist nicht gut gewesen. In der Nacht hat die Frau Baronin Licht gemacht und Briefe gelesen. Später ist der Schlaf auch nicht gekommen, vielleicht, meint Amalie, daß die Briefe die Frau Baronin aufgeregt haben.« – »Briefe?« fragte Dachhausen. »Ja, Briefe«, bestätigte Grünfeld, »die Amalie hat sie heute morgen noch auf dem Tisch neben dem Bette gesehen.« – »Unsinn«, meinte Dachhausen ärgerlich, »die Frau Baronin hat gar keine Briefe, die sie aufregen könnten.« Da Grünfeld darauf nichts zu antworten wußte, begann Dachhausen sich zu rasieren; da dieses seine ganze Aufmerksamkeit auf sich nahm, gingen ihm die Gedanken nur stoßweise durch den Kopf. Was für Briefe? Die Briefe, die er Liddy als Bräutigam geschrieben? Aber die waren doch gewiß nicht aufregend. Ob er fragte, wie die Briefe ausgesehen haben? Ob es viele waren? Nein, das ging denn doch nicht. Mit dem Rasieren war er fertig und setzte nun seine Toilette fort. Da begannen die Gedanken eifriger zu arbeiten. Diese Nachricht von den Briefen öffnete plötzlich eine ganze Schleuse unangenehmer Gedanken. Immerfort begegneten ihm jetzt solche geheimnisvoll beunruhigenden Dinge. Liddys ganze Krankheit hatte doch etwas Unheimliches und Unerklärliches. Gut, man war nervös, das kam bei Frauen vor, aber ein Hauptsymptom von Liddys Krankheit war, daß sie ihren Mann nicht recht vertragen konnte. Das ging nun schon seit Wochen. Wann fing es denn an? Es war an jenem Abend, als Gertrud Port da war und Liddy den Ohnmachtsanfall bekam. Gertrud hatte die Nachricht von Dietz Egloffs Verlobung mit Fastrade gebracht. Hier hielten die Gedanken an, hier hatten sie in letzter Zeit schon öfters haltgemacht, als fürchteten sie etwas, als wollten sie sich feige um etwas herumdrücken. Dachhausen war jetzt fertig, Grünfeld fuhr ihm noch einmal sanft mit der Bürste über die Kleider, dann gingen sie beide in das Frühstückszimmer hinaus.
Es war ein freundlicher Tag, das Zimmer voller Sonnenschein und Hyazinthenduft. Als Dachhausen sich an den Tisch setzte und sich den Tee servieren ließ, wurde ihm plötzlich ganz unerträglich wehmütig ums Herz. Wie sehr hatte er stets diese Mahlzeit geliebt, wenn Liddy ihm hier gegenüber saß, rosa und fröstelnd vom Morgenbade sich mit dem hüb-

schen vernossenen Gesichtchen über ihre Tasse beugte. Ach Gott, das Leben mit dieser hübschen Frau war bisher so unendlich unterhaltend gewesen, alles an ihr war so raffiniert, so überraschend kapriziös und ergötzlich. Und nun plötzlich war alles gestört. Warum denn? Von wem? Er dachte diesen Gedanken, der alle diese Tage in ihm gelegen, in ihm gearbeitet hatte wie ein Maulwurf, warum fiel sie gerade damals in Ohnmacht, als die Nachricht von Dietzes Verlobung kam? Ist Liddy in Dietz verliebt? Der Tee, den er trank, schmeckte ihm bitter, ihm wurde körperlich elend zumute, war denn das möglich? Er begann in seinen Erinnerungen zurückzugehen und wirklich, es hatten sich in ihm eine ganze Menge kleiner Erinnerungen aufgespeichert, die jetzt hervorkrochen und eine schmerzliche Bedeutung annahmen. Da war ein Abend gewesen, an dem er Liddy und Dietz allein gelassen hatte, weil jemand ihn zu sprechen wünschte. Als er zurückkam, war Liddy seltsam erregt und rot und Egloff hatte sein spöttisches Lächeln. Liddy stand auf und verließ schnell das Zimmer, und dann hatte jemand einmal einen Brief gebracht. »Ah, von Gertrud«, hatte Liddy gesagt. Wenn Dachhausen jetzt an ihr Gesicht und an den Ton ihrer Stimme dachte, dann wußte er, daß sie gelogen hatte. Und anderes noch fiel ihm ein, das er meinte damals nicht beachtet oder vergessen zu haben, aber all das war in ihm dagewesen, er hatte es nur nicht zu Worte kommen lassen. Endlich, warum traf es sich so häufig, daß Dietz Egloff nach Barnewitz kam, wenn er, Dachhausen, nicht zu Hause war? Liddy sagte dann stets: »Er hat sehr bedauert dich verfehlt zu haben, aber ich habe ihn doch zum Abendessen behalten, ich bin so allein.« Dachhausen schlug mit der Faust auf den Tisch, nein, da wollte er nicht weiter denken, das war ja nicht zu ertragen. Er befahl dem Diener, ihn bei der Frau Baronin zu melden, es kam jedoch die Antwort, die Frau Baronin sei müde und wolle versuchen zu schlafen. Gut, Dachhausen beschloß, wie er es jeden Morgen tat, den Rundgang in seiner Wirtschaft zu machen.
Es war ein hübscher Tag, Sonnenschein und blauer Himmel. Diese letzten Wochen des April waren wunderbar, die Birken begannen auszuschlagen und die Fliederbüsche hatten dicke Knospen. Jedesmal wenn Dachhausen am Morgen die Freitreppe hinab in den Hof stieg, hatte er ein angenehmes Herrengefühl, er wußte, sein Erscheinen war hier überall bedeutsam, gefürchtet und entscheidend. Auch heute tat ihm das wohl, ihm wurde leichter ums Herz, schließlich was war denn geschehen? Er ging in die Schmiede hinüber, der Schmied stand am Amboß und hieb auf ein rotglühendes Stück Eisen ein. Sonst, wenn Dachhausen an eine Arbeit herantrat, wußte er sofort, wozu sie war, wohin sie gehörte, ob sie gut

oder schlecht war, er fühlte dann ordentlich mit Behagen, wie der praktische Sinn in ihm schnell und genau funktionierte. Heute nun kamen ihm hier ganz ungewohnte, phantastische Gedanken, es war ihm, als fühlte er den Zorn des Hammers, der auf das rote, wunde Eisen niedersauste. War er denn verrückt?

Schnell verließ er die Schmiede, er ging in den Kuhstall. Es war Futterzeit, von der Deckluke ward das Heu herabgeworfen, die Mägde standen und ließen lächelnd die grünen, duftenden Heumassen auf sich niederregnen, dann faßten sie sie mit den Armen und trugen sie zu den Krippen. Wenn sie an Dachhausen vorüberkamen, warfen sie scheue Blicke auf ihn, denn sie sahen es gleich, der Herr war heute nicht guter Laune. Dachhausen aber stand da, nagte an seiner Unterlippe und dachte an Dietz Egloffs geheimnisvolle Abenteuer, von denen die Leute erzählten, seinen nächtlichen Ritten, und plötzlich stieg in Dachhausen ein Bedürfnis auf, sich über jemand zu ärgern, laut zu schelten und zu schimpfen, er lief im Stall umher und suchte nach einer Unordnung. Einen Augenblick blieb er vor dem Stier stehen, es gefiel ihm zuzusehen, wie das Tier blies, die Augen rollte und wie der ganze mächtige Körper von Bosheit geschwellt schien. Da er hier keine Unordnung fand, ging er in den Pferdestall hinüber. Jürgen, der Stallknecht, striegelte gerade den Schimmel, auch er erkannte auf den ersten Blick, daß der Herr heute in gefährlicher Stimmung war. Dachhausen ging nun von Pferd zu Pferd, musterte ein jedes genau, ja, da hatte er es, der Rappe war am Hinterlaufe aufgerieben, warum war er aufgerieben? Warum war es nicht gemeldet worden? Warum geschah nichts dafür? Es war eine unerhörte Unordnung. Dachhausen begann sehr laut zu sprechen, der Zorn fuhr ihm heiß in die Glieder, er faßte Jürgen am Rockaufschlag und schüttelte ihn, der große, blonde Bursche errötete und sah seinen Herrn verwundert an, Dachhausen aber stampfte mit dem Fuß, er tanzte ordentlich vor Wut. Da zuckten die Lippen des Burschen in einem kaum merklichen Lächeln, Dachhausen schwieg plötzlich, der Bursche lacht mich aus, fuhr es ihm durch den Sinn, er wandte sich kurz um und verließ den Stall. Draußen kam der Inspektor auf ihn zu, aber den mochte er jetzt nicht sprechen, drum schlug er eilig den entgegengesetzten Weg ein. Ziellos irrte er zwischen den Feldern umher, der Roggen war gut eingegrast und der Weizen auch. Wie die Lerchen heute dort oben tobten, er blieb stehen und schaute hinauf, er wollte sie zählen, eins, zwei, drei, vier, aber wozu? Das hatte ja keinen Sinn, alles das hatte keinen Sinn. Es war wohl Zeit, zum Frühstück nach Hause zu gehen, vielleicht würde Liddy am Frühstückstische sitzen wie sonst und ihn anlächeln. Eine starke, kindische Hoffnung ließ ihn eilen, aber, als er in das Speisezimmer

trat, sah er, daß nur ein Gedeck aufgelegt war. Er seufzte. Wie lange war es denn schon, daß er so einsam wie ein Junggeselle seine Mahlzeiten einnahm. Das Frühstück war gut, der Koch hatte da ein Fischgericht au gratin gemacht, das Dachhausen sonst sehr anzuerkennen pflegte. Er verstand es ja so gut, die kleinen Freuden des Lebens zu genießen, aber wenn man mit Sorgen allein bei Tische sitzt, dann wird einem die beste Speise vergällt. Mein Gott, warum wurde denn gerade sein Glück gestört, er verlangte ja vom Leben nichts, als daß es korrekt und heiter sei. Er hatte stets seine Pflicht getan, früher im Regiment und jetzt als Gutsbesitzer. Selbst der Alte von der Warthe hatte seine Landwirtschaft gelobt. Er war kein Spieler wie Dietz und war seiner Frau nicht untreu wie der Graf Bützow, warum mußte nun etwas Rätselhaftes kommen und gerade ihm das Liebste, das er hatte, seine Ehe, stören. Er verstand das nicht.
Gleich nach dem Frühstück ging er zu Liddy hinüber. Er trat in das Zimmer ein, ohne anzuklopfen, er wollte sich nicht wieder abweisen lassen. Lydia lag auf der Couchette in ihrem hellrosa Morgenrock, das Haar hing in zwei langen schwarzen Zöpfen über die Schultern hinüber, das Gesicht war sehr weiß, sie regte sich nicht, als Dachhausen eintrat und schaute mit den blanken Augen unverwandt zur Decke auf. »Liddy«, rief er im zärtlichsten Ton, den er aufbringen konnte, »wieder eine schlechte Nacht, was tun wir wohl, diese verdammten Nerven!« Er beugte sich über sie und küßte das regungslose Gesicht. »Wie fühlst du dich jetzt?«
»Müde«, erwiderte Lydia, ohne ihn anzusehen. Er zog einen Stuhl heran und nahm ihre Hand, die schlaff in der seinen lag. »Ja, ja«, fuhr er fort, »das ist dieses Frühlingswetter, es sieht hübsch aus, aber es ist giftig. Alle spüren das.«
Lydia antwortete nicht, da wurde auch Dachhausen befangen. Was sollte er mit dieser Frau beginnen, die tat, als sei er gar nicht da? Er fing an etwas zu erzählen: »Ich war gestern in Witzow, die arme Gertrud ist auch leidend. Nun, und die beiden Alten, die brummen so herum in gewohnter Weise. Die Baronin regte sich darüber auf, daß Dietz und Fastrade jeden Abend lange Spaziergänge im Walde machen, sie meinte, das muß wohl eine amerikanische Sitte sein. Aber der Alte sagte: ob es amerikanisch ist, weiß ich nicht, aber unschicklich ist es.«
Ein wenig Röte stieg in Lydias Wangen, und sie sprach feierlich zur Decke hinauf: »Ich finde es auch unschicklich.«
»Unschicklich, wieso?« entgegnete Dachhausen. »In unseren Zeiten denkt man darüber doch freier.« Jetzt sah Lydia ihn an und zwar ziemlich böse. »Du hast mir ja immer gepredigt«, sagte sie, »daß man sich den Sitten und Gesetzen der Gesellschaft, in der man lebt, fügen soll, warum können

denn die beiden tun, was sie wollen?« Dann zog sie die Augenbrauen hoch und wandte das Gesicht ab: »Ach Gott, es ist ja auch so gleichgültig, was diese beiden tun, amüsieren wird sich der gute Egloff auf diesen Spaziergängen mit der langweiligen Fastrade nicht.«
»Wieso, langweilig?« protestierte Dachhausen. »Fastrade ist doch ein edles und interessantes Mädchen.«
»Vielleicht wegen dieser kitschigen Verlobung mit dem Hauslehrer«, höhnte Lydia. »Warum hast du denn nicht sie geheiratet, wenn sie edel und interessant ist? Ich bin weder edel noch interessant.«
Da wurde Dachhausen wieder zärtlich, er streichelte die kleine, schlaffe Hand, die in der seinen lag und sagte mit der Stimme, die vor Erregung bebte: »Weil ich dich geheiratet habe, weil du für mich die Edelste und Interessanteste bist. Sieh, Liddy, es kommt mir vor, als ob in der letzten Zeit wir einander nicht recht nahe gewesen sind, es ist mir so, als ob dich etwas drückt, das du mir verschweigst. Sprich dich aus, erstens, dazu ist man ja verheiratet, daß man alles teilt, und dann, es ist auch lächerlich, wie das, was einem Sorge macht, vollständig verschwindet, wenn man es ausspricht.«
Lydia sah wieder zur Decke empor, und es klang müde und schläfrig, als sie antwortete: »Ich verstehe dich nicht, ich habe nichts auszusprechen, nichts zu sagen. Ich glaube, wir beide haben uns in letzter Zeit überhaupt wenig zu sagen.« Sie schloß die Augen. »Ich denke, ich versuche ein wenig zu schlafen«, sagte sie.
Dachhausen war blaß geworden, er erhob sich schnell und ging, ohne ein Wort zu sagen, aus dem Zimmer.
Drüben in seinem Zimmer setzte er sich auf einen Sessel, lehnte den Kopf zurück und schloß die Augen. Nun war es klar, mit seiner Ehe stand es übel, aber wissen wollte er, was sein Glück zerstörte. Er war es müde, kleine Ereignisse aus seiner Erinnerung hervorzuholen, er wollte etwas haben, er wollte jemanden haben, an den er sich halten konnte. So saß er lange kummervoll sinnend da. Endlich klingelte er und bestellte einzuspannen, die Jagddroschke und die Schimmel, er wollte nach Grobin, ins Städtchen, fahren, dort wohnten seine Mutter und seine Schwester Adine. Als Dachhausen heiratete, waren die beiden Damen mit den alten Möbeln und den alten Dienstboten in das Städtchen gezogen, um der neuen Schloßherrin, den modernen Möbeln und neuen Dienstboten Platz zu machen. Für Dachhausen war das Haus in der Stadt ein Stück des alten Barnewitz seiner Jugend. Hier wehte die milde, verwöhnende Luft, die ihn von Kindheit auf umgeben hatte, dorthin fuhr er gern, wenn er verstimmt war und sich trösten lassen wollte. Lydia liebte es nicht, ihre Schwieger-

mutter zu besuchen, »sie sind dort sehr freundlich«, sagte sie, »aber es ist eine Freundlichkeit, die einem den Atem bedrückt.« Frau von Dachhausen und Adine ihrerseits bewunderten Lydia. »Deine Lydia«, wiederholten sie immer wieder, »ist ja so hübsch und so elegant«, allein sie blieb ihnen fremd, sie war für sie ein schönes Instrument, auf dem sie nicht zu spielen verstanden.

Die Fahrt durch den Frühlingsnachmittag war hübsch, die Birken standen grellgrün am Waldesrande, weiter unter den Tannen fanden sich große Gesellschaften weißer Anemonen zusammen und zitterten im Winde, der Wegrain war mit kleinen gelben Blumen bedeckt, Kinder trieben Schafe auf die Weide, lagen auf den Abhängen auf dem Bauch und sangen. Dachhausen, der sonst immer gern mit dabei war, wo es fröhlich zuging, konnte heute mit der Heiterkeit, die über dem Lande lag, nicht mit, sie machte ihn traurig und schwach. Ein Vers ging ihm durch den Sinn, den die alte Marri, seine Wärterin, ihm vorgesungen hatte, als er noch ein ganz kleiner Knabe war, und er mußte ihn beständig vor sich hinsummen:

»Weißt du, was die Blume spricht?
Armes Fritzchen, weine nicht.
Sonnenschein lacht dir ins Gesicht,
Armes Fritzchen, weine nicht.«

Auch im Städtchen sah es frühlingsmäßig aus, die Mädchen trugen helle Blusen, lange Reihen von Gymnasiasten spazierten Arm in Arm durch die Straßen. Kommis standen in den offenen Türen der Läden und ließen die bleichen Gesichter vom Frühlingswinde anwehen. Im Hause seiner Mutter wurde er von einem kleinen listig aussehenden Dienstmädchen empfangen, er kannte das, seine Mutter nahm stets solche Mädchen zu sich, um sie zu erziehen und zu bessern, und die gerieten meist nicht sonderlich. Dann kam Adine, Ende der Dreißig, klein und stark, das Gesicht mußte früher fein und hübsch gewesen sein, jetzt war es in die Breite gegangen und die Züge verloren sich in ihm, aber die blauen Dachhausenschen Augen belebten es freundlich. Adine verbreitete um sich eine wohltuende Atmosphäre von Behäbigkeit und Herzlichkeit. In der Sofaecke saß Frau von Dachhausen, klein und gebrechlich wie eine Motte, das Gesicht unter den weißen Spitzen der Haube, noch immer weiß und rosa, war ganz zusammengeschrumpft, aber die Falten standen ihm gut, es waren lauter horizontale Falten der Freundlichkeit.

»Ach Fritzchen, setz' dich her«, sagte sie und die Augen wurden ihr feucht; jedesmal, wenn sie ihren Sohn wiedersah, wurden ihr die Augen feucht, und Fritzchen saß nun da in dem altbekannten Lehnsessel, die Sonne schien durch die Goldlackbüsche im Fenster auf das blanke Parkett mit dem roten Läufer. Adine ging ab und zu und richtete den Kaffeetisch her, brachte die großen weichen Bretzeln, die auch von Barnewitz hier in die Stadt übergesiedelt waren. Dachhausen begann es schon wohler zu werden, er fing an sich anzuklagen, sprach von Liddys Krankheit, von seiner Einsamkeit, und die aufmerksame Teilnahme, mit der seine Mutter und seine Schwester ihm zuhörten, machte ihn ganz weich. Hier waren zwei, die unbedingt für ihn Partei nahmen, die von jeher jedes Mißgeschick, das ihn traf, als eine Ungerechtigkeit des Schicksals betrachteten, hier brauchte er nicht männlich zu sein, hier konnte er sich nach Herzenslust bedauern lassen. Der Kaffee kam, Adine und Frau von Dachhausen fingen nun an, die kleinen Stadtgeschichten zu erzählen, fingen an in ihrer milden und gemütlichen Art zu klatschen, der Abendsonnenschein lag schon ganz rot auf den Wänden, als Dachhausen noch immer dort saß, er wußte, es war Zeit heimzukehren, aber er konnte sich nicht dazu entschließen, zu Hause erwartete ihn die Einsamkeit und all das Feindliche, von dem er sich jetzt umstellt fühlte.

Zwölftes Kapitel

Der Mond stand schon hoch am Himmel, als Egloff und Fastrade noch zusammen die Waldwege entlang gingen. Der Wind trieb kleine Wolken am Monde vorüber und über den Mond hin, auch dem Walde ließ der Wind keine Ruhe, er fuhr in die Bäume, bog sie hin und her, und die Krähen, die in den Wipfeln schlafen wollten, schlugen immer wieder laut mit den Flügeln. Dazu waren die Windstöße ganz voll von betäubendem Duft der jungen Birkenblätter.

»Der Wald ist heute betrunken«, sagte Egloff. – »Ach ja«, meinte Fastrade, »alles schwankt, als ob wir auf einem Schiffe spazieren gehen und denken, daß das Padurensche Fräulein mit dem wilden Egloff noch um diese Zeit in einem betrunkenen Walde spazieren geht, was werden die Schlösser sagen!«

»Was die Schlösser sagen, ist unwichtig«, erwiderte Egloff, »das einzig Wichtige bist du.«

»Warum bin ich so wichtig?« fragte Fastrade. Egloff schwieg einen Augenblick, um einen lauten Windstoß ausreden zu lassen, dann begann er sinnend: »Ich ging einmal um die Mittagzeit in Venedig durch die kleinen Straßen; du weißt, gerade um diese Zeit gleichen diese Straßen

mehr denn je Korridoren eines Armeleutehauses; die Leute sitzen da herum und essen; es riecht nach Zwiebeln und Fischen, Wirte stehen in den Haustüren und rufen: ›La minestra è pronta!‹ Kleine Jungen hocken in dämmerigen Torwegen und halten goldgelbe Polentaschnitten – nun ja, und da kam ich an einen Platz, ich weiß nicht, wie er heißt, von der einen Seite steht ein einzelner gotischer Turm, ganz mit Schnörkelwerk bedeckt, als hätte er Großmutters Spitzenmantille umgenommen. Ein kleines Wirtshaus ist dort auch, vor das ich mich hinsetzte. Über den ganzen Platz aber waren Leinen gezogen, auf denen Wäsche hing, Bettücher und Hemden, grell weiß in der Mittagsonne, und im Winde flatternd. Venezianische Mädchen kamen ganz schlank in ihren schwarzen Tüchern, schöne, bleiche, verhungerte Gesichter mit großen Augen, und sie hoben die Arme auf und bogen die Köpfe mit dem schweren, dunklen Haar zurück, standen da in all dem Weiß und hingen noch mehr Wäsche auf die Leine. Das gefiel mir. An meinem Tisch saß ein kleiner, alter Mann mit einem spitzen, grauen Bart, offenbar ein Deutscher, vielleicht ein Professor, denn er hatte langes, graues Haar, das haben die Germanisten auch oft. Er sah mich böse an und sagte in einem gereizten Tone, als hätten wir uns die ganze Zeit gestritten: ›Da laufen Sie in Venedig herum und gaffen und bewundern lauter Kitsch. Ich komme hierher, denn dieses hier ist wichtig.‹ In dem Augenblicke leuchtete mir das ein.«
»Warum war das so wichtig?« fragte Fastrade.
Egloff lachte: »Ja, das weiß ich nicht, ebensowenig wie ich es weiß, warum du mir so wichtig bist. Aber sieh, eigentlich ist das ein Zeichen von der Unberührtheit meiner Seele. Dir war schon mit vierzehn Jahren jeder Held eines englischen Romans wichtig, ihr alle zehrt ja von Jugend auf von eurer Seele, ich habe meine Seele gar nicht in Gebrauch genommen, ich habe bisher ohne Seele gelebt und für dich ziehe ich nun diese ungebrauchte, funkelnagelneue Seele heraus, ich schneide sozusagen für dich erst meine Seele an. Das will doch etwas heißen, wenn es auch nicht bequem ist.«
»Ach ja, Lieber, tue das«, sagte Fastrade.
Jetzt gingen sie unter großen, alten Tannen hin, in denen das Mondlicht nur hie und da wie silberne Funken sprühte; auf einer kleinen Lichtung aber hell beschienen stand die Auerhahnhütte. »Die wollte ich dir zeigen«, sagte Egloff, »hier habe ich meine besten Stunden verbracht.« Er öffnete die Tür, der Raum war voller Mondlicht und großer schwankender Schatten der Tannenzweige. Er zog Fastrade auf das Ruhebett nieder, »hier habe ich dich immer am deutlichsten gesehen, wenn du nicht da warst, hier habe ich dich am deutlichsten gefühlt, in jedem Nerv habe ich

dich gespürt, es ist, als ob du hier wohntest. Scheint es dir nicht, als ob dir hier alles bekannt sei, daß du hier schon oft gewesen bist?«
»Ja«, sagte Fastrade sinnend, »im Traume, glaube ich, habe ich dieses kleine Zimmer gesehen, ganz gelb von Mondlicht.«
»Du mußt es kennen«, meinte Egloff und drückte sie an sich und begann langsam ihre Augen und ihren Mund zu küssen; er beugte sie zurück, seine Hände faßten sie, daß es ihr weh tat, ein Knopf ihrer Jacke sprang klirrend zu Boden. Fastrade richtete sich auf, erhob sich von ihrem Sitz, machte einige Schritte, dann lehnte sie sich gegen die Tür, breitete die Arme aus und stützte die Handflächen gegen die Bretterwand, als wollte sie jemand den Eintritt verwehren. »O nein«, sagte sie schwer aufatmend. Egloff saß noch auf dem Ruhebette, ganz in den Schatten zurückgebogen. »Nein«, wiederholte er leise und zischend, »natürlich, ihr seid die Reinen, die Unnahbaren, die Heiligen, nur daß ihr die Liebe dadurch zu etwas verdammt Lächerlichem und Verlogenem macht.«
»Nein, nein«, sagte Fastrade wieder, und das Schwingen in ihrer Stimme zeigte, wie stark ihr Herz schlug. »Ich bin nicht unnahbar, ich bin nicht heilig, aber, wenn ich dir helfen soll, wenn ich neben dir stehen soll, dann – dann darfst du mich nicht behandeln wie die anderen.«
Aber aus der dunklen Ecke klang es leise und böse zurück: »Ich will nicht, daß du mir hilfst, ich will, daß du mich liebst.«
»Ich will helfen«, erwiderte Fastrade laut und klar, »gerade das will ich, das ist meine Art zu lieben.«
Beide schwiegen. Egloff schaute zu Fastrade hinüber, wie sie an der Tür lehnte mit ausgebreiteten Armen, hell vom Monde beschienen, das blonde Haar hing ihr ungeordnet in die Stirne, eine flimmernde Haarsträhne fiel über die kindliche Rundung der Wangen, die Augen glitzerten, die Lippen waren ein wenig geöffnet, ja Egloff sah es deutlich, sie lächelten ein seltsam erregtes, triumphierendes Lächeln.
Endlich trat sie von der Tür fort an Egloff heran, legte die Hand auf seine Schulter und sagte freundlich und mitleidig: »Komm, gehen wir, deine Auerhahnhütte gefällt mir nicht mehr. Sitze nicht so da.«
Egloff lachte kurz auf. »Oh, du brauchst mir nicht zu sagen«, meinte er, »wie ich dasitze, das weiß ich wohl, also gehen wir.«
Sie traten wieder hinaus, draußen empfing sie das gewaltsame Wehen und Duften, sie mußten ordentlich gegen den Wind ankämpfen. »Halte mich, halte mich«, rief Fastrade und lachte hell in das große Rauschen hinein.
Es war spät geworden, als Fastrade nach Hause kam. Sie beeilte sich zu ihrem Vater hinüber zu gehen, der sie schon erwarten mußte; aber als sie

den dunklen Saal durchschritt, war es, als versagten ihr plötzlich die Kräfte, eine große Mattigkeit ergriff sie und ihre Knie zitterten. Sie mußte sich auf einen Sessel niederlassen. Vom Zimmer ihres Vaters her hörte sie die Stimme der Tante Arabella, welche St. Simons Memoiren vorlas, auf der anderen Seite sang Couchons zitternde Stimme ihr: »Ah répondit Collette, osez, osez toujours.«
Vor den Fenstern jauchzte der Frühlingswind. Fastrade schlug die Hände vor das Gesicht und weinte, nicht aus Schmerz, es war nur ein unendlich wohltuendes Sichlösen der großen Spannung ihrer Seele.

Dreizehntes Kapitel

In Sirow fand das große Souper statt. Die Baronin ging durch die Zimmer, um einen letzten Blick auf die Veranstaltungen zu werfen. Langsam zog sie ihre Atlasschleppe über das Parkett, vor einem Spiegel blieb sie stehen und rückte die Diamantbrosche zurecht, ein Geschenk der hochseligen Großherzogin. Dann setzte sie sich auf ihren Sessel und erwartete die Gäste. Die Kerzen in den Kronleuchtern brannten alle, obgleich draußen der Maiabend noch hell über dem Garten war. Die Glastüren zur Veranda standen offen, und der Duft des Flieders drang herein, der wie eine Mauer aus weißem und hellblauem Gewölke den Garten einhegte.
Die Baronesse Arabella und Fastrade waren die ersten, die anlangten. »Mein liebes Kind, du siehst gut aus«, sagte die Baronin zu Fastrade mit dem milden Ernst, den sie im Umgang mit ihrer künftigen Schwiegertochter anzuwenden liebte, aber heute ruhten ihre Augen doch mit Wohlgefallen auf dem aufrechten, blonden Mädchen, über dessen rundem Gesicht, über dessen Schultern und Armen ein so wundersam warmer Jugendglanz lag. Fastrade trug ein weißes Spitzenkleid und einen Veilchenstrauß an der Brust. »Komm, meine Tochter«, fuhr die Baronin fort, »setze dich zu mir, bis die anderen kommen, können wir uns ein wenig genießen«, und sie begann genau zu beschreiben, wie sie solche großen Gesellschaften zu organisieren pflegte, wie sie alles im voraus genau bestimmte, so daß das Uhrwerk später tadellos von selbst funktionierte. Eine Unterrichtsstunde, dachte Fastrade und schob ein wenig die Unterlippe vor. Nun kamen auch die anderen Gäste, zuerst die von Teschens aus Rollow mit drei Töchtern, in Rosa, Blau und Lila. Die Fräulein von Teschen waren immer in Rosa, Blau und Lila, in Rollow hatte man zehn Kinder, mußte mit dem Gelde sparen und ging nur wenig in Gesellschaft. Wenn aber die drei Mädchen mit den kleinen braunen

Augen in den unregelmäßigen, erwartungsvollen Gesichtern einmal ausgeführt wurden, dann warfen sie sich mit Heißhunger auf alles, was wie Unterhaltung aussah. Die Gräfin Bützow zog ein in rotem Samt, stattlich und streng, gefolgt von ihrem kleinen, blonden Gemahl, der in seinem breiten rosa Gesicht ein großes Monokel trug. Die Ports kamen, die Baronin in stahlblauen Atlas gekleidet wie in eine weitläufige Rüstung. Gertrud trug ein weißes Kleid mit griechischen Ärmeln, sie hatte ihrem hageren, spitzen Gesichtchen ein wenig Rot aufgelegt und ihre fieberblanken Augen vorsichtig mit dem Stifte unterstrichen. »Sehen Sie doch unsere Gertrud«, sagte die Gräfin Bützow zu Frau von Teschen, »wenn die Mädchen auch nur etwas mit dem Theater in Berührung kommen, gleich hängt ihnen etwas Komödiantenhaftes an.« Frau von Teschen seufzte: »Ach ja, das Theater ist eine ansteckende Krankheit. Ich habe sechs Töchter, aber wenn Gott mir noch sechs Töchter mehr gegeben hätte, keine sollte mir aus dem Hause, ehe sie heiratet.«

Der Saal füllte sich, da waren auch die Herren aus der Stadt, der schöne Leutnant von Klette, der Referendar und Doktor Hansius. Es wurde Tee herumgereicht, man stand beieinander und unterhielt sich ein wenig zerstreut, weil ein jeder nach der Tür sah, um die Neuankommenden zu betrachten. Mit einem Schweigen der Bewunderung wurde Lydia von Dachhausen empfangen, sie trug ein schwarzes Samtkleid, an der Brust einen großen Strauß pfirsichfarbener Rosen Gloire de Dijon; ihr schönes Gesicht, ihre Schultern, ihre Arme waren alabasterweiß, und die Augen hatten den intensiven Glanz der Edelsteinaugen einer griechischen Marmorgöttin. »Das muß man sagen«, flüsterte der Referendar dem Doktor Hansius zu, »diese Baronin von Dachhausen, die ist Großstadt, die ist Grandmonde.«

»Und schlechte Nerven«, brummte der Doktor.

Durch das Gesumme der Stimmen im Saal klang deutlich und klar die Stimme der Baronin Egloff, sie sprach mit der Gräfin Bützow von den Hofsitten einst und jetzt, sie fand, daß die Hofsitten jetzt an Würde, ja geradezu an Würde verloren hätten. Früher, wenn die hochselige Kaiserin von Rußland in einen Saal trat, dann ging eine Hoheit von ihr aus, daß es einem kalt über den Rücken lief. Auf der anderen Seite des Saales aber wurde laut gelacht. Dachhausen hatte sich zu den Fräuleins von Teschen gesetzt und machte sie lachen, indem er selbst beständig lachte. Der Arme zwang sich heute zu einer gewaltsamen Heiterkeit, er wollte nicht, daß die Leute es merkten, wie elend ihm zumute war. Das rosa Fräulein von Teschen jedoch sprang plötzlich auf und rief: »Da steht ja der Leutnant von Klette, ich will gehen mit ihm flirten, ich flirte so furchtbar gern und habe so selten Gelegenheit.« Sie ging zum Leutnant hinüber und stellte sich vor ihm auf. Zuweilen ging eine der Damen auf die Veranda hinaus; der Abend war milde, aber es lief doch ein Schauer über die nackten Schultern. »Wie schön, wie wunderschön«, sagte sie dann und ließ die Worte gefühlvoll klingen; die Ruhe der Abenddämmerung, die feierlich über den Tulpen- und Narzissenbeeten lag, ergriff sie.

Ein fremder Herr fiel in der Gesellschaft besonders auf, ein russischer Gardeoberst, der Graf Schutow, der seit einigen Tagen Egloffs Gast war, eine große, schwere Gestalt, Haar und Backenbart leicht ergraut, das regelmäßige Gesicht bleich und schlaff, die schweren Augenlider mit den langen Wimpern, die sich nur selten hoben, verdeckten graue, sentimentale Augen. Der Graf bewegte sich mit einer trägen Sicherheit, begrüßte und ließ sich vorstellen und musterte dabei ruhig und genau die Reihen der Damen. Er liebte es nicht zu stehen, wenn er aber saß, saß er gern neben der schönsten Frau der Gesellschaft. So ging er auch auf Lydia zu und nahm neben ihr Platz. Leicht zur Seite gebogen stützte er sich auf die Armlehne des Stuhles, um dem schönen Arme näher zu sein, und begann mit seiner singenden Stimme die Unterhaltung: »Ich freue mich sehr, hier einmal die Damen der Gegend kennenzulernen. Damen überhaupt sind ja für jeden wichtig, aber wir Russen, wir wären ohne Damen verloren.«

»Wieso?« fragte Lydia und verschanzte sich hinter ihren Federfächer vor den grauen Augen, die sie mit unheimlicher Gründlichkeit betrachteten.

»Ja, sehen Sie«, fuhr der Graf fort, »Rußland ist furchtbar groß, zuviel Raum, ehe man es sich versieht, ist man allein. Man reist Tage und Tage, immer allein. Man ist auf seinem Gut, die anderen Güter sind ganz weit. Man geht auf die Jagd, nur die Steppe, und kein Mensch. In der Nacht schläft man auf einem der großen Heuhaufen, um einen alles ganz weit und still, über einem der Himmel – nun ja, da fühlt man sich selbst so weit und leer wie eine große, große Blase. Da sind nun die Damen nötig, die machen es wieder um einen eng und warm.«

»Das muß schön sein bei Nacht auf den Heuhaufen«, äußerte Lydia.

»Ach ja«, meinte der Graf, »nur zu starker Duft, man wacht am Morgen mit Kopfschmerzen auf, als ob man die ganze Nacht getrunken hätte.«

Gertrud Port flatterte jetzt heran, sie wollte auch teilhaben an dem interessanten Fremden. »Nicht wahr, Herr Graf«, fragte sie, »man ist in Rußland sehr musikalisch?«

»O ja«, erwiderte der Graf und ließ seine Blicke einen Augenblick zerstreut auf Gertruds spitzem Gesichtchen ruhen, »wir singen viel, singen geht langsamer als sprechen, aber wir haben soviel Zeit.« Als aber Lydia sich mit einer Frage an Gertrud wandte, entschuldigte sich der Graf, stand auf und ging zu Egloff und dem Grafen Bützow hinüber, die beieinander standen. »Meine Herren«, sagte er, »bis zum Souper ist wohl noch Zeit, Ihre Gäste sind versorgt, Baron, wie wäre es mit einem kleinen Preferencechen?«

»Sie haben Eile, Graf«, bemerkte Egloff. »Ach was, Eile«, meinte der Graf, »ich habe nur bemerkt, daß es nichts Besseres für den Appetit gibt, als ein paar Runden Preference kurz vor dem Essen.« Sie gingen in das Spielzimmer hinüber, mit einem wohligen Seufzer setzte der Graf sich an den Kartentisch, breitete mit seiner fetten, beringten Hand die Karten aus, damit die Plätze gezogen würden, und meinte: »Hier ist man zu Hause.« Egloff mischte nervös ein Kartenspiel, er war schlechter Laune. Während der Graf sein Gast war, hatte er seit längerer Zeit wieder viel und hoch gespielt, und es ärgerte ihn zu bemerken, daß das Spiel ihn stärker erregte, ihm mehr auf die Nerven ging als früher. Der Baron Port und Doktor Hansius, die sich in das Spielzimmer zurückgezogen hatten, um zu rauchen, traten heran und schauten gespannt und mißbilligend dem Spiele zu.

Endlich war es Zeit, zum Souper zu gehen. Die Baronin Egloff nahm den Arm des Baron Port, und in feierlichem Zuge begab man sich in den Speisesaal. Das rosa Fräulein von Teschen schauerte wohlig in sich zusammen, als es die Serviette auseinanderfaltete. »Sie finden es wahrscheinlich unpoetisch und materiell«, sagte sie zu ihrem Nachbarn, dem Leutnant von Klette, »wenn ein junges Mädchen sich so stark auf das Essen freut, aber das Essen hier in Sirow ist immer so herrlich.« – »Durchaus nicht«, erwiderte der Leutnant, »ich liebe es, wenn ich die Gefühle der Damen verstehen kann, und dieses verstehe ich.«

Am anderen Ende des Tisches klang wieder Dachhausens herzliches Lachen herüber, der mit dem lila Fräulein von Teschen scherzte. »Ihr Gemahl«, sagte Graf Schutow zu Lydia, »hat ein so angenehmes Lachen, ich höre so gern lachen.«

»Ja«, sagte Lydia und zog die Augenbrauen ein wenig empor, »er ist eine heitere Natur.« Aber Adine von Dachhausen, die gegenübersaß, rief den Grafen mit ihrer lauten, heiteren Stimme an: »Lachen Sie selbst gern, Herr Graf?«

»Ich lache zuweilen ganz gern«, erwiderte der Graf zerstreut, »aber ich höre lieber, wenn andere lachen, dann habe ich das Vergnügen und keine Mühe. Wie meinen Sie?« wandte er sich an den Diener, der ihm eine Schüssel reichte. »Ah! Spielhahnpastete«, und er wandte seine ganze Aufmerksamkeit der Pastete zu. Egloff hatte ziemlich einsilbig und mißmutig der Gräfin Bützow zugehört, die über das Befreiende, ja geradezu Morali-

sche in Mozarts Musik sprach. In einer Pause flüsterte Fastrade ihm zu: »Bist du unglücklich?« – »Ich bin wütend«, erwiderte Egloff leise. »Wozu diese Anhäufung gleichgültiger Menschen und Speisen? Am liebsten würde ich jedem mit einer Grobheit antworten, würde sagen: O ja, gewiß, Esel, oder: Sie haben ja ganz recht, dumme Pute.« – »Still«, sagte Fastrade und legte den Finger auf die Lippen. Egloff beugte sich wieder auf seinen Teller nieder. Der eigentliche Grund, daß er sich unglücklich fühlte, war das Bewußtsein, daß er alle diese Menschen und die lange Mahlzeit nur deshalb verfluchte, weil er ungeduldig war, wieder im Spielzimmer zu sitzen und das Spiel fortzusetzen, und das fand er primitiv und gewöhnlich.
Jetzt erhob sich der Baron Port zu einer Rede, er sprach lange und ernst, sprach davon, daß es ein Segen sei, wenn die alteingesessenen Familien sich miteinander verbinden, das sei das Bollwerk gegen die neuen, zerstörenden Ideen, alte bewährte Traditionen werden auf junge Schultern gelegt, werden gestärkt und zu neuer Blüte gebracht. Die Baronin Egloff weinte, die anderen hörten mit zerstreuter Andacht zu, als säßen sie in der Kirche bei einer zu langen Predigt. Um so lauter wurde »Hoch« gerufen, als die Rede zu Ende war.
Die Mahlzeit ging ihrem Schluß entgegen; erhitzt lehnten sich die Gäste in ihre Stühle zurück, und die Unterhaltung floß nur träge. »Das ist der Fehler der guten Sirowschen Soupers«, sagte der Referendar zu Adine von Dachhausen, »daß es hier zuviel zu essen gibt. Ich habe das Gefühl als seien die Speisen in der Übermacht.« – »Oh, ich lasse mich nicht so leicht einschüchtern«, erwiderte Adine resolut. Doch war es allen willkommen, daß die Baronin Egloff die Tafel aufhob; die Herren setzten die Damen im Saale ab und eilten in das Rauchzimmer. Die Damen saßen beieinander und fächelten sich mit den großen Federfächern Luft zu.
Egloff ging auf die Veranda hinaus, er lehnte sich über das Eisengitter und schaute in den dunklen Garten hinein. Stille und Dunkelheit, das war es, was ihm jetzt nottat und dann hoffte er, Fastrade würde herauskommen und in der Dämmerung der Maiennacht vor ihm stehen, aufrecht und weiß wie die Narzissen unten auf den Beeten. Das Rascheln einer Frauenschleppe ließ ihn auffahren. Es war Lydia. Sie blieb vor ihm stehen, ein Lichtstrahl vom Saal her traf ihre Schultern und ihr Gesicht, in dem die Augen seltsam schwarz schienen. Sie begann leise und klagend zu sprechen: »Und ich, was wird aus mir?« Sie legte dabei die Hand auf die Brust, mitten in die Rosen hinein, eine Rose löste sich ab und fiel zu Boden. Egloff bückte sich und hob sie auf. »Ich denke«, sagte er langsam, indem er die Rose vorsichtig entblätterte, »ich denke, wir kehren zu unserer Pflicht zurück.«

»Pflicht«, wiederholte Lydia, »wenn man, wie wir, gelogen und betrogen hat, dann gibt es nur Pflichten, die wir gegeneinander haben. Es gibt doch so etwas wie Treue von Spießgesellen.«
»Sie sind geistreich, gnädige Frau«, bemerkte Egloff. – »Du wunderst dich darüber«, entgegnete Lydia, und Egloff wußte nicht, war es ein Lachen oder ein Schluchzen, das ihre Stimme zittern ließ, »du wunderst dich darüber, aber wenn wir in großer Not sind, dann werden wir alles, sieh, Dietz, es kann nicht aus sein. Ich habe mein ganzes Leben in dieses eine Erlebnis hineingelegt, ich habe sonst nichts.«
»Ich glaube, gnädige Frau«, bemerkte Egloff, »Sie überschätzen dieses Erlebnis.«
»Wie soll ich das?« klagte Lydia. »Ich will ja weiter lügen und betrügen, aber aus darf es nicht sein. Ich habe ja nichts, nichts als deine Liebe.« Egloff schwieg und sah diese Frau an, wie sie vor ihm stand, wie aus dem Dunkel des Samtes und der Dämmerung ihre blasse Nacktheit hervorleuchtete, diese Frau, die mit ihrer leidenschaftlichen Klage sich an ihn klammerte, sich ihm bedingungslos hingab, das ergriff ihn. Aber es klang dennoch sehr kühl und ruhig, als er sagte: »Ich glaube, gnädige Frau, Sie überschätzen auch diese Liebe.« Lydia beugte den Kopf, beugte ihn auf die Rosen an ihrer Brust nieder, und Egloff sah, wie die kleinen, spitzen Zähne sich in eine Rose eingruben wie in eine Frucht.
Im Saale hatte sich der Baron Port zu Fastrade gesetzt, er wollte von ihr erfahren, ob ihr Vater und Ruhke dieses Jahr mit der Gründüngung ernst machen würden. Fastrade gab nur zerstreute Auskunft. Durch die offene Verandatür sah sie ein Stück von Lydias Samtschleppe und dieses nahm ihre Aufmerksamkeit seltsam stark in Anspruch. Und da war noch einer im Saal, der diese Schleppe nicht aus den Augen ließ: Dachhausen. Er hatte Lydia auf die Veranda folgen wollen, aber die Gräfin Bützow hielt ihn auf, sie wünschte seine Ansicht über die Pferde, die sie sich neulich gekauft hatte, zu hören, und der Arme stand da und sprach über Pferde, er wußte selbst nicht, was, und starrte in großer Erregung die Schleppe dort auf der Veranda an. Endlich gab die Gräfin ihn frei, da eilte er hinaus. »Ihr genießt hier die Abendluft«, sagte er in möglichst natürlichem Tone. Lydia erwiderte nichts, wandte sich um und ging in den Saal zurück. »Ja, ein seltsam warmer Abend«, meinte Egloff. Dann standen die beiden Männer da in der Dunkelheit schweigend beieinander. Jetzt müßte ich etwas sagen, dachte Dachhausen, das entscheidet, das Klarheit schafft, und Egloff war es, als spürte er die Aufregung des kleinen Mannes, der unruhig vor ihm auf und ab zu gehen begann. Will er etwas, weiß er etwas? fragte sich Egloff. Da ertönte wieder Dachhausens freundliche

Stimme: »Der Flieder duftet so stark.« – »Ja, sehr stark«, erwiderte Egloff. Aus dem geöffneten Fenster des Spielzimmers klang die singende Stimme des Grafen Schutow herüber. »Meinen Rest«, sagte sie. »Ah, die sind schon beim Quinze«, bemerkte Egloff, »kommst du auch?« – »Nein, ich spiele nicht«, antwortete Dachhausen, »ich bleibe noch ein wenig hier.«
Egloff ging ins Spielzimmer; dort saßen die Herren am Kartentisch, Graf Schutow, bleich und träge wie immer, Graf Bützow sehr rot, denn er war stark im Verlust. Der Leutnant und der Referendar nahmen vorsichtig am Spiele teil. »Wir sind schon an der Arbeit«, rief Graf Schutow. »Gut, gut«, sagte Egloff; er ließ sich ein großes Glas Sekt geben, trank es schnell und durstig herunter und setzte sich an den Spieltisch.
Draußen im Saale langweilten sich die Damen, da die Herren fast alle im Spielzimmer waren, nur die älteren Herren gingen ab und zu, Baron Port, Herr von Teschen, Doktor Hansius, sie kamen mit besorgten Mienen aus dem Spielzimmer, flüsterten da etwas von »rasendem Spiel, unglaublich!« und über der Gesellschaft lag das quälende Gefühl, als vollzöge sich drüben im Spielzimmer etwas Unheimliches und Verhängnisvolles. Die Stimmung wurde unerträglich, und die Damen bestellten ihre Wagen. Der Aufbruch war allgemein. Die Herren aus dem Spielzimmer erschienen, um von den Damen Abschied zu nehmen. Egloff stand im Flur und hielt Fastrades Mantel, sein Gesicht war leicht gerötet, eine Haarsträhne fiel ihm in die Stirn und seine Augen hatten einen seltsam flackernden Glanz. Fastrade verabschiedete sich noch von Lydia. »Sie erlauben, daß ich Sie küsse«, sagte Lydia, »ich möchte so gern, daß wir uns näher kennenlernen.« Egloff lächelte – die Lust an der Verstellung an sich, dachte er. Dann hüllte er Fastrade in den Mantel, er beugte sich vor und wollte sie küssen, aber in einer unwillkürlichen Bewegung wandte Fastrade den Kopf, und ein Ausdruck der Angst flog über ihr Gesicht. Sofort richtete Egloff sich auf, er zog ein wenig die Brauen zusammen, lächelte spöttisch, küßte Fastrades Hand und flüsterte: »Ist das der Anfang der Erziehung?« Fastrade erwiderte nichts, sie ging zur Tür, dort aber wandte sie sich um, lächelte unendlich gütig und mitleidig. »Armer Dietz«, sagte sie und bot ihm ihre Stirn zum Kusse hin.
Die Herren gingen in das Spielzimmer zurück, die Baronin Egloff stand im leeren Saale unter dem Kronleuchter, der Ausdruck ehrwürdiger Liebenswürdigkeit war von ihrem Gesicht gewichen, es sah alt und angstvoll aus. Sie faßte Fräulein von Dussas Arm, wies mit dem Kopfe zum Spielzimmer hin und sagte leise: »Das dort ist nicht gut.« Fräulein von Dussa nickte bekümmert mit dem Kopfe. »Meine Liebe«, fuhr die Baronin fort, »glauben Sie mir, dieser Russe ist der Satan.«

Vierzehntes Kapitel

Egloff hatte sich nicht einmal ausschlafen können, der Graf Schutow fuhr am Morgen fort, und Egloff mußte aufstehen, um von ihm Abschied zu nehmen. Dann setzte er sich an seinen Schreibtisch und rechnete. Er hatte gestern wie ein Wahnsinniger gespielt, da ging ja wieder ein großer Teil des Sirowschen Waldes drauf. Jetzt mußte er einen Brief an Mehrenstein schreiben, damit dieser Geld besorge. Am Nachmittage wollte Egloff ins Städtchen fahren, um das Geld dem Grafen Schutow zu bringen, der im »Kronprinzen« auf ihn wartete. Widerwärtig all das! Heute war wieder solch ein Tag, wie er in seinem bewegten Leben immer wiederkehrte, ein Tag, da alles um ihn her zu zerbröckeln schien, alles ungeordnet und häßlich war, und ein großer Ekel ihn schüttelte. Und unnütz war das alles, er sah nicht ein, warum all solche Erlebnisse gerade zu ihm gehören sollten, aber sie hängten sich an ihn wie ein lästiger Hund, den wir immer wieder forttreiben, und der sich doch immer wieder an unsere Fersen heftet. Nun, darüber nachzudenken machte die Sache nicht erträglicher.

Am Nachmittage fuhr Egloff nach Grobin. Er hatte sich einen bequemen Wagen bestellt, denn er wollte unterwegs schlafen, nichts denken und nichts sehen, sondern schlafen. Er drückte sich in die Wagenecke und schloß die Augen. Es war angenehm, wie in dem Halbschlummer, in den er verfiel, das Rauschen des Waldes, durch den er fuhr, ein Amselschlag, das Bellen eines Hundes, der Gesang eines Hütejungen hineintönten wie Klänge einer Welt, die sehr fern von ihm war. Das Stoßen des Wagens auf dem Stadtpflaster machte ihn wieder munter. Es war Samstag, unter einem mit hellgrauen Wolken bedeckten Himmel sah das Städtchen alltäglich genug aus, die Fenster der Häuser waren geöffnet, und Mägde standen auf den Fensterbrettern und wuschen die Scheiben. Töchterschülerinnen gingen langsam über die Straße und schwenkten gelangweilt ihre Mappen. Adine von Dachhausen kam aus einem Laden; sie hatte einen Sommerhut auf mit zu viel roten Rosen; sie liebte stets das Auffallende. Egloff ließ am Klub halten, er wollte den Weg bis zu Mehrensteins Haus zu Fuß zurücklegen.

Alles an dem Mehrensteinschen Hause war ihm zuwider, die hellpolierte Tür, der Kristallknopf der Hausglocke, ihr schriller, aufdringlicher Klang, der dunkle Flur, in dem es nach Gewürzen und Küche roch. Mehrensteins Tochter kam ihm entgegen, ein schönes, schweres Mädchen mit einem Wald schwarzer Haare auf dem Kopfe und mit ganz großen, braunen Augen. »Bitte, treten Sie näher, Herr Baron«, sagte sie ernst und traurig und öffnete die Tür zum Wohnzimmer. Egloff trat in dieses Wohnzimmer, das er so gut kannte. Die Möbel mit dem hellblauen Ripsbezug, all die vielen, ein wenig verstaubten Sachen, sie hatten sich seinem Gedächtnis eingeprägt, wie es eben nur Sachen tun, die den peinlichen Augenblicken unseres Lebens assistieren. Da war die Kommode mit den alten silbernen Kannen und Leuchtern, da war die große Landschaft an der Wand, ein Kastell, Bäume, ein Reiter, alles aus Kork geschnitzt und unter Glas. »Bitte, nehmen Sie Platz«, sagte Fräulein Mehrenstein ernst, sie blieb jedoch stehen, als Egloff sich gesetzt hatte, »mein Vater wird gleich kommen, er ist bei meiner Mutter, unsere Mutter ist sehr krank.« – »Oh, das tut mir leid«, murmelte Egloff und schaute in die großen braunen Augen; da lächelten die vollen Lippen des Mädchens, ein mattes, gewohnheitsmäßiges Lächeln, aber das Gesicht wurde gleich wieder kummervoll. »Wir glaubten diese Nacht, es würde aus sein«, fuhr Fräulein Mehrenstein fort, »und jetzt ist es sehr schlimm.« Ihre Augen wurden feucht, und zwei dicke Tränen rannen ihre Wangen entlang. »Nun will ich den Vater holen«, schloß sie und verschwand hinter einem grünen Vorhang. Seltsam, Egloff hatte an dieses Haus immer nur als an den Ort gedacht, an dem man Wechsel und ungünstige Kontrakte unterschrieb, und nun wurde hier auch geweint und gestorben. Der grüne Vorhang raschelte wieder und Mehrenstein erschien. Er trug einen Hausrock und Pantoffeln, auf denen große rote Rosen gestickt waren. Feierlich und traurig reichte er Egloff eine schlappe, feuchte Hand. »Sie haben Sorgen«, sagte Egloff. Mehrenstein zuckte ein wenig die Achseln und seufzte. »Eine entsetzliche Nacht«, murmelte er. Er ging zu seinem Geldschrank, holte ein Wechselformular herbei, legte Tinte und eine Mappe auf den Tisch, setzte sich und begann zu schreiben. »Das Geld ist da«, sagte er, »es war schwer, in so kurzer Zeit eine so große Summe zu beschaffen.« Er seufzte. »Die Bedingungen wie immer?« fragte er. Egloff machte eine Handbewegung, die bedeuten sollte, ihm sei alles gleichgültig. Da sah Mehrenstein auf und versetzte in vorwurfsvollem Tone: »Ja, ich muß meine Kinder sicher stellen, kommt der Waldverkauf zustande, so kann vielleicht einiges von den Prozenten abgerechnet werden.« Er schrieb weiter, nahm dann das Sandfaß und streute Sand über das Geschriebene. »Diese Nacht«, meinte er, »erwarteten wir jeden Augenblick das Ende. Gegen Morgen trat ein wenig Ruhe ein, aber Hoffnung ist keine. Bitte, Herr Baron«, er schob Egloff das Formular hin und reichte ihm die Feder. Während dieser unterschrieb, lehnte Mehrenstein sich in seinen Stuhl zurück, seine Augen wurden feucht und seine Lippen zitterten. »Nach dreißigjähriger Ehe sich trennen zu müssen«, sagte er, »Sie wissen nicht, was das ist, Herr Baron, und ich kann sagen, in diesen dreißig Jahren hat es keine Minute gegeben, in der ich mit der Frau nicht zufrieden war, sie war eine gute Frau.« Er stand auf und ging zum Geldschrank, um ein Paket Banknoten zu holen. »Der liebe Gott weiß, was er tut«, fügte er seufzend hinzu. Langsam und aufmerksam zählte er das Geld auf den Tisch, schob es in ein Kuvert und legte es vor Egloff hin. »Ich habe getan, was ich konnte«, nahm er mit leiser Stimme, als spräche er in einem Krankenzimmer, die Unterhaltung wieder auf, »ich habe nicht gespart, was habe ich der Apotheke und den Doktoren Geld gezahlt, um das Geld wäre mir nicht leid, wenn es nur etwas geholfen hätte.« Egloff steckte das Geld zu sich und erhob sich. »Man muß die Hoffnung nie verlieren«, sagte er, »guten Abend, Herr Mehrenstein.« Mehrenstein schüttelte traurig den Kopf und reichte seine schlappe Hand hin. »Wegen des Waldes, Herr Baron, komme ich zu Ihnen hinaus«, bemerkte er noch kummervoll.

Egloff war froh, auf der Straße zu sein, diese Mischung von Tod, Geld und Wechseln hatte ihn wie ein Alp bedrückt. Langsam schlenderte er dem »Kronprinzen« zu. Dort erfuhr er, der Graf Schutow sei zwar im Bette, habe aber den Befehl erteilt, Baron Egloff vorzulassen. Egloff fand den Grafen im Bett, Tee trinkend. »Ah, unser Baron«, rief er ihm entgegen, »ich hoffe, Sie haben sich nicht meinetwegen inkommodiert.« – »Ich bringe Ihnen hier meine Schuld«, sagte Egloff.

»Das hatte ja keine Eile«, bemerkte der Graf und warf das Kuvert auf den Tisch neben seinem Bette, »aber wollen Sie Tee? Oder einen Kognak? Nicht, hier sind Zigaretten, so setzen Sie sich doch.« Egloff zündete sich eine Zigarette an und setzte sich: »Sind Sie krank?« fragte er. Der Graf lehnte sich behaglich in seine Kissen zurück. »Durchaus nicht«, erwiderte er, »es ist nur meine Gewohnheit, nach einer durchspielten Nacht den folgenden Tag bis zum Abend im Bett zu bleiben. So bin ich denn gleich zu Bett gegangen, als ich hier ankam. Auf diese Weise holt man am besten die ausgegebene Nervenkraft wieder ein.«

»Praktisch!« bemerkte Egloff. »Wer nur stets Zeit hätte, sich so für das Spiel zu trainieren.«

»Der soll auch nicht spielen«, entgegnete der Graf etwas feierlich, »mit kranken Nerven zu spielen ist Dilettantismus, und der ist gefährlich. Sie waren gestern auch viel zu nervös und hitzig.«

Egloff blies nachdenklich den Rauch seiner Zigarette vor sich hin. »Sagen Sie, Graf«, begann er, »warum spielen Sie eigentlich? Um zu gewinnen?« Dabei klang ihm Fastradens Stimme im Ohr, wie sie an jenem Abend in Sirow dieselbe Frage an ihn richtete. Der Graf verzog sein Gesicht: »Erbarmen Sie sich, wie Sie fragen, warum? Ich weiß nicht, natürlich um

zu gewinnen. Charles Fox sagte: Das beste im Leben ist im Spiel Gewinnen, das nächstbeste im Spiel Verlieren.«
»Also dann ist es nicht das Gewinnen«, wandte Egloff ein.
Der Graf warf sich unbehaglich im Bette hin und her. »Sie wollen philosophieren«, sagte er, »ein Zeichen des schlechten Zustandes Ihrer Nerven. Nun, hören Sie, was ein Freund von mir, ein gewisser Klebajew, sagte. Er war ein Narr, zuletzt verrückt, und erschoß sich. Er sagte also: Ich spiele jede Nacht, weil es mich jede Nacht wieder interessiert, mich mit dieser geheimnisvollen und unbegreiflichen Kanaille, die wir Glück nennen, herumzuschlagen.«
»Ein wenig pathetisch«, bemerkte Egloff, »aber es läßt sich hören. Warum erschoß er sich denn?«
»Weil er verrückt war«, entgegnete der Graf. »In letzter Zeit sprach er immer davon, er sei es gar nicht selbst, der jeden Abend spielte, das sei der andere, und der andere spiele absichtlich schlecht, und er, Klebajew, müsse immer die Spielschulden des anderen bezahlen, und er habe es nun satt, die Spielschulden des anderen zu bezahlen. Nun, und da schoß er sich tot. Eben ein Verrückter.«
Egloff schwieg eine Weile und sprach dann nachdenklich vor sich hin: »Ja, darauf kommt es immer heraus, die Schulden des anderen zu bezahlen.«
Der Graf richtete sich ein wenig auf und schaute Egloff verwundert und besorgt an. »Hören Sie, Baron, Sie sollten sich doch noch ein Zimmer nehmen und zu Bett gehen, Sie tun ja so, als ob Sie das verrückte Zeug verstehen.«
Egloff lachte und erhob sich. »Ein Spaziergang wird wohl dieselben Dienste tun«, meinte er, »leben Sie wohl, lieber Graf, gute Besserung.«
»Danke, danke«, sagte der Graf, »vielleicht kommen Sie heute abend in den Klub, ich bin jeden Augenblick zur Revanche bereit.«
»Ich weiß nicht«, erwiderte Egloff, »ich fürchte, die Kanaille, wie Ihr Freund sagte, ist jetzt nicht auf meiner Seite.«
»Unsinn«, protestierte der Graf, »also leben Sie wohl.«
Egloff ging hinaus, draußen nahm er seinen Hut ab, der Kopf schmerzte ihn; er schlug den Weg zu den Stadtanlagen ein. Gewaltsam grün standen die Alleen gegen den lichtgrauen Himmel, die Amseln lärmten in den Zweigen. Die Anlagen waren um diese Zeit noch leer. Hie und da saß ein Gymnasiast mit einem Buche auf einer Bank, und ein Kindermädchen schob schläfrig einen Kinderwagen vor sich her. Wunderlich abgelöst und wie nicht zu ihm gehörig, erschien Egloff diese Umgebung heute wie eine Traumwelt, die wir über uns ergehen lassen. Aber das kannte er von früheren durchzechten und durchspielten Nächten, ja er selber, der Herr

im hellen Frühlingsanzuge, empfand sich als etwas nicht Zugehöriges, als etwas, das er über sich ergehen ließ.
An einer Biegung des Weges blieb er stehen. Das war ja die echte Traumwelt, in der das Unwahrscheinliche vor uns steht, wie selbstverständlich. Da kam Lydia Dachhausen auf ihn zu, im hellbraunen Frühlingskostüm, einen weißen Flügel auf dem grauen Hut, das Gesicht rosig, blieb sie vor ihm stehen und reichte ihm die Hand. »Da sind Sie«, sagte sie. »Haben Sie mich denn erwartet?« fragte Egloff erstaunt.
»Ja«, erwiderte Lydia, »Adine sagte mir, Sie seien in der Stadt, und da dachte ich, Sie würden hier sein. Wollen Sie mich die Allee hier hinunterbegleiten?« Und sie begann langsam neben ihm herzugehen.
»Wenn Sie darauf Gewicht legen«, erwiderte Egloff nicht eben höflich.
»Gewiß lege ich darauf Gewicht«, versetzte Lydia. »Ich muß es eben schon früher gewußt haben, daß ich Sie hier treffen werde, denn ich wachte heute morgen auf mit dem Entschlusse, in die Stadt zu fahren. Ich wußte nicht warum, aber es stand fest bei mir. Ja, so was gibt es, nicht wahr?« Sie schaute lächelnd zu ihm auf.
»Es freut mich, Sie so heiter zu sehen«, bemerkte Egloff trocken.
»Ja, es ist seltsam«, plauderte Lydia weiter, »zuweilen wache ich am Morgen auf und bin heiter. Es scheint mir dann, daß alles, was traurig und schwierig war, gut werden wird, das Leben ist plötzlich wieder angenehm, und ich freue mich darauf ganz ohne Grund. Passiert Ihnen das nicht auch zuweilen?« Da Egloff nicht antwortete, fuhr sie fort: »Dieses Licht bekommt mir auch gut, zu viel Sonne vertrage ich nicht, aber heute geht man ja wie unter einem lichtgrau seidenen Lampenschirm. Ach ja, denken Sie sich, die rosa Lampenschirme, über die Sie einmal gespottet haben, kommen fort, und ich schaffe mir lichtgrau seidene an, die werden mit weißer Seide gefüttert, damit sie recht hell sind, das kann hübsch sein, nicht wahr?«
»Das kann hübsch sein«, wiederholte Egloff. Dieses zuversichtliche Geplauder beruhigte ihn, er wollte es weiter hören.
»Gertrud Port«, berichtete Lydia, »behauptet, das würde den Teint bleich und grau machen, aber sehen Sie doch, wie heute die Farben rein und deutlich sind. Nun ja, die arme Gertrud ist immer besorgt, daß sie nicht wie eine kleine Leiche ausschaut.«
Am Ende der Allee stand ein Kiosk, in dem sich eine Konditorei befand, Stühle und Tische waren davor aufgereiht. »Ich werde hier ein wenig Gefrorenes essen«, sagte Lydia, »und Sie werden mir assistieren.«
»Sollte diese Situation besonders ratsam sein?« versetzte Egloff kühl.
Lydia war erstaunt. »Warum nicht? Daß Sie zusehen, wie ich Gefrorenes

esse, dagegen können die Grobiner doch nichts haben.« So setzten sie sich denn. Das Konditorfräulein trat heran, bleich und blond, einen Kneifer auf der Nase, und sagte mit einer Stimme, die in ihrer gleichgültigen Ruhe es zu unterstreichen schien, daß sie an der Situation nichts Auffallendes fand: »Erdbeeren und Vanille.« Lydia bestellte Erdbeeren. »Erdbeergefrorenes«, erzählte sie, »war von Jugend auf mein Lieblingsgefrorenes. Als kleines Mädchen, wenn es im Jahre wieder zum ersten Male Erdbeergefrorenes gab, dann schloß ich beim ersten Löffel die Augen und dachte, ich hatte ganz vergessen, daß dies das Schönste auf der ganzen Welt ist. Ich glaube, es wäre sehr gut, wenn wir alles, was uns Vergnügen macht, von einem auf das andere Mal vergessen würden, dann wäre es immer neu für uns.«

Das Gefrorene kam; Lydia schob ihren Schleier zurück, um ihre Lippen zu befreien, und begann langsam und mit Genuß zu essen. Egloff sah ihr zu, das war die Beschäftigung, die seiner trägen, zerfahrenen Stimmung gerade wohltat. Was sie nur vorhat? dachte er dabei.

Als Lydia mit dem Essen fertig war, lehnte sie sich befriedigt in ihren Stuhl zurück. Sie warf einen flüchtigen Blick zum Konditorfräulein hinüber; dieses hatte einen Leihbibliothekband aufgeschlagen und las. Da sagte Lydia leise: »Ich schlafe jetzt auch besser.«

»Das freut mich«, erwiderte Egloff und schaute erstaunt auf.

»Ja«, fuhr Lydia fort, »ich habe mir ein neues Schlafmittel erdacht. Wenn die Nacht schön ist, gehe ich so um Mitternacht mit meiner Amalie in den Garten hinaus. Ganz wie voriges Jahr schleichen wir leise durch den Wintergarten. Das erinnert mich dann so an voriges Jahr, die Heliotrop- und Oleanderbüsche, an denen wir im Dunkeln vorüberkommen, und im Garten sitzen wir auf derselben Bank, auf der ich voriges Jahr saß. Ich sitze da, als ob ich warte, und wenn ich müde werde und ins Haus gehe, um mich zu Bett zu legen, dann kann ich schlafen.«

Egloff hörte aufmerksam und lächelnd zu. Die naive Schlauheit dieser Frau überraschte ihn. »Fällt das im Hause nicht auf?« fragte er.

»Es fällt auf«, erwiderte Lydia ruhig, »man hat mich auch danach gefragt, nun, ich sagte, ich habe Beängstigungen in der Nacht, und ich muß hinaus. Man ist eine Nacht auch hinausgegangen, Amalie und ich standen hinter einem Busch, als er an uns vorüberging. Aber jetzt hat man sich beruhigt.«

»Der arme Junge«, murmelte Egloff. Da sprühten kleine böse Lichter in Lydias Augen auf. »Mich bedauert niemand«, sagte sie. Egloff zuckte leicht mit den Schultern, da beruhigte sich Lydia gleich wieder, sie stand auf, legte Geld auf den Tisch, zog ihren Schleier zurecht. »Jetzt muß ich gehen«, sagte sie, »ich werde bei meiner Schwiegermutter erwartet.« Sie reichte Egloff die Hand. »Ich danke Ihnen für Ihre Gesellschaft, besonders unterhaltend waren Sie nicht, aber Sie hörten mir aufmerksam zu, das erkenne ich an.« Sie sah ihm dabei mit der unverhohlenen Koketterie, die ihr eigen war, in die Augen.

Als sie gegangen war, setzte Egloff sich wieder. Es tat ihm fast leid, daß sie fort war; diese kleine Frau hatte ihn unterhalten. Wie sie stark wollen konnte! Wie unbedenklich und eigensinnig sie festhielt!

Die Anlagen füllten sich jetzt, die Grobiner Bürger mit ihren Frauen und Töchtern machten ihren Abendspaziergang, ließen sich wohlig von der Abendsonne vergolden. Egloff saß noch da und dachte darüber nach, ob er heimfahren oder in den Klub gehen sollte. In den Klub zu gehen war natürlich töricht und widersinnig, dennoch schien es ihm wahrscheinlich, daß er da hingehen würde.

Fünfzehntes Kapitel

Baron Port und Gertrud machten einen Abendbesuch in Paduren. Langsam ging der Baron Port neben dem Rollstuhle des Barons Warthe hin, und die Herren sprachen von Kreiswahlen. Fastrade und Gertrud folgten ihnen. Sie begaben sich zum kleinen See unten im Park, denn es war die Gewohnheit des Barons Warthe, sobald das Wetter es erlaubte, im Sonnenuntergang dort am kleinen See zu sitzen, um zuzusehen, wie die Wildenten einfielen. Gertrud klagte über ihre Gesundheit: »Der Frühling ist mir zu stark, er regt mich auf und macht mich wieder müde, und die Erinnerungen werden um diese Zeit so laut und deutlich, ich freue mich auf den Sommer; ich will mich um die Mittagszeit ins Heidekraut legen, dort wird es dann still und heiß sein.«

An einer geschützten Stelle des Seeufers waren Stühle hingestellt, und man nahm dort Platz. Der Abend war windstill; regungslos standen die Inseln von Schachtelhalm und Röhricht im dunklen Wasser, und die Abendsonne vergoldete ihre Spitzen; regungslos umstanden die großen Bäume den See, hier und da blühte schon eine Kastanie in ihrer weißen Feierlichkeit mitten unter den grün verschleierten Birken. Die Amseln sangen ihr Abendlied, die Fische schnalzten im Wasser, und ab und zu begann im Röhricht ein ungeduldiger Frosch zu quarren, der den Sonnenuntergang nicht abwarten mochte. Die alten Herren sprachen jetzt von Rüben, Gertrud war bei ihren Erinnerungen. Sie erzählte von einem jungen Manne in Dresden, dessen ganzes Wesen sozusagen auf den

Schmerz gestimmt war und der ein Weib suchte, das ihm nicht Heiterkeit entgegenbrachte, sondern auch Schmerz, aber gesänftigt und verklärt, sozusagen getröstet. Fastrade hörte nicht zu, sie war unruhig. Dieser Besuch hielt sie davon ab, Egloff im Walde zu treffen, und sie wußte, er erwartete sie dort, sie wußte, er hatte sie heute besonders nötig. Seit jenem Abend in Sirow waren sie nicht beisammen gewesen, und sie sah immer wieder sein Gesicht vor sich mit den flackernden Augen und dem fremden Ausdruck von Erregung und Qual. Sie sehnte sich danach, bei ihm zu sein, Ordnung in ihm zu schaffen, »die Passion einer ordnungsliebenden Dame« hatte er ihre Liebe genannt, ja, das wollte sie, und sie glaubte, daß sie das auch konnte. Mit pfeifendem Flügelschlage kamen jetzt die ersten Enten heran und ließen sich klatschend in das Röhricht ein. Die beiden alten Herren sahen sich lächelnd an, und Baron Port setzte auseinander, daß es früher mehr Enten gegeben habe, und daß er nicht wisse, woher das komme. »Ja, es war merkwürdig«, bemerkte der Baron Warthe, und dann saßen sie still da und warteten auf die Enten.
Gertrud sprach weiter mit ihrer dünnen klagenden Stimme: »Und doch, ohne diese Erinnerungen könnte ich nicht leben. Abends, wenn ich im Saal sitze und durch die geöffnete Tür zusehe, wie es im Garten zu dämmern beginnt, dann kommen die Erinnerungen so stark, daß ich ganz vergesse, wo ich bin, und wenn der Diener kommt und die Lampe bringt und Papa ruft, damit wir Treitschke lesen, dann ist es mir, als ob ich plötzlich in einen stillen dunklen Abgrund versinke.«
Die Sonne war untergegangen, sie hatte ein wenig Rot in das dunkle Metall des Wassers gemischt, und es war die klare farblose Dämmerung des Maiabends gekommen. »Du siehst wohl den Dietz Egloff häufig, nicht?« fragte Baron Port.
»Ja«, antwortete Baron Warthe, »er kommt zuweilen her, ich sehe ihn dann zum Tee, aber er gehört zu jenen jungen Leuten, die sich nicht verstehen mit alten Leuten zu unterhalten.« Fastrade hörte das, sie errötete, beugte sich vor und sagte: »Er würde es vielleicht besser verstehen, wenn er mehr ermutigt werden würde.« Der Baron Warthe machte mit der Hand eine abwehrende Bewegung. »Ich bin gegen alle meine Gäste höflich«, erklärte er, »aber meine Freundlichkeit und meine Achtung müssen erworben werden. Du, meine Tochter, hast ja ein gewisses Recht, ihn zu verteidigen. Du hast dich mit ihm verlobt, und so ist ihn zu verteidigen, sozusagen dein Beruf.«
Der Baron Port lachte laut darüber, denn er hielt es für einen guten Witz seines alten Freundes. Es war bereits so finster geworden, daß die Enten nur noch wie große schwarze Schatten in das Wasser fielen, und die

Frösche begannen ihr Abendlied. Gertrud erzählte langsam und verträumt weiter: »Sylvia hat auch ihre Erinnerungen und sie sagt, sie ist glücklich. Sie hat ihre Kindererinnerungen, sie weiß, wie das erste Muselinkleid mit einer Schleppe aussah, das sie zu ihrem achtzehnten Geburtstag bekam, aber mir würde das nicht mehr genügen.«
»Hat Sylvia nie geliebt?« fragte Fastrade leise.
»Der älteste Teschen machte ihr eine Zeitlang den Hof«, erwiderte Gertrud, »und sie redete sich vielleicht ein, ihn zu lieben, aber es wurde nichts daraus, er ist ja auch so furchtbar häßlich.«
»Es wird feucht«, sagte der Baron Warthe, und man machte sich auf den Heimweg. Der niederrinnende Tau raschelte in dem Laube, ein starker, kühler Duft stieg vom Grase auf. Der Baron Port ging wieder neben dem Rollstuhl des Barons Warthe hin, und die Stimmen der alten Herren sprachen ruhig und laut in die Abendstille hinein. Sie sprachen vom Tau. »Wenn wir den starken Tau nicht hätten«, meinte Baron Port, »so wäre der Mai fast zu trocken.« – »Ja, Ruhke meint das auch«, sagte der Baron Warthe, »aber die Wiesen stehen gut.« Die beiden Mädchen folgten schweigend.
Unterdessen ging Dietz Egloff am Waldrande hin und her, schlug mit seinem Stocke die Blätter von den niederhängenden Zweigen und köpfte die Löwenzahnblüten am Wege, er war wütend, weil Fastrade ausblieb. Die Sonne ging schon unter und sie war noch nicht da. Aber so war es immer, sie sprach von Helfen und Beistehen, und jetzt, wo er sie nötig hatte wie das tägliche Brot, jetzt kam sie nicht. Im Walde wurde es dunkel, am Himmel standen schon einzelne Sterne. Es blieb ihm nichts übrig, als heimzugehen.
Zu Hause verschloß er sich in seinem Zimmer, er mochte keinen sehen. Er setzte sich an seinen Schreibtisch mit dem Gefühl, daß er zu rechnen oder unangenehme Briefe zu schreiben habe. Er tat jedoch nichts, er lehnte sich in seinen Stuhl zurück und fraß seinen Grimm in sich hinein. Diese letzten Tage waren gewiß nicht danach angetan, einem besonderen Appetit auf das Leben zu machen. Lauter Widerwärtigkeiten. Nun, und dazu verlobte man sich doch, damit in solchen Zeiten jemand da sei, der in das Leben wieder etwas Hübsches und Reines bringe. Und gerade jetzt mußte sie ausbleiben. Nach Paduren fahren wollte er nicht, er hatte keine Lust, sich mit den Mißbilligungsaugen des alten Warthe ansehen zu lassen. So brütete er vor sich hin, bis es im Hause still wurde und die Uhr elf schlug. Da klingelte er und befahl Klaus, Ali, den Rapphengst, zu satteln. Klaus wunderte sich nicht, alle im Hause waren an die nächtlichen Fahrten und Ritte des Herrn gewöhnt.
Als Egloff im Sattel saß, wurde ihm wohler, Ali begann munter zu

tänzeln, Egloff streichelte den blanken Hals des Tieres. Der war noch ein Kamerad, der stets gut gelaunt bei allem dabei war. Manches Abenteuer hatten sie zusammen unternommen, ja, Ali war die einzige Gesellschaft, die ihm nie Verdruß bereitet hatte. »Nun vorwärts, mein Junge«, rief Egloff, und der Hengst setzte sich in Trab.
Die Wiesen, an denen sie vorüberkamen, hauchten eine köstliche Kühle aus, voller Duft, auf der Weide standen Pferde, große dunkle Gestalten, die in den weißen Nebelstreifen zu waten schienen, die über dem feuchten Klee lagen. Ali begrüßte sie mit lautem Wiehern. In einem Birkenwäldchen schütteten die Zweige den Tau wie ein Duschenbad auf sie nieder, irgendwo in den Erlen sang eine Nachtigall, rief wach und erregt ihre Töne in das schlafende Land hinein. Dann ging es an kleinen Dorfgärten vorüber, aus denen es ganz süß nach blühenden Bohnen duftete. Auf den Türschwellen der Katen saßen Burschen und spielten Harmonika, die hellen Nächte ließen sie nicht schlafen. Plötzlich hielt Ali still, es war vor dem Kruge, Egloff lachte. »Alter Verführer«, sagte er, »gut, gut, feiern wir Erinnerungen.« Und er stieg ab. Die schwarze Lene trat aus der Tür, sie lachte Egloff mit ihrem breiten Lachen an. »Herr Baron sind wieder unterwegs«, meinte sie.
»Ja, Lene«, erwiderte Egloff, »nimm Ali, er will wieder bei dir bleiben. Wer kann in diesen Nächten schlafen, dir läßt das Blut wohl auch keine Ruh?« Lene hob die Arme empor und streckte sich. »Kurios ist's in so einer Nacht«, meinte sie, dann griff sie nach dem Zügel des Pferdes, um es in den Schuppen zu führen.
Egloff ging langsam die Landstraße hinab, Barnewitz zu. Er wollte am Gartengitter sehen, ob Lydia wirklich auf der Bank sitzt und wartet, und dann, es war gleich, nach Hause konnte er nicht und etwas mußte in einer solchen Nacht unternommen werden. Die kleine, hintere Pforte des Parkgitters fand er wie voriges Jahr offen. Er trat ein und ging die gewohnten Wege entlang. Da war der kleine Springbrunnen mit seinem dünnen Strahle im Sandsteinbecken, die geschorenen Buchsbaumhecken mit ihrem starken, bitteren Geruch, immer, wenn er den Duft von Buchsbaum spürte, mußte er an Lydia denken. Er bog in die große Allee ein, und wirklich, auf der Bank unter dem Fliederbusche saß sie. Als er vor sie hintrat, sprang sie auf, hing sich an seinen Hals, umschlang ihn, wie Kinder zu umschlingen pflegen, mit dem ganzen Arm, hing an ihm leicht und zitternd. »Da bist du ja«, flüsterte sie mit einem tiefen Seufzer der Erleichterung, »schon vom Tore ab hörte ich dich kommen, schon als wir herauskamen, wußte ich, daß du kommen würdest. Ich sagte zu Amalie: ›Heute geschieht etwas, der ganze Garten fiebert.‹«

Egloff hielt die kleine Gestalt so an sich emporgehoben und trug sie zu der Bank, über die der Flieder seine Blüten niederneigte, wie eine weiße, duftige Gardine. Der Garten war so still, daß man deutlich das Plätschern des kleinen Springbrunnens hörte, wie eine flüsternde, eifrig erzählende Stimme.

»Was auch geschieht«, sagte Lydia, als Egloff von ihr Abschied nahm, »ich sitze hier und warte.« Egloff ging denselben Weg zurück, den er gekommen war, er ging langsam und bemühte sich, dieses traumhafte Fühlen, das ihn die Zeit über beherrscht hatte, festzuhalten. »Nur nicht ganz wach werden«, sagte er sich, »nur das nicht.« Als er in den von Buchsbaum eingehegten Weg einbog, kam mit schnellen Schritten Dachhausen ihm entgegen. Die beiden Männer standen sich in der Dämmerung einen Augenblick schweigend gegenüber. Egloff überlegte, daß er etwas sagen müsse, als er hörte, wie Dachhausen ihm deutlich und zischend »Schuft!« zurief. Dann gingen sie aneinander vorüber.

Dachhausen lauschte auf die Schritte, die sich entfernten, bis er wußte, daß sie am Tore angelangt waren. Sein erstes Gefühl war das einer großen Befreiung, jetzt hatte er Klarheit, Klarheit nach allem qualvollen Zweifeln, Wachen und Spionieren. Jetzt hatte das Gespenst Fleisch und Blut angenommen, jetzt hatte er einen, an den er sich halten konnte. Fast angenehm war es, wie der Zorn ihm heiß ins Blut fuhr, es war, als mache es ihn größer und breiter. Er richtete sich gerade auf, und seine Schritte wurden hart und fest. Eilig ging er die Allee hinunter, und als er Lydia auf der Bank sitzen sah, überraschte es ihn nicht und ergriff ihn nicht. Als müsse es so sein, trat er vor sie hin, reichte ihr seinen Arm und sagte: »Komm.« Lydia erhob sich und nahm den Arm, so gingen sie schweigend dem Hause zu, stiegen die Treppe hinauf und traten durch die Glastür in den Saal, der nur von einer einzigen Kerze erhellt wurde. Dachhausen führte Lydia zu einem Sessel, auf den sie niedersank, sie lehnte den Kopf zurück, die Arme lagen schlaff auf den Seitenlehnen des Stuhles. Diese Liebesstunde, nach der sie sich so heiß gesehnt, hatte sie gebrochen, sie begann zu weinen in ihrer stillen, unbewegten Art, nicht aus Schmerz oder Furcht, sondern wie Kinder weinen, weil sie müde sind. Dachhausen stand vor ihr und sah sie an. Wie bleich er ist, dachte Lydia, und wie es in seinem Gesicht zuckt, ob er mich schlagen wird? Er jedoch wandte sich ab und begann im Zimmer auf und ab zu gehen. Lydia bemerkte noch, daß er seine türkischen Pantoffeln mit den aufgebogenen Spitzen an den Füßen hatte, dann schloß sie die Augen. Jetzt sprach er, anfangs leise und mühsam, Lydia verstand ihn nicht; allmählich wurde die Stimme lauter, drohender, die Worte überstürzten sich: »Hast du dich je über mich zu beklagen gehabt? Habe ich je

einen anderen Gedanken gehabt als dich, dein Glück, deine Stellung, dein Vergnügen, deine Kleider, was weiß ich? Und du bringst Schande über unser ganzes Haus, und mit diesem Buben von Egloff! Das geht wohl schon lange so, jetzt ist mir alles klar, ich sah es nur nicht, weil ich an so viel Gemeinheit nicht glauben konnte.« Lydia öffnete die Augen wieder, Dachhausen ging sehr schnell vor ihr auf und ab, zuweilen fuhr er mit beiden Armen heftig durch die Luft, und neben ihm an der Wand lief sein Schatten hin und her, ein kleiner, breiter Schatten, der die Füße hoch hob, an denen die Pantoffeln mit den aufgebogenen Spitzen seltsam groß erschienen. »Und die anderen«, fuhr Dachhausen fort, »die anderen wissen es wohl schon lange, sie weisen wohl mit Fingern auf uns. Ich habe mein Leben immer rein und einwandfrei gehalten, und nun kommst du und machst daraus eine Lächerlichkeit und eine Schande. Es ekelt mir vor meinem Leben, vor dir, vor mir, vor diesem ganzen Hause.« Er blieb stehen und stampfte mit dem Fuße auf, und hinter ihm blieb der kleine, breite Schatten stehen und stampfte auch mit dem Fuße auf.
Das ist alles schrecklich und traurig, dachte Lydia, aber wenn es nur zu Ende wäre! Was auch kommen mag, jetzt nur ein wenig Ruhe.
Dachhausen hatte eine Weile geschwiegen, nun blieb er vor Lydia stehen und sagte mit einer Stimme, die plötzlich ganz ruhig, tief und würdevoll klang: »Ich gebe dir einen Tag Zeit, um deine Angelegenheiten zu ordnen. Ich fahre morgen aus, ich mag dir nicht mehr begegnen. Wenn ich zurückkomme, wirst du das Haus verlassen haben, du wirst zu deiner Mutter reisen und meine Dispositionen abwarten.« Er wollte gehen, aber er wandte sich noch einmal um, in seinem Gesicht zuckte es. Wird er weinen? dachte Lydia. »Lydia«, sagte er mit zitternder Stimme, »mußte das sein?« Aber er schämte sich seiner Schwäche und verließ schnell das Zimmer.
Lydia blieb in ihrem Sessel mit geschlossenen Augen liegen, die Stille tat ihr wohl, schon begannen ihr die Gedanken zu vergehen, da hörte sie Amalies sanfte Stimme: »Frau Baronin müssen jetzt schlafen gehen.«
»Ja, Amalie, schlafen«, sagte Lydia mit einem tiefen Seufzer der Erleichterung.

Sechzehntes Kapitel

Fastrade konnte nicht schlafen, sie lag in ihrem Bette und horchte hinaus auf die Töne, die in der nächtlichen Stille durch das Haus irrten, das leise Knacken der Parkette, das Schlagen der Uhren. In einem Neste am Fenstersims zwitscherten die Schwalben leise im Traume. Und die Gedan-

ken wurden eigensinnig bohrend, wie sie es in schlaflosen Nächten zu werden pflegen. Alles, an das sie sich hängten, bekam ein drohendes und feindseliges Gesicht, das Leben schien sehr gefährlich und tückisch, und mitten in ihm stand Dietz Egloff mit seinem leichtsinnigen und hochmütigen Lächeln, und doch lauerten gerade alle Gefahr und alle Feindseligkeit auf ihn. Eine große Angst ergriff Fastrade, eine Angst, wie sie nur in dunkler Nacht und im Traume uns beschleicht und uns atemlos in unseren Kissen auffahren läßt. Gegen Morgen schlief sie ein, allein bald erwachte sie wieder von einem Ton an ihren Fensterscheiben. Sie lauschte, da war er wieder, es war ihr, als würfe jemand etwas gegen ihr Fenster. Sie sprang aus dem Bette, eilte zum Fenster und öffnete es. Es war noch vor Sonnenaufgang, der Garten jedoch war schon ganz hell, und dort vor einem Beete roter Tulpen stand eine Gestalt im grauen Mantel und grauen Schleier, Lydia Dachhausen. Fastrade verstand nicht, aber da winkte Lydia mit ihrem Sonnenschirm und begann zu sprechen. »Ja, ich bin es, o bitte, kommen Sie zu mir herunter, ich muß Sie sprechen, es ist seinetwegen.«
»Gut, ich komme«, rief Fastrade hinunter. Nach den Ängsten der Nacht erschien es ihr wie selbstverständlich, daß sie Dietz Egloff meinte, und daß er in Gefahr sei. Schnell hüllte sie sich in ihren elfenbeinfarbenen Morgenrock, warf einen Schal um, ging leise durch das schlafende Haus auf die Veranda hinaus und stieg in den Garten hinunter.
Lydia hatte sich auf eine Bank gesetzt, die Hände im Schoße gefaltet, den Oberkörper ein wenig vorgebeugt, starrte sie mit den Augen, die wie feuchte Edelsteine glänzten, Fastrade angstvoll entgegen. Fastrade blieb vor der Bank stehen. »Was ist geschehen?« fragte sie leise. Lydia begann zu weinen. »Ach Gott, es ist so viel Schreckliches geschehen«, erwiderte sie, »aber das ist ja gleich, deshalb wäre ich nicht zu Ihnen gekommen, aber ihm soll nichts geschehen. Mein Mann wird ihn sicher töten, und das will ich nicht, nur das nicht! Und Sie können ihn retten, Ihnen gehorcht er, Ihnen glaubt er, Sie kennen ja auch die schrecklichen Gesetze der Herren hier. Ich, was kann ich tun?«
Fastrade war sehr bleich geworden, und sie stützte sich mit einer Hand auf die Rücklehne der Bank. »Ihr Mann will Dietz Egloff töten, warum?« fragte sie.
Lydia rang ihre kleinen sorgsam in lichtgraue Handschuhe geknöpften Hände ineinander und sah flehend zu Fastrade auf. »Wie soll ich Ihnen all die entsetzlichen Dinge erzählen«, rief sie, »aber Fritz wird ihn sicherlich töten. Ich fahre zu meiner Mutter, mein Wagen steht dort vor dem Tore, Fritz – ja, Fritz hat mich aus dem Hause gewiesen, aber was liegt an mir.

Sie werden ihm verzeihen, Sie werden ihn retten, ich will nicht, daß er um meinetwillen stirbt. Mein Gott, verstehen Sie doch!«
Fastrade hatte verstanden; sie errötete, ihre Augen waren weit offen, eine große Qual und zugleich etwas Hartes und Gewaltsames sprach aus ihnen, die Hand auf der Rücklehne der Bank zitterte, am liebsten hätte sie dieses kleine, bleiche Puppengesicht, das zu ihr aufschaute, geschlagen.
»Jetzt sind Sie böse«, klagte Lydia, »und auf mich können Sie böse sein, aber ihn müssen Sie retten, ich kann ja nichts tun. Ich glaubte, wenn ich tot wäre, dann brauchte Fritz ihn nicht zu töten. Ich habe auch ein Fläschchen Opium, aber ich kann nicht, ich kann nicht sterben, ich habe so furchtbare Angst.« Sie bedeckte ihr Gesicht mit den Händen, wiegte sich hin und her und jammerte leise vor sich hin. Fastrade war wieder ruhig geworden, sie schaute auf Lydia mit einer seltsamen Mischung von Mitleid und Ekel nieder, wie auf ein kleines wimmerndes Tier, dann setzte sie sich zu ihr auf die Bank, legte ihre Hand auf Lydias ruhelose Hände und sprach zu ihr wie zu einem Kinde. »Sie brauchen nicht zu sterben, das verlangt keiner von Ihnen, Sie müssen sich jetzt beruhigen, ich kann da nicht helfen, die Männer haben ihre Gesetze, das muß getragen werden. Aber es muß ja nicht immer das Schrecklichste geschehen, und dann wird er Ihnen ja beistehen, Sie schützen, er hat ja Ihr Leben zerstört, er kann Sie nicht verlassen.« Fastrades Stimme begann zu zittern und dann zu versagen.
»Glauben Sie das?« fragte Lydia, und das bleiche Gesicht begann sich zu beleben, und es war fast ein Lächeln, das um ihre Lippen zuckte. Fastrade zog ihre Hand von Lydias Hand zurück und rückte auf der Bank ein wenig von ihr ab. Es lag so viel Widerwillen in dieser Bewegung, daß Lydia gleich wieder ein erschrockenes Gesicht machte und zu weinen begann.
»Sie müssen jetzt fahren«, sagte Fastrade, »wenn Sie zu Ihrem Zuge zurechtkommen wollen.« Gehorsam stand Lydia auf. »Ja, ich will fahren«, meinte sie, »wie Sie gut sind«; und sie beugte sich über Fastrades Hand, um sie zu küssen, Fastrade jedoch entzog sie ihr so heftig, daß Lydia befangen und eingeschüchtert einen Augenblick dastand. »Ja, dann adieu«, sagte sie leise und ging mit den kleinen, leichten Rebhuhnschritten an den Blumenbeeten entlang dem Parktore zu.
Fastrade hatte sich auch von der Bank erhoben und machte einige Schritte, vor dem Tulpenbeet aber blieb sie stehen, ließ die Arme schlaff niederhängen, als fehlte ihr der Mut zu jeder Bewegung. Die Sonne ging auf, der Tau, der grau auf Rasen und Blumen gelegen hatte, sprühte Funken. In der dunklen Fassade des Schlosses leuchteten die Fenster rosenfarben auf, als beginne es hinter ihren Scheiben zu blühen, und rosenfarbenes Licht

lag jetzt über dem ganzen Garten; es beschien die weiße Gestalt am roten Tulpenbeet, das bleiche Gesicht, die lang niederhängenden, blonden Zöpfe. Mit weit offenen, tränenlosen Augen sah Fastrade in die aufgehende Sonne; weinen konnte sie nicht, aber sie hätte schreien mögen, einen jener Schreie, wie ihn ein Wild oder ein Vogel in der Waldesstille erhebt, und der das ganze Land zum Zeugen seines Schmerzes aufruft.

Dieser Tag erschien Fastrade sehr lang, ein Padurenscher Sommertag mit seinen kleinen Beschäftigungen, dem Sitzen neben dem Lehnsessel des Vaters, den Mahlzeiten, mit gelbem Sonnenschein in der stillen Zimmerflucht, den Gesprächen mit Tante Arabella und den Gängen durch den Garten, von dem sie, die Hände voll weißer Narzissen, heimkehrte, die in die Vasen geordnet werden sollten.

Fastrade war bleich und ruhig, ein Entschluß drängte alle Gedanken und Gefühle in den Hintergrund, wo sie still darauf lauerten, daß die Bahn für sie wieder frei werde.

Gegen Abend ließ sie den Braunen satteln und ritt in Begleitung des Stallknechts in den Wald. Es war kurz vor Sonnenuntergang, überall wurde das Vieh heimgetrieben, die Hüter sangen laut, aus den Schornsteinen der Katen stieg der Rauch der Abendsuppe auf und wurde rotgolden im Abendscheine. Eine behagliche Heiterkeit klang durch diese letzte Abendstunde. Fastrade trieb ihr Pferd an, sie hatte Eile, ans Ziel zu kommen. Im Walde vor der Auerhahnhütte stieg sie ab, übergab ihr Pferd dem Stallknecht und ging in die Hütte. Durch das geöffnete Fenster fiel der Abendschein voll in den kleinen Raum und vergoldete ihn über und über. In den letzten Sonnenstrahlen tanzten die Mücken wie blonder Staub, auf die kleine Waldwiese vor der Hütte waren schon Rehe ausgetreten und ästen knietief im rotgoldenen Grase. Es war sehr ruhevoll, allein Fastrade ließ diesen Frieden, ließ auch die Erinnerungen, die hier wohnten, nicht an sich heran. Schmal und aufrecht in ihrem blauen Reitkleide stand sie mitten in dem Zimmer und dachte an ihre Aufgabe. Sie hatte Dietz Egloff hierherbestellt, um ihm zu sagen, daß sie voneinander gehen mußten, und sie wollte, daß er auch verstehe, warum. Jetzt hörte sie draußen Schritte, und sogleich darauf trat Egloff ein. »Guten Abend«, sagte er. »Guten Abend«, erwiderte Fastrade und reichte ihm ihre Hand, die er höflich küßte. Sie sah sofort, daß er befangen war, und das rührte sie. Sie begann zu sprechen – schnell, atemlos, als fürchtete sie, den Mut zu verlieren, wenn sie zögerte. »Ich habe dich gebeten, herzukommen, ich wollte nicht so still von dir gehen, ich glaubte, es passe für uns beide nicht, uns zu trennen, ohne daß es klar zwischen uns sei, und so – so kam ich.«

Eine leichte Röte stieg in Egloffs Gesicht auf, er wandte sich ab, nahm einen Stuhl und schob ihn Fastrade hin. Als sie sich gesetzt hatte, setzte auch er sich auf die Holzbank. Er sah Fastrade nicht an, sondern schaute auf die Reitgerte nieder, mit der er spielte. »Das ist ja gewiß sehr korrekt«, sagte er langsam, »das muß natürlich so sein, und ich hätte es nicht anders erwarten können. Ich habe es ja auch gewußt, daß es so kommen mußte. Ein Skandal darf in die Nähe von Fastrade von der Warthe nicht kommen, das ist denn alles ganz ordnungsmäßig. Da sind alle dummen Erinnerungen nicht am Platz. Wenn ich daran denke, wie du hier an der Tür standest und von Helfen und Beistehen sprachest, so gehört das wohl nicht hierher.«
»Doch, es gehört hierher«, rief Fastrade leidenschaftlich, »wenn du krank wärest, oder arm, oder von allen verlassen, dann würde ich bei dir stehen, das wäre der einzige Platz auf der Welt, der mir zukäme, aber ich müßte ein Recht darauf haben, du müßtest zu mir gehören. Nun aber gehörst du nicht mehr zu mir.«
Egloff schaute auf, seine Augen wurden dunkel und böse. »Gehöre ich zu Lydia Dachhausen?« fragte er.
»Sie war heute morgen bei mir«, fuhr Fastrade fort, »sie weiß dich in Gefahr, sie glaubte, ich könnte etwas tun, um dich zu retten. Das tut nur eine Frau, die ein Recht auf dich hat.«
Egloff zuckte leicht mit den Schultern: »Ich bin nicht so freigebig damit, das Recht auf mich zu vergeben; diese kleine Frau, die sich an mich hängt, ist ein Abenteuer, eine Gelegenheit, eine Sünde, alles – nur kein Schicksal. Lydia Dachhausen zählt nicht, daß du das nicht verstehst! Daß du an der nicht vorüber kannst!«
Fastrade schüttelte den Kopf: »Nein, das werde ich nie verstehen, daß eine Frau, die dir zuliebe ihr ganzes Leben zerbricht, nicht zählt, an der kann ich nie vorüber, es würde mir sein, als ob ich auf etwas Lebendes träte.«
Die Sonne war untergegangen und in dem kleinen Zimmer dämmerte es, von der Wiese und den großen Tannen wehte Kühlung herein; eine Fledermaus hatte sich durch das Fenster in das Zimmer hinein verirrt und zog unter der niedrigen Decke unablässig ihre Kreise, zuweilen leise mit den Flügeln an die Wände streifend. Egloff hatte eine Weile geschwiegen, nun sprach er, und es klang verhalten und dumpf, als müßte er seine Stimme zur Ruhe zwingen: »So habt ihr es immer hier gemacht auf den Schlössern, Großmut, Mitleid, Stolz, Ehrlichkeit, all solche Dinge mußten in die Liebe hinein, Dinge, die nichts mit der Liebe zu tun haben, an denen sie erstickt. Lydia weiß von diesen Dingen nichts, die kommt an jeder vorüber.«

»Das einzige Recht der armen Lydia ist das Recht auf dich«, erwiderte Fastrade ein wenig feierlich, »und wenn ich noch etwas wünschen, wenn mich noch etwas freuen könnte, so wäre es, daß du sie beschützest und sie nicht verlässest.«

»Oh, ich kenne das«, unterbrach Egloff sie heftig, »immer wolltest du mich mit deiner Tugend anputzen, damit deine Liebe sich vor sich selbst entschuldigen konnte, daß sie an einen solchen Gesellen geraten war. Aber es ist umsonst, ich fürchte, sie hatte keine Entschuldigung.«

»Ach, lassen wir sie«, sagte Fastrade müde, »sie hat keinem helfen können, sie zählt nicht mehr.«

Leise, und als spräche er zu sich selbst, murmelte Egloff: »Zählt nicht – na, sie wäre noch das einzige gewesen, was in dieser verdammten Welt hätte zählen können.« Es war so finster geworden, daß sie einander nicht mehr deutlich sehen konnten. Über ihnen war noch immer das unermüdliche leise Rauschen der kleinen Flügel hörbar, plötzlich hatte die Fledermaus den Ausgang durch das offene Fenster gefunden, sie stieß einen schrillen Laut aus und flatterte in die Dunkelheit des Waldes hinaus.

»Ich muß jetzt gehen«, sagte Fastrade, »lebe wohl, Dietz.« Sie reichte ihm ihre Hand und er drückte sie schweigend. Fastrade wandte sich dem Tische zu, auf dem ihre Handschuhe und Reitgerte lagen, sie blieb dort einen Augenblick stehen und der leise, helle Ton fallenden Goldes wurde vernehmbar. Sie hatte den Ring, den Egloff ihr gegeben, vom Finger gestreift und auf den Tisch fallen lassen, dann ging sie hinaus.

Zu Hause erfuhr sie von Christoph, daß der Baron Port eben dagewesen und fortgefahren sei. Während sie sich in ihrem Zimmer umkleidete, dachte sie: so muß es ja kommen, jetzt ist die Geschichte von Lydia, Dietz und mir zu allen Schlössern unterwegs.

Fastrade ging zu ihrem Vater hinüber. Der Baron und die Baronesse Arabella saßen nebeneinander auf dem Sofa und die bleichen Gesichter schauten gespannt zur Tür hin. »Guten Abend«, sagte Fastrade, als sie eintrat. »Guten Abend, mein Kind«, erwiderte der Baron feierlich, »setze dich.« Fastrade setzte sich, faltete die Hände im Schoß, sah vor sich hin in das Licht der Lampe und wartete. Der Baron schaute seine Schwester an, diese nickte kummervoll, da trocknete er seine Lippen mit dem Taschentuche, räusperte sich und sprach offenbar mit Anstrengung: »Port war hier, er hat mit deiner Tante gesprochen, nun ja, und deine Tante hat mit mir gesprochen. Er hat da Dinge erzählt, die uns viel Kummer bereiten.« Er hielt inne und sah Fastrade erwartungsvoll an. Diese regte sich nicht, sie schaute noch immer wie abwesend in die Lampe, aber sie sagte ruhig und deutlich: »Ich habe eben meine Verlobung mit Dietz Egloff gelöst.«

Wieder sahen die beiden alten Leute einander an, die Baronesse lächelte sogar kaum merklich und der Baron nickte. »So, so«, meinte er, und das Reden wurde ihm leichter, »nun ja, ich habe von meiner Tochter nichts anderes erwartet. Ich erinnere mich zwar nicht, daß hier in Paduren eine Warthe schon einmal ihre Verlobung aufgelöst hätte, das ist für die Familie auch immer unangenehm, aber unter diesen Umständen bleibt uns wohl nichts anderes übrig. Hättest du beizeiten meine Warnungen gehört, so wäre uns viel Kummer erspart worden. Aber lassen wir das jetzt, dieser junge Mann ist erledigt.« Und er fuhr mit der Hand von oben nach unten durch die Luft, wie er es in solchen Fällen zu tun liebte. Fastrade wollte auffahren, wollte gegen diese bleiche Greisenhand protestieren, die über Dietz Egloff den Sargdeckel zuzuschlagen schien, aber sie schwieg. »Nun, und du wirst bald darüber hinwegkommen«, fuhr der Baron heiterer fort, »du hast deine Heimat, deinen Wirkungskreis, wir sind ja hier recht gemütlich beisammen, wer kann uns etwas vorwerfen, wer kann uns etwas tun, nun also.« Die Baronesse Arabella stand auf, ging zu Fastrade und küßte sie auf die Stirn, der Baron legte seine Hand auf Fastrades Hände, sie aber richtete sich auf, als täten diese Liebkosungen ihr wehe. »Sollen wir nicht lesen?« fragte sie und griff nach St. Simons Memoiren. »Nun ja«, erwiderte der Baron, »dem steht jetzt nichts im Wege.« – »Lest, lest«, meinte die Baronesse, ihr tränenfeuchtes Gesicht lächelte, »ich bringe euch Orangen, es ist eben eine neue Sendung angekommen.«

Siebzehntes Kapitel

Spät am Abend kehrte Dietz Egloff von seiner Reise nach Hause zurück. Klaus empfing ihn im Flur, nahm ihm seine Sachen ab, fragte nach seinen Befehlen und tat das mit einer scheuen, traurigen Miene. Egloff entnahm daraus, daß die Nachricht vom Tode des armen Dachhausen ihm vorausgeeilt war. Im Saal kam ihm die Baronin entgegen, sie umarmte ihn, sie hatte geweint, und auch in ihrer Zärtlichkeit lag etwas Befangenes und Unsicheres. »Du wirst hungrig sein, mein Kind«, sagte sie, »du wirst gleich essen.« Egloff dankte, schlafen wollte er, nur das. »Ja, ja«, meinte die Baronin und streichelte seinen Rockärmel, »schlaf nur, mein Kind; niemand wird dich stören. Wein und etwas Kaltes lasse ich dir auf dein Zimmer stellen, vielleicht daß du später etwas nimmst.« Auch Fräulein von Dussa kam, und in ihrem Händedruck lag etwas Pathetisches. Die beiden Damen begleiteten Egloff bis an die Tür seines Zimmers, und als

er dieselbe hinter sich schloß, hörte er sie eine Weile noch miteinander flüstern.
Er streckte sich auf sein Sofa aus und schloß die Augen, er war wirklich todmüde, aber was half es, so war es ihm schon auf der Fahrt ergangen; sobald er die Augen schloß mußte er das eben Erlebte wieder erleben. Es war wie eine Besessenheit, gleich sah er wieder das flache, mit Erlengebüsch bestandene Land dort an der polnischen Grenze im Lichte des bewölkten Morgens, mitten darin das Birkenwäldchen, grell weiß und grün wie ein neues Kinderspielzeug. Dort gingen die Herren auf und ab, maßen die Distanz, luden die Pistolen. Da war Bützow und der Leutnant von Klette, der junge von Teschen und Doktor Hansius. Egloff ging etwas abseits auf und ab, er hatte den Kragen seines Paletots aufgeschlagen, denn ihn fror. Auf der andern Seite sah er Dachhausen hin- und hergehen, und er mußte lächeln über die breitspurige und würdige Art, in der die kleine Gestalt einherschritt. Ein guter Junge, dachte Egloff. Von Jugend auf kannten sie sich, und Dachhausen hatte stets mit treuherziger, großer Bewunderung zu Egloff aufgesehen. Welch eine widerwärtige Komödie, daß man sich da hinstellen sollte und aufeinander schießen, und wie wichtig der kleine Dachhausen sich vorkam. Fräulein von Dussa, in ihrer boshaften Weise, hatte einmal gesagt, Dachhausens Augen haben mit den schönen Brauen und den langen Wimpern eine ganz tragische Aufmachung, mitten drin aber sitzen doch nur die harmlosen blauen Dachhausenschen Augen. Das war es, Dachhausen liebte das Pathos und hatte kein Glück damit.
Geschäftig kam Bützow herangelaufen, das große Monokel ganz beschlagen von der feuchten Luft. »Ich denke, wir fangen an«, sagte er, »es ist alles bereit.« So stellten sie sich denn auf. Als die Gegner einander grüßten, als ihre Blicke sich begegneten, war Egloff versucht, dem alten Kameraden so vieler Jugendstreiche zuzulächeln, allein Dachhausens Gesicht blieb starr und ernst. Der Unparteiische begann zu zählen, Egloff schoß, er wußte nicht, hatte er gezielt, aber nach dem Schusse warf Dachhausen beide Arme empor, drehte sich und fiel zu Boden. Doktor Hansius und die anderen Herren liefen auf ihn zu und umgaben ihn. Egloff blieb auf seinem Platze stehen, er war sehr überrascht, das hatte er nicht erwartet. Endlich kam Bützow zu ihm herüber. »Lungenschuß«, sagte er leise, »schlimm. Wir werden ihn zum Kruge bringen müssen.« – »Kann ich helfen?« fragte Egloff. »Nicht nötig«, erwiderte Bützow, »es sind Leute da, mein Chauffeur und andere, fatale Geschichte«, und er eilte wieder fort. Egloff sah zu, wie die Leute kamen und Dachhausen forttrugen, und als er allein war, fing er an mit kleinen Schritten auf und

ab zu gehen, über ihm im Laube flüsterte es, ein feiner Regen ging nieder. Er zog seinen Paletot an, weil ihn fror. Das erste Gefühl, das ihn überkam, war eine Art Erleichterung, etwas war von ihm genommen. Über den Ausgang solcher Affären denkt man ja nicht viel nach; aber auf dem Grunde seines Bewußtseins hatte die Überzeugung geruht, daß er fallen würde, und nun lebte er. Gleich darauf erfaßte ihn ein ungewohntes, quälendes Erbarmen mit dem alten Freunde, der da so hilflos mit beiden Armen in die Luft gegriffen hatte und zur Erde gefallen war. Wozu das? Das hatte er doch nicht gewollt. »Pfui Teufel«, brummte er und spie aus. Langsam ging er jetzt den andern nach, und seine Gedanken schlugen einen andern Weg ein. »Wäre ich gefallen«, sagte er sich, »dann hätte Fastrade um mich geweint, jetzt wird ihr Mitleid Dachhausen gehören, und sie ist mir unerreichbarer denn je.« Er mißgönnte Dachhausen dieses Mitleid. Was hatte der dumme, kleine Dachhausen solche Geschichten zu machen? Im Duell fallen, das paßte wirklich nicht zu ihm, das war eine dieser Wichtigtuereien, über die er ihn so oft als Knabe verspottet hatte. Egloff nahm seinen Hut ab und ließ sich das heiße Gesicht vom Regen kühlen. Nun war es ja auch gleich, verspielt war verspielt. Die feuchten Erlenblätter um ihn her dufteten stark, ein Hase setzte über den Weg, und Egloff folgte ihm in gewohnheitsmäßigem Interesse mit den Blicken.

Vor dem Kruge angelangt, ging er in die Krugstube. Der Raum war unreinlich genug, roch nach kaltem Tabak und Fusel, ein graubärtiger Jude stand hinter dem Schenktische, ruhig und beschaulich, als sei nichts geschehen. »Guten Morgen, Herr Baron«, sagte er freundlich, »die Herren haben schlechtes Wetter, schade.« Doktor Hansius kam eilig in das Zimmer, um etwas zu bestellen. »Wie steht es?« fragte Egloff. Hansius zuckte die Achseln. »Nicht gut«, meinte er und ging wieder.

Auch die Herren von Klette und Teschen kamen, eine Zigarette rauchend; sie standen einen Augenblick bei Egloff und berichteten. Es sah schlimm aus, er war nur selten bei Bewußtsein, die Katastrophe konnte bald eintreten. Die Unterhaltung verstummte jedoch, und die Herrn fühlten sich behaglicher, als sie sich in die Fensternische zurückzogen und miteinander flüsterten. Die sympathische Person bin ich hier nicht, ging es Egloff durch den Kopf. Hansius erschien wieder in der Tür. Dieses Mal winkte er Egloff. »Ich glaube, er will Sie sehen«, sagte er. Egloff folgte dem Doktor in ein kleines, weiß getünchtes Zimmer, in dem ein Bett, ein Tisch und ein Stuhl standen. Dachhausen lag in seinen Kissen mit geschlossenen Augen; sein Gesicht schien in der kurzen Zeit seltsam gealtert, es war spitz und gelb geworden. Der Doktor beugte sich über ihn, da öffnete er die Augen, ließ seinen teilnahmlosen, kalten Blick durch das Zimmer irren, wandte den Kopf zur Seite und machte mit der Hand eine müde, abwehrende Bewegung. Er schien etwas zu murmeln, Doktor Hansius beugte sich näher zu ihm, richtete sich dann auf und flüsterte Egloff zu: »Ich denke, Sie gehen.« – »Was sagt er?« fragte Egloff. »Er sagt ›Lydia‹«, erwiderte der Doktor. Egloff verließ das Zimmer. Draußen stieß Bützow zu ihm. »Hier ist schlechte Luft«, meinte er, »draußen wird es besser sein.« Sie gingen hinaus und schritten vor dem Hause in dem leise niederrinnenden Regen auf und ab. Bützow machte anfangs Redensarten über die fatale Affäre, bald ging er auf die vielen Hasen über, die es hier geben mußte und auf die kleinen, struppigen Bauernhunde, die so glänzend auf der Hasenjagd waren. Ab und zu schauten sie zur Krugstüre hinüber, als erwarteten sie eine Nachricht. Plötzlich blieb Bützow stehen. »Hören Sie, Egloff«, sagte er, »das ist nun so, wie es ist, aber essen muß der Mensch, ich habe einen Wolfshunger, Sie nicht?« Egloff hatte an seinen Hunger bisher nicht gedacht. »Gleichviel«, beschloß der Graf, »kommen Sie zu meinem Wagen, dort habe ich was zu essen.« Sie gingen zu Bützows Automobil und stiegen hinein. Bützow packte seine Vorräte aus. »Sehen Sie, da ist Leberpastete, da ist kalte Pute, hier etwas Kaviar, da ist Schnaps und Rotwein«; und sie begannen zu essen, Egloff fühlte erst jetzt, daß er hungrig war, und das Essen bereitete ihm ein intensives Vergnügen. Es war auch wirklich gemütlich hier in dem hübschen gepolsterten Raume, der Regen knisterte an den Fensterscheiben, Bützow wurde ordentlich heiter, er sprach von seinem Koch, der eine Perle war, kritisierte das Essen auf den Schlössern. Bei Ports aß man schlecht, aber sie hatten eine Spezialität, kleine Speckpasteten, die waren delikat. Bei Teschens war die Fischsuppe gewöhnlich gut. Egloff berichtete von Speisen, die er auf seinen Reisen gegessen, von einer gefüllten Pute, die in einem griechischen Haushalt serviert worden war, gefüllt mit Reis, Pistazien, Mandeln und trockenen Feigen. Als die Mahlzeit jedoch beendet und Egloff satt war, fiel die gemütliche Stimmung sofort wieder von ihm ab. Der Raum wurde ihm zu enge, und Bützow mit seinem Geschwätz und seinem zu starken englischen Parfüm war ihm unerträglich. »Steigen wir aus«, schlug er vor. Draußen kam ihnen der Leutnant von Klette entgegen, ernst und feierlich. »Es ist aus«, murmelte er. Man stand schweigend beisammen, bis Bützow sagte: »Sehr traurig, sehr traurig, aber dann können wir wohl fahren, ich bringe Sie zur Station, Egloff.« Allein Egloff wollte den Toten sehen. Dachhausen lag da im kleinen Krugzimmer, das bleiche Gesicht hatte jetzt wieder seinen friedlichen, harmlosen Ausdruck, an den Augen die Linien, welche die freundlichen Falten seines stets bereiten Lachens eingegraben; es war wieder das gute Gesicht, auf dem nichts von Leiden, nichts von einer Geschichte geschrieben stand.

Egloff schaute ihn an mit einer wunderlichen Mischung von Mitleid und Verachtung. Es schien fast widersinnig, daß er so streng und bleich dalag, der arme Junge konnte selbst im Tode nicht ernst genommen werden. Egloff wandte sich ab, verabschiedete sich von den Herren mit einem kühlen Händedruck und ging hinaus, um zu Bützow in das Automobil zu steigen.

Nun kam die Reise mit ihrem traumhaften Wiedererleben des Erlebten; es war Egloff unmöglich, an das zu denken, was kommen würde, immer wieder stand das eben Vergangene ihm vor Augen, und mitten darin immer wieder Dachhausen, Dachhausen, sich breit und wichtig auf die Mensur stellend, Dachhausen, wie er hilflos mit den Armen durch die Luft fuhr und zu Boden fiel, Dachhausen, wie er bleich und still im Bette lag. Und ein Ingrimm erwachte in Egloff, wie einfach und klar wäre die Lösung gewesen, wenn er, Egloff, gefallen wäre. Ja, er wußte es jetzt, er hatte bestimmt darauf gerechnet, und nun kam dieser Mensch und verwirrte alles wieder. Dort in der kleinen weißen Krugstube wie Dachhausen dazuliegen, welche Ruhe!

Ja, welche Ruhe, Egloff streckte sich auf seinem Sofa. Draußen vom Saale her klangen die Töne eines Harmoniums herüber, Egloff entsann sich, es war heute Sonnabend und da pflegte stets eine Abendandacht mit den Leuten stattzufinden. Er erhob sich und ging hinaus.

Fräulein Dussa saß am Harmonium, die Baronin neben ihr, die Bibel auf den Knien, in der Tür standen die Mägde und die Diener und der Koch. Egloff setzte sich am anderen Ende des in Saales in einen Sessel, dort hatte er schon als Kind während dieser Andachten gesessen, damals waren ihm die Augen vor Schläfrigkeit zugefallen, und die Flammen der Kerzen hatten sich in krause Bündel kleiner goldener Blitze aufgelöst.

»Aus tiefer Not schrei ich zu dir«, wurde angestimmt. Starke, ein wenig heisere Stimmen riefen die feierliche Leidenschaftlichkeit der Melodie in den Saal hinein und mischten in die Andacht die Schläfrigkeit des Feierabends. Wie einst als Kind, empfand Egloff diese Töne als große ruhige Wellen, die ihn nahmen, hoben und wiegten, und die krankhafte Spannung seiner Nerven löste sich. Nach dem Choral las die Baronin den zweiten Psalm in ihrer klagenden, ermahnenden Weise, nur daß die Stimme zuweilen zu zittern begann und in einer aufsteigenden Rührung zu versagen drohte.

Den Schluß machte ein gemeinsames Gebet, ein gleichmäßiges Murmeln, das dem kleinen Dietz früher der Inbegriff des Heiligen geschienen hatte. Egloff stand leise auf und ging in sein Zimmer hinüber.

Das hatte ihm wohlgetan, es war stiller in ihm geworden. Er aß ein wenig, trank ein Glas Wein und setzte sich in seinen großen Sessel. Das angenehme Gefühl, mit dem wir bemerken, daß ein bohrender Schmerz, der uns quälte, plötzlich nachgelassen hat, erfüllte auch ihn, als er feststellte, daß er nicht mehr an Dachhausen zu denken brauchte. Er schloß die Augen und mußte eine Weile geschlafen haben, denn er träumte eine kurze Traumvision, Fastrade kam in die Auerhahnhütte in ihrem blauen Reitkleide, das Gesicht rund und rosig, das Haar unnatürlich golden, und mit ihr kam viel Sonnenschein in das Zimmer, ein Sonnenschein so gelb, wie er ihn nur als Kind gesehen zu haben glaubte, wenn der kleine Dietz morgens im Bette lag und die Wärterin die Fensterläden öffnete und die Morgensonne hereinließ. Das Gefühl der Freude mußte für den Traum zu stark sein, denn er erwachte. Still saß er da, um das Traumgefühl festzuhalten, bis die Gegenwart unerbittlich und unentrinnbar alles verlöschte. Da empfand er ein Gefühl des Alleinseins, wie es ihn so stark noch nie ergriffen hatte. Menschen waren ihm stets ein Bedürfnis gewesen, allein er hatte es nie recht verstanden, ihnen nahe zu sein, jetzt jedoch schienen alle Fäden, die ihn mit den anderen verbanden, zerrissen, und die eine, in deren Gegenwart er sich nie allein gefühlt, war ihm unendlich fern. Seltsam war es immerhin, daß er mit diesem Dietz Egloff bis an das Ende gehen sollte. Und vielleicht war es ein Aberglaube, die Welt war doch so groß, konnte er nicht dort irgendwo weit fort auftauchen, als ein Anderer und Neuer? Das Leben Dietz Egloffs war zwar verdorben und verspielt, aber das Leben ohne Dietz Egloff war ganz uninteressant. So sank denn die Einsamkeit auf ihn nieder wie etwas Körperliches, wie etwas Kaltes und Hartes, schnürte ihn ein wie eine Rüstung. Die kleine Uhr auf dem Spiegeltisch schlug elf mit ihrem dünnen, hellen Tone, der einer Kinderstimme glich.

Egloff klingelte Klaus und befahl ihm, Ali zu satteln, ging darauf in sein Ankleidezimmer, sich für den Ritt umzukleiden. Als er fertig war und eben hinausgehen wollte, blieb er einen Augenblick vor seinem Schreibtische stehen, auf dem ein Paket Briefe lag, obenauf ein großer Brief von Mehrenstein. Mit Ekel schob er sie beiseite, die sollten nur uneröffnet bleiben.

Ali war munterer denn je, und da Egloff ihn laufen ließ, jagte er in vollem Galopp die Landstraße entlang. Wieder kamen sie an Wiesen vorüber, über die der Nebel hinspann, wieder schlug die Nachtigall in den Erlen, und Harmonikaklänge irrten durch die Nacht, aber heute kam das Egloff nicht nahe, es zog vorüber wie das Leben, auf das wir aus dem Coupéfenster mit reisemüden Augen herabsehen. Aber Ali war so ausgelassen, daß

Egloff auf ihn achtgeben mußte, und die Arbeit am Pferde zerstreute ihn ein wenig. So jagten sie die Padurensche Birkenallee hinab, und vor dem Parkgitter hielten sie. Dunkel und schweigend mit seinen geschlossenen Fensterläden stand das alte Haus zwischen den großen Kastanienbäumen, die alle ihre Blüten aufgesteckt hatten mitten in dem schwülen Dufte seines Gartens, und der bleiche Reiter vor dem Parktor starrte lange durch die Dämmerung zu ihm hinüber. Ali jedoch war unruhig und ließ sich endlich nicht mehr halten. »Geh«, murmelte Egloff, und in tollem Ritte ging es jetzt über die Landstraße dem Walde zu. Im Walde war es dunkel und so stille, daß die Hufschläge des Pferdes widerhallten wie in verlassenen Kreuzgängen. Vor der Auerhahnhütte blieb Ali von selbst stehen. Egloff stieg ab und führte das Tier, das ganz in Schaum war, beiseite unter die Zweige einer großen Tanne. »Tüchtig ausgelaufen, was, mein Alter«, sprach er ihm liebevoll zu, er löste ihm den Sattelgurt und den Kopfriemen, bedeckte leicht mit der linken Hand das Auge des Pferdes, zog mit der rechten seinen Revolver heraus, drückte ihn gegen Alis Ohr und schoß ab. Ein Zittern ging durch den ganzen Körper des Tieres, dann brach es mit allen vier Läufen zusammen, zuckte ein wenig und lag still da. Egloff beugte sich zu ihm nieder, strich ihm mit der Hand über die Mähne und murmelte: »So, mein Alter, mehr ist nicht daran, man streckt sich ein wenig und dann ist's aus, mehr ist nicht daran.« Er richtete sich auf und ging langsam zur Hütte hinüber. Vor der Tür blieb er einen Augenblick stehen und schaute in die Nacht hinein. Durch die schwarzen Tannenwipfel blitzten Sterne, auf der kleinen Waldwiese lag Nebel, und ein Nachtvogel flog lautlos nahe der Erde durch die weißen Schleier hin. Egloff öffnete die Tür zur Hütte und zog sie hinter sich zu ...

Früh morgens wurde Fastrade von ihrem Mädchen geweckt. Der Förster aus Sirow sei da, hieß es, er wolle das gnädige Fräulein sprechen, es sei etwas mit dem jungen Herrn geschehen, vielleicht wolle das gnädige Fräulein mitfahren, der Förster habe seinen Wagen da. »Gut, ich komme«, sagte Fastrade, sie sprang aus dem Bette und kleidete sich eilig an. Keine große Erregung machte sie dabei schwach, die letzten Tage hatten so viel Leid gebracht, daß eine Art ruhiger Schmerzbereitschaft in ihre Seele eingekehrt war. Sie erwartete es nicht anders, als daß noch mehr Schmerzvolles kommen würde. Den Förster Gebhard fand sie sehr verstört. »Ja, es war etwas Schlimmes geschehen mit dem jungen Herrn«, berichtete er, »drüben in der Auerhahnhütte.« Er wäre zuerst hierhergekommen. Auch nach Doktor Hansius sei geschickt worden. Der Wagen stehe unten. »Also fahren wir«, beschloß Fastrade. Mehr war aus dem Alten nicht herauszubringen, und Fastrade mochte nicht fragen, es war

ihr, als wüßte sie schon alles. Sie stiegen in den kleinen Wagen, schweigend trieb Gebhard sein Pferd an, und aus seinen kleinen, schlauen Augen rannen beständig Tränen in den grauen Bart. Vor der Auerhahnhütte hatten sich Leute versammelt, Waldhüter und Bauern, die Fastrade scheu und traurig grüßten. Sie stieg aus und ging in die Hütte. Auf der hölzernen Ruhebank lag Egloff ausgestreckt, sie hatten ihm die Satteldecke unter den Kopf geschoben, sein Rock war offen, auf seinem Hemde war ein kleiner Blutfleck wie ein rotes Siegel, die Züge des bleichen Gesichtes hatten eine wunderbare Schärfe und Regelmäßigkeit, und der Ausdruck hochmütiger Verschlossenheit lag auf ihnen.
»Er ist tot«, kam es klagend von Fastrades Lippen, sie kniete nieder und streichelte seine kalte Hand. Dann setzte sie sich auf die Bank, nahm seinen Kopf in ihren Schoß, beugte sich nah auf ihn nieder und sprach halblaut zu ihm: »Ganz allein, ganz allein mußte er sterben, ich war nicht da, ich habe ihn ja verlassen, ich habe ihm nicht geholfen, so ist er allein gestorben, niemand war bei ihm, als er in Not war.«
Leute kamen in das Zimmer und gingen wieder, Fastrade bemerkte es nicht, sie tat, als sei sie mit ihrem Toten allein. Endlich berührte jemand ihre Schulter, Doktor Hansius war es. »Wir müssen ihn in das Schloß bringen«, sagte er. Fastrade sah ihn mit den weit offenen, tränenlosen Augen an und sagte wieder klagend: »Er ist hier allein gestorben, denn ich habe ihn ja verlassen.« Männer kamen mit einer Tragbahre, auf die der Tote gebettet wurde, Gebhard gab leise Befehle, und sie trugen ihn hinaus. »Kann ich Sie in meinem Wagen mitnehmen?« fragte Hansius Fastrade. »Ich bleibe bei ihm«, erwiderte sie. Sie ging hinaus, und als der Zug sich in Bewegung setzte, schritt sie neben der Bahre her, ihre Hand auf die Hand des Toten gelegt. Der Morgen war wundervoll hell, in den Pappeln der Allee jubelten die Amseln so laut, als feierten sie heute ein besonderes Fest. Am Ende der Allee stand das Schloß blendend weiß in der hellen Morgensonne. Ganz still, mit niedergeschlagenen Vorhängen, schlief es noch mitten in dem bunten Blühen seines Gartens, während der stille Zug sich ihm langsam näherte.

Achtzehntes Kapitel

Die Baronin Port hatte ihren Stickrahmen auf die Veranda hinaustragen lassen; da saß sie mitten unter den Schatten des wilden Weines und arbeitete. Sie stickte an einem jungen Hunde, der nach einer Wespe schnappt, auf hellblauem Grunde. Auch Gertrud hatte sich hier in einem

Liegestuhl ausgestreckt und sah müßig auf das Land hinaus. Sylvia aber las still für sich einen englischen Roman. Der Baron Port kam auf die Veranda heraus im Reitanzug, denn er war im Begriff, seinen gewohnten Abendritt zu machen. »Ihr sitzt hier ganz gut«, meinte er, »ich wollte nur sagen, daß ich in Paduren anreiten will und vielleicht später nach Hause komme.« – »Tue das«, erwiderte die Baronin, »sieh etwas nach den armen Padurenschen.« – »Ach was, arm«, versetzte der Baron, »ich finde, Warthe ist in letzter Zeit sehr guter Laune. Nun, und Fastrade kommt allmählich auch darüber hinweg, sagte mir die Tante. Vernünftiges Warthesches Blut. Es ist gut, daß auch die dümmsten Geschichten vorübergehen.« Er stand noch einen Augenblick da und schaute auf den Garten hinunter, »ein Wetterchen, ein Wetterchen«, murmelte er, »wenn das so weiter geht, kriegen wir ein Heu wie Zucker. Na ja, dann auf Wiedersehen«, und er ging.

Sylvia, die, während ihr Vater sprach, ruhig weiter gelesen hatte, ließ jetzt das Buch sinken. »Du weinst ja«, sagte Gertrud. Sylvia lächelte und hatte die Augen voller Tränen. »Ja«, erwiderte sie, »die kleine Mary, die den Lord liebt, stirbt an gebrochenem Herzen, das ist sehr rührend.« Gertrud lehnte sich befriedigt in ihren Stuhl zurück. »Gewiß, das gibt es«, meinte sie, »und es ist ein Trost, daß solche schönen, heißen Sachen wirklich in der Welt passieren, wenn sie auch nicht zu uns kommen. Mit dem armen Egloff und Fastrade und Lydia und Dachhausen waren sie uns schon ganz nahe.«

Die Baronin hob den Kopf und sah ihre Tochter unzufrieden über die Brille hin an. »Wie du wieder sprichst«, sagte sie, »danke Gott, daß du hier ruhig und glücklich leben kannst und daß wir von deinen dummen, heißen Sachen verschont bleiben.«

Gertrud lächelte überlegen. »Ich sage ja nichts«, versetzte sie, »aber ich kann mich doch darüber freuen, daß es da draußen ein Leben gibt, in dem Interessanteres sich ereignet, als daß das Heu gut hereinkommt.« Die Baronin zuckte die Achseln und suchte in ihrem Wollkorbe nach einem passenden Faden. »Draußen, draußen«, murrte sie, »du warst ja draußen und die Fastrade auch, was hat es geholfen? Ihr kommt ja doch zurück, ihr könnt dort ja doch nicht leben.« – »Vielleicht können wir es nicht«, erwiderte Gertrud gereizt, »aber ich kann mich doch darüber freuen, daß es Menschen gibt, die das können.«

Unterdessen ritt der Baron Port auf seiner alten Schimmelstute gemächlich zwischen seinen Feldern hin. Der Tag war sehr heiß gewesen; von der Abendsonne angeleuchtet, schwebte der Staub wie ein rötlicher Dunst über der Landstraße, das Korn war schon in Ähren, die Wiesen in ihrem vollen Blühen hatten einen schönen Kupferglanz. Die Arbeiter kamen von ihrer Arbeit und grüßten den Baron, und er nickte wohlwollend, rief dem einen oder anderen etwas zu: »Heiß gewesen heute, was?«, und als sie schon vorüber waren, behielt sein Gesicht noch eine Weile das leutselige Lächeln. Er liebte es, auf seinen abendlichen Ritten nicht nur seine eigenen Felder, sondern auch die Felder der Nachbargüter zu besichtigen. So schlug er den Weg nach Barnewitz ein. Als er am Hause vorüberkam, sah er die Baronin Dachhausen und Adine in ihren Trauerkleidern auf der Hoftreppe stehen und zum Stall hinüberschauen, in den gerade das Vieh eingetrieben wurde, eine lange Reihe schöner, schwarz und weiß gefleckter Tiere, die langsam vorüberzogen und eine Atmosphäre von Gemächlichkeit und Sattheit um sich her verbreiteten. Der Baron grüßte hinauf, und die Damen winkten. Von Barnewitz machte er einen Umweg über Sirow. Die Felder standen auch dort gut. Durch das Gartengitter sah er die beiden Frauen mit wehenden Trauerschleiern in der kleinen Wandelhalle auf- und abgehen. Das kannte er, das hatte er oft schon gesehen, wenn er vorüberritt, nur fiel es ihm heute auf, daß die Baronin Fräulein von Dussa den Arm gab und langsam zu gehen schien.

Um Sonnenuntergang langte er in Paduren an. »Die Herrschaften sind unten im Park«, meldete der Diener. »Ich weiß, ich weiß«, sagte der Baron Port und ging zum kleinen See hinunter. Dort fand er den Baron Warthe in seinem Rollstuhle, die Baronesse Arabella und Fastrade. Sie saßen still beisammen und warteten auf den Einfall der Enten. »Kommen sie schon?« fragte Baron Port. – »Die kommen schon«, erwiderte Baron Warthe und lachte, »nach dem heißen Tage haben sie es eilig.« – »So, so«, meinte Baron Port und setzte sich zu seinem alten Freunde. »Ja, ein Wetterchen, wenn das so fortgeht, so kriegen wir alle Arbeit zugleich auf den Hals«, und er erzählte von den Witzowschen Feldern und von den Barnewitzschen und Sirowschen Feldern, und sie sprachen von den früheren Ernten. Wenn eine Schar Enten herangeflogen kam und sich rauschend in das Schilf einließ, dann hielten die alten Herren in ihrem Gespräch inne und lachten.

»Nichts Neues in der Gegend?« fragte der Baron Warthe. »Nein, nichts«, erwiderte der Baron Port, »Gott sei Dank ist hier alles wieder ruhig.« – »Das ist gut«, meinte der Baron Warthe in belehrendem Stimmtone, »man hat im Leben ja auch seine Unruhe gehabt, man hat seine Tätigkeit und seinen Wirkungskreis gehabt, nun will man Ruhe im windstillen Winkel.« – »Da hast du ganz recht, Bruder«, bestätigte Baron Port.

Fastrade saß schweigend da und schaute auf den See hinaus. Die behaglich plaudernden Stimmen der Alten drangen zu ihr wie etwas, gegen das sie sich wehrte. Alles wieder ruhig. War diese Ruhe nicht etwas Drohendes und Feindliches? Sie hatte Angst um ihren Schmerz, der jetzt ihr heiligstes Erlebnis war. Würde er in dem windstillen Winkel stille werden, schläfrig werden, untergehen?

Die Dämmerung nahm zu, Enten kamen nicht mehr, der See wurde still, nur zuweilen rauschte ein Flügel im Schilf, eine Ente schnatterte im Traum oder eine Unke plätscherte leise auf ihrem Wege durch das seichte Wasser am Ufer. Irgendwo im Rasen begann ein Erdkrebs seinen einsamen Liebesgesang. – In der Finsternis still vor sich hinzuweinen tat Fastrade wohl, es tat ihr wohl, in sich hineinzuhorchen auf das Schlagen ihres Herzens und das Fiebern ihres Blutes, sie fühlte sich dann wunderbar eins mit dem verstohlenen Schluchzen, Liebkosen und Seufzen, mit dem ganzen geheimnisvollen Leben, das durch die Junidämmerung atmete. – »Es wird dunkel«, sagte der Baron Warthe, und man machte sich auf den Heimweg. Am Parkgitter ließ der Baron halten. »Sieh, Port«, meinte er, »drüben bei dir haben sie schon Licht gemacht.«

»Ja«, erwiderte der Baron Port, »und dort in Sirow auch. Und das dort ganz weit sind die Lichter von Barnewitz.«

Die goldenen Lichtpünktchen blinzelten friedlich über die Ebene hin, auf deren Felder, fette Wiesen und stille Wege flüsternd die Sommernacht herabsank. »Aber kühl wird es doch abends«, bemerkte Baron Port. »Ja, kühl«, bestätigte Baron Warthe, »da wird ein Glas von meinem Rotwein gut tun, du kennst ihn ja.« – »Den kenne ich gut«, schmunzelte der Baron Port und die beiden alten Herren lachten behaglich bei dem Gedanken an den guten Padurenschen Rotwein.

(1914)

AM SÜDHANG

Karl Erdmann von West-Wallbaum war Leutnant geworden, und während er durch den Sommerabend dem elterlichen Landhause zufuhr, sagte er sich, daß all die klugen, hochmütigen Leute, welche schlecht vom Leben sprachen, ja, daß seine eigenen weltschmerzlichen Stunden dem Leben unrecht taten. Es gab wirklich ganz einwandfreie Lebenslagen. Und mit wie geringen Mitteln baute das Leben oft solch ein Glück auf. Wie viele junge Leute wurden jedes Jahr Leutnant, und mit dem Leutnant war schließlich auch noch nicht allzuviel erreicht. Dennoch, und es war vielleicht lächerlich, aber dieser Leutnant machte ihn glücklich. Er hatte das Gefühl, als sei etwas Neues in ihm; das ihn zu einem anderen machte, zu einem, der mehr Recht auf Liebe, Bewunderung und alles Gute der Welt hatte als der frühere Karl Erdmann. Das würden sie dort zu Hause wohl verstehen. Das war es ja, was das Leben zu Hause so weich und verwöhnend machte, daß man so mühelos einander verstand. Menschen, die einander leicht verstehen, wissen, daß sie einander leicht verwunden können. Daher kam vielleicht in das Leben dort zu Hause die köstliche Behutsamkeit des Umganges, die Karl Erdmann stets die Empfindung gab, als sei sie etwas sehr Kostbares, das zart angefaßt werden mußte. Nun lagen zwei Monate in dem Elternhause vor ihm, zwei ganz sorglose Monate, denn die Schulden hatte er schon gebeichtet. Er würde nichts anderes zu tun haben, als im alten Garten umherschlendern, auf den Wiesen liegen, von seiner Mutter und seinen Schwestern sich verwöhnen lassen, des Vaters gute Zigarren rauchen und ungestört dieses Gefühlvolle in sich gewähren lassen, wie es nur in den alten elterlichen Landhäusern gedieh. Seltsam war es, wie sich dort jedes kleine Ereignis mit einer Gefühlsatmosphäre umgab, die es groß und farbig erscheinen ließ wie den durch Abenddünste aufsteigenden Mond. Karl Erdmann war häufig schon verliebt gewesen, als Kadett und als Fähnrich. Und draußen in der Garnison hatte manche Liebesaffäre gespielt. Allein das war ganz etwas anderes, als zu Hause in den Ferien verliebt zu sein. Da war es eine stille, stetige und erregende Beschäftigung. Man lag stundenlang im Grase und war verliebt, ließ sich von einem starken, süßen, ein wenig erschlaffenden Gefühle wiegen. Draußen konnte Karl Erdmann zynisch und schneidig sein, hier wurde er empfindlich und feinschalig wie eine Frucht, die auf dem Südhange gereift ist. Karl Erdmann war also in den Ferien immer verliebt gewesen, und zwar immer in Frau von Bardow. Das gehörte zu den Ferien wie das Glitzern des Weihnachtsschnees oder wie die gelben Augustbirnen. Eigentlich waren alle zu Hause in Frau von Bardow verliebt, selbst der Vater holte, wenn er mit ihr sprach, seine alten ritterlichen Gardedukorpsmanieren hervor, und Frau von Bardow schien das zu wollen. Sie sprach mit allen diesen Männern so, als wünschte sie, ihnen den Kopf zu verdrehen, oder als bestände zwischen einem jeden von ihnen und ihr ein einzigartiges Verhältnis. So war es mit Botho, dem Hauptmann, Karl Erdmanns älterem Bruder, so mit dem Legationsrat Grafen Ottomar von der Lynck, dem Verlobten von Karl Erdmanns Schwester Oda; ja sogar mit dem fünfzehnjährigen Leo und seinem Hauslehrer Herrn Aristides Dorn hatte Frau von Bardow eine besondere erregende Art zu verkehren. Nur mit ihm, Karl Erdmann, hatte sie stets eine schwesterliche, fast mütterliche Art des Verkehrs gehabt. Und doch hatte er schon als Knabe den Zauber dieser seltsamen, schönen Frau stärker als alle anderen empfunden, so stark, daß er oft wehrlos gegen das eigene Gefühl auf die Wiese hinausrannte, sich auf einen Heuhaufen warf, das Gesicht in das Heu steckte und weinte. Frau von Bardow aber tat nie so, als merkte sie etwas davon, während sie doch bei allen anderen Herren von vornherein so tat, als sei es kein Zweifel, daß sie ganz unter ihrem Zauber standen. Nun, der Leutnant würde auch hier alles verändern, und diese Überzeugung trug nicht wenig zu Karl Erdmanns augenblicklichem Glücke bei.

Daniela von Bardow war von ihrem Gemahl geschieden. Karl Erdmann erinnerte sich des seltsamen geheimnisvollen Mitleidgefühls, das er als Knabe empfunden hatte, wenn die Erwachsenen andeutungsweise davon sprachen, daß Bardow ein schlechter Mensch sei, daß die arme Daniela viel gelitten habe und noch immer von der Welt verkannt und falsch beurteilt werde. Frau von West-Wallbaum liebte Daniela sehr und verteidigte sie stets leidenschaftlich. »Es tut immer weh«, pflegte sie zu sagen, »wenn jemand leidet, weil ihm Unrecht geschieht. Wenn aber Daniela beleidigt wird und leidet, dann empört das wie eine sinnlose Grausamkeit. Es ist so, als ob jemand eine Blume beleidigt.« Karl Erdmann verstand das wohl, und jetzt, da er für Daniela doch auch etwas bedeuten würde, jetzt sollte sie erfahren, wie tief er für sie fühlte. Er hob die Arme und streckte sich behaglich, so daß das Seidenfutter der neuen Uniform angenehm knisterte. Also für die nächsten zwei Monate stand lauter Gutes und Schönes in Aussicht, und Karl Erdmann wollte es sich schmecken lassen. Da war noch zwar dieses Duell, aber das sollte ihn nicht stören. An ein Duell dachte man wie an eine unvermeidliche Geschäftssache, die abgemacht werden

mußte, nicht anders. Es war eine häßliche Szene gewesen drüben in der Garnison mit einem betrunkenen Referendar, der sich Redensarten gegen das Regiment erlaubt hatte. Übrigens hatten der Ehrenrat und die Kameraden anerkannt, daß Karl Erdmann sich gut benommen hatte. Natürlich bat der Referendar um Aufschub, weil er noch manches zu ordnen hatte, Zivilisten bitten immer um Aufschub und haben immer etwas zu ordnen. Aber in den nächsten Wochen sollte das Duell stattfinden. Gut, Karl Erdmann störte das nicht, im Gegenteil, es fiel ihm zwar nicht ein, gefühlvoll an dies Duell zu denken, allein die Tatsache, daß es zu den Ereignissen dieses Sommers gehören würde, gab dem Bilde dieses Sommers, gab der Gestalt Karl Erdmanns doch ein eigenes, ein wenig mystisches Licht. So störte denn nichts seine Freude.
Der Wagen bog in die lange Lindenallee ein. Hier war es dunkel und so still, daß das Rascheln des Taues in den Blättern hörbar war. Karl Erdmann wurde es ganz feierlich zumute. Hier erst schien es ihm, als ließe er endgültig die Welt der Garnisonen, des Kasinos, der Rekruten und der frechen, kleinen Mädchen hinter sich und fuhr durch diesen stillen, finsteren Korridor, in dem es erfrischend nach feuchtem Laub duftete, dem Erdflecken zu, auf dem es galt, nichts zu tun, als tief zu fühlen, gut zu essen und sich verwöhnen zu lassen.
Da war schon das Landhaus mit der langen, weißen Front. Auf der Freitreppe hatte sich die ganze Familie versammelt, all die großen blonden Gestalten, aus der Sommerdämmerung schimmerten die weißen Kleider der Mädchen und die roten Pünktchen der brennenden Zigarren. Eine sich überschlagende Knabenstimme rief: »Hurra.« Karl Erdmann eilte sporenklirrend die Treppe hinan und suchte sich unter den großen Gestalten die kleinste heraus, um sie in seine Arme zu nehmen, seine Mutter. Dann begann das Begrüßen der anderen. Niemand sprach. Es hatte etwas Sakramentales, so von einem zum anderen zu gehen und sich küssen zu lassen. Zuerst die Schwestern Oda und Heida, dann der Bruder Hauptmann und der fünfzehnjährige Leo. Selbst der kühle Legationsrat, Odas Bräutigam, küßte Karl Erdmann auf beide Wangen. Fräulein Undamm, die Gouvernante, und Herr Dorn, der Hauslehrer, drückten Karl Erdmanns Hand so innig, wie man es sonst nur bei Begräbnissen oder Trauungen zu tun pflegt. In einer Ecke stand eine schmale, weiße Gestalt, in der Dämmerung erschien auch das Gesicht sehr weiß zwischen den schwarzen Scheiteln. Es war Frau von Bardow. Als Karl Erdmann ihr die Hand küßte, sagte sie mit ihrer hübschen, singenden Stimme: »Gut, daß Sie da sind, nun ist der Sommer komplett.«
»Na, also!« rief Herr von West-Wallbaum laut, als wollte er dadurch den

Schluß einer feierlichen Zeremonie ankündigen, und man ging in das Haus.
Die Zimmer waren voller Licht, voller Blumen und weißer Mullgardinen. Durch die geöffneten Fenster duftete der dunkle Garten herein. Nach der stillen Fahrt machten die vielen Menschen, das Kommen und Gehen, all die Stimmen Karl Erdmann ein wenig schwindlig. Er unterhielt sich ernst mit seinem Vater, mit seinem Bruder über die Flotte und das Regiment, dabei bemerkte er, daß in dem Gespräch der beiden Herren mit ihm ein Ton achtungsvoller Gleichstellung durchklang, der ihm neu war. Neben ihm stand schweigend seine Mutter und hielt seinen Arm. Das kleine Gesicht mit den vielen Fältchen unter der großen Spitzenhaube war erhitzt, weiß und und rosa wie das Gesicht eines Kindes.
Während der Abendmahlzeit dauerten die militärischen Gespräche fort, und alle an der langen Tafel hörten zu und sahen Karl Erdmann an, wie etwas, das sie sehr interessierte und das sie bewunderten. Alle, auch die Kinder, selbst Herr Aristides Dorn, der dabei zwar sein verhaltenes hochmütiges Lächeln lächelte und sich immer wieder eine schwarze Haarlocke aus der Stirn strich, mit einer Bewegung, die wie ein Protest aussah. Nur Daniela war unaufmerksam, ordnete die Brotkrümchen auf dem Tischtuch zu kleinen Mustern, flüsterte ihrem Nachbar etwas zu, worüber gelacht wurde, und benahm sich wie jemand, der entschlossen ist, die Andacht einer Zeremonie nicht zu teilen. Das quälte Karl Erdmann; er fand sie wieder ergreifend schön, das schmale Gesicht mit der wunderbaren Klarheit der feinen Züge, dazu die schieferblauen Augen, die von den Wimpern so seltsam umschattet wurden, und der hellrote Mund, dessen Lächeln dem strengen Gesicht etwas Strahlendes und Blühendes verlieh. Bei Gott, diese Frau wirkte auf Karl Erdmann so stark, daß, wenn er sie ansah, er sich so wehrlos und schwach wie ein verliebter Schuljunge fühlte.
Nach dem Essen trank man zur Feier des Tages auf der Gartentreppe eine Bowle. Man saß da zusammen in der Dämmerung der nordischen Sommernacht, die schwer von Düften war, und Karl Erdmann, direkt von der Garnison hier hineingekommen, empfand alles als seltsam traumhaft und unwirklich, den so in der Finsternis getrunkenen Wein, die Zigarre, die Stimmen, die in die Dunkelheit hineinsprachen. Der Vater fragte noch immer nach dem Oberstleutnant von Treskow und dem General von Langen, und dann begann er die oft erzählten Geschichten aus seiner Militärzeit zu erzählen. Die anderen hielten es nicht lange beim Wein aus, einer nach dem anderen schlich sich in den Garten hinab. Der Graf Lynck legte seinen Arm um Odas Taille, um mit ihr die dunkle Kasta-

nienallee entlang zu gehen. Karl Erdmann sah noch, wie Odas hohe üppige Gestalt sich fest an den Grafen anschmiegte, und er dachte ärgerlich: was nur dieses herrliche Mädchen an dem schmalschulterigen, fischblütigen Diplomaten haben kann. Die beiden Kinder suchten im feuchten Rasen nach den Frühbirnen, die man in der Dunkelheit vom Baum fallen hörte. Botho unterhielt sich mit Daniela. Er sprach halblaut und machte seine Stimme weich und musikalisch, wie die meisten Männer es taten, die mit Daniela sprachen. Daniela antwortete zögernd, als müßte sie über das, was Botho sagte, nachdenken. Und dann plötzlich erhob sie sich, stieg die Treppenstufen hinab und rief eine dunkle Gestalt an, die unten auf dem Gartenwege stand: »Ach, Herr Dorn, Sie haben mir da ein Buch gegeben, das ich nicht verstehe.« Sie lachte, sie blieb dort unten stehen und unterhielt sich mit Aristides Dorn. Ja, das war Daniela, Karl Erdmann kannte das, sie ruhte nicht eher, als bis der Zauber der Sommernacht für alle Männer um sie her voll von ihr war. Nur mit ihm hatte sie heute noch nicht gesprochen. Nun, er gehörte heute noch nicht dazu, er kam sich selber ein wenig wie ein fremder Besuch vor, aber das würde morgen vorüber sein.
Man trennte sich spät. Karl Erdmann schlief mit Leo in einem Zimmer. Der Knabe erwachte, als Karl Erdmann eintrat, und sagte schlaftrunken: »Ah, der Leutnant! Man wird sehen, ob er weniger schnarcht als der Fähnrich.« Später kam noch Botho, um von Karl Erdmann noch Genaueres über die Affäre zu hören. Sie sprachen halblaut, um Leo nicht zu wecken, Botho ließ sich alles genau erzählen, äußerte sich sehr sachlich über den Fall und sagte, es freue ihn außerordentlich, daß alles so korrekt abgelaufen sei, und daß Karl Erdmann sich so gut gemacht habe: »Also in nächster Zeit muß es zum Klappen kommen, schön, schön. Gute Nacht«, und damit ging er anscheinend sehr befriedigt.
Karl Erdmann stand noch einen Augenblick am geöffneten Fenster und schaute in den Garten hinab. Das Lob des Bruders hatte ihm wohlgetan, auch er war zufrieden damit, daß alles korrekt verlaufen war, und dabei war er ein wenig stolz darauf, so einer auserwählten Klasse von Menschen zu gehören, die sich über so etwas freuten. Unten im Garten trieb sich noch eine einsame Gestalt umher, das war ja der unheimliche Hauslehrer, den ließ wohl die Liebe zu Daniela nicht schlafen. Wenn Daniela vom Duell wüßte, fuhr es Karl Erdmann durch den Kopf, würde er dann nicht für sie ein anderer sein? Würde er ihr dann nicht wichtiger werden? Ach lächerlich. Die ungewohnte Stille der Nacht machte ihn sentimental, er wollte lieber schlafen gehen.

Den nächsten Tag begann Karl Erdmann damit, sich, wie er es nannte, systematisch zu akklimatisieren. Er ging durch das ganze Haus, hörte den bekannten Ton jeder Türklinke, roch den jedem Zimmer eigentümlichen Geruch. In einem Zimmer fand er Heida, die bei Fräulein Undamm Unterricht nahm. Die Gouvernante sah sehr klein und braun aus neben dem großen Mädchen mit dem honigblonden Haar. Fräulein Undamm errötete und sagte: »Ah, der Herr Leutnant gibt uns die Ehre.« Heida lachte über das ganze rosa Gesicht, es war ihr, als sei mit Karl Erdmann eine Flut von Ferienluft in das Zimmer gedrungen. »Ach«, meinte sie, »heute ist er gar nicht mehr imposant, ja, gestern in der Uniform.« – »Ich will nicht imponieren«, erwiderte Karl Erdmann, »ich will mich akklimatisieren. Entschuldigen Sie, ich gehe schon weiter.« Im anstoßenden Zimmer fand er Herrn Dorn, der Leo eine lateinische Stunde erteilte. Herr Dorn begrüßte Karl Erdmann sehr formell, lächelte ironisch und strich sich die schwarze Locke aus der Stirn.
»Der Herr Leutnant wollen vielleicht ein wenig prüfen?« Aber Leo zog die Augenbrauen hoch und äußerte: »Prüfen? Bei der Kadettenbildung!«
»Nein, nein«, sagte Karl Erdmann, »ich wollte nur hier dringewesen sein; entschuldigen Sie.«
Er ging in den Hof hinunter, um die Hunde zu sehen, um im Stall den Pferden auf die blanken Hälse zu klopfen, um den Geruch von Heu, Teer, von in der Sonne heiß gewordenen Steinen und Holz einzuatmen. Dann ging er wieder ins Haus, um seine Mutter zu begrüßen.
Frau von Wallbaums Zimmer, himmelblau und weiß, sah aus wie das Zimmer eines jungen Mädchens. Sie selbst im hellgeblümten Sommerkleide, blaue Bänder auf der weißen Morgenhaube, saß an ihrem Schreibtisch und schrieb ihr Tagebuch. Sie war die einzige der Familie, die ein Tagebuch schrieb. Als ihr Sohn eintrat, lächelte sie ihm entgegen, den Kopf ein wenig zurückgebogen, damit der Kneifer nicht von der Nase falle. »Ah, da bist du«, sagte sie. »Ich habe eben deine Ankunft ganz ausführlich beschrieben, und jetzt wollen wir in den Garten gehen.« Sie hing sich in seinen Arm, und sie stiegen über die sonnenheißen Steinstufen der Gartentreppe in den Garten hinab. Es war ein altmodischer Garten mit langen Rabatten voll altmodischer Blumen, dicke Zentifolien an niedrigen Büschen, Gebrochenes Herz und gelbe Immortellen, die in der Sonne wie Zwanzigmarkstücke glänzten. Unter den Fenstern aber stand die Reihe der Lilien weiß und feierlich.
»Ach Kind«, sagte Frau von Wallbaum, »ich habe die ganze Nacht nicht geschlafen vor Freude, daß du da bist. Es ist, glaube ich, mehr als die Freude darüber, daß ich mein Kind wieder habe; wenn du da bist, ist es

mir, als hätte ich einen Verbündeten. Die anderen sind ja alle so gut und lieb, aber sie sind doch alle vernünftiger als ich. Noch gestern sagte Heida, als ich etwas tun wollte: ›Ach, Mama, laß mich das machen, du kannst das ja doch nicht.‹ Und sie hat auch recht. Aber mit dir habe ich das Gefühl, daß ich so unvernünftig, wie ich will, sein kann, daß du mich doch verstehst. Ja, mit dir und mit Daniela habe ich dies Gefühl, wie es vielleicht Kinder haben, wenn die Erwachsenen fortgehen und die Kinder ungestört miteinander ihre Sprache sprechen können. Aber was ich nicht für Zeug zusammenspreche.« Sie bog ihren Kopf zurück, um zu Karl Erdmann hinaufzusehen und lächelte. Als jedoch Karl Erdmann sagte: »Daniela, wie geht es ihr? Gestern schien sie heiter«, da machte Frau von Wallbaum gleich wieder ein besorgtes Gesicht:
»Heiter! Mein Gott, die arme Frau hat auch ihre Kämpfe, sie hat Feinde, die alles falsch deuten, was sie tut. Daniela erträgt es nun einmal nicht, daß es um sie her traurig oder alltäglich ist, sie kann nichts dafür. Lilien können auch nichts dafür, daß es um sie her süß und ein wenig schwül duftet, nicht wahr? Nun, bei uns wird sie immer Schutz finden, und für mich ist sie eine große Freude. Mit Daniela fühle ich mich so jung. Wenn wir abends zusammen bis zur Wiese gehen, um den Sonnenuntergang zu sehen, dann habe ich zuweilen das Gefühl wie an Festtagen in meiner Jugend. Und dann – mit Daniela kann ich so lachen wie sonst nur noch mit dir.« Plötzlich wurde Frau von Wallbaum zerstreut und hielt inne. Sie hatte auf dem Rasenplatz zwei gelbe Löwenzahnblüten entdeckt. Der Löwenzahn war ihr Feind, sie trug stets kleine Werkzeuge bei sich, um ihn auszurotten. »Da sind wieder zwei«, rief sie und ließ den Arm ihres Sohnes los, »geh nur weiter, geh zu Daniela, sie sitzt in der Bohnenlaube, ich muß die beiden dort haben.« Und geschäftig eilte sie zum Rasenplatz.
Karl Erdmann schlenderte langsam den Kiesweg entlang. In der Bohnenlaube fand er Daniela. Sie trug ein erdbeerfarbenes Sommerkleid, ein Buch lag vor ihr aufgeschlagen, aber sie lehnte den kleinen Kopf mit den schwarzen Scheiteln zurück in das Laub und die roten Blüten der Bohnen. Als Karl Erdmann in die Laube trat, nickte sie freundlich; freundlich, ja, dachte Karl Erdmann, aber ihr strahlendes Lächeln, das sie für die andern hat, hat sie für mich nicht. Er setzte sich zu ihr und fragte: »Störe ich?« – »O nein«, erwiderte Daniela. »Heute sind Sie schon ganz Hausgenosse. Gestern ja, da waren Sie ein wenig imposant wie – wie die Puppen, die man zu Weihnachten bekam und die noch zu blank waren, um damit zu spielen.«
»Können Sie heute mit mir spielen?« fragte Karl Erdmann schnell.

Daniela lachte: »Es ist sehr hübsch, ein Leutnant muß ja wohl Damen hübsche Sachen sagen, aber dieses war ungewöhnlich hübsch.«
Karl Erdmann lachte nicht mit. Er zog die Augenbrauen ein wenig zusammen und meinte: »Ich glaube, für Sie ist ein Leutnant an sich etwas Lächerliches.«
»O nein«, erwiderte Daniela ernst, »und jetzt am wenigsten, da Ihre Mutter um Ihretwillen um den Leutnant etwas wie einen Heiligenschein gelegt hat. Wenn Ihre Mutter jetzt von Leutnants spricht, dann scheint mir ein Leutnant etwas sehr Schönes, und Sie wissen, ich schaue alles am liebsten mit den Augen Ihrer Mutter an, das macht mich glücklich.«
»Hm, recht schön«, brummte Karl Erdmann, »nur würde ich gern wissen, wie ich ausschaue, wenn Sie mich mit Ihren eigenen Augen ansehen.«
Daniela zog die Augenbrauen ein wenig empor: »Warum wollen Sie das, seien Sie zufrieden, daß Sie mit den gütigsten Augen der Welt angesehen werden.« Das klang hübsch und schwesterlich und kränkte Karl Erdmann doch. Beide schwiegen jetzt und schauten auf einen Trauermantel nieder, der vor ihnen auf dem besonnten Kies lag wie ein kleines Stück Samt. Über Danielas Stirn hingen rote Bohnenblüten wie Blutstropfen, und all das Laub ringsum mischte viel Grün in das Schieferblaue ihrer Augen, daß sie zu schimmern begannen wie die Brust eines Pfaues.
Plötzlich stand Botho vor ihnen in seinem hellen Sommeranzuge, den Strohhut im Nacken, der Schnurrbart sehr blank, die Augen sehr blau. Er lächelte ein zärtliches Lächeln zu Daniela hinüber. Karl Erdmann sah ihn mit Abneigung an. Ihm mißfiel dies Prachtexemplar von Mann. Er hatte stets das Gefühl gehabt, daß Botho ihn verachte, weil er schmalschulterig und braun und nicht groß und blond wie die anderen der Familie war. Und jetzt noch dieses süße Lächeln.
»Nun, Daniela«, sagte Botho, »das ist ja Ihre Stunde. Soll ich Sie nicht wieder unter den Weiden hinrudern?«
Daniela schien sich wirklich darüber zu freuen. »Ach ja, das wird schön sein. Mit Karl Erdmann sind wir im Gespräch sowieso bis zu einem Absatz gekommen.«
Sie stand eilig auf und griff nach ihrem Sonnenschirm. Karl Erdmann schaute den beiden nach, wie sie nebeneinander den Kiesweg hinabgingen, bis Danielas roter Sonnenschirm unter den Parkbäumen verschwand. Plötzlich war Karl Erdmanns froherregte Stimmung verflogen. Was sollte er denn jetzt tun? Was tat man denn überhaupt hier in dieser Zeit, wenn – wenn man nicht bei Daniela war? Er erhob sich und ging langsam, leise vor sich hinpfeifend, auch den Kiesweg hinab und auch dem Parke zu. Dort setzte er sich auf eine Bank, die im Schatten der großen Ulmen stand.

Er konnte ein Stück des Teiches sehen, der mit einer grellgrünen Pflanzendecke überdeckt war, er sah das Boot und Danielas roten Sonnenschirm, die langsam unter den Weiden dahinfuhren. Gut, das war es also, was man hier tat. Man sitzt auf einer schattigen Bank, sieht einen roten Sonnenschirm durch all das Grün fahren und denkt an nichts. Nur daß, wenn man von da draußen kommt, so was immer wieder gelernt werden will.

»Guten Morgen«, sagte eine hohe, schnarrende Stimme, der Legationsrat war die Allee herabgekommen und stand vor Karl Erdmann, im weißen Pikeeanzug, das Gesicht mit den scharfen, ein wenig gespannten Zügen war bleich und müde, das Monokel war ganz grün von dem Laub, das sich in ihm spiegelte. »Du sitzest hier ja sehr schön«, fuhr er fort. »Erlaube, daß ich mich zu dir setze.« Er setzte sich auf die Bank und betrachtete eine Weile schweigend seine polierten Nägel. »Ich sitze nämlich«, begann er in seiner nachlässigen und schnarrenden Weise, »ich sitze nämlich sehr gern neben dir, denn ich vermute, daß du heute derjenige im Hause bist, der die beste Laune hat. Ich weiß, in deiner Situation fühlt man sich immer sehr glücklich, und neben einem solchen zu sitzen ist recht zuträglich.«

Karl Erdmann lachte. »Du gefällst mir. Ich denke, du bist hier der Glückliche. Wenn man verlobt ist, ist man doch glücklich.«

»O gewiß«, erwiderte der Graf höflich, »besonders wenn man mit deiner Schwester verlobt ist. Aber in der Technik des Glücklichseins kann man von euch jungen Leuten immer etwas lernen.« Jetzt schwiegen sie beide und schauten dem roten Sonnenschirm unter den Weiden nach. Endlich sagte Karl Erdmann halblaut: »Und das da drüben? Was geht da vor?«

Der Graf zuckte die Achseln: »O nichts, gar nichts. Frau von Bardow schafft sich ihre Atmosphäre. Eine scharmante Frau. In Petersburg kannte ich einen alten Fürsten. Er besaß ein Gut in Südrußland und verbrachte im Sommer einige Wochen auf diesem Gute. Da wurde nun erzählt, daß er eines Tages spazieren fährt und eine Windmühle sieht, die still steht. Er ruft einen Bauer heran und fragt: ›Warum dreht sich die Windmühle nicht?‹ – ›Weil wir keinen Wind haben, Exzellenz‹, sagt der Bauer. Da fährt ihn der Fürst an: ›Sage dem Inspektor, ich befehle, daß, wo hier bei mir Windmühlen stehen, sie sich auch drehen sollen.‹ – ›Zu Befehl Exzellenz‹, sagte der Bauer ... Nun ja, Frau von Bardow will eben auch, daß, wenn Windmühlen um sie her sind, sie sich drehen. Ah, da kommt Oda.«

Er stand auf und ging Oda entgegen, die ohne Hut im weißen Kleide unter den Bäumen in dem grünen zitternden Lichte stand. Als er den Arm um ihre Taille legte, bog Oda sich wieder mit der hübschen, leidenschaftlich hingebenden Bewegung zurück. Karl Erdmann wandte sich ab, er wollte das nicht sehen, Oda tat ihm leid. Dieser Herr, dachte er, braucht noch irgendeine Technik des Glückes bei andern zu lernen; mit solch einem Mädchen. Und dann die dumme Windmühlengeschichte. Der Platz war ihm verleidet. Er erhob sich. Es hatte um diese Stunde ja doch niemand Zeit für ihn, so wollte er denn auf der Hoftreppe sitzen, dem Treiben dort zusehen und auf das zweite Frühstück warten. Das gehörte ohnehin zum Urlaubsleben auf dem Lande, daß man immer auf eine Mahlzeit wartete. So saß er denn auf der Hoftreppe und sah, wie der Koch ganz weiß, das blanke Küchenmesser in der Hand, zum Eiskeller ging, Milchmädchen mit ihren Eimern ab und zu liefen. Am Stall longierte der Kutscher den Braunen, und im Stallteich wurden Arbeitspferde geschwemmt. Dem zuzuschauen war heimatlich und interessant, aber plötzlich ging Karl Erdmann ein unerwarteter Gedanke durch den Kopf. Das Bewußtsein, daß dieses Treiben hier ruhig fortging, wenn er drüben in der Garnison war, das war beruhigend und angenehm, aber zu denken, daß, wenn er überhaupt nicht mehr wäre – nach dem Duell vielleicht – alles hier so weiter ginge, dieser Gedanke war unerträglich, fast demütigend. Ärgerlich fuhr er auf. Was war es denn heute mit ihm? So etwas denkt man doch nicht.

In den Nachmittagsstunden dieser langen Sommertage pflegte es im Hause, Hof und Garten stille zu werden. Frau von Wallbaum nahm Daniela in ihr Zimmer, die Herren zogen sich zurück. Botho behauptete in der Bibliothek lesen zu wollen und schlief in dem großen Sessel ein. Den Grafen Lynck machten die Nachmittagsstunden nervös, und er mußte in seinem Zimmer still auf der Couchette liegen. Nur den beiden Kindern ließ der Sommer keine Ruhe. Sie trieben sich draußen unter den Obstbäumen umher, und über den einsamen Hof hastete nur die Kammerjungfer Lina sehr erhitzt, die Stirn voll nasser Haarsträhnen. Sie kam von einem Stelldichein hinter den Jasminbüschen, denn Lina hatte zu jeder Tageszeit Stelldicheins hinter den Jasminbüschen.

Karl Erdmann hatte es früher auch nicht anders gekannt, als daß man sich um diese Zeit faul hinstreckte. Er wunderte sich daher über sich selbst, über die seltsame Unruhe, die ihm jetzt im Blute saß, als könnte er etwas versäumen, als müßte etwas geschehen, etwas getan werden. Es war ihm, als hätte er die Aufgabe, etwas sehr Wichtiges seines Lebens zu erleben und sei ungeduldig, daß die Sache nicht schnell genug vorwärts ginge. Nein, so etwas hatte er noch nie empfunden. Er hoffte sehr, daß dieses nicht mit sentimentalen Kommißgedanken an Tod und solchen Geschich-

ten zusammenhing. Aber da es nun einmal so war, so konnte er ja in den Garten zu den Kindern gehen.
Als er aus dem Hause trat, fand er unter zwei großen Linden Oda in der Hängematte liegen. Sie hielt ein Buch in der Hand, aber sie hielt die Augen geschlossen. Er ging zu ihr hinüber und sah, daß ihr Gesicht feucht von Tränen war. »Warum weinst du, Oda?« fragte er. »Quält er dich?«
Oda schlug die Augen auf und errötete: »Es ist nichts«, sagte sie, »nein, warum soll es mich quälen. Komm, Karl Erdmann; es ist gut, daß du da bist, er ist so beruhigend, mit dir zu sprechen, du bist, wie sagt man doch, so neutral.«
»Oh, bin ich neutral?« fragte Karl Erdmann und zog die Augenbrauen hinauf.
Oda schaute in die Baumzweige und sprach langsam vor sich hin, als setzte sie ein Gespräch fort: »Ich glaube, es liegt daran, daß wir hier in unserem stillen Winkel ein wenig einfältig werden. So stellte ich mir immer vor, Sichlieben und Sichverloben, das sei eine einfache Sache. Nun sehe ich aber, daß Sichlieben etwas ganz Kompliziertes ist. Zuweilen kommt es mir vor wie eine sehr schwierige Rechnung so mit Klammern und X-en. Ottomar sagt wohl, das sei so ein sentimentaler Unsinn, daß Menschen, die sich lieben, sich verstehen müssen. Menschen können sich wohl lieben, aber verstehen werden sie sich doch nicht. Wozu auch? Lieben ist doch genug. Das ist gewiß schön und mag so sein; aber, ich weiß nicht, wenn man nicht versteht, wird es leicht unheimlich, und du erinnerst dich, ich fürchtete mich von jeher im Dunkeln.«
»Warum er dich mit seiner Rätselhaftigkeit einängstigt, verstehe ich nicht«, fuhr Karl Erdmann auf.
»Nein, sag' nichts gegen ihn«, sagte Oda und schloß wieder die Augen. Sie schwieg jetzt und lag regungslos da. Karl Erdmann saß noch eine Weile auf der Bank und schaute das stille Mädchen an. Also sie fürchtet sich vor ihrer Liebe, wie Mädchen sich vor dem Dunkeln fürchten. Na wirklich, der Herr Legationsrat, unser Herr Graf, müßte sich wirklich eine andere Technik anlegen. Dann erhob er sich und ging tiefer in den Garten hinein. Leo stand unter einem Birnbaum und warf mit Steinen nach Birnen. Heida saß auf dem Aste eines alten, schiefen Pflaumenbaumes, aß wachsgelbe Eierpflaumen und spie die Kerne weit von sich. Als sie Karl Erdmann erblickte, sprang sie herunter. »Gott sei Dank, daß du kommst«, sagte sie, »dann brauche ich nicht mehr diese Pflaumen zu essen, man denkt, sie sind gleich vorüber und man muß sie essen, aber es ist nicht immer leicht.«
»Ach ja«, meinte Karl Erdmann, »ich erinnere mich der Zeit, wo man

solche Pflichten hatte.« Heida nahm Karl Erdmanns Arm. »Wollen wir in den Schatten gehen«, schlug sie vor, »heute kann man ja mit dir sprechen, heute bist du nicht mehr der fremde Herr von gestern, heute bist du reçu.«
»So, so, sehr gütig«, sagte Karl Erdmann, »aber ganz eingeweiht bin ich doch noch nicht. Warum liegt nämlich Oda in der Hängematte und weint?«
»Das kann ich dir sagen«, berichtete Heida eifrig. »Weil sie eifersüchtig auf Daniela ist. Das ist auch natürlich. Zuweilen macht Ottomar Daniela so feurig den Hof, als ob es keine Oda gäbe. Noch vorgestern ging er mit Daniela bis elf Uhr abends den Gartenweg auf und ab, und Oda saß in ihrem Zimmer und hatte rotgeweinte Augen. Das ist auch etwas Angenehmes an dir, daß du, glaube ich, noch nicht in Daniela verliebt bist. Sonst alle, auch Leo. Er will, wenn sie reitet, Kletten unter den Sattel legen, damit, wenn das Pferd durchgeht, er sie retten kann. Solch ein Unsinn. Und dann Herr Dorn. Fräulein Undamm weint sich deshalb die Augen aus. Und Botho. Daniela ist gewiß reizend, aber ich wundere mich, daß alle in eine und dieselbe verliebt sind, das hat doch keinen Sinn.«
»Das ist ja recht interessant«, bemerkte Karl Erdmann, »nur wundert es mich, daß ein kleines Mädchen wie du den Kopf so voller Liebesgeschichten hat.« Heida zuckte die Achseln: »Was kann ich dafür, das liegt hier in der Luft. Das atmet man ein. Selbst Lina, wenn sie mich abends frisiert, fragt mich: ›Haben Fräuleinchen den neuen Gärtner gesehen?‹ Und dann sieht sie zur Decke hinauf und sagt: ›Der ist ein Mann!‹«
Dann plötzlich wurde ihr Gesicht ganz ernst, und sie schaute zu Karl Erdmann auf mit weit offenen, erschreckten Augen, die feucht glänzten: »Und ist es wahr, daß du ein – ein Duell haben wirst? Ach, du brauchst nicht so böse auszusehen, ich weiß, ich weiß, es ist ein Geheimnis und niemand darf es wissen. Aber Leo hat gehört, wie du mit Botho sprachst.«
Karl Erdmann wurde blaß vor Zorn. »Leo hat geträumt«, sagte er, »und es ist sehr unrecht von euch, solche Dinge zu erzählen, die ihr nicht versteht. Ihr könnt großes Unheil anrichten.«
Heida nickte bekümmert: »Natürlich, wir durften es nicht wissen, wir sagen es auch niemand. Aber gestern abend im Bett habe ich darüber weinen müssen. Fräulein Undamm sagte, als sie es hörte –«
»Fräulein Undamm«, fuhr Karl Erdmann auf.
»Ja, ihr haben wir es gesagt«, meinte Heida. »Sie schweigt schon, aber sie sagte, als sie das hörte: ›Er sei so jung und hoffnungsreich.‹ Daran mußte ich immer denken.«
»Das ist ja aber alles nicht wahr«, rief Karl Erdmann. »Nur du und Leo seid ungezogene Kinder, und ich verbitte mir das.« – »Das mag sein«,

sagte Heida ruhig, »aber ergreifend ist es doch«, und jetzt rannen wirklich Tränen über die Wangen des Mädchens. Karl Erdmann wandte sich ab und ging. Er war sehr ärgerlich über das, was er gehört hatte, und ärgerlich darüber, daß dieses kleine Mädchen, das über ihn weinte, ihn mit einer Rührung erfüllte, die ihm die Kehle zusammenschnürte.

Gegen Abend, als die Jalousien aufgezogen und die Fenster geöffnet wurden, erwachte das Leben wieder, und Karl Erdmann empfand es deutlich, daß er jetzt wieder ganz zu diesem Leben gehörte, er fand sogar, daß er hier besonders beliebt war. Ein jeder hatte ihn nötig, wollte bei ihm sein und mit ihm sprechen. Er kannte die Scherze, über die gelacht wurde, und konnte mitlachen. Er verstand wieder so leicht und wurde wieder so leicht verstanden, wie er es hier gewohnt war. Aber ein Vorfall überraschte ihn doch. Es war nach dem Abendessen. Man saß wieder auf der Gartentreppe in der Sommernacht oder ging langsam die dunklen Gartenwege entlang. Karl Erdmann brauchte nicht mehr wie ein Herr, der zum Besuch da ist, neben seinem Vater zu sitzen und von alten Garnisongeschichten zu sprechen. Er stieg die Treppe hinab, um zu seinen Schwestern zu gehen, die er drüben bei den Lilien lachen hörte. Mitten auf dem Gartenwege stand Daniela. Der Graf Lynck kam auf sie zu, er blieb vor ihr stehen, und sich ein wenig vorbeugend, sagte er leise etwas zu ihr. Daniela lachte, wandte sich dann kurz ab und ging Karl Erdmann entgegen: »Kommen Sie, Karl Erdmann«, sagte sie und nahm seinen Arm, »gehen wir sehen, wie es über dem Walde wetterleuchtet.« Während sie zusammen den Weg hinabgingen, dachte Karl Erdmann darüber nach, was er sagen sollte. Es sollte nichts Gewöhnliches sein, jetzt mußte ein Erlebnis beginnen, allein er war so erregt, daß ihm nichts einfiel. Unterdessen begann Daniela unbefangen zu plaudern: »Mit Ihnen ist es so gemütlich. Was man mit Ihnen unternimmt, ist ganz einfach und selbstverständlich, wir gehen sehen, wie es wetterleuchtet, das ist ganz einfach, nicht wahr? Sie wollen nicht, daß das ein Symbol sei oder irgendwie tief.« Karl Erdmann versuchte zu lachen, aber es klang gezwungen. »Also«, meinte er, »Sie halten mich für gemütlich, harmlos und sehr einfach.« Daniela schüttelte ein wenig seinen Arm. »Nein, nein«, sagte sie, »Sie sollen nicht auch kompliziert sein wollen, alle wollen jetzt kompliziert und geheimnisvoll sein, sie glauben, dann gefallen sie uns. Was heißt denn dies ›Interessantsein‹ anders, als ich leide an mir selber und bin bereit, dich an diesem Leiden teilnehmen zu lassen. Ach Gott, wenn die Männer doch wüßten, wie angenehm sie sind, wenn sie glücklich und verständlich sind.«

»Dazu gehört«, begann Karl Erdmann mit Anstrengung, denn jetzt

glaubte er es gefunden zu haben, das Bedeutungsvolle, »dazu gehört, daß einer einen glücklich macht und versteht.«
Daniela antwortete nicht darauf, sie standen jetzt am Ende des Weges und schauten über die Wiese zum Walde hinüber, der drüben wie eine stille schwarze Mauer stand. Über ihm hing eine schwere, graublaue Wolke, in der sich beständig ein grelles Gold regte. So zu stehen in dem Duft der Abendnebel und neben sich diese Frau atmen zu hören, ergriff Karl Erdmann so stark, daß er sein eigenes Herz klopfen hörte. »Heute sprach ich mit Ihrer Mutter«, begann Daniela wieder, und er wunderte sich, daß ihre Stimme so ruhig in seine Erregung hineinklang, »ich sprach heute mit Ihrer Mutter von Ihrer künftigen Frau. Wir waren uns darüber einig, daß sie eines jener entzückenden, kleinen, rundlichen, blonden Wesen sein muß. Ein rundes rosa Gesicht und einen sehr roten Mund.«
»Oh, ich kenne diese runden Apfelgesichter«, sagte Karl Erdmann bitter. »Zu denen gehört dann gewöhnlich ein Paar dummer fayenceblauer Augen.«
»Durchaus nicht«, widersprach Daniela, »sie wird hellbraune Augen haben. Die lassen sich so hübsch vom Licht durchleuchten. Und dumm, das wird sie nicht sein, sie wird sehr gescheit sein, sie wird sofort verstehen, daß es Sie schmerzt, wenn Sie nicht für kompliziert und geheimnisvoll gehalten werden und, obgleich sie Sie deshalb lieben wird, weil Sie frisch und klar sind, so wird sie doch tun, als müsse sie irgendein geheimnisvolles Leiden, eine geheimnisvolle Zerrissenheit an Ihnen heilen und trösten.«
»Was für ein lächerliches Paar das geben wird«, warf Karl Erdmann verächtlich hin.
»Nein, ein glückliches«, sagte Daniela, »gehen wir jetzt.« Während sie wieder dem Hause zuschritten, schwieg Karl Erdmann, aber es war, als schnürte etwas Böses, etwas, das Daniela erschrecken und erschüttern sollte, das er sagen wollte, ihm die Kehle zusammen. Er brachte es jedoch nur zu einem kleinlauten: »Daniela, Sie sagen das alles, um mich zu kränken.« – »Kränkt Sie das, armer Karl Erdmann?« erwiderte sie, und im Schein eines Wetterleuchtens sah er, wie das schmale weiße Gesicht zu ihm aufblickte und mitleidig lächelte. Dann sprachen sie nichts mehr und gingen in das Haus hinein.
Die Nacht war schwül, und Karl Erdmann konnte sich nicht entschließen, sich niederzulegen. Er stand am geöffneten Fenster seines Schlafzimmers und schaute in den Garten hinab, und in das tiefe Dunkel fuhr zuweilen das Wetterleuchten wie eine plötzliche Erregung. Karl Erdmann fühlte in sich eine quälende Lebensungeduld, ein zorniges Verlangen, als würde

ihm versagt, worauf er doch ein Recht hatte, und allerhand seltsame waghalsige Pläne gingen ihm durch den Kopf. Diese Gewitternacht regte ihn auf wie eine Nacht am Spieltische. Unten auf den Gartenwegen irrte die einsame Gestalt Aristides Dorns umher. Den läßt wieder die Liebe zu Daniela nicht schlafen, dachte Karl Erdmann. Nun, der Gedanke, dort unten umherzuirren, war nicht schlecht, und dann mit jemand zu sprechen, der jetzt gewiß auch nur an Daniela dachte, konnte wohltuend sein. So beschloß er auch hinunterzugehen.

Als er unten zwischen den Levkojenbeeten Aristides Dorn begegnete, schrak dieser ein wenig zusammen, dann lachte er leise und sagte: »Oh, der Herr Leutnant ist es, Sie können wohl auch nicht schlafen?«

»Ja, die Gewitternacht macht es«, erwiderte Karl Erdmann. – »Vielleicht ja«, erwiderte Dorn zögernd, »ich finde, man schläft hier überhaupt nicht gut.« – Karl Erdmann lachte. »Ich habe hier schon viele Jahre vortrefflich geschlafen.« Die beiden jungen Leute hatten begonnen langsam nebeneinander herzugehen. Aristides Dorn hielt den Kopf gesenkt; nur wenn ein Wetterleuchten den Garten erhellte, schaute er auf und strich sich die Locke aus der Stirn. Er begann wieder zu sprechen, leise und versonnen: »Natürlich, Sie sind hier in dieser Luft aufgewachsen, ich meine die ganze Lebensatmosphäre, aber wenn einer von außen kommt, aus einer ganz anderen Atmosphäre, dann wirkt das seltsam stark auf ihn.«

»Gefällt Ihnen das Leben hier nicht?« fragte Karl Erdmann leichthin. Der schwere, gedrückte Ton, in dem Dorn sprach, war ihm unbehaglich. »So etwas gefällt immer«, erwiderte Dorn, »es ist ja hier alles zusammengetragen, was gefallen muß, und nach Möglichkeit alles ausgeschaltet, was verletzen könnte. Das ist alles sehr schön, natürlich sollte es solch ein Leben nicht geben.«

»Erlauben Sie«, fuhr Karl Erdmann auf, »warum darf es das nicht geben? Es ist doch genug Häßliches auf der Welt, warum soll es nicht solche stillen Reservoirs geben, in denen sich das Hübsche und Vornehme und Kultivierte ansammelt, so Musterwirtschaften des Lebens?« Aristides Dorn schwieg eine Weile, ehe er wieder begann: »Es ist sehr hübsch gesagt, ein Reservoir für das Schöne, Vornehme und Kultivierte. Im Mai, glaube ich, war es, daß der Geburtstag von Fräulein Oda gefeiert wurde. Für das Diner waren Birnen aus der Stadt geholt worden. Es waren die größten Birnen, die ich je gegessen habe, und auch wohl die süßesten und die saftigsten, wundervolle Birnen, aber genau genommen, sind solche wundervollen Birnen kranke Birnen. Es sollte vielleicht solche Birnen nicht geben.«

Der Herr erlaubt sich etwas, ging es Karl Erdmann durch den Sinn, deshalb

nahm er seinen Ton etwas hochmütig, als er sagte: »Das Bild ist originell, aber ich finde, daß wir hier alle recht kräftig und gesund gediehen sind.«
»Gewiß!« gab Dorn höflich zu. »Hier gedeiht und blüht ja alles prächtig. Ich spreche ja natürlich nur von meinen eigenen persönlichen Erfahrungen. Da scheint es mir denn, daß hier das Lebensbild einigermaßen gefälscht wird. Das Leben ist doch eine gefährliche, drohende Sache, in die einiges Hübsche hineingestreut ist und sehr viel Hinwegdenken über alles Schlimme. Hier soll es nur weich und hübsch sein und ganz aus dem Hinwegdenken über das Schlimme bestehen. Ich habe gefunden, daß uns das ein wenig widerstandslos, ein wenig feige gegen uns selbst macht. Es ist natürlich lächerlich, wenn ich wieder auf die großen Birnen zurückkomme, aber wirklich, ich habe daran gedacht, daß ich einige Ähnlichkeit mit solch einer Birne bekomme, so weich und innerlich ganz süß. Wenn man nicht geboren ist, um in Seidenpapier gewickelt zu werden, so ist das gefährlich.«
Dorn schwieg, sah in das Wetterleuchten und lächelte sein hochmütiges ironisches Lächeln. Das ärgerte Karl Erdmann, und er schnarrte im Leutnantstone: »Sehr unangenehm allerdings, eine Duchessebirne zu werden, und Sie sind recht streng mit uns hier, aber vielleicht sind es Ihre politischen Ansichten, die Zustände hier zu hassen.«
»Politische Ansichten? O nein«, erwiderte Dorn lebhafter als früher, und jetzt klang es, als mache es ihm Vergnügen zu sprechen. »Wir, das heißt ich und meine Freunde, wollen keine politischen Überzeugungen haben, wir wollen Weltanschauungen haben. Es ist ja sehr gut, zu versuchen, den Besitz gleichmäßig zu verteilen, so daß jeder genug zu essen und zu leben hat, aber ist das auch erreicht, dann sind die Daseinsfragen, die uns quälen, damit um keinen Schritt ihrer Lösung näher gerückt. Hassen, sagen Sie, nun ja, vielleicht hasse ich das Leben hier, ich lehne es ab. Natürlich, das muß ich, das ist meine Art, mich zu verteidigen, so etwas wie eine Schutzimpfung. Denn sonst könnte es mir passieren, daß ich nicht mehr hinaus könnte. Solche Erfahrungen sind ja sehr interessant, aber manche gehen dabei zugrunde. Nun schließlich, irgendeine Erfahrung bringt uns immer um.« Er wartete einen Augenblick, ob Karl Erdmann etwas sagen würde, da dieser jedoch schwieg und nicht wußte, was er mit diesen Geständnissen machen sollte, so fuhr Aristides Dorn fort: »Ja, ich habe eigentümliche Züge an mir beobachtet, die neu sind. So war ich früher sehr schnell, ja hastig von Entschluß. Jetzt passiert es mir, daß ich etwas tun will und Abend für Abend umhergehe und mich nicht dazu entschließen kann. Und jetzt, daß ich Ihnen alles das sage, das hätte ich früher nicht getan, ich war immer sehr verschlossen gegen Fremde, und nun schwatze ich und schwatze ich.«

»Machen Sie sich nichts daraus, Herr Dorn«, sagte Karl Erdmann gutmütig, »in solch einer elektrisch geladenen Nacht wird man mitteilsam, morgen bei Tage sieht das alles anders aus.«
Im Gespräch waren sie durch den ganzen Garten gegangen, aus den Düften der Rosen waren sie in den Duft der reifen Pflaumen gekommen und von da in den Gemüsegarten mit den scharfen Gerüchen der Sellerie- und der Zwiebelpflanzen. Dann gingen sie den Weg zurück und standen wieder vor dem Hause. Die lange Front war dunkel bis auf ein Fenster, aus dem ein Lichtschein durch die Vorhänge fiel. »In der Bibliothek ist noch Licht«, bemerkte Karl Erdmann. – »Ja«, erwiderte Dorn, »dort ist gewöhnlich noch Licht. Frau von Bardow pflegt dort noch zu lesen. Sie ist es gewohnt, spät zu Bette zu gehen.«
Schweigend standen die beiden jungen Leute eine Weile da und schauten den Lichtschein an. Plötzlich sagte Karl Erdmann: »Gute Nacht, Herr Dorn, es hat mich sehr interessiert, Sie bleiben wohl noch draußen.« – »Ich gehe hier noch ein wenig umher«, antwortete Dorn, »gute Nacht, Sie – Sie gehen wohl noch in die Bibliothek?« – »Ja, vielleicht«, sagte Karl Erdmann leichthin. Er reichte Dorn die Hand und ging. Das ist es, lieber Freund, dachte er, wozu du dich nicht entschließen kannst.
Mit leichten hastigen Schritten eilte er durch die dunkle Zimmerflucht. Die Tür zur Bibliothek stand offen. Es wurde dort gesprochen, Ottomar Lyncks Stimme war es, die Worte konnte Karl Erdmann nicht verstehen, aber die Stimme erschien ihm ungewöhnlich wach und eindringlich. Jetzt sprach Daniela, langsam und eintönig, wie wir sprechen, wenn wir ein wenig schläfrig sind: »Wenn das nun alles so ist, so vergessen Sie eins, lieber Graf, daß Sie von Ihren Gefühlen sprechen, nicht von meinen Gefühlen.« Nun bemerkte sie Karl Erdmann, der in der Tür stand. »Karl Erdmann ist auch da«, sagte sie, »können Sie auch nicht schlafen?« Sie saß in einem der großen Sessel, hatte den Kopf zurückgebogen, und ihr Gesicht trug den Ausdruck von jemand, der sich etwas müde von einer Musik einschläfern läßt. Am Kamin stand der Graf Lynck, zwei rote Flecken brannten auf seinen Wangen, die ihn hübscher und jünger machten. Auch er lächelte Karl Erdmann entgegen und meinte, »in solchen Gewitternächten gespenstern wir alle umher.« Brillante Haltung! dachte Karl Erdmann, denn er ist doch wütend, daß ich komme, und dann berichtete er, daß er noch unten im Garten spazierengegangen sei, und da er hier oben Stimmen gehört habe, sei er gekommen, um auch dabei zu sein. »Ja«, sagte Daniela, »der Graf Lynck erzählte mir hier seltsame und interessante Dinge, nur fürchte ich, daß ich nicht recht imstande war, ihm zu folgen.«

»Es ist ja auch spät«, meinte der Graf höflich und schaute nach der Uhr. »So werde ich denn gute Nacht wünschen. Karl Erdmann gelingt es vielleicht, verständlicher zu sein.« Er verbeugte sich freundlich und unbefangen und ging. Karl Erdmann hatte sich auf einen Stuhl gesetzt, saß gerade da wie gespannt auf etwas, das da kommen sollte. Daniela lag noch immer regungslos in ihrem Sessel. Eine Weile schwiegen beide. Endlich begann Karl Erdmann: »Ottomar Lynck hat Ihnen ganz einfach eine Liebeserklärung gemacht, ich hab' es seiner Stimme angehört.«

»Konnte man ihr das anhören?« erwiderte Daniela, noch immer in dem ruhigen, müden Tone. »Ach ja, es kam vielleicht auf so etwas hinaus, aber sehr auf Umwegen. Durch was für Gefühlslabyrinthe sind wir nicht geirrt. Eine Liebeserklärung? Natürlich. Diese Herren der großen Welt sind alle Pedanten, weil sich in ihrem Leben so oft die gleichen Lebenslagen wiederholen. Man ist eben nicht erfinderisch in der großen Welt, deshalb tun sie in der gleichen Lebenslage immer das gleiche. Eine gewitterschwüle Sommernacht, es ist spät in der Nacht, eine Dame ist allein in einer Bibliothek, da nicht eine Liebeserklärung zu machen ist für diese Herren ebenso unmöglich, wie zum Frack eine schwarze Krawatte umzulegen.«

Karl Erdmann lachte nicht, er sah böse zu Daniela hinüber und sagte: »Ich hörte seiner Stimme aber auch an, daß er litt.« Daniela zog die Augenbrauen ein wenig empor: »Gott, wer leidet nicht zuweilen, und wenn ein Herr, der von einem Mädchen wie Oda geliebt wird, leidet, wer kann ihm da helfen?«

Das Gewitter war heraufgezogen, der Birnbaum vor den Fenstern begann plötzlich eifrig zu rauschen und streute seine Birnen auf den Rasenplatz. Der Donner ließ sich vernehmen, aber ganz fern, ein tiefes weiches Rollen. Karl Erdmann schwieg eine Weile, als warte er, bis der Donner ausgesprochen hatte, dann begann er wieder zu sprechen und es klang eigensinnig und ungeduldig: »Es ist mir auch ganz gleichgültig, ob Ottomar Lynck leidet oder nicht. Ich bin gerade viel zu sehr damit beschäftigt, selbst zu leiden.«

»Sie?« fragte Daniela und richtete sich in ihrem Stuhle auf, um Karl Erdmann anzusehen. »Ach nein, das sollen Sie nicht.«

»Warum soll ich das nicht«, fuhr er böse fort, »wahrscheinlich weil ich ein so guter, gemütlicher, einfacher Junge bin, und weil ich so furchtbar glücklich bin und so neutral, wie Oda sagt, das ist doch die Rolle, die Sie mir zugedacht haben. Aber Sie wissen sehr gut, daß ich all das nicht bin. Warum lassen Sie es denn zu, daß Ottomar und Botho und der Hauslehrer in Sie verliebt sind, und wenn Sie den Arm um Leos Schulter legen, so

macht es Ihnen Spaß, daß der Junge ganz rot wird und wie hypnotisiert ist. Aber ich, nein, ich soll der Harmlose sein, der Kameradschaftliche. Ich kann das nicht, ich kann das weniger als all die anderen. Bei Ottomar Lynck ist die Liebe eine Gemütskomplikation, und bei Botho ein Urlaubsflirt, und bei dem Hauslehrer eine Krankheit, aber bei mir ist es Ernst. Sie halten mich ja für einen einfachen, harmlosen Menschen, nun, bei denen wird so was immer Ernst. Es hilft ja nichts, daß ich Ihnen das sage, aber ich will, daß Sie es wissen. Ich will nicht mehr den harmlosen Kameraden spielen, das ertrage ich nicht mehr.«
Daniela ließ ihn sprechen und schaute ihn dabei teilnehmend und ein wenig ratlos an, als ob sie einen Kranken anblickte und über das Mittel nachsänne, das ihm Linderung verschaffen könnte. Als er zu Ende gesprochen hatte, errötete sie, zog die Augenbrauen zusammen und schlug mit der Hand auf die Stuhllehne: »Nein, das will ich nicht, das habe ich nie gewollt und das ist auch nicht, Sie täuschen sich, Karl Erdmann, es kommt Ihnen heute vielleicht so vor, aber morgen wird das ganz anders sein. Was würde Ihre Mutter sagen, wenn sie das hörte, sie will Sie doch ruhig und glücklich sehen. Es käme mir vor, als ob ich irgendein Heiligtum Ihrer Mutter zerstörte, etwas ihren geliebten Rasenplätzen antun würde oder so was.«
Karl Erdmann lachte schmerzhaft: »Oder als ob Sie die Meißner Zuckerdose zerschlügen. Es tut mir leid, ich bin aber nicht mehr in der Lage, die Rolle einer friedlichen Lieblingssache zu spielen. Sie verstehen es wohl zu machen, daß die Männer Sie lieben, aber wenn Sie wollen, daß *einer* Sie nicht liebt, dann sind Sie machtlos.«
Daniela hatte sich erhoben und war zu Karl Erdmann hinübergegangen. Sie blieb vor ihm stehen und schaute ihm sorgenvoll in das bleiche erregte Gesicht: »Sie sehen schlecht aus«, sagte sie, »Sie müssen krank sein. Legen Sie sich jetzt zu Bett, morgen, wenn es nicht mehr so schwül ist, dann wird alles anders sein.« Sie redete ihm zu wie einem Kinde, streichelte seinen Rockärmel, legte die Hand auf seine Stirn: »Ja, Ihre Stirn ist heiß, warten Sie, ich habe Brom bei mir, ich hole Ihnen etwas, trinken Sie das, Sie werden sehen, es tut Ihnen gut.« Geschäftig eilte sie aus dem Zimmer. Karl Erdmann blieb sitzen, er fühlte sich kraftlos vor Rührung, vor Mitleid mit sich selber und schämte sich dessen. Dann sprang er plötzlich auf, er durfte hier nicht warten. Wenn er hier noch ihre Medizin nahm, dann war er unrettbar lächerlich, und hastig ging er auf sein Zimmer.

Herr von Wallbaum kam von seinen Feldern zurück, wo er dem Roggenmähen zugesehen hatte, sein Gesicht war rot und erhitzt unter dem weißen Leinwandhelm, der lange Backenbart glänzte wie Silber. Als ihm

Karl Erdmann im Hofe begegnete, stieß er seinen Stock in die Erde und schmunzelte: »Nun, mein Junge, was tust du, was treibst du? Du willst wohl Enten schießen. Na ja, du weißt, ich liebe es nicht, wenn man so früh auf den See geht, aber dies Jahr können wir mal eine Ausnahme machen, schieß meinetwegen deine Enten.«

Gewiß, Karl Erdmann wollte gern Enten schießen, er fragte sich jedoch, warum dieses Jahr diese Ausnahme. Er fand, daß er in letzter Zeit von kleinen Rücksichten umgeben war, die ihn verwirrten. Da war der Rauentaler, der beim Mittagessen öfters erschien als sonst, die große Bockzigarre, welche der Vater sonst nur nachmittags herumreichte und die Karl Erdmann auch jetzt zuweilen abends bekam. Unerträglich waren die beiden Kinder. Sie sahen ihn mit erstaunten, erschreckten Augen an und erwiesen ihm kleine, gerührte Aufmerksamkeiten. Fräulein Undamm, wenn sie ihm ihr »Gute Nacht, Herr Leutnant« sagte, nahm einen Ton an, als sei es ein Abschied fürs Leben. Das alles kam natürlich von dem albernen Gerede der Kinder, aber es war ihm unangenehm, die Atmosphäre um ihn wurde so weich, und er wurde, ohne es zu wollen, in eine feierliche Ausnahmestimmung hineingetrieben. Und zu all dem war doch gewiß kein Grund vorhanden. Nur seine Mutter war ganz unbefangen und Daniela, ja, trotz des Gespräches in der Bibliothek war Daniela ganz unbefangen, vielleicht noch schwesterlicher und kameradschaftlicher als sonst. Als sie abends mit Frau von Wallbaum zur Wiese gingen, nahm sie seinen Arm und sagte: »Karl Erdmann, kommen Sie mit, Sie sind ja auch eine Art Freundin.« Das Gespräch in der Bibliothek hatte ihn nicht befriedigt, dennoch gab es ihm eine Art Ruhe. Jetzt wußte sie alles, und wenn sie tat, als sei nichts geschehen, so verstellte sie sich. Jeden Augenblick konnte er das Gespräch jener Nacht wieder aufnehmen; jede Andeutung, jeden Blick mußte sie verstehen, und nun galt es nur etwas zu tun, etwas zu sagen, das sie von dem furchtbaren Ernst seiner Liebe überzeugte. Was war das? Daran zu denken, das war die Grundbeschäftigung dieser Tage. Ein jeder hatte hier ja solch einen stetigen Gedanken, den er immer wieder hervorholte, der in der heißen Mittagstille anders aussah als abends unter dem Dunkel der Parkbäume oder als in den heißen, schlaflosen Nächten. Oda riet an ihrer Liebe herum, Aristides Dorn fühlte sich in seiner Verliebtheit weich und süß werden wie eine Birne, Leo hatte die Aufregungen seiner Knabenjahre, und Ottomar Lynck träumte von dem Labyrinth seiner Seele, in das sich alle schönen Frauen verirren sollten. Das gehörte zu diesen goldenen, schwülen Tagen.

Er ging auf die Landstraße hinaus, die gelb und heiß in der Mittagsonne dalag. Die Blätter des Huflattichs, die Disteln und Wegwarte standen am

Rain, graubestaubt, als kämen sie von der Reise. Karl Erdmann bog in den kleinen Pfad ein, der zwischen den Feldern hinführte, und ging die blanken gelben Wände des reifenden Korns entlang. Unter einer Eiche waren Schnitter versammelt, die ihre Mahlzeit einnahmen. Die Männer hatten sich auf den Erdboden hingestreckt und schnitten sich große Stücke vom schwarzen Brote ab, um sie langsam in den Mund zu schieben und träge zu kauen, während die Augen starr und ruhig über das Land hinschauten. Vor ihnen hockten ihre Frauen, die Hände um die Knie geschlungen, und sahen regungslos zu, wie ihre Männer aßen. Die tun so, dachte Karl Erdmann, als würde dieser Tag ewig dauern. Mitten in einem Kornfelde, fast bis zur Brust in dem blonden Glanz der Halme, standen ein Bursch und ein Mädchen, sie standen da und blickten sich mit blauen, ausdruckslosen Augen unverwandt an. Auch das machte Karl Erdmann ungeduldig. Warum standen sie da? Warum nahmen sie sich, warum faßten sie sich nicht? Gott, hatten alle diese Menschen Zeit! Das Land war um diese Mittagstunde sehr still, überall der seidige Glanz der Felder, über dem fernen Walde lag blauer Duft, und zwischen den grünen Schilfinseln des Sees dort unten funkelte das Wasser hart und grell wie Metall. Nur die Feldgrillen waren allerort dabei, ihr endloses Lied abzuschnurren. Man sitzt auf seinem Halme, dachte Karl Erdmann, und schnurrt sein Lied ab, das ist dann Leben. Er hatte auch sein Lied abzuschnurren, seinen stetigen Gedanken zu denken. Wenn er nicht aß, nicht mit den anderen plauderte, nicht Tennis spielte oder in den Stall zu den Pferden ging, dann dachte er an den Brief, den er sich entschlossen hatte an Daniela zu schreiben. Das sollte ein Brief werden, der mit einem Male die schöne, spielerische Sicherheit dieser grausamen kleinen Frau in Stücke riß und ein Menschenschicksal schwer und furchtbar in ihre Hände legte. So ungefähr lauteten die Sätze, bei denen er jetzt angelangt war: »Ihnen, Daniela, ist die Liebe der Männer, welche Sie umgeben, eine angenehme Gewohnheit, aber Sie vergessen, daß es auch eine Liebe gibt, die –«, ja, jetzt mußte etwas kommen, das erschüttert, das erschreckt, fast verwundet. Drüben vom See erscholl plötzlich der Schrei eines Tauchers; laut, unendlich klagend wie der Aufschrei einer furchtbaren Not klang er in die Mittagstille hinein. Es war, als machte dieser Schrei einen Riß in die schläfrige Ruhe, die über dem Lande brütete. Ja, so mußte es sein, das, was er Daniela zu sagen hatte, so ein Schrei aus tiefster Not. Aber wo das finden? Hier in der Mittagschwüle, in der alle so viel Zeit hatten, fiel ihm nichts ein, das so verzweifelt ungeduldig und böse klang wie der Schrei des Tauchers dort drüben.

Den Brief schrieb Karl Erdmann in der Nacht in seinem Schlafzimmer. Wenn er sich zum offenen Fenster hinausbeugte, konnte er den Licht-

schein von dem Bibliothekfenster auf den Lilien vor dem Hause liegen sehen, und in der Dunkelheit hörte er Aristides Dorns rastlose Schritte auf den Kieswegen. Karl Erdmann hatte diesen Brief all diese Tage hindurch unaufhörlich überdacht und redigiert, allein jetzt wurde er doch ganz anders, ganz neu für ihn. Die leidenschaftlichen Worte, die er hinschrieb, überraschten ihn selbst, sie erschütterten ihn. Er hatte an der Kraft seiner Liebe nie gezweifelt, aber daß sie so gewaltsam und drohend sein konnte, das erfuhr er erst aus diesem Brief, den er schrieb. Da war eine Stelle, die ihm ganz Neues über sein eigenes Leben offenbarte. Sie sprach davon, wie öde und leer das Soldatenleben war, dem er von Jugend auf angehörte, und wie das einzig Reine, Schöne und Starke in ihm von Jugend auf die Liebe zu Daniela gewesen sei. »Dieses Reine, Schöne und Starke«, hieß es weiter, »können Sie mit Ihrem Spott und Ihrer spielerischen Verachtung totschlagen, aber dann liegt auch an mir nichts mehr.«
Zuweilen mußte er im Schreiben innehalten. Er lehnte sich in seinen Stuhl zurück, schloß die Augen und ließ die Musik der großen Worte in sich nachklingen, ließ sich von ihr das Blut erwärmen, und sie brachte ihm Daniela so nahe, als stünde sie dort hinter seinem Stuhle und beugte sich auf ihn nieder, besiegt und gebrochen von all seiner Leidenschaft.
Es war spät geworden, als er den Brief beendete. Aristides Dorns Schritte auf dem Kies waren nicht mehr hörbar, aber der Lichtschein aus dem Bibliothekfenster lag noch immer auf den Lilien.
Karl Erdmann beschloß leise in den Garten hinabzugehen und seinen Brief durch das geöffnete Fenster in das Bibliothekzimmer zu werfen. Da sollte er denn plötzlich und geheimnisvoll wie ein Schicksal vor Danielas Füßen liegen. Diese Unternehmung erregte in Karl Erdmann den angenehmen Kitzel, den er als Knabe bei gewagten Streichen empfunden hatte. Behutsam schlich er die Treppe hinab, näherte sich vorsichtig dem Fenster, stand dort einen Augenblick mitten unter den feuchten Lilien und horchte. Deutlich hörte er das leise Knistern der Blätter eines Buches, die umgeschlagen wurden. Nun warf er den Brief durch die halbgeöffneten Vorhänge geschickt ins Zimmer. Dann wartete er, noch so erregt, daß er mit seinen heißen Händen in die kühlen Lilien hineingriff. Als sich drinnen nichts regte, schlich er davon. Oben in seinem Zimmer atmete er tief auf, als sei ihm eine gefahrvolle Aufgabe gelungen, sein Herz klopfte noch heftig, seine Hände waren voller Lilienblätter, und er lächelte stolz und zufrieden, als hätte er einen großen Sieg errungen.

Daniela saß, wie jeden Morgen, in der Bohnenlaube und schrieb einen Brief. Zuweilen hob sie den Kopf und blinzelte aus ihrem Schattenversteck in die gelbe Welt des Sonnenscheins hinaus, in der die Farben so grell und heiß auf den Blumenbeeten standen. Sie schaute zur Spiräahecke hinüber, wo schon geraume Zeit Karl Erdmann tief in Gedanken versunken auf und ab schritt. Wenn sie sich überzeugt hatte, daß er immer noch dort auf und ab ging und sich noch nicht anschickte, zur Bohnenlaube herüberzukommen, dann beugte sie sich wieder auf ihren Briefbogen nieder und schrieb ruhig und gleichmäßig weiter. Einmal jedoch, als sie aufblickte, fand sie, daß er schon auf halbem Wege zu ihr war. Sie beendete den angefangenen Satz ihres Briefes, legte die Feder nieder, lehnte sich in die Bohnenranken zurück und sah ihm nachdenklich entgegen. Karl Erdmann schien sehr ernst, verbeugte sich förmlich und fragte: »Störe ich?« Daniela schüttelte den Kopf. Da setzte er sich und schaute schweigend vor sich nieder. »Ach, geben Sie mir eine Zigarette«, sagte Daniela. Karl Erdmann reichte ihr die Zigarette und ein brennendes Zündholz. »Rauchen Sie nicht?« fragte Daniela. »Schade, es plaudert sich gemütlicher, wenn beide rauchen.« Karl Erdmann zuckte mit den Schultern und sagte ein wenig feierlich: »Ich bedaure, aber ich sagte es Ihnen schon, Gemütlichkeit ist nicht meine Spezialität.« Daniela hatte sich wieder zurückgelehnt, der Genuß der ersten Züge ihrer Zigarette machte sie zerstreut; sie ließ den Rauch sich langsam zwischen den halbgeöffneten Lippen hervorkräuseln und schauerte wohlig in sich zusammen, als fühlte sie all die grünlichen Schatten, welche über sie hinrannen, wie ein angenehmes, kühles Bad. Dann dachte sie wieder an Karl Erdmann. »Sie haben mir einen Brief geschrieben«, sagte sie, »davon wollen wir jetzt sprechen. Natürlich sollten Sie lieber nicht solche Briefe schreiben. Das Zusammenleben ist doch ohne solche Briefe viel einfacher und angenehmer.« Karl Erdmann antwortete nicht, er zuckte wieder die Achseln und lächelte, ein mattes, ironisches Lächeln. »Da nun aber Ihr Brief einmal geschrieben ist«, fuhr Daniela fort, »so muß ich sagen, daß er mich beruhigt hat. Vorige Nacht in der Bibliothek haben Sie mich ein wenig erschreckt, aber dieser Brief beruhigt mich. Er ist so hübsch lang und so hübsch in jeder Hinsicht. Sie pflegen Ihren Stil, da sind schöne Gedanken und schöne Worte drin, es muß Ihnen Vergnügen gemacht haben, ihn zu schreiben, und es muß Sie beruhigt haben, nicht wahr?« Da Daniela innehielt und eine Antwort zu erwarten schien, schaute Karl Erdmann auf, er war sehr bleich geworden, und es klang feindselig, als er sagte: »Oh, bitte, sprechen Sie nur, ich höre.«

Daniela schwieg eine Weile, rauchte und sann. Einen Augenblick nur ruhten ihre Augen auf Karl Erdmann mit dem scharfen forschenden Blick, der zuweilen in Frauenaugen kommt und goldene Funken in ihnen

erweckt, wie in den Augen eines sichernden Wildes. »Ach ja«, begann sie dann, »Sie können den Rat einer älteren und erfahrenen Frau wohl anhören, er kann Ihnen für Ihr späteres Leben nutzen, für eine Gelegenheit, in der für Sie wirklich etwas auf dem Spiele steht.«
»Bitte«, sagte Karl Erdmann und bemühte sich, das kalt und höhnisch zu sagen.
»Also«, fuhr Daniela fort, »solche Briefe dürfen Sie nicht schreiben, wenn es einmal Ernst wird. Wenn Sie ihn schreiben, fühlen Sie vielleicht stark und wird Ihnen warm ums Herz, aber glauben Sie mir, solch ein hübscher Brief macht keinen Eindruck. Wir lesen darüber hinweg wie über eine Romanseite. Ich weiß nicht, Männer, die in einem Brief einen so schönen Stil schreiben, kommen mir immer verheiratet vor, und dann, nur Näherinnen und Konfektionsfräulein lieben lange, hübsche Liebesbriefe, über die sie dann weinen.«
»Sehr interessant«, warf Karl Erdmann ein, seine Stimme war heiser und zitterte ein wenig, »wie muß denn so ein Brief sein?«
»Kurz muß er sein«, erwiderte Daniela. »Wenn ein Mann einer Frau sagt daß er sie liebt, so ist das doch bald gesagt, darüber läßt sich doch nicht viel herumreden, alles andere ist für die beiden doch uninteressant, und für jeden anderen als die beiden muß wieder dieser Brief uninteressant sein. Liebe ist doch nur für die beiden, die es angeht, nicht trivial. Ich kann mir denken, daß ein Telegramm zur rechten Zeit abgeschickt, und in dem nichts weiter steht als: ›Ich liebe dich‹, die stärkste Wirkung tut. Da haben wir also Ihren Brief.« Daniela entnahm ihrer Mappe Karl Erdmanns Brief, entfaltete ihn und beugte sich darüber. Karl Erdmann bemerkte, daß einige Worte und Sätze des Briefes mit Rotstift angestrichen waren. Sie hat also den Brief korrigiert, dachte er, und die Fehler angestrichen. Daniela las halblaut einige Sätze des Briefes: »Also hier, ›den Ernst eines Menschenschicksals in Ihre kleinen Hände legen‹ usw., das ist so hübsche Literatur, daß, wer das geschrieben hat, schon ganz befriedigt ist, er ist verliebt in seinen Stil und die Geliebte ist ihm treu. Und dann hier dies von Ihrer Liebe, die das einzige Wertvolle in Ihnen ist. Was soll denn die Frau an Ihnen lieben? Nein, wenn Sie einer Frau Ihre Liebe erklären, müssen Sie immer tun, als machten Sie ihr ein längst erwartetes großes Geschenk. So, nun habe ich Ihnen einen Vortrag gehalten, hier ist Ihr Brief.« Sie steckte den Brief in den Umschlag und legte ihn vor Karl Erdmann hin. Sie lächelte ihm dabei freundlich zu und schaute ihn an, als sei er ein Kind, das sie gescholten und dem sie nun verziehen hatte. »Ich sehe dort Herrn Dorn mit seinen Büchern aus dem Hause kommen«, fügte sie hinzu, »ich nehme nämlich jetzt griechische Stunden bei Herrn Dorn.«

»Dann muß ich wohl gehen«, bemerkte Karl Erdmann. Er erhob sich, nahm den Brief, der auf dem Tisch lag und begann ihn langsam zu zerreißen. Er schien dabei angestrengt nachzudenken. Plötzlich erhellte ein heiteres, wirklich ausgelassenes Lächeln sein Gesicht. »Sehen Sie, Daniela«, sagte er, »was Sie da tun, beruhigt mich wieder. Sie geben sich kolossal Mühe für mich. Wenn Ottomar Lynck Ihnen eine Liebeserklärung macht, dann hören Sie zu, als ob er Ihnen Klarinette vorspielte. Bei Herrn Aristides Dorn nehmen Sie griechische Stunden. Für mich aber verstellen Sie sich. Sie versuchen anders zu sein, als Sie wirklich sind, Sie spielen Rollen, die Ihnen gar nicht gut stehen, die Rolle der Schwester und der erfahrenen Frau und der Gouvernante der Liebe, und das ist mehr, als Sie für die anderen tun, und das beruhigt mich ein wenig.«

Daniela hatte erstaunt aufgeblickt, und dann schauten ihre Augen vor sich hin, ohne zu sehen, wie es Frauen tun, die in sich hineinhorchen, weil ein starkes Gefühl in ihnen erwacht ist. »Ich mache also Herrn Aristides Dorn Platz«, schloß Karl Erdmann, »Herrn Aristides Dorn, auf den ich natürlich nicht eifersüchtig bin, denn er ist nur, wie Ottomar Lynck sagt, eine Windmühle, die sich drehen muß.« Damit verbeugte er sich, grüßte und ging. Er spürte es an seinen Beinen, daß sein Gang nicht natürlich war, aber das kam daher, daß sein Abgang ihn so außerordentlich befriedigte.

Frühmorgens brach man zur Entenjagd auf. Auf der großen Bankdroschke sollte zum See gefahren werden, und die ganze Familie nahm an der Jagd teil. Nur Frau von Wallbaum blieb zu Hause. Sie stand bei der Abfahrt auf der Treppe in ihrem hellen Morgenkleide, das Gesicht ganz rosa von der Teilnahme an der Jagderregung der anderen. »Unterhaltet euch gut, vertragt euch gut«, rief sie hinab. Sie hob dabei die Hände und winkte wie eine kleine Priesterin der Heiterkeit, die ihre Gläubigen segnet.

Der Morgen war hell, und der Tag versprach heiß zu werden. Jetzt sandten noch die tauigen Felder eine leichte, starkduftende Kühle herüber, die sich köstlich atmete und das Blut erregte. Überall auf dem Lande, an dem sie vorüberfuhren, fing das Licht sich in Tropfen und feuchten Spinnweben. Auf dem Felde waren die Schnitter bei der Arbeit, weiße Gestalten, die in lauter Glanz zu waten schienen. Wenn der Wagen an ihnen vorüberfuhr, hielten die Männer in ihrer Arbeit inne, schauten blinzelnd auf, zogen die Mützen und lachten über das ganze Gesicht.

»Wie gutmütig dieses Volk ist«, sagte Aristides Dorn, »sie müssen arbeiten, und wir fahren müßig in den Morgen hinein, und doch lachen sie und zeigen keine Spur von Neid.« Dorn fühlte sich heute angeregt und sicher, daher wollte er mit einer hübschen Bemerkung die Unterhaltung beleben, da gerade keiner sprach. Der Graf Lynck zog die Augenbrauen ein wenig empor und meinte: »Gott, Neid! Man kann doch nicht vom Morgen bis zum Abend beneiden, und an einem Sommermorgen bei gutem Wetter denkt man nicht an die soziale Frage. Das kommt abends, wenn der Rücken schmerzt.«

»Die Leute lachen, weil das hübsch ist, was an ihnen vorüberfährt, das ist doch natürlich«, bemerkte Oda, und es klang ein wenig gereizt. Dorn lächelte hochmütig und griff nach seiner Stirnlocke. Er empfand jedoch, daß seine Bemerkung der Gesellschaft nicht sympathisch war. Er schaute zu Daniela hinüber, diese schien nichts gehört zu haben, sie blickte vor sich hin mit glitzernden Augen, die Lippen halb geöffnet, ganz versunken in ein starkes körperliches Genießen.

»Überhaupt Neid«, nahm Herr von Wallbaum jetzt das Wort, der heute ganz wohlwollendes und gut gelauntes Familienoberhaupt war, »was fehlt denn den Kerls mit solchen Gliedern? Um die könnte ich sie jetzt beneiden. Na ja, früher, meine Generation, die war nicht so feingliedrig wie ihr Heutigen. Damals eine Entenjagd war doch eine andere Sache. Man band sich Bastschuhe an die Füße, ging am Seeufer entlang und sank jeden Augenblick bis zur Brust in den Sumpf ein. Da war noch was von Gefahr, ein bißchen Wildheit dabei, so was von Urinstinkten. Heute gehen Damen und Kinder auf die Jagd.« Herr von Wallbaum lachte und beugte sich vor, um seinen langen Backenbart im Winde flattern zu lassen, was ihm besonders wohlzutun schien.

»Wildheit und Urinstinkte«, meinte Graf Lynck, »müssen etwas Berauschendes haben, denn diejenigen, die sie verspürt zu haben meinen, sprechen davon, wie man von einem ganz hohen Bordeaux spricht.«

»Ich liebe wilde Männer«, erklang Heidas Stimme, und als sie das laute Lachen der anderen hörte, wurde sie dunkelrot. Leo aber meinte: »Für Legationssekretäre also bei Heida keine Aussicht.« – »Still!« befahl Herr von Wallbaum, »bei Kindern wünsche ich weniger Urinstinkt und mehr Haltung.«

»Freuen Sie sich?« fragte Karl Erdmann Daniela leise.

»Ja«, antwortete sie ebenso leise, ohne ihn anzusehen, als wollte sie sich im Genuß von Licht und Luft nicht stören lassen. »Ich freue mich sehr auf diesen Tag. Und Sie, freuen Sie sich? Oder sind Sie heute auch düster und geheimnisvoll?«

»Nein, nein«, sagte Karl Erdmann, »ich freue mich kolossal.« Das leise Zwiegespräch machte ihn glücklich, es schien ihm, als verbände es ihn mit Daniela und rückte sie beide zusammen, von den anderen ab. – »Still!« kommandierte Herr von Wallbaum jetzt. »Sonst fliegen die Enten aus.«

In der Nähe des Sees hielt der Wagen, die Gesellschaft stieg aus und ging schweigend zum Seeufer, wo die Kähne bereitlagen. Herr von Wallbaum hielt streng darauf, daß das Besteigen der Kähne ganz geräuschlos vor sich ging. Daniela fuhr mit Karl Erdmann und Leo, sie war die einzige Dame, die schießen wollte. Ein Waldhüter stieß mit einer langen Stange den Kahn vorsichtig in das Schilf hinein.

Der See glich einem großen Felde voll hellgrüner Halme, das hier und da von breiten Wasserstraßen durchkreuzt wurde. Kein Luftzug regte sich, unbeweglich stand das Schilf da, und das Zittern des Lichtes auf dem Wasser und auf den feuchten Spitzen der Schachtelhalme schien die einzige Bewegung. Große Stille lag über der Fläche, nur zuweilen erklang schläfrig und klagend der Ruf eines Bläßhuhns, oder ein Fisch schnalzte, oder es raschelte leise wie von Wesen, die heimlich durch das Schilf schritten. »Köstlich!« flüsterte Daniela. »Ist das nicht wie ein großes, vornehmes Haus, in dem die Herrschaft noch schläft, und in dem nur die Dienstboten schon leise bei der Arbeit sind.« – »Und wir sind die Einbrecher«, ergänzte Leo. – »Ach ja«, meinte Daniela, »wer weiß, ob Einbrecher, wenn sie in ein Haus schleichen, auch so angenehmes Herzklopfen haben, wie ich jetzt.« – »Ganz gewiß«, versicherte Leo. Dann plötzlich rauschte und klatschte es von allen Seiten, und schwerfällig stiegen die Enten auf. Daniela war aufgesprungen, sie stützte das eine Knie auf das Sitzbrett des Bootes und schoß. Karl Erdmann vergaß zu schießen, weil es ihn so interessierte, Daniela anzusehen, wie die schlanke Gestalt im grauen Leinwandkleide, einen Knabenhut aus weißem Stroh auf dem Kopfe, die Wangen heiß, sich in der Erregung aufrichtete und straffte. Und wenn sie geschossen hatte, und der große Vogel dort in der Luft schlaff wurde, wie ein abgespannter Bogen, und schwer in das Wasser fiel, dann ließ sie das Gewehr ein wenig sinken, und es zuckte um ihre Lippen ein seltsames, fast leidenschaftliches Lächeln. Dann aber regte sie sich sofort auf, sie fürchtete, die Ente könnte verloren gehen, sie rief dem Waldhüter zu, hinzusteuern, beugte sich weit aus dem Kahn, faßte die Ente an den Ständern und hob sie triumphierend empor. Allmählich wurde auch Karl Erdmann von der Jagdleidenschaft erfaßt, wurde ganz Auge und Ohr, und alles um ihn her, das Schilf und die Blätter wurden zur Partei, wurden zu Dingen, die entweder auf Seite der Jäger oder auf Seite der Enten waren. Lange und hitzig war die Verfolgung eines alten mausernden Erpels, der ihnen immer wieder entwischte und immer wieder neue Listen erfand, um sich zu verstecken und zu entkommen. Daniela war so erregt, daß sie zitterte und kleine schrille Schreie ausstieß. Endlich hatten sie ihn, Daniela faßte ihn, warf ihn in das Boot und lachte.

Und da überkam Karl Erdmann plötzlich ein wunderliches und unerwartetes Gefühl. Er sah auf den Haufen toter Vögel nieder, die im Boot lagen, auf die schlaff wie müde gebogenen Hälse, auf das geronnene Blut, er sah, wie der eben geschossene Vogel noch matt und hilflos die Ständer bewegte, und ein Zucken wie eine plötzliche Angst seinen Körper schüttelte, wie er sich streckte und dann schlaff und regungslos liegen blieb. Das empfand Karl Erdmann als furchtbar traurig, ja es wurde ihm so unerträglich, daß es ihm die Kehle zusammenschnürte und er bemerkte, daß er sein Gesicht verzog. Schnell blickte er auf, besorgt, jemand könnte es gesehen haben. Daniela saß auf ihrem Sitzbrett und schaute ihn so angstvoll an, daß es ihm schien, als ahmte sie unwillkürlich den Ausdruck seines Gesichtes nach. Sie weiß alles, dachte Karl Erdmann sofort. Er errötete und wandte sein Gesicht ab, er schämte sich wie nach einer schlechten Tat. Da hörte er Daniela mit einer Stimme, die sehr heiter und unbefangen zu klingen sich bemühte, ausrufen: »Sehen Sie, wie da etwas durch die Schachtelhalme fortschießt, ein Hecht wohl. Möchten Sie auch so dahinschießen können? Das muß doch gut sein.«
»Für einen Krieger wohl kein passender Wunsch«, bemerkte Leo. Darüber begannen sie nun alle drei zu lachen, sie lachten sehr laut und sehr lange, als könnte das Lachen sie vor etwas schützen, das für einen Augenblick unheimlich und hinterrücks sie überfallen hatte.
Die Sonne stand schon hoch am Himmel, und zwischen dem Schilf und dem Kolbenrohr wurde es schwül. Enten wollten auch nicht mehr steigen. Wie eine große Schläfrigkeit legte es sich über den See, regungslos standen die Fische im Wasser, und die Frösche saßen schweigend auf den Blättern der Wasserrosen und schienen zu schlafen. »Fühlen Sie, wie die Mittagstunde einem in die Glieder fährt?« fragte Karl Erdmann. Ja, Daniela fühlte es und war müde. Alle drei setzten sich auf die Sitzbretter des Kahnes und legten die Gewehre beiseite. »Fahr' ans Land zum Frühstück«, befahl Karl Erdmann dem Waldhüter. – »Wir haben gute Arbeit getan«, meinte Daniela. – »Ja«, sagte Karl Erdmann, »zusammen eine Arbeit tun und dann zusammen müde sein, das ist sehr gemütlich, das verstehen die Wenigsten.«
»Wie muß man das machen?« fragte Daniela.
»So«, Karl Erdmann legte beide Hände mit gespreizten Fingern auf seine Knie, »und dann starrt man einander an mit ganz leeren friedlichen Augen. Das habe ich bei den Bauern gesehen, wenn sie sich um die Mittagszeit unter die Eiche setzen und nach dem Essen noch ein wenig warten, ehe sie sich ausstrecken, um zu schlafen.«
Gehorsam legte Daniela ihre Hände auf die Knie und sah vor sich hin.

»Wirklich«, meinte sie, »es ist sehr angenehm.« So saßen sie nun alle drei da und schwiegen. Endlich schloß Daniela die Augen. »Seltsam«, rief sie, »wenn Sie die Augen schließen, hören Sie einen einzigen Ton, einen Ton, als ob jemand schläft und leise zu schnarchen beginnt.« – »Ich behalte die Augen lieber offen«, sagte Karl Erdmann, »wenn ich die Augen schließe, dann bin ich allein, und wir wollen doch zusammen müde sein.« Daniela schlug die Augen auf: »Gewiß«, versetzte sie schnell, »wir wollen beisammen sein.« Ihre Stimme klang bei diesen Worten freundlich und mitleidig, als spräche sie zu einem Kranken. Daß ihn das plötzlich rührte, fand Karl Erdmann albern genug.

Sie näherten sich jetzt einer schmalen mit Erlen bestandenen Landzunge, dort sollte das Frühstück eingenommen werden. Die anderen waren schon da, die Herren hatten sich um ein weißes Tischtuch auf den Rasen hingestreckt, Heida und Oda packten die Vorräte aus.

»Kommen Sie«, sagte Daniela, als sie ans Land stiegen, und legte einen Arm in Leos, den anderen in Karl Erdmanns Arm. »Jetzt wollen wir essen wie Ihre Bauern, ganz still, lange kauen und dabei zum Horizont hinabsehen, und vor allem uns um die anderen gar nicht kümmern.« Auf dem Frühstücksplatz setzten sie sich ein wenig abseits von den anderen. »Ist das eine Demonstration?« fragte Botho. – »Wir sind eine Gruppe für uns«, erwiderte Daniela, »und ich werde meine Herren bedienen.« – »Bitte!« meinte Heida ein wenig gereizt. »Wir sind hier auch exklusiv.« – »Gruppe, Gruppe!« begann Herr von Wallbaum und lächelte. Er wollte etwas Hübsches sagen, denn er fühlte sich jugendlich und galant. »Eigen, daß Damen, schöne Damen, immer Parteibildungen begünstigen. Das kommt wohl daher, daß Damen, schöne Damen, geborene Parteihäupter sind.« Er sah die anderen an, um Beifall für seine Bemerkung zu ernten, allein nur Aristides Dorn lächelte ironisch. »Die Sache ist die«, erklärte Leo, »wir sind zusammen müde, das ist Karl Erdmanns neueste Erfindung, das soll ein großer Genuß sein.«

Graf Lynck klemmte sein Glas in sein linkes Auge und schaute zu Daniela hinüber. »Ah«, meinte er, »das scheint allerdings eine gute Erfindung zu sein, ziemlich raffiniert, zu der kann man Karl Erdmann Glück wünschen.« Oda lehnte ihren blonden Kopf an die Schulter ihres Bräutigams und sagte klagend: »Ach, Lieber, das haben wir doch schon längst erfunden.«

Die Gesellschaft wurde jetzt einsilbig, jeder aß und trank schweigend, Botho schien verstimmt, die anderen Herren waren nachdenklich, Graf Lynck gähnte diskret, und um sie her standen die sonnenwarmen Erlenbüsche voll mittäglichen Gesummes, als wollten sie die Gesellschaft in Schlaf singen.

Endlich hielt es Aristides Dorn nicht länger aus, so still von Daniela unbemerkt dazusitzen, er eröffnete daher wieder die Unterhaltung, er sprach scharf und ein wenig zu laut, weil es ihn aufregte, so in die Stille hineinzusprechen: »Müde, ich gebe zu, daß wir müde sind, wir haben uns aufgeregt, ich gebe zu, ich habe mich aufgeregt, als gälte es etwas ganz Großes, und warum das alles? Einiger Enten wegen, eines Bratens wegen. Ist das nicht seltsam? Ist das ein Resultat?« Er schaute gespannt zu Daniela hinüber, errötete und drehte seine schwarze Stirnlocke. Aber Botho ärgerte diese Rede. »Was wollen Sie denn für Resultate haben?« sagte er. »Ein Vergnügen hat eben kein Resultat, das man einkassieren kann. Ist es vorüber, dann muß es vorüber sein, wie ein gutes Parfüm, das auch verfliegt und nichts zurückläßt.« – Graf Lynck hatte sich flach auf den Rasen gelegt, rauchte eine Zigarette und schaute zum Himmel hinauf. »Ich kannte in England einen alten Lord«, begann er langsam und knarrend zu erzählen, »der hatte irgendein böses Magenleiden. Er litt an starkem Hunger, aber wenn er sich zu Tische gesetzt hatte und zu essen beginnen wollte, bekam er einen solchen Widerwillen vor den Speisen, daß er die Tafel verlassen mußte. Nun, dieser alte Herr pflegte zu sagen, ihr braucht mich nicht zu bedauern; wenn ich mich zu Tische setze, so freue ich mich so stark auf das Essen, daß ich mehr Vergnügen daran habe als ihr an eurem ganzen Diner.« Niemand fand darauf etwas zu sagen, und die Unterhaltung verstummte wieder, nur Heida flüsterte Fräulein Undamm zu: »So geht es immer. Daniela sucht sich ein oder zwei Herren als Privatbesitz aus; das kann sie ja tun, nur daß alle anderen Herren dann verstimmt und langweilig werden.«

Endlich gab Herr von Wallbaum das Zeichen zum Aufbruch, und man bestieg wieder die Kähne. Allein die heißen Nachmittagstunden dämpften die Jagdlust. Daniela und Karl Erdmann spannten bald ihre Gewehre ab, setzten sich und sahen zu, wie Leo schoß. Dabei unterhielten sie sich in abgebrochenen Sätzen, sprachen von friedlichen Dingen, von den Sonntagmittagessen im Kadettenhause, von früheren Jagden und früheren Sommern, und dann, als wären sie auch noch dazu zu träge, verstummte das Gespräch. Daniela versank in Sinnen, ließ ihre Hände über den Rand des Bootes hinabhängen und zog, um sie zu kühlen, die Schachtelhalme durch die Finger. Jetzt könnte es langweilig, fast traurig werden, dachte Karl Erdmann. Es gibt Stunden, wie es Menschen gibt, die mit säuerlicher Nüchternheit uns die Freuden und Hoffnungen des Lebens ausreden. Karl Erdmann hatte plötzlich das Bedürfnis, sich über etwas zu ärgern, daher sagte er: »Der Ottomar Lynck hat immer so dumme Geschichten. Was ist das nun wieder mit dem alten Mann, dessen größte Freude es ist, sich zu

Tisch zu setzen und mit leerem Magen aufzustehen. Phantasien eines verdorbenen Magens; Ottomar Lynck ist, glaube ich, auch so einer, der sich immerfort zu Tisch setzen möchte und dem die Suppe schon die Illusion verdirbt.«

Daniela zuckte leicht mit den Schultern und schaute zerstreut dem lautlosen Fluge der Libellen über den Wasserrosen zu. »Nun ja«, meinte sie, »aber wir sitzen alle immer zu lange bei Tisch. So diese Jagd, nicht wahr? Das Wahre ist, sich lange auf ein Glück freuen, und dann kommt das Glück ganz stark und schnell, und dann ist es wieder fort, dann ist es aus, und um uns ist es still und dunkel. Möchten Sie das nicht auch?«

»Ja«, sagte Karl Erdmann leise. Er errötete dabei und fühlte es deutlich, daß Daniela von ihm sprach. Eine starke Freude fuhr ihm heiß in die Glieder, und plötzlich sah er sich wieder in seiner eigenen, schönen und traurigen Geschichte, empfand die Erregung alles dessen, was er noch erleben mußte.

Die Jagd war zu Ende, und alle waren zufrieden damit. Jetzt kam das angenehme Nachhausefahren mit dem kühler werdenden Abend, die Sonne stand schon tief und lag rotgolden über den Grannen der Gerstenfelder, und die Hütejungen sangen aus Leibeskräften auf den Weiden. Dann kam das Mittagessen mit dem großen Appetit und das Beieinandersitzen auf der Veranda. Alle waren müde, streckten die heißen Glieder von sich, starrten mit den Augen, die zu viel grelles Licht hatten trinken müssen, in die kühle Finsternis des Gartens hinein. Zum Sprechen hatte keiner Lust, nur Frau von Wallbaum sprach mit ihrer gleichmäßigen, freundlichen Stimme, als wollte sie die anderen einschläfern. Sie erzählte ihren Tag, sie hatte ihr Tagebuch geschrieben und Jagd auf Löwenzahn gemacht, endlich war sie hinausgegangen, um ihre Kühe auf der Weide zu sehen. Auf dem Wege jedoch hatte sie, zwischen den Feldern eingeschlossen, ein kleines, ungemähtes Stückchen Wiese bemerkt, das heiß von Sonnenschein und voller Schafgarbenduft und kleiner blauer Schmetterlinge war. Das hatte ihr gefallen, sie hatte sich dort niedergesetzt, um den Thomas a Kempis zu lesen bis zum zweiten Frühstück. Später war sie durch das Haus gegangen, durch die stillen leeren Zimmer, und hatte sich gefreut, daß sie über die Stille und Leere nicht betrübt zu sein brauchte, denn gleich würden alle wieder da sein und würden wieder gemütlich und glücklich beieinander sitzen. »Ach ja«, dachte Karl Erdmann, »glücklich und gemütlich beieinander sitzen!« Eine Ewigkeit hätte er so dasitzen können, die müden Glieder von sich strecken, die laue Luft einatmen, die ganz süß von den Düften des Gartens war, die schlaff machte, daß er glaubte, er werde nie mehr etwas wollen können, und dennoch das Blut seltsam erhitzte und aufpeitschte. »Ein schnelles, starkes Glück, das uns überrumpelt«, hatte Daniela gesagt, »und dann Stille und Dunkelheit.« So mußte diese Stille sein und diese Dunkelheit, in der er fühlte, daß Daniela nicht fern von ihm saß.

Am nächsten Tage kam ein Brief des Baron von Asch, Sekundanten des Referendars von Treschke an den Grafen Lynck, der wiederum Karl Erdmanns Sekundant sein sollte. Der Baron schlug den Herren eine Zusammenkunft für den nachnächsten Tag im Staatswalde beim Lehtschen Kruge in früher Morgenstunde vor. Hatten die Herren etwas gegen diesen Vorschlag einzuwenden und wollten einen anderen Vorschlag machen, so war der Referendar von Treschke zu allem bereit und erkannte dankbar das ihm in dieser Affäre bisher erwiesene Entgegenkommen an, usw.

In Herrn von Wallbaums Zimmer versammelten sich die Herren zu einer Beratung. Die Sache wurde gründlich und sachlich durchgesprochen. Man beschloß den Vorschlag anzunehmen. Am nächsten Tage schon sollten Karl Erdmann, Graf Lynck und Botho in den Staatswald fahren und beim Sturre Waldhüter übernachten, um am bestimmten Tage zeitig auf dem Platze zu sein. Unterwegs wollten sie beim Doktorat anfahren und den Doktor Ulich mitnehmen. Der Familie gegenüber aber konnte die Fahrt als Jagdpartie hingestellt werden, Jagd auf Birkhühner. So war alles wohlgeordnet, und die Beratung nahm jetzt einen mehr heiteren Charakter an, als die Herren ihre Duellerfahrungen zu erzählen begannen. Herr von Wallbaum blieb zwar ernst, allein über diese Ehrenaffäre hin und her zu reden, gewährte ihm doch einige Befriedigung. Er saß soldatisch stramm in seinem Sessel, strich sich energisch den Backenbart, sprach von Duellen mit sehr scharfen Bedingungen, die er früher mitgemacht, und gab Ratschläge. »Vor allem schnell schießen, der erste sein, das ist die Hauptsache«, und er hob die Hand empor, kniff das eine Auge zu, zielte und tat, als drücke er ab. Damit wurde die Sitzung geschlossen, und Karl Erdmann war froh, daß alles so hübsch und praktisch eingerichtet war, und in bester Laune beschloß er, den Rest des Tages recht angenehm zu verbringen.

Draußen ging ein plötzlicher, heftiger Regen nieder, in den zuweilen die Sonne hineinschien, wie durch ein gläsernes Gitter. Durch die geöffneten Fenster sandte er sein Rauschen und seine Kühle in die Zimmer und regte die Menschen auf, als vollzöge sich da draußen ein lustiges Ereignis. Frau von Wallbaum, Oda, Heida standen jede an einem Fenster, schauten hinaus und lächelten. Daniela hatte sich ans Klavier gesetzt und spielte

einen Walzer, während Leo Fräulein Undamm zwang, mit ihm zu tanzen. Als die Herren von ihrer Beratung in das Wohnzimmer kamen, verkündete Herr von Wallbaum den Jagdplan. Frau von Wallbaum war sehr zufrieden damit und beschloß, den Herren viel und gut zu essen mitzugeben. Oda schaute Karl Erdmann erschrocken an, und Heida an ihrem Fenster begann zu weinen. Fräulein Undamm mußte sie hinausführen, damit Frau von Wallbaum es nicht bemerke. Karl Erdmann war sehr ärgerlich darüber, er zog Oda in eine Fensternische und sprach sich scharf aus: »Das kommt davon, wenn Kinder die Angelegenheiten der Erwachsenen ausspionieren. Dieses Getue ist unerträglich. Da die Affäre nun unglücklicherweise bekannt ist, nehmt euch zusammen. Es ist wirklich kein Grund, Aufhebens zu machen.«
Wirklich, sie schienen sich zusammenzunehmen, denn um ihn her begann ein ganz unbefangenes, heiteres Treiben. Er hörte Heida im Nebenzimmer wieder recht ausgelassen mit Leo lachen, Oda zog sich mit ihrem Bräutigam in die Bibliothek zurück, und Daniela forderte Botho auf zu singen. Er sang Schuberts ›Wanderer‹, und sie begleitete ihn. Das war alles gut, aber was sollte er, Karl Erdmann, jetzt tun? Etwas ganz Unbefangenes, ganz Natürliches. Das war das Fatale. Ihn genierte dieses Duell gewiß nicht, er hätte gar nicht daran gedacht, allein die anderen konnten denken, er sei heute anders als sonst, konnten denken, er wolle sich interessant machen oder sei gezwungen heiter. Das alles gab ihm das Unbehagen eines Menschen, der zuviel Wein getrunken hat und in Gesellschaft sich bemüht, ganz natürlich zu erscheinen. Er saß da und hörte dem Gesange zu, ärgerte sich über den großen Aufwand an Gefühl, den Botho in das »Wo bist du, mein geliebtes Land?« legte, ja, er begann überhaupt sich zu ärgern. Es gelang den anderen doch ein wenig zu gut, so zu tun, als sei nichts geschehen. Jedenfalls war es nicht nötig, daß niemand sich um ihn bekümmerte.
Plötzlich, wie der Regen gekommen war, hörte er auch auf. Karl Erdmann nahm seine Mütze und ging in den Garten hinaus, auf die Gefahr hin, melancholisch zu erscheinen. Er irrte auf den Kieswegen hin und her, besah sich die Blumen, die blank vom Regen waren, ging in den Park, hörte dem Klingen der Tropfen in den Bäumen zu, atmete den köstlichen, feuchten Duft ein. Nun wollte er auch angenehme Gedanken haben, aber er wurde ein verstimmtes, bitteres Gefühl nicht los. Er verlangte gewiß nicht, daß etwas Besonderes für ihn geschehen sollte, nur war auch kein Grund da, daß dieser Tag für ihn ereignisloser und alltäglicher sein sollte als andere. Warum mußte er heute gerade allein hier spazieren gehen? Daniela würde noch Zeit genug haben, Botho den ›Wanderer‹ singen zu

lassen, und Oda, sich mit Ottomar Lynck zu zanken. Karl Erdmann konnte es ja ertragen, allein spazierenzugehen, nur wunderte er sich darüber, daß die anderen, da sie nun einmal wußten, was ihm bevorstand, das zuließen. Man nimmt sein eigenes Duell leicht, allein, daß die anderen es so leicht nahmen, war doch seltsam. Jedenfalls mit den angenehmen Gedanken war es jetzt nichts, daher ging Karl Erdmann in den Pferdestall. Dort war es hübsch, die Nachmittagsonne lag hell auf den Steinfliesen des Fußbodens, auf dem Stroh, auf den blanken Leibern der Tiere, das sah lustig und herrschaftlich aus. Karl Erdmann setzte sich auf die Haferkiste und begann eine Unterhaltung mit dem alten Kutscher, ließ sich vom Charakter der einzelnen Pferde erzählen, von dem Charakter früherer Pferde, und hier fühlte er sich endlich ganz gemütlich und ganz unbefangen.

Der Sommertag ging friedlich und ereignislos zu Ende. Als Karl Erdmann aus dem Stalle wieder auf den Hof trat, war die Sonne im Untergehen. Vom Tennisplatz klangen Stimmen herüber, eine große Partie war dort im Gange. Mich haben sie dazu nicht nötig gehabt, nun, so will ich auch nicht hingehen, dachte Karl Erdmann. Solche kleine Empfindlichkeiten waren ihm an sich selbst neu, allein in dieser seltsamen Zeit hatte er so manche Entdeckungen an sich zu machen. Er beschloß, den Sonnenuntergang zu betrachten. Die Sonne stand rot über dem Waldrande, große Wolken hingen in dem glashellen Himmel, schmal und langgestreckt, rot und goldangeleuchtet wie riesige, purpurne, goldverbrämte Hechte, die in einem blaßrosa Meere schwimmen. Er steckte die Hände in die Rocktaschen und betrachtete das, als wäre es eine ihm zugedachte Aufmerksamkeit.

Später am Abend auf der Gartenveranda wurde es recht heiter, und hier fühlte Karl Erdmann wieder, daß seine Schwestern und die anderen ihm heute gewissermaßen mehr Beachtung schenkten als sonst. Über seine Witze und Geschichten wurde mehr gelacht, als er es gewohnt war. Das tat ihm wohl. Es freute ihn auch, daß er so ausgelassen sein konnte, nur bisweilen empfand er ein unbändiges Bedürfnis nach Feierlichkeit und Sentimentalität, am liebsten hätte er eine seiner Schwestern beiseite genommen, um ihr etwas ganz lächerlich Gefühlvolles zu sagen, wie zum Beispiel: »Komm, ich möchte noch einmal die Lilien riechen.« Gut, daß die anderen das nicht merkten. Statt dessen sagte er zu Leo: »Komm zu den Birnen, ich höre welche fallen.« Sie gingen zum Birnbaum und begannen die kalten feuchten Birnen zu essen. Dabei kann man auch sentimental sein, dachte Karl Erdmann.

Herr von Wallbaum mahnte heute früher zum Aufbruch wegen der für morgen festgesetzten Fahrt. Man wünschte sich gute Nacht, und Karl

Erdmann bemühte sich, sein Gutenacht ganz gewöhnlich und obenhin zu sagen. Als er noch ein wenig auf der Veranda zurückblieb und in den dunklen Garten hinaussah, legte sich eine Hand leicht auf seinen Arm und Daniela sagte leise: »Wollen wir heute noch beisammen sein? Dann erwarten Sie mich im Park auf der Bank unter dem Ahorn.« Dann war sie fort.

Er blieb eine Weile auf demselben Fleck stehen, eine große Ruhe legte sich über ihn, es war, als löste sich etwas in ihm, denn das war es, was kommen mußte, das war es, auf das er den ganzen Tag gewartet hatte. Jetzt war es gut. Er zündete sich eine Zigarette an, stieg in den Garten hinunter und begann langsam dem Parke zuzugehen, ganz langsam, denn jetzt waren Stunden seines Lebens gekommen, die sehr behutsam Minute für Minute ausgekostet werden mußten. Alle Sinne waren in ihm wach, jedes Gefühl und jeder Eindruck wurden nun etwas Kostbares und Seltenes, der Duft der Spiräahecke, an der er vorüberging, der feuchte Samt einer Blume, über die er leicht mit der Hand hinstrich, die dicke Kröte, die träge über den Kiesweg ihren nächtlichen Freuden nachschlich, all das gehörte von nun ab zu dem Unvergeßlichen seines Lebens. Vor der Bank an dem Ahorn angelangt, setzte er sich, lehnte den Kopf zurück und schloß die Augen. Wie ruhevoll war es, nicht an alles mögliche denken, alles mögliche fühlen zu müssen, sondern nur ganz voll von der reinen, starken, freudigen Erwartung zu sein.

Er vernahm ein leises, seidiges Knistern neben sich, und der Duft von Teerosen und Ambra, den Daniela an sich zu haben liebte, schlug ihm entgegen. Zwei kühle Hände legten sich auf seine Stirn, und Daniela sagte leise: »Armer, wenn ich ein Glück bin, soll es kommen.« Sie stützte die Arme auf seine Schultern, die helle, schmale Gestalt beugte sich über ihn und glitt dann auf ihn nieder.

Durch das Laub der Bäume lief ein beständiges Rauschen und Wispern, kühle Tropfen regneten auf die Bank nieder. In irgendeinem Baumwipfel regte sich eine verschlafene Krähe und schlug laut mit den Flügeln. Ganz fern auf der dunklen Wiese wurde eine Stimme laut, ein einsames Rufen oder Singen. Karl Erdmann hörte das alles, aber es schien nicht außer ihm, sondern mit ihm eins zu sein, eins mit der Bewegung seines Blutes, mit dem Pulsschlag der Arme, die ihn umschlangen, mit dem Leben der Lippen, die sich auf die seinen drückten. Die ganze große Finsternis um ihn her mit ihrem Wehen und Klingen war ganz nur sein eigenes Fühlen. Eine Elster begann leise in einem Busch vor sich hin zu plaudern, auf dem Wasser des Teiches lag es wie ein blinder Glanz, die Gestalten der Bäume und die Nebel auf den Rasenplätzen, grau in der grauen Dämmerung, wurden sichtbar. »Der Morgen kommt«, sagte Daniela. Sie stand vor Karl Erdmann, schauerte ein wenig in sich zusammen und strich sich das vom Tau feuchte Haar aus der Stirn. Dann nahm sie seinen Kopf mit beiden Händen, küßte seinen Mund, und er fühlte, wie zwei warme Tropfen auf sein Gesicht niederfielen. Sie weint, dachte Karl Erdmann, ach ja, weil ich sterben werde. Leise knisterten Danielas Kleider wieder, und sie lief die Allee hinab in die aufsteigenden Nebel hinein. Karl Erdmann blieb auf der Bank sitzen und schloß wieder die Augen, wie jemand, der einen schönen Traum geträumt hat und, einen Augenblick erwacht, nun diesen Traum weiterträumen will. Allein das Weiterträumen solcher Träume ist mühsam und will nie recht gelingen. Ringsum erwachten immer neue Vogelstimmen und im Teich begann ein plätscherndes Leben. Er fror und erhob sich, um ein wenig zu gehen, er hatte noch immer die Empfindung, als träume er, nur daß ein anderer Traum gekommen war, nebelgrau und voll einer starken Traurigkeit.

Während er langsam und versonnen am Teich entlang ging, sah er plötzlich vor sich auf einer Bank Aristides Dorn sitzen. Er hatte seinen Hut abgenommen, schwer und feucht hing ihm die Locke in die Stirne, dunkel und erregt schauten die Augen aus dem bleichen Gesicht. Er schien zu frieren, denn die Lippen waren bläulich, lächelten nur mühsam ihr ironisches Lächeln, und die Hände rieb er eifrig aneinander. Karl Erdmann wunderte sich nicht, in dieser gespenstischen Dämmerungswelt konnte ihn nichts überraschen. Er nickte und sagte: »Guten Morgen, Herr Dorn, Sie sind schon auf?« Dorn erwiderte den Gruß, ohne aufzustehen: »Guten Morgen, Herr von Wallbaum, ja, ich bin schon auf, oder vielmehr ich habe auch nicht die Nacht geschlafen.« – »So, so«, meinte Karl Erdmann zerstreut und setzte sich zu Dorn auf die Bank, »ein frischer Morgen.« Er hatte das Bedürfnis, jemand sprechen zu hören; als Dorn jedoch zu sprechen begann, da hörte er ihm kaum zu. »Nun ja«, sagte Dorn und drückte seine frierenden Hände, so daß sie leise knackten. »Sie haben ja auch ein erregendes oder sozusagen dramatisches Ereignis vor. Sie gehen einer Gefahr entgegen, wie ich höre.« Karl Erdmann zuckte leicht mit den Schultern: »Ach, da haben die Kinder so etwas erlauscht, aber das ist nicht so schlimm, das ist nun mal eine Einrichtung.«

»Eine Einrichtung«, wiederholte Dorn, »ja, das ist es, und zwar eine in ihrer Art fein erfundene Einrichtung. Sie erreicht ihren Zweck, sie drapiert, möchte ich sagen. Gefahr drapiert immer. Die Todesmöglichkeit als Dekoration, aha.« Dorn lachte mit seinen frierenden, steifen Lippen.

»Sehr gut«, sagte Karl Erdmann und lachte auch, obgleich er nicht zugehört hatte.

»Aber sie müssen hier so etwas haben«, fuhr Dorn fort, »hier, wo niemand den Alltag vertragen kann. Leo ist in den Unterrichtsstunden unmöglich, wenn nichts los ist, wenn nicht irgendein Extravergnügen in Aussicht steht. Aber das ist nun die Regel dieses Lebens hier, immer ausschmücken, und da muß denn so etwas Dramatisches Effekt machen, Todesgefahr ist eine Art bengalischer Beleuchtung. Dagegen kommt natürlich ein einfacher Werktagsmensch wie ich nicht auf. Solch einer nimmt sich ebenso lächerlich aus wie ein Theaterarbeiter, der sich auf der Bühne verspätet hat, wenn das Drama schon anfängt. Ich habe das einmal bei einer Vorstellung gesehen, und hier habe ich oft an diesen grauen Arbeiter auf der Bühne denken müssen.«

Karl Erdmann wurde aufmerksam, Dorn sprach jetzt schnell, und seine Stimme hatte einen hohen, zänkischen Klang. »Herr, was sprechen Sie da?« fragte Karl Erdmann. »Wem machen Sie Vorwürfe? Ich habe nicht recht verstanden? Ich glaube, Sie sind krank, ja, Sie sehen krank aus. Sie sollten von hier fortgehen, Sie vertragen die Luft hier nicht.«

Aristides Dorn war wieder ganz ruhig geworden, mit nervösen Fingern griff er nach seiner Stirnlocke und meinte: »Ach nein, wem sollte ich Vorwürfe machen? Es ist ja möglich, daß ich krank bin, vielleicht vertrage ich die Luft hier nicht, aber das ist meine Sache. Vielleicht muß ich von hier fortgehen, ob ich das kann und ob ich das nicht kann, das ist meine Sache.« Seine Stimme zitterte ein wenig und klang seltsam kummervoll und mutlos. Karl Erdmann tat der bleiche junge Mann leid, gutmütig klopfte er ihm auf die Schulter. »Wissen Sie was«, sagte er, »Sie sollten schlafen gehen. Die Morgendämmerung gibt einen Katzenjammer, man weiß nicht wovon. Dagegen gibt es nur ein Mittel: schlafen. Sie werden sehen, vom Bett aus nimmt sich die Welt wieder ganz erträglich aus.«

»Ich danke«, erwiderte Dorn steif und sah Karl Erdmann mit Abneigung an, »ich möchte hier noch eine Weile sitzen. Es gibt Dinge, die man fürchtet mit in den Schlaf hineinzunehmen.«

Karl Erdmann zuckte die Achseln und stand auf. »Na, wie Sie wollen, ich wenigstens freue mich kolossal auf mein Bett. Dann also guten Morgen.« Damit ging er eilig dem Hause zu.

Die Abfahrt zu früher Stunde war lustig. Frau von Wallbaum stand wieder auf der Treppe, hob segnend die Hände und sagte: »Unterhaltet euch gut.« Die Herren lehnten sich behaglich in den Landauer zurück und zündeten ihre Morgenzigarren an. »Angenehme Lebenslage«, sagte Graf Lynck. »Ja, sehr angenehm«, bestätigte Karl Erdmann. Trotz der wenigen Stunden Schlaf fühlte er sich ausgeruht und war mit dem Leben zufrieden, zufrieden mit dem, was er erlebt hatte, und dem, was er erleben sollte. Vor allem aber war er heute mit sich selbst ganz einverstanden, er war sozusagen gern mit sich selbst zusammen, mit diesem Karl Erdmann, der geliebt und beweint wurde und nun fröhlich seiner ritterlichen Pflicht entgegenfuhr. Bis zur Wohnung des Doktors Ulich war es eine Stunde. Dort hielt dann der Wagen vor dem roten Backsteinhause, das mitten in einem flachen baumlosen Garten lag, der voller Gemüsebeete, roter Verbenen und Johannisbeerbüsche war. Der Doktor wartete bereits vor der Haustür, ein junger Mensch mit einem runden Kindergesicht, dem wie zum Scherz ein roter Backenbart angeklebt schien. Als er in den Wagen stieg, richtete er sich noch einmal auf, um in den Garten hinüberzugrüßen, wo seine Frau bei den Johannisbeeren beschäftigt war. Die kleine Frau, der die dicken blonden Zöpfe sich wie ein gelber Metallhelm um den Kopf legten, hob die Hände, die rot von Johannisbeeren waren, in den Sonnenschein hinein und winkte. Dann fuhr man ab.

»Sehr hübsch dieser Garten«, bemerkte Graf Lynck, »all das viele Rot im Sonnenschein, die roten Verbenen, die rotbemalten Hände Ihrer Frau Gemahlin.« Doktor Ulich errötete und lächelte: »Ja, Johannisbeeren, wir haben sehr viele Johannisbeeren, da gibt es zu tun. Meine Frau macht sie für den Winter ein, das ist sehr angenehm, aber –«, er hielt inne und schaute Karl Erdmann erschrocken an, »ich erzähle hier von Johannisbeeren, es ist wohl nicht am Platz – die Herren haben gewiß an andere, ernste Dinge zu denken.« – »Daß ich nicht wüßte«, sagte Graf Lynck, »im Gegenteil, ich denke gern an Johannisbeeren. Der Geruch und der Geschmack von Johannisbeeren sind mir mit einer hübschen Jugenderinnerung verbunden. An einem Johannisbeerbusch machte ich als Achtzehnjähriger meine erste Liebeserklärung, und zwar der Engländerin meiner Schwester; eine blonde junge Dame, weiß und rot wie Porzellan, und sie hatte einen kleinen runden Mund, der aussah, als sei er vom vielen ›O‹-sagen selbst ein blutrotes O geworden. Sie war sehr erschrocken über meine Erklärung und zerdrückte in ihren Händen die Johannisbeeren, die sie hielt, so daß sie ganz rote Hände bekam.« Ja, die Engländerinnen, Botho hatte auch welche gekannt. Und nun sprach man von Engländerinnen und von andern Damen, endlich von Weibern im allgemeinen. Der Doktor hörte aufmerksam zu und lachte viel, indem er den Mund dabei weit öffnete.

Es begann sehr heiß zu werden, dichte Staubwolken hüllten den Wagen ein. Die Herren zogen die Kapuzen ihrer Staubmäntel über die Köpfe und wurden schläfrig. Einer nach dem andern schloß die Augen, nur der Doktor behielt seine runden, blauen Augen weit offen, er wollte keinen Augenblick des interessanten Erlebnisses versäumen.

Um die Mittagszeit wurde vor einem Kruge haltgemacht, die Pferde sollten ein wenig ausruhen, und die Herren gingen in die Krugstube, um dort ihren Imbiß zu nehmen. Die Stube roch nach Kalk und Bier, an den Fenstern lärmten zahllose Fliegen, und hinter seinem Schenktische schlummerte dick und erhitzt der Wirt. In einer Ecke des Zimmers saßen drei wandernde Musikanten vor ihrem Glase Bier, grau vom Straßenstaub, vor sich hinstarrend, als könnten sie sich vor Hitze und Müdigkeit nicht regen. »Auch Musik ist da, das ist gut«, sagte Karl Erdmann, und während Graf Lynck sorgsam das Frühstück auspackte, den Wein eingoß, ermunterte Karl Erdmann die drei schlaffen Burschen: »Spielt etwas, so was Patriotisches, einen Marsch oder ›Heil dir im Siegerkranz‹!«
Widerwillig zogen die Musikanten ihre Hörner hervor und spielten traurig und falsch einen Marsch, während die Herren frühstückten. »Köstlich, famos«, sagte der Doktor, »dieser Wein, diese Musik, diese ganze Lebenslage, unerhört interessant.«
»Margusch, bedien' die Herren«, rief der Wirt, und Margusch kam, eine seltsam grelle, farbige Gestalt, unter dem roten Kopftuch quoll das ungeordnete schwarze Haar hervor, in dem blanken, bräunlichen Gesicht saßen die Augen wie braunrote Glaskugeln, und der Mund sah aus, als hätte ein in Karmin getauchter Pinsel einen saftigen roten Fleck in das Gesicht gemacht. »Ein Farbkasten, die Person«, bemerkte Lynck. – »Neapel!« rief der Doktor begeistert. Da die Musikanten jetzt einen Walzer spielten, so erhob Karl Erdmann sich und tanzte mit Margusch, die dabei ganz ernst blieb, die Augen schloß und sich mit Gewalt drehte. Endlich war Karl Erdmann atemlos, er ließ das Mädchen stehen und sagte: »Nun, meine Herren, jetzt können Sie tanzen.« – »Ich will lieber nach den Pferden sehen«, sagte Botho, »komm, Margusch.« Er erhob sich und ging mit dem Mädchen hinaus. Doktor Ulich rieb sich die Hände und murmelte: »Herrlich, herrlich. Ich bin glücklich, das zu erleben. Man denkt sich das alles ganz anders, ein Duell, mein Gott, und nun –«
»Trinken Sie, Doktor«, sagte Karl Erdmann und schlug Ulich auf die Schulter, »Sie sind wirklich von einer erfrischenden Empfänglichkeit.«
Als die Fahrt fortgesetzt wurde, führte der Weg durch den Wald, an prachtvollen Föhrenstämmen hin und dann durch alten Tannenbestand, in dem es fast dämmerig war. Die Feierlichkeit des Waldes machte die Herren schweigsam, und nachdenklich ließen sie die großen Baumgestalten an sich vorüberziehen, sie machten ernste Gesichter, als müßten sie jetzt einer Zeremonie beiwohnen.
Bei Sonnenuntergang hielten sie vor der Waldhüterei. Ein niedriges Holzhaus stand zwischen den großen Tannen, daneben ein kleiner, offe-

ner Heuschober und ein Stall. Die Gebäude waren noch neu und schimmerten grell und unruhig aus der großen Ruhe des Waldesschattens heraus. Vor der Tür stand der Waldhüter, ein Riese, den Kopf und das Gesicht voll struppiger Haare, neben ihm seine Frau, hübsch und bleich, ein Kind an der Brust.

»Es ist alles fertig, wie die Herren es bestellt haben«, sagte der Waldhüter, und die Frau sah die Ankommenden ernst und feindselig an. Die Herren mußten durch eine dunkle Küche gehen, in der der Rauch ihnen die Tränen in die Augen trieb, dann kamen sie in die beiden Zimmer, die für sie bereitet waren. Es roch hier nach frischen Brettern, nach Harz und feuchtem Leim.

»Herrlich«, rief Doktor Ulich, »man steht mitten im Märchen, man hätte Lust zu sagen, laßt die Hexe herein.« Graf Lynck verzog sein Gesicht: »Ja, wenn wir nur die zum Komfort nötig hätten, dann würde es ja gehen.«

Botho und Graf Lynck machten sich zum nahegelegenen Kruge auf, um mit den Herren, die dort ihr Quartier aufgeschlagen hatten, die Verabredung für morgen zu treffen. Doktor Ulich ging unter den Tannen auf und ab, den Hut in der Hand, um sich ganz in die Natur zu versenken. Karl Erdmann trat vor die Haustür. Es dunkelte schon stark, an der Hauswand lehnten zwei weiße Gestalten, ein großes Mädchen, nur mit Rock und Hemd bekleidet, und ein Bursche in einer weißen Leinwandhose. Sie standen schweigend da, ließen die nackten Arme schlaff niederhängen und kühlten sich. Auf einer niedrigen Holzbank saß in Tücher gewickelt und in sich zusammengebogen eine ganz alte Frau. Karl Erdmann setzte sich zu ihr auf die Bank. »Nun, Mutter, gut ist es hier«, sagte er.

»Kalt«, antwortete die Alte verdrießlich, »wie kann es gut sein, wenn es kalt ist, mir ist immer kalt.«

»Aber am Tage«, wandte Karl Erdmann ein, »wenn die Sonne da ist?«

Die Stimme der Alten wurde tiefer und böser, als sie erwiderte: »Die Bäume, die Luder, lassen sie nicht heran«, und dann wies sie mit einem seltsam knorrigen Finger zu dem Mädchen und dem Burschen hin, »die da schwitzen und mir ist kalt, anders ist es nicht. Ist man jung, dann ist einem zu heiß, ist man alt, dann friert man, anders ist es nicht.«

Durch die geöffnete Haustür klang das Wimmern eines Kindes, das Schelten einer Frauenstimme, Schritte nackter Füße auf Steinfliesen. Hinten im Stall grunzten Schweine, die beim Schlafengehen wohl in Streit geraten sein mochten. Die Finsternis sank immer tiefer hernieder.

»Kalt, kalt«, sprach die böse Stimme der Alten zuweilen vor sich hin. Über dem allen aber, aus den schwarzen Wipfeln, ertönte das große Rauschen des Waldes langatmig und ernst. Karl Erdmann schloß die Augen, um ihm zuzuhören, um zu hören, wie es die kleinen, kummervollen Töne um ihn

her überdeckte, als unwesentlich und sinnlos auslöschte. Es mag wohl sein, dachte Karl Erdmann, daß es sich in dem großen Rufen dort oben um andere wichtige Sachen handelt, als wir hier treiben.
Endlich kehrten Botho und Graf Lynck von ihrem Gange zurück. Botho rief nach Essen, und Graf Lynck ließ einen Tisch, Stühle und eine brennende Petroleumlampe an der Schmalseite des Hauses aufstellen. Dann begann er sehr sorgsam die Eßvorräte auszupacken und auf dem Tische anzuordnen. »So, meine Herren, das Souper ist bereit«, sagte er und setzte sich. Der Doktor rieb sich vergnügt die Hände, beugte sich mit seinen kurzsichtigen Augen nahe auf die Speisen nieder und murmelte: »Welche Herrlichkeiten! Da sind Rebhühner und Eier, und sogar Gänseleberpastete, und der göttliche Östricher! Was nimmt man zuerst? Ich möchte keinen Fehler begehen.«
»Nun«, meinte der Graf ernst, »ich würde zur Pastete raten, denn die Trüffel verlangt sozusagen eine noch jungfräuliche Zunge.«
»Ich danke, Herr Graf, ich werde mir das merken«, sagte der Doktor.
Eine Weile aßen nun die Herren eifrig und schweigend, allein nach dem dritten Glase Rheinwein vermochte der Doktor mit seiner Begeisterung nicht mehr an sich zu halten. »Wir tafeln hier, und hinter unsern Stühlen steht der Wald wie ein Diener, groß und schwarz.« – »Das ist allerdings ein wenig seltsam«, bemerkte Botho, »diese Dunkelheit da. Ich habe die ganze Zeit das Gefühl, als stünde dort jemand und schaute uns zu.« – »Sie schauen uns zu«, rief der Doktor, »sie schauen uns zu, die Bäume und die Sterne und die ganze große Natur. Wir sitzen hier wie auf einer kleinen mystischen Lichtinsel –«
»Sie schreiben wohl ein Tagebuch, Herr Doktor«, warf Graf Lynck ein. – »Warum?« fragte der Doktor. – »Nun, weil Sie jede Situation gern gleich druckfertig machen.« – Der Doktor errötete. »Früher als Junggeselle, ja, da schrieb ich alles nieder, aber jetzt, wo ich verheiratet bin, wozu! Ich erzähle meine Eindrücke meiner Frau, das ist einfacher.« – »So, so«, meinte Botho, »das mag gewiß ein Hauptvorteil der Ehe sein, daß man in ihr stets sein Publikum hat.« Aber der Doktor wollte sich in seiner Begeisterung nicht stören lassen. »Mystisch«, begann er wieder, »alles ist hier mystisch. Wenn wir bedenken, wozu wir hier sind – und doch die Ruhe und Gemütlichkeit. Mut ist doch was Großes und Schönes.«
»Ach was, Mut«, brummte Karl Erdmann ärgerlich, und Botho versetzte zerstreut: »Mut, Mut, na ja, man hat Mut, wie man eine Nase hat.« – Das entzückte den Doktor vollends: »Das ist es ja; Ihnen ist das selbstverständlich; und überhaupt ein Duell, an sich ein Mysterium, eine erhabene Sinnlosigkeit, eine sakramentale Handlung, credo quia absurdum est.

Wer hat einen Vorteil davon, bitte? Und doch welch eine Wirkung.« Graf Lynck lächelte ironisch: »Es ist ein Mittel gegen ein Übel. Sie, lieber Doktor, wissen doch auch nicht, wodurch die Mittel, die Sie Ihren Kranken eingeben, wirken.«

Die Waldhütersfrau kam, um die Teller fortzuräumen, und unterbrach das Gespräch. Die Herren zündeten die Zigarren an, füllten die Weingläser und lauschten eine Weile schweigend dem Rauschen des Waldes.

Endlich begann der Graf wieder, als hätte er in Gedanken das Gespräch fortgesetzt: »Man gewinnt nichts dabei, meinen Sie, na, darüber ließe sich doch manches sagen, aber wissen Sie, daß zuweilen beim höchsten Spiel der eine zwar einen für ihn sehr wichtigen Einsatz verlieren kann, der andere aber nichts dabei gewinnt als die Genugtuung über den Verlust seines Gegenspielers. Kein gutes Zeichen für die Liebenswürdigkeit der menschlichen Natur. Da erinnere ich mich, in Dresden einen Polen gekannt zu haben, von Kirbitzky hieß er, seine Leidenschaft und sein Beruf waren das Spiel. Da erzählte man mir eines Tages, Kirbitzky hat in vergangener Nacht in irgendeinem Cercle ein sehr hohes Spiel gespielt und alles, was er besaß, verloren. Als er nichts mehr zu setzen hatte, setzte er sein rechtes Ohr, das der Gegenspieler für einen ansehnlichen Betrag als Einsatz gelten ließ. Nun, Kirbitzky hatte Glück und gewann. Als ich bald darauf den Herrn traf, fragte ich ihn nach der Geschichte, und er bestätigte sie mir. ›Gut‹, sagte ich, ›wenn Sie nun verloren hätten, was hätten Sie getan?‹ – ›Ich hätte mir natürlich das Ohr abgeschnitten‹, sagte er, ›und hätte mir das Haar über die rechte Seite gekämmt, übrigens hat man Ihnen die Geschichte nicht ganz richtig erzählt. Als ich mein Ohr setzte und gewann, da bog ich die Karte.‹«

Doktor Ulich hatte vom Wein und der Erregung rote Backen und blanke Augen bekommen, er legte beide Hände an die Schläfen, als sei ihm der Kopf zu voll von Gedanken. »Unbegreiflich!« rief er. »Was ist der Mensch für ein unheimliches Wesen, ›un monstre incompréhensible‹, sagt Pascal; aber schließlich ist ein Ohr doch nur ein Ohr. Aber wenn der Tod sich hereinmischt, da wird die Sache feierlich. Immer, wenn wir eine Sache erhaben und feierlich machen wollen, muß immer irgendwie der Tod dabei sein. Haben Sie das nicht bemerkt, meine Herren?«

»Nun, das ist richtig«, meinte Botho, »so in Theatern und in Büchern und auch sonst wird ein bißchen Tod gern als Gewürz benutzt.«

»Und doch, man weiß immer noch nicht, was er ist«, sagte Karl Erdmann. Auf die drei andern wirkten diese Worte seltsam, sie machten Gesichter wie Leute, die sich einer Taktlosigkeit bewußt werden, und schauten Karl Erdmann ein wenig erschrocken an.

Dieser errötete und lachte verlegen. »Sie, Doktor«, sagte er, »haben da viel mit diesen Dingen zu tun, haben Sie nie etwas bemerkt, was einen Aufschluß geben könnte?«
Der Doktor zuckte die Achseln und sagte bedauernd: »Nein, wirklich, ich habe nichts bemerkt. Wenn der Patient den letzten Atemzug getan hat, wenn ich ihm die Augen zudrücke und die Morphiumspritze einpacke, dann kommt es mir vor, als würde ganz brutal vor mir eine Tür zugeschlagen. Ja, wirklich, ich komme mir geradezu hinausgeworfen vor.«
»Nicht sehr schmeichelhaft für die Menschheit«, knarrte Graf Lynck, die Zigarre zwischen den Zähnen behaltend, »der Tod ist nun eine millionenjahrealte Erfahrung, und es ist ihm doch gelungen, sein Inkognito zu wahren.«
Doktor Ulich trank hastig und erregt sein Glas leer und lächelte geheimnisvoll. »Und doch«, sagte er, »es gibt Augenblicke, in denen wir fast etwas zu wissen glauben.«
»Nun?« fragte Karl Erdmann und beugte sich ein wenig vor.
»Nein, nein, nicht wissen«, wehrte der Doktor ab, »wie sollte ich etwas wissen, aber ahnen, fühlen, wie es vielleicht sein könnte. Also wir sitzen auf unserer gelben Lichtinsel eng und gemütlich beieinander. Um uns steht die Finsternis ganz nah und unbekannt, aber wir wissen, dort rauscht es und weht es, dort treibt ein großes Sein sein Wesen. Und plötzlich entwische ich aus unserer Lichtinsel hinein in die große Finsternis. Ich verliere mich ganz in sie, ich schmelze in sie hinein. Werde ich dann nicht ein unendlich wohltuendes Strecken und Dehnen fühlen, ein Atmen, wie mit immer weiter werdenden Lungen, etwas wird sich in mir lösen, in das ich eingeschnürt war, etwas wird von mir abfallen, und was sich löst und was abfällt, das werde ich sein, das wird Friedrich Karl Ulich sein, und statt dessen werde ich auch als das große Wesen, als die große Finsternis, als das große Sein mein Wesen treiben. Das kann doch gut sein.« Er hatte laut und von seinen Worten hingerissen, gesprochen, aber plötzlich wurde er befangen, errötete und schwieg.
Graf Lynck schaute ihn neugierig an, dann lächelte er spöttisch und bemerkte: »Gott, ich weiß nicht, man hat sich nun mal an sich selbst gewöhnt.«
»Kalt, dunkel«, brummte Botho vor sich hin und schaute mit Abneigung in diese Dunkelheit, die sie da so eng einschloß. Ja, wirklich, es schien ihm, als bedrückte sie ihn, als würde es ihm schwer, zwischen diesen schwarzen Wänden zu atmen. Teufel, dieser Doktor mit seinen Visionen hatte nicht gerade einen heiteren Rausch. Alle schwiegen jetzt, rauchten und sannen vor sich hin. Endlich erhob sich Graf Lynck und sagte: »Ich denke, wir

gehen schlafen, unsere Unterhaltung ist ja ohnehin so weit gediehen, daß es wohl nichts mehr zu sagen gibt.« Sie schickten sich an, ins Haus zu gehen, nur Karl Erdmann blieb zurück. »Kommst du nicht?« fragte Botho. »Nein, geht nur«, erwiderte er, »der Wein hat mich heiß gemacht, ich will mich ein wenig abkühlen.« Damit ging er eilig in den Wald hinein.

Der breite Waldweg lag wie eine bleichere Finsternis zwischen dem Schwarz der Tannen. Hier unten war alles still und regungslos, oben aber ging eine starke Bewegung durch die Wipfel, ein dunkles Flattern, Sichneigen und Biegen. Wenn Karl Erdmann emporschaute, sah er zwischen den Zweigen Sterne auftauchen und verschwinden, sie schienen durch die Nacht zu laufen wie Funken durch eine verlöschende Kohle. Gespannt lauschte er in sich hinein, er wollte etwas von den Gefühlen entdecken, von denen der Doktor gesprochen hatte; dieses Hinschmelzen, dieses Lösen war etwas, das er gern erlebt hätte. Allein er spürte nichts, immer nur fand er sich selbst mit seiner Freudlosigkeit, die ihn heute quälte, mit einer kindischen Neigung, sich selbst zu bemitleiden, etwas Großes, Befreiendes wollte sich nicht einstellen, es war recht ärgerlich. Er begann schneller zu gehen. Auf einer kleinen Lichtung, an der er vorüberkam, lag der Nebel wie eine unsichere Helligkeit, ein Rehbock schreckte auf und brach bellend durch das Unterholz. Nein, dachte Karl Erdmann, ich bin wohl sehr weit davon entfernt, mit der Nacht eins zu sein, ich störe nur, sie bellt mich böse und leidenschaftlich an. Der Weg wurde enger, eine vom Wind gebrochene Tanne lag quer über ihn hingeworfen da. Karl Erdmann fühlte sich erschöpft und setzte sich auf den Stamm der Tanne. So würde es vielleicht eher gehen. Es gab doch indische Heilige, die jahrelang auf einem Flecke sitzen und nichts tun als von sich fortdenken, und die sich dann eins fühlen mit dem All oder so etwas. Er schloß die Augen, das Rauschen über ihm hatte etwas, das gefangennahm, emporhob, ein wenig schwindlig machte, es war nicht *ein* Rauschen, sondern es war, als kämen immer wieder neue, große Flügel herangesaust, und sie kamen von sehr weit, aus einem unendlichen Raum, und flogen eilig, eilig vorüber, von sehr weit, von sehr weit. Ja, als er das dachte, da war es dagewesen, das Gefühl, aber nun war es doch gleich vorüber. Nah vor sich hörte er jetzt ein Schnaufen und Blasen, eine unförmliche Gestalt schlich langsam über den Weg, ein Dachs auf seiner nächtlichen Jagd. Karl Erdmann regte sich nicht, um das Tier nicht zu verscheuchen, die Gegenwart dieses dicken Gesellen, der so gemütlich fauchend und blasend ganz nahe an ihm vorüberging, tat ihm wohl, die Unendlichkeit war fort, und der Wald wurde zu etwas Vertrautem und Gemütlichem, in dem man seine Höhle hat und seine vertrauten Wege, auf denen man nach Wurzeln

und Käfern sucht. Als der Dachs fort war, fühlte Karl Erdmann sich einsam, er stand auf und machte sich auf den Heimweg. Das ist alles Unsinn, dachte er, was weiß denn der Doktor. Er war übrigens betrunken heute abend.
In der Waldhüterei war schon alles still. Als Karl Erdmann an dem offenen Schuppen vorüberging, sah er, daß der Bursche und das Mädchen fest aneinandergeschmiegt auf dem Heu lagen und schliefen. Die Küche war voll des eifrigen Schrillens der Heimchen, von nebenan wurden die lauten Atemzüge der schlafenden Waldhütersfamilie vernehmbar. Na ja, dachte Karl Erdmann, eng zusammenkriechen, beieinander sein, das ist schon verständlicher. Man ist eben noch nicht das All. Er wollte machen, daß er zu Bett kam, wollte an zu Hause, an den Garten, an Daniela denken, bis er einschlief.

Karl Erdmann erwachte davon, daß Doktor Ulich sehr gefühlvoll sagte: »Ach, lassen Sie ihn doch noch ein wenig schlafen.« Worauf Graf Lynck kühl erwiderte: »Es ist aber Zeit.« Karl Erdmann richtete sich auf und lachte den Doktor an: »Wissen Sie, Doktor, wie Sie das eben sagten? So, als ob Sie im Gefängnis am Bette eines Delinquenten ständen. Nun lassen Sie es gut sein, ich bin gleich fertig.«
Der Platz der Zusammenkunft war von der Waldhüterei zwanzig Minuten entfernt. Der Weg führte durch den Wald, die Tannen hingen voller Tropfen und hauchten eine empfindliche Kühle aus. Der Himmel war bewölkt und gleichmäßig grau. »Es ist fatal«, sagte Botho, »daß solche Affären immer zu so früher Morgenstunde stattfinden, das gibt ihnen etwas so ungemütlich Examenhaftes.« – »Gemütlich ist es nicht«, meinte Graf Lynck, »ich kannte einen merkwürdigen Herrn –« – »Hör', Ottomar«, unterbrach ihn Karl Erdmann, »es ist bewunderungswürdig, daß du zu so früher Morgenstunde schon einen Herrn gekannt hast, an den sich eine Anekdote hängt.« Graf Lynck zog bedauernd die Augenbrauen empor und behielt seine Geschichte für sich. Auf einer kleinen Waldlichtung fanden sie die Herren der Gegenpartei schon versammelt. Herr von Asch kam ihnen grüßend entgegen, klein, elegant, er lachte ohne besonderen Grund und zeigte dabei sehr weiße Zähne, die voller blanker Plomben waren. Dann kam auch Graf Wirks, Unparteiischer, ein starker Herr mit Kaiser-Friedrich-Bart und tiefer Stimme, er war sehr feierlich und gemessen. Der Referendar stand abseits, schmalschultrig und blond, der lange Schnurrbart, eben aus der Bartbinde entlassen, war zu stark nach oben gedreht und entstellte ein wenig das hübsche, junge Gesicht. Alle drei aber waren bleich und sahen aus wie Leute, die sich unbehaglich

fühlen, weil sie zu früh aufgestanden sind. Während die anderen an das Abmessen der Distanz gingen, trat Karl Erdmann beiseite und zündete sich eine Zigarette an. Soll ich ihm auf die Beine halten, oder soll ich überhaupt nicht zielen, dachte er. Doktor Ulich trat zu ihm, seine blauen Augen waren rund, klar vor Erregung. Karl Erdmann lachte, als er ihn ansah: »Nun, Doktor, ein wenig Kopfweh von gestern?« – »Ach nein, das ist es nicht«, erwiderte Doktor Ulich, »obgleich ich fürchte, ich habe mich gestern ungehörig benommen. Es war taktlos, von diesen Dingen zu sprechen, aber das ist mein Unglück, ich bin zuweilen taktlos, und jetzt bin ich sehr aufgeregt – Sie verstehen. Ich habe nie so etwas durchgemacht.«

»Beruhigen Sie sich«, meinte Karl Erdmann. »Sie werden sehen, es ist ganz undramatisch. Und was das gestrige Gespräch anbetrifft, so war es doch etwas Neues, denn Ottomar Lyncks diplomatische und meines Bruders militärische Anekdoten kenne ich schon alle. Aber jetzt ist es wohl Zeit anzutreten.«

Die Gegner stellten sich gegenüber, Karl Erdmann hielt seine Pistole und sah das Bein des Referendars an, ein ziemlich dünnes Bein, in einer grau in grau gestreiften Hose, es zitterte ein wenig; er friert wohl, dachte er. Dann begann Graf Wirks zu zählen, Karl Erdmann schoß, er wußte nicht, ob er auf das Bein des Referendars schoß, er hörte auch den Schuß seines Gegners, Graf Wirks zählte noch einen Augenblick, dann war es zu Ende. Karl Erdmann gab seine Pistole dem Grafen Lynck ab und steckte die Hände in die Taschen, weil sie ihm froren. Er sah zum Referendar hinüber und fand, daß dieser ziemlich ungelenk von einem Fuß auf den anderen trat, wie jemand, der in Verlegenheit ist, was er tun soll. Wahrscheinlich sehe ich jetzt auch ein wenig komisch aus, ging es Karl Erdmann durch den Kopf. Die Sekundanten schossen ihre Pistolen aus, Graf Wirks unternahm es, die Gegner zu versöhnen, endlich trat der Referendar auf Karl Erdmann zu und reichte ihm eine unangenehm weiche, kalte Hand. Man stand noch eine Weile beieinander, sprach von dem Walde und dem Wildstande, endlich trennte man sich. »Wir brauchen uns nicht zu sehr zu beeilen«, sagte Botho auf dem Heimwege, »wir können ruhig frühstücken, ich schicke einen reitenden Boten voraus, der wird zu Hause melden, daß an Bord alles gesund ist.«

Die Stimmung beim Frühstück war gedrückt. Graf Lynck gähnte viel, behauptete, schlecht geschlafen zu haben und klagte über Gerüche des Hauses. Botho war gereizt, und als Karl Erdmann etwas Militärisches erzählte, widersprach er ihm ironisch, und es entstand eine spitze Diskussion zwischen den Brüdern. Der Doktor schwieg. Später auf der Fahrt begannen Botho und Graf Lynck sofort zu schlafen. Auch Karl Erdmann war müde, die Augenlider wurden ihm schwer. Trotz des bewölkten Himmels herrschte drückende Schwüle, dazu die dichten Staubwolken, die den Wagen umgaben, das Atmen erschwerten und in der Nase kitzelten. Karl Erdmann nickte zuweilen ein, fuhr immer wieder aus dem Schlafe auf, und jedesmal hatte er das seltsame Gefühl, als sei etwas Unangenehmes, Widerwärtiges geschehen. Er mußte sich auf sich selbst besinnen, sich sagen, daß nichts geschehen sei, im Gegenteil, alles war in bester Ordnung, es wurde weiter gelebt, und das war doch bequem und gemütlich. Einmal fiel sein Blick auf den Doktor, dieser schlief nicht, sondern saß da mit gesenktem Kopf, die Hände gefaltet, drehte die Daumen umeinander, und sein Gesicht hatte einen so mißmutigen Ausdruck, daß Karl Erdmann lachen mußte. »Doktor«, sagte er, »Sie sind verstimmt und enttäuscht.« Der Doktor fuhr auf: »Enttäuscht, o nein, Herr von Wallbaum, ich bin glücklich darüber, daß alles so gut abgelaufen ist, sehr glücklich.« – »Und doch«, wandte Karl Erdmann ein. Doktor Ulich lächelte ein kindlich befangenes Lächeln: »Ja, ich weiß nicht, was das ist, wahrscheinlich liegt darin eine besondere Vornehmheit und Feinheit, daß alles so nüchtern und alltäglich aussah. Sie wollten doch dem Herrn Referendar nichts tun und er Ihnen auch nichts. Aber entschuldigen Sie, es ist wohl unschicklich, davon zu sprechen, natürlich liegt es an mir, ich hatte mich ein wenig aufgeregt, ich hatte sozusagen innerlich zu große Vorbereitungen getroffen; wir sind doch auch geizig mit unseren Erregungen, es verstimmt ein wenig, wenn wir an ein Erlebnis mehr Erregung gewandt haben, als nötig war. Es ist vielleicht, obgleich der Vergleich gewiß unpassend ist, es ist vielleicht doch etwas Ähnliches wie der Ärger, den wir fühlen, wenn wir uns im Hotel durch eine unnütze Anwandlung von Großartigkeit haben hinreißen lassen, dem Oberkellner ein zu großes Trinkgeld zu geben. Sie lachen, Herr von Wallbaum, und es ist gewiß lächerlich, was ich da sage. Eben mußte ich an etwas denken, etwas – aber es ist sozusagen eine literarische Reminiszenz.«

»O bitte, das macht nichts«, meinte Karl Erdmann fröhlich. »Ich verstehe zwar wenig von Literatur, aber ich habe nichts gegen sie.«

»Lichtenberg erzählt einmal«, begann der Doktor, »von einem Traum. Er steht auf einem Marktplatze und sieht zwei Männern zu, die ein Spiel spielen mit Würfeln, glaube ich. Nachdem er eine Weile mit Interesse zugesehen hatte, fragte er einen der Männer: ›Was kann man bei diesem Spiele gewinnen?‹ – ›Nichts‹, antwortete der Mann. ›Was kann man verlieren?‹ fragte er gleich weiter. ›Nichts‹, antwortete der Mann. Und dieses Spiel schien mir ein sehr wichtiges Spiel, endet der Bericht. Schön, nur glaube ich, daß der Professor Lichtenberg, als er von diesem Traum erwachte, einen Augenblick etwas ärgerlich, etwas beschämt darüber gewesen ist, daß er das Traumspiel so wichtig genommen hatte. Übrigens, Kutscher, halten Sie an, hier geht ein Richtweg durch den Wald bis zu meiner Wohnung, ich möchte ein wenig gehen. Die Herren schlafen, ich will sie nicht stören, leben Sie wohl, Herr von Wallbaum, ich bin sehr glücklich, daß alles so gut abgelaufen ist.« Er schüttelte Karl Erdmann herzlich die Hand, sprang aus dem Wagen und schlug einen Fußpfad über eine Wiese ein. Karl Erdmann schaute ihm nach, wie er nachdenklich mit gesenktem Haupte dahinging, wie er sich allmählich aufrichtete, wie ein jugendliches, lustiges Sichwiegen in die Gestalt kam. Jetzt nahm er den Hut ab und streckte den Arm aus. Ich glaube, der Kerl singt, dachte Karl Erdmann, der ist froh, uns los zu sein. Wir kommen ihm wohl etwas unheimlich, vielleicht ein bißchen lächerlich vor. Ein wunderlicher Kauz mit seinen inneren Vorbereitungen, eigentlich eine Frechheit, was er da gesagt hat, und doch – er dachte an die Nacht im Park, an Danielas Tränen, die auf sein Gesicht fielen, an die schmerzhafte und doch so wundervolle Gespanntheit seiner Seele in jener Nacht. Es mochte nicht ganz leicht sein, da wieder anzuknüpfen, als sei nichts geschehen. Aber schließlich war er doch nicht verpflichtet, tot zu sein; und als es gegen Abend kühler wurde, der westliche Himmel sich rot und golden färbte, und aus den Wiesen und Feldern der Sommer wieder stark und süß zu duften begann, da erschien dieses Anknüpfen ans Leben Karl Erdmann immer leichter. Als endlich am Ende der Allee das Haus auftauchte und die Freitreppe, auf der sich im Abendlichte Gestalten in hellen Sommerkleidern bewegten, da freute er sich wieder stark auf das Leben, das ihn dort erwartete.

Leo rief »Hurra«, und Frau von Wallbaum lehnte ihren Kopf an Karl Erdmanns Brust und weinte: »Ach, diese schrecklichen Sachen, die die Männer tun«, klagte sie. Aber Herr von Wallbaum klopfte ihr auf den Rücken und beruhigte sie: »Nun, nun, jetzt ist's ja vorüber, jetzt braucht man nicht mehr davon zu sprechen und daran zu denken.« – »Ach ja«, sagte Frau von Wallbaum und wischte sich die Augen, »jetzt braucht man an diese schrecklichen Dinge nicht mehr zu denken.«

Karl Erdmann sah sich nach Daniela um. Sie stand ein wenig abseits und schaute sich ruhig, als gehörte sie nicht dazu, die Familienbegrüßung an. Als Karl Erdmann auf sie zutrat, reichte sie ihm die Hand und sagte »Nun also.« Er wollte ihr in die Augen sehen, sie aber sah an ihm vorüber, das kränkte ihn. Allein er tröstete sich, jetzt hatte er ja Zeit, es war doch gut, wenn man nicht mehr Eile zu haben braucht.

Die Familie wartete heute einigermaßen gespannt auf das Abendessen,

große Krebse waren angekommen und sollten serviert werden. Herr von Wallbaum beriet mit Graf Lynck und Botho über den Moselwein, der dazu getrunken werden sollte, auch Karl Erdmann interessierte sich für den Moselwein. Die Mahlzeit gestaltete sich nun auch sehr angeregt, und Karl Erdmann faßte die Heiterkeit um ihn her als Ovation für sich auf, er wurde ganz ausgelassen. Zuweilen schaute er zu Daniela hinüber, sie war ja doch der eigentlichste tiefste Grund seiner Heiterkeit und seines Glückes. Sie saß wieder so da, als hätte sie keinen rechten Anteil an der Familienheiterkeit, die wohlwollende Fremde, die von der Familie ein wenig abrückt. Sie sollte nur abrücken, Karl Erdmann wußte wohl, von ihm konnte sie nicht fortrücken. Er fühlte sich ordentlich erhoben von dem starken männlichen Besitz- und Machtbewußtsein.
Nach dem Essen auf der Veranda mußte Karl Erdmann neben seiner Mutter sitzen, sie hielt seine Hand und erzählte vom gestrigen Tage, und er empfand es wieder, daß es nichts Beruhigenderes gab als diese Stimme. Es war die alte Kindergewohnheit, und das Kind hatte gewußt, daß, wo diese Stimme erklang, ihm nichts geschehen konnte. Während er behaglich zuhörte, versuchte er unter den Gestalten, die sich vor ihm im Dunkeln auf der Veranda bewegten, Daniela zu erkennen. Dort war sie, schmal, weiß, aufrecht, gefolgt von dem leisen Rauschen ihrer Schleppe. Jetzt stieg sie einige Stufen der Treppe hinab, jetzt stand sie und sprach mit jemand. Es war Dorn. »Ach, Herr Dorn«, sagte sie, »ich habe meine griechische Lektion für morgen noch nicht gelernt, wie werde ich morgen bestehen.« – »Morgen, gnädige Frau«, erwiderte Dorn, »bis morgen ist es noch eine Unendlichkeit hin.«
Karl Erdmann ärgerte sich darüber, daß dieser Herr die einfachsten Dinge so pathetisch sagte, als sollte es eigentlich eine Liebeserklärung sein. Als Daniela gleich darauf allein auf dem Gartenwege stand, ging er zu ihr hinüber. »Daniela«, sagte er leise und heiser vor Erregung, »für Sie – für dich scheint es, bin ich noch nicht zurückgekommen.« Er griff nach ihrer Hand, die einen Augenblick kühl und schlaff in der seinen lag und sich ihm dann entzog. »Bitte, lassen Sie«, sagte Daniela. »Ach, Karl Erdmann, Sie gehören auch zu jenen, die nie verstehen.« Karl Erdmann schwieg, starrte vor sich ins Dunkle hinaus – nein, er verstand nicht, er wußte nur, daß er sich plötzlich so elend fühlte, daß er fror. Daniela war nicht mehr neben ihm, er stand allein da und sann. Eine große Wut stieg in ihm auf. »Was will sie?« murmelte er vor sich hin. Er ging abseits, sich in eine dunkle Ecke der Veranda zu setzen. Das Gespräch der anderen klang jetzt wie etwas Fernes, das ihn nichts anging, zu ihm herüber. Jemand rief:

»Karl Erdmann!« Er antwortete nicht, er drückte sich in seine Ecke und versuchte zu verstehen.

Durch die Stille des nächtlichen Gartens kam ein Ton, ein kurzer, trockener Ton. »Es war ein Schuß«, sagte Herr von Wallbaum. – »Ja, drüben im Park«, sagte Botho. Nun hörte man hastige Schritte über den Kies laufen, sie kamen aus der Allee auf die Treppe zu. Jemand im hellen Kleide blieb vor der Treppe stehen, und man hörte ein lautes Weinen. »Was gibt es?« rief Herr von Wallbaum und stieg die Treppe hinab. »Wer ist da? Sie, Lina? Wo kommen Sie her? Was ist denn geschehen? Wer hat geschossen?« – »Ach Gott, ach Gott«, jammerte Lina, »ich weiß nicht, wir – ich war drüben am Teich, da hat einer geschossen. Jetzt liegt er auf der Bank unter dem Ahorn.«

»Wer denn? So sprechen Sie, Mädchen«, herrschte Herr von Wallbaum sie an.

»Aristides Dorn«, sagte jemand. Karl Erdmann trat schnell zu den anderen; war es nicht Daniela gewesen, die ›Aristides Dorn‹ gesagt hatte? Eine große Aufregung entstand jetzt, Herr von Wallbaum rief nach den Dienern, nach Laternen. Von allen Seiten kamen Leute, und man machte sich auf, in den Park zu gehen. Karl Erdmann ging mit, aber er war noch so in seine Gedanken versunken, daß er ein wenig zurückblieb. Warum hatte Daniela ›Aristides Dorn‹ gesagt, wie wußte sie das? ›Sie sind von denen, welche nie verstehen‹, hatte sie gesagt, und nicht zu verstehen, sie nicht zu verstehen, empfand er als quälende Demütigung. Die anderen waren schon an der Bank unter dem Ahorn angelangt, als Karl Erdmann sie einholte. Auf dem Boden lag Aristides Dorn ausgestreckt, die Laternen beleuchteten hell sein Gesicht, das von einer graugelben Blässe und leicht verzogen war, wie im Schmerz oder als wollte es weinen. Von der Schläfe lief ein dunkler Blutstreif auf die Wange herab. Bei ihm aber kniete Daniela, sie hatte den Kopf des Toten auf ihre Knie gelegt, beugte sich auf ihn nieder und strich ihm sanft mit der Hand die schwarze Locke aus der Stirn. Zuweilen erhob sie den Kopf und sagte etwas zu den Umstehenden. Ihre Wangen waren leicht gerötet, ihr Gesicht feucht von Tränen, und ihre Augen hatten den strahlenden Glanz überstarken Fühlens, der auch im Schmerz etwas wie die Erregung eines Glückes in sie hineinlegte. Karl Erdmann sah all das ganz deutlich, ja, er sah nur das, so furchtbar ergriff ihn diese bei dem Toten kniende Frau. Männer kamen mit einer Art Tragbahre, auf die Aristides Dorn gelegt wurde, und dann setzte sich der Zug langsam dem Hause zu in Bewegung. Daniela ging neben der Bahre her, als würde dort etwas getragen, das ihr gehörte. Am Hause gab Herr von Wallbaum leise seine Befehle, die Leiche sollte in dem leeren Zimmer

neben dem Wintergarten aufgebahrt werden, Leute sollten nebenan wachen, der Arzt mußte geholt werden, der Totenschau wegen. Karl Erdmann wurde es unerträglich, bei der Bahre zu stehen, er ging ins Haus.
Im Gartensaal standen die Frauen verschüchtert beieinander. Als Karl Erdmann eintrat, schauten ihn alle aufgeregt an. Er nickte und sagte leise: »Ja, es ist Dorn.« Er wollte nicht mehr sprechen, stellte sich an ein Fenster und schaute hinaus. »Warum?« fragte Frau von Wallbaum. Er zuckte die Achseln. Lina, die in einer Ecke des Zimmers stand, begann laut zu weinen und wurde von Frau von Wallbaum zur Ruhe verwiesen. Als dann auch Leo heftig zu weinen begann, mußte ihm Lina Wasser holen. Dann schwiegen alle, saßen da und schauten vor sich hin, als warteten sie auf etwas. Einmal sagte Frau von Wallbaum zu Lina: »So schließen Sie doch die Gartentür, es ist unerträglich, so ins Dunkle hineinzusehen.« Endlich kamen die anderen. Herr von Wallbaum hatte das Bedürfnis, laut und schnell zu sprechen: »Fatal, sehr fatal. So ein junger Mensch schießt sich tot mir nichts dir nichts. Und warum? Keiner hat ihm was getan. Aber das ist die Schlappheit der heutigen Jugend. Keine Zucht. Zu meiner Zeit schoß man sich tot, wenn der Karren so verfahren war, daß er nicht mehr weiterging. Die heutigen jungen Leute machen ihren Abendspaziergang und schießen sich eine Kugel durch den Kopf, wie ein anderer sich eine Zigarette anzündet. Widerlich.« Er ging in das Eßzimmer hinüber, trank einen Kognak, kam dann zurück, sprach weiter: »Kann einer mir sagen warum? Hat einer eine Ahnung warum?« Da niemand antwortete, ließ er sich in seinen Sessel fallen und schwieg auch. Als eine Tür aufging, schreckten alle ein wenig zusammen.
Daniela erschien. Sie kam aus ihrem Zimmer, hatte einen schwarzen Mantel umgelegt und ging eilig zur Gartentür. Einen Augenblick blieb sie stehen und sagte zu Frau von Wallbaum: »Ich gehe noch hinüber.« Dann verschwand sie. Alle schauten ihr nach, als hätte etwas Unerklärliches sich eben ereignet. Graf Lynck trat an das Fenster, um hinauszuschauen. »Was tut sie?« fragte Herr von Wallbaum leise. – »Jetzt pflückt sie die Lilien«, berichtete Graf Lynck. – »Meine Lilien!« klagte Frau von Wallbaum leise. – »Jetzt geht sie in den Wintergarten«, meldete Graf Lynck weiter. Herr von Wallbaum schlug sich mit der flachen Hand auf das Knie: »Ist denn heute alles toll geworden! Weiß einer, was die Daniela mit diesem jungen Menschen zu tun hat. Lauter ganz unverständliche Sachen!« Graf Lynck lächelte sein überlegenes Lächeln und meinte: »Es gibt eben Frauen, die nicht genug fünfte Akte erleben können.« Aber Herr von Wallbaum ärgerte sich darüber: »Das ist eine Redensart, mein Lieber, im besten Fall ein Witz, erklärt aber nichts.« Da keiner Lust zu haben schien, eine Erklärung

zu geben, erhob sich Herr von Wallbaum: »Jetzt ist nichts zu machen. Wenn der Doktor kommt und so, gibt es Schreibereien genug für mich, also gute Nacht.« – »Ja, gehen wir«, sagte Frau von Wallbaum, »nicht wahr, Mann, du kommst bald nach.« – »Ich schlafe heute nacht bei Oda«, sagte Heida, und »Lina schläft bei mir«, verkündete Fräulein Undamm.
»Wovor fürchtet ihr euch denn?« fragte Botho erstaunt.
»Des armen Herrn Dorns wegen«, meinte Heida, »fürchte ich mich nicht. Das eigentlich Unheimliche ist Daniela.«
So zogen sie sich alle zurück, nur Karl Erdmann blieb und ging unruhig im Saale auf und ab. Er konnte Daniela nicht allein lassen dort bei dem Toten, die anderen alle verließen sie, flüsterten über sie, fürchteten sich vor ihr. Ein qualvolles Mitleid stieg in ihm auf. Mit der Liebe und der Eifersucht hatte er Not genug, nun kam noch dieses Mitleid und machte ihn vollends wehrlos und krank. Ich gehe zu ihr, beschloß er und stieg in den Garten hinunter. Er näherte sich dem Wintergarten, um durch das Fenster zu schauen. Das große, weißgetünchte Zimmer war von Kerzen hell erleuchtet, auf einem weißen Ruhebette lag Aristides Dorn, seine Züge hatten jetzt eine strenge überlegene Ruhe, die Locke lag tintenschwarz auf seiner bleichen Stirn. Ein großes Büschel Lilien war ihm auf die Brust gelegt. Abseits in einer Ecke saß Daniela in einem Gartenstuhl, fest in ihren Mantel gewickelt. Sie schaute tief in Gedanken gerade vor sich hin und ihr Gesicht hatte einen aufmerksamen und belebten Ausdruck, wie sie ihn zuweilen in Gesprächen hatte, die ihr Gefühl erregten. Karl Erdmann öffnete leise die Tür und trat ein. Daniela schreckte ein wenig zusammen und wandte sich nach ihm um. »Sie, Karl Erdmann, warum kommen Sie?« fragte sie flüsternd. – »Ich komme Sie holen, Daniela«, antwortete er ebenso leise. »Sie dürfen hier nicht allein bleiben, kommen Sie zu uns.« Daniela wandte ihren Kopf wieder von ihm ab und sagte abweisend: »Ach nein, ich bleibe noch ein wenig, ich glaube, es würde ihm wohltun, wenn er wüßte, daß ich hier bei ihm sitze.«
Karl Erdmann zuckte die Achseln: »Er? – Ihm können wir doch nicht helfen.«
Daniela schien das nicht zu hören, sie sprach weiter, erhob ein wenig die Stimme, als spräche sie dort zu dem Toten hinüber: »Wissen Sie, daß sie einen Zettel bei ihm gefunden haben, auf dem hat er in seiner guten ordnungsliebenden Art geschrieben: ›Der Ordnung wegen bemerke ich, daß ich freiwillig aus dem Leben gehe‹, ich weiß aber, daß er um mich gestorben ist.«
»Ein Kranker«, unterbrach Karl Erdmann sie ungeduldig, »er hat es mir selbst gesagt, daß er krank war.«

Daniela lächelte wie zu einer Torheit: »Sie wissen nicht, Karl Erdmann, wie schrecklich es ist, wenn etwas so unendlich Großes wie solch eine Liebe uns ganz nahe gewesen ist, und wir haben sie nicht beachtet, und wir haben es geschehen lassen, daß sie sich still fortschleicht.«
»Seine schwächliche Liebe«, stieß Karl Erdmann mühsam vor Erregung heraus, aber Daniela unterbrach ihn: »Sagen Sie nichts, Karl Erdmann, Sie können das nicht verstehen, bitte, gehen Sie, stören Sie uns nicht, Ihnen kann es doch gleich sein, ob ich hier sitze oder nicht.« Sie lehnte den Kopf zurück und schloß die Augen.
Karl Erdmann stand noch da, er sah zu Aristides Dorn hinüber, schaute dies Gesicht an, das so streng und überlegen zwischen den weißen Lilien lag, und ein heißes Gefühl des Zornes schnürte ihm die Kehle zusammen, und dann schämte er sich dieses Zornes gegen den hilflosen Toten. Leise verließ er das Zimmer.
Draußen in der lauwarmen Dunkelheit begann er langsam wie eine Schildwache vor dem Wintergarten hin und her zu gehen. Aber Aristides Dorns bleiches Gesicht stand deutlich wie eine Vision vor seinen Augen, und dann war es nicht mehr das Gesicht des Toten dort, sondern des Lebenden, wie er in der Morgendämmerung auf der Bank gesessen hatte, die frierenden Lippen lächelten mühsam ihr hochmütiges Lächeln und sagten: ›Sie vertragen hier keinen Alltag, da kommt ein armer Werktagsmensch nicht auf, der zählt nicht.‹ Karl Erdmann blieb stehen, ein Gedanke, der ihm durch den Kopf schoß, erschütterte ihn. Aristides Dorn hatte nicht mehr alltäglich sein wollen, und er, Karl Erdmann, war wieder alltäglich. Jetzt verstand er, aber das Verstehen war bitterer noch als das Nichtverstehen.

Am nächsten Morgen reiste Daniela von Bardow ab. Sie nahm nur von Frau von Wallbaum Abschied. »Ich danke dir für deine Liebe«, sagte sie. »Dieses traurige Ereignis hat mich so seltsam verwirrt, daß ich euch zu stören fürchte. Ich passe nicht mehr in euer freundliches Leben.« Frau von Wallbaum weinte zwar ein wenig, fühlte sich aber Daniela gegenüber befangen. Aristides Dorn wurde in seine Heimat gebracht, um dort bestattet zu werden, und nur wenige der langen Sommertage waren nötig, damit all diese Geschehnisse recht weit zurückzuliegen schienen. – Frau von Wallbaum stand im Morgensonnenschein wieder auf der Veranda, und als Karl Erdmann zu ihr trat, stützte sie sich auf seinen Arm und begann die Gedanken auszusprechen, die sie eben beschäftigt hatten: »Nun sind wir wieder in unserer Ordnung, nur meine Lilien sind fort. Es ist so sicher, nur die Seinen um sich zu wissen; denn mit den Fremden, man weiß nie –. Daniela habe ich sehr geliebt, ich glaubte sie zu kennen, und dann plötzlich in einer Nacht wird sie jemand ganz Unbekanntes, Unverständliches. Nun, das ist vorüber, und wir haben wieder unser gutes bekanntes Leben. Morgen, denke ich, lasse ich die Pflaumen abnehmen, es wird Zeit sein, ich will noch einmal nachsehen.« Damit verließ sie Karl Erdmann und ging in den Garten hinab. Er blieb auf der Veranda stehen und pfiff leise vor sich hin. Das gute bekannte Leben – er hatte nichts dagegen, aber wenn er es recht bedachte, war für ihn der Inhalt dieses guten Lebens doch nur ein beständiges Zurückdenken an die Tage, die eben vergangen waren. Das war kaum mehr erregend, sondern wie ein stets gegenwärtiger Traum, der die friedlichen Vorkommnisse der Tage begleitete. Karl Erdmann stieg auch in den Garten hinab, um zu Oda zu gehen, die drüben unter den Bäumen in der Hängematte lag. Er lehnte sich neben sie an einen Baum und schaute sie an. Es war hübsch, wie die Blätterschatten rege über das schöne blonde Mädchen hinflirrten und hinrieselten.

»Nicht wahr, Karl Erdmann«, sagte Oda, indem sie in die Baumkronen hinaufblickte, »dir erscheint der Garten wohl jetzt sehr leer und einsam. Das kenne ich. Immer, wenn jemand fort war, den ich liebte, schien es mir, als könnte es nichts Einsameres geben als diesen Sonnenschein auf diesen Rasenplätzen.«

»Ich denke, ich werde abreisen zum Regiment«, sagte Karl Erdmann.

Oda hob die Arme, schob sich die gefalteten Hände in den Nacken und reckte behaglich ihre ganze Gestalt. »So, du willst fort«, sagte sie. »Ja, vielleicht ist das gut. Ein Kummer hier bei uns vergeht nicht, es ist hier zu geschützt, er gedeiht hier zu gut, wie alles, wie die dicken Rosen und die großen gelben Pflaumen.«

»Und wird süß wie sie, würde Aristides Dorn sagen«, ergänzte Karl Erdmann.

»Hat das der arme Herr Dorn gesagt?« fuhr Oda fort. »Er wird süß, ja, das auch, er wird zu einer Beschäftigung und reiht sich sanft in das Leben ein. Vorigen Tag hörte ich, daß Heida nach mir fragte, und Leo antwortete: ›Du weißt doch, von elf bis zwölf liegt Oda in der Hängematte und ist traurig.‹ So ist es auch, wir wehren uns hier nicht. Wir liegen in der Hängematte und lassen uns von unserem Kummer einhüllen und einwiegen. Nein, ich glaube, ein Mann, der noch etwas tun will, der sollte mit seinem Kummer nicht hier bei uns bleiben.«

(1914)

IM STILLEN WINKEL

Die Familie von der Ost ging, wie sie es gewohnt war, auf das Land hinaus. Sie wollte wieder die alte Villa beziehen, die drüben im Gebirge am Ende der Dorfstraße stand. Bruno von der Ost verließ für einen Tag die Bank, deren Direktor er war, um den Umzug der Familie zu leiten. Er war ein großes organisatorisches Talent und liebte es, diese Eigenschaft auch in den kleinen Angelegenheiten des Hauses und der Familie zu zeigen. Es machte ihm Vergnügen, in der Bahnhofshalle mitten unter Kisten und Körben zu stehen und den Trägern kurze Befehle zu erteilen. »Alles«, pflegte er zu sagen, »auch das Geringste, muß vernunftgemäß durchgeführt werden.« Später auf dem Bahnsteig ordnete er die Unterbringung des zahlreichen Handgepäcks an, dann mußte die Familie ihre Plätze einnehmen: Frau von der Ost, Tante Dina, der kleine Paul und die alte Marie, Pauls frühere Wärterin. Paul ließ seinen Vater nicht aus den Augen, es verursachte ihm ein seltsam aufregendes Wohlgefühl, die hohe, breitschultrige Gestalt zu betrachten, die graublauen Augen hinter den blanken Brillengläsern, der blonde Schnurrbart, der sachte im Winde flatterte, dazu die schnarrende, befehlende Stimme – all das war prachtvoll und erregend.

Nun war alles geordnet, Herr von der Ost stieg in den Wagen, und die Türe ward zugeschlagen. Durch das niedergelassene Fenster wurde noch ein Rosenstrauß hereingereicht, und ein lachendes Gesicht erschien: Hugo von Wirden war es, der Volontär der Bank, der Herrn von Ost zu besonderer Aufsicht empfohlen war. Der junge Mann war leichtsinnig gewesen und sollte in der Bank wieder ein ordentlicher Mensch werden. Paul lächelte, er mußte immer lächeln, wenn er dieses hübsche Gesicht mit den lustigen, braunen Augen und dem breiten, roten Munde sah. Paul liebte es, wenn Herr von Wirden zu ihnen kam, es wurde dann gleich so heiter, Mama lachte soviel, Herr von Wirden neckte Tante Dina, Paul und selbst die alte Marie. »Er ist hübsch«, sagte einmal Paul zur alten Marie, »er hat ein hübsches, unartiges Gesicht.«

»Wie schön die Familie hier verfrachtet ist«, rief Herr von Wirden in den Wagen hinein. »Glückliche Reise! Ich komme bald nach.« Frau von der Ost nahm die Rosen in Empfang und beugte sich nahe auf sie nieder. »Wie sie duften!« sagte sie.

»Noch gibt es keinen Urlaub«, meinte Herr von der Ost.

»Ich weiß, ich weiß«, entgegnete Wirden, »daß Sie auch immer an die Ketten erinnern müssen, lieber Direktor! Gleichviel, ich komme doch. Adieu.« Damit verschwand er.

»Ein Windhund«, bemerkte Herr von der Ost. Die alte Marie lachte. Der Zug setzte sich in Bewegung.

Paul drückte sich in seine Ecke. So war es gut. Sie saßen hier alle beisammen, und er fühlte sich geschützt und geborgen. Dieser Knabe hatte ein seltsam starkes Gefühl für die Unsicherheit unsres Daseins, er wußte nicht, was es war, aber er ahnte überall in der Welt dunkle Mächte, die ihm und denen, die er liebte, auflauerten. Wenn die Lebenslage einmal sicher und behaglich war, dann empfand er ein starkes Wohlgefühl. Er selbst war klein und schwächlich, er wurde »der kleine Paul« genannt, obgleich er schon über elf Jahre zählte, sein bleiches Gesicht hatte runde, kindliche Züge, die grauen Augen konnten in der Erregung hell werden wie Silber, das dichte, krause Blondhaar ließ seinen Kopf seltsam groß erscheinen.

Paul begann in seiner nachdenklichen Art die Gesichter seiner Angehörigen zu studieren. Zuerst das schmale, schöne Gesicht seiner Mutter; unter dem großen, gelben Sommerhut stahlen sich blonde Löckchen über die Stirn, die Lippen waren geschlossen, feine, sehr rote Striche, die sich an den Enden ein wenig hinaufbogen. Die grauen Augen waren ganz blank und die sonst blassen Wangen leicht gerötet. Es ergriff Paul stets, wenn seine Mutter erregte, blanke Augen und gerötete Wangen hatte, sie sah dann so jung und leicht verwundbar aus, und er fürchtete, jemand könnte ihr etwas zuleide tun. Das Gesicht der Tante Dina war für Paul stets ein interessanter Gegenstand der Beobachtung gewesen, es ging auf ihm soviel vor; all die Falten und Fältchen, die wunderliche Muster auf der Stirn und den Schläfen bildeten, die tiefen Augenhöhlen, der weiche, bewegliche Mund, die Härchen am Kinn, all das war merkwürdig genug. Das braune Gesicht der alten Marie mit den kleinen, wie mit dem Messer hineingeritzten Falten, den trübblauen, schläfrigen Augen war Paul bekannt und vertraut wie seine Kinderstube. Endlich galt es, den Vater anzusehen, und das war gefährlich, denn wie leicht konnten die stahlblauen Augen sich auch auf Paul richten, mit dem strengen, ein wenig unzufriedenen Blick. Paul wußte, er gefiel seinem Vater nicht, er gefiel ihm nicht, weil er klein und schwach war. Dennoch verursachte es Paul einen aufregenden Genuß, die hohe Stirn mit den zwei aufrechten Fältchen zu betrachten, die gerade Nase, das mächtige Kinn, die Haare an den Schläfen, die schon ein wenig grau wurden – alles das schüchterte Paul ein und gefiel ihm dennoch. Immerhin mußte es nicht gemütlich sein,

Tag und Nacht mit solch einem Gesicht einherzugehen. Jetzt aber richteten sich wirklich die Augen hinter den Brillengläsern auf Paul, dieser wandte schnell den Kopf ab und schaute zum Fenster hinaus. Draußen regnete es, das Land war von einem Schleier kleiner, schräger Striche verhangen, die Telegraphenstangen rannten vorüber – eilig, eilig – das machte schläfrig. Paul bog den Kopf zurück und schloß die Augen, er konnte ja schlafen, hier war er in Sicherheit, nichts Bedrohliches stand in Aussicht, er freute sich auf die Villa, auf den Garten, die Schule war weit. Ja, die Schule, die war auch solch ein Ort der Gefahren. Nicht das Lernen machte Paul Mühe, nicht die Lehrer fürchtete er, sondern die Kameraden. Anfangs hatten sie ihn geneckt und gequält, jetzt beachteten sie ihn kaum mehr. Wenn in der Erholungspause alle in den Hof gingen, dann schlich auch Paul sich hinunter, er lehnte sich gegen eine Mauer und schaute zu, wie die anderen Jungen miteinander kämpften. Seine Augen wurden dann groß und blaß wie Silber und seine Hände kalt. Besonders dem langen Müller schaute er gern zu, er war der Stärkste. Wie mühelos er die andern zu Boden schleuderte, wie er auf ihnen kniete und mit den Fäusten auf ihnen trommelte! Paul haßte ihn und bewunderte ihn. Zu Hause dann in seiner Kinderstube spielte er »stark sein«, ein Stuhl war der lange Müller, und er kämpfte mit ihm bis zur Ermattung. Nun, an diese Dinge brauchte er jetzt lange Zeit nicht mehr zu denken, er konnte ruhig schlafen.
Von dem Stoß des haltenden Zuges erwachte Paul, schlaftrunken blickte er auf. Um ihn her war es unruhig. Die Wagentür wurde geöffnet, Handgepäck wurde hinausgereicht, endlich stiegen alle aus. Auch Paul mußte hinaus. Auf dem Bahnsteig schien es ihm, als liefen viele Menschen erregt umher und schrien, auch die Stimme seines Vaters war vernehmbar, er ärgerte sich wohl, denn er sprach sehr laut. Ein Wagen stand bereit, Paul mußte hineinsteigen und sich zwischen Tante Dina und seine Mutter setzen, sein Vater und Marie saßen auf dem Rücksitz. So fuhren sie in das dämmrige Land hinaus. Der Direktor schalt noch ärgerlich auf die Kofferträger: »Auch in die einfachste Hantierung versteht dieses Volk keine Spur von Methode zu legen.«
»Sie haben so viel zu tun«, wandte Tante Dina ein, die stets verteidigte, wenn jemand getadelt wurde. Der Direktor jedoch winkte mit der Hand ab. »Da gibt es nichts zu verteidigen, diese Leute sind dumm und faul.«
Der Regen hatte aufgehört, die Luft war kalt und feucht, es duftete stark nach Heu, die Berge, groß und schwarz, schienen ganz nah, und weiße Wolken rannen an ihnen nieder. Dunkel standen die kleinen Häuschen am Rande der Wiesen, und struppige Hunde kläfften dem vorüberrollen-

den Wagen giftig nach. Das sonst so vertraute Tal erschien Paul heute fremd und unheimlich.
Endlich hielt der Wagen vor der Villa. Auch diese stand seltsam schwarz zwischen den schwarzen, nassen Bäumen, Die alte Bäuerin, welche im Winter die Villa hütete, und die beiden Mägde, Babette und Käti, erwarteten die Herrschaften vor der Haustür, sie lächelten alle drei zum Willkomm, als der Direktor jedoch rief: »Was, alles dunkel? Kein Feuer, kein Licht? Das ist ein schöner Empfang!«, da machten sie erschrockene Gesichter. Dann stieg man aus. Im großen, finsteren Flur war es auch kalt und feucht und roch nach Heu. Eine Treppe führte zu den Zimmern hinauf, erregt rannten die Mägde hin und her. Paul stand mitten in dem großen, ein wenig niedrigen Wohnzimmer, durch die offenen Türen fegte eine scharfe Zugluft herein, polternd wurden im Flur die Koffer abgeladen, und gereizte Stimmen riefen einander zu. Paul stand regungslos da und verzog sein Gesicht, als wollte er weinen. Erst als es um ihn stiller wurde, als die Türen geschlossen waren und Käti die Hängelampe angezündet hatte, begann er langsam mit von der Fahrt ein wenig steifen Beinen im Zimmer umherzugehen, er besah sich nachdenklich die Möbel, strich mit der Hand über sie hin. »So geht es immer«, dachte er, »fährt man am Ende des Sommers fort, dann sind die Möbel gute alte Kameraden geworden, von denen zu scheiden es einem weh tut, und kommt man das nächste Jahr wieder, dann stehen sie wieder steif und tot da, als habe man sie nie gekannt.« Er ging zu dem Tisch und öffnete das Schubfach: wirklich, da lag ein kleiner Papiersoldat, der vorigen Sommer wohl hier vergessen worden war. Er trug rote Hosen und einen blauen Rock und hatte ein ganz rosa Gesicht. »Der Arme«, dachte Paul, »den ganzen Winter hat er hier in Kälte und Dunkelheit ganz allein gelegen.« Ein großes Erbarmen mit dem kleinen Soldaten ergriff ihn, er nahm ihn und steckte ihn hinter seine Weste, dort sollte er warm werden.
Als Paul sich umwandte, sah er seine Mutter auf dem Sofa sitzen, sie hüllte sich in einen Schal und drückte sich fröstelnd in die Sofaecke. Ihr Gesicht war bleich, und sie schaute sinnend vor sich hin. »Komm, mein Junge«, sagte sie und zog Paul zu sich heran. Sie hüllte ihn in ihren Schal: »Du frierst?« meinte sie; »du denkst wohl, hier ist es unbehaglich und vielleicht etwas traurig, weil es hier kalt ist, und weil alle so unruhig hin und her laufen, weil der Regen wieder an die Fensterscheiben klopft, die Berge so schwarz zu den Fenstern hereinschauen und unten im dunklen Dorf die fremden Hunde bellen. Aber es braucht nicht unbehaglich und traurig zu sein, wenn wir nicht wollen, wir können sagen: wir frösteln ein wenig, aber wir freuen uns auf die Wärme, die das Ofenfeuer gleich geben

wird; der Regen singt gemütlich vor den Fenstern, die Berge stehen um uns her wie eine schützende Mauer, Tante Dina geht ab und zu und raschelt mit Papier, und unten im Dorf sitzen gute Hunde, sie bellen ein wenig, sie wollen miteinander sprechen, denn sie sind untereinander gut bekannt – nein, wenn wir nicht wollen, ist es nicht unbehaglich und traurig.«

Paul schaute lächelnd zu seiner Mutter auf. Wirklich, ihre Worte machten, daß alles gleich besser wurde. Die feuchten Scheite im Ofen begannen zu prasseln, Käti schloß die Fensterläden und deckte den Tisch für das Abendessen, und von der Küche nebenan klang die bekannte Stimme der alten Marie herüber, sie erzählte der Köchin etwas, nun lachten sie sogar miteinander.

Jetzt trat auch der Vater in das Zimmer. Er schien gar nicht mehr ärgerlich zu sein, er streckte sich in einem Sessel aus, rieb sich die Hände und sagte: »Hier sieht es ja wieder menschlich aus. Ich habe den Rotwein auspacken lassen, an dem wollen wir uns erwärmen. Ich spüre einen tüchtigen Hunger – aha, ich höre schon, wie nebenan in der Küche die Koteletts in der Pfanne miteinander zanken.« Dabei lächelte er und schaute Paul an, das war ermutigend. Dann erzählte er Neuigkeiten aus dem Dorf, die er vom Hausknecht erfahren hatte: Major Welker war hier mit Familie, ein neues Wirtshaus wurde gebaut, ein Mann im Steinbruch war verunglückt. Tante Dina hielt in ihren Gängen durch die Zimmer inne, hörte gespannt zu und sagte: »Ach Gott, was nicht alles geschieht!«

Endlich kam das Essen, Paul aß mit Appetit. »Seltsam«, dachte er, »das Essen schmeckt hier anders als in der Stadt. In den Koteletts ist etwas von der scharfen Luft der Berge, von dem Duft der Wiesen drin.« Das halbe Glas Rotwein, das er bekam, erwärmte ihn, er gab nicht acht darauf, was die Erwachsenen sprachen, es tat ihm jedoch wohl, daß ihre Stimmen friedlich und beruhigt klangen.

Als das Abendessen beendet war, setzten Paul und seine Mutter sich wieder in ihre Sofaecke, der Direktor zündete eine Zigarre an, und Tante Dina nahm ihr Strickzeug zur Hand. Sie sprachen von dem Wetter in früheren Sommern, von früheren Sommergästen und endlich von den Preisen der Lebensmittel. Es war nicht zu leugnen, daß die Preise mit jedem Jahr in die Höhe gingen. »Das ist nicht zu ändern«, meinte der Direktor, »doch habe ich diesen Umstand, wie immer, auch dieses Jahr in meinem Voranschlag für den Sommeraufenthalt berücksichtigt. Daher hoffe ich, daß es dieses Jahr stimmen wird.« Dabei sah er seine Frau durch die Brillengläser scharf an. Diese jedoch antwortete leichthin: »Ach, es wird gewiß nicht stimmen.«

»Warum wird es nicht stimmen?« fragte der Direktor mit einer unterstrichenen Ruhe, die zeigte, daß er eine Gereiztheit unterdrückte.
»Weil es nie stimmt«, antwortete seine Frau.
»Wenn es bisher nicht gestimmt hat«, versetzte der Direktor, und er sprach die Worte langsam und scharf aus, »dann lag das offenbar nicht am Voranschlage.«
»Nein, nein«, meinte Frau von der Ost, »es lag natürlich an mir.«
»Also«, fuhr der Direktor fort, »und ich wünsche, daß sich das ändert. Wenn man Jahre hindurch an denselben Ort zurückkehrt, so lehrt die Erfahrung doch, wieviel man an diesem Ort nötig hat, um zu leben. Oder setze ich vielleicht zu wenig an?«
»Ach nein«, erwiderte Frau von der Ost, »es ist gewiß genug. Aber wenn ich alles anschreiben muß, dann stimmt es eben nicht. Ich könnte vielleicht mit weniger auskommen, wenn ich nicht anschreiben müßte. So aber würde es auch nicht stimmen, wenn ich eine Million hätte.«
»Irene«, rief der Direktor und schlug mit den Fingerspitzen hart auf den Tisch, »du solltest dich schämen, etwas so Widersinniges zu sagen!«
Seine Frau jedoch lachte. Paul schaute zu seiner Mutter auf. Ihre Wangen waren gerötet, ihre Augen blank und feucht, und das Lachen gab ihrem Gesicht einen gequälten Ausdruck. »So bin ich nun einmal«, sagte sie. »Es ist schade, daß, als wir uns verlobten, ich nicht bei dir ein Examen im Rechnen abgelegt habe.«
»Irene«, rief wieder der Direktor, »ich bitte dich, über ernste Dinge auch ernst zu sprechen. Dein Widerwille gegen Zahlen, also gegen Ordnung und Klarheit, ist mir unbegreiflich, denn Zahlen sind Ordnung und Klarheit. Sie sind unser geistiges Gewissen, unsre geistige Reinlichkeit. Wenn ich meine Verhältnisse zahlenmäßig überblicken kann, dann habe ich einen Boden unter den Füßen.«
»Und ich finde«, meinte Frau von der Ost, »Zahlen sind wie zu enge Schuhe, sie verderben uns das Leben. Mir kommt es vor, als ob jede Zahl, die ich in das Anschreibebuch hineinschreibe, mir ein gutes Stück Geld wegfrißt.«
Der Direktor erhob sich und begann im Zimmer auf und ab zu gehen. »Unglaublich«, seufzte er. »Aber das ist es, nur nicht klar sehen! Lieber im Dunkel tappen aus Furcht, einer unangenehmen Wahrheit zu begegnen! Über alles wegschlüpfen, wegtänzeln, wegträllern, alles vertuschen – so wird aber auch aller Ernst, alle Wahrheit aus dem Leben weggetänzelt und weggeträllert!«
Der Direktor hatte sehr laut gesprochen. Tante Dina beugte ihren Kopf tief auf das Strickzeug nieder, Paul saß da, die Hände kalt vor Erregung.

»Du wußtest ja, wie ich bin«, begann Irene von der Ost wieder, und ihre Stimme zitterte. »Du wußtest ja, daß ich keine Rechenmaschine bin.«
»Jetzt noch Tränen, natürlich! Das ist dann der letzte Beweis ...« Doch plötzlich hielt er inne, sah Paul scharf an und sagte: »Warum bist du nicht im Bette? Was sitzt du hier? Längst solltest du im Bett sein.«
Erschrocken erhob sich Paul, ging von einem zum andern, um eine gute Nacht zu wünschen; als seine Mutter ihn küßte, spürte er, daß ihr Gesicht feucht von Tränen war. Dann schlich er in sein Zimmer, seine Beine zitterten, sein Herz klopfte stark, und er hatte das Gefühl, daß etwas Furchtbares sich ereignete.
Während er sich langsam entkleidete, dachte er immer wieder: »Was wird er ihr tun? Sie weint. Wie soll ich sie schützen? Fliehen müssen wir, sie und ich!« Aber es wurde ihm unerträglich, in dem ihm fremd gewordenen Zimmer allein zu sein mit seinem Kummer. Er öffnete die Tür und rief Marie, sie sollte ein wenig bei ihm sitzen. Marie kam und saß mit ihrem Strickstrumpf bei der Lampe. Es freute die Alte stets, wenn Paul in die Gewohnheiten seiner früheren Jugend verfiel. Er aber kroch ein wenig beruhigt in sein Bett, er war sehr müde, dennoch dachte er immer wieder: »Fliehen müssen wir, fliehen vor ihm –«, bis der Gedanke zum Traum wurde, bis er die lange, gelbe Landstraße sah, seine Mutter und er liefen auf ihr hin, sie liefen und liefen, bis sie in den Nebeln des Traumes verschwanden. Paul schlief jetzt ruhig und traumlos. Auf seiner Brust aber lag der kleine Papiersoldat und wärmte sich.

Als Paul am nächsten Morgen erwachte, fiel ein breiter, gelber Sonnenstreifen in sein Zimmer. Paul betrachtete ihn blinzelnd, und ihm ward wohlig dabei zumute. Da kam aber die Erinnerung an den vergangenen Abend, und sie tat weh wie ein körperlicher Schmerz. Deutlich sah er wieder das zornige Gesicht des Vaters, das gequälte, tränenfeuchte Gesicht der Mutter, und mutlos sank er in die Kissen zurück. Im Zimmer nebenan hörte er leichte Schritte hin und her gehen, es war seine Mutter; nun begann sie zu singen, wie sie es zu tun liebte, wenn sie ordnend durch das Haus ging. Paul horchte auf, das klang nicht traurig, das war ein helles, leichtherziges Geträller. Dann war also das Schreckliche von gestern abend vorüber, dann war es nichts gewesen. Paul verstand nicht. Diese erwachsenen Leute wurden ihm immer unbegreiflicher. Allein diese fröhliche Stimme nebenan erweckte auch wieder seine Lebensungeduld. Er sprang aus dem Bett und kleidete sich an. Er ging in den Garten hinunter, der Himmel war tiefblau, die Sonne brannte heiß auf die Kieswege. Vor dem Hause, mitten im Sonnenschein, lag ein großes

Blumenbeet voller Sommerblumen, wohlriechende Erbsen blühten da, kleine, weinrote Skabiosen, Studentennelken, rotes Löwenmaul und Reseden. Ein ganz süßer Duft stieg aus diesem Beete auf, und das Summen der Bienen und Insekten erfüllte die Blumen mit einem gleichmäßig ruhevollen Klingen. Hier liebte es Paul zu stehen, ganz regungslos, die Augen weit offen, die Lippen halb geöffnet – er nannte das: »sich betrinken«. Und wirklich, der warme, süße Duft, der schläfrige Singsang der Insekten, sie machten ihm die Glieder schwach, gaben ihm einen leichten Schwindel, einen Rausch von Duft und Sonnenschein.

Als die Sonne ihm dann doch zu heiß auf den Rücken schien, ging er zum unteren Teil des Gartens hinab. Da dieser tiefer lag, war er ein wenig feucht, ein flacher Graben durchquerte ihn, in dem vom gestrigen Regen ein wenig trübes Wasser stand. Das Gras war hier dunkler, einige blanke, fette Blätter wuchsen hier, und bleiche Storchschnabel blühten auf dünnen Stengeln. Jenseits des Grabens war ein Gebüsch giftiger Sträucher, Tollkirschen und Salomonssiegel und einige hochaufgeschossene Stauden des blauen Sturmhutes. Am Lattenzaun aber, der den Garten von der Dorfstraße trennte, erhob sich ein Wald von Nesseln. Paul liebte diesen Ort mit seinem feuchten, säuerlichen Geruch, und er begann sofort zu spielen. Er spielte seine und seiner Mutter Flucht. Ein Klettenblatt war seine Mutter, eine Sturmhutblüte war er, und sie flohen durch das hohe Gras, durch die gefährlichen Wasser des Grabens, unter den giftigen Büschen hin, mitten in den Nesselwald hinein. Er spielte so eifrig, daß er rote Wangen bekam und ganz heiß wurde. Die alte Marie kam nach ihm sehen, sie setzte sich auf eine Bank in den Sonnenschein und schlummerte ein wenig. Da ergriff auch Paul eine plötzliche Müdigkeit, er warf alles fort, setzte sich zu Marie und starrte durch die Latten des Zaunes auf die Dorfstraße hinaus.

Um diese Zeit war die Dorfstraße still und leer. Nur hier und da ging ein Hund träge über sie hin und suchte sich einen sonnigen Fleck, auf dem er sich ausstrecken konnte. Da tauchten in der Ferne zwei Figürchen auf, die Paul erregten. Er sprang von der Bank herab und lief zum Zaun. Er hatte sie gleich erkannt, ja, er hatte sie erwartet. Es war Major Welkers Lulu und seine unzertrennliche Gefährtin, des Kirchbauern Nandl. Lulu war Pauls Altersgenosse, aber er war ihm weit überlegen, das gestand sich Paul wohl ein. Lulu und Nandl waren Pauls Feinde, sie höhnten ihn, wo sie ihn sahen, Lulu sagte ihm spöttische, kränkende Dinge, und Nandl lachte dazu ihr schrilles, herzliches Lachen. Dennoch bewunderte Paul sie mit einer schmerzhaften Bewunderung. Schon die Art, wie Lulu ging, war herausfordernd. Er bog den Kopf zurück, steckte die Hände in die Hosentaschen und trat zuerst mit den Fußspitzen auf, so daß sein ganzer Körper ein wenig in die Höhe wippte. Lulu trug keinen Hut, sein kurzes, rotes Haar glänzte ordentlich in der Sonne. Jetzt unterschied Paul deutlich das runde Gesicht mit den vielen Sommersprossen, die kurze, ein wenig hinaufgebogene Nase und die grellbraunen Augen. Nandl trippelte auf ihren nackten braunen Füßchen neben ihm her, ihr Rock war sehr kurz, und ihr schwarzes Haar hing wirr über die Stirn bis auf die dunklen Augen nieder. Zuweilen blieben sie stehn. Lulu hob einen Stein vom Boden auf und warf damit nach einem Hunde. So näherten sie sich langsam dem Zaune, vor Paul blieben sie stehn.

»Ah, das Würmchen ist auch da! Seit wann denn?« bemerkte Lulu.

»Gestern sind wir gekommen«, erwiderte Paul und machte ein feindseliges Gesicht.

»So, so«, fuhr Lulu fort. »Da sitzt ja auch die alte Kinderwärterin, die achtgeben muß, daß du nicht fällst, oder daß du nicht aus dem Garten hinausgehst.«

»Wenn ich will, falle ich«, erwiderte Paul trotzig, »und wenn ich will, geh ich auch zum Garten hinaus.«

Lulu verzog seinen Mund schief. »Wie stolz das Würmchen ist!«

Paul wunderte sich, daß Nandl nicht lachte, er sah zu ihr hin und bemerkte, daß sie geweint hatte. Ihre Wangen waren noch feucht, und an den Wimpern hingen Tränen.

»Warum weint sie denn?« fragte Paul.

»Sie weint«, berichtete Lulu bedächtig, »weil die Kuh diese Nacht bei ihr zu Hause zu früh gekalbt hat, nun ist das Kalb tot, und die Kuh ist krank und wird wohl auch eingehen.«

Nandls Augen füllten sich aufs neue mit Tränen. Paul wußte nicht, was er darauf sagen sollte. »Du Würmchen«, begann Lulu wieder, »ich glaube, du weißt noch gar nicht, daß Kühe Kälber kriegen?«

»Das weiß ich wohl«, erwiderte Paul.

»Aber woher sie sie kriegen?« fragte Lulu weiter. »Das weißt du nicht.«

»Das ist mir auch gleich«, meinte Paul und versuchte sein hochmütiges Gesicht zu machen.

Jetzt lachte Nandl, lachte ihr schrilles Lachen. Paul war gekränkt, und dennoch gefiel ihm dieses lachende Mädchengesicht, der Mund öffnete sich und zeigte eine Reihe kleiner, spitzer Zähne, und in den Augen erwachte eine strahlende Ausgelassenheit.

»Nein, Würmchen«, sagte Lulu, »du bist noch sehr dumm. Komm, Nandl, gehen wir, mit dem ist doch nichts los!« Er machte kehrt, Nandl folgte ihm, und so wanderten sie wieder die Dorfstraße hinunter. Paul schaute ihnen lange nach; ja, so ging es ihm immer, sie höhnten und kränkten ihn, und wenn sie gingen, wurde ihm das Herz schwer, und es schnürte ihm etwas die Kehle zusammen, als müßte er weinen. Langsam schlich er wieder zu seiner Bank zurück, setzte sich neben die schlummernde Marie und sann über seltsame, heldenhafte Taten nach, die er vollbringen könnte, damit Lulu und Nandl ihn bewunderten.

Am Nachmittag fuhr der Direktor in die Stadt zurück. Paul wurde in das Haus gerufen, um Abschied zu nehmen. Sein Vater hob ihn zu sich auf, küßte ihn und sagte freundlich: »Sorge für rote Backen, mein Junge.« Als er ihn jedoch wieder auf den Boden niedersetzte, bemerkte er mißbilligend: »Leicht wie ein Spatz!« Dann küßte er auch seine Frau, diese strich zärtlich mit der Hand über seinen Rockärmel und sagte: »Komm bald wieder zu uns heraus.«

»Ja«, fügte Tante Dina hinzu, »es ist schade, daß du fort mußt, man war so gemütlich beisammen.« Paul sah erstaunt zu seinen Eltern auf. »Also, jetzt muß man traurig sein, weil der Vater fortfährt, seltsam«, dachte er.

Nun kamen die langen, heißen Nachmittagsstunden, Paul trieb sich ein wenig müde auf den Kieswegen des Gartens umher, nichts war in Aussicht, auf das er sich freuen konnte. Er stand am Gartenzaun und schaute durch die Latten. Über dem Lande lag es wie eine rotgoldne, sachte zitternde Staubwolke, im Rasen wetzten die Feldgrillen, und von den Wiesen klang das Dengeln der Sensen herüber. Das machte schläfrig, allein Paul mochte nicht schlafen, er wollte keine Stunde dieser kostbaren Ferienzeit verlieren – tun wollte er etwas. So ging er denn aus dem Garten hinaus auf die Dorfstraße, er versprach sich nicht viel davon, aber vielleicht sahen ihn Lulu und Nandl und überzeugten sich davon, daß er allein den Garten verlassen durfte.

Aus den kleinen, sonnigen Dorfgärten stiegen heiße Gemüsedüfte auf, Sonnenblumen standen da wie schwarze Gesichter von goldgelben Krausen umgeben. In einem Stall blökte eine Kuh, schmerzvoll und leidenschaftlich. Paul hob einen Stein auf und warf ihn nach einem Hunde, wie Lulu es zu tun pflegte, der Hund jedoch begann grimmig zu bellen, und Paul fürchtete sich. Endlich bog er in den Spazierweg ein, der von jungen Tannen eingefaßt war, aber auch hier nur Staub und Hitze. Da schlugen leise Töne an sein Ohr, wie das Knallen einer Peitsche, dazwischen schrille Vogelrufe. Paul spähte durch die Tannen. In einiger Entfernung auf der Wiese sah er Lulu und Nandl, Lulu ließ Nandl über eine Schnur springen; das eine Ende der Schnur hatte er an einen Zaunpfosten gebunden, das andre schwang er mit der Hand, in der andern Hand hielt er eine kleine Peitsche, mit der er zuweilen knallte. Nandl aber sprang unermüdlich auf und ab, auf und ab. Die Sonne vergoldete ihre dünnen, braunen Beinchen, das schwarze Haar flog wild um ihr Gesicht, und ab und zu stieß sie kleine schrille Vogellaute aus. Paul schaute dem zu, und es schien ihm, daß dieses Schauspiel ein wunderbar erregendes war. Er stand da hinter der Tanne, bis die Kinder auf der Wiese ihres Spieles müde waren. Lulu rollte die Schnur zusammen, und beide warfen sich nebeneinander in das Gras. Auch dann noch stand Paul eine Weile hinter der Tanne, das Herz war ihm so seltsam heiß und schwer, und eines verstand er jetzt wohl, daß die beiden dort nebeneinander im Grase glücklich waren und er unglücklich war. Als er endlich in seinen Garten zurückschlich, fühlte er sich sehr einsam.

Abends saßen Frau Irene und Tante Dina auf dem Balkon, Paul setzte sich zu ihnen. Über den Berggipfeln verglomm ein rot und goldener Sonnenuntergang, die Kühe wurden heimgetrieben, die Wege waren voller Menschen, die von der Arbeit nach Hause gingen; Sommergäste in hellen Kleidern gingen die Dorfstraße entlang – das Tal war plötzlich ganz voller Leben und Farbe, bis die Dämmerung kam und alles wieder still wurde. Die Türen in den Häusern des Dorfes schlossen sich, gelbe Lichter erglommen in den Fenstern, und von den tauigen Wiesen wehte es kühl herüber. Endlich war es ganz dunkel, einige zitternde Sterne standen am Himmel. Frau Irene und Tante Dina sprachen zuweilen abgerissene Sätze, dann schwiegen sie wieder lange. Paul saß da, im Herzen die seltsame Bangigkeit, die Kinder ergreift, wenn es still und dunkel wird, die Welt ihnen unendlich weit erscheint und sie sich selbst als rätselhaften lebendigen Punkt, sehr klein in dem großen Schweigen, ahnen.

Am Sonntag kam Herr von Wirden. Paul hörte im Garten durch das geöffnete Fenster in der Wohnstube seine heitere Stimme und sein Lachen. Paul ging hinauf. Herr von Wirden saß Frau Irene gegenüber, er trug einen hellen Sommeranzug, sein Gesicht war heiß und rot, denn er hatte den Weg vom Bahnhof zum Dorf zu Fuß zurückgelegt. »Da ist ja mein kleiner Freund!« rief er Paul entgegen, zog ihn an sich, und fuhr ihm, wie er es zu tun liebte, mit der Hand in die blonden Locken. »Noch immer das bleiche Philosophengesicht! Nein«, wandte er sich an Frau Irene, »der ist noch nicht richtig verbauert, auf den hat das Land noch nicht gewirkt.«

»Also mich finden Sie schon verändert? Woran sehen Sie das?« nahm Frau Irene das unterbrochene Gespräch wieder auf. Sie lehnte sich in die Sofaecke und verzog den Mund ein wenig schief, wie zu einem Lächeln, ein Ausdruck, den Paul an ihr kannte, wenn sie sich gut unterhielt.

»O das sehe ich gleich!« rief Wirden. »Sie haben, wie soll ich sagen, so etwas langsam Verhallendes. Jede Ihrer Bewegungen zeigt, daß Sie Zeit haben, daß Sie nicht von den kleinen, spitzen Stadtgedanken gehetzt werden.«
»Kommt das so bald?« fragte Irene.
»Das kann sehr bald kommen«, erwiderte Wirden. »Schon auf dem Weg vom Bahnhof hierher fühlte ich, wie es von mir abfiel.«
»Was fiel von Ihnen ab?«
»Nun, die Stadt, das Debet, Kredit, Saldo!«
Irene lächelte. »Das dürfen Sie meinem Manne nicht sagen.«
»Ich weiß«, erwiderte Wirden, »der Direktor liebt diese Dinge sehr. Ich wundere mich, daß Ihr Sohn nicht ›Saldo‹ heißt.«
»Saldo«, wiederholte Irene; »nein, dann würde ich ihn nicht so lieben können.«
»Ich will nicht ›Saldo‹ heißen«, versicherte Paul.
»Recht hast du«, meinte Wirden. »Saldo ist das Kind von Debet und Kredit, und das ist nicht angenehm.«
»Ist die Stadt jetzt wirklich so schlimm?« fragte Irene.
»Sehr schlimm«, berichtete Wirden. »Alle erwarten den Krieg, und keiner glaubt an ihn, und ein jeder hat eine Ansicht. Alte Schreiber in der Bank, die das ganze Jahr kein Wort sprechen – jetzt haben sie eine Ansicht.«
»Und Sie, haben Sie auch eine Ansicht?« fragte Irene weiter.
Wirden schlug sich mit der flachen Hand auf das Knie: »Das ist es eben – natürlich habe ich auch eine Ansicht, und deshalb kann ich meinen Urlaub kaum erwarten, damit draußen auf dem Lande auch diese Ansichten von mir abfallen. Dann will ich mich auf eine warme Wiese legen, einige wenige, einfache Gedanken immer wieder denken und ein Mensch sein.«
»Wenn wir das doch könnten!« meinte Frau Irene nachdenklich.
»O, das können wir!« versicherte Wirden eifrig. »Sehen Sie die Leute hier, wie oft sehen Sie einen Mann oder eine Frau lange, lange auf einem Flecke stehn und zu den Bergen aufschauen, und auf ihren Gesichtern steht es geschrieben, sie denken nur einen einzigen Gedanken. Auf dem Wege vom Bahnhof hierher sah ich einen Mann an seiner Wiese stehen, er sah sein Heu an, er hatte dort gewiß schon sehr lange gestanden und immer wieder gedacht: ›Wird das Heu morgen trocken sein?‹ Das müssen wir einige Wochen können, wenn wir von der Krankheit des Stadtlebens gesund werden wollen. Unsre Gedanken müssen zu einer ruhigen, eintönigen Musik werden.«
Frau Irene schwieg. Sie schaute gerade vor sich hin durch das Fenster

hinaus, sie fühlte, daß Wirdens Augen auf ihr ruhten, und sie wollte ihn darin nicht stören.

»Ja freilich«, begann Wirden wieder, und Paul dachte: ›Warum klingt seine Stimme jetzt so anders?‹ »Ja freilich, leichter geht das alles, wenn wir ein wenig verliebt sind, denn dann werden wir ohnehin einfachere Menschen. Es ist seltsam, wie lange wir ein und denselben Gedanken denken können, wenn wir verliebt sind.«

Paul bemerkte mit Erstaunen, daß seine Mutter errötete. Ein zartes Rot breitete sich über ihr Gesicht bis hinauf in die blonden Stirnlöckchen, und sie sah wunderbar jung und hilflos aus. Wirden war ernst geworden. Paul schaute beide an, und es ergriff ihn ein seltsames Gefühl, erregt und feierlich zugleich. »Paul, mein Junge«, sagte Frau Irene endlich, »geh, spiele unten im Garten.« Paul gehorchte ungern, aber er wußte, wenn es anfing, interessant zu werden, dann wurde er fortgeschickt, und das Treiben der Erwachsenen blieb für ihn dadurch stets geheimnisvoll.

Unten im Garten dachte er über das Gehörte nach. Wie hatte Herr von Wirden gesagt: »Wir müssen uns auf eine Wiese legen und nur einen Gedanken denken.« Gut, das wollte Paul versuchen. Er streckte sich auf dem Rasen aus, lag regungslos da, die Arme eng an den Körper gedrückt, die Augen geschlossen, und er dachte an Nandl, wie sie über die Schnur springt, auf und ab, auf und ab – das Röckchen bauscht sich, das dunkle Haar flattert und das erhitzte Gesicht – auf und ab, auf und ab. Er dachte das so lange, bis er einschlief.

»Meiner Seele, er schläft!« Es war Wirdens Stimme, die Paul weckte. Er schlug die Augen auf. Sie standen alle um ihn her, seine Mutter, Tante Dina, Wirden, und lächelten auf ihn herab. »Ganz richtig«, meinte Wirden, »im Grase liegen, schlafen, die Haare voller Grashüpfer – so muß es gemacht werden.« Er ergriff Paul und stellte ihn auf die Füße. »Jetzt der Spaziergang, das ist Lebenskunst!«

Sie gingen die Dorfstraße hinauf und bogen in die Tannenallee ein. Die Luft war schwül, über den Bergen standen große dunkle Wolken, und überall auf den Wiesen wurde eifrig gearbeitet, um das Heu noch vor dem Regen zu bergen. Paul achtete nicht auf das Gespräch der Erwachsenen, es war von England und Rußland die Rede und von Krieg – das interessierte Paul wenig. Er beobachtete die Kühe, die am Wege standen und die Vorübergehenden großäugig anglotzten. Paul fürchtete sich ein wenig vor ihnen und versuchte es dennoch, ruhig und unbefangen nah an ihnen vorüberzugehen. Fern auf der Wiese fuhr ein Wagen hoch mit Heu beladen schnell dem Dorfe zu, oben darauf aber saßen Lulu und Nandl und sangen aus voller Kehle. An einer Bank blieb Tante Dina zurück, sie war müde geworden. Die andern setzten ihren Weg fort. Frau Irene und Wirden schwiegen eine Weile. Aus Wirdens Gesicht war die Heiterkeit verschwunden, er schaute nachdenklich vor sich hin und nagte nervös an seiner Unterlippe. »Die Blicke dieser Kühe genieren mich«, sagte er endlich.

»Warum?« fragte Frau Irene. »Sie sind doch so mütterlich.«

»Mütterlich?« wiederholte Wirden. »Das finde ich nicht. Sie sehen uns an, als seien wir ganz absurde Ungeheuer, sie denken: ›Unmöglich, diese Wesen, die da so aufrecht nebeneinander hergehen und sprechen und sprechen, statt zu fressen oder wiederzukäuen.‹«

Frau Irene lächelte matt. »Ich weiß nicht«, fuhr Wirden fort, »wie weit sich die Tiere verständigen, aber das ist gewiß, wenn sie sich etwas sagen, so ist es stets etwas, das ihnen am Herzen liegt. Sogenannte Konversation kennen sie nicht.«

Frau Irene zog die Augenbrauen in die Höhe, und es klang ein wenig gereizt, als sie sagte: »Ich würde nicht wünschen, daß dieses auch bei uns eingeführt werde, ich will nicht, daß jeder mir sagt, was er auf dem Herzen hat. Warum soll ein jeder seine Bürde auf mich abladen dürfen?«

»Nun ja«, meinte Wirden, und aus seiner Stimme klang etwas wie Mutlosigkeit, »natürlich ist es besser so. Man spricht und spricht miteinander und tut so, als gäbe es keine Bürden zu tragen.« Dann lachte er kurz auf: »Wissen Sie, wie mir unsre Gesellschaft zuweilen vorkommt: wie eine Quadrille von Packträgern; jeder hat seinen Koffer auf der Schulter, aber sie tanzen und verbeugen sich und machen Chaine und tun so, als sähen sie gar nicht die schweren Koffer, die einem jeden von ihnen die Schultern zerdrücken.«

Frau Irene zuckte leicht mit den Schultern. »Warum müssen wir auch immer auf das hinsehen, was traurig ist?« Dann schwiegen sie eine Weile. Wirden begann eifrig, die Samendolden des Löwenzahns zu köpfen, die wie kleine Tüllhauben am Wegrande standen. Frau Irene sah zu den Bergen hinauf, über denen es jetzt zu wetterleuchten begann.

Endlich begann Wirden wieder: »Also Sie wünschen nicht, daß ich davon spreche, was mir am Herzen liegt?«

»Nein«, erwiderte Frau Irene, ohne ihren Blick vom Wetterleuchten dort oben abzuwenden. Eine Pause entstand. Dann sagte Frau Irene: »Paul, mein Junge, lauf ein wenig voraus, mache dir Bewegung!« Und gehorsam lief Paul die Landstraße entlang, und er fragte sich dabei, warum seine Mutter heute streng und unfreundlich gegen den guten Wirden war. Aber man wußte nie, wenn es aussah, als ob diese Erwachsenen sich recht liebhatten, dann wurden sie plötzlich hart und grausam gegeneinander.

Von den Bergen klang dumpfer Donner herüber, es war Zeit, den Rückweg anzutreten. Vor der Villa stand der Direktor. Er war mit dem letzten Zuge gekommen, »um seine Familie zu überraschen«, berichtete er. »Sie sind auch da, Wirden«, sagte er und begrüßte den jungen Mann. »Das ist hübsch.«
»O welche Freude!« rief Tante Dina ein wenig zu enthusiastisch, aber sie fürchtete, es könnte auffallen, daß Frau Irene nichts sagte. Als alle ins Haus gingen, blieb der Direktor noch draußen und schaute gen Himmel, hinauf nach dem aufziehenden Gewitter. Paul war bei seinem Vater geblieben und schaute auch zum Himmel hinauf. Aus dem Hause, durch die geöffneten Fenster, klang Wirdens Stimme heraus und dann Frau Irenes helles Lachen. Da bemerkte Paul, daß das Gesicht seines Vaters sich wunderlich verzog, eine tiefe Falte stand zwischen den Augenbrauen, der Mund schloß sich so fest, daß die Lippen weiß wurden, und zuckte seltsam. »Ist er böse, oder fühlt er einen starken Schmerz?« fragte sich Paul, und unwillkürlich verzog auch er sein Gesicht, von dem Bedürfnis getrieben, die Zuckungen auf dem Gesicht seines Vaters nachzuahmen. Jetzt kam Herr von Wirden aus dem Hause, er mußte sich beeilen, um noch seinen Zug zu erreichen. »Lassen Sie sich bald wieder hier draußen sehen«, sagte der Direktor und reichte ihm lächelnd die Hand.
Das Gewitter war jetzt heraufgezogen, große Tropfen prasselten nieder, und der Donner grollte unablässig. Im Wohnzimmer wurden die Läden geschlossen und die Lampe angesteckt. Paul war müde von dem heißen Tage, er lehnte in der Sofaecke und blinzelte in das Licht. Aber auch die andern schienen müde, der Vater sprach wenig, und wenn er sprach, klang es unangenehm scharf und knurrend. Die Mutter war bleich und schweigsam, nur Tante Dina war unermüdlich bemüht, die Unterhaltung aufrechtzuerhalten. Paul wurde bald zu Bett geschickt.
Paul glaubte, lange geschlafen zu haben, und es mußte mitten in der Nacht sein, als er erwachte. Draußen tobte das Gewitter, durch die Spalten der Fensterläden drang das zuckende Licht der Blitze, ein mächtiger Donnerschlag ließ das Haus erzittern und hallte grollend in den Bergen nach wie eine große, scheltende Stimme. Und dann – es war noch ein Ton, den Paul vernahm, noch eine Stimme. Paul horchte auf: ja, es war nebenan im Zimmer seiner Eltern, es war die Stimme seines Vaters. Er sprach laut und schnell, und zuweilen wurde die Stimme seltsam heiser und brachte die Töne mühsam heraus. Jetzt, da der Donner schwieg, konnte Paul sie deutlich hören: »Gut, gut, ich leugne es nicht, ich bin gekommen, weil ich wußte, daß er da sei. Du findest das lächerlich – vielleicht ist es lächerlich, aber wer ist daran schuld, daß ich etwas

Lächerliches tue? Du, du ganz allein! Es ist widersinnig, daß ein Mann wie ich, eines solchen Windhundes wegen auch nur einen Augenblick leiden soll oder lächerlich sein soll.«

Jetzt ließ sich Frau Irenes Stimme vernehmen, ruhig und klar: »Armer Mann!«

»Armer Mann!« brauste der Direktor auf. »Ich will kein armer Mann sein, ich habe das nicht nötig. Wenn ich eine Frau habe, hat sie sich so zu benehmen, daß mir solche lächerliche Qualen erspart bleiben. Sie hat sich so zu benehmen, daß ich nicht lächerlich bin, daß ich kein ›armer Mann‹ bin. Ich wünsche nicht, daß man mich bemitleidet. Dein Leichtsinn, sag' ich dir, deine Gefallsucht spielt hier ein sehr gefährliches Spiel ...«

Jetzt setzte der Donner wieder ein, er krachte und schmälte und übertönte die knarrende und schmälende Stimme des Vaters. Paul hüllte sich zitternd in seine Decke, die Welt erschien ihm wieder einmal sehr dunkel und gefahrvoll, und es überkam ihn diese hoffnungslose Resignation, wie sie nur ein Kind zuweilen zu empfinden vermag.

Den Vormittag über hatte es geregnet, gegen Abend hörte der Regen auf, hellgraue, tiefhängende Wolken bedeckten gleichmäßig den Himmel, die Berge trugen weiße Nebelkappen, und die Luft war unbewegt und drükkend. Paul stand müßig und mißmutig im Garten umher, er hatte versucht, zu spielen, wieder einmal seine und seiner Mutter Flucht vor dem Vater, bald jedoch warf er das Klettenblatt und die Sturmhutblüte fort und setzte sich auf die Bank, um vor sich hin zu starren und mit den Beinen zu baumeln. Ihn machte die unklare Wehmut elend, die Kinder zu ergreifen pflegt, wenn es alltäglich und grau um sie her ist. Warum hatte er sich denn so sehr auf das Land gefreut? Aber so ging es ihm stets: er freute sich zu stark auf das, was kommen sollte, und war es da, dann enttäuschte es ihn so bitter, daß er am liebsten hätte weinen mögen. Auf der Dorfstraße erschien jetzt »Fucka«, der gelbe Metzgerhund, und nahm Pauls Aufmerksamkeit in Anspruch. Fucka ging langsam dahin, den Kopf ein wenig gesenkt, zuweilen steckte er die Nase hierhin und dorthin, wandte sich dann gelangweilt ab, reckte sich und ging langsam weiter. »Sind Hunde auch traurig?« fragte sich Paul. »Sind Hunde auch enttäuscht?« Er liebte den Metzgerhund nicht, denn er fürchtete ihn, aber in diesem Augenblick verband ihn eine Art Kameradschaft mit dem freudlosen Fucka. Durch das Fenster der Villa klang Frau Irenes Stimme herüber, sie sang: »Gang i ans Brünnele, trink' aber net; da seh' i mein Herztausigenschatz bei ein' andern stehn. Und bei ein' andern stehen sehn, ach, das tut weh ...« – »Jetzt singt sie wieder«, dachte Paul – ja, wenn der Vater dagewesen war und es etwas gegeben hatte, dann sang sie immer beson-

ders viel und hell. »Singt sie, weil sie traurig ist, oder singt sie, weil sie nicht mehr traurig ist?« Paul vermochte das nicht zu entscheiden, und dann ging es ihm durch den Sinn, was wollte wohl Herr von Wirden damals auf dem Spaziergang sagen und durfte es nicht? Erwachsene Herren weinen nicht, aber es sah damals aus, als hätte er weinen mögen. Paul hatte Herrn von Wirden gern, jedenfalls war es gemütlicher und sicherer, wenn Herr von Wirden da war, als wenn der Vater da war. Paul glaubte, die Mutter fühle das auch.
Nun kam Leben in die Dorfstraße. Ein Bursche lief an den Häusern entlang, Frauen traten in die Haustüren, Kinder schauten zu den Fenstern heraus, der Bursche rief ihnen etwas zu und lief weiter. Er lief bis an das Ende der Straße, dort am Rande der Wiese blieb er stehen, legte beide Hände als Schallrohr vor den Mund und schrie den Mähern auf der Wiese etwas zu. Sommergäste zeigten sich, Damen mit Strohhüten; eilig gingen sie zur Post hinüber, wenn sie einander begegneten, blieben sie stehen und redeten eifrig aufeinander ein. Die im weißen Kleide war Frau Major Welker, und da war auch Tante Dina, mit flatternden Hutbändern eilte sie von der Post der Villa zu. Und plötzlich waren auch Lulu und Nandl da, sie standen mitten auf der Straße, und Lulu begann einen wunderlichen Tanz, er sprang wild in die Höhe und schwenkte die Arme wie Windmühlenflügel. Dabei rief er beständig etwas. Nandl hatte ihm anfangs zugeschaut, dann aber wurde auch sie von dem Taumel ergriffen, hüpfte und drehte sich, und ihre hohe, heisere Stimme begann auch zu rufen. Sehr gespannt ging Paul an das Gartengitter, er verstand nicht. Lulu und Nandl näherten sich ihm in ihrem Tanz, jetzt standen sie vor ihm, erhitzt und atemlos.
»Du, Würmchen«, rief Lulu, »es gibt Krieg!«
»Krieg?« wiederholte Paul.
»Ja, Krieg, einen ganz verdammten Krieg, ein Krieg mit allen, mit Russen und Franzosen und Serben – na, und die andern kommen auch schon, das wird fein!«
Paul wurde nachdenklich. »Wo sind sie?« fragte er.
Lulu machte eine weite Bewegung. »Überall.«
»Sind sie dort hinten auch?« und Paul wies mit dem Finger zu den Bergen hinüber.
»Ja, ja, dort auch«, versicherte Lulu.
»Und kommen sie hierher?« fragte Paul.
Lulu lachte. »Sie sollen nur kommen, dann weiß ich auch, was ich tun werde!«
»Ja, dann muß man etwas tun«, sagte Paul sinnend, Lulu aber lachte

höhnisch: »Du, Würmchen, was wirst du tun? Du wirst dich hinter deiner Kinderfrau verstecken, das ist es, was du tun wirst!«
Jetzt begann auch Nandl zu lachen, das helle Lachen, das Paul so weh tat.
»Ich werde etwas tun«, sagte er mit zitternder Stimme.
»Ja, in ein Mauseloch kriechen!« spottete Lulu weiter.
Paul errötete, seine Augen wurden ganz silbrig vor Erregung, das Weinen war ihm nah. »Ich werde etwas tun!« schrie er. »Ihr sollt sehen! Du glaubst, weil ich nicht wie du auf der Straße tanze und Steine nach den Hunden werf', so kann ich nichts tun. Tanzen und Steine werfen kann jeder, aber ihr sollt Augen machen, beide, Nandl und du, ihr sollt Augen machen!«
Nandl hatte aufgehört zu lachen und sah Paul neugierig an. Lulu zuckte die Achseln: »Wie das Würmchen spricht! In die Leibkompanie der alten Marie wirst du eingestellt. Komm«, sagte er zu Nandl, wandte Paul den Rücken, und beide begannen wieder ihren seltsamen Tanz. Paul schaute ihnen nach, bis sie hinter dem Nachbarhause verschwanden, und dann noch blieb er stehen und dachte seine unklaren Kindergedanken. Aus dem kleinen Bauernhause neben dem Garten war die Stalldirne Resei getreten, sie schützte die Augen mit der Hand und schaute die Straße hinab. Einige Burschen kamen des Weges und sangen. Einer blieb vor Resei stehen, faßte ihren braunen Arm und lachte. Dann ging er seinen Gefährten nach, wiegte sich in den Hüften und sang vor sich hin. Resei aber schlug die blaue Schürze über den Kopf und begann zu weinen, so laut, daß Paul es hörte: Hu, hu, hu.
Der Nebel war von den Bergen in das Tal herabgestiegen und flüsterte jetzt als leichter Regen über das Land hin. Große schwarze Vögel flogen langsam und niedrig dem Walde zu. Das Dorf war ganz still geworden, nur die Stalldirne stand noch vor ihrer Haustür, die Schürze über dem Kopf, und weinte: Hu, hu. Ein furchtbares Grauen ergriff Paul, er wandte sich um und lief in das Haus, lief so schnell, als würde er verfolgt.
In der dämmerigen Wohnstube saßen Frau Irene und Tante Dina beieinander, die Tante sprach mit klagender Stimme. »Komm zu uns, mein Sohn«, sagte Frau Irene und strich Paul über das regenfeuchte Haar. »Du bist naß und kalt.«
»Krieg!« flüsterte Paul.
»Ja, mein Sohn, es gibt Krieg.«
»Kommen sie auch hierher?« fragte Paul.
»Ach nein«, entgegnete Frau Irene, »unsre Männer, unsre tapferen Männer werden uns beschützen.«
»Der Vater auch?«

»Ja, der Vater auch.«
»Und Herr von Wirden auch?«
»Ja, alle«, sagte Frau Irene. »Und wenn du älter wärst, würdest du auch gehn und kämpfen für unser Deutschland, unsre gemeinsame Mutter. Wenn einer deiner Mutter, wenn einer mir etwas zuleide täte, das würdest du doch dann nicht dulden.«
Pauls kalte Kinderhände umklammerten fest Frau Irenes Hand. »Gott wird uns schützen«, sagte Tante Dina feierlich.
Der Abend verging schweigsam. Ein jeder sann vor sich hin und sagte nur zuweilen ein Wort aus seinen Gedanken heraus. Nach dem Abendessen kam auch die alte Marie mit ihrem Strickstrumpf und setzte sich in die Ofenecke. Die Türe zum Mädchenzimmer war halb geöffnet, man hörte die Mädchen drinnen flüstern, alle wollten sie heute beisammen sein, nah beisammen vor dem Ungeheuren und Furchtbaren, das in der Ferne drohte. Tante Dina legte zuweilen ihr Strickzeug beiseite, faltete die Hände und bewegte die Lippen, sie betete. Paul wurde heute nicht zu Bett geschickt, er legte seinen Kopf in den Schoß seiner Mutter und schlief dort ein. Und als es endlich doch Schlafenszeit war, mußte Marie ihn in sein Zimmer bringen und zu Bett legen.
Paul schlief unruhig und hatte einen schweren Traum. Er sah das Dorf und die Berge in einem roten Schein, als sähe er sie durch ein purpurrotes Glas. Mitten aber auf der Dorfstraße saß auf einem Stuhl seine Mutter in einem weißen Kleide; die Hände lagen leicht gefaltet im Schoß, das Gesicht war bleich, die Augen geschlossen. Die Dorfstraße entlang ging ein Mann, ein furchtbarer Mann, Paul kannte ihn, es war der Handwerksbursche, der vor einigen Tagen am Gartenzaun vorübergegangen war. Er hatte ein großes, schmutziges Gesicht und wulstige Lippen, die sich nicht ganz schlossen und das blutrote Zahnfleisch sehen ließen. »Er will ihr etwas tun!« wollte Paul in furchtbarer Angst rufen, vermochte es jedoch nicht. Schon stand der Mann vor der weißen Frau und griff mit seiner großen, bleichen Hand in das schöne, heilige Gesicht. Ein namenloser Schmerz ergriff Paul, es war ihm, als müsse das Herz ihm brechen – einer jener Schmerzen, wie wir sie zuweilen im Traume fühlen, vor denen es nur noch die Flucht in das Erwachen gibt. Stöhnend warf Paul sich im Bette herum, sein Herz klopfte, und sein Kissen war feucht von Tränen.
Der Direktor kam, um von seiner Familie Abschied zu nehmen, denn er mußte hinaus ins Feld. Er sah stattlich aus in der feldgrauen Uniform und war heiter, angeregt und ein wenig feierlich. Er legte liebevoll den Arm um die Taille seiner Frau und sprach von der großen deutschen Begeisterung und von der großen deutschen Einheit: »Es ist gut, daß es so

gekommen ist, denn einmal mußten wir da hindurch, und wir kommen durch, ha, ha!« Paul schaute zu seinem Vater empor, heute bewunderte er ihn.

Als jedoch am Nachmittag der Kaffee auf der Veranda eingenommen wurde, war es weniger gemütlich. Der Vater, meinte Paul, begann wieder so zu sprechen, als tadle er jemanden, wenn er auch seine Hand dabei auf die Hand der Mutter legte, die auf der Armlehne des Sessels lag. Paul beobachtete die kleine weiße Hand, wie sie regungslos unter der großen braunen Hand stillhielt. »Deine Verhältnisse«, begann der Direktor, »sind in jeder Weise geordnet. Ich glaube nicht, daß ich irgendeine Eventualität übersehen habe. Eine gewisse Sparsamkeit natürlich ist in solchen Zeiten stets angebracht, schon des Beispiels wegen, und auch sonst. Das ist ja das Schöne einer großen Zeit, daß sie Energien weckt, die in uns vielleicht ungeahnt schlummerten. Wir können plötzlich, was wir nie zu können glaubten. Wenn wir vielleicht dazu neigten, das Leben ein wenig leicht zu nehmen, alles Unbequeme von uns fortzuschieben und den Tatsachen nicht in das Auge zu sehen – jetzt erwacht ein Ernst in uns, den wir uns selbst nicht zugetraut hätten, nicht wahr?«

Wer war mit diesem »wir« gemeint, dachte Paul, und er schaute seine Mutter an. Diese hatte den Kopf zurückgebogen und sah zu den Wolken auf. Die kleine weiße Hand aber unter der großen braunen Hand wurde unruhig, sie entzog sich ihr leise, machte sich etwas an den Stirnlöckchen zu schaffen und kehrte nicht mehr zurück.

»Nun«, fuhr der Direktor fort, »ich denke, ich kann mit ruhigem Herzen hinausgehen, um meine Pflicht zu tun, denn auch in meine Häuslichkeit wird der Ernst der großen Zeit einkehren, auch hier wird jeder auf seinem Posten stehen und seine Pflicht tun.«

»Wie schön und wahr!« sagte Tante Dina.

Eine große graue Wolke hatte bisher die Sonne verdeckt, jetzt riß sie plötzlich, und riesige goldene Strahlenbündel schossen über den Himmel, standen da wie ein ungeheurer Heiligenschein.

»Seht, wie schön das ist!« sagte Frau Irene und wies zur Sonne hinauf. Der Direktor schüttelte sachte den Kopf: »Die Frauen sind beneidenswert«, sagte er. »Nichts kann so furchtbar ernst sein, daß sie nicht mit Leichtigkeit davon zu etwas Nebensächlichem übergehen können.« Frau Irene zog die Augenbrauen empor und meinte ein wenig gereizt: »Für mich wird nichts so ernst und so furchtbar sein, daß ich nicht doch sehe, was schön ist.«

»Nun, lassen wir das«, sagte der Direktor und zuckte die Achseln.

Am Abend fuhr der Direktor mit seiner Frau in die Stadt zurück. Er küßte

Paul: »Bleibe gesund, mein Junge«, sagte er, »werde stark, lerne brav! Du mußt klug und stark werden, denn du bist ein Deutscher, und das ist jetzt ein gefährlicher Posten.« Seine Stimme zitterte dabei, und seine Augen wurden feucht. Das ergriff Paul, er begann zu weinen und freute sich doch, daß er es tat, denn er hatte gefürchtet, nicht weinen zu können, und wußte doch, daß es von ihm erwartet wurde.

Nun kamen stille Spätsommertage, in denen das Leben ereignislos dahinglitt unter dem Singsang der Feldgrillen und dem Dengeln der Sensen auf den Wiesen. Paul wunderte sich, daß nichts sich verändert hatte seit dem Kriege. Wie sonst wurden die Kühe auf die Weide getrieben, wie sonst gingen die Sommergäste mit Strohhüten und bunten Sonnenschirmen die Tannenallee entlang. Durch die geöffneten Fenster der Villa klang Frau Irenes helles Singen in den Garten hinab, oder sie saß mit Frau Major Welker in der Fliederlaube, sie aßen Kirschen aus einer Tüte miteinander und lachten so heiter, als gäbe es keinen Krieg. Ja, es schien zuweilen Paul, als sei der Krieg vergessen, doch zuweilen wurden Siege gemeldet, dann flatterten Fahnen an den Häusern, und Kinder, unter der Führung von Lulu und Nandl, zogen die Dorfstraße hinunter und sangen mit hohen, heiseren Stimmen ›Die Wacht am Rhein‹ und ›Deutschland, Deutschland über alles‹. Wenn Paul sie kommen sah, hatte er nur einen heißen Wunsch, mitgehen zu dürfen. Als es ihm jedoch gestattet wurde und er sich dem Zuge anschloß, erklärte Lulu, Paul könne nicht marschieren, Paul könne nicht singen, er störe nur, »bleib bei deiner Kinderfrau, Würmchen«, schloß er. Einige Kinder lachten, Paul trat aus dem Zuge, stand am Wegrande und ließ die anderen weiterziehen. Er war sehr bleich geworden, weinte jedoch nicht. Als der Zug vorüber war, wandte er sich um und ging seinem Garten zu. Er richtete sich straff auf, wiegte die Arme hin und her, es sollte aussehen, als mache er sich nichts daraus, er fühlte es aber wohl: dieses war der größte Schmerz seines Lebens. Abends im Bette weinte er, er konnte nicht schlafen, fiebernd vor Zorn und Empörung starrte er mit weit offenen Augen in die Dunkelheit hinein und dachte an das Unerhörte, das er tun wollte, um Lulu und Nandl zur Bewunderung zu zwingen.
Seit jenem Tage nahm Paul sich vor, nicht an den Krieg zu denken. Lulu sollte seinen Krieg für sich behalten. Allein der Krieg ließ ihn nicht los. Abends bei der Lampe las Tante Dina die Zeitung vor, sie las langsam und mit Ausdruck. Paul, an seine Mutter gelehnt, saß auf dem Sofa, müde vom Tage; er kniff die Augenlider zusammen und beobachtete, wie dann goldene Fäden um die Flamme der Lampe zuckten, und die langen

Kriegsberichte klangen in sein Ohr, unklar, eintönig: brennende Städte, Geschützdonner, Schützengräben und immer Gefallene, immer wieder Tote, in endloser Reihe zogen sie an ihm vorüber. Tante Dina las die Zahlen mit einer traurigen Feierlichkeit. Zuweilen fragte Paul: »Mutter, siegen wir?« Und Frau Irene antwortete: »Ja, mein Kind, wir siegen.« Und während des Zuhörens begann Paul deutlich ein Bild zu sehen, immer dasselbe: lange gelbe Schützengräben, gelb und tief wie die Kiesgrube vor dem Dorf, und Blut floß an ihren Wänden hinab, grellrotes Blut. Davor aber lagen die Toten, hell von der Sonne beschienen, so weit man sehen konnte, Tote. Paul hatte noch keinen Toten gesehen und dennoch, wie deutlich lagen sie da vor ihm, die kleinen, steifen Soldaten mit den roten Hosen, den bleichen Gesichtern und den glashellen Augen, die nicht sahen, Augen, wie sie Paul an dem Hasen in der Küche gesehen hatte, den der Vater von der Jagd heimbrachte. Dieses Bild stand beständig vor ihm und verfolgte ihn bis in seine Träume. Am Tage unten im Garten zog er sich kleine Schützengräben in den Kies, besetzte sie mit den Blüten des Löwenmauls, saß auf der Bank und warf mit kleinen Steinkugeln danach. Stunden konnte er damit hinbringen, und waren recht viel Löwenmaulblüten getroffen, dann lachte er triumphierend, und etwas wie eine grausame Lust fuhr ihm in die Glieder.
An einem Vormittage hatte Paul seine Schützengräben ganz nah der Fliederlaube gezogen. Seit dem Traum jener Nacht versuchte er es, möglichst viel um seine Mutter zu sein, es war ihm, als dürfte er sie nicht verlassen, und jetzt saß sie in der Fliederlaube und las. Durch die Zweige der Fliederbüsche konnte er ihr weißes Kleid sehen und den blonden Kopf, der sich auf das Buch herabneigte. Die Sonne schien Paul warm auf den Rücken, für eine Weile hatte er seine Sorgen vergessen und fühlte sich ruhig und zufrieden. Ernst und eifrig schoß er seine Steinkugeln ab und mordete die Löwenmaulblüten hin.
Da hörte Paul den Kies unter einem leichten Schritt knirschen, gleich darauf ließ sich Frau Irenes Stimme vernehmen: »Wirden, Sie sind's! Warum kommen Sie? Ich schrieb Ihnen doch!«
»Ja, gnädige Frau«, erwiderte Wirden, und seine Stimme klang hell und heiter. »Sie schrieben mir und verboten mir zu kommen, weil er es nicht will. Aber jetzt, meine ich, gelten andre Gesetze.«
»Nein, Wirden«, sagte Frau Irene klagend, »das ist unrecht, das ist unehrlich. Er ist draußen im Felde.«
»O, ich gehe auch hinaus«, meinte Wirden, »und da wäre es ein Unrecht gegen mich, mir zu verbieten, noch einmal hier bei Ihnen zu sein.«
»Ja, Sie gehen hinaus, ich weiß.« Frau Irenes Stimme klang matt und

mutlos. »Ich wünsche Ihnen viel Gutes, Gott behüte Sie. Ich werde oft an Sie denken.«

»Ach nein«, rief Wirden, »nicht nur das zu hören, bin ich gekommen. Ich gehe hinaus – gut, ich freue mich darauf. Es wird jetzt eine Zeit kommen, in der ich zu etwas tauge. Bisher war ich so etwas wie ein Lump, ein leichtsinniger Vogel, ein Windhund – nannte er mich nicht so? Nun ja, ich lebte ein Leben, das mir aufgedrängt worden war, in das ich hineinpaßte, wie die rechte Hand in den linken Handschuh, das kann anders werden. Aber bevor einer hinausgeht, ordnet er seine Angelegenheiten, er will mit einem leichten Herzen hinausziehen. Nun, ich habe eigentlich keine Angelegenheiten – nur eine, eine einzige. Und wenn ich die nicht erledige, dann – würde ich keine Ruhe drüben haben, auch nicht im Grabe. Und diese Angelegenheit ist, Ihnen zu sagen, daß ich Sie liebe, Sie liebe, Sie liebe – so, das tut gut.« Er seufzte tief auf.

»Mußte das sein?« sagte Frau Irene leise.

»Das mußte sein!« erwiderte Wirden. »Sie wußten es vielleicht, natürlich wußten Sie es, aber es mußte sonnenklar vor Sie hingestellt werden, sonst verflüchtet es sich, zergeht im Nebel. Sie denken vielleicht zuweilen: der gute Wirden, er mag mich wohl geliebt haben. Nein, der gute Wirden liebt Sie wie ein Unsinniger, diese Liebe ist das einzig Gute in ihm, das einzige, was er an sich achtet, das einzige in ihm, wovor er den Hut abnimmt. So steht es.«

»Ach, Wirden, Sie quälen mich«, klagte Frau Irene.

»Ich quäle Sie nicht!« rief Wirden. »Er quält Sie! Er darf Sie quälen, denn Sie sind ja sein Eigentum, sein Besitz, sein Guthaben.«

»Und meine Ruhe«, wandte Irene ein, »mußten Sie die stören?«

»Ja, die mußte ich stören«, sagte Wirden triumphierend, »denn wir leben nicht um der Ruhe willen. Wir haben kein Recht auf Ruhe. Wir haben ein Recht auf Lieben und Leiden, aber, mein Gott, diese sogenannte Ruhe ...«

Es wurde einige Augenblicke ganz still in der Laube. Draußen auf dem Rasen kauerte Paul regungslos, und auf seinem Gesicht lag ein seltsamer Ausdruck der Angst.

»Ach, mein Freund, was machen Sie aus mir?« begann Frau Irene wieder.

»Etwas Herrliches«, entgegnete Wirden, »eine liebende Frau.«

»Wie stolz war ich auf meine Unnahbarkeit«, versetzte Frau Irene, und ihre Stimme klang müde und weich, »wie stolz war ich – und jetzt: wie all die andern, nichts wie eine verliebte Katze.«

Wirden lachte leise. »Ich weiß«, sagte er, und in seine Stimme kam das atemlose Schwingen, das ein zu schnell schlagendes Herz in eine Stimme legt. »Ich weiß, ihr heiligen Frauen baut kleine, verlogene Festungen, die

sind dann die Unnahbarkeit, das Gleichgewicht, sagt man nicht so? Alles muß stimmen, Abrechnungen stimmen zuweilen, aber das Leben stimmt nicht; wo es aufhört zu stimmen, da fängt das Leben an. Es ist gut, daß die kleinen, verlogenen Festungen fallen, dann wird das Wunder frei. Und ist es nicht ein Wunder, so viel Glück von sich ausgehen zu lassen, daß ich alter Zecher berauscht bin, wie ich es noch nie in meinem Leben war. Mein Gott! An dem Glück dieser Augenblicke werde ich da draußen lange zehren, werde mich an ihnen wärmen, es wird meine Liebesgabe sein.«
»Und ich?« sagte Frau Irene.
Wirden entgegnete etwas, aber so leise, daß Paul es nicht verstand.
Er wollte auch nichts weiter hören. Sachte erhob er sich und schlich dem Hause zu. Er steckte den Finger in den Mund. Auf seinem Gesicht lag ein Ausdruck des Erstaunens und hilfloser Verwirrung. Was geschah dort? Was war das? Er begriff nicht; noch nie hatte er seine Mutter mit dieser Stimme sprechen gehört und sie, die ihm das Bekannteste und Vertrauteste im Leben war, sie schien ihm plötzlich seltsam fremd, und er fühlte sich einsam. Er ging in das Haus und in die Küche. Dort mitten im gelben Sonnenschein saß die alte Marie auf einer Bank und strickte an einem Soldatenstrumpf.
»Ich will bei dir bleiben«, sagte Paul und setzte sich zu ihr.
»Was ist mit dir, Kind?« fragte Marie und schaute ihn über die Brillengläser hinweg an.
»O, nichts«, meinte Paul.
Schweigend betrachtete er eine Weile das alte braune Gesicht; hier war alles bekannt, alles verständlich, und es tat ihm wohl.
»Marie«, begann er endlich, »warst du in deinem Leben auch einmal eine verliebte Katze?«
Die Alte ließ den Strickstrumpf in den Schoß sinken und rief: »Allmächtiger Gott, was das Kind fragt, was ist mir dir?«
»O, nichts«, erwiderte Paul und schaute wieder schweigend auf das Gesicht seiner alten Wärterin.

Nach dem Abendessen breitete Tante Dina die Zeitung auf dem Tische aus, bereit, sie vorzulesen. Frau Irene war noch damit beschäftigt, Zahlen in ihr Hausbuch einzutragen, während Paul müßig auf dem Sofa saß und Tante Dinas Schatten auf der Wand betrachtete. Dieser war merkwürdig spitz und eckig, und schaute Paul ihn längere Zeit an, dann erhielt er ein wunderlich selbständiges Leben.
Endlich warf Frau Irene die Feder fort, erhob sich und sann vor sich hin: es stimmt nicht, es stimmt nicht.

Sie ging an das Fenster: »Wie groß die Sterne heute sind«, sagte sie, »der Mond ist auch da, ich muß hinaus, die dummen Zahlen haben mir den Kopf schwer gemacht. Komm, Paul.«

So war's jetzt jeden Abend, es litt sie nicht in dem Zimmer, sie mußte unter den Sternen sein, sie mußte in der Mondnacht umherstreifen.

Sie gingen die Dorfstraße hinauf. Der Mond versilberte die Fenster der Häuser, die Dachecken warfen schwarze Schattenstücke auf den hellbeschienenen Kies. Es war so still, daß aus den Ställen das Klirren der Ketten, das Aufschlagen von Pferdehufen deutlich vernehmbar war. In der taufeuchten Tannenallee war es dunkler und kühler. Hier gingen Liebespaare langsam auf und ab. Frau Irene schaute nachdenklich und schweigend zum Monde auf, zuweilen sang sie leise vor sich hin, und dann plötzlich ergriff sie das Bedürfnis zu sprechen, schöne Worte feierlich in das Schweigen der Nacht hineinzurufen: »Ist es nicht schön, Junge, fühlst du das?«

»Ja«, sagte Paul gehorsam.

»Ist es nicht schön«, fuhr Frau Irene fort, »wir gehen hier wie Könige durch einen wunderschönen Saal, über uns hängt alles voller Gold, hier unten duftet es ganz süß, die Luft ist wie ein herrliches Getränk, und alles ist so wunderbar und geheimnisvoll. Wir aber gehören dazu, wir sind auch wunderbar und geheimnisvoll. Was wissen wir von uns, wir leben, weil wir leben müssen, und wenn auch alles furchtbar und traurig um uns ist, plötzlich kommt ein Gefühl des Glückes über uns, wir fühlen es, weil wir nicht anders können. Fühlst du das auch, Junge?«

»Ja, Mama«, sagte Paul wieder, und wirklich, er fühlte es, fühlte es im Herzen, es benahm ihm ein wenig den Atem und schnürte ihm die Kehle zusammen. Gleich darauf jedoch dachte er daran, daß die Mutter wieder die fremde Damenstimme hatte wie damals in der Laube, und es ergriff ihn jenes Gefühl der Fremdheit, das ihn seit jenem Morgen seiner Mutter gegenüber zuweilen befangen machte, und dann kamen gleich wieder die sorgenvollen Gedanken an Lulu und Nandl und deren Verachtung. Wenn sie hereinkamen, ging Paul, müde vom Gange, gleich zu Bett, und die geschmückte Ruhe der Sommernacht breitete sich sänftigend über seine Träume.

Am Tage hatte Paul jetzt eine neue Beschäftigung, er übte sich darin, Mut zu haben. Häufig verließ er den Garten, um allein die Landstraße entlang zu gehen. Er wußte wohl, es konnten ihm Wanderburschen begegnen, jene unheimlichen Gestalten, die ihn bis in seine Träume verfolgten, es galt aber, Mut zu zeigen; oft bog er auf die Wiesen ab, ging zwischen den Kühen umher, blieb stehen und begegnete fest dem gleichgültigen Blick der großen, ruhigen Kuhaugen.

Einmal wagte er es, seine Hand auf die Flanke eines der Tiere zu legen. Das Herz klopfte ihm dabei, allein er verstand jetzt, das war das Wesen des Mutes: man fürchtet sich und tut so, als ob man sich nicht fürchte. Von Kindheit an hatte ihn Angst erfaßt, wenn er in ein dunkles Zimmer kam, denn es schien ihm, als stünden stille, graue Männer in den finsteren Ecken. Dennoch hätte er um keinen Preis gewollt, daß jemand um diese Angst wüßte. Und so meinte er, erging es allen, auch den Erwachsenen, sie kannten alle die stillen, grauen Männer und taten doch so, als gäbe es keine. Hätte eine böse Kuh Nandl etwas zuleide tun wollen, er hätte sich ihr entgegengestürzt trotz seiner Furcht – ja, er wünschte, daß sich so etwas ereignen möge.

Zu Hause im Garten spielte er dann Mut haben. Eines Vormittags beschloß Paul, allein in den Wald zu gehen. Gewiß konnte er Schlangen begegnen, das sollte ihn jedoch nicht abhalten.

Vom Wege bog er geradeaus in den Wald ab, ging mitten in das Dickicht hinein, und während er so ging, fand er, daß es hier nichts zum Fürchten gab.

Sonnenflecke sprenkelten den Waldboden, Pilze machten sich auf dem Moose breit, groß und gelb, wie Eierspeisen, oder Scharen kleiner Hutpilze auf schlanken Stielen, zerbrechlich wie graues Glas.

Ein Eichelhäher flog nah an Paul vorüber, so daß er die blauen Federn an den Schwingen sehen konnte. Der frische, säuerliche Duft der großen Farren stieg ihm angenehm in die Nase. So schlenderte er gemächlich hier unter den großen Tannen. Plötzlich vernahm er in seiner Nähe hinter einem Tannendickicht einen Ton, den er sich nicht recht zu deuten wußte. Er klang wie der schrille Hilferuf eines kleinen Tieres, bald wie das Fauchen einer Katze. Paul dachte daran, umzukehren, allein es trieb ihn doch vorwärts. Er kroch durch das Tannendickicht, und vor ihm lag eine kleine Lichtung, weiß von den sachte zitternden Flocken des Wollgrases, hell beschienen von der Mittagssonne.

Und mitten in all dem Weiß und all dem Licht stand Lulu in seinem blauen Leinwandkittel, ohne Hut, die Füße nackt, und hielt mit der einen Hand Nandls Arme, während er mit der andern seine Peitsche schwang und sie erbarmungslos auf ihren Rücken und ihre Schultern niedersausen ließ.

Sein Gesicht war zornrot, und er wiederholte mit heiserer Stimme: »Wirst du das noch einmal sagen?« Nandl krümmte sich unter den Schlägen, stieß schrille Schreie aus, fauchte, stieß mit ihren dünnen Beinen gegen Lulu an, versuchte ihn mit ihren Nägeln zu kratzen. Er jedoch schlug unerbittlich auf sie ein.

Paul staunte dieses Bild einige Augenblicke wie erstarrt an, dann schoß das Blut ihm heiß zu Kopf, und er fühlte, wie sich in ihm alles schmerzhaft straffte und spannte. In wenig Sätzen war er bei den beiden, stand da, atemlos, und brachte mühsam die Worte hervor: »Ich will nicht, daß du sie schlägst.«

Lulu ließ Nandl los, schaute auf und verzog den Mund.

»Das Würmchen hier«, sagte er, »was willst denn du? Nimm dich in acht, daß du nicht auch eins kriegst!«

»Ich fürchte mich nicht«, erwiderte Paul, und krampfhaft ballte er seine Hände zu Fäusten. »Komm nur.«

Lulu lachte. »Du verkriechst dich doch ins nächste Mauseloch«, meinte er wegwerfend.

Nandl stand da, das Haar zerrauft, das Gesicht rot und tränenfeucht, ihre Augen erschienen jetzt schwarz und waren seltsam blank. Die Lippen hielt sie halb geöffnet, und sie atmete stark.

Im Ringen war ihr das Mieder aufgegangen. Lulus harte Hand hatte ihr das Hemd zerrissen, so daß es ihr über die Schulter herabglitt.

»Komm«, sagte Paul, und wollte Nandls Hand fassen, denn eine grenzenlose Bewunderung ergriff wie ein körperlicher Schmerz sein Kinderherz. »Komm, ich will nicht, daß er dich schlägt.«

Nandl jedoch entzog ihm ihre Hand, schob die Unterlippe vor und sagte mürrisch: »Was willst denn du, ist das deine Sache?«

Lulu aber lachte spöttisch. »Toll ist das Würmchen heute, hat Baldrian gefressen; gehen wir, du siehst ja, es wird gleich anfangen zu heulen, das kleine Kind.« Damit wandte er sich ab und ging dem Walde zu; er warf den Kopf in den Nacken und ging ein wenig breitbeinig.

Nandl, ohne Paul anzuschauen, bückte sich, hob vom Boden einen Kranz von Tannen und Vogelbeeren auf, der ihr während des Kampfes vom Kopf gefallen sein mochte, setzte ihn sich auf das wirre Haar und ging hinter Lulu her.

Sie senkte den Kopf. Das zerrissene Hemd hing ihr noch von der Schulter herab, und die Sonne beschien hell ihre braune Kindernacktheit.

Paul starrte den Davongehenden nach, bis sie hinter den Tannen verschwanden, dann warf er sich auf den Boden, mitten hinein in die Flocken des Wollgrases, und begann zu weinen, zu weinen, daß es seinen ganzen Körper schüttelte, und es war ihm, als müßte etwas in ihm springen.

Seit jenem Tage vermied es Paul, sich Lulu und Nandl am Gartenzaun zu zeigen.

Er versteckte sich hinter einem Strauche, er wollte nicht gesehen werden, aber sehen wollte er. Zu beobachten, wie Nandls kleine braune Füße vorsichtig über den Kies hingingen, verursachte in ihm ein Empfinden, das ihm fremd war, ein starkes Wohlgefallen, in dem dennoch etwas wie Schmerz lag. Jetzt entschlüpfte er öfters um die Mittagszeit dem Garten, lief die Dorfstraße hinauf bis zu dem Stall des Kirchbauern und spähte durch die Stalltüre. Dort sah er dann Nandl, sie stand in dem Stroh neben dem dampfenden Milchkübel, ein dunkles Figürchen in all dem Gelb, sie lachte, daß es im Stall widerhallte, und spielte mit einem braunen Kalbe.

Dieses Bild nahm Paul mit sich nach Hause, und es beschäftigte ihn den ganzen Tag über.

»Woran denkst du, Kind?« fragte ihn seine Mutter.

»An nichts«, erwiderte Paul.

»Ich glaube«, bemerkte Frau Irene zu Tante Dina, »das Land macht das Kind zu verträumt!«

Verträumt, sagte sich Paul, was wußten die Erwachsenen von den Sorgen und Schmerzen, die ihn quälten.

Eines Nachmittags stand Paul wieder hinter dem Busch und wartete auf Lulu und Nandl, als er vom Hause her gerufen wurde.

Marie stand in der Haustür.

»Paul, Kind«, sagte sie, »du sollst heraufkommen.« Sie machte ein feierliches Gesicht, kniff die Lippen zusammen und hatte gerötete Augen.

In der Wohnstube fand Paul seine Mutter und Tante Dina auf dem Sofa sitzend, Frau Irene drückte ihr Taschentuch an das Gesicht und weinte.

»Ach mein Sohn«, rief sie, als Paul eintrat und schloß ihn in die Arme, »dein guter, edler Vater hat uns verlassen, er ist gefallen, du armes Kind, du bist jetzt eine Waise.«

Vor heftigem Weinen konnte sie nicht weitersprechen, Tante Dina saß gerade da, sie faltete die Hände im Schoß, bewegte tonlos die Lippen, und große Tränen rannen die eingefallenen Wangen herab.

Auch Marie, die an der Tür stehengeblieben war, weinte, faltete die Hände und bewegte tonlos die Lippen.

Sie weinten alle, nur Paul konnte nicht weinen. Er rieb sich mit den Händen die Augen, verzog sein Gesicht, allein er fühlte es deutlich, er würde nicht weinen können; beschämt verbarg er sein Gesicht in den Schoß seiner Mutter und lag regungslos da.

»Ich weiß«, begann Frau Irene wieder mit tränenerstickter Stimme, »ich weiß, Tausende haben jetzt denselben Schmerz wie ich, und dennoch, unser eigener Schmerz erscheint uns so furchtbar einzig.«

»Gott wird uns trösten«, sagte Tante Dina.

»Amen«, sagte Marie an der Türe.

Dann wurde es ganz still im Zimmer, nur Frau Irenes leises Schluchzen war hörbar und das Summen der Fliegen an den Fensterscheiben.
Paul wurde sehr beklommen zumute, und er wünschte, er wäre draußen.
Endlich sagte Tante Dina: »Marie, ich denke, wir machen der gnädigen Frau eine Tasse Tee, das wird ihr guttun«, und so kam wieder Leben in das Zimmer.
Paul erhob sich, machte einige unschlüssige Schritte und schlüpfte dann zur Türe hinaus in den Garten.
Dort blieb er vor dem großen Blumenbeete stehen und starrte die kleinen Astern an, die jetzt zu blühen begannen. Wie seltsam hatte sich alles in wenigen Augenblicken verändert.
Er war jetzt ein Waise. »Wie ist das? Wie ist man, wenn man eine Waise ist? Ist man immer traurig, lacht man nicht mehr?«
All das war ihm noch fremd und unverständlich. Er ging und stellte sich am Gartenzaun auf, hier wollte er Lulu und Nandl erwarten.
Dort kamen sie schon die Dorfstraße herab.
Lulu hatte die Hände voller Kletten, die er Nandl in das Haar warf. Nandl wehrte sich und stieß kleine Schreie aus.
Vor dem Gartenzaun blieben sie stehen. Lulu verzog höhnisch seinen Mund. »Grüß' Gott, Würmchen«, sagte er, »in welches Loch hast du dich denn die ganze Zeit verkrochen? Was machst du heute für ein dummes Gesicht?«
»Mein Vater ist tot«, sagte Paul. Nandl warf ihm einen schnellen Blick zu und schlug dann die Augen nieder. Lulu stieß einen leisen Pfiff aus und sagte: »So, so.« Mehr wußte er nicht zu sagen, wurde befangen und begann langsam weiterzugehen. Nandl folgte ihm, Paul schaute ihnen mit einem Gefühl des Triumphes nach, und es schien ihm, daß er heute einen Sieg über Lulu davongetragen hatte, und daß Nandl ihn vielleicht bewunderte.
Den Abend verbrachte die Familie auf der Veranda. Die Luft war still und mild, Wolken bedeckten den Himmel, und es begann früh zu dunkeln.
Tante Dina seufzte viel, und Frau Irene sprach klagend in die Finsternis hinaus.
»Wir müssen ja unsern Weg bis zu Ende gehen, ich weiß es, aber wie sehr sehne ich mich schon, am Ziel zu sein.
Der Weg führt jetzt durch soviel Furchtbares und Grausames. Wie schön wäre es, in eine stille Ewigkeit einzugehen, zusammen mit den Lieben.
Das wird das Glück dieser Ewigkeit sein, daß wir einander immer verstehen werden, daß wir ineinander lesen werden wie in heiligen Büchern und daß es nicht mehr die furchtbare Qual des Zuspätverstehens geben wird.«

Paul grübelte über die Worte, die er hörte, nach, über Sterben und Ewigkeit.
Die Ewigkeit sah aus wie das kleine Bild in Tante Dinas Gebetbuch, auf Goldgrund eine Flucht kleiner weißer Engel. Seine Mutter konnte er sich als Engel denken, sich selbst auch, allein den Vater, das war schwer.
Diese Gedanken machten müde und ein wenig schwindlig, wie wir schwindlig werden, wenn wir lange in den Sternhimmel hineinsehen. Er wollte lieber an Nandl denken, und ob die ihn jetzt mehr achtete, weil er eine Waise war. Endlich erhob sich Frau Irene: »Ich muß noch die Tagesrechnung abschließen«, sagte sie.
»Ach laß das heute«, schlug Tante Dina vor. Frau Irene bestand jedoch darauf.
»Er wollte das immer. Er sagte: ›Zahlen sind die Reinlichkeit des Lebens.‹«
Den nächsten Tag fuhren Frau Irene und Tante Dina in die Stadt. Paul blieb unter der Obhut der alten Marie.
Er war erregt und mißmutig und wußte mit sich selber nichts Rechtes anzufangen. Es freute ihn zwar, durch die Dorfstraße zu gehen und sich von den Leuten ernst und mitleidig ansehen zu lassen, zu Hause im Garten jedoch langweilte er sich. Die früheren Spiele reizten ihn nicht mehr. Er erfand ein neues Spiel, das hieß Fallen. Er stand mit einem Stocke da und schoß, und plötzlich fiel er um und lag regungslos da. Er war tot, er war gefallen. Wie sollte das Spiel aber weitergehen, was geschah, wenn man gefallen war? Die Ewigkeit, gut, die Ewigkeit jedoch verstand er nicht zu spielen. So beschloß er denn, wieder seine Übungen im Zeigen von Mut aufzunehmen.
Nahe dem Garten lag ein Stück Land, das vor längerer Zeit abgeholzt worden war, jetzt wucherte dort dichtes Erlengebüsch, durch das ein Labyrinth schmaler Pfade hindurchführte.
Bisher hatte Paul den Erlenbusch vermieden, nun beschloß er, ihn bei Anbruch der Dämmerung zu besuchen. Unter den hohen Büschen dunkelte es bereits, und seltsam warm war es hier, es schien, als verweilte die Hitze des Tages länger unter den dichten Zweigen, und die Erlenblätter strömten einen herben, starken Duft aus.
Wenn Paul den Kopf zurückbog, sah er den Mond zwischen den Wipfeln der Büsche hindurchschimmern, und sein Schein hing zitternde Lichtflecken in das Gezweige. Dabei ging ein sachtes, kaum merkliches Sichregen, ein flüsterndes Leben durch das schon schwarz scheinende Laub. Während Paul die schmalen Pfade entlangging, fühlte er sich einsam und dennoch nicht allein. Es war ihm, als liefen beständig unsichtbare Füßchen auf leisen Sohlen neben ihm her. Er beschleunigte seine Schritte, er

wollte bald wieder heraus sein aus dieser Welt des Raunens und Flüsterns.
Plötzlich hörte er einen Ton, einen leisen Knall.
Er blieb stehen, sollte er umkehren? Aber er hatte sich schon daran gewöhnt, seiner Furcht nicht zu gehorchen. Er ging tapfer weiter.
Als er schroff um eine Ecke bog, stand eine kleine Gestalt vor ihm, Mondflitter im schwarzen Haar.
»Nandl«, sagte Paul, »du bist es.«
»Ach du bist es«, sagte das Mädchen ruhig.
Nandl hatte Erlenblätter gepflückt, drückte sie auf ihre Lippen und ließ sie knallen.
»Was tust du hier?« fragte Paul.
»Ich gehe spazieren«, erwiderte Nandl, »und du?«
»Ich auch«, erwiderte Paul, und es machte ihn stolz, zu tun, als sei es auch für ihn etwas Selbstverständliches, hier in der Dämmerung spazierenzugehen.
Nandl erwiderte nichts und ließ ein Blatt auf ihren Lippen knallen.
»Dann können wir zusammen gehen«, schlug Paul vor.
»Das können wir«, meinte Nandl. So gingen sie nebeneinander her, eng beieinander, zwischen den dunklen Wänden der Büsche.
Zuweilen schaute Nandl zum Monde auf, blinzelte mit den Augenlidern und bemerkte: »Er ist hell, heute.«
»Ja«, sagte Paul und schaute ernst in das runde, mondbeglänzte Kindergesicht.
»Wo ist Lulu?« fragte er dann.
»Lulu ist mit seiner Mutter in die Stadt gefahren«, antwortete Nandl.
Paul sann eine Weile vor sich hin.
»Warum schlägt er dich?« begann er wieder.
Nandl zuckte mit den Schultern. »Buben schlagen immer; ich kratze.«
»Ich könnte dich nicht schlagen«, versicherte Paul, »ein Mädel zu schlagen, das ist feige.«
Nandl antwortete nicht gleich, endlich sagte sie: »Lulu sagt, du trinkst Kaffee im Bett, du schläfst am Abend mit einem Stück Kuchen im Munde ein, und du fürchtest dich vor allem.«
»Lulu lügt«, erwiderte Paul.
»Lügen tut er schon«, bestätigte Nandl ruhig.
Jetzt wurde Paul beredt, sein Herz brannte ihm vor Entrüstung.
»Ich fürchte mich nicht. Ihr werdet sehen, was ich noch tun werde. Ich gehe dort über den Berg, dort drüben sind auch die Feinde, ich gehe, bis ich zu ihnen komme; bis ich zu den Soldaten komme, die schießen und sterben; bis ich dorthin komme, wo mein Vater gestorben ist.«

»Das ist zu weit«, warf Nandl ein.
»Das ist mir gleich«, fuhr Paul eifrig fort.
Alles schien ihm jetzt möglich, alles schien ihm erreichbar.
»Wenn ich unterwegs Soldaten begegne und ihnen sage: ›Mein Vater war tapfer und ist gefallen‹, dann nehmen sie mich mit. Und vielleicht«, fügte Paul triumphierend hinzu, »vielleicht falle auch ich.«
Nandl schaute ihn einen Augenblick an mit ihren dunklen Augen, in denen der Mondschein kleine Goldfunken erweckte, sie sagte jedoch nichts.
Der Weg wurde jetzt eng und dunkel, und in einem der Büsche begann es zu rauschen und zu flattern.
Ein Vogel mochte dort zur Nachtruhe eingefallen sein und, von den nahenden Schritten aufgestört, ausfliegen wollen.
Ängstlich drängten sich die Kinder aneinander.
»Was ist das?« fragte Nandl.
»Nichts«, erwiderte Paul und hoffte, der Augenblick sei gekommen, in dem er Nandl schützen könnte.
Nandl jedoch war gleich wieder beruhigt.
»Ein Vogel ist es«, bemerkte sie vernünftig. Paul aber erfaßte den heißen Kinderarm, der sich fest an ihn gedrückt hatte, und küßte ihn.
»Dumm«, meinte Nandl, nicht unfreundlich. Dann gingen sie weiter. Nandl legte ihren Arm auf Pauls Schulter, wie sie es bei den großen Mädchen gesehen hatte, die abends mit ihrem Schatz die Tannenallee entlanggingen.
»Sag', Nandl«, begann Paul wieder, und er war so erregt, daß er hätte weinen können, »sag', wirst du weinen, wenn ich falle?«
»Wenn eins stirbt«, erwiderte Nandl, »dann weint man schon.«
Nun waren sie bis ans Ende des Busches gekommen. Weit und mondbeschienen lag das Land vor ihnen, und die große Helligkeit schüchterte die Kinder ein, die aus der Dämmerung des Busches kamen. Sie ließen sich los und gingen still nebeneinander her.
An der Gartenpforte trennten sie sich.
»Gute Nacht«, sagte Nandl.
»Gute Nacht«, erwiderte Paul.
Marie zankte, weil Paul so lange ausgeblieben war. Er aber fühlte ein Glück, wie er es noch nie empfunden zu haben glaubte. Noch im Bett dachte er an Nandl und lächelte, und zum erstenmal schlief der sorgenvolle Knabe lächelnd ein.

Frau Irene und Tante Dina kamen aus der Stadt zurück. Sie trugen schwarze Kleider und lange schwarze Schleier an ihren Hüten. Auf den

Tischen des Wohnzimmers wurden schwarze Stoffe zugeschnitten. Auf einen kleinen Tisch hatte Frau Irene den Hut des Direktors gelegt, in der Ecke stand sein Spazierstock, und an einem Haken darüber hing der helle Sommerüberzieher. Auf der Kommode aber stand ein großes Bild des Direktors in goldenem Rahmen, davor Vasen mit frischen Blumen.

Paul schien es, als sei der Vater mehr denn je eingezogen und beherrschte ganz den Raum. Jeden Tag saß Frau Irene vor dem Bilde ihres Mannes, sie nahm Paul zu sich und sprach ihm von seinem Vater, wie gut und edel er gewesen sei, und sie ermahnte Paul, zu werden wie er, so gut und edel.

Paul liebte diese Augenblicke nicht. Erstens weinte seine Mutter, und er konnte nicht weinen, und dann, er kannte solche andächtige Stunden, stets nahm das Gespräch in ihnen eine Wendung, die wie ein Tadel für ihn, Paul, klang, und das war peinlich. Am Nachmittage machte er mit seiner Mutter lange, schweigsame Spaziergänge.

Der September brachte warmes Wetter. Das milde Gold der Herbstsonne lag friedlich über den gemähten Wiesen und dem blassen Purpur der Zeitlosen.

Aber wenn ein leichter Wind Frau Irenens lange Trauerschleier emporwehte, dann schien es Paul, als legte sich auch über die Wiesen und Wege die traurig-andächtige Stimmung, die jetzt die Villa beherrschte.

Eines Nachmittags, als sie den kleinen Weg entlanggingen, der zu dem Bahnhof führte, blieb Frau Irene plötzlich stehen, sie wurde blaß und griff nach Pauls Hand.

Er verstand es, er sollte bei ihr bleiben. Aber was gab es denn? Ihnen entgegen kam mit schnellen Schritten ein junger Offizier, Paul erkannte Herrn von Wirden.

Frau Irene ging jetzt langsam weiter. Als Wirden vor ihnen stand, verbeugte er sich. Sein Gesicht war gebräunt und ernst.

»O, Herr von Wirden«, sagte Frau Irene und reichte ihm die Hand, »sind Sie wieder hier?«

»Eines Auftrags wegen«, berichtete Wirden, »bin ich für einige Tage von der Front zurückgeschickt worden. Da ich hier einen Besuch zu machen hatte, kam ich hierher, und habe nun auch das Glück, Sie, gnädige Frau, begrüßen zu dürfen.«

»Das ist sehr liebenswürdig von Ihnen«, meinte Frau Irene kühl und höflich.

Wirden ging jetzt langsam neben ihr her. Er schaute zu Boden und schien befangen.

»Sie haben eine harte Zeit gehabt«, begann Frau Irene wieder.

»Ja, ja«, erwiderte Wirden. »Es ging zuweilen scharf her, aber schön war es auch. Man merkt da erst, was alles an Lebensmöglichkeit in einem steckt. Es ist unglaublich, was wir im Frieden, so in unsern Bureaus, für Lebensknauser sind.«

»Unser braves Heer«, bemerkte Frau Irene.

»Ja, prachtvolle Kerle«, stimmte Wirden zu; »und zu sehen, wie sie alle ihr Äußerstes daransetzen, Donnerwetter, das ist schön.«

Nun schwiegen sie einige Augenblicke.

Frau Irene schaute ruhig vor sich hin, als ginge sie mit einem gleichgültigen Besuche spazieren, der nicht leicht zu unterhalten war.

Nur Paul fühlte, wie die Hand seiner Mutter in der seinen kalt wurde und sachte zitterte.

»Und Sie, gnädige Frau«, begann Wirden endlich, »darf ich mich nach Ihrem Befinden erkundigen?«

»O, ich«, erwiderte Frau Irene, »ich bin froh, daß ich noch hier in der Stille und Einsamkeit dem Gedanken an meinen lieben Gatten leben kann.«

»O, gewiß gewiß«, meinte Wirden, »aber das Leben wird doch wiederkommen und seine Rechte fordern.«

»Wird es das?« versetzte Frau Irene, und eine leichte Gereiztheit klang aus ihren Worten. »Ich weiß nicht, ob ich ihm dieses Recht geben werde. Wenn so das Leben eines geliebten Dahingeschiedenen abgeschlossen vor uns liegt, dann fangen wir an, es ganz zu begreifen, dann leben wir es noch einmal nach, um es immer tiefer zu verstehen. Ich, glaube, das kann ein Leben ausfüllen. Und es ist ein Trost und« – sie suchte nach einem Wort, »und – eine Buße –«, fügte sie leise hinzu.

Es klang fast böse, als Wirden sagte: »Ja, die Dahingeschiedenen sind stark, sie haben immer recht.«

»Sie sind stark und haben recht«, wiederholte Frau Irene, und ein wenig Rot stieg in ihre bleichen Wangen. »Wenn wir jetzt erst einen geliebten Dahingegangenen ganz begreifen, dann wollen wir auch ganz nach seinem Gesetze leben, und ich glaube, er ist noch um uns, er fühlt es, daß wir ihn jetzt verstehen, daß wir für ihn leben, und er verzeiht uns, daß wir früher so töricht waren, es nicht zu können.«

Während Frau Irene sprach, schaute Wirden sie aufmerksam an, und es war etwas wie Erstaunen, das in seinen Augen lag, und als er zu sprechen begann, stieß er die Worte scharf und ungeduldig hervor.

»O, gewiß, Ehre unsern edlen Toten. Jetzt liegen da draußen Tausende edler, braver Männer, wir wollen ihrer gedenken und sie ehren, aber soll das Leben jetzt unter dem Gesetz der Toten stehen? Da wir leben müssen, wollen wir auch dem Gesetz des Lebens gehorchen.«

»Ach, diese törichten, unreinen Gesetze«, unterbrach ihn Frau Irene, »o nein, von denen habe ich genug.«
Wirden zuckte, kaum merklich, mit den Schultern, und als er zu sprechen fortfuhr, klang seine Stimme wieder leise und mutlos.
»Ja, dann haben wir unrecht, wir, die wir nicht gefallen sind, zu leben. Unsre gute Zeit kommt, so scheint es, erst wenn wir tot sind, dann werden wir stark, dann haben wir recht.«
Irene schien die Bitterkeit dieser Worte zu überhören. Sie blieb stehen und sagte: »Nein, Herr von Wirden, ich wünsche Ihnen viel Gutes, ein schönes, glückliches Leben. Es war sehr liebenswürdig von Ihnen, mich aufzusuchen.«
Wirden beugte sich über die Hand, die sie ihm reichte, und küßte sie. »Ich glaube«, murmelte er, »es war sehr töricht.«
Paul schaute Wirden an, er erschien ihm sehr bleich, und Paul dachte wieder, wenn erwachsene Herren weinen könnten, würde er jetzt weinen.
Wirden war gegangen. Frau Irene bog nicht zu ihrer Villa ein, sondern ging noch einen Pfad zwischen den Wiesen hin, sie liebte es, zu sehen, wie die Dämmerung das Tal in seine Schatten und Nebel einspann.
An dem noch hellen Himmel leuchtete bereits ein Stern auf.
»Sieh den Stern«, sagte Frau Irene, »wie er heruntergrüßt. Wenn ich solch einen Stern sehe, ist es mir, als schaute Vater auf uns nieder, als sei er uns nah.«
»Ist Vater noch da«, fragte Paul leise, »sind wir noch da, wenn wir tot sind?«
»Ich glaube es, mein Kind«, erwiderte Frau Irene, »ich glaube, unsre Lieben verlassen uns, die wir noch auf Erden sein müssen, nicht ganz. – Sieh doch, den schönen Enzian dort, geh, hol' ihn, wir wollen ihn vor Vaters Bild stellen.«
Paul machte einige Schritte, der Gedanke an diesen Vater, der noch bei ihnen sein sollte, ließ ihn zaudern, sich auf die nebelweiße Wiese hinauszuwagen, dann ging er aber doch und holte den Enzian.
Heiß lag die Mittagssonne auf der Dorfstraße, als Paul sie eilig hinablief.
Aus den geöffneten Fenstern strömte der Geruch der Mittagsmahlzeiten, scholl das Klappern von Tellern oder das laute Beten der Tischgenossen.
In den Ställen brüllten die Kühe, an den Gartenzäunen machten die Hühner Löcher im Sande, um sich darin zu kühlen.
Sattes Behagen brütete um diese Stunde über dem Dorf.
Paul hatte beschlossen, Nandl zu sehen. Seit dem Gang im Erlenbusch

glaubte er ein Recht auf sie zu haben, und um diese Zeit war er vor Lulu sicher. Am Stall des Kirchbauern schaute er durch die Tür.

Niemand schien darin zu sein, nur die Kühe standen vor ihren Krippen und kauten laut am Grünfutter.

Paul wagte sich in den Stall, einige Hühner stießen Alarmrufe aus, die eine oder die andre Kuh blickte mißbilligend auf. Paul sah sich um, und wirklich, dort in der Ecke auf einem Strohbündel lag Nandl und schlief. Sie lag auf dem Rücken, das Gesicht heiß vom Schlaf, das wirre Haar von Strohhalmen wie von Goldfäden durchzogen.

Die Hände hielt sie über der Brust gefaltet, die nackten Füße kreuzte sie.

Paul stand vor ihr, neigte den Kopf auf die rechte Schulter und schaute sie bedächtig an. Er bückte sich und kitzelte mit dem Zeigefinger eine von Nandls Fußsohlen.

Der Fuß wurde zurückgezogen, und über das Gesicht des schlafenden Mädchens ging ein ärgerlicher Zug.

Nandl wurde unruhig, schlug die Augen auf, sah Paul schlaftrunken an. Dann richtete sie sich ein wenig auf und sagte, nicht eben freundlich: »Du bist es?«

Paul rieb sich die Hände und lächelte liebenswürdig.

»Ja, Nandl, ich. Ich bin gekommen –«

»Warum?« fragte Nandl.

»Ich bin gekommen«, fuhr Paul fort, »wir könnten vielleicht zusammen in den Erlenbusch gehen?«

Nandl antwortete nicht gleich und schaute über Paul hinweg in den Sonnenstrahl, der durch das kleine Fenster fiel, dann zog sie die Augenbrauen hoch und meinte: »Nein, mit dir geh' ich nicht, Lulu sagt, du lügst, Lulu sagt, du wirst nicht dort hingehen, wo sie kämpfen, er sagt, es ist zu weit, und du bist zu feige!«

Paul wurde blaß, und sein kindliches Gesicht nahm einen ältlichen, vergrämten Ausdruck an.

»Ihr werdet sehen, ob ich's nicht tue«, sagte er bekümmert, wendete sich um und verließ den Stall. Langsam mit gesenktem Kopf ging er die Dorfstraße entlang, und in ihm klang es immer wieder: »Jetzt muß ich es tun, jetzt werde ich es tun, es ist furchtbar, aber ich werde es tun.« Er fühlte, wie der seltsame Entschluß sich in sein Knabengehirn festkrallte, unentrinnbar. Es war ihm, als zöge da ein fremder Wille in ihn ein, dem er gehorchen müsse. Wie das werden sollte, wußte er nicht, aber er würde es tun, und zum erstenmal empfand er, daß sein Schicksal in seine eigene Hand gelegt war.

Zu Hause war Paul still und nachdenklich. Er hielt sich jetzt gern im Wohnzimmer auf, bei den Erwachsenen, bei den Möbeln, die ihm wieder befreundet waren in diesem Leben, das jetzt ein wenig still und ernst geworden. Er saß am Tisch und zeichnete Soldaten auf ein Papier, hörte zu, was die Mutter und die Tante sprachen, und es war, als fürchte er sich, allein zu sein mit seinem Entschluß.

Zuweilen legte er den Bleistift fort, lehnte sich in den Stuhl zurück, seine Augen wurden dann groß und hell, als starrten sie auf etwas hin, das ihn erschreckte.

»Dem Knaben geht der Tod des Vaters doch sehr nah«, sagte Tante Dina zu Frau Irene. Oft blickte Paul lange das Bild seines Vaters an und dachte: »Wenn ich sterbe, wird mein Bild dann auch dort auf der Kommode stehen, wird mein Hut neben dem Hut des Vaters auf dem Tische liegen und mein Überzieher an der Wand neben dem des Vaters hängen?«

Dieser Gedanke tat ihm wohl, gab ihm ein angenehmes Gefühl des Geehrtseins. Abends mußte Marie an seinem Bette sitzen, und wenn sie dann ging und das Licht mit sich nahm, kamen in der Finsternis die Gedanken an den dunklen Weg, den er zu gehen hatte, und in seinen Träumen irrte er beständig auf langen, fremden Straßen hin.

Und dann kam der Tag, an dem er es tat. Frau Irene und Tante Dina waren in die Stadt gefahren, Marie hatte große Wäsche.

Am Morgen waren Nandl und Lulu am Garten vorübergegangen, und Lulu hatte hineingerufen: »Held Würmchen, bist du schon eingerückt?«, wozu Nandl hell lachte.

Am Nachmittage nahm Paul die Vespersemmeln, die Marie ihm zurechtzulegen pflegte, und ging. Sein Weg lag klar vor ihm. Um niemandem zu begegnen, mußte er durch den Erlenbusch, durch den Wald, dann trennte ihn noch ein Stück Wiese vom Berge. Er war ruhig und entschlossen. Es war, als steckten zwei Wesen in ihm, das eine, das handelte, das andre, das angstvoll und neugierig zuschaute.

Ein wenig nach vorn gebeugt, den großen blonden Kopf gesenkt, hastete er dahin, er lief fast, mit dem eiligen Schritt der Knaben, die auf verbotenen Wegen gehen.

Es wehte ein starker Südwest, die Erlen fuhren lebhaft durcheinander und rauschten. Auch die Tannen neigten sich hin und her, und es schien Paul, als sei die Natur um ihn her erregt, wie er selbst, als wüßten alle diese, die da rauschten und flüsterten, um sein Vorhaben. Vom Waldrande ab ging er einen schmalen Pfad über eine gemähte Wiese. Der Wind trieb große weiße Wolkenballen über den Himmel, und die Wolkenschatten liefen eilig und lautlos über die grüne Fläche. Wenn Paul an den Feldgrillen

vorüberkam, schwiegen sie still, kaum war er jedoch vorüber, begannen sie ihr Lied wieder, und es klang, als riefen sie alle: »Sieh, sieh, sieh.« Ohne Gedanken, nur von seinem Vorhaben beseelt, lief Paul weiter, bis er an den Berg gelangte, dann begann er zu steigen.
Von der großen Straße bog er in den Wald ab und ging einen kleinen Waldpfad entlang. Dort war das Rauschen tiefer und ernster, die großen Bäume neigten sich, wie die Leute in der Kirche sich im Gebete neigten. Paul eilte vorwärts, als hätte er ein Ziel. Die silbergrauen Augen schauten gerade vor sich hin, die Augenbrauen zog er ein wenig zusammen. Er sah alles, an dem er vorüberging: das Eichhörnchen, das an ihm vorüberschlüpfte, eine kleine blanke Schlange auf einem Mooshümpel, einen Specht, der eifrig an dem trockenen Schopf einer Eiche klopfte.
Nein, der Wald war nicht unfreundlich. Die Tannen breiteten ihre mächtigen Zweige wie mütterliche Arme aus, die hohen Farnwedel reichten Paul bis an die Brust und streichelten seine Hände. Zuweilen ging der Weg steil aufwärts, dann war er wieder eine Strecke eben und bequem.
Wie lange er gewandert war, wußte Paul nicht, aber plötzlich spürte er, daß er hungrig war. Er setzte sich auf einen Baumstumpf, zog seine Semmel hervor und begann zu essen. Die Semmel schmeckte gut, auch war es angenehm, ein wenig die Beine von sich zu strecken, ein wohliges Behagen überkam Paul.
In den Bäumen blitzten hier und da Sonnenlichter, die wieder erloschen, wenn die Wolken über die Sonne hinzogen. Eine Hummel flog langsam vor Paul hin und her und suchte die Blüten ab, die hier standen. Sie summte dabei gemütlich vor sich hin, und Paul mußte lächeln, denn er dachte an die alte Marie, wie sie sonntags am Fenster saß, ihr Gesangbuch in der Hand, und leise vor sich hin sang. Ja, zu Hause, da suchten sie ihn noch nicht, niemand wußte noch, daß er einsam auf fremden Wegen ging. Aber hier durften sie ihn nicht finden, er mußte weiter, und so brach er wieder auf. Als er aus der Ferne Männerstimmen hörte, ging er vom Wege ab, mitten in das Dickicht hinein, er kletterte steile Abhänge hinan, drängte sich durch dichtes Unterholz, eifrig, ohne klaren Gedanken, wie von einer unwiderstehlichen Macht vorwärtsgetrieben. Allein der Wald erschien ihm jetzt nicht mehr so befreundet. Keine Sonnenlichter huschten mehr über das Moos, alles schien düster und rauher, überall wurden ihm Hindernisse in den Weg gelegt. Die Tannen zerkratzten ihm wie mit kleinen bösen Nägeln das Gesicht, und hier unter den Bäumen begann es schon zu dunkeln. Plötzlich hörte er, wie es rings um ihn her zu flüstern begann, ein gleichmäßiges Flüstern: es war der Regen.

Paul wurde ängstlich. Er begann planlos in dem Dickicht umherzuirren. Kalte Tropfen benetzten sein Gesicht, und aus der Ferne scholl eine große furchtbare Stimme herüber. Paul kannte sie wohl: es war der Donner. Jetzt verlor er den Kopf, er weinte und lief unaufhaltsam vorwärts. »Warum kamen sie nicht«, dachte er, »warum suchten sie ihn nicht, warum fanden sie ihn nicht?« Die Dunkelheit nahm zu, Regen strömte jetzt nieder, und es schien Paul, als sei der ganze Wald jetzt feindlich. Wurzeln legten sich ihm in den Weg, und wenn er fiel, schlugen die nassen Farnwedel schadenfroh über ihm zusammen, die feuchten Zweige griffen ihm wie mit großen kalten Händen in das Gesicht und taten ihm weh. Immer lauter grollte der Donner, das Furchtbarste aber waren die Blitze, deren blaues Licht den Wald so seltsam veränderte. Als nun vollends ein starker Sturm sich erhob und zu heulen und zu ächzen begann, da war die Kraft des Knaben dahin, er verkroch sich unter die Zweige einer Tanne, umschlang seine Knie mit seinen Armen und weinte. Aber auch das Weinen hat sein Maß. Als Paul nicht mehr weinen konnte, hockte er da, in sich zusammengebogen, zitternd vor Kälte in seinen nassen Kleidern, und starrte in die Dunkelheit hinein, wartete auf die Donnerschläge, horchte hinaus auf die furchtbaren, lauten Stimmen über ihm und um ihn. Ein Zweig klagte wie ein kleines Kind. Zuweilen ging ein Pfeifen durch die Luft, ein schrilles, ungezogenes Pfeifen, als säßen hundert Lulus in den Baumkronen, und in das Heulen des Sturmes mischte es sich wie ein gelles, höhnisches Lachen. Dann kamen die Blitze; in der grellen, zitternden Helligkeit, die den Augen weh tat, sah Paul den Wald in furchtbarer Bewegung, die Bäume schienen durcheinanderzulaufen, schmerzvoll sich windend und klagend, große schwarze Arme emporstreckend. Allenthalben standen dunkle vermummte Gestalten, und auch sie waren da, die stillen grauen Männer, die zu Hause in den dunklen Ecken zu stehen pflegten, hier standen sie an den Baumstämmen herum, die Gesichter von Paul abgewandt, grau und regungslos. Paul wunderte sich nicht darüber, alles Furchtbare mußte hier versammelt sein. In all dem Getöse aber erklang ein Ton, ein eiliges Klopfen, das war Pauls Herz, das zum Zerspringen schlug. Plötzlich erdröhnte ein Donnerschlag, so gewaltig und krachend, daß Paul wie gelähmt da kauerte, und nicht weit von sich sah er eine große entlaubte Eiche in blauem Licht stehen und zittern.

Jetzt war das Übermaß an Angst in Paul erreicht, eine unendliche Müdigkeit ergriff ihn, der Kopf und die Glieder schmerzten ihn, er öffnete die Lippen, um die kühlenden Regentropfen aufzufangen, schlafen wollte er, nur schlafen; er streckte sich auf das nasse Moos aus. Da war er bei

den Schützengräben, ganz gelb lagen sie vor ihm, und da war auch Blut, lange Streifen prachtvoll rotes Blut, er sah niemanden, aber er hörte das Getöse.
Plötzlich stand Herr von Wirden neben ihm, er lachte sein lustiges Lachen und sagte: »Du hier, mein kleiner Paul!«
»Ja, ich bin hier«, erwiderte Paul.
»Du bist tapfer, kleiner Paul, stehe hier, gleich kommt der Feind –«, und dann kam er, viele kleine Soldaten, sie liefen heran und fielen um, liefen heran und fielen um.
»Ich habe nichts zum Schießen«, sagte Paul.
»Das ist nicht nötig«, antwortete Herr von Wirden, »singe nur.«
Paul begann zu singen aus Leibeskräften: »Es braust ein Ruf wie Donnerhall, wie Schwertgeklirr und Wogenprall.« Er sang, bis er fühlte, daß das Herz ihm brannte, »das ist der Mut«, dachte er, »der so brennt«, und dort im dunklen Walde, hinein in das Heulen des Sturmes und Grollen des Donners, rief die zitternde heisere Knabenstimme ihren Schlachtgesang.
Und Paul erwachte davon, daß etwas Kühles ihm auf die Stirn gelegt wurde.
Seine Mutter stand an seinem Bett.
Sie war bleich und hatte vom Weinen gerötete Augen.
Der grüne Vorhang am Fenster war niedergelassen, aber ein Sonnenstrahl stahl sich in das Zimmer, er fiel grell golden auf den runden Tisch und auf das alte Sofa mit dem schwarz und rot geblümten Überzug.
»Die sind auch wieder da«, dachte Paul, als sähe er alte Freunde.
Er verstand das alles nicht, er war jedoch zu müde, um zu denken, und schloß die Augenlider. Im Zimmer wurde leise hin und her gegangen, zuweilen geflüstert, plötzlich spürte er den Duft tauiger Wiesen, er schlug wieder die Augen auf, auf seiner Bettdecke lag ein Strauß blauen Enzians, und an seinem Bette standen Lulu und Nandl, sie schienen verlegen, schlugen die Augen nieder und falteten die Hände.
»Das haben die Kinder dir gebracht«, sagte Frau Irene.
Paul versuchte zu lächeln, versuchte etwas zu sagen, und als seine Mutter sich auf ihn niederbeugte, wiederholte er lauter: »Sag' ihnen, daß ich doch dort gewesen bin.«
Dann gingen die beiden Kinder leise wieder hinaus.
In der folgenden Nacht starb Paul. Sie begruben ihn auf dem Dorfkirchhof. Alle Dorffrauen hatten ihre Sonntagskleider angezogen.
Lulu und Nandl standen an dem Grabe und hielten kleine Kränze aus Tannen und Vogelbeeren in der Hand.

Als alles aus war, gingen die Frauen wieder langsam den Kirchenweg hinab, nur Frau Irene blieb bei dem Grabe, eine einsame, schwarze Gestalt. Lulu und Nandl gingen schweigend nebeneinander her, nur einmal bemerkte Nandl: »Das konnte er doch – sterben.«
Lulu zuckte die Achseln, als sei das keine große Sache. Über den Dächern der Dorfhäuser aber flatterten die Fahnen im Sonnenschein, denn ein neuer Sieg war gemeldet worden.

(1914)

NICKY

O mein Vaterland, heiliges Heimatland,
Wie erbleichtest du mit einemmal!

Gerhart Hauptmann

Die Baronin Nicky begab sich hinaus in die Sommerfrische. Sie stand am geöffneten Fenster des Eisenbahnwagens, einen Rosenstrauß in der Hand, und schaute zu ihrem Gatten hinüber, der vor ihr auf dem Bahnsteig stand und lächelte. Er lächelte das stetige Lächeln der Leute, die auf dem Bahnsteige stehen und zu den abfahrenden Angehörigen im Zuge hinaufschauen. Nicky lächelte auch; allein sie wünschte, es wäre schon vorüber, denn es ist peinlich, so dazustehen und sich freundlich anzusehen, wenn man sich nichts Rechtes mehr zu sagen hat.

Doch jetzt sagte der Baron etwas: »Also, wir haben vierzehn Tage Einsamkeit vor uns, können träumen. Samstag komme ich ein wenig diese Einsamkeit stören.«

Nicky verstand nicht recht, er mußte laut wiederholen: »Einsamkeit«, da nickte sie. Endlich setzte der Zug sich in Bewegung, der Baron winkte mit der Hand, Nicky winkte mit dem Rosenstrauß, bis der Zug eine Biegung machte.

Nicky setzte sich und drückte sich fest in ihre Ecke. Im Wagen befand sich nur noch eine alte Dame mit einem großen roten Gesicht, welches sie mit ihrem Taschentuche bedeckte, als sie sich zum Schlafen zurechtsetzte. Nicky schloß auch die Augen. Es war angenehm, so in das Land hineinzufahren, sie freute sich auf das schöne Bergtal, auf das hübsche kleine Bauernhaus, auf ihre Einsamkeit. Jedes Jahr freute sie sich auf die Sommerfrische, und jedes Jahr war es eine Enttäuschung. Wenn sie jedoch in der Stadtwohnung die Möbel mit den weißen Überzügen bedecken ließ, ihre Sachen fortschloß und alles für ihre Abwesenheit vorbereitete, dann erregte sie ein angenehm erwartungsvolles Gefühl, nun würde sie auf einige Zeit der Gleichförmigkeit ihres geordneten Lebens entrinnen, und ihr Schicksal hatte Gelegenheit, ihr etwas zu bringen, das nicht so farblos, so vorläufig war, wie ihr jetziges Leben ihr erschien. Vorläufig, das war es. Seit ihrer Jugend war sie das Gefühl nicht losgeworden, daß alles, was sie erlebte, noch nicht eigentliches Leben war, nicht zählte. Als sie noch ganz jung war, da hatte dieses Gefühl nichts Bitteres gehabt, sie hatte ja Zeit, das ganze Leben, geheimnisvolle Zukunft lagen vor ihr. Jetzt aber, nach einer fünfjährigen Ehe noch immer zu warten und dabei zu fühlen, daß die Zeit verrinne, das war qualvoll. Ärgerlich war es dabei, daß sie in ihrer Gesellschaft für eine sehr glückliche Frau galt, ihr Glück war fast sprichwörtlich, und ihre Ehe war das Schulbeispiel einer glücklichen Ehe.

Nicky hatte ihre Kindheit und erste Jugend mit ihrer kränklichen Mutter auf Reisen verbracht, den Winter verlebten sie im Süden, im Sommer wurden deutsche Bäder aufgesucht. Sie lebten in kleinen, billigen Pensionen; denn die Mittel waren gering, und es mußte gespart werden. Es schien Nicky, als sei ihre Kindheit und erste Jugend damit vergangen, an einem sonnigen Platz auf einer Bank zu sitzen und auf das Meer und die Berge hinauszustarren oder einer Kurmusik zuzuhören. Ihre Mutter litt an den Nerven und vertrug nicht viel Gesellschaft; fanden sich Bekannte ein, so waren es auch ältliche, kränkliche Damen, und es wurde viel von Krankheiten gesprochen. Zuweilen ging ein junger Herr an der Bank vorüber und schaute Nicky bewundernd an. Solch ein Blick war für sie dann das Ereignis des Tages. In den engen Pensionszimmern mußte Nicky an ihren Kleidern bessern, Schnüre an den unteren Saum ihrer Röcke nähen. Ab und zu kam eine ältliche Engländerin und gab ihr englischen Unterricht oder eine ältliche Deutsche, die ihr Geschichtsunterricht erteilte. Nicky fühlte wohl, all dieses war noch nicht das Leben, dazu wurde man nicht geboren. Aber sie hatte Zeit und wußte, auch ihre Stunde würde schlagen. Und ihre Stunde schlug, als der schöne und reiche Baron Oskar von Reichel in das blonde Kind mit den runden grellblauen Augen, die so seltsam forschend und wartend dreinschauen konnten, sich verliebte. Nickys Mutter starb, und Nicky heiratete den Baron Reichel. Natürlich war das ein Glück. Reichel sah nicht nur stattlich und vornehm aus mit dem gepflegten Vollbart, er war auch vornehm und gütig. Wundervoll verstand er es, seine Häuslichkeit und sein häusliches Leben harmonisch zu ordnen, und in diese harmonische Ordnung wurde auch Nicky eingereiht, sie wurde freundlich zu ihr erzogen. Reichel lächelte über Nickys kindische Ungeschicklichkeiten, über ihr unpraktisches Wesen und ihre ungeordneten Rechnungsbücher. Unermüdlich war er im Erklären und Unterweisen. Er teilte Nicky ihr Leben ein, bestimmte ihre Beschäftigungen während des Vormittags, wenn er im Ministerium arbeitete, am Nachmittage sorgte er vor allem für Gemütlichkeit, saß im Winter am Kamin mit seiner Zeitung, erzählte und scherzte, abends lasen sie zusammen ein gutes Buch. Ein gutes Buch, das war ein Ausdruck, den Reichel liebte. Auch für Vergnügungen sorgte er. Zuweilen drohte er mit dem

Finger und sagte: »Mein Kätzchen hat heute so leichtsinnige Augen, ich sehe, wir müssen in das Theater gehen.« Oder: »Ich merke es wohl, mein Kätzchen muß jetzt wieder einmal tanzen«, und dann gingen sie in Gesellschaft, und Nicky tanzte. Allein keiner der jungen Herren wagte es, ihr ein wenig den Hof zu machen; denn sie war ja die berühmte glückliche Frau. Nur mit Nickys Umgang war Reichel ein wenig streng. »Es ist Verschwendung«, meinte er, »seine Zeit mit wertlosen Leuten hinzubringen.« Seine eigene Familie war zahlreich, und jeden Sonntag fand sie sich bei seiner Mutter, der alten Exzellenz, zur Familientafel zusammen. Da war der Schwager Oberstaatsanwalt, da waren die unverheirateten Schwägerinnen, große Mädchen, die Oskars gute braune Augen und spiegelblanke Haarscheitel hatten. Das Essen war gut und sehr reichlich, die Herren sprachen über Politik, und die Damen hörten ernst zu. Nachmittags saßen die Damen um einen runden Tisch und machten Handarbeit, und die Herren blätterten in illustrierten Zeitschriften. Oskar nannte das einen hübschen Sonntagnachmittag. Gewiß war das hübsch und gemütlich; aber es schnürte Nicky das Herz zusammen, und immer wieder tauchte in ihr die Frage auf: Wird das immer so fortgehen? Ist das alles? Wieder ergriff sie das alte Jugendgefühl des Wartens, des Wartens, sie wußte nicht worauf, nur daß es sie jetzt melancholisch und reizbar machte. Sie empfand dann das Bedürfnis nach einer kleinen häuslichen Aufregung, nach einem Streit, nach einer Szene, sie widersprach ihrem Gatten, sagte etwas, von dem sie wußte, daß er es mißbilligte. Allein sie begegnete immer dem gleichen nachsichtigen Lächeln, derselben sanften Zurechtweisung. Natürlich hatte er recht, und es ist ja auch nicht schwer, recht zu haben, wenn man immer das sagt, was allgemein als vernünftig bekannt ist. Zuweilen dachte Nicky daran, daß, wenn sie ein Kind hätte, dieses ihr Leben ausfüllen würde. Es mußte ein wunderbar geheimnisvolles Gefühl sein, ein kleines, lebendes Wesen für sich zu haben, ein Wesen, für das sie sich ganz nah an den Tod heranwagen mußte. Sie sprach einmal mit ihrer Schwiegermutter darüber, die alte Exzellenz wurde sehr ernst und meinte: »Wir müssen uns in Gottes Willen fügen, und du, mein Kind, du hast ja Oskar.« Ja, sie hatte Oskar, Oskar war für sie die Sicherheit und Geborgenheit, wie es ihre schönen Wohnzimmer waren, in denen sie doch so häufig mit unruhigen Schritten auf und ab ging und hinaushorchte, ob nicht ein erregendes Glück draußen vor der Türe stände und gleich den Türknopf der Tür drücken würde, um Einlaß zu begehren.

Der Zug stieg langsam und stampfend eine Anhöhe hinan. Nicky öffnete die Augen. Das Land lag im Abendschein, apfelsinenfarbene Kornfelder, Wiesen, auf denen das Gras wie Bronze glänzte, der Tag war trübe gewesen, jetzt im Untergehen brach die Sonne durch, stand zwischen den beleuchteten Wolken wie zwischen Goldbarren. Auf den Feldwegen gingen Leute langsam von der Arbeit heimwärts, ihre Sensen funkelten wie Spiegel. Nicky steckte den Kopf zum Fenster hinaus, von den Bergen und vom See her wehte eine kühle Luft herüber. Nicky atmete sie begierig ein, das war die Luft ihrer Freiheit.

Als sie im Bergdorfe anlangte, dämmerte es bereits, vor dem kleinen Bauernhause standen die Bäuerin und die Stallmagd und reichten Nicky ihre harten, ungelenken Hände. Die weißen Zimmer des Häuschens waren voll starken Heuduftes, Nicky trat auf den Balkon hinaus, saß dort, während Paula, ihr Mädchen, ihr Zimmer ordnete. Wunderbar still war das Tal, nur zuweilen schlug die Glocke einer Kuh an, oder fern in den Bergen rief eine einsame Stimme das Echo an.

Die Nacht war schnell hereingebrochen, der Himmel hatte sich bewölkt, ein feiner Regen rieselte nieder und erfüllte die Dunkelheit mit geheimnisvollem Flüstern. Nicky saß still da und atmete diese starke und süße Luft ein; es war ihr, als überflutete eine warme Welle ihr Herz, als sei das Flüstern der Nacht voller Versprechen, und sie freute sich, daß sie lebte und daß sie jung war.

Der nächste Tag war hell und heiß. Nicky ging in den Sonnenschein hinaus. Alles im Tal war unverändert; als hätte Nicky sie gestern verlassen, so standen die kleinen Häuser am Rande der fetten Wiesen, die bekannten Bauern machten Heu, Kühe weideten am Wege und schauten Nicky ruhig an, als sei sie ihnen längst nichts Neues mehr. Vor dem Hause von Nickys Bäuerin saß die neunzigjährige Großmutter, als hätte sie seit vorigem Jahr ihren Platz nicht verlassen; die knorrigen Hände im Schoße gefaltet, starrte sie mit den trüben Augen in den Sonnenschein hinaus. Da kam auch der alte Oberst a. D. von Wehlen die Straße herunter, steifbeinig und gerade aufgerichtet, in dem bleichen, runzligen Gesichte saß ein noch schwarzer Schnurrbart. Neben ihm ging seine fünfzehnjährige Tochter Irma her, ein hübsches Kind, das so ausdrucksvoll gelangweilt mit den schlanken Beinen zu schlendern verstand. Der Oberst begrüßte Nicky: »Willkommen, Baronin, in unserm Dorf, jetzt, denke ich, sind wir alle versammelt. Was gibt es Neues in der Stadt?« Und dann begann er gleich von den ernsten Zeiten zu sprechen. »Sehr kritisch steht es, sehr kritisch, sehr dunkle Wolken am Horizont. Alle sind sie gegen uns, aber wir fürchten uns nicht«, und er richtete sich strammer auf.

»Ach nein«, erwiderte Nicky zerstreut, »ich hoffe, es beruhigt sich wieder

alles.« Damit ging sie weiter. Sie war wenig Schritte gegangen, als auch die große Berliner Dame im gelben Morgenkleide vor ihr auftauchte. Sie schoß auf Nicky zu: »Willkommen, Baronin, bringen Sie uns Neues? Welche Zeiten, nicht wahr? Ich habe heute Briefe aus Berlin erhalten«, und sie sprach leise und schnell, Nicky verstand nicht recht, es war vom Kaiser und vom Reichskanzler die Rede. »O wirklich«, meinte Nicky und verließ die aufgeregte Dame. Von weitem grüßte die Klavierlehrerin aus Hannover im kurzen Lodenrock und grünen Hut, die beständig unterwegs war zu einem Berggipfel. Auf einer Bank aber saß der kolossale Baron Potz-Haller mit seinem roten Silengesicht, neben ihm die kleine Frau, die gespannt darauf achtgab, daß die Decke, welche ihr Mann über seine Knie gebreitet hatte, nicht herabglitt. Auch hier mußte Nicky stehenbleiben, der Baron lachte ihr entgegen: »Nun, Baronin, bringen Sie Neuigkeiten? Ich sage, es geht nicht los, was auch geschieht.«
»Ich hoffe auch«, antwortete Nicky, und als sie weiterging, hörte sie den Baron zu seiner Frau sagen: »Eine hübsche Person.«
Nicky seufzte. Da waren sie alle wieder, diese bekannten Gestalten, die ihr nichts waren und nichts sagten. Dazu noch diese leidige Politik, die ihr auf das Land nachgekommen war. Schon Oskar hatte in letzter Zeit stets von der Krisis gesprochen, von den Beziehungen zu England, von dem Verhältnis zu Rußland; allein man zog doch nicht auf das Land hinaus, um davon zu hören.
Nicky setzte sich auf eine Bank am Rande einer Wiese, neben ihr sprudelte das kleine Bergwasser grün und blank über die Kiesel, vor ihr lag das Gebirge um diese Stunde ganz von Licht übergossen, hier und da stand ein Wald blank und schwarz, ein warmer, starker Duft stieg von der Wiese auf, und die heiße Luft zitterte und flimmerte, es war, als hätten die Libellen Mühe, in diesem Glanze zu fliegen, und sie hingen in der Luft wie kleine, bunte Striche. Hier wollte Nicky sitzen, ganz stille sitzen und fühlen, wie alles von ihr abfiel, was in der Stadt sie beengte und bedrückte. Das gab es doch, dazu war ja die Natur da. Aber unwillkürlich kehrten ihre Gedanken zu den Zeiten ihrer Kindheit zurück, zu den Tagen, da sie neben ihrer Mutter auf einer Bank saß und die Berge ansah. Das war nun einmal ihr Schicksal, auf einer sonnigen Bank sitzen und Berge ansehen, sonst nichts. Und sie wurde traurig und mutlos, nichts fiel von ihr ab, nichts löste sich in ihr, der Sonnenschein und der starke Duft der Wiese machten sie müde und ein wenig schläfrig. So blieb sie denn aus Trägheit dort sitzen. Endlich raffte sie sich auf und ging langsam nach Hause zu ihrem einsamen Mittagessen.
Nachmittags mußte Paula alle Fenstervorhänge schließen, Nicky legte

sich auf das Sofa, ein Buch in der Hand, sie las ein wenig, sie schlummerte oder sie hörte dem Brummen der großen Fliegen zu, die ärgerlich gegen die Vorhänge stießen. Sie erwartete von dem Tage nichts mehr.
Gegen Abend wurden die Stimmen der Dorfkinder lauter, und auf dem Wege, der an dem Hause vorüberführte, hörte Nicky jetzt den Ton zahlreicher Schritte. Es war die Stunde, in der alles aus den kleinen Villen hervorkam, Nicky kannte das, sie versprach sich nichts davon, allein mechanisch richtete auch sie sich zum Ausgehen her.
Draußen vor dem kleinen Posthause war die Gesellschaft der Sommerfrischler versammelt, ein jeder holte sich seine Post, sie standen auf dem Wege umher, lasen ihre Zeitungen und Briefe und riefen sich die Nachrichten einander zu. Die Berliner Dame redete Nicky sofort an, meinte, die Nachrichten seien sehr ernst, und sie begann wieder ganz schnell und leise vertrauliche Mitteilungen zu machen über den Kaiser und den Reichskanzler. Der alte Oberst stand hochaufgerichtet da und lächelte. »Wir fürchten uns nicht«, sagte er. Der Baron Potz-Haller aber stieß seinen Stock auf die Erde und lachte sein meckerndes Lachen: »Es kommt doch zu nichts.«
Nicky ging zu Irma von Wehlen, die nachdenklich abseits stand. Mit dem Kinde brauchte sie nicht von Politik zu sprechen, sie sprach mit Irma von Wiesenblumen. Diese antwortete wohlgezogen, plötzlich errötete sie heiß und sagte erregt: »Da kommt er.«
Eine schmale Männergestalt im weißen Flanellanzuge, den Panama tief in die Stirn gezogen, ging langsam auf das Posthaus zu. »Er trägt immer weißen Flanell«, fuhr Irma leise fort, »und gestern hatte er eine hellblaue Krawatte.«
»Wer ist das?« fragte Nicky.
Irma wunderte sich: »Wie, Sie wissen das nicht? Das ist doch Enrico Fanoni, der berühmte Klaviervirtuose. Er wohnt drüben in der kleinen Villa auf der Wiese. Er ist Brasilianer, aber seine Mutter war eine Deutsche, sagt die Berliner Dame, die ihn kennt. Er ist brustleidend und wird wahrscheinlich bald sterben. Vorigen Abend hörte ich ihn in seiner Villa spielen. Wonnig war das.«
Enrico Fanoni ging an den Damen vorüber. In seinem schmalen, gelblichen Gesichte fielen die kohlschwarzen Striche der Augenbrauen und die vollen roten Lippen auf, die Augen hielt er gesenkt.
»Ja«, flüsterte Irma, »er geht immer mit gesenkten Augen; aber wenn er sie einmal aufschlägt, ich sage Ihnen, Augen wie Ereignisse.«
Nicky lachte. »Also das sind dieses Jahr die Ereignisse unsrer Sommerfrische.« Dann verabschiedete sie sich; sie wollte noch einen Gang machen.

Sie ging in den Wald hinaus, sie ging sehr schnell; denn sie fühlte ein Bedürfnis nach starker Bewegung. Schon als Kind, wenn der Tag gar zu ereignislos vergangen war, pflegte sie fünfzigmal um einen Rasenplatz zu laufen, zu laufen bis ihr schwindelte und sie atemlos war. »Dann weiß man doch«, sagte sie, »warum man müde ist.« Unter den großen Tannen war es still und heimlich, allein Nicky fühlte sich dieser Heimlichkeit nicht zugehörig. Man spricht immer von Natur, dachte sie; aber es gibt doch nichts, das sich weniger um uns bekümmert als diese sogenannte Natur. Der Wald stand um sie her wie ein Klub, in dem sie nicht aufgenommen war. So mochte sie zwei Stunden gewandert sein, als sie wieder an ihrer Bank am Wiesenrande anlangte. Sie ließ sich dort nieder, lehnte sich behaglich zurück, streckte die Beine von sich. Nach einem langen Gange sich niederzusetzen, ist doch ein kleiner Augenblick wunschlosen Glückes. Hinter den Bergen brannte noch roter Abendschein, und violette Schatten legten sich über die Bergabhänge. Nicky saß ruhig da und genoß ihre Müdigkeit.

Da kamen von der kleinen Villa auf der Wiese Klaviertöne herüber. Das muß der Brasilianer sein, dachte Nicky und horchte auf. Er spielte Chopin, seltsam verhalten und zögernd, als suchte einer in seinem Gedächtnis nach der Erinnerung eines süßen Erlebnisses. Dann spielte er etwas anderes, Nicky wußte nicht was. Es begann mit dem Singen einer sanften Melodie, die allmählich von einer erregten Unruhe der Töne, einem Suchen und Ringen unterging, zuweilen klang es wie Schluchzen, das leise und ergeben verhallte, und plötzlich erwachte im Diskant eine kleine Tanzweise, hüpfend und hart, als drehte ein putziges Äffchen sich unermüdlich um sich selber. Und wieder kam das Suchen und Klagen der Töne und wurde leiser und müder, bis endlich die putzige kleine Tanzweise einsam und gespenstisch einen Augenblick erklang und erstarb. Die Musik hörte auf, Nicky hatte ein wenig blaß mit weit offnen Augen, einem fast erschrocknen Blick zugehört. Warum spielt er so? dachte sie, was hat er, der Arme? Und sie wartete. In der Villa jedoch blieb es still, die Dämmerung sank herab, ein Stück weißen Mondes hing am Himmel, auf den Wiesen stiegen die Nebel auf. Nicky ging langsam und sinnend nach Hause. Wundervoll muß es sein, dachte sie, solch eine große leidenschaftliche Klage in das Land hinausklingen zu lassen; aber sie, sie war ja nicht einmal unglücklich.

Jetzt gab es für Nicky in den langen, einförmigen Sommertagen eine Stunde, auf die sie warten konnte. Der Morgen, seine Gänge, die Gespräche mit dem Oberst und der Berliner Dame, all das zählte nicht. Am

Nachmittage, wenn die Vorhänge geschlossen waren und Nicky auf dem Sofa lag, dann kam eine leise Vorfreude. Endlich kam der Abend, der lange, schnelle Gang durch den Wald und das Sitzen auf der Wiesenbank, um die Musik in der Villa zu hören. Musik hatte auf Nicky immer stark gewirkt. Oft hatte ihre Mutter es ihr streng verwiesen, wenn sie in Konzerten oder Opern geweint hatte, allein diese Musik hier war etwas andres, es schien ihr, als würde ihr hier etwas Wunderbares und Geheimnisvolles mitgeteilt, etwas Schönes und Verbotenes. Dazu hatte diese Musik die Macht, alles um sie her zu verwandeln, die Berge, das Abendrot, die Wiesen, alles wurde geheimnisvoll und bedeutungsvoll, ja Nicky selbst wurde geheimnisvoll und bedeutungsvoll, und das war für sie ein neues und köstliches Gefühl.

Zuweilen begegnete ihr Fanoni am Vormittage, wenn er zur Post ging. Er grüßte sie jetzt, zog seinen Panama und schlug die Augen auf, aurikelbraune Augen, die sehr blank und ernst waren. Nicky erwiderte den Gruß mit einem zurückhaltenden Kopfnicken. Nein, sie wollte ihn nicht kennen, sie wollte seine Musik, ihn überließ sie der kleinen Irma. Und doch, wenn abends drüben in der Villa die Musik schwieg, dann blieb Nicky noch lange auf der Bank sitzen und horchte in die Dämmerung hinein, ob nicht drüben eine Tür ginge.

Und eines Abends öffnete sich wirklich die Tür der Villa, und Enrico Fanoni trat heraus. Er hatte einen blauen Radmantel um seinen weißen Flanellanzug geschlungen und ging mit langen, gleitenden Schritten auf Nicky zu. Vor ihr blieb er stehen und verbeugte sich. Er trug keinen Hut, eine Strähne seines schlichten schwarzen Haares fiel ihm in die Stirne.

»Ich bitte um Entschuldigung, Frau Baronin, wenn ich es wage, Sie zu stören und mich vorzustellen«, begann er in ganz reinem Deutsch, das nur durch einen gutturalen Klang etwas Fremdländisches erhielt. »Aber ich bemerke seit einigen Abenden, daß ich die Ehre habe, Sie, Frau Baronin, zu meinen Zuhörerinnen zählen zu dürfen.«

Nicky errötete, sie hatte noch das heiße Erröten halbgewachsener Mädchen. »Ich muß mich wohl entschuldigen«, sagte sie, »es stört Sie vielleicht, wenn immer hier jemand sitzt und Ihnen zuhört. Aber es ist mir ein so großer Genuß.«

»Sie gestatten«, meinte Fanoni und setzte sich auf die Bank. Er sann einen Augenblick vor sich hin und sagte dann langsam: »Nein, gnädige Frau, Sie stören mich nicht, Sie nicht. Es tut mir wohl, mit meiner Musik zu jemand sprechen zu dürfen, der, wie soll ich sagen, meiner Musik befreundet ist, denn das fühle ich sogleich.«

»Wie mich das freut«, versetzte Nicky. Fanoni hatte seine lange, schmale Hand, die blank von Ringen war, flach auf sein Knie gelegt, jetzt hob er sie ein wenig und ließ sie wieder mit einer müden Bewegung fallen. »Ach Gott«, meinte er, »Musik ist ja die indiskreteste aller Künste, wir sagen in ihr die letzten Dinge unsrer Seele heraus, wir können nicht anders, und jeder Vorübergehende, jeder Gleichgültige, jeder, der seinen Platz bezahlt, hört uns. Das ist nun einmal nicht anders, und mein einziger Trost ist, daß die wenigsten, die allerwenigsten diese Sprache verstehen. Wenn ich im Konzertsaale sitze, so weiß ich, daß für die meisten meiner Zuhörer die Musik nichts bedeutet. Für andre ist sie ein Mittel, sich einen angenehmen Schwindel zu schaffen, für andre wieder ist sie die Begleitung ihrer kleinen Sentimentalitäten, und so fühle ich mich denn im Konzertsaal mit meiner Musik allein, und das ist gut so. Einige wenige gibt es, die mich verstehen, und zu denen mit meiner Musik zu sprechen ist ein Glück. Es gibt aber auch Menschen, die meiner Musik feindlich sind. Vor solchen zu spielen tut weh, es ist mir dann, als müßte ich meine letzten Geheimnisse einem Feinde anvertrauen.«

»Wie interessant«, sagte Nicky. »Aber ein großer Künstler braucht doch ein Publikum.« Sie errötete wieder; denn es mißfiel ihr, was sie gesagt hatte.

Fanoni lachte: »Ja, wir Musiker sind Ungeheuer, wir reisen umher und lassen unsre Seele für Geld sehen.«

»Sie sind wohl viel umhergereist«, sagte Nicky.

»Ja, viel«, bestätigte Fanoni. »Ich habe mich von Impresarios durch ganz Europa und Amerika schleppen lassen, das macht ein wenig müde. Aber dies beständige Sehen von fremden Städten und Ländern, die uns nichts angehen, von fremdem Leben und fremden Menschen, die uns gleichgültig sind, hat das Gute, daß all das von uns abrückt, unwirklich wird wie die Bilder einer Laterna magica, und wir bleiben dann einsam mit unsrer eignen Wirklichkeit, und das ist gut.« Fanoni fröstelte ein wenig und hüllte sich fester in seinen Mantel.

»Sie sind sehr einsam«, fragte Nicky und erschrak dann selbst über ihre Frage. Fanoni jedoch wunderte sich nicht darüber. »Ja«, sagte er, »das bin ich immer, und hier gibt es Tage, an denen ich höchstens einige Worte mit meinem Diener wechsle. Das ist erholend.«

»Sie haben gewiß Heimweh nach Ihrer schönen Heimat«, meinte Nicky.

»Ach nein«, erwiderte Fanoni, »dort ist zu viel Licht, zu viel Farbe, dort ist es heiß«, dabei kniff er die Augenlider zusammen, als täte der Gedanke an diese Helligkeit und diese Farben seinen Augen weh, »hier gibt es Kühlung und sanfte Farben.«

»Ihre Mutter war eine Deutsche, nicht wahr«, sagte Nicky, »deshalb tut das deutsche Land Ihnen vielleicht gut.«
»Meine Mutter war eine Deutsche«, wiederholte Fanoni nachdenklich, »sie sprach mit mir deutsch, sang mir deutsche Lieder vor und erzählte mir deutsche Märchen. Das Land dort war für sie auch zu grell, zu gewaltsam, es machte sie krank, es hat sie getötet.«
Beide schwiegen eine Weile und schauten zu, wie der Nebel in weißen Wolken den Bergabhang hinabzog. Plötzlich begann Fanoni zu husten, krampfhaft wurde sein ganzer Körper geschüttelt, rote Flecken zeigten sich auf seinen Wangen, und seine Augen füllten sich mit Tränen. »Sie müssen in das Haus gehen«, rief Nicky erschrocken, »hier ist es feucht, das tut Ihnen nicht gut.« Fanoni rang nach Atem. »Oh, es ist nichts«, sagte er mühsam, »es kommt zuweilen so.« Er versuchte zu lächeln und schaute Nicky mit einem seltsam hilflosen Blicke an. Aber Nicky wurde besorgt und mütterlich: »Nein, nein, Sie müssen in das Haus gehen, Sie müssen einen warmen Tee trinken, das müssen Sie mir versprechen, diese Abendnebel sind nichts für Sie.« – »Nun, dann will ich also gehen«, sagte Fanoni und erhob sich, »ich danke Ihnen, Frau Baronin, für Ihre Besorgnis und für diese Stunde, ich habe mehr gesprochen als sonst in einem Monat; aber das kommt so zuweilen über uns wie über die Sträflinge im Zuchthause, die nicht sprechen dürfen. Gute Nacht.« Er verbeugte sich und ging wieder mit den langen, gleitenden Schritten seiner Villa zu.
Als Nicky zu Hause schweigend bei ihrer Abendmahlzeit saß, dachte sie noch an Fanoni: welch ein seltsamer Mensch, wie langsam und sorgsam er sprach, als läse er aus einem Buche vor, und wie hochmütig alles klang, was er sagte, vielleicht war es lächerlich, daß ein Herr bei der ersten Bekanntschaft so ohne weiteres von seiner Seele sprach wie andre Herren von ihrem Klub. Und doch war in Fanoni etwas, das Nicky ergriff, sie hätte vor Mitleid weinen mögen, wenn sie an den hilflosen Blick dachte, den er auf sie geworfen hatte, als der Hustenanfall ihn schüttelte. Als Nicky ihre Blicke zerstreut auf Paula ruhen ließ, die still ab und zu ging, bemerkte sie, daß Paula geweint hatte. »Warum haben Sie geweint?« fragte Nicky. »Es ist nichts«, antwortete Paula; »der Franz wollte sonntags herauskommen, nun schreibt er, daß er nicht kommt, weil es doch Krieg geben wird.« Nicky zog die Augenbrauen empor und sagte ungeduldig: »Warum soll es denn Krieg geben?« – »Sie sagen so«, meinte Paula. »Das sagen sie immer«, versetzte Nicky; »jeden Sonntag fragt die Exzellenz den Baron Oskar: ›Gibt es Krieg?‹, und der Baron zuckt dann die Achseln und sagt: ›Man kann nicht wissen.‹«

»Ja, ich weiß es ja nicht«, erwiderte Paula mürrisch. Nicky kehrte wieder zu ihren Gedanken zurück. Wie hatte Fanoni gesagt? Das gleichgültige Leben und die gleichgültigen Menschen rücken von mir ab, sie werden wie Bilder einer Laterna magica. Das war hübsch, und Nicky war stolz darauf, daß sie diesen Gedanken so gut nachfühlen konnte. Die Menschen hier, der Oberst mit seinen kritischen Zeiten, die Berliner Dame, der Baron Potz-Haller, die waren solche vorübergehende Bilder. Dann dachte Nicky daran, ob Oskar Fanoni einen wertvollen Menschen nennen würde. Nein, er würde ihn nicht verstehen, und die Schwiegermutter und die Schwägerinnen auch nicht. Sie, Nicky, verstand ihn, und ein angenehmes Hochmutsgefühl erwärmte ihr Herz. All dies jedoch erregte sie so sehr, daß sie diese Nacht wenig schlief.

Während des nächsten Tages bemühte sich Nicky, wenig an Fanoni zu denken, sie fand es beschämend, daß eine Begegnung so stark auf sie wirken sollte; dennoch war der ganze Tag nur eine Vorbereitung auf den Abend. Als Nicky aber endlich auf der Wiesenbank saß, wurde sie enttäuscht, in der Villa ließ sich für kurze Zeit die Musik vernehmen, eine seltsam zerrissene, unklare Musik, dann wurde es still, und Fanoni kam nicht. Es ist vielleicht sein feiner Takt, dachte sie, oder er ist krank, und sie begann sich um ihn zu sorgen, sie konnte es jedoch nicht verhindern, daß diese Enttäuschung sie tief verstimmte.

Als sie in ihrem Bette lag und mit weit offnen Augen in die Finsternis starrte, wurde sie ganz mutlos. Also auch das war nichts gewesen, eine flüchtige Unterhaltung mit einem fremden Herrn, sonst nichts.

Der Morgen war schwül, Nicky vermied die Gesellschaft vor dem Posthause und flüchtete in den Wald. Sie ging die kleinen Waldwege entlang; wie grüne, heiße Wände, die stark duften, standen die Tannen um sie her, die Gewitterluft machte die Glieder träge. Als Nicky um eine Ecke bog, stand sie vor einer kleinen, runden Waldwiese, und mitten auf der Waldwiese lag Fanoni lang hingestreckt auf seinem blauen Mantel. Nicky errötete, und sie wunderte sich selbst darüber, daß diese Begegnung sie so stark erfreute. Fanoni hatte wohl Schritte gehört, er richtete sich auf, lächelte und sagte: »Eine weiße Erscheinung am Waldrande.« Dann sprang er auf und ging Nicky entgegen. Sie sah es seinem Gesichte an, daß auch er sich freute. »Natürlich mußten Sie kommen«, sagte er.

»Ich mußte kommen?« fragte Nicky erstaunt.

»Ja«, fuhr Fanoni fort, »ich habe so stark an Sie gedacht, ich habe Sie so deutlich gesehen, daß ich wußte, Sie würden kommen. Haben Sie das nicht gespürt?«

»Ich habe nichts gespürt«, versetzte Nicky abweisend; sie fand, er nahm doch zu selbstverständlich von ihr Besitz.
»Und doch sind Sie gezogen worden«, behauptete Fanoni.
»Ich will gar nicht gezogen werden«, meinte Nicky ein wenig gereizt.
»Wir werden alle gezogen«, sagte Fanoni heiter, »und jetzt müssen Sie sich hersetzen«, und er breitete seinen Mantel vor ihr aus. Nicky zögerte. War es doch nicht vielleicht unschicklich, hier in der Einsamkeit bei dem fremden Herrn zu sitzen? Fanoni aber schaute sie so erwartungsvoll an, daß sie etwas befangen sich setzte. »So, so«, murmelte Fanoni und streckte sich wieder auf den Rasen hin. Er stützte den Kopf mit der Hand und schaute Nicky ruhig an, dabei trug sein Gesicht heute einen jugendlichen, fast knabenhaften Ausdruck. »Nicht wahr, hier ist es gut«, begann er, »ich komme hierher, um mich zu wärmen. Die Wärme hier auf diesem Fleck ist mild und durchdringend, sie geht ins Blut wie alter Wein.« Nicky wollte etwas sagen, Fanoni jedoch legte seinen Finger auf die Lippen und sagte: »Still, hören Sie?« Beide schwiegen und lauschten dem Klingen und Summen der Mittagsstunde. »Nicht wahr, schön?« bemerkte Fanoni endlich; »das Singen der Stille, wunderbar ist es, wie alle diese kleinen Tiere in der Luft ein jedes seine eigne Saite anklingen läßt, und das gibt dann zusammen eine herrlich beruhigende Musik. Solche Musik können wir nicht machen, wir sind zu zerfahren. Und dann habe ich auch all die kleinen grauen Motten und blauen und braunen Schmetterlinge gern, sie sind so rücksichtsvoll lautlos, sie setzen sich ganz still auf einen Halm und zeigen ihre Flügel. Ja, schön, schön«, wiederholte er, legte seinen Kopf in das Gras zurück und schaute zum Himmel auf.
»Ich fürchtete schon, Sie seien nicht wohl«, sagte Nicky, »und der feuchte Abend damals hätte Ihnen geschadet.« – »Ich kam gestern nicht zu Ihnen, weil es Stimmungen gibt, in denen man sich ebensowenig zeigen darf wie in schlechten Kleidern. Haben Sie das nicht meiner Musik angehört?« – »Ja, ich glaube«, antwortete Nicky zögernd, »ich habe diese Musik nicht ganz verstanden, ich wollte Sie noch fragen.«
Fanoni verzog sein Gesicht, als schmerzte es ihn. »Nein, bitte, fragen Sie nicht«, sagte er. »Über Musik soll man nicht sprechen. Die Sprache und die Musik sind Feindinnen. Die Sprache ist dazu da, damit die Leute einander mißverstehen. Was wir aussprechen, wird grau und kalt.«
Nicky senkte den Kopf. Diese Zurechtweisung verletzte sie. Fanoni jedoch schien das nicht zu bemerken. »Übrigens«, fuhr er fort, »gleich am ersten Tage, als ich Sie mit den Herren und Damen vor dem Posthause sprechen sah, wußte ich, Sie gehören nicht zu jenen, Sie haben keine Verbindung mit ihnen, Sie stehen ihnen ganz fern, ganz abseits, Sie sind auch einsam.«

»Ja, vielleicht bin ich einsam«, erwiderte Nicky und errötete. Es schmeichelte ihr, daß sie einsam sein sollte. Ehrlich jedoch fügte sie hinzu: »Immerhin habe ich einen guten Mann und liebe Verwandte.«

»Wer hat nicht liebe Verwandte«, unterbrach Fanoni sie ungeduldig. »Sprechen wir nicht von denen. Für mich sind Sie die weiße Erscheinung am Waldrande, etwas Wohltuendes, von dem ich nicht weiß, von wo es kommt. Sie sind etwas geheimnisvoll Geschenktes, wie eine Melodie, die uns einfällt.«

Erschrocken blickte Nicky auf, so hatte noch niemand zu ihr gesprochen. Dann lachte sie. »Ach, Herr Fanoni, wer von uns fällt so vom Himmel, wie – wie –«

»Wie ein Stern«, ergänzte Fanoni. »Doch, das gibt es. Das wäre traurig, wenn es das nicht gäbe. Wollen Sie ein Märchen hören, das ich mir oft von meiner Mutter erzählen ließ?« Und, ohne die Antwort abzuwarten, begann er, immer noch zum Himmel emporsehend und langsam zum Himmel hinaufsprechend:

»Es handelt sich, wie in vielen Märchen, auch hier um einen Prinzen, der manches Abenteuer erlebt. Natürlich erleidet er auch Schiffbruch und rettet sich an die Ufer der Insel der Puppen. Es erweist sich, daß diese Insel eine sehr schöne und angenehme Insel ist. Sie wird von großen Puppen bewohnt, und diese Puppen gehen und stehen, sitzen und liegen, wie es die Menschen tun. Sie sprechen, lachen und singen, sie streiten miteinander und lieben sich untereinander. Zuweilen werden kleine Puppen geboren, und zuweilen stirbt eine Puppe; dann weinen die andern Puppen ihr Puppentränen nach. Die Insel hat ihre Gesetze und ihre gesellschaftlichen Einrichtungen, sie hat ihre Städte und Dörfer – kurz, sie ist ein wohleingerichteter Staat. Der Prinz wurde hier freundlich aufgenommen, man lud ihn in die Gesellschaften, ja, er wurde ein wenig verwöhnt, Puppenmädchen verliebten sich in ihn. Das alles gefiel dem Prinzen sehr gut, ein schöneres Leben, meinte er, könne es nicht geben, und er beschloß, ganz bei den Puppen zu bleiben. Eine Weile ging es auch gut, allein mit der Zeit ergriff ihn eine seltsame Traurigkeit. Die Puppen um ihn her verloren für ihn an Leben und an Interesse. Was sie sagten und trieben, erschien ihm plötzlich fremd, unverständlich und kindisch. Was gingen ihn diese Puppen an? dachte er oft. Eines aber wurde ihm immer mehr zur Qual: Wenn die Puppen sprachen, lachten und sangen, dann klang das wie menschliches Sprechen, Lachen und Singen, nur daß ein ganz leises metallisches Knarren sich hineinmischte. Dieses rührte von dem Uhrwerk her, das die Puppen als Seele im Leibe trugen. Anfangs hatte der Prinz diesen Ton überhört, je länger er aber auf der Insel wohnte, um so

deutlicher vernahm er ihn, aus jedem Worte hörte er endlich nur noch das metallische Knarren heraus. Das wurde ihm schließlich zu einer furchtbaren Pein, er wollte keinen Puppenton mehr hören und floh in den Wald, um ganz allein zu sein. Dort lebte er einige Zeit, und die Einsamkeit tat ihm wohl, er genoß es unendlich, keinen Puppenlaut mehr zu hören. Als er eines Tages auf einer Wiese lag und träumte, da hörte er in seiner Nähe Gesang. Eine weibliche Stimme sang ein einfaches Lied. Erschrocken fuhr der Prinz auf und lauschte. Jetzt, sagte er sich, jetzt wird gleich das metallische Knarren kommen! Allein es kam nicht. Frei und lebendig rief die Stimme ihre Töne in den Wald hinein. Der Prinz folgte dem Tone, und bald sah er ein schönes Mädchen auf einem Steine sitzen, es faltete die Hände im Schoß und sang. Behutsam schlich der Prinz heran, und als das Mädchen schwieg, trat er vor und sagte: ›Mädchen, wie singst du!‹ Das Mädchen erschrak und erwiderte: ›Verzeiht, Herr, ich wußte nicht, daß Ihr in der Nähe seid.‹ Der Prinz aber wiederholte leidenschaftlich: ›Das ist nicht die Stimme einer Puppe.‹ Traurig schüttelte das Mädchen den Kopf: ›Nein‹, sagte sie, ›ich bin keine Puppe, ich weiß nicht, wie ich als Kind hierhergekommen bin; eine gute Puppe nahm sich meiner an. So lebe ich denn hier. Oh, sie sind alle freundlich und gütig zu mir; doch zuweilen ergreift mich eine solche Angst vor ihnen, daß ich mich hier im Walde verstecken muß, um mit mir allein zu sein.‹ Entzückt lauschte der Prinz der lebendigen Stimme, und als das Mädchen schwieg, bat er: ›Sprich weiter.‹ Und das Mädchen lächelte und sagte: ›Du bist auch keine Puppe, ich höre es an deiner Stimme.‹ – ›Nein‹, erwiderte der Prinz, ›ich bin vor ihnen geflohen, ich konnte das Geknarr ihrer Stimmen nicht hören, ich wollte allein sein.‹ – So blieben sie zusammen und führten ein seliges Leben. Zuweilen stiegen sie zu den Puppen hinab und sahen sich lächelnd das putzige Treiben an. Wenn sie aber wieder in ihrer Einsamkeit waren, dann freuten sie sich, daß sie mit jener Welt nichts mehr zu tun hatten.«
Fanoni schwieg. Nicky schaute nachdenklich über die Wiese hin, sie wußte nicht recht, was sie sagen sollte. Es schien ihr, als müßte sie etwas Abwehrendes sagen, er kam ihr mit seinem Märchen so nah, allein es fiel ihr nichts Rechtes ein. Daher wurde sie befangen. Sie stand auf und sagte: »Ich glaube, es ist schon spät.« Auch Fanoni war aufgesprungen, er lächelte, als erriet er, was in ihr vorging. »Ja, es ist spät«, meinte er, »und Sie wollen nach Hause. Ich danke Ihnen, daß Sie mir so geduldig zugehört haben. Auf Wiedersehen!« Dann trennten sie sich.

Am Nachmittage ging ein schweres Gewitter über das Tal hin. Nicky saß in ihrem dämmerigen Zimmer, lauschte dem Grollen des Donners und sah den Blitzen zu, wie sie immer wieder das Zimmer mit zitterndem bläulichem Licht erfüllten. Ihr war seltsam traumhaft und feierlich zumute. Wo war die dumme, kleine Nicky hin, die Oskar und die Schwägerinnen nachsichtig belächelten, Nicky, die sich immer langweilte und nichts verstand! Jetzt war etwas Geheimnisvolles und Kostbares in ihr, das ein großer Künstler bewunderte. Diese neue Nicky beglückte sie und verwirrte sie doch zu gleicher Zeit, sie war unsicher, wie die neue Nicky sich benehmen sollte. So still im dämmerigen Zimmer zu sitzen, der tiefen Stimme des Donners zuzuhören und sich von den eiligen Lichtern der Blitze übergießen zu lassen, das war gewiß richtig, das paßte zu dem Ausnahmewesen, das sie jetzt war.

Der Abend wurde wieder klar. Die Luft war bewegt und kühl und ganz voll von den aufgewirbelten Düften der Wälder und Wiesen. Nicky ging zur Wiesenbank, über die nassen Wege, die im Abendschein ganz golden wurden. Auf die nasse Bank breitete sie sorgsam ihren Plaid aus, damit Fanoni sich nicht erkälte, wenn er käme. Dann wartete sie. In der Villa wurde gespielt, leise und sehnsüchtig. Plötzlich brach die Musik ab, und Fanoni erschien unten. Er hüllte sich fest in seinen Mantel und hatte den Hut tief in die Stirn gezogen. Er sah bleich und müde aus. »Ich hätte nicht kommen sollen«, sagte er, »ein Gewitter quält meine Nerven immer, und dann bin ich nicht unterhaltend und zu wenig zu brauchen. Aber die Sehnsucht war zu groß, hier still neben Ihnen zu sitzen; ich dachte, das würde mir wohltun. Darf ich das?«

»O gewiß«, erwiderte Nicky, »setzen Sie sich nur.« Und sie fragte ihn teilnehmend, ob er leide. Er winkte nur müde mit der Hand ab, und da er schwieg, begann sie eine Unterhaltung, das erste beste, das ihr in den Sinn kam: »Man hört jetzt so viel von Politik, die Zeiten sollen ernst sein, man sagt, es wird Krieg geben. Wie denken Sie darüber?«

Fanoni zog seine Augenbrauen in die Höhe. »Ich? Oh, ich denke gar nichts darüber. Möglich, daß sie Krieg führen. Sie führen immer Krieg, bald, weil der eine mehr verkauft als der andre, oder weil der eine mehr Schiffe hat als der andre, was weiß ich. Ich bin in diesen Dingen ganz ferngerückt, meinetwegen können sie tun, was ihnen beliebt.«

»Aber ein Krieg ist doch etwas Schreckliches«, warf Nicky ein.

»Das Leben ist immer schrecklich«, erwiderte Fanoni, »wenn wir uns zu nahe mit ihm einlassen.«

»Und das Vaterland ...«, versetzte Nicky unsicher.

Fanoni zuckte die Achseln. »Ich habe kein Vaterland. Mein Herz ist auch zu eng, um ganze Länder zu lieben. Ich liebe die Wiese, auf der wir heute waren, ich liebe diese Bank hier. Mein Herz ist auch zu eng, um Millionen zu lieben. Ich liebe immer nur einen Menschen, und dazu brauchen wir schon unsre ganze Kraft. Überhaupt Patriotismus – ich glaube, auf der Puppeninsel war man sehr patriotisch.«

Nicky wurde ernst. »Ich habe über Ihr Märchen nachgedacht«, sagte sie. »Ich weiß nicht, ob es mir gefällt. Es klingt so hochmütig.«

»Hochmütig, ja, das sind wir.«

»Wir?«

»Ja, Sie auch«, fuhr er fort, »Sie müssen es sein. Aber ich sehe, was ich heute auch sage, es ärgert Sie. Es ist wohl besser, ich gehe. Nur eine Bitte habe ich noch.«

»Oh, sagen Sie«, versetzte Nicky freundlich.

»Mein größter Wunsch ist«, sagte Fanoni, »an einem hellen Tage mit Ihnen über Land zu gehn. Berge kann ich nicht steigen; aber wir würden durch fremde Täler gehn, und durch Wälder, und würden in fremden kleinen Wirtshäusern essen, alles wäre fremd um uns, nur wir wären einander bekannt, und wir wären ganz weit von den andern.«

Nicky zögerte mit der Antwort, da machte er ein enttäuschtes Gesicht. »Ich sehe schon, es geht nicht. Sie fürchten, die Puppen hier würden das nicht schicklich finden.«

»Oh, das ist es nicht«, rief Nicky, »um die kümmre ich mich nicht. Gewiß gehen wir, das kann sehr hübsch werden.« Und als sie das sagte, hatte sie ein schlechtes Gewissen. Fanoni aber lächelte ein glückliches Knabenlächeln. »Dann ist es gut«, rief er, »das wird mein Trost in der schlaflosen Nacht sein.« Er grüßte und lief seiner Villa zu.

Der Tag war warm. Nicky und Enrico Fanoni wanderten eine Strecke die Landstraße entlang. Die Sonne brannte unerbittlich hernieder, so daß beide schweigsam und ein wenig mühsam nebeneinander hergingen. Erst im Walde lebte Fanoni auf, hier war es kühl und still. Sonnenstrahlen schlüpften durch die Tannenzweige und warfen goldne Flecken auf das Moos. Fanoni nahm seinen Hut ab und lächelte, ein Ausdruck knabenhafter Ausgelassenheit verjüngte sein Gesicht. »Gut ist's hier«, sagte er, »vornehm, durchaus gute Gesellschaft; es gibt doch nichts Rücksichtsvolleres als einen Baum!« Und er strich mit der Hand über den Stamm einer alten Tanne. »Kühl und gütig, das ist es.« – »Ja, es ist schön«, meinte Nicky. »Aber so wirklich vertraut bin ich nie mit dem Walde geworden, für mich war der Wald immer nur der Ort für eine Promenade.«

»Das ist nicht recht«, versetzte Fanoni, »mit dem Walde muß man gut stehn.«

Während sie auf dem engen Waldpfad nah beieinander weitergingen, war Fanoni aufmerksam auf alles, was ihnen begegnete. Er beugte sich über

eine Blume, um ihr in den Kelch zu sehen, er schaute zu den Wipfeln einer Tanne auf, um eine Eichkatze zu betrachten, er lachte laut über einen großen roten Pilz, der sich im Moose breitmachte: »Die Pilze«, sagte er, »sind die Witze des Waldes, ich kann immer über sie lachen! Wie dieser sich da bläht und mit seiner häßlichen roten Farbe protzt, köstlich!«
»Aber die Wälder in Ihrer Heimat«, fragte Nicky, »sind die nicht noch anders schön?«
Fanoni verzog das Gesicht. »Nein, die sind keine gute Gesellschaft; alles zu groß, zu üppig, zu eng beieinander, eines steigt dem andern auf den Kopf, dazu duftet alles so aufdringlich; und diese Vögel, bunt wie schlecht angezogne Mädchen in einer Provinzstadt – nein, dieses hier ist mir lieber. Aber da sind ja die guten kleinen gelben Schwämme«, rief er, »die müssen wir haben.« Und er zog ein Tuch aus der Tasche und begann eifrig, die Schwämme zu pflücken und in das Tuch zu legen. Nicky schaute ihm eine Weile lächelnd zu, und dann sammelte auch sie die Schwämme.
»So«, meinte Fanoni endlich und richtete sich auf, rot im Gesicht und ein wenig außer Atem. »Jetzt dürften wir uns erholen. Hier sind gerade die schönen Baumstöcke, setzen wir uns.«
Sie setzten sich, und Fanoni versank in tiefe Gedanken. Nicky aber ging es durch den Sinn: Wie unwahrscheinlich ist das alles, wie weit fort bin ich von meinem gewohnten Leben! Es würde mich nicht wundern, wenn ich jetzt plötzlich aufwachen würde in meinem Schlafzimmer drüben in der Stadt. »Ja, so wird es am besten sein«, begann Fanoni plötzlich, »wir lassen uns die Pilze gleich im nächsten Gasthause zubereiten. Ich will die Sache schon überwachen, frisch schmecken sie am besten.«
»Haben Sie darüber die ganze Zeit nachgedacht?« fragte Nicky verwundert.
»Gewiß«, erwiderte Fanoni. »Ich denke gern über Speisen nach. Natürlich gibt es gleichgültige Speisen; aber eigentlich muß jede Speise ihre Stimmung haben. Unsre Zunge ist sehr empfänglich für Stimmungen. So denke ich lange schon über die Herstellung einer Speise nach: sie muß eine Art Creme sein, muß weiß sein und muß schmecken wie der Duft blühender Bohnenfelder. Aber wenn es Ihnen recht ist, gehen wir weiter.«
Der Wald hörte plötzlich auf. Ein schmales Tal lag da, voller Sonnenschein. An einem grünen Bergbach standen kleine Häuser, deren Dächer wie Silber schimmerten. Die Dorfstraße war still, einige Hunde trieben sich dort herum, müde von der Hitze. Frauen standen vor den Haustüren und schauten feiernd die Straße hinab. Irgendwo erklang der Ton einer Fiedel, eifrig und schnurrend wiederholte sie dieselben Walzertakte. »Das

sieht nach Sonntag aus«, sagte Fanoni. »Ja, Sonntag«, bestätigte Nicky. »Den Sonntag«, fuhr Fanoni fort, »lese ich den Leuten vom Gesichte ab. Am Vormittage sehen sie aus, als erwartete sie etwas Schönes, und am Abend sehen sie aus, als seien sie enttäuscht worden.«
Nicky seufzte. »Ach ja, die Sonntagabende waren traurig. An Sonntagabenden hatte ich immer das Gefühl, als hätte ich etwas versäumt.«
Fanoni zuckte die Achseln. »Auch solch eine unnütze Traurigkeit, die in das Leben gebracht ist. Ich erinnere mich eines Sonntagnachmittags in Wien. Ich schaute zu meinem Fenster hinaus. Die Straße war leer, nur an der Ecke stand ein kleines Dienstmädchen, sehr geputzt, den Hut voller Rosen. Es stand und sah die Straße hinunter, ging dann einige Schritte auf und ab und stand wieder, es wartete auf ›ihn‹. Ich beobachtete das Mädchen und begann auch auf ›ihn‹ zu warten, ich wurde wütend, weil er nicht kam. Endlich verließ ich das Fenster und ging meinen Beschäftigungen nach. Als ich nach längerer Zeit wieder hinausschaute, war das kleine Dienstmädchen noch immer da. Noch immer ging es einige Schritte auf und ab und blieb dann an der Ecke stehn, um die Straße hinabzuschauen, nur daß die Schritte langsamer und müder schienen. Ich haßte den Menschen, der das arme Mädchen im Stich gelassen hatte, ich hätte ihn erwürgen mögen. Endlich begann das Mädchen zögernd die Straße hinabzugehn, zuweilen schaute es noch zurück und verschwand dann. Jetzt schleicht das arme Ding in seine kleine Dienstbotenkammer, dachte ich mir, und legt die Sonntagskleider ab und weint in der Dämmerung. Das ist für mich tragischer als der Tod der Maria Stuart.«
»Und Sie behaupten, Sie seien nicht mitleidig?« sagte Nicky.
»Ich bin nicht mitleidig«, meinte Fanoni. »Mitleid bringt uns die Menschen zu nah. Aber es läuft so viel Traurigkeit in der Welt umher, daß sie uns unversehens überrennt.«
Am Ende der Dorfstraße lag das Wirtshaus. Im Garten saßen die Männer und tranken, in einer offnen Halle wurde getanzt. »Sie tun hier, was sie können; aber was hilft es, heute abend werden sie doch enttäuscht sein.«
An der Rückseite des Hauses war es ruhig, eine Bohnenlaube stand da, und hier beschloß Fanoni sich niederzulassen. Eine dicke Kellnerin, ganz heiß vom Tanze, mit feuchten Stirnlöckchen, kam herbeigelaufen, um die Herrschaften zu bedienen. Fanoni bestellte das Essen, erklärte die Zubereitung der Pilze und ging dann selbst in die Küche, um mit der Wirtin zu sprechen.
Nicky war müde vom Gang. Grell schien die Sonne vor ihr auf den Kies, einige Hühner gingen ab und zu und stießen den kleinen ergebenen Klagelaut aus, der alten Hennen eigen ist. Nicky schloß die Augen; aber sofort

stieg das Bild der sonntäglichen Tafel bei der Schwiegermutter auf: die glatten Scheitel der Schwägerinnen, das geduldige Gesicht des alten Jakob, der den großen Kalbsbraten herumreicht – nein, das wollte sie nicht, das nicht! Wie fern hatte sie sich schon von dieser Welt geglaubt. Sie dachte an Fanoni, an seine knabenhafte Fröhlichkeit im Walde, an all das Hübsche, das er sagte und dachte, und sie wünschte, er wäre wieder bei ihr.
Endlich kam er. Fröhlich rieb er sich die Hände: »Ich glaube, es wird gut«, meinte er. Nicky lächelte. »Sie freuen sich?« – »Ja, ich freue mich«, gestand Fanoni, »freuen Sie sich nicht? Ich glaube, Sie nehmen das Essen nicht ernst genug. Vorhin wunderten Sie sich, daß ich über die Schwämme nachdachte. Denken Sie nie über das Essen nach?«
»Doch«, erwiderte Nicky, »zu Hause denke ich täglich darüber nach und berate mich mit der Köchin darüber. Allerdings werden meine Vorschläge meist verworfen.«
»Oh, das ist anders«, rief Fanoni. »Über den Familientisch nachzudenken, muß kein Vergnügen sein. Wie sagt man doch: ein guter bürgerlicher Tisch. Das klingt schon so uninteressant.«
Die Speisen kamen, und Fanoni war zufrieden. Er aß mit Appetit, war sehr heiter, sie lachten über kleine, geringfügige Dinge: über die traurigen Gesichter der Hennen und die Stirnlöckchen der Kellnerin, und als die Mahlzeit beendet war, bestimmte Fanoni: »Jetzt tanzen wir.«
»Tanzen?«
»Ja, ich muß mit Ihnen tanzen«, erklärte er. »Wenn man sich ganz kennenlernen will, muß man miteinander getanzt haben.«
Sie gingen zur Tanzhalle hinüber. Diese war gedrängt voll. Das Aufschlagen der Nagelschuhe übertönte fast die dünne Stimme der Geige. Ernst und emsig drehten die großen, schweren Gestalten umeinander. Nicky und Fanoni sahen neben ihnen seltsam schmal und zerbrechlich aus. Fanoni nahm Nicky, und sie tanzten. Er tanzte gut, er verstand es, sich und seine Tänzerin leicht und sanft von dem Takte der Musik wiegen zu lassen. Zuweilen lächelte er auf Nicky herab und flüsterte: »Ist es gut so?« – »Ja, gut!« antwortete sie. Die Bewegung gab ihr einen leichten Schwindel, sie schloß die Augen, sie vergaß die ganze Umgebung, und es war ihr, als sei sie mit Fanoni allein. Plötzlich fühlte sie, daß der Arm ihres Tänzers sie nicht mehr hielt, und auch seine Schritte wurden unregelmäßig. Dann blieb er stehn und begann zu husten, ein furchtbarer Anfall schüttelte ihn, seine Augen füllten sich mit Tränen, und er rang nach Luft. Erschrocken führte Nicky ihn zu einem Sessel, Leute umstanden sie, Frauen stießen mitleidige Rufe aus, einige Burschen lachten, eine Stimme sagte: »Der gehört ins Spital, was sucht er hier?«

Fanoni hatte sich ein wenig erholt, er erhob sich mühsam und sagte: »Gehen wir«, und als Nicky zögerte, wiederholte er angstvoll: »Gehen wir.«

So gingen sie hinaus, hinter ihnen erscholl feindseliges Gelächter.

»So geht es nicht«, sagte Nicky besorgt. »Sie müssen ausruhen.« Allein Fanoni drängte ungeduldig vorwärts. »Nicht hier«, sagte er, »nur nicht hier, drüben im Walde.« Mühselig schlichen sie die Dorfstraße hinab. Im Walde blieb Fanoni stehn, er wurde blaß bis in die Lippen hinein, sein Atem ging schwer, und er glitt auf das Moos nieder. Mein Gott, er stirbt, dachte Nicky. Sie kniete neben ihm, sie nahm seinen Kopf, bettete ihn auf ihre Knie, trocknete ihm mit ihrem Tuch die Stirn, und, tief auf ihn niedergebeugt, flüsterte sie ihm beruhigende Worte zu, wie einem Kinde: »Der böse Husten! Aber nun wird es schon besser, nicht wahr?« Fanoni lag mit geschlossenen Augen da, als schliefe er. Der Atem wurde allmählich ruhiger, und endlich tat er einen tiefen Atemzug, und Nicky hörte ihn murmeln: »Atmen ist doch das beste im Leben.« Dann lag er wieder still da, auch Nicky wurde jetzt ruhiger, wurde sich ihrer Lebenslage bewußt. Wie seltsam, daß sie hier saß, im Schweigen des Waldes, und auf ihren Knien den Kopf des fremden, bleichen Mannes hielt, das Herz voll unsagbaren Mitleids für ihn. Weit, unendlich weit fort, schien es ihr, war sie von allem, was sonst ihr Leben gewesen war. Ein Eichelhäher flog durch den Wald und stieß seinen schrillen Wachtruf aus. Fanoni öffnete die Augen und sagte unzufrieden: »Was will er? Ich mag diesen Vogel nicht. Er kommt und ruft eine böse Nachricht in den stillen Wald hinein, er will stören; aber der Wald glaubt ihm nicht.«

»Ist Ihnen besser?« fragte Nicky.

»Ja, es ist vorüber«, erwiderte Fanoni und richtete sich auf. Nachdenklich schaute er Nicky an: »Wie bleich Sie sind! Sie glaubten wohl, daß ich sterbe.«

»Ich sah, daß Sie leiden«, erwiderte Nicky.

»Ich wäre gern gestorben«, fuhr Fanoni sinnend fort. »So gestorben. Wie das Sterben ist, wissen wir nicht; aber es ist doch schön, bis zur letzten Grenze des Lebens ein Glück bei sich zu haben.«

»Sie dürfen nicht sprechen«, sagte Nicky eifrig, »Sie sollen stillsitzen und sich erholen.«

»Nein, es ist vorüber«, sagte er, »jetzt gehen wir. Gut, ich werde nicht sprechen, wozu auch, wir gehen ja nebeneinander her.« Mühsam erhob sich Fanoni, und sie machten sich auf den Heimweg.

Sie mußten langsam gehen und häufig rasten. Fanoni schwieg, aber er schaute immer wieder Nicky mit einem sanften, zufriednen Lächeln an.

Als sie endlich an Fanonis Villa anlangten, atmete Nicky erleichtert auf. Fanoni ergriff ihre Hand. »Ich danke Ihnen«, sagte er. »Wie gut Sie sind. Gott, wie armselig sind Worte! Aber wir haben jetzt ein gemeinsames Erlebnis, das bindet. Und das in der Tanzhalle, nun, so geht es immer, wenn wir uns unter die andern mischen wollen. Das dürfen wir nie mehr tun. Gute Nacht!«

Nicky erwartete ihren Gatten mit dem Abendauto. Sie ging ihm an die Haltestelle entgegen. Sonst vermied sie dieses Entgegengehen, sie liebte es nicht, unter den gerührten Blicken der Umstehenden den ehelichen Begrüßungskuß zu empfangen. Heute jedoch war es etwas wie schlechtes Gewissen, was sie hintrieb; denn in dem Traumleben, das sie jetzt lebte, regte sich doch zuweilen etwas wie schlechtes Gewissen! An der Haltestelle standen die Berliner Dame, der Major und Irma, sie standen da aus Neugierde, um zu sehen, wer ankäme, und um Neuigkeiten aus der Stadt einzusammeln. Die Berliner Dame hatte manches Bedenkliche aus Berlin zu berichten, der Oberst war heiter und martialisch: »Jetzt geht es los«, rief er, »ich fühle schon eine Unruhe in den Beinen wie ein altes Schlachtpferd, das Pulver riecht. Mich werden sie wohl auch noch gebrauchen können.« Nicky hörte ein wenig zerstreut zu, sie beobachtete jetzt an sich im Verkehr mit diesen Leuten eine gewisse kühle Gelassenheit, die ihr gefiel. Auch Fanoni würde sie billigen, meinte sie.

Das Auto kam, und als Oskar aus dem Wagen stieg, schien es Nicky, als hätte sie dieses gute, freundliche Gesicht sehr lange nicht gesehen. Ihre Gedanken waren die ganze Zeit über so weit von ihm fort gewesen.

»Was gibt es Neues?« rief der Oberst. Oskar zuckte die Achseln: »Die Herrschaften werden bald genug Neues erfahren«, erwiderte er, nahm den Arm seiner Frau, und sie gingen ihrer Wohnung zu.

»Also da ist man wieder, da ist man wieder einmal beisammen«, sagte Oskar und streichelte Nickys Hand. »Es war auch Zeit. Merkwürdig, wie die Frauen es verstehen, sich vermissen zu lassen.« Nicky schaute zu ihm auf: Wirklich, er freute sich, sie sah es seinen Augen an, und da sagte sie denn: »Ja, ich freue mich auch.« Sie bereute es jedoch, der Ton ihrer Stimme mißfiel ihr, sie fand, es klang matt und gezwungen. Oskar hatte nichts bemerkt, er lächelte behaglich vor sich hin. Da das Wetter kühl und regnerisch war, hatte Paula ein Feuer im Wohnzimmer gemacht, und ein angenehmer Kaffeeduft kam von der Küche herüber. Oskar war begeistert. »Vollkommen«, rief er, »ganz vollkommen! Das verstehn die Frauen. Wenn sie von uns fortfahren, packen sie die Gemütlichkeit mit ein, und wenn wir dann zu ihnen kommen, dann ist auch die Gemütlichkeit wieder ausgepackt.« Er zog sich einen Stuhl an das Feuer, wärmte sich

die Hände, schauerte voll Behagen in sich zusammen und murmelte: »Eine famose Erfindung, solch eine Ehefrau!« Nicky wurde befangen, es rührte sie, und doch, wie sollte sie es anfangen, ihn nicht zu enttäuschen? Nein, sie wollte gut sein, beschloß sie, darum setzte sie sich zu ihm, sie wollte etwas sagen, daß sie ihm zeigte, daß sie seine Interessen teilte: »Nun, und was macht denn deine Politik?« begann sie.
»Meine Politik?« wiederholte Oskar erstaunt. »Ach, mein Kind, die wird wohl bald auch deine und unser aller Politik sein. Aber sprechen wir heute nicht davon, man hat alle diese Tage und Nächte an nichts andres gedacht. Heute ist ein Feierabend, nur Häuslichkeit, Gemütlichkeit, kleine Frau. Wir können ja nicht wissen, ob das noch jemals wiederkommt.«
Paula brachte den Kaffee. Oskar rauchte und erzählte von der Familie, erzählte kleine Stadtgeschichten; er liebte es, umständlich und behaglich zu berichten, daher wurden seine Geschichten ein wenig lang, und waren sie zu Ende, dann konnte er selbst herzlich darüber lachen. Nicky lachte auch, allein sie hatte nicht zugehört, immer wieder schweiften ihre Gedanken ab, verweilten bei der Bank auf der Wiese, bei dem wunderlichen Märchen von den Puppen, und doch tat dieser gute Mann ihr leid, der sich so ahnungslos und vertrauensvoll hier glücklich fühlte und nicht wußte, wie weit sie von ihm fort war.
Der Abend verging, das Abendessen wurde eingenommen. Oskar schien müde zu werden, er gähnte zuweilen, und sich am Feuer wärmend saß er da; er wollte nicht schlafen gehen, dieser kostbare Abend sollte noch nicht zu Ende sein. Er begann von entlegnen Dingen zu sprechen, von seiner Kindheit, von den Kornfeldern, in die er sich als Kind gerne hineinstahl, um darin spazierenzugehn wie in einem goldnen Walde. Er sprach von den Hunden des Gutshofs und von Knabenstreichen. Nicky kannte das alles, und sie wünschte, der Abend wäre schon vorüber. Endlich war es spät, Oskar küßte Nicky, und es zitterte etwas wie Rührung in seiner Stimme, als er sagte : »Ich dank' dir, kleine Frau, für diesen Abend, den haben wir gehabt, den kann uns keiner mehr nehmen.«
Paula empfing Nicky am nächsten Morgen mit der Meldung, der Herr Baron sei ausgegangen, wichtige Nachrichten sollen angekommen sein. »O Gott, diese Nachrichten«, klagte Nicky, »ist man nie vor ihnen sicher?« Sie hörte Oskars Schritte draußen auf der Stiege und schaute feindselig zur Türe hinüber. Oskar trat in das Zimmer, er war ernst und bleich. »Was ist geschehen?« rief Nicky ihm entgegen. »Der Kriegszustand ist erklärt«, antwortete er ruhig.
»Der Kriegszustand?« wiederholte Nicky gereizt. »Was ist das? Ist das der Krieg?«

»Es ist noch nicht der Krieg«, meinte Oskar, »aber wir müssen auf alles gefaßt sein.«
»Das hast du das ganze Jahr schon gesagt«, fuhr Nicky kampflustig fort, »daß wir auf alles gefaßt sein müssen, und der Baron Potz-Haller sagt, es wird keinen Krieg geben.«
Oskar zuckte die Achseln. »Wir sind auf alles vorbereitet.« Er setzte sich und sann eine Weile schweigend vor sich hin. Das brachte jedoch Nicky auf. »So sprich doch! So sag doch etwas!« rief sie.
»Gut also«, begann Oskar. »Ich fahre in die Stadt zurück. Es gibt natürlich vieles zu ordnen, besonders wichtig ist mir, daß du dein Leben ruhig und sicher fortführen kannst, wenn ich auch nicht hier bin.«
»Wo wirst du sein?« fragte Nicky.
Oskar lächelte. »Das weißt du doch. Wenn es Krieg gibt, werde ich draußen mit den andern sein.«
»Ja, mußt du denn?« warf Nicky vorwurfsvoll ein.
Oskar zuckte die Achseln. »Wie du fragst, Kind. Gewiß muß ich und will ich. Ich würde mich lieber gleich aufhängen, wenn ich nicht in Deutschlands größter und schwerster Stunde dabeisein dürfte.«
Die Feierlichkeit von Oskars Worten schüchterte Nicky ein. Sie ließ den Kopf sinken und sagte weinerlich: »Aber du sagst ja selbst, daß es noch nicht der Krieg ist.«
Oskar strich mit der Hand über Nickys Scheitel. »Ruhig Blut!« mahnte er. »Wir brauchen jetzt nicht nur starke Männer, wir brauchen auch starke Frauen.« Dann ging er die Vorbereitungen zu seiner Abfahrt treffen.
Ein Verweis, dachte Nicky, das fehlte noch!
Als Oskar reisefertig wieder ins Zimmer trat, lächelte er heiter und gab seiner Stimme einen muntern Klang. »Also Kopf hoch, Frauchen, ich bin bald wieder hier; was auch geschieht, ich komme.« Er küßte Nicky und ging.
Nicky blieb in ihrer Sofaecke sitzen, sie wollte nicht hinausgehn. Draußen lauerten die bösen Nachrichten auf sie, um sie zu überfallen und zu quälen. Sie dachte an Fanoni und den Eichelhäher: er will stören, aber der Wald glaubt ihm nicht. Nein, sie wollte auch nicht glauben. Sie holte ihre Träume wieder hervor. Sie zwang ihre Gedanken, wieder zu den Erlebnissen der letzten Tage zurückzukehren, sie durchlebte wieder den Gang mit Fanoni, sie saß wieder in der verzauberten Stille des Waldes und hielt den Kopf des armen großen Künstlers auf den Knien – das war es, wonach sie verlangte: wieder den Rausch, das seltsame Fieber zu empfinden, das seine Musik, seine Worte, seine Gegenwart ihr gaben.

Als der Abend gekommen war, ging sie hinaus und eilte geradeswegs zur Wiesenbank.
Fanoni erwartete sie dort. Er kam ihr entgegen, sehr bleich, ein unruhiges Glitzern in den Augen. Er lachte über das ganze Gesicht vor Freude, als er sie sah. »Gott sei Dank, daß Sie da sind!« sagte er. »Hätte ich heute noch vergebens warten müssen, ich hätte es nicht ertragen. Nun kommen Sie, setzen Sie sich. Nun ist alles wieder gut.«
Nicky setzte sich, sie lächelte. »War das Warten so schlimm?« meinte sie.
»Sehr schlimm«, erwiderte Fanoni. »Meine Sehnsucht, Sie zu sehen, war so stark, daß sie mich krank machte. Ja, der Mensch ist schwach und kindisch. Da sind wir stolz auf unsre Einsamkeit, und wenn uns für wenige Augenblicke eine liebe Gegenwart gegeben wird, so dürsten wir nach ihr, wie einer, der Tage durch eine Wüste gewandert ist.«
Nicky machte ein ernstes Gesicht. »Ja, ich konnte nicht kommen, es sind ernste Zeiten, all diese Nachrichten!«
»Ich weiß«, antwortete Fanoni und verzog schmerzvoll sein Gesicht. »Ich kümmere mich nicht darum; wenn es Sturm gibt, schließt die Muschel ihre Schalen. Aber haben Sie an unsern Gang gedacht? Das ist wichtiger.«
»An den habe ich viel gedacht«, antwortete Nicky.
»Nicht wahr?« fuhr Fanoni fort. »An ihm hab' ich den ganzen Tag und die ganze Nacht gezehrt. In meiner Musik war nur von ihm die Rede. Wissen Sie auch, als ich im Walde so dalag und Sie meinen Kopf auf Ihren Knien hielten, Sie glaubten wohl, ich schlief oder ich sei ohnmächtig; aber ich fühlte alles. Ich fühlte es, wenn Sie sich zu mir herabbeugten, ich fühlte, daß Sie mir das Haar aus der Stirn strichen, daß Ihre Hand auf meinem Haare ruhte und leicht zitterte.«
»Ich war in solcher Angst um Sie«, sagte Nicky.
»Das fühlte ich auch«, versetzte Fanoni. »Ihre Angst umflatterte mich, wie die weichen Flügel kleiner ängstlicher Vögel; nicht wahr, wer das zusammen erlebt hat, der gehört zusammen. Von der einen Seite die ganze Welt, von der andern wir beide. Einsam sein ist gut; aber einsam sein zu zweien ist ein Glück. Sehen Sie, der Mensch wird nur für ein einziges Glück geschaffen, so sparsam ist das Schicksal. Zuweilen nur für das Glück einer Stunde; aber das ist der Zweck seines Lebens, alles andere zählt nicht. Versäumt er dieses Glück, dann hat er umsonst gelebt.«
»Sprechen Sie nicht so, Sie dürfen so zu mir nicht sprechen«, sagte Nicky matt.
»Wie? Diese armseligen Worte darf ich nicht sprechen?« fragte Fanoni verwundert. »Was sind diese Worte? Sie haben doch meine Musik gehört, die hat anders zu Ihnen gesprochen. Die hat Abend für Abend zu Ihnen

gebetet, die hat alles gesagt, was ich fühle. Was sind dagegen diese wenigen, schäbigen Worte? Aber Sie haben ganz recht, wozu sprechen? Wenn wir sprechen, dann verstehen wir uns nicht.«

Nicky fühlte, wie seine heiße Hand die ihre ergriff. Dann beugte er sich vor und küßte ihre Lippen. Nicky ließ es geschehen, eine süße Willenlosigkeit fesselte sie.

Fanoni schwieg jetzt. Er saß dicht bei Nicky und hielt ihre Hand. Die Finsternis brach herein, ringsum auf den Wiesen begannen die Feldgrillen zögernd zu wetzen, bald nahm die eine ihr kleines heiseres Lied auf und brach ab, und eine andre setzte ein. Drüben im Gebirge rief eine kräftige Stimme einen Jodler in die Nacht hinaus, und ganz fern antwortete eine andre Stimme. Nicky fuhr auf: »Sie dürfen nicht mehr hier sein«, sagte sie, »die Nachtluft macht Sie krank. Sie müssen gehen.«

»Ja«, erwiderte Fanoni, »ich gehe, ich gehorche.« Er küßte Nickys Hand, und so trennten sie sich.

Es regnete zwei Tage unaufhörlich. Nicky konnte ihren Fuß nicht vor die Tür setzen. Unruhig ging sie in den Zimmern auf und ab, sie hatte ihre Träume und Gedanken; allein immer dieselben Träume träumen, dieselben Gedanken denken, macht müde. Die Gedanken werden auch blaß und die Träume wesenlos. Dafür stellen sich immer häufiger harte, nüchterne Erwägungen ein mit ihren Zweifeln und Vorwürfen.

Am Abend des zweiten Tages hörte der Regen auf. Hellgraue Wolken hingen niedrig über dem Tal und lagen wie riesige weiße Federn auf den Berghängen. Die Luft war unbewegt und warm. Nicky kannte das: wenn das Tal so verschleiert war von Nebel und Wolken wie von Spinngeweben, dann lag eine stille Trauer über ihm, die das Herz bedrückte.

Nicky saß müßig in ihrem Zimmer und schaute durch die offnen Balkontüren ein Stück Himmel an, auf dem die Wolken sich langsam übereinanderschoben. Plötzlich vernahm sie einen Ton, eine schrille Kinderstimme, die unablässig etwas rief. Der Ton kam näher – jetzt hörte sie auch eilige nackte Füßchen über den Kies an dem Hause vorüberlaufen. Nicky trat auf den Balkon hinaus, sie sah einen kleinen blonden Knaben in grauem Röckchen, die Beine und Füße nackt, die Landstraße entlang laufen, laufen, so schnell er laufen konnte, und die hohe, sich überschlagende Kinderstimme rief immer wieder: »Mobil, mobil, mobil!«

Einige Mäher auf der Wiese ließen die Sensen sinken und schauten dem Knaben nach, Frauen traten vor die Haustüren und blickten auf die Landstraße hinaus. Der Knabe lief noch immer und rief sein »mobil, mobil«. Einige Männer hatten sich an dem Posthause versammelt, eilig schoß die Berliner Dame über den leeren Platz, das graue Figürchen des Knaben war fern auf der Landstraße schon ganz klein geworden und sein Ruf ganz schwach. Nicky fühlte, wie ihre Hand auf dem Balkongeländer zitterte. Aus dem einsamen Ruf der einsamen Kinderstimme klang eine seltsame beklemmende Angst zu ihr herüber. Sie ging in das Zimmer zurück, da stand Paula, bleich, mit großen, erschrockenen Augen. Nicky fühlte, daß auch sie erblaßt war. »Es ist Krieg«, sagte Paula leise.

»Ja, Krieg«, antwortete Nicky. Sie mußte sich setzen, ihr zitterten die Knie. Sie zog die Füße auf das Sofa hinauf, umschlang die Knie mit den Armen und kauerte so da: »Wenn nur mein Mann da wär'!« sagte sie endlich mit einem tiefen Seufzer.

Einen Tag später kam Oskar frühmorgens. Er trug die feldgraue Uniform, die ihn jünger und schlanker machte. Er schien gutgelaunt. »Hier hast du deinen Soldaten«, sagte er, als er in das Zimmer trat. Nicky flog ihm entgegen: »Oskar, endlich!« Er klopfte ihr begütigend auf den Rücken: »Haltung, Kind! Jetzt sind wir eine Soldatenfrau, da gilt es, Haltung zu zeigen. Und gib deinem Soldaten etwas zu essen, er ist hungrig. Mit dem Mittagszuge fahren wir in die Stadt; denn als gute Soldatenfrau begleitest du doch den Mann hinaus, nicht wahr?«

»Hinausbegleiten«, wiederholte Nicky tonlos. Oskar setzte sich an den Frühstückstisch, aß mit Appetit, erzählte viel. Er hatte das Bedürfnis, zu sprechen, kraftvolle Worte zu gebrauchen: »Alle kommen sie uns jetzt auf den Hals, erwürgen wollen sie uns! Bitte, bitte, wir sind bereit! Es soll kein Deutschland mehr geben. Wie sie das machen werden? Sie sollen es doch versuchen, Europa das Herz herauszuoperieren!«

Nicky war ganz schweigsam. Sie fühlte sich sehr elend und hätte gern geweint; aber sie mußte ja Haltung zeigen! Einmal nur brach es aus ihr heraus: »Warum das alles? Was haben wir getan?« Oskar lachte: »Oh, wir haben eine schwere Sünde begangen, wir sind stark und reich, das verzeihen sie uns nicht. Aber wir sind auch verstockt und bereuen nicht.«

Der Mittagszug in die Stadt war überfüllt. Eng saßen die Menschen im Eisenbahnwagen beisammen und sprachen, sprachen unaufhörlich, sättigten sich an starken, mutigen Worten. Dabei schien ein jeder einen jeden zu kennen. Auch Oskar mischte sich in das Gespräch und behandelte diese fremden Leute, als wären sie alte Bekannte. Nicky drückte sich in ihre Wagenecke und schaute mit runden, klaren Augen auf das Treiben um sie her. All das war zu schnell, zu gewaltsam über sie gekommen, als daß sie es mitleben konnte, es schien ihr, als ginge eine große, grausame Welle über sie hin, als gälte es, stillezuhalten und sich zu ducken. Eines nur wußte sie: was jetzt auch kam, es tat weh.

In der Stadt hatte die Familie sich in der Wohnung der Reichels versammelt. Die Exzellenz weinte, die Schwägerinnen jedoch waren tapfer. Sie blickten mit ihren guten braunen Augen Oskar und Nicky teilnehmend an, sie bemühten sich, heiter zu sein, machten Scherze, über die sie nach ihrer Gewohnheit alle zugleich lachten. Man saß in dem Wohnzimmer, dessen Möbel noch von den weißen Leinwandüberzügen bedeckt waren, durch die vorhanglosen Fenster schien eine gelbe Nachmittagssonne herein. Das Gespräch ging nur mühsam vonstatten, von Briefen wurde gesprochen, von Paketen, von kleinen Hausanordnungen. Trennung ist bitter, dachte Nicky, aber Abschiednehmen ist eine Qual. Das schien auch Oskar zu fühlen. Er erhob sich und sagte zum Oberstaatsanwalt: »Nun, lieber Bruder, du fährst wohl mit dem Wagen voraus. Nicky und ich gehn zu Fuß, wir haben Zeit, und so ist man doch noch ein wenig beisammen. Also, lebet wohl!« Die Exzellenz wischte sich die Augen, die Schwägerinnen schüttelten Oskar kräftig die Hand und küßten ihn kräftig auf beide Wangen. »Heil und Sieg! Heil und Sieg!«

Nicky und Oskar gingen hinaus. Auf den Straßen wogte eine dichte Menschenmenge, allein es war nicht das gleichgültige, geschäftliche Treiben eines Großstadtwerktages. All diese Menschen hatten Zeit, waren müßig. Wenn zwei einander begegneten, blieben sie stehn und sprachen miteinander, oder sie riefen sich Nachrichten zu, oder sie standen still und warteten. Auch hier schien es, als kennten sich alle, als wären sie alle Hausgenossen eines riesigen Hauses. Offiziere gingen da mit ihren Frauen, und die Umstehenden schauten ihnen wohlwollend nach, und die Frauen lächelten stolz. Auch Oskar wurde viel angesehn, und unwillkürlich lächelte auch Nicky. Dann kamen Soldaten, lange Reihen in feldgrauer Uniform, Blumen an den Helmen und Gewehren, wie ein Festzug. Und die großen jungen Burschen lächelten ein befangnes, feierliches Lächeln. Zuweilen sangen sie, starke, rauhe Stimmen, gewohnt, auf Berge und Täler hinauszuschreien. Andächtig hörten die Umstehenden zu, wie einem Kirchengesange. »Wie sie singen!« sagte Nicky, und plötzlich fühlte sie, daß ihre Wangen ganz warm von Tränen wurden. An einer Straßenecke stand ein Mann und hielt ein siebenjähriges Mädchen in die Höhe, damit es die Soldaten besser sähe. Das blonde Kinderköpfchen überragte die Menge, und die blauen Kinderaugen schauten ernst auf die Vorüberziehenden. Und da machte die helle Kinderstimme sich deutlich vernehmbar: »Vater, müssen die alle sterben?« Erschrocken schauten die Umstehenden zu dem Kinde auf, einige Soldaten lachten. Sterben, dachte Nicky; daß Soldaten, die in den Krieg ziehen, auch sterben müssen, das wußte sie; aber jetzt, da die Kinderstimme es sagte, fühlte sie es. Sie fühlte

es, daß diese geschmückten, lächelnden jungen Menschen hinauszogen, um zu sterben, und es war ihr, als fiele etwas von ihr ab, etwas, das sie von den andern getrennt hatte, und nun mußte sie das Leben all dieser andern leben, groß und schmerzhaft, es leben wie ihr eignes Leben. Von einem noch nie Gefühlten wurde sie überwältigt, sie blieb stehn, Oskar lächelte auf sie herab: »Mut, Kleine«, sagte er, »Mut!« Solche seltene Augenblicke aber ergreifen nicht nur unsre Seele, sie brennen körperlich in unsern Herzen und unserm Blut. Nicky mußte etwas tun. Sie nahm die roten Rosen, die Oskar ihr gegeben hatte, und warf sie den Soldaten zu. Ein großer blonder Bursche fing sie auf und nickte ihr lachend zu. »Zum Opfer geschmückt«, ging es Nicky durch den Sinn.
Auf dem Bahnsteig herrschte reges Leben. Soldaten zogen auf, Offiziere gingen hin und her, Kommandoworte erschallten, an den Fenstern und in den Türen der Eisenbahnen standen Soldaten, immer noch das feierliche Lächeln auf den Lippen, in die Augen jedoch kam ein seltsam nachdenklicher, gespannter Blick.
»Also, bleibe gesund«, sagte Oskar zu seiner Frau und küßte sie. »Habe acht auf dich selbst. Denke daran, daß du auch zu den Schätzen gehörst, für die wir draußen kämpfen.« Das war ein Scherz, und der Oberstaatsanwalt und Oskar lachten darüber. Nicky umarmte ihren Gatten. »Nun, nun«, sagte er, machte sich sanft los und stieg in den Eisenbahnwagen. Dort stand er wie andre am Fenster, nickte und lächelte, und auch in seine Augen kam der nachdenkliche, gespannte Blick. Der Zug setzte sich langsam in Bewegung, fuhr aus der Bahnhofshalle hinaus, in den rotgoldnen Glanz des Nachmittagssonnenscheins. Nicky stand regungslos da und schaute dem Zuge nach. Jemand berührte ihren Arm, es war ihr Schwager. »Gehen wir?« fragte er. »Ja, gehen wir.« – »Fährst du gleich hinaus?« – »Ja, ich fahre gleich hinaus.« – »Gut«, dann wollte er die Karte besorgen. Nicky ging in den Wartesaal hinüber und setzte sich auf eine Bank. Einige Frauen standen dort beisammen und sprachen mit gedämpften, klagenden Stimmen. Neben Nicky saß eine große alte Frau mit einem kupferroten Gesicht, sie hielt einen mächtigen Korb auf den Knien. Die Frau wandte sich Nicky zu und fragte mit einer fast männlichen Stimme: »Ist Ihrer auch fort?«
»Ja«, erwiderte Nicky.
»Meine drei sind auch fort«, berichtete die Frau. »Ich bin jetzt allein wie ein Baum. Man wird versuchen müssen, auch so zu leben.« Sie lächelte mit zitternden Lippen, weil sie nicht weinen wollte. Nicky aber war der Frau dankbar, daß sie sie so selbstverständlich einreihte in die Schar derer, die ihr Liebstes hingegeben.

Der Oberstaatsanwalt kam und brachte Nicky zu ihrem Zuge. Im Kupee war nur noch eine junge Frau mit verweinten Augen, und als der Zug sich in Bewegung setzte, schlug die junge Frau die Hände vor das Gesicht und begann bitterlich zu weinen. Nicky wollte sie nicht stören. Sie schaute zum Fenster hinaus auf das Land, das nach dem Lärm der Stadt so seltsam still dalag in den schrägen Strahlen der Nachmittagssonne. Als Nicky jedoch sich einmal nach der jungen Frau umwandte, begegneten sich ihre Blicke.

»Ach, verzeihen Sie«, sagte die junge Frau, »verzeihen Sie, daß ich hier so weine. Ich glaubte, ich würde hier allein sein und würde ein wenig weinen können. Da draußen mögen sie das Weinen nicht, und nun störe ich Sie damit.«

»Nein, Sie stören mich nicht«, erwiderte Nicky freundlich, »jetzt haben wir doch ein Recht, auch einmal zu weinen.«

»Nicht wahr?« meinte die junge Frau. »Ich weiß ja, es mußte sein! Aber ein bißchen weinen ist doch kein Unrecht.« Und nun begann sie zu erzählen, ihr Mann hätte hinausmüssen in das Feld, sie waren erst ein Jahr verheiratet und hatten ein kleines Kind. »Sonst wohnen wir in einem kleinen Häuschen in der Vorstadt, jetzt waren wir auf dem Lande, der Sommer war gerade so schön, und wir waren so glücklich, nicht nur, weil wir uns liebhatten, das muß man ja in der Ehe, nicht wahr? Aber wir unterhielten uns auch so gut, wir lachten viel zusammen, ich hatte nicht geglaubt, daß die Ehe auch so unterhaltend ist. Und jetzt, gnädige Frau, danke ich Ihnen, daß Sie mir so freundlich zugehört haben, das Weinen und das Erzählen hat mir das Herz leichter gemacht.«

Die Sonne ging schon unter, als Nicky im Dorfe anlangte. Ihre Wohnung fand sie leer. Paula war ausgegangen, und es schien Nicky, als empfinge sie in diesen stillen Zimmern eine unerträgliche Verlassenheit. Sie ging wieder hinaus, ging sinnend die gewohnten Wege.

An der Wiese begegnete ihr Fanoni. Sie schrak ein wenig zusammen, an ihn hatte sie nicht gedacht. Er errötete vor Freude, Nicky zu sehen: »Ich war um Sie in Sorge«, sagte er.

»Um mich?«

»Ich wußte, Sie sind in der Stadt«, fuhr er fort, »und ich fürchtete, Sie würden leiden, sie würden Ihnen dort weh tun.«

»Wer leidet jetzt nicht?« sagte Nicky müde.

»Nein, Sie nicht!« rief Fanoni böse. »Sie sollen nicht leiden!«

Sie waren an die Bank gekommen, und Nicky setzte sich, wie sie es gewohnt war. »Ich war in der Stadt«, berichtete sie, »weil mein Mann hinaus ins Feld mußte.«

»Ich weiß es«, sagte Fanoni, und in sein Gesicht kam ein schmerzvoller Ausdruck, als spräche er von einer Wunde. »Ich weiß, der blutige Wahnsinn ist wieder über die Menschen gekommen. Wie sinnlos ist all das und wie häßlich!«

»Nein, es war schön«, versetzte Nicky sinnend. »Ich sah sie ausziehn. Sie waren mit Blumen geschmückt. Wie sie lächelten, wie sie sangen! Es war wie ein Fest.« Sie beugte den Kopf zurück und suchte nach einem feierlichen Ausdruck, um ihr ganzes Fühlen hineinzulegen: »Ein Fest der Begeisterung und des Todes.«

»Des Todes«, wiederholte Fanoni und zuckte die Achseln; »als ob diese Menschen wüßten, was sterben heißt! Die sterben zufällig, wie sie zufällig leben. Da muß einer wie ich Jahre hindurch mit dem Tode befreundet sein, um zu wissen, was der Tod ist. Aber die!«

»Es sind Deutsche, die für uns sterben wollen«, sagte Nicky ernst.

Fanoni lächelte: »Wie Sie das sagen! Wenn Sie so sprechen, glaube ich aus Ihrer Stimme ganz leise ein kleines metallisches Schnarren zu vernehmen. Das kommt davon, wenn man zu viel mit Puppen verkehrt.« Da er jedoch sah, daß Nicky errötete und die Augenbrauen zusammenzog, erschrak er. »Verzeihen Sie mir«, sagte er und griff nach Nickys Hand, »ich weiß nicht, was ich sage. Die Angst um Sie verwirrt mich. Aber glauben Sie es mir. Sie dürfen dieser wüsten, häßlichen Welt nicht zu nah kommen, Sie würden vor Schmerz und Ekel sterben! Sie gehören zu mir, Sie gehören in meine Welt! Mögen die da draußen toben und morden, wir schlagen unsre Einsamkeit wie einen Mantel um uns und leben unser Leben, das einzig wahre, wirkliche Leben, das andre ist ja nur ein wüster, sinnloser Spuk.«

»Die, welche für uns auszogen, die sind wirklich.« Nickys Stimme wurde tief vor Erregung. »Und zu denen will ich gehören. Nein, sprechen Sie nicht, ich kann nicht, ich will nicht mit Ihnen ein – ein Gespenst in Ihrer Gespensterwelt sein.«

Fanoni saß einen Augenblick still da. Er schloß die Augen, als überwältigte ihn ein Schmerz. Dann stand er auf, grüßte und ging langsam seiner Villa zu.

Nicky schlug die Hände vor das Gesicht und weinte, wie sie noch nie geweint hatte. Sie weinte um sich selbst, um Oskar, um die, welche hinausgezogen waren. Sie weinte sich das große Erbarmen von der Seele, das sie krank machte. Um sie her wurde es Nacht, in der milden Luft wetzten die Feldgrillen heute wild durcheinander, als gäbe es ein Fest bei ihnen. Über dem Gebirge hing ein Gewitter, in einer schwarzen Wolke liefen unablässig goldne Lichter hin und her, fern grollte der Donner, eine große, mahnende Stimme. Nicky richtete sich auf, sie hatte sich satt geweint, nun erhob sie sich und schlug den Heimweg ein. Auf der dunklen Landstraße begegnete ihr Resei, die Stallmagd. Sonst pflegte das Mädchen hier mit ihrem Burschen zu gehn, heute war es allein. Nicky blieb stehn. »Heute sind Sie allein, Resei?«

»Ja, allein«, antwortete das Mädchen und seufzte ganz tief auf. »Was kann man machen? Ihr Herr ist auch fort?«

»Ja, er ist fort.« Jetzt gingen beide schweigend nebeneinander her. Es war Nicky lieb, das große Mädchen bei sich zu haben und in der Finsternis zuweilen die ganz tiefen Seufzer zu hören.

Vor dem Bauernhause saß die alte Großmutter noch auf und starrte in die Nacht hinein. Man hatte vergessen, sie zu Bett zu bringen. »Nun, Großmutter, Sie sind noch auf?« sagte Nicky.

»Ja«, antwortete die alte Frau, »und die Männer sind alle fort; die kommen nicht wieder. Damals kamen sie auch nicht wieder.«

Die Bäuerin trat in die Tür. »Mutter, kommt schlafen gehn«, rief sie, »wollen wir in unsre Betten kriechen, die können sie uns nicht nehmen, dafür sind unsre Männer da. Gute Nacht.«

Die beiden Frauen verschwanden in der niedrigen Tür, und die Tür fiel ins Schloß. »Sie kriechen ein in ihre Geborgenheit«, ging es Nicky durch den Sinn, und es war ihr, als hörte sie über den kleinen Häusern, die still und friedlich in der Sommernacht kauerten, das Rauschen großer, schützender Flügel.

Resei begleitete Nicky bis zu ihrer Haustür. »Die Männer haben es gut«, meinte sie, »die können mittun. Wir müssen stillsitzen und warten.«

»Ja, wir«, sagte Nicky, und es tat ihr wohl, zu der großen Gemeinde zu gehören, derer, die still warten mit wundem Herzen. »Gute Nacht, Resei!« Sie beugte sich vor und küßte das Mädchen wie eine Schwester.

Oben in ihrem Zimmer legte sie sich gleich zu Bett und schlief fest und traumlos, wie sie einst als Kind geschlafen; denn ihr war zumute, als hätte sie heute hundert Leben gelebt, und das macht müde.

(1914)

FÜRSTINNEN

Die verwitwete Fürstin Adelheid von Neustatt-Birkenstein ging um die Mittagsstunde eines heißen Sommertages in das Büro hinüber, um mit dem Major a. D. von Bützow, dem Verwalter ihres Gutes, über ihre Finanzen zu sprechen. Der Fürst Ernst von Birkenstein war im besten Mannesalter gestorben. Eine tückische Lungenkrankheit hatte ihn schnell dahingerafft. Da der Fürst keinen männlichen Nachkommen hinterließ, folgte ihm in der Regierung des Fürstentums sein jüngerer Bruder, Fürst Konrad. Die Fürstinwitwe jedoch zog sich mit ihren drei Töchtern auf die Herrschaft Gutheiden zurück, die sie im Osten des Reiches besaß. Der verstorbene Fürst war ein lustiger Herr gewesen, und das Familienvermögen befand sich bei seinem Tode in ziemlich zerrütteter Verfassung. Die Witwenapanage war mager genug; so beschloß denn die hohe Frau, ihre Töchter in ländlicher Stille zu erziehen. Aber auch so gehörte viel Umsicht dazu, um die Mittel für ein standesmäßiges Leben zu beschaffen.

Diese Besuche im Büro, die langen Gespräche über Geld machten die Fürstin stets müde und traurig. Sie saß da in dem Korbsessel vor dem großen Schreibtisch, der ganz mit Kontobüchern bedeckt war. Ihr gegenüber saß der Major in seinem grauen Leinenanzuge, sehr erhitzt, das kleine, runde Gesicht war gerötet, selbst die Kopfhaut schimmerte rot durch das dünne, greise Haar, und die Enden des grauen Schnurrbartes hingen schlaff über die Mundwinkel. Leise und schnarrend gab er seinen Bericht ab, zuweilen hielt er inne und richtete die hervorstehenden blauen Augen auf die Fürstin, um zu sehen, welchen Eindruck sein Bericht mache. Die Fürstin jedoch lag regungslos in ihrem Stuhle und schaute durch das geöffnete Fenster auf den Hof hinaus, der jetzt in der Arbeitspause ganz still im Sonnenschein dalag, nur drüben bei den Stallungen regte es sich, ein Stallbursche, die Tressenmütze im Nacken, wusch einen großen, blanken Wagen. Etwas Hoffnungsloseres, dachte die Fürstin, als die Stimme des Majors gibt es wohl nicht, und diese Zahlenreihen, diese Debets und Kredits und Saldos, wie feindlich das alles klang! Eine große Brummfliege hatte sich in das Zimmer verirrt und begann laut und ärgerlich zu summen, als wollte sie das traurige Knarren der Stimme des Majors übertönen. Die Fürstin war noch eine schöne Frau, wie sie in ihrem weißen Pikeekleid regungslos dasaß, das Haar sehr dunkel unter dem schwarzen Spitzenschleier. Die bräunliche Blässe des schmalen Ge-

sichtes hatte etwas wie einen matten Bronzeglanz, die Züge waren von wunderbar ruhiger Regelmäßigkeit, und aus den großen braunen Augen schaute das träge Pathos byzantinischer Madonnen. Die kleinen Hände, schwer von Ringen, ruhten müde im Schoß. Jetzt war der Bericht zu Ende. Der Major schwieg, zog die weißen Haarbüschel seiner Augenbrauen in die Höhe und blickte seine Herrin erwartungsvoll an. Die Fürstin schaute noch immer auf den Hof hinab, als sei sie mit ihren Gedanken sehr weit fort, aber sie begann zu sprechen, sprach langsam und ein wenig klagend: »Das ist alles nicht ermutigend, aber an den großen Ausgaben der letzten Zeit und den Ausgaben, die bevorstehen, läßt sich nichts ändern. Ich mußte im Winter mit den Prinzessinnen nach Birkenstein reisen, um die Gesellschaften mitzumachen, nun, und dann kam die Verlobung der Prinzessin Roxane. Die Möbel im Saal, im grünen und im blauen Zimmer mußten vor dem Besuche des jungen Großfürsten neu bezogen werden. Und jetzt kommt die Aussteuer, und wenn die Hochzeit auch bei meinem Bruder, dem Großherzog, stattfindet, Ausgaben gibt es dabei genug. An alledem läßt sich nicht das geringste ändern. Wenn es vorüber sein wird, kann man ja versuchen, wieder eine Weile krumm zu liegen und zu sparen.«
Es wurde an die Tür geklopft, und sie öffnete sich, ohne daß jemand »Herein!« rief. Der Graf Donald von Streith trat ins Zimmer, lang und hager, in einem weißen Flanellanzuge. »Sie kommen gerade recht, lieber Graf«, sagte die Fürstin, ohne sich umzuschauen, und streckte ihm die Hand hin, »wir sind hier gerade bei unseren Defiziten.«
Der Graf küßte die dargebotene Hand und meinte: »So, so! Unser Major hat wieder alle Taschen voller Sorgen.«
Der Major zuckte die Achseln, und die Fürstin klagte: »Ach ja, es ist wieder diese schreckliche Ziegelfabrik.«
Der Graf setzte sich weit vom Schreibtisch in einen Sessel, streckte die Beine von sich und rieb vorsichtig die Fingerspitzen aneinander. Seinen kleinen, länglichen Kopf bedeckte krauses, leicht ergrautes Haar. Seltsam dicht beieinander saßen im sonnengebräunten Gesicht die graublauen Augen. Was aber das Gesicht ganz beherrschte, war die mächtige, kühn gebogene Nase. Die Bartkommas auf der Oberlippe und am Kinn waren kohlschwarz. Die ganze Erscheinung hatte etwas von einem eleganten Don Quichotte. Der Graf war zu Lebzeiten des Fürsten Ernst Hofmarschall in Birkenstein gewesen. Jetzt besaß er ein Waldgut in der Nähe von Gutheiden und lebte dort allein in seinem Jagdschlößchen. Seine Hauptbeschäftigung aber war, die Fürstin in der Verwaltung ihres Gutes zu beraten. Zu jeder Tageszeit konnte man sein kleines Automobil oder

seinen Falben im Gutheidener Schloßhofe stehen sehen, und ein jeder auf dem Gute wußte, der eigentliche Herr hier, der zu entscheiden hatte, war doch der Graf Streith.

»Nun«, begann der Graf, »wenn die Ziegelei uns im Stiche läßt, so muß der Wald herhalten.«

»Denken Sie?« sagte die Fürstin und sah den Grafen hoffnungsvoll an. »Ich wußte gleich, Sie würden sich etwas ausdenken.«

Der Major hatte seine Bücher geschlossen und erhob sich: »Darf ich jetzt zu den Arbeiten gehen?« murmelte er.

»Gewiß«, erwiderte die Fürstin, »ich danke Ihnen, lieber Major«, und sie reichte ihm ihre Hand hinüber, die er küßte. »Sie sehen, es findet sich immer ein Ausweg.« Aber das Gesicht des Majors behielt seinen kummervollen Ausdruck, er verbeugte sich vor dem Grafen und verließ das Zimmer.

Die Fürstin schaute wieder nachdenklich zum Fenster hinaus, und der Graf rieb seine Fingerspitzen aneinander. Beide schwiegen eine Weile und lauschten dem leisen Klingen, das durch die heiße Mittagsluft irrte. Endlich begann die Fürstin, als spräche sie zu sich selbst: »Wenn der Major all diese unangenehmen Dinge vorträgt, klingt aus seiner Stimme etwas Vorwurfsvolles. Aber ich kann nichts dafür, daß die Ziegelei nichts trägt, deshalb werde ich doch nicht meine Töchter hier auf dem Lande verstecken. Ich muß mit ihnen die Gesellschaften in Birkenstein und in Karlstadt besuchen, sie sollen doch heiraten. Eine unverheiratete Prinzessin ist nirgend am Platz. Unverheiratete Prinzessinnen kommen mir vor wie diese Perlenarbeiten, die Gouvernanten zum Geburtstage schenken, Lampenuntersätze oder Federwische, man wußte nie, wo man diese Dinge lassen sollte.«

Das sonore Lachen des Grafen schreckte die Fürstin auf, sie schaute ihn einen Augenblick überrascht an, dann begann auch sie zu lachen. Gleich darauf wurde sie wieder ernst und seufzte: »Nein, nein«, sagte sie, »mir ist nicht nach Lachen zumute.«

»Unsere Prinzessinnen werden heiraten«, tröstete der Graf. »Der Anfang ist schon gemacht.«

»Nun ja«, sagte die Fürstin zögernd, »mit Roxanes Verlobung kann ich zufrieden sein, der junge Mann ist sympathisch, aber diese Leute von drüben – was weiß man, das ist doch alles so fremd. Und ein Kind in diese unbekannte Ferne zu schicken, das ist schwer. Rußland, mein Gott! das ist so dunkel und unbekannt wie – wie das Jenseits. Nun, Roxane ist kühl und vernünftig, die wird sich überall zurechtfinden. Da wird es meine Eleonore schwerer haben, sie ist so weich und leicht verwundbar, sehen Sie, das darf unsereins nicht sein. Und dann meine Jüngste, die ist meine größte Sorge. Mit ihren bald sechzehn Jahren noch so kindisch. Sie hat viel von ihrem Vater, dieses Unruhige, Unberechenbare. Dazu wächst sie hier auf dem Lande auf –«

»Unsere Prinzessin Marie«, meinte der Graf, »wird es schon machen, sie hat ihren Kopf für sich und wird ihren eigenen Weg gehen.«

»Aber Streith!« rief die Fürstin und schlug die Hände zusammen, so daß die Ringe leise aneinanderklirrten wie kleine Panzer. »Ihren eigenen Weg gehen? Wie kann eine Prinzessin ihren eigenen Weg gehen? Ihr Weg ist ihr vorgeschrieben, sie läuft wie auf Schienen, und kommt sie von denen ab, dann ist sie verloren.«

»Also kleine Lokomotiven«, schlug der Graf vor und lächelte.

»Lokomotiven«, wiederholte die Fürstin klagend, »wie wollen Sie, daß ich hier auf dem Lande Lokomotiven erziehe? Wenn ich als Mädchen einmal mit den anderen Mädchen lebhaft und amüsant sein wollte, dann sagte die Gräfin Breckdorff: ›Lassen Sie das, Prinzessin Adelheid, bei den anderen jungen Damen ist das ja ganz nett, aber bei Ihnen ist das nicht angebracht.‹ Wie sollen die Mädchen hier auf dem Lande lernen, was alles nicht angebracht ist? Wie soll ich das machen? Wer hilft mir?«

Der Graf beugte sich ein wenig vor und sagte streng: »Und ich?«

»Ja, Sie, Streith«, erwiderte die Fürstin, »natürlich Sie. Schon in Birkenstein, wenn es Unannehmlichkeiten gab, sagte ich immer: ›Streith wird sich etwas ausdenken.‹ Und diese Gewohnheit habe ich noch immer.« Sie hatte ihn dabei freundlich angesehen, und der Blick ihrer Augen blieb träge und nachdenklich auf ihm ruhen.

Der Graf lehnte sich befriedigt in seinen Stuhl zurück und meinte: »Das will ich hoffen.« Dann erhob er sich. »Ich will in den Wald fahren«, sagte er, »und sehen, was zu machen ist.«

»Kommen Sie zum Diner herüber?« fragte die Fürstin.

»Wenn ich darf«, sagte der Graf.

»Ja, kommen Sie«, erwiderte die Fürstin, »man unterhält sich dann, man braucht nicht an Geld zu denken, vielleicht kann man dann ein wenig zusammen lachen.«

Der Graf küßte die Hand der Fürstin und ging.

Die Fürstin saß noch einen Augenblick matt und mutlos da, obgleich dieser Raum mit seinem Geruch von Tinte und staubigen Kontobüchern, mit dem verstimmten Summen der großen Brummfliege ihr unendlich zuwider war. Endlich entschloß sie sich, das Zimmer zu verlassen. Sie ging die lange Zimmerflucht des Hauses hinab. Alles war still, denn um diese Zeit pflegten die Hausgenossen sich zur Mittagsruhe zurückzuziehen.

Nur im großen Saal ging Böttinger, der alte Kammerdiener, mit dem weißen Haar und dem weißen, faltigen Gesichte, leise ab und zu, um zu sehen, ob die Vorhänge alle der Mittagsonne wegen herabgelassen waren. Die Fürstin blieb stehen und schaute nachdenklich die bronzefarbenen Atlasbezüge der Stühle an. »Böttinger«, sagte sie, »ich denke, den neuen Möbeln lassen wir bis zum Nachmittage die leinenen Überzüge, ich fürchte, die Sonne schadet ihnen doch.«
»Wie Hoheit befehlen«, murmelte Böttinger.
Die Fürstin ging weiter bis in ihr Boudoir, hier atmete sie auf, hier in dem kleinen Raume mit den niedergelassenen, gelbseidenen Vorhängen, in dem es süß nach den großen, welkenden Rosen in der Kristallschale duftete, hier wehte die Luft, die sie zu atmen gewohnt war, und die widerwärtigen Eindrücke des Büros fielen von ihr ab. Sie streckte sich auf ihre Couchette aus, griff nach dem englischen Roman, schlug ihn jedoch nicht gleich auf, sondern schloß die Augen, um eine Weile das Wohltuende der ruhevollen Lebenslage zu genießen. Man muß doch, dachte sie, aus seinem eigentlichen Leben sozusagen herausschlüpfen, um einen guten Augenblick zu genießen.

Drüben im Obstgarten saßen die Prinzessinnen beieinander. Sie liebten es, um diese Stunde, in der die Erzieherinnen ihre Mittagsruhe hielten, sich dort zusammenzufinden. In einer viereckigen Einsenkung des Bodens standen hier die Stachelbeerbüsche, Johannisbeerbüsche, Himbeerbüsche und einige Obstbäume, prall schien die Mittagssonne auf sie nieder, es duftete nach heißen Blättern und heißen Früchten, und von dem höher gelegenen Gemüsegarten trug ein Windhauch zuweilen die strengen Gerüche der Sellerie und Porree herüber. Auf dem Abhang unter einem alten Pflaumenbaum hatten die drei Mädchen sich gelagert. Sie trugen alle drei weiß und rot gestreifte Batistkleider und kleine weiße Strohhüte. Roxane saß aufrecht, den Rücken gegen den Stamm des Baumes gelehnt, die Hände im Schoß gefaltet und schaute gerade vor sich hin in das Flimmern des Mittags hinein. Sie hatte die feierliche Schönheit ihrer Mutter, die großen braunen Augen, doch nahm die strenge Reinheit der Züge in dem jugendlichen Gesichte eine fast ausdruckslose Beruhigtheit an. Eleonore lag im Schatten des Baumes und starrte zum Himmel hinauf. Ein blühendes, rundes Gesicht, in dem die Sphinxaugen der Mutter zu freundlichen, braunen Mädchenaugen geworden waren. Ganz im vollen Sonnenschein hatte sich Marie, die Jüngste, ausgestreckt. Sie lag auf dem Bauche, stützte den Kopf in die Hand, hämmerte mit den Spitzen ihrer gelben Schuhe Löcher in den Rasen und aß einige unreife Pflaumen, die vom Baum gefallen waren. Für ihre sechzehn Jahre war die Gestalt seltsam unentwickelt, schmächtig und eckig, und das Gesicht war ein breites Kindergesicht mit roten Backen und weit offenen, blauen Augen. Das krause, honiggelbe Haar fiel tief in die kurze Stirn hinein. Alle drei hatten eine Weile geschwiegen, das grelle Licht, der starke Duft machten die Köpfe schwer und gaben den Gedanken eine müde Stetigkeit, wie wir sie vor dem Einschlafen empfinden, wenn die Gedanken sich anschicken, Träume zu werden. Plötzlich schaute Marie zu Roxane auf, spie einen Pflaumenkern weit von sich und fragte: »Denkst du jetzt auch an deinen Großfürsten?«

Roxane zog ein wenig die Augenbrauen hinauf und antwortete ablehnend: »Was du nicht alles fragst.«

»Nun ja«, fuhr Marie fort, »ich meine nur, du hast jetzt etwas, an das du denken kannst. Wir nicht.«

Roxane überhörte die Bemerkung und sagte: »Speie doch die Kerne nicht so unanständig aus.«

»Unanständig?« Marie sah die Schwester erstaunt an. »Du hast das doch früher auch immer getan. Wenn ich mit einem Großfürsten verlobt sein werde, dann werde ich es auch nicht mehr tun. Übrigens, wie man es in Rußland damit hält, ist noch sehr die Frage.« Da Roxane nicht antwortete, plauderte Marie weiter: »Ich finde ja deinen Dimitri reizend, sehr schöne Augen mit langen Wimpern, sein Schnurrbart ist wie aus bronzefarbener Seide, hübsch ist es, wenn er deutsch spricht, als ob er eigentlich singen wollte. Ein wenig stark parfümiert ist er, aber gutes Parfüm, Peau d'Espagne und etwas Süßes, ich glaube Heliotrop.«

»Seine Augen sind schön«, ließ Eleonore sich vernehmen. »Auch wenn er lacht, sind sie traurig.«

»Ja, sie sind traurig«, sagte Roxane feierlich. »Dimitri ist ja so heiter und amüsant, aber auf dem Grunde seines Wesens liegt etwas Trauriges. Schon seine Stimme. Wenn er von seiner Heimat erzählt, von Steppen, die blühen, und von Tataren mit kleinen schiefen Augen, immer klingt etwas Melancholisches mit.«

»Natürlich«, meinte Eleonore, »wenn ich das Wort Rußland höre, denke ich an eine große Ebene, auf der es dämmert. Ich kann mir nicht denken, daß die Sonne dort scheint; es ist dort immer Dämmerung, und in der Ferne ist eine große Stadt mit Lichtern in den Fenstern, und irgendwo in der Dämmerung singt einer oder weint einer.«

»Mademoiselle Laure sagt«, berichtete Marie, »der Petersburger Hof ist der ausgelassenste Hof in Europa.«

Roxane zuckte verachtungsvoll mit den Schultern: »Ach die.«

Vom Abhang aus konnte Marie das Gartengitter sehen. Die Landstraße führte hier vorüber, dann ging es zur Dorfstraße in die Höhe mit den kleinen Häusern und Gärten, still und sonnig lag sie jetzt da, nur Hunde und Hühner trieben sich dort umher, zuweilen ging eine Frau mit einem Eimer zum Brunnen. Dahinter aber auf einem Hügel stand groß und weiß mit blitzenden Fenstern Tirnow, das Schloß des Grafen Dühnen. Marie ließ die Landstraße nicht aus den Augen, denn jeden Tag um diese Zeit kamen die drei Dühnenschen Jungen vom Flusse her, wo sie gebadet hatten, auf ihrem Heimwege hier vorüber. »Da sind sie!« rief Marie laut. Alle drei in blauen Leinenanzügen, die feuchten Badetücher über der Schulter, die Gesichter so gebräunt, daß die blonden Haare fast weiß erschienen. Da war Felix, der sechzehnjährige Kadett, hoch aufgeschossen und schmal, Bruno mit dem hübschen Mädchengesicht und Coco, ein ungezogener siebenjähriger Gnom. Die beiden älteren Knaben grüßten zu den Damen hinüber. Coco blieb stehen, drückte sein Gesicht gegen das Gitter und zählte: »Drei Kohlköpfe, drei Salatköpfe, drei Prinzessinnen.« Dann lief er davon. Marie folgte den Knaben aufmerksam mit den Augen, wie sie die Dorfstraße hinaufstiegen, immer kleiner wurden und endlich verschwanden. Und immer empfand sie dann etwas, das ihr das Herz schwer machte, als sei dort das freie, lustige Leben an ihr vorübergegangen.
Die Gräfin Dühnen war mit ihren Söhnen zwar einmal im Schlosse gewesen, aber da war Felix in seiner Uniform steif und geziert, die beiden anderen mit glatt gekämmtem Haar und weißen Kragen waren stumm und verlegen. Und alle drei ganz andere Wesen als die Knaben mit den losen Leinenkitteln, die heiß und noch feucht vom Bade am Gartengitter vorüberzogen. Traurig wandte sie sich wieder zu ihren Pflaumen. Als sie einen Blick auf Roxane warf, rief sie: »Aber, Roxane, wie siehst du aus, du willst ja weinen, du weinst ja schon.«
Wirklich waren Roxanes Wangen feucht von Tränen. Sie lächelte: »Es ist nichts«, sagte sie, »mir war es nur plötzlich so seltsam, daß ich in wenig Tagen hier all dieses nicht mehr sehen werde, daß es ganz, ganz weit sein wird, ein kleiner sonniger Fleck, nach dem ich mich sehnen werde.«
Marie zuckte die Achseln. »Diese alten Stachelbeerbüsche«, meinte sie, »wären wohl das letzte, nach dem ich mich sehnen würde.«
Ein kleiner Wagen fuhr jetzt auf der Landstraße am Gitter vorüber und Marie meldete wieder: »Ach Gott! da kommt er.« Es war Professor Wirth vom städtischen Gymnasium, der zweimal wöchentlich ins Schloß kam, um den Prinzessinnen einen Geschichtsvortrag zu halten. Marie streckte und dehnte sich im Vorgefühl der kommenden Langeweile. »Das ist auch

ein Segen, ein Segen der Verlobung«, sagte sie, »daß man vom Elend dieser Geschichtsstunden loskommt. Komm, Lore, Roxane hat es gut, die kann hierbleiben und an ihren Dimitri denken.« Seufzend erhoben sich die beiden Mädchen und gingen träge und langsam dem Schlosse zu.

Um vier Uhr stand die Kalesche mit dem Viererzug von Rappen vor dem Schlosse. Um diese Stunde pflegte die Fürstin mit ihren Töchtern eine Spazierfahrt zu machen. Marie hielt nicht viel von diesen Fahrten, sie verliefen meist schweigsam, und der Weg war ihr allzu bekannt. Immerhin war es eine Gelegenheit, ein wenig die Luft der Außenwelt zu atmen und einen Blick auf das Leben der anderen Menschen zu werfen. Da war zuerst die Dorfstraße. Wenn der Wagen durchfuhr, steckten die Frauen die Köpfe aus den kleinen Fenstern, Kinder saßen auf Gartenzäunen und sperrten die Mäuler auf, Männer grüßten, Hunde bellten, es gab eine lustig lärmende Erregung. Neben der Kirche lag das Pfarrhaus. Im Garten stand die Pfarrerin mit ihren zwei Töchtern, sie hielten große Schüsseln und pflückten Johannisbeeren. Ihre glatten, braunen Scheitel glänzten in der Sonne. Wenn sie des Wagens ansichtig wurden, faßten sie ihre Schüsseln mit beiden Händen und machten tiefe Knickse. Dann kam Tirnow. Alle Fenster standen offen, drinnen wurde auf dem Klavier ein Walzer gespielt, in den Kirschbäumen an der Gartenmauer saßen die Jungen; blaue Gestalten in all dem Grün und Rot. Coco schwenkte seinen Strohhut und rief dem Wagen etwas nach. Auf die Chaussee brannte die Sonne heiß nieder, eine Staubwolke begleitete den Wagen, die Gegend war nur durch einen trüben, gelben Schleier zu sehen, die großen Klettenblätter am Wegrain waren staubgrau wie Löschpapier, und widerwärtige, große Fliegen umsummten die Nasen der Fahrenden. Marie wurden die Augenlider schwer, und sie begann wieder an dem Vergnügen dieser Spazierfahrten zu zweifeln. Aber noch gab es etwas zu sehen. Sie kamen an Schlochtin, am Landsitze des Baron Üchtlitz vorüber. Ja, das war der eigentliche Höhepunkt dieser Fahrten. Kühl lag das rote Haus zwischen seinen mächtigen alten Linden. Im Garten, auf dem Tennisplatze trieben sich junge Mädchen mit bunten Kappen, junge Herren in hellen Anzügen umher, ihre lauten Stimmen klangen bis auf die Landstraße hinaus. Im Grünen hing eine Schaukel, und auf ihr saß ein Mädchen im roten Kleide, unten stand ein Offizier und schaukelte. Die Knöpfe an seinem dunkeln Waffenrock blitzten wie kleine Feuer. Und wenn das Mädchen hoch in die Zweige hinaufflog, dann stieß es einen kleinen, schrillen Schrei aus, und der Offizier bog den Kopf zurück und lachte. Köstlich, dachte Marie und seufzte.

Jetzt bog der Wagen in den Wald ein, und es gab nichts mehr, worauf sie sich freuen konnte. Steif und regungslos stand die endlose Reihe der Kiefern da, ein Wald riesiger Bleistifte, schräg schien die Nachmittagssonne durch die Wipfel. »Wie das duftet«, sagte Eleonore, sie sagte das jedesmal, Marie wußte, daß das kommen würde. Und dann zeigten sich einige Rehe zwischen den Stämmen und Roxane sagte: »Sieh doch, Rehe!« Das geschah ebenso regelmäßig wie das Erscheinen des Kuckucks auf der alten Kuckucksuhr, die Fräulein von Dachsberg, die Erzieherin, von ihrer Mutter geerbt hatte, die Uhr schnurrt, der Kuckuck erscheint und sagt: »Kuckuck.« Die Uhr schnurrt, und Eleonore sagt: »Wie es hier duftet.« Die Uhr schnurrt, und Roxane sagt: »Sieh doch, Rehe.«
Der Wald war nun zu Ende und die lange Pappelallee begann. Am Ende derselben wurde das Schloß sichtbar, groß und grau mit seinen geschweiften Giebeln, seinen dicken Säulen und seinem grünen Kupferdache. Auf der Freitreppe stand Böttinger, eine kleine blau und silberne Figur, und wartete.
Vor dem Diner versammelte man sich im grünen Zimmer, das war stets ein hübscher Augenblick, der etwas Festliches hatte. Die drei Mädchen erschienen in weißen Kleidern mit Rosen im Gürtel, Mademoiselle Laure de Bouttancourt, die schwarzlockige Französin, liebte es, sich in helle Seide zu kleiden. Sie unterhielt sich mit dem Grafen Streith, sie bog den Kopf zurück und schaute aus den grell schwarzen Augen kokett zu ihm hinauf. Fräulein von Dachsberg, die Erzieherin, mit den blonden Scheiteln und dem bleichen, geduldigen Gesicht, und der Major standen ein wenig beiseite und sprachen halblaut miteinander. Der Baron Fürwit scherzte mit den Prinzessinnen. Er war Hofmarschall beim Vater der Fürstin gewesen und glaubte hier auch so etwas zu sein, war aber wohl nur in das Haus genommen worden, um ihm ein sorgenloses Alter zu bereiten. »Auf Ehre«, sagte er, »mir träumte, drei weiße Damen kommen auf mich zu. Ich sage mir, das sind Engel. Sofort denke ich aber auch, wenn die in das Schloß gehen, wie stelle ich sie vor? Wie stellt man Engel vor?« Er lachte, trippelte auf seinen kleinen Füßen und strich seinen schönen, braungefärbten Backenbart. Endlich kam die Fürstin mit der Baronin Dünhof, ihrer Freundin und Gesellschaftsdame, einer kleinen asthmatischen Frau mit einem großen weiß und rosa Gesicht und einer schneeweißen Perücke. Man konnte zu Tisch gehen. Die Fürstin nahm den Arm des Grafen Streith, die drei Prinzessinnen folgten, Baron Fürwit führte die Baronin Dünhof, der Major Fräulein von Dachsberg, Mademoiselle Laure ging allein. »Wenn man zur Tafel geht«, hatte Marie einmal zu Mademoiselle Laure gesagt, »sind alle hübsch angezogen, der Tisch, weiß und silbern,

sieht aus wie ein Altar, man setzt sich ein wenig fröstelnd hin und wartet auf die guten Sachen, dann freut es einen doch etwas, daß man eine Prinzessin ist.«

»Ah ma pauvre petite!« hatte Mademoiselle Laure geantwortet.

Bei Tische führte der Graf die Unterhaltung. Die Fürstin hörte ihm zu, und man sah es ihr an, sie fühlte sich gut geborgen und gut unterhalten, wenn er sprach. Die Baronin Dünhof und der Baron Fürwit äußerten zuweilen etwas, Fräulein von Dachsberg sprach halblaut mit dem Major, die Prinzessinnen saßen gerade auf ihren Stühlen und schwiegen.

»Ja«, sagte der Graf, »gestern war der Baron Üchtlitz bei mir. Der alte Herr schien ganz außer sich. ›Denken Sie sich‹, sagte er, ›unsere Hilda will fort und etwas leisten. Will sie Kranke pflegen, will sie studieren, will sie Postfräulein werden? Was weiß ich. Sie kann sich zu Hause nicht entwickeln, sagt sie. Haben Sie je gehört, daß zu unserer Zeit unsere Damen sich entwickelten? Nein – aber sie muß fort. Sie sagt, sie wird nicht wie eine Prinzessin zu Hause sitzen und auf eine Krone warten.‹«

Das erregte Heiterkeit an der ganzen Tafel. »Sie war mir nie sympathisch«, bemerkte die Fürstin, und die Baronin Dünhof meinte: »Schließlich, wenn diese Damen sich entwickelt haben, so weiß die Gesellschaft nicht, was sie mit ihnen anfangen soll.« – »Und es endet gewöhnlich mit einer törichten Heirat«, warf Baron Fürwit ein. Die Baronin nickte und erklärte mit Bestimmtheit, die Frau gehöre in das Haus.

Marie wurde nachdenklich. War Hilda das rote Mädchen auf der Schaukel gewesen, das sich von dem Offizier schaukeln ließ? Sie hatte Hilda immer bewundert, ihre aufgeregten, grauen Augen, die aschblonden Zöpfe und dann, Hilda hatte zuweilen eine Art, über Eltern im allgemeinen, über den lieben Gott oder über Liebe zu sprechen, daß es einem kalt über den Rücken lief, es war schrecklich, aber doch angenehm erregend. Die Fürstin hob die Tafel auf.

Die Gesellschaft begab sich in den Gartensaal. Hier verhüllten grüne Spitzenschirme die Lampen, die Glastüren standen weit offen, und die Sommernacht füllte den Saal mit ihrem kühlen, süßen Duft. Die Fürstin ließ zwei Sessel an die Türen heranrücken, dort saß sie, neben ihr der Graf. Sie unterhielten sich, der Graf dämpfte seine Stimme, gab ihr einen weichen, singenden Klang, zuweilen hörte man sie zusammen lachen, oder sie schwiegen und schauten in die Nacht hinein. Dann legte die Fürstin wohl flüchtig die Hand auf den Ärmel des Grafen und sagte: »Streith, die Sterne.«

»Ja, hm, die Sterne«, erwiderte der Graf und suchte nach etwas Besonderem, das er sagen könnte.

»Eigentlich müßten sie uns nervös machen, diese stets erleuchteten Nachbarhäuser, von denen wir nie erfahren, wer in ihnen wohnt.«

Die Baronin Dünhof spielte mit dem Baron Fürwit Halma, und der Major schaute ihnen zu. Die anderen gingen in den Garten hinaus. Eleonore legte den Arm um Roxanes Taille, und beide wanderten den breiten Kiesweg hinab. Jetzt, da die Trennung bevorstand, hatten sie viel miteinander zu besprechen und konnten dabei einen dritten nicht brauchen. Fräulein von Dachsberg und Mademoiselle Laure folgten den Prinzessinnen in einiger Entfernung. Marie fühlte sich ausgeschlossen und vernachlässigt. Was sollte sie tun? Sie ergriff Mademoiselles Arm und zog sie auf einen Nebenweg.

»Kommen Sie«, sagte sie, »erzählen Sie wieder von der Pension und wie Sie aus dem Fenster stiegen, um mit den Studenten spazierenzugehen.«

»Ce n'est rien pour les petites princesses«, erwiderte Mademoiselle Laure steif.

Das kannte Marie. Wenn die Französin guter Laune war, dann erzählte sie lauter Geschichten, die nichts für kleine Prinzessinnen waren, war sie jedoch traurig und sehnte sich nach dem Vikomte, mit dem sie heimlich verlobt gewesen war und der sie verlassen hatte, dann war alles unpassend.

Gut, Marie ließ sie einfach stehen und schlug einen anderen Weg ein.

»Prinzessin Marie!« hörte sie es hinter sich her rufen, aber sie kümmerte sich nicht mehr darum, jetzt wollte sie einsam und unglücklich sein. Angenehm war es nicht, allein in der Finsternis umherzuirren, aber sie wollte leiden. Die Nacht um sie her war samtschwarz; schaute sie empor, dann flimmerten die Sterne so unruhig, daß ihr schwindelte. Von der Dorfstraße kam noch ein leises Singen und Lachen herüber, ein Wagen fuhr auf der Landstraße, durch die nächtliche Stille hörte man lange sein Rollen, und es gab Marie das Gefühl einer unendlichen, dunklen Weite. Ja, wenn die anderen einen verlassen, dann ist man allein in einer unendlichen, dunklen Weite.

Drüben aus den schwarzen Massen der Parkbäume scholl ein sachtes Rauschen, es wurde unheimlich. Selbst die Blumen, an denen sie vorüberging, und die sie an ihrem Dufte erkannte, die Rosen und Levkojen, schienen fremd, und wenn sie sich auf sie niederbeugte und sie anfaßte, waren sie kalt und feucht und abweisend.

»Prinzessinnen sitzen zu Hause und warten auf eine Krone«, das fiel ihr jetzt ein, und sie sprach es laut in das Dunkel hinaus. Das klang eigentlich tragisch, es klang eigentlich unheimlich, sie wußte nicht, warum, aber es klang unheimlich, und mit großen Schritten ging sie dem Hause zu.

Im Gartensaal rüstete man sich zum Aufbruch. Graf Streith verabschiedete sich, und auch die anderen wollten sich zurückziehen, und man bot sich eine gute Nacht. Nur Mademoiselle Laure fehlte, sie streifte noch durch den finsteren Garten und dachte an ihren Vikomte.

Die Prinzessinnen schliefen alle in einem großen, weißen Zimmer. Alles war hier weiß, die Wände, die Betten, die Toilettentische und die vielen Musselinvorhänge. Marie ließ sich von Alwine, der alten Kammerzofe, schweigend und regungslos wie eine Puppe entkleiden. Sie wollte schlafen, sie sehnte sich danach, diesen freudlosen Tag zu beschließen. Als sie im Bette lag und die Zofe fortgeschickt worden war, saßen Eleonore und Roxane noch beieinander und flüsterten. Marie hörte es dem Tonfall der Stimmen an, daß das Gespräch innig und rührend war, das rührte auch sie. Plötzlich begann auch sie mitzusprechen: »Ich kann es immer noch nicht verstehen, warum ich nicht mit zur Hochzeit fahren darf.«

»Weil du zu jung bist«, antwortete Roxane sanft.

»Zu jung«, erwiderte Marie böse, »das ist es nicht. Hochzeiten kann man auch mitmachen, wenn man nicht erwachsen ist. Es ist der Toilette wegen, und das finde ich so unglaublich kleinlich.« Da keine Antwort kam, schloß sie die Augen, allein die Erbitterung ließ sie nicht schlafen. Im Zimmer wurde es still. Eleonore war zu Bett gegangen, und Roxane saß vor ihrem Spiegel, bürstete ihr schönes, schwarzes Haar und schaute in das Licht der Kerzen. Das tat sie allabendlich, und seitdem sie verlobt war, dauerte es oft bis tief in die Nacht hinein. Heute aber erschien Marie diese Gestalt, die unermüdlich über das lange, schwarze Haar hinstrich und dabei in die Kerze starrte, herzbrechend traurig. Sie begann zu weinen.

»Weinst du, Kleine?« fragte Roxane. Sie erhob sich und trat an Mariens Bett heran: »Warum weinst du?«

»Weil du fortgehst«, schluchzte Marie, »und weil alles so traurig ist.«

Roxane küßte die Stirn der Schwester: »Schlafe nur«, sagte sie, »so ist es nun zuweilen, und dann wird alles wieder gut und lustig.« Damit ging sie zum Spiegel zurück, und Marie drückte ihr Gesicht in die Kissen und weinte, bis sie einschlief.

Der Morgen der Abreise nach Karlstadt kam. Für Marie waren die vorhergehenden Tage schon unerfreulich gewesen. Die anderen waren so sehr beschäftigt, man sprach von Toiletten, von Koffern, von der Abfahrtzeit der Züge, nur sie hatte nichts zu tun, sie konnte mit den Erzieherinnen spazierengehen und allein dem Geschichtsvortrag des Professors Wirth zuhören. Als der Augenblick der Abfahrt kam, hing Marie an Roxanes Halse und weinte leidenschaftlich, aber sie war mit ihrem

Schmerze ziemlich allein. Selbst Roxane, von der Erregung der Abfahrt hingenommen, brachte es zu keiner tieferen Rührung. So fuhren sie denn ab. Marie ging in ihr Zimmer, warf sich auf das Bett und schluchzte. Zuweilen kam Alwine, nach ihr zu sehen, stand da und versuchte es, ihr zuzureden: »Wozu das Weinen? Wie lange wird es dauern, und Prinzeßchen wird selbst Hochzeit halten.«

Allein das konnte Marie nicht trösten. Zum Frühstück erschien sie mit verweinten Augen, saß wortlos da und ärgerte sich darüber, daß Fräulein von Dachsberg, der Major, Mademoiselle Laure, alle, die sonst bei Tisch zu schweigen oder nur halblaut zu sprechen pflegten, heute eine laute Unterhaltung führten. Nach dem Frühstück ging sie in den Garten hinaus und streckte sich unter dem alten Pflaumenbaum platt auf den Rasen hin. Sie lag ganz still da, die tiefen, beruhigenden Stimmen der Hummeln sangen nahe an ihrem Ohr vorüber, Libellen setzten sich auf ihre Brust, aber sie regte sich nicht, sie lag da wie tot. Ja, das hätte sie denen im Schlosse gegönnt, wenn sie wirklich tot gewesen wäre, gestorben an Vereinsamung und Enttäuschung. Plötzlich fuhr sie auf, die Dühnenschen Jungen mußten gleich kommen. Sie beschloß, die Knaben heute am Gitter zu erwarten, es war unschicklich, sie wußte es, aber gerade das wollte sie. Sie erhob sich und ging, sich am Gitter aufzustellen. Da kamen sie schon, gerade bogen sie auf die Landstraße ein, voran Coco, die Hände voller Kieselsteine, mit denen er nach den Stäben des Gartengitters warf. Als er Marie sah, blieb er verwundert stehen.

»Holla!« rief er. »Heute nur eine.« Auch die beiden anderen Knaben blieben stehen und grüßten.

»Heute allein?« fragte Felix und errötete.

Auch Marie errötete: »Ja«, erwiderte sie, »meine Mutter und meine Schwestern sind verreist.«

Da Felix nichts mehr zu sagen wußte, führte Marie die Unterhaltung weiter: »Haben Sie gebadet?«

Ja, sie hatten gebadet.

»Baden Prinzessinnen nicht?« fragte Coco.

Marie antwortete darauf nicht, sondern wandte sich wieder an Felix: »Ist es weit, dort, wo Sie baden?«

»Nein«, erwiderte er, »gleich hier um die Ecke auf der kleinen Wiese am Waldrande.«

»Ist es dort schön?« forschte Marie weiter.

»Kennen Sie das nicht?« fragte Felix erstaunt. »Wenn Sie hier über den Weg gehen, sind Sie gleich da«, und plötzlich erhellte ein schlaues Knabenlächeln Felix' sonst so ernstes Gesicht, »wir führen Sie hin«, schlug er vor.

»Wie kann ich?« stotterte Marie, und das Herz schlug ihr stärker.
»Nun«, meinte Felix, »wir laufen ganz schnell über den Weg und die Wiese hinab, im Walde sieht uns keiner.«
Ein leichter Schwindel ergriff Marie, wie er Menschen ergreift, die sich mit einem plötzlichen Entschluß blindlings in eine große Gefahr stürzen.
»Warten Sie«, sagte sie, und lief zu der kleinen Gitterpforte des Gartens, und dann stand sie auf der Landstraße.
»Sie kommt! Sie kommt!« triumphierte Coco.
»Nun los!« kommandierte Felix, und sie begannen zu laufen. Von der Landstraße bogen sie auf eine kleine, gemähte Wiese ab. Der Boden war dort feucht, bei jedem Schritte gab es ein leise glucksendes Geräusch, und ein wenig schwarzes Wasser spritzte über die Schuhe. Da war auch der kleine Fluß blitzend im Mittagscheine, umstanden von hohem, grünem Schilfe.
Hier roch es nach Wasser, nach Schilf und feuchter Erde. Eine seltsam aufregende Abenteurerluft, dachte Marie. Und endlich waren sie am Waldrande, Marie blieb stehen, legte die Hand auf die Brust und rang nach Atem.
»Tüchtig gelaufen«, bemerkte Felix.
Marie versuchte zu lächeln: »Es ist nichts«, sagte sie, aber das Weinen war ihr nahe.
»Jetzt können wir langsam gehen«, meinte Felix. Bruno und Coco liefen voraus, sammelten Tannenzapfen und warfen damit nach einem Eichkätzchen, das von einem Baume spöttisch auf sie niedersah. Felix ging neben Marie her und machte höflich den Wirt des Waldes. Alte Tannen standen hier mit majestätisch niedergebogenen Zweigen und grauen Moosbärten, weiter fort kam dichtes Unterholz, mächtige Wurzeln schlängelten sich über den Boden, der mit grün und rotem Moose bedeckt war. Die Sonne sprühte auf den Tannennadeln, und die Luft war schwer von warmem Harzgeruch. »Ja, mit den Wurzeln muß man sich hier in acht nehmen«, sagte Felix, »man sieht sie nicht, und dann fällt man. Das dort ist eine Eidechse, soll ich sie fangen? Sie hat einen gelben Bauch.«
»Ach nein«, bat Marie.
»Oh, sie tut nichts«, sagte Felix, »ja, Heidelbeeren gibt es hier auch, aber wir kommen an eine Stelle, da gibt es mehr davon, da können wir uns voll essen.«
Marie blieb stehen und lauschte einem Ton, der durch das Gehölz zu ihr drang. »Was ist das?« fragte sie.
»Das sind die Tauben«, berichtete Felix. »Am Morgen, wenn man sich

unter einen abgestorbenen Baum stellt und sie lockt, dann kommen sie.« Und Felix begann den Ruf der Waldtauben nachzuahmen.
»Das können Sie gut«, sagte Marie bewundernd.
Felix zuckte die Achseln: »Ich kann noch viele Vögel locken«, meinte er. Allerdings, dieser Wald war anders interessant als der Wald, durch den Marie nachmittags mit der Kalesche fuhr oder in dem sie mit Fräulein von Dachsberg, den Lakaien hinter sich, spazierenging. Und wie zu Hause die Knaben hier waren, Bruno und Coco sprangen umher wie in einer großen Spielstube, und Felix sprach von den Tannen und Eidechsen wie von Kameraden, und es war ihr demütigend, nicht auch zu dem allen zu gehören, sondern hier umherzugehen wie ein fremder Besuch. Jetzt kamen sie an einen kleinen Bach, der sich durch die schwarze Walderde durchwühlte, auch sein Wasser war schwarz, nur hie und da mit einer grünen Pflanzendecke überdeckt. Ein morsches Brett diente hier als Brücke. Coco und Bruno liefen sicher hinüber und ließen das Brett schaukeln.
»Können Sie hinüber?« fragte Felix höflich.
»O ja«, antwortete Marie zuversichtlich, aber das Herz klopfte ihr, das Brett war schlüpfrig und schaukelte, sie fürchtete zu fallen, und – dann fiel sie auch schon, stand mitten in dem schwarzen, lauwarmen Wasser, und am Ufer erhoben Bruno und Coco ein lautes Gelächter. Hilfesuchend schaute sie zu Felix auf, aber auch dessen höfliches Gesicht war von einem breiten, höhnischen Knabenlachen verzerrt. Auf einem großen Blatte saß eine dicke Kröte und sah sie starr und verdrießlich an, und über ihr in den Baumwipfeln lachten die Waldtauben.
Das ist ja wie ein ganz, ganz böser Traum, dachte Marie, und sie begann zu weinen.
Endlich sprang Felix herzu, streckte ihr die Hände entgegen und sagte gutmütig: »Kommen Sie.« Mühsam wurde Marie an das Ufer hinaufgezogen, da stand sie dann, das Kleid schwarz und naß, die Füße schwer von Schlamm. Sie weinte noch immer, und Coco lachte noch immer sein wildes Lachen, Felix aber wurde ernst und nachdenklich. »Das ist dumm, was tun wir?« sagte er. Er besann sich und faßte einen Entschluß. »Bitte, Prinzessin Marie, gehen wir hier hinein«, wandte er sich jetzt wieder sehr höflich an Marie und führte sie in das Dickicht an einen kleinen mit Moos und Heidekraut bedeckten Platz, der ganz von jungen Tannen umstanden war. »Bitte es sich hier bequem zu machen«, fuhr Felix fort, »hier sieht Sie keiner, hier sind unsere Badetücher, bitte. Ich laufe schnell nach Hause und sehe, ob ich etwas Trockenes erwische. Ich bin bald wieder da, Sie können ganz ruhig sein.«

Damit ging er. Marie ließ sich auf das Moos nieder, sank kummervoll in sich zusammen. Ihr war sehr elend zumute, jetzt hatte sie Gewissensbisse, was würden die zu Hause sagen, aller Mut, alle Abenteuerlust waren gewichen, und sie war nur noch das kleine Mädchen, das fürchtete, gescholten zu werden. Mechanisch begann sie sich Strümpfe und Schuhe auszuziehen, legte die nassen Röcke ab und hüllte sich in die Badetücher. Der Erregung folgte eine große Müdigkeit und eine dunkle Ergebung. Aus der Ferne hörte sie die Stimmen der beiden Knaben, Coco sang: »Ich habe die Beine der Prinzessin gesehen!« Sie streckte sich auf das Moos aus, über ihr in einem lichtblauen Himmel wiegten sich Tannenwipfel langsam hin und her, um sie an den Zweigen schaukelten sich winzige Spinnen an blanken Fäden, und Meisen flogen lautlos hin und her wie kleine, graue Federknäuel, alles war so beruhigt und sorglos, es war fast demütigend hier zu liegen und ein böses Gewissen zu haben. Der Wald sang seine Töne zu ihr herüber, ein Specht arbeitete unermüdlich irgendwo, und der Eichelhäher stieß zuweilen seinen erregten Wacheruf aus. Marie streckte sich, die Sonne schien jetzt warm auf ihre nackten Füße. Wenn es nicht so schrecklich gewesen wäre, so hätte es gemütlich sein können, dachte sie, griff nach einigen Heidelbeeren, die neben ihr wuchsen und aß sie. Über ihr auf einem Föhrenzweig ließ sich ein großer, blauer Vogel nieder, ruhig saß er da, und äugte auf Marie herunter. Sie aber empfand es wie eine Ehre, daß der schöne Vogel auf sie wie etwas Bekanntes und Hierhergehöriges herabsah. Sie schloß die Augen, sie dachte nicht mehr an das Schloß und an Fräulein von Dachsberg, das alles schien plötzlich unendlich weit, sie dachte an nichts mehr; ein süßes Daseinsbehagen erwärmte ihren Körper, es war ihr, als wiegte sie sich wie die besonnten Tannenwipfel dort oben im Blau sachte hin und her, oder als würde sie wie die kleinen Spinnen an silbernen Fäden sanft geschaukelt.
Sie wurde von etwas aufgeschreckt, das auf sie niederfiel. Sie richtete sich auf, mißmutig darüber, daß sie gestört wurde. In ihrem Schoß lag ein Paket in eine Zeitung gewickelt, und als sie es öffnete, fand sie darin ein Paar Knabensocken und eine reingewaschene blaue Leinwandhose. Ratlos blickte sie die Gegenstände an, dann legte sie sich zurück und begann zu lachen, lachte so, daß es ihren ganzen Körper schüttelte und ihr warm dabei wurde. Das gab ihr neuen Mut. Gut, es ging auch so. Sie zog die Socken an, schlüpfte in die Leinwandhose, legte darüber ihre nassen Kleider an und trat so aus dem Dickicht hervor. Die drei Knaben empfingen sie ernst, gewaltsam hielten sie ihre Gesichter und ihre Lippen in Zucht. »Nicht wahr, Prinzessin«, sagte Felix zeremoniös, »so geht es auch, etwas anderes war nicht zu haben.«

»Oh, ich danke«, erwiderte Marie, jetzt wieder ganz Prinzessin, »so ist es sehr gut.«
Sorgsam wurde sie über den gefährlichen Steg geleitet, und auf dem Gang durch den Wald gab Felix Anleitungen dazu, wie sie ungesehen an das Haus gelangen könnte. Er tat das mit der Sachkenntnis eines, der in verbotenen Unternehmungen wohl bewandert ist. Auf der Wiese begannen sie wieder zu laufen, jagten über die Landstraße hin und hielten vor der Gittertüre des Schloßgartens.
»Ich danke Ihnen«, sagte Marie jetzt wieder befangen, »es war doch sehr schön.«
»Das machen wir jetzt öfters«, meinte Felix, dann trennten sie sich.
Vorsichtig schlich Marie durch die Stachel- und Johannisbeerbüsche, den Buchsbaumhecken entlang, dem Schlosse zu, das noch schweigend in seiner Mittagsruhe dalag. Wäre nicht ihr nasses Kleid gewesen, und die übel zugerichteten Schuhe, sie hätte das eben Erlebte für einen Traum halten können, so unwahrscheinlich erschien es ihr mitten in der altgewohnten feierlichen Stille. Ungesehen gelangte sie an die Hintertüre des Schlosses und in ihr Zimmer. Dort klingelte sie nach Alwine, die würde schelten, aber sie nicht verraten. Vordem jedoch zog sie die leinene Hose aus und verbarg sie.
Alwine kam, und als sie erfahren hatte, was geschehen war, schalt sie sehr heftig: »Eine Prinzessin, die sich mit fremden Jungen im Walde umhertreibt, hat man je so etwas gesehen! Es war eine Schande! Das wird eine schöne Königin geben. Ich möchte das Volk sehen, das solch eine Königin will.« Marie mußte sich zu Bett legen und ruhig liegenbleiben, Alwine wollte draußen sagen, die Prinzessin habe Kopfweh und dürfe nicht gestört werden.
Als die Alte fort war, schloß Marie die Augen, nein, sie bereute nichts, sie war nur sehr müde und schlief lächelnd ein.
Marie erwachte heiter und erquickt. Sie mußte sich zuerst darauf besinnen, was denn Besonderes geschehen war, und dann wußte sie es, in ihr einfaches Prinzessinnenleben hatte sich ein Geheimnis, eine lustige Ungeheuerlichkeit, eingeschlichen, die ihr entgegenkicherte, sobald sie daran dachte. Und sie dachte viel daran. Sie dachte daran, wenn der Baron Fürwit sie zum Diner führte, und sie dachte daran während des Essens, mitten in der Feierlichkeit des Eßsaals, vor dem weiß und silbernen Altar des Eßtisches, und dann spürte sie ordentlich wieder den Hauch der Moorerde, des Harzes und der Tannen. Abends ging sie mit Mademoiselle Laure im dunkeln Garten auf und ab, und Mademoiselle erzählte von der Pension und den Studenten. Als sie schlafen ging, bat sie Alwine, ein

wenig bei ihr zu bleiben, denn sie fürchtete sich allein in dem großen, weißen Zimmer. Es war behaglich, vom Bette aus Alwines friedliches Gesicht, mit der großen Brille über den Strickstrumpf gebeugt und von der Lampe hell beschienen, vor sich zu haben.
»Alwine«, sagte Marie, »warst du hübsch, als du jung warst?«
»Das weiß ich nicht«, erwiderte Alwine verdrießlich, »Prinzeßchen soll schlafen.«
Aber Marie fragte weiter: »Alwine, liefst du auch zuweilen mit fremden Jungen in den Wald?«
»So was fragen Prinzeßchens nicht«, antwortete die Alte.
Marie schaute zur Decke empor. Ja, das eigentliche Leben eines jeden sind seine Geheimnisse, das war ihr jetzt klar. Alle hatten sie ihre Geheimnisse, alle, das ganze Schloß war voll davon. Mademoiselle Laure hatte einmal erzählt, wenn sie sich zur Mittagsruhe in ihr Zimmer zurückzieht und ihre Türe verschließt, dann tanzt sie ganz allein für sich oft eine Stunde lang, denn, sagte sie, das Leben hier im Schlosse war kein Leben, »on étouffe«. Ja, das war es, so machten sie es alle, das ganze Schloß mit seinem feierlichen Leben war voll von solchen verschlossenen Türen, hinter denen die Leute heimlich tanzten. Alle taten sie das, der alte Baron Fürwit und das traurige Fräulein von Dachsberg, der Major, die kleine Baronin Dünhof und die Mama – ja, auch die Mama. Und dieser Gedanke erregte Marie so sehr, daß sie mit ihrem ganzen Körper aufschnellte wie eine Forelle im Wasser.
»Heute sind Prinzeßchen aber schlimm«, brummte Alwine.
Am nächsten Tage um die Mittagszeit saß Marie auf ihrem Platze unter dem Pflaumenbaum, die Leinwandhose in Papier gewickelt neben sich, und wartete.
Zuerst kamen Coco und Bruno. Coco drückte seine Nase an die Stäbe des Gitters und rief: »Er kommt nach.« Dann lief er davon und trällerte: »Er hat sich verliebt in 'ne Prinzessin!«
Marie nahm ihr Paket und stellte sich an der Gittertüre auf.
Da kam auch schon Felix herangeschlendert, das Badetuch über der Schulter. Er blieb stehen und lachte: »Ist es gut bekommen?« fragte er.
»Ja, ich danke«, erwiderte Marie, »ich wollte Ihnen dieses hier abgeben.«
Sie öffnete die Gittertür und fügte errötend und sehr höflich hinzu: »Wollen Sie nicht ein wenig eintreten?«
»Hier?« fragte Felix erstaunt.
»Oh, es sieht uns keiner«, versicherte Marie, »wir müssen nur in die Johannisbeeren gehen.«
»Das ist etwas anderes«, erwiderte Felix verständnisvoll und trat in den Garten.

Marie ging voran, um ihm den Weg zu zeigen, mitten in das Dickicht der Stachel- und Johannisbeersträuche hinein. Vor einem großen Johannisbeerstrauche blieb sie stehen und sagte »Bitte hier«.
Felix mußte sich dort ausstrecken, und Marie setzte sich zu ihm. Beide saßen ernst da wie in einem Besuchszimmer. Um sie her und über ihnen hingen die Zweige voll glasheller, roter Trauben, heiß von der Mittagsonne, und die Büsche waren voll eines leisen Surrens und Klingens, als brodelten und kochten hier in der Hitze all die reifen Früchte. Dazu glitzerte die Luft von unzähligen blanken Flügeln und blitzenden Leibern.
»Essen Sie Johannisbeeren?« fragte Marie.
»Ja, die esse ich schon«, erwiderte Felix, und seine braune Knabenhand mit den vielen Rissen und Mückenstichen griff in die Trauben.
»War das Bad kalt heute?« führte Marie die Unterhaltung weiter.
Nein, das Bad war nicht kalt gewesen, um diese Zeit war es nie kalt.
»Können Sie schwimmen?« forschte Marie weiter.
Ja, Felix konnte schwimmen, sie mußten das in der Kadettenschule lernen.
Und nun fragte Felix seinerseits: »Können Sie schwimmen?«
»Nein«, erwiderte Marie, »ich wollte es lernen, aber der Arzt hat es verboten.«
»Sind Sie kränklich?« erkundigte sich Felix höflich.
Marie errötete: »O nein«, sagte sie, »nur, weil ich im Winter hustete.«
Felix zuckte die Achseln: »Ärzte sind immer so ängstlich«, meinte er verachtungsvoll.
Dann wußten sie eine Weile nichts zu sagen, Felix aß die Johannisbeeren, und Marie betrachtete aufmerksam ihren Gast, diesen Knabenkörper, der sich so bequem und träge unter dem losen Leinwandkittel reckte, das braune Gesicht, in dem die blauen Augen so hell und die Zähne so grell weiß erschienen. Merkwürdig war der Mund, mit der kurzen, geschwungenen Oberlippe, er konnte sich fest schließen und sah dann seltsam ernst aus, aber wenn er sich öffnete und lachte, dann lachte das ganze Gesicht mit, ein rücksichtsloses und unendlich leichtsinniges Lachen.
Plötzlich schlug Felix auf Maries Hand: »Pardon«, sagte er, »eine Mücke.«
»Sie können aber stark schlagen«, bemerkte Marie.
»Ist es rot?« fragte Felix und griff nach Maries Hand und hielt sie einen Augenblick in seiner heißen Knabenhand. »Ich sehe nichts«, sagte er und ließ sie fallen. Und dann mußten die beiden Kinder sich anlachen, sie wußten nicht warum.
»Jetzt ist es wohl Zeit, daß ich gehe«, sagte Felix, und da Marie nichts einwandte, schlüpfte er gewandt wie ein Wiesel unter den Sträuchern hindurch bis an das Gartengitter. Marie aber saß noch lange unter dem

Johannisbeerstrauch, pflückte sich nachdenklich Johannisbeeren und träumte dem seltsamen Fühlen dieser bedeutsamen Stunde nach.
Für Marie hatten die Tage jetzt nur eine Stunde, eine heiße, goldene Stunde. Mit der Verschwendung solch junger Herzen strich sie alle anderen Erlebnisse um dieses einen Erlebnisses willen. So war es denn auch gleich, ob sie dem Geschichtsvortrag des Professors Wirth zuhören oder am Nachmittage mit Fräulein von Dachsberg allein spazierenfahren mußte. Das, worauf es ankam, war, daß um die Mittagszeit die lange Knabengestalt unter dem Johannisbeerstrauch lag, heiß vom Gehen, das Haar feucht, in den Kleidern noch etwas von dem Hauche des Wassers und des Schilfes, um sie her der säuerliche Duft der Johannisbeeren und das Brodeln des Mittags. Die Unterhaltung ging auch besser vonstatten.
»Ist es wahr«, fragte Marie, »daß Sie wild sind?«
»Wer sagt das?« fragte Felix scharf zurück.
»Der Graf Streith sagte das«, erwiderte Marie, »er sagt, es fehlt Ihnen an Subordination.«
Felix lachte befriedigt: »Na ja«, meinte er, »immer kann man sich von den Kerls nicht unterdrücken lassen.« Und nun kamen die Geschichten von dem heimlichen Rauchen und Trinken und Aus-den-Fenstern-Steigen, immer wieder von leisem, höhnischem Lachen unterbrochen.
Marie hörte aufmerksam zu und lachte auch das leise, höhnische Lachen. Felix' Lachen war zu ansteckend, sie mußte mitlachen, es war, als führe jemand mit einer Feder leise über ihr Gesicht und kitzelt es. Gut war es auch, wenn sie sich nichts zu sagen hatten, wenn Felix unablässig die roten Trauben zwischen seinen hübschen Lippen verschwinden ließ und nur ab und zu eine Mücke auf Maries Hand erschlug.
Dann kam eine süße Beklommenheit über Marie, das Atmen wurde ein wenig schwer und die Handflächen brannten. Einmal jedoch war Gefahr ganz nahe. Sie hörten durch die Mittagsstille plötzlich die Stimme des Fräuleins von Dachsberg, die mit ihrem klagenden Diskant »Prinzessin Marie!« rief.
Felix machte sich ganz klein und verkroch sich unter dem Johannisbeerstrauch wie ein Igel. Marie war sehr erschrocken. »Gehen Sie nur, ich bleibe hier«, flüsterte Felix.
Da tauchte Marie auf, sehr erhitzt, kleine Blätter im wirren Haar. Drüben bei den Himbeeren standen Damen in hellen Kleidern, und Fräulein von Dachsberg rief und winkte. Marie erkannte die Baronin von Üchtlitz mit ihrer Tochter Hilda.
»Aber Prinzessin«, sagte Fräulein von Dachsberg traurig, »um diese Zeit ist man doch nicht draußen.«

Die Baronin aber lächelte und meinte: »Um diese Zeit schmecken die Beeren am besten, das weiß ich. Ich habe Ihnen hier, Prinzeß Marie, meine Hilda gebracht, sie soll Ihnen ein wenig Gesellschaft leisten.«

Die Baronin war eine große, schöne Dame, die sich sehr gerade hielt und den Kopf mit dem noch jugendlichen Gesichte vorsichtig bewegte, als sei der Aufbau des blonden Haares eine Krone, die herunterfallen könnte. Neben ihr stand Hilda, auch groß und aufrecht. Der Graf Streith hatte gesagt: »Die Üchtlitzschen Damen haben eine Art sich zu halten, als trügen sie einen Küraß unter dem Kleide.« Hilda hatte prachtvolles, aschblondes Haar, schöne Farben und einen breiten, sehr roten Mund.

Marie war so erregt, daß sie nicht wußte, was sie sagte, nur eines war ihr klar: fort von hier mußten sie. Sie nahm Hildas Arm und sagte: »Wir wollen in die Allee, in den Schatten gehen.« Die beiden Mädchen gingen voran, und die älteren Damen folgten ihnen langsam.

Marie sprach viel und schnell wie im Fieber, sie dankte Hilda stürmisch, daß sie gekommen war. »Ich bin ja so einsam. Zu dieser Hochzeit hat man mich nicht mitgenommen, das ist doch schändlich, nicht wahr?«

Hilda hörte mit ihrem überlegenen Lächeln still zu und sah dabei Marie aufmerksam an. »Sie haben sich verändert, Prinzessin«, sagte sie, »Sie sind so lebensvoll und angeregt.«

»Wirklich?« fragte Marie. »Vielleicht habe ich mich entwickelt?«

Hilda zuckte leicht mit den Schultern: »Ach nein, Prinzessinnen entwickeln sich nicht.«

Das kränkte Marie, sie wurde ganz rot: »Warum sollen wir uns nicht entwickeln? Natürlich, Krankenpflegerin oder Postfräulein will ich nicht werden, deshalb kann ich mich doch entwickeln.«

Hilda jedoch lachte ihr lautes, gutmütiges Lachen: »Das mit dem Postfräulein hat mein Vater gesagt, das erkenne ich. Nein, Postfräulein will ich nicht werden, es gibt soviel andere Berufe, ja, es gibt eigentlich alle Berufe, wir müssen sie nur erobern. Unsere Brüder bleiben auch nicht zu Hause und werden, was sie wollen. Warum sollen wir immer Töchter bleiben? Tochter ist so ein schreckliches Wort. Tochter ist ein Wesen, das eigentlich nur dazu da ist, um abends ins Haus zurückgeschickt zu werden, damit es der Mama einen Schal holt, weil es anfängt kühl zu werden.«

Marie hörte nicht mehr recht zu, sie dachte daran, ob drüben unter dem Johannisbeerstrauch die blaue Gestalt noch versteckt läge, und da Hilda merkte, daß ihre Zuhörerin zerstreut wurde, schwieg sie. So gingen die beiden Mädchen eine Weile nachdenklich durch das Flirren der Blätterschatten und den Sonnenschein in der großen Lindenallee. Endlich fragte

Marie ganz unvermittelt: »Waren Sie das rote Mädchen auf der Schaukel, das sich von dem Offizier schaukeln ließ, als wir vorüberfuhren?«
»Ja«, bestätigte Hilda, »der Offizier war mein Vetter Barnitz, er hat sich so in mich verguckt.«
»Wirklich? Erzählen Sie doch«, drängte Marie, »haben Sie ihn auch gern?«
»Ach ja, warum nicht«, erwiderte Hilda, als handelte es sich um etwas Alltägliches, »er hat eine poetische Liebe. Er schenkt Rosen, drückt heimlich die Hand und macht Liebeserklärungen. Jeden Abend, wenn wir im dunkeln Garten spazierengehen, machte er eine Liebeserklärung. Wenn wir an ein bestimmtes Levkojenbeet gekommen sind, fängt er an.«
»Was sagt er?« forschte Marie.
»Ich weiß nicht«, erwiderte Hilda, »bei einer Liebeserklärung kommt es hauptsächlich auf den warmen, singenden Ton an, der muß zu Herzen gehen. Gott, solange sie in uns verliebt sind, sind sie alle nett; aber sobald sie merken, daß auch wir schwach werden, dann sind sie lächerlich; dann spielen sie gleich den königlichen Löwen, der seine Mähne schüttelt, und wir sollen die kleinen, nackten Löwinnen sein. Nein, dann erst werden Mann und Weib gleich sein, wenn die Männer uns küssen können, ohne gleich eine dumme Protektormiene aufzusetzen.«
Marie wurde ein wenig verlegen: »Ja, wie wissen Sie ...«
Hilda aber lachte: »Ach diese kleinen Prinzessinnen, was die nicht alles wissen wollen.«
Jetzt waren sie bis an das Schloß gelangt und stiegen die Stufen zum Gartensaale hinauf, wo der Tee genommen werden sollte. Marie drückte fest Hildas Arm und sagte leise: »Wie hübsch und klug Sie sind.« In diesem Augenblick begann sie Hilda stark zu lieben. Hilda lächelte mitleidig.
Am nächsten Tage wurde die Fürstin zurückerwartet. Marie teilte ihrem Gefährten unter dem Johannisbeerstrauche mit, es sei heute das letztemal, daß sie sich hier träfen.
Felix zog die Augenbrauen empor und machte ein seltsames Gesicht, ein Gesicht, das gleichgültig aussehen sollte. »So, so«, meinte er, »ja, ich muß nun auch bald fort, die verdammte Schule fängt wieder an.«
Marie fragte nach dem Bade, Felix schlug eine Mücke auf Maries Hand tot, aber sonst war es heute ein einsilbiges und trübseliges Beisammensitzen, alles erschien Marie heute traurig, der Sonnenschein und die Johannisbeeren, und das eintönige Summen der Bienen. Einer müßte jetzt etwas Schönes und Süßes sagen, von Felix jedoch ließ sich nichts erwarten, und ihr selbst fiel nichts ein. »Ja, jetzt muß ich gehen«, sagte Felix

leichthin, reichte Marie ungelenk die Hand und machte sich bereit fortzuschlüpfen. Doch plötzlich wandte er sich um, ergriff Maries Kopf von hinten, bog ihn zurück und drückte seine heißen Lippen ganz fest auf ihren Mund. Dann war er fort.

Marie saß regungslos und bestürzt da, das hatte sie nicht erwartet. Es verletzte sie, er war wirklich zu wild, und es fehlte ihm an Subordination. Und doch erschütterte es sie tief, Tränen traten in ihre Augen, sie begann zu weinen, Tränen, die von der Sonne auf den Wangen heiß wurden; sie weinte, weil er sie beleidigt hatte und weil ihr Erlebnis heute zu Ende war, und weil sie den großen, wilden Jungen hier unter dem Johannisbeerstrauch so schmerzlich vermißte.

Die Fürstin war zurück, und das Leben ging wieder seinen ordnungsgemäßen Gang. Wie gewohnt, versammelte man sich nach dem Diner im Gartensaal. Die Baronin Dünhof spielte Halma mit dem Baron Fürwit, und die Fürstin saß an der geöffneten Gartentüre, neben ihr Graf Streith, der sie unterhielt.

»Ach Graf«, sagte die Fürstin langsam, als täte es ihr wohl, die Worte träge verklingen zu lassen, »wie gut tut es, wieder zu Hause und in seiner Ruhe zu sein. Ich tauge nicht mehr für das Hofleben, diese Welt der kleinen Wichtigkeiten macht mich müde und interessiert mich nicht.«

»Gewiß«, bestätigte der Graf und schlug dabei die Augen nieder, so daß es aussah, als säße er mit geschlossenen Augen da, »dort ist es ein eintöniges Stakkato prestissimo. Wir haben hier doch unsere ruhevollen Orgelpunkte.«

»Das klingt hübsch«, meinte die Fürstin, »aber es soll vielleicht nicht sein. Meine Schwägerin, die Herzogin, fragte mich, ob es nicht schwer sei, die für die Erziehung der Mädchen nötige Etikette aufrechtzuerhalten. Du lieber Himmel, die gute Dünhof tut ja, was sie kann, aber ich fürchte, unsere arme Etikette würde vor der Herzogin nicht bestehen. Was wollen Sie, hier auf dem Lande wird man bequem und ein wenig feige.«

Der Graf lachte leise. »Ja, ja, ich habe auch wieder unsere Helden des Hoflebens bewundert, und zu denken, daß man selbst solch ein Held gewesen ist.«

»Sehen Sie«, fuhr die Fürstin nachdenklich fort, »mir kamen diese Leute alle vor wie kostbare Dinge, die immer in einem Etui stecken. Ich war auch einmal solch ein Wesen, das nie aus einem Etui herauskam. Nun, jetzt bin ich aus dem Etui herausgenommen worden, das ist vielleicht unrecht, aber es tut wohl.«

Der Graf beugte sich ein wenig vor und sagte mit gedämpfter Stimme: »Es

gibt vielleicht doch einen Augenblick, in dem wir ein Recht auf unser eigenes Leben haben.«
Die Fürstin sah ihn ruhig freundlich an. »Jetzt haben wir einige stille Wochen vor uns«, meinte sie, »die wollen wir genießen, unseren, wie sagten Sie doch, Orgelpunkt. Später kommt wieder Unruhe, mein Neffe, die Verlobung, die Jagd. Morgen, denke ich, will ich wieder reiten.« Sie lehnte sich in den Sessel zurück, starrte in die schwarze Stille der Nacht und strich sacht mit der einen Hand über die andere, als seien die Hände einander dankbar. »Ach Graf«, sagte sie, »wie die Levkojen heute stark duften.«
Marie ging mit Eleonore in den Garten hinunter.
Jetzt wollte sie es sein, die mit der Schwester vertrauliche Gespräche hatte, und sie wußte es, Eleonore hatte ihr Wichtiges anzuvertrauen. Mademoiselle Laure, die, weiß es Gott woher, stets alles zuerst erfuhr, hatte Marie mitgeteilt, Eleonores Verlobung mit dem Vetter Joachim aus Neustatt-Birkenstein sei eine abgemachte Sache. Im Oktober sollte der Erbprinz nach Gutheiden kommen, und dann würde die Verlobung bekanntgegeben werden. Das war es, was Marie von Eleonore hören wollte. Diese jedoch blieb einsilbig und traurig. Natürlich, Marie war auch traurig, weil Roxane ihnen fehlte, allein das war kein Grund, um sich nicht zu unterhalten. So erzählte sie denn zuerst von sich, von ihrer Einsamkeit und wie wichtig Fräulein von Dachsberg und der Major es bei Tische gehabt hatten, und wie Fräulein von Dachsberg sich bei der Spazierfahrt in den Wagen zurückgelehnt hatte, als sei sie die Fürstin. Als dann jedoch Eleonore noch immer schwieg, ärgerte sich Marie. »Ich verstehe nicht, Lore«, sagte sie, »warum du es mir nicht sagst, daß du mit dem Vetter Joachim verlobt bist.«
»Du erfährst das bald genug, Kleine«, erwiderte Eleonore gelassen.
»Also ist es wahr?« versetzte Marie. »Jedenfalls ist es verletzend, daß ich alles erst durch Mademoiselle Laure erfahren muß. Und dann, Roxane und du, ihr habt so eine Art zu tun, als sei eine Verlobung etwas Trauriges.«
»Sie ist etwas Ernstes«, meinte Eleonore. Marie wurde nachdenklich. Ja, das gab sie zu, vielleicht war eine Verlobung etwas Ernstes.
Ob nun die Verlobung etwas Ernstes war oder nicht, jedenfalls änderte sie vorläufig nichts an der Eintönigkeit des Lebens in diesen Spätsommertagen, mit ihrem stetig blauen Himmel und ihrem grellen Sonnenschein. Am Morgen ritt die Fürstin mit Eleonore aus. Marie durfte nicht reiten, der Arzt hatte es verboten. Trübselig stand sie auf der Freitreppe und sah zu, wie hübsch die beiden Gestalten in dunkelblauen Reitkleidern, die

kleinen blanken Reithüte auf dem Kopfe, die Schleier im Winde wehend, in den sonnigen Morgen hinausritten. Sie folgte ihnen mit den Augen, bis auch die letzte Spur des blau und silbernen Rückens des folgenden Reitknechts hinter den Parkbäumen verschwunden war. Die Fürstin liebte es, in scharfem Trabe den Reitweg hinab bis an die Parkpforte zu reiten, dann bog man in die junge Föhrenschonung des Waldes ein. Die Luft hing noch voll glitzernder Feuchtigkeit, die angenehm kühlend in das Gesicht wehte. Zu beiden Seiten des Rasenweges standen die kleinen Bäume wie grünblaue Kandelaber, die Waldwiesen waren noch grau von tauschweren Spinnweben. Die Fürstin wurde auf solchen Morgenritten ganz jugendlich erregt. »Kind«, rief sie, »ist das nicht schön? Kann es etwas Schöneres geben! Warum antwortest du nicht?« Leichte Röte stieg in ihre Wangen, und ihre Augen wurden feucht. Eleonore bewunderte die Natur, sie bewunderte vor allem ihre Mutter. In ihrer stillen und ruhigen Gemütsart jedoch begriff sie nicht, daß man sich darüber so aufregen konnte.

An einer Biegung des Weges erwartete sie Graf Streith. Sehr gerade saß er auf seinem großen Falben und grüßte, indem er die schwarzsamtne Jockeikappe bis auf den Sattelknopf herabsenkte. »Ach Graf«, rief die Fürstin, »ist dieser Morgen nicht wundervoll? Diese Luft und dieses Licht machen einen betrunken.«

Der Graf schloß sich den Damen an, er hatte eine hübsche zeremoniöse Art neben der Fürstin hinzureiten, und auch der Falbe trabte vorsichtig und aufmerksam. Der Weg wurde hier breiter, und die Fürstin kommandierte Galopp. In kurzem Galopp ging es nun an hohen Tannen hin, aus denen der Morgenwind blanke Tropfen auf die Reiter niederstreute. Die Fürstin gab sich ganz der Bewegung hin, lächelte dem Luftzug und dem Lichte mit einem seltsam verträumten Lächeln zu. Endlich zog sie die Zügel an, und die Pferde fielen in Schritt. »Das war gut«, sagte sie und atmete tief auf, »so trinkt man noch am besten die ganze Schönheit in sich hinein.«

»Ja, hm«, meinte der Graf, »der Wald als Frühschoppen, sehr gut.« Eine Weile ritten sie schweigend nebeneinander her, dann begann die Fürstin sich mit dem Grafen zu unterhalten: »Sie waren gestern nicht zum Diner. Was haben Sie den Abend über getan?«

»Ich feierte ein Einsamkeitsfest«, erwiderte der Graf.

»Wie ist das?« fragte die Fürstin.

»Nun, ich lasse alle Lampen in meinem Salon anzünden«, berichtete der Graf, »und gehe in den Garten hinaus. Gestern gab es keine Sterne, und die Nacht war so dunkel, daß ich mich nur nach dem Duft der Blumen in den Wegen zurechtfand. Das ist sehr hübsch, man hört, wie die Frühbir-

nen auf den Rasen fallen, und ringsherum raschelt es wie Schritte auf weichen Sohlen, das sind meine Igel, die auf die Mäusejagd gehen. Und wenn ich zum Hause hinübersehe, dann glänzen die Fenster, und ich stelle mir vor, dort sitzt jemand und wartet auf mich. Das sind so die Phantasien eines Einsamen.«
Die Fürstin erwiderte nichts, beugte sich ein wenig nieder und klopfte zärtlich den Hals ihres Pferdes. Eleonore hörte dem Gespräch schweigend zu, und sie hatte das Gefühl, daß die beiden sie ganz vergessen hatten.
Marie durfte während dieser Zeit mit Fräulein von Dachsberg einen Spaziergang durch den Wald machen. Der Wald erschien ihr unendlich öde und uninteressant. Die Pilze am Wege hatten keinen Humor, und die Eichhörnchen auf den Zweigen schienen leblos wie die Eichhörnchen auf den Tafeln der Naturgeschichte, die Marie als Kind so oft an langweiligen Sonntagnachmittagen mit schläfrigen Augen betrachtet hatte. Fräulein von Dachsberg führte die Unterhaltung: »Wenn meine Mutter«, erzählte sie, »mich einmal morgens in den Wald mitnahm, das war eine Seligkeit, ich fühlte mich so belebt, geradezu ausgelassen war ich, und ich bestürmte meine Mutter mit Fragen, alles wollte ich wissen, über alles wollte ich mich belehren lassen.«
Marie zog die Augenbrauen hoch, nein, sie war entschlossen, nicht eine einzige Frage an Fräulein von Dachsberg zu richten. Sie verstand sich dann schon eher mit dem Lakaien Friedrich, der schläfrig und gleichgültig hinter ihnen hertrottete. Sonst war kein Vergnügen für diese Zeit in Aussicht. Um die Mittagsstunde saßen die Prinzessinnen unter dem Pflaumenbaum, allein die Luft hier mit ihren Düften und Tönen erinnerte Marie schmerzlich an Felix. Sie wartete gespannt darauf, daß die Dühnenschen Jungen draußen am Gitter vorübergingen, und wenn sie kamen und Felix lächelte und grüßte, dann wurde ihr das Herz ganz warm.
Die Fürstin erzählte abends beim Diner, der Wächter habe vorige Nacht aus der großen Linde vor dem Hause einen Ton wie das Girren einer Taube gehört. Als er das näher untersuchte, habe sich herausgestellt, daß oben im Baume einer saß. Der Wächter habe sich den Mann heruntergeholt, und da war es kein anderer als Felix Dühnen. Die Gräfin war heute im Schlosse gewesen, um sich ihres Sohnes wegen zu entschuldigen. Die arme Frau hat viel Sorge mit dem unbändigen jungen Menschen.
»Mit diesem jungen Herrn«, meinte der Graf Streith, »wird sie noch so manches erleben, und da hilft die übermäßige Strenge des Vaters auch nichts.«

Marie beugte sich tief auf ihren Teller, sie fühlte, wie das Blut ihr heiß in die Wangen schoß, sie hatte Lust zu lachen, und doch schnürte eine seltsame Rührung ihr die Kehle zu.

Für den 20. August pflegte jedes Jahr eine Einladung aus Schlochtin zu kommen, an diesem Tage wurde der Geburtstag der Baronin von Üchtlitz gefeiert. Die Fürstin liebte diese Einladung nicht. »Die Baronin«, meinte sie, »ist eine kluge und erfrischend lebensvolle Frau, aber das ganze Treiben dort ist mir für meine Töchter zu, wie soll ich sagen, zu weitherzig.« Dieses Mal kam die Einladung ihr besonders ungelegen, denn sie behauptete in letzter Zeit fanatisch verliebt in ihre Ruhe zu sein. Allein die Üchtlitzens durften nicht verletzt werden, so wurde denn beschlossen, daß die beiden Prinzessinnen in Begleitung der Baronin Dünhof und des Barons Fürwit der Einladung Folge leisten würden.
»Endlich geben wir auch ein Lebenszeichen von uns«, sagte Marie während des Ankleidens zu Alwine. Der Landauer stand vor der Türe, der Baron Fürwit trippelte unruhig auf der Freitreppe hin und her und schaute immer wieder nach der Uhr. Auch die Prinzessinnen waren zur Abfahrt bereit in ihren blauen Sommerkleidern, Korallenschnüre um den Hals.
»Bitte Exzellenz«, sagte Marie, »verträgt es sich eigentlich mit der Etikette, daß man Prinzessinnen warten läßt?«
Baron Fürwit schmunzelte. »Lizenzen des Landlebens«, erwiderte er.
»Gut«, sagte Marie, »darauf werde ich mich nächstens auch berufen.« Der Baron lachte, so daß sein kleines Gesicht ganz kraus wurde, er fand Prinzessin Marie sehr witzig. Endlich kam die Baronin Dünhof, und man konnte abfahren.
Während der Fahrt besprachen der Baron und die Baronin, welche Maßregeln sie treffen würden, um die Prinzessinnen vor Gefahren zu schützen, die dort ihrer warten mußten. Das klang wie ein fein durchdachter Plan. Marie hörte dem gelangweilt zu. Diese Vorsichtsmaßregeln allein konnten einem die Freude an der Ausfahrt schon verleiden.
Der Wagen fuhr nicht beim Schlosse vor, sondern bog auf eine Wiese ein, in deren Mitte ein Lindenwäldchen stand, dort sollte der Tee genommen werden. Die Wiese und das Wäldchen waren voll Menschen, voll bunter Kleider, bunter Bänder, bunter Hüte, und in dem Grün des Gehölzes, in dem Gold der Nachmittagssonne nahmen all die Farben einen hübschen Edelsteinglanz an. Vor dem Wäldchen hatte sich die Familie Üchtlitz aufgestellt, die Baronin mit ihren drei Töchtern, Henriette, Marga und Hilda, aufrechte, helle Gestalten, blond und rosig, hinter ihnen die Söhne

des Hauses, der Assessor, der Referendar und der Leutnant, auch mächtige, breite Gestalten mit großen Schnurrbärten und Backenbärten, und mitten unter dieser kraftvollen Familie erschien der Baron Üchtlitz selbst, grauhaarig und etwas gebeugt, seltsam alt und gebrechlich.
Als der Wagen hielt, erschien auf allen Gesichtern ein freundliches, ein wenig starres Lächeln, und Marie fühlte, daß auch auf ihrem Gesicht dieses freundliche, ein wenig starre Lächeln sich zeigte. Sie war zufrieden damit, denn nun wußte sie, das Prinzessinnensein würde ihr heute mühelos gelingen. Auch bei der Begrüßung fiel ihr zur rechten Zeit etwas ein, das sie sagen konnte, sie bewunderte die Wiese und die Linden und fand, daß all die bunten Farben sich sehr schön im Grün ausnahmen. Nur eines war störend, neben sich hörte sie Eleonores ruhige, angenehme Stimme, die fast dasselbe sagte wie sie.
»Ich denke wir machen einen kleinen Rundgang«, schlug die Baronin Üchtlitz vor, »die Aussicht ist hier so hübsch.«
Langsam gingen sie über die Wiese um das Wäldchen herum, voran die Baronin Üchtlitz mit Eleonore, Marie folgte mit Henriette Üchtlitz, die Baronin Dünhof ging mit Marga Üchtlitz. Entschlossen sprachen alle vom Wetter. Sie hatten schon gefürchtet, ein Gewitter würde das Fest stören, aber nun war der Himmel ganz klar, das Wetter war ja in diesem Sommer so beständig, man konnte wohl auch auf einen schönen Herbst rechnen, darin waren sie alle einig. Auf der Wiese standen Herren und Damen beisammen, man hörte laute Stimmen, zuweilen ein helles Auflachen. Wenn die Prinzessinnen vorübergingen, schwiegen die Gespräche, es wurden tiefe Verbeugungen gemacht, eine und die andere Dame kam heran, um die Prinzessinnen zu begrüßen. Da war die Gräfin Dühnen, im bleichen, kränklichen Gesichte doch Felixens eigensinnig lustigen Mund, die schöne Frau Staatsanwalt von Böse verneigte sich tief, ein zartes Figürchen im roten Seidenkleide, das Gesicht durchsichtig weiß, die Augen unnatürlich groß und dunkel, und der hellrote Mund klein und böse. Mademoiselle Laure hatte gesagt, die Frau Staatsanwalt habe einen schlechten Ruf, und Marie sah sie neugierig an. Mitten auf der Wiese standen die Pfarrerstöchter in rosa Musselinkleidern, große Schäferhüte auf dem Kopfe, runde, lachende Gesichter, es war, als beglückte es sie, so schöne Farbenflecke in der Natur zu sein. Zu Marie und Henriette Üchtlitz hatte sich jetzt der Landrat Graf Krüden gesellt, er trug einen goldenen Kneifer, und sein Bart, braunrot wie Kapuzinerkresse, wehte im Winde. Er erzählte von der Hitze in Berlin, er tat das wohl mit viel Humor, denn er lachte beständig dabei, auch Marie und Henriette lachten, und die Vorübergehenden glaubten, daß sie sich sehr gut

unterhielten. Am Ende der Wiese wurde haltgemacht, man wollte die Aussicht bewundern. Weit und eben lag das Land da, Stoppelfelder, gemähte Wiesen, hie und da ein Haferfeld, auf kleinen Anhöhen standen Windmühlen ganz im Sonnenschein, graue Ungeheuer mit riesigen Libellenflügeln. Ganz weit aber in goldenem Dunste erblickte man den Kirchturm des Städtchens.
»Wie schön«, sagten die Damen, »wie weit man sieht!«
Der Landrat wurde pathetisch: »Ja, meine Damen, es ist doch ein schönes Ländchen, dieses unser Vaterland. Sehen Sie, hier ist kein Fleckchen, das nicht von dem Fleiße der Bewohner spricht.«
»Ein erhabener Anblick«, meinte die Baronin Dünhof.
Nun war es jedoch Zeit, zum Wäldchen zurückzukehren, um den Tee zu nehmen. Auf dem Rasen unter den Linden waren Polster ausgelegt und Decken ausgebreitet worden. Für die älteren Damen und die Prinzessinnen standen Stühle und kleine Tische bereit. Unter dem Laubdach war es ein wenig schwül, schräg fielen die Sonnenstrahlen durch die Stämme, und fuhr ein Windhauch in die Bäume, dann regneten weiße Blüten auf die Gesellschaft nieder, hingen sich in die Haare der Damen und Bärte der Herren, und ein schwüler, süßer Duft senkte sich da nieder. Diener reichten Tee und Sandwiches herum, die Gesellschaft auf den Polstern und Decken schien heiter, überall war gedämpftes Lachen vernehmbar, zuweilen wagte eine der Pfarrerstöchter einen schrillen, kleinen Schrei, weil der Leutnant von Üchtlitz gar so tolle Sachen erzählte. Den Prinzessinnen widmeten sich die Töchter des Hauses. Bei Marie war Henriette von Marga abgelöst worden, und diese erzählte von ihren Hunden, und als auch sie sich etwas mit dem Tee zu schaffen machen mußte, wollte Henriette Hilda zu der Prinzessin schicken. Hilda jedoch weigerte sich, Marie sah es deutlich, sie schlug es rund ab. Natürlich, dachte Marie, wir sind wie langweilige Kranke, bei denen man ungern dejouriert.
Der Landrat schlug jetzt vor, ein wenig zu singen, »denn«, sagte er, »eine Landpartie ohne Gesang ist wie eine Frau ohne Seele.«
»Ich kenne keine Frau ohne Seele«, äußerte der Rechtsanwalt von Bärensprung, der schön und düster wie Hans Heiling aussah.
»Bravo«, sagte eine Frauenstimme. Die Frau Staatsanwalt wurde gebeten, zuerst etwas vorzutragen. Sie lehnte sich an einen Buchenstamm, verschränkte die Finger der herabhängenden Hände lose ineinander und schlug die Augen nieder. So stand sie einen Augenblick da wie ein kleines, befangenes Mädchen, dann plötzlich schlug sie die Augen auf, groß und dunkel wie das Schicksal, und begann mit einer schönen Altstimme zu singen: »Vorrei morir nella stagion' del anno.« Sie sang sich in eine so

leidenschaftliche Klage hinein, daß die Gesichter der Zuhörer ernst und ein wenig betroffen dreinschauten.
Was hat sie, daß sie so singt? dachte Marie. Ist es, weil sie einen schlechten Ruf hat? Jedenfalls ist es unerträglich traurig. Marie fürchtete weinen zu müssen. Als das Lied aus war, riefen die Üchtlitzschen Söhne sehr kräftig: »Bravo!« Die Gräfin Dühnen aber sagte zur Baronin Dünhof: »Bühne.«
»Das war herrlich«, rief der Landrat, »aber meine Damen und Herren, nach soviel Wehmut wollen wir uns das Herz mit einem patriotischen Liede stärken«, und er stimmte an: »Deutschland, Deutschland über alles.« Kräftig fiel der Chor ein, und das Lied erklang so laut über die Wiese, daß drüben im Schlosse die Hunde zu bellen begannen.
Nach dem Liede zerstreute die Gesellschaft sich im Gehölz. Es schienen dort Spiele gespielt zu werden, denn Lachen und Rufe wurden laut, und die Pfarrerstochter Johanna schlüpfte durch die Büsche, ihr folgte der Leutnant Üchtlitz, um sie zu fangen.
»Die Jugend unterhält sich«, sagte die Gräfin Dühnen.
»Ja«, erwiderte Marie und versuchte es, auch so nachsichtig zu lächeln wie die Gräfin, ihr war aber recht bitter zumute.
Endlich kam Hilda, die Wangen gerötet, das Haar voller Lindenblüten. Sie setzte sich zu Marie, lachte und sagte: »Nun, Prinzeßchen.«
Marie mußte auch dieses schöne, lebensvolle Gesicht anlachen, aber dann sagte sie melancholisch: »Sie wollen gewiß lieber zu den anderen gehen, statt hier zu sitzen.«
»Nein«, erwiderte Hilda bestimmt, »bisher war es langweilig, das weiß ich, nach dem Souper aber wird es besser werden, da gibt es Feuerwerk, da wollen wir entschlüpfen.«
»Entschlüpfen?« fragte Marie.
»Gewiß«, bestätigte Hilda, »wir treiben uns im dunklen Park umher, da erlebt man manches.«
»Wenn es geht«, meinte Marie zaghaft.
»Es muß gehen«, sagte Hilda fest. »Wir müssen nur nicht daran denken, was die anderen später dazu sagen werden. Wir tun, was wir wollen.«
»Tun, was wir wollen«, wiederholte Marie und schaute Hilda bewundernd an.
Die Sonne ging unter, und die Baronin von Üchtlitz bat ihre Gäste, in das Schloß hinüberzugehen. Purpurnes Licht ergoß sich über die Wiese, breitete eine plötzliche Festlichkeit über das Land.
Pfarrers Johanna streckte die Arme aus und sprang mit beiden Füßen in die Höhe, sie nannte das ein Sonnenuntergangsbad nehmen. Die Frau Staatsanwalt aber trieb es zu laufen, ein rotes Figürchen im roten Lichte,

der Rechtsanwalt schaute ihr begeistert zu. »Du, Üchtlitz«, sagte er zum Referendar, »sieht sie nicht aus wie eine kleine Flamme, von der all dies hübsche Licht ausgeht?«

Üchtlitz lächelte spöttisch: »Gefühlvoll, mein Alter, was? Na ja, so was vom Irrwisch hat sie.«

Das Schloß war hell erleuchtet und das Souper stand bereit. Die Soupers in Schlochtin waren gefürchtet, weil es dabei allzuviel zu essen gab. Der Graf Streith pflegte zu sagen: »Ich bin den Soupers bei Üchtlitzens nicht gewachsen, ich kann es, was essen betrifft, mit diesem Enaksgeschlechte nicht aufnehmen.«

Marie saß bei Tisch neben dem Assessor von Üchtlitz, und dieser erzählte von einem kleinen Automobil, das er besaß. Marie interessierte sich dafür, das war ein Gesprächsstoff, den man nicht so bald fahren lassen durfte. Unterdessen kamen immer wieder große Pasteten und dampfende Braten. Der Landrat hielt eine Rede, und dann sprach auch der Baron Üchtlitz. Marie wurde müde und verstimmt, bisher war der Tag eine Enttäuschung gewesen.

Nach dem Essen strömte alles in den Garten hinaus, die Nacht war warm und sternhell, an Bäumen und Büschen waren bunte Papierlaternen angezündet worden, überall im Dunkel blühten diese matt scheinenden Farben auf, zuweilen stieg knatternd über die Kronen der Bäume eine Rakete auf, ein goldener Riß in all dem Schwarz, und dann das ruhevolle bunte Niedersinken der Leuchtkugeln. Marie fühlte sich von einer Hand erfaßt und fortgezogen. »Hier findet uns keiner«, flüsterte Hilda. Marie ergriff Hildas Arm, ein angenehmes Gefühl ängstlicher Spannung machte ihr Herz schneller schlagen. Sie gingen eine dunkle Allee hinab, das leise Knirschen des Kieses verriet, daß sie nicht allein waren. Irgendwo sagte eine weiche Stimme: »Nein, Roth, das dürfen Sie nicht sagen.«

»Pfarrers Johanna mit ihrem Sekretär«, flüsterte Hilda.

»Sind sie verlobt?« fragte Marie.

Hilda zuckte die Achseln: »Pfarrerstöchter sind immer verlobt. Aber da kommen zwei, die wollen wir vorüberlassen.« Es mußte ein Stockrosenbeet sein, in dem sie jetzt stehenblieben, denn an Maries Wange streifte es wie große, kühle Seidenquasten. Ein Paar ging an ihnen vorüber, Arm in Arm, eng beieinander, und eine klagende Stimme sagte: »Feste sind immer traurig, Bärensprung, auch wenn Sie so zu mir sprechen, ist es traurig, aber sprechen Sie nur weiter, es ist doch das Beste im Leben.«

»Die Frau Staatsanwalt und ihr Rechtsanwalt«, erklärte Hilda leise.

»Warum ist sie so traurig?« fragte Marie.

»Ich weiß nicht«, erwiderte Hilda, »sie glaubt es vielleicht ihren tragischen Augen schuldig zu sein. Aber jetzt müssen wir schnell dort in den Seitenweg hinüber, denn ich höre jemand kommen, das wird der Vetter Barnitz sein, der uns sucht.« Sie bogen in einen kleinen Weg ein, der zwischen dichtem Haselnußgesträuch hinführte. Hier war es dunkel und voll von dem lauten Wetzen der Feldgrillen. Allmählich lichtete sich das Gesträuch, es wurde heller, und sie standen an einem kleinen, schwarzen Weiher, in dem sich die Sterne spiegelten. Leises Gurgeln und Plätschern wurde zuweilen im Wasser laut, und eine feuchte Kühlung stieg aus ihm auf. Plötzlich prasselte wieder eine Rakete hoch über die Bäume hinauf, ein goldenes Blitzen lief über das Wasser, und dann spiegelten sich die Leuchtkugeln in ihm, als beginne es tief im dunkeln Grunde zu glühen. Marie drückte Hildas Hand. »Wie schön«, sagte sie atemlos, »wie ich Sie liebe, Hilda. Wir wollen Freundinnen sein.«

»Wir wollen Freundinnen sein«, erwiderte Hilda ernst.

»Und du zueinander sagen«, fuhr Marie fort.

»Wenn niemand es hört«, ergänzte Hilda.

»Wenn niemand es hört«, wiederholte Marie, und die beiden Mädchen umarmten und küßten sich. »Wie du zitterst«, sagte Hilda, »wie dein Herz schlägt, so ein armes Prinzessinnenherz.« Hand in Hand gingen sie weiter.

»Höre«, sagte Hilda in ihrer bestimmten nachdrücklichen Weise, »wenn du dich sehr nach etwas sehnst, nach etwas, das euer dummes Prinzessinnenleben verbietet, dann kannst du auf mich rechnen.«

Marie drückte fest Hildas Hand, sie war sehr gerührt, das, ja, das war eigentliches Leben, Hand in Hand durch die laue Dunkelheit irren, auf allen Wegen leise Schritte liebender Paare, in allen Büschen flüsternde Geheimnisse. »Eines wünsche ich mir noch«, sagte sie leise.

»Was ist das?« fragte Hilda.

»Einmal zu schaukeln«, fuhr Marie fort.

Hilda lachte: »Zu schaukeln? Nur das? Ach, du armes Hühnchen! Aber das wollen wir gleich machen.«

Vom Park waren sie wieder in den Garten zurückgelangt, und als sich Schritte auf dem Wege vernehmen ließen, blieben sie stehen. Hilda horchte und rief dann leise: »Vetter Egon!«

Die Schritte kamen schnell näher, und die freundliche Stimme des Leutnants von Barnitz sagte: »Da sind die Damen, ich suche Sie die ganze Zeit.«

»Das wissen wir«, erwiderte Hilda, »aber jetzt gibt es etwas zu tun. Die Prinzessin will schaukeln, es ist natürlich geheim.«

»Zu Befehl!« versetzte der Leutnant.

Zwischen großen Bäumen, ganz im Dunkel, hing die Schaukel, auf ihr wurde Marie mit Sachkenntnis zurechtgesetzt, und nun begann es. Marie flog hoch hinauf bis in die schwarzen, feuchten Zweige der Bäume, unter ihr begann der dunkle Garten mit seinen winzigen farbigen Lichtpünktchen, über ihr der dunkle Himmel mit seinen Sternen mitzuschwingen und mitzuschaukeln, und ein Gefühl des Losgelöstseins von aller Wirklichkeit, ganz traumhaft, machte ihr Herz schneller schlagen, benahm ihr ein wenig den Atem. Und dennoch war es unendlich ruhevoll, sich so von der großen Dunkelheit im freien Raume wiegen zu lassen, und als die Schaukel plötzlich stillhielt, fuhr Marie wie aus dem Schlafe auf: »Der alte Hofmarschall sucht dich«, flüsterte Hilda, »er kommt hierher.«
Der Baron Fürwit kam äußerst erregt, er hatte die Prinzessin überall gesucht, die Baronin Dünhof war bereits sehr besorgt, sie hatte eine Herzattacke bekommen, und der Wagen stand vor der Tür. Marie hörte das alles kühl an, sie sei ja nur ein wenig spazierengegangen, meinte sie. Die Besorgnisse des Barons Fürwit, die Herzattacke der Baronin Dünhof erschienen ihr jetzt sehr geringfügig und gleichgültig.

Der Erbprinz Joachim von Neustatt-Birkenstein war mit seinem Adjutanten, dem Hauptmann von Keck, zu einem kurzen Besuche nach Gutheiden gekommen. Der lange, schmalschultrige, junge Herr mit dem glattgescheitelten, rotblonden Haar und dem blassen, ein wenig kränklichen Gesicht brachte Leben in das stille Schloß. Die kurzsichtigen, blauen Augen blinzelten nervös mit den blonden Wimpern, und die roten feuchten Lippen waren seltsam beweglich. Den ersten Abend saß der Prinz im Gartensaale, sprach viel in einer hastig überstürzten Art, erzählte von sich, lachte ein prasselndes, helles Lachen, zeigte Kartenkunststücke, spielte auf der Flöte vor, und die übrige Gesellschaft saß schweigend da und hörte ihm zu wie in einer Vorstellung. Als er mit dem Hauptmann Keck allein in seinen Gemächern war, sagte er: »Die Damen scharmant, scharmant, aber die Luft hier im Schlosse ist ein wenig muffig, finden Sie nicht, Keck?«
»Ich habe nichts bemerkt«, erwiderte der Hauptmann mit seiner müden Korrektheit.
Am nächsten Tage verlangte der Prinz schon frühmorgens die Wirtschaftseinrichtungen des Schlosses zu besichtigen. Unter der Führung des Majors gingen er, die Prinzessinnen, Fräulein von Dachsberg und der Hauptmann von Keck in die Ställe. Im Kuhstalle interessierte sich der Prinz für die Namen der Kühe, der Milchmädchen; mit dem Pferdestall war er sehr zufrieden. »Famos!« rief er. »Ein Sanssouci der Pferde. Und

wie fromm sie alle aussehen, wie Hofdamen«, flüsterte er Eleonore zu und lachte laut darüber, »gewiß, sie sehen ein wenig müde aus, als hätten sie nicht gut geschlafen, als hätten sie zu lange im Bett gelesen.« Dann wurden die Hunde besehen, und endlich begab man sich an den kleinen Mühlensee, um eine gute Angelstelle in Augenschein zu nehmen. Später ging der Prinz auf dem Gartenwege zwischen den bunten Reihen der Dahlien mit Eleonore auf und ab. Die Baronin Dünhof, die das Paar anfangs begleitet hatte, blieb diskret ein wenig zurück. Der Prinz machte ein ernstes Gesicht, zog die Augenbrauen zusammen, als müßte er scharf denken: »Ich habe dir noch nicht gesagt«, begann er, »wie glücklich mich das Arrangement unserer Eltern macht, du warst immer meine Lieblingscousine. Ich sagte schon zur Tante in Karlstadt: ›Cousine Eleonore ist prachtvoll, sie ist wie angeln.‹« Er lachte auf. »Ja, das klingt dumm, aber angeln ist für mich Ruhe, Frieden. Du mußt mich angeln sehen, nur wer mich beim Angeln gesehen hat, kennt mich. Eine Dame, die mich angeln sah, sagte mir: ›Nun verstehe ich auch, daß Sie einmal gut regieren werden.‹«

Eleonore nahm das alles mit ihrem stillen, freundlichen Lächeln hin, aber das Gesicht des Prinzen wurde jetzt sorgenvoll: »Ich weiß nicht«, sagte er, »ob ich deiner Mutter gefalle. Sie schaut mich so kühl an, ich bin ihr wohl zu unruhig, das verstehe ich, ich bin mir selbst zu unruhig. Ich denke, es wäre eine Erholung, könnte ich einmal einen Tag der Hauptmann Keck sein. Na, man ist eben, wie man ist. Jetzt wollen wir Tennis spielen«, schloß er, ohne Eleonorens Antwort abzuwarten, »und nach dem Frühstück angle ich, und ihr alle schaut zu.«

Nach dem Frühstück begaben sich die Prinzessinnen in Begleitung von Fräulein von Dachsberg und Mademoiselle Laure zum Mühlensee, um zuzuschauen, wie der Prinz angelte. Für die Damen waren Gartenstühle aufgestellt worden, der Prinz saß am Ufer und angelte, von einem Jägerburschen bedient, während der Hauptmann von Keck sich mit seiner Angel in das Erlengebüsch zurückzog.

»Die Stunde ist nicht sehr günstig«, sagte der Prinz, »aber versuchen wir es. Jetzt bitte achtzugeben, ich werfe die Angel aus, das ist nämlich auch eine Kunst, bitte, immer auf den Korken zu sehen, natürlich muß die größte Ruhe beobachtet werden.«

In schönem Schwung flog die Angel in das Wasser, die Damen beugten sich ein wenig vor, schauten angestrengt auf den Korken, und es dauerte nicht lange, so begann dieser zu zucken, ging unter Wasser, der Prinz zog an und brachte einen schönen, wie ein Juwel schimmernden Barsch heraus. »Tadellos, tadellos!« rief er und lachte.

»Nein, das mache ich selbst!« wehrte er dem Jägerburschen. Mit weißen, nervösen Fingern umklammerte er den Fisch und zog den Haken heraus, sein Gesicht zuckte dabei, als empfände es einen Schmerz. Dann aber lachte er wieder und triumphierte: »Ist er nicht schön? N'est-ce pas, il est beau, mademoiselle?«

»Oh, Altesse, superbe«, sagte Mademoiselle Laure andächtig.

»Gut, jetzt werfe ich wieder aus, ich bitte um Ruhe!« kommandierte der Prinz. Die Angel flog in das Wasser, alle schwiegen, allein kein Fisch wollte beißen. Die unbewegte Luft war drückend heiß, harter Glanz zitterte auf dem Wasser und in den Schachtelhalmen, es war sehr still ringsum, nur zuweilen schnatterte eine Stockente im Schilfe, oder ein Bläßhuhn stieß seinen freudlosen Schrei aus. Eleonore schaute den Prinzen an, das eben noch so bewegliche Gesicht war schlaff, aller Ausdruck schien von ihm fortgelöscht, es war das Gesicht eines müden, kränklichen Knaben. Eleonore mochte es nicht anschauen, sie schloß die Augen. Wie wohl die Ruhe tat, wie wohl es tat zu fühlen, wie die Gedanken allmählich undeutlich wurden und sich verwischten. Fräulein von Dachsberg saß längst mit geschlossenen Augen gerade auf ihrem Stuhl, und Marie blinzelte schläfrig in den Sonnenglanz. Sie hatte sich eine Verlobung anders gedacht, all das sah einem Alltag sehr ähnlich. Wer war denn hier bräutlich, höchstens Mademoiselle Laure, die mit ihren grellen, schwarzen Augen starr den Prinzen ansah. Nein, das beste war, zu schlafen wie die anderen.

»Wenn es nicht geht, dann geht es nicht!« rief der Prinz plötzlich. Die schlummernden Damen fuhren auf, der Prinz stand am Ufer, hatte die Angel fortgeworfen, und sein Gesicht war rot vor Ärger. Gleich darauf lächelte er aber wieder und meinte: »Die Damen haben geschlafen, nun ja, es ist verständlich. Aber jetzt müssen wir zum Schlosse zurück, Exzellenz Fürwit plante einen Spazierritt. Keck, wo sind Sie?«

Aus dem Erlengebüsche tauchte der Hauptmann von Keck auf, erhitzt und verschlafen.

»Na!« schloß der Prinz. »Von einem großen Erfolge kann ich hier nicht sprechen.«

Im Schloß war Baron Fürwit eifrig dabei gewesen, den Ausflug in den Wald zu organisieren. Die Fürstin und Prinzessin Eleonore ritten mit den Herren, die übrigen Damen folgten im Wagen. Vor dem Försterhause sollte der Tee eingenommen werden, Graf Streith hatte hier alles angeordnet und machte den Gastgeber.

»Wunderhübsch, werter Graf«, sagte der Prinz, »was sind all unsere Eßsäle gegen solch einen Platz im Walde. Diese Dekoration, dieses Parfüm und dieses Oberlicht.«

Während des Tees jedoch war der Prinz unruhig, ein Gang nach einer Waldwiese war geplant, und er fürchtete, es könnte zu spät werden. »Die Rehe gehorchen Exzellenz Fürwit nicht, sie fügen sich nicht ins Programm.«

So brach die Gesellschaft bald auf, die Fürstin blieb mit dem Grafen Streith zurück. Als alle fort waren, lehnte sie sich bequem in ihrem Stuhl zurück und schloß halb die Augenlider, so daß die Augen nur wie schmale, blanke Streifen hervorschauten. Der Graf sagte nichts, er sah, daß der Fürstin das Schweigen wohltat. Schräg schien die Sonne durch die Stämme, unter den regungslosen, großen Tannen lag eine wunderbare, grüngoldene Stille. Endlich begann die Fürstin ihre Gedanken vor sich hin zu sprechen: »Er ist so ruhelos, es ist, als fürchte er stets, etwas zu versäumen. Wie ich das kenne! Wie schmerzlich er mir wieder die ganze Vergangenheit zurückruft.«

Der Graf zog ein wenig die Augenbrauen zusammen, und als die Fürstin nicht weiter sprach, sagte er leise und zögernd: »Ist es nicht vielleicht Verschwendung, immer wieder zu gestatten, daß die Vergangenheit in eine Gegenwart eindringt, die doch glücklich sein könnte. Ich meine, wir müssen unsere Gegenwart so stark machen, daß sie die Vergangenheit verdrängt. Eine Aufgabe, die ich mir wünsche, wäre, dort, wo ich verehre, die Vergangenheit fortschieben zu dürfen.« Und seine flache Hand fuhr leicht über die Tischplatte, als schöbe sie etwas Unsichtbares fort: »Um an ihre Stelle eine wohltuende Gegenwart zu setzen, die ganz über die Vergangenheit herrscht.« Und mit spitzen Fingern legte die andere Hand etwas Unsichtbares behutsam auf den Tisch. Die Fürstin schaute sinnend zu, wie die beiden großen, weißen Hände sich auf dem Tische zu schaffen machten: »Ich weiß, Streith, ich weiß, aber mir ist heute, als gäbe ich meine Schmerzen an mein Kind weiter.« Sie lehnte den Kopf in den Stuhl zurück und schloß die Augen. »Wenn meine Eleonore heiratet«, fuhr sie fort, »dann ist der größte Teil meiner Aufgabe erfüllt. Meine Jüngste, ach Gott, das arme Kind mit seiner schwankenden Gesundheit, da wird ein stilles, bequemes Leben wohl das Wünschenswerteste sein.«

Die Fürstin schwieg eine Weile, und als sie wieder zu sprechen begann, hatten ihre Gedanken einen anderen Weg eingeschlagen: »Unsere Erziehung ist wohl daran schuld, unsere Fürstenerziehung, daß wir so schwer den Mut finden, ganz wir selbst zu sein.«

»Eine Pflanze, die nicht den Mut zur Blüte findet«, bemerkte der Graf.

Die Fürstin öffnete die Augen und lächelte matt: »Ach, Streith, immer galant.«

Der Graf verneigte sich leicht. Vom Walde her erklangen die Stimmen der

zurückkehrenden Gesellschaft, die Unternehmung war sehr gelungen gewesen; »es war«, meinte der Prinz, »als seien alle Rehe des Waldes für mich zusammenbestellt worden.«
Da die Sonne jetzt unterging, mahnte Baron Fürwit zur Rückkehr in das Schloß.
Das Diner war feierlicher als sonst, die Damen erschienen in großer Toilette, und der Erbprinz hielt eine Ansprache. Er dankte für den schönen Tag, den er hier hatte verbringen dürfen. »In diesem Schlosse«, fuhr er fort, »wohnt nicht nur das Glück, auch der Fremde, der hier einkehrt, kann sich hier sein Glück holen.« Die Baronin Dünhof lächelte, und die Augen wurden ihr feucht.
Nach dem Diner verlangte der Prinz nach einem Mondscheinspaziergang, da der Vollmond über dem Garten stand. »Wir haben ein Recht auf unsere Sentimentalitäten«, erklärte er. So stieg er mit den jungen Damen in den Garten hinab, und sie gingen langsam die hell beschienenen Wege entlang. »Zu den Frühbirnen wollen wir gehen«, schlug der Prinz vor. Der Birnbaum stand mitten auf einem runden Rasenplatze, und seine Zweige bogen sich unter der Last der kleinen, gelben Birnen. »Bitte, meine Damen, sich unter den Baum zu stellen«, rief der Prinz, »Fräulein von Dachsberg, Mademoiselle Bouttancourt, wenn ich bitten darf. Eleonore, Marie, bitte hier, Keck, stehen Sie dort.« Der Prinz begann kräftig den Baum zu schütteln, und die Früchte fielen prasselnd und blank im Mondschein nieder. Marie und Mademoiselle Laure stießen kleine Schreie aus, der Prinz lachte schallend und nannte das »eine Birnendusche«, Fräulein von Dachsberg aber nahm es übel.
»Ich muß doch bitten, Hoheit«, sagte sie, »es ist genug, wenn ich bitten darf.«
»Gut, es soll genug sein«, beschloß der Prinz, »jeder ißt jetzt eine Birne. Darf ich anbieten?« Und er selbst biß herzhaft in eine der taufeuchten Birnen und rief: »Süß, süß, süß wie Cousinen. Und nun kommt der Mondscheinspaziergang.«
Nun zog die Gesellschaft an den Reihen der mondbeglänzten Dahlien und Stockrosen entlang, der Prinz ging neben Eleonore und wurde gefühlvoll. »Wie wohltuend«, meinte er, »ist ein Tag, auch nur eine Stunde, in der wir nach Herzenslust gefühlvoll sein dürfen. Wir müssen ja sonst unsere Gefühle verstecken, und da sammelt sich dann so vieles an. Ist hier nicht eine Laube, in der es süß duftet? Nein? Nun, dann setzen die Damen sich hier auf die Gartenbank, und ich deklamiere etwas.«
Die Damen mußten sich setzen, der Prinz jedoch blieb stehen und deklamierte:

»Füllest wieder Busch und Tal
Still mit Nebelglanz,
Lösest endlich auch einmal
Meine Seele ganz.«

Er sprach mit viel Ausdruck, ja, es war als übermannte ihn eine tiefe Rührung, denn seine Stimme zitterte. Hell vom Monde beschienen erschien seine Gestalt im Abendanzuge länger und schmäler, sein Gesicht blässer als sonst.

Was hat er? dachte Eleonore. Ist das ein wirklicher Schmerz, der in seiner Stimme zittert? Und zum ersten Male fühlte sie etwas wie zärtliches Mitleid mit diesem bleichen jungen Menschen.

Marie aber dachte: Er sieht aus wie ein Gespenst.

Das Gedicht war zu Ende, niemand sagte etwas, nur Mademoiselle Laure murmelte leise ein »sublime«. Der Prinz machte ein wenig befangen einige Schritte, sah zum Monde auf und verzog wie geblendet sein Gesicht. Fräulein von Dachsberg aber mahnte zur Rückkehr in das Schloß.

Als die Prinzessinnen in ihrem Schlafzimmer allein waren und Marie bereits im Bette lag, fühlte sie sich gedrungen, ein Endurteil abzugeben: »Ich finde ihn nett«, sagte sie, »und ich glaube, wenn man einen Tag über mit ihm zusammen gewesen ist, dann schläft man gut.«

Eleonore stand am Fenster, sie hatte die Vorhänge zurückgezogen und schaute in den Garten hinab. Plötzlich ließ sie ein leises »Oh« hören. Dieses »Oh« klang so seltsam, daß Marie aufhorchte, eilig aus dem Bette stieg und an das Fenster lief. In dem taghell beschienenen Garten konnte sie anfangs nichts Ungewöhnliches sehen, doch dann bemerkte sie, daß sich zwischen den ruhig und schwarz auf den Wegen liegenden Schatten der hochstämmigen Rosen etwas regte, und nun traten zwei Gestalten in das volle Licht, Mademoiselle Laure und der Prinz. Langsam gingen sie an der Buchsbaumhecke hin und verschwanden im Dunkel der Lindenallee.

Eleonore hatte sich auf einen Stuhl gesetzt, sie war blaß geworden und schaute gerade vor sich hin. Auch Marie war erschüttert. Was sie da erlebte, erschien ihr unheimlich, und ein Schauer überlief sie. Sie wunderte sich über ihre eigene Stimme, die trocken und belehrend sagte: »Ja, liebe Lore, daran wirst du dich nun gewöhnen müssen.«

»Gewöhnen«, wiederholte Eleonore und sah die Schwester verständnislos an. – Marie ging ruhig zu ihrem Bette zurück und legte sich nieder. »Gewiß«, bemerkte sie noch, »das lernt man schon aus der Geschichte.«

Im Zimmer wurde es einen Augenblick still, plötzlich stand Eleonore vor Mariens Bett, die sonst so sanften Augen blitzten: »Ich verbiete dir, so zu sprechen«, stieß sie leise und leidenschaftlich hervor, »ich verbiete dir, jemand zu sagen, was du gesehen hast, ich würde mich zu Tode schämen, wenn jemand das wüßte.«

Marie war erschrocken und schwieg, Eleonore aber wandte sich ab und ging zu ihrem Spiegel. Natürlich wird sie sich jetzt das Haar bürsten wie Roxane, dachte Marie, und das erschien ihr sehr traurig.

Am nächsten Tage verabschiedete sich der Erbprinz. Er war sichtlich bewegt, als er der Fürstin die Hand küßte. »Hier bei euch«, sagte er, »wird man nicht nur glücklicher, sondern auch besser.«

Nach der Abfahrt des Erbprinzen wurde gleich wieder eine Reise nach Karlstadt an den herzoglichen Hof geplant. Von Marie war dabei nicht die Rede, das empörte sie so sehr, daß sie den Mut fand, sich gegen ihre Mutter darüber zu äußern.

»Bei der Reise nach Karlstadt wird auf mich wohl nicht gerechnet?« begann sie.

»Nein, mein Kind«, erwiderte die Fürstin und schaute ihre Tochter zerstreut an, »aber deine Zeit wird auch kommen, werde nur recht gesund.«

»Ich bin gesund«, sagte Marie und zog ein wenig die Augenbrauen zusammen, »ich meine nur, für mich ist also kein Vergnügen in Aussicht.«

Die Fürstin gab darauf keine Antwort. Sie mußte aber darüber nachgedacht haben, denn eines Tages hieß es, die Prinzessinnen würden mit der Baronin Dünhof in die Stadt fahren, um im Theater Schillers Räuber zu sehen.

Den Tag über hatte es geregnet, gegen Sonnenuntergang klärte sich der Himmel auf, die Fahrt im großen Automobil war erfrischend. Marie schaute durch das Wagenfenster mit runden, wachsamen Augen auf das vorüberziehende Land, auf diese Außenwelt, in der das Leben so seltsam selbstverständlich erschien. Die Wolken standen jetzt wie zerklüftete, kupferrote Gebirgszüge am Horizont, Schafe wurden heimgetrieben, ganz rosa im Abendschein zogen sie langsam über die gelben Stoppelfelder, Hüterkinder sangen aus voller Kehle, kleine struppige Dorfhunde riefen sich aufgeregt die Nachricht zu, daß ein Gefährt komme. In den Dorfgärten standen Frauen, die Schürzen voller Salatblätter, schauten auf die Straße hinab und verzogen die Gesichter, als täte die schnelle Bewegung des Wagens ihnen weh. Die Sonne ging unter, die Wälder wurden schwarz und das Land grau. In der Stadt dunkelte es schon, bleich und glasig stand der Schein der Gasflammen in der Dämmerung. Die Straßen waren belebt, langsam gingen die Leute in der Abendkühle auf dem Trottoir dahin, blieben zuweilen stehen und sprachen laut über die Straße hinweg miteinander. Einige Fenster waren schon erleuchtet, und die Vorüberfahrenden sahen in Stuben hinein mit großen Sofas und runden Tischen. Hier saßen Kinder um eine Lampe und machten ihre Schularbeiten, dort wurde zu Abend gegessen, eine Frau mit großer weißer Haube biß in eine Semmel. Aus den kleinen Läden erklang beständig der dünne, schrille Ton der Türglocken. Wie eng die Menschen hier beieinander waren, dachte Marie, und wie eifrig sie lebten. – Das Automobil hielt vor dem kleinen Theater, Menschen hatten sich hier angesammelt, um die Prinzessinnen aussteigen zu sehen. Die Baronin Dünhof und der Baron Fürwit schienen aufgeregt, sie gaben dem Lakaien leise Befehle, flüsterten Französisch miteinander und liefen in der Vorhalle neben den Prinzessinnen her, als müßten sie sie vor etwas schützen. Erst als man eine Treppe hinaufgestiegen war und sich in der Loge befand, mußte alle Gefahr vorüber sein, denn die Baronin murmelte: »Gott sei Dank.«

Das Theater war schon gefüllt, all die Gesichter, die vom Parkett zur Loge der Prinzessinnen hinaufsahen, die Gläser, die sich aus den anderen Logen auf sie richteten, dazu der Geruch von altem Plüsche, von Kulissen und Gas, all das erschien Marie fremd und spannend. Nun verdunkelte sich das Theater, und der Vorhang ging in die Höhe. Marie folgte aufmerksam den Vorgängen auf der Bühne, allein der alte gebrechliche Graf, der alles glaubte, was man ihm einredete, der kleine rothaarige Franz mit seinen Schurkenstreichen ließen sie kühl, und sie freute sich, als das Theater im Zwischenakt wieder hell wurde und sie sich im Raume umsehen konnte. Es war unterhaltend, in das Stimmengewirr unten im Parkett hineinzulauschen, die Menschen zu sehen, wie sie einander begrüßten, miteinander plauderten, würdig ihre Theatertoiletten trugen. Da war die Konditorsfrau mit einem gelben Vogel auf dem Hut, dort stand Professor Wirth, die Dame neben ihm mußte seine Gemahlin sein, schön war sie nicht, sie sah aus, als habe sie Migräne. Gern hätten die Prinzessinnen über die Leute da unten zusammen gelacht, allein sie mußten ihre Haltung bewahren. Unterdessen kam Besuch in die Loge, der Landrat erschien und sprach vom jungen Schiller: »Welch eine Kraft in diesem jungen Menschen, ja geradezu ein Vulkan.« Die Gräfin Dühnen kam und plauderte mit der Baronin Dünhof. In der Loge, gerade den Prinzessinnen gegenüber, saß eine Dame im schwarzen Kleide, die schwarzen Haarscheitel, flach über die Ohren gekämmt, umrahmten ein bleiches, scharfes Gesicht, neben ihr ein sechzehnjähriges Mädchen im schlecht gemachten grünen Kleide, das reiche, schwarze Haar lockte sich ein wenig wild, und

das runde Gesicht mit den großen schwarzen Augen, den breiten, roten Lippen hatte einen so wunderbaren Glanz lachenden jugendlichen Lebens, daß Marie es erstaunt ansah und fühlte, wie das Herz ihr heiß wurde von einer Bewunderung, die fast schmerzhaft war.
»Wer ist denn dort unser Visavis?« hörte sie die Baronin Dünhof fragen.
»Ach, eigentlich niemand«, erwiderte die Gräfin Dühnen, »eine Frau von Syrman, sie hat in unserem Walde das alte Forsthaus gemietet für den Sommer, und ich glaube auch für den Winter. Sie soll eine geschiedene Frau sein, dunkle Verhältnisse, man verkehrt nicht mit ihr.«
»Das Mädchen scheint hübsch«, meinte die Baronin.
»Brutal!« sagte die Gräfin. »Von Erziehung wird da wenig die Rede sein. Das wächst auf wie ein Pilz.«
Das Theater verdunkelte sich wieder, und das Spiel nahm seinen Fortgang. Die Studentenszene interessierte Marie nur wenig, auch Armin Biber als Karl Moor, von dem Hilda Üchtlitz eine Zeitlang soviel gesprochen hatte, enttäuschte sie; sie dachte lieber an das schwarze Mädchen drüben in der Loge. Die Worte der Gräfin hatten ihr weh getan, das arme, schöne Mädchen, sie wächst auf wie ein Pilz, und Marie sah deutlich einen der kleinen, feuerroten Pilze, wie sie im Moose stehen, das Köpfchen blank vom Tau, leuchtend wie ein Edelstein. Ja, denen glich das schöne Mädchen, von dem Marie jetzt wußte, daß sie es liebte, und sie konnte den Augenblick kaum erwarten, da sie es wieder würde sehen können. Während des Zwischenaktes wandte Marie die Blicke nicht von der gegenüberliegenden Loge ab. Alles an dem schwarzen Mädchen gefiel ihr und rührte sie, die Art, in der es beide Arme auf die Logenbrüstung stützte, wie ein müdes Schulmädchen sich auf den Schultisch stützt, wie es sorglos den Körper herumwarf und beim Lachen den Mund öffnete und die Zähne sehen ließ, wie es Gefrorenes aß, den Löffel ganz voll nahm und herzhaft zum Munde führte, als äße es Suppe. In dem allen lag etwas, über das Marie gern gelacht und geweint hätte. Auf der Bühne wurde es mittlerweile auch interessanter, Karl Moor war Räuber geworden, er trug einen kleinen schwarzen Schnurrbart, einen breitkrempigen Hut und roten Mantel. Beim Sonnenuntergange lagerte er mit seinen Räubern im Walde, schön und traurig, und seine großen, schmerzvollen Worte erfüllten Marie mit einem unendlich feierlichen Mitleid, alles hätte sie getan, um den armen, schönen Mann zu trösten. Ohne daß sie es wußte, rannen ihr die Tränen über die Wangen. Als sie nach Schluß des Aktes zu der Loge der Frau von Syrman hinübersah, entdeckte sie, daß auch das schwarze Mädchen verweinte Augen und tränenfeuchte Wangen hatte. Die Blicke der beiden Mädchen trafen sich, und unwillkürlich lächelten sie einander an. Das machte Marie glücklich,

es war ihr, als hätte sie einen Bund geschlossen mit dem Mädchen drüben und mit dem schönen Armin Biber, er, der seine großen Schmerzen litt, und sie, die über ihn weinten. Von nun an erzitterte ihr ganzes Wesen in einer seltsam schmerzvollen und doch wohltuenden Ekstase, entrüstet wies sie ein Glas Limonade zurück, das ihr angeboten wurde, sie konnte jetzt nicht an Limonade denken. Während des Spieles weinte sie um Karl Moor, während der Pausen lächelte sie zu Fräulein Syrman hinüber, und als das Stück aus war, als alles sich zum Aufbruch rüstete, und die Baronin Dünhof und der Baron Fürwit aufgeregt den Rückzug organisierten, erwachte sie wie aus einem schicksalsschweren Traume.
Marie drückte sich in die Wagenecke, versonnen und verweint träumte sie vor sich hin. Die Straßen des Städtchens waren jetzt stiller, die Vorhänge an den Fenstern niedergelassen. In einem Fenster, das offen stand, lehnte ein Mädchen und sprach mit einem Herrn unten auf der Straße, ein kleiner Biergarten war hell erleuchtet und Musik scholl aus ihm herüber. Das Leben geht hier weiter, dachte Marie, das Leben, zu dem auch Armin Biber und das schöne Mädchen gehörten, sie aber fuhr hinaus in das nächtliche, schweigende Land. Doch sie hatte jetzt mitzutragen an Karl Moors Schmerzen, hatte zu tragen an dem Mitleid für das schöne Mädchen, von dem die anderen schlecht sprachen und das sie verachteten, sie gehörten jetzt zu ihr, sie nahm sie mit in ihre Einsamkeit.

Mariens Leben war jetzt um einen erregenden Traum reicher, einen Traum, vor dem die Ereignisse des Tages verblaßten. Die Fürstin fuhr mit Eleonore nach Karlstadt, um Eleonorens Verlobung zu feiern. Marie ertrug es ohne allzu große Empörung, daß sie zurückbleiben mußte. Auf den Spaziergängen mit Fräulein von Dachsberg oder Mademoiselle Laure war sie schweigsam, in den Unterrichtsstunden des Professors Wirth schweiften ihre Gedanken weit ab. Sie fühlte ein großes Bedürfnis, allein zu sein. Der Arzt hatte gemeint, die Herbstluft würde ihr gut tun, so irrte sie denn unablässig im Garten umher und wies schroff jede Begleitung ab.
»Wenn Sie mich kontrollieren wollen«, sagte sie zu Fräulein von Dachsberg, »so können Sie das vom Fenster aus tun, ich gehe ohnehin nur vor dem Hause auf und ab.«
Fräulein von Dachsberg zog ergeben die Augenbrauen hinauf und sagte zum Baron Fürwit: »Prinzessin Marie wird immer schwieriger.«
Der Baron nickte. »Ja«, meinte er, »ihr fehlt die Hofluft, es ist schwer, Kamelien in Spargelbeeten zu ziehen.«
Die Herbsttage waren hell und kühl. Nachtfröste versengten die Köpfe der Dahlien, das Laub der Parkbäume wurde gelb und rot, und auf den Wegen

der Allee raschelten schon welke Blätter. Drüben im Obstgarten hörte man das beständige Fallen der Äpfel, und ihr säuerlicher Duft erfüllte den Garten. Die Johannisbeeren in der Grube am alten Pflaumenbaum verloren ihre Blätter, die Trauben schrumpften ein und schmeckten ganz süß. Hier nun ging Marie, fest in den langen Herbstpaletot geknüpft, die Hände im Muff verborgen, mit kleinen, eiligen Schritten auf und ab. Ihr Gesicht hatte einen seltsam gespannten Ausdruck, ihre Augen schauten drein, als müßten sie sehr scharf in die Ferne sehen. Marie dachte an Armin Biber, ja, sie sah ihn, er kam durch die Allee auf sie zu, mit seinem breitkrempigen Hut, das schöne Gesicht ganz bleich, Marie blieb vor ihm stehen, das Herz brannte ihr, sie wollte etwas sagen, das sie mit einem Schlage ihm ganz nahe brachte.

Da lächelte er sein schwermütiges Lächeln und sagte: »Kleine Prinzessin, kleine Prinzessin, Sie verstehen mich, Sie haben um mich geweint.«

Auch an das schöne, schwarze Mädchen dachte Marie, sie nannte es »Armelia«, weil das mit Armin verwandt war. Sie legte den Arm um Armelias Taille und war ihre Freundin.

Die Gräfin Dühnen beleidigte Armelia, Marie aber trat für sie ein, fand prachtvolle entrüstete Worte, dann führte sie die Freundin fort an einen stillen Platz des Waldes. Dort saßen sie festumschlungen, bis die Zweige sich auseinanderbogen und Armin Bibers schönes Gesicht auf sie niederschaute, er lächelte und sagte: »Meine treuen Kameradinnen.«

Zuweilen wollten die Traumbilder nicht kommen, dann war es nur ein köstlich starkes Fühlen, das Maries Herz schneller schlagen ließ, sie hätte weinen können vor Sehnsucht nach Armin Biber, nach Armelia, nach Liebe, nach großen Worten und großen Schmerzen. Dieses Gefühl machte sie stolz, hob sie hoch über die anderen empor. Wie verachtete sie die Teestunde am Nachmittag, während der der Baron Fürwit von früheren Verlobungen früherer Prinzessinnen erzählte. Oder die Abende im Gartensaal, der Baron Fürwit las langsam und deutlich die Kreuzzeitung vor, Fräulein von Dachsberg und Mademoiselle Laure häkelten, der Major saß gerade auf seinem Stuhle und hörte aufmerksam zu.

Wenn eine Pause eintrat, wandte er sich mit einer höflichen Bemerkung an Marie. »Ich glaube, mit den Balkanvölkern werden wir noch manches erleben.«

»O wirklich, glauben Sie, Herr Major?« erwiderte Marie, die jäh aus ihren Gedanken auffuhr.

An einem Nachmittag kam Hilda von Üchtlitz. Sie war hübsch und lebensvoll, mit kühlen, rosa Wangen und blanken, scharf aufmerkenden Augen.

Marie ließ den Tee in ihrem Schreibzimmer servieren, sie hatte Hilda so viel zu sagen. Sie begann damit, von Armelia zu sprechen, allein das interessierte Hilda nur wenig.
»Die kenne ich«, meinte sie, »ich kümmere mich natürlich nicht um das Gerede, daß man mit diesen Leuten nicht umgehen kann, gerade deshalb bin ich zum Forsthause gegangen, nun, vielleicht wird einmal etwas aus dem Mädchen, Rasse hat es, aber bisher ist es noch ein wildes, kleines Tier. Sie heißt übrigens nicht Armelia, sondern Britta.«
Marie war verletzt, auch verstimmte es sie, daß Armelia Britta heißen sollte. Sie ließ daher dieses Thema fallen und sprach von Armin Biber.
Hilda hörte sehr aufmerksam zu. »Ja, das kenne ich«, sagte sie dann ernst, »das habe ich auch durchgemacht, das kommt so über uns, und da hilft nichts anderes, du mußt ihn sehen und sprechen.«
»Ihn sehen und sprechen«, rief Marie und wurde ganz rot vor Schrecken, »das ist doch nicht möglich!«
Hilda blieb ruhig und dachte ein wenig nach: »Es ist möglich«, erklärte sie dann. »Du bist eine Prinzessin, wenn du ihm schreibst, dann kommt er.«
»Das werde ich nie tun«, versicherte Marie mit zitternder Stimme.
»Doch, das mußt du tun«, fuhr Hilda fort, »du schreibst ihm, du willst ihm für seine große Kunst danken und so weiter, er soll um ein Uhr mittags auf der Landstraße an eurem Gartengitter vorübergehen, du erwartest ihn bei eurem alten Pflaumenbaume, nun und dann sprecht ihr miteinander durch das Gitter, mehr ist für den Augenblick nicht zu erreichen.«
Marie fühlte, wie ihre Hände kalt wurden vor Aufregung, und sie hatte Lust zu weinen. »Ich würde sterben, wenn er käme«, sagte sie leise.
Hilda lachte: »Davon stirbt man nicht, und dann, du bist zwar eine Prinzessin, aber du könntest dich doch bemühen, ein modernes Mädchen zu sein. Dieses Anschmachten aus der Ferne tut kein modernes Mädchen mehr. Wenn wir uns in einen Mann verlieben, und das läßt sich nicht vermeiden, dann handeln wir auch. Nur keine unnütze Gefühlsverschwendung mehr.«
»Ich werde es nie können«, stöhnte Marie.
Hilda zuckte die Achseln. »Setze dich nur an deinen Schreibtisch«, befahl sie, »ich nehme den Brief mit und besorge ihn, das wird gemacht, und du wirst sehen, es beruhigt.«
Und es wurde gemacht. Hilda fuhr mit Maries Brief in der Tasche nach Hause.
Nun verbrachte Marie täglich eine qualvolle Stunde drüben bei dem alten Pflaumenbaum. Blaß, mit erregten Augen ging sie zwischen den entblät-

terten Johannisbeerbüschen hin und her und warf zuweilen einen angstvollen Blick auf das Gartengitter. Oft war sie nahe daran fortzulaufen, sich im Park zu verstecken, Armin Biber mochte nun kommen oder nicht; allein sie fürchtete sich vor Hildas Verachtung, sie wollte ja auch ein modernes Mädchen sein, und endlich zog dieses Erlebnis, das sie so angstvoll erwartete, sie dennoch unwiderstehlich an. Es war am dritten Tage nach Hildas Besuch, daß Marie am Gartengitter einen Herren sah, der von seinem Rade sprang, das Rad gegen das Gitter lehnte und zu ihr hinübergrüßte. Er trug einen braunen Radfahreranzug und einen kleinen, schwarzen Filzhut. Regungslos blieb Marie stehen und starrte den Fremden an, dann ging sie langsam und wie mechanisch auf das Gitter zu. Der Fremde zog wiederum seinen Hut tief ab und verbeugte sich. War das Armin Biber, dieser kleine Herr mit dem geröteten Gesicht, dem glattrasierten bläulichen Kinn und dem langen bleichen Munde? Jetzt trat er nah an das Gitter heran, lächelte und zeigte dabei eine Reihe weißer Zähne, in denen eine Goldplombe blank hervorglänzte. Marie sah das alles ganz genau. Nun begann er zu sprechen, ja, das war Bibers schöne, tiefe Stimme.

»Durchlaucht haben befohlen«, sagte er, »hier bin ich.«

»Das ist sehr freundlich«, hörte sie sich sagen, und sie sah, wie ihre Hand zwischen den Gitterstäben hindurch sich Armin Biber reichte. Er ergriff sie und küßte sie.

»Ich wollte Ihnen so gern danken«, fuhr Marie fort, »für den großen Genuß damals im Theater.«

Armin Biber wurde ernst, und Marie fand in seinen Augen etwas von Karl Moor wieder. Er nahm den Hut ab und fuhr sich mit der Hand über die Stirne. »Ach, Durchlaucht«, versetzte er, »das ist ja der eigentliche Lohn unseres oft dornenvollen Berufes, daß unsere Kunst zuweilen in einem vornehmen und edlen Herzen widerklingt.«

Was soll ich jetzt sagen, dachte Marie, aber da sagte sie schon: »Es muß sehr schwer sein, solche Rollen zu spielen.«

»Nun ja«, erwiderte Armin Biber, »die Hauptsache ist, daß man die Rolle fühlt, und da muß man schon einiges an Nervenkraft und Herzblut zusetzen.«

»Das kann ich mir denken«, bemerkte Marie. Eine Pause entstand, und Marie dachte: Wie soll das enden?

Aber Armin Biber begann wieder zu sprechen: »Ich hätte gern als Erinnerung an diese bedeutungsvolle Stunde Euer Durchlaucht mein Bild mitgebracht, allein ich wagte es nicht.«

»Wie schade«, meinte Marie, »aber vielleicht geben Sie mir als Andenken die kleine, gelbe Blume dort am Wege.«

»Die dort?« fragte Armin Biber und kniff seine Augen zusammen. »Bon, ich fliege.« Er sprang zu der gelben Blume hin, pflückte sie und reichte sie lächelnd durch das Gitter.

Marie versuchte auch zu lächeln, als sie die Blume entgegennahm. »Ich danke Ihnen«, sagte sie, »jetzt aber glaube ich, muß ich gehen.«

Wieder streckte sie die Hand durch das Gitter, und wieder erfaßte Armin Biber sie und küßte sie. »Es wird mir eine unvergeßliche Erinnerung sein«, versetzte er leise und innig. »Adieu, Durchlaucht, adieu.« Er schwenkte seinen Hut, sprang auf sein Rad und fuhr schnell und elegant die Landstraße entlang.

Marie schaute ihm nach, und ein angenehmes Gefühl unendlicher Erleichterung erfüllte sie. Eilig schritt sie dem Schlosse zu, sie war froh, daß es vorüber war und stolz, daß sie das erlebt hatte. Als sie in ihrem Zimmer ankam, bemerkte sie, daß die kleine gelbe Blume ihr unterwegs entfallen war.

Der Winter setzte dieses Jahr früh mit starkem Schneefall ein. Nur selten drang die Sonne durch die niedrig hängenden hellgrauen Wolken. Immer wieder schneite es, jeden Morgen war der Park mit seinen Bäumen, der Garten, das Schloß wie in große Wellen weißen Musselins gehüllt. Der Baron Fürwit trippelte mit kleinen Schritten durch die Zimmer und regulierte ihre Temperatur. Graf Streith kam im Schlitten mit hellem Schellengeläute angefahren. Marie hustete viel, und nach Weihnachten wurde sie ernstlich krank. Mit hohem Fieber lag sie in ihrem Bette, und die kärglichen Erlebnisse ihres Lebens umschwebten sie in ihren Fieberphantasien, Armin Biber kam, aber er schwebte eine Spanne hoch über dem Boden, und seine Beine schwangen hin und her wie der Pendel einer Uhr. Britta stand neben ihm, lachte und sagte: »Ticktack, ticktack.« Auch Felix Dühnen erschien, er verzog seinen Mund zum höhnischen Knabenlachen und schlug Marie auf die Hand. Aber sie hatten alle etwas Gespenstisches und Feindseliges, Marie flüchtete angstvoll vor ihnen, flüchtete aus dem Traum in das Erwachen. Sie schlug die Augen auf, an ihrem Bette saß ihre Mutter und lächelte ihr zu.

»Geschlafen, mein Kind?« sagte sie.

»Ja«, erwiderte Marie. Die klaren, braunen Augen ihrer Mutter taten ihr wohl, es war, als wehte etwas angenehm Kühlendes aus ihnen herüber, als läge in ihnen etwas, das den Durst löschte.

»Schlafe nur, meine Tochter«, fuhr die Fürstin fort, »und wenn wir kräftiger sind, dann reisen wir dorthin, wo die Sonne ganz warm ist, an ein warmes, blaues Meer, dort werden wir ganz gesund.«

Marie versuchte zu lächeln, seufzte tief und schloß wieder die Augen. Jetzt war ihr wohl, sie sah diese gelbe, warme Sonne und das warme, blaue Meer, eine große blaue und goldene Stille. Dann kamen wieder Bilder, aber dieses Mal friedliche, halb Erinnerung, halb Träume, ein Zimmer im Schlosse Birkenstein, Marie mußte noch sehr klein sein, denn das Zimmer erschien ihr unendlich hoch und die Möbel sehr groß. Sie saß auf dem Schoße ihrer Mutter, saß da ganz in veilchenblauer Seide und spielte mit einem kleinen, goldenen Herzen, das an einer Kette auf der Brust ihrer Mutter hing. Vor ihnen aber im Zimmer ging ein Herr hin und her und sprach laut und schnell. Marie wunderte sich, daß auf das goldene Herz, mit dem sie spielte, zuweilen warme Tropfen fielen. Und dann wieder lag sie in ihrem kleinen Bette, es war Nacht um sie her, aber das Zimmer nebenan, wo die Schwestern schliefen, war hell von Mondenschein. Und plötzlich erschienen da in der bleichen Helligkeit zwei kleine Gestalten in langen, weißen Hemden, und sie faßten einander und tanzten. Marie sah deutlich auf dem hellbeschienenen Fußboden die rastlos tanzenden Füßchen. Allmählich verblaßten die Bilder, und Marie sank in tiefen Schlaf.

Die Fürstin schaute sinnend den blonden Kopf ihres Kindes an, das Gesicht, über dessen weichen Zügen eine mutlose Erschöpfung lag, ein Ausdruck, wie Menschen ihn haben, die bei einer zu schweren Arbeit matt niedersinken. Wie dieses arme kleine Leben kämpft, dachte die Fürstin. In ihren Ohren klang Maries Stimme: Soviel ich sehe, ist jetzt für mich kein Vergnügen in Aussicht, das rührte sie so stark, daß es wehe tat. Sie wandte den Blick ab und schaute zum Fenster hinaus. Trotz der bleichen Wintersonne irrten doch einige große Schneeflocken langsam durch die Luft. Aus der Ferne klang das Schellengeläute eines Schlittens herüber. Die Gedanken der Fürstin suchten nach etwas, das nicht wehe tat, das tröstete, sie dachte an das Jagdschlößchen, an Streith, wie er in den dunklen Garten hinausgeht und zu dem erleuchteten Gartensaale hinuntersieht. Sie kannte diesen Gartensaal, die Wände mit den vielen Ölbildern, die ihren Firnisgeruch in den Duft der ägyptischen Zigaretten mischten, die Möbel mit ihren seltsamen himbeerrot- und grüngestreiften seidenen Überzügen und den vergoldeten Zieraten auf der Lehne, den schwarzen Marmortisch mit den geschweiften, vergoldeten Füßen und das Tigerfell vor dem Kamin. Gut mußte es tun, dort abends zu sitzen ohne Gedanken, ohne Sorgen, denn draußen im dunklen Garten geht einer umher, der alle Härten des Lebens, ja auch das Schmerzvolle der Vergangenheit von ihr nimmt. Und sie steht dann auf, tritt in die offene Tür, schaut in die Nacht hinein, die ihr süß nach Rosen und Nachtviolen

entgegenduftet. Er kann sie jetzt im Türrahmen stehen sehen, und sie will rufen. Ein leises Stöhnen ließ die Fürstin aufschrecken, sie schaute nieder auf das Bett, Marie schlief, aber über ihr Gesicht zuckte es wie eine Qual, und die Hand, die auf der Decke lag, wurde unruhig. Die Fürstin beugte sich vor und schaute ihr Kind angstvoll an. Sie war mit ihren Gedanken so weit von ihm fortgewesen, und es schien ihr, als hätte sie ihm ein Unrecht, eine Grausamkeit angetan. Sie neigte sich auf die ruhelose fieberheiße Hand der Kranken nieder und küßte sie. Dann erhob sie sich und verließ leise das Gemach.
Draußen ging sie langsam und bekümmert durch die stille Zimmerflucht, in ihrem Boudoir setzte sie sich nieder, lehnte den Kopf zurück und schloß die Augen. Sie war krank vor Mitleid, Mitleid mit ihrem Kinde, Mitleid mit sich selbst. Irgendwo im Hause ging eine Türe, und das Parkett knarrte unter einem bekannten Schritte. Die Fürstin richtete sich auf und lächelte. Ach ja, Streith ist da, ging es ihr durch den Sinn.

Zwei Jahre waren verflossen, und an einem schönen Maientage saßen die drei Schwestern wieder unter dem alten Pflaumenbaume, der jetzt ganz in Blüten stand. Die Großfürstin Dimitri und die Erbprinzessin von Neustatt-Birkenstein waren nach Gutheiden gekommen, um in der alten Heimat einige Tage beisammen zu sein, ganz wie einst in ihren Mädchenjahren. Nun gingen sie ihren Erinnerungen nach. Auf dem besonnten Rasen waren Decken gebreitet worden, auf welche die Damen sich niedergelassen hatten. Roxane saß wie früher aufrecht da, unter ihrem roten Sonnenschirme, sie war sehr stattlich geworden, die regelmäßigen Züge hatten sich ein wenig verschärft, die Augen mit dem ruhigen Edelsteinglanz schauten gerade vor sich hin, so saß sie da wie eine sinnende Göttin unter ihrem roten Baldachin. Eleonore hatte sich bequem hingestreckt, sie war etwas stark geworden. Das Gesicht, wenn es lachte, war noch das freundliche Mädchengesicht von früher, es war jedoch blaß und, wenn es ernst dreinschaute, lag es über ihm wie verdrossene Müdigkeit. Marie lag platt auf dem Rücken und schaute zum Himmel hinauf. Die Jahre hatten ihre Gestalt schlanker und mädchenhafter gemacht. Das blonde Haar lockte sich noch ebenso eigensinnig über der kurzen Stirn, und die runden Augen schauten noch ebenso erwartungsvoll und kritisch in die Welt hinaus. Die Schwestern hatten lange geschwiegen, jetzt begann Marie zu sprechen: »Nun, erinnert ihr euch?«
»Dazu sind wir ja da, Kleine«, erwiderte Roxane.
»Es ist nur merkwürdig«, fuhr Marie fort, »daß es nichts zu erinnern gibt. Es geschah damals nichts.«

»Das ist ja das Schöne«, meinte Eleonore, »eine Zeit, in der nichts geschah. Nur so das bekannte Licht, die bekannten Gerüche.«
»Sehr gut«, plauderte Marie weiter, »aber man kann auch davon zuviel haben. Wenn wir von San Remo nach Hause reisen, freue ich mich auch. Ich denke, zu Hause wird es besser sein. Es ist nämlich sehr langweilig, in San Remo die kranke Prinzessin zu sein, rechts Mama, links die Baronin Dünhof, und es ist nur davon die Rede, ob ich mich erhitzt oder erkältet habe. Gut, wir kommen nach Hause, und dann liegt zu denselben Stunden, in denselben Ecken derselbe Sonnenschein. Wenn wir spazierenfahren, stehen im Dorfe dieselben Frauen an den Fenstern, und dieselben Hunde bellen, und der Baron Fürwit macht dieselben Späße, und der Graf Streith spricht bei Tisch wieder von der Psyche der Franzosen und der Engländer. Das ist dann auch nicht heiter. Übrigens hat sich manches verändert. Mademoiselle Laure ist nicht da, die Dühnenschen Jungen gehen nicht mehr vorüber, sie haben eine andere Badestelle. Felix ist jetzt Leutnant. Er war gestern hier, er sieht lächerlich aus mit seinem Scheitel über den ganzen Kopf. Heute kommt er mit Üchtlitzens zum Tennis, denn Doktor Ruck hat mir Tennis verordnet. Nun ja, und die alte Malwine bekommt das Gnadenbrot, und die kleine Emilie bedient mich, und Professor Wirth kommt nicht mehr.«
»Ach, der arme Wirth«, meinte Eleonore.
Marie lachte: »Ja, der arme Wirth, es hat wohl nie ein Professor drei unaufmerksamere Schülerinnen gehabt als er. Und wie höflich er immer war, besonders mit Roxane. ›Darf ich vielleicht fragen, wie der Volkstribun hieß, von dem wir in voriger Stunde sprachen?‹ Und Roxane war dann auch sehr liebenswürdig: ›Gewiß, Herr Professor, sehr gern, ich glaube, der Name fing mit einem R an.‹ Und Lore war immer so mitleidig, wenn sie nichts wußte. ›Es tut mir schrecklich leid, Herr Professor, aber ich habe es vergessen.‹«
Sie lachten ein wenig, dann brach die Unterhaltung ab, und sie hörten still dem Läuten der Bienen in den Pflaumenblüten zu.
Einmal äußerte Marie noch feierlich: »Nur wer etwas erleben will, erlebt etwas, sagt Hilda.«
»Ach die«, warf Eleonore hin; aber das ärgerte Marie. »Bitte«, sagte sie, »Hilda ist meine Freundin.«
Vom Hause klangen jetzt Stimmen herüber, und Marie richtete sich auf. »Da kommen sie schon zum Tennis«, meinte sie, »ihr bleibt wohl noch?«
»Ja, wir bleiben noch ein wenig«, erwiderte Roxane.
Marie erhob sich langsam und widerwillig, sie warf noch einen letzten Blick auf ihre Schwestern und sagte: »Roxane ist prachtvoll, wie ein russisches Heiligenbild. Lore ist noch nicht so weit.« Dann ging sie.

Auf dem Tennisplatze fand sie eine größere Gesellschaft, Hilda, ihr Bruder der Referendar und Felix waren gekommen, auch die Damen und Herren des Gefolges waren da, die üppige Fürstin Kusmin mit den schönen Augen, dem unreinen Teint und dem großen weichen Munde, das Fräulein von Dietheim, blond und zierlich und so bleich, daß selbst ihre Lippen weiß waren, der Hauptmann von Keck und endlich der prachtvolle Graf Minsky mit seinem klassischen Profil und einer hohen, dünnen Stimme. Marie begrüßte die Angekommenen, küßte Hilda und sagte: »Ich denke, wir fangen an.«
»Du bist verstimmt«, flüsterte Hilda ihr zu.
Marie zuckte die Achseln, und das Spiel begann. Marie spielte heute nachlässig und schlecht.
»Wenn Graf Dühnen die Bälle so perfide serviert«, sagte sie ärgerlich, »dann kann ich keinen Ball machen.«
»Galant, Graf Dühnen serviert nicht galant«, rief Graf Minsky mit seiner hohen, singenden Stimme.
Felix lachte. Wie kenne ich dieses Lachen, dachte Marie. Das Spiel machte ihr heute keine Freude, so gab sie denn vor, es mache sie müde, und man brach ab. Die Gesellschaft stand noch auf dem sonnigen Platze umher und unterhielt sich. Marie nahm Hildas Arm und sprach mit Felix vom Tirnowschen Parke und dem Frühling in Berlin. Dabei begannen sie langsam den Gartenweg hinabzugehen.
Die Fürstin Kusmin schaute den Fortgehenden mit zusammengekniffenen Augen nach und meinte: »Die Prinzessin macht einen kleinen Spaziergang.«
»Ja«, erwiderte Fräulein von Dachsberg leise, »die Prinzessin tut, was ihr gerade einfällt. Es heißt immer: ›Das arme Kind, lassen Sie es doch‹, und wir Hofdamen sind eigentlich nur dazu da, um vermieden zu werden.«
»Ja, so auf dem Lande«, sagte die Fürstin gerührt.
Hilda hatte dem Gespräch zwischen Marie und Felix schweigend zugehört, jetzt sagte sie: »Sind Sie denn noch böse wegen des Servierens der Bälle?«
Marie lachte: »Ach nein, das habe ich verziehen.«
Felix entschuldigte sich, er war es nicht mehr gewohnt, bei Hof zu servieren.
Marie beugte sich vor und schaute lustig zu ihm auf: »Wie geht es jetzt mit der Subordination?«
»Ich danke«, erwiderte Felix, »es muß wohl.«
»Schwer wird es dir fallen«, bemerkte Hilda; sie und Felix sagten als Nachbarskinder zueinander du.
»Es kommen einem zuweilen Gedanken«, berichtete Felix, »wenn ich vor

dem Kommandierenden stramm stehe und er schnauzt mich an, dann denke ich zuweilen: Was würde geschehen, wenn ich statt ›zu Befehl‹ nur ›Kikeriki‹ sagen würde, nichts weiter als ›Kikeriki‹? Das gäbe doch eine Aufregung in der ganzen Armee, es würde in allen deutschen und ausländischen Zeitungen stehen, es wäre ein Weltereignis.«
»Das werden Sie doch nicht tun«, rief Marie erschrocken.
Felix beruhigte sie: »Nein, das tue ich nicht, ich bin jetzt ein Normalmensch, ein Leutnant. Ein Leutnant tut, was alle anderen Leutnants tun, im Dienste tun sie alle dasselbe, und im Kasino und wenn sie mit Damen sprechen, sagen sie alle dasselbe, und wenn sie Zivil anziehen, haben sie alle blaue Anzüge und gelbe Stiefel. Und wenn ich mich nachts zu Bett lege, weiß ich, daß tausend ganz solcher Herren wie ich sich zu Bett legen. Das ist so wie mit dem Zinnsoldaten, der weiß auch, wenn er in die Schachtel gelegt wird, daß zwei Dutzend ganz solcher Kerlchen wie er in der Schachtel liegen.«
»Meine Brüder hatten Zinnsoldaten, mit denen ich gern spielte«, erzählte Hilda, »da war einer, bei dem hatte das Zinn nicht gereicht, er hatte ein zu kurzes Bein, den liebte ich besonders, weil er anders war als die anderen.«
Felix seufzte: »Ach, ich glaube, bei mir hat das Zinn auch nicht gereicht, jedenfalls ist mein Vater dieser Ansicht.«
»Und hier zu Hause?« sagte Marie.
»Hier zu Hause versuche ich zu tun, was nur ich tue. Gestern stand ich auf dem großen Rasenplatze im Hofe auf dem Kopfe. Mein Vater fand das unwürdig.«
»Das war es wohl auch.«
Felix zuckte die Achseln: »Nun ja, aber man will doch etwas für seine Persönlichkeit tun.«
»Du kannst ja wieder auf einen Baum steigen und wie eine Taube girren«, schlug Hilda vor.
Felix lachte: »Wozu? Es hört es ja doch nur der alte Gartenwächter.«
Jetzt gingen sie an den Johannisbeerbüschen vorüber. Felixens und Maries Augen trafen sich in einem schnellen Blick des Einverständnisses, und ihre Lippen zuckten.
Dann sagte Felix: »Ich glaube mich zu erinnern, daß hier im Gitter eine Tür ist. Ich würde sie benutzen, um mich hier von den Damen zu empfehlen.«
»Ja, die Tür ist noch da«, sagte Marie und errötete.
Felix nahm Abschied und ging. Die beiden Mädchen schauten ihm nach, wie er die Dorfstraße hinabeilte, schmal und knabenhaft im hellen Tennisanzuge.
»Der geht nicht wie ein Leutnant«, bemerkte Hilda. Dann schlugen sie

den Rückweg ein. Nach einer Pause sagte Hilda: »Es ist wahrscheinlich, daß er sich in dich verlieben wird, was wirst du dann tun?«
»Was soll ich tun?« erwiderte Marie ärgerlich.
Aber Hilda fuhr fort: »Männer sind solche Kinder, sie glauben, eine Prinzessin –«
»Sprich doch nicht so«, unterbrach Marie.
Da schwiegen sie beide, Marie aber dachte an den schnellen Blick des Einverständnisses, den sie mit Felix getauscht. Sie hatte noch nie so in fremde Augen hineingesehen, und es machte sie froh.
Zum Diner war Graf Streith gekommen. Er sprach bei Tisch mit Roxane über die hellen Nächte in Rußland, er war einmal in St. Petersburg gewesen.
Roxane liebte die hellen Nächte nicht. »Ich fürchte mich vor ihnen, meine Fenster können nicht dicht genug verhängt sein, ich habe dann eine solche Sehnsucht nach Dunkelheit.«
»Dunkelheit«, bemerkte die Fürstin, »ist oft so wohltuend, wenn sie alles um uns fortnimmt.«
»Unsere Nächte«, sagte Graf Minsky, »sind nicht zum Schlafen da, sie sind da zum Singen, zum Träumen, zum Flirten.«
»Nun ja«, bemerkte Graf Streith, »man muß in ihnen gesellig sein, sonst machen sie einen zu melancholisch.«
»Sie machen nervös«, flüsterte die Fürstin Kusmin und zog die Augenbrauen zusammen, als gebe schon der Gedanke an diese Nächte ihr Migräne.
Das Fräulein von Dietheim wünschte sich vom Hauptmann von Keck darüber belehren zu lassen, warum die Nächte in Rußland so hell seien. Sie liebte es, sich vom Hauptmann von Keck belehren zu lassen.
»Es wird wohl mit der Sonne zusammenhängen«, murmelte dieser mißmutig.
Da unternahm es Baron Fürwit, die Dame darüber aufzuklären.
Am anderen Ende des Tisches hatte das Gesprächsthema gewechselt, man sprach jetzt von der Gesundheit des Großherzogs von Mecklenburg, die zu Befürchtungen Anlaß gab.
Nach dem Diner wurde nach Mänteln gerufen, die Fürstinnen wünschten in den Garten hinunterzugehen, sie wollten alles tun, was sie einst als Mädchen getan hatten. So wandelten denn die drei Schwestern Arm in Arm den breiten Kiesweg hinab, die Hofdamen folgten ihnen zu zweien.
Die Fürstin trat mit dem Grafen Streith auf die Gartentreppe hinaus. Der Halbmond hing am Himmel, ein lauer Wind raschelte in den Buchsbaumhecken.

»Wie warm es ist«, sagte die Fürstin.
Streith bog den Kopf zurück und atmete den Duft der Nacht ein. »Seltsam warm«, erwiderte er, »am Horizonte wetterleuchtet es.«
Vom Garten her scholl helles Lachen herüber.
»Wie sie lachen, die lieben Kinder«, sagte die Fürstin und legte ihre Hand leicht auf Streiths Arm, »Roxane ist ganz wie ich es erwartet habe, sie geht ruhig und würdig ihren Weg, ein wenig starr ist sie geworden, aber das werden wir ja, wenn wir innerlich wund sind und der Tod ihres Kindes hat viel Kühle in ihr Leben gebracht. Meine arme Eleonore aber, so liebevoll und liebebedürftig und – was hat sie jetzt?«
Die Stimme der Fürstin wurde klagend und versiegte dann. Streith erwiderte nichts, er stand regungslos da, um die Hand, die auf seinem Arme lag, nicht zu verscheuchen.
»Ich bin so froh, Sie bei mir zu haben«, hub die Fürstin wieder an, »aber sehen Sie, zuweilen kommen mir Gedanken, deren ich mich schäme. Ich ertappe mich darauf, froh zu sein, daß ich nicht mehr in jener Welt dort lebe. Das ist unrecht; der Welt, in der meine Kinder leben, darf ich nicht ferne sein, ich muß ihnen doch helfen.«
Als die Fürstin jetzt schwieg und eine Antwort erwartete, sagte Streith langsam, indem er die Worte suchte: »Gewiß, ich meine nur, wenn wir helfen wollen, müssen wir stark sein, und wir sind am stärksten, wenn wir ein wenig glücklich sind.«
»Ich weiß, Streith, ich weiß«, versetzte die Fürstin, ihre Stimme wurde ganz weich, und sie strich mit der Hand sachte über Streiths Rockärmel.
Streith schwieg, diese leichte Liebkosung ergriff ihn zu sehr. Es wurde nichts mehr gesprochen, beide schauten in die Nacht hinaus, ein stärkerer Wind fuhr in die Bäume und ließ sie aufrauschen, am Horizonte wetterleuchtete es, als würden immer wieder Türen zu hellen Sälen auf- und zugemacht. Da entschloß sich Streith, er ergriff die Hand, die auf seinem Arme ruhte, und führte sie an die Lippen. Die kleine, kühle Hand folgte willenlos der seinen.
Die Spaziergänger kamen zurück, denn sie fürchteten das aufziehende Gewitter. Streith war bleich, und die Fürstin hatte feuchte, schimmernde Augen. Einen Augenblick ruhten Roxanes Blicke wie fragend auf den beiden, und die Fürstin wandte sich vor ihnen ab. Jetzt kamen auch die Herren aus dem Rauchzimmer, und die Fürstin Kusmin wurde gebeten, ein wenig zu musizieren. Sie setzte sich an den Flügel und spielte mit großer Bravour und glänzender Technik Liszts zweite Rhapsodie. Alle lauschten andächtig. Die Kaskaden von Tönen, die auf die Zuhörer niederrauschten, machten diese seltsam regungslos, als hielten sie stille

unter einer Dusche. Fräulein von Dachsberg saß gerade da, ein starres Lächeln auf den Lippen. Graf Minsky verzog das Gesicht, als hätte er etwas Süßes im Munde. Die Fürstin hatte den Kopf zurückgelehnt, sie hielt die Augen halb geschlossen, und auf ihrem Gesichte lag noch der Ausdruck einer sanften Erregung. Eleonore war einfach schläfrig, sie zog die Stirn kraus, als täte die Musik ihr weh, während Roxane, die Augen weit offen, vor sich hinblickte, wie man in eine Ferne sieht. Marie lag bequem in ihrem Sessel, die Frühlingstage machten ihr die Glieder schwer, sie dachte an Hildas Worte: ›Wahrscheinlich wird er sich in dich verlieben‹; sie dachte sie immer wieder, sie versuchte es, sie dem Rhythmus der Musik anzupassen, und sie entzündeten in ihrem Blute ein leichtes Fieber, das angenehm müde machte. Halb hinter dem Vorhang aber, in der Fensternische, stand Graf Streith, er schaute zu, wie draußen das Frühlingsgewitter aufzog, und sein scharfes Profil, seine mächtige Nase hoben sich dunkel von der mondbeschienenen Fensterscheibe ab.
Nun schlug die Fürstin Kusmin die letzten Akkorde an, stand auf und zog klirrend ihre Armbänder über, die sie vor dem Spiel abgelegt hatte. Eine leichte Bewegung entstand unter den Zuhörern, als erwachten sie. Die Fürstin erhob sich, um der Fürstin Kusmin zu danken, auch die anderen traten hinzu, man stand beisammen und sprach über Musik, bis die Fürstin das Zeichen zum Aufbruch gab.
Die Fürstinnen hatten gewünscht, wieder in dem großen, gemeinsamen Schlafzimmer zu schlafen. Marie ließ sich von Emilie schnell zu Bette bringen, sie wollte wieder wie früher im Halbschlummer daliegen und hören, wie ihre Schwestern sprachen. Die Kammerzofen wurden fortgeschickt, die Fürstinnen in ihren langen Nachtgewändern saßen vor dem großen Toilettenspiegel und unterhielten sich halblaut. Marie konnte auf der Wand ihre Schatten sehen, wie sie sich zueinanderneigten und wieder auseinanderfuhren. Roxanes tiefe Stimme erzählte langsam und eintönig: »Es war jene schreckliche Nacht, in der mein Kleiner starb. Draußen lag ein dichter, weißer Nebel, die Stadt war totenstill, man hörte nur die Schritte der Soldaten, die vor dem Palais auf und ab gingen. Aber wenn man das Fenster öffnete, schien es, als hörte man dort, irgendwo, ganz weit etwas rufen oder schreien. Ich weiß nicht, was es war, aber es klang, als geschähe dort etwas Entsetzliches. Mein Kleiner lag in hohem Fieber, und ich hatte mich auf sein Bett gesetzt und hielt ihn in den Armen. Alle, die in das Zimmer kamen, hatten seltsam bleiche Gesichter und angstvolle Augen, und wenn sie an den Fenstern vorübergingen, blieben sie stehen und horchten hinaus. Eudoxia, die alte Wärterin, und die Amme warfen sich immer wieder vor dem Heiligenbild auf den Boden und beteten leise.

Die Ärzte kamen und, ich glaube, ein Geistlicher. Dimitri war nicht da. Ich hielt meinen Kleinen im Arm und hörte auf seinen Atem, er ging so schnell, als müsse das arme Kind laufen, immer laufen, und in seiner Brust gab es ein leises Geräusch wie von einer kleinen Uhr, in der etwas gesprungen ist. Und mir war es, als müßte auch ich so schnell atmen, als müßte auch ich laufen mit ihm zusammen, laufen, laufen, und wir beide waren so müde. Und plötzlich wurde es in meinen Armen ganz still, und mir selbst war, als wäre ich irgendwo hingefallen, und es kam eine große, dunkle Ruhe.« Roxane schwieg.
Das ist zu traurig, dachte Marie und drehte sich auf die andere Seite.
Nach einer Weile sagte Eleonore etwas und Roxane antwortete: »Ja, ein großes, schönes Land und die Menschen sind freundlich und liebenswürdig. Wenn nur nicht die Angst wäre, die zuweilen über mich kommt. Weißt du, solch eine Angst wie in Birkenstein, wenn man des Nachts erwachte und an den Turm im Park dachte, mit seinem Verlies, von dem der alte Gärtner erzählte, daß man dort ein Gerippe gefunden habe.«
»Ja, ich weiß«, sagte Eleonore.
Marie wußte das auch, an den alten Turm in Birkenstein jedoch wollte sie nicht denken. Dann mußte sie etwas geschlafen haben, denn als sie wieder die Stimmen ihrer Schwestern hörte, war von anderem die Rede.
Eleonore lachte leise und Roxane sagte: »Was geht da vor? Eine Mutter bräutlich, eine Mutter verliebt, das ist unmöglich.«
Marie war zu müde, um zu verstehen, sie dachte noch einmal: Wahrscheinlich wird er sich in dich verlieben, und schlief dann ein.
Der Graf Streith hatte schlecht geschlafen, nun saß er am Frühstückstisch, trank seinen Tee und starrte sinnend auf einen Kastanienzweig voll grellgrüner Blätter, der sich vor dem Fenster in der Maiensonne wiegte. Roller, der rotbraune Setter, hatte sich eine sonnige Stelle auf dem Parkett ausgesucht und schlief dort. Oskar Pose, der alte Diener, mit dem Gesicht eines Heldenvaters, ging leise ab und zu und bediente seinen Herrn.
Das Fatale an solch schlimmen Nächten war, daß Gedanken dann herandrängten und sich breit machten, die Streith sonst im Zaume zu halten verstand. Als er den Hofdienst aufgegeben und sich hierher zurückgezogen hatte, war ihm das wie eine Erlösung erschienen. Der Hofdienst war ein Mißgriff gewesen, wie denn manches in seinem Leben ein Mißgriff gewesen war. Jetzt, obgleich er die Vierzig überschritten hatte, jetzt sollte das eigentliche Leben beginnen. Erfahrungen hatte er genug gesammelt, das Handwerk des Lebens hatte er genügend gelernt, da mußte es mit dem Teufel zugehen, wenn nicht etwas seiner Würdiges dabei herauskam. So begann er denn sich einzurichten, er baute sein Schlößchen aus, kaufte

schöne Sachen, legte seinen Garten an, ließ seinen Wald vermessen. Einige Jahre waren vergangen, und er richtete sich noch immer ein, immer noch war alles Vorbereitung, und das Leben, auf das er sich freute, hatte noch nicht begonnen. Dazu verrann die Zeit, nach einer solch schlaflosen Nacht hörte er sie ordentlich an sich vorübersausen wie ein durchgehendes Gespann, und er hatte das Gefühl eines Schülers, dessen Ferienzeit zum größten Teil vorüber ist und der noch immer auf die eigentliche Ferienlust wartet.

Die Tür öffnete sich, und Frau Buche, die Mamsell, erschien. Sie war ältlich und recht stark, und aus ihrem großen, bleichen Gesichte schauten zwei sehr friedliche, mausgraue Augen heraus. Sie verbeugte sich, und Streith erwiderte sehr höflich den Gruß. Dann lehnte Frau Buche an der Tür und begann, wie sie das jeden Tag tat: »Ich komme wegen des Essens, Herr Graf. Zum Frühstück habe ich Hechtkoteletten mit Morchelsoße, dann dachte ich ...«

Allein Streith winkte ab: »Genug, geben Sie eine Tasse Bouillon und eine Omelette, das genügt. Übrigens wird das Diner sich heute ein wenig verspäten, denn ich will noch einmal nach den Schnepfen sehen.«

Frau Buche neigte den Kopf und fuhr dann fort: »Für das Diner habe ich eine Krebssuppe vorbereitet, dann haben wir das Haselhuhn, dann dachte ich ...«

Aber Streith unterbrach sie wieder: »Es ist gut, Frau Buche, Sie werden es schon machen.«

Die alte Frau zog ihre Mundwinkel herab, was ein verhaltenes Lächeln bedeutete, und meinte: »Der Herr Graf muß heute wichtige Dinge im Kopfe haben, daß er nicht an unser Essen denken mag.«

Streith lehnte sich in seinen Stuhl zurück, blies den Rauch seiner Zigarette vor sich hin und betrachtete aufmerksam das Gesicht der Mamsell und sagte: »An Essen denken ist eine gute Sache, aber zu jeder guten Sache gehört auch die rechte Stimmung. Sind Sie immer in der Stimmung, an Essen zu denken?«

Frau Buche wurde ernst: »Bei mir, Herr Graf, ist es Pflicht, wollte ich nicht an das Essen denken, so wäre das Sünde.«

Streith zuckte die Achseln. »Sünde, Frau Buche, ist ein großes Wort, aber sagen Sie, waren Sie immer so still befriedigt, oder gab es in Ihrem Leben auch Leidenschaften?«

Die alte Frau errötete. »Von Leidenschaften weiß ich nichts«, erwiderte sie abweisend.

»Das war doch Herr Buche«, warf Streith ein.

»Buche war ein starker Mann«, berichtete die Mamsell, »und ein jähzorniger Mann, ich war jung und dumm, das ist nun vorüber, ich habe jetzt meine Arbeit und keine Sorgen, bis auf die Sorge um das ewige Seelenheil.«

»Beste Frau Buche«, rief Streith, »wenn Sie sich auch für die Ewigkeit einrichten wollen, dann werden Sie nie fertig.«

Die alte Frau kniff die Lippen zusammen, darüber wollte sie nicht sprechen. Sie wartete noch einen Augenblick, fragte dann, ob der Herr Graf noch etwas befehle, und als Streith verneinte, verließ sie das Zimmer.

Streith stand auch auf und ging in sein Arbeitszimmer hinüber. Dort lagen neuangekommene Bücher bereit, die er durchsehen wollte. Als er jedoch in seinem Sessel saß, das Falzbein in der Hand, verfiel er wieder in Sinnen. Der Abend gestern drüben auf dem Schlosse hatte ihn beunruhigt. Eine Verbindung mit der fürstlichen Frau betrachtete er als die Krönung seines Lebens. Sie sollte es zu jener kostbaren Ausnahme machen, die Donald von Streiths Leben sein mußte. Seit er die Fürstin kannte, schon am Birkensteiner Hof, als sie die unglückliche Gattin eines allzu lebenslustigen Fürsten gewesen war, hatte er in ihr das auserlesenste Wesen der Schöpfung verehrt. Sie wußte, daß er sie liebte, daß er auf sie wartete, sie ließ das nicht nur geschehen, nein, sie wollte es. Nun waren gestern wieder mütterliche Gefühle und Skrupel in ihr aufgestiegen, die seine Hoffnungen bedrohten. Ein leiser Ton machte ihn aus seinen Gedanken aufschrecken, das Schildkrötfalzbein in seinen Händen war mitten entzweigebrochen. Ungeduldig warf er es fort, erhob sich und ging schnell in den Flügel des Schlosses hinüber. Dort befanden sich drei Zimmer, deren Einrichtung noch unvollständig war. Die Wände des ersten Zimmers bedeckte eine hübsche japanische Seidentapete, auf mattblauem Grunde blühende Kirschzweige und ein Zug silbergrauer Kraniche. Ein Chippendale-Schreibtisch stand da noch, eine Vitrine mit Porzellanfigürchen und kleine mattblaue Möbel. Die anderen Zimmer waren fast leer, nur ein Spiegel in silbernem Rahmen, eine fliederfarbene Couchette und ein weißes Bärenfell befanden sich dort. Streith ging hin und her, rückte an den Möbeln, dachte nach. An diesen Räumen dichtete er schon manches Jahr, jetzt aber mußte das mit mehr Eifer betrieben werden. Roller war seinem Herrn gefolgt, stand da, sah ihn mit geduldigen Hundeaugen an und war freudig überrascht, als Streith ihn anredete: »Roller, mein Alter«, sagte er, »eile, wir haben Eile.« Damit verließ er das Gemach, nahm seinen Hut und ging in den Hof hinaus.

An der einen Seite des Schlößchens wurde ein Wintergarten angebaut, die Mauern standen schon, und die Arbeiter waren eben dabei, die Tragbalken hinaufzuwinden. Streith blieb stehen, um der Arbeit zuzuschauen.

Der Baumeister trat an ihn heran, ein grämlicher Alter mit grauem Ziegenbart, und begann Bericht zu erstatten.
Streith hörte ihm nicht zu, er interessierte sich für die großen, blonden Burschen, die sich da mit den großen, gelben Balken zu schaffen machten. Die Sonne setzte ihnen hart zu, sie hatten die Mützen in den Nacken geschoben, die Gesichter waren gerötet, und auf den Rücken der Kittel zeigten sich nasse Flecken. Es war jedoch hübsch, wie sie die schweren, heißen Glieder als Werkzeuge benutzten, mit ihnen hoben, stützten und stemmten, wie die Muskeln sich spannten und die jugendliche Kraft die Körper schwellte. Streith wurde es ganz warm bei diesem Anblicke, doch plötzlich wandte er sich ab, ließ den Baumeister mitten in seinem Berichte stehen und ging in seinen Garten hinüber. Dort schritt er langsam an den Rosenbüschen entlang, allein er beachtete sie nicht, er war verstimmt, denn er fühlte sich heute als ältlichen Herrn, der langsam auf und ab geht, um sich in der Sonne zu erwärmen.
Nach dem Frühstück ritt Streith aus. In den Waldschneisen zwischen den dichten Wänden der jungen Tannen war die Luft warm und feucht, sie machten den Reiter und das Pferd schlaff. Streith ließ den Falben gehen, wie er wollte, er selbst gab sich seinen Gedanken hin, aber auch diese hatten heute nicht den rechten Fluß. Immer wieder hakten sie sich an kleine Widerwärtigkeiten und kamen nicht davon los. Als er wieder um sich schaute, befand er sich am Rande seines Waldes, drüben begann der Tirnowsche Wald, dort lag auch der graue Holzbau des alten Forsthauses. In dem kleinen Gemüsegarten vor dem Hause ging eine schlanke Dame in dunklem Kleide, die Gießkanne in der Hand, langsam die Beete entlang und begoß die Kohlpflänzchen. Als sie den Hufschlag des Pferdes hörte, wandte sie ein wenig den Kopf, kehrte ihn jedoch gleich wieder ab, als gäbe es da nichts zu sehen und fuhr in ihrer Beschäftigung wieder fort. Ah, die kompromittierte Dame, dachte Streith, die Bankiersfrau mit dem Roman, die sich in die Einsamkeit zurückgezogen hat. Auf der anderen Seite des Hauses lag eine kleine, eingezäunte Wiese, auf der zwei braune Kälber weideten, ein Kind hütete sie, ein kleines, verkümmertes Wesen mit einem roten Tuche auf dem Kopfe. Neben dem Kinde auf dem Boden saß ein junges Mädchen in blauem Leinwandkleide, der Wind ließ das krause, schwarze Haar um das runde, rosige Gesicht flattern. Beide, das Kind und das Mädchen, sangen aus vollem Halse. Als Streith vorüberritt, sprang das Mädchen auf, lief zum Zaune, stützte die Arme in den zu kurzen Ärmeln auf die Zaunlatten und betrachtete den Reiter. Streith waren diese großen, dunkeln Augen peinlich, die ihn mit ruhiger Neugierde anstarrten, als sei er eine Sache. Er trieb sein Pferd an, vom Hause rief eine Stimme: »Britta! Britta!«

Wie das mit Leben protzt, ging es Streith durch den Sinn. In scharfem Trabe ritt er der Landstraße zu und dann an Gutheiden vorüber. Durch das Gartengitter sah er die Fürstin und Roxane langsam den breiten Kiesweg entlang gehen, zuweilen blieben die Damen vor einem Beete stehen und beugten sich auf die Frühlingsblumen nieder. Es schien Streith, als wehe ihm aus diesem Garten wieder die feine, milde Luft entgegen, die zu atmen er gewohnt war, und er wurde wieder heiter.
Die gute Stimmung hielt auch an, als er sich zu Hause in seinem Arbeitszimmer auf den Diwan ausstreckte, um ein wenig zu ruhen. Im Halbtraum sah er noch die edle Gestalt der Fürstin, die leichte Bewegung der dunkelvioletten Schleppe auf dem gelben Kies, das gütige Sichniederbeugen zu den Hyazinthen und Krokussen des Gartenbeetes.
Um Sonnenuntergang ging Streith auf den Schnepfenstand. Nicht weit vom Hause lag eine kleine, feuchte Wiese mitten im Walde. Dort stellte er sich auf. Die Sonne war im Untergehen, goldene und rosige Wolkenflocken hingen am blaßblauen Himmel, die Vögel lärmten aufgeregt im Unterholze, Züge von Krähen flogen eilig über die Wipfel hin und riefen einander ihre heiseren Nachrichten zu, und unten in den Wasserlachen quarrten die Frösche. Streith war diese Lebhaftigkeit peinlich, er war froh, als die Sonne vollends unterging, er freute sich auf die Abendstille. Nun hörte er eine Schnepfe kommen, es war, als flöge sie direkt aus dem Gold des westlichen Abendhimmels heraus, langsam näherte sie sich, es schien, als schwimme sie wohlig in der Luft, die schwer von Düften und bunt von Farben war. Als sie nahe genug war, schoß Streith, sie fiel und Roller eilte, sie seinem Herrn zu bringen. Fatal, dachte Streith, als er den toten Vogel in der Hand hielt, aus einer so hübschen Situation so herausgerissen zu werden. Dann lud er sein Gewehr und wartete wieder. Die Farben am Himmel verblaßten, die Vögel wurden stiller, und das Quarren der Frösche klang jetzt beruhigt und eintönig. Streith hörte neben sich auf dem feuchten Boden Schritte, und als er hinschaute, gewahrte er zwischen den Erlenbüschen ein Mädchen. Das ist die Tochter vom Forsthause, sagte er sich, diese Britta. Er erkannte sie an den großen schwarzen Augen. Britta grüßte, indem sie die Hand an den kleinen, grünen Filzhut legte.
»Darf ich hier stehen?« fragte sie.
»Bitte«, erwiderte Streith kühl und wandte sich ab. Britta stand nun da, die Hände in die Taschen der grauen Lodenjacke gesteckt, den Kopf zurückgebogen, gespannt lauschend. Ihr Gesicht war vom Gange heiß, die Lippen halb geöffnet, atmete sie schnell. Als sich jetzt in der Ferne eine Schnepfe hören ließ, wandten Roller und Britta die Köpfe der Richtung des Tones zu, und Britta sagte: »Jetzt kommt sie.« Hoch und schnell flog

die Schnepfe heran, Streith schoß, die Schnepfe machte eine Zickzackbewegung und flog weiter. Streith hörte Britta leise lachen. »Zu hoch«, murmelte er und ärgerte sich darüber, daß er sich vor dem Mädchen wegen des Fehlschusses entschuldigte. Aber das kam von solch ungebetenen Zuschauern. Eine Weile stand er noch da, durchsichtig und farblos wurde der Himmel, leichte Nebel stiegen von der Wiese auf, und die Tannenwipfel wurden schwarz. »Sie kommen nicht mehr«, sagte Streith endlich und warf sein Gewehr über die Schulter.

»Sie kommen nicht mehr«, wiederholte Britta. Erstaunt schaute Streith zu ihr hinüber, da griff sie wieder an den Rand ihres Filzhutes, sagte: »Guten Abend, danke«, und wandte sich zum Gehen.

»Mein Fräulein«, rief Streith ihr nach, »der Weg dort ist sumpfig. Sie tun besser, hier die Schneise hinabzugehen.«

Gehorsam kehrte Britta um, sie blieb neben Streith stehen und schaute ihn an, als erwartete sie von ihm weitere Befehle. »Ja«, sagte Streith, »das ist auch mein Weg.« So gingen sie denn nebeneinander über die Wiese, Britta, die Hände noch immer in den Taschen ihrer Jacke, trat kräftig in die Wasserlachen, und es schien ihr Freude zu machen, wenn es tüchtig um sie her aufspritzte.

»Sie interessieren sich für die Jagd«, begann Streith die Unterhaltung.

»Ja, sonst gibt es hier nichts zu sehen«, erwiderte Britta; ihre Stimme hatte einen gedämpften, warmen Klang, gemischt mit ein wenig Herbigkeit, wie sie Mädchen aus dem Volke haben, die ihre Kehlen in der freien Luft nicht schonen.

»Im Forsthaus ist es wohl einsam?« fragte Streith weiter.

»Im Winter«, berichtete Britta, »wenn es früh dunkel wird, und wenn Schritte am Hause vorübergehen und vor den Fenstern stehenbleiben und wieder weitergehen, dann fürchten wir uns wohl.«

»Sind die Damen ganz allein?«

Nein, der rote Andree wohnte bei ihnen, er pflegte den Schimmel. Er war aber des Nachts oft nicht zu Hause. Streith lachte: »Weil er wildert.«

»Ja, aber er ist noch nie erwischt worden«, verteidigte ihn Britta. »Ich wollte, er soll mich einmal mitnehmen, aber er tut es nicht.«

»Das würde sich für eine junge Dame auch nicht schicken«, bemerkte Streith zurechtweisend.

»Für eine junge Dame«, bemerkte Britta nachdenklich, »nein, das würde sich nicht schicken, aber wer kümmert sich um uns? Übrigens fahre ich jede Woche einmal in die Stadt, um Musikstunden zu nehmen. Ich habe dort auch Freundinnen, die Tochter des Bahninspektors Müller und die Töchter des Postmeisters. Die wollen eine Gesellschaft geben, aber ich tanze so schlecht, Mama tanzt mich ein, dann ist aber niemand da, der Klavier spielt.«

»Hm, ja, das ist schlimm«, bemerkte Streith.

Die Unterhaltung verstummte für eine Weile, schweigend gingen beide nebeneinander her. Unter den großen Tannen dunkelte es bereits, in den Wasserlöchern begannen die Unken ihr dünnes Liebeslied vor sich hin zu singen, drüben im Walde riefen zwei Käuzchen leidenschaftlich einander zu, über das Moos huschten leise Schritte, und es war, als würde ein keuchender Atem hörbar, das mochte wohl ein Dachs auf der Nachtwanderung sein. Streith wurde wunderlich zumute, als er in dieses heimliche Locken, Schleichen und Werben hineinhorchte, dazu neben ihm dieses Kind, dem die Mainacht wie starker Wein in das Blut gehen mußte.

Britta blieb stehen: »Hören Sie, da ist er wieder.« Aus der Ferne kam der Ton eines kollernden Birkhahns herüber. »Er kommt immer noch heraus«, fuhr Britta leise fort, »gestern habe ich ihn ganz nahe gesehen, ich mußte über ihn lachen. Warum springt er da ganz allein herum? Die Hennen kommen ja doch nicht mehr.«

»Vielleicht gerade, weil er so allein ist«, sagte Streith, um etwas zu sagen, und begann weiterzugehen.

»Das ist wahr«, bestätigte Britta eifrig, »wenn man ganz allein ist, will man sich zuweilen drehen, drehen, bis man umfällt.« Dann lachte sie plötzlich.

»Warum lachen Sie?« fragte Streith.

»Ich dachte«, antwortete Britta zögernd, »wie das aussehen würde, wenn Sie sich auf der Wiese ganz allein drehen würden. Aber verzeihen Sie, das war dumm.«

Streith lachte gezwungen. »Das wäre allerdings merkwürdig«, meinte er. Nun waren sie an die Stelle gekommen, wo der Weg sich teilte. »Sie müssen dort hinabgehen«, sagte Streith. »Fürchten Sie sich nicht, allein zu gehen?«

»Ich fürchte mich nicht«, erwiderte Britta zuversichtlich. »Gute Nacht.« Sie bog in den Weg ein, tauchte unter in die flüsternde Nacht, als gehörte sie zu ihr. Streith hörte noch eine Weile ihren Schritt auf dem feuchten Grunde. Während er langsam nach Hause ging, war es ihm zuweilen, als hörte er noch in der Finsternis des Waldesdickichts den leisen Atem des Mädchens.

Zu Hause zog Streith sich um. Er liebte es, auch wenn er bei sich allein war, zum Mittagessen feierlich angezogen zu sein. Im Eßsaal erwartete ihn der hübsche Mittagstisch, übersät mit den kleinen Feuern, welche die Kerzen im Kristall und Silber entzündeten. Oskar stand da im Glanze seiner weißen Hemdbrust. Streith war hungrig, es konnte also behaglich werden. Während des Essens jedoch bemerkte er, daß es ihm nicht soviel Vergnügen gewährte, als er geglaubt hatte. Ja, er war froh, als es zu Ende war. Er blieb am Tische sitzen, zündete sich eine Zigarre an und goß mehr Burgunder in sein Glas. Sonst, wenn er von der Jagd kam, liebte er es, sich in einem Sessel auszustrecken, die wohltuende Müdigkeit zu genießen und den grünen Waldbildern nachzuträumen, bis der Schlaf kam. Heute fand er diese angenehme Ruhe nicht. Da war etwas, das mit Burgunder hinuntergespült werden mußte, eine unbegreifliche Melancholie, ja, ganz unbegreiflich.

In Gutheiden war es Sitte, im Mai eine Nachtigallenpartie nach der Webbra zu machen, einem dicht mit Erlen bestandenen Hügel auf einem der Vorwerke. Die Fürstinnen hatten gewünscht, auch dieses wieder zu erleben, so wurden die Diener mit Feldstühlen und Decken, mit der Waldmeisterbowle und Kuchen vorausgeschickt. Die Gräfin Dühnen mit Felix, die Üchtlitzschen Damen und die Pfarrerstöchter waren eingeladen worden.
Als Streith zur Gesellschaft stieß, ging die Sonne rot und strahlenlos unter.
»Der Sonnenuntergang ist heute nicht prima«, meinte Graf Minsky.
Aber Fräulein von Dietheim sagte: »Ich finde ihn dramatisch.«
Die Damen saßen auf den Feldstühlen, die Herren hatten sich auf die Decken gelagert. Marie saß ein wenig abseits unter den jungen Mädchen, bei denen die klaren, lauten Stimmen der Pfarrerstöchter die Unterhaltung beherrschten. Pfarrers Johanna neckte Felix Dühnen, der schweigsam und verstimmt seine Bowle trank.
»Es ist sehr schade, daß Graf Dühnen heute wieder ganz le beau ténébreux ist, und ich hatte soviel von der Liebenswürdigkeit der Berliner Leutnants gehört.«
»Es ist ja Urlaub«, warf Felix hin.
Die Pfarrerstöchter lachten zu gleicher Zeit hell auf, und Pfarrers Wilhelmine rief: »Natürlich, für uns arme Mädchen vom Lande ist diese Liebenswürdigkeit nicht, die wird für die Damen der Hauptstadt aufgespart.«
»So war er schon gestern auf der Krebspartie«, berichtete Henriette von Üchtlitz, »er trank Bowle, sprach kein Wort, und als es dunkel wurde, verschwand er.«
»Wie geheimnisvoll«, meinte Johanna.
In der Gesellschaft der älteren Leute sprach man von Nachtigallen. »Warum singt die Nachtigall bei Nacht?« fragte Fräulein von Dietheim den Hauptmann von Keck.

»Wohl weil sie bei Tage keine Zeit hat«, erwiderte dieser mürrisch.
Aber das Fräulein war damit nicht zufrieden. »Ach, Keck, was Sie einem immer für Antworten geben«, sagte sie gereizt.
Da ergriff die Baronin Dünhof das Wort, man hörte ihrer Stimme an, daß der Abend sie bereits gefühlvoll machte: »Herr von Keck hat ganz recht, der Tag mit seinem Lärm zerstreut, erst wenn es dunkel und still ist, kann die Nachtigall ihren einen schönen Lieblingsgedanken immer wieder denken.«
»Ja, es ist merkwürdig«, begann Fräulein von Dachsberg, »wenn alles um uns still und ruhig ist, dann kommt oft *ein* Gedanke, den wir immer wieder und wieder denken können.«
»Zum Beispiel an unsere Schulden«, flüsterte Graf Minsky dem Baron Fürwit zu. Das Fräulein von Dietheim jedoch hatte es gehört und sagte: »Schämen Sie sich, Graf.«
»Die Nachtigall hat ganz recht«, begann jetzt die Fürstin, »wenn wir ein Gefühl haben, das uns glücklich macht, oder einen schönen Gedanken, warum sollen wir dieses Gefühl nicht immer fühlen und diesen Gedanken nicht immer wieder denken?«
Eifrig stimmten alle zu, und Baron Fürwit murmelte: »Sehr schön.«
»Mein Onkel, der General Bagration«, berichtete Graf Minsky, »haßt die Nachtigallen. Wenn sich eine in seinen Park verirrt, läßt er sie abschießen. Er sagt: der Gesang der Nachtigall klinge nach bösem Gewissen.«
»Dann hat der Herr wohl selbst kein gutes Gewissen«, bemerkte die Fürstin Kusmin.
»Sehr möglich«, bestätigte der Graf, »wenn man lange General im Kaukasus gewesen ist, da hat man manches erlebt.«
»Jetzt fängt sie an«, sagte die Fürstin.
»Ja, bitte um Ruhe«, flüsterte Baron Fürwit, und er wandte sich auch an die jüngere Gesellschaft, um Ruhe für die Nachtigall zu erlangen.
Aus dem Erlendickicht, das in der niedersinkenden Dämmerung schwarz und regungslos dastand, klangen die ersten Töne von der Nachtigall herüber, zuerst zögernd und wie suchend, dann wurde die kleine, erregte Stimme sicherer und lauter, bis sie endlich leidenschaftlich und hastig ihr Lied in den Abend hinausrief. Die Zuhörer nahmen weiche, nachdenkliche Stellungen an, die Augen schauten verträumt vor sich hin, die Fürstin Kusmin bedeckte die Augen mit der Hand, Fräulein von Dachsberg hatte ein mitleidiges Lächeln auf den Lippen, und der Graf Minsky saß da, den Kopf zur Schulter geneigt. Eine zweite Nachtigall setzte jetzt ein, es war, als wollte sie ihre Gefährtin übertönen, und auf der anderen Seite erwachte ein ganzer Chor, aus allen Büschen erklang das Flöten und Rollen, und

jede dieser vielen Stimmen behielt doch ihre Einsamkeit, erzählte für sich ihre kleine leidenschaftliche Geschichte. In der Gesellschaft entstand einen Augenblick eine Bewegung, der Baron Fürwit flüsterte der Fürstin Kusmin zu: »Die Erbprinzessin weint.« Die Fürstin gab die Nachricht an Fräulein von Dietheim weiter, und diese erhob sich leise, ging zur Erbprinzessin hinüber, um ihr Kölnisches Wasser anzubieten. Auch drüben bei den jungen Mädchen wurde es unruhig, die Pfarrerstöchter konnten nicht mehr stillsitzen, sie mußten ein wenig gehen, und Henriette von Üchtlitz schloß sich ihnen an. Hilda berührte Mariens Schulter und flüsterte: »Gehen wir auch?«
»Gewiß«, erwiderte Marie erfreut und nahm Hildas Arm. Felix sprang auf, um die Freundinnen zu begleiten. Seit den Tennispartien im Schlosse hielt er das für sein Recht.
Schmale Wege führten durch das Erlengebüsch hindurch. Hier war es dämmerig und duftete stark nach jungem Laub, am Rande des Hügels aber sah man auf das Land herab, das flach und farblos dalag, nur die Nebel, die vom Bache aufstiegen, zeichneten ein leuchtend weißes Band hinein. Unten im Vorwerk erglommen in den Fenstern trübe, rote Lichter, und vor den Häusern schlangen Kinder einen Reigen, sie waren im Hemde, kleine, weiße Gestalten, hielten sich an den Händen und sangen ein Lied vom »blauen, blauen Fingerhut«, und die dünnen, heiseren Stimmchen mischten sich in das Schlagen der Nachtigallen.
»Ich weiß sehr gut, warum du heute wieder die Flügel hängen lässest«, sagte Hilda zu Felix, und ihre Stimme klang gereizt, »du hast wohl die Auseinandersetzung mit deinem Vater gehabt.«
»Nun ja«, erwiderte Felix, »so etwas erhöht nicht gerade die Stimmung, aber sollen wir jetzt davon sprechen?«
»Ja, ja, gerade davon will ich sprechen«, fuhr Hilda fort, »ich finde es unmännlich, sich so niederdrücken zu lassen. Als du deine Schulden machtest, wußtest du, daß die Szene mit deinem Vater kommen mußte; kann man so etwas nicht ertragen, nun, so macht man keine Schulden. Macht man die Dummheiten aber doch, so erträgt man die Folgen und macht nicht ein Gesicht wie ein Bube, der in den Winkel gestellt worden ist.«
»Du hast gut predigen«, entgegnete Felix, die Stimme heiser vor Erregung, »laß dich einmal so behandeln, als wärest du der Auswurf der Menschheit, als wärest du unwürdig, noch zur Familie zu gehören, und was weiß ich, nur um einiger hundert Mark willen. Gut, man ist abhängig, aber es ist nicht angenehm, wenn an dem Stricke, der einen bindet, immer wieder gezerrt wird.«

»Gut, ist das zu demütigend«, meinte Hilda, »dann mache keine Schulden; aber ich finde es lächerlich, wenn ein Mann nicht den Mut seiner Dummheiten hat.«
»Ach, ich kann das so verstehen«, mischte sich nun Marie in das Gespräch, »ich würde in solchen Augenblicken sterben.«
»Nicht wahr«, rief Felix, froh über den unerwarteten Beistand, »aber Hilda versteht das nicht, sie hat so ein Heldenideal, und wenn man nicht ganz so ist, wie ihre Romanhelden, dann verachtet sie einen.«
»Von Helden ist hier nicht die Rede«, höhnte Hilda, ihre Stimme zitterte, und das Weinen war ihr nah, »mir ist nur diese Weichlichkeit zuwider. Übrigens, wenn ihr euch so gut versteht, bin ich ja unnütz, bitte.«
Sie ließ Mariens Arm los, trat zurück und verschwand hinter den Büschen. Betroffen blieben die beiden stehen, Felix zuckte die Achseln und meinte: »So ist sie immer, ein gutes Mädchen, aber zu leidenschaftlich. Man soll immer so sein, wie sie es verlangt, aber ich habe nun mal nicht diese edle Männlichkeit, von der sie träumt, wo soll ich sie hernehmen?«
»Das muß schrecklich sein, Schulden zu haben«, sagte Marie.
Felix lachte: »Oh, das ist nicht so schlimm.« Beide schwiegen dann, Marie schaute befangen zu Boden. Endlich fragte Felix leise: »Es ist wohl etwas Unerhörtes, daß Hilda uns hier so allein läßt?«
Marie lachte: »Ja, aber ich habe schon zuweilen etwas Unerhörtes getan.«
»So, nun dann können wir noch ein wenig weiter gehen.« Sie schritten langsam zwischen den Büschen hin.
»Gestern um die Mittagszeit«, erzählte Felix, »war ich in Gutheiden im Park.«
»Bei uns?« fragte Marie.
»Ja, es ist natürlich unschicklich, ohne Erlaubnis in einen fremden Park zu gehen, aber was angenehm ist, ist gewöhnlich unschicklich. Dort ist ein kleiner, schwarzer Teich und Fliederbüsche und eine Steinbank, dort saß ich. Durch die langen Alleen hindurch konnte ich bis zum Schlosse sehen, gerade ein Stück der Gartentreppe sah ich und kleine, blaue und rosa Gestalten, die dort ab und zu gingen.«
Marie blieb stehen und sagte besorgt: »Ich glaube, wir müssen zu den anderen zurückgehen. Ich fürchte, Fräulein von Dachsberg fängt schon an, mich zu suchen.«
»Gut«, erwiderte Felix, »aber bitte, wollen wir noch einen Augenblick hier stehen, nur so einen Augenblick still beieinander stehen.«
Sie waren dicht vom Erlengestrüpp umgeben, der Nachttau raschelte im Laub, ganz nah bei ihnen schlug eine Nachtigall. Marie sah Felix an, sein Gesicht hatte einen hübschen, andächtigen Ausdruck, er schaute an ihr

vorüber. Wenn ich nicht eine Prinzessin wäre, dachte Marie, würde er mich jetzt küssen, und dann wurde ihr seltsam weich um das Herz, denn sie fühlte, daß ihre Augen sich mit Tränen füllten. Sie fuhr mit der Hand nach den Augen.

»Weinen?« fragte Felix.

»Nein, nein«, sagte Marie angstvoll, »gehen wir schnell zu den anderen zurück.«

Eilig und schweigend schlugen sie den Rückweg ein.

Nur einmal sagte Felix: »Wenn wir hier gehen, kommen wir unbemerkt zu den anderen.«

Ihr Wiedererscheinen in der Gesellschaft fiel nicht auf, denn es war dort eben eine kleine Aufregung entstanden, Fräulein von Dietheim war ohnmächtig geworden und wurde von den besorgten Damen umringt.

»Sie verträgt die Nachtigallen nicht«, sagte Streith zu Roxane.

»So nervös zu sein«, erwiderte diese.

Streith hatte den ganzen Abend versucht, eine Unterhaltung mit Roxane anzuknüpfen, hatte jedoch stets kühle und abweisende Antworten erhalten.

Da es stark zu dunkeln begann und der Abend feucht wurde, gab die Fürstin das Zeichen zum Aufbruch. Streith führte sie den Hügel hinab.

»Es war sehr schön«, sagte die Fürstin »wir in unserem stillen Winkel werden eben zu einfachen Menschen. Die Armen, die aus der großen Welt mit ihren komplizierten Herzen kommen, die greift ein Nachtigallenabend an.«

»Einfach, ja, hm«, meinte Streith, »stark werden wir.«

Unten standen die Wagen bereit. Die Pfarrerstöchter wollten zu Fuß gehen, und die Fahrenden hörten noch vom Feldwege her die klaren Stimmen der beiden Mädchen in die Mainacht hinaussingen:

»In einem kühlen Grunde
Da rauscht ein Mühlenrad,
Mein Liebchen ist verschwunden,
Das dort gewohnet hat.«

Graf Dühnen hatte bei Streith gefrühstückt, jetzt saßen sie im Gartensaale und nahmen den Kaffee. Streith liebte diesen alten Herrn mit dem gelben Gesicht des Leberkranken, den bleichen, bösen Augen und dem zu blanken Gebisse nicht. Graf Dühnen war mit allem unzufrieden, mit dem Reich, mit der Regierung, die nichts für die Landwirtschaft tat, selbst mit Seiner Majestät, und er behandelte diese Dinge mit einer säuerlichen

Beredsamkeit, die ermüdete. Nun saß er schon eine ganze Weile im Gartensaale und hatte ein neues Thema aufgenommen, das ausgiebig zu werden versprach, den Leichtsinn seines Sohnes Felix.
»Den heutigen jungen Leuten fehlt es an Würde«, sagte er und schlug mit dem Zeigefinger hart auf die Tischplatte. »Ich bin auch jung gewesen, ich habe als Kürassierleutnant den Siebziger-Krieg mitgemacht. Wir waren damals auch heiter, ja ausgelassen, machten tolle Streiche, aber wir vergaßen nie, was das heißt, des Königs Rock tragen. Schulden, nun ja, kleine Ausstände gab es auch damals, aber daß ich zu meinem Vater gekommen wäre, so ganz leger wie zu einem Bankier und gesagt hätte, ich habe ein paar tausend Mark Schulden, ich habe gejeut, das gab es nicht, lieber eine Kugel vor den Kopf. Also ich habe zu meinem Felix gesagt: Bon! Ich bezahle dieses Mal deine Schulden, und weil ich ein guter Vater bin, erhöhe ich deine Zulage. Aber es ist zwischen uns beiden nie mehr von Schulden, die du gemacht hast, die Rede. Hast du Schulden, so werde mit ihnen fertig, wie du kannst, auf mich rechne nicht. Ich werde nicht des einen wegen meine anderen Söhne benachteiligen, die vielleicht die Wertvolleren sind. So, und nun weißt du, wie wir miteinander stehen.«
»Sie sind streng«, warf Streith zerstreut ein.
»Ich bin sehr streng«, fuhr der Graf fort, »ich habe drei Söhne, ich bin ein guter Vater, ich liebe meine Kinder, aber ich will wertvolle Menschen, gute Edelleute und würdige Dühnens erziehen. Will einer das nicht, nun dann, so schmerzhaft das ist, ziehe ich meine Hand von ihm ab. Nur so, mein Lieber, können wir in diesen schweren demokratischen Zeiten den Adel hochhalten. Strengste Auslese ohne Gefühlsduselei. Leichtsinn, ich weiß überhaupt gar nicht, wie der Leichtsinn in meine Familie kommt.«
»Vererbung bei den vielen Ahnen«, bemerkte Streith und unterdrückte ein Gähnen, »die Dühnens sind sehr alt, sie haben schon die Kreuzzüge mitgemacht. Dort in Palästina mag das Leben ein wenig wild gewesen sein. Diese ganzen Kreuzzüge waren ja eigentlich ein Leichtsinn, so was vererbt sich.«
»Das ist nichts, mein Lieber«, sagte Graf Dühnen ärgerlich und machte mit der Hand eine Bewegung, als verscheuche er eine Fliege, »auf Vererbung berufen sich nur Leute, die schlecht erzogen sind. Ich werde meinen Söhnen die Vererbung schon forterziehen.«
»Sehr verdienstvoll«, stimmte Streith zu. Dann schien das Thema erschöpft, und der Graf stand auf, um sich zu verabschieden.
Streith atmete auf, als sein Gast fort war. Solch ein Besuch, dachte er, hinterläßt einen bitteren Geschmack im Munde. Er pfiff Roller und eilte in den Wald hinaus. Der Tag war kühl, weiße Wolkenballen wurden

schnell über den hellblauen Himmel getrieben, ein lebhafter Ostwind fuhr in die Tannen, ließ sie mit den großen Zweigen leidenschaftlich um sich greifen und mächtig aufrauschen. Die tiefe, ereignisvolle Stimme des Waldes tat Streith wohl. Er nahm den Hut ab und ging gegen den Wind an, es war ihm, als fühle er so angenehm die Elastizität seiner Glieder. Er ging schnell, als hätte er ein Ziel. Bald war er an der Grenze seines Waldes angelangt und stand vor dem alten Forsthause. Wieder weideten die braunen Kälber, wieder saßen Britta und das Kind mit dem roten Tuche auf dem Rasen und sangen. Sie sangen sehr laut, um die Begleitung des Waldesrauschens zu übertönen. Streith grüßte.

Als Britta ihn sah, sprang sie auf, lief zum Zaune und streckte Streith ihre Hand entgegen. Sie lachte über das ganze Gesicht, legte die andere Hand auf ihr Haar und sagte: »Der Wind zerzaust einen heute so.«

»Ja, hm«, meinte Streith und lehnte sich an den Zaun, »der Wind ist allerdings lebhaft. Sie haben da hübsche Kälber.«

»Es sind Kuhkälber«, erklärte Britta, »wir wollen sie aufziehen, sie sind aber zuweilen sehr wild.«

»Es muß ihnen deshalb vorgesungen werden?« fragte Streith.

»Das ist es nicht«, erwiderte Britta, »wir singen, was soll man anders tun!«

Am Fenster des Hauses erschien Frau von Syrman: »Margusch!« rief sie. »Treibe die Kälber nach Hause.« Als sie Britta im Gespräch mit Streith sah, grüßte sie und trat zurück.

»Jetzt werden Sie etwas sehen«, rief Britta und öffnete die Pforte des Zaunes. Mit einem wilden »ho! ho!« trieb Margusch die Kälber vor sich her, diese sprangen und galoppierten, und als sie endlich die Pforte passiert hatten, erschreckten sie sich vor Roller und jagten dem Walde zu, Margusch und Britta folgten ihnen. »Laufen Sie dort vor, Herr Graf«, rief Britta, und Streith lief und wehrte mit seinem Stock den Kälbern den Durchgang. Aus dem Hause stürzte eine alte Frau, groß wie ein Mann, mit flatternden, grauen Haarsträhnen und beteiligte sich mit einem wilden »hü, hü« an dem Treiben. Endlich waren die Kälber eingekreist und glücklich in den Stall gebracht.

Streith stand an der Stalltür, ein wenig atemlos, das Herz klopfte ihm stark.

Da trat Frau von Syrman aus dem Hause, sie hatte sich eine Federboa umgelegt und ging mit kleinen Schritten über den unreinlichen Hof, wie eine Dame auf der Promenade. Sie lächelte. »Aber Kind«, sagte sie, »wie kannst du den Herrn Grafen so bemühen.«

»Oh, es war sehr interessant«, versicherte Streith, »Ihre Kälber sind in der Tat recht temperamentvoll.«

»Das ist so die Aufregung des Abends«, meinte Frau von Syrman.
»Der Abendsport«, sagte Streith.
Frau von Syrman zuckte leicht mit den Schultern: »Ich fürchte, hier in unserer Wildnis werden wir alle ein wenig wild. Aber wollen Sie sich nicht setzen, Herr Graf, hier haben wir eine sogenannte Veranda, alles sehr primitiv, natürlich.« Frau von Syrman ging auf die Haustür zu, vor der unter einem kleinen Vordach zwei Bänke standen.
Streith folgte zögernd, diese Einladung kam ihm nicht gelegen.
»Bitte, Platz zu nehmen«, sagte Frau von Syrman, »Britta, Kind, komm, setze dich her. Wie erhitzt du bist.«
Streith setzte sich, Frau von Syrman lehnte in der Tür, immer noch ihr melancholisch nachsichtiges Lächeln auf den Lippen. »Ein beschauliches Plätzchen«, meinte sie, »auch im Sommer ist es hier kühl. Hier verbringen wir unsere langen, stillen Sommerabende.«
»Eine sehr hübsche Aussicht«, bemerkte Streith.
»Sie entschuldigen einen Augenblick«, sagte Frau von Syrman dann und zog sich in das Haus zurück.
Britta saß Streith gegenüber, die Sonne schien ihr gerade in das Gesicht, das Schwarz der großen Augen bekam einen rötlichen Schein und kleine, goldene Punkte entzündeten sich in ihnen.
Streith lächelte, er wußte nicht warum, wohl nur, weil dies Gesicht ihm gegenüber so jung und hübsch war. »Ob die Kälber schon schlafen?« sagte er, um etwas zu sagen.
Britta blieb ernst. »Die armen Kälber«, erwiderte sie, »wenn das mit den Kälbern vorüber ist, dann wird es hier ganz still, dann geschieht hier nichts mehr.« Sie hielt die Hände im Schoße gefaltet, breite Hände von noch kindlicher Form, sie waren rot und schienen rauh.
Streith schaute diese Hände an, sie rührten ihn.
Britta war seinem Blick gefolgt, sah auch auf ihre Hände nieder und sagte: »Ja, sie sind rot. Im Winter springt die Haut, aber ich mag keine Handschuhe tragen.«
»In der warmen Jahreszeit gibt sich das«, tröstete Streith.
Aber Britta schüttelte den Kopf: »Ach nein. Fräulein Wolwer, meine Klavierlehrerin in der Stadt, will, daß ich mir eine Salbe des Nachts auf die Hände streiche und Handschuhe anziehe, aber mit Handschuhen könnte ich nicht schlafen.«
»Allerdings, das müßte peinlich sein«, bestätigte Streith.
»Mama hat immer weiße Hände«, fuhr Britta fort, »was sie auch tut, kleine, weiße Hände. Die Prinzessinnen drüben haben wohl auch sehr weiße Hände?«

»Hm, ja«, erwiderte Streith, »ich denke, die haben recht weiße Hände.«
»Natürlich, Prinzessinnen«, äußerte kurz Britta.
Frau von Syrman erschien wieder in der Tür: »Ich bitte, Herr Graf, nehmen Sie nicht ein Täßchen Kaffee? Der Kaffee ist ganz frisch gemacht.«
Erschrocken sprang Streith auf: »Ich danke, gnädige Frau«, rief er, »aber ich darf Ihre Güte nicht weiter in Anspruch nehmen, ich bin schon zu lange geblieben.«
»Das hilft jetzt nichts«, meinte Frau von Syrman kokett und einschmeichelnd, »jetzt müssen Sie auch bei uns eine Tasse Kaffee einnehmen.« Sie ging in den Flur voraus, und Streith folgte ihr mit finsterem Gesicht.
Das Wohnzimmer war ein breiter, etwas niedriger Raum, grellblaue Tapeten an den Wänden, viele Möbel befanden sich hier, die nicht zueinander zu gehören schienen, ein großes mit Roßhaar bezogenes Sofa, Stühle, ein runder, gelber Tisch, daneben ein kleiner, elfenbeineingelegter Nähtisch, ein Klavier, eine zierliche, metallbeschlagene Kommode, auf ihr eine goldbronzene Uhr, Tasso, vor ihm auf einem antiken Säulenstumpf ein aufgeschlagenes Buch. An den Wänden hingen Photographien und ein Pastellbild der Herrin des Hauses, ein hübsches Köpfchen mit Botticelli-Frisur, verträumten Augen und einem feinen, klugen Munde.
»Bitte, Platz zu nehmen«, sagte Frau von Syrman. Sie selbst setzte sich auf das Sofa, schenkte den Kaffee aus einer blauen Kanne in eine große, blaue Tasse, schob den Zucker, den Teller mit gelbem Kuchen näher. »Zucker gefällig? Bitte, sich mit Cake zu versorgen.« Dabei begann sie gleich die Unterhaltung mit der lässigen Sicherheit einer geübten Wirtin eleganter five o'clocks. »Ein merkwürdig schönes Frühjahr haben wir. Aus Cannes schreibt man mir, es sei dort so heiß, daß alles flieht.« Ja, Streith glaubte das wohl. »Planten die Hoheiten nicht auch eine Reise?« Streith hatte davon nichts gehört.
Britta hatte sich auch an den Tisch gesetzt, sie trank Milch aus einem großen Glase, tauchte ihre breiten, roten Lippen in all das Weiß, blinzelte mit den Wimpern und schaute Streith über den Rand des Glases ruhig und nachdenklich an.
Frau von Syrman lehnte sich in die Sofaecke zurück, zog die Federboa fester um die Schultern und zündete sich eine Zigarette an. »An unsere Wildnis hier«, sagte sie, »gewöhnt man sich ja mit der Zeit. Wenn das Schicksal einen in diese Einsamkeit verschlägt, so gewinnt man die Einsamkeit auch lieb.«
»Die Stadt ist nicht weit«, wandte Streith ein.
Frau von Syrman zuckte mit den Schultern: »Ach, diese kleinstädtische

Gesellschaft bietet nicht viel. Nein, ich habe immer die Natur geliebt, unsere nordische Natur, und doch –. Sehen Sie, Herr Graf, es ist merkwürdig, ich bin in Deutschland geboren, schon mein Vater war Deutscher, aber unsere Familie stammt aus Italien, Arci war mein Mädchenname, nun und da gab es von Jugend auf Momente in mir, in denen ich meine Umgebung, meine nordische Umgebung als mir fremd, als etwas nicht zu mir Gehöriges empfand. In Italien, in Nizza, in Mentone, da ging mir das Herz auf. Seltsam, das muß doch der Rest des fremden Blutes sein.«

»Hm, ja«, murmelte Streith.

»Und dieser Zwiespalt im Blute«, fuhr Frau von Syrman sinnend fort, »der erklärt, glaube ich, manches. Auch in dieser«, und Frau Syrman wies mit dem Kopf nach Britta, »ist viel fremdländisches Blut, und auch bei ihr erklärt sich daraus manches, das vielleicht nicht sein sollte.«

Britta machte ein böses Gesicht, stand auf und ging an das Fenster.

Ihre Mutter lachte gerührt. »Sie liebt es nicht, daß man von ihr spricht«, sagte sie, dann seufzte sie, »sie hat aber auch viel Germanisches, viel von ihrem Vater.«

Schräg fiel die Abendsonne in das Zimmer, streifte den goldenen Tasso, beschien den Tisch, den gelben Kuchen, die große, blaue Tasse mit dem dünnen Kaffee und verfing sich in die Rauchwölkchen der Zigarette. Frau von Syrman sprach weiter mit klagender Stimme, Britta stand am Fenster und schaute düster hinaus.

Das ist traurig, ging es Streith durch den Sinn, unerträglich traurig. Warum sitze ich hier?

»Mein Mann war ein echter Germane«, fuhr Frau von Syrman fort, »groß, blond, blaue Augen, sehr musikalisch, ein guter Geschäftsmann und –«, sie seufzte, »und ein naiver Egoist. War jemand ihm nicht recht, so hatte er eine Art, ihn beiseite zu schieben, wie ein Satter seinen Teller beiseite schiebt, und, Sie verstehen, das kränkt, das empört.«

Streith beugte sich tiefer auf seine Tasse nieder, es ärgerte ihn, so in die Verhältnisse der Syrmanschen Familie eingeweiht zu werden, er fürchtete, nun würde auch der Roman mit dem amerikanischen Versicherungsbeamten kommen, von dem er gerüchtweise gehört hatte. Um abzubrechen, sagte er daher: »Solche Blutmischungen, meine Gnädige, sind oft sehr wertvoll. Aber ich halte die Damen schon zu lange auf.«

Frau von Syrman lächelte melancholisch: »Aufhalten, Herr Graf, wir haben nie etwas vor.«

Streith erhob sich, um sich zu verabschieden.

Frau von Syrman reichte ihm mit lässiger Kameradschaftlichkeit die

Hand und sagte: »Ich hoffe, Herr Graf, Ihr Spaziergang führt Sie recht bald wieder an unserer Hütte vorüber.«

Streith wandte sich Britta zu, diese hielt ihren Filzhut in der Hand, wie bereit zum Gehen, und meldete ernst: »Ich begleite den Herrn Grafen.«

Frau von Syrman schüttelte unzufrieden den Kopf. »Wenn er es gestattet, Närrchen«, meinte sie.

»Sehr angenehm«, murmelte Streith. So gingen sie miteinander fort.

Britta schwieg. Auf ihrem Gesicht lag noch immer der ernste, mißmutige Ausdruck, im Vorübergehen streifte sie die jungen Sprossen von den Tannenzweigen und zerbiß sie.

Streith dachte über einen Gesprächsstoff nach, er wollte etwas sagen, das dem jungen Mädchen wohltat, es erheiterte. Da ihm jedoch nichts Besseres einfiel, fragte er: »Warum sehen Sie so böse aus?«

»Es ärgert mich«, erwiderte Britta, und ihre Stimme wurde tief vor Erregung, »es ärgert mich, daß jedem, der zu uns kommt, die alten Geschichten von Schicksal und Blut und Einsamkeit erzählt werden müssen. Es ist so, als wollten wir uns entschuldigen, als müßten wir erklärt werden wie Wundertiere. Wir sind nun einmal, wie wir sind.«

»Gewiß, gewiß«, bestätigte Streith und schaute erstaunt in das hübsche Gesicht, das jetzt so leidenschaftlich und zornig aussah. »Nur würde ich mir durch solchen Ärger nicht den schönen Abend verderben lassen.«

Britta lächelte wieder, zuckte mit den Schultern und meinte: »Ach ja, das sind Dummheiten. Wissen Sie, daß ich gestern morgen, als Sie ausgegangen waren, bei Ihrem Hause war? Ich sah mir durch das Gitter den Garten an, dann stieg ich auf die Bank vor dem Hause und sah durch das Fenster hinein. Ich weiß wohl, daß man das nicht tun darf, daß das unanständig ist, aber ich war so neugierig. Ich sah ein wunderschönes Zimmer, viele Bilder in goldenen Rahmen und ein wunderschönes Tigerfell. Ein alter, böse aussehender Mann kam dann in das Zimmer, und da bin ich fortgelaufen.«

Streith lachte wohlwollend: »So, so, Sie sollten sich das Zimmer von innen ansehen.«

Britta erwiderte nichts, und Streith bedauerte sofort seine Worte. Warum lud er dieses Mädchen ein? Was gingen ihn diese Leute an? Er hatte sich heute einfangen lassen. Zugleich fühlte er ein quälendes Mitleid mit diesem Kinde, er hätte etwas für Britta tun mögen, er wünschte, er wäre jung wie sie, um ihr ein heiterer Kamerad zu sein, und alles das paßte nicht zu ihm, gehörte nicht in sein Leben hinein. Britta blieb stehen: »Jetzt gehe ich nach Hause«, sagte sie.

Streith reichte ihr die Hand. »Ich danke Ihnen für Ihre Begleitung.«

»Ich war so froh, daß ich mitgehen durfte«, erwiderte Britta, »ich hätte jetzt unmöglich zu Hause bleiben können.« Dann ging sie mit ihren ein wenig langen, gleitenden Schritten den Waldpfad zurück und verschwand im Dickicht.

Roxane und Eleonore saßen auf der Gartenveranda und schauten in den Garten hinab, der friedlich im Nachmittagssonnenscheine dalag. Endlich sagte Eleonore: »Wo sind sie? Mama ist schon eine ganze Weile verschwunden, und die Kleine geht auch ihre eigenen Wege. Beide haben ein merkwürdiges Bedürfnis nach Alleinsein. Was geht denn hier vor?«
»Nach uns ist das Bedürfnis nicht groß«, meinte Roxane.
Eleonore seufzte: »Wie habe ich mich hierher nach Hause gesehnt.«
»Und nun?« fragte Roxane.
»Nun«, fuhr Eleonore nachdenklich fort, »ist es doch nicht, wie ich glaubte. Es ist sich ja alles so lächerlich gleich geblieben, und doch ist es anders. Ich bin nur ein fremder Besuch, selbst die Hunde gehen an mir vorüber, als ob ich eine Fremde wäre.«
»Das erste Jahr drüben in Petersburg«, sagte Roxane, »als ich die Nächte vor Heimweh nicht schlafen konnte, da ging ich in Gedanken durch das Haus, hörte das Knarren des Parketts, den bekannten Ton der Türen und Türklinken, erinnerte mich an den Geruch jedes Zimmers, ich dachte an die Runzeln der alten Exzellenz und an die Augenbrauen von Fräulein von Dachsberg, wie sie sie hinaufzieht, wenn sie pikiert ist. Das tröstete mich, war mir heimatlich und lieb, und jetzt, das ist alles noch da, aber ich weiß nicht, es ist kleiner und verblaßter. Die alte Exzellenz und Fräulein von Dachsberg sind wie zusammengeschrumpft und altmodisch, in meinen Träumen lebte das alles stärker. Und dann, es ist seltsam, ich komme mir trotzdem soviel älter vor als sie alle, älter als die Exzellenz und die Dachsberg und die Dünhof mit ihren angemalten Bäckchen, älter als die Mama und hundert Jahre älter als die Kleine.«
»Ja ja, so ist es«, stimmte Eleonore zu, »denke dir, gestern ging ich an die alte Kommode im Schlafzimmer und nahm die Puppe Eva heraus, die ich so sehr geliebt habe, die mit den blonden Locken, den hellblauen Augen und dem kleinen, roten Munde; aber die Locken waren hart und verstaubt, der Mund blaß, das Gesicht dumm und tot, und ich verstehe nicht mehr, was ich an ihr geliebt habe. Ein wenig so ist es mit allem hier. Aber schließlich, wir haben unsere Geschichte weiter gelebt, *die hier* leben ihre Geschichte auch weiter.«
Roxane zuckte die Achseln. »Die Geschichte, die sie hier weiter leben, scheint mir recht unnütz«, sagte sie scharf.

Eleonore lachte. »Ja, das mit dem Grafen«; und nach einer Pause fügte sie hinzu, »nur der alte Garten ist noch, wie er war, obgleich auch er traurig ist. Wenn ich in Birkenstein von ihm träumte, dann lag immer so ein stilles, bleiches Licht über ihm, das ihn einsam erscheinen ließ, und jetzt, siehst du, schaut er gerade so aus.«
»Es ist Zeit abzureisen«, meinte Roxane, und dann schauten sie wieder schweigend den gelben Gartenweg hinab.
Unterdessen ging die Fürstin die Alleen des Parkes entlang, sie hielt ein Körbchen in der Hand und sammelte Veilchen. Die Wohltat dieses Frühlingstages empfand sie so stark, daß sie allein sein wollte, damit niemand ihre Freude störe. Im hellgrauen Frühlingskostüm, den grauen Filzhut auf dem Kopfe, fühlte sie sich hübsch und jugendlich, Wangen und Lippen waren heiß vom lauen Frühlingswinde. Durch das hintere Parktor kam Streith ihr entgegen, er wollte zum Major in die Kanzlei gehen und hatte seinen Weg durch den Park genommen. »Ah, Streith«, rief die Fürstin, »sieht man Sie auch wieder. Sie waren in letzter Zeit ja ganz verschwunden.« Sie streckte ihm die Hand entgegen. Streith sah, daß sie sich freute.
»Ich wollte nicht stören«, erwiderte er und küßte die dargebotene Hand. Das Gesicht der Fürstin wurde einen Augenblick ernst.
»Ach ja, der Kinder wegen«, meinte sie. Gleich aber lächelte sie wieder: »Ist das wieder ein Tag! Ich glaube, kein Frühling noch hat mich so glücklich gemacht wie dieser.«
»Der Frühling ist dieses Jahr allerdings ziemlich gewaltsam«, erwiderte Streith. Sie gingen langsam nebeneinander die Allee hinab.
»Was haben Sie getan?« fragte die Fürstin.
»Ich habe meinen Wald revidiert«, berichtete Streith, »habe gearbeitet, habe mich eingerichtet.«
Die Fürstin lachte: »Eingerichtet? Streith, Streith, Sie werden nie fertig.«
»Doch, einmal werde ich fertig«, murmelte Streith.
»Hat Frau Buche Ihnen gut gekocht?« fragte die Fürstin weiter.
»Oh, die Buche ist jetzt großartig in Morchelsoßen und Krebssuppen«, erwiderte Streith.
Dann erkundigte sich die Fürstin, warum Roller nicht mitgekommen sei. Roller hatte heute morgen einen Hasen aufgenommen und mußte zur Strafe zu Hause bleiben.
Am Ende der Allee stand eine Bank. »Setzen wir uns«, sagte die Fürstin. Nun saßen sie, ganz überwölbt von dem grellen Grün der jungen Ahornblätter. Zu ihren Füßen auf dem Rasen zitterten die Blätterschatten, und ihnen gegenüber kam die Sonne die Allee hinab, eine Flut rotgoldenen

Glanzes, und die vielen lautlosen, kleinen Flügel, welche die Luft erfüllten, schwammen alle in Gold.
»An einem solchen Tage«, sagte die Fürstin und atmete tief auf, »an einem solchen Tage vergißt man es wirklich, daß man eine alte Frau ist.«
Streith wußte, daß er jetzt widersprechen mußte, es dauerte jedoch einige Augenblicke, bis er das Rechte fand, und dann kam es umständlich und lehrhaft heraus. »Mit dem Begriff der Jugend«, begann er, »wird eigentlich Unfug getrieben. Jugend, gewiß, gewiß, sie hat ihr Gutes, aber sie wird gewissermaßen überschätzt. Wenn ich so unsere Jugend ansehe oder an die eigene Jugend denke, so finde ich, wir gleichen in den Jahren unglücklichen Klavierschülern, die ein schweres Stück üben, sie legen all ihre Begeisterung und ihr Feuer hinein, aber in jedem Augenblick kommt ein falscher Ton oder ein unreiner Akkord.«
»Jugend ist Jugend«, sagte die Fürstin zärtlich.
»Ich sage nichts gegen die Jugend«, fuhr Streith fort, »ich meine nur, diese sogenannte Jugendzeit ist es nicht, auf die es ankommt, für die das Leben eigentlich da ist, sondern eine Zeit, in der wir das Leben verstehen, uns mit ihm befreundet haben, da läßt sich was daraus machen. Das Leben ist ein zu schwieriges Instrument, um in die Schulstuben zu gehören.«
Die Fürstin sah Streith freundlich an. »Ja, Sie können das vielleicht, Streith«, sagte sie, dann blickte sie in ihr Körbchen nieder und spielte mit den Veilchen. Während des Schweigens, das nun entstand, fühlte Streith deutlich, daß der Augenblick gekommen war, etwas Wichtiges zu sagen, etwas, das ihn und die Fürstin anging, die Fürstin wartete darauf. Es ging ihm manches durch den Kopf, er verwarf es jedoch, es schien ihm alles gemacht und lächerlich. Die Fürstin blickte wieder auf, etwas wie Erstaunen lag in ihren Augen. »Sie haben mir noch nichts von Ihren Rosen erzählt«, sagte sie, um die Unterhaltung wieder aufzunehmen.
»Die Rosen«, wiederholte Streith, er war befangen, was ihm selten geschah. »Nun, die Rosen haben gut überwintert, ich habe zwei neue angeschafft, eine große rote mit violettem Schimmer, sie heißt Miß Vanderbilt.«
»So demokratisch«, warf die Fürstin ein.
Streith zuckte die Achseln: »Auch die Rosen werden demokratisch. Die andere ist eine kleine schwefelgelbe Rose, die sehr süß duftet, sie heißt, ich weiß nicht warum, ›Diane vaincue‹.«
»Wie hübsch«, rief die Fürstin, »das muß ich alles sehen, Sie sollten mir und der Baronin Dünhof wieder einmal einen Tee arrangieren.«
Streith verbeugte sich. »Wenn ich darf«, sagte er.
Die Fürstin sah nach der Uhr und erhob sich. »Es ist Zeit nach Hause zu

gehen«, meinte sie, »heute ist Donnerstag, also Gesellschaftstee, kommen Sie auch?«
Nein, Streith wollte nach Hause gehen und arbeiten.
»Dann auf Wiedersehen«, schloß die Fürstin. »Lassen Sie den armen Roller frei.« Und als sie sich zum Gehen anschickte, wandte sie sich noch einmal um und sagte mit einem koketten Lächeln: »Wollen Sie auch Veilchen?« Streith streckte seine Hand aus wie zu einem Almosen, und die Fürstin füllte diese Hand mit Veilchen.
Während Streith durch den Park zurückging, steckte er seine Nase in die Veilchen, welche er in der Hand hielt. Er war empört über sich selbst. Sonst, wenn er mit einer schönen Frau zusammengewesen war, hatte er mit untrüglicher Sicherheit den Augenblick erkannt, in dem die schöne Frau erwartete, daß er etwas sage, das sie einander ganz nahe brachte, den Augenblick, in dem sie erobert und besiegt sein wollte. Und heute – er hatte sich benommen wie ein Lehramtskandidat. Dazu noch das steife Gerede über die Jugend. Unbegreiflich. Und plötzlich dachte er an Britta, dachte an sie, als sei sie die Jugend selbst, die er geschmäht hatte.

Die Fürstinnen sollten Gutheiden mit dem Morgenzuge verlassen. Alle waren früh aufgestanden, die Abreise brachte eine plötzliche Aufregung in das Haus, Zofen und Lakaien liefen hin und her, Koffer wurden getragen, und die Damen und Herren des Gefolges standen noch ein wenig verschlafen beieinander und unterhielten sich zerstreut. Die Familie saß im Boudoir der Fürstin, Eleonore und die Fürstin weinten, auch über Roxanes ruhiges Gesicht rannen Tränen herab, Marie war sehr betrübt, die Trennung von den Schwestern schmerzte sie; aber sie konnte nicht weinen, und das war fatal. Man unterhielt sich mit traurigen Stimmen über gleichgültige Dinge, über Abfahrts- und Ankunftszeit, über Stationen und über das Wetter. Der Baron Fürwit, der seines Podagras wegen ein guter Wetterprophet war, hatte für heute ein Gewitter vorausgesagt. Endlich war der Augenblick des Abschiedes da, und als die Wagen davonrollten, kam eine große Ruhe über das Haus, und um die Mittagszeit war das Haus so still wie bei Nacht. Alle hatten sich zurückgezogen, um den versäumten Morgenschlaf nachzuholen.
Auch Marie sollte schlafen, allein sie fand keine Ruhe. Sie hatte dieses Frühjahr das Gefühl, als müßte sie stets auf dem Posten stehen, um nicht ein Erlebnis zu versäumen. Sie ging hinaus in die leere Zimmerflucht, hinter den zugezogenen Vorhängen hielten die gelben Atlasmöbel ihre Mittagsruhe, in die anstoßende Galerie hatte sich durch das offene Fenster eine Biene hereinverirrt und summte unzufrieden an den Nasen der

großen Ahnenbilder vorüber. Im Rauchzimmer endlich lag der Baron Fürwit in einem Sessel, den Kopf zurückgebogen, und schlief, aus seinem geöffneten Munde kam ein heiser verschlafener Ton wie das Ticken einer alten, rostigen Uhr. Leise ging Marie wieder zurück. Schon als Kind, wenn sie sich um diese Zeit in den leeren, sonnigen Zimmern befand, hatte sie eine seltsame Unternehmungslust gespürt, es mußte etwas getan werden, die Bahn war frei. Heute war diese Empfindung, daß etwas auf sie warte, besonders stark in ihr, sie hatte etwas zu tun, auf das sie sich freute und das sie mit schlechtem Gewissen tun würde, und dann wußte sie auch, was es war, sie hatte in den Park hinauszugehen.

Der Garten war still und sonnig wie das Haus, regungslos standen Tulpen und Narzissen auf den Beeten, und als Marie zwei Narzissen pflückte, waren die Blüten warm wie Menschenlippen. Sie eilte dem Park zu, sie erinnerte sich nicht, um diese Zeit hier gewesen zu sein, und alles hatte ein ungewohntes Aussehen. Da war der Teich, schwarz und unbewegt, kleine Karauschen lagen scharenweise an der Oberfläche und sonnten sich, Enten hatten sich an das Ufer in den Schatten der Weiden geflüchtet und schnatterten leise vor sich hin, selbst der Geruch des sonnenwarmen Wassers, der sonnenwarmen Blätter schien Marie neu. Weiter fort unter einer großen Ulme lagen zwei Gartenburschen auf dem Rasen und schliefen, sie streckten Arme und Füße von sich, die Mützen hatten sie über die Augen gezogen, und sie schnarchten beide, daß es wie ein rauhes Zwiegespräch klang. Marie blieb einen Augenblick stehen, diese großen Männerkörper, von dem tiefen Schlafe so hilflos und schlaff niedergeworfen, erschienen ihr merkwürdig. Als sie weiterging, erblickte sie vor sich am Ende der Allee ein rot- und weißgestreiftes Figürchen, das eilig, eilig vorwärtshastete, die niederhängenden Arme schwangen in regelmäßiger Bewegung hin und her. Das ist ja die kleine Zofe Emilie, dachte Marie, wohin die laufen mag. Jetzt biegt sie vom großen Wege ab und verschwindet hinter den Fliederbüschen, dort bleibt sie stehen, ihr weiß- und rotgestreiftes Kleid schimmert ein wenig durch, ein grüner Hut taucht auf, das mußte der junge Gärtner sein. Was sich hier nicht alles ereignet in dieser stillen, seltsamen Mittagstunde. Marie stieg eine sanfte Anhöhe hinan, dort lag der kleine Teich, ein großes, rundes Loch mit tintenschwarzem Wasser. An seinem Ufer stand die Faulbaumlaube mit dem Steintisch und der Steinbank. Auf der Bank saß Felix, den Hut hatte er abgenommen und schlief, den Kopf auf die Brust gesenkt. Marie blieb stehen und betrachtete ihn. Das durch das Laub fallende Licht machte sein Gesicht bleich, und der Schlaf gab ihm einen kindlichen Ausdruck, und doch lag etwas Bekümmertes in seinen Zügen. Der Arme, dachte Marie, das machen wohl die entsetzlichen Schulden.

Jetzt schlug er die Augen auf, einen Augenblick starrte er Marie schlaftrunken an, dann sprang er auf. »Ich bitte um Vergebung«, sagte er, »ich glaube, ich habe geschlafen.«
»Wie fest Sie schliefen«, erwiderte Marie. »Ich ging hier zufällig vorüber, und da sah ich Sie.«
Felixens Lippen zuckten, Marie kannte das, wenn seine Lippen so zuckten, wenn seine Augen dunkel wurden, dann war er zornig, dann sah er grausam aus, und sie fragte sich, was ihn wohl jetzt ärgern mochte.
»Natürlich«, begann er, »ich glaube ohnehin nicht, daß es um meinetwillen geschah. Prinzessinnen gehen immer nur zufällig vorüber.«
Maries Augen wurden rund vor Schrecken. »Warum sagen Sie das?« fragte sie. »Warum sprechen Sie so mit mir?«
Felix zog die Augenbrauen zusammen und nagte an seiner Unterlippe. »Ich bitte um Vergebung«, sagte er förmlich, »ich vergesse mich, ich weiß, ich benehme mich schlecht, ich bitte um Vergebung. Ich hoffe, Durchlaucht werden deshalb nicht gleich fortgehen. Ich verspreche tadellos korrekt zu sein, tadellos korrekt.«
Jetzt aber wurde Marie heftig, sie schlug mit den Narzissen auf die Steinplatte des Tisches, und ihre Stimme klang, als seien die Tränen ihr nahe: »Ich will gar nicht, daß man mit mir immer tadellos und korrekt spricht, aber ich weiß, es ist Hilda, die Ihnen das eingeredet hat, daß man mit Prinzessinnen nur steif und langweilig sprechen kann. Hilda verachtet Prinzessinnen, weil sie sich nicht entwickeln, weil sie nicht moderne Mädchen sind.«
Nun lächelte Felix wieder gutmütig, das erregte, blonde Mädchen mit den runden, feuchten Augen gefiel ihm so gut, und er spürte es angenehm, daß er Macht über dieses hübsche Mädchen hatte. »Wollen Durchlaucht sich nicht setzen?« sagte er.
Marie ging zur Bank und setzte sich, die Knie zitterten ihr, und das Stehen fiel ihr ohnehin schwer. »Von der ewigen Prinzessin«, fuhr sie klagend fort, »höre ich schon genug von Fräulein von Dachsberg. Prinzessin, das ist so wie ein Riegel, der vor alle Türen vorgeschoben wird, hinter denen es lustig zugeht. Sprechen Sie doch, wie Sie zu anderen Mädchen sprechen, wie Sie zu Hilda sprechen, sagen Sie, was Sie wollen, Sie brauchen auch nicht immer Durchlaucht zu sagen, das hält nur auf.«
»Wie soll ich sagen?« fragte Felix.
»Wie Sie wollen«, erwiderte Marie ärgerlich, »das müssen Sie doch besser wissen.«
Felix schaute Marie mit einem Blick nachdenklicher Überlegenheit an. »Eine Prinzessin«, meinte er, »ist ja etwas Hübsches, sie ist wie diese

kleinen Madonnen, die haben rosa Gesichter und Goldtressen auf den Kleidern, sie stehen in kleinen Schilderhäuschen, und wer an ihnen vorübergeht, der verbeugt sich.«
»Ich will aber nicht allein im Schilderhäuschen stehen«, rief Marie, »was muß man denn tun, was tun die anderen Mädchen? Was tut ein modernes Mädchen?«
Felix wiegte bedächtig seinen Kopf hin und her. »Ein modernes Mädchen«, meinte er, »wenn es in den Park geht, um jemanden zu treffen, dann sagt es nicht, es sei zufällig vorübergegangen.«
Marie wurde dunkelrot. »Ach, die lügen auch zuweilen«, sagte sie, »nun gut, ich bin hergekommen, weil ich wußte, daß Sie hier sitzen werden.«
Felix lachte über das ganze Gesicht und schlug sich mit der flachen Hand auf das Knie: »Dann ist alles gut. Wie ich Sie anbete! Und sagen darf ich auch, was ich will.«
Marie nickte: »Also sagen Sie.«
»Damals dort unter den Johannisbeeren«, begann Felix, »da fing es an, und seitdem hat es mich nicht losgelassen. Als Sie vorigen Sommer verreist und als Sie im Winter in Italien waren, da war der Urlaub für mich wie verloren, traurig wie die Kaserne. Hilda war wütend, sie sagte, es sei dumm, sich in eine Prinzessin zu verlieben, dabei komme nichts heraus. Nein, vielleicht kommt dabei nichts heraus, ein Avancement gibt es dabei Gott sei Dank nicht, für das man sich schinden muß. Bei den schönsten Dingen kommt nie etwas heraus, die haben keine Zukunft. Und wenn Sie heute hierhergekommen sind und wenn wir hier beieinandersitzen und ich Ihnen alles sagen darf, ist das nicht schon viel? Ist das nicht kolossal viel?«
Marie hielt die Hände im Schoße gefaltet, ihr Gesicht war ernst, als hörte sie einer Andacht zu, einer seltsam erregenden Andacht.
»Eines könnten wir noch tun«, sagte Felix nachdenklich.
Marie lächelte matt, ließ die Arme schlaff an sich niedergleiten und fragte: »Was muß ich noch tun?«
Diese Willenlosigkeit, die sie schwach machte, tat ihr wohl. »Ich denke, wir gehen dort durch das Tor hinaus«, schlug Felix vor, »drüben ist ein Stück Heideland und eine kleine Kiesgrube, und dort in der Kiesgrube da muß es jetzt wundervoll sein.«
Marie schüttelte den Kopf, nein, das war zu gefährlich.
»Es ist gefährlich«, gab Felix zu, »aber zusammen in einer Gefahr sein, das befreundet.«
Allein, Marie wollte das nicht wagen, das ging nicht.
»So, so, das geht nicht«, wiederholte Felix kleinlaut. Einen Augenblick

schwiegen beide. Drüben in der Allee tauchte wieder das rot- und weißgestreifte Figürchen der Zofe auf und rannte, die Arme hin und her schwingend, dem Schlosse zu. »Diese kleine Zofe«, sagte Felix, »sehe ich jedesmal, wenn ich hier sitze. Sie läuft in die Fliederbüsche zu ihrem Burschen.«

Marie erhob sich von der Bank. »Gehen wir also in Ihre Kiesgrube«, sagte sie entschlossen.

Vorsichtig schlichen sie unter den Flieder- und Faulbaumbüschen bis an das Parktor. Dort führte die Landstraße vorüber, und jenseits derselben lag das Heideland und die kleine Kiesgrube. Es ging steil in sie hinab und Marie mußte sich fest auf Felix stützen. Unten war es voller Sonnenschein, vorjähriges Heidekraut bedeckte die Wände, hier und da das große Blatt einer Klettenstaude und die goldene Puschel einer Löwenzahnblüte, es roch nach warmem Sand.

»Bitte, sich zu setzen«, sagte Felix und rieb sich vergnügt die Hände, »hier auf das Heidekraut, das knistert wie Seide, nicht wahr? Ein famoses Chambre à part. Wir sind hier sozusagen aus der Welt fort, nichts ist mehr da, fühlen Sie nicht, wie die Prinzessin hier von Ihnen abfällt?«

»Ja«, meinte Marie, »ich glaube, ich fühle so etwas.«

Da schob Felix seinen Arm um ihre Taille, sie wunderte sich ein wenig darüber, sie dachte jedoch, das muß wohl so sein. Dann beugte er sich über sie und küßte sie.

Marie fühlte seine heißen Lippen, seinen kleinen Schnurrbart auf ihren Lippen. Es ging ihr durch den Sinn: Also das ist das, wovon Hilda spricht, und habe ich dabei auch etwas zu tun, vielleicht muß ich meine Arme um seinen Hals schlingen, und sie schlang ihre Arme um seinen Hals. Es mußte wohl das Rechte sein, denn ihr wurde dabei warm um das Herz.

Befriedigt lehnte Felix sich in das Heidekraut zurück und schloß die Augen. »Ach, süße Durchlaucht«, sagte er, »schön, schön ist es hier, wenn ich die Augen schließe, höre ich etwas klingen, das ist mein Blut, es zirpt wie die Feldgrillen.«

»Ich kann die Augen nicht schließen«, erklärte Marie kleinlaut, »wenn ich die Augen schließe, dann fürchte ich mich; ich fürchte mich davor, daß ich hier bin und daß Sie hier sind, und ich sehe das Schloß und Fräulein von Dachsberg, die mich sucht.«

»Nur keine Gewissensbisse«, fuhr Felix auf, »Gewissensbisse sind gewöhnlich, Gewissensbisse verderben alles. Wir werden uns so lange nicht wiedersehen«, fuhr er gefühlvoll fort, »heute nachmittag fahre ich mit meinem Vater zu einem langweiligen, alten Onkel, dort bleiben wir zwei Tage und kommen dann abends spät nach Hause, und morgens früh geht

es dann wieder fort in den Dienst. Also nur eine Nacht bin ich noch hier, aber diese eine ganze Nacht werde ich dort im Parke auf der Bank sitzen.«
»Im Park?« fragte Marie erstaunt. »Ich kann doch bei Nacht nicht in den Park kommen.«
»Nein, das können Sie vielleicht nicht«, fuhr Felix fort, »gleichviel, ich werde die ganze Nacht auf der Bank sitzen und an Sie denken und auf etwas Unmögliches warten, auf ein Wunder.«
»Ich kann ja nicht einmal aus meinem Zimmer heraus«, stöhnte Marie gequält, »ohne daß Emilie es merkt.«
»Nun, die kleine Zofe Emilie«, meinte Felix, »die würde die richtigen Wege wohl wissen. Aber ich sage nicht, daß es möglich ist, ich sage nur, ich werde auf der Bank sitzen.«
Unruhig wandte Marie sich im Heidekraut hin und her. »Nie werde ich das tun!« wimmerte sie. Sie empfand jetzt diesen fremden Willen, der Macht über sie hatte, wie etwas Schmerzhaftes. Felix antwortete nicht.
Lautlos schwirrten kleine blaue und goldbraune Schmetterlinge über sie hin, leise vor sich hin scheltend kamen Hummeln zu den Löwenzahnblüten, hoch oben aber über den hellblauen Himmel flogen Schwalben pfeilschnell dahin und stießen schrille, kleine Jauchzer aus, die Marie unendlich sorglos schienen.
»Jetzt müssen wir wohl gehen«, sagte Felix.
Sie standen auf und kletterten die steile Wand der Kiesgrube hinan. Sie sprachen nicht miteinander, Marie hatte das Gefühl, schuldig zu sein, und das machte sie elend. Als sie glücklich am Parktor angelangt waren, küßte Felix ernst Marie die Hand und sagte: »Leben Sie wohl, hier auf der Bank werde ich an Sie denken.« Marie wußte nichts darauf zu erwidern, und so trennten sie sich.
Jetzt hatte Marie Eile, nach Hause zu kommen, sie lief fast, und unwillkürlich schwenkte sie die Arme, wie sie es bei der Zofe Emilie gesehen. Im Schlosse ging Fräulein von Dachsberg schon durch die Zimmer und suchte die Prinzessin; sie war sehr ungehalten, daß Marie so erhitzt war, der Doktor hatte jede stärkere Erhitzung verboten. Das Sitzen um die Mittagszeit im Garten war unzuträglich, jetzt konnte an einen Spaziergang nicht gedacht werden, die Prinzessin sollte ruhig im Boudoir sitzen und Fräulein von Dachsberg wollte ihr vorlesen. Sie nahm Vilmars Literaturgeschichte und las von den Meistersängern in Nürnberg. In ihrer Stimme zitterte die Unzufriedenheit nach. Marie lag im Sessel und hörte nicht zu. Sie hatte Herzklopfen und war todmüde. An das eben Erlebte dachte sie wie an etwas, das schon sehr fern schien, es war so unwahrscheinlich. Was hatte die kränkliche Prinzessin hier, der Fräulein von

Dachsberg Vilmar vorlas, zu tun mit dem Mädchen dort in der Kiesgrube, das sich von Felix küssen ließ? Von diesem Mädchen ließ sich auch das Unmögliche erwarten, es würde ruhig bei Nacht in den Park gehen. Mit der kleinen Emilie ließ sich reden, sie konnte ihr Geld geben, sie konnte ihr damit drohen, daß sie gesehen hatte, wie sie in die Fliederbüsche zum jungen Gärtner ging. Das wäre natürlich unedel, aber so war das Leben.

Die Fürstin und die Baronin Dünhof fuhren am Nachmittage in das Waldschlößchen, der Graf Streith hatte sie zum Tee eingeladen. Die Fürstin trug ein leichtes himbeerfarbenes Kleid und einen Hut, der über und über mit Maiblumen bedeckt war. Sie war sehr heiter, lachte über kleine, unbedeutende Dinge und neckte die Baronin Dünhof mit dem Grafen Minsky. »Wenn er sich zu Ihnen setzte, machte er ganz süße Augen.« Die Baronin übertrieb ihre Entrüstung darüber, um die Fürstin zu unterhalten. »Dieser schreckliche Mensch, er kommt mir vor wie eine Tasse Kaffee, in die man zuviel Zucker getan.«
Im Schlößchen empfing der Graf die Damen am Fuße seiner Treppe und führte die Fürstin in den Gartensaal. »Ich denke, wir gehen zuerst in den Garten«, schlug die Fürstin vor.
Die Gartenwege waren frisch mit einem hübschen, rötlichen Sande bestreut und von Reihen kleiner, feuerfarbener Tulpen eingefaßt, dahinter standen die Rosenstöcke, ein jeder trug an einem weißen Täfelchen seinen Namen. Auf dem Rasenplatz befanden sich runde Inseln voll weißer und roter Tulpen und voll Hyazinthen. Das kleine Wasserbecken aber, in dessen Mitte ein Triton aus seiner Muschel einen dünnen Wasserstrahl in die Luft blies, umgab ein dichter Kranz weißer Narzissen. In der hellen Frühlingssonne leuchteten die Farben lustig auf, als sei alles frisch gewaschen und beginge hier in dem stillen Garten einen Festtag.
»Ach, Streith, schön, schön«, sagte die Fürstin, und die Baronin Dünhof rief begeistert aus: »Wie gemalt!«
Streith erklärte seine Rosen: dieses war der Sultan von Sansibar, diese die Baronin Rothschild, hier Madame de Récamier. Streith hoffte, sie würden dieses Jahr zu gleicher Zeit blühen, und dann wollte er sie Ihrer Hoheit vorführen. »Ja, dann komme ich«, sagte die Fürstin, »ich weiß nicht, ich habe doch auch Tulpen und Narzissen und Rosen, aber bei uns sind sie fern und fremd, der Gärtner stellt sie in die Vasen, oder wir gehen vorüber und riechen einmal an ihnen, das ist alles. Hier bei Ihnen sind sie so wesenhaft, sie stehen beieinander wie eine vornehme Gesellschaft, in der man gern ›reçu‹ sein möchte.«
»Das ist nicht leicht«, meinte Streith, »Blumen sind sehr exklusive

Wesen, es ist nicht möglich, ihnen nahezukommen, sie halten uns immer in Distanz. Zuweilen beschleiche ich die Tulpen abends, fasse sie an, aber wie abweisend sind dann die geschlossenen, feuchten Kelche. Ich kann sie wohl brechen, aber das ist dann rohe Gewalt, sie dulden still und vornehm wie die Aristokratinnen, die zur Guillotine geführt wurden.«
»Nein, nein«, versetzte die Fürstin, »Sie sind mit Ihren Blumen befreundet.«
Der kleine Blumengarten, flach wie ein buntes Schachbrett, wurde von einer Wand blühender Fliedersträucher abgeschlossen, hinter denen der Obst- und Gemüsegarten lag.
»Natürlich will ich den Gemüsegarten sehen«, sagte die Fürstin, »alles will ich sehen. Wo sind Ihre Igel?«
»Die schlafen bei Tage«, erwiderte Streith, »die Nachtschwärmer.«
Die Obstbäume standen in Blüte, und die windstille Luft war voll langsam und lautlos zur Erde niederflatternden, weißen Blütenblättern.
Streith stellte seine Bäume vor: »Dies sind die Reinetten, dies die Gravensteiner, hier die Kaneelbirnen, die einen eigentümlichen Rokokogeschmack haben, hier die Spalierbirne.«
»Wie wohlerzogen das alles aussieht«, meinte die Fürstin, »sehen Sie, Dünhof, die Gemüsebeete, wie mit dem Lineal gezogen. Es war mir nie aufgefallen, daß Gemüsebeete so hübsch sein können.« Die Fürstin ließ Streiths Arm los, um zwischen den Gemüsebeeten entlang zu gehen. »Da sind ja Kohlpflänzchen und Erbsen. Dieses sind wohl Karotten – essen Sie Karotten? Ich esse sie nicht.«
»Doch«, erwiderte Streith, »sehr weich gekocht und ganz jung haben sie einen leichten Aprikosengeschmack.«
Die Fürstin legte ihr Lorgnon vor die Augen und beugte sich tief auf das Beet hinab. »Oh, wirklich«, meinte sie, »aber das sind vielleicht nur Ihre Karotten.«
»Hier ist eine neue Sorte weißer Erdbeeren«, erklärte Streith, »und dort die Spargel, denen der Gärtner und ich eine besonders liebevolle Aufmerksamkeit widmen.«
»Und dort sind die Treibbeete«, rief die Fürstin, »die muß ich auch sehen. Wie hübsch glatt die kleinen Wege zwischen den Beeten sind, wie zum Tanzen.« Die Fürstin machte einige gleitende Tanzschritte und lachte. Die Treibbeete lagen auf einem Hügel, die Glasfenster waren geöffnet, und dort sonnten sich die Radieschen, die Gurken- und Melonenpflanzen. Die Fürstin setzte sich auf den Holzrand eines Treibbeetes und atmete wohlig den scharfen Duft ein, der ringsumher von den Kräutern aufstieg. »Wie warm es hier ist und wie gemütlich«, sagte sie, »wenn ich Sorgen habe,

möchte ich hier sitzen, es ist hier so friedlich, man sitzt hier wie unter guten Menschen. Geben Sie mir doch auch eines Ihrer Radieschen zu kosten.«

Vorsichtig zog Streith einige Radieschen aus dem Beete, ging zum Brunnen, um sie abzuspülen und bot sie den Damen an.

»Köstlich, köstlich«, rief die Fürstin, »ich glaube, das schmeckt auch ein wenig nach Aprikosen, nicht wahr, liebe Dünhof?«

Nun war es Zeit, wieder in das Haus zu gehen. Im Gartensaal wurde der Tee serviert. Die Fürstin lehnte sich in die Sofaecke zurück, die Sonne hatte sie erhitzt, ihre Augen glitzerten, und ihr Gesicht trug einen angeregt jugendlichen Ausdruck, der es verschönte. »Vorigen Tag sprachen Sie, lieber Graf, davon«, begann sie sinnend, »daß wir uns mit dem Leben befreunden, ja, Sie können das, Sie wohl. Als ich jung war, stand ich mit dem Leben wie mit einer Gouvernante und später wie mit einer Oberhofmeisterin.«

Streith lachte. »Nun, bei aller Freundschaft«, versetzte er, »behalten wir doch einiges Mißtrauen. Ich war als Knabe sehr mißtrauisch. Wenn meinem Bruder und mir etwas Angenehmes bevorstand, ein Spaziergang oder ein festliches Essen, dann freute sich mein Bruder aufrichtig, in mir aber stiegen dunkle Ahnungen auf: wahrscheinlich wird es regnen, wahrscheinlich werden die Erwachsenen unfreundlich sein, oder die Stiefel werden drücken, wahrscheinlich wird der Kuchen so schwer sein, daß wir ganz wenig davon bekommen werden. Ich weiß, daß dieses meinen Bruder zur Verzweiflung brachte, er klagte meiner Mutter, ich verdürbe ihm die Freude. Ich wurde bestraft, durfte nicht mit auf den Spaziergang oder bekam keinen Kuchen.«

»Der arme kleine Donald«, sagte die Fürstin mitleidig.

Streith jedoch fand das ganz richtig, Kinder müssen lernen, sich zu freuen.

»Es gibt aber doch nichts Traurigeres«, meinte die Baronin, »als ein enttäuschtes Kind.«

»Und Kinder sind immer enttäuscht«, versetzte die Fürstin lebhaft, »seltsam, jeder von uns ist ein Kind gewesen, und doch verstehen wir Kinder so wenig wie Blumen. Jeder von uns erinnert sich doch, daß er als Kind von den Erwachsenen mißverstanden wurde.«

»Ja, merkwürdig«, bestätigte Streith und griff nach einem Teller mit Sandwiches und bot sie der Fürstin an. »Wollen Hoheit nicht diese Sandwiches versuchen, sie sind eine eigene Erfindung meiner Frau Buche.«

Die Fürstin nahm eins der Brötchen und sah es aufmerksam an. »Enttäuscht Frau Buche Sie nie?« fragte sie. »Ich meine so mit Hechtkoteletten und Sandwiches.«

»Nie«, antwortete Streith. »Mit den Jahren finden wir denn doch dieses und jenes im Leben, auf das wir uns verlassen können, so einige treue Bundesgenossen.«

»Ein Bundesgenosse ist gut«, sagte die Fürstin und ließ die Worte gefühlvoll klingen. »Drüben in Birkenstein, da hatte ich auch einen treuen Bundesgenossen.«

Die Baronin schlug die Augen nieder und drückte sich tiefer in den Sessel hinein, als wollte sie ihre Gegenwart vergessen machen.

Streith lächelte feierlich und blickte auf den Mund der Fürstin, auf die schmalen, sehr roten Lippen und auf die feinen Striche, die sich von den Mundwinkeln abwärts zogen und diesem Munde etwas Rührendes und Pathetisches gaben. Keiner sprach eine Weile, es war, als sollte die Bedeutsamkeit der letzten Worte nicht verwischt werden. Die Fürstin begann langsam den Sandwich zu essen, den sie in der Hand hielt. Endlich sagte sie: »Jetzt, Graf, müssen Sie uns etwas vorspielen, das gehört noch dazu.«

Gehorsam stand Streith auf und ging an das Klavier. Er begann zu spielen. Schumanns »Glückes genug«. Er spielte ganz leise und zart, und in den verhaltenen Jubel dieser Melodie mischte sich das leidenschaftliche Pfeifen eines Stares, der auf der Kastanie vor dem Fenster saß.

Ein leises Geräusch am offenen Fenster ließ Streith von den Tasten aufsehen.

Britta stand da vor dem Fenster, den Filzhut im Nacken, das dunkle Haar in die Stirn hängend. Sie lachte, Streith sah deutlich den weißen Glanz ihrer Zähne. Dann warf sie etwas in das Zimmer und verschwand.

»Wer ist das?« riefen die beiden Damen und fuhren mit den Lorgnons an die Augen.

Streith ging an das Fenster, er fühlte, daß er errötete wie ein Knabe.

»Vorübergehende Kinder«, sagte er, »ein Unfug, ich muß die Bank vor dem Fenster fortnehmen lassen.«

»Das sind ja Veilchen, die Ihnen hereingeworfen werden«, rief die Fürstin, »also eine Ovation.«

Streith hatte sich gefaßt und wandte sich wieder den Damen zu. »Dieses Mal sind es Veilchen«, meinte er, »ein anderes Mal weniger willkommene Dinge.«

»War das nicht die Tochter dieser Walddame«, fragte die Baronin, »dieser Frau von Syrman?«

»Ich kenne diese Leute nicht«, antwortete Streith, trocken und bestimmt.

Er setzte sich wieder an seinen Platz, tat, als sei der Vorfall nicht der Beachtung wert, obgleich er ihn so stark erregte, daß ihn fröstelte. Man

sprach von gleichgültigen Dingen, vom Klavierspiel der Fürstin Kusmin, vom russischen Hofe, und dann brachen die Damen auf.
»Ich danke Ihnen, Streith«, sagte die Fürstin, »ich komme bald wieder.«
Auf der Fahrt schwieg die Fürstin und versank in tiefe Gedanken. Nur kurz vor dem Schloß legte sie ihre Hand auf die Hand der Baronin und sagte: »Gertrud«, in innigen Augenblicken nannte sie die Baronin Gertrud, »ich glaube, ich bin mit mir einig.«
»Gott sei Dank«, flüsterte die Baronin.
Streith ging unterdessen in seinem Gartensaale auf und nieder und ließ seinem Ärger freien Lauf. Nein, das war nicht möglich, diese Leute, die sich an ihn gehängt hatten, wurden ja zu einer Gefahr. Das konnte so nicht weitergehen. Er wollte gleich mit dem Mädchen ein ernstes Wort reden. Er rief Oskar, befahl ihm, Hut und Stock zu bringen, und auf die Veilchen, die am Boden lagen, weisend, sagte er: »Nehmen Sie das fort.«
Er schlug den kürzesten Weg zum Forsthause ein. Während er schnell vorwärts ging, begann er im Geiste schon Britta zu schelten, sie hatte ihm einen argen Streich gespielt. Gerade als die Stimmung harmonisch und weihevoll wurde, mußte sie mit ihren verdammten Veilchen kommen.
Aus einem Tannendickicht in der Nähe des Forsthauses leuchtete etwas Blaues hervor, es war Brittas Kleid. Zur Erde niedergebeugt, sammelte sie dort etwas in ihre Schürze hinein. Streith ging auf sie zu. »Guten Abend«, schnarrte er.
Britta richtete sich jäh auf, sie errötete, und auf ihrem Gesichte malten sich Schrecken und Angst so deutlich wie auf dem Gesichte eines Kindes. Regungslos blieb sie stehen und schaute Streith an.
Dieser lehnte sich gegen einen Baumstamm, er war schnell gegangen, und das Herz schlug etwas zu stark. »Gut, daß ich Sie hier finde, mein Fräulein«, begann er, »ich wollte Sie bitten, mir ähnliche Überraschungen nächstens zu ersparen, ich bin überhaupt kein Freund von Überraschungen und nun gar so durchs Fenster. Was sollen die Leute, die bei mir sind, davon denken? Entweder kommt man zu mir durch die Haustür, oder man kommt nicht zu mir. So geht das nicht, dieser Verkehr durch die Fenster ist bei uns nicht Sitte. Das wollte ich gesagt haben.«
Britta stand noch immer regungslos da und schaute Streith an, ihre Augen füllten sich langsam mit Tränen, und Tränen überströmten ihre Wangen. Die Zipfel der Schürze, die sie gehalten, ließ sie fahren, um die Arme schlaff niederhängen zu lassen, und die Frühjahrsmorcheln, die sie gesammelt, fielen zu Boden.
»Auch für Sie, mein Fräulein«, fuhr Streith fort, jetzt milder und väterlicher, »auch für Sie, mein Fräulein, dürfte solch ein Verhalten nicht

empfehlenswert sein. Wohlerzogene junge Damen steigen nicht an die Fenster fremder Häuser, um Herren Veilchen zuzuwerfen. Davon ist durchaus abzuraten, und Ihre Frau Mutter dürfte das kaum billigen. Also das wollte ich gesagt haben.«
Seltsam war es, wie aller Ärger plötzlich fort war und Streith nicht mehr wußte, was zu sagen, er empfand nur einen starken Widerwillen dagegen, hier der scheltende alte Herr zu sein, der dieses weinende junge Wesen quälte.
Britta wartete einen Augenblick, ob Streith weitersprechen würde, und als er schwieg, sagte sie: »Dann ist also jetzt alles aus.«
»Was ist aus?« fuhr Streith auf. »Was soll denn aus sein?«
»Ich habe gleich gewußt, daß alles aus sein würde«, wiederholte Britta.
»Was sprechen Sie, Kind«, unterbrach sie Streith, »warum soll es aus sein? Ich habe mich ein wenig alteriert, entschuldigen Sie, es hat mich so überrascht, wäre ich allein gewesen, so hätten wir darüber gelacht, ha, ha. Sprechen wir nicht darüber, und vor allem, weinen Sie nicht. Sehen Sie, die schönen Schwämme haben Sie jetzt zur Erde fallen lassen.«
»Ach die«, sagte Britta und stieß mit dem Fuß nach den Schwämmen.
»Jedenfalls«, fuhr Streith fort, »wischen Sie sich die Tränen vom Gesicht, und dann wollen wir ein wenig gehen. So können Sie nicht nach Hause, Ihre Frau Mutter würde sich erschrecken.«
Gehorsam wischte sich Britta die Tränen vom Gesicht, und sie gingen langsam einen schmalen Weg zwischen den Tannen hin. Eine Weile stand der Wald auf sehr blankem Goldgrunde, dann wurde es dämmrig und kühl, ein ganz weißer Mond hing am Himmel.
»Haben Sie sich vor mir gefürchtet?« fragte Streith weich.
»Als Sie kamen«, erwiderte Britta, »habe ich mich sehr gefürchtet. Wie böse Sie sein können, Ihre Augen wurden ganz gelb, und ich glaubte, Sie würden mich schlagen.«
»Das muß häßlich gewesen sein.«
»Ach nein, das war schön«, meinte Britta, »Sie sahen aus wie ein Ritter, und es tat mir fast leid, daß Sie mich nicht schlugen, da ich meinte, daß nun doch alles aus sei.«
»Schmerzte es Sie, daß alles aus sein sollte?« fragte Streith.
»Ja«, antwortete Britta, »seit Sie bei uns waren, seit ich mit Ihnen gehen und sprechen darf, ist doch etwas am Tage, auf das ich warten, auf das ich mich freuen kann. Sie sind so hübsch angezogen, und es riecht um Sie nach kölnischem Wasser, und Ihre Ringe blitzen so schön, und wenn Sie etwas sagen, klingt es wie aus einer anderen, feinen Welt. Wenn ich bei Ihnen bin, habe ich ein Gefühl, als ob ich mein Sonntagskleid anhätte.«

»So, so«, meinte Streith. »Aber ich denke, Sie sollten sich beim Erwachen auf jeden Tag freuen.«
»Warum?«
»Nun, weil Sie da sind, weil Sie jung sind.«
Britta zuckte die Achseln: »Das kenne ich schon.«
»Sie sollten«, fuhr Streith fort, »ganz still im Sonnenschein sitzen und fühlen, wie das Leben und die Jugend in Ihnen brennt.«
Britta schüttelte den Kopf: »Das ist langweilig, ja, wenn alles hübsch und vornehm um mich wäre, dann könnte ich auch so dasitzen wie die Prinzessinnen im Garten und so vor mich hinsehen, oder bei Ihnen in Ihrem Zimmer mit den vielen Bildern. Dort muß es sein wie in der Kirche, man geht mit kleinen, langsamen Schritten, es fährt einem so kühl über den Rücken, und es riecht nach Sonntag.«
»Können Sie das nicht hier auch im Walde?« fragte Streith, und er wünschte, daß Britta weiterplaudere.
»Nein«, erwiderte Britta, »dazu muß man eine wohlerzogene junge Dame sein, wie Sie sagen, und das bin ich nicht. Mama ist eine Dame von Welt; wenn sie in den Stall zu den Schweinen geht, sieht es aus, als machte sie eine Visite, aber ich – vielleicht kommt das von der Blutmischung, von der Mama immer spricht.«
»Nun, nun«, tröstete Streith, »das kommt mit der Zeit. Um eine Weltdame zu sein, muß man die Welt kennen.«
Britta sann eine Weile still vor sich hin, dann lachte sie hell auf. »Die Damen bei Ihnen«, sagte sie, »müssen sich aber erschreckt haben, plötzlich erscheint so eine Schwarze am Fenster und wirft Veilchen in das Zimmer.«
Streith versuchte auch zu lachen: »Ja, hm, überraschend war es.«
Allmählich waren sie bis zum Forsthause gekommen, durch das geöffnete Fenster sahen sie die brennende Lampe auf dem großen Tische stehen und Frau von Syrman mit einem Buche auf dem Sofa sitzen.
»Gute Nacht«, sagte Streith, »Sie sind mir also nicht mehr böse?«
»Sie waren ja böse«, erwiderte Britta.
Streith lachte: »Ja so, nun gleichviel, gute Nacht.«
»Kommen Sie nicht zu uns herein?« fragte Britta.
Streith lehnte ab, Frau Buche wartete zu Hause mit dem Diner.
»Ah, das Diner«, sagte Britta ehrfürchtig, darauf fügte sie hinzu, »wenn ich nicht müßte, würde ich auch nicht um eine Welt in das alte blaue Zimmer da hineingehen. Gute Nacht.«
Auf dem Heimwege fühlte Streith, daß der Abend kalt und feucht war, er schlug seinen Rockkragen auf, denn er war in der Eile ohne Paletot

fortgegangen. Das kann eine Erkältung geben, dachte er, das eine Bein schmerzte ihn schon ein wenig. Zu Hause ließ er sich von Oskar entkleiden und mit kölnischem Wasser abreiben, dann zog er weiche, warme Hauskleider an und setzte sich zu seinem Essen. Er war hungrig und das Essen schmeckte ihm.
Frau Buche hatte ein kleines Sauté aus frischen Gemüsen gemacht, das aller Beachtung wert war. Gleich nach dem Essen legte er sich zu Bett, Frau Buche hatte heißen Tee gemacht und brachte eine Wärmflasche. Sie war sehr ungehalten. Wenn der Herr sich ohne Paletot im Nebel herumtreibe, dann sei es kein Wunder, wenn der Rheumatismus sich melde.
Wohlig streckte sich Streith im Bette aus und zündete eine Zigarette an. Oskar berichtete vom Tierarzt, der dagewesen sei, und sprach von den Pferden, bis er entlassen wurde. Streith schloß die Augen. Lesen wollte er nicht, er wollte denken, an die Fürstin denken; allein immer wieder drängte sich Brittas Gestalt vor, Britta am Fenster, Britta unter den Tannen, das Gesicht von Tränen überströmt, und in dieser Vorstellung lag etwas, das ihn quälte. Sein Zimmer, sein Bett, der Tee, die Wärmflasche, die ganze Alteherrenbehaglichkeit, sie schienen ihn unendlich weit von Britta zu entfernen, und das tat ihm weh. Um dem ein Ende zu machen, rief er Oskar und ließ sich ein Schlafpulver geben.

Die Fürstin faltete den Brief, den sie gelesen hatte, zusammen, lehnte sich in den Stuhl zurück und schaute die Baronin Dünhof mit einem verhaltenen Lächeln an. »Meine Schwägerin, die Prinzessin Agnes, kommt«, sagte sie; »es scheint, die Familie beunruhigt sich über etwas, und meine Schwägerin soll nach dem Rechten sehen.« Dann zuckte sie leicht mit den Schultern, als schüttle sie etwas von sich ab: »Es ist doch gut, daß wir nicht unser ganzes Leben hindurch unter der Herrschaft der anderen stehen.«
»Wie wahr«, sagte die Baronin Dünhof.
Am Nachmittag langte die Prinzessin Agnes mit ihrer Kammerjungfer und ihrer jungen Hofdame Fräulein von Reckhausen an. Die Prinzessin hatte immer ganz junge Hofdamen. »Ich will Jugend um mich«, pflegte sie zu sagen. Der Dienst jedoch war so aufregend, daß die Damen bald nervös wurden und oft gewechselt werden mußten. Prinzessin Agnes war eine kleine, runde, alte Dame mit einem blanken, bräunlichen Gesicht und grauen Haartrompeten unter der weißen Blondenhaube, trug gern fußfreie, graue Seidenkleider und knarrende Schuhe.
»Hier bin ich«, sagte sie, als sie auf dem Sofa im Grünen Zimmer saß, »ich mußte doch wieder einmal nach euch sehen. Du, liebe Adelheid, ziehst dich ja so zurück, daß du fast verschollen bist.«

»Wenn wir einen schönen, ruhigen Winkel gefunden haben«, erwiderte die Fürstin, »dann verlassen wir ihn ungern.«

»Es mag ja ganz schön sein«, meinte die Prinzessin, »auf dem Lande die Schäferin zu spielen, aber die Familie hat auch ihre Ansprüche. Ah, da bist du ja, Kleine«, wandte sie sich an Marie, die in das Zimmer trat, »du bist ja groß geworden und recht hübsch. Aber dieses Weiß und Rosa wie eine Porzellantasse nützt auch nicht viel, ordentlich gesunde Backen solltest du haben. Na, setze dich zu mir, meine Tochter. Fräulein von Reckhausen, bitte, bringen Sie mir meinen Sack.«

Das Fräulein brachte einen großen Sack aus lavendelfarbener Seide, der ganz mit kleinen Seidenflecken gefüllt war, diese zu zerzupfen, war die stete Beschäftigung der Prinzessin. »Da hast du auch einen schönen, roten Flecken«, sagte sie zu Marie, »das ist eine gute Beschäftigung. Ich lasse die Fäden dann mit Wolle mischen und einen dauerhaften Stoff daraus weben, den bekommen dann arme Mädchen. Das unsolide, putzige Zeug, mit dem diese Mädchen sich jetzt kleiden, ist ein Skandal.«

Die Prinzessin zupfte nun eifrig an ihren Seidenflecken und erzählte von der Großherzogin von Oldenburg, die kränklich, aber sehr geduldig, von der Fürstin von Schwarzburg-Sondershausen, die eine ganz prächtige Frau war. Die Nachmittagsonne schien in das Zimmer und machte die Luft heiß und beklemmend. Marie mit ihrem unruhigen Herzen und dem seltsamen Fieber ihrer Gedanken, das in den letzten Tagen sie nicht verließ, fühlte sich sehr unglücklich; die Seidenfäden hängten sich an ihre Nägel und machten sie nervös, die behäbig forterzählende Stimme der Prinzessin Agnes, die Geschichten von den prächtigen Fürstinnen erschienen ihr wie ein Protest gegen alles, was im Leben schön und heiter ist. Sie hätte weinen mögen.

Am nächsten Morgen stand die Prinzessin Agnes sehr früh auf und ging mit dem Fräulein von Reckhausen durch das Haus, durch den Hof und die Ställe, sie ging auch ein Stück die Landstraße entlang, um die Felder zu sehen, sie sprach mit den Leuten und streichelte die Hunde. Als sie zum zweiten Frühstück erschien, war sie über alles gut unterrichtet. Nach dem Frühstück saß sie mit der Fürstin im Boudoir und zupfte an ihren Seidenflecken. »Es ist hier bei dir recht hübsch«, sagte sie, »der Major scheint ein tüchtiger Mann zu sein. Von großem Fleiß allerdings habe ich nicht viel gesehen. Der Kutscher und der Chauffeur saßen in der Futterkammer und plauderten, der Inspektor stand vor dem Hause und unterhielt sich mit der Kammerjungfer, die zum Fenster hinauslehnte. Aber so scheint es hier zu sein: Ihr geht alle ein wenig umher wie im Traum. Die Kleine finde ich auf der Veranda, sie hält ein Buch in der Hand und starrt vor sich hin. Im Saal steht die Dachsberg am Fenster und schaut hinaus. Auf der Hoftreppe steht der alte Fürwit und tritt von einem Bein auf das andere.«

Die Fürstin lachte: »Ja, hier auf dem Lande ist das Leben beschaulich.«

»Beschaulichkeit mag ganz gut sein«, meinte die Prinzessin, »wenn dabei nur nicht dumme Gedanken kommen. Für die Kleine sollte man sich nach einer Beschäftigung umsehen.«

»Sie ist so zart«, erwiderte die Fürstin, »ich bin froh, wenn sie einigermaßen gesund ist.«

»Gerade weil sie kränklich ist«, versetzte die Prinzessin. »Nun, davon sprechen wir später. Ich wollte dich etwas fragen, liebe Adelheid. In Birkenstein und auch in Karlstadt tauchten Gerüchte auf von gewissen Absichten, die du haben solltest, von gewissen Entschlüssen.«

»In Birkenstein tauchen immer Gerüchte auf«, sagte die Fürstin.

»Das ist richtig«, gab die Prinzessin zu, »allein dieses Mal scheinen sie nicht grundlos.«

Die Fürstin blieb ganz ruhig, nur die Hände, die müßig im Schoß lagen, begannen nervös eine die andere zu streicheln. »Ich weiß nicht, welche Absichten und Entschlüsse du meinst«, sagte sie.

Die Prinzessin zupfte eifrig an ihren Seidenflecken. »So, so«, meinte sie. »Nun, in unserer heutigen Zeit geschieht in unseren Kreisen so viel Seltsames, daß man nie weiß; all diese Ehen. Zu meiner Zeit fiel es uns doch nicht ein, daß wir irgendeinen Leutnant heiraten könnten, weil er gut tanzte. Oder irgendeinen Kammerherrn, weil er gut gewachsen war. Gab es keinen Prinzen, so blieb man unverheiratet wie ich. Was kommt auch bei solchen Heiraten heraus? Bei Hof geht die Frau durch die eine Tür herein, und der Mann muß durch eine andere Tür. Was denkt sich solch ein Mann dabei?«

»Er denkt sich«, erwiderte die Fürstin und zog die Augenbrauen empor, »er denkt sich wohl, eine Tür ist wie die andere.«

Die Prinzessin schaute die Fürstin über ihre Brillengläser hinweg scharf an, und ein wenig Rot stieg in die braunen Wangen: »Eine Tür ist nicht wie die andere, sonst wäre auch ein Mensch wie der andere. Gut, vor Gott sind wir alle gleich, aber Gott hat gewollt, daß es Fürsten gibt, und wenn es Fürsten gibt, dann müssen diese sich danach halten, dann ist eben eine Tür nicht wie die andere und ein Mensch nicht wie der andere, sonst glaubt man uns die ganze Geschichte nicht. Wenn heute eine Frau Schulze oder eine Frau Müller eine geborene Prinzessin Soundso oder eine Fürstin Soundso sein können, dann wird nächstens auch eine Fürstin Soundso eine geborene Schulze oder Müller sein können. Die Männer neigen sowieso zu Unregelmäßigkeiten, wir Frauen müssen daher streng auf Ordnung halten, es muß ja nicht immer geheiratet werden.«

»Ich weiß nicht, liebe Agnes, worüber du dich aufregst«, antwortete die Fürstin, und ein schärferes Glitzern kam in ihre Augen, »es liegt ja nichts vor. Aber du kannst sicher sein, wenn ich Entschlüsse fasse, dann wird die Familie sie von mir zuerst hören. Und ebenso gewiß ist es, daß ich mich dieser Entschlüsse nicht zu schämen haben werde. Ich habe der Familie lange genug gedient, und als ich Witwe wurde, brauchte ich, Gott sei Dank, mein Leben nicht, so wie die Kronjuwelen, der Familie zurückzuerstatten.«

»Gut, gut, ich weiß Bescheid«, sagte die Prinzessin Agnes und zupfte so stark an ihrem Seidenflecken, daß dieser sich arg verzog, »keiner will jetzt die Lasten des Standes tragen, in den ihn Gott gesetzt hat. Glaubst du, es sei ein großes Glück, die alte Prinzessin Agnes zu sein, die mit ihrem Fräulein im Gartenpavillon wohnt? Es ist aber nun einmal so, und ich klage nicht. Heutzutage spricht eine jede von der Stimme ihres Herzens. Wir hatten auch Herzen, als wir jung waren, aber es war von ihnen nicht die Rede. Heute spricht eine jede von ihrem Herzen, als sei es ein Generalleutnant, dem gehorcht werden muß.«

Da die Fürstin darauf nicht antwortete, so entstand eine Pause, bis die Prinzessin eilig ihren Sack beiseite warf und erklärte, sie müsse in den Garten hinausgehen, sie habe sich zu sehr erhitzt.

Auf der Veranda fand sie Fräulein von Dachsberg und Fräulein von Reckhausen, die miteinander flüsterten. Fräulein von Reckhausen erzählte von den Eigenheiten der Prinzessin.

»Wo ist die Prinzessin Marie?« fragte die Prinzessin Agnes.

»Die Prinzessin ist wohl in der Fliederlaube«, berichtete Fräulein von Dachsberg; »um diese Zeit wünscht die Prinzessin allein zu sein.«

»Warum allein?« forschte die Prinzessin Agnes streng weiter.

Fräulein von Dachsberg zuckte leicht mit den Schultern. »Es ist befohlen, die Prinzessin in ihren Neigungen nicht zu stören.«

»Dummes Zeug«, brummte Prinzessin Agnes und ging weiter.

Marie saß in der Fliederlaube, ein Buch lag auf ihren Knien, den Kopf hatte sie zurückgezogen und schaute durch die blauvioletten Blüten wie durch ein Gitter in den blauen Himmel. Sie erlebte jetzt eine bedeutsame Zeit. Zum ersten Male fühlte sie sich leben, fühlte ihren Körper und ihr Blut, sie fühlte sich als etwas, das wundersam blüht; zum ersten Male sah sie sich leben und wartete gespannt, was ihre Liebe und ihr Schmerz sie zu tun und zu denken heißen würden. Ob sie nun hier in der Fliederlaube saß und an Felix dachte oder in den Park ging und auf der Steinbank saß, auf

der er diese Nacht sitzen würde, ob sie des Abends zum Mond aufschaute oder des Nachts aufwachte und weinen mußte oder sich von den heißen Schauern ihres Blutes schütteln ließ, alles war neu und erregend.
»Da bist du, Kleine«, weckte die Stimme der Prinzessin Agnes Marie aus ihren Träumen, »hier bei dir ist es schön kühl, ich will mich mal zu dir setzen.« Sie setzte sich auf die Bank, erhitzt und atemlos von ihrem Gange schwieg sie einige Augenblicke, und ihre kleinen, von den fetten Lidern beengten Augen sahen Marie scharf an. »Nun, meine Tochter«, begann sie endlich, »wie lebst du? Was tust du?«
»Nichts, Tante«, erwiderte Marie ziemlich verdrossen.
»Das sehe ich«, fuhr die alte Dame fort, »hier bei euch wird nicht viel getan, aber für dich ist das nicht gut. Du mußt eine Beschäftigung haben, eine Einteilung.«
»Warum gerade ich?« fragte Marie.
»Weil du es mit der Gesundheit zu tun hast«, erwiderte die Prinzessin, »und ein stilles Leben führen mußt, und da ist es gut, etwas zu haben, wofür man lebt. Da ist die Wohltätigkeit, du könntest eine Kochschule gründen für die Mädchen des Dorfes oder eine Nähschule und ihnen zu Weihnachten bescheren.«
»Ich verstehe nicht zu kochen und nähe sehr schlecht«, sagte Marie, und ihr Gesicht nahm einen immer eigensinnigeren Ausdruck an.
»Das macht nichts«, meinte die Prinzessin, »man ist Protektrize, man geht hin, fragt, schmeckt, läßt sich die Arbeiten zeigen, das genügt.«
Marie schüttelte den Kopf und zog die Augenbrauen zusammen: »Ich will aber gar nicht eine Kochschule oder eine Nähschule gründen.«
»So, du willst nicht?« versetzte die Prinzessin, und ihre Stimme wurde streng und scheltend. »Was willst du denn? Stillsitzen und warten, bis das Glück um die Ecke biegt? Es biegt aber nicht um die Ecke. So hat schon manche gesessen und gewartet, bis sie alt und sauer wurde. Sieh, mein Kind, ich bin mein Lebtag gesund gewesen, habe gesunde Lungen und ein gesundes Herz gehabt, und doch habe ich nicht geheiratet. Das ist mit Prinzessinnen jetzt so eine Sache, da ist es denn gut, wir sehen uns nach etwas um, was unserem Leben einen Inhalt gibt, um nicht einsam und lächerlich zu werden. Die Wohltätigkeit ist da noch das beste, nicht so dieses sogenannte Gehen in die Hütten der Armen, dort kriegt man nur Krankheiten und Flöhe, aber eine Kochschule, eine Nähschule, so was. Mit der Wohltätigkeit ist zwar auch nicht viel los, kein Mensch ist uns dankbar dafür, aber es bleibt uns nicht viel anderes übrig.«
Jetzt lächelte die Prinzessin und schaute Marie in das zornige Gesicht. »Ja, das hörst du nicht gern, aber die alte Tante Agnes hat doch recht. Mit dem

Heiraten kriegt auch nicht jede eine Anweisung auf das Glück. Sieh nur deine Schwester Lore an. Nein, das Leben ist eben kein Tanzsaal. Jetzt will ich noch einen Spaziergang machen.« Sie strich mit zwei Fingern über Maries heiße Wange, erhob sich und ging. Marie schaute ihr nach, die kurze, runde Gestalt im grauen Seidenkleide, den großen Sommerhut auf dem Kopf, wie sie mit kleinen, festen Schritten den Weg entlang ging, erschien ihr als die Verkörperung der Einsamkeit und Freudlosigkeit. Wie glücklich war Marie eben gewesen. Über ihr selbst und über der Welt hatte ein geheimnisvoller und heiliger Schimmer gelegen, und nun war diese alte Frau gekommen und hatte alles wie mit Spinnweben verhängt, und das Leben sah grau und traurig aus. Nein, lieber wollte Marie sterben, als das Leben der Tante Agnes leben, als die einsame, kränkliche Prinzessin sein, die für die Dorfkinder wollene Hauben strickt. Sie wollte heute nacht in den Park gehen, um Felix zu treffen, so unmöglich ihr das auch erschien, sie wollte alles tun, was Tante Agnes mißbilligte. Sie wollte sich an das Süße, Wilde, Verbotene des Lebens klammern.

Zum Diner kam Streith. Die Prinzessin Agnes begrüßte ihn wie einen alten Bekannten. »Freut mich, lieber Graf, Sie zu sehen; Sie sehen gut aus. Älter geworden, natürlich; wir alle werden alt, davor kann man sich auch hier in der Einsamkeit nicht verstecken.«

Der Graf lachte. »Gewiß, nur daß hier in der Einsamkeit nicht so viele da sind, die es einem sagen.«

»Das mag sein«, meinte die Prinzessin, »aber so alt sind Sie doch eigentlich nicht, daß Sie nicht noch dem Lande nützen könnten, statt hier Ihren Kohl zu bauen.«

»Ich denke«, erwiderte der Graf, »das Land braucht auch Kohl.«

»Ach was, Kohl gibt es genug in der Welt«, versetzte die Prinzessin ärgerlich, »aber das ist so eine Art Hochmut. Man hält sich zu gut für die Welt und zieht sich daher in die Einsamkeit zurück. Na, und in der Einsamkeit, da kommen unnütze Gedanken.«

Der Graf verneigte sich. »Ich freue mich, daß Durchlaucht wieder einmal geruhen, mich auszuzanken.«

Die Prinzessin nickte: »Ja, ja, mit der alten Prinzessin Agnes läßt sich nicht spaßen.«

Während des Essens wurde von Birkenstein, von Karlstadt und anderen Höfen gesprochen. Marie hörte nicht zu; nur, als der Name Dühnen an ihr Ohr schlug, horchte sie auf. »Mit dem ältesten Sohn haben sie Sorgen«, sagte der Graf, »er macht Schulden, jeut und scheint undiszipliniert. Dühnen war bei mir und sprach sich recht pessimistisch über den jungen Mann aus.«

Die Baronin Dünhof seufzte: »Sehr schade. Ein hübscher junger Mensch, aber es wird kein gutes Ende mit ihm nehmen.«
»Dühnen ist nicht gefühlvoll«, berichtete der Graf weiter, »er meint, er habe drei Söhne, gelingt es mit dem einen nicht, so sind die beiden anderen als Reserve da.«
»Ganz richtig«, sagte die Prinzessin, »wenn einer nichts taugt, dann fort mit ihm.«
Marie sah die Sprechenden bitterböse an. Was wußten die alten grausamen Leute von Felix? Die Tränen waren ihr nahe.
Nach dem Diner spielten die Prinzessin und die Fürstin mit Fürwit und Streith Whist, die Baronin Dünhof spielte mit dem Major Halma, während Fräulein von Dachsberg und Fräulein von Reckhausen zusammen saßen und miteinander flüsterten. Fräulein von Reckhausen erzählte von den Schwierigkeiten ihrer Stellung. Marie hatte sich zu den Halmaspielern gesetzt, als wollte sie ihnen zuschauen, sie schaute aber unverwandt auf die dunkeln Scheiben der Glastür und dachte nur das eine: In diese schwarze Nacht muß ich heute noch hinaus.
Als das Schloß still und dunkel war, schlichen zwei Gestalten durch die Hintertür in den Garten und eilten dem Parke zu, Marie und die Zofe Emilie. Der Himmel war bewölkt und die Nacht finster. Scheu drängten die beiden Mädchen sich aneinander, alles ängstigte sie, das Aufrauschen der Bäume, das Knarren eines Zweiges, der Flügelschlag eines Vogels in einem Wipfel. Verschüchtert und atemlos stiegen sie die Anhöhe zum kleinen Teich hinan und blieben am Steintisch stehen. Es war so dunkel, daß sie nichts zu sehen vermochten.
»Felix!« flüsterte Marie, da fühlte sie sich von zwei Armen umfangen und auf die Bank niedergezogen. Felix kicherte leise, sie schmiegte sich an ihn, zum ersten Male fühlte sie die wunderbare Geborgenheit vor einer dunkeln, drohenden Welt und vor der Unruhe des eigenen Herzens, in zwei sie fest umschließenden Armen und in dem Rausche des eigenen fiebernden Blutes. »Fräulein«, sagte Felix zu Emilie, »dort am Teiche ist ein Baumstumpf, dort könnten Sie ein wenig sitzen.« Emilie verschwand. Marie weinte, die Spannung ihres ganzen Wesens war zu groß gewesen.
»Warum weinen Sie?« fragte Felix.
»Ach, sage nicht Sie zu mir«, sagte Marie, »du bist das Einzige, was ich habe. Ich habe mich so sehr gefürchtet, alles ist schrecklich und traurig, wenn du nicht da bist, wenn du mich vergissest, wenn du mich nicht liebst, dann werde ich eine alte Prinzessin, die wollene Hauben strickt und Kochschulen einrichtet. Du mußt mir schwören, daß du mich nie verlässest.«

»Nun ja, natürlich«, erwiderte Felix, und aus seiner Stimme klang etwas wie Ungeduld, »was ist da viel zu sprechen, wir sind doch nicht hierher gekommen, um zu weinen und zu klagen.«

»Herr Graf«, ertönte Emilies Stimme plötzlich, und die Zofe stand wieder am Steintisch, »ich kann dort nicht bleiben, es hebt sich etwas Schwarzes aus dem Wasser und macht: ›Bu! Bu!‹«

»Unsinn«, meinte Felix ärgerlich, »das ist ja Einbildung. Sitzen Sie nur ganz ruhig noch ein wenig auf Ihrem Baumstumpf, wir sind ja ganz nahe.«

»Ich werde es versuchen, Herr Graf«, erwiderte Emilie und verschwand.

»Von dir sprechen sie auch alle so schlecht«, begann Marie wieder mit klagender Stimme, »warum kannst du nicht gut sein? Um meinetwillen gut sein.«

»Gut?« fuhr Felix auf. »Was heißt das? Sind das Vorwürfe? Bin ich dazu in der Nacht hierhergekommen, um auch hier Vorwürfe zu hören? Danke, von denen habe ich bei Tage genug.«

»Ach nein, ich mache dir keine Vorwürfe«, schluchzte Marie, »aber wenn du nicht gut bist, was soll dann aus mir werden? Ich habe doch nur dich. Und da sind deine – deine Verlegenheiten, ich würde dir so gern helfen, Geld habe ich nicht viel, aber ich habe Schmucksachen.«

»Schweig!« herrschte Felix sie an. »Ich verbiete dir, von diesen widerwärtigen Sachen zu sprechen, das fehlte mir noch. Ich denke, ich komme hierher, um noch einmal so ein recht süßes Stündchen zu haben, und nun wird von so etwas gesprochen.«

»Jetzt bist du böse«, jammerte Marie, »aber was kann ich tun, du bist ja mein einziges, und wenn du nicht gut bist, was habe ich dann? Lieber will ich dann sterben, als immer die kränkliche Prinzessin sein.«

»Auch das noch«, murmelte Felix.

Sie schwiegen eine Weile, Marie starrte in die Dunkelheit hinein, drüben bei den Weiden am Teich rief ein Wasservogel einen hellen Laut eigensinnig und klagend in die Nacht hinaus. Marie schien alles sehr traurig.

»Das kommt davon«, begann Felix wieder, »ihr sitzt in den Schlössern und wißt nicht, was Leben heißt. Wenn wir immer daran denken sollen, was kommen wird, dann können wir überhaupt nicht leben. Nein, nichts denken, all die Widerwärtigkeiten vergessen, die ja doch immer um uns herumstehen und auf uns warten, nur so können wir leben. Sieh, das ist Leben.« Er beugte sich auf Marie nieder und drückte seinen Mund fest auf ihre Lippen. Sie seufzte tief auf. »Ja, das ist Leben«, flüsterte sie.

»Herr Graf«, tönte Emiliens Stimme aus dem Dunkel, sie stand wieder am Steintisch, »Herr Graf, ich halte es nicht mehr aus, es kommt wieder

schwarz aus dem Wasser und macht ›Bu! Bu!‹ Wenn Durchlaucht nicht nach Hause gehen, so gehe ich allein. Man kann hier ja vor Angst sterben.«
»Nein, Emilie, ich komme«, rief Marie erschrocken.
»Ach, diese Weiber«, seufzte Felix.
Marie drückte noch einmal ihr tränenfeuchtes Gesicht an Felix' Wange. »Vergiß mich nicht!« flüsterte sie, dann trennten sie sich.
Felix blieb auf der Bank sitzen und hörte, wie die eiligen Schritte der Mädchen sich entfernten. Er streckte sich und gähnte. Nein, das war keine Liebesstunde nach seinem Sinn gewesen. Wie hübsch hatte er es sich gedacht, von einer Prinzessin geliebt zu werden, aber diese Tränen und Klagen, diese Vorwürfe und Traurigkeit, die waren nichts für ihn. Es wurde ihm ordentlich bedrückend und bange hier in dem dunkeln Park, im schwülen Duft des Flieders, dazu noch dieser verfluchte Vogel mit seinem einen, jammervollen Klagelaut, das war ja zum Heulen. Felix sprang auf und eilte aus dem Park hinaus.
Hier draußen wehte eine freiere Luft. Felix atmete auf und begann leise einen Marsch vor sich hinzupfeifen, während er langsam die Dorfstraße hinaufschlenderte, an den stillen, schlafenden Katen vorüber. Er bog in eine kleine Seitengasse ein, in der ein Haus mitten in einem Garten lag. Aus einem der Fenster schimmerte noch ein Licht. Felix blieb vor dem Gartenzaun stehen, der ganz mit Bohnenranken überwuchert war, und fuhr fort, leise seinen Marsch vor sich hinzupfeifen. Von der hinteren Seite des Hauses her wurden Schritte vernehmbar; es war, als sprängen nackte Füße leicht über den Kies und dann über die Gemüsebeete hin, ein Mädchen, in ein dunkles Tuch gehüllt, trat an den Gartenzaun und stützte seine Arme in die Bohnenranken.
»Nun?« sagte Felix und legte seine Hand auf einen Arm, der feucht vom Nachttau war.
»Gleich löscht er das Licht aus und geht zu Bett«, flüsterte das Mädchen, »dann komme ich, warte.«
Damit wandte es sich um und sprang wieder in die Dunkelheit hinein. Felix wartete, er steckte die Hände, um sie zu kühlen, in die Bohnenranken hinein. Von den Gemüsebeeten stieg ein kühler, würziger Duft auf, in den Salatblättern raschelten Kröten, irgendwo in einem Hause weinte ein Kind, und draußen im jungen Korn schnarrten die Wachteln. So war es gut, in der Frühlingsnacht zu stehen und auf ein Mädchen zu warten, da war Leben, da konnte man wohl die Prinzessinschmerzen vergessen, dachte Felix.

Es regnete den ganzen Tag über. Streith beschäftigte sich am Morgen mit seinen Wirtschafts- und Rechnungsbüchern, später hatte er eine Unterredung mit dem Inspektor, dann mit dem Baumeister und der Großmagd. Er vertiefte sich mit Eifer in die Gespräche über Düngung, Kühe und Kälber. Das dauerte bis zum Frühstück.
Nach dem Frühstück setzte Streith sich zu seinen Büchern, da lagen auf seinem Tisch ein dicker Band über Forstkultur und eine Broschüre über die Regeneration der konservativen Partei. Er griff zuerst nach dem dicken Band, las darin, legte ihn wieder beiseite, nahm die Broschüre, schaute hinein und warf auch sie fort. Es schien ihm heute, als stünde auf diesen Blättern nichts, was ihn anging. Er bog den Kopf auf die Stuhllehne zurück; ganz unvermittelt kam ihm eine sehr ferne Knabenerinnerung. Er war Gymnasiast in dem kleinen Städtchen und liebte Emma, die blonde Tochter des Oberlehrers Müller. Er dachte den ganzen Tag an Emma, er ging an ihrem Hause vorüber, um sie am Fenster zu sehen, ging die Straße entlang, um ihr zu begegnen. In dieser Zeit war es auch, daß er seine Schulbücher bitter haßte. Cäsars Kommentaren, in Xenophons Anabasis stand nichts von Emma; sie waren nur dazu da, um Emma weiter von ihm fortzurücken und zu verhindern, daß er an sie dachte. Seltsam, wenn wir so und so viel Jahre gelebt haben, so sind wir alt, das ist die Ordnung. Allein unser Wesen macht diese Rechnung nicht mit. Was das Leben auch an Erfahrung und Weisheit hinzutut, in uns bleibt doch alles, was wir einst gewesen. In uns versteckt sich immer noch der Knabe mit seinen Torheiten, und taucht er in späteren Jahren wieder auf, dann gibt es die großen Überraschungen des Lebens. Es war doch widersinnig, daß er, Streith, der Abgeklärte, der Lebenskünstler, heute keine Ruhe fand, nur weil es regnete und er nicht die Möglichkeit haben würde, ein achtzehnjähriges Mädchen zu sehen, das ihn nichts anging und das nicht zu ihm gehörte. In letzter Zeit hatte er sich daran gewöhnt, täglich auf seinem Spaziergang Britta zu treffen, sie zu sehen, sie sprechen zu hören, sich als ihren Kameraden zu fühlen, sie wirkte auf ihn wie ein Jugendelixier, und heute, da er sie nicht sehen durfte, hungerte er nach ihr wie der Morphiumsüchtige nach der Morphiumspritze. Es war absurd. Sein Ordnungsgefühl litt unter der Verwirrung, die all das in sein Leben brachte, er schämte sich, denn der überlegene, ironische Kritiker war auch noch in ihm wach, er schämte sich vor sich selbst, vor seinen Räumen, seinen Möbeln und Bildern, die ihn feierlich umstanden, als seien sie sich der Pflicht wohl bewußt, die Umgebung eines weisen, auserlesenen Mannes zu bilden. Er schämte sich vor manchem anderen noch, und es machte ihn oft todmüde, die Gedanken immer wieder von Bahnen abzulenken, auf

denen Schmerzhaftes sie erwartete. Aber an alledem war nichts zu ändern, er wußte, dieses Erlebnis mußte durchlebt werden. Es gibt eben Zeiten, in denen unser Leben neben uns herzulaufen scheint wie etwas Fremdes, etwas Selbständiges, über das wir keine Macht haben. Nervös erhob Streith sich von seinem Sessel, schritt einige Male im Zimmer auf und ab, stellte sich an das Fenster und trommelte mit den Fingern auf die Fensterscheibe. Der Regen hatte aufgehört; ein wenig Sonne stach durch die Wolken, große Tropfen fielen vom Dachfirst, und aus der Traufe ergoß sich ein Wasserfall.

Ein jähes Freudengefühl durchzuckte ihn plötzlich so stark, daß er errötete. Dem Fenster gegenüber auf dem Wege erschien Britta, sie trug einen grauen Wettermantel, die Kapuze hatte sie über den Kopf gezogen, sie nickte und lachte über das ganze Gesicht. Streith öffnete das Fenster.

»Warum stehen Sie da im Regen?« rief er. »Kommen Sie herein.«

Britta schüttelte den Kopf: »Nein, es regnet nicht mehr, kommen Sie heraus.«

»Gut, ich komme.«

Streith nahm sich nicht die Zeit, Oskar zu rufen; hastig holte er seinen Mantel, seinen Hut und Stock und eilte hinaus.

»So, jetzt wird es schön«, meinte Britta.

Streith atmete tief die feuchte Luft ein, alle Grämlichkeit war fort.

Britta sah ihn verständnisvoll an und fragte: »Gut, nicht wahr?«

»Ja, hm, angenehm«, erwiderte Streith, »gehen wir.«

Sie gingen einen schmalen Waldpfad entlang. Die Tannen hingen voller Tropfen, in denen die durchbrechende Sonne kleine, strahlende Lichter entzündete, und überall auf dem Moose, auf dem Kraut der Heidelbeeren und auf den Farnen lag weißer Glanz. Und mitten darin dieses Mädchen im grauen Wettermantel, die Kapuze auf dem Kopf, feucht vom Regen; es erschien Streith so nahe dem Walde verwandt, wie aus ihm hervorgegangen und zu ihm gehörig. »Sie konnten es zu Hause nicht aushalten«, begann er die die Unterhaltung, »Sie mußten natürlich in den Wald hinaus.«

»Nein, ich hielt es in unserer Stube nicht aus«, erwiderte Britta, »eine Stube kann schrecklich sein, vielleicht, weil sie so viel von uns weiß.«

»Sehr möglich«, bestätigte Streith ernst, »der Wald ist diskreter.«

»Ach, im Walde«, meinte Britta, »da weiß einer vom anderen nichts, und dann ist es doch immer am gemütlichsten, wenn einer vom anderen nichts weiß.«

»So, hm, das ist neu«, versetzte Streith, »aber was haben Sie den Tag über getan?«

»Am Morgen habe ich Klavier geübt«, berichtete Britta, »so stark und so falsch, daß Mama, die heute natürlich nervös ist, wimmerte. Aber ich war boshaft und spielte nur noch stärker und falscher. Später hielt Mama mir meine Fehler vor.«
»Haben Sie viele Fehler?« fragte Streith.
Britta zuckte die Achseln: »Ja, ich habe viele Fehler. Ich denke zuweilen, wenn die anderen wüßten, wie es in mir ausschaut, dann würden sie Augen machen. Aber die Fehler, die Mama mir vorwirft, habe ich gewöhnlich nicht. Nun, das schadet nichts, sie ist die Mutter und glaubt, sie muß erziehen.«
Streith lachte: »Die armen Mütter, es wird von ihnen erwartet, daß sie erziehen, und so müssen sie denn tun, als verstünden sie diese kleinen Rätsel, die ihre Kinder sind.«
Britta schaute Streith aufmerksam an, sie verstand ihn nicht ganz, plötzlich hob sie ihren Arm, griff nach einem der Zweige, unter denen sie hingingen, und schüttelte ihn. Ein Tropfenregen prasselte auf beide nieder, Britta lachte und blinzelte mit den Wimpern, an denen Tropfen hingen. »Das tut gut«, sagte sie, »das hilft gegen die stärkste Traurigkeit.«
»Allerdings erfrischend«, meinte Streith und wischte sich die Tropfen aus dem Bart.
Der Weg führte jetzt aus den Tannen heraus an einer kleinen Wiese hin, die blaßlila von Schwalbenaugen war.
»Hübsch«, bemerkte Streith.
Allein Britta zog die Nase kraus, sie mochte diese Blumen nicht. »Die sehen aus wie das Sonntagskleid der alten Trine. Aber die dort mag ich«, und sie wies auf den höher gelegenen Teil der Wiese, der gelb von Trollblumen war, »die wollen wir pflücken.« Sie bog vom Wege in die Wiese ab, ungeachtet des hohen, nassen Grases.
Streith folgte ihr, vorsichtig die Beine hochhebend.
Britta machte sich eifrig an das Pflücken. »So pflücken Sie doch, Herr Graf«, rief sie, »wir wollen einen Kranz flechten.«
Streith gehorchte, die Beschäftigung war ihm ungewohnt, das viele Sichniederbeugen, das Pflücken der harten, feuchten Stengel schien ihm beschwerlich. Wie sie mich beherrscht, dachte er.
Britta hatte bald die Arme voller Blumen und erklärte, es sei genug; sie verließen die Wiese, Britta setzte sich auf einen Baumstumpf und begann ihren Kranz zu flechten.
Streith saß ihr gegenüber auf einem anderen Baumstumpf und rauchte eine Zigarette. Es war hier sehr ruhevoll unter dem leisen Klingen der von den Zweigen niederfallenden Tropfen.

»Sie waren wohl ein schönes, kleines Kind«, begann Streith.
»Ja«, erwiderte Britta, »ich war ein schönes Kind. Wir wohnten damals in der Stadt, und ich ging jeden Tag mit meinem Kinderfräulein in den Anlagen spazieren. Dort blieben die Leute stehen und sagten: ›Oh, das schöne Kind!‹ Ich muß damals sehr artig gewesen sein, denn dieses Spazierengehen in den Anlagen war doch gewiß kein Vergnügen. Wären wir in der Stadt geblieben, würde ich vielleicht eine Weltdame geworden sein wie Mama.«
»Wozu?« bemerkte Streith.
Britta schaute erstaunt auf: »Sie lieben doch Weltdamen? Alle die vielen Damen, die Sie geliebt haben, waren doch Weltdamen.«
Streith lächelte. »Es ist nun nicht so gewiß«, sagte er, »daß ich so viele Damen geliebt habe, und dann, wenn einer eine Weltdame liebt, so liebt er nicht die Weltdame in ihr, sondern das, was sie noch neben der Weltdame ist.«
»Ach ja«, meinte Britta überlegen, »das gute Herz, natürlich.«
Streith antwortete darauf nicht, er schaute eine Weile schweigend zu, wie sie in dem blassen Gold der Blumen wühlte und ihren Kranz band.
Jetzt war sie fertig, sie streifte die Kapuze vom Kopfe, nahm den Hut ab und setzte den Kranz auf. Die feuchten Blumen streuten Tropfen in das Haar und auf die Stirn, Britta sah Streith an und lächelte befangen.
»Schön«, sagte Streith. Und wirklich, die Bewunderung für dieses goldbekränzte Mädchen vor ihm ging ihm heiß ins Blut, wie südlicher Wein, er hätte niederknien mögen vor diesen Farben, diesem Lächeln, dieser Jugend, er hätte sie an sich nehmen wollen, damit keiner sie ihm raube. Allein er tat nichts von alledem. Donald von Streith konnte all das nicht tun, es hätte sich für ihn nicht geschickt. Daher sagte er nur: »Melusine.«
»Wer war Melusine?« fragte Britta.
»Das erzähle ich Ihnen ein andermal«, erwiderte Streith.
Britta saß ruhig da, sie wurde ernst und feierlich, wie es Mädchen werden, die sich schön fühlen.
Die Sonne versteckte sich hinter Wolken, über dem Rasen und in den Zweigen begann es zu flüstern, ein Regenschauer ging über das Land.
»Wir müssen nach Hause«, rief Britta, sprang auf und zog die Kapuze über den Kranz. Auf dem Heimwege sprachen sie wenig, dieser Augenblick der Schönheit und der Bewunderung hatte sie ergriffen und einsilbig gemacht. Nur am Kreuzwege, als sie sich trennten, sagte Britta: »Eines wünsche ich mir noch.«
»Was ist es denn?« fragte Streith.
»Einmal auf dem großen, falben Pferde sitzen zu dürfen.«
Streith lachte: »Wenn es nur das ist, das machen wir.«

Die Prinzessin Agnes war abgereist, und die Einwohner des Schlosses fühlten sich seitdem freier und jünger. Die Fürstin ritt am Nachmittage aus. Sie trabte durch den Park in den Wald, der Tag war sonnig, die Luft leicht bewegt, die großen Föhren rauschten leise und gleichmäßig, als erzählte eine tiefe Stimme eine lange, ruhige Geschichte. Die Fürstin freute sich, daß trotz der Schwägerin Agnes doch der Frühling allenthalben blühte, doch das Leben voller Versprechungen und nicht nur würdige Entsagung war.
Dort am Ende der Schneise lag die kleine Waldlichtung, und dort würde Streith auf seinem Falben sie erwarten. Sie trieb ihr Pferd an und bog scharf um die Ecke. Da lag die Waldlichtung vor ihr, gelb von Sonnenschein; mitten auf ihr stand der Falbe, und auf ihm saß ein Mädchen mit dunklem Haar, rundem, rosigem Gesicht und großen, schwarzen Augen. Vor ihm stand Streith, die eine Hand am Zügel, die andere auf dem Sattel. Er sah zu den schwarzen Augen auf und lachte ein so jugendlich heiteres Lachen, wie es die Fürstin an ihm noch nie gesehen hatte. Sie wandte den Kopf ab und jagte vorüber. Sie mäßigte auch den Schritt ihres Pferdes nicht, als die Lichtung schon weit hinter ihr lag. Es war ihr, als müßte sie dem Bilde entfliehen, das sie doch mit grausamer Deutlichkeit vor sich sah, das große, blanke Pferd, auf ihm das dunkle Mädchen, und davor der lachende Streith, und all das grell übergossen vom gelben Sonnenschein.
Als sie am Schlosse anlangte, war das Pferd in Schaum. Die Fürstin ging schnell auf ihr Zimmer und schellte nach ihrer Zofe, sie wollte sich umkleiden. Heute war Donnerstag und der Gesellschaftstee für die Nachbarn, so mußte größere Toilette gemacht werden. Vor allem aber wollte sie nicht allein sein, sie kleidete sich langsam und sorgsam an und sprach dabei mit der Zofe. Es handelte sich um eine Schneiderin, die aus dem Städtchen in das Schloß kommen sollte, und die Fürstin wünschte einiges über das Vorleben dieser Schneiderin zu erfahren.
Endlich jedoch war die Toilette beendet, die Zofe hatte nichts mehr zu tun und mußte entlassen werden. Die Fürstin ging an das Fenster und schaute in den Garten hinaus. Während sie dort stand, stieg der Zorn in ihr auf, ganz heiß; es tat ihr wohl, seine Flamme in sich zu spüren. Der elende Mensch, wie sie ihn verachtete, wie ihr vor ihm ekelte! Nie mehr sollte er dieses Haus betreten, sie wollte sich an ihm rächen, ihn demütigen, das Gespött der ganzen Gegend sollte er sein. Und sie sann auf Lebenslagen, in denen sie Streith vernichten könnte. Allein der Zorn mit seiner aufrechterhaltenden Kraft hielt nicht stand. Die Fürstin fühlte sich wieder schwach und mutlos. Sie setzte sich auf einen Sessel, schlug die Hände ineinander, und die schönen, strengen Züge nahmen einen hilflosen

Ausdruck an, wie ihn Kindergesichter haben, wenn sie weinen wollen. So war denn alles vorüber. Streith war die Poesie in ihrem Leben gewesen. Schon in der traurigen Birkensteiner Zeit, als sie für alle die arme, engelsgute Fürstin gewesen war, die man bemitleidete, schon damals hatte es sie getröstet, zuweilen an den jungen Kammerherrn zu denken, an seine etwas umständliche Ritterlichkeit, an die bewundernden Blicke, die er auf ihr ruhen ließ. Da war einer, dem sie mehr war als die arme, engelsgute Fürstin. Und später, als sie Witwe wurde und er in ihre Nähe zog, da wußte sie, er wartet. Sie brauchte nur ein Wort zu sagen, und ein stilles, seltsames Glück wurde ihr geschenkt. Oft hatte sie in stillen Stunden davon geträumt, sie brauchte noch nicht zu entsagen. Solange Streith da war, konnte sie an das Leben denken, wie ein Schulkind an die Woche denkt, in der es einen Feiertag gibt. Und nun, sie war genarrt und betrogen worden wie ein Dorfmädchen, sie war nichts als eine lächerliche, alte Frau, die sich eingebildet hatte, noch geliebt zu werden. Andere Frauen konnten weinen und klagen, sie konnten sich rächen oder sterben, sie mußte schweigen. Der Gedanke, irgend jemand könnte ahnen, was ihr angetan worden war, erschien ihr unerträglich. Sie war wieder die unnahbare, engelsgute Fürstin. Das Leben ging an ihr vorüber, und ihr blieb nur ihre Würde.

Sie hörte draußen Wagen rollen, das waren ihre Gäste. Sie erhob sich, trat vor den Spiegel, fuhr sich mit der Puderquaste leicht über die Augenlider, richtete sich gerade auf und ging hinaus.

Im Grünen Salon waren die Gäste schon versammelt, die Fürstin begrüßte sie mit ihrem huldvollen Lächeln, der Landrat sagte etwas, über das die Fürstin lachte, die Fürstin sagte etwas, und alle lachten.

Der Tee wurde serviert, die Fürstin saß neben der Gräfin Dühnen, die von Franzensbad sprach, der Landrat erzählte von Seiner Majestät. Der Kaiser war hier durchgefahren, und der Landrat hatte ihn auf der Station begrüßt. Seine Majestät sah prächtig aus, dieser Blick, der wahre Herrscherblick!

»Wo ist denn Graf Streith?« fragte die Gräfin Dühnen. »Man sieht ihn jetzt selten.«

»Er vergräbt sich wohl in seine Landwirtschaft«, erwiderte die Fürstin ruhig.

»Es scheint«, fuhr die Gräfin Dühnen fort, »daß er in letzter Zeit unsere Mietbewohner vom alten Forsthause protegiert, diese Frau von Syrman und Tochter. Er ist dort gesehen worden.«

Die Fürstin legte die Tasse, die sie in der Hand hielt, auf den Tisch zurück; sie fürchtete, die Hand könnte zittern. Dann lächelte sie ein nachsichtiges

Lächeln und meinte: »Ja, ältere Herren müssen immer etwas zu protegieren haben.«
Am nächsten Morgen fand Streith auf seinem Frühstückstische einen Brief von Frau von Syrman. Sie bat den werten Grafen, auf seinem Spaziergang bei ihr vorzusprechen, nur auf ein Wort, Britta wäre in die Stadt gefahren, um ihre Musik- und Tanzstunde zu nehmen. Natürlich, dachte Streith, während er den Brief langsam wieder in den Umschlag zurücksteckte, das mußte kommen.
Also der heutige Vormittag war den unangenehmen Angelegenheiten gewidmet, denn er hatte auch vor, in die Kanzlei des Schlosses zu gehen, um Papiere zurückzugeben und dem Major mitzuteilen, daß er zu verreisen beabsichtige. Das war jetzt nötig geworden. Gut, er war auch in der rechten Stimmung, eine grimmige Entschlossenheit erfüllte ihn. Dazu kam etwas wie höhnische Grausamkeit gegen sich selbst. Während er sich anschickte, das zu zerstören, was er so lange für den wertvollsten und heiligsten Inhalt seines Lebens gehalten hatte, sah er mit Ironie auf sich selbst, auf den Weisen und Lebenskünstler herab. Jetzt stand er ganz auf der Seite seiner Torheit und war entschlossen, mit ihr bis an das Ende zu gehen. So machte er sich denn auf den Weg. Im Gehen dachte er nicht an sich und seine Angelegenheiten, kritisch betrachtete er die Roggenfelder, an denen er vorüberkam, prüfte mit dem Spazierstock die Gräben, ob sie gut ausgegraben seien. Am Gitter des Schloßgartens warf er keinen Blick in den Garten; seinen Weg in die Kanzlei nahm er durch den Hof.
Der Major saß am Schreibtisch über seinen Kontobüchern.
»Guten Morgen, Major«, sagte Streith, als er eintrat, und gab seiner Stimme einen heiteren Klang.
Der Major blickte auf, streckte dem Grafen die Hand hin und sagte auch seinerseits: »Guten Morgen.«
Am Ausdruck des Gesichtes aber, an der Art, wie er ihm die Hand entgegenstreckte, erkannte Streith, daß der Major befangen war. Er wußte also etwas. Der Stallmeister, der die Fürstin auf den Spazierritten zu begleiten pflegte, hatte wohl dem ganzen Schlosse schon sein gestriges Erlebnis erzählt. »Ich bringe Ihnen hier Papiere zurück«, versetzte Streith, »bitte, sie durchzusehen, mehr habe ich nicht. Ich beabsichtige nämlich, eine Reise zu machen.«
»Oh, wirklich«, murmelte der Major, »längere Reise?«
»Eine Sommerreise«, erwiderte Streith und setzte sich auf den Stuhl, auf dem er hier zu sitzen pflegte. »Luftveränderung ist für die Gesundheit nötig, das stete Sitzen auf einem Fleck bringt uns herunter. Von Zeit zu

Zeit müssen wir uns vergewissern, ob wir nicht an unserer Scholle angewachsen sind. Sie sollten sich auch einmal herausrühren, Major.«

»Ich fühle mich ganz wohl«, antwortete der Major, ohne von seinen Papieren aufzusehen, »ich verlasse meine Arbeit nicht gern.«

»Eine Erneuerung hat der Mensch von Zeit zu Zeit nötig«, meinte Streith. »Selbst die Schlange schlüpft ab und zu aus ihrer alten Haut heraus, und kann sie das nicht mehr, dann ist sie krank.«

»Ich danke«, erwiderte der Major gereizt, »ich bin mit meiner Haut ganz zufrieden. Sie hat mir lange genug gute Dienste geleistet.«

Streith lachte: »Oh, ich sage nichts gegen sie, aber nicht jeder ist immer so zufrieden in seiner Haut.«

Der Major antwortete nicht.

Streith zündete sich eine Zigarette an und streckte die Beine von sich. Dieser ihm so lange vertraute Raum mit seinem Tinten- und Papiergeruch, den Schälchen voller Getreideproben und den großen Brummfliegen, die durch das offene Fenster aus und ein flogen, er teilte ihm diese Trägheit mit, die von altgewohnten Dingen auszugehen pflegt. So wie der Major still und zufrieden auf einem Fleck zu sitzen, mußte ruhevoll und gemütlich sein.

Ein leiser Ton wurde vor der Tür vernehmbar, die Tür öffnete sich, und die Fürstin stand auf der Schwelle. Die beiden Herren erhoben sich von ihren Sitzen und verbeugten sich. Die Fürstin stand regungslos da in ihrem weißen Morgenkleide, die Arme schlaff niederhängend, und die Augen schauten in das Zimmer hinein, als blickten sie in eine gleichgültige Ferne hinaus. Dann wandte sie sich um und schloß leise hinter sich die Tür.

Der Major warf Streith einen scheuen Blick zu.

Streith war blaß geworden, langsam setzte er sich wieder auf seinen Stuhl und fuhr fort, zu rauchen. In seinen Ohren klang der leise, trockene Ton der sich schließenden Tür nach, der hatte Eindruck auf ihn gemacht. Dieser Ton schien etwas zu sagen, das ihm noch nie in seinem Leben gesagt worden war.

Endlich erhob er sich, um Abschied zu nehmen. »Leben Sie wohl, Major«, sagte er. Der Major drückte fest Streiths Hand, und die hervortretenden, blauen Augen wurden feucht. Im Hinausgehen wandte Streith sich noch einmal um und bemerkte: »Wenn wir uns entschließen, aus unserer alten Haut hinauszuschlüpfen, so sollten wir nie mehr in sie zurückkehren, auch nicht für einen Augenblick.«

Zufrieden mit diesem Abgang, verließ er das Zimmer.

Es war Mittagszeit und der Hof menschenleer. Auch das Schloß und der

Garten lagen schweigend und wie verlassen im grellen Sonnenschein da. Wie gestorben, ging es Streith durch den Sinn, für mich gestorben. Und wirklich, das Schloß schien ihm jetzt jenen Häusern zu gleichen, die wir einst gekannt haben und die wir im Traume oder in unserer Erinnerung wiedersehen, auch über ihnen liegt diese schwermütige Stille; es ist, als trauerten sie darüber, daß sie in der Vergangenheit wohnen müssen. Recht der Augenblick, um gefühlvoll zu werden, dachte Streith, allein er stellte mit Befriedigung fest, daß er nicht gefühlvoll war. Er trat fest auf, er bog den Kopf zurück, um einer Lerche zuzuschauen, die trillernd über ihm im Blauen hing. Er spitzte die Lippen und versuchte den Triller nachzupfeifen.

Im Forsthause empfing Frau von Syrman ihn vor der Haustür. Sie trug ein hellgelbes Morgenkleid und ein weißes Häubchen auf dem Kopfe.

»Wie liebenswürdig, Graf, so pünktlich zu sein«, rief sie ihm entgegen, »ich hoffe, ich habe Sie nicht inkommodiert.«

»Ich stehe ganz zu Ihrer Verfügung, gnädige Frau«, antwortete Streith förmlich.

»Nun, dann, denke ich, setzen wir uns hier draußen hinaus«, schlug Frau von Syrman vor, »es weht hier ein angenehmes Lüftchen.« Sie setzten sich einander gegenüber auf die Bänke vor die Haustür; Streith stützte beide Hände auf die Krücke seines Spazierstockes und wartete. Sein Gesicht nahm dabei einen strengen und starren Ausdruck an. Frau von Syrman sann einen Augenblick vor sich hin, und als sie zu sprechen begann, zitterte ihre Stimme: »Was ich zu sagen habe, werter Graf, ist nicht leicht zu sagen, aber Sie sind ein so feiner Welt- und Menschenkenner, daß Sie mich verstehen werden. Es handelt sich um Britta, und, nicht wahr, das entschuldigt alles. Ich bin Ihnen sehr dankbar dafür, daß Sie sich des Kindes annehmen, Ihr Umgang wirkt veredelnd und erzieherisch, ja, geradezu erzieherisch, und das Kind ist dabei so glücklich. Aber Sie und ich, wir kennen die Welt, wir wissen, daß die Menschen nichts Schönes und Edles sehen können, ohne es zu entstellen und zu verleumden. Gestern in der Stadt wurden mir Gerüchte zugetragen, aus denen ich ersehe, daß die Leute nichts Besseres zu tun haben, als die Köpfe zusammenzustecken und über uns zu reden. Natürlich darf dadurch der uns so werte Umgang mit Ihnen nicht gestört werden, anderseits, da es sich um mein Kind handelt, darf ich die Sache nicht ganz unbeachtet lassen. Da sagte ich mir, du nimmst dir ein Herz und sprichst mit dem Grafen, er wird Rat wissen.«

Sie neigte den Kopf auf die eine Schulter und sah Streith besorgt an. Dieser hatte aufmerksam zugehört, nun richtete er sich auf und sagte

langsam, als läse er ein wichtiges Dokument vor: »Ich erlaube mir hiermit, gnädige Frau, Sie um die Hand Ihrer Tochter, Fräulein Britta, zu bitten.«
Frau von Syrman errötete. Die Überraschung ließ sie nicht gleich Worte finden, sie streckte dem Grafen beide Hände hin: »Ach, Graf«, rief sie, »Sie sind edel und hochherzig, wem könnte ich mein Kind mit größerem Vertrauen in die Arme legen als Ihnen, unter wessen Schutz könnte ich mein Kind sicherer wissen, als unter Ihrem Schutze? Meinen Segen haben Sie, und Britta, sie denkt ja nur an Sie, sie spricht ja nur von Ihnen, Sie sind ihr Ideal. Natürlich an so etwas hat sie nicht gedacht, sie ist ja noch ein Kind, ein unbeschriebenes Blatt. Aber wenn etwas auf diesem Blatte steht, so ist es Ihr Name, lieber Graf.«
Streith verneigte sich: »Ich danke Ihnen, gnädige Frau, für Ihr Vertrauen, das mich ehrt. Fräulein Brittas Zustimmung, auf die Sie mir so gütig Aussicht machen, vorausgesetzt, hätte ich noch eine Bitte vorzutragen. Mein Wunsch ist, daß die Sache geheimbleibe. Wir könnten in das Ausland reisen, wo die Angelegenheit dann ihren regelrechten Abschluß finden würde.«
»Wie Sie es einrichten, lieber Graf«, meinte Frau von Syrman, »so wird es am besten sein.«
»Was das Gerede der Leute anbetrifft«, fuhr Streith in seinem trockenen, sachlichen Tone fort. Frau von Syrman aber unterbrach ihn lebhaft: »Die Leute sollen reden, was sie wollen, ich kenne das. Früher war ich verwundbar und litt darunter, aber mit der Zeit habe ich gelernt, das boshafte Gerede der Leute zu verachten. Beunruhigen Sie sich darüber nicht, aber nicht wahr, Sie kommen dann heute abend zu uns, um sich von dem Kinde selbst das Jawort zu holen?«
Streith verneigte sich wieder. »Ich danke Ihnen, gnädige Frau«, sagte er, »für all Ihre Güte, jetzt darf ich Sie nicht länger aufhalten.« Er erhob sich, küßte Frau von Syrmans Hand und ging.
Frau von Syrman blieb in der Tür stehen, sie hielt ihr Taschentuch in der Hand, sie wollte damit winken, wenn Streith noch einmal zurückschauen würde, er schaute jedoch nicht zurück.
Abends nach Sonnenuntergang ging Streith wieder in das Forsthaus hinüber. Er hatte daran gedacht, einen Blumenstrauß mitzubringen, gab jedoch die Absicht auf; der Gedanke, sich als regelrechter Freiwerber, einen Strauß in der Hand, bei Syrmans einzustellen, widerstand ihm.
Im Forsthause war das Wohnzimmer hell erleuchtet. Als Streith eintrat, kam Frau von Syrman ihm entgegen, sehr hübsch in einem roten Seidenkleid, in der Hand hielt sie einen großen, roten Federfächer. »Willkommen, Graf, willkommen«, rief sie. Hinter ihr stand Britta in einem weißen

Kleide mit weinroten Schleifen. Frau von Syrman faßte ihre Tochter an die Schultern und schob sie Streith zu. »Nehmen Sie sie, Graf, nehmen Sie sie«, sagte sie.
Streith küßte Brittas Hand, Frau von Syrman aber legte die eine ihrer Hände auf den Kopf ihrer Tochter, die andere auf Streiths Schulter und sprach gerührt: »Gott segne euch, meine Kinder. Jetzt aber muß ich nach meinem Braten sehen, ihr werdet euch wohl manches zu sagen haben.« Damit raffte sie ihre Schleppe auf und lief mit kleinen Schritten in die Küche hinaus.
»Sollen wir uns nicht setzen?« schlug Streith vor und legte seinen Arm um Brittas Taille, die sich gerade aufrichtete. Sie setzten sich auf das Sofa. Vor ihnen, mitten im Zimmer, stand der feierlich gedeckte Tisch, den ein Strauß Trollblumen schmückte. Streith war verlegen, was ihn wunderte. Es klang, seiner Ansicht nach, zu feierlich, als er zu sprechen begann: »Ich habe es noch nicht aus Ihrem Munde gehört, daß Sie, hm – daß Sie die Meine werden wollen.«
»Ja, wenn Sie das wollen«, erwiderte Britta ernst, »ich bin so gern bei Ihnen. Bei Ihnen ist es behaglich und sonntäglich.«
»Behaglich und sonntäglich«, wiederholte Streith lebhaft, »so muß es auch bleiben. Sollen wir nicht du zueinander sagen?«
Aber Britta schüttelte den Kopf, sie glaubte nicht, daß das heute schon gehen würde, es war so ungewohnt.
»Gut, das kommt noch«, beruhigte sie Streith.
»Ich habe nie daran gedacht«, sagte Britta nachdenklich, »daß Sie mich heiraten wollen. Die Leute sagten, Sie würden die Fürstin heiraten.«
»Ach was, die Leute«, murmelte Streith ärgerlich.
»Ich habe auch nie daran gedacht«, fuhr Britta fort, »daß ich eine Gräfin werden könnte, Mama hat mir den ganzen Nachmittag die Gräfin vorgehalten, so daß ich gar nicht mehr an sie denken mag.«
»Nun, wir brauchen auch nicht an sie zu denken«, meinte Streith heiter.
Britta seufzte: »Gemütlicher war es vorher.«
»Vorher?« fragte Streith.
»Ja, vor der Verlobung.«
Streith lachte: »Wir wollen es schon so einrichten, daß die Verlobung uns nicht stört.«
Frau von Syrman kehrte in das Zimmer zurück, gefolgt von Trine, die eine Schüssel trug. Trine hatte ihr mattlila Sonntagskleid angezogen und versuchte es, ihr Gesicht, das dem Gesicht eines bösen, alten Mannes glich, freundlich zu verziehen.
»Ich bitte zum Souper«, lud Frau von Syrman ein, »das Brautpaar sitzt

zusammen mir gegenüber.« Trine setzte die Schüssel auf den Tisch, es waren Eierschnitte in Remouladensoße mit frischem Salat. »Eine kleine Vorspeise«, sagte Frau von Syrman, »bitte, sich zu versorgen. Unser Souper ist ländlich und einfach, wie sollte es anders sein.«
»Das sind die besten Soupers«, bemerkte Streith höflich.
»Das behauptete auch immer die Gräfin Erdödi«, erzählte Frau von Syrman. »Früher traf ich die Gräfin fast jedes Jahr entweder in Kissingen oder in Franzensbad. Ich kann wohl sagen, ich war mit der Gräfin befreundet. Die Gräfin erzählte gern davon, wie sie sich einmal in Ungarn auf dem Spazierritt verirrte, sie kam an ein kleines Bauernhaus, sie stieg vom Pferde, und da sie hungrig war, ließ sie sich etwas zu essen geben. Sie setzte sich an den groben Holztisch, und ihr wurde auf einem blauen Fayenceteller ein Stück Schwarzbrot und ein Käse vorgesetzt, dazu ein Glas trüben Weines; diese Mahlzeit, sagte sie, sei die beste gewesen, die sie in ihrem Leben genossen. Sie erinnerte sich ihrer auch, als sie im nächsten Winter elend und appetitlos war; ein blauer Fayenceteller mußte in der Stadt aufgetrieben werden, sie ging in die Küche, setzte sich an den Küchentisch, ließ sich auf dem Fayenceteller Schwarzbrot und Käse servieren, dazu ein Glas Wein, ›aber‹, pflegte sie zu sagen, ›es war doch nicht dasselbe‹«.
»Wir erleben eben niemals zweimal dasselbe«, bemerkte Streith.
»Sehr wahr«, sagte Frau von Syrman.
Trine erschien wieder und trug eine Kalbskeule mit jungem Gemüse auf.
»Die Früchte des Landes«, erklärte Frau von Syrman, und als alle versorgt waren, nahm sie die Unterhaltung wieder auf: »Die Gräfin erzählte mir auch viel vom Wiener Hof, die strenge Etikette muß doch lästig sein.«
»Wer sie kennt, dem ist sie angenehm wie jede Ordnung«, erwiderte Streith ein wenig scharf.
»Das ist gewiß richtig«, beeilte sich Frau von Syrman zuzugeben. »Sie kennen ja das Hofleben so gut. Das Hofleben muß doch interessant sein.«
Das schien Streith aber auch nicht recht zu sein, es klang ärgerlich, als er antwortete: »Bei Hof geschieht vielerlei, aber interessant ist wohl nicht das rechte Wort dafür.«
»Natürlich«, meinte Frau von Syrman, »Ihren geistigen Bedürfnissen genügt das nicht.«
Streith schwieg darauf, und es entstand im Gespräch eine Pause. Trine kam, trug die Kalbskeule ab und servierte eine kleine Torte, einem Sektkühler entnahm sie eine Flasche Sekt, ließ den Korken springen und goß den Wein in die hohen, spitzen Gläser.
»Frappiert ist er nicht«, entschuldigte Frau von Syrman, »er wird wohl

auch zu süß sein. Früher trank ich gern Champagner, aber er mußte sehr sec sein. Nun, à la guerre comme à la guerre, wollen wir anstoßen. Auf euer Glück, meine geliebten Kinder.«
Die Gläser klangen aneinander, Frau von Syrman wurde gerührt, sie lehnte sich in ihren Stuhl zurück, fächelte sich mit dem Fächer Luft zu und sagte klagend: »Ich hätte nicht geglaubt, daß mir in meinem Leben noch eine so glückliche Stunde geschenkt werden würde.«
Britta nippte an ihrem Glase und lachte, sie behauptete, der Wein kitzele sie in der Kehle. »Unser Kind ist heute auch schweigsam«, fuhr Frau von Syrman fort, »viel Glück macht stille.«
»Aber geschmeckt hat es?« fragte Streith und legte seine Hand auf Brittas Hand. Er bedauerte jedoch sofort diese Frage, denn sie klang wie die wohlwollende Frage, die ein Onkel an seine Nichte richtet. Frau von Syrman antwortete für ihre Tochter: »Sie hat wenig gegessen, Glück macht auch satt. Erzähle uns doch, mein Kind, was du in der Stadt erlebt hast.«
»In der Stadt habe ich zuerst schlecht Klavier gespielt«, berichtete Britta, »später in der Tanzstunde fand Herr Hilte, daß ich keine Grazie habe.«
»Was Herr Hilte Grazie nennt«, bemerkte Streith, »ist vielleicht nicht leicht zu erraten.«
»Nein, ich tanze wirklich schlecht, es geht eben nicht. Aber Sie, Herr Graf, Sie müssen schön tanzen.«
»Tanzen gehörte früher zu meinem Berufe«, erwiderte Streith. »Jetzt habe ich diese Kunst längere Zeit nicht geübt.«
»Nein, nein«, rief Britta, »Sie müssen herrlich tanzen, mit Ihnen könnte ich tanzen.« Und sie sprang auf, rief nach Trine, der Tisch mußte beiseite gestellt werden, denn sie wollte mit Streith tanzen.
»Solch ein Kind«, sagte Frau von Syrman lächelnd und zog die Schleifen an Brittas Kleide zurecht. »So, jetzt geh, kleine Gräfin.« Sie selbst setzte sich an das Klavier und spielte einen Walzer. Streith und Britta tanzten. Durch die geöffneten Fenster klang das Rauschen der Tannen in die Walzermelodie hinein wie der Ton einer großen Baßgeige. Vor den Fenstern standen Trine, Andree, Annlise, Andrees Mutter, und Margusch, Andrees Tochter, und schauten dem Tanze zu. Britta konnte nicht genug haben, allein Streith wurde schwindlig, und er mußte sich setzen. Britta saß neben ihm, stark atmend, die Lippen halb geöffnet, die Augen blank. »Das war schön«, sagte sie und lehnte ihr heißes Gesicht an Streiths Schulter, »ich glaube, so tanzt man im Himmel.«
Frau von Syrman spielte jetzt eine leise, süße Melodie. Streith beugte sich zu Britta herab. »Du weinst?« fragte er erstaunt.

»Ja, es ist dumm«, erwiderte sie und wischte sich die Tränen aus den Augen, »ich weiß nicht warum, aber plötzlich wurde alles so traurig.«
Besorgt eilte Frau von Syrman herbei. »Das Kind ist nervös«, sagte sie, »zuviel Glück an einem Tage macht nervös. Wir wollen tüchtig ausschlafen und morgen unserem Freunde ein heiteres Gesicht zeigen.«
Streith verabschiedete sich und ging. Von draußen schaute er noch einmal zurück, am Fenster sah er Brittas Gestalt dunkel gegen das helle Zimmer, der Wind fuhr ihr in die Haare und ließ die krausen Haarsträhnen wie kleine, rege Schatten um ihren Kopf flattern.

Britta verlangte von Streith, er solle abends mit ihr an den Bach gehen, um Krebse zu fangen. »Gut«, sagte Streith, »Oskar kann einen Imbiß in den Korb tun und ihn uns nachtragen.«
»Nein«, bat Britta, »nicht der strenge, ältliche Herr, dann können wir nicht lustig sein, Margusch soll den Korb tragen.«
So trug Margusch den Korb mit dem Imbiß und Andree trug die kleinen, runden, an langen Stöcken befestigten Netze. Als sie auf die Wiese kamen, herrschte noch die ruhige Helligkeit, die an Sommerabenden gleich nach Sonnenuntergang über dem Lande zu liegen pflegt. Britta half Andree und Margusch die Köder auf die Netze binden und die Netze in das Wasser stecken. Streith hatte sich auf einen Rasenhümpel gesetzt; die Luft war schwül und drückend, nur der Bach atmete eine feuchte Kühlung aus. Vor Streith lag weites, offenes Land, Äcker, Landstraßen, Pappelalleen, hier und da ein Gehöft, in dem schon ein blasses Licht aufglomm, alles ein wenig farblos und wesenlos in der niedersinkenden Dämmerung. Am Horizonte stand eine violette Wolkenwand, die zuweilen von einem Wetterleuchten vergoldet wurde. »Unwirklich, unglaubhaft«, dachte Streith. Das war das Gefühl, das ihn jetzt immer wieder ergriff, was er erlebte, war hübsch und so, wie er es wollte, und dennoch unwirklich, unglaubhaft. Es schien ihm zuweilen, als lebe er das Leben eines anderen, wie uns das wohl im Traume zu geschehen pflegt.
Britta kam und setzte sich zu ihm. »Andree sagt«, berichtete sie, »es wird Gewitter geben. Es ist hier auch so unheimlich still, es ist so, als ob sie alle auf etwas warteten.«
»Sie warten darauf aufzuwachen«, erwiderte Streith zerstreut.
»Wie?« fragte Britta verwundert.
»O nichts«, meinte Streith, »gehen wir nicht jetzt, die Netze nachzusehen?«
Während Britta dicht an den Bachrand trat, um sich vorzubeugen und das Netz herauszuziehen, stand Streith hinter ihr und hielt sie an ihrem

Gürtel fest. Margusch mit einem Korbe stand neben ihnen, um die Krebse in Empfang zu nehmen. Andree schmunzelte. »Bei einem so stillen Wetterchen«, meinte er, »steigen die Luder wie toll.«
Allerdings waren die Netze ganz voll. Wenn Britta die Tiere vorsichtig mit zwei Fingern aus dem Netze hob, um sie in den Korb zu werfen, dann lachte sie und stieß kleine Schreie aus. Im Korbe rieben die Krebse leise ihre Schalen aneinander, daß es wie Flüstern klang. Aus dem Wasser stieg ein leichter Sumpfgeruch auf, gemischt mit dem Dufte des Schilfes und des Blütenstaubes der Froschlöffel.
»Hübsch«, dachte Streith wieder, »aber unwahrscheinlich.«
Als alle Netze nachgesehen waren, fühlte Britta sich erschöpft; die Luft machte die Glieder schwer. »Jetzt essen wir«, schlug Britta vor. Sie setzten sich auf den Rasen, Margusch trug den Imbiß heran. Britta aß langsam und mit Behagen, trank dazu einen hellen, süßen Wein, und als sie fertig war, lehnte sie sich befriedigt zurück und sagte: »So, nun zünde deine Zigarette an, die riecht so vornehm.«
Die Dämmerung war auf die Wiese herabgesunken, und die Wolkenwand des Horizontes mit ihrem Wetterleuchten war höher gestiegen.
»Eigentlich ist es ein Wetter zum Fürchten«, versetzte Britta, »wenn du nicht da wärest.«
»Und jetzt?« fragte Streith.
»Jetzt ist es gut«, fuhr Britta fort. »Das ist immer so, ein Mensch kann alles gut machen. Wenn ich als Kind in der Sommerdämmerung allein im Bette lag, dann fürchtete ich mich, in jeder Ecke stand etwas, vor dem ich mich fürchtete; aber wenn die Kinderfrau hereinkam, dann war alles fort, und das Kinderzimmer war wieder das alte, gute Kinderzimmer. Ja, so ist es. Hast du dich auch als Kind gefürchtet? Erzähle doch von der Zeit, als du noch nicht ein feiner, vornehmer Herr warst, sondern ein kleines Kind. Warst du glücklich?«
»Ich hatte keinen Grund, nicht glücklich zu sein«, erwiderte Streith sinnend, »ich hatte gütige Eltern, ein älterer Bruder war da, mit dem ich zuweilen raufte, das hat mir aber das Leben nicht weiter verbittert. In der Stadt wohnten wir in einem schönen Hause mit einem großen Garten, nein, ich war nicht unglücklich, aber ich war, glaube ich, ein einsames Kind, was wohl an mir lag. Kinder haben ja stets ihre eigene Welt, von der sie mit den Erwachsenen nicht sprechen, weil sie ja doch nicht verstanden werden. Meine Welt muß besonders kraus gewesen sein, denn ich war besonders schweigsam. Ich war gern allein und spielte so für mich hin. Das Haupterlebnis aber dieser Kinderjahre war Deborah.«
»Deborah?« fragte Britta und richtete sich auf. »Erzähle doch.«

»Mein Kinderzimmer lag an der Schmalseite des Hauses«, fuhr Streith fort. »Ihm gegenüber durch eine enge Straße getrennt lag die Schmalseite eines anderen, schönen Hauses, das reichen Juden gehörte. Diese Leute hatten eine einzige Tochter, Deborah, die in meinem Alter war. Das Fenster von Deborahs Kinderzimmer lag dem Fenster unseres Kinderzimmers gegenüber, und sie liebte es, stundenlang auf dem Fensterbrette zu sitzen und zu mir herüberzuschauen, während ich an unserem Fenster stand und zu ihr hinübersah. Deborah zu bewundern war für mich ein großer, erregender Genuß, und ihr schien es Vergnügen zu machen, sich von mir bewundern zu lassen. Ich fand sie sehr schön; sie hatte schwarze, blanke Locken, ein kleines, gelbes Gesicht und große, dunkle Augen. Sie war auch meiner Ansicht nach immer prachtvoll gekleidet, ich erinnere mich eines roten Kleides mit einer Goldspitze und eines gelben Kleides mit weißen Spitzen. Zuweilen, wahrscheinlich wenn die Mutter nicht zu Hause war, holte Deborah eine goldene Kette mit einem grünen Edelstein hervor und wand sie sich um den Kopf. Dann saß sie regungslos da wie ein kleines Götzenbild und ließ sich von mir anstaunen. Auch sonst beschäftigte Deborah stark meine Phantasie.«

»Du warst verliebt in sie«, schaltete Britta ein.

»Vielleicht«, meinte Streith, »obgleich die Liebe in den Jahren doch anders aussieht als unsere Liebe späterer Jahre. Ich erinnere mich nicht, mich danach gesehnt zu haben, Deborah näherzutreten, mit ihr zu sprechen oder sie zu umarmen und zu küssen. Was ich wünschte, war, Deborah selbst zu sein, so schön wie sie zu sein, solche langen Locken und großen Augen wie sie zu haben, solche schönen Kleider zu tragen und eine goldene Kette mir um den Kopf zu winden. Das war es, was ich wollte. Ich erträumte mir Lebenslagen, in denen ich Deborah war; ich selbst kam mir dabei sehr gering vor, und ich litt unter dem bitteren Gefühl, nur ein häßlicher kleiner Junge zu sein.«

»Seltsam«, sagte Britta. »Und was wurde aus ihr?«

»Eine Zeitlang erschien Deborah nicht mehr an ihrem Fenster«, erzählte Streith weiter, »ich hörte, sie sei krank, und dann sagte man mir, sie sei gestorben. Das erregte mich sehr, ich lief in den Garten hinaus, warf mich auf den Rasen hin und dachte an Deborah. Ich entsinne mich noch gut dieses Spätsommernachmittages mit seinen vielen bunten Dahlien und Astern und den Spinnweben, die durch die Luft flogen. Ich kann nicht sagen, daß ich um Deborah trauerte, der Tod erschien mir als eine große Ehre, wie sie nur einem so hübschen kleinen Mädchen widerfahren konnte, er erhöhte sie in meinen Augen, hob sie hoch über mich empor, denn solche häßlichen kleinen Jungen wie ich sterben nicht. Jetzt wünschte ich nur noch eins: Deborah zu sehen. Ich ging auf die Straße hinaus, trieb mich vor der Tür des Judenhauses umher und wagte mich endlich bis in den Flur vor. Dort stand ein alter Mann mit langem, weißem Bart. ›Du willst wohl unsere Kleine sehen?‹ sagte er freundlich, nahm mich bei der Hand und führte mich in einen Saal. Dort waren viele Menschen, Damen in schwarzen Kleidern und schwarzen Schleiern, Herren in schwarzen Röcken. Auf großen silbernen Kandelabern brannten Kerzen, und sehr viel Blumen machten die Luft des Zimmers schwer und süß. Mitten aber zwischen den Kerzen und Blumen lag Deborah in einem weißen Sarge, ihre Augen waren geschlossen, ihr Gesicht erschien mir schmäler und gelber noch als sonst, umrahmt von den langen, schwarzen Locken. Sie trug ein weißes Seidenkleid, und in die kleinen, gelben Hände hatte man ihr eine Lilie gelegt. Was mich aber besonders entzückte, waren die kleinen, steifen Füße, die in Goldschuhen steckten. Atemlos vor Bewunderung sah ich Deborah an, ich glaubte nie etwas Schöneres gesehen zu haben. Nach einer Weile führte der alte Herr mich wieder hinaus. Ich ging in den Garten, warf mich platt auf den Rasen hin, und jetzt weinte ich, ich weinte, weil ich nicht auch so daliegen konnte zwischen Kerzen und Blumen im weißen Seidenkleide mit Goldschuhen, um mich her weinende Damen und feierliche alte Herren.«

»Die arme Deborah«, sagte Britta und stützte ihren Kopf an Streiths Schulter. »Aber sage, wünschest du jetzt auch zuweilen, du wärest ich?«

Streith lächelte: »Jetzt ist es anders; aber es ist möglich, daß in der Liebe zu dir manchmal etwas von dem alten Knabengefühle auftaucht.«

»Und sag«, fragte Britta weiter, »wenn du ich wärest, wie wäre es dann?«

»Gut«, erwiderte Streith, »ich glaube, es müßte köstlich warm in den Adern brennen.«

»Ach, du Armer, dich friert«, rief Britta, und sie umschlang ihn mit ihren Armen, schmiegte sich eng an ihn, freigebig mit ihrem jungen Körper, stolz darauf, dem anderen wohlzutun.

Der Himmel bewölkte sich, die steigende Wolkenwand verschlang einen Stern nach dem andern, häufige Blitze fuhren durch sie hin, und in der Ferne grollte der Donner. »Wir müssen machen, daß wir nach Hause kommen«, mahnte Andree, »es ist schneller heraufgekommen, als ich dachte.«

»Gehen wir«, sagte Streith und legte Brittas Arm in den seinen.

Große, lauwarme Tropfen begannen niederzufallen. Im Walde war es sehr finster, der Regen raschelte und raunte in den Zweigen, zuweilen erhellte ein Blitz das Land, groß und schwarz standen die Tannen in dem blauen Licht. Dann schaute Streith in Brittas Gesicht, blaue Funken sprühten in ihren Augen, sie warf den Kopf zurück und lächelte zu dem Blitz hinauf.

»Ich denke«, sagte die Fürstin zu der Baronin Dünhof und schaute dabei sinnend ihre Tochter an, »ich denke, wir müssen für die Kleine so etwas wie ein Feld der Tätigkeit finden. Sie könnte in die Sonntagsschule der Pfarrerstöchter gehen, vielleicht faßt sie dafür ein Interesse. Auch plane ich monatliche Zusammenkünfte der Damen der Nachbarschaft bei mir. Wir würden Handarbeiten machen, die zugunsten der Mission verkauft werden, und der Pastor könnte uns einen Missionsbericht vorlesen.«
»Wie hübsch«, sagte die Baronin.
Marie zog die Augenbrauen zusammen und machte ihr verstocktes Gesicht; sie sah die Notwendigkeit dieser Pläne nicht ein. Schon die täglichen Beschäftigungen, das Lesen und Spazierengehen mit Fräulein von Dachsberg, die Spazierfahrten mit ihrer Mutter empfand sie als Störungen, ihr gab ihre Liebe genug zu tun. Oft wunderte sie sich selbst darüber, daß Liebe das Leben so ausfüllen konnte. Zuweilen war es nur ein Stilliegen im Sonnenschein, ein Hinaufstarren in den Himmel, während das Fühlen des großen Erlebnisses wohlig das Blut erwärmte. Allein auch das schon hielt Marie für viel wichtiger als alle Sonntagsschulen und Missionskränzchen. Die Hauptsache jedoch waren die Briefe an Felix. Bis tief in die Nacht hinein saß sie auf, um diese langen Briefe zu schreiben, in die sie ihre ganze Seele legte. Wenn sie solch einen Brief wieder durchlas, erstaunte sie über den Reichtum an Gefühlen, die sie in sich entdeckte. Abgesandt wurden diese Briefe allerdings nicht, sondern sorgsam im Schreibtisch verschlossen, dennoch gaben sie ihr ein erregendes Glück. Bald jedoch genügte Marie das nicht mehr, sie wollte Antwort haben, und so schrieb sie denn in Felixens Namen auch die Antwort, Briefe voll zärtlicher Leidenschaft, und das war noch ergreifender, als die eigenen Briefe zu schreiben. War solch ein Brief fertig, dann steckte sie ihn zu sich, ging in den Park, setzte sich auf die Bank, auf der sie mit Felix gesessen, und las den Brief. Oder sie schlich zur Kiesgrube hinaus, lag dort, wo sie mit Felix gelegen hatte, die Wangen gerötet, die Augen schimmernd und weit offen, und in der fiebernden Mädchenphantasie bekamen Felix, sie selbst, ihre Liebe, ein seltsam unwirkliches, mythisches Leben, das weit ablag von dem stillen Getriebe des Gutheidener Alltags.
Eines Abends saßen die Herrschaften zur gewohnten Zeit bei dem Diner. Jetzt, da Streith nicht mehr erschien, waren die Diners uninteressant. Die Fürstin sprach wenig, und der Baron Fürwit versuchte es zwar, die

Unterhaltung zu leiten, es fiel ihm jedoch nicht viel ein. Heute machte er ein angeregtes Gesicht; das war ein Zeichen, daß er eine Neuigkeit mitzuteilen hatte, und sobald man bei Tische saß, begann er: »Die armen Dühnens!«

»Warum?« fragte die Baronin Dünhof. »Macht Felix ihnen wieder Sorge?«

»Ja«, berichtete der Baron, und sein Gesicht nahm einen betrübten Ausdruck an, »der junge Mann ist wieder zu Hause, und dieses Mal ist es mit dem Dienste vorbei. Schlichter Abschied. Eine böse Spielaffäre, eine ganz böse Geschichte.«

»Die arme Mutter!« meinte die Fürstin.

»Und der Vater«, fuhr der Baron Fürwit fort, »wir kennen ja Dühnen, der redet sich in einen Fanatismus der Härte hinein; der Junge taugt nichts, sagt er, also fort mit ihm nach Amerika, ich habe noch zwei Jungen, vielleicht geraten die besser.«

»Wie schrecklich«, sagte Fräulein von Dachsberg, und der Major sagte düster: »Jetzt kostet so etwas nur eine Reise nach Amerika, zu meiner Zeit überlebte ein Offizier nicht leicht eine solche Affäre.«

Niemand antwortete darauf, Baron Fürwit sah den Major mißbilligend an; er fand es taktlos, vor den Damen so etwas zu sagen.

Maries Herz begann stark zu schlagen, aber sie richtete sich gerade auf, schaute auf ihren Teller nieder und faltete ihre kalten Hände krampfhaft über der Serviette. Jetzt nur nicht weinen, dachte sie, jetzt nur nichts merken lassen.

Die Unterhaltung nahm eine andere Wendung; die Fürstin sprach von einem Missionar, der im Dorfe predigen sollte.

»Ja«, sagte Baron Fürwit, »er kommt aus Bir-kir-kra.«

Das Wort gefiel ihm, er wiederholte: »Bir-kir-kra.«

Fräulein von Dachsberg lachte und behauptete, so etwas gäbe es nicht. Lautlos gingen die Diener um den Tisch, schenkten Wein ein und reichten den Nachtisch herum.

Marie konnte ruhig sein; sie alle merkten nichts davon, daß das junge Mädchen, das so wohlerzogen gerade unter ihnen saß, zitternd auf dem Posten stand vor der Not ihrer Seele, damit sie sich niemand verrate.

Nach dem Diner blieb die Gesellschaft im Gartensaale. Die Baronin Dünhof und Baron Fürwit spielten Halma, Fräulein von Dachsberg las aus der »Revue des deux Mondes« vor, während die Fürstin sich mit einer Stickerei beschäftigte.

Marie setzte sich abseits von den anderen in eine dunkle Ecke; sie zog die Knie an sich, kauerte sich fröstelnd in den großen Sessel hinein und saß dort ganz stille. In ihr aber klagte es: Was soll ich tun? Was soll ich tun? Felix ist in Not, Felix ist von allen verlassen und verstoßen, Felix muß für immer fort, was soll ich tun? Und während dieses Grausame geschieht, können sie hier sitzen, als wüßten sie von nichts. Fräulein von Dachsberg liest mit ihrer tiefen, belehrenden Stimme, Baron Fürwit meckert sein leises Lachen, das er stets hören läßt, wenn er eine Partie gewonnen hat. Wie Marie all diese herzlosen, tiefberuhigten Menschen haßte.

Während der schlaflosen Nacht faßte Marie ihren Beschluß. Sie mußte Hilda sprechen, und sie mußte Felix sehen.

Am nächsten Morgen äußerte Marie den Wunsch, nach Schlochtin zu fahren.

Die Fürstin war nicht zufrieden damit. »Was willst du bei dieser unruhigen Familie?« fragte sie. Als sie jedoch das angstvolle Gesicht ihrer Tochter sah, fügte sie hinzu: »Gut, gut, fahre; die Baronin Dünhof wird dich begleiten.«

Am Nachmittage fuhren Marie und die Baronin Dünhof nach Schlochtin. Dort schien der Besuch nicht gelegen zu kommen. Die Baronin Üchtlitz selbst war nicht sichtbar, die Töchter empfingen die Gäste mit bleichen, verstörten Gesichtern, und als die Gesellschaft auf der Gartenveranda beisammen saß, kostete es ersichtliche Anstrengung, eine unbefangene Unterhaltung zu führen. Hilda saß abseits und schwieg.

Marie mußte sie bewundernd anschauen, denn ein Ausdruck hochmütiger Entschlossenheit verschönte seltsam das blasse Gesicht.

Endlich erschien die Baronin Üchtlitz, sie setzte sich zu ihren Gästen, nahm zerstreut am Gespräche teil und bat dann die Baronin Dünhof, mit ihr in das Wohnzimmer zu kommen.

»Und wir gehen in den Garten«, sagte Marie zu Hilda.

Diese stand schweigend auf und bot Marie den Arm.

Sobald die beiden Mädchen allein im Garten waren, begann Marie: »Was ist es mit Felix?«

»Felix«, erwiderte Hilda ruhig, »Felix hat eine große Dummheit begangen. Ich wußte, daß es so kommen würde. Er hat sein Leben hier verdorben, aber was will das heißen? Die Welt und das Leben sind ja weit.«

»Muß er fort?« fragte Marie weiter.

Hilda schaute zu den Kastanienzweigen auf, unter denen sie hingingen, und sagte feierlich: »Felix geht fort, und ich gehe mit ihm.«

»Du?« Maries Augen wurden groß und klar vor Erstaunen.

»Ja, ich gehe mit ihm«, fuhr Hilda fort, »denn sonst ist er verloren. Er ist so schwach und leichtsinnig; ich werde ihm helfen, ein neues Leben zu beginnen und ein Mann zu werden. Wir haben uns verlobt.«

»Und deine Eltern?« forschte Marie.
Hilda zuckte die Achseln: »Es tut mir sehr leid, daß meine Eltern nicht damit einverstanden sind, aber ich bin in dem Alter, selbst über mich zu bestimmen. Ich gehöre ja nicht meinen Eltern, sondern mir und Felix.«
Marie schwieg einen Augenblick, und dann brach es erregt aus ihr hervor: »Liebst du ihn denn?«
Hilda lächelte: »Wie du fragst, Kleine. Natürlich liebe ich ihn.«
»Und er?« fragte Marie. »Liebt *er* dich?«
»Ach ja«, erwiderte Hilda nachdenklich, »gewiß liebt er mich, aber wie die Männer schon lieben, das ist unsicher und flackernd, bis wir Ordnung schaffen.«
»Das verstehe ich nicht«, rief Marie mit blitzenden Augen, »das ist doch nicht möglich!«
»Warum soll das nicht möglich sein?« meinte Hilda. »Ah so, du meinst dieses Frühjahres wegen. Mein Gott, so etwas ist doch vorüber, wenn das Leben ernst wird. Gut, ihr habt zusammen in der Fliederlaube gesessen. Das ist so eine Urlaubsunterhaltung, eine Spielerei, wie die Männer sie nötig haben. Kannst du ihm denn helfen, kannst du ihn denn retten? Kannst du ihm etwas sein? Du weißt ja in deinem Schlosse nicht einmal, was das Leben ist. Wenn du einmal ohne Erlaubnis in den Park gehst, glaubst du, du hast viel für ihn getan. Aber jetzt ist es nicht die Zeit, an solche Kindereien zu denken, jetzt geht es ums Leben.«
Marie wurde ganz rot, und das Weinen war ihr nahe. »Ich weiß, du hast immer so gesprochen«, sagte sie, »du hast immer so getan, als sei es lächerlich, daß einer mich liebt, als sei es eine Kinderei und Spielerei und Dummheit. Nur wenn einer dich liebt, dann ist es Ernst. Du warst immer eifersüchtig und wolltest ihn für dich haben.«
Hilda lächelte mitleidig: »Armes Hühnchen, rege dich nicht auf. Es war unrecht von Felix, aber die Männer sind nun einmal so. Es tut vielleicht ein bißchen weh, aber du wirst es bald vergessen. Du wirst einen anderen finden, der mit dir in der Fliederlaube sitzt.«
Unter dieser Beleidigung beugte Marie den Kopf und schwieg. Diesem selbstbewußten, stolzen Mädchen gegenüber fühlte sie sich ganz schwach und hilflos, und als sie zu sprechen begann, klang es wie ein Wimmern: »Ich will Felix sehen.«
»Wozu?« meinte Hilda. »Was könnt ihr euch noch zu sagen haben!«
Sie waren die Kastanienallee hinabgegangen und gelangten an einen Teich. Dort stand Felix im hellen Sommeranzug, den Strohhut auf dem Kopf, und ließ flache Kiesel über das Wasser springen.
»Da ist er!« rief Marie.

Felix hatte die Kommenden gesehen und schlenderte ihnen langsam entgegen. Er grüßte und lächelte ein verlegenes Lächeln.

»Ich habe die Ehre, meine Damen.«

»Warum bist du hier?« fragte Hilda streng.

Felix lachte. »Warum soll ich nicht hier sein? – Sie sehen, Prinzessin«, wandte er sich an Marie, »wie ich hier empfangen werde. Darf ich mich nach dem Befinden erkundigen?« fügte er höflich hinzu.

»Ich danke«, antwortete Marie und wurde blaß bis in die Lippen.

»Es ist heute wieder sehr schwül«, fuhr Felix fort. »Ein merkwürdiges Jahr; schon im Mai beginnen die Hundstage.«

»Ja, es ist sehr heiß«, stimmte Marie zu. Eine große Schwäche machte ihr das Stehen schwer. Vor ihren Augen begannen die Blätter der Bäume und die Sonnenstrahlen zu schwingen und sich zu drehen, dann wurde es dunkel, und sie sank lautlos auf den Rasen nieder.

Als sie wieder zu sich kam, fühlte sie, daß ein feuchtes Tuch ihr auf die Stirn gedrückt wurde. Sie war noch zu matt, um die Augen zu öffnen oder sich zu regen, sie hörte jedoch, wie Hilda und Felix leise miteinander sprachen.

»Sie kommt schon zu sich«, sagte Hilda.

»Die arme Kleine«, erklang Felixens mitleidige Stimme.

»Jetzt ist Mitleid billig«, bemerkte Hilda scharf. »Warum machst du solche Sachen?«

»Ich wußte nicht, daß sie das so schwer nimmt«, meinte Felix. »Wenn sie es nur übersteht.«

Hilda lachte leise: »Das ist so eure Eitelkeit, du verlangst wohl noch, daß sie deinetwegen an gebrochenem Herzen stirbt? Du kannst ruhig sein, sie wird ohne dich ganz friedlich ihr Prinzessinnenleben abhaspeln.«

Marie öffnete die Augen, Hilda beugte sich über sie und fragte: »Ist dir besser, Kleine?«

Ja, es war vorüber und sie versuchte sich aufzurichten. Felix und Hilda halfen ihr. »Gehen wir nach Hause«, sagte sie und stützte sich auf Hildas Arm.

»Es ist die große Hitze«, meinte Felix, »ich wünsche gute Besserung.«

Marie neigte ein wenig den Kopf, dann gingen die beiden Mädchen schweigend dem Hause zu.

Dort erwartete sie die Baronin Dünhof, und der Wagen stand zur Abfahrt bereit.

Die Sonne ging sehr festlich unter, rote Wolken loderten wie große Flammen am Himmel hinan, die Dorfstraße war voll Kinder, die berauscht von dem roten Lichte lärmten und wilde Tänze aufführten. Marie

schaute gleichgültig auf das Getriebe, in ihr war es leer und tot. Was sollte sie denken, was sollte sie fühlen?
Im Schloß ging die Baronin Dünhof sogleich zur Fürstin, um dieser mitzuteilen, was sich in Schlochtin ereignet hatte, und als Marie in das Zimmer trat, rief die Fürstin ihr klagend entgegen: »Mein armes Kind, hast du all diese Dinge anhören müssen, du bist ganz blaß.« Sie nahm Maries Hände. »Ich glaube, sie fiebert«, sagte sie. »Es ist wohl am besten, sie geht zu Bett.«
Marie war auch das recht, sie wurde zu Bett gebracht, sie lag still da in der Sommerdämmerung, später kam die Lampe, Malwine kam, saß bei der Lampe und strickte, und ihr Schatten fiel groß und grau auf die Wand, und wenn Marie ihn mit halbgeschlossenen Augen ansah, dann schien er zu wachsen, immer zu wachsen. Sonst war ja nichts da, nur der große, graue Schatten, der alles verschlang.

»Also ich bin krank«, sagte sich Streith, als er nach einer Nacht voll qualvoller Schmerzen am Morgen todesmatt in seinem Bette lag. Das war nicht vorausgesehen. Immer diese unnützen Überraschungen. Jetzt wartete er ungeduldig auf den Arzt. Endlich ließ sich im Vorzimmer Doktor Rucks frische, laute Stimme vernehmen: »Was? Der Herr Graf hat Schmerzen? Was habt ihr denn angefangen? So etwas!« Dann kam er zu Streith, die Backen rot, der runde Schädel voll kurzgeschnittener, blonder Haare, die kurzsichtigen braunen Augen blank hinter den großen Brillengläsern.
»Was, Graf, Schmerzen?« rief er schon an der Tür. »Wo haben Sie die her?«
»Das weiß ich nicht«, erwiderte Streith grimmig, »das ist für die Behandlung auch unwesentlich.«
»So, so, unsere Laune ist nicht die beste«, stellte der Doktor fest.
»Wenn Sie, lieber Doktor«, sagte Streith, »das Gefühl hätten, als ob Hunde Sie zerfleischen und dabei so matt wären, daß Ihre eigene Haut Sie drückte wie ein schlecht gemachter, zu schwerer Wintermantel, dann würde Ihre Laune auch nicht die beste sein.«
»Sehr möglich«, gab der Doktor zu, »nun, wir wollen nachsehen.«
Er beugte sich über den Kranken, um ihn zu untersuchen. »Eine dumme Geschichte«, brummte er, »ein rheumatisches Fieber, daß das schmerzt, glaube ich. Und unser Herz mischt sich auch da hinein, das muß bei allem dabei sein. Ich will mal etwas aufschreiben.«
Er ging seine Rezepte schreiben, besprach mit Oskar die Verordnungen, mit Frau Buche die Diät, und als er wieder händereibend vor Streiths Bette

stand, sah er diesen verheißungsvoll an: »Wir werden es schon machen, die Pulver werden den Schmerz benehmen, und unser Herz werden wir zur Ordnung rufen.«

»Sagen Sie, Doktor«, begann Streith nachdenklich, »es wird allgemein geklagt, die Leute hätten heutzutage kein Herz, und das, was sich am schnellsten abbraucht, ist doch immer das Herz.«

»Freilich«, meinte der Doktor, »nur, fürchte ich, ist es nicht die Nächstenliebe, die es abbraucht.«

»So, meinen Sie?« sagte Streith. »Möglich. Setzen Sie sich noch ein wenig her, Doktor. Sie haben so etwas Belebendes.«

Der Doktor setzte sich und lächelte geschmeichelt. »Belebend?« wiederholte er. »Nun ja, das ist auch mein Beruf.«

»Ein schöner Beruf«, meinte Streith. »Was gibt es denn Neues?«

Der Doktor dachte nach: »Ich wüßte nicht, doch ja: die alte Exzellenz im Schlosse ist auch krank, eine Lungenaffektion. Bei seinem hohen Alter bedenklich.«

»Also der Alte auch«, murmelte Streith. »Sehen Sie, Doktor, wenn man so bedenkt, wer alles stirbt, so kann man den Respekt vor dem Tode verlieren.«

»Ein Privilegium ist der Tod nicht«, erwiderte der Doktor ein wenig gereizt.

Streith seufzte: »Ach, Doktor, Sie sind ein Demokrat.«

Der Doktor lachte: »Gut, gut, mit dem Philosophieren geht es noch. Ich schaue heute abend wieder nach. Guten Morgen.« Damit ging er.

Streith schloß die Augen und begann wieder aufmerksam der stillen Arbeit der Krankheit in seinem Körper zu folgen. Als die Pulver kamen und er eins genommen hatte, schlief er ein wenig.

Er erwachte von einem leichten Geräusch an seinem Bette. Er schlug die Augen auf, da saß Britta auf einem Stuhle an seinem Bette, sehr gerade, und die dunklen, strahlenden Augen waren angstvoll und gespannt auf ihn gerichtet. »Wie muß ich ausschauen«, dachte Streith, »daß sie mich so ansieht.« Er versuchte zu lächeln: »Du bist es, Kind?«

»Doktor Ruck sagt, du seiest krank«, begann Britta, »da sind wir gekommen. Wie geht es dir jetzt?«

»Nicht gut«, erwiderte Streith.

Brittas Augen wurden größer und angstvoller: »Das tut mir sehr leid.«

»Nichts zu machen«, meinte Streith. »Was hast du denn getrieben?«

»Ich? O nichts. Ich weiß nicht.« Sie errötete, sie fühlte, jetzt müsse sie etwas erzählen, um den Kranken zu unterhalten, sie fand jedoch nichts. Vorsichtig wurde die Tür geöffnet, und Frau von Syrman trat in das

Zimmer. Mit ihren kleinen Schritten und unter dem leisen Klingeln ihrer Armbänder kam sie bis an das Bett, blieb stehen und drohte mit dem Finger: »Schwiegersohn, Schwiegersohn, was Sie uns für Sorgen machen. Als wir hörten, daß Sie krank seien, war meine Kleine nicht mehr zu halten. Sie müssen ihr schon erlauben, bei Ihnen zu sein. Kann ich nicht etwas tun? Soll ich nicht Ihre Kissen richten? Kranke haben mir gesagt, ich hätte eine besonders glückliche Hand darin.«

»Ich danke«, erwiderte Streith abweisend. »Oskar macht das sehr gut.«

»Das ist ja schön«, versetzte Frau von Syrman und schaute sich im Zimmer um, »aber soll ich nicht das Fenster schließen, es geht draußen ein kleiner Wind.«

»Ich bitte, das Fenster offen zu lassen«, entgegnete Streith nachdrücklich.

»So, so.« Frau von Syrman wurde unsicher. »Du bleibst wohl noch hier, Kind? Ich glaube, zwei sind zuviel für das Krankenzimmer. Auf baldige gute Besserung, lieber Schwiegersohn.« Damit ging sie.

Streith und Britta schwiegen eine Weile. Streith verzog schmerzhaft sein Gesicht, und endlich sagte er: »Im Garten soll eine Rose aufgeblüht sein, die ›Baronin Rothschild‹. Willst du nicht hinausgehen und sie dir ansehen?«

»Ja«, erwiderte Britta gehorsam, stand auf und ging hinaus.

Nun lauschte Streith auf die Stimmen und Schritte im Nebenzimmer, er hörte Frau von Syrmans spitze Absätze auf und ab klappen. Jetzt geht sie und faßt meine Sachen an, dachte er ingrimmig. Im Garten begann Roller laut zu bellen. Streith klingelte. Als Oskar kam, fragte er ungeduldig: »Warum bellt Roller?«

»Das gnädige Fräulein läuft mit ihm um den Rasenplatz«, berichtete Oskar.

»Roller soll hereingerufen werden«, befahl Streith, »und zu mir wird niemand mehr hereingelassen, ich schlafe.« Damit kehrte er sich der Wand zu.

Streith hatte eine schlimme Nacht. Am Tage lag er in leichtem Schlummer oder wachte über seine Schmerzen. Er beobachtete, wie sie kamen, zunahmen, nachließen, wieder mit neuer Kraft einsetzten; diesen Feind zu studieren war ihm eine peinvolle und ermüdende Aufgabe. Für die Phantasie des Fiebernden nahmen die Schmerzen Gestalt an, er sah das graue Hundegesicht mit den bleichen Augen und den gelben Zähnen, das sich wütend in seine Glieder verbiß.

Am Nachmittage, während Streith im Halbschlafe dalag, fühlte er, daß jemand neben seinem Bette saß. Er wußte, es war Britta; er wußte, jetzt sah sie ihn mit ihren großen, angstvollen Augen an, der Stuhl, auf dem sie saß, knarrte leise. Eine Weile konnte er sich nicht entschließen, die Augen zu öffnen, er war zu müde, um zu lächeln, zu sprechen. Endlich schlug er doch die Augen auf, Britta saß an seinem Bett, sie trug ihr rotes Sonntagskleid. Sie mußte schnell gegangen sein, denn das Gesicht war ganz rosig unter dem Gewirr schwarzer Haare; auf ihren Knien lag ein großer Strauß gelber Trollblumen, der einen leichten Geruch von Honig und feuchten Blättern um sich verbreitete.

»Guten Tag, Kind«, sagte Streith leise.

»Guten Tag«, erwiderte Britta, »wie geht es dir?«

»Nicht gut«, meinte Streith. »Schöne Blumen.«

»Ja, ich habe dir einige Trollblumen gebracht.«

»So, blühen die noch?«

»Ja, die blühen noch.«

Streith wurde unruhig, die Gewaltsamkeit der Farben an dem Mädchen, der Glanz der Augen, das starke Blühen dieser Jugend, dieses Leben bedrückten ihn und taten ihm weh. Er sah zur Decke auf, sein hageres Gesicht mit der kühn geschwungenen, bleichen Nase sah streng und unzufrieden aus. »Liebes Kind, ich wollte dir etwas sagen«, begann er.

»Ach ja«, rief Britta und beugte sich vor, bereit, etwas für ihn zu tun.

»Es ist sehr liebenswürdig von dir und deiner Mutter, zu mir zu kommen«, fuhr er fort, »sehr liebenswürdig, und ich bin äußerst dankbar dafür. Aber siehst du, der Mensch, wenn er krank ist, ist eben ein anderer; er ist eigentlich nur ein halber Mensch und ein uninteressantes, unliebenswürdiges Wesen. Auch bin ich gewohnt, allein zu sein, wenn ich krank bin. Krankheit ist nun einmal eine einsame Sache, Ruhe brauche ich, sonst nichts. Und du, was sollst du in einem Krankenzimmer? Du gehörst in den Wald und in den Sonnenschein. Wenn es besser geht, schicke ich nach dir, aber bis dahin–«

Britta schlug beide Hände vor das Gesicht und begann zu schluchzen.

Ungeduldig zog Streith die Augenbrauen zusammen: »Warum weinst du?« fragte er. »Da ist ja nichts zu weinen.«

Sie aber glitt von ihrem Stuhl herab, kniete vor dem Bett, beugte sich auf seine Hand nieder und stöhnte: »Du magst mich nicht mehr.«

»Ach, Kind«, sagte Streith müde, »wie habe ich deine Jugend, deine Schönheit angebetet. Jetzt möchte ich, daß es ein wenig stille um mich ist. Später vielleicht gehen wir wieder zusammen in den Wald oder wir tanzen zusammen in der blauen Stube. Vielleicht, wer kann das wissen.«

Britta erhob den Kopf, ihr Gesicht war von Tränen überströmt, und mit einer Stimme, die heiser vom Weinen war, sagte sie böse: »Warum mußt du krank sein!«

»Das weiß ich nicht«, erwiderte Streith, »geh jetzt, Kind.«
Britta stand auf und verließ das Zimmer, den Kopf gesenkt, wie ein gescholtenes Kind.
Sie ging hinaus in den Wald, gerade vor sich hin, und während sie ging, flossen die Tränen über ihr Gesicht, sie weinte über Streith, über sein bleiches, kummervolles Gesicht, das sie so fremd und alt angesehen hatte, aber sie weinte auch aus Zorn, am liebsten hätte sie laut in den Wald hineingescholten: »Warum das, warum das? Krank sein, Sterben, das verdirbt alles, das zerstört alles. Warum?« Sie ging, bis sie müde wurde, dann warf sie sich auf das Moos nieder, lag regungslos da und horchte in sich hinein, auf die ungewohnte Klage ihres ganzen Wesens.
Sie mochte lange dort gelegen haben, denn ihre Haare und ihre Kleider wurden feucht vom Nachttau, sie sprang auf, tiefe Dämmerung herrschte unter den Bäumen, der Wald war ganz still, und Nebel schlichen über den Sumpf. Britta fürchtete sich, zum ersten Male fürchtete sie sich im Walde und begann schnell zu gehen, sie wußte nicht, wohin, nur nach Hause wollte sie nicht. Jetzt in der blauen Stube bei der Lampe sitzen und ihre Mutter sprechen hören, das konnte sie nicht. Auf einer kleinen Lichtung sah sie sich um, grau in der grauen Dämmerung stand hier das Häuschen der alten Annlise, dahin wollte sie. Britta kannte Annlise gut, sie war Andrees Mutter und Marguschs Großmutter. Früher, wenn Frau von Syrman verreiste, mußte Annlise kommen, auf die kleine Britta achtgeben.
Britta trat in das Häuschen. Die niedrige Stube war finster, nur die glimmenden Kohlen des Herdes warfen ihren roten Schein in die Dämmerung. Es roch hier nach Rauch und den Kräutern, die Annlise zu sammeln pflegte. Aus einer Ecke tönte leises Schnarchen, Margusch war es, die dort schlief, Annlise saß müßig vor ihrem Herde. »Was ist das, mein Fräulein kommt so spät?« sagte sie.
»Ja, Annlise«, erwiderte Britta, »ich komme zu dir, nach Hause will ich nicht, ich bleibe bei dir.«
»So, so«, brummte die Alte, »komm nur her.«
Britta setzte sich auf einen Schemel zu Annlise; jetzt in der sanften Wärme des Herdes fühlte sie, daß sie müde war und gefroren hatte.
»Mein Fräulein ist ja naß«, sagte Annlise und strich mit der Hand über Brittas Haar, »was ist denn geschehen? Dein Herr ist krank, ich habe es gehört, ist es denn so schlecht? Jung ist er ja auch nicht mehr.«
Da fuhr Britta auf: »Warum sprichst du so, Annlise? Ich glaubte, bei dir wird es ruhig und gemütlich sein, und nun sprichst du solche Dinge.«
»Ich sag' ja nichts, sei nur ruhig«, meinte die Alte.

Britta schwieg einen Augenblick und schaute in die Kohlen, dann fragte sie: »Fürchtest du dich vor dem Tode?«
»Was soll ich mich fürchten?« brummte die Alte. »Ich habe mich genug geplagt im Leben, was kann der Tod mir tun?«
Das klang so beruhigend, fast gemütlich. »Ich bin hungrig«, sagte Britta.
»Brot haben wir heute gebacken«, erwiderte Annlise, stand auf, holte eine Tasse Milch und ein Stück Brot. »Iß, Kind, iß«, sagte sie.
Britta trank und aß, jetzt fühlte sie sich hier sicher und geborgen, und als sie satt war, wurde sie heiterer. »Jetzt, Annlise«, sagte sie, »mußt du erzählen, aber nichts Trauriges. Erzähl' so was von Liebe. Wie war es, als Andrees Vater dich liebte?«
»Da ist nicht viel Gutes zu erzählen«, antwortete Annlise, aber Britta drängte sie: »Erzähle, erzähle.«
»Nun, er war hier beim Grafen bei den Pferden, der Peter«, begann die Alte, »ich war bei der Wäsche. Damals wurden die Arbeitspferde im Sommer bei Nacht auf den Klee getrieben, um zu weiden. Er hatte eine kleine Holzhütte auf Rädern, so wie ein Hundehaus, die schob er sich auf das Feld, und da konnte er hineinkriechen, wenn es regnete. Nun, wie Marjellen schon sind, ich ging damals oft des Nachts zu dem Peter hinaus auf das Feld.«
»Das war hübsch«, schaltete Britta ein.
»In den hellen Nächten war es ganz gut«, fuhr die Alte fort, »aber später, wenn die Nächte dunkel wurden, da hatten wir unsere liebe Not. Immerfort mußte der Peter nach den Pferden sehen, viel Zigeunervolk trieb sich damals hier herum, leicht konnte einer ein Pferd fortführen, ohne daß der Peter und der Hund es merkten. Wenn nun der Peter fort war, um nach den Pferden zu sehen, dann saß ich allein vor der Hütte, und da fürchtete ich mich zuweilen, besonders auf dem einen Felde, bei dem das Wasser ganz nahe ist, in dem der lange Jakob ertrank. Besoffen ist er da bei Nacht hineingegangen, nur seinen Hut und Stock fand man, ihn selbst hat man nicht gefunden, so tief ist das schwarze Wasser dort. So sitze ich einmal vor der Hütte, die Nacht ist ganz schwarz und mir so eigen zumute. Da merke ich, daß einer vor mir steht, ich denke, es ist der Peter. ›Bist du es, Peter?‹ fragte ich. Er antwortet nicht, ich fühle aber, wie es ganz kalt zu mir herüberkommt, als ob ein Windchen den Nebel vom Wasser heranbläst, und ich rieche auch einen ganz starken Geruch nach Schlamm und Sumpf. Da weiß ich, es ist der lange Jakob. Vor Furcht kann ich nicht sprechen, und ich zittere nur so am ganzen Leibe. Da höre ich, wie er einmal ganz tief aufseufzt, dann höre ich nichts mehr. Als der Peter kommt, frage ich ihn: ›Warst du eben hier?‹ – ›Nein‹, sagt er. ›Dann war's

der lange Jakob‹, sage ich. ›Dummheiten‹, sagt er, ›komm, kriechen wir in die Hütte‹, und da krochen wir in die Hütte.«

»Da war es sicher«, bemerkte Britta; »wenn man nah beieinander ist, dann ist es sicher, wenn auch draußen die Gespenster herumlaufen.«

»Freilich«, meinte Annlise, »ich bin damals auch nicht früher nach Hause gegangen, als bis es hell war. Ja, das waren so Zeiten. Was half es? Der Peter ging zum Militär, und ich saß da.«

»Nein, nicht das«, fuhr Britta heftig auf, »nicht das! Warum muß alles traurig enden?«

Die Alte seufzte: »Da ist nichts zu machen, Kindchen, zum Lachen sind wir nicht auf der Welt.«

Beide schwiegen nun, Britta stützte die Ellbogen auf die Knie und das Gesicht in die Hände und starrte in die Kohlen, die flüsternd verglommen.

Es gab Stunden, in denen Streith das Glück des Kranken genoß, das müde Glück, wenn die Schmerzen für eine Weile ihn verließen, er erschöpft wie von schwerer Arbeit dalag und dachte: Wie leicht ist doch das Leben ohne Schmerzen. Dann ließ er die Tür seines Zimmers öffnen, um in die Zimmerflucht hinabschauen zu können, er wollte sehen, wie das Licht und die Blätterschatten auf dem blanken Parkett lagen, wie Roller auf seinem sonnigen Plätzchen schlief, wie die Möbel feierlich an den Wänden standen und die Goldrahmen der Bilder blitzten. Die Fenster waren geöffnet, vom Garten strömten warme Düfte herein, zuweilen verirrte eine Biene sich in das Zimmer und erzählte mit ihrem Summen von den sonnenbeschienenen Rosen draußen. Übermannte der Schlummer ihn in solchen Stunden, so kamen angenehme Traumbilder, Bilder früherer Reisen. Er saß in einer Gondel, greller Sonnenschein fiel auf den Kanal, und der Widerschein des Lichtes zitterte wie kleine, rege Goldwellen an den roten Mauern der Paläste hinauf. Oder er stand unter Hollands grünlichem Himmel vor einem blauen Hyazinthenfelde; tiefes, sattes Blau, wohin er auch sah. Ab und zu kam Frau Buche mit ihrer weißen Schürze und ihren friedlichen, grauen Augen und reichte ihm eine Tasse Fleischbrühe. »Ganz frische Hühnerbouillon«, sagte sie, »einige Spargelköpfe habe ich hineingetan, von den kleinen, dunklen. Die großen sind wohl süßer, aber die kleinen bitteren haben noch so die Kraft der Erde.«

»Sie mögen recht haben«, meinte Streith, schob ein Spargelköpfchen in den Mund und sah Frau Buche mit dem hilflosen Blick des Kranken an. »Sie mögen recht haben, das schmeckt allerdings nach Kraft.« Und dann fragte er, wie er das in letzter Zeit öfter getan: »Ist niemand gekommen?«

»Niemand, Herr Graf«, war die Antwort.

»Wen erwartet er denn«, sagte Frau Buche zu Oskar. »Sind es wieder die vom Forsthause?«
»Nein, die sind es nicht«, antwortete Oskar geheimnisvoll.
Das Rollen eines Wagens vor dem Hause ließ Streith gespannt aufhorchen. Der Wagen hielt, eine Tür ging, Stimmen wurden laut, Oskar kam eilig in Streiths Zimmer und meldete: »Ihre Hoheit, die Frau Fürstin sind da und lassen fragen, ob sie den Herrn Grafen sehen dürfen.«
»Ich lasse bitten«, erwiderte Streith und fuhr mit der Hand ordnend über Bart und Haar.
Die Fürstin trat in das Zimmer, sie blieb vor dem Bette stehen und sagte: »Ich wollte doch nach Ihnen sehen, lieber Graf.«
»Sehr gnädig«, antwortete Streith und versuchte es, in das Nicken seines Kopfes etwas Zeremonielles zu legen.
»Dann setze ich mich zu Ihnen«, fuhr die Fürstin fort und setzte sich auf den Stuhl, der an Streiths Bette stand. Als sie jedoch dort saß, fand sie nicht sogleich etwas zu sagen. Sie schaute Streith an mit ihren klaren, ruhevollen Augen; die Wangen waren von der Luft leicht gerötet, die Lippen lächelten ein befangenes Lächeln.
Den kleinen, hellen Sommermantel kannte Streith, die leichte Seide des Kleides hatte eine milde Heliotropfarbe, und am gelben Strohhut steckte ein weier Möwenflügel. Vor der milden Feierlichkeit dieser Gestalt fühlte Streith wieder die andächtige Zärtlichkeit, die ihm einst so wohl getan hatte.
»Freuen Sie sich ein wenig?« fragte die Fürstin, und eine leichte Aufregung bebte in ihrer Stimme.
»Ja, ich freue mich«, erwiderte Streith ernst, »nur wünschte ich mehr Kraft zu haben, um mich zu freuen.«
»Das kommt noch«, tröstete die Fürstin, »Sie werden sehen, bald geht es wieder aufwärts.«
»Bald«, wiederholte Streith, »bald muß es sein, denn sonst kommt der Mut zum Aufwärtsgehen abhanden. Oft denke ich schon, vielleicht ist es genug, obgleich«, seine Stimme wurde schwach und leise, »hat man da so viel Zeit verschwendet, eine gute Figur zu machen.«
»Wie meinen Sie?« fragte die Fürstin und beugte sich ein wenig vor.
»Ich meine«, versetzte Streith lauter, »wir können aus unserem Leben doch nicht das machen, was wir daraus machen wollen, es tut immer, was es selbst will.«
»Ach, Streith, so geht es uns allen«, meinte die Fürstin, und die Erregung ließ ihre Augen glitzern, »wir alle glauben, würde unser Leben uns gegeben, damit wir es noch einmal leben, wir würden es besser machen.

Wenn es so Korrekturbogen – nicht wahr, so nennt man das? –, Korrekturbogen des Lebens gäbe.«
Streith lächelte: »Korrekturbogen, ganz richtig, in denen wir alles, was uns mißfällt, mit dicken, schwarzen Strichen ausstreichen könnten.«
»Und doch«, sagte die Fürstin sinnend, »in guten Stunden, wenn wir geneigt sind zu verzeihen, dann verzeihen wir auch unserem Leben.«
»Es bleibt uns wohl nichts anderes übrig«, antwortete Streith, »besonders da mir jetzt der Verdacht gekommen ist, daß es gar nicht für uns ist, daß wir leben. Meine Großmutter erzählte uns Kindern das Märchen von der hochmütigen Rosine, die glaubte, der Kuchen wäre nur deshalb gebacken, damit sie ein weiches und warmes Bett habe.« Streith lachte, und auch die Fürstin lachte; es tat ihr wohl, wieder einmal wie früher mit Streith lachen zu können. Aber eine plötzliche Schwäche machte Streiths Gesicht ganz bleich, und er schloß die Augen.
»Das Sprechen greift Sie an«, rief die Fürstin besorgt, »Sie müssen stilliegen, Sie müssen versuchen, zu schlafen. Ich sitze noch ein wenig hier, wenn es Ihnen gut tut.«
»Ja, das tut gut«, sagte Streith leise.
Nun saß die Fürstin schweigend da, die Hände im Schoß gefaltet, sie schaute zum Fenster hinaus, und der Blick ihrer Augen wurde stetig, wie er es in Augen wird, die nicht auf ihre Umgebung, sondern träumend auf ein fernes Erinnerungsbild schauen. Da Streith wirklich ruhig zu schlafen schien, erhob sich die Fürstin und verließ leise das Gemach.
Rote Abendlichter glitten schon über die Wand, als Streith erwachte. Doktor Ruck stand vor dem Bette und rieb sich die Hände. »Geschlafen, das sehe ich gern«, sagte er und griff nach dem Puls des Patienten. »Unser Puls gefällt mir zwar nicht recht. Nun, wir wollen eine kleine Spritze geben.« Er ging zum Tische, um seine Spritze vorzubereiten. Streith richtete sich ein wenig in den Kissen auf; das abends zunehmende Fieber regte ihn an, es verlangte ihn danach, zu sprechen und sprechen zu hören.
»Wie geht es Ihren Kindern, Doktor?« fragte er.
»Danke, gut«, antwortete der Doktor, »lauter Musterbuben.«
»Wie viele?« fragte Streith weiter.
»Bis jetzt vier.«
»Bis jetzt?« wiederholte Streith. »Rechnen Sie auf mehr?«
»Das will ich meinen«, erwiderte der Doktor, »Kinder sind doch das Beste, das wir der Welt geben können, sie sind doch sozusagen unsere Unsterblichkeit.«
»So, so, Ihre Unsterblichkeit«, meinte Streith, »ich weiß nicht, ob diese Unsterblichkeit mich besonders locken würde; aber das sind doch so die

eigentlichen Lebensgeschäfte, und ich bin gegenwärtig nicht recht in der Lage, kompetent darüber mitzureden.«
Der Doktor trat an Streiths Bett: »Ach was«, sagte er, »wenn Sie die Spritze im Leibe haben, dann sind Sie wieder in der Lage, über alles mitzureden.« Er beugte sich über den Kranken, um die Einspritzung zu machen, und als er fertig war, setzte er sich auf Streiths Bett und sagte befriedigt: »So. Nun fühlen wir uns gleich frischer.«
»Ja, vielleicht«, gab Streith zögernd zu. »Aber, sagen Sie, Doktor, Sie sprechen von Ihrer Unsterblichkeit. Sie glauben also, daß mit diesem Leben alles zu Ende sei.«
»Ich weiß nicht«, erwiderte der Doktor und schaute ein wenig betroffen drein, »es sieht fast so aus.«
»Gut, gut«, fuhr Streith fort, »es kommt nur darauf an, ob das Wort ›zu Ende‹ über unser Leben hinaus noch einen Sinn hat, oder ob das nicht nur eine irdische Einrichtung ist, daß etwas zu Ende geht.«
»Wie gesagt ...«, stotterte der Doktor.
»Sie wissen es nicht«, unterbrach ihn Streith, »woher sollten Sie auch. Ich meine nur, wenn nach unserem Leben hier doch etwas anderes kommt, müßten wir nicht etwas davon spüren, wenn wir ihm nahe sind? Wenn hier alles anfängt zu verblassen, müßten wir dann nicht ganz in der Ferne, so etwas wie Farben sehen? Na, gleichviel, hören Sie, Doktor, sind Sie einmal so vom Binnenlande her dem Meere zugefahren?«
»Nein, ich erinnere mich nicht«, antwortete der Doktor.
»Ich bin einmal in Pommern«, fuhr Streith fort, »durch den Wald dem Meere zugefahren. Es war der heißeste Tag, dessen ich mich erinnern kann. Die Föhrenstämme, an denen ich hinfuhr, glühten wie überheizte Öfen, die Luft lag auf mir wie eine wollene Decke. Das Atmen war unter diesen Umständen kein Vergnügen, so ließ ich mich stumm und gedankenlos durch den heißen Sand vorwärts schleppen. Da plötzlich fühlte ich, als würde der Druck, der auf mir lag, leichter, das Atmen wurde bequemer, ein Windchen kam und spielte mir um die Lippen und schmeckte so gut, wir mir lange nichts geschmeckt hatte, und je weiter wir fuhren, um so angenehmer wurde das Atmen, und der kleine Wind kam immer häufiger und verstärkte sich. Er fing schon an, in den Föhrennadeln zu flüstern und wurde zu einem leisen Rauschen, und ich sperrte den Mund auf und die Nasenflügel und trank diesen Wind in mich hinein, denn er schmeckte nach Weite; er roch köstlich nach unendlicher Weite. Und dann hörte ich einen Ton, ganz weit, ganz leise, und doch lag in ihm etwas Großes, etwas Befreiendes, Kühlendes, es lag in diesem leisen, fernen Ton etwas wie das Donnern der Stimme der Unendlichkeit. Sehen Sie, Doktor, das war das Meer.«

Streith schwieg und schloß die Augen, auch der Doktor schwieg eine Weile, und als er zu sprechen begann, mußte er sich räuspern, er fürchtete, seine Stimme würde unsicher klingen. »Jetzt werden Sie schlafen, lieber Graf«, sagte er, »und angenehm träumen, vielleicht von der großen Stimme.«
»Ja, vielleicht von der großen Stimme«, antwortete Streith schlaftrunken, »gute Nacht, Doktor.«

Graf Donald Streith war gestorben. Im Schlosse hörte man, der Bruder des Grafen sei gekommen, um die Leiche auf das Stammgut der Streiths überführen zu lassen, am Vormittag sollte der Wagen mit dem Sarge unten auf der Landstraße am Schlosse vorüberfahren. Um dieses zu sehen, ließ Baron Fürwit, Rekonvaleszent und noch schwach, einen Sessel auf die Hoftreppe stellen, dort saß er und wartete. Neben ihm stand der Major, die hervortretenden, blauen Augen starrten traurig vor sich hin. »Ein edler, ein nobler Mensch war unser Streith, es ist schade um ihn«, sagte er.
»Natürlich war er edel und nobel«, meinte der Baron, und seine Stimme nahm etwas Zänkisches an, »ich bin gewiß der letzte, der von einem verstorbenen guten Bekannten etwas Schlechtes sagt, aber er wußte nicht, was er wollte. Bald wollte er dies, bald wieder etwas ganz anderes. Er hatte ein unruhiges Herz und, sehen Sie, Major, ein unruhiges Herz taugt nicht, ist nicht gesund, unruhige Herzen dauern nicht.«
»Das mag sein«, erwiderte der Major, »wir alle irren. Ich habe unseren Streith verehrt.«
Das schien den Baron zu ärgern: »Ja, ja, wer sagt denn etwas anderes? Nun, das ist nicht zu leugnen. Sehen Sie, Major, es gibt eben Menschen, die sich einzurichten verstehen und Menschen, die sich nicht einzurichten verstehen. Streith war einer von denen, die sich *nicht* einzurichten verstehen.«
Auf der anderen Seite des Schlosses auf der Gartenveranda lag Prinzessin Marie in einem Korbsessel, und die runden, blauen Augen sahen in den Mittagsonnenschein hinein, ruhig und ein wenig traurig, Augen, die nicht mehr erwarten, daß dort vor ihnen in dem flimmernden Lichte etwas Schönes und Erregendes auftauchen könnte. Neben der Prinzessin saß Fräulein von Dachsberg und warf eine weißwollene Haube auf, welche die Prinzessin für eine arme Frau im Dorfe stricken sollte.
Die Fürstin aber war in den Garten hinabgestiegen, sie ging bis zum Gartengitter, blieb dort stehen, schützte die Augen mit der Hand und spähte auf die Landstraße hinaus. Auf der anderen Seite der Straße, am

Waldrande, standen zwei Frauen in schwarzen Trauerkleidern, Frau von Syrman und ihre Tochter. Britta hielt einen großen Feldblumenkranz, flammend von den Farben der Trollblumen, Lichtnelken, Sumpforchideen und Skabiosen. Nun hörte man den Hufschlag von Pferden, und der Leichenwagen kam, mit einem Viererzuge bespannt. Der Sarg war mit einer schwarz und silbernen Decke überdeckt und auf ihr lagen Palmenzweige und große Kränze aus weißen Rosen. Als der Wagen langsam am Waldrande hinfuhr, traten die beiden Frauen vor, und Britta legte ihren Kranz auf den Sarg. Dann setzte Britta sich am Wegrain nieder, schlug die Hände vor das Gesicht und weinte. Die Fürstin stand noch immer regungslos da und schaute dem Wagen nach, wie er die Allee hinabfuhr, umgeben von dem blonden Flimmern einer leichten Staubwolke, immer kleiner wurde mit seinem schwarzbedeckten Sarge, seinen weißen Kränzen, in deren Mitte Brittas Kranz lag, heiter in seiner Farbenpracht, wie ein helles Jugendlachen.

(1915)

LANDPARTIE

Da stand Oswald von Ramm auf der Freitreppe seines Landhauses, in seinen zitronengelben Staubmantel gehüllt, die Kapuze über den Kopf gezogen, und betrachtete nachdenklich die Equipage, die vor dem Hause hielt, den altmodischen, schweren Landauer, die dicken, schläfrigen Pferde und Gregor, den alten Kutscher, der in seiner verblichenen Livree ziemlich krumm auf dem Kutscherbock saß.

»Was man so elegant nennt, ist das gerade nicht«, sagte jemand neben Oswald. Es war sein fünfzehnjähriger Sohn Kurt. Nun musterten Oswalds Blicke die schmale, hoch aufgeschossene Gestalt seines Sohnes.

»Ich weiß nicht«, sagte er, »warum du heute die kurze Hose angezogen hast. Übrigens sieht man auch, daß der rechte Strumpf ausgebessert ist.«

Kurt zuckte die Achseln. »Die Mama sagt, für so 'ne Landpartie ist das gut genug. Aber wir können ruhig sein, die Mama reißt uns alle heraus, die ist heute wieder großartig.«

Da kam auch Frau von Ramm mit ihrem Vater, dem alten Baron Lundberg. Sie war ein wenig atemlos, und das hübsche, runde Gesicht war erhitzt und sah ziemlich mißmutig drein. »Also endlich kommt es dazu«, meinte sie. Oswald lächelte gleichmütig und betrachtete den weißen Strohhut mit den hellgelben und hellroten Rosen, den seine Frau trug, den Staubmantel aus mottenfarbener Seide und das blaßlila Musselinkleid.

»Allerdings, Malwina, Kind«, bemerkte Oswald, »du hast dich heute sehr schön gemacht.«

Malwina errötete und entgegnete scharf: »Wieso schön? Etwas muß man doch schließlich anziehen.«

»Allerdings, allerdings«, bestätigte Oswald. »Nun, steigen wir ein.«

»Gregors Livree sieht entsetzlich aus«, meinte Malwina, als sie in den Wagen stieg. Oswald zuckte die Achseln. »Weil die Prinzessin Adelheid geruhen, alle fünf Jahre einmal eine Landpartie zu arrangieren, deshalb kann ich dem Kutscher nicht eine neue Livree anschaffen.«

Endlich saßen alle im Wagen, Kurt kletterte zu Gregor auf den Kutschbock, und die dicken Pferde zogen faul und widerwillig an. Der heiße Junitag ging zu Ende, die schrägen Sonnenstrahlen ließen einen fliederfarbenen Schimmer über die Saatfelder hinzittern, die Luft war voll eines glitzernden Staubes und auf den großen Klettenblättern, den Glockenblumen und Schafgarben des Wegrains lag dieser Staub wie ein dichter, blonder Schleier. Auf den Weiden, an denen sie vorüberfuhren, lagen die Hüterkinder mitten unter ihren Schafen platt auf dem Bauch, der lange, sonnige Tag hatte sie kraftlos und gedankenlos gemacht. Malwina, sehr hübsch mit ihren siebenunddreißig Jahren, aber schon ein wenig stark geworden, lehnte sich seufzend in die Wagenecke zurück und unterdrückte ein Gähnen. »Ach Gott«, sagte sie, »daß die gute Prinzessin Adelheid sich auch nichts Besseres ausdenken konnte, als heute eine Landpartie zu machen.«

Der alte Baron Lundberg kicherte lautlos vor sich hin, sein kleines Gesicht wurde dabei ganz rot, und die Barthaare standen darin weiß wie bereiftes Moos.

»Um das Vergnügen zu haben, uns zu sehen«, meinte er, »hat die Prinzessin wohl kaum diese Landpartie veranstaltet.«

Malwina zog ihre hübschen Augenbrauen gelangweilt empor. »Ach, lieber Vater, das weiß ich auch, es ist ja nur, weil Olga Landen ihre Freundin, die Sängerin, diese Ria Riviera, bei sich hat. Auf die ist die Prinzessin neugierig, die will sie sehen. Übrigens, wenn ich, wie Olga, verlobt wäre, würde ich mir nicht gerade eine Sängerin einladen. Wozu ihren Leutnant in Versuchung führen?«

»Aber, liebes Kind«, wollte Oswald sie unterbrechen, allein Malwina fuhr kampflustig fort: »Dir, mein Lieber, dir gönne ich es ja. Diese Ria war ja auch deine Liebe. Nun, ich bin Gott sei Dank nicht mehr in dem Alter, in dem mich so etwas aufregt, ach nein! Wie gleichgültig mir das ist.« Und sie drückte sich fest in die Wagenecke, als fühlte sie sich bei dieser Gleichgültigkeit ordentlich behaglich. Oswald zuckte nur ein wenig müde die Achseln. Dann begann der alte Baron wieder zu kichern und sagte: »Ja, was soll denn eine ältliche, unverheiratete Prinzessin anderes tun, als neugierig sein und zusehen? In kleinen Vorstadtläden sieht man zuweilen bleiche Brezeln an den Fensterscheiben lehnen und auf die Straße hinabsehen. Sie werden selten gewechselt, essen will sie niemand, sie sind nur dazu da, um auf die Straße hinabzuschauen und um gesehen zu werden.«

Malwina seufzte. »Ach ja, mit ihrer bleichsüchtigen Gräfin Reichenau und dem langweiligen Kammerherrn dort in dem alten Schloß hat die arme Prinzessin auch kein heiteres Leben.«

»Wieso auch?« fragte Oswald. »Nun, gewiß«, entgegnete Malwina kampfbereit, »wer hat denn hier ein heiteres Leben, ich vielleicht?«

Sie fuhren jetzt eine Strecke durch den Wald, wie durch einen warmen, grünen Korridor, große Fliegen umsummten sie verdrießlich und eintönig, eine schwüle Schläfrigkeit lag über den Bäumen. »Ach«, dachte Kurt

oben auf seinem Kutschbocke, »ich weiß nicht, warum das alles plötzlich so traurig ist, so traurig wie in einer Schulstube.« Dann plötzlich hörte der Wald auf, und vor ihm lag eine weite Ebene, ein Stück Weideland, ein Bach, in dem sich grellgrünes Schilf leise wiegte, dahinter blühende Wiesen. Kurt ließ einen lauten Pfiff ertönen; ja, das war etwas anderes – hier war wieder Ferienluft. An dem Bache tummelten sich bunte Figürchen, Damen in hellen Kleidern, Herren mit Panamahüten und Sommeranzügen. Zwei Lakaien in grün und goldener Livree schlugen Klappstühle auf und breiteten Teppiche aus. Malwina hatte ihr Glas vor die Augen genommen und spähte neugierig hinüber. »Aha«, meldete sie, »die Prinzessin im rosa Hut, die kann sich auch nicht entschließen, alt zu werden. Die Reichenau natürlich in Grün, immer, was ihr am wenigsten steht. Da sind die Landens – die Baronin Olga, der da ist wohl Olgas Leutnant – so, so, das ist also die Sängerin, ganz in Weiß, mit einem gelben Schäferhut, ganz wie auf der Bühne. Ist die bleich! Natürlich gepudert.«
Der Wagen war über das Weideland hingefahren und hielt jetzt. Man stieg aus. »Ach, liebe Frau von Ramm«, sagte Olga Landen, »Sie kennen meine Freundin Ria Riviera noch nicht.« Malwina reichte der Sängerin die Hand und lächelte übertrieben freundlich. »Nein«, sagte sie, »aber mein Mann hat mir viel von Ihnen erzählt«, dabei sah sie Ria neugierig in das Gesicht, in das bleiche Gesicht, mit dem zu roten Munde, mit den regelmäßigen Zügen, in denen es wie erregte Spannung lag, und den ein wenig müden, graublauen Augen, denen ein kleiner schwarzer Strich unter dem Augenlide etwas Gequältes gab. »Gemalt!« dachte Malwina. Oswald verbeugte sich sehr formell und dachte: »Ach, endlich einmal ein echtes Stück Welt.«
Dann ging man zur Prinzessin. Prinzessin Adelheid begrüßte ihre Gäste mit ihrem stetigen geduldigen Lächeln. Ihr langes, bleiches Gesicht mit den starken Zügen sah aus wie eines jener Fürstengesichter, die auf den Stichen des achtzehnten Jahrhunderts so erhaben aus den Allongeperücken hervorschauen, nur daß über dem Gesicht der Prinzessin Adelheid etwas wie ein leerer Friede lag, der es ein wenig traurig machte.
»Wir wollen uns hierhersetzen«, sagte sie, »ich hoffe, wir werden sehr lustig sein; der Abend ist so schön, nicht wahr?« Man setzte sich auf die Polster und Teppiche, die Diener reichten Sandwiches und Erdbeerbowle herum, die Herren durften sich Zigaretten anstecken.
»Bitte, ganz ungeniert«, sagte die Prinzessin. Allein die Heiterkeit wollte nicht kommen. Die Damen nippten an ihren Bowlengläsern und schauten zu Ria hinüber, die ein wenig abseits auf einem Klappstuhl saß, als erwarteten sie von ihr die Unterhaltung des Abends.

Die Prinzessin begann die Konversation: »Nicht wahr, Fräulein Riviera, das Bühnenleben ist sehr interessant, ich denke es mir so anregend.« Ja. Ria bestätigte das. »Interessant, aber ungesund für die Nerven«, schaltete Frau von Landen ein. »Ach, und Wagner!« fuhr die Prinzessin fort. »Sie singen Wagner ja so schön, ich liebe ihn sehr, er ist aber, glaube ich, sehr schwer.«
»Wagner ist unmöglich«, rief der dicke Landen, der in seinem weißen Sommeranzug, rot und vergnügt, ein Sandwich in der Hand, sich vor Ria aufgepflanzt hatte. »Erinnern Sie sich, mein gnädiges Fräulein, wie ich Ihnen vorgestellt wurde; es war nach einer Wagner-Vorstellung. Sie hatten beim Souper kaum die Kraft, zu sprechen. Ich liebe Opern, die den Damen noch Kraft zum Soupieren lassen.« Er lachte, aber es lachte niemand mit. Ria schien die Damen zu enttäuschen, denn sie begannen leise miteinander von ihren eigenen Angelegenheiten zu sprechen. Frau von Landen erzählte Malwina von dem Einmachen unreifer Stachelbeeren, und die Prinzessin interessierte sich auch dafür. Olga rief ihren Bräutigam streng zu sich, saß dann aber schweigend und ernst neben ihm. Kurt und die vierzehnjährige Erika Landen zankten sich leise, und die Gräfin Reichenau, sehr blaß unter ihrem grünen Hut, nagte an ihrer bleichen Unterlippe und schaute aus den hellblauen Augen Ria starr an, versunken wie in einen erregenden Roman.
Der zu Ende gehende Tag über der weiten Ebene, die Musik der abendlichen Mücken, all das breitete, ich weiß nicht welche, enttäuschende Alltäglichkeit über diese Gesellschaft. Erika und Kurt schwiegen jetzt und machten Gesichter, als wollten sie weinen. Nur um Ria her war die Unterhaltung lebhafter. Die Herren hatten sich zu den Füßen der Sängerin auf den Rasen hingestreckt, Oswald und der schöne Kammerherr mit seinen bronzefarbenen Bartschleiern, die ihm von den Wangen niederwallten. Der alte Baron Lundberg rückte seinen Stuhl näher an Ria heran und sprach von schönen Sängerinnen, die er vor vierzig Jahren gekannt hätte. »Erinnern Sie sich, mein gnädiges Fräulein«, schnarrte der Kammerherr, »des kleinen roten Salons im Grand Hôtel nach der ›Walküren‹-Aufführung? Dort waren wir lustig. Der Fürst war geradezu ausgelassen. Es war eine schöne Zeit.«
Auf der anderen Seite fing Oswald an, von Venedig zu sprechen, leise und in einem ihm sonst ungewohnten, gefühlvollen Ton: »Damals in der Gondel, erinnern Sie sich, der Himmel war schwefelgelb über dem Canale Grande; wir waren wie berauscht, und später das Essen bei Danieli, ja, eine schöne Erinnerung.« Malwina schaute böse zur Gruppe hinüber. »Wie sich alle an sie heranmachen«, dachte sie. »Was für ein unangenehm

süßes Blinzeln die Männer bekommen, wenn sie mit solch einer Dame sprechen.«
Frau von Landen war Malwinas Blick gefolgt und flüsterte: »Mir ist dieser Besuch auch nicht recht, sie hat sich so verändert. Mein Gott, wir leben ja in einer so verschiedenen Welt; Olga mag sie auch nicht recht.«
Ria war einsilbig; sie schaute auf die Ebene hinaus, auf das leise Nicken der Halme, auf das sanfte und freie Atmen der Weite in dem roten Lichte. In der rosa Luft hingen Lerchen, und all das erschütterte und quälte sie, es war so ungewohnt groß und friedlich, und sie fühlte darin die komplizierte Enge ihres Lebens wie etwas schmerzhaft Bedrückendes. Dazu diese Herren mit ihren Erinnerungen. Es war, als wären lang verschlossen gestandene Restaurationskabinetts geöffnet, in denen es dumpfig nach Plüsch, nach abgestandenen Parfüms und Zigarettendampf riecht. Es war ihr unerträglich, hier in der Reinheit dieses Abends dazusitzen, als verkörperte Erinnerung an lustige oder sentimentale Augenblicke dieser Herren.
Die Sonne ging hinter dem Waldsaum unter, eine farbige Erregung zitterte über das stille Land, der Bach wurde ganz rot, und die blühende Wiese lag da wie rotes Gold. In der Gesellschaft schwiegen plötzlich alle, hoben die Gesichter, lächelten mit halbgeöffneten Lippen, als wollten sie das farbige Leuchten in sich hineintrinken. Der dicke Landen sagte etwas und lachte selbst sehr laut darüber. »Ach, Herr von Landen«, meinte die Prinzessin, »sagen Sie es uns auch, wir lachen auch gern.« Allein er mochte es nicht wiederholen. »Kinder«, rief Frau von Landen Kurt und Erika zu, »geht ein wenig spazieren«, und Malwina flüsterte sie zu: »Wenn Landen Witze macht, muß man die Kinder fortschicken, das kenne ich.« Aber da wollten die anderen auch gehen, das rote Abendlicht hatte sie aufgeregt, sie mußten sich bewegen. Frau von Landen nahm Malwinas Arm und Olga den der Gräfin Reichenau. Ria wurde den Herren überlassen. »Die armen Männer«, meinte Frau von Landen, »sollen sich einmal ausleben.« Malwina lachte feindselig. Man ging den Bach entlang; das Schilf begann stärker zu duften, die Fische schnalzten im Wasser, auf dem die Abendlichter verblaßten. Das Hinschmelzen der Farben in der durchsichtigen Dämmerung breitete etwas unendlich Weiches und Zärtliches über die Ebene. Das Land wurde sentimental. Der Kammerherr war aufgelöst in Gefühl, er nahm seinen Panama ab und strich sich mit der Hand über die schon ein wenig zu hohe Stirn. »Ja, mein gnädiges Fräulein, das einsame Landleben macht uns überempfindlich, so erschüttert mich Ihre Gegenwart, der Hauch der großen Welt, den Sie mitbringen, und die Erinnerungen ... die Erinnerungen! Es ist mir, als ob ich hier auf unserer alten Wiese eine Kamelie stehen sähe.«

»Eine Kamelie auf der Wiese wäre mir unangenehm«, entgegnete Ria gereizt. Dann begann Oswald zu sprechen, auch sehr weich und lyrisch: »Ja, mit den Erinnerungen ist es eigen. So erinnert mich heute hier alles an Venedig, unser Bach, unser Licht, unsere Luft, alles ist heute venezianisch. Erinnern Sie sich, mein Fräulein –?«
Ria blieb stehen; ihre Augen schauten noch gequälter drein als sonst, zwischen den feingemalten Augenbrauen stand eine kleine aufrechte Falte. »Nein, Herr Baron«, sagte sie mit ein wenig bebender Stimme, »ich erinnere mich nicht, ich kann mich nicht erinnern, ich komme mir ja wie ein Gespenst vor, wie das Gespenst Ihrer Erinnerungen.« Dabei wandte sie sich um, griff nach ihrer Schleppe und begann zu laufen.
»Sehen Sie unsere Primadonna«, sagte Frau von Landen. »Ein neuer Effekt«, meinte Malwina. Ria lief, bis sie Kurt erreichte, der gelangweilt über die Wiese schlenderte. Hier war einer, der keine Erinnerungen hatte. Sie legte ihren Arm um die Schulter des Knaben. »Kommen Sie«, sagte sie, »wir wollen laufen.« Dabei sprach sie ein wenig atemlos: »Nicht wahr, im Bache fangen Sie Krebse, das tat ich als kleines Mädchen auch; man steigt in den Bach, das Wasser kitzelt lauwarm an den Füßen, die Krebse sind ganz kühl, wenn man sie anfaßt, und wenn man sie in den Korb tut, dann flüstern sie so.« Kurt war dunkelrot geworden und lächelte fast schmerzhaft. Dieser Frauenarm um seine Schultern, das leise Klingen der Armbänder, das starke Orchideenparfüm, all das verwirrte ihn unendlich.
»Wir wollen noch auf den Mond warten«, sagte die Prinzessin, als die Gesellschaft wieder um sie versammelt war.
Es dunkelte bereits stark. Die Juninacht brach an mit ihrer wunderlichen Dämmerung, in der wir das Land wie durch graue Glasscheiben sehen, der Bach begann zu dampfen, von der Wiese kam ein feuchtes Wehen und brachte das starke, süße Duften der blühenden Gräser und des blühenden Klees mit. In den Saatfeldern huben die Wachteln zu schnarren an, und ringsum im Grase ließen Feldgrillen sich vernehmen, aber zögernd und abgebrochen, als wollten sie ihre Geigen stimmen.
Die Gesellschaft war sehr still geworden. Nur der alte Baron Lundberg rückte an Ria heran und sprach leise von längst verstorbenen Primadonnen, und die Prinzessin erzählte Frau von Landen ein wenig klagend von einer armen Frau mit zwei kranken Kindern, der sie viele Wohltaten erwiesen hatte. Die anderen schwiegen und lauschten in sich hinein auf die süße Spannung, welche die Sommernacht mit sich bringt. Der eine und der andere seufzte wohl. Alle hatten sie das Gefühl, als versäumten sie etwas, als ginge eine Erregung durch die Dämmerung, an der sie keinen Teil hatten, als würde ein himmlisches Fest hier gefeiert, zu dem

sie nicht geladen waren. Ria spürte, daß eine Hand ihren Fuß drückte. Es mußte der Kammerherr sein; ärgerlich zog sie ihren Fuß zurück. Ihr war wunderlich zumute, sie hätte weinen mögen, die Sommernacht erschütterte sie so stark, sie wollte auch zu dieser großen, flüsternden Geborgenheit gehören, in der ein jedes ruhig, sicher und glücklich sein Liebeslied vor sich hinsingt, sie wollte dazugehören und fühlte sich doch so ausgeschlossen, so weit davon, mit der Unruhe ihres gequälten und unklaren Lebens.

»Fräulein Riviera«, sagte die Prinzessin, »es ist wohl nicht gut für die Stimme, abends draußen zu singen?«

»Ja, singen«, dachte Ria, »das könnte befreien.«

Sie erwiderte: »O, an einem so warmen Abend geht das schon.« – »Das wäre wunderschön«, meinte die Prinzessin.

Ria begann zu singen, irgendeine Opernarie, die erste beste, die ihr einfiel; anfangs flatterten die Töne wie mühsam und unsicher in die Dunkelheit hinein, als fürchteten sie sich vor der Weite, in die sie hinaus sollten, unendlich einsam und schmerzlich klangen sie, dann aber erstarkten sie, wurden sicher und voll. Es tat Ria unendlich wohl, die Qual ihrer Seele, all das Dumpfe und Schwüle, all das Wunde und Gebrochene, ihre Begehrlichkeit und ihre Hoffnung in die Nacht hinauszurufen, in die Töne hineinzulegen und sie als Boten ihrer Sehnsucht durch die kühle, duftende Ferne hinauszusenden, damit sie sich im Nebel, in dem Wehen rein badeten und Kinder der Sommernacht würden. Ganz fern auf der Wiese erwachte eine Stimme, dort sang oder rief jemand. Es war einer jener langgezogenen weichen Töne, wie sie auf dem Lande durch die Nacht irren, und diese fremde Stimme, die der ihren begegnete, sich ihr anschloß, diese Gefährtin der Dämmerung, sie tröstete Ria, es war, als nähme sie die Einsamkeit von ihr, die eben noch so bitter sie bedrückt. Dann plötzlich ging der Mond auf, riesengroß und rot stand er fast gewaltsam über dem bleichen Lande. Die Sängerin schwieg.

Eine Weile war die Gesellschaft ganz still, dann rief die Gräfin Reichenau: »Der Prinzessin ist schlecht geworden.« Da fuhr alles auf. Ein wirres Durcheinander entstand, nach dem Wagen wurde gerufen, die Frauen riefen nach ihren Männern, eilig, ängstlich, als müßten sie sie vor etwas schützen. Malwina nahm Oswalds Arm: »Nein, solch ein Singen mag ich nicht«, sagte sie. »Man fühlt sich ja dabei wie – wie – nackt.«

Ria wollte noch einen Augenblick allein sein, sie ging einige Schritte die Wiese entlang, dem Monde entgegen. Hinter sich hörte sie Malwinas erregte Stimme »Kurt! Kurt!« rufen, und als Ria an ein Erlengebüsch kam, fand sie Kurt. Er lag platt auf dem Boden und weinte.

»Was tun Sie hier?« fragte Ria und kniete neben dem Knaben nieder.
»Nichts«, sagte Kurt und machte ein böses Gesicht.
»Doch, Sie weinen«, sagte Ria. »Warum weinen Sie? Weinen Sie, weil ich gesungen habe?«
Über das bleiche Gesicht des Knaben zuckte eine wunderliche Erregung: »Ja – ich weiß nicht – was war es, was Sie sangen? Die Gräfin Reichenau sagte, sie singt Liebe, und Mama sagte, so singt man überhaupt nicht.«
»O, sie sagte das?«
»Ja«, fuhr der Knabe leidenschaftlich fort, »wissen Sie, daß sie alle gegen Sie sind, alle? O, wie sie von Ihnen sprechen! Aber ich – ich bin für Sie.«
Die Sängerin lächelte ihr müdes, gequältes Lächeln.
»Nun«, sagte sie, »dann ist es gut, wenn Sie für mich sind.« Und sie küßte den Knaben auf die tränenfeuchten Augen.

(1918)

FEIERTAGSKINDER

Baronin Marie v. d. Osten-Sacken
geb. Baronesse Behr gewidmet

In dem Buchowschen Landhause Lalaiken standen an diesem Novemberabend die Schatten besonders groß und schwarz an den weißen Wänden des Kinderzimmers. Eine einzige Kerze brannte auf dem niedrigen Kindertisch und die Wärterin, Frau Müller, hatte sie nahe zu sich herangezogen; dann, die Hornbrille auf der Nase, nähte sie. Die beiden Kinder saßen auf den Kinderstühlchen. Der siebenjährige Uli war schläfrig, er legte seinen Arm auf den Tisch, stützte den Kopf, der mit den ungeordneten blonden Locken ganz groß erschien, auf den Arm und blinzelte mißmutig in das Licht. Die zwei Jahre ältere Isa spielte mit Holzpüppchen. Die grauen Augen schauten wach und aufmerksam vor sich hin, und die schmalen Lippen bewegten sich tonlos.

»Jetzt ist Schlafenszeit«, sagte Frau Müller und ließ ihre Arbeit sinken. »Geht jetzt euern Eltern gute Nacht wünschen.«

Uli jedoch verzog weinerlich sein Gesicht. »Heute geh ich nicht«, sagte er, »heute geh ich nicht durch die dunklen Zimmer. Heute stehen sie alle in den dunklen Ecken, und es ruft an den Fenstern.« Frau Müller zuckte die Achsel. »Du weißt, was dein Vater sagt, wenn du dich fürchtest.« Jetzt weinte Uli. »Nein, heute geh ich nicht«, wiederholte er. Erschrocken sah Isa auf, sie zog die Augenbrauen zusammen, als fühlte sie einen Schmerz, und die Mundwinkel bogen sich nach unten, was ihr einen ältlichen kummervollen Ausdruck verlieh. Sie konnte es nicht ertragen, daß Uli weinte. Sie stand auf. »Gut, dann gehe ich allein«, meinte sie. Auf der Türschwelle zögerte sie einen Augenblick, dann lief sie in die dunkle Zimmerflucht hinein. Auch sie fürchtete sich. Aber sie ertrug es mit der Resignation des Kindes, dessen Leben nun einmal ganz von Unheimlichkeiten umstellt ist. Am Ende der Zimmerflucht schimmerte ein Licht, dort waren die Eltern.

Ulrich von Buchow hatte vorgelesen, jetzt lehnte er sich im Sessel zurück und rauchte. Ihm gegenüber in der Sofaecke saß seine Frau. Wie frierend drückte die schmale Gestalt sich wie in sich selbst zusammen; den blonden

Kopf hatte sie zurückgelehnt und das junge Gesicht schien vor Müdigkeit wie erloschen. Als jedoch Isa auf der Schwelle erschien, ging ein Lächeln über das Gesicht der jungen Frau, das es wunderbar erhellte. »Meine Tochter«, sagte sie. »Wo ist Uli?« fragte Buchow streng. »Uli kommt heute nicht«, beichtete Isa, »er fürchtet sich.« – »Ach ja«, sagte Irma von Buchow, »heute ist es auch zum Fürchten, ich gehe zu ihm.« Buchow zog unwillig die Augenbrauen zusammen, schwieg jedoch. Isa ging jetzt zu ihrem Vater und bot ihm ihre Kinderstirn dar, dann zu ihrer Mutter, und endlich ging sie in die Ecke des Zimmers, wo im großen Lehnsessel der Großvater, der Graf Pax, saß und schlief. Vorsichtig küßte sie ihn auf die weiße Perücke, dann ballte sie in einem festen Entschluß ihre Hände und lief wieder in das Dunkel hinein.
»Wenn wir dem Jungen das durchlassen«, versetzte Buchow, »dann werden wir keinen Helden erziehen.« – »Ach Gott«, meinte Irma und zog die Augenbrauen empor, »wozu Helden? Heute ist auch ein Tag zum Fürchten. Uli kam schon heute nachmittag zu mir und sagte: ›Ich weiß heute nicht, was ich spielen soll‹, und wirklich, ich hätte auch sagen können: ›Ich weiß auch nicht, was ich spielen soll.‹«
»Ja, spielen!« bemerkte Buchow.
Eine leichte Röte stieg in Irmas schmales Gesicht. »Ja, spielen; ich weiß, du denkst, das Leben ist ernst, und man hat seinen Pflichtenkreis. Ach ja, natürlich, aber man will doch auch seine kleinen Freuden haben, denn die großen kommen ja doch nicht. So, und jetzt gehe ich zu meinem Sohn.«
Sie stand auf, reckte einen Augenblick die Arme in die Höhe, wie um der schwankenden Gestalt Haltung zu geben, und verschwand dann in der Dunkelheit.
Buchow lehnte seinen Kopf in den Sessel zurück. Das Gesicht mit der vorgewölbten Stirn, den tiefliegenden grauen Augen, dem starken Kinn, schien wie von einer inneren Energie zusammengedrückt, der Mund schloß sich so fest, daß die schmalen Lippen weiß wurden.
Die großen Freuden, dachte er – sie wartet auf die großen Freuden, woher sollten die kommen? Er hatte das Leben stets als etwas betrachtet, das bezwungen werden mußte, damit es uns nicht in den Rücken fällt. Diese Novembertage mit ihrem Nebel und ihrem Sturm, sie spannten etwas in ihm an, sie erhöhten seine Lust am Tun und Schaffen. Er war nun einmal solch eine Nebelkrähe, und von ihm erwartete dieses lichte und kostbare Geschöpf die großen Freuden. Woher sollte er sie nehmen?
Der Großvater war in seinem Lehnsessel erwacht; er richtete sich auf und schaute noch ein wenig traumverloren um sich, dann lächelte er, und das kleine Gesicht unter der weißen Perücke wurde ganz kraus von Falten.

»Ich habe geschlafen«, sagte er. »Ja, du hast geschlafen, Vater«, bestätigte Buchow. »Ich habe aber auch geträumt«, fuhr der Großvater fort. »Mir träumte, ich ging, ich weiß nicht mit wem, die Hauptallee des Bois de Boulogne entlang, da waren Menschen und Wagen und Pferde, sehr lustig. Eine Equipage sah ich mit gelben Pferden, eine Dame saß darin, na, lassen wir das. Die Hauptsache war das Gehen. Ich sag' dir, meine Beine waren so gelenkig, so leicht, es war ein Genuß das Gehen, das Gehen, wie ich's in jungen Jahren konnte. Ja, das war famos, nun will ich schlafen gehen – vielleicht kann ich weiter träumen.« Er erhob sich und ging mit tänzelnden Schritten, welche die Schwäche seiner Beine verdecken sollten, hinaus.

Es war schon spät am Nachmittage, als Buchow hinausging, seine Äcker zu übersehen. Der Wind wühlte in den Hängebirken, warf ihre dünnen Zweige durcheinander wie Peitschenschnüre, er riß Löcher in den dichten Nebel, so daß dieser wie große, graue Fetzen über dem Erdboden hing. Die Natur macht uns heute nichts vor, sagte sich Buchow und steckte die Hände tiefer in die Taschen seines Überziehers. Am Rande eines Feldes blieb Buchow stehen. Dort pflügte ein Mann. Der lange Mensch ging langsam und verdrossen hinter dem Pfluge her. Der Wind zerrte an seinem Kittel und dem roten Bart, er warf die Mähnen des vor Feuchtigkeit struppigen Pferdes bald nach vorn, bald zurück. Die aufgeworfenen Schollen hatten einen matten Metallglanz, und nasse, aufgeblasene Krähen gingen auf ihnen hin und her. Der Mann blieb stehen, sah zum westlichen Horizont hinüber, wo ein welker, rosenfarbiger Streif die grauen Wolken säumte, dann stellte er die Pflugschar hoch und fuhr auf dem Wege hinauf. Er grüßte seinen Herrn. »Andre«, sagte Buchow, »du weißt, deine Frau ist bei mir gewesen, um über dich zu klagen, weil du sie schlägst.«

»Ich weiß«, erwiderte Andre verdrossen. »Würde sie Ruhe geben, so würde ich sie nicht schlagen.«

»Sie will nicht, daß du das Geld in den Krug trägst«, meinte Buchow. Andre zuckte die Achsel. »Wenn man am Sonnabend nicht in den Krug gehen soll, was hat man dann, das ist doch noch das einzige.« Damit trieb er sein Pferd an, ging auf der nassen Straße ein wenig steifbeinig weiter, verschwand, eine graue Gestalt im grauen Nebel.

»Die kleinen Freuden«, klang Irmas Stimme Buchow in den Ohren. Wenn dieser Knecht in seine dunkle Häuslichkeit zurückkehrte, waren die Kleider naß, die Glieder steif, die Frau weinte, die Kinder schrien, nun, dann ging er zu den kleinen Freuden.

Buchow war auf der Landstraße weitergeschritten, bis er an eine Brücke gelangte, auf der er haltmachte. Die Brücke führte über eine sumpfige Schlucht zu dem Marktflecken Drixen. Im Sommer standen hier grellgrüne Tümpel beieinander, Kiebitze liefen zwischen ihnen auf und ab, einzelne Kühe weideten hier, die Füße tief im Sumpfboden eingesunken. Jetzt waren die Tümpel schwarz, und dunkle Wasserlachen breiteten sich zwischen ihnen aus. Buchow stand auf der Brücke und schaute hinab. Wie er diesen Sumpf haßte! O, er würde ihm schon beikommen; wenn man den kleinen See über dem Ort niedriger legen könnte, dann würde auch dieses unnütze, giftige Sumpfland verschwinden. Nächsten Sommer wollte er ihm zu Leibe gehen. In Drixen wurden die Lichter in den Häusern bereits angesteckt, zitternde, gelbe Flecken im Nebel. Buchow fror. Er ging durch die Dunkelheit nach Hause, und die nasse Landstraße hatte noch einen matten, blinden Glanz.

Vor seinem Hause angekommen, bemerkte er, daß die Fenster des großen Saales erleuchtet waren. Im Flur hörte er, daß auf dem Klavier ein Walzer gespielt wurde. »So, so«, sagte er und lächelte. Im Saal fand er den Großvater am Klavier, einen Walzer spielend. Irma tanzte mit Uli, Isa stand, die Hände in den Seiten, still da. »Tanz' doch«, rief Irma ihr zu, dann begann sie sich langsam zu drehen. Als Irma an Buchow vorüberkam, nickte sie ihm zu und sagte: »Wir tanzen, es war sonst zu traurig.« – »Gut, gut«, meinte Buchow und ging in das Wohnzimmer. Er setzte sich an den Kamin; er war müde, die Wärme tat ihm gut, es war angenehm, die Beine vor sich hinzustrecken; aus dem Saal kamen die durch den schwachen Anschlag des Großvaters matten Töne des Walzers und das leise Geräusch der tanzenden Füße. Buchow schloß die Augen, ein tiefes Behagen erwärmte ihn. Ja, dachte er, solche Augenblicke gibt es eben auch.

Der Wind hatte sich gelegt; es fror, und ein wenig Schnee war gefallen. Er lag auf den Dächern, in den Ackerfurchen und legte grellweiße Flecken in die fahle Landschaft. Es dämmerte bereits, als Buchow nach Drixen hinüberging, um seinen Anwalt, Dr. Viervogel, zu sprechen.

Viervogel war Buchows Schulkamerad gewesen, hatte sich dann als Anwalt im Flecken niedergelassen, und da er jede Gelegenheit versäumte, weiterzukommen, saß er noch heute dort. Mit seinem Schimmel und Jagdwagen fuhr er in die Stadt, um seine Injurien- und Hausmieteprozesse zu führen, wohnte bei der Witwe Weidemann, von der er sich beköstigen ließ. Er saß oft stundenlang in der reinlichen Wohnung und sah der stattlichen Frau mit den schönen Armen, wie sie eifrig schaffend hin und her ging, zu. Die wenigen Laternen im Marktflecken wurden schon angesteckt, im ersten Hause war Licht in den Fenstern, es war das Anwesen des Gärtners Kappelmeier, und dort war immer Bewegung und Lärm, denn die großen, blonden Töchter schafften unermüdlich. Die eine wusch den Flur, die andere sah Buchow durch das Fenster am Backtrog stehen; sie riefen einander zu mit hellen Stimmen und lachten. Der alte Kappelmeier aber, der Wiedertäufer, ein großer Greis, ging im dämmerigen Garten zwischen den mit Tannenreisig bedeckten Beeten hin und her. Buchow kannte sie alle. Da war jetzt der Kramladen, vor dem es nach Fellen und Pfeffergurken roch, und durch die Glastüre konnte man die Krämerin sehen, mit ihrem großen, blassen Gesicht, geduldig und böse; endlich die Apotheke, hell und sauber. Der Apotheker mit dem langen, grauen Bart, stand wie ein Priester zwischen den weißen Büchsen und bauchigen Flaschen. Der schöne Provisor Glaiksner war nicht zu Hause. Ihn fand Buchow an der Hausecke mit dem Postfräulein zusammenstehen, das ihn liebte. Sie stritten miteinander. »Aber Glaiksner«, sagte das Mädchen, »das ist doch keine Mühe, zum Fenster hinaufzusehen, wenn du vorübergehst; ich habe so darauf gewartet.«

»Immer diese Dummheiten«, erwiderte Glaiksner, »ich habe auch an anderes zu denken; ob ich nun da hinaufsehe oder nicht.«

»Aber, Glaiksner«, erklang die weinerliche Stimme des Mädchens, »ich warte den ganzen Vormittag darauf.«

Jetzt kam Fräulein Christa Hassel, die Lehrerin an der Volksschule, Buchow entgegen. Sie ging mit kleinen harten Schritten über das knisternde Pflaster, drehte dabei ihre untersetzte, flache Gestalt hin und her; das runde Gesicht mit dem breiten Munde und den guten, braunen Hundeaugen war von der Kälte gerötet. »Ah, Herr von Buchow«, sagte sie. »Guten Abend«, erwiderte Buchow, »ich mache noch einen Geschäftsgang.« – »So«, meinte Fräulein Christa. »Und wie geht's bei Ihnen zu Hause?«

»Ich danke, gut«, berichtete Buchow, »man feiert bei uns ein Fest, Sie wissen, man feiert bei uns immer Feste. Es ist, glaube ich, des ersten Schnees wegen. Man sitzt am Kamin, ißt Bratäpfel und erzählt sich Märchen.« – »Das ist hübsch«, sagte Fräulein Christa und bog den Kopf zurück, um Buchow anzuschauen.

»Gehen Sie doch hin, Fräulein Christa«, schlug dieser vor. »Hingehen«, versetzte das Fräulein nachdenklich, »das ist eine Versuchung. Denn ich habe zu Hause einen ganzen Stoß Hefte liegen, die ich korrigieren muß. Aber Gott, wozu ist die Nacht da, also ich gehe hin. Auf Wiedersehen.« Damit ging sie weiter mit ihren kleinen, harten Schritten.

Jetzt war Buchow am Hause der Witwe Weidemann und stieg die dunkle Treppe hinauf. Auf sein Klopfen erscholl ein heiseres »Herein«. Er fand den Doktor am Schreibtisch über Akten gebeugt.

»Guten Abend«, sagte Buchow. Die kurzsichtigen Augen des Doktors erkannten ihn nicht sogleich, als jedoch Buchow näher kam, sprang der Anwalt auf. »Ah, du bist es«, rief er. »Eine unerwartete Freude.« Die beiden waren stets sehr höflich miteinander. Viervogel half Buchow aus seinem Überzieher, stellte ihm einen Sessel zurecht, bot eine Zigarre an, holte eine Flasche Portwein hervor und Gläser, die er vollschenkte. »So«, sagte er, »bei dieser Kälte wird das gut tun; der Winter kommt.« Und als er Buchow gegenübersaß, sah er ihn erwartungsvoll an.

»Ich komme zu dir«, begann Buchow, »um dich zu bitten, mir wieder einen Kontrakt zu einem Holzverkauf zu machen. Du weißt, mein Bruder hat mich voriges Jahr ein wenig stark in Anspruch genommen, und so muß wieder verkauft werden. Die Bedingungen sind dieselben, nur bitte ich, den Kontrakt ein wenig schärfer zu fassen, denn Aronsohn erlaubte sich voriges Jahr allerhand Freiheiten. Besonders wollen wir ihn, was die Lagerplätze und die Zeit des Abführens betrifft, fester binden.«

»Wird gemacht«, erwiderte Viervogel, »wir wollen dem Knaben ordentlich die Hände binden; morgen schon mache ich den Entwurf und lege ihn dir dann vor.«

»Danke«, sagte Buchow und nippte vorsichtig am Portweinglase. »Guter Wein. Wie geht es sonst?«

»Gott«, erwiderte Viervogel, »bei mir ist es immer das gleiche. Das ist das Charakteristische in meinem Leben, und so ist's mir recht. Siehst du, in diesen dunklen Tagen ist es seltsam, daß ich es fast körperlich fühle, wie die Zeit verrinnt; sie verrinnt ganz langsam und stetig und trägt mich mit. Ich fühle das.«

»Sie trägt dich?« fragte Buchow. »Wohin?«

»Ans Ende«, erwiderte Viervogel. »Einmal muß es ja doch zu Ende sein, und dann kommt vielleicht etwas andres und das ist es, was mich zuweilen beunruhigt. Es gibt Augenblicke, in denen ich mich vor dem Tode fürchte und nur aus Trägheit, weißt du. Es kommen vielleicht andre, ganz andre Verhältnisse, und ich bin an mein Hinstumpfen so gewöhnt, daß mir das unbequem erscheint. Das kommt davon, wenn man sich an solch ein zweckloses Leben gewöhnt hat; du natürlich wirst auch das jenseitige Leben frisch in die Hand nehmen. Du hattest schon als Knabe immer Ziele und Zwecke.«

»Nun ja«, versetzte Buchow nachdenklich, »es ist ein fatales Gefühl, wenn es uns plötzlich klar wird, daß, was wir treiben, keinen Zweck hat. Schon

als Kind überkam es mich zuweilen, man spielte, man stand auf einem Brett, das auf einer Wiese lag, und das Brett war ein Schiff und die Wiese ein Meer. Doch plötzlich wurde man sich bewußt: es ist nur ein Brett, auf dem du stehst, und kein Schiff, und ringsum ist nur eine Wiese und kein Meer, und dann mußte man gewaltsam weiterspielen, um nicht jede Lust am Spiel zu verlieren. Solche Augenblicke habe ich auch heute noch.«
Viervogel lachte. »Nun, ich weiß immer, daß ich auf einem Brett stehe, das auf einer Wiese liegt. Was ich tue, hat vielleicht keinen Zweck, aber ich bin zufrieden; ich wollte da einmal etwas Farbe in mein Leben bringen und fing an, der Agnes Kappelmeier nachzustellen, ich dachte mir, es würde so etwas wie eine Liebschaft herauskommen. Aber die Kappelmeierschen Mädchen sind ja hübsch, aber für mich zu laut, zu intensiv – so gehe ich denn lieber zu meiner Witwe Weidemann hinunter und sehe zu, wie sie Brot bäckt.«
»Aber du arbeitest doch?« wandte Buchow ein.
»Man muß eben leben«, versetzte Viervogel, »nun ja, zu etwas wird mein Leben vielleicht gut sein, und ich habe meine Stelle in der großen Welteinrichtung; aber eine Stelle wie das ›und‹ in einem Manuskript, es ist nicht zu entbehren, die Rolle aber, die es spielt, ist nicht sehr bedeutend.«
Sie schwiegen beide eine Weile. Buchow betrachtete nachdenklich das Gesicht seines Freundes, dieses ein wenig fette Gesicht mit der großen Adlernase, den blauen Augen, die hinter den blanken, runden Brillengläsern hervorschauten, und dem hübschen, weichlichen Munde. »Es ist eigentlich schade um dich«, sprach er vor sich hin.
Viervogel lächelte. »Meinst du – ja, vielleicht ist es schade um mich, aber mein Fall ist hoffnungslos, denn ich bin zufrieden. Ich hatte Zeiten der Unruhe, aber das ist vorüber. Ich schlafe jetzt sehr gut, das ist doch ein Zeichen inneren ›Friedens‹.«
»Ja, Schlaf ist eine gute Sache«, meinte Buchow und stand auf. »Ich will dich aber nicht länger von deinem Stammtisch fernhalten.«
»Gott, der Stammtisch«, erwiderte Viervogel. »Es ist wohl gleichgültig, ob ich früher oder später höre, wie der Doktor von der Camorra erzählt, er spricht am liebsten von der Camorra, oder was der Apotheker von den Streichen seines Provisors berichtet.« Er half Buchow in den Überzieher. »Also auf morgen«, sagte er und leuchtete die dunkle Stiege hinab.
Buchow trat wieder in die Frostnacht hinaus, das Gespräch mit Viervogel hatte ihm die Brust eng gemacht, drum tat ihm die scharfe, kalte Luft wohl.

Es war in den Weihnachtsfeiertagen, als Achaz, Ulrichs Bruder, nach Lalaiken kam. Er war jünger als Ulrich und diente im Auswärtigen Amt. Mit klingenden Schellen fuhr sein Schlitten vor das Haus. Schon im Flur hörte man seine helle Stimme zu dem Diener Klaus sagen: »Guten Tag, Klaus, hier riecht es ja nach Familienweihnacht.«
Als er in das Zimmer trat, erwartete ihn die ganze Familie und lachte ihm entgegen, lachte, nur weil sein Erscheinen so jugendlich und heiter war. »Ah, die ganze Familie«, rief er, »wie hübsch ihr alle seid. Sie nicht am wenigsten, lieber Graf«, sagte er zum Großvater, »und Uli hat sich entwickelt, er zeigt Anlagen zum bel homme, und wie hell es hier ist und wie gut es nach Tannen und Lebkuchen riecht! Ich bin froh, bei euch zu sein. Irma ist noch immer schön wie die ewige Seligkeit.«
Irma lachte. »Wie er die Komplimente ausstreut, wie Weihnachtszuckerwerk.«
Dann saß man im Wohnzimmer, die Kinder standen neben Achaz und schauten ihn erwartungsvoll an, ob er etwas Lustiges sagen würde.
Der alte Graf hatte seinen Stuhl nahe zu Achaz herangezogen, legte die Hand ans Ohr, hörte mit Behagen die schönen Titel, die in Achaz' Erzählungen vorkamen, die Namen der Theater und großen Restaurants, sog begierig die Großstadtluft ein, die von dem jungen Mann auszugehen schien. Auch Irma hatte sich vorgebeugt, ihre graublauen Augen glitzerten, und ihr Gesicht nahm den hübschen, strahlenden Ausdruck an, den es zu zeigen pflegte, wenn's um sie her hell und heiter war. Buchow in seiner Sofaecke sprach wenig, allein auch er lächelte zufrieden. Er bewunderte diesen Bruder, dessen bloßes Erscheinen die Menschen glücklich und fröhlich zu machen schien. Achaz war größer und schmäler als Ulrich, er glich ihm, aber sein Gesicht war klarer, die Augen weit auf, und der Mund lächelte ein ausgelassenes Knabenlächeln. Als Buchow aufstand und in sein Arbeitszimmer ging, flog ein Schatten über Achaz' Züge, er zog schmerzlich die Augenbrauen zusammen, und ein hilfloser Ausdruck zeigte sich auf seinem eben noch so heitern Gesicht. »Ich muß mit Ulrich sprechen«, sagte er, stand auf und folgte dem Bruder.
Im Arbeitszimmer schloß er sorgfältig die Tür, und als er sich Ulrich zuwandte, war sein Gesicht bleich und trug noch immer den knabenhaft hilflosen Ausdruck. »Ulrich, ich muß mit dir sprechen«, sagte er, »es ist besser, es geschieht gleich, sonst verdirbt es mir die schöne Zeit hier.«
»Was gibt es denn?« fragte Ulrich und wandte sich ab und sah zum Fenster hinaus.
Achaz ging nervös im Zimmer hin und her. »Da ist wieder so eine dumme Geschichte«, begann er, »ich weiß selbst, wie unverantwortlich das ist,

aber es ist nun einmal geschehen. Ich habe mich da in einem Kasino wieder zum Spiel verleiten lassen; ich weiß nicht, was diese Nacht über mich gekommen war, aber ich spielte wie ein Wahnsinniger. Natürlich verlor ich.« Er schwieg einen Augenblick.

»Wieviel?« fragte Ulrich vom Fenster her.

»Fünfzehntausend!« erwiderte Achaz. Eine Pause entstand.

Endlich wandte sich Ulrich wieder dem Bruder zu. »Und du willst«, fragte er seltsam deutlich, die Worte vor sich hinzischend, »du willst, ich soll sie dir geben?«

»Natürlich war das meine Hoffnung!« erwiderte Achaz und errötete. »Eine andere Hoffnung habe ich doch nicht.«

»Du überschätzt meinen Etat«, fuhr Ulrich fort, »ich habe eine Familie, ich kann mich nicht deiner Spielschulden wegen ruinieren. Voriges Jahr ging das ganze Geld für den Holzverkauf auf deine Schulden drauf und jetzt wieder.«

»Du hast ganz recht«, unterbrach ihn Achaz, »und ich wundere mich nicht, wenn du ungehalten bist, es ist unverantwortlich von mir, ich könnte mich schlagen; wie eine Verrücktheit ist es über mich gekommen; ich sage dir offen, ich verachte mich, verachte mich tief, aber nun es einmal geschehen ist ... Der Ertrinkende greift nach allem, was ihn retten kann, und du weißt es ja, bezahle ich die Schuld nicht, dann ist es aus mit mir, ganz aus, dann bleibt mir nur die Kugel. Das ist nicht eine geschmacklose Drohung, sondern eine Selbstverständlichkeit. Aber komme ich diesmal noch durch, dann spiele ich nie mehr, dann beginnt ein neues Leben.«

Ulrich hatte unbeweglich zugehört. Sein Gesicht schien kleiner geworden, wie zusammengedrückt, und seine Lippen waren wieder ganz fest geschlossen. Als er jetzt zu sprechen begann, war seine Stimme leise und ein wenig heiser.

»Es ist erst dann Aussicht, daß du deine guten Vorsätze verwirklichst, wenn du dir bewußt wirst, daß du allein für dein Leben verantwortlich bist, daß du, bei allem was du tust, dich und nur dich einsetztest. Jetzt hast du das Gefühl, ich stünde hinter dir und müßte für dich aufkommen, aber, mein Lieber, der Augenblick kommt, in dem ich das nicht mehr kann und nicht mehr will. Solange ein Mensch die Verantwortung für sich selbst nicht trägt, ist er ein Gespenst.«

»Du hast ja tausendmal recht«, rief Achaz, »ich sage mir das alles selbst, aber jetzt soll es anders werden, du wirst sehen. Natürlich ist das Geld, das du mir gibst, nur geliehen, ich erstatte es dir zurück, sobald ich kann. Meine Aussichten sind gut, ich stehe mich mit meinen Vorgesetzten ausgezeichnet, und ich habe Talent zum Diplomaten, ich fühle es, ich bin der geborene Diplomat. Ich denke, ich lasse mich nach Rom versetzen; von den Italienern kann man viel lernen, und du wirst sehen, ich gehe wie ein Licht in die Höhe. O, darum ist mir nicht bange, und an jenem Morgen nach der Spielnacht fühlte ich, daß es wie eine Krankheit von mir abfiel, mein ganzes, dummes Leben. Ich bin kein Spieler, aber es kommt zuweilen wie ein Rausch über mich, aber das ist vorbei.«

»Gut«, sagte Ulrich, trat an den Tisch und klopfte mit dem Finger hart auf die Tischplatte, »wie dem auch sei, du wirst dich künftig daran gewöhnen müssen, deinen Rausch selbst zu bezahlen. Wenn ich dir diesmal noch helfe, so bin ich damit an die Grenze der Möglichkeit, dir zu helfen, gekommen.«

»Ich danke dir, mein Alter, du bist mein Retter. Du bist wie ein Vater für mich, aber du wirst sehen, mit dem unsoliden Leben ist es jetzt aus, ich werde ein ernster Mensch, das Buchowsche in mir kommt heraus, du wirst noch Freude an mir erleben. Und weißt du, was du mit den wenigen Worten: ›Ich werde dir diesmal helfen!‹ tust? Du rettest einen Menschen vor dem Tode, ganz einfach, du rettest einen Menschen vor dem Tode.«

Ulrich erwiderte nichts. Er setzte sich müde auf das Sofa und schaute mit den tiefliegenden, grauen Augen sinnend vor sich hin.

»Du sagst, sich selbst einsetzen«, fuhr Achaz fort, »das ist gut gesagt, aber das ist es eben. Wenn ich etwas Verwegenes tue, eine Dummheit meinetwegen, etwas, wobei es sich um die Existenz handelt, eine Summe setze oder so etwas, dann ergreift mich ein angenehmer Schwindel, ich spüre deutlich, daß ich mich selbst einsetze, und es ist eine köstliche Spannung in mir, ob ich gewinne oder verliere. Ich muß da an unsre Knabenjahre denken. Erinnerst du dich noch, wie wir uns auf der Wippschaukel schaukelten: du saßest auf dem einen Ende, ich stand auf dem andern. Es war nicht leicht, dort zu stehen, aber es gab eine angenehme Spannung: werde ich fallen oder werde ich nicht fallen. Aber das ist jetzt vorüber, tempi passati, ich bin ein andrer Mensch geworden, wirklich, ich fühle die Exzellenz schon in mir keimen«, und er lachte ein offenes, frohes Lachen. Drüben vom Saal her tönten Ulis kleine, schrille Freudenschreie, auf dem Klavier wurde ein Walzer gespielt. »Was tun sie dort?« fragte Achaz. Er öffnete die Tür und schaute zum Saal hinüber, dann war auch er hinausgeschlüpft, und Buchow hörte bald, wie Achaz' Lachen sich in Ulis Freudenschreie mischte. Buchow stand auf, schloß die Tür und setzte sich wieder auf seinen Platz zurück. »Ja, sprechen kann er«, dachte er, »sprechen können sie alle«, aber der Zorn in ihm war verraucht, ein mitleidiges Bangen ergriff ihn um diesen jüngeren Bruder, von dem er, der schwer-

blütige, so viel Heiterkeit und Sonnenschein empfangen hatte. Einmal mußte der Augenblick kommen, in dem er nicht mehr helfen konnte, was wurde dann aus Achaz! – »Dann wäre es aus, ganz aus«, hatte Achaz gesagt, und an diese Worte zu denken, schmerzte Buchow. Das Leben schien solche sorglose und glänzende Wesen nur zu schaffen, um sich eine Weile damit zu schmücken, und um sie dann als unnütz beiseite zu werfen.
Drüben vom Saal her hörte er Irmas und Achaz' Lachen, Ulis Jubeln, der Großvater spielte seinen Walzer. Ein bitteres Gefühl der Einsamkeit ergriff Buchow. Ja, die konnten heiter sein, die Sorgen waren auf ihn abgeladen, und er hatte sich mit ihnen zurechtzufinden. Es wurde an die Tür geklopft und der Inspektor trat ein, um über die Arbeit des Tages zu sprechen.

Es war ein Feiertag. Die Wintersonne beschien hell das dicht mit Schnee bedeckte Land. Auch die Zimmer waren voll goldnen Lichtes. Irma saß in ihrem Eßzimmer am Frühstückstisch, ganz in der Sonne, und kniff behaglich die Augen zusammen. »Ja, so ist es dir recht«, sagte Achaz, der im Zimmer auf und ab ging, »sich so ganz in der Sonne zu baden, wie eine Libelle, die in der Luft mitten in einem Sonnenstrahl in ihrem Fluge innehält.«
»Ja«, sagte Irma, »wenn die Sonne scheint, dann weiß man doch, wozu man da ist.«
»So, das weißt du«, meinte Achaz, »da weißt du viel. Aber das ist richtig, dieses Licht gehört zum Feiertage. Die Natur sieht aus wie ein Zimmer, das für den Feiertag aufgeräumt worden ist, und wenn ich an die Sonntage meiner Jugend denke, so sehe ich die Zimmer immer gelb von Sonnenschein.«
»Ohne Sonnenschein«, versetzte Irma nachdenklich, »geht man doch nur wie ein Gespenst herum.«
»Gut«, begann Achaz wieder und blieb vor Irma stehen, »die richtige Umwelt wäre da, nun kommt es darauf an, ein Programm zu entwerfen, was wir in dieser Umwelt tun.«
»Ach ja«, sagte Irma und lächelte erwartungsvoll zu Achaz auf.
»Zuerst natürlich die Kirche«, fing Achaz seine Aufzählung an, »ich liebe diese Landkirchen, die Leute haben ihre Sonntagskleider an, setzen andächtige Gesichter auf, und das Klappern der Sonntagsschuhe hallt in dem hohen Raum wider; man friert ein wenig, das ist der Anfang der Andacht; dann kommt die Orgel und der Gesang; die Leute singen und machen den Mund weit auf und sehen mit ein wenig leeren, tiefberuhigten Augen vor

sich hin; sie ruhen aus in dem Unbegreiflichen, das sie anbeten. Nun, und nach der Kirche kommt das sonntägliche Mittagessen; hoffentlich gibt es eine Bouillon mit Fleischpiroggen, das war so gewohnte Sonntagssuppe. Haben wir diese?«
»Christa kommt«, erwiderte Irma.
»O Fräulein Christa«, rief Achaz, »die paßt hier herein, sie sieht selbst aus wie ein Lebkuchenweibchen und sagt einem so unterhaltend taktlose Dinge. Ich glaube, Fräulein Christa war eine Zeitlang in mich verliebt.«
»O nein«, widersprach Irma, »die hat immer nur ihren Viervogel geliebt.«
»So«, meinte Achaz, »es wäre eine Verschönerung ihres Lebens gewesen, in ihrem einsamen Gouvernantenstübchen zu sitzen und sich nach mir zu sehnen. Aber, mein Gott, alle können einen ja nicht lieben.«
»Ja, willst du das denn?« fragte Irma.
»Nein, nicht gerade«, erwiderte Achaz, »aber es ist immerhin ein angenehmes Gefühl, auf ein weibliches Wesen zu wirken wie ein elektrischer Funke. Gleichviel, nachmittags fahren wir spazieren, ich fahre mit dir, und wir nehmen Uli mit, Ulrich fährt mit Fräulein Christa und Isa, wir fahren durch den Flecken, sehen die hübschen Gärtnerstöchter vor der Tür stehen, dann geht es weiter in den Wald, der heute wunderbar geheimnisvoll sein wird.«
Buchow trat ins Zimmer. »Ah, Ulrich«, begrüßte ihn Achaz, »du machst heute auch dein Sonntagsgesicht, das ist recht, heute denken wir nicht an Geschäfte, das Programm für den Tag ist schon fertig.«

Am Nachmittag fuhren die beiden Schlitten mit hellem Schellengeläute von Lalaiken über die Brücke durch den Marktflecken. Die Drixner Mädchen gingen in langer Reihe auf der Hauptstraße nebeneinander her mit kleinen, vorsichtigen Schritten; sie trugen neue Kleider und neue Pelzkappen. Vor ihrer Haustüre standen die hübschen Gärtnerstöchter und lachten, als Achaz sie grüßte. In der Türe des Lehmannschen Gasthauses lehnte Viervogel und blinzelte gelangweilt zur Sonne auf. Auf dem Bürgersteig aber ging der schöne Provisor neben dem Postfräulein einher; er machte ein mißmutiges Gesicht und hob nur langsam seine langen Beine. Jeder Schritt schien eine Gnade zu sein.
»Ein hübscher, festtägier Ameisenhaufen«, sagte Achaz.
»Wenn die Sonne scheint«, meinte Irma, »und die Mädchen neue Kleider anhaben, dann ist es hübsch, aber wenn ich in grauen Herbsttagen durch den Ort gehe, an den Dächern hängen Tropfen, hinter den kleinen, trüben Scheiben stehen die Menschen mit bleichen, traurigen Gesichtern, und die Hunde, mein Gott, die Hunde, struppig und naß gehen sie gelangweilt

durch die Pfützen, das ist dann so alltäglich, so herzbrechend alltäglich, daß ich weinen könnte.«
»Ach«, versetzte Achaz, »ich glaube, die Leute hier sind ebenso glücklich wie anderswo. Sie lieben und hassen, sie verdienen Geld, sie haben ihre Schicksale. Sieh doch den Provisor, sieht er nicht aus wie ein leibhaftiges Schicksal? Die Hunde, nun ja, Kleinstadthunde können die alltäglichsten Geschöpfe der Welt sein. Sie haben ja eine so überlegene Art, ihre Langeweile zu zeigen.«
Hinter dem Marktflecken begann der Lalaikensche Forst, und große verschneite Tannen säumten den Weg ein, sie hielten ihre Schneelast wie auf gespreizten Riesenhänden. An ihnen vorüber sah man in das Innere des Waldes. Überall erglänzte das grelle Weiß, weiße Plätze, weiße Ecken, weiße Brautstuben, weiße Klosterzellen, und all das ganz still, ganz regungslos. Ein Hase setzte über den Weg in den Wald hinein. Der tiefe Schnee machte ihm Mühe, er versank bei jedem Satz fast bis zu den Löffeln.
»Der geht jetzt in seine weiße Welt«, sagte Irma nachdenklich, »das muß gut sein, solch eine Welt, ganz weiß, ganz hell, ganz rein.«
»Nun, ich denke«, warf Achaz ein, »wir würden uns bald in solch einer Welt nach etwas Dunkelheit sehnen.«
»Ich habe immer gefunden«, fuhr Irma fort, »daß in solch einem glänzenden Weiß etwas wie ein unhörbares Lachen steckt. Mein Vater hat mir einen Morgenrock aus weißem Samt geschenkt. Wenn ich den anziehe, ist es mir, als kleide ich mich in Schnee, und das unhörbare Lachen geht in mich über, ich muß lächeln, und selbst meine Kammerjungfer Minna lächelt dann.«
»Das muß hübsch sein«, meinte Achaz.
»Ich will nicht, daß alles weiß ist«, ließ sich plötzlich Ulis Stimme vernehmen, »es soll so sein wie Schnee, aber schön rot.«
»Du siehst«, meinte Achaz, »mein Junge, der Wald gehorcht dir.«
Die Sonne ging unter. Ein purpurnes Licht floß an den weißen Baumgestalten nieder, es lag auf der Schneedecke wie Blutlachen, ein plötzliches wunderbares Erglühen des Waldes. Ein Vogel flog aus einer Tanne auf, ein schwarzes Flattern in all dem Rot. Uli jubelte. »Bravo«, sagte Achaz, »auf solche Überraschungen versteht sich die Natur.«
»Ja«, versetzte Irma, »ihr fällt immer etwas Hübsches ein, aber Ulrich sagt, er liebt das Graue; an grauen Tagen fühlt er sich tatkräftig und frisch, dann ist er auch besonders heiter. Nun ja, er hat seine Arbeit, seine Gedanken, ›Pflichtenkreis‹, wie er sagt.«
»Pflichtenkreis«, wiederholte Achaz, »das Wort riecht schön nach Schulstuben, schimmliger Tinte und feuchten Kleidern.«

»Nein, Ulrich ist gut«, sagte Irma verträumt. »Ulrich ist sehr gut, ich wollte, ich wäre so gut wie er.«
»Warum willst du denn so gut sein?« fragte Achaz leise.
Das Abendrot war verglommen, sie bogen jetzt vom Waldwege auf die Landstraße ab, an dem kleinen See entlang. Auf der weißen Fläche dämmerte es bereits und der Schnee wurde bläulich. Auf der andern Seite aber lag der Marktflecken, in dem bleiche Lichter erglommen; oben im dunkel werdenden Himmel erwachten einige unruhig blitzende Sterne.
»Jetzt ist es wieder traurig«, erklang Ulis Stimme.
»Nein, mein Junge«, sagte Achaz, »es ist schön, aber du bist noch nicht reif für die Dämmerung, das mußt du erst lernen.«
»Ich finde es traurig«, sagte der Knabe, schmiegte sich eng an seine Mutter und schloß die Augen.
»Ich könnte ewig so fortfahren«, versetzte Achaz, »in dieses Dämmern hinein, Sterne über dem Kopfe, und man ist beieinander, ganz nah beieinander.«
Irma schwieg und sah träumend in die Dämmerung hinein.
Ulrichs Schlitten, der hinter ihnen her fuhr, kam ihnen jetzt ganz nahe, und sie hörten durch das Schellengeläute hindurch Fräulein Christas laute Stimme, die Ulrich etwas sagte. Achaz trieb sein Pferd an. »Nein, das wollen wir nicht«, sagte er, »wir wollen das Gefühl haben, daß wir in dieser weichen Dunkelheit ganz allein sind.«

Zu Hause war es hell und warm; der Großvater ging unruhig durch die erleuchteten Zimmer, denn seine Einsamkeit drückte ihn schon. Im Kamin brannte das Feuer, Irma lehnte sich in einem großen Sessel zurück und schloß halb die Augen. Die Luft hatte sie müde gemacht. Fräulein Christa saß ihr gegenüber und erzählte aus dem Marktflecken, erzählte von der Witwe Weidemann und von den Gärtnerstöchtern, von der Schule, ruhige Geschichten, von denen Irmas Gedanken oft abschweiften, um wieder an den verschneiten Wald und die dämmerige Welt zu denken.
»Ich habe auf Sie gewartet, lieber Achaz«, sagte der Graf Pax, »denn wir wollen Piquet spielen.«
So setzten sich die Herren an den Spieltisch. Ulrich ging ab und zu, sah dem Spiele zu, sprach mit Fräulein Christa, ging dann wieder, saß still in seinem Zimmer. Er liebte es, wie alle guten Arbeiter, die Ruhe des Feiertags auszukosten. Auch Irma fühlte sich wohl. Vom Kartentisch schallte bisweilen Achaz' helles Lachen oder der süß duftende Hauch der türkischen Zigarette wehte herüber.
So war es gut und morgen war alles vorüber.

»Heute muß ja Abschied gefeiert werden«, rief Graf Pax.
»Klaus, bringen Sie von meinem Wein, und eine Ananas ist noch da, natürlich eine Bowle muß getrunken werden; daß ich das vergessen konnte«, und der alte Herr war ganz Geschäftigkeit im Bereiten seiner Bowle.
Als man dann um den Tisch herum saß, jedes Glas vor sich, da wurde der Graf ganz Weltmann, sprach vom Herzog von Urach und dem Duc de Broglie, von Diners bei Véfoux, von Bällen und schönen Damen. »Ach Gott, meine Jugend«, sagte er. »Damals war noch Würde in der Jugend; schon das Tanzen, nicht das regellose Herumstürmen wie jetzt.« Er stand auf. »Bitte, Fräulein Christa, einen Augenblick«, sagte er, ergriff Fräulein Christas Hand und tanzte mit unendlicher Würde einige Figuren der Française, küßte Fräulein Christa dann die Hand und führte sie an ihren Platz zurück. »Seht«, sagte er, »das war élégance.«
»Ja, das können wir nicht mehr«, versetzte Achaz, »in jenen Zeiten mischte sich etwas Heiliges in das gesellschaftliche Leben.«
»Das ist es, das ist es«, bestätigte der Graf, und in diesem Zimmer beim Duft der Ananasbowle und der türkischen Zigaretten, in der Wärme des Kaminfeuers und dem lässigen, heiteren Gespräch erschien allen das Leben freundlich und warm.

Achaz reiste ab. Er küßte Ulrich und sagte: »Ich danke dir, mein Alter, du bist wie ein Vater für mich; nein, du bist mehr als ein Vater, du hast mich zweimal gerettet, wie man einen Ertrinkenden rettet, ich werde dir das nie vergessen.«
Ulrich machte ein sehr ernstes Gesicht. »Wenn ich dir helfen kann«, versetzte er, »so werde ich es immer tun, aber du weißt, so geht es nicht weiter, und es kommt der Augenblick ...«
»Du brauchst mir nichts zu sagen«, unterbrach ihn Achaz, »denn ich habe mir selbst all das viel schärfer gesagt. O, ich habe mich nicht geschont, ich bin ein andrer Mensch geworden, das wirst du sehen, also leb' wohl, mein Alter, noch einmal vielen vielen Dank, du hast mir sozusagen das Leben gerettet.«
Leichtfüßig ging er hinaus. Er fand Irma in ihrem Schreibzimmer am Fenster stehen, neben ihr Uli, der weinte. Es war ihr recht, daß Uli weinte, denn sie konnte und wollte nicht weinen, und doch war ihr kläglich zumute. »Also lebe wohl, Irma«, sagte Achaz, »es war hübsch bei euch, es ist verdammt, daß ich fortfahren muß; nun wirst du dich wieder in dein weißes Winterleben einspinnen, am Fenster bei den Hyazinthen sitzen und auf den Schnee hinausschauen. Ja, hübsch ist das, aber es ist zuviel Schatten in deinem Leben.«

»Ich lebe mich in den Schatten schon hinein«, erwiderte Irma matt lächelnd.
»Nein«, entgegnete Achaz, »manche Blumen sind für die Sonne da und andre für den Schatten. Ich möchte dich aus dem Schatten herausheben, hoch in die Sonne hinein, dort, wo das Leben blank und lachend ist.«
»Laß mich nur in meinem Schatten«, meinte Irma trübselig.
»Nun, Uli, mein Junge«, rief Achaz, »du weinst um mich? Das ist hübsch von dir. Ein Abschied ohne Tränen ist wie die Suppe ohne Salz; mit den Lerchen komme auch ich wieder; lebt alle recht wohl, ihr guten und schönen Menschen.« Damit ging er.
Als Uli am Fenster stand und weinend dem davonfahrenden Schlitten nachschaute, sagte er kläglich: »Jetzt fahren die Festtage fort!« – »Ja, die Festtage fahren fort«, wiederholte Irma.

Uli wurde in die Kinderstube geschickt und Isa befohlen, ihn zu erheitern; der Großvater saß auf seinem gewohnten Platze am Fenster, schaute auf die Vorübergehenden und auf die Hunde oder blickte die Landstraße hinauf, ob nicht Besuch käme, Ulrich stand auf dem Hof und sprach mit dem Inspektor. Die Zimmermädchen trugen die Tannenbäume hinaus und fegten den Goldschaum vom Fußboden. Der Alltag, dachte Irma, nimmt unerbittlich vom Hause wieder Besitz. Sie mußte wohl auch in ihren Pflichtenkreis, wie Ulrich sagte, zurück, aber was war doch ihr Pflichtenkreis? Der Haushalt? – O, den besorgte die Mamsell besser als sie. Sie setzte sich, wie Achaz es gesagt hatte, an das Fenster und schaute auf den Schnee hinaus, unschlüssig, was sie tun sollte.

Am Nachmittag kam Fräulein Christa, um den Kindern Unterricht zu erteilen. Irma hörte vom Nebenzimmer aus das eintönige und stockende Lesen der Kinderstimmen, sonst war das Haus ganz still, nur ab und zu prasselte das Feuer in einem Ofen. Die Stuben waren voll weißen Schneelichtes, und draußen begann es ganz leise zu schneien.
»Das ist doch hübsch«, sagte sich Irma, »das ist doch gemütlich«, und dennoch ergriff sie eine unbändige Sehnsucht, Achaz' helles und leichtsinniges Lachen zu hören, eine Sehnsucht nach dem süßen Duft seiner türkischen Zigarette, und sie ärgerte sich darüber, es war unrecht und lächerlich für eine Frau, jemanden so stark zu vermissen. Es muß etwas unternommen werden, entschloß sie sich, und nach dem Unterricht sagte sie zu Fräulein Christa: »Wir gehen nach Drixen hinein, du sagst, Lehmann hat eine neue, weiße Stube eingerichtet, mit Marmortischen, wo man Schokolade trinken und Apfelkuchen essen kann, da gehen wir hin.«

»Muß das heute sein?« fragte Fräulein Christa und sah mit ihren guten Hundeaugen Irma besorgt an.
»Ja, es muß sein«, erwiderte Irma.
So machten sie sich denn auf. Es war erfrischend, durch den niederfallenden Schnee zu gehen, an den verschneiten Häuschen vorüber; ein blasses Abendrot hing am Himmel, und Krähen flogen schwarz und eilig durch das lautlose, weiße Niederrinnen. Bei Lehmann war es warm und behaglich; sie saßen vor ihren Schokoladentassen und Fräulein Christa sprach von Viervogel. Als dieser Gegenstand erschöpft zu sein schien, begannen sie von Achaz zu sprechen.

Der Winter war in diesem Jahre hart, klares Frostwetter, der Schnee blieb bis in den März hinein liegen, unverändert dehnte sich die weiße, weite Fläche vor den Lalaikenschen Fenstern aus unter dem bleichen Winterhimmel. Die Bauernschlitten mit den struppigen Pferden, die sich mühsam durch den Schnee arbeiteten, sahen aus wie abgegriffene Spielzeuge. Ulrich war viel draußen bei seiner Landwirtschaft, ab und zu kam er angeregt herein und verlangte einen Schnaps. Der Graf Pax ging mit kleinen Schritten durch die Zimmer, schaute in die brennenden Öfen, oder stand an den Fenstern und wartete auf Besuch. Irma suchte ihren Pflichtenkreis; sie ging zu der Mamsell und wunderte sich über die vielen Würste und Schinken. Sie schaute nach den Kindern, allein Uli war in diesen Tagen schwierig; wenn er auch seine alte Frau Müller mit einem bunten Tuch und roten Plaid verkleidet hatte und Isa an einer Leine kutschte, so wurde er des Spieles doch bald überdrüssig, ging dann mit schlaff niederhängenden Händen durch die Zimmerflucht und fragte seine Mutter weinerlich: »Was gibt es zu Mittag? Es ist jetzt nichts, worauf man sich freuen kann.«
»Man freut sich auf jeden Tag«, belehrte die Mutter, aber sie empfand es tief, wie recht der Kleine hatte. Nein, es war nichts da, worauf man sich freuen konnte. Selbst wenn ihr Vater herangetrippelt kam und angeregt verkündete: »Ein Schlitten hält vor der Tür!«, so erhoffte sie sich davon nichts. Es war die Baronin Brünner, die dann in weitläufigem Seidenkleide hereinrauschte, behangen mit klingenden Goldsachen, sie saß am Teetisch, strickte mit klappernden Elfenbeinnadeln, erzählte aus der Nachbarschaft von zweifelhaften Ehen und von hohen Partien im Klub des Städtchens, von Dienstboten und Gouvernanten, oder es waren Herren, dann roch es nach guten Zigarren im Zimmer, und die Herren sprachen von Gründüngung und von Leuten, die ihre Güter schlecht bewirtschafteten. Nein, das waren keine Ereignisse, dachte Irma. Achaz

hatte gesagt, nur wenn das Leben uns wie die Welle im Seebad hochhebt, dann ist es des Lebens wert. Mein Gott, sie war nun einmal dazu bestimmt, die Hyazinthe im Fenster des adligen Hauses zu sein. Abends kam Ulrich nach Hause, wärmte sich am Kamin und fühlte sich sehr behaglich. Er erzählte viel von seiner Arbeit und von den Leuten. Irma lag in ihrem Sessel und hörte ihm mit halbgeschlossenen Augen zu.

»Dich interessiert das alles wohl nicht?« fragte er schroff.

»Doch«, erwiderte Irma, »erzähle nur deine grauen Geschichten.«

»Grau?« wiederholte Ulrich verwundert.

»Ja«, erwiderte Irma, »diese Männer sind grau, und die Frauen sind grau, und die Stuben und die Kinder, alles ist grau.«

Ulrich schwieg eine Weile und dachte nach. Endlich sagte er: »Ich meine, du solltest dich mehr mit den Leuten abgeben; da sind kranke Frauen, kranke Kinder; eine Gutsfrau sollte so etwas wie eine wohltätige Göttin sein, das würde dir auch wohl tun –«

»Das kann ich nicht«, unterbrach ihn Irma, »ich kann keine Wunden sehen, ich verstehe nicht Kranke zu behandeln, dazu ist ja Doktor Bulster da, und der Geruch in diesen Bauernzimmern macht mich krank. Das ist alles sehr unsympathisch und wenig tugendhaft – aber ich kann nichts dafür.«

»Nun, wenn du nicht kannst«, sagte Ulrich, schwieg dann und schloß seinen Mund so fest, daß die Lippen weiß wurden.

Einen festlichen Augenblick gab's an jedem dieser stillen Wintertage: das war der Sonnenuntergang. Die Sonne hing als rote Kugel am Rande des weiten Horizontes, purpurne und goldene Wellen lohten wie Flammen in den blassen Himmel hinauf, die Ebene wurde rosenrot, das Haus war voll roten Lichtes. Der Graf Pax trippelte von Fenster zu Fenster, rieb sich lächelnd die Hände und flüsterte befriedigt vor sich hin: »Grand spectacle.«

Irma stieg in den Garten hinab, ging durch die verschneiten Alleen, wie durch weiße Korridore, immer der Sonne entgegen. Sich von diesem roten Lichte bescheinen zu lassen, erregte sie, es war wie ein Versprechen, wie eine Anzahlung des Lebens auf große und schöne Dinge. Eine Welt, die sich so prächtig schmückt, mußte auch ihr etwas bringen. Die Kinder liefen Schlittschuh auf einem kleinen, schmalen Gewässer des Parkes unter der Aufsicht der Frau Müller. Der Abendschein färbte das Eis. »Wir laufen auf einem rosa Bonbon«, sagte Uli. Er breitete seine Arme aus, lief lächelnd der Sonne entgegen. »Gib acht«, warnte Frau Müller. Er aber meinte: »Ich muß zur großen Roten hin!« und stieß schrille Vogellaute aus. Plötzlich aber fiel er, fiel rücklings, lag still da und wimmerte. Man trug ihn in das Haus; er hatte sich Schaden getan am Rücken und am Bein, und Doktor Bulster wurde geholt; klein, mit kurzgeschorenem Haar, stand er breitbeinig am Bett des Knaben, machte ein bedenkliches Gesicht und stopfte sich Tabak in die Nase. Uli litt Schmerzen und fieberte, und eine furchtbare Angst und Niedergeschlagenheit breitete sich von diesem Kinderbette aus über das ganze Haus, es schien leer, weil die kleine blonde Gestalt fehlte. Trübselig saß der Großvater auf seinem Platz am Fenster und sah in den Hof hinab. Selbst die Hunde schienen traurig. Ulrich kam häufig in das Krankenzimmer, schaute sein bleiches Kind ernst an. »Ich weiß wohl«, dachte Irma dann, »auch dich verfolgt diese Angst überallhin«, diese Angst, die sie den ganzen Tag nicht verließ, als lauere etwas Entsetzliches auf sie, wo sie ging und stand. Irma wachte die Nacht über bei Uli; sie saß bei der Nachtlampe, ein Buch vor sich aufgeschlagen, aber sie las nicht, sie starrte in die Ecken, in denen die schwarzen Schatten zitterten; Uli flüsterte leise und geschäftig im Fieber, sein Gesicht war bleich, umgeben von der Aureole der blonden Locken. Es kamen Irma Gedanken, seltsam wie schreckende Träume; wie konnte etwas so Kleines und Hilfloses mit dem furchtbaren, unbekannten Tod ringen; und dann dort drüben – gut – es waren dort Engel, Licht – allein, jetzt sah sie dieses Jenseits ganz deutlich – eine große, dämmrige Ebene von einer erschreckenden Fremdheit, und dort sollte Uli umherirren? Allein, hilflos, klein – und eine so unbeschreibliche Angst zitterte in ihr, daß sie nicht weinen konnte. Und dennoch, als Frau Müller um vier Uhr kam, um sie abzulösen, und sie sich todesmatt auf das Bett warf, da war es ein köstliches Gefühl, den Kopf in die Kissen zu drücken und die Augen zu schließen.

Ulis Zustand besserte sich; sein Rücken schmerzte ihn. Aber es gab Augenblicke, in denen er lächelte. Isa saß treu am Ende des Bettes und sah ihn aufmerksam mit ihren grauen Augen an. Der stete Gefährte aber des Knaben war der Großvater. Der alte Mann hätte alles getan, um ein Lächeln auf das bleiche Kindergesicht zu bringen. Er machte vier Knoten in ein Taschentuch und war dann ein Clown, ruhte nicht eher, bis Uli bei seinen Sprüngen und Künsten hell auflachte; er schleppte alle Schätze seines Zimmers herbei, Schweizer Holztiere und Häuschen, Krawattennadeln und Bilder. Er wurde der kindliche Kamerad des Kranken, und wenn Uli nicht lachte, sondern sich wimmernd in seinem Bette wand, wurde auch der alte Herr ganz niedergeschlagen und machte ein Gesicht, als hätte er Podagra. Endlich kam die Zeit, da Uli ein wenig aufstehen durfte, aber er mußte sich auf eine Krücke stützen, das Gehen fiel ihm schwer, und Doktor Bulster machte noch immer ein bedenkliches Gesicht und sagte zu Ulrich: »Wir müssen zusehen, daß uns der Knabe nicht verwächst.«

Draußen war währenddessen das Frühjahr gekommen, warmer Sonnenschein, über die Bäume breitete es sich wie grüne Schleier, und das junge Gras duftete aus der feuchten Erde. Die Amseln schlugen wie berauscht; Uli durfte in einem kleinen Rollstuhl, von Frau Müller geschoben, die Parkwege entlang fahren, der Großvater ging nebenher, versuchte es, aus dem Frühling alles hervorzusuchen, was den Knaben erheitern konnte. »Jetzt fahren wir zum Drosselnest«, sagte er, »jetzt zu den Veilchen, jetzt schauen wir uns an, wie das Vieh hinausgetrieben wird.« Er sprach unermüdlich. »Eine Livree müßten wir Frau Müller machen«, meinte er, »rot mit goldnen Tressen, dann würde jeder, an dem du vorüberfährst, sagen: ›Da fährt der Baron Buchow.‹« Das bleiche Kindergesicht lächelte und schaute erwartungsvoll zum Großvater auf, ob dieser nicht etwas Neues, Vergnügliches sagen würde.
Die Abende waren noch kalt, so brannte das Feuer im Kamin; der Großvater schlief in seinem Stuhl, Irma und Ulrich saßen am Feuer und schwiegen. Ja, Ulrich schwieg, denn er war es gewohnt, die Zähne über einem Schmerz zusammenzubeißen, ihn stumm in sich bohren zu lassen. Irma weinte zuweilen still vor sich hin. »Weine doch nicht«, sagte Ulrich weich. »Ich muß weinen«, erwiderte Irma, »wenn ich an den armen Rücken des Kleinen denke, wenn ich denke, daß sein Leben Schmerzen und Entsagung sein wird.«
»Wir müssen tapfer sein, Kind«, sagte Ulrich.
»Tapfer«, wiederholte Irma, und ein wenig Rot stieg in ihre Wangen, »für wen soll ich tapfer sein, für wen soll ich die Heldenmutter spielen, wenn das Leben meines Kindes zerstört wird?« Ulrich schwieg darauf, sann nach und sagte dann vor sich hin: »Viervogel sagt, wenn man auch noch so vorsichtig durchs Leben geht, sich gleichsam vor dem Leben versteckt – es hilft nichts, irgendwo an einer Ecke lauert es einem auf und trifft uns, wo wir am verwundbarsten sind.«
»Ach was, der törichte Viervogel«, sagte Irma, »der liebt nichts, der hat nichts, der sieht zu, wie die Witwe Weidemann bäckt, und wenn sie nicht bäckt, bäckt eine andre, was kann dem geschehen?« Das Gespräch verstummte wieder, Ulrich lehnte den Kopf in den Sessel zurück und rauchte, der Großvater schnarchte leise in seinem Stuhl. Plötzlich sagte Ulrich mit einer wunderlich veränderten, ein wenig heisern Stimme, als würde das Sprechen ihm schwer: »Siehst du, Kind, ich bin nun einmal solch ein steifer, verschlossener Gesell, der, was er fühlt, herunterschluckt, aber glaube mir, ich fühle sehr wohl, was in dir vorgeht, und ich würde so gern dir helfen, laß unsere beiden Schmerzen Kameraden sein, sprich dich aus, wir wollen näher zueinanderrücken; wenn ich's auch nicht zeigen kann –

es klingt doch alles in mir wieder, was in dir vorgeht«, und er streckte seine Hand ihr entgegen. Sie legte matt die ihre hinein und sagte leise: »Du bist sehr gut, Ulrich, aber, wer kann mir helfen?« Dann schwiegen sie wieder und lauschten dem Prasseln der Holzscheite im Kamin. Plötzlich erwachte der Ton schnell laufender kleiner Füßchen in der dunklen Zimmerflucht, und Isa erschien in der Tür. Ihre grauen Augen musterten aufmerksam die Eltern. »Nun, meine Tochter«, sagte Ulrich freundlich. Da trat sie vor und bot ihre Stirn den Eltern zum Gutenachtkuß hin. Irma küßte flüchtig die Kinderstirn, Ulrich strich dem Mädchen freundlich über das Haar. Isa küßte noch die weiße Perücke des Großvaters und verschwand dann wieder in der Dunkelheit.

Diese Abende am Kaminfeuer waren kummervoll; das Ehepaar schwieg viel, zuweilen aber sprach es leise und sprach beständig von Uli. »So viel Glück als wir können, müssen wir in sein Leben bringen«, sagte Ulrich.
»Ach ja«, meinte Irma, »er, der weinte und böse war, wenn die Sonne nicht schien.«
»Nun«, sprach Ulrich nachdenklich vor sich hin, »das Leben nimmt ihn in eine harte Schule.«
»Das will ich nicht«, fuhr Irma auf. »Das Leben soll mein Kind in Frieden lassen, ich will es beschützen und bewachen vor dieser Schule, und vielleicht, vielleicht –« Sie beendete ihren Satz nicht, ihre Stimme zitterte zu stark. Ulrich lehnte seinen Kopf in den Sessel zurück und sagte nach einer Weile: »Ja, vielleicht ...« Dann schwiegen sie wieder beide.
Der Frühlingswind rüttelte an den Fensterläden, weckte schrille Töne an den Glastüren des großen Saales, aber es war nicht die Stimme des Winterwindes, die stets klingt, als sei etwas in Not, als klagte etwas. Es lag wie Jubel im Brausen des Windes, als wühlte er mit Wollust in den grünen Wipfeln und schüttelte lustvoll an den Knospen. Irma hörte aus ihm etwas wie ein Versprechen heraus, wie eine Wonne, die doch noch, trotz allen Kummers, in der Welt wohnte. Dieser Wind ließ in ihr das Gefühl des Jungseins und des Hoffens plötzlich erwachen.
Der Ton eines dumpfen Falles machte beide aufschrecken. Der Großvater war von seinem Stuhl vornüber auf die Erde gefallen, lag regungslos da, ein hilfloses Bündel. Man hörte ihn nur flüstern: »En été, en été.«
Den Armen hatte ein Schlaganfall getroffen, er wurde in sein Zimmer geschafft. Doktor Bulster konstatierte die Lähmung der rechten Seite, und der lustige alte Herr lag klein und bleich in seinem Bette, schwieg meistens; nur einmal schien er Ulrich zu erkennen und sagte leise: »Fini.«
Während der Krankheit des Grafen fuhr Uli allein in den Park hinaus;

zuweilen ging Isa neben seinem Rollstuhl einher, allein das befriedigte ihn nicht, er war verstimmt und weinerlich. Sein alter Spielkamerad fehlte ihm, und die Dinge um ihn her hatten, ohne die lustige Auslegung des Großvaters, für ihn keinen Sinn.

Aber der alte Graf erholte sich, er konnte das Bett verlassen und am Arme seines alten Dieners Lukas sich langsam fortbewegen. Das Gesicht unter der weißen Lockenperücke war kleiner und faltiger geworden, der Mund ein wenig schief, wie gezogen von einem ironischen Lächeln. »Siehst du, mein Lieber«, sagte der Graf zu Ulrich, »das sind so Winke, die ich zwar für unnütz halte, denn was geschieht, soll geschehen, wozu die Winke und Andeutungen; aber gleichviel, ich bin nicht dumm genug, um nicht zu verstehen. Aber den Gefallen will ich dem Herrn oben doch nicht lassen, und das Stückchen Leben, das mir bleibt, damit verbringen, Trübsal zu blasen. Ich habe nach einem Rollstuhl geschrieben, Lukas kriegt eine blausilberne Livree; es kann alles noch ein anständiges Ansehen haben.«
Uli lachte über das ganze Gesicht, als er den Großvater sah, streckte ihm die Arme entgegen und rief: »Du bist's, Großvater, nun ist alles gut, sie sagten schon, du ...« Der Knabe hielt ein wenig erschrocken inne.
»Ich sterbe«, ergänzte der Großvater. »Nein, mein Junge, das ist eine Klatscherei, man stirbt nicht so mir nichts, dir nichts im schönsten Frühling. Ich habe jetzt auch einen Rollstuhl, den sollst du sehen, ein wahrer Thron, Lukas bekommt seine blaue und silberne Livree, Frau Müller schenke ich einen grünen Helgoländer, und so fahren wir zusammen aus.«
Und sie fuhren zusammen aus, hinein in die Pracht des Frühlings, der kleine und der große Rollstuhl, Lukas in der blauen Livree, Frau Müller im grünen Hut.
»Sieh, mein Junge«, sagte der Großvater, »wir können es ja so ansehen: jeder vornehme Mensch fährt im Rollstuhl. Das sind so mehr die kleinen Leute, die auf zwei Beinen herumlaufen. Sieht das nicht famos aus, wie wir so dahinfahren, Graf Pax und Baron Buchow; wie das klingt! So, jetzt kommen wir in die Pappelallee, wie die gerade dastehen. Wir können uns denken, sie sind Soldaten und salutieren, und wir grüßen wieder, nein nicht so, nur so leicht an den Hut gefaßt, so grüßte der König von Belgien, wenn er durch Brüssel fuhr. Und jetzt fahren wir zu den Tulpen; wir wollen doch sehen, was die in dieser Zeit gemacht haben.«
Die Tulpen waren wunderschön aufgegangen, sie standen da, wie feuerfarbene und rote Becher; einige hatten ihre Spitze noch geschlossen und sahen aus wie wunderliche, bunte Früchte. »Brav, brav«, sagte der Groß-

vater, »die tun ihre Pflicht; nun fahren wir zum Teich, nach den Fröschen; schau, die wunderlichen, nackten grünen Kerle! I, wie der dort über das Blatt steigt; sie tun so, als müßte man so aussehen!«
Uli lachte, daß ihm die Augen feucht wurden. Zuletzt fuhren sie noch an den Zaun, um nachzuschauen, ob nicht Besuch käme, allein es wurde abendlich und Frau Müller mahnte zur Heimfahrt. »Wir wollen noch die Sonne untergehen sehen«, sagte Uli weinerlich.
»Das wollen wir«, sagte der Großvater, »aber dort von der offenen Holzhalle im Garten aus.«
So standen der kleine und der große Rollstuhl in der offenen Holzhalle, das helle Gesicht des Knaben und das kleine, verschrumpfte Gesicht des Greises wurden von der untergehenden Sonne mit purpurnem Licht übergossen, und in den blauen Kinderaugen und in den grünlichen Augen des alten Mannes spiegelte sich die Sonne wie kleine, rote Pünktchen. Zuweilen gesellte sich Irma zu ihnen und sagte: »Ich komme zu euch, ihr scheint mir so glücklich.«

In den Ecken des Hauses saßen wohl noch die Sorgen und lauerten den Menschen auf, um sie jählings zu überfallen, aber draußen feierte der Frühling sein Fest üppiger denn je. Die Zeit der durchsichtig grünen Wipfel, der flatternden, grünen Schleier war vorüber, die Bäume gaben schon Schatten, die Alleen waren voll gedämpften, grünlichen Lichtes, alles blühte jetzt und schmückte sich. Auf den Gartenbeeten leuchtete und duftete es, und in den Zweigen saßen Stare und Amseln und schlugen aus Leibeskräften, als sei etwas Großes in diesen kleinen Wesen erwacht und müßte herausgerufen werden, wenn es auch die Brust zersprengte.
Auch Irma fühlte in sich die Lebensunruhe erwachen, ein unklares Hoffen und Warten, das die Sorgen zuweilen ablöste. Wenn sie abends im Kaminzimmer neben dem schweigenden Ulrich saß, dann kreuzten ihre Füße sich unruhig immer wieder einer über den anderen oder sie ging am Tage ohne Zweck durch die lange Zimmerflucht und ließ das Parkett unter ihren rastlosen Füßen knarren. Es war ihr zuweilen, als würde sie gerufen, als gäbe es etwas, wo sie dabei sein mußte, etwas, das sie versäumte.
Sie ging mit Fräulein Christa spazieren; der Sumpf, über den die große Brücke führte, war schon voll giftgrüner Hümpel. Im Flecken herrschte reges Leben, beim Gärtner wurde gearbeitet, die großen blonden Mädchen, Gießkannen in der Hand, riefen sich laut und lachend zu; der alte Mann mit dem schwarzen Käppchen gab Befehle; das Postfräulein wartete an der Ecke auf den Provisor, und die Witwe Weidemann hatte zwei rote

Rosen an ihrem Strohhut. Selbst Viervogel ging spazieren, langsam und gelangweilt. »Ja«, sagte Fräulein Christa, »in dieser Zeit ist der Flecken wie ein Bienenstock, der sich zum Schwärmen rüstet, ich merke es selbst an den Mädchen meiner ersten Klasse, sie haben feuchte, blanke Augen und denken an ganz anderes, als an das, was ich ihnen vortrage. Aber das muß wohl so sein«, schloß sie und seufzte.

Sie hatten den Flecken hinter sich gelassen und waren zum kleinen See hinaufgegangen, der blau und voll goldenen Nachmittagslichtes vor ihnen lag. Überall Lichtflecken, die sich bewegten und doch nicht von der Stelle kamen; Schachtelhalme steckten ihre grünen Spitzen aus dem Wasser, und wohlig schwammen Bleßhühner, wie kleine schwarze Kähne, durch all das Blau und Gold. »Das ist doch schön«, sagte Irma und breitete ihre Arme aus.

»Ja, schön«, wiederholte Fräulein Christa und machte ein strenges Gesicht, »aber gehört man dazu? Ja, das Postfräulein, das auf den Provisor wartet, die tollen Gärtnersmädchen, alle meine Schülerinnen, denen ich es ansehe, daß etwas ihnen im Blute brennt, die gehören dazu, aber ich, ich komme mir ausgeschlossen vor.«

»Nein«, rief Irma und stampfte mit dem Fuß, »ich will dazu gehören, niemand hat ein Recht, mich davon auszuschließen.«

»Ja, vielleicht«, sagte Christa, »gehörst du dazu, aber ich bin einsam und häßlich, was kümmert sich der Frühling um mich.«

»Nehmen müssen wir ihn uns«, rief Irma, »trotz aller Sorgen und trotz aller Qualen, wir wollen uns unser Recht nicht verkümmern lassen. Was heißt das, alles freut sich und schmückt sich, und ich werde sauer in der Ecke sitzen und Trübsal blasen, das will ich nicht. Wenn es einen Frühling gibt, dann gehöre ich dazu, und du auch, Christa. Was macht denn dein alter Viervogel, warum liebt er dich nicht?«

Christa machte ein tragisches Gesicht. »O der«, sagte sie, »der leidet an seinem zerstörten Leben, was soll dieser kluge Mensch hier bei uns? Es muß ihn schmerzen, daß er all seine Gaben hier verstecken muß.«

»Ach was«, sagte Irma, »er soll dich nur heiraten, statt bei der Witwe Weidemann zu sitzen, wenn sie auch zwei Rosen auf ihren Strohhut gesteckt hat. Es kommt mir vor, als sei überall Glück ausgestreut, als rufe es nach uns in den Lüften und in den Zweigen, aber wir verstehen es nicht zu fassen.«

»Nein«, sagte Christa, noch immer mit ihrem tragischen Gesicht, »unter all diesen Frühlingsschönheiten verstecken sich doch die Schmerzen und Tränen, und wollen wir den Frühling fassen, so fassen wir ja nur diese Schmerzen und Tränen.«

»Nein, das will ich nicht«, rief Irma. »Warum bist du heute so traurig? Ich glaubte, wir würden zusammen fröhlich sein, und nun sprichst du solche Dinge.«
»Verzeih«, meinte Christa und schaute nachdenklich in das Flimmern des Wassers hinaus, »der Frühling macht mich immer traurig.«
»Auch das noch«, versetzte Irma zurück und zuckte die Achseln. »Nun, dann gehen wir nach Hause.«
Auf dem Wasser erloschen die Lichter. Die untergehende Sonne warf über den See für wenige Augenblicke ihr purpurnes Licht, so daß der See aussah wie eine große Schale voll roten Weines dort mitten in all dem Grün. Unten im Flecken dämmerte es schon, die durchsichtige Dämmerung des Frühlingsabends. Beim Gärtner wurde noch gearbeitet, das Rufen und Lachen der Gärtnerstöchter klang hell auf die Straße hinaus. In allen Häusern standen die Fenster geöffnet, Mädchen lehnten in ihnen und schauten nachdenklich und wartend in die Dämmerung hinein. Katzen schlichen die Dachfirste entlang, und in dem kleinen Gärtchen des Lehmannschen Gasthauses stand die dicke Kellnerin und ließ sich von einem Burschen mitten auf den Mund küssen. »Die wollen dazu gehören«, dachte Irma, »und sie gehören dazu.« Auf der großen Brücke trennte sie sich von Fräulein Christa, und während sie das Stück bis zum Hause allein zurücklegte, fühlte sie das heimliche Leben der Frühlingsnacht.
Zu Hause kam ihr Ulrich entgegen, ernst und bleich; er sagte, Uli hätte stark gehustet, Dr. Bulster hatte die Bronchien angegriffen gefunden, ein wenig Fieber sei da und die größte Vorsicht geboten. Einen Augenblick sah Irma ihn mit großen Augen an; in einem Augenblick war alles wieder fort, der Frühling und die Lebensunruhe und die Hoffnung auf schöne Dinge. Die Angst um ihr Kind war wieder da; sie saß wieder am Bette des Kindes, starrte auf die schwarzen Schatten in der Ecke, die von der flackernden Nachtlampe leise bewegt wurden, und ihre Gedanken gingen so freudlose, angstvolle Wege, und alles, alles Schöne schien fort zu sein.
Jetzt begann für Irma ein seltsames Leben, dessen einzig Wirkliches das Kinderbett mit dem bleichen, hustenden Knaben war. Was sonst der Tag brachte, die Mahlzeiten mit dem ernsten Ulrich und der scheuen Isa, deren Augen angstvoll auf der Mutter ruhten, die Gespräche mit Fräulein Christa, all das war schattenhaft. Zuweilen blickte Irma zum Fenster hinaus, ja, die Bäume grünten und blühten, die Wipfel wiegten sich im Frühlingswinde, aber das sagte Irma nichts.
Der alte Graf Pax ließ sich schläfrig und mißmutig durch die Gartenalleen fahren. Ihre eigentliche Welt war das Krankenzimmer, in dem die Fenster

offen standen und die Vorhänge zugezogen waren. Das einzig Wirkliche war der schwere Atem des Kindes und die furchtbare Angst, die ihr das Herz zusammenschnürte. Zuweilen wimmerte Uli und verlangte, es sollte heller sein; Irma zog dann ein wenig die Vorhänge zurück, und die Sonne warf einige Goldflitter auf die Decke des Knaben, dessen schwache Hände danach griffen, als könnten sie in ihnen wühlen, während die Andeutung eines matten Lächelns sich auf dem blassen Kindergesichte zeigte. »Warum spielt Isa nicht?« flüsterte er zuweilen, aber wenn sie mit ihren Püppchen kam und ernst vor ihm zu spielen begann, schloß er müde die Augen. Auch der Großvater kam, aber er war still und in sich versunken. Uli lächelte ihm zu und dann versuchte es der alte Herr, heiter zu sprechen, zu scherzen; aber Uli hörte nicht mehr, schloß die Augen und rang nach Atem. An einem Abend, nach einem sehr schlimmen Tage, flüsterte Uli: »Die Sonne geht unter, laßt sie herein.« Als Irma die Vorhänge zurückbog, kam rotes Licht in das Zimmer, legte sich einen Augenblick auf die Decke des Kranken: es war, als erblühte etwas Prächtiges ring um das Krankenlager. Uli griff unsicher nach den bunten Strahlen, als wollte er sie pflücken, dann lösten sich aus seiner Brust tiefe, rasselnde Atemzüge, es wurde dann still, ganz still ... Uli lag tot da, überglitzert von den goldenen, purpurnen Lichtern der untergehenden Sonne.

Wenn Irma in ihrem Schreibzimmer saß, still vor sich hinweinte oder vor sich hinschaute, hatte sie noch das Gefühl, Uli ist da. Sie wußte, er lag im Nebenzimmer auf seinem Bette, in seinen Sonntagskleidern, mit einem weißen Schleier bedeckt, das Gesicht bleich und streng. Er war ganz umgeben von Blumen, deren Düfte die Luft schwer und schwül machten. Irma wagte nur selten hineinzugehen, über dem strengen, bleichen Knabengesichte lag etwas Fremdes, das sie schmerzte. Dann kam der Tag der Bestattung, traumhaft und unwirklich, viele Menschen: Damen in Trauer, die weinend Irma umschlangen, der Gang zum Friedhof, auf dem das Familiengewölbe stand. Sie hörte die Stimme des Predigers, sie sah einen Augenblick den kleinen Sarg, jemand führte sie fort. Sie fand sich wieder in ihrem Zimmer, die vielen Menschen waren fort, Ulrich stand bei ihr und strich ihr über das Haar, Christa saß neben ihr und machte ein trauriges Gesicht. Irma fühlte sich unendlich müde und sie war hungrig; sie wunderte sich darüber, aber sie freute sich, als der Diener den Tee brachte. Sie aß und trank mit Heißhunger, hörte, wie Ulrich und Fräulein Christa miteinander sprachen, und es war, als sprächen Menschen in weiter Ferne von ihr, Dinge, die sie nichts angingen, sie wollte schlafen – nur das. Und sie schlief einen langen, traumlosen Schlaf.

Als sie erwachte, dämmerte es bereits; Ulrich stand neben ihr und schaute sie ernst an. »Ich warte hier«, sagte er, »denn ich weiß, das Erwachen ist bitter.«
Irma schaute eine Weile wie gedankenlos vor sich hin, bis die Erinnerung wieder über sie kam, da sagte sie leise: »Ja, das Erwachen ist bitter.« Ulrich schlang seinen Arm um sie, und sie begannen langsam in der Zimmerflucht auf und ab zu gehen. Durch die geöffneten Fenster tönte das Abendlied der Drosseln, an der Tür des Saales erschien Isa, eine kleine schwarze Gestalt. Sie sah forschend ihre Eltern an und ging dann schweigend hinter ihnen her.

Nun kamen Tage, die Irma leer, ganz leer dünkten. Der Sonnenschein lag in den Zimmern, die Luft, die durch die Fenster eindrang, wurde immer schwerer von Düften, der Großvater ließ sich durch die Alleen fahren, bleich und gebrechlich, Isa spielte mit ihren Püppchen, indem sie lautlos die Lippen bewegte, Ulrich war draußen bei seiner Arbeit, und Irma, für Irma, war der Tag ganz leer. Eine zwecklose Unruhe trieb sie von Zimmer zu Zimmer, ließ das Parkett unter ihren rastlosen Füßen knarren; wenn sie an einem Fenster stehenblieb, sah wie, wie die Bäume grünten, wie die Kastanien und der Flieder blühten – aber das sagte ihr nichts. Nicht einmal an Uli konnte sie denken, nur eine unendliche Müdigkeit lastete auf dieser bleichen Frau im langen Trauerkleide. Zuweilen kam Fräulein Christa und sprach in ihrer resoluten Weise von Uli, vom Himmel und von Gott, aber Irma winkte ab: »Laß das«, sagte sie müde, »erzähle lieber von Viervogel.«
Abends kam Ulrich; sie saßen im Kaminzimmer beieinander in der hellen Dämmerung, die Fenster standen weit offen, Fledermäuse flogen vorüber, ihren dünnen, schrillen Jauchzer ausstoßend, ein Nachtschwärmer verirrte sich zuweilen in das Zimmer, und man hörte in der Dunkelheit nur das surrende Geräusch seiner Flügel wie den Ton winziger Propeller. Irma und Ulrich hatten lange geschwiegen, jetzt nahm Ulrich Irmas Hand und sagte mit einer leisen, erregten Stimme: »Ach, Irma, wollen wir unsere Schmerzen zusammenlegen? Sprich! Das wird dir gut tun.«
»Sprechen«, sagte Irma, »was soll ich sprechen – es ist aus, ich wußte nicht, daß ein großer Schmerz eine große Leere ist. Uli war ein Festtag, jetzt, wo er fort ist, kommen die Werktage, die alle einander gleichen und nichts bringen.«
»Die Werktage richten uns auf«, versetzte Ulrich. »Wie könnten wir ohne sie leben; sie helfen uns unseren Schmerz als eine heilige, ernste Melodie in das Leben aufzunehmen; wir gehören nicht ihm, sondern er gehört in unser Leben.«

»Ja, du hast Arbeit«, meinte Irma, »aber ich?«
»Für dich muß das Leben auch wieder beginnen«, meinte Ulrich.
»Ja«, sagte Irma klagend, »vielleicht wird es wieder beginnen, dieses Leben, ich kann es nicht hindern, aber wird es je wieder einen Inhalt haben?«
»Wir müssen ihm einen Inhalt geben«, bemerkte Ulrich, dann schwiegen sie wieder und horchten hinaus auf das Flüstern der Mainacht.

Der Mai war vorüber, die Tage wurden heiß. Die Vorhänge in den Zimmern waren vor der Sonne geschlossen, im Garten begannen die Lilien und Rosen zu blühen. Graf Pax und sein Diener verkrochen sich in die schattigsten Winkel des Gartens, und dort schlummerten dann beide. Auch auf dem still gewordenen Hofe suchten die Hunde kleine Schattenflecken, um dort zu schlafen. Erst am Abend erwachte das Leben, wenn vor dem Gesindehause die Harmonika gespielt wurde und die Mägde in langen Reihen die Landstraße entlanggingen und sangen. Irma empfand die heißen Nachmittage, an denen Sonnenstrahlen durch die Vorhänge die goldenen Dolche in das Zimmer stachen, als eine Zeit, die sie doppelt traurig und müde machte. Sie legte sich dann auf ihre Ottomane, sie liebte jetzt zu schlafen, traumlos zu schlafen, denn die unwahrscheinliche und leere Welt um sie war dann fort, ganz frei.
So lag sie eines Nachmittags da, das bleiche Gesicht beruhigt, fast glücklich; sie hatte schon längere Zeit geschlafen, als das Erwachen begann, das mühsame, hoffnungsarme Erwachen. Sie spürte es deutlich, daß jemand sie anschaute. Es war wohl wieder Ulrich, der ihr diesen Augenblick erleichtern wollte. Aber sie schlug die Augen nicht auf, sie wollte das ernste, traurige Gesicht ihres Mannes nicht sehen. Ein leises Hin- und Hergehen jedoch ließ sie aufsehen; mitten im Zimmer stand Achaz und lächelte. »Du bist es?« sagte sie. Achaz wurde gleich ernst, er machte ein trauriges und elend befangenes Gesicht. Er eilte zu ihr, küßte ihre Hand, sprach leise etwas, von tiefem Schmerz, den er mitempfinde, von dem lieben Jungen, der auch ihm fehlen würde.
»Ja«, sagte Irma langsam, »es ist seltsam, wie das Fortgehen dieses kleinen Kerls mit dem großen Lockenkopf das Haus und das ganze Leben so leer macht.«
Achaz hatte feuchte Augen, aber er wußte nicht viel zu sagen; eine ihm sonst ungewohnte Befangenheit ließ ihn nach Worten suchen. Da ertönte unter dem Fenster das Knarren der Räder eines Rollstuhls. Ein wenig erleichtert sprang Achaz auf. »Das ist der Großvater«, sagte er, damit eilte er hinaus. Irma hörte, wie sie unter dem Fenster miteinander sprachen,

anfangs leise und gemessen, dann plötzlich lachte der Großvater, und dann prasselte auch Achaz' jugendliches Lachen auf. Irma horchte auf, dieser Ton war ihr so ungewohnt seit langer Zeit, gab es das noch? Da war es wieder, dieses helle, sorglose Lachen. Von dem ungewohnten Tone aufgeschreckt, war Isa an die Tür geschlichen, eine kleine, schwarze Gestalt, die mit runden Augen verwundert auf dieses Lachen da draußen horchte. »Würde er noch einmal lachen?« dachte Irma. Dieser Ton brachte ihr eine Botschaft vom Leben, die sie noch nicht verstehen wollte, aber die sie fühlte. Der Rollstuhl setzte sich wieder in Bewegung, Achaz' Schritte knarrten auf dem Kies, die Stimmen entfernten sich, das Zimmer war wieder still in der goldenen Schläfrigkeit der Mittagsstunde.
Graf Pax ließ abends seinen Rollstuhl in das Kaminzimmer rollen, er wollte hören, was Achaz erzählte. Durch die geöffneten Fenster drang die weiche Luft der Sommernacht, schwer von den Düften der Lilien und der Nachtviolen. Die Unterhaltung war anfangs stockend und kleinlaut, allmählich jedoch kam Achaz in das Erzählen, seine Stimme wurde lebhaft und sein Lachen sorglos und heiter. Der alte Graf legte die Hand an sein Ohr, aus Achaz' Geschichten wehte es ihm entgegen wie der Asphaltgeruch der Großstadtstraße, er hörte wieder die Namen vornehmer Menschen und guter Restaurants, er richtete sich in seinem Stuhl auf, kicherte und erzählte seinerseits die längst bekannten Geschichten aus Paris. Irma hörte nur zerstreut zu, aber diese Stimme, diese Geschichten, dieses Lachen – es zeigte ihr, daß das Leben wartete, und unbewußt fühlte sie, es wartete auf sie. Aber gleich empfand sie dann, daß sie etwas verriet, etwas verließ, und sie wollte zurückkehren zu ihren traurigen Gedanken, wollte es unterdrücken, dieses leichte Zittern einer neu erwachenden Lebenslust. Achaz hatte langen Urlaub genommen, denn Ulrich hatte ihm geschrieben, er sei hier erwünscht. Nun meinte er, man ist doch so selten erwünscht, da muß man die Gelegenheit erfassen. Übrigens wollte er sich ganz dem Landleben widmen, wollte in der Morgenfrühe in dem See baden, morgen schon, und mit Fräulein Christa im Freien von Religion sprechen. Gerade in seinem Berufe war es wichtig, einmal wieder ganz zur Natur zurückzukehren, denn Diplomatie sei das Gegenteil von Natur. Als man sich trennte und gute Nacht bot, rieb der alte Graf sich die Hände und meinte schmunzelnd: »Wieder einmal ein anständiger Abend!«
Es war ganz früh am Morgen, als Irma erwachte. Die Sonne schien noch tief zu stehen und sandte schräge Strahlen unter den Vorhängen hindurch in das Zimmer. Erfrischende Morgenluft drang durch die Fenster. Irma wollte aufstehen, bevor die heißen Stunden kamen, sich mit Morgenkühle

volltrinken. Ja, es war etwas, das sie heute den Tag mutvoller beginnen ließ, als verspräche er etwas. Was war es? Worauf konnte sie sich freuen? Achaz fiel ihr ein, aber sogleich widersprach das Gewissen ihres Schmerzes, was konnte Achaz ihr sein? Und dennoch, eine wunderliche Ungeduld, den Tag zu beginnen, trieb sie heute aus dem Bette. Sie ging in den Garten hinaus. Ein grauer, mattschimmernder Tauschleier lag auf den Blättern und Blumen, eine wohltuende feuchte Kühle mischte sich in alles Duften. Irma stand eine Weile da, die Lippen halb geöffnet, und trank diese Morgenluft ein wie einen köstlichen Trank, der sie für eine Weile ihre Jugend und ihr Leben fühlen ließ, so daß ihre Augen blank wurden. Aber dann mahnte wieder etwas in ihr zum Schmerz wie zu einer Pflicht, und sie begann ernst die Lindenallee auf und ab zu streifen. Zuweilen blieb sie stehen und sah zwischen den Bäumen hindurch auf das Land. Die Luft war noch voll eines leichten Glitzerns, vom Sumpfe stiegen weiße Nebelschleier auf, jenseits der roten Häuschen des Fleckens glänzte der See. Da kam auch Achaz die Landstraße herab, im hellen Sommeranzug, den Strohhut auf dem Kopf, wiegte er sich beim Gehen lässig in den Hüften und köpfte mit seinem Spazierrohr die Blüten des Löwenzahns am Wegrain. Plötzlich hatte er Irma erspäht, er lachte über das ganze Gesicht, grüßte, winkte mit der Hand, sie sollte ihm entgegenkommen. Gut, sie wollte ihm entgegengehen, ihm, der da lächelnd im Sonnenschein stand wie das leibhaftige Leben. Sie öffnete das Gartenpförtchen.

Auf der langen Brücke trafen sie sich. Achaz' Gesicht war von dem Bade leicht gerötet, seine Augen glitzerten, die Morgenluft berauschte ihn; er mußte unaufhörlich sprechen, große Gesten machen, mit dem Stock auf das Brückengeländer schlagen. »Da bist du ja«, rief er Irma entgegen und küßte ihre Hand. »Zufällig sehe ich zum Garten hinüber und bemerke dich zwischen deinen Bäumen, wie du mit dem Morgentau und Morgenduft eine Orgie feierst.«
»Ja«, meinte Irma, »diese Stunde gibt uns ein wenig Kraft für den langen, heißen Tag.«
»Ja, eine Orgie«, wiederholte Achaz. »Während wir im Bett liegen, bereitet jeden Morgen die Natur solch ein raffiniertes Fest mit Gold und Purpur und Düften und Geschmäcken, ganz raffiniert; was sind unsere großstädtischen Diners dagegen mit ihren hohen Weinen und Sorbets; der Natur ist es ganz gleich, ob wir kommen oder nicht; sie feiert eben ihre Feste. Und dieses Bad im See! So viel Goldflitter lagen auf dem Wasser, daß es mir vorkam, als schwimme ich auf lauter Generalsuniformen, und wenn man emporschaute, war es, als ob man dieses kühle, durchsichtige

Blau des Himmels trinken könne; ich sage dir, großartig. Früher gingst du doch auch mit deiner Minna im See baden.«
Irma lächelte matt. »Ja früher«, sagte sie, »ich tat manches, was ich nicht mehr tue.«
»Und warum?« rief Achaz und schlug mit der Faust auf das Brückengeländer. »Ich weiß, unser Junge fehlt uns, aber ich glaube, du trauerst um ihn nicht, wie er es wünschen würde. Er wurde ungezogen, wenn er ein trauriges Gesicht sah, wenn keine Freude in Aussicht stand. Um diesen sonnigen Jungen müssen wir trauern, indem wir ihm Sonnenschein und Duft und Freude und Lachen als Totenopfer darbringen. Lebe wieder, Irma, und du wirst es dann fühlen, daß er bei uns ist, daß er sich mitfreut, daß er mitlacht, daß er ein Teil von allem ist, das uns wohltut. Siehst du, er war ein Festkind, und um ihn müssen wir weinen, indem wir lächeln.«
Irma lächelte wieder ihr mattes Lächeln, aber Tränen standen in ihren Augen, gaben ihnen einen durchsichtigen Saphirglanz und verschönten sie seltsam. »Wenn ich das könnte«, sagte sie leise, dann schwiegen sie eine Weile; Irma schaute auf die grünen Hümpel des Moores hinab mit ihren Wollblumen und Sumpfhyazinthen.
Achaz ging unruhig auf der Brücke hin und her; er mußte jetzt von etwas anderem sprechen, sagte er sich, von etwas Heiterem. »Es war seltsam«, begann er, »wie ich so auf dem See schwimme, sehe ich plötzlich im Schilf eine große Gestalt stehen, ein nackter Mensch, ganz blank von Wasser und Sonnenschein. Ich trau meinen Augen nicht, aber es ist Viervogel. ›Herr Rechtsanwalt‹, sage ich, ›ich finde Sie da in einer Lebenslage, die nicht zu Ihnen paßt.‹ – ›So, so‹, sagte er, ›das ist möglich, aber täte man nie etwas, das nicht zu einem paßt, so müßte man sich aufhängen.‹ Er ist ein trauriger Mensch, dieser Viervogel, mitten in dieser glänzenden Morgenstunde vom Aufhängen zu sprechen. Wir gingen später ein Stück Weges zusammen nach Hause, der dicke, melancholische Kerl philosophierte über die Freuden des Lebens: ein Bad, wenn es heiß ist, ein Butterbrot, wenn man hungert, das sind die nie versagenden Freuden des Lebens. ›Und Frau Weidemann‹, sagte ich. ›Ja, die auch‹, meinte er. Im Ort war schon alles lebendig; die Gärtnerstöchter steckten Stangen in die Erbsenbeete, Frau Weidemann klopfte ihren Teppich, und die kleinen Mädchen gingen zur Schule. Sie rochen schon von weitem nach Seife, und ihre hart geflochtenen Zöpfe hingen ihnen über den Rücken nieder. Fräulein Christa aber stand in der Schule am offenen Fenster und sah ernst ihre Schülerinnen kommen. Nun ja«, fuhr Achaz fort und schlug mit dem Stock auf das Brückengeländer, »und wir sitzen da in den Ministerien und Gesandtschaften, treiben hohe Politik, schließen Verträge und Bündnisse,

eigentlich nur, damit solche friedliche Menschen friedlich ihr Leben betreiben können, damit die kleinen Mädchen ungestört zur Schule gehen, damit Frau Weidemann ihren Teppich klopfen kann und die Gärtnerstöchter ihre Erbsenstangen stecken. Das ist die Hauptsache, darauf kommt es an, wenn das nicht mehr geht, dann ist es faul mit einem Staat.« Achaz wußte nicht, ob Irma ihn hörte, er schwieg daher und begann wieder unruhig hin und her zu gehen. Plötzlich blieb er stehen und fragte: »Reitest du noch deinen Goldfuchs?«
»Reiten?« wiederholte Irma aus tiefen Gedanken heraus. »Ach nein, ich tue nichts mehr von dem, was ich früher tat.«
»Das sollst du aber«, rief Achaz lebhaft. »Wir reiten heute noch, nicht wahr? Wir reiten in den Wald, den wir im Winter zusammen mit Uli sahen; der Kleine ist immer bei uns, und wir wollen den Wald jetzt im Sommerschmucke sehen. Abgemacht; jetzt bin ich aber hungrig; Viervogel hat recht: ein Frühstück, wenn man hungrig ist, ein Stuhl, wenn man müde ist, das sind ganz wichtige Dinge.« Sie gingen langsam auf der Landstraße nebeneinander her; Achaz schwieg jetzt, und Irma rollten große Tränen über die Wangen.

»Ich bin dir dankbar, daß du gekommen bist«, sagte Ulrich zu Achaz, als sie nach dem Frühstück sich in Ulrichs Zimmer die Zigarren anzündeten. »In Irma schien das Leben zu versiegen, müde und gleichgültig brachte sie die Tage hin, und ich, mein Gott, ich bin so ein steifer Geselle, ich stand ganz hilflos vor ihr. Über meinen eigenen Schmerz komme ich ja auch nur hinweg, indem ich mich in die Arbeit stürze. Es war ein recht elendes Leben hier; selbst der Großvater schrumpfte zusammen, jetzt aber, scheint mir, beginnt sich manches wieder aufzurichten, und das verdanke ich dir.«
»Mach dir keine Sorgen, mein Alter«, meinte Achaz, »das Leben will sein Recht; wir bringen die Sache schon wieder in Gang; heute reite ich mit Irma aus.«
Es war die Zeit des schweren, goldenen Nachmittagslichtes, als Achaz und Irma ausritten; kleine, gelbe Staubwolken erhoben sich unter den Hufen der Pferde, und die Wärme lag wie etwas Drückendes auf den Schultern der Reiter. Im Flecken war es ganz leer und still, die Leute hatten sich in ihre Häuser verkrochen, und beim Hufschlag der Pferde traten sie an die Fenster und schauten den Reitern aufmerksam und lange nach.
»Hier sieht es müde und nachmittäglich aus«, bemerkte Irma. »Das hätte Uli nicht gewollt.«
»Nun, wir kommen gleich in den Wald«, sagte Achaz, »dort wird es festlich sein.«

Und da war er dann, der Wald, stark duftend, blank von Sonnenschein. Sie bogen von der Landstraße in die Waldschneise ein, setzten ihre Pferde auf dem harten Boden, der blank und braun von Tannennadeln war, in Trab; immer schneller ging es dahin.

»Ist es so gut?« fragte Achaz.

»So ist es gut«, erwiderte Irma, und ihre Wangen röteten sich leicht in der schnellen Bewegung; ihre halb geöffneten Lippen waren wieder leuchtend rot, und ihre Augen glitzerten.

»Immer vorwärts«, rief Achaz. »Nur nicht denken!«

Die Tannen griffen mit großen, grünen Händen nach den Reitern, der Eichelhäher flog laut schreiend auf, ein Reh setzte über den Weg; die ganze Sommerstille des Waldes schien von dem wilden Ritt in Aufruhr gebracht. An einer kleinen Waldwiese hielten sie stille; Pferde und Reiter atemlos.

»Hier steigen wir ab«, sagte Achaz und winkte den Reitknecht heran, »die Tiere müssen sich erholen.«

Irma und Achaz gingen die Waldwiese entlang, die bunt von Trollblumen und Schwalbenaugen war. »Wie Frau Weidemanns Schürze«, bemerkte Achaz. Auf der anderen Seite begann ein Bestand alter Tannen und Föhren, mächtige Bäume. Die Tannen ließen ihre großen Zweige bis auf die Erde niederhängen, wie grüne Schleppen; an ihren Ästen trugen sie lange graue Moosbärte, die Föhren hoben auf glatten rötlichen Stämmen ihre wirren Schöpfe hoch in den Sonnenschein hinauf, rauschten leise, und über ihren Wipfeln revierten die Falken.

»Hier wollen wir uns niedersetzen«, sagte Achaz und zeigte auf einen Mooshügel, »hier ist es still und feierlich.« Sie setzten sich mitten zwischen die Bäume. »Hier ist es gut«, sagte Achaz. »Wir wollen stille sein wie die Bäume, nur zuweilen ein wenig rauschen. So ein Baum sein, ist das nicht die schönste Existenz? Man steht still, wartet auf Sonnenschein, auf Regen, auf Wind, man wartet darauf, daß man blüht; muß das nicht köstlich sein, darauf zu warten, daß man blüht? Man fühlt etwas in sich, das schön ist, das leuchtet und schmückt und das heraus will, und plötzlich steht man da wie der schönste Traum, den man geträumt hat.«

»Warten, daß man blüht –«, wiederholte Irma nachdenklich, »das muß schön sein.«

»Nicht wahr«, fuhr Achaz fort. »Wollen wir ganz still sitzen, uns da hinein denken, vielleicht spüren wir etwas.« Und sie saßen ganz stille da und schauten zu den Falken empor, die wie kleine silberne Scheiben im Blauen schwebten. Endlich schüttelte Irma den Kopf und lächelte. »Nein, es ist nichts«, sagte sie, »ich fühle nichts.«

»Ich glaube«, sagte Achaz, »es wäre so etwas über mich gekommen, aber dann war es wieder fort.«
In die Bäume fuhr ein plötzlicher Wind, ließ die Tannen aufrauschen und die Schöpfe der Föhren wirr durcheinanderfahren, dann wurde es wieder still und die Bäume standen regungslos da.
»Das kann ich nachfühlen, so plötzlich vom Winde ergriffen zu werden, sich zu neigen und zu rauschen und dann wieder dazustehen.«
»Ach ja«, sagte Irma nachdenklich, »dieses plötzliche Neigen und Rauschen, das kenne ich gut. Als ich Kind war, las meine Mutter sonntags im blauen Zimmer eine Predigt vor. Diese Predigt erschien mir sehr lang. Um mich zu zerstreuen, schaute ich zum Fenster hinaus; da standen die hohen Birken ganz still im Sonnenschein, und plötzlich kam ein Wind, und alle Blätter regten sich, und die großen Birken wiegten sich und bogen sich zueinander, als wollten sie sich etwas sagen und fuhren dann wieder zurück, als lachten sie über das, was sie gehört, und dann plötzlich wurde es stille, und sie standen regungslos da, als müßten sie auch einer Predigt zuhören. Dieses Schwanken und Wiegen der großen Wipfel erschien mir damals als etwas Köstliches, und ich hätte viel darum gegeben, als Birke meine Wipfel im Sonnenschein zu wiegen, statt der Predigt zuzuhören.«
»Ja«, erwiderte Achaz, »das muß auch etwas Köstliches sein, köstlicher als alle unsere Feste. Still! Hörst du? Jetzt kommt der Wind. Wir wollen uns biegen lassen, wie die Birken.« Sie saßen still da, und als der Wind in die Tannen fuhr und die Föhren metallisch zu rauschen begannen, da fingen auch Achaz und Irma an sich zu mögen, sich zueinander zu neigen und sich voneinander fortzubiegen. »So ist es gut, so ist es gut«, rief Achaz, »ich fühle die ganze Baumwonne!«
Irma lachte. »Ja«, sagte sie, »ich fühle etwas von den Birken in mir.«
Dann war der Wind vorüber, die Bäume standen still, und auch Irma und Achaz saßen ruhig da, schwiegen und lächelten sich an.
Es wurde abendlich; die roten Strahlen der untergehenden Sonne spannen sich zwischen den Föhrenstämmen hin. Von der Waldwiese stieg Nebel auf wie feiner, weißer Rauch, am Rande standen Rehe knietief in den Blumen und ästen. »Es wird feucht, laß uns heimreiten«, sagte Achaz.
»Heimreiten«, wiederholte Irma, »heim, dort wo das Grämen und Vermissen wohnt.«
»Ach was«, meinte Achaz, »wir nehmen das Leben aus dem Walde mit, da kann uns nichts etwas anhaben, und unser Junge sieht uns lächelnd zu.«
Er reichte Irma die Hand zum Aufstehn, und dann gingen sie durch das feucht werdende Preiselbeerkraut zu den Pferden. Sie ritten heim über ein Land, das von der untergehenden Sonne rot überstrahlt war; überall

zogen Viehherden langsam nach Hause. In Drixen saßen die Leute vor ihren Türen und sprachen miteinander, und ihre ruhig erzählenden Stimmen klangen die stille Straße entlang. Die Fenster in Fräulein Christas Wohnung waren weit geöffnet, Fräulein Christa saß am Klavier und sang laut und andächtig einen Choral. An der Ecke stand das Postfräulein und wartete auf den Provisor. »Die alle«, sagte Irma, »sind einverstanden mit dem Leben.«

»Das will ich meinen«, erwiderte Achaz und lachte.

Zu Hause empfing sie Ulrich; er legte freundlich den Arm um die Taille seiner Frau und fragte: »Hat es dich erfrischt?«

»Es war schön«, erwiderte Irma, deren Wangen leicht gerötet und deren Augen ganz blank waren. »Endlich wieder etwas Schönes.«

In der Tür erschien Isa in ihrem schwarzen Kleide, das Gesicht bleich und spitz und schaute mit den grauen Augen forschend ihre Eltern an. Als Irma freundlich sagte: »Nun, mein Kind«, kam sie heran und schlang ihre Arme um die Taille ihrer Mutter.

»Bist du draußen gewesen?« fragte Irma zerstreut, dann wandte sie sich von ihrem Gatten ab, machte sich ein wenig ungeduldig aus den Armen des Kindes frei, sagte: »Geh spielen, mein Kind«, und ging langsam der Gartentüre zu. Ulrich schaute Isa ernst nach, als sie aus dem Zimmer ging und sagte: »Sie trägt schwer an ihrer Einsamkeit; wir müssen ihr tragen helfen.« Irma wandte sich schnell um, sie errötete, als sie ein wenig heftig erwiderte: »Wer trägt nicht schwer an seiner Einsamkeit? Ich weiß, ich müßte mich dem Kinde mehr widmen, aber ich kann nicht, noch nicht, wenn sie so allein in der Tür steht, ich kann das nicht sehen.«

»Und doch«, meinte Ulrich, »dürfen wir das Kind nicht mit unserem Schmerze belasten.« Irma zuckte die Achseln und schritt weiter der Gartentüre zu. Auf der Gartentreppe saß der Großvater, und bei ihm stand Achaz und lachte; er lachte, weil der Großvater so böse war. »Den ganzen Nachmittag sich da draußen herumzutreiben!« rief er. »Das ist sinnlos! Ich fahre hier wie ein Eremit die Alleen auf und ab und warte! ›Die Natur genießen‹ – mein Gott, das ist vieux jeu, ebensogut könnt ihr ›Paul et Virginie‹ lesen oder Chateaubriand. Wie soll ich euch denn halten? Ich gebe euch nächstens ein Frühstück; ich habe mir Delikatessen holen lassen, Hahnenkammpastete, Kaviar und so was; ich gebe euch von meinem alten Yquem zu trinken; das wird hübscher sein, als euer Naturgenuß.«

Das Frühstück des Grafen wurde unter der Hausgalerie eingenommen. Der Tisch war mit Chrysanthemen und Schwertlilien geschmückt. »Nur keine duftenden Blumen«, befahl der Graf, »das ist ein Fehler.« An jedem

Platze lag ein kleiner Papierfächer; Lukas hatte seine neue Livree an, und der Graf saß oben am Tisch im schwarzen Rocke, die neue Perücke auf dem Kopfe, sehr feierlich und weltmännisch. »Bitte, hier zu meiner Rechten«, sagte er zu Irma, »Ulrich zu meiner Linken, Achaz sitzt dort, Fräulein Christa gegenüber, unsere kleine Isa kommt an die Ecke des Tisches, so, eine sehr distinguierte Gesellschaft. Bei den frères provenceaux kann es nicht besser sein; für dich, Irma, wird die Hahnenkammpastete zu fett sein, nimm du davon, Ulrich, du trinkst einen Aquavit drauf. Für Irma ist hier foie gras truffée, wir trinken dazu etwas St. Peray, bitte nur zuzugreifen, meine Herrschaften, später essen wir noch etwas kalten Lachs, und zum Yquem sind Krebsbrötchen und Kaviarbrötchen da und schließlich des petit fours. Lukas, die Weine nur nicht zu gleicher Zeit eingießen, da machen die Herrschaften Fehler, trinken zum Lachs St. Peray oder zur Pastete Hochheimer. Ja, ich erinnere mich, bei den frères provenceaux in einem hübschen, weißen, kleinen Saal, die Fürstin du Chateau Loux und die Gräfin Fitzjames waren da; ich war ganz in meinem Element und die Damen kamen aus dem Lachen nicht heraus. Gut, wir haben soupiert und gehen; da kommen wir in einen kleinen Saal Rokoko, blau mit Rosengirlanden. Die Fürstin ist entzückt. ›C'est charmant, c'est adorable.‹ – ›Schön, meine Damen‹, sagte ich, ›soupieren wir hier noch einmal‹, und wir setzten uns soupieren, und es wird womöglich noch heiterer als vordem. Als wir fertig sind und aufbrechen, kommen wir in einen dritten kleinen Saal, chinesisch, eine wahre Puppenstube, die Gräfin ist entzückt, und ich schlage vor, zum drittenmal zu soupieren; so haben wir dreimal soupiert, ein köstlicher Abend! – Ja, meine Jugend, ich war ein Causeur ersten Ranges; es ist merkwürdig, der Mensch wird eben ein anderer! Wenn ich so im Herbst hier durch die Alleen fahre, an den nackten Bohnenstangen vorüber, so denke ich: Ist das derselbe Mensch, der in den Pariser Salons Aufsehn machte? Der Graf Pax wurde oft im ›Figaro‹ genannt.«

»Man hat eben sein Milieu nötig«, meinte Achaz.

»Das ist es, das ist es«, meinte nachdenklich der alte Graf. Die anderen waren ziemlich schweigsam, nur Achaz lachte, erzählte, nannte große Namen, die dem alten Herrn wie Musik klangen. Die Mahlzeit ging ihrem Ende entgegen, das kleine, faltige Gesicht des Grafen war leicht gerötet und seine Augen blitzten. »Kaffee, Kaffee!« rief er ungeduldig. »Mein Evangelist bedient langsam und laut; wie anders war's im Café anglais oder bei Véfour, man wurde dort bedient von Zephiren mit weißen Schürzen.« Plötzlich ließ sich Fräulein Christas tiefes Organ vernehmen: »Wenn ich all die seltenen und teuren Dinge esse, kommt es mir vor, als äße ich die Sünde.«

Der Graf kicherte. »Mein liebes Fräulein«, sagte er, »Sünde gut frappiert ist nicht zu verachten.« Der Kaffee war getrunken, Irma stand auf, küßte ihren Vater auf die Perücke und sagte: »Achaz, gehen wir durch den Garten? Christa, kommst du mit?« Der Graf schaute den Davongehenden ärgerlich nach. »Natürlich wieder Natur genießen«, murmelte er. Achaz sagte etwas zu den Damen, und diese lachten. »Was hat er gesagt?« rief der Graf. »Dieser Schwerenöter; Lukas, fahre mich den Herrschaften nach.« Und Lukas eilte schnell mit dem Rollstuhl den Davongehenden nach. Auch Ulrich schaute zu ihnen hinüber, sehr ernst, die Lippen fest zusammengekniffen; »so war's doch«, dachte er, so hatte er's gewollt und doch –. Schnell wandte er sich ab und ging auf seine Felder hinaus. Isa blieb allein zurück. Niemand hatte sich um sie gekümmert, sie stand da, eine kleine, schwarze Gestalt, mitten unter den großen, roten Feuerlilien. Ulrich ging langsam die Landstraße entlang an seinen Feldern hin. Der Roggen war schon in die Halme geschossen, jetzt wogten die grünen Halme ganz sachte, ganz wohlig, und es war, als flössen beständig dunkelgrüne und hellgrüne Schatten über sie hin. Ihnen muß wohl sein, dachte Ulrich. Es waren seine Geschöpfe, er hatte ihnen das Land bereitet, damit sie es gut haben; jetzt wogten sie lustvoll und freuten sich des Lebens, und das Reisen und Sterben war in dieses Leben eingeschaltet, eine stille, ernste Sache, von der ein jedes weiß, daß sie zu ihnen gehörte. Dieses Wogen gefiel Ulrich so sehr, daß er sich an den Wegrain setzte, um zuzuschauen. Dieses Wiegen der grünen Halme tat ihm wohl, nahm von ihm das menschliche Zerren, die menschliche Qual. Etwas schien in ihm einzuschlummern, einem Wiegenliede gehorchend, das die Halme da vor ihm unhörbar sangen. Er legte sich auf den Rasen zurück; die Schafgarben sandten ihren strengen Geruch zu ihm herüber, aus den weißen Dolden des Kälberkopfs und der Kümmelstauden kam ein süßer Honiggeruch. Eine Hummel läutete schläfrig vorüber und verkroch sich endlich mit einem ärgerlichen Surren in die Glocke eines Benediktenkrautes. Schaute Ulrich aber empor, so hing der blaßblaue Himmel voll singender Lerchen. Eine süße Trägheit kam über ihn; dieses stille Leben um ihn her schläferte ihn ein, es vergingen ihm die Gedanken, und eine Weile lag er regungslos da. Das Wetzen der Feldgrillen klang in seinen Schlaf hinein; Libellen und Kohlweißlinge setzten sich zutraulich auf seine Hände.

Ein leichter Wind raschelte im Grase, machte die Blumenköpfe nicken und fuhr wie eine sanfte, kühle Hand über Ulrichs Gesicht. Er schlug die Augen auf, wirklich, er hatte geschlafen. Er mußte darüber lächeln, aber dieser Schlaf hatte ihm gutgetan; etwas, das ihn vordem quälte und beunruhigte, war jetzt ganz ruhig geworden, und er fühlte das Leben so selbstverständlich, wie die Halme und Blumen um ihn her es fühlen mochten. Er stand auf, die Beine waren ihm vom Liegen steif geworden, so ging er denn eine Strecke die Landstraße hinab. An einer Biegung des Weges standen die Knechtswohnungen, Holzhäuser mit großen Dächern und kleinen, trüben Fenstern; Kinder saßen auf den Schwellen, die Haare hingen ihnen in das Gesicht, und sie starrten wie scheue kleine Tiere den vorübergehenden Herrn an. Vor der Tür des einen Hauses stand Andre, die Mütze in der Hand, und erwartete seinen Herrn. Der Wind wühlte in seinem blonden Haar, und sein Gesicht sah rot und böse aus. Als Ulrich näher kam, trat auch Andrä vor und begann gleich in scheltendem, klagenden Ton seine Sachen vorzubringen. Nein, er hielt es nicht länger aus; seitdem das kleine, vor zwei Wochen geborene Kind gestorben war, konnte er mit der Trine nicht mehr auskommen, sie war wie verrückt, sie weinte und klagte und lästerte und versündigte sich wider Gott, nein, solch ein Leben konnte er nicht weiterleben. Ulrich sah den Mann nachdenklich an, was sollte er ihm sagen, er wußte keinen Trost.

»Das geht wohl vorüber, mein guter Andre«, meinte er, aber Andre schüttelte den Kopf.

»Ich dachte«, sagte er, »wenn der Herr einige Worte mit ihr sprechen würde, vielleicht, daß sie das vernünftiger macht.«

»Das kann ich tun«, erwiderte Ulrich und ging durch die niedrige Tür des Hauses in die Wohnung des Knechtes. Eine große Stube, die voller Gerät stand, Betten und eine Wiege und ein Schrank, und all das übergossen vom Golde der Nachmittagssonne, die jetzt voll durch die kleinen, irisierenden Scheiben der Fenster drang.

»Hier ist ein Stuhl, Herr«, sagte Andre und wischte mit einem Tuch einen Holzstuhl ab.

»Danke«, sagte Ulrich, »wo ist denn die Trine?«

»Die kommt gleich, Herr, sie gibt nur den Schweinen das Futter.«

»Sie gibt den Schweinen das Futter«, wiederholte Ulrich, »ja dann ...« Er wollte etwas hinzufügen, schwieg aber vor dem gespannten Blick der blauen Augen des Knechtes.

Eine Tür ward geöffnet, und Trine kam in das Zimmer, eine große, blonde Frau. Sie hatte ihr braunes Kopftuch in die Stirne gezogen, blonde Haarsträhnen fielen ihr in das rot verweinte Gesicht; die helle Kattunjacke war unreinlich, der graue Rock kurz und die Füße nackt. Sobald sie den Herrn erblickte, eilte sie auf ihn zu, hockte vor ihm nieder, umschlang seine Knie mit ihren Armen und begann laut zu weinen und zu klagen.

»Es war ein so kräftiges Kind, ein hübsches Kind, und nun ist es mir genommen worden; andere haben sieben und acht Kinder, und alle leben sie, und ich habe doch nur die Mariele und den Jungen, der geboren wurde, und gerade mir muß man den Jungen nehmen; wie kann man dann weiterleben. Man arbeitet und plagt sich, und wenn man eine Freude hat, so wird sie einem genommen; was hilft es, daß man nichts Unrechtes tut, schont Gott einen deshalb? Nein, er haut drauflos, soviel er kann.« Sie legte die Hände vor das Gesicht und ihre lauten, fast tierischen Klagen erfüllten das Zimmer.

Ulrich wußte anfangs nicht, was er sagen sollte, endlich begann er zu trösten, strich sachte mit der Hand über den Arm der Frau und sagte: »Beruhige dich, Trine, du weißt, auch mir hat Gott meinen Sohn genommen; wir müssen es tragen und weiterleben. Gott bürdet nichts auf, das wir nicht tragen können; wir müssen es nur recht anfassen. Es ist wie ein Sack voll Getreide, du denkst, den bringst du nie auf den Rücken, aber wenn du ihn nur richtig zu fassen verstehst, dann geht es. Und vielleicht schenkt dir Gott ein anderes Kind, und dann ist es gut, daß du jetzt geschmeckt hast, wie groß das Glück ist, ein Kind zu haben.«

»Nein, nein«, schluchzte Trine zwischen ihren Händen hindurch, »ich habe immer Unglück gehabt; schon voriges Jahr mit dem Kalbe! Solch ein schönes Bullenkalb.« Plötzlich richtete sie sich höher auf, schaute zum Fenster hinaus mit einem bösen Gesicht und sagte scheltend vor sich hin: »Ist er verrückt, der Junge, wohin treibt er denn das Vieh?« Sie sprang auf, murmelte noch einige Scheltworte vor sich hin und stapfte zur Tür hinaus.

Ulrich schaute ihr sinnend nach, dann erhob er sich und sagte: »Ja, mein guter Andre, sie wird sich beruhigen, sie hat ihre Arbeit, ihre Schweine und ihr Vieh; wenn wir weiterleben, wie wir's gewohnt sind, dann heilen die Wunden schon. Sei du nur gut zu ihr.«

»Ich tue ihr nichts«, sagte Andre, »ich schimpf' sie nicht, ich schlag' sie nicht, ich tue ihr nichts.«

»So, so!« meinte Ulrich. »Dann wird es schon gut werden. Guten Abend«, und er ging hinaus, sich wieder tief unter der zu niedrigen Tür beugend. Draußen stand die kleine Tür des Kuhstalls offen, Trine kam heraus, den Melkkübel in der Hand; sie nickte Ulrich ernst zu und ging mit ihren nackten Füßen eilig durch die großen Pfützen.

»Sie hat ihren Schmerz eingereiht«, sagte Ulrich. »Zuerst die Schweine füttern, dann klagen und weinen, dann die Kuh melken, so überwindet es sich.« Er ging wieder die Landstraße entlang. Greller goldener Sonnenschein lag auf den Wiesen und ließ sie wie Bronze erglänzen; Hütekinder lagen mitten unter ihren Schafen auf dem Bauche und sangen laut und eintönig vor sich hin; auf den Weiden hielten die Kühe im Grasen inne und schauten mit großen, leeren Augen vor sich hin in das Flimmern des Nachmittagslichtes. An seinem Garten spähte er durch das Gitter, um zu sehen, ob Irma und Achaz da seien, aber er sah nur den alten Grafen, der sich durch die Alleen fahren ließ. Noch immer stramm aufgerichtet, ein feines Lächeln um die Lippen, als unterhielte er sich liebenswürdig mit einer Marquise. Als Ulrich vom Garten fort in die Landschaft schaute, bemerkte er zwei dunkle Figürchen, die dem See zuschritten; das waren sie, das waren Irma und Achaz, und sofort begann es in Ulrich wieder zu bohren und zu nagen; er wollte dem Gefühl keinen Namen geben, aber in ihm saß da etwas, das da höhnte und lachte, über ihn höhnte und lachte und ihn verwundete, wenn er nicht mit Gewalt davon fortdachte; nein, er wollte das nicht fühlen, das nicht.

Die Dämmerung sank herab, breitete über das Land graue Schatten, hüllte die Gegenstände in eine unsichere Finsternis, nur das Weiß der blühenden Holundersträuche und der Schlehdornhecken legte eine gespenstische Helligkeit in dieses Dunkel. Achaz stand auf der Brücke, die über den Sumpf führte, und wunderte sich über das tolle Duften, das in dieser Finsternis begann; die großen Fliederbüsche, der Holunder, die Gärten, die Wiesen, selbst der Sumpf mit seinen Orchideen und Wasseriris, alles strömte seine süßen und bitteren Düfte in die laue Abendluft hinaus. Achaz stand auf der Brücke und ließ sich von den Düften anhauchen, bis ihn der Kopf schmerzte, dann ging er auf den Flecken zu und schlug einen kleinen Pfad ein, der hinten an den Gärten herumführte. Er konnte kaum mehr etwas sehen, die kleinen Häuser waren dunkel, drüben von der großen Straße hörte er die Stimmen der Leute, die vor den Haustüren saßen und sprachen, ab und zu einmal ein helles Kinderlachen. Aus den kleinen Gärten, an denen er vorüberging, stieg der Geruch von Würzkraut, Porree und Sellerie auf. Endlich gelangte er an den Garten Kappelmeiers; es roch hier nach Nesseln und Kletterblättern, die am Zaun wucherten; eine Katze, die hier still auf die Jagd gegangen war, floh erschrocken aus dem Dickicht vor Achaz' Tritten; endlich gelangte er an einen Fliederbusch, der ganz weiß von Blüten war. Hier blieb er stehen; vorsichtig bog er die Blüten und Zweige auseinander, bis er zum Zaun gelangte, und so ganz in Düfte und weißes Blühen eingehüllt stand er da und ließ ein leises Pfeifen hören. Drüben im Garten regte sich etwas zwischen den Rosenbüschen. Vorsichtig näherten sich Schritte, und jenseits des Zaunes stand Agnes, die Gärtnerstochter, vor Achaz. Er sah in der tiefen Dämmerung den Umriß ihres runden Kopfes, um den die blonden Zöpfe etwas wie Helligkeit legten.

»Bist du es?« fragte sie leise.
Achaz lachte. »Wer soll es sonst sein?« sagte er.
Da streckte das Mädchen die Arme aus, umschlang Achaz' Hals und zog ihn an sich; schwer lagen die runden Arme des Mädchens auf Achaz' Schultern, er hörte den kurzen, schnellen Atem, er fühlte das Wogen der Brust, und die breiten Lippen des Mädchens brannten auf den seinen. Die kühlen weißen Blütendolden überdeckten sie beide, schütteten ein wenig Tau auf sie nieder und umgaben sie mit einer Wolke eines bitteren Duftes.
»Warum kamst du gestern nicht?« sagte Agnes. »Und vorgestern und vorvorgestern auch nicht? Ich stand dort jeden Abend und wartete, daß du pfeifst.«
»Das mußt du nicht«, meinte Achaz.
»Doch, ich muß es«, versicherte Agnes, »ich kann nicht anders; wenn der Abend kommt, muß ich dort stehen und warten. Die Lene hat, glaube ich, etwas gemerkt, aber es ist mir gleich, alle mögen sie es wissen, auch der Vater; die mögen mich totschlagen oder mit Fingern auf mich weisen, aber ich muß und muß auf dich warten.«
»Gutes Mädchen«, meinte Achaz und strich ihr mit der Hand über den Rücken.
»Ja«, fuhr Agnes fort, »mußt du denn nicht auch zu mir kommen, wenn die Stunde da ist? Du mußt, was auch geschieht, du mußt hier im Fliederbaum stehen. Sag', ist es dir so?«
»Ach Kind«, erwiderte Achaz ein wenig gelangweilt, »warum mußt du so heiß sein?«
Aber da begann Agnes zu weinen, er spürte die warmen Tropfen auf seinem Gesichte. »Ja du«, klagte sie, »du kannst kalt sein, aber was soll ich tun, wenn du nicht mehr kommst?«
Und Achaz hörte im Dunkeln den leidenschaftlichen Ton ihres Schluchzens. »Beruhige dich doch«, meinte Achaz ein wenig ungeduldig. »Ich höre Schritte im Garten; ich komme doch nicht her, um dich weinen zu hören – jetzt muß ich gehen.«
»Bleib noch«, bat das Mädchen, aber er nahm die schweren runden Arme von seinem Nacken, küßte flüchtig das tränenfeuchte Gesicht und ging dann wieder den Zaun entlang bis auf die Straße. Dort saßen noch die Leute vor ihren Haustüren und sprachen mit schläfrig-beruhigten Stimmen miteinander; zuweilen stand einer auf, um in das Haus zu gehen, und lautes »Gute Nacht, gute Nacht« scholl über die Straße. Vor dem Gasthause brannte eine Laterne, und unter der Laterne stand jemand und wartete.

Es war Fräulein Christa; sie rief Achaz an, als er vorüberging. »Ach, Herr von Buchow, einen Augenblick.«
Achaz blieb stehen.
Christa kam zu ihm heran, beugte den Kopf zurück, um ihm ins Gesicht sehen zu können, und fragte: »Darf ich Sie, Herr von Buchow, die Straße herunter begleiten bis zur Brücke?«
»Es wird mir ein Vergnügen sein«, meinte Achaz.
»Immer höflich«, versetzte Fräulein Christa, »gut, so gehen wir.«
Sie ging neben Achaz her in ihrem sommerlich hellen Kattunkleide, einen schwarzen Strohhut auf dem Kopfe; sie trat fest auf, klapperte mit ihren Stöckeln auf dem Straßenpflaster und warf beim Gehen ihre flache Gestalt hin und her.
»Liegt etwas vor?« fragte Achaz.
»Ja, es liegt vielleicht etwas vor«, erwiderte Christa. »Ich wollte mit Ihnen sprechen, aber Sie werden mir böse werden.«
»Das werde ich nicht«, versicherte Achaz. »Sie, Fräulein Christa, sind ein kluger und ein guter Mensch, wenn Sie etwas sagen, dann hat es einen Zweck, und man kann Ihnen nicht böse sein.«
»Um so besser«, meinte Christa. »Also Sie wissen, Herr von Buchow, daß ich sozusagen der Wachthund der jungen Mädchen hier am Orte bin. Sie sind alle meine Schülerinnen gewesen, und ich verfolge auch später ihr Schicksal, wache darüber, daß da keine Irrungen und Störungen entstehen. Es gibt manche Enttäuschung, aber im ganzen bin ich mit meiner Tätigkeit zufrieden.«
»Das glaube ich«, sagte Achaz. »Sie lesen in diesen Mädchenseelen wie in guten, etwas langweiligen Büchern und werden weise dabei, denn es macht immer weise, die Hand an ein Menschenschicksal zu legen.«
»Meinen Sie?« versetzte Christa nachdenklich. »Ja, vielleicht gibt das eine Art untergeordneter Weisheit. Geradlinige, einfache, friedliche Schicksale, das ist es, was diese Mädchen brauchen. Und nun komme ich zu einer Frage, die mir vielleicht nicht zusteht, die mir aber in meiner Rolle als Wachthund Pflicht ist, auf die Gefahr hin, Sie zu erzürnen.«
»Ich sagte Ihnen schon«, erwiderte Achaz, und seine Stimme hatte einen leisen, seltsam unsicheren Klang, »ich sagte Ihnen schon, daß ich Ihnen nicht zürnen kann.«
»Gut«, sagte Christa, »dann frage ich Sie also, Herr von Buchow, warum wollen Sie der armen Agnes Kappelmeier ihren Frieden nehmen? In diesem hübschen Köpfchen war nie viel Verstand, aber sie hat ein gutes und sehr heißes Herz. Denken Sie, welch eine Unordnung in dieser einfachen Seele entsteht, wenn Sie, aus der großen Welt und mit allem

Verführerischen, allem Falschen und ihr doch Unverständlichen an das Mädchen herantreten? Sie weiß nicht, daß es auch eine Liebe gibt auf wenig Wochen, so zur Unterhaltung; wenn die liebt, glaubt sie für das Leben zu lieben, und wären Sie nicht gekommen, so hätte sie ruhig ihre Rosenstöcke weiter aufgebunden und ihre Erbsenstangen in die Beete gesteckt und ihren Gärtnerburschen geheiratet. Aber jetzt, wie unklar muß sie sich selbst vorkommen, welch unverständliche und bittere Schmerzen muß sie erleiden! Sie sind doch kein grausamer Mensch, nur um ein wenig Vergnügen zu haben. Sehen Sie, darum wollte ich Sie bitten, nicht mehr zur armen Agnes Kappelmeier zu gehen; sie wird darunter einige Tage leiden, aber dann wird sie wieder zu ihren Rosenstöcken und Erbsen zurückkehren, und ihr Leben wird wieder einfach und klar werden. Ich wollte Sie bitten, Herr von Buchow, und ich weiß, daß es vorlaut ist, aber ich wollte Sie bitten, mir zu versprechen, nicht mehr zu Agnes Kappelmeier zu gehen.«

Sie hatten den Ort jetzt hinter sich gelassen und schritten auf die große Brücke zu; weiße Nebel stiegen vom Sumpf auf und der Tau verschwebte in den Erlenbüschen. Achaz hatte eine Weile geschwiegen; er hatte seinen Hut abgenommen und fuhr sich mit der Hand über die Stirn. Endlich sagte er: »Ja, Fräulein Christa, das will ich Ihnen versprechen, was liegt mir an diesem blonden Mädchen; aber ich will nicht, daß Sie mich für einen Vergnügungsjäger halten, der um einige Stunden Vergnügens willen ein armes Mädchen kränkt. Sehen Sie, Fräulein Christa, Sie verstehen, Ihnen kann ich alles sagen: ich glaubte, die arme Agnes Kappelmeier könnte mich vor einer anderen Liebe retten, einer Liebe, die kommt; ich kann es nicht ändern, so furchtbar es ist. Aber das kann die gute Agnes Kappelmeier nicht, laß sie ihren Gärtnerburschen heiraten, ich muß mein Schicksal tragen, denen weh zu tun, denen ich dankbar sein soll und die ich liebe. Verstehen Sie, Fräulein Christa?«

»Ja«, erwiderte Christa ganz leise, »ich glaube zu verstehen, mein Gott, das ist entsetzlich. Und mich nennen Sie weise? Aber ich stehe vor unentwirrbaren Rätseln vor diesen Dingen, wie ist das? – Agnes Kappelmeier sollte für Irma geopfert werden? Aber Irma, mein Gott, Irma ist in Gefahr! Sie müssen fort, Sie müssen abreisen; seien Sie großmütig, seien Sie edel, Sie können das ja.«

»Ich muß«, wiederholte Achaz, »aber kann ich denn?«

Sie waren bis zur Brücke gekommen und stehengeblieben; sie schwiegen eine Weile. Im Sumpf begannen einige Frösche zu quarren, und irgendwo in der Dunkelheit schlug ein Vogel in die Nacht hinein. »Guten Abend, Fräulein Christa«, sagte Achaz mit niedergeschlagener Stimme. »Über

diese Dinge soll man nicht sprechen, sie werden dadurch nur dunkler und verworrener, und wir entgehen unserem Schicksal nicht.«
»Mein Gott, mein Gott«, stöhnte Christa, und Tränen machten ihre Stimme zittern. »Könnte ich meine Irma nehmen und emporheben in die lichten und stillen Höhen, in die sie gehört.«
»Ja, in die sie gehört«, wiederholte Achaz, »aber hier kann auch Ihre Hand, die gewohnt ist, Menschenschicksale zu ordnen, nicht helfen.«
»Nein, nicht helfen«, erwiderte Christa und ließ ihre Arme schlaff niederhängen in einer Bewegung tiefster Mutlosigkeit; dann trennten sie sich. Achaz ging durch die duftende Sommernacht nach Lalaiken heim; in den Büschen, auf dem Rasen raschelten vorsichtig leise Tritte; das waren wohl die Igel und Wiesel, die da vorsichtig auf ihren Jagdwegen dahinschlichen. Am Waldrande rief ein Kauz sein gespenstisches Liebeslied herüber, und weiter im Walde drinnen antwortete ihm ein anderer. Achaz ging mit gesenktem Kopfe vorwärts, die Augenbrauen in schwerer Sorge zusammengezogen; das Leben war ein unberechenbares, gefährliches Ding, und doch, hinter all der Sorge leuchtete etwas wie eine große Freude, etwas wie ein Erwarten beglückender Dinge. Durch die Sorgen muß er hindurch und dann – er wagte es kaum zu denken. Er nahm seinen Hut ab, ließ den Abendwind in seinen Haaren wühlen und pfiff laut und fröhlich in die Nacht hinein.

Die Sonne sengte unbarmherzig auf die Rasenplätze des Gartens nieder und gab ihnen einen herbstlich-gelben Schimmer; die Blumen ließen die Köpfe hängen, und die ganze Natur schien ein großes Dürsten nach Kühlung und Wasser. Der Graf Pax hatte sich in die dunkelste Laube zurückgezogen und ließ sich von seinem Diener mit einem Fächer Luft zufächeln; Achaz irrte durch die Alleen des Gartens; in einem hellen Sommeranzug, den Strohhut im Nacken, das Gesicht gerötet, schien er von der Hitze ganz aufgelöst. In einer der Alleen begegnete er Irma, sie lächelte, als sie ihn in diesem Zustande sah. »Du leidest wohl?« fragte sie.
»Natürlich leide ich«, erwiderte Achaz, »vielen anderen Leiden kann man entfliehen, aber wo sollen wir der Luft entfliehen, die wir atmen? Wir sind eben zum Leiden geboren.«
Irma lachte. »O Gott, wie tragisch«, sagte sie, »komm nur, gehen wir zu den Wesen, denen es in dieser Hitze ganz wohl wird, die sich in ihr erst ganz entwickeln.«
»Wer sind diese Wesen?«
»Komm nur«, sagte Irma, und sie gingen miteinander durch den Garten bis zu der Stelle, wo die Gemüsebeete in langen Reihen lagen und die

Treibbeete mit ihren Glasfenstern. Hier glühte die Sonne ungeschwächt, und all diese Blätter und Früchte schienen sich behaglich in dieser Hitze zu dehnen und zu erschließen.

»Wie sie hier sitzen«, sagte Achaz, »und die Hitze eintrinken und feist und rund werden; das ist ihr Geschäft, das ist ihre Pflicht, feist und rund zu werden.«

»Wie friedlich das sein muß«, meinte Irma.

»Sehnst du dich nach diesem Frieden?« fragte Achaz erstaunt.

»Jetzt zuweilen«, erwiderte Irma.

»So jetzt?« wiederholte Achaz und lächelte.

Die Zwiebelstauden standen nebeneinander wie schlanke Kandelaber, das Spargelkraut wie ein Wald grüner Federn, Porree stand da, die Blätter lang wie grüne Klingen, und endlich die krausen, fetten Blätter des Salats; und wie alles das roch, streng und würzig! Die ganze Luft war wie vom Dufte einer heißen Suppe erfüllt. »Und sieh hier die Treibbeete«, sagte Achaz, »diese Gurken, wie sie sich strecken, ganz mit Warzen besät.«

»Ja«, sagte Irma, »und diese grünen Nasen, die sie ansetzen.«

»Ja«, meinte Achaz, »die kümmern sich nicht um Ästhetik, die wollen nur wuchern und wachsen. Sieh hier die kleinen Pfeffergurken, hocken sie nicht da, wie die kleinen Kröten? Oder diese hier krümmen sich wie die Blutegel, und alles wächst und blüht unbekümmert um seine Häßlichkeit. Sieh hier die Melonen, wie die in der Wärme schwellen und duften, und erst dort, der große Kürbis! Keiner will ihn so groß, keiner weiß etwas mit ihm anzufangen, aber er wächst und wächst ins Ungeheure. Daß er so dick ist, ist sein Vergnügen, sein Glück; er will ein Monstrum sein; er ist stolz darauf.« Von der Allee her ertönten Stimmen: Ulrich war es, der mit dem Gärtner sprach. »O Gott, sie kommen hierher«, sagte Achaz. »Noch haben sie uns nicht gesehn.«

»Komm hier herein«, schlug Irma vor und öffnete die Tür eines aus Brettern zusammengeschlagenen Hauses, in dem die Gartenwerkzeuge aufbewahrt wurden.

Sie traten ein und Irma schloß die Tür. Von draußen hörten sie deutlich jetzt Ulrichs und des Gärtners Stimme: es wurde über neue Treibbeete beratschlagt. In dem Hause war es kühl und dämmerig, es roch nach Erde und Sämereien. Eggen standen da und Rechen und Schaufeln, und in das ganze enge Fenster, das in die Wand gesägt worden war, drang ein dicker goldener Lichtstrahl in die Dämmerung. Irma und Achaz standen einander gegenüber, lächelten und schauten sich in die Augen, schauten so scharf, daß ihnen vor der blauen Durchsichtigkeit schwindelte. Draußen entfernten sich die Stimmen, es wurde wieder still ringsumher. Achaz nahm eine von Irmas Händen und begann langsam einen Finger nach dem andern zu küssen. Aber sie entzog ihm die Hand; ein wenig Rot stieg ihr in die Wangen, und in dem Blau ihrer Augen erwachte ein seltsam scharfes Blitzen. »Das will ich nicht«, sagte sie. »Wenn du mich liebst, so sag' es mir, sag's mir täglich, sag's mir stündlich, das will ich hören, danach dürste ich, aber diese Backfischheimlichkeiten, die mag ich nicht. Unsere Liebe, wenn sie da ist, soll tapfer und aufrecht sein.«

»Tapfer«, wiederholte Achaz, »ich könnte dich einer ganzen Welt abtrotzen.«

»Könntest du es?« fragte Irma und lächelte.

»Das könnte ich«, wiederholte Achaz, »und es wäre mir gleich, was ich zerschlage und verwunde und zerbreche.«

»Mein Gott«, sagte Irma und alles Glück schwand aus ihrem Gesichte, »daß es ohne Verwunden nicht geht.«

»Das ist gleich«, meinte Achaz. »Werde nicht traurig, das dürfen wir nicht; komm, gehn wir in den Sonnenschein hinaus.«

Achaz öffnete die Tür, und sie gingen hinaus in die heiße Luft, die schwer von dem Duft der Suppenkräuter war.

»Ein heißes Suppenbad«, sagte Achaz.

Irma lachte. »Ja«, erwiderte sie, »aber heute abend reiten wir zu unseren Bäumen, lassen uns vom Winde wiegen und zueinanderbiegen.«

»Das wollen wir«, sagte Achaz. »Und wenn der Wind mich zu dir hinwiegt, dann sage ich immer dasselbe.«

»Und ich will immer dasselbe hören«, versetzte Irma. Dann ging sie in das Haus. Auf der Treppe stand Isa, das spitze, bleiche Gesichtchen mit dem sorgenvollen Munde und den ernsten Augen; es schaute nachdenklich in den sonnigen Garten hinab. Irma blieb einen Augenblick stehen, ein Ausdruck des Schmerzes, aber auch der Ungeduld, flog über ihr Gesicht. »Isa, Kind, geh in dein Zimmer und spiele etwas.« Gehorsam ging Isa in das Haus.

Achaz trieb sich müßig auf den Rasenplätzen des Gartens umher; es fehlte ihm der Entschluß, etwas zu tun, er hätte in sein Zimmer gehen können und lesen, er hätte dem Großvater Gesellschaft leisten können oder hätte zum See gehen können und baden, aber er konnte sich zu nichts entschließen; er kühlte seine Hände an den Blütenblättern der Feuerlilien und Malven; er belauschte die Grillen im Rasen; das war alles, was er tun konnte, und noch eins konnte er: im tiefsten Innersten seines Herzens eine große Freude verspüren. Plötzlich trat Ulrich zu ihm. Sein Gesicht war bleich und hatte den Anschein, als sei es zusammengedrückt, was

Achaz gut aus seiner Kindheit kannte; die Lippen, wenn sie nicht sprachen, waren wieder so fest geschlossen, daß sie weiß wurden.
»Was tust du hier?« fragte Ulrich.
»Ich tue nichts«, erwiderte Achaz. »Die Hitze löst mich auf.«
»Ja, die Hitze«, meinte Ulrich. »Laß uns in die Ulmenallee gehen, dort wird es kühl sein, dort können wir miteinander plaudern; wir haben so lange nicht miteinander geplaudert.«
»Gut, wie du willst«, erwiderte Achaz und warf seinem Bruder einen schnellen, beobachtenden Blick zu. Sie gingen in die Allee; Ulrich senkte den Kopf und schien nachzudenken.
»Ja, diese Hitze«, sagte Achaz, »sie erweicht alles in mir. Wir haben eben noch nicht die Kultur der Hitze.«
»Wer hat die?« fragte Ulrich.
»Nun, die tropischen Völker«, erwiderte Achaz, »und die Gurken und Melonen.«
»Meinst du?« versetzte Ulrich. »Ich leide nicht unter der Hitze; es ist mir auch angenehm zu fühlen, daß alles in mir warm ist, denn sonst ist immer etwas in mir, das friert.«
»So?« fragte Achaz interessiert. »Es ist immer etwas in dir, das friert?«
»Ja«, antwortete Ulrich, »ich bin ein Mensch, der schwer auftaut.« Dann schwiegen sie eine Weile. Um sie her in der Allee zitterten die Blätterschatten auf dem Sande, und in den Wipfeln der Ulmen schlugen die Stare. Ulrich zeichnete nachdenklich mit seinem Spazierstock Linien in den Sand.
Er will etwas sagen, dachte Achaz, und bringt es nicht heraus – was mag das sein?
Plötzlich blieb Ulrich stehen, stemmte den Stock fest auf die Erde und sagte: »Ich denke, dein Urlaub geht jetzt bald zu Ende?«
»Ja, in diesen Tagen«, erwiderte Achaz mit ein wenig unsicherer Stimme und sah dabei seinen Bruder forschend an, »in diesen Tagen, aber ich habe einen Brief geschrieben, den ich heute abschicken will, in dem ich um Verlängerung des Urlaubs bitte; es kann keine Schwierigkeiten haben.«
»So, so!« meinte Ulrich und begann langsam weiterzugehen, indem er mit gesenktem Kopf auf die zitternden Blätterschatten zu seinen Füßen herabsah.
»Du wirst es mir nicht übelnehmen, was ich sage«, fuhr er fort, »Brüder, die ihre Jugend zusammen verbracht haben, verstehen sich ja so ganz, auch in den verborgensten seelischen Empfindungen, und es ist gut, wenn zwischen Brüdern Klarheit herrscht.«
»O, sprich nur«, sagte Achaz, und es klang fast herausfordernd.

»Ich meinte«, versetzte Ulrich, »es ist vielleicht besser für uns, für uns alle, wenn du deinen Urlaub nicht verlängerst.«
Achaz lächelte. »Gut, ich kann ja morgen fahren.«
»Es ist nicht Eifersucht«, sprach Ulrich weiter, »ich habe dich gebeten zu kommen; du hast mir den großen Dienst geleistet, Irma wieder in das Leben einzuführen; du hast sie gelehrt, das Leben wieder zu lieben, und ich bin dir dankbar dafür; denn ich, siehst du, bin ein so schwerfälliger, melancholischer Mensch, bei mir verkümmerte sie in ihrem Schmerze. Also ich bin dir sehr dankbar, aber ich fühle, daß Irma sich von mir entfernt, mir entschwindet, und das soll bei einem Ehepaar nicht sein. Daher bat ich dich, uns zu verlassen. Ein Ehepaar muß sich nahe sein, und solange du da bist, wird sie mich stets vergessen. Ich sagte schon, daß es nicht Eifersucht ist; du erinnerst dich, als wir beide zusammen Kinder waren, da warst du stets freigebig mit deinem Besitz, während ich eifersüchtig über das wachte, was mir gehörte. Wehe dem, der es mir nehmen wollte.« Und Ulrich schlug mit dem Spazierstock einem Löwenzahnstengel seine Tüllhaube ab. »Es ist nur, daß ich mit dir nicht konkurrieren kann, und ich denke, Irma wird so weit erstarkt sein, um mit mir leben zu können. Dich wird sie vermissen, aber es wird ein Vermissen sein, wie es uns im Leben so oft begegnet, wenn Menschen, mit denen wir zusammen froh waren, uns verlassen. Das vergeht.«
»Gut, also morgen!« versetzte Achaz.
»Ich danke dir noch einmal«, sagte Ulrich und reichte dem Bruder die Hand. »Du hast mich und meine Not verstanden, ich vergesse dir das nicht.« Damit ging er dem Hause zu, wo der Inspektor schon wartend stand.
Achaz aber ging in der Allee auf und ab. Auf seinem Gesicht lag ein seltsam erregter Ausdruck, seine Augen blitzten, nein, er wollte heute Irma nichts sagen, aber morgen, was würde morgen geschehen? Diese Ehemänner waren doch alle einander gleich, sie hielten sich alle für das unentrinnbare Schicksal ihrer Frauen.
Achaz war früh aufgestanden; eine freudige Unruhe, das Gefühl, er müsse tun, er müsse kämpfen für das Glück, das auf ihn zukam, ließ ihn nicht schlafen.
Er ging in den Garten hinunter; auf den Blumen und Blättern lag noch der Tau; manche Blüten waren so schwer von Tropfen, daß sie ihre Köpfe hängen ließen. Die Luft war voll kühlen, feuchten Duftens. So ist es gut, dachte Achaz, so muß der Morgen meines Glückes aussehen.
Er ging vor Irmas Fenstern auf und ab und wartete, daß sie am Fenster erschiene. Endlich öffnete sie das Fenster und beugte sich hinaus. Ihr

Gesicht war ganz rosig; ihr Haar flimmerte in der Sonne und sie lächelte ihm zu.
»Schon auf?« sagte sie.
»Ja«, sagte Achaz, »komm herunter zu mir, ich habe dir etwas zu sagen.«
Sie verschwand am Fenster und bald erschien sie auf der Treppe; wunderbar blühend und farbig nahm sich dieser blonde Kopf über dem schwarzen Trauerkleide aus.
»Ist das schön!« rief sie. »Mein Uli sagte immer: ›Mama, warum weinen die Blumen immer am Morgen?‹ Ja – sie weinen aus Glück über ihr Blumenleben.«
Achaz ging ihr entgegen, nahm ihre Hand, um sie zu küssen, und sagte leise: »Ich fahre heute fort, er will es so; er sagt: wenn ich hier bin, entschwindest du ihm.«
Irma war blaß geworden, dann aber lachte sie und sagte: »Der Arme, ja, ich entschwinde ihm, und ich werde ihm noch viel mehr entschwinden, denn, wenn du heute fährst, fahre ich auch. Fahre nur, ich komme dir nach und ich kämpfe meine Schlachten allein.«
»Ich würde sie gerne für dich schlagen«, sagte Achaz.
»Nein, das kannst du nicht«, wehrte Irma, »ich komme dir nach. Ich wohne bei Papas Schwester, Gräfin Krothow, bis, ja bis –«
»Ja bis –«, wiederholte Achaz, und beide lachten.
»Bei Ulrich kann ich nicht mehr leben«, fuhr Irma fort, »hier sterbe ich: wo Ulrich ist, da zieht das Leben nur ganz fern mit seinen flatternden Fahnen vorüber.«
»Wir aber wollen mit im Zuge sein«, rief Achaz, und ausgelassen ergriff er Irmas Hände und drehte sie auf dem Rasenplatze hin und her, daß der Tau, von der schwarzen Schleppe aufgepeitscht, wie kleine Funken um sie her aufsprühte.
»Das wird ein Leben werden«, rief Achaz, »ein Musterleben; noch nach Jahrhunderten werden sie in den Schulen davon wie von einem klassischen Beispiel des Glückes reden.«
An einem der Fenster des Hauses erschien Ulrich und schaute ernst zu, wie Achaz und Irma sich auf dem tauigen Rasen drehten.
Um zehn Uhr war der Wagen vor der Tür, der Achaz zur Station bringen sollte. Er küßte Irma die Hand, sah ihr in die Augen und sagte leise: »Auf Wiedersehen.« Irma lächelte und sagte ebenso leise: »Auf Wiedersehen.«
Sehr elegisch war der alte Graf: »Also du fährst ab?« sagte er.
Achaz zuckte die Achseln und meinte: »Man will mich hier nicht mehr.«
»So, man will dich nicht?« versetzte der Graf. »Jalousie vielleicht? Das kommt vor; nichts zu machen; wärst du geblieben, so hätte ich dir noch

ein Frühstück gegeben, aber so ist nichts mehr los; ich werde allein durch die Alleen fahren und an das Ende denken; nein, nein, sag' nichts; so, das ist mein Schicksal. Du hast Leben hierhergebracht, mit dir geht das Leben wieder fort; wir versinken wie in ein Grab; na, nichts zu machen. Laß es dir gut gehen.«

»Kommen Sie nicht auch nach Berlin oder Rom?« fragte Achaz.

»Bis auf eine«, erwiderte der alte Herr, »ist es wohl mit meinen Reisen aus.«

Ulrich war sehr herzlich beim Abschied, er küßte seinen Bruder und dankte ihm für die Hilfe, die er ihm geleistet. »Ich danke dir auch«, sagte er, »daß du mich verstanden hast und mir nicht zürnst.«

Dann fuhr Achaz davon; auf der Treppe stand Isa und schaute ihm nach; in der Allee winkte der alte Graf mit dem Taschentuch. Achaz lehnte sich zurück und schaute befriedigt auf das schöne Land, in dem sich sein Schicksal erfüllt hatte. Als er durch den Marktflecken fuhr, stand Agnes, die Gärtnerstochter, am Gartenzaun und weinte. Fräulein Christa aber winkte Achaz aus dem Fenster ihrer Schule ein Lebewohl zu.

Ulrich blieb auf dem Sofa seines Zimmers sitzen; er hörte draußen das Hin und Her der Schritte; die Stimme des Grafen Pax rief laut etwas aus; Achaz lachte, dann fuhr der Wagen davon, und Ulrich lehnte den Kopf zurück und schloß die Augen. Es war, als wäre eine Last von ihm genommen, warum sollte er jetzt nicht glücklich sein, warum sollte er jetzt nicht still und glücklich leben, mit allem, was sein war? Draußen hatten sich das Hin- und Hergehen und die Stimmen beruhigt, in der großen Esche vor seinem Fenster schlug eine Amsel, schlug so leidenschaftlich, als sollte ihr die Brust zerspringen. Ulrich fühlte sich heute so leicht und ruhig wie seit langem nicht. »Wir müssen das Leben zwingen, daß es uns gehorche«, dachte er, »dann läßt es sich leben«; und die wohlige Ruhe genießend, saß er mit geschlossenen Augen da.

Er hörte, wie seine Tür leise geöffnet wurde, der Estrich knackte unter leichten Schritten, die bis zum Schreibtisch vorgingen und dort stillstanden. Das ist Irmas Schritt, dachte Ulrich, und es war ihm unendlich wohltuend, so dazusitzen mit geschlossenen Augen und diese segensreiche Ge genwart zu fühlen, erquickend wie ein Sommerwind, der über blühende Bohnenfelder streift. Aber da es ganz still im Zimmer geworden war, so öffnete er die Augen: Irma stand am Schreibtisch und stützte beide Hände auf die Tischplatte. Sie hatte die Gewohnheit, wenn sie erregt war, ihre schlanke Gestalt an etwas zu stützen, mit den Armen etwas zu umfangen, eine Säule oder einen Pfeiler, gleichsam um sich an etwas zu ranken, wie die Zweige der kleinen weißen Rosen draußen im Garten. Es fiel Ulrich auf, daß sie bleich war, aber das Gesicht war dennoch so wunderbar jung unter dem Gewirr der blonden Haare. Die Augen sahen grellblau zu ihm hinüber, und der Mund mit der kurzen Oberlippe mit den leicht hinaufgebogenen Spitzen hatte etwas Herbes, wie er zuweilen annehmen konnte. Ulrich lächelte und sagte freundlich: »Irma, Kind, kommst du zu mir? Das ist gut, komm, setz dich her, jetzt sind wir ja wieder ungestört beisammen; und wir wollen immer fester zueinandergehören.«

»Ich wollte mir dir sprechen«, sagte Irma, und ihre Stimme klang ein wenig heiser.

»Ja, Kind, sprich«, versetzte Ulrich, »jetzt können wir uns alles sagen, jetzt stört uns keiner mehr.«

»Achaz ist fortgefahren«, brachte Irma ein wenig mühsam heraus, mit dieser heiseren Stimme, die in ihrer Erregung einer Knabenstimme glich.

»Ja«, erwiderte Ulrich, »es ist wohl besser für uns und für ihn.«

»Ich wollte nur sagen«, versetzte Irma mit einer wunderlich zitternden und doch scharfen Stimme, einer Stimme, in der eine Saite zu springen schien, »ich wollte sagen, daß ich auch fortfahre, daß ich Achaz nachfahre, daß ich ohne Achaz nicht leben kann, daß ich hier bei dir nicht leben kann.« Sie schwieg, niemand sprach im Zimmer mehr, nur die Drossel auf der Esche erfüllte den Raum mit ihren schmelzenden Tönen.

Ulrich saß noch auf seinem Platz, aber in seinem ganzen Körper war etwas Gespanntes, etwas, wie zum Sprung bereit. Irma sah wartend zu ihm hinüber, und das Blau ihrer Augen bekam ein stechendes Licht. Endlich erhob sich Ulrich, langsam und als ob es ihn Mühe kostete; er machte einige Schritte bis zum Schreibtisch und blieb Irma gegenüber stehen. Er schaute sie an, aber vor dem Blick dieser blauen Augen senkte er die seinen, und er ergriff ein Stück schwarzen Marmors, das dort als Briefbeschwerer lag und wog es in den Händen. Es war, als wollte er etwas sagen, aber als hätten die fest geschlossenen Lippen Mühe sich aufzutun; endlich kam es leise aus ihm heraus: »Du vergißt wohl, daß du meine Frau bist.«

»Nein«, erwiderte Irma, und ihre Stimme nahm etwas seltsam Metalliges an, »ich vergesse nicht, daß ich deine Frau war; du hast zu Achaz gesagt, in dieser Zeit sei ich dir ferngerückt, aber ich bin dir immer ganz fern gewesen, und du warst mir immer ganz fern. Ich habe von deinen Schmerzen und von deinen Freuden nichts gewußt, und wenn wir beisammen waren, wenn wir still beisammensaßen, wie du es liebst, dann war es, als warteten wir auf ein gemeinsames Unglück; o nein, dieses Leben kann ich nicht mehr leben.«

»Wir hatten einen großen, gemeinsamen Schmerz«, sagte Ulrich leise, »und das verbindet doch.«

»Du meinst unseren Jungen«, versetzte Irma, »ach nein, dein Schmerz und mein Schmerz verstanden sich nicht. Du hast ein anderes Kind verloren als ich, du kanntest mein Sonnenkind nicht, das den Alltag haßte und das Traurigsein; und jetzt ist er noch bei mir, ich fühle es, er ist bei mir und ich nehme ihn mit aus diesem traurigen Hause.«

»Du vergißt«, begann Ulrich wieder mit dieser zischenden, leisen Stimme, »daß du mein bist, mein Eigentum, daß wir zusammengehören, unlöslich verbunden.«

»O nein«, unterbrach ihn Irma, »ich war deine Frau, aber nicht deine Sklavin; nichts, nichts in mir gehört dir. Unsere Ehe war ein Versuch, ob ich dir gehören könnte, aber ich sehe, ich kann's nicht.«

»Und das Kind?« fragte Ulrich. »Ist das nicht ein Band, das uns verbindet?«

Irmas Augen wurden feucht. »Meine arme kleine Isa! Nein, sie soll bei dir bleiben, sie wird dich verstehen, sie ist dir so ähnlich; mich wird sie vergessen.«

»Glaubst du«, sagte Ulrich, »der Mensch habe das Recht oder auch nur die Möglichkeit solche Bande zu lösen?«

»Du kannst mich nicht halten«, rief Irma, und es klang aus ihren Worten wie Herausforderung und Triumph. »Ich gehe meine hellen Wege und will deine dunklen Wege nicht teilen. Halten kannst du mich nicht, du kannst mich totschlagen mit diesem Stein, den du in der Hand wiegst; o, ich fürchte mich nicht, aber bei dir bleibe ich nicht.«

Es war ein seltsam scheuer, trauriger Blick, den Ulrich jetzt auf Irma ruhen ließ, dann legte er das Marmorstück auf den Tisch. »Nein, ich tue dir nichts«, sagte er und ging langsam wieder zum Sofa zurück, setzte sich nieder und dann –

Es war Irma, als erlebte sie das Seltsamste und Furchtbarste in ihrem Leben – dann schlug er die Hände vor das Gesicht und weinte –

Irma sah den weinenden Mann regungslos an; in ihren Zügen zuckte es, als wollte auch sie weinen, aber es war nicht Mitleid, es war etwas, wie ein schmerzhaftes Erstaunen, etwas wie Furcht; dabei hatte sie das Gefühl, als müßte sie etwas tun, etwas sagen, und unwillkürlich sprach sie es aus: »Ulrich, du weinst?«

»Ja, ich weine«, erwiderte Ulrich und wandte sein tränenüberströmtes Gesicht ihr zu, »aber das kümmert dich nicht, geh doch, geh – wie du sagst, deine hellen Wege; ob ich weine oder nicht weine, ist meine Sache.«

Irma machte einige Schritte auf ihn zu und sagte leise: »Ulrich, ich habe nicht gewußt –«

»Nein, du hast nicht gewußt«, unterbrach sie Ulrich, und seine Stimme

klang hart und laut, »von mir hast du nichts gewußt, so geh doch, geh; ich gebe dich frei, dein Anblick schmerzt mich, er verwundet mich und kränkt mich. Geh!« Und er schrie fast das letzte Wort.
Irma beugte den Kopf, ging zur Tür, öffnete sie leise und schloß sie dann wieder leise hinter sich. Wie betäubt blieb sie stehen, und sie fühlte, wie die Tränen aus den Augen zu rinnen begannen.
In dem Zimmer befanden sich Fräulein Christa und Isa. Fräulein Christa eilte auf Irma zu, nahm sie in ihre Arme und sagte: »Wie siehst du aus, Kind? Komm zu uns!« und sie führte sie zum Sofa. Dort saßen sie alle drei und weinten. Durch das Fenster kam der Duft der Hochsommerblumen, der Gesang der Vögel, die ganze Wonne der Natur; von weitem hörte man das Rollen des Wagens des alten Grafen, dann stand Irma auf, wischte sich die Augen und sagte: »Ich muß zu meinem Vater.«
Der Graf Pax saß in seiner Laube, rauchte eine Zigarette und ließ sich von dem Diener mit einem trockenen Palmenblatt Luft zuwehen; als Irma sich zu ihm setzte und dem Diener winkte, sie zu verlassen, beugte sich der Graf vor und sagte freundlich: »Irma, meine Tochter, kommt auch zu ihrem alten Vater. Ja, ja, mir tut vor Einsamkeit der Kopf weh; du vermißt wohl auch unseren Achaz; der Junge bringt Leben mit, wo er hinkommt, und leider nimmt er es wieder fort, wenn er wegfährt; es ist bei uns jetzt wie in einer Kirche.«
»Ja, Papa«, begann Irma, »ich kam, um dir zu sagen, daß ich auch fortfahre.«
Der Graf beugte sich vor: »Was, was?« fragte er. »Ich fahre«, fuhr Irma fort, »ich fahre nach Berlin. Ich fahre zur Tante Krothow und wohne dort, bis – ja bis alles in Ordnung ist. Ich fahre Achaz nach.«
»Aber Kind«, sagte der Graf und machte ein ernstes, mürrisches Gesicht. »Du, als verheiratete Frau, fährst einem jungen Menschen nach, das ist ja unmöglich, was werden die Leute sagen?«
»Nein, ich kann bei Ulrich nicht bleiben«, versetzte Irma, »ich habe mit Ulrich gesprochen, er hat mich freigegeben; hier sterbe ich, und ohne Achaz kann ich nicht leben.«
»Aber Kind«, sagte der Graf, »das ist doch ein Skandal, und in unserer Familie gab es nie einen Skandal. Ulrich ist ja nicht heiter, aber er ist doch ein edler Mensch.«
»Es nützt nichts«, unterbrach Irma ihren Vater, »es ist alles bestimmt, ich fahre heute.«
Der Graf schüttelte seinen Kopf. »Kind, Kind, daß du deinem alten Vater diesen Schmerz bereiten kannst, nein, das überlebe ich nicht; und ich bleibe allein hier zurück! Aber vergeßt nicht, wenn ihr euch eine Woh-

nung nehmt, daß ihr zwei Zimmer für mich bereithaltet. Wir gehen ins Theater, soupieren dann im Kaiserhof oder bei Borchardt, oder zieht ihr am Ende nach Rom? Nun, ich kann mich ja auf dem Pincio mit dem Stuhl herumschieben lassen; und dann die Gesellschaft! Ich kenne gut die Fürstin Paterno, die Odescalchis und die Borgheses; das kann hübsch werden! Ach, aber der Schmerz, den du mir antust!«

»Sei nicht traurig«, tröstete Irma. »Du kommst zu uns, und das Leben wird noch hübsch.«

»Ja, ich weiß«, erwiderte der Graf, »wenn ich wieder in die Großstadt komme, lebe ich auf wie ein Fisch im Wasser. Ich kann mir denken, daß du hier nicht leben kannst, und du weißt, Geld, Geld werdet ihr genug haben; aber, mein Kind, la morale! Es ist ein großer Schmerz, aber er muß überwunden werden; komm her, mein Kind, daß ich dich segne.« Und er legte seine zitternde Hand auf Irmas Kopf. »Gott behüte dich«, sprach er weinerlich und dann fügte er hinzu: »Vergeßt die beiden Zimmer für mich nicht.«

Ulrich saß noch immer in seinem Zimmer; er weinte nicht mehr; sein bleiches Gesicht hatte einen seltsamen, gewaltsamen Ausdruck: gespannt hörte er auf die Töne, die von außen in das Zimmer drangen. Wieder kamen und gingen die Schritte; es wurde etwas getragen, das waren wohl die Koffer. Er hörte Christas Stimme, dann Irmas, und beide hatten dieses wunderlich gläserne Schwingen, das verhaltene Tränen den Frauenstimmen geben. Jemand weinte ganz laut: das mußte Isa sein. Ein Wagen fuhr vor, die laute Stimme des Grafen Pax rief scherzend: »Nun, die ungetreue Frau verläßt uns.«

Jemand lachte, ein Wagen fuhr vor, die Stimmen entfernten sich, man ging wohl auf die Treppe hinaus, nur Isas lautes, kindliches Schluchzen war deutlich zu hören. Dann fuhr der Wagen wieder fort; Ulrich schaute durch das Fenster: er sah die Kalesche an den Spiräenhecken entlang fahren, er sah das Wehen eines grauen Schleiers. Müde setzte er sich auf seinen Platz zurück: also dieses Stück Leben war aus, jetzt mußte er um ein neues Stück Leben kämpfen. O, wie er sie alle haßte, die da draußen lachten und weinten und mit diesem grausamen, unergründlichen Dinge Leben wie die Kinder spielten. »Ihre hellen Wege gehen«, hatte Irma gesagt; o, er kannte diese hellen Wege, auf die legten sich nur allzubald die tiefsten Schatten. Nein, er wollte das neue Leben kräftig anfassen, mit der Kandare wollte er es reiten, er wollte der Herr sein.

Der Sommer verging; im Lalaikenschen Garten blühten auf den Beeten, die die Wege einfaßten, die Dahlien in langen Reihen; weinrote, weiße und gelbe Sammetbälle; große Herbstfalter, Admiräle und Trauermäntel flogen langsam über die welkenden Levkojen hin, als machten die Farben ihnen die Flügel schwer. Im Garten roch es nach Äpfeln und Pflaumen und welkenden Blättern; zuweilen ließ sich der dumpfe Ton eines auf den Kiesweg fallenden Apfels hören, und ganz hoch im blaßblauen Himmel zogen eifrig plaudernd die Wildgänse dahin. Der Graf Pax ließ sich stumm und mürrisch durch die Alleen rollen; nur wenn er Fräulein Christa begegnete, wurde er lebhaft.

»Ich habe einen Brief von Irma bekommen, die Scheidung ist im Gange. Sie schreibt von Einsamkeit, von Melancholie, von Buße; aber das vergeht.« Fräulein Christa nickte und schaute ernst vor sich hin; ihre guten braunen Augen wurden blank von Tränen und sie sagte: »Ja, unsere arme Irma irrt jetzt einsam auf fremden Wegen.«

Der Graf schüttelte unwillig die Locken seiner Perücke und meinte: »Ach was, warum einsam.«

Ulrich stand mit Isa an der Landstraße und schaute nachdenklich auf das Wogen eines Weizenfeldes.

»Nächste Woche werden sie geschnitten«, sagte Ulrich, und Isa schaute ernst zu ihm auf. »Ja«, fuhr Ulrich fort, »die Ernte beginnt und damit die Arbeit, und das ist gut. Liebst du auch die Arbeit, meine Tochter?«

Isa dachte eine Weile nach und versetzte dann: »Ja, die Arbeit bei Fräulein Christa; wenn der Sonntag kommt, dann ist der Morgen schön; es ist, als wären die Bäume und die Blumen auch feierlich, aber der Sonntagnachmittag ist so traurig und sonntags abends, wenn ich im Bett liege, muß ich zuweilen weinen und ich freue mich, wenn es wieder Montag ist.«

Ulrich lächelte und strich Isa sanft über den Rücken. »Du bist meine Tochter«, sagte er, »du verstehst den Werktag.« Dann kehrten sie in den Garten zurück und gingen lange in der Eschenallee auf und ab; zu ihren Füßen raschelten die welken Blätter und durch die spärlich belaubten Wipfel der hohen Bäume sank allmählich die Dämmerung nieder.

(1919)

NACHWORT

Kurz vor Ende des Ersten Weltkriegs stirbt Eduard Graf von Keyserling am 28. September 1918 im Alter von 63 Jahren in München. Der Krieg ist schon so weit fortgeschritten, daß er sich wenig über dessen Ausgang und über die weitreichenden Folgen im Zweifel sein kann. Die Abdankung des Kaisers, die russische Revolution, deren Opfer auch Teile seiner Familie im Deutsch-Baltikum sein werden, der Untergang der feudalistischen Gesellschaft bleiben ihm zwar erspart, aber daß die Adelsklasse in ihrer Bedeutung und Funktion ausgedient hat, darüber wird sich Keyserling auch schon vor Kriegsende klar gewesen sein. Wahrscheinlich wird er diesen Untergang weniger bedauert haben als die Leiden, die die Bevölkerung durch den Krieg durchmachen mußte, spricht doch eine gewisse melancholische Resignation über das Schicksal der Adelswelt deutlich, aber nicht vorwurfsvoll oder beschwörend aus all seinen Werken.
Dabei hätte Keyserling allen Grund gehabt, die feudale Gesellschaft zu verfluchen und ihr Verschwinden herbeizuwünschen. Als junger Student in Wien wird er nämlich von seiner Familie geächtet und von seinem Stand geschnitten. Sein Biograph, der verwandte Otto von Taube, schreibt, daß es sich um eine »Lappalie – eine Inkorrektheit« gehandelt habe, die zu seinem Ausschluß aus der Universität in der k. u. k.-Hauptstadt und zu seiner Ächtung durch die Standesgenossen führt. Worum es sich genau gehandelt hat, darüber schweigt sich von Taube aus; so lapidar, daß eine Mitteilung unproblematisch war, scheint das Ereignis also doch nicht gewesen zu sein. Sicherlich war es kein erotisches Kurzabenteuer, über das man im sinnenfrohen Wien hinweggesehen hätte, sicherlich war es auch kein kompromittierendes Fehlverhalten, war doch Keyserling zeit seines Lebens für seine Diskretion, seine vornehme und unprätentiöse Lebensart bekannt. Auch seine in den Frühwerken (*Fräulein Rosa Herz* und *Die dritte Stiege*, zwei Romane, die nicht die Qualität seiner Reifejahre haben) angedeuteten sozialpolitischen Ansichten, die ihn gewiß nicht in die unmittelbare Nähe der Sozialisten und Marxisten rücken, können nicht den Ausschlag gegeben haben. Wahrscheinlicher scheint da eine in der Öffentlichkeit gelebte, unstandesgemäße, vielleicht auch als sexuelle Aberration bezeichnete Liebesgeschichte zu sein, die zu seinem Ausschluß aus der Adelswelt führte. In den Wiener Jahren, die wir nur ungenau vor das Jahr 1890 datieren können, muß er sich auch die

Syphilisinfektion zugezogen haben, die zu seiner späteren Krankheit, einem schweren Rückenmarksleiden, und seiner Erblindung im Jahre 1908 führte. Bis heute verschweigen die meisten Biographen und Literaurwissenschaftler diese Infektion und ächten damit auf ihre Weise Eduard von Keyserling genauso wie seine damaligen Standesgenossen.

Auf den Landgütern Paddern und Telsen, die Keyserling für seine Mutter bis zu ihrem Tod 1894 verwaltet, wird er jedenfalls von der dortigen »guten« Gesellschaft gemieden. Man läßt ihn gern ziehen, als er 1895 beschließt, sich in München niederzulassen. In der Ainmillerstraße 19 in Schwabing – damals noch ein Vorort, den die Künstler und Freidenker bevorzugten – lebt er fortan mit seinen älteren Schwestern Henriette und Elise (die unter dem Namen Ernst Kluge Novellen veröffentlicht hat), nach beider Tod auch mit der dritten Schwester, die ihn überlebte. Hier in München schreibt er seine Romane und Erzählungen, die ihn zu einem bekannten Schriftsteller in seiner Zeit machen, dessen Werke bis in die zwanziger Jahre hinein teilweise sogar 50 Auflagen erleben. Als Keyserling 1908 erblindet, ohnehin schon gebeugt und frühzeitig gealtert von dem schweren Rückenmarksleiden, verliert er seinen Kontakt zur Schwabinger Boheme, die sich im Café Stefanie, im »Simpl«, bei Karl Wolfskehl oder Franziska von Reventlow (ebenfalls von ihrer adligen Familie verstoßen) trifft. Zunehmend in Einsamkeit, aber ohne Bitterkeit und Wut, lebt Keyserling mit seinen Schwestern, denen er seine späten Erzählungen diktiert, ein ruhiges, ganz unspektakuläres Leben. Es besuchen ihn nur noch wenige Menschen: Max Halbe und Hermann Bang; Rilke, der nur ein paar Häuser weiter wohnt, nimmt es sich oft erfolglos vor; der schon genannte Otto Freiherr von Taube ist jedoch oft zu Gast; eher selten zeigen sich durchreisende Verwandte, die den inzwischen literarisch anerkannten Schriftsteller dann doch noch treffen wollen, und einige wenige Freundinnen, die dem vornehmen Herrn, gepflegt von seinem treuen Diener Joseph, die Reverenz erweisen.

Thomas Mann wird nach Keyserlings Tod einen vielzitierten Nekrolog halten, der jedoch nicht von großer Kenntnis des Werkes zeugt. Der S. Fischer Verlag hält bis in die zwanziger Jahre hinein mit etlichen Ausgaben die Erinnerung an den Schriftsteller wach. Trotzdem gerät Keyserling in Vergessenheit, aus der ihn auch die Taschenbuchausgaben, die Fischer in den siebziger Jahren publiziert, nicht herausholen. Erst die hervorragende Besprechung des Romans *Wellen* 1998 im »Literarischen Quartett« führt zu einer Neuentdeckung dieses großen Erzählers.

Der vorliegende Band führt die verstreut herausgegebenen Werke Keyserlings in einer Ausgabe zusammen. Auf das Frühwerk (die beiden bereits erwähnten umfangreichen Romane *Fräulein Rosa Herz* und *Die dritte Stiege*) und die wenig gelungenen Schauspiele konnte leichten Herzens verzichtet werden. 80 Jahre nach seinem Tod liegen damit in diesem Band Eduard von Keyserlings Romane und Erzählungen fast vollständig wieder vor. So kann einem Autor, der stets als die wichtigste literarische Stimme des Impressionismus in Deutschland bezeichnet wurde, wieder die Aufmerksamkeit geschenkt werden, die ihm und seinen sensiblen, nuancenreichen Texten gebührt.

»Karl Erdmann von West-Wallbaum war Leutnant geworden, und während er durch den Sommerabend dem elterlichen Landhause zufuhr, sagte er sich, daß all die klugen, hochmütigen Leute, welche schlecht vom Leben sprachen, ja, daß seine eigenen weltschmerzlichen Stunden dem Leben unrecht taten. Es gab wirklich ganz einwandfreie Lebenslagen.«
Der Anfang der Erzählung *Am Südhang* ist typisch; ein Beginn, der in ähnlicher Form in vielen anderen Geschichten wieder auftaucht. Ein Adliger fährt in bequemer Kutsche an einem Sommerabend auf das Gut seiner Eltern und erhofft sich ein paar Tage Ruhe, Ausgeglichenheit, Schönheit und Freude. Die meist jungen Männer dieser Textanfänge lehnen sich beschaulich sinnierend zurück, sie halten ein Tagesglück in den Händen, fühlen sich eins mit der Natur und im Lot mit den sonstigen Anforderungen, die das Leben stellt. »Es gab wirklich ganz einwandfreie Lebenslagen.« In diesem Eindruck des Protagonisten kulminieren Hoffnungen und Sehnsüchte, die Aussicht auf ein harmonisches Leben. Aber die Feststellung ist zu naiv dahingesagt; der Leser hält ein und spürt schon, daß die Lage, in der sich Karl Erdmann befindet, sich vielleicht doch nicht so unproblematisch und harmonisch gestalten wird. Gleichzeitig ist man schon eingestimmt auf die Grundmuster, die die Erzählung durchspielen wird. Wir haben Indizien dafür, wer wohl die Hauptperson sein wird, wir haben erfahren, daß die Person gerade zum Leutnant, also zum niedrigsten Offiziersrang, befördert wurde, vermuten einen älteren Bruder, der nicht die militärische Laufbahn einschlagen muß, weil er als Erstgeborener in den Genuß des Haupterbes kommen wird, wissen vom Wohlstand der adeligen West-Wallbaums, die im Sommer auf einem Landgut residieren, wo man zusammenkommt, um ein paar Tage »in Familie« zu machen.
Keyserling gibt zu Beginn seiner Erzählungen viele Informationen, führt meist schon auf der ersten Seite alle wichtigen Motive ein, die auftauchen

werden, und arbeitet mit Vorausdeutungen, die sich beim Leser vage als die Schicksalsmomente der Geschichte ins Bewußtsein bringen. So, wie die Anfänge bei Keyserling nach einem oft identischen Muster gestrickt sind, so ähneln sich auch die Orte der Erzählungen, die Personen, mit denen er seine Geschichten füllt, die Handlungsabläufe. Es ist immer wieder die Welt eines wohlhabenden Landadels, der in kultivierter Atmosphäre auf gepflegten Gütern der Hitze des städtischen Sommers entflieht und sich seinen trägen, manchmal satten, manchmal eher kränklich anmutenden Stimmungen hingibt. Dieser Adel, politisch nahezu entmachtet, militärische Pfründen noch wahrend, aber wirtschaftlich schon vom bürgerlichen Kaufmann übertroffen, lebt noch in einer Welt, in der Arbeit, Broterwerb nur am Rande auftauchen, während Jagden, Ausflüge, Plaudernachmittage auf der Veranda und Spaziergänge in den Parks die hauptsächlichen Beschäftigungen der Personen darstellen. Man wandelt an Rosengärten vorbei, unter Laubengängen, sitzt auf Bänken und lauscht kurz den Vögeln, paddelt auch schon einmal mit dem Boot zur Insel im See und ist ansonsten hauptsächlich darum bemüht, daß alles hübsch und angenehm ist – und bleibt. »Die lauwarme Dusche wurde in der Morgensonne ganz blank – fließendes Kristall. Das war so hübsch und angenehm, daß Günther sich nicht davon trennen konnte«, heißt es zu Anfang der Schloßgeschichte *Beate und Mareile*.
Aber natürlich trügt dieser Schein des Hübschen und Angenehmen. Nie dauert es lange, bis das Häßliche, das Unangenehme, das Störende und Aufwirbelnde auf der Bühne der Erzählung erscheint und die adligen Männer und Frauen aus ihrem sonntagnachmittäglichen *dolce far niente* aufschreckt. Die Stimmung beginnt sich aufzuladen, meist begleitet durch ein Unwetter, ein heftiges Gewitter, das nicht nur elektrisch explosiv, sondern immer auch psychologisch zu Entladungen führt, in deren Folge die Protagonisten tatsächlich und im übertragenen Sinne im Regen stehen. Das Sommergewitter bringt Unheil über den Ort der Handlung, aber es schafft auch Klarheit, selbst wenn sie – wie oft in diesen Texten – mit dem Tod einer Person verbunden ist. So wie nach dem Regenguß zunächst die Luft klar und rein ist, so ist auch die menschliche Situation ganz durchsichtig. Die handelnden Personen sehen den Grund der geschehenen Tragödie ganz deutlich, sie spüren noch den Wind, der das Gewitter begleitet, sie stehen noch in den Wasserlachen, die der Regen hinterlassen hat, aber meist fehlt ihnen die Kraft und die innere Haltung, um für sich daraus zu lernen, um den Ausbruch für sich zu nutzen. Die Katastrophe, die für einen Moment die gesellschaftlich überkommenen Werte und Zwänge außer Kraft gesetzt hat, wird unter den Teppich gekehrt und von

der Floskel und der Platitüde entschärft. Man begibt sich in den Salon, läßt Tee auftragen und verbirgt alle Bewegung, die man eben noch an den Tag gelegt hat. Der Tod, die Eskalation der Ereignisse, die Katastrophe werden in ein historisches Gewand gekleidet, und der Alltag der Menschen, ihr Lebensglück und ihre Selbstachtung spielen keine Rolle mehr. Fastrade, die weibliche Hauptperson in *Abendliche Häuser*, ist ein Beispiel für diese Haltung. Sie fügt sich resigniert »den Gesetzen, an die sie nicht glaubt, denen sie aber gehorcht«.

In fast manischer Obsession beschreibt Eduard von Keyserling immer von neuem Konflikte und Situationen in einer dem Untergang entgegengehenden Adelswelt. Aus dieser Welt wollen einzelne Personen ausbrechen, Personen, die sich nicht beherrschen lassen möchten von der kultivierten Langeweile, den erotischen Zwangsjacken und der gedanklichen Selbstzensur. Sie wagen, versuchen einen Ausbruch aus der Konformität, um das eine Leben, das sie haben, selbstbestimmt zu leben und nicht unter dem Druck der feudalen Regelsysteme zu zerbrechen. Interessanter- und bezeichnenderweise sind es meist Frauen (wie vielfach in der europäischen Literatur dieser Zeit), die »nein« zu ihrer Rollenfestschreibung sagen und ein anderes Leben zu leben versuchen. Metaphorisch wechseln diese Figuren in der Farbsymbolik Keyserlings vom »Weiß« der reinen, blassen, kränklichen Adelsfräuleins zum »Rot« der heftigen, lebenshungrigen und attraktiven Frau, in die sich prompt die jungen Leutnants, Hauslehrer und verwitweten Onkels verlieben. Die aufbegehrende Frau erscheint diesen auf Dauer immer unglücklich Liebenden zunächst als die Retterin aus der dumpf empfundenen eigenen Belanglosigkeit. Aber Keyserling braucht die Fülle des Erhofften gar nicht auszusprechen; er arbeitet mit zwei zentralen Motiven stellvertretend für alle anderen: Es ist die sinnhafte Sprache, die diese besonderen Frauen sprechen, und es ist die Erotik, die sie verkörpern und ausstrahlen.

Wenn Keyserlings Personen sprechen, sind sie nicht tiefsinnig. Die Gespräche plätschern vielmehr so dahin, als gelte es, wichtige Themen zu vermeiden. Nur mit den aufbegehrenden Frauen entstehen echte Unterhaltungen, greifen Männer zur Feder, um Briefe zu schreiben, und beginnen, nach den richtigen Worten zu suchen. In ihrer Sehnsucht nach der »neuen« Frau erst nehmen sie den Mangel an Ausdrucksfähigkeit wahr, ihnen fehlen die Worte, um sich dem geliebten, lustvoll begehrten Wesen zu nähern. Es ist das klassische Modell der weiblichen Muse, die den Mann inspiriert, die Texte überhaupt erst möglich macht, die aber mit zunehmender männlicher Sprachaneignung aus dem Text verschwindet, weggeht, stirbt, nicht wieder auftaucht. In der Welt des Adels, so scheint es, fehlen ohnehin die Worte, um die heiße Liebe, um Verlangen und die innere Bewegtheit auszudrücken, die als subjektive Empfindung erst Individualität ausmacht. Aber die Versuche, eine Liebessprache zu finden, auszubrechen aus der Sprachlosigkeit, scheitern – weniger am Schicksal, nicht an unüberwindlichen gesellschaftlichen Hindernissen oder an mangelnder Bereitschaft der agierenden Personen, sondern an der trivialen Schwäche, der Laxheit, am Selbstbetrug und der Dummheit der einzelnen. Die Notwendigkeit, ein wenig, manchmal nur ein ganz klein wenig an sich zu arbeiten, wird nicht erkannt; der eine, wichtige Schritt, um auf den geliebten Anderen zuzugehen, unterbleibt – er wird aus Angst, aus Unsicherheit, aus Eitelkeit und Borniertheit nicht vollzogen. Manchmal blitzt ein Wissen um diese Unfähigkeit bei den handelnden Personen auf. So sagt Graf Hamilkar in *Bunte Herzen*, nachdem seine Tochter Billy verzweifelt von ihrem Ausbruchversuch mit dem Heißsporn Boris zurückgekehrt ist: »Ich sage, Betty, was erziehen wir da für Wesen? Die können ja nicht leben. Denen kann man ja das Ding, das wir Leben nennen, gar nicht anvertrauen. Ein Stubenmädchen, das zum Stallknecht schleicht und sich verführen läßt, weiß was es will, aber was wir da erziehen, Betty, das sind kleine berauschte Gespenster, die vor Verlangen zittern draußen umzugehen, und wenn sie hinauskommen, nicht atmen können.«

Das Scheitern des einzelnen steht bei Keyserlings Romanen und Erzählungen im Vordergrund; seine Texte sind darum durchaus unpolitisch. Keyserlings Texte sprechen den Leser auf subjektiver Ebene an, Individualschicksale werden vor Augen geführt, an denen wir identifikatorisch in zweierlei Hinsicht teilnehmen können. Die Schwächen der handelnden Personen, so abwegig sie im fatalen Ergebnis aussehen mögen, sind uns doch nicht so fremd, als daß wir Ähnliches nicht auch an uns schon wahrgenommen hätten. Gleichzeitig übt die feudale Welt der Jahrhundertwende mit ihrem morbiden und dekadenten, ihrem feinsinnigen und gleichzeitig oberflächlichen Charme eine eigentümliche Faszination aus, der wir uns gern für die Länge einer Erzählung hingeben. Keyserlings Personen sind nämlich, bei aller Ignoranz, keine unsympathischen, herzlosen oder nichtssagenden Gestalten. Die Leistung des Schriftstellers besteht vielmehr auch darin, mit einer kurzen Charakterisierung nuancenreich echte Menschen hervorzubringen. In dieser Ausgewogenheit der Darstellung liegt das große Talent des Erzählers Keyserling. Mit ungewöhnlicher Beobachtungsgabe zeichnet er Menschen mit Gesicht (wenn auch wenig Profil) und vermag sie – trotz ihrer langweiligen Gespräche – in einen spannenden Kontext von Ausbruch, Zwang, Melancholie und

Sinnlichkeit einzubinden. Keyserling sieht seine Figuren mit traurigen, aber liebevollen Augen.
Es hat etwas Tragisches, daß Keyserling selber uns heute fast wie eine Figur aus seinen Romanen erscheint. Ist nicht sein unfreiwilliger Ausbruch aus der Adelswelt genauso gescheitert wie der von Günther in *Beate und Mareile*? Zeigt nicht sein fortwährendes schriftstellerisches Kreisen um eine untergehende Welt, daß er sie nicht wirklich loslassen konnte und von ihren Zwängen ein Leben lang – auch als Außenseiter – beherrscht wurde? Vielleicht war es ihm nur durch Sprache möglich, durch die Ausdrucksstärke seiner Texte, eine Welt aufzubauen, in der er von seinen Gefühlen reden konnte. Daß diese Gefühle eben jene der Isolation, der Ohnmacht gegenüber den gesellschaftlichen Zwängen, der Unmöglichkeit eines offenen Liebeslebens und der Einsicht in die Einsamkeit des Individuums sind, kann zwar traurig stimmen, aber es ist authentischer und künstlerisch gelungener Ausdruck des Menschen Keyserling in seiner Zeit – der Wende des 19. zum 20. Jahrhundert.
Karola Werlands Resümee, am Ende von *Dumala* gezogen, scheint für Keyserling selbst und all seine Gestalten zu gelten. »Die Einsamkeit hat mich wieder eingefangen. So ist es mir immer gegangen. Ich habe mich gegen sie zuweilen auflehnen wollen, aber sie fängt mich immer wieder ein. Schließlich werd' ich mich mit ihr befreunden müssen.«

Reinhard Bröker